...a tent, you step...
...ars. The moon gone down, the breeze not risen
...u urinate Up looking at the ...cross-like blu
...S Southern Cross, and thus each morning in the
...fundity of initial/ urination reflect upon the
...bliquity of constellations, and not awake you
...sten to the night move lightly past you.
...en wade to where Pap sits before the fire,
...ipe combated, his creatures perched, loving the
...me before daylight and the windless burning of
...ead branches he say. "How are you, governor?"

"No worse than you."

The sky is very high there and branches
...one between, ... from under which
...eyond a tent, you step out to see too many
...ars. The moon gone down, the breeze not risen
...u urinate Up looking at the ...cross-like
...S Southern Cross, and thus...
...fundity of initial/ and thus...

Ernest H. Hemingway.

海明威文集

海明威短篇小说全集 上

Complete Short Stories

〔美〕海明威 著 陈良廷 蔡慧 等译

上海译文出版社

图书在版编目(CIP)数据

海明威短篇小说全集：上、下/(美)海明威
(Ernest Hemingway)著；陈良廷等译.—上海：上海
译文出版社，2019.8(2024.11重印)
(海明威文集)
书名原文：Complete Short Stories
ISBN 978 - 7 - 5327 - 8156 - 0

Ⅰ.①海⋯ Ⅱ.①海⋯ ②陈⋯ Ⅲ.①短篇小说—小
说集—美国—现代 Ⅳ.①I712.45

中国版本图书馆 CIP 数据核字(2019)第 103919 号

Ernest Hemingway
Complete Short Stories

海明威短篇小说全集(上、下册)

〔美〕海明威 著 陈良廷 蔡 慧 等译
责任编辑 /管舒宁 装帧设计 /张志全工作室

上海译文出版社有限公司出版、发行
网址：www.yiwen.com.cn
201101 上海市闵行区号景路 159 弄 B 座
上海雅昌艺术印刷有限公司印刷

开本 889×1194 1 / 32 印张 31.5 插页 12 字数 569,000
2019 年 8 月第 1 版 2024 年 11 月第 6 次印刷
印数：17,001— 20,000 册

ISBN 978 - 7 - 5327 - 8156 - 0
定价(上、下册)：138.00 元

目 录

上 册

第一部　首辑四十九篇

下　册

第二部　"首辑四十九篇"后发表于书刊上的短篇小说

第三部　早先未发表过的小说

附　录

前　言

约翰·海明威

帕特里克·海明威

格雷戈里·海明威

1940 年，爸爸和玛蒂①刚租下"观景庄"②做家，一住就是二十年，一直住到死。当初南边还有一片真正的田野。这片田野如今不再存在了。这倒不是毁于中产阶级地产开发商之手，像契诃夫笔下的樱桃园③那样，在波多黎各或没发生过卡斯特罗革命的古巴，那可能就是这命运。而这片田野是毁于穷人人口和简陋窝棚的惊人增长，这已成了所有的大安的列斯群岛地区④的一大特色，无论那儿的政治信仰如何。

小时候，在玛蒂为我们安顿的小屋里，我们大清早醒来躺在床上，时常倾听南边那片田野上的北美鹑婉转的鸣声。

这片田野覆盖着灌木丛，沿着流贯其间的河道畔，长着高高的火焰树，每到晚间，野生珍珠鸡常来这里栖息。它们在树丛里走动和扒食时，常常互相呼叫，保持联系，到了结束在树丛里的一天觅食时，便突然一哄而跑，退回栖息的树木。

灌木丛长的是非洲一种矮小的刺槐，据克里奥尔人⑤说，这种刺槐的种子最初是混在黑奴的脚趾缝里带到岛上来的。珍珠鸡也是从非洲来的。它们根本不像西班牙移居者带来的其他家禽那样真正驯服，有些竟逃走了，在雨季的热带气候下繁殖成长，正如爸爸讲给我们听的那样，有些黑奴从南美沿海沉没的奴隶船上逃出来，由于人多，加上文化和语言原封不动，所以才能像过去在非洲时那样，一起在荒野里生活到现在。

Vigía 一字在西班牙语中意思是远景或景色。庄园住宅造在山上，俯瞰哈瓦那和北面的沿海平原，一览无遗。北面这片景色毫无非洲特色，连美洲殖民地特色都没有。这是克里奥尔人那种岛屿景色，温斯洛·霍默⑥笔下热带题材的水彩画中这种景色是常见的：王棕、蓝天，还有小片的白色积云，在低层东北贸易风⑦的上面不断变化形状和大小。

暮夏，赤道无风带随着太阳北移，午后暑气达到高峰，经常有声势浩大的雷雨，暂时缓解一下闷热，在南面内陆形成的丘巴斯科风暴⑧向北推移出海。

有几年夏天，总有一两场飓风把岛上穷人的简陋窝棚夷为平地。这一来风灾难民就给当地行政部门增添新的压力，本来这里已是压力重重，够紧张的了，一重是市政供水短缺，一重是耸人听闻地报道美国军人喝醉酒，在何塞·马蒂⑨雕像上撒尿这类触犯民族尊严事件所引起的，已见端倪的公愤，还有一重始终是糖价问题。

每逢夏天，闪电必定照样频频击中屋子，我们小时候在当地，有一回爸爸正在听电话，竟给闪电猛击倒地，整个人和整个屋子在电击光球⑩的蓝光里闪闪发亮，从此我们在雷雨时就没一个敢打电话了。

---

① 玛蒂是海明威于 1940 年娶的第三个妻子，作家玛莎·盖尔霍恩，他们曾于 1941 年双双来中国内地采访抗日战争新闻，1945 年离婚。
② 即 Finca Vigía，海明威晚年在古巴的寓所名。
③ 《樱桃园》是契诃夫的代表作之一。写女地主朗涅夫斯卡亚和她的哥哥戈耶夫挥霍无度，只得把庄园拍卖抵债，商人陆伯兴买下庄园，打算砍掉樱桃树，将土地出租造别墅。
④ 指西印度群岛中安的列斯群岛中部的岛群，包括古巴、海地、波多黎各和牙买加等岛。
⑤ 西印度群岛及南美各地的西班牙和法国移民的后裔，一般为黑白混血儿。
⑥ 温斯洛·霍默（1836—1910），美国画家，以表现海景著称，主要作品有油画《生命线》，水彩画《新鲜空气》等。
⑦ 贸易风是赤道两边的低层大气中经常吹向赤道的热带风，北半球吹东北风，南半球吹东南风，风向很少改变，又称信风。
⑧ 中美洲西海岸雨季常见的风暴。
⑨ 何塞·马蒂（1853—1895），古巴诗人、作家，古巴独立革命的先驱。
⑩ 闪电时桅顶、尖塔、飞机翼梢等高处出现的电光。西方称为"圣埃尔莫电光"，据传是公元三世纪的意大利殉道者，地中海水手尊为守护神的圣埃尔莫主教发出的。

在"观景庄"的早年岁月里，爸爸似乎根本没写什么小说。当然，他写了不少信，在一封信中他说该轮到他休息了。天塌下来也不关他的事。

玛蒂倒似乎对西班牙内战最后一段时期，他们俩一起在马德里度过的那种惊心动魄的生活保持不泯的兴趣，还动笔写作呢。她和爸爸在下面游泳池畔的沙地网球场上多次对打过网球，还经常同哈瓦那回力球场里一批巴斯克地区①的职业回力球球员朋友在那儿赛网球。其中一个人是现代少女称之为"狠客"②的，玛蒂不免跟他调调情，爸爸说起他的情敌，这种人哪，在网球场上是他的手下败将，他偶尔靠打转球、发搓球、吊高球这种最起码的刁钻打法就可以把对方那种不可一世而不加控制的实力挫败了。

驾驶大副格雷戈里奥·富恩特斯常年停泊在科吉马小渔港备用的"比拉尔"号到深海捕鱼，在塞罗的卡萨多莱斯俱乐部打活靶，到哈瓦那的佛罗里蒂塔喝酒，购买刊载详细描绘远在欧洲的战事情况图片的《伦敦新闻画报》，这些对我们来说都是莫大的乐趣。

爸爸对玛蒂引用了屠格涅夫一句话："别人的心灵是幽暗的森林。"她借用半句话作为她当时刚完成的小说的书名。对那种事爸爸一向精通。

虽然"观景庄"版全集中汇编了那些早已众所周知的、1938年出版的爸爸第一部完整的短篇小说集中发表的全部作品，但是对读者来说，这部文集令人感兴趣的无疑在他住到"观景庄"后所写的或才问世的作品。

1987 年

陈良廷　译

---

① 西班牙历史地理区，位于北部，北临比斯开湾，东北邻法国，包括阿拉瓦、吉普斯夸、比斯开与纳瓦拉四省。
② "狠客"（Hunk），美国俚语，指富有魅力，体格健美的男人。

出版者序

小查尔斯·斯克里布纳

　　早已有必要出一部最新版的欧内斯特·海明威短篇小说全集了。这类书迄今仅有 1938 年出版的一本收了首辑四十九篇短篇小说的选集，里面还一并收了他的剧本《第五纵队》。当时正是海明威写作的多产时期，有若干根据他在古巴和西班牙生活经历写成的小说刊登在杂志上，可是来不及选进"首辑四十九篇"里了。

　　1939 年，海明威已经在考虑出版一本足以与早期著作《在我们的时代里》、《没有女人的男人》和《赢家一无所得》相媲美的短篇小说新选集了。2 月 7 日，他从基韦斯特①的住宅，写信给斯克里布纳出版公司的责任编辑马克斯韦尔·珀金斯，建议出这么一本集子。当时他已完成五篇小说：《检举》、《蝴蝶和坦克》、《决战前夜》、《他们都是不朽的》和本集中首次发表的《有人影的远景》。第六篇小说《山梁下》则将于不久刊登在 1939 年 3 月的《四海一家》杂志上。

　　后来，海明威出那本新书的计划并未实现。他曾表示要写三篇"很长的"小说以充实这本集子（两篇写西班牙内战的战事，一篇写古巴渔夫，同一条箭鱼周旋了四天四夜，到头来那条箭鱼却给一群鲨鱼吃掉了）。不过海明威一旦投入长篇小说的写作——未几那部长篇小说命名为《丧钟为谁而鸣》出版了——其他写作计划便全都搁开了。我们只能推测他放弃了那两篇战争小说的写作，不过很可能原来要涉及的内容都写进那部长篇小说里了。至于古巴渔夫的故事，他在十三年后才终于回到这个题材上，把它加以发挥，改头换面，写进了著名的中篇小说《老人与海》。

　　海明威的早期短篇小说中有不少以密歇根州北部为背景，他家在瓦隆湖畔有一所小别墅，他小时候和青年时代在那里度过暑天。他在那里结识的那伙朋友，包括住在附近的印第安人，无疑都写进各篇短篇小说里了，可能有些插曲至少有部分事实根据。海明威力求生动而精确地表达印象深切的重大尖锐时刻，表达那种不妨恰如其分地称为"对事物真谛的顿悟"的经历。身后发表的遗著《度夏的人们》和名为《最后一方清净地》的片断都出自这一时期。

后期的短篇小说也以美国为背景，讲的是海明威做了丈夫和父亲，甚或病人的感受。人物角色和主题变化就如同作者本人生活那样丰富多彩。题材中的一个特殊来源是他二三十年代在基韦斯特的生活。他驾驶自己的渔船"栋梁"号在海上的遭遇，加上他的广阔交游，就构成他几篇杰作的灵感。两篇写亨利·摩根的短篇小说《过海记》（载 1934 年 5 月号《四海一家》杂志）和《买卖人的归来》（载 1936 年 2 月号《老爷》杂志），都从这一时期汲取灵感，最后都一并写进长篇小说《有钱人和没钱人》中了，不过，按照初次发表时那样，分开来读，倒也恰当，而且饶有兴味。

海明威一定是文学史上最有洞察力的旅行家之一，他的短篇小说从整体看来，描述了人间百态。1918 年，他应聘作为美国战地服务队的队员，在意大利执行救护任务。这是他首次横渡大西洋，当时只有十八岁。他到达米兰那天，一个军火工厂爆炸。他和小分队中其他志愿人员奉命前去搜集死者残骸。才过了三个月，他双腿受了重伤，住进了米兰美国红十字会医院，随之接受门诊治疗。这些战时经历，包括他遇到的人物，为他写第一次世界大战的长篇小说《永别了，武器》提供不少细节。这些经历还激发他写出五篇短篇小说杰作。

二十年代，他几度重访意大利，有时作为专业记者，有时纯为游览。他那篇写跟一个朋友开车跑遍墨索里尼时期的意大利的短篇

---

① 美国最南端岛屿，在佛罗里达半岛南端以南 96 公里的海面上。1928 年，海明威返美后十年间多数时间在该岛居住。当地故居已对外开放。

小说《祖国对你说什么？》成功地表达极权主义统治的酷劣气氛。

在 1922 年到 1924 年期间，海明威几度去瑞士为《多伦多星报》搜集资料，他的课题包括经济状况和其他实际问题，但是也有瑞士冬季运动的描述，如双连雪橇、滑雪和险象丛生的雪橇赛。正如在其他领域中一样，海明威在发掘可以成为旅游热点的胜地和游乐项目方面，也走在他同侪前面。同时，他还积累了不少短篇小说的构思，题材有诙谐的，有严肃的，也有专写死亡的。

1923 年，海明威从当时居住的法国到马德里去游览，在美国朋友的陪伴下，首次观看斗牛。从第一头公牛冲进场中那时起，他就深为折服，离场后竟成为终身斗牛迷。对他来说，眼看一个人同一头狂野的公牛相斗，与其说是体育运动，不如说是悲剧。斗牛的技巧和惯例，徒步斗牛士必备的本领和勇气，以及公牛的凶猛暴烈，都令他着了迷。不久他就成为公认的斗牛知识专家，并就此题材写了一部著名的论著：《死在午后》。有若干短篇小说也以斗牛为题材。

后来，海明威竟爱上了西班牙的一切——它的文化，它的风景，它的艺术宝藏，以及它的人民。1936 年 7 月的最后一个星期，西班牙内战爆发，那时他是一个坚定的拥护共和国政府派，协同为他们的事业提供援助，以北美报业联盟记者的身份，从马德里报道这场战争。他根据内战期间在西班牙的全部经历，除了写出长篇小说《丧钟为谁而鸣》和剧本《第五纵队》之外，还写了七篇短篇小说。

1933 年，他妻子宝莲的有钱叔叔格斯·佩弗提出资助海明威到非洲进行游猎。他完全被这个前景迷住了，还作了没完没了的准备工作，包括邀请一批朋友同行，并为此行选购合适的武器和其他装备。

这次游猎虽只持续了十星期，但他所见一切事物都在他脑海中留下不可泯灭的印象。也许由于他满腔热情和兴趣的缘故，他恢复了几乎毫不失真地记录事物细节的童稚能力。他第一回遇到著名白种猎人菲利普·珀西瓦尔，顿时对他那份冷静而有时狡黠的行家风范佩服之至。游猎结束后，海明威脑海里充满了对写作具有无比价值的形象、事件和人物研究。此行收获就是写出非虚构小说《非洲的青山》，以及几篇精彩的短篇小说。这些作品包括《一个非洲故事》（1986年5月发表的遗著长篇小说《伊甸园》里，又把这故事穿插进另一个故事中），还有《弗朗西斯·麦康伯短促的幸福生活》和《乞力马扎罗的雪》。

尽管在巴黎的岁月对海明威发展成为作家起了明显的重大作用，然而他的短篇小说中以巴黎为背景的却寥寥无几。他自己也明白那点事实，在《流动的盛宴》的序言里，他不无惆怅地提到他本来也许可以写的题材，有些也许可以写成短篇小说。

第二次世界大战期间，海明威充任战地记者，报道诺曼底登陆和巴黎解放的消息。他似乎还召集过一批随德军撤退的军外侦察员。这期间他所写的短篇小说中虚构成份和非虚构成份的比例协调，也许从未确定，包括先前未曾发表的《岔路口感伤记》在内。

海明威生命将近结束前，还为一个朋友的孩子写了两篇寓言《好狮子》和《忠贞的公牛》，1951年发表于《假日》杂志，本书予以转载。他还在《大西洋月刊》上发表过两篇短篇小说，《得了条明眼狗》和《人情世故》（都刊登于1957年12月20日的那一期上）。

在全集的后部，我们编集了七篇以前未曾发表的小说作品。其中四篇是完整的短篇小说，另外三篇是尚未出版、尚未完成的长篇小说中的片断。

总的说来，这部"观景庄"版收有二十一篇未曾收在"首辑四十九篇"内的短篇小说。这部全集以海明威在古巴的圣佛朗西斯科·德·保拉的住所命名。他在晚年二十年中，断断续续住在"观景庄"里。"观景庄"在他心目中深为可贵，以此命名的全集汇编了他一生著作中更其可贵的主要部分似乎还恰当吧。

陈良廷　译

第一部

首辑四十九篇

"首辑四十九篇"序

　　头四篇小说是我新近写成的。其余各篇按原来发表次序排列。

　　我写的头一篇小说是《在密歇根州北部》，1921年写于巴黎。末了一篇是《桥边的老人》，1938年4月从巴塞罗那通过电报发稿。

　　我在马德里，除了写了《第五纵队》外，还写了《杀手》、《今天是星期五》、《十个印第安人》、《太阳照常升起》的部分篇章，以及《有钱人和没钱人》的开头三分之一章节。马德里向来是个写作的好地方。巴黎也是。在凉快的月份里，佛罗里达州的基韦斯特也是；还有蒙大拿州库克城附近的牧场；堪萨斯城；芝加哥；多伦多和古巴的哈瓦那也都是。

　　其他有些地方不太好，不过也许是我们在当地的时候自己不太好吧。

　　本书有许多类小说。希望你会找到一些你喜欢的。通读全书，除了那几篇已略负盛名而蒙学校教师收入小说选集，令学生不得不买来上小说课的之外，以及那几篇你一看到就不免隐隐感到难堪，不知自己是否真正写过，或者是否也许在某处听到过的之外，我最喜欢的几篇作品是《弗朗西斯·麦康伯短促的幸福生活》、《在异乡》、《白象似的群山》、《你们决不会这样》、《乞力马扎罗的雪》、《一个干净明亮的地方》和一篇没有别人喜欢的、叫《世上的光》的小说。其他几篇也喜欢。因为假如你不喜欢这些作品，你就不会发表。

　　在去你要去的地方，做你要做的事情，看你要看的东西这些过程中，你写作的工具变钝了，失去锋芒了。不过，我倒情愿工具弯曲变钝，好让自己知道我得把它再加以磨砺，敲打得像个样儿，锤炼锤炼，明白自己还有东西可写，而决不愿工具闪闪发亮，却无话可说，也不愿工具光滑顺溜，却束之高阁，闲置不用。

现在需要再磨砺一下了。我愿意活得长命些，容我再写三部长篇小说和二十五篇短篇小说。我知道有些故事好极了。

1938 年

陈良廷　译

弗朗西斯·麦康伯短促的幸福生活

现在是吃午饭的时候，他们全坐在就餐帐篷的双层绿色帆布外顶下，装出什么事也没发生过的样子。

"你要酸橙汁还是柠檬汽水？"麦康伯问。

"我要一杯螺丝钻鸡尾酒①，"罗伯特·威尔逊告诉他。

"我也要一杯螺丝钻。我需要喝点儿酒，"麦康伯的妻子说。

"我想是该这么着，"麦康伯同意地说。"叫他调三杯螺丝钻。"

侍候吃饭的那个仆人已经开始在调了，从帆布冷藏袋里拎出一个个酒瓶，风吹进覆盖着帐篷的树林，瓶子在风中凝起水珠。

"我得给他们多少？"麦康伯问。

"一英镑就蛮够了，"威尔逊告诉他。"你用不着惯坏他们。"

"头人会分配吗？"

"那当然啦。"

半个钟头前，弗朗西斯·麦康伯从营地的边缘被那厨子、侍候的仆人们、剥兽皮的和脚夫们，用胳膊和肩膀得意扬扬地抬到他的帐篷前。扛枪的人们没有参加这场游行。土著的仆人们在他帐篷门前把他放下来，他一一同他们握了手，接受他们的祝贺，随后走进帐篷，在床上坐下，直到他的妻子进来。她走进来，没有同他说话，他就马上走出帐篷，在旅行用的洗脸盆里洗了脸和手，接着走到就餐帐篷，在吹着一阵阵微风的树荫下一张舒适的帆布椅子上坐下。

"你打到了一头狮子，"罗伯特·威尔逊对他说，"而且还是一头呱呱叫的。"

麦康伯太太迅速看了威尔逊一眼。她是一位相貌极俊俏、保养得极好的美人儿，凭着她的美貌和社会地位，五年以前，她用几张相片为一种她从没用过的美容品做广告，得到了五千元酬金。她嫁给弗朗西斯·麦康伯十一年了。

"那是一头好狮子，对不？"麦康伯说。这会儿他的妻子看着他。她看着这两个男人，好像从没看到过似的。

这一个，叫威尔逊，是个白种职业猎手②，她知道她以前确实不认识他。他差不多是中等身材，头发沙色，胡子拉碴，脸色极红，有一双神情极冷淡的蓝眼睛，眼角上布着微细的白皱纹，微笑的时候，这些皱纹会有趣地变深。现在他正冲着她微笑，她便把目光从他脸上移到他那件宽大的短上衣覆盖着的溜肩膀上，只见在原该是左胸袋的地方缀有四个带圈，里面插着四颗大子弹；她把目光接着移到他棕色的大手、旧长裤、很脏的皮靴上，然后回到他那张红脸上。她注意到他那张被阳光烤红的脸上有一圈白色的皮肤，那是他的斯坦逊毡帽③留下的痕迹，现在这顶帽子正挂在帐篷支柱的一个木钉上。

"唔，为打到的狮子干杯吧，"罗伯特·威尔逊说。他又冲着她微笑，她可没有一丝笑意，正古怪地望着她的丈夫。

弗朗西斯·麦康伯个子很高，要是你不计较他骨架的长短，他算得上身材匀称，皮肤黑黪黪，头发剪得像一个大学划船手那样短，嘴唇相当薄。被人认为长得漂亮。他穿着同威尔逊一样的游猎队的服装，不过他的是崭新的；他三十五岁，身体保养得极好，精

---

① 用发泡酸橙汁加糖和杜松子酒混合而成。
② 白种职业猎手以陪有钱人打猎为业。欧美有一些有钱人喜欢到非洲去打猎，他们以猎得狮子、犀牛、野牛等大动物为荣。但是打猎具有相当大的危险性，那些有钱人大都既不熟悉野兽出没的场所，枪法又不高明，不得不雇用人来陪他们打猎。那些陪打的猎手都是长期生活在非洲当地的白人，枪法高明。他们可以代主顾组织游猎队，安排生活，让主顾看到希望猎取的野兽，也可以代猎取，在必要时，甚至保卫他们的主顾的生命，但是收费昂贵。
③ 美国西部牛仔戴的一种阔边高顶毡帽，以帽商的姓氏为商标名。

通场地球类运动①，在不少次钓大鱼的比赛中创过纪录，刚才当着很多人的面，显露出他原来是个胆小鬼。

"为打到的狮子干杯，"他说，"我对你刚才所做的事感激不尽。"

玛格丽特，他的妻子，把眼光从他身上移开，回到威尔逊身上。

"我们别谈那头狮子啦，"她说。

威尔逊打量着她，没有流露出一丝笑意，这时倒是她冲着他微笑了。

"这是个挺怪的日子，"她说，"哪怕是中午待在帆布帐篷里，你不是也该戴上帽子吗？你知道，你告诉过我。"

"是可以戴的，"威尔逊说。

"你知道，你有一张很红的脸，威尔逊先生，"她对他说，又微笑起来。

"喝酒的缘故，"威尔逊说。

"我看不见得，"她说。"弗朗西斯喝得挺厉害，可他的脸从来不红。"

"今天红啦，"麦康伯试着说笑话。

"没有，"玛格丽特说，"今天是我的脸红啦。可是威尔逊先生的脸是一直红的。"

"准是血统关系，"威尔逊说。"嗨，你难道就是不愿不再拿我的美貌做话题吧，是不？"

"我还只刚开始谈呢。"

"我们不谈这个，"威尔逊说。

"谈话会变得非常困难，"玛格丽特说。

"别说傻话，玛戈②，"她丈夫说。

"没什么困难，"威尔逊说。"打到了一头呱呱叫的狮子嘛。"

---

① 指网球、篮球、手球之类的运动。
② 玛戈是玛格丽特的爱称。

玛戈望着他们这两个人；他们都看出她快要哭出来了。威尔逊早已看出这情况，有一段时间了，他害怕。麦康伯已经不会害怕了。

　　"但愿这事没有发生。唉，但愿这事没有发生，"她一边说，一边向她自己的帐篷走去。她没有发出哭声，但是他们看出她的肩膀正在她穿的那件玫瑰红防晒衬衫内索索发抖。

　　"女人心烦意乱了，"威尔逊对这高个子丈夫说。"没什么大不了的。神经紧张，加上这样那样的事情。"

　　"没什么，"麦康伯说。"我怕我得为这件事忍受到咽气那一天了。"

　　"废话。我们来一杯烈酒吧，"威尔逊说。"把这事全忘了。反正也没出什么事。"

　　"我们试试看吧，"麦康伯说。"可是我不会忘记你为我干的事。"

　　"没什么，"威尔逊说。"全是废话。"

　　他们就这么坐在那儿树荫里，这营房就安扎在这几棵枝叶繁茂的刺槐树下，后面是一座上面尽是圆石的悬崖，前面有一片一直伸展到一条小溪边的草地，河底尽是圆石，河对岸有片森林，他们喝着冰得恰到好处的兑酸橙汁的酒，当仆人们在安排餐桌的时候，两人的眼光互相避免接触。威尔逊心里雪亮，那帮仆人现在全知道了，当他看到那个侍候麦康伯的仆人一边把盆子放在桌上，一边用古怪的眼光望着他主人的时候，便用斯瓦希里语①厉声斥责他。那仆人脸色一沉，转过身去。

　　"你跟他在说什么？"麦康伯问。

　　"没什么。叫他手脚麻利点，要不我会让他狠狠地挨上十五下。"

　　"挨什么？鞭打吗？"

　　"这是完全不合法的，"威尔逊说。"只容许扣他们的工钱。"

---

　　① 非洲东海岸桑给巴尔和肯尼亚那一带流行的班图族人的语言。

"你仍然让人鞭打他们吗？"

"是啊。要是他们决定去告，就能闹出一场风波来。可是他们从来不告。他们情愿挨揍，不愿扣钱。"

"多怪啊！"麦康伯说。

"说真的，一点也不怪，"威尔逊说。"你愿意挑哪一桩？让人用桦树条狠狠揍一顿呢，还是拿不到工钱？"

他话一出口，就感到有点窘，于是不等麦康伯回答，就接着说，"我们全都天天在挨揍，你知道，不是在这个方面，就是在另一方面。"

这么说也好不了多少。"我的老天啊，"他想。"我是个外交家啦，难道不是吗？"

"是啊，我们挨了揍，"麦康伯说，眼光仍然没有望他。"我对那狮子的事非常难受。不该把它扩散出去，是不？我的意思是别让任何人听到这事了，好不？"

"你的意思是我会不会在马撒伊加俱乐部里谈这事吗？"威尔逊现在冷冷地望着他。他没有料到麦康伯会这么说。原来他不但是个该死的胆小鬼，而且是个该死的下流坯，他想。直到今天，我还相当喜欢他哪。但谁能摸得透一个美国佬呢？

"不会，"威尔逊说，"我是个职业猎手。我们从来不议论我们的主顾。这件事你尽可以放心。不过由别人来要求我们别议论，这是不大像话的。"

他现在明确地看出，闹翻了倒会自在得多。那一来，他就可以独自个儿吃饭，可以一边吃饭，一边看书了。他们可以归他们吃。他要在非常正规的基础上陪他们把这次游猎进行到底——法国人管这叫什么来着？高尚的尊重——这样做比不得不应付这种无聊的感情纠葛要自在得多。他要侮辱他，干脆就此闹翻。那一来，他就可以一边吃饭，一边看书，并且仍然可以白喝他们的威士忌了。当一支游猎队中双方关系搞坏时就用得上这个习惯语。你偶然碰上另一个白种职业猎手，问他，"情况怎么样啊？"如果他回答，"啊，我仍然在喝他们的威士忌，"你就知道情况准是糟糕透顶了。

"对不起，"麦康伯说，抬起他那张美国人的脸望着威尔逊，这张脸会一直到中年始终保持青春，而威尔逊注意到他划船手式的短发、俊俏的眼睛，不过眼光有点儿躲躲闪闪，端正的鼻子、薄薄的嘴唇和漂亮的下巴。"对不起，我没想到这一点。有好多事情我都不懂。"

他还能怎么办呢，威尔逊想。他已经完全准备马上同他干脆闹翻了，但是他侮辱了这个死乞白赖的家伙后对却在向他赔礼道歉啦。他再来试一下。"别担心我会说出去，"他说。"我得混饭吃哪。你知道，在非洲没有一个女人曾打不中狮子，没有一个白种男人曾临阵逃跑。"

"我像一只兔子似的逃跑了，"麦康伯说。

唉，遇到一个这么说话的男人，还有什么办法呢，威尔逊想不出主意了。

威尔逊用他那双机关枪手的没有表情的蓝眼睛望着麦康伯，对方报之以微笑。如果你没注意到他的自尊心受到了伤害后眼睛里会流露出什么表情，他这微笑倒是令人愉快的。

"也许我能在野牛身上找补回来，"他说。"我们下一回是去猎野牛，是不？"

"你高兴的话，明天早晨就去，"威尔逊告诉他。也许他刚才想错啦。这样想当然是一个应付的办法。对于一个美国人，你压根儿拿不准他的任何事情。他又完全同情麦康伯了。要是你能忘掉这个早晨，那就好啦。不过，你当然是没法忘掉的啰。这个早晨简直糟透了。

"太太来了，"他说。她正在从她的帐篷那儿走过来，看上去精神抖擞，兴高采烈，着实可爱。她长着一张典型的鹅蛋脸，典型得你以为她该是个蠢货。但是她不蠢，威尔逊想，不，才不蠢哪。

"漂亮的红脸威尔逊先生，你好啊？弗朗西斯，你感到好点儿吗，我的宝贝？"

"啊，好多啦，"麦康伯说。

"我把这件事完全撇开了，"她一边说，一边在桌子旁坐下。"弗朗西斯会不会打狮子，那有什么关系？那不是他的行当。那是威尔逊先生的行当。威尔逊先生猎杀起什么来真叫人忘不了。你什么都猎杀吧，对不？"

"啊，什么都猎杀，"威尔逊说。"干脆是什么都猎杀。"这种女人是世界上最冷酷的，他想，最冷酷、最狠心、最掠夺成性和最迷人的，她们变得冷酷以后，她们的男人就得软下来，要不然，就会精神崩溃。难道她们是存心挑她们能控制的男人的吗？她们在结婚的年纪，不可能懂得这么多啊，他想。他庆幸自己已经修毕了同美国女人打交道的教育，因为眼前这一个正是极其迷人的。

"我们明天早晨要去打野牛，"威尔逊告诉她。

"我也去，"她说。

"不，你不能去。"

"啊，不，我要去。我可以去吗，弗朗西斯？"

"干吗不待在营地里？"

"说什么也不成，"她说。"我再怎么也不愿错过今天这种场面。"

她刚才离开的时候，威尔逊在想，她刚才离开去哭的时候，看上去像是一个顶顶好的女人。她看来既懂情理，识好歹，还为他和她自己感到痛心，而且知道这到底是怎么回事。她去了二十分钟，现在回来了，原来是去涂上了一层美国女人那种狠心的油彩。她们是最最该死的女人。确实是最最该死的。

"我们明天要为你另外表演一场，"弗朗西斯·麦康伯说。

"你不该去，"威尔逊说。

"你这话说得大错特错了，"她告诉他。"我多么想看你再表演一次啊。今天早晨，你干得真可爱。这是说，如果把野兽的脑袋打得稀巴烂是可爱的话。"

"开饭啦，"威尔逊说。"你挺高兴，对不？"

"干吗不高兴？我不是到这儿来找烦闷的啊。"

"唔，过得也不烦闷吧，"威尔逊说。他又看到河里的那些圆石和对面那长着树的高高的河岸，他记起了今天早晨。

"是啊，"她说。"真有趣。还有明天。你不知道我多么盼着明天啊。"

"他在给你上的菜是旋角羚羊肉，"威尔逊说。

"它们是跳起来像兔子、模样儿像母牛的那种大玩意儿，对不？"

"我想你把它们描写得真对，"威尔逊说。

"这是上好的肉食，"麦康伯说。

"是你打到的吗，弗朗西斯？"她问。

"是的。"

"它们没有危险性，对不？"

"除非它们扑到你身上，"威尔逊告诉她。

"我真高兴。"

"干吗不把那股泼妇劲儿收敛一点儿，玛戈，"麦康伯一边说，一边从羚羊肉排上切下一片，用叉朝下叉住，加上一点儿土豆泥、肉汁和胡萝卜。

"我想我办得到，"她说，"因为你把话说得这么漂亮。"

"今儿晚上，我们要喝香槟酒来庆祝打到这头狮子，"威尔逊说。"中午喝太热了一点儿。"

"啊，狮子，"玛戈说。"我已经把狮子忘啦！"

原来，罗伯特·威尔逊暗自想着，她是在作弄他，不是吗？要不然，你可以为这是她存心要演一场好戏吗？一个女人发现了她的丈夫是个该死的胆小鬼，该干出什么举动来呢？她狠心得没命，但是女人全都是狠心的啊。她们要控制，这还用说，而要控制嘛，人有时候就不得不狠心。不过，我对她们那套毒辣的手段已经看够啦。

"再来点羚羊肉吧，"他有礼貌地对她说。

当天下午，时间已经不早了，威尔逊和麦康伯带着那个开汽车的土人和两个扛枪的人，一起坐汽车出去。麦康伯太太留在营地里。这会儿出去太热，她说，明天一大早她才要跟他们一起去。汽车出发的时候，威尔逊看到她站在那棵大树下，穿着淡玫瑰红的卡其衫，说她那副模样儿美吧，倒不如说漂亮更恰当，只见她的一头黑发从脑门上向后梳，挽成一个髻，低低地垂在颈窝上，她的气色很好，他想，就像还在英国似的。她在向他们挥手，这当儿，汽车一路穿过野草长得很高的洼地，拐一个弯，穿过树林，开进一座座长着果树的小山之间。

他们发现果树丛中有一群黑斑羚羊，就从汽车上下来，蹑手蹑脚地跟踪一只长角叉得很开的老公羊，麦康伯在足足两百码外开了非常值得夸赞的一枪，把它撂倒了，吓得那群羚羊发疯似的逃跑，它们蜷起腿儿，跳得老远，互相从别的羚羊背上跳过去，像是在水上漂似的，简直叫人不能相信，只有在梦中，人有时候才这么跳。

"这一枪打得好，"威尔逊说。"它们是很小的目标。"

"这羚羊的头值得要吗①？"麦康伯问。

"顶呱呱，"威尔逊对他说。"你这样打枪，就不会有什么麻烦啦。"

"你想我们赶明儿找得到野牛吗？"

"能有好机会的。它们一大清早就出来吃东西，要是运气好，我们可能在原野上碰到它们。"

"我想要摆脱那件狮子事故，"麦康伯说。"让你的妻子看到你干出这样的事来，可不怎么愉快。"

我倒是认为，更不愉快的是不管妻子看没看到，居然干出了这样的事，或者干了这种事还要谈，威尔逊想。但是他说，"我就再也不会去想这件事啦。不管是谁，头一回打狮子，都可能心慌的。

---

① 打猎者打到狮虎等野兽后，喜欢剥下整张的皮保存；如打到羚羊、野牛等，则仅仅剥取头皮，连角制成标本，安在墙上，留作纪念。

这件事全过去啦。"

但是，当天夜晚，在篝火旁吃了晚饭，上床之前喝了一杯威士忌苏打，弗朗西斯·麦康伯躺在罩着蚊帐的帆布床上，留神听着夜色中的声响的时候，这件事并没有全过去。它既没有全过去，也不是正在开始。它同发生的时候一样确实存在着，不但没有磨灭，有些部分反而更突出了，因而他感到害臊死了。但是比害臊更厉害的是，他感到心里有一股寒冷、空洞的恐惧。这份恐惧仍然存在着，像一个冷冰冰、黏糊糊的空洞，占有了他空洞的内心中过去由信心占有的地方，这叫他感到难受。这件事现在仍然同他在一起。

这事是昨天夜晚开始的，那时他醒过来，听到河上游不知什么地方有狮子在吼叫。吼声深沉，结尾有点像咕噜咕噜的咳嗽声，听上去好像它就在帐篷外面，弗朗西斯·麦康伯夜晚醒来，听到这声音，感到害怕。他能够听到他妻子平静的呼吸声，她熟睡着。没有人可以让他来倾诉他感到害怕，也没有人来同他一起害怕，他独自个儿躺着，不知道索马里人有一句谚语，说一个勇敢的人总是要被狮子吓上三次：他第一次看到它的脚印的时候、他第一次听到它的吼叫的时候以及他第一次跟它照面的时候。后来，在太阳出来以前，他们正在就餐帐篷里就着马灯的亮光吃早饭，那头狮子又吼了，弗朗西斯以为它就在这营地边上。

"听起来像是头老家伙，"罗伯特·威尔逊说，从他的鲱鱼和咖啡上抬起眼睛来。"听它咳嗽似的声音。"

"它离得很近吗？"

"在河上游约摸有一英里。"

"我们会见到它吗？"

"我们会去找的。"

"它的吼声传得这么远吗？听起来好像就在这营地里。"

"声音传得可远哪，"罗伯特·威尔逊说。"它的吼叫传得这么远，是叫人奇怪。但愿那是头可以猎杀的畜生。仆人们说过这儿附近有一头挺大的。"

"我要是开枪，应该打它哪儿，"麦康伯问，"才能阻止它冲过来？"

"打它两个肩膀之间，"威尔逊说。"打它的脖子，要是打得准的话。往它的骨头打。把它撂倒。"

"但愿我能打得准，"麦康伯说。

"你的枪法很好，"威尔逊告诉他。"别着急。瞄准了才开枪。头一颗打中的子弹是最重要的。"

"多少距离呢？"

"说不上。这多少得由狮子来决定。千万别开枪，除非它走得相当近了，你能瞄得准。"

"不到一百码行吗？"麦康伯问。

威尔逊很快望了他一眼。

"一百码差不多。也许得在一百码不到一点儿的地方对付它。可千万别在大大超过这距离的地方没有把握就开枪。一百码是个适当的距离。这样，你想要打它哪儿，就能打它哪儿。太太来了。"

"早上好，"她说。"我们要去对付那头狮子吗？"

"等你一用罢早餐，"威尔逊说。"你感到怎么样？"

"挺好啊，"她说。"我很兴奋。"

"我正要去看看是不是什么都准备好了。"威尔逊要走了。他刚要走，狮子又吼了。

"吵吵嚷嚷的家伙，"威尔逊说。"我们会叫你吼不成的。"

"怎么啦，弗朗西斯？"他的妻子问他。

"没什么，"麦康伯说。

"不，有，"她说。"你心烦什么呀？"

"没什么，"他说。

"告诉我，"她望着他。"你身体不好受吗？"

"是那该死的吼叫声，"他说。"它吵了整整一宿，你知道。"

"你干吗不叫醒我，"她说。"我倒喜欢听听这声音。"

"我得去干掉那该死的畜生啊，"麦康伯可怜巴巴地说。

"唔，你上这儿来，就是为了干这个，是不？"

"是啊。不过我神经紧张。听这畜生吼，使我神经紧张。"

"那好，就照威尔逊说的，去干掉它，叫它吼不成。"

"话是不错，亲爱的，"弗朗西斯·麦康伯说。"听听倒很容易，对不？"

"你不是在害怕吧，对吗？"

"当然不怕。可是我听它吼了整整一宿，感到神经紧张。"

"你会利索地干掉它的，"她说。"我知道你会的。我巴不得马上看到它。"

"你吃罢早饭，我们就出发。"

"天还没亮哪，"她说。"这是个不恰当的时刻。"

就在这时候，那头狮子吼出一声发自胸腔深处的呜咽，一下子变成喉音，越来越高，震颤得好像叫空气也震动了，最后成为一声叹息和发自胸腔深处的、沉重的咕噜。

"听上去好像就在眼前，"麦康伯的妻子说。

"我的老天，"麦康伯说。"我讨厌这该死的叫声。"

"可给人印象很深。"

"印象很深。简直可怕。"

这时候，罗伯特·威尔逊带着他那支又短又难看、口径大得吓人的.505吉布斯走来，咧开了嘴在笑。

"走吧，"他说。"你的扛枪人把你那支斯普林菲尔德和那支大枪都带上了。样样东西都在汽车里了。你有实心弹吗？"

"有。"

"我准备好了，"麦康伯太太说。

"一定要阻止它乱吼乱叫，"威尔逊说。"你坐在前面。太太不妨跟我一起坐在后面。"

他们上了汽车，在灰蒙蒙的曙光中，穿过树林，向河上游驶去。麦康伯打开他来复枪的枪膛，一看里面是金属铸的子弹，便推上枪栓，上了保险。他看到自己的手在抖。他把手伸进口袋去摸一摸里面的子弹，并把手指在他短上衣胸前带圈里的子弹一一摸去。

他向这辆没有门的、车身像盒子般的汽车的后座转过脸去，威尔逊同麦康伯太太就坐在那里，两人都兴奋地咧开了嘴在笑，接着威尔逊向前探身低声说：

"瞧，鸟儿都飞下去了。这是说那老家伙已经离开了被它咬死的野兽。"

麦康伯可以看到，在小溪的对岸，树梢的上空，有些秃鹫在盘旋，然后陡直地降落。

"它可能会到这一带来喝水，"威尔逊低声说。"在它去睡之前。留神注意着。"

他们正沿着高高的溪岸慢腾腾向前驶去，溪水在这一带把它的尽是圆石的溪床冲得很深，他们一路驶去，在那些大树之间弯弯曲曲地穿进穿出。麦康伯正望着对岸，突然感到威尔逊一把抓住他的胳膊。汽车停下了。

"它就在那儿，"麦康伯听到对方低声说。"就在前面右方。下车去，把它打了。它是头呱呱叫的狮子。"

麦康伯现在看到了那头狮子。它几乎完全侧身站着，抬起了那颗大脑袋在向他们扭过身来。向他们迎面吹来的清晨的微风，微微吹动它深色的鬃毛，这头狮子看上去身体巨大，在灰蒙蒙的晨光中，站在岸边高地上，显出一个侧影，肩膀浑厚，圆桶似的庞大身子显得油光水滑。

"它有多远？"麦康伯一边问，一边举起枪。

"约摸七十五码。下车去，把它打了。"

"干吗不让我在这儿开枪？"

"你不能在汽车上开枪打它们，"他听到威尔逊在他耳边说。"下车去。它不会整天待在那儿的。"

麦康伯从前座边的圆弧形缺口里跨出，一脚踩在踏级上，然后落到地面上。那头狮子仍然站着，威武而沉着地向它的眼睛只能侧面看到的那个东西望过来，这东西大得像一头特大犀牛。没有人的气味在向它吹来，它望着这东西，大脑袋向左右微微摇摆。它继续望着这东西，并不害怕，但是有这样一个东西面对着它，在走下河岸去喝水以前，它感到犹豫，后来看到有个人影儿从那东西中出来，就扭过它那沉重的大脑袋，大摇大摆地向可隐蔽的树丛走去，这当儿，只听到砰的一声，它感到一颗.30－06 的 220 格令①实心子弹击中它的胁腹，胃里突然有一阵火烧火燎的拉扯感，使它直想呕吐。它迈开大脚，沉重地小跑起来，由于肚子受了重伤，身子有点摇晃，它穿过树丛，向高高的野草丛和隐蔽的所在跑去，紧接着又是砰的一响，从它身旁擦过，撕裂了空气。接着又是砰的一响，它感到子弹打中了它的下肋，而且一直穿进去，嘴里突然涌出热乎乎的、尽是泡沫的血，它飞也似的向高高的野草丛跑去，它可以在那儿趴下，不被人看到，让他们带着那砰砰作响的东西走近，只要一够得上，它就可以向擎着那玩意儿的人扑去，把他咬住。

麦康伯跨下汽车的时候，并没有想到狮子会有什么感觉。他只知道自己的手在索索发抖，从车子边走开去的时候，两条腿几乎挪不动了。他的大腿僵直了，但还能感觉到肌肉在颤动。他举起来复枪，瞄准狮子的脑袋和肩膀相连接的地方，然后扳动枪机。尽管他扳得自以为手指头都快弄破了，但是一点声音也没有。他这才想到原来上着保险，于是把枪垂下，拉开保险，直僵僵地向前迈了一步，这时狮子看到他的侧影从汽车的侧影里分离开来，便转身一路小跑而去，随着麦康伯开了一枪，他听得砰的一响，这说明子弹打中了；但那狮子还在跑。麦康伯又是一枪，人人都看到那子弹在小跑的狮子前面扬起一股尘土。他记起了该把枪口向下一点来瞄准目标，又开了一枪，他们都听到子弹打中了。那狮子飞跑起来，不等他推上枪栓，就钻进了高高的野草丛。

麦康伯站在那儿，胃里感到难受，握着斯普林菲尔德枪的双手仍然作好射击准备，还在发抖，这时他妻子和罗伯特·威尔逊站到

---

① 格令（grain）是英美制最小的重量单位，等于 64.8 毫克。

他身边来了。他身边还有那两个扛枪人，正用瓦卡姆巴语①在叽叽呱呱地交谈。

"我打中了它，"麦康伯说。"我打中了它两枪。"

"你打中了它的肠胃，还打中了它前身的什么地方，"威尔逊一点不打劲地说。两个扛枪人脸色显得非常阴沉。他们现在一声不吭了。

"你原可能打死它的，"威尔逊接着说。"我们不得不等一会儿，才能进去把它找到。"

"你这是什么意思？"

"我们得等它不行了，才能顺着血迹一路去找到它。"

"啊，"麦康伯说。

"它是头呱呱叫的狮子，"威尔逊高兴地说。"可惜它跑进了一个糟糕的地方。"

"干吗糟糕呢？"

"你得走到它身旁才能看到它。"

"啊，"麦康伯说。

"走吧，"威尔逊说。"太太可以留在汽车里。我们去找血迹吧。"

"待在这儿，玛戈，"麦康伯对他的妻子说。他嘴里很干，说话都感到困难。

"为什么？"她问。

"威尔逊说的。"

"我们去看一下，"威尔逊说。"你待在这儿。你在这儿甚至可以看得更清楚。"

"好吧。"

威尔逊用斯瓦希里语对驾驶员说话。他点点头，说，"是，先生。"

---

① 瓦卡姆巴语，东非班图人的一种语言。

接着，他们从陡峭的岸上走下去，跨过小溪，在圆石上弯弯曲曲地绕着走，登上对岸，一路拉住突出的树根往上爬，顺着对岸走，找到了麦康伯开头一枪时那头狮子一路小跑的地方。扛枪的人用草茎指出长着矮矮的青草的地面上深红的血迹，这道血迹一直伸展到沿河岸的树林里去。

"我们怎么办？"麦康伯问。

"办法不多，"威尔逊说。"我们没法把汽车开过来。河岸太陡。我们要等它变得僵硬一点，然后你跟我一起进去找它。"

"我们不能放火烧草吗？"麦康伯问。

"草太青。"

"我们不能派拍打树丛赶野兽的人去吗？"

威尔逊带着估量的眼光向他望着。"我们当然能，"他说。"不过这有点儿像蓄意谋杀。你瞧，我们明知道这头狮子是受了伤的。你可以去撵一头没受伤的狮子——它一听到声响，就会往前逃跑——可是一头受了伤的狮子就会扑上来。你看不到它，除非走到了它的面前。它会平展展地趴着，隐蔽在一个地方，可你会认为那儿连一只兔子也藏不了。你怎么能正经八百地派那些手下人到那儿去出丑呢。准有人会受伤的。"

"那么扛枪人呢？"

"啊，他们要跟咱俩一起走。这是他们的分内事。你瞧，他们签过合同干这事的。可是他们看上去并不太高兴，是不？"

"我可不愿进那草丛，"麦康伯说。他自己还不觉得，话已经说出口了。

"我也不愿去，"威尔逊喜洋洋地说。"不过真的没有别的办法。"接着，他想出了一个主意，向麦康伯看了一眼，突然发现他在发抖，脸上露出一副可怜相。

"当然啦，你不一定进去，"他说。"你知道，雇我来就是干这种事的。所以我的价钱这么贵。"

"你是说你独自个儿进去？干吗不就把它撂在那儿？"

罗伯特·威尔逊的整个工作就是跟狮子和狮子引起的问题打交道，他一直没想到麦康伯有什么不对头，只是注意到这个人有点神经紧张，这时突然感到好像自己在旅馆里开错了一扇房门，看到了一件丑事似的。

"你这是什么意思。"

"干吗不干脆把它撂下？"

"你是说骗自己说没有打中它吗？"

"不。只是撂下别去管它。"

"这办不到。"

"为什么？"

"第一，它一定会受苦受难。第二，别人也许会不当心碰上它。"

"我明白了。"

"不过你不一定跟这事有什么牵连。"

"我倒喜欢有牵连，"麦康伯说。"我不过害怕罢了，你知道。"

"我们俩进去，我走在头里，"威尔逊说，"让孔戈尼跟着。你待在我后面，靠边一点儿。很可能我们会听到它吼叫。如果看到它，我们就一起开枪。什么也不用担心。我会给你撑腰的。事实上，你知道，也许你还是不去的好。也许不去要好得多。干吗不过河去跟你太太待在一起，让我去了结这件事？"

"不，我要去。"

"好吧，"威尔逊说。"不过，你要是不想去的话，就别去。现在这是我的分内事了，你知道。"

"我要去，"麦康伯说。

他们坐在一棵树下，抽起烟来。

"想走回去，跟你太太说一声吗？我们反正得等一会儿，"威尔逊问。

"不。"

"那我就回去，叫她耐心点儿。"

"行，"麦康伯说。他坐在那里，胳肢窝里在出汗，嘴里发干，胃里感到空洞洞的，想要鼓起勇气来要求威尔逊独自去干掉那头狮子。他没法知道威尔逊在发火，因为没有早一点儿注意到他的心情，于是打发他回到他妻子那儿去。他坐在那里，威尔逊回来了。"我把你的大枪带来了，"他说。"拿着。我们给了它足够的时间了，我想。走吧。"

麦康伯接过大枪，威尔逊说：

"走在我后面，约摸偏右五码，我叫你怎么做就怎么做。"接着他用斯瓦希里语同那两个扛枪人说话，他们脸色阴郁。

"我们走吧，"他说。

"我能喝点水吗？"麦康伯问。威尔逊同那个皮带上挂着一个水壶、年纪大一点儿的扛枪人说了几句，那人解下水壶，拧开盖子，递给麦康伯，他接过去，发觉水壶的分量真沉，那个毡制的套子在手里多么毛茸茸而粗糙。他举起水壶喝水，望着前面高高的野草丛和草丛后面的平顶的树丛。一阵微风向他们吹来，野草在风中轻轻波动。他向那个扛枪人望去，看出这扛枪人也在经受恐惧的折磨。

野草丛中三十五码的地方，那头大狮子平展展地趴在地面上。它的耳朵朝后撇着，唯一的动作是那条长着黑毛的长尾巴在微微地上下抽动着。它一进入这个隐蔽的所在，就准备拼个你死我活，而打穿它圆滚滚的肚子的那一处枪伤使它不好受，穿透它肺的那一处枪伤使它每呼吸一次，嘴里就冒出稀薄的、有泡沫的血，使它越来越衰弱了。它的两胁湿漉漉、热乎乎。苍蝇停在实心子弹在它的褐色皮毛上打开的小窟窿上，它那双黄色的大眼睛带着仇恨眯成一条缝，笔直地向前望着，只有在它呼吸的时候感到痛苦，才眨巴一下，而它的爪子刨进了松软的干土。它全身疼痛、难受、充满仇恨，它全身残余的体力都调动起来，完全集中着准备发动突然袭击。它能够听到那几个人在说话，便等待着，积聚全身力量做好准备，只等那些人走进野草丛，就拼命一扑。它听着他们说话，那条尾巴变硬起来，上下抽动着，等他们一走进野草丛边缘，它就发出一声咳嗽似的咕噜，猛扑上去。

孔戈尼，那个上了年纪的扛枪人，在领头查找血迹，威尔逊注意着野草丛中的任何动静，他那支大枪随时可用。另一个扛枪人眼睛向前望，留神听着，麦康伯靠近威尔逊，他的来复枪随时可以射击，他们刚跨进野草丛，麦康伯就听到被血哽住的咳嗽似的咕噜声，看到野草丛里有东西呼的扑来。接下来，他发觉自己在逃跑；发疯似的慌慌张张逃到空地上，向溪边逃去。

他听到威尔逊的大来复枪一声卡—拉—轰！接着又是一声响得震耳的卡拉轰！他转过身去，看到了那头狮子，这时模样怪可怕的，半个脑袋几乎没有了，正向站在高高的野草丛边缘的威尔逊爬去，而那个红脸汉呢，正推上他那支难看的短枪的枪栓，仔细瞄准，接着枪口里又发出一下震耳的卡拉轰，只见那只拖着沉重、庞大的黄身子的在爬着的狮子身子一僵，那颗巨大的、残缺不全的脑袋向前溜下，这时麦康伯独个儿站在他逃跑到的空地上，拿着一支装满子弹的来复枪，两个黑人和一个白人轻蔑地回头看着他，知道狮子死了。他向威尔逊走去，高高的个儿好像对他也是一种赤裸裸的谴责，于是威尔逊望着他，说：

"要照相吗？"

"不要，"他说。

他们一共才说了这两句话，直走到汽车前。这时威尔逊说：

"一头呱呱叫的狮子。手下人会把它的皮剥下来。我们还是待在这儿荫凉的地方好。"

麦康伯的妻子没有对他看，他也没有对她看，他在后座上她的身旁落了座，威尔逊呢，坐在前面的座位上。有一次，他伸出手去，握住他妻子的一只手，眼睛没有向她望，她把手从他手心里抽了出来。望着河对岸扛枪人在剥狮子皮的地方，他明白她刚才是能看到事情的全部经过的。他们坐在那儿，他的妻子伸出手去，搁在威尔逊的肩膀上。他扭过头来，她从低矮的座位上向前探出身子，亲了亲他的嘴。

"唷，啊呀，"威尔逊说，他那张天然的红脸变得更红了。

"罗伯特·威尔逊先生，"她说。"美丽的红脸儿罗伯特·威尔逊先生。"

接着她又在麦康伯身旁坐下来，扭头眺望对岸狮子躺着的地方，只见它的两条前腿朝天伸着，皮已经剥掉了，露出雪白的肌肉和腱子瓣儿，还有鼓起来的白肚子，这时黑人们在刮掉皮上的肉。扛枪人终于带着又湿又沉的狮子皮走来，在上车以前把皮卷好，带着它爬上车子的后部，汽车启动了。没人说一句话，他们默默地回转营地。

这就是那头狮子的故事。麦康伯并不知道那头狮子在发动突然袭击前有什么感觉，也不知道，它在袭击的时候，一颗初速每小时两百英里的.505子弹以难以置信的冲击打在它的嘴上，它有什么感觉，也不知道，后来挨了第二下非常厉害的打击，后半身已经被打烂，还向那个发出砰砰的爆炸声、把它毁了的东西爬去，那到底是一种什么力量在支撑它这么做。威尔逊倒是知道一点儿，他只用一句话来表达，"呱呱叫的狮子"，但是麦康伯也不知道威尔逊对这些事有什么感觉。他不知道他妻子有什么感觉，只知道她同他闹翻了。

他的妻子以前也同他闹翻过，但是从来没有闹得不可收拾。他挺有钱，而且还会更有钱。他知道即使现在她也不会离开他。这是他真正知道的几件事中的一件。他知道这件事，知道摩托车——这是最早的事——知道汽车，知道打野鸭，知道钓鱼，鳟鱼啊、鲑鱼啊、大海鱼啊，知道书上的性爱故事，许多书，太多的书，知道所有的球场运动，知道狗，不怎么知道马，知道紧紧抓着自己的钱不放，知道他那个圈子里的人干的大多数事情，还知道他的妻子不会离开他。他的妻子一直是个大美人儿，她在非洲仍然是个大美人儿，但是在美国，如果她想离开他，过更阔气的日子，她这个大美人儿却再也不够大了，这一点她知道，他也知道。她已经错过了离开他的机会，这一点他知道。如果他同女人打交道比较有办法，她也许会开始担心，怕他另外去娶一个美丽的妻子；但是她对他知道得太清楚了，用不着为这事担心。再说，他一向宽宏大量，如果说这不是他的最致命的弱点，那么，似乎该是他最大的优点了。

总的说来，他们被认为是一对比较幸福的夫妻，他们就是属于尽管经常谣传要散伙、但是从来没有实现的那一类夫妻，正像有一个社交生活专栏的作者所写的，不是仅仅为了要给他们那非常被人羡慕和始终经得起考验的爱情添上一层冒险色彩，他们才深入到被称为最黑暗的非洲的那地方来打猎，这是一片黑暗的大陆，直等到马丁·约翰逊[1]夫妇在许多银幕上把它放映出来，他们在那里猎取狮子啦、野牛啦、象啦，还给自然史博物馆收集标本。同一个专栏作者过去至少有三次报道过，他们濒于分离，他们也确实是这样。但是他们总是言归于好。他们有健全的结合基础。玛戈长得太漂亮了，麦康伯舍不得同她离婚，而麦康伯太有钱了，玛戈也不愿离开他。

弗朗西斯·麦康伯不去想那头狮子以后，睡着过一会儿，醒了一阵，接着又睡着了，现在约摸清晨三点钟，他在梦中突然被那头脑袋血淋淋、站在他面前的狮子吓醒，心怦怦地乱跳，留神听着，发觉他的妻子不在帐篷里另一张帆布床上。他清醒地躺着，有两个钟头，放不开这件事。

两个钟头后，他的妻子走进帐篷，撩起蚊帐，舒适地爬上床。

"你上哪儿去了？"麦康伯在黑暗中问。

"唔，"她说。"你醒了吗？"

"你上哪儿去了？"

---

[1] 马丁·约翰逊（Martin Elmer Johnson，1884—1937），美国电影摄制者，专在非洲拍摄原始生活；他为美国自然史博物馆拍摄了大量反映即将消失的非洲原始生活的影片。他的妻子奥莎·海伦（Osa Helen）同他一起工作，并且在他去世以后，继续这项工作。

"我刚才出去呼吸一下新鲜空气。"

"是这样吗，真见鬼。"

"你要我说什么呢，亲爱的？"

"你上哪儿去了？"

"出去呼吸一下新鲜空气。"

"这倒是这种事的新鲜说法。你是条骚母狗。"

"嘿，你是个胆小鬼。"

"就算是吧，"他说。"又怎么样？"

"拿我来说，没怎么样。可是请别跟我说话，亲爱的，因为我困得很。"

"你以为我什么都忍受得了。"

"我知道你会的，亲人儿。"

"嘿，我不会。"

"亲爱的，请别跟我说话。我困得很哪。"

"不能再干这种事啦。你答应过不干了。"

"唔，现在又干了，"她柔情蜜意地说。

"你说过，我们要是这次出来旅行的话，绝不会有这种事情。你答应过。"

"不错，亲爱的。我原来是想这样的。不过，这次旅行在昨天给毁了。我们不必去谈它，好不？"

"你只要有机可乘，真是一刻也不愿等啊，对不？"

"请别跟我说啦。我很困，亲爱的。"

"我要说。"

"那就别来睬我，因为我快要睡着了。"随即她确实睡着了。

天还没亮，他们三个人全坐在桌子旁吃早饭了。弗朗西斯·麦康伯发现，在他憎恨的许多人当中，他最最憎恨的是罗伯特·威尔逊。

"睡得好吗？"威尔逊一边在烟斗里装烟丝，一边用喉音问。

"你睡得好吗？"

"好极啦，"这白种职业猎手告诉他。

你这杂种，麦康伯想，你这神气活现的杂种。

原来她进去的时候把他闹醒了，威尔逊想，用没有表情的、冷静的眼光望着他们两人。唔，他干吗不让他的妻子待在她应该待的地方呢？他把我当什么玩意儿，一尊该死的石膏圣徒像吗？谁叫他不让她待在她应该待的地方呢。这是他自己的过错。

"你看我们找得到野牛吗？"玛戈一边问，一边用手推开一盆糖水杏子。

"碰巧能遇上，"威尔逊说，对她微笑。"你干吗不留在营地里？"

"我才不干哪，"她对他说。

"干吗不吩咐她留在营地里？"威尔逊对麦康伯说。

"你来吩咐她，"麦康伯冷冷地说。

"我们不要来什么吩咐啦，"玛戈转过脸去，非常高兴地对麦康伯说，"也不要犯傻，弗朗西斯。"

"你做好出发的准备了吗？"麦康伯问。

"随时都行，"威尔逊对他说。"你要你太太去吗？"

"我要不要有什么不一样吗？"

真见鬼，罗伯特·威尔逊想。真是活见鬼。原来事情就是会闹成这个样。唉，看来事情就是会闹成这个样啰。

"没什么不一样，"他说。

"你能肯定，你不喜欢陪她一起留在营地，而让我出去打野牛吗？"麦康伯问。

"这不成，"威尔逊说，"我要是你，就不会这么胡说。"

"我没胡说。我感到厌恶。"

"厌恶，这不是个好词儿。"

"弗朗西斯，请你说话尽可能通情达理点，行不？"他的妻子说。

"我说话真他妈的太通情达理啦，"麦康伯说。"你吃过这么脏的东西吗？"

"吃的东西有什么不对头吗？"威尔逊沉着地问。

"也不比别的什么更不对头。"

"我会使你安下心来的，小少爷，"威尔逊非常沉着地说。"有一个侍候吃饭的仆人懂一点儿英语。"

"叫他见鬼去。"

威尔逊站起来，一边抽烟斗，一边蹚过去，用斯瓦希里语对一个站着等他的扛枪人说了几句话。麦康伯和他的妻子坐在桌子旁。他正盯着看他的咖啡杯。

"你要是当众吵闹，我就离开你，亲爱的，"玛戈沉着地说。

"不，你不会。"

"你不妨试试，就会知道。"

"你不会离开我。"

"对，"她说。"我不会离开你，而你会规矩点。"

"我规矩点？说得真妙。我规矩点。"

"可不是。你规矩点。"

"你干吗不试着叫你自己规矩点？"

"我试了好久啦。好久好久啦。"

"我讨厌那个红脸畜生，"麦康伯说。"我一看见他的人影儿就恼火。"

"他真的非常可爱。"

"嘿，别说啦，"麦康伯几乎嚷叫起来。这当儿，汽车开过来，在就餐帐篷前停下，那驾驶员和两个扛枪人下了车。威尔逊走过来，望着坐在桌旁的这对夫妻。

"去打猎吗？"他问。

"去，"麦康伯一边说，一边站起身来。"去。"

"还是带件毛线衣去。汽车一开会很凉的，"威尔逊说。

"我去拿皮茄克，"玛戈说。

"那仆人取来了，"威尔逊告诉她。他上了车，坐在驾驶员身旁，弗朗西斯·麦康伯和他妻子一声不吭，坐在后座上。

　　但愿这个蠢货不会想到把我的后脑勺一枪打烂，威尔逊暗自思量。游猎队里有了娘们真是麻烦。

　　汽车在灰蒙蒙的晨光里吱吱嘎嘎地向下开，从一个尽是卵石的浅滩上渡过河，接着往上开，盘上陡岸，威尔逊上一天就吩咐在那里开出一条路，这样他们才可以开到对岸这片像猎苑似的长着树的、地形起伏的地方来。

　　真是个美好的早晨，威尔逊想。露水很重，汽车轮在野草和矮树丛上一路滚过去，他能闻到碾碎了的蕨薇的气味。这味儿像是马鞭草，汽车一路穿过这片没有人迹的猎苑似的地方，他欣赏着这清晨的露水气味、碾碎了的蕨薇气味和在晨雾中显得黑魆魆的树干。他现在不再去想后座上的那两口子，在想野牛了。他要找的野牛白天待在尽是泥浆的沼泽里，在那里是不可能打的，但是在夜晚它们在这一带的空地上找东西吃，他要是能用汽车把它们同沼泽隔开，麦康伯就能有个好机会在空旷的地方打它们。他不愿同麦康伯一起在树荫稠密的地方打野牛。他压根儿不愿同麦康伯一起打野牛或者别的野兽，但他是个职业猎手，这辈子曾经同一些难得的人物一起打过猎。如果今天他们打到了野牛，那么就只差犀牛了，这样，这个可怜的家伙就会结束这危险的游戏，情况就可能好转了。他就不会再跟这女人有什么来往，麦康伯呢，也会把这件事忘掉。看样子，他以前一定经受过许多回这种事情。可怜的家伙。他一定有办法忘掉它。唉，这是这可怜的屌头自己的该死的过错啊。

　　他，罗伯特·威尔逊，带着一张双人帆布床参加游猎队，以便应付他可能碰到的艳遇。他曾陪过一些特定的顾客打猎，那是一帮放荡不羁、游戏人生的不同国籍的人，其中的女人如果不同这个白种猎手分享这张帆布床，就会感到她们花的钱不值。他同她们分手后，就瞧不起她们，尽管她们当中有几个他当时还算喜欢，不过他是靠这种人过活的；只要他们雇用他，他们的标准就是他的标准。

　　在一切方面，他们就是他的标准，不过狩猎却不在此例。对于猎杀，他有他自己的标准，他们要是不能遵守这些标准，尽可以另外雇人去陪他们打猎。他也知道他们全都因为他的这种态度才尊重他。这个麦康伯却是个怪家伙。不怪才有鬼哪。再说他这妻子。唉，这个妻子。是啊，这个妻子。嗯哼，这个妻子。得了，他已经把这一切全撇开了。他扭头扫了他们一眼。麦康伯绷起了脸，正气冲冲地坐着。玛戈呢，冲着他微笑。她今天看上去更年轻、更天真、更娇嫩，不像平时那样显露出一种做作的美。她心里在想什么，那只有天知道，威尔逊想。昨天夜晚，她说话不多。一想到这事，看见她就高兴。

汽车爬上一道缓坡，一路穿过树林，随后开进一片长着野草的草原似的开阔地，沿着开阔地的边缘，在树荫下开着，驾驶员放慢速度，威尔逊仔细察看这片草原和它最远的边缘。他吩咐停车，用双筒望远镜观察这片开阔地。接着他向驾驶员示意继续开车，汽车慢腾腾地行驶，驾驶员避开一个个疣猪挖的坑，绕过一座座蚁山①。接着，越过开阔地望去，威尔逊突然转过脸来，说：

"我的老天，它们就在那儿！"

汽车颠簸着向前驶，威尔逊用说得很快的斯瓦希里语在对驾驶员说话，麦康伯向他指的地方望去，看到三条庞大的黑色野兽，又长又笨重，几乎是圆柱形的，就像是黑色的大油槽车，正飞快地穿过这开阔的草原的远方边缘。它们飞快地跑着，脖子直僵僵的，身子也是直僵僵的，它们伸出了脑袋飞奔，他能看清它们脑袋上那一对向上翘的、宽阔的黑犄角；这些脑袋却并不上下波动。

"那是三头老公牛，"威尔逊说。"我们得切断它们的去路，不让它们跑进沼泽。"

汽车用一小时四十五英里的速度疯狂地穿过这开阔地，麦康伯留神看着，野牛显得越来越大了，他终于看清楚一头没有毛的、长满痂癣的灰色大公牛，它的脖子和肩膀打成一片，还有闪闪发亮的

---

① 蚁山，非洲的蚂蚁能借一段枯树桩作梁架，用土粒堆起几丈高的土山。

黑犄角，它跑在其他两头后面一点，它们迈着固定不变的、向前冲的步子，排成一列跑去；接着，汽车摇晃了一下，好像刚跳过一条路似的，他们快要赶上了，他能看清那条公牛的向前冲的庞大身子和它那稀稀拉拉地长着毛的牛皮上的尘土、犄角间宽阔的疣突和伸出的长着鼻孔很大的鼻子的喙部，但等他正要举起来复枪，威尔逊嚷叫起来，"别从车上打，你这蠢货！"他并不害怕，只是恨威尔逊，这当儿，刹车已经扳上，汽车还在滑动，吱吱嘎嘎地向一旁斜去，还没有停稳，威尔逊就从一边下了车，他从另一边下了车。双脚踩在好像还在飞速移动的地面上，他打了个趔趄，接着，他向这条正在跑去的野牛开枪，听到一颗颗子弹砰砰地打进它身子的声音，对着这条正在用不变的步子逃跑的野牛把枪膛里的子弹全都打光，最后才记起该打它前面的肩膀，就在笨手笨脚地装子弹的当儿，看到这条野牛倒下去了。它跪在地上，大脑袋往后仰着，他看到另外两条仍然在飞快地奔跑，他向带头的那条开了一枪，打中了它。他又开了一枪，没打中，只听到卡拉轰一声响，这是威尔逊开的枪，接着他看到那条带头的野牛向前滑倒，鼻子碰到地面上。

"把另一条撂倒，"威尔逊说。"你现在开枪才像样啦！"

但是另一条野牛用不变的步子飞快地跑着，他没有打中，子弹扬起一股尘土，而威尔逊也没有打中，尘土像云雾似的升起，接着威尔逊嚷道，"走吧。它太远啦！"就一把抓住他的胳膊，他们又上了汽车，麦康伯和威尔逊站在汽车两边的踏级上，在高低不平的地面上摇摇晃晃地飞驶，逼近这条步子固定不变、脖子直僵僵、一直向前冲的飞跑的野牛。

他们赶到了它的后面，麦康伯在装子弹，把子弹壳卸到地上，不料卡住了枪，他排除了故障，这当儿，眼看他们要赶上这条野牛了，威尔逊一声大叫，"停车。"汽车刹了车，还在向前滑动，差一点翻了身，麦康伯朝前翻下，总算站住了脚，他猛地一推枪栓，尽可能提前瞄准那条飞跑着的、身子圆滚滚的野牛的黑色的背部，开了一枪，又瞄准开了一枪，又是一枪，又是一枪，子弹颗颗都打中了，但是他看不出对这条野牛有什么影响。接着，威尔逊开枪了，声音响得几乎震聋他的耳朵，他看到这条野牛脚步摇晃了。麦康伯仔细瞄准，又开了一枪，于是它倒下来，跪在地上。

"行啊，"威尔逊说。"干得好。这是第三条。"

麦康伯像喝醉了酒那样兴高采烈。

"你开了几枪？"他问。

"只开了三枪，"威尔逊说。"你打死了第一条公牛。最大的那条。我帮你干掉其它那两条。怕它们可能逃进隐蔽的地方。是你打死它们的。我不过收拾了一下残局罢了。你打得真棒。"

"我们去上汽车吧，"麦康伯说。"我想喝点酒。"

"先得把这头公牛干掉，"威尔逊对他说。那条牛正跪在地上，愤怒地扭动它的脑袋，他们走近它的时候，它瞪着那双洼下去的小眼睛，狂怒地大声吼叫。

"留神，别让它站起来，"威尔逊说。接着，他又说，"站到偏侧的一边，打它的脖子，就在耳朵后面那地方。"

麦康伯仔细瞄准它那被狂怒折磨得扭动的粗大脖子的正中心，开了一枪。枪声一响，那脑袋就搭拉下来。

"这一下成了，"威尔逊说。"打中了脊骨。它们长得好看极了，对不？"

"我们去喝酒吧，"麦康伯说。他这一辈子从没感到这么痛快过。

麦康伯的妻子坐在汽车里，脸色煞白。"你干得真出色，亲爱的，"她对麦康伯说。"汽车开得真惊险。"

"颠得厉害吗？"威尔逊问。

"真吓人。我这一辈子还从没受过这样的惊吓。"

"我们都来喝酒吧，"麦康伯说。

"那敢情好，"威尔逊说。"先给太太喝。"她接过扁酒瓶喝了一口纯威士忌，咽下去的时候，打了个冷战。她把瓶递给麦康伯，他随手递给了威尔逊。

"真是刺激得吓人，"她说。"它折腾得我头痛得都要裂开了。不过我不知道你们可以从汽车上向它们开枪的。"

"没人从汽车上开枪啊，"威尔逊冷静地说。

"我是说，坐着汽车撵它们。"

"一般是不这样做的，"威尔逊说，"不过我们这么撵的时候，我倒认为是符合运动道德的。这样坐车越过满是坑坑和别的碍手碍脚的东西的旷野比步行打猎冒的风险更大一点儿。我们每一次开枪的时候，野牛要是高兴是可以向我们进攻的。每一次都给它机会。不过还是别跟任何人提起这件事。这是不合法的，如果你正是这么想的。"

"依我看这非常不公平，"玛戈说，"坐着汽车去撵那些走投无路的大牲口。"

"是吗？"威尔逊说。

"要是人家在内罗毕①听到这种情况，会出什么事？"

"首先，我的执照会被吊销。还有的是其它不愉快的事，"威尔逊说，举起扁酒瓶喝了一口。"我就会失业。"

"真的吗？"

"是真的。"

"嘿，"麦康伯说，这一天他头一回微笑了。"她现在抓住你一个把柄啦。"

"你的表达方式倒真帅，弗朗西斯，"玛戈·麦康伯说。威尔逊望着他们俩。如果一个下流坯娶了一个骚母狗似的女人，他在想，那么他们生的孩子该有多下贱？他嘴里说的却是，"我们丢了一个扛枪人。你注意到了吗？"

"我的天，没有啊，"麦康伯说。

"他来了，"威尔逊说。"他没出乱子。他准是在我们离开头一条牛的地方摔下去了。"

---

① 内罗毕，原英国东非殖民地、现是已独立的肯尼亚的首都。

这个中年扛枪人正一瘸一颠地朝他们走来，他戴着编织的便帽，穿着卡其短上衣、短裤和橡胶凉鞋，脸色阴沉，神情可怕。他走近来，用斯瓦希里语对威尔逊嚷着说话，他们全都看到这白种职业猎手脸上的表情一下子变了。

"他说什么来着？"玛戈问。

"他说那头一条牛站起来，走进灌木丛去了，"威尔逊说，声音里没有一点表情。

"啊，"麦康伯茫茫然地说。

"这么说，就要像那狮子的事一样了，"玛戈充满着企望说。

"跟狮子的事一丁点儿也不会像，"威尔逊对她说。"你还要喝点酒吗，麦康伯？"

"好吧，谢谢，"麦康伯说。他料想关于那狮子的感觉会重新兜上心头，想不到却没有。他这一辈子头一回完全没有恐惧的感觉。他不但不害怕，反而明显地感到兴致勃勃。

"我们要去看看那第二条公牛，"威尔逊说。"我会通知驾驶员把车停在树荫下的。"

"你们去干什么？"玛格丽特·麦康伯问。

"去看看那条野牛，"威尔逊说。

"我也去。"

"走吧。"

他们三人走到第二条野牛躺着的开阔地上，它显得黑黝黝，身躯庞大，脑袋向前耷拉在野草上，一对大犄角叉得很开。

"这条野牛的头非常好，"威尔逊说，"两支角之间最大距离约摸有五十英寸。"

麦康伯高兴地望着它。

"它面目可憎，"玛戈说。"我们不能到树荫底下去吗？"

"当然可以，"威尔逊说。"瞧，"他对麦康伯说，用手指着，"看到这片灌木丛了吗？"

"看到了。"

"这就是头一条牛走进去的地方。扛枪人说，他摔倒的时候，那条牛正躺着。他看着我们在拼命地撵，那两条牛在飞快地跑。后来抬眼一看，那条牛站起来了，对他望着。扛枪人吓得没命地逃，那条牛慢腾腾地走进了灌木丛。"

"我们现在能进去找它吗？"麦康伯热切地问。

威尔逊用估量的眼光望着他。这不是个怪家伙才有鬼哪，威尔逊想。昨天，他吓坏了，可今天，他成了一个天不怕、地不怕的斗士啦。

"不成，我们得让它再待一会儿。"

"让我们到树荫底下去吧，好吗？"玛戈说。她脸色苍白，神情憔悴。

他们走到一棵孤零零的、枝叶伸展得很开的树底下，汽车就停在那里，他们全上了车。

"也许它死在那儿了，"威尔逊说。"过一会儿我们去看吧。"

麦康伯感到一股猛烈的莫名其妙的愉快劲儿，那是他从没体会过的。

"我的老天，那是一场追猎，"他说。"我从来没有过这样的感觉。那不是很精彩吗，玛戈？"

"我讨厌它。"

"为什么？"

"我讨厌它，"她咬牙切齿地说。"我厌恶它。"

"你知道，我想不管是什么玩意儿，我再也不怕了，"麦康伯对威尔逊说。"我们看到了野牛，就开始撵它，我的心里就起了变化。好像是堤坝决口啦。十足的刺激。"

"使你胆子变大了，"威尔逊说。"什么奇怪的变化都会发生在人们身上。"

麦康伯的脸上闪闪发亮。"你知道，我当时的确发生了变化，"他说。"我感到完全不一样了。"

他的妻子一句话也不说，神情古怪地盯着他看。她朝后紧靠在座位上，麦康伯呢，正探出身子坐着，在同威尔逊说话，威尔逊则斜靠在前座的背上，扭过头来同他说话。

"你知道，我想再试一下，打一头狮子，"麦康伯说。"我现在真的不怕它们了。说到头来，它们能把你怎么样呢？"

"说得对，"威尔逊说。"人最狠的一招就是要你的命。这是怎么说的？是莎士比亚说的。说得太好啦。不知道我还背得出不。啊，说得太好啦。有一个时期，我经常对自己引用这几句。我们不妨听一听。'说实话，我一点也不在乎；人只能死一回；我们都欠上帝一条命……不管怎么样，反正今年死了，明年就不会再死。'①说得真精彩，呃？"

他说出了支撑自己生活的看法，感到很窘，但是他以前也看到过男子长大成人，而且总是叫他感动。这跟他们的二十一岁生日可毫不相干。

靠一次偶然的、奇异的打猎，一次没有机会事前担心的、手忙脚乱的突然行动，麦康伯终于发生这样的变化了，但是不管是怎样发生变化的，反正是毫无疑问地已经发生了。且瞧瞧现在这家伙，威尔逊想。事实是，他们有些人在很长的时间里一直是孩子，威尔逊想。有时候，他们一辈子都是。年纪到了五十岁，他们仍然看上去是个孩子。地道的孩子气的美国人。奇怪得要命的人。但是现在他喜欢这个麦康伯了。奇怪得要命的家伙。也许这意味着他不会再当王八啦。啊，这可是一件好得要命的事情。好得要命的事情。这家伙可能害怕了一辈子。不知道是什么引起的。但是现在都过去了。刚才是没有时间去害怕野牛。就是这么回事，加上还在发火。汽车也起了作用。汽车消除了拘束的气氛。现在变成一个天不怕、地不怕的斗士啦。他在战争中也看到过同样的情形。比丧失童贞变化更大。害怕一下子消失了，像动手术般被切除了。另外一种东西长了出来，代替了它。这是做一个男子汉的主要东西。使他变成了

_____

① 引自莎士比亚的《亨利四世（下篇）》第三幕第二场。

一个男子汉。女人也能体会这情况。压根儿一点也不怕了。

玛格丽特·麦康伯缩在座位的一角，望着他们两个人。威尔逊没有发生变化。她看到的威尔逊，就像她昨天看到的一样，当时她头一回发现他的本领有多大。但是她现在看出了弗朗西斯·麦康伯发生的变化。

"你对将要去干的事感到愉快吗？"麦康伯问，仍然在津津乐道他宝贵的新发现。

"你不应该讲出来，"威尔逊说，盯住了对方的脸。"倒不如说你感到心慌，这样要时髦得多。请你注意，你还会心慌的，还要慌好多回哪。"

"可是你对将要采取的行动有一种愉快的感觉吗？"

"有，"威尔逊说。"说得对。把这个说个没完可没好处。谈得太多就变成了扯淡。不管什么事，你要是唠唠叨叨地说个没完，就不会有乐趣。"

"你们俩都在说废话，"玛戈说。"只因为你们坐着汽车去撵了几条走投无路的野兽，说起话来就像英雄好汉啦。"

"对不起，"威尔逊说。"我空话说得太多了。"她已经在担心这种情况了，他想。

"要是你不懂得我们在谈什么，干吗还要插嘴呢？"麦康伯问他的妻子。

"你变得勇敢得很，突然变得勇敢得很，"他的妻子轻蔑地说，但是她的轻蔑是没有把握的。她非常害怕一件事情。

麦康伯哈哈大笑，这是非常自然的衷心大笑。"你知道我变了，"他说。"我真的变了。"

"是不是迟了一点呢？"玛戈沉痛地说。因为过去多少年来她是尽了最大的努力的，而现在他们俩的关系弄成这个样子不是一个人的过错。

"对我来说，一点儿不迟，"麦康伯说。

玛戈默不作声，只把身子朝后靠在座位的角落里。

"你看我们已经让它待了足够的时间了吗？"麦康伯兴致勃勃地问威尔逊。

"我们不妨去瞧一下吧，"威尔逊说。"你还有实心子弹剩下吗？"

"扛枪人有一些。"

威尔逊用斯瓦希里语叫了一声，那个正在给一条野牛的脑袋剥皮的、上了年纪的扛枪人挺起身来，从口袋里掏出一盒实心子弹，走过来递给麦康伯，他在那支枪的子弹仓里装满了子弹，把剩下的放进口袋。

"你还是用斯普林菲尔德打的好，"威尔逊说。"你用惯了。我们把那支曼利歇尔留在汽车上，给你太太。让你的扛枪人带着你那支大枪。我用这支该死的火铳。现在我来给你谈谈野牛。"他把这些话留到最后才说，因为不想使麦康伯担心。"野牛跑来的时候，总是脑袋抬得老高，笔直地冲过来。它犄角间的疣突保护着它的脑子，那是随你怎么打也打不进的。子弹只能从它鼻子里直接打进去。另外一个办法就只能从它的胸脯打进去，或者你要是在侧面的话，打它的脖子或者肩膀中间。它们被打中一次之后，要干掉它们可挺费事。别异想天开地试什么花点子。向最有把握的部位开枪。他们已经把那颗牛脑袋的皮剥好了。我们就出发吧，好不？"

他招呼那两个扛枪人，他们擦着手走过来，那个年纪较大的爬上车的后部。

"我只带孔戈尼，"威尔逊说。"另一个留在这儿赶大鸟。"

汽车慢腾腾地穿过这开阔地，向那个小岛似的灌木丛开去，那是一片长满簇叶的狭长地带，沿着一道穿过洼地的干河床伸展开去，麦康伯一路上感到自己的心在怦怦地跳，嘴里又发干，不过这是由于兴奋，而不是害怕。

"它就是从这儿进去的，"威尔逊说。接着用斯瓦希里语对扛枪人说，"去找血迹。"

汽车处在同那片灌木丛平行的位置。麦康伯、威尔逊和那扛枪人下了车。麦康伯回头一看,看到他妻子身旁摆着一支来复枪,在望着他。他向她挥挥手,她没有挥手回答。

前面的灌木丛长得密密匝匝,地面是干的。那个中年扛枪人大汗淋漓,威尔逊把帽子压到眼睛上,他的红脖子就在麦康伯的前面。那扛枪人突然用斯瓦希里语对威尔逊说了几句,向前跑去。

"它已经死在那儿啦,"威尔逊说。"干得好,"接着他转身来抓住麦康伯的手,他们一边握手,一边冲着彼此咧嘴笑着,就在这当儿,那扛枪人发疯似的叫起来,他们看到他斜着身子从灌木丛里跑出来,快得像一只蟹,接着那条公牛出来了,伸出着鼻子,紧闭着嘴,鲜血淋淋,巨大的脑袋笔直向前,一下子猛冲过来,望着他们,那双洼下去的小眼睛里布满了血丝。威尔逊在前面,跪在地上开枪,麦康伯呢,也开火了,但没有听到自己的枪声,因为威尔逊那支枪响声太大了,只看到那犄角间的硕大疣突上迸出板瓦似的碎片,随着这牛头一抽,他瞄准那大鼻子眼又开了一枪,看到一双犄角又猛的晃了一下,碎片飞出来,他现在看不到威尔逊了,眼看这野牛的庞大身子就要扑到身上,他仔细瞄准,又开了一枪,他的来复枪差不多同那颗伸出了鼻子冲上来的牛头一样高低了,他看得见那双恶狠狠的小眼睛,接着这牛头开始搭拉下来,他感到突然有一道白热的、亮得叫人睁不开眼的闪电在他头脑里爆炸,而这就是他的全部感觉了。

威尔逊刚才突然躲到一旁向野牛的肩膀开枪。麦康伯直挺挺地站着向它的鼻子开枪,每一次都偏高一点,打中了沉重的犄角,就像打中了板瓦屋顶似的迸出许多碎片和碎末,而汽车里的麦康伯太太眼看野牛的犄角马上就要扎进麦康伯的身子,就用那支 6.5 口径的曼利歇尔向它开了一枪,却打中了她丈夫颅骨底部上面约摸两英寸高、稍微偏向一边的地方。

现在弗朗西斯·麦康伯躺着,脸朝下,离那条野牛侧躺着的地方不到两码,他妻子跪在他身前,威尔逊站在她身旁。

"我不愿把他翻过身来,"威尔逊说。

这女人正歇斯底里地哭着。

"我会回到汽车里去的，"威尔逊说。"那支来复枪在哪儿？"

她摇摇头，她的脸已经变了样。那扛枪人捡起那支来复枪。

"把它留在老地方，"威尔逊说。接着，他又说，"去把阿布杜拉找来，让他亲眼看一看出事的现场。"

他跪下去，从口袋里掏出一条手绢，盖在弗朗西斯·麦康伯那颗躺着的、头发剪得像水手一样短的脑袋上。血渗进了干燥的松土。

威尔逊站起来，看到这侧躺着的野牛，腿儿伸得笔直，长着稀稀拉拉的毛的肚子上爬满了扁虱。"一条呱呱叫的野牛，"他不由自主地记录在脑海里。"角距足足有五十英寸，或者还出头一点儿。出头一点儿。"他把驾驶员叫来，吩咐他给尸体盖上一张毯子，守在旁边。然后他走到汽车前，那女人正坐在汽车的一角在哭。

"干得真漂亮，"他用平淡的声调说。"他早晚也会离开你的。"

"别说啦，"她说。

"当然这是次意外事件，"他说。"我知道。"

"别说啦，"她说。

"别担心嘛，"他说。"免不了会有一连串不愉快的事情，不过我会拍一些照片，在验尸的时候会非常有用的。还有两个扛枪人和驾驶员都可以作证。你完全可以脱掉干系。"

"别说啦，"她说。

"还有多少事要料理啊，"他说。"我不得不派一辆卡车到湖边去发电报，要一架飞机来把我们三个人接到内罗毕去。你干吗不下毒呢？在英国她们是这么干的。"

"别说啦。别说啦。别说啦，"那女人嚷道。

威尔逊用他那双没有表情的蓝眼睛望着她。

"我的工作告一段落了，"他说。"我刚才有一点恼火。我已经开始喜欢上你的丈夫了。"

"啊，请别说啦，"她说。"请，请别说啦。"

"这样比较好，"威尔逊说。"说一声请，要好得多。现在我不说啦。"

鹿　金译

（首次发表在《天下一家》杂志 1936 年 9 月号）

世界之都

名叫"帕科"的男孩儿，马德里多的是。这个名字是"弗朗西斯科"的爱称。马德里流传着一个笑话，说是有个做父亲的来到马德里，在《自由报》的寻人栏中刊登了一则启事说："帕科，星期二中午到蒙塔尼亚饭店来见我。往事一概不咎。爸爸。"结果，应召而来的青年竟有八百人之多，最后只得召来一中队的骑警才把他们赶散。但是，在卢阿卡寄宿公寓里当餐室侍者的这个帕科，却既没有父亲原谅他，也没有做过什么错事需要父亲原谅。他有两个姐姐在卢阿卡做女侍，她们得到这份工作是因为她们跟这家寄宿公寓原先的一个女侍是同乡，那个女侍干活勤快，为人又诚实，因而就给她的村子和同村的人都赢得了好名声。两个姐姐出盘缠让弟弟乘长途汽车来到马德里，并且替他弄到这份当侍者学徒的活儿。他来自埃斯特雷马杜拉①的一个村庄，那里的情况还处于原始状态，真叫人难以相信，食物匮乏，生活中的舒适品根本谈不上。从他有记忆的日子起，他就在拼命地干活。

他是个身材结实的小伙子，头发漆黑，有点儿鬈曲，一口洁白的牙齿，皮肤细腻，连姐姐们也羡慕不已；脸上还经常挂着一丝开朗的微笑。他手脚灵快，活儿干得挺出色，也很爱他的姐姐：她们看上去很标致，很世故。他喜欢马德里：这仍然是一个令人难以相信的地方；他也喜欢他的工作，穿着干干净净的亚麻布衬衫和夜礼服在明亮的灯光下干活儿，厨房里吃的东西又很丰盛，这工作似乎充满了瑰丽的浪漫色彩。

住在卢阿卡，并在餐室就餐的还有另外八到十二个人，但是在帕科的眼里——他是三个侍者中最年轻的一个——实际存在的就只有那些斗牛士。

二流的剑刺手②住在这家公寓里，因为圣赫罗尼莫路地段很好，伙食精美，膳宿费用又便宜。对于一个斗牛士来说，即使不显得阔气，至少得显得体面些，因为在西班牙，人们最最重视的美德就是体面和尊严，勇敢倒还在其次。斗牛士们总住在卢阿卡，直到他们花光了最后几块比塞塔。从来没听说过有哪个斗牛士搬出卢阿卡，住进了一家更高级或者更豪华的旅馆，因为二流斗牛士从来不会成为一流斗牛士；可是从卢阿卡潦倒下去却十分迅速，因为凡是能挣点钱的人，都可以住在这里；客人不提出，账单是从不会拿给他的，除非经营这家膳宿公寓的那个女人知道他已经到了山穷水尽的地步。

眼下，正有三名正式的剑刺手住在卢阿卡公寓，此外还住着两名很好的骑马长矛手和一名出色的短枪手。对于家在塞维利亚③，春季要住在马德里的骑马长矛手和短枪手来说，住进卢阿卡是一种奢侈的享受。但是他们收入不错，工作固定，雇用他们的剑刺手在即将到来的斗牛季节中全签订了大量合同，所以这三位副手每一个挣的钱都有可能比那三个剑刺手中的任何一个为多。说到那三个剑刺手，有一个生了病，却想装得没病似的；另一个是新兴的角色，没红几天便成了过眼烟云；而第三个则是个胆小鬼。

这个胆小鬼曾一度勇猛非凡，技艺高强，到斗牛季节他第一次作为正式剑刺手出场时，小肚子就被牛角狠狠地戳了一下，负了重伤，从此便成了胆小鬼，不过仍然保留着走红时的许多豪爽的派头。他一天到晚乐呵呵的，不管有人逗他，没人逗他，他总是笑口常开。当年得意的日子，他挺喜欢恶作剧，但现在已经不再来这一

① 西班牙中西部一高原。
② 斗牛士一般可分为三种，"剑刺手"是斗牛队里的主要斗牛士，是唯一可以用剑刺杀公牛的人；"骑马长矛手"骑在马上，于斗牛开始时，用带有钢尖的长矛刺牛，将其激怒；"短枪手"手持成双的短枪，将其插入已被激怒的牛之肩部和颈部。每个斗牛队通常由一名剑刺手，两名骑马长矛手和三名短枪手组成，以剑刺手为首，其他五人须服从他的指挥。
③ 西班牙西南部一城市。

套了。大概没有心思了吧。这位剑刺手有着一张聪明的、非常坦率的面孔，举止很有派头。

生病的那位剑刺手处处留神，从不显出生病的样子，餐桌上摆出来的菜都特别细心地每一样都吃上一点。他有许许多多手帕，总自己动手在房间里洗。近来，他更卖起自己的斗牛服来了。圣诞节前他卖掉了一套，价钱十分便宜，到四月的第一个星期又卖掉了一套。这都是很值钱的服装，一直保得很好，如今他身边只剩下一套了。生病以前，他曾是一个大有希望，甚至是轰动一时的斗牛士。尽管他自己不识字，却收集了一些剪报，上面说，他在马德里的首场斗牛中表现得比贝尔蒙特①还要出色。现在他总是独自一人在一张小桌旁进餐，很少抬一抬头。

那位曾经昙花一现的剑刺手个子矮小，皮肤黝黑，很有气派。他也是独自一人坐在一张桌子旁就餐，脸上难得有一丝笑意，更不用说哈哈大笑了。他来自瓦利阿多里德②，那里的人都是不苟言笑的。他可是个有才能的剑刺手，但是他还没有仗着自己临危不惧、镇静自若的长处赢得公众喜爱时，他的风格就已经过时了，海报上披露出他的大名再不能把观众吸引到斗牛场去了。他当年的新奇之处在于他身材矮小，连公牛的肩隆也看不到；但身材矮小的斗牛士并不就只他一个，他始终没有能给公众留下持久的印象。

至于那两位骑马长矛手，一个是花白头发的瘦子，长着一副秃鹫般的面孔，体格虽不健壮，胳膊和腿却像铁打的一般，裤子下面总是穿一双牧牛人穿的长筒靴，每天晚上总要喝上过多的酒，色眯眯地盯着公寓里的随便哪个女人。另一位则生着一张古铜色的面孔，身材魁梧，皮肤黝黑，容貌英俊，两手大得特别，头发像印第安人那样乌黑。这两位都是了不起的骑马长矛手，不过大家都说第一位因为耽于酒色，技艺已经大不如前，而第二个据说又过于任

---

① 贝尔蒙特，生于 1892 年，为西班牙著名斗牛士。
② 西班牙北部一城市。

性，动不动就跟人吵架，所以跟任何剑刺手共事，顶多只一个斗牛季节。

那个短枪手是个中年人，头发已经斑白，可是尽管上了岁数，却仍然像猫一般敏捷；他坐在餐桌旁边，看上去很像一个生财有道的商人。对今年这个斗牛季节说来，他的腿脚还很利落，到了上场的时候，他的聪明才智和丰富经验还足以使他在很长一段时间内，不愁没人正式雇用他。所不同的是：到他脚底下不够敏捷时他就会惊慌失措，而如今不管在场内场外他都胸有成竹，镇静自若。

这天晚上，大家都已离开了餐室，只剩下那位长着秃鹫面孔、喝多了的骑马长矛手，逢年过节在西班牙集市上拍卖表的那位脸上带有胎记、同样也喝多了的商人；另外还有两个加利西亚①来的教士，他们坐在墙犄角的一张桌子旁，酒即使喝得不算过多，肯定也已经不少。在当时，酒是包括在卢阿卡的膳宿费用中的，而侍者又刚新拿来几瓶巴耳德佩尼亚斯②红葡萄酒，先送到拍卖商的桌上，再送给骑马长矛手，最后又送去给两个教士。

三名侍者站在餐室的一头。这里的规矩是：侍者要等他们所负责的餐桌上的客人全部走光以后才能下班。但负责两个教士那张餐桌的侍者预先约好要去参加一个无政府工团主义者的集会，帕科事先已答应帮他照料那张餐桌。

楼上，那个生病的剑刺手正独自一人伏在床上。那位不再引人注目的剑刺手正坐在那里望着窗外，准备出去上咖啡馆坐会儿。那位胆小鬼剑刺手则把帕科的一个姐姐关在自己的房间里，想要让她干什么事儿，可她却嘻嘻笑着不肯答应。剑刺手于是说："来啊，野姑娘。"

"不，"帕科的姐姐说。"我干吗要来？"

"行个好吧。"

---

① 西班牙西北部一沿海省份。
② 西班牙中南部一村庄，盛产红葡萄酒。

"你吃饱了，现在又要拿我当甜点心。"

"只来一回。这又有什么害处呢？"

"别碰我。别碰我，我告诉你。"

"这不过是一件很小的事儿罢了。"

"我告诉你，别碰我。"

在下面餐室里，那个个子最高的侍者这时已经误了开会的时间，他说："瞧瞧这些黑猪喝酒的样子。"

"话不能这么说，"第二个侍者说。"他们都是些体面的顾客，酒又喝得不算太多。"

"我看我这种说法很恰当，"高个子侍者说。"西班牙有两个大祸害，公牛和教士。"

"当然不是说个别的公牛和个别的教士啰，"第二个侍者说。

"当然是，"高个子侍者说。"只有通过个别的人，你才能向整个阶级发动进攻。必须杀死个别的公牛和个别的教士。把他们统统杀光。然后才不会再有新的出来。"

"留着这些话到会上去说吧，"第二个侍者说。

"瞧瞧马德里的野蛮劲吧，"高个子侍者说。"现在已经十一点半了，这些家伙还在大吃大喝。"

"他们是十点钟才开始吃的，"第二个侍者说。"而且菜又很多，这你也知道。那种酒又很便宜，他们都付了钱，再说，这酒也不凶。"

"有你这样的傻瓜，工人们怎么能团结一致呢？"高个子侍者问。

"听我说，"第二个侍者说，他是个五十岁的人了。"我已经干了一辈子的活啦。下半辈子也一定要干活。我对干活毫无怨言。干活是正常的。"

"是呀，可没有活干就要命了。"

"我一直在干活，"年纪较大的侍者说。"去开会吧。用不着待在这里了。"

"你真是个好同志，"高个子侍者说。"不过你缺乏思想。"

"Mejor si me falta eso que el otro，"年纪较大的侍者说（意思是没有思想总比没有活儿干好点儿）。"去开会吧。"

帕科一直没有吭声。他还不懂得政治，但是每次听高个子侍者讲到必须杀死教士和宪警时，他总感到一阵心情激动。在他看来，高个子侍者就代表着革命，而革命也是富于浪漫色彩的。他本人倒很想成为一个虔诚的天主教徒，一个革命者，有一个像现在这样的固定工作，同时，还是一个斗牛士。

"开会去吧，伊格纳西奥，"他说。"你的工作我来照应。"

"我们俩来照应，"年纪较大的侍者说。

"一个人就足够了，"帕科说。"去开会吧。"

"Pues，me voy，"①高个子侍者说。"多谢多谢。"

同时，在楼上，帕科的姐姐已经摆脱了那个剑刺手的拥抱，那副熟练的程度不亚于一个摔跤运动员摆脱对手的擒拿那样。她现在发起火来，说："你们这些饿狼般的家伙。一个不够格的斗牛士，胆小如鼠。要是你对女人有这么多本事，就把它用到斗牛场上去吧。"

"你这种说话的腔调就像个婊子。"

"婊子也是女人，可我不是婊子。"

"可也快了。"

"反正不会由你第一个来糟践。"

"离开我出去吧，"剑刺手说。这时候，他因为遭到拒绝，碰了一鼻子灰，又感到心寒胆怯起来了。

"离开你？什么东西没有离开你呢？"帕科的姐姐说。"你不要我帮你把床铺铺好吗？老板花钱雇我来就是干这个的。"

"离开我，"剑刺手说。那张英俊开朗的脸紧蹙起来，那样子像是在哭泣。"你这婊子。你这个小臭婊子。"

---

① 西班牙语，意思是"那我走了"。

"剑刺手，"她说，顺手把门关上。"我的剑刺手。"

在房间里，剑刺手一屁股在床上坐下。他的脸仍然那样紧蹙着。在斗牛场上，每当他这样时，他总是强作笑脸，把坐在第一排的观众吓上一大跳，因为他们知道这是怎么回事。"竟会落到这步田地，"他大声说。"竟会落到这步田地。"

他还没有忘记自己得意的日子，那不过是三年前的事情。他还没有忘记五月里那个炎热的下午，他身上披着那件沉重的、盘着金丝花的斗牛服，那时候他在斗牛场上的嗓音像在咖啡馆里一样从容，一样响亮。他记得当他动手去刺杀公牛时，牛角正低下来，他握紧宝剑，剑锋斜着朝下，对准牛肩膀的顶端，只看见两只宽大的、可以撞倒木栅、尖端已经裂开的牛角，上面是一片布满尘土、长着短毛的黝黑色的肉峰，那时他曾经吁了一口气；他记得剑扎进去时就像扎进一堆硬黄油一样容易，他用手掌推着剑柄，左臂低低地伸过去，左肩朝前，全身的重量全压到了左腿上，接着忽地一下身体的重量又不在他的腿上了。说时迟，那时快，身体的重量竟落到了他的小肚子上，公牛抬起头来，一只牛角戳进了他的小肚子，他给牛角戳住，转了两下，才由别人把他救下来。所以现在，当他难得有机会动手去刺杀公牛时，他已经不敢正眼盯着牛角了。一个婊子又怎么知道他每次斗牛之前思想上要经历一番什么样的斗争呢？这帮人经历过些什么场面，居然敢来嘲笑他？她们都是些婊子，自己知道会干出些什么勾当来。

在楼下餐室里，那个骑马长矛手坐在那里，打量着那两个教士。餐室里要是有女人，他便直眉瞪眼瞅着她们。要是没有女人，他就很有兴趣地盯着一个外国人，un inglés[①]，但这当儿既没有女人又没有外国人，他只好傲慢无礼而又自得其乐地盯着那两个教士。正当他这样盯着教士看的时候，脸上带有胎记的拍卖商站起身来，折好餐巾，走了出去，把他要来的最后一瓶葡萄酒剩下了一大半。

---

① 西班牙语，意思是"一个英国人"。

倘若他在卢阿卡的账目早已付清的话，他准会把这瓶酒全部喝光的。

两个教士并没有回看这个骑马长矛手。一个教士说："我来到这里等着见他已经有十天了。我整天坐在接待室里，可他就是不肯见我。"

"有什么办法可想吗？"

"一点办法也没有。能有什么办法呢？咱们这种身份的人是没法抗拒权贵的。"

"我来了两个星期了，也是一事无成。我等着，他们就是不肯见我。"

"咱们都是从被人遗弃的乡下来的。等钱花光后，咱们就可以回去了。"

"再回到被人遗弃的乡下去。马德里对加利西亚有什么好关心的呢？咱们那儿是个穷省份。"

"咱们的巴西略兄弟所干的事是可以理解的。"

"但我对巴西略·阿尔瓦雷斯是否诚实还缺乏真正的信心。"

"人到了马德里就学会懂事了。马德里扼杀了西班牙的生机。"

"只要他们肯接见一下，哪怕是拒绝你的要求也好啊。"

"不会的。干等着吧，就是要让你等得焦头烂额，精疲力竭。"

"好吧，咱们就等着瞧吧。只要别人能等，我也就能等。"

正在这时，那个花白头发秃鹫面孔的骑马长矛手站起身，走过来站在教士们的餐桌旁，面带微笑地盯着他们看了一会。

"一位斗牛士，"一个教士对另一个说。

"而且是个出色的，"骑马长矛手说，然后便走出了餐室。他身穿灰色茄克衫、紧身马裤，腰身很漂亮，双腿呈弓形，足蹬一双牧牛人的高跟皮靴。当他一边微笑着，一边相当稳健地大踏步走出去的时候，这双皮靴在地板上发出咔嗒咔嗒的声响。他生活在一个安排得当的职业小天地里，在这个天地里，他日子过得挺乐和，夜夜陶醉在纵酒狂欢之中，什么也不放在眼里。此刻，他点起一支雪茄，在门厅里把帽子歪戴在头上，便出门向咖啡馆去了。

两个教士很快就意识到自己成了餐室里最后的两个人，于是便紧跟着那位骑马长矛手也离开了。现在餐室里除了帕科和那个中年侍者外，已经空无一人。他俩收拾好餐桌，把酒瓶拿进了厨房。

洗盘子的小伙子待在厨房里。他比帕科大三岁，为人玩世不恭，尖酸刻薄。

"来，拿过去，"中年的侍者说。他倒了一杯巴耳德佩尼亚斯红葡萄酒，递给他。

"有好喝的为什么不喝？"小伙子把酒杯接了过去。

"Tu①，帕科？"年纪较大的侍者问。

"谢谢你，"帕科说。他们三个人都喝了。

"我要走了，"中年的侍者说。

"晚安，"帕科和那个小伙子对他说。

他走了出去，只剩下他们俩了。帕科拿起一条教士用过的餐巾，两脚站定，笔直地立着，然后放低餐巾，顺势低下头去，把双臂一挥，模仿斗牛士从从容容摆动披风的那种架势。他转过身来，右脚稍稍向前移动了一下，又做了一个摆动披风的动作，对着假想的公牛占据到了一个较为有利的地位，接着又做了一个摆动披风的动作，这一次动作徐缓、恰到好处、十分边式，然后他把餐巾收回到腰部，脚步不动，身子一闪，躲过了公牛。

那个洗盘子的名叫恩里克，他用挑剔的目光嘲笑地望着帕科。

"公牛怎么样？"他说。

"非常勇猛，"帕科说。"你瞧。"

他挺直瘦长的身子，又做了四个无懈可击的摆动披风的动作，身段干净利落、边式优美。

---

① 西班牙语，意谓"你呢"。

"公牛呢?"恩里克问,他背靠洗碗槽站着,手里拿着酒杯,腰上系着围裙。

"劲头还很足,"帕科说。

"你真叫我恶心,"恩里克说。

"为什么?"

"瞧我的。"

恩里克脱下围裙,逗引着假想中的公牛,做了四个漂亮的、吉卜赛式的挥动披风的慢动作,最后把围裙的一端放开,用手成弧形地一摆,掠过从身边冲过的公牛的鼻子,再绕到了自己的腰上。

"瞧瞧我这一手,"他说。"可我却在洗盘子。"

"因为什么呢?"

"因为我害怕,"恩里克说。"Miedo.① 你在斗牛场上面对着真的公牛时,也会同样害怕。"

"不,"帕科说。"我不会害怕。"

"Leche! ②"恩里克说。"每个人都害怕。不过斗牛士能够抑制住自己心头的害怕,所以他才能撩拨公牛。我参加过一次业余斗牛,结果怕得要死,只好逃走。每个人都认为那很有趣。到时候你也会害怕的。如果不是因为害怕,那西班牙所有擦皮鞋的早就都成了斗牛士了。你,一个乡下小伙子,准会比我怕得还要厉害。"

"不会,"帕科说。

他在想象中,曾经斗过好多次牛了。好多次,他都看到了牛角,看到了湿漉漉的牛嘴,看到牛耳朵在抽动,接着,当他披风一挥时,就看到牛把头一低,猛冲过来,蹄子啪啪作响,激怒的公牛擦身而过。当他一次又一次地挥动披风时,公牛便一次又一次地猛冲过来,最后他做了一个潇洒的闪身动作,使公牛兜过来绕过去。然后他大摇大摆地走开去,短上衣的金花上粘着公牛擦身而过时碰

---

① 西班牙语,意谓"害怕"。

② 西班牙语,意为"奶水",俚语作"去你的"解。

下来的牛毛；公牛呆若木鸡地站在那里，像中了催眠术那样，观众中欢声四起。不，他才不会害怕呢。别人是会害怕的，但他不会。他知道自己不会害怕的。即使他曾经感到害怕，他知道自己好歹能够应付的。他有信心。"我不会害怕，"他说。

恩里克又说了一遍："Leche。"

他接着说道，"咱们要不要试试看？"

"怎么个试法呢？"

"听我说，"恩里克说。"你只想到牛，可你并没有想到牛角。牛的气力很大，牛角划起人来像小刀子一样锋利，戳起人来像刺刀一样快，杀起人来像棍棒一样凶狠。瞧，"他说着打开桌子的一只抽屉，取出两把切肉刀。"我把这两把刀绑在椅子腿上，再把椅子举在头的前面给你扮演公牛。刀子就算牛角。如果你做得出刚才那些动作，那才算你真有本事。"

"把你的围裙借给我，"帕科说。"咱们到餐室里去试试。"

"不，"恩里克说，他突然变得不那么刻薄了。"别试吧，帕科。"

"要试，"帕科说。"我不怕。"

"等你看见刀子过来，你就会怕了。"

"咱们等着瞧吧，"帕科说。"把围裙给我。"

恩里克用两块油迹斑斑的餐巾缚住刀身的中央，打了个结，把这两把刀身沉重、刀锋跟剃刀一样犀利的切肉刀牢牢缚在椅子的腿上。这时候，那两个女侍，也就是帕科的两个姐姐，正在去电影院的路上。她们要去看葛丽泰·嘉宝主演的《安娜·克里斯蒂》。至于那两个教士，一个正穿着内衣坐在那里读祈祷书，另一个则穿着睡衣在念玫瑰经。除了生病的那位以外，所有的斗牛士晚间都到了福尔诺斯咖啡馆；那位身材魁梧、深色头发的骑马长矛手正在打弹子，那位矮小、严肃的剑刺手正同那位中年的短枪手和其他几个一本正经的工人挤坐在一张桌子旁边，面前摆着一杯牛奶咖啡。

那位喜欢喝酒、头发花白的骑马长矛手坐在那里，面前摆着一杯卡扎拉斯白兰地，乐滋滋地盯着另一张桌子，因为那位早已泄了气的剑刺手正跟另一名已经抛弃了剑重作短枪手的剑刺手和两名形容憔悴的妓女坐在那边。

拍卖商站在街道拐角地方跟朋友谈天。高个子侍者正在无政府工团主义者的会议上等候机会发言。中年侍者坐在阿尔瓦雷斯咖啡馆的平台上喝着一小杯啤酒。卢阿卡的女老板已经在自己的床上睡着了。她仰面躺着，两腿夹着垫枕；她身个儿又大又胖，为人随和，诚实而清白，笃信宗教，丈夫死了二十年，她每天都想念他，为他祈祷。那个生病的剑刺手独自一人待在自己的房间里，伏在床上，嘴巴顶着一块手帕。

再说，在空荡荡的餐室里，恩里克用餐巾把切肉刀缚在椅腿上，打好了最后一个结，然后把椅子举起来。他把缚上刀子的两条椅腿朝前，又把椅子高举过头，头的两边各有一把刀子，笔直朝前。

"这椅子很重，"他说。"听我说，帕科。这事儿很危险。别来了吧。"他在出汗。

帕科面对他站着，把围裙展开，拇指朝上，食指朝下，两手各捏着围裙的一边，把它展开来逗引"公牛"的注意。

"笔直冲过来吧，"他说。"像公牛那样转过身。想冲多少次就冲多少次。"

"你怎么知道什么时候该停止挥披风呢？"恩里克问。"最好是斗三个回合以后，中间来个休息。"

"好，"帕科说。"对着我来吧。嘿，torito①！来吧，小公牛！"

恩里克低下头朝他冲了过来，帕科就在刀子前面把围裙挥舞着，刀子从他的肚子前面刺过去。对他来说，这掠过去的刀子就是真正的牛角，角尖白生生的，犀利而光滑；当恩里克从他身边冲过

---

① 西班牙语，意为"小公牛"。

去后重又转过身子向他再冲来时，这正是公牛那热乎乎的、两边血迹斑斑的硕大身躯砰砰砰地冲过去，又像猫一般敏捷地转过身来，在他缓缓地挥动披风时再次向他冲来。接着，公牛又一转身冲了过来。当他盯视着来势凶猛的刀尖时，他把左脚向前多迈出了两英寸，刀子没有擦身过去，而是像插进酒囊那样一下子就插进了他的小肚子。从突然插进去的坚硬的钢刀上面和周围，涌出了滚热的鲜血。恩里克大声喊道："啊呀！唉！快让我拔出来！快让我拔出来！"帕科朝前扑倒在椅子上，手里仍然拿着那条当披风用的围裙，恩里克连连拉着椅子，这时刀子连连在他、在他的小肚子，在帕科的小肚子里转动。

现在刀子抽出来了，他坐在地板上一摊越来越大的、热乎乎的血泊里。

"把餐巾遮在上面。快捂住！"恩里克说。"紧紧捂住。我这就去请医生。你必须捂住不让血出来。"

"应该预备一只橡皮杯子的，"帕科说。他曾经看见那种杯子在斗牛场上用过。

"我笔直地冲过来，"恩里克哭着说。"我只是想让你看看这有多危险。"

"别担心，"帕科说，他的声音听上去很微弱。"去把医生找来吧。"

在斗牛场上，他们是把你抬起来，扛着跑到手术室去的。如果你还没有到那里，股动脉里的血就流光了，那么他们就把教士请来。

"去通知那两个教士中的随便哪一位，"帕科说，一边用餐巾紧紧捂住自己的小肚子。他简直没法相信这事儿已经落到了自己的头上。

但这话恩里克并没有听到，他正沿着圣杰罗尼莫赛马场向通宵服务的急救站跑去。帕科独自一人，先坐起身，后来又把身子蜷作一团，终于摔倒在地板上，再也没有爬起来过。他感到自己的生命正在离开自己，就像拔掉浴缸里的塞子以后，缸里的脏水很快流光一样。他害怕起来，觉得头发晕。他想作一次忏悔。他记得它是怎么开头的："我的上帝啊，我因为触犯了您而感到由衷的悔恨，您真值得我敬爱，我决心……"他虽然说得很快，但还没等他说完，他已经觉得昏昏沉沉，支撑不住，于是脸朝下伏到地板上，很快就死了。股动脉一经割断，血液总是一下子便流光，那速度简直叫人难以相信。

当急救站的医生由一名警察（他紧紧抓住恩里克的一只手臂）陪同走上楼梯时，帕科的两个姐姐还在大马路的电影院里。她们对嘉宝演的这部电影大为失望。过去她们惯于看到这位大明星扮演的角色活动在豪华奢侈、富丽堂皇的场面中，而在这部影片中她却生活得那样凄惨、卑微。观众根本不喜欢这部影片，他们吹口哨，跺脚，来表示抗议。旅馆里所有其他的客人几乎都在做着帕科出事儿时他们正做的事情，只有那两个教士因为已经祈祷完毕，正在准备睡觉；那个头发花白的骑马长矛手已经把酒移过去，跟那两个面容憔悴的妓女坐在一张桌子上。过了一会，他便跟她们中间的一个走出了咖啡馆。这个妓女刚才喝的酒一直是那个失去了勇气的剑刺手付钱买来的。

对于这些事儿里的随便哪一件，帕科这个小伙子永远不会知道了，对于这些人第二天和以后的日子要做些什么，也是这样。他根本不知道他们到底怎样生活下去，怎样结束一生。他甚至还没有意识到他们已经结束了一生。正像西班牙有句谚语所说的那样，他是"充满着幻想"死去的。在他短促的一生中，他还没有时间经历幻想的破灭，甚至到临死之前也没有来得及把忏悔做完。

他甚至连对嘉宝演的那部电影表示失望的时间也没有，这部电影使整个马德里的观众失望了一个星期。

翟象俊 译

乞力马扎罗的雪

乞力马扎罗①是一座19 710英尺高的雪山，据说是非洲最高的一座山。西高峰被马萨依人②叫做"恩加奇—恩加伊"，即上帝的殿堂。在西高峰的近旁，有一具已经风干冻僵的豹子尸体。豹子到这样高的地方来寻找什么，没有人作过解释。

"奇怪的是一点也不痛，"他说。"你知道，你这才知道它发作了。"

"真是这样吗？"

"千真万确。可我感到非常抱歉，这股气味准叫你受不了啦。"

"别这么说！请你别这么说。"

"你瞧它们，"他说。"到底是我这副样子，还是这股气味吸引了它们？"

男人躺在一张帆布床上，在一棵含羞草树的浓荫里，他越过树荫向那片阳光炫目的平原上望去，那儿有三只硕大的鸟可憎地蹲伏着，天空中还有十几只在展翅翱翔，它们掠过时，投下迅疾移动的影子。

"从卡车抛锚那天起，它们就在那儿盘旋了，"他说。"今天是第一次有几只落到地上来。我起先很仔细地观察它们飞翔的姿态，心想一旦写个短篇的时候，也许能用上。现在想想真可笑。"

"我希望你别写这些，"她说。

"我只是说说罢了，"他说。"我要是说着话儿，就会感到轻松得多。可是我不想让你心烦。"

"你知道这不会让我心烦，"她说。"我是因为没法出点儿力，才搞得这么焦灼的。我想在飞机来到以前，我们不妨尽可能轻松一点儿。"

"或者直等到飞机根本不来的时候。"

"请告诉我，我能做些什么。总有一些事是我能干的。"

"你可以把我这条腿截掉，这样也许可以不让它蔓延开去，不过我想这样恐怕也不成。要不，你可以一枪把我打死。你现在是个好射手啦。我教会你打枪的，不是吗？"

"请你别这么说。我能给你读点什么吗？"

"读什么呢？"

"书包里不论哪本我们没有读过的书都行。"

"我可听不进去，"他说。"只有谈话最最轻松。我们来吵嘴吧，这样时间就过得快。"

"我不吵嘴。我从来就不想吵嘴。我们再不要吵嘴啦。不管我们心里有多烦。说不定今天他们就会乘另外一辆卡车回来。说不定飞机也会来到的。"

"我可不想动，"男人说。"现在转移已经没有什么意思了，除非为了使你心里轻松些。"

"这是懦弱的表现。"

"你就不能让一个男人尽可能死得舒心一点儿，非得把他痛骂一顿吗？你辱骂我有什么用？"

"你不会死的。"

"别傻啦。我现在就快死了。不信你问问那些个杂种。"他朝那三只肮脏的大鸟蹲伏的地方望去，只见它们光秃秃的头缩在耸起的羽毛里。另外有一只掠飞而下，着地后快步飞奔，然后蹒跚地缓

---

① 乞力马扎罗山位于今坦桑尼亚（当时为英属坦噶尼喀）东北部，离英属肯尼亚边境不远。

② 马萨依人（Masai），肯尼亚和坦桑尼亚的一个游牧狩猎民族。

步向那几只走去。

"每个营地都有这些鸟儿。你从来没有注意罢了。要是你不自暴自弃，你就不会死。"

"你这是从哪儿读到的？你真是个大傻瓜。"

"你不妨想想还有别人呢。"

"看在上帝的分上，"他说，"这可一向是我的行当。"

他静静地躺了一会儿，接着透过那片闪烁的平原上的热浪，眺望灌木丛的边缘。在黄色平原上，有几只野羊显得又小又白，在远处，他看见一群斑马，映衬着绿色的灌木丛，显得白花花的。这是一个舒适宜人的营地，大树遮荫，背倚山岭，有清冽的流水，附近还有一个几乎已经干涸的水洼，每当清晨时分，有沙鸡在那儿飞翔。

"要我给你读点什么吗？"她问。她正坐在帆布床边的一张帆布椅上。"在起风了。"

"不要，谢谢你。"

"也许卡车会来的。"

"我根本不在乎什么卡车来不来。"

"我可在乎。"

"你在乎的东西多着，可我都不在乎。"

"并不很多，哈里。"

"喝点酒怎么样？"

"说起来这对你是有害的。在布莱克①的那本书里说，一滴酒都不能喝。你不该喝酒。"

"莫洛！"他叫道。

"是，先生。"

"拿威士忌苏打来。"

---

① 詹姆斯·布莱克（1823—1893）为美国戒酒运动领袖，创立全国禁酒党，出版有关书籍宣传自己的主张。

"是，先生。"

"你不该喝酒，"她说。"我说你自暴自弃，就是这个意思。书上说酒对你有害。我就知道酒对你有害。"

"不，"他说。"酒对我有好处。"

现在一切就这样完了，他想。现在他再没有机会来了结这一切了。一切就这样在为喝一杯酒这种小争吵中了结。自从他右腿上开始生坏疽以来，他就不觉得痛，随着疼痛的消失，恐惧也消失了，他现在感到的只是一种强烈的厌倦和愤怒：结局居然就是这么样。至于这个结局现在正在来临，他倒并不感到多大奇怪。多少年来它就一直萦绕着他；但是现在它本身并不说明任何意义了。真奇怪，只要你相当厌倦了，就能这样轻而易举地达到这个结局。

现在他再也不能把原来打算留到将来写作的题材写出来了，他本想等到自己有足够的了解以后才动笔，这样可以写得好一些。唔，他也不用在试着写这些东西时遭到失败了。也许你永远不能把这些东西写出来，这就是你为什么一再延宕、迟迟没有动笔的缘故。得了，现在，他永远不会知道了。

"但愿我们压根儿没上这儿来，"女人说。她咬着嘴唇望着他手里握着那酒杯。"在巴黎你决不会出这样的事儿。你一向说你喜欢巴黎。我们本来可以待在巴黎或者上任何别的地方去。不管哪儿我都愿意去。我说过你要上哪儿我都愿意去。要是你想打猎，我们本来可以上匈牙利去，而且会很舒服的。"

"你有的是该死的钱，"他说。

"这么说不公平，"她说。"那一向是你的，就跟是我的一样。我撇下了一切，不管上哪儿，只要你想去我就去，而且你想干的我都干了。可我真希望我们压根儿没上这儿来。"

"你说过你喜欢这儿。"

"我是说过的，那时你平安无事。可现在我恨这儿。我不明白干吗非得让你的腿出岔儿。我们到底干了什么，要让我们遇到这样的事？"

"我想我干的事情就是，我刚把腿擦破的时候，忘了抹上碘酒。随后我根本没去注意它，因为我是从不感染的。后来变得严重了，而别的抗菌剂都用完了，可能就因为用了药性很弱的石炭酸溶液，使微血管麻痹了，才开始生坏疽。"他望着她，"除此以外还有什么呢？"

"我不是指这个。"

"要是我们雇了一个高明的技工，而不是那个半瓶子醋的吉库尤[①]司机，他也许就会检查机油，而决不会把卡车的轴承烧坏。"

"我不是指这个。"

"要是你没有撇下你的自己人，你那些该死的威斯特伯里、萨拉托加和棕榈滩[②]的老相识，偏偏捡上了我——"

"不，我当初爱上了你啊。这么说不公平。我现在还爱你啊。我会永远爱你。难道你不爱我？"

"不，"男人说。"我不这么想。我从没这么想过。"

"哈里，你在说什么呀？你昏了头啦。"

"不。我已经没有头可以发昏了。"

"别喝酒啦，"她说。"亲爱的，求求你别喝酒啦。只要我们能办到的事，我们就得尽力去干。"

"你去干吧，"他说。"我可累啦。"

这时他在脑海里看见喀拉迦奇的一座火车站，他正背着背包站在那里，这时辛普朗东方快车的前灯划破了黑暗，当时在撤退[③]之后他正准备离开色雷斯。这是他准备留待将来写的一段情景，还有下面一段情节：早晨吃早餐时，眺望着窗外保加

①吉库尤人，非洲班图人的一支。
②威斯特伯里在纽约市东南的长岛上，为一高等住宅区，萨拉托加在纽约州东北部，为一避暑胜地，有矿泉及赛马场。棕榈滩为佛罗里达州南部一旅游胜地，濒大西洋。这一切说明她是个富家女。
③本篇中主人公的回忆片断大都来源于海明威本人的经历。这一段写1922年秋季希-土战争中希军在色雷斯省溃退至喀拉迦奇城时的事。

利亚境内群山的积雪，南森①的女秘书问那个老头儿，山上是不是雪，老头儿望着窗外说，不，那不是雪。这会儿还不到下雪的时候哩。于是那女秘书把老头儿的话重复讲给其他几个姑娘听，不，你们看。那不是雪，于是她们都说，那不是雪，我们看错了。可是等他提出交换难民，把她们送往山里去的时候，真是遍地白雪。那年冬天她们脚下一步步踩着前进的正是积雪，直到她们死去。

那年圣诞节在高厄塔尔山，雪也下了整整一个星期，那年他们住在伐木人的屋子里，那座正方形的大瓷灶占了半间屋子，他们睡在装着山毛榉树叶的垫子上，这时那个逃兵跑进屋来，两只脚在雪地里冻得鲜血直流。他说宪兵就在他后面紧紧追赶，于是他们给他穿上了羊毛袜子，并且缠住宪兵闲扯，直到雪花盖没了逃兵的足迹。

在施伦兹，圣诞节那天，雪是那么晶莹闪耀，你从小酒店望出去，刺得你眼睛发痛，你看见每个人都从教堂往自己的家里走。就在那儿，他们肩上背着沉重的滑雪板，走上松林覆盖的陡峭的群山旁那条给雪橇磨得光溜溜的、尿黄色的河滨大路，就在那儿，他们从马德莱屋②上面那道冰川的长坡上一路滑下，那雪看来平滑得像蛋糕上的糖霜，轻柔得像粉末，他记得那次阒无声息的滑行，速度之快，使你仿佛像一只飞鸟从天而降。

他们在马德莱屋被大雪封了一个星期，在暴风雪期间，他们挨着提灯的灯光，在烟雾弥漫中玩牌，伦特先生输得越多，赌注也跟着越下越大。最后他输得精光，把什么东西都输光

---

① 挪威北极探险家南森（1861—1930）晚年参加国际联盟工作，于1922年倡议在日内瓦签订国际协约，对大战后流离的难民颁发称为"南森护照"的身份证。

② 马德莱屋原文为 Madlener-haus，是瑞士滑雪旅游地区的木结构小旅舍，以当地的地名命名。

了，把滑雪学校的钱和那一季的全部收益都输光了，接着把他的资金也输光了。他能看到伦特先生长着个长长的鼻子，捡起了牌，接着开叫道，"不看。"那时候总是赌博。天不下雪，你赌博，雪下得太多，你又是赌博。他想起他这一生消磨在赌博里的时间。

可是关于这些，他连一行字都没有写，还有那个凛冽而晴朗的圣诞节，平原对面显出了群山，那天加德纳飞过防线去轰炸那列运送奥地利军官去休假的火车，当军官们四散奔跑的时候，他用机枪扫射他们。他记得后来加德纳走进食堂，开始谈起这件事。大家听得鸦雀无声，接着有个人说，"你这该死的杀人坏种。"关于这件事，他也一行字都没有写。

他们杀死的那些奥地利人，就是不久前跟他一起滑雪的奥地利人，不，不是那些奥地利人。汉斯，那年一整年跟他一起滑雪的奥地利人，曾是皇家猎队的成员，他们一起到那家锯木厂上方那个小山谷去猎野兔的时候，谈起那次在帕苏比奥的战斗和向贝尔蒂卡和阿萨洛内的进攻，这些他连一个字都没有写。关于蒙特科尔诺、西特科蒙姆、阿尔西陀①，他也一个字都没有写。

在福拉尔贝格和阿尔贝格②，他住过多少个冬季啊？住过四个，于是他记起那个卖狐狸的人，当时他们刚走进布卢登茨③，那回是去买礼物，他记起甘醇的樱桃酒特有的樱桃核味儿，记起在那结了冰的雪地上粉状积雪中的快速滑行，你一面唱着，"嗨嗬！罗利说！"一面滑过最后一段坡道，笔直向那险峻的陡坡飞冲而下，接着转了三个弯滑到果园，从果园出来越

---

① 这些地名都在意大利北部和当时的奥匈帝国接壤的地方，在第一次世界大战中双方争夺过。

② 福拉尔贝格，奥地利西部一州。阿尔贝格：奥地利西部蒂罗尔州的一乡村。该地以滑雪著称。

③ 布卢登茨，位于阿尔贝格之西，为一游览胜地。

过那道沟渠，登上客店后面那条滑溜溜的大路。你敲松系带，踢下滑雪板，把它们靠在客店外面的木墙上，灯光从窗里照射出来，屋子里，在烟雾缭绕、冒着新酿的酒香的温暖中，人们正在拉手风琴。

"在巴黎我们住在哪儿？"他问女人，她正坐在他身边一只帆布椅里，现在，在非洲。

"在克里永旅馆。这你是知道的。"

"为什么我该知道？"

"我们始终住在那儿。"

"不。并不是始终住在那儿。"

"我们在那儿住过，在圣日耳曼区的亨利四世大厦也住过。你说过你爱那个地方。"

"爱是一个粪堆，"哈里说。"而我就是一只爬在粪堆上咯咯叫的公鸡。"

"要是你一定得离开人间的话，"她说，"是不是非得把你没法带走的都砍尽杀绝不可？我的意思是说，你是不是非得把什么东西都带走不可？你是不是一定要把你的马、你的妻子都杀死，把你的鞍子和你的盔甲都烧掉呢？"

"对，"他说。"你那些该死的钱就是我的盔甲①。就是我的斯威夫特和我的阿穆尔。"

"别这么说。"

"好吧。我不说了。我不想伤害你的感情。"

"现在这么说，已经有点儿晚啦。"

"那好吧。我就继续来伤害你。这样有趣多啦。我真正喜欢跟

---

① 主人公在这里意为你的钱把我笼络住了，因盔甲的原文 armour 和美国一大肉类加工业巨子阿穆尔的姓氏相同，进而联想到另一巨子斯威夫特家族，才加以调侃。

你一起干的唯一的那件事，现在干不了啦。"

"不，这可不是实话。你喜欢干的事情多得很，而且只要是你喜欢干的，我也都干。"

"啊，看在上帝的分上，别这么夸耀啦，行吗？"

他望着她，看见她在哭了。

"你听我说，"他说。"你以为我这么说有趣吗？我不知道为什么要这样说。我想，这是想用毁灭一切来让自己活下去吧。我们刚开始谈话的时候，我还是好好的。我并没有意思要这样开场，可现在我蠢得像个老傻瓜似的，对你狠心也真狠到了家。亲爱的，我说什么，你都不要在意。我爱你，真的。你知道我爱你。我从来没有像爱你这样爱过任何别的女人。"

他不知不觉地说出了他平时用来谋生糊口的那套说惯了的谎话。

"你对我挺好。"

"你这坏娘们，"他说。"你这有钱的坏娘们。这是诗①。现在我满肚子都是诗。腐烂和诗。腐烂的诗。"

"别说了。哈里，为什么你现在一定要变得像个魔鬼？"

"我不愿意有什么东西留下来，"男人说。"我不愿意有什么东西在我身后留下来。"

现在已是傍晚，他睡熟了一会。夕阳已隐没在山后，平原上一片阴影，一些小动物正在营地近旁找食；它们的头很快地一起一落，摆动着尾巴，他看见它们这时正从灌木丛那边跑开。那几只大鸟不再在地上等着了。它们都沉重地栖息在一棵树上。这种鸟还有很多。他那个随身侍候的男仆正坐在床边。

"太太打猎去了，"男仆说。"先生要什么吗？"

---

① 他继续玩文字游戏。"有钱的坏娘们"原文为 rich bitch，是叠韵，所以下一句说"这是诗"。

"不要什么。"

她打猎去了，想搞一点兽肉，因为知道他喜欢看打猎，有心跑得远远的，这样就不会惊扰这一小片平原而让他看到她在打猎了。她总是那么体贴周到，他想。只要是她知道的或是读到过的或是听人讲过的，她都考虑得很周到。

他来到她身边的时候已经完蛋了，这可不是她的过错。一个女人怎么能知道你说的话都不是真心实意的呢？怎么能知道你说的话不过是出于习惯，而且只是为了贪图舒服呢？自从他对自己说的话不再当真以后，他靠谎话跟女人相处，比他过去对她们说真心话更成功。

与其说他存心撒谎，倒不如说他实在没有真话可说。他曾经享受过生活，但已经完结了，接着他跟另外一些人，拥有更多金钱的人，在最好的那些老地方，以及另外一些新的地方，重新生活下去。

你不让自己思想，这可真是了不起。你有这样一副好内脏，因此你没有那样垮下来，人家可大都垮下来了，而你摆出了一副架势，既然现在再也不能干了，你就毫不关心你经常干的工作了。可是，在你心里，你说你要写这些人；写这些非常有钱的人；你说你实在并不属于他们这一类，而只是他们那个国度里的一个间谍；你说你要离开这个国度，并且写这个国度，而且这一次是由一个熟悉这个国度的人来写的。可是他永远做不到了，因为每天什么都不写，贪图安逸，扮演自己所鄙视的角色，就磨钝了他的才能，松懈了他工作的意志，最后他干脆什么都不干了。等他不干工作了，那些他现在结识的人都感到惬意得多。非洲是在他一生最佳时期中感到最幸福的地方，所以他上这儿来，为的是要重新开始。他们这次是以最低限度的舒适来作狩猎旅行的。没有艰苦，但也没有奢华，他曾想这样他就能重新进行训练了。这样他或许就能把心灵中的脂肪去掉，就像一个拳击手，为了消耗体内的脂肪，到山里去干活和训练一样。

她曾经喜欢这次狩猎旅行。她说过她爱这次狩猎旅行。凡是给人刺激的事情，能借此变换一下环境，能结识新的人，看到愉快的事物，她都喜爱。他也曾经感到似乎工作的意志重新恢复了。现在如果就这样了结，他也明知道事实就是如此，他大可不必变得像一条蛇那样，因为背脊给打断了就啃咬自己。这不是这女人的过错。如果不是她，也会有别的女人。如果他以谎言为生，他就应该试着以谎言而死。他听到山的另一边传来一声枪响。

　　她的枪打得挺好，这个善良的，这个有钱的娘们，这个他的才能的看管人和破坏者。废话。是他自己毁了自己的才能。为什么要嗔怪这个女人，就因为她好好地供养了他？他毁了自己的才能，因为把才能弃而不用，因为出卖了自己和自己所信仰的一切，因为酗酒过度而磨钝了敏锐的感觉，因为懒散，因为怠惰，还因为势利，因为傲慢与偏见，因为不择手段。这算是什么？一张旧书目录？到底什么是他的才能呀？倒的确是才能，可是他非但没有利用它，反而拿它去做交易。问题从来不在他已经做了些什么，而总是在他还能做些什么。他决意不靠钢笔或铅笔谋生，而要靠别的东西谋生。说来也怪，是不？每次他爱上了另一个女人，为什么这另一个女人总是要比前一个女人更有钱？可是当他不再真心恋爱了，当他只是在撒谎的时候，就像对现在这个女人那样，她竟比所有他爱过的女人更有钱，她有的是钱，她有过丈夫和孩子，她找过情人，但是不满意那些情人，她却倾心地爱他，把他当作一位作家，当作一个男子汉，当作一个伴侣，当作一份引为骄傲的财产来爱他；说来也怪，当他根本不爱她，而且对她撒谎的时候，他竟然为了她为他花费的钱，给予她比他过去真心恋爱的时候更多的回报。

　　我们所做的一切，该都是注定了的，他想。不管你是干什么过活的，这就是你的才能所在。他一辈子都在出卖生命力，不管是以这种形式或者那种形式，而当你的感情并不太投入的时候，你用了人家的钱倒能付出好得多的回报。他发现了这一点，但是现在也决不会写出来了。不，他不会写出来，尽管这是很值得一写的。

现在她露面了，正穿过那片空地向营地走来。她穿着马裤，擎着她的来复枪。两个男仆扛着一只野羊跟在她后面走来。她仍然是个很好看的女人，他想，她的肉体讨人喜爱。她对床第之乐很有才能，也很有领会，她并不漂亮，但他喜欢她的脸庞，她读过大量的书，喜欢骑马和打猎，当然，她酒喝得太多。她还是个比较年轻的女人的时候，丈夫死了，于是有一阵子，她把心思都放在两个刚成年的孩子身上，他们却并不需要她，她在他们身边，他们感到不自在，她还专心致志地养马，读书和喝酒。她喜欢在黄昏吃晚饭前读书，一面读一面喝威士忌苏打。到吃晚饭的时候，她已经相当醉了，等到吃晚饭时再喝了一瓶葡萄酒，往往就醉得足以使她入睡了。

这是她在有情人以前的情况。等到有了情人，她就不再喝那么多的酒，因为不必喝醉了才能入睡了。但是那些情人使她感到厌烦。她嫁过一个丈夫，他从没使她厌烦，而这些人却使她感到厌烦透了。

接着，她的一个孩子在一次飞机失事中死去了，事件过去以后，她不再需要情人，酒也不再是麻醉剂，她必须建立另一种生活。突然间，孤身独处吓得她心惊胆战。但是她要找一个她所尊敬的人在一起生活。

事情发生得非常简单。她喜欢他写的东西，而且一向羡慕他过的那种生活。她认为他确确实实干着他自己想干的事情。她为了获得他而采取的种种步骤，以及她最后爱上他的那种方式，都是一个正常过程的组成部分，在这个过程中她给自己建立起一种新生活，而他则出售了他旧生活的残余。

他出售他旧生活的残余是为了换取安全，也是为了换取安逸，这是无法否认的，但除此以外，还为了什么呢？他不知道。他要什么，她就会给他买什么。这他也是知道的。她也是个挺正派的女人。他像对待任何女人那样，很愿意和她上床；更宁愿是和她，因为她更有钱，因为她十分风趣，很有欣赏力，而且因为她从不当众使性子吵闹。可是现在她重新建立的这生活将告一段落了，因为两星期前，一根荆棘划破了他的膝盖，而他没有给伤口涂上碘酒，当时他们正挨上前去，想拍摄一群非洲水羚，只见它们站立着，昂起了头窥视着，一面用鼻子嗅着空气，耳朵向两边张开着，只等一听得响动就窜入灌木林。他还来不及拍下，它们就跑掉了。

现在她走过来了。

他在帆布床上转过头来看她。"你好，"他说。

"我打了一只野羊，"她告诉他。"可以用来给你做一碗好汤，我要叫他们捣一些土豆泥拌上奶粉。你觉得怎么样？"

"好多啦。"

"这该有多好啊？你知道，我就想过你会好起来的。我走的时候，你睡熟了。"

"我睡了一个好觉。你跑得远吗？"

"没有。就在山后面转转。我一枪打中了这只野羊。"

"你打得挺出色，你知道。"

"我爱打枪。我已经爱上非洲了。真的。要是你平安无事，这可是我玩得最痛快的一次了。你不知道跟你一起射猎是多么有趣。我爱上这个地方了。"

"我也爱这个地方。"

"亲爱的，你不知道看到你觉得好多了，有多么美妙。刚才你难受得那样，我简直受不了。你再不要那样跟我说话了，好吗？答应我吗？"

"不会了，"他说。"我记不起说过些什么了。"

"你不一定要把我毁掉，是吗？我不过是个爱你的中年妇女，你要干什么，我都愿意干。我已经给毁掉过两三次啦。你不会再把我毁掉吧，是吗？"

"我倒是想在床上再把你毁上几次，"他说。

"是啊。那可是愉快的毁灭。我们就是生来注定该这样给毁灭的。明天飞机就会来。"

"你怎么知道？"

"我有把握。飞机一定会来的。仆人们已经把木柴都准备好了，还准备了生浓烟的野草。今天我又下去看了一下。有足够的地方让飞机着陆，我们在空地两头准备好两堆浓烟。"

"你凭什么认为飞机明天会来？"

"我有把握它会来。它已经误点了。这样，到了城里，他们就会把你的腿治好，然后我们可以好好儿来几次毁灭。才不要那样光是讨厌的谈话。"

"我们喝点酒好吗？太阳落山啦。"

"你看你可以吗？"

"我想喝一杯。"

"我们就一起喝一杯吧。莫洛，拿两杯威士忌苏打来！"她唤道。

"你最好穿上防蚊靴，"他对她说。

"等我洗了澡再穿……"

他们喝酒的时候，天渐渐暗下来，就在断黑前再也没法瞄准打枪的时刻，一只鬣狗穿过那片空地绕到小山后边去了。

"这杂种每天晚上都跑过那儿，"男人说。"两个星期以来，每晚都是这样。"

"就是它每天晚上发出那种声音来。我可不在乎。尽管这是一种讨厌的畜生。"

他们一起喝着酒，这时已没有伤痛的感觉，只是因为一直保持一个体位躺着而感到不适，两个仆人生起了一堆篝火，光影在帐篷上跳跃，他感到自己对这种愉快的投降生活所怀有的默认心情，现在又油然而生了。她确实对他非常好。今天下午他对她太狠心，也太不公平了。她是个好女人，确实了不起。可是就在这当儿，他忽然想起自己快要死了。

这个念头像一个突如其来的冲击；不是流水或者疾风那样的冲击；而是一股无影无踪的臭气的冲击，而令人奇怪的是，那只鬣狗正沿着这股臭气的边缘轻轻地溜过来。

"怎么回事啊，哈里？"她问他。

"没什么，"他说。"你最好挪到另一边去坐。坐到上风头去。"

"莫洛给你换药了没有？"

"换过了。我刚敷上硼酸膏。"

"你觉得怎么样？"

"有点颤抖。"

"我要进去洗澡了，"她说。"我马上就出来。我跟你一起吃晚饭，然后把帆布床抬进去。"

这样看来，他对自己说，我们结束吵嘴，是做对啦。他跟这个女人从来没有大吵大闹过，而跟他爱过的那些女人却吵得很厉害，最后由于吵嘴的腐蚀作用，总是毁了他们共同怀有的感情。他爱得太深，要求得也太多，这样就把一切全都耗尽了。

　　他想起那次他独自在君士坦丁堡[①]的情景，事前曾在巴黎吵了一场才出走的。那一阵他夜夜宿娼，等这阶段过去了，他仍然无法排遣寂寞，相反日子更加难过了，于是给她，他那第一个情妇，那个离开了他的女人写了一封信，告诉她，他是怎样始终割不断对她的思恋……怎样有次在摄政王府外面自以为看到了她，一下子感到头昏眼花，心里直想吐，他怎样会在林荫大道上跟踪一个外表上有点像她的女人，可是不敢看看清楚是不是她，又怕失去她在他心里引起的这份感情。他睡过的每一个女人，怎样只会使他更加想念她。他又是怎样决不介意她干下的一切，因为他知道无法摆脱对她的爱恋。他在俱乐部里冷静而清醒地写了这封信，寄到纽约去，央求她把回信寄到他在巴黎的事务所。这样似乎比较稳当。那天晚上他非常想念她，觉得心里空荡荡的直想吐，便在街头踯躅，一直走过马克

_____

① 君士坦丁堡，现名伊斯坦布尔，土耳其最大的城市。

西姆饭店，搭上一个女郎，带她一起去吃晚饭。后来他到了一个地方，同她跳舞，可是她跳得很糟，于是丢下了她，搞上一个风骚的亚美尼亚妓女，她把肚子贴着他的身子摆动，弄得他的肚子都快烫坏。他跟一个中尉衔的英国炮手吵了一架，把她从炮手手里带走了。炮手把他叫到外面去，他们便在暗地里，在大街的鹅卵石地面上打了起来。他朝他的下巴颏狠狠地揍了两拳，可是对方并没有倒下，这一下他知道免不了要有一场厮打了。炮手一拳打中他的身子，接着打中他的眼角。他又一次挥动左手，击中了炮手，炮手向他扑过来，抓住了他的上衣，扯下一只袖子，他往他耳朵后面狠狠揍了两拳，接着趁他把他推开时，用右手把他击倒在地。炮手倒下的时候，头先磕在地上，于是他带着女郎飞奔，因为听见宪兵来了。他们乘上一辆出租汽车，沿着博斯普鲁斯海峡①驶向里米利·希萨，兜了一圈，在寒夜里回到城里上了床，她给人的感觉像她的外貌那样过于成熟，但是柔滑如脂，像玫瑰花瓣，像糖浆似的，肚子光滑，乳房肥大，屁股下用不着垫个枕头，趁她还没醒来，就离开了她，在第一线曙光照射下，她的容貌显得粗俗极了，他带着一只打得发青的眼圈来到彼拉宫，手里提着那件上衣，因为一只袖子已经没了。

就在那天晚上，他动身去安纳托利亚②，他想起那次旅行的后期，整天穿行在种着罂粟的田野里，这是人们种来提炼鸦片的，这使你感到多么新奇，最后，仿佛不管朝哪个方向走都不对头似的，到了他们曾经跟那些刚从君士坦丁堡来的军官一起发动进攻的地方，那些军官啥也不懂，大炮打中了自己一方的部队，那个英国观察员哭得像个小孩子似的。

---

① 博斯普鲁斯海峡，位于土耳其欧亚两个部分之间。君士坦丁堡即在该海峡西岸。

② 安纳托利亚，土耳其的亚洲部分。

就在那天，他第一次看到了死人，穿着白色芭蕾舞裙子和向上翘起的缀有绒球的鞋子①。土耳其人像波浪般不断涌来，他看见那些穿着裙子的男人在奔跑，军官们朝他们打枪，接着军官们自己也奔跑起来，他同那个英国观察员也奔跑起来，跑得肺都发痛了，嘴里尽是那股铜腥味，他们在一堆岩石后面停下来，只见土耳其人还在波浪般涌来。后来他看到了一些从来没有想象到的事情，后来还看到了比这更糟的事情。所以，那次他回到了巴黎，这些他都不愿谈，即使听人提起他都受不了。他经过咖啡馆的时候，只见那位美国诗人正在里面，面前一大叠碟子，土豆般的脸上露出一副蠢相，正在跟一个罗马尼亚人谈达达运动，那人自称特里斯坦·采拉②，老是戴着单眼镜，老是闹头痛，后来，他回到了公寓，跟他的妻子在一起，他又爱她了，吵架已经过去，气恼也过去了，很高兴回到了家里，事务所把他的信件送到了他的公寓。这样，一天早晨，那封答复他写的那封信的回信在一只托盘里给送进来了，他一看到信封上的笔迹，就浑身发冷，想把那封信塞在另一封的下面。可是他妻子说："亲爱的，那封信是谁寄来的？"于是那件刚开场的事就此了结。

　　他想起同所有这些女人在一起时的好光景，还有争吵。她们总是挑选最妙的场合跟他吵嘴。那么为什么她们总是在他心情最好的时候跟他吵嘴呢？关于这些，他一点也没有写过，因为起先是他绝不想伤害她们中的任何一个，后来看起来即使不写这些，要写的东西已经够多了。但是他始终认为最后他还是会写的。要写的东西太多了。他目睹过世界的变化；不仅是那些事件而已；尽管他曾目睹许多事件，观察过人们，但是他目

---

① 这是希腊男子的民族服装。
② 特里斯坦·采拉（1896—1963），法国诗人、散文家、编辑，出生于罗马尼亚，长期在巴黎从事文学活动，为达达主义的创始人之一。

睹过更微妙的变化，而且记得人们在不同的时刻是怎样表现的。他曾置身于这种变化之中，他观察过这种变化，而写这种变化，正是他的责任；可现在他再也写不成了。

"你觉得怎么样？"她说。现在她洗过澡从帐篷里出来了。

"不错。"

"你现在想吃吗？"他看见莫洛在她背后拿着折叠桌，另一个仆人拿着菜盘子。

"我要写东西，"他说。

"你该喝点肉汤来保持体力。"

"我今晚就要死了，"他说，"我用不着保持什么体力啦。"

"别那么夸张，求求你，哈里，"她说。

"你干吗不用鼻子闻一闻？我已经烂了半截，烂到大腿上了。我干吗还要跟肉汤开玩笑？莫洛，拿威士忌苏打来。"

"请你喝肉汤吧，"她温柔地说。

"好吧。"

肉汤太烫了。他只好把肉汤倒在杯子里，握在手里，等凉得可以喝了才喝，那时竟一口喝下，没有噎住。

"你是个好女人，"他说。"不用关心我啦。"

她仰起她那张在《激励》和《城市与乡村》①上人人皆知、人人都爱的脸庞望着他，那张脸因为酗酒而稍有逊色，因为贪恋床笫之乐而稍有逊色，可是《城市与乡村》从未展示过她那美丽的乳房、她那有用的大腿以及她那双轻柔地爱抚你的腰背的手，当他望着她、看到她那著名的动人微笑时，感到死神又来临了。这回没有冲击。那是一股气，像一阵使烛光摇曳、火焰拔长的微风。

"待会儿他们可以把我的蚊帐拿出来挂在树上，生起一堆篝

---

① 《城市与乡村》为二十世纪初期的一份美国较高雅的大众杂志，刊载社交界信息、轻松的诗文等。

火。今天晚上我不想进帐篷去睡了。不值得搬动了。这是个晴朗的夜晚。不会下雨的。"

原来你就会这样死去，在你听不见的悄声低语中死去。好吧，这样就再也不会吵嘴了。这一点他可以保证。这是个他从来没有经历过的经验，他现在不会去毁坏它了。但也可能会毁坏的。你把什么都毁啦。但是也许他不会。

"你能做听写吗？"

"我从没学过，"她告诉他。

"好吧。"

没有时间了，当然，尽管看来似乎经过了压缩，只要能处理得当，你只消用一段文字就可以把那一切都写进去。

湖畔一座小山上，有一所圆木构筑的房子，缝隙都用灰泥嵌成白色。门边柱子上挂着一只铃，这是召唤人们进去吃饭用的。房子后面是田野，田野后面是森林。一排伦巴第白杨从房子一直伸展到码头。另一排白杨沿着地岬迤逦而去。森林的边缘有一条通向山峦的小路，他曾在这条小路边采摘过黑莓。后来那所圆木房子烧毁了，在壁炉上方鹿脚架上挂着的猎枪都烧坏了，事后，烧坏的枪筒和枪托连同融化在弹膛里的铅弹都搁在一堆灰上，这灰原是给那只做肥皂的大铁锅熬碱水用的，你问祖父能不能拿这些东西去玩，他说，不行。你知道那些猎枪依旧是他的，他就此再也没有买别的猎枪。他也不再打猎了。现在在原来的地方用木料重新盖了所房子，漆成了白色，从门廊上你可以看见白杨和再过去的湖泊；可是再也没有猎枪了。从前挂在圆木房子墙上鹿脚上的那些猎枪的枪筒，还搁在那堆灰上，再也没有人去碰过。

大战后，我们在黑森林①租了一条有鳟鱼的小溪，可以从

---

① 黑森林，德国西南部山区，在巴登-符腾堡州，著名的游览胜地。

两条路跑到那儿去。一条是从特里贝格走下山谷，在那条白色的路边的树荫下绕过一条山路，然后走上一条叉路，向上穿过山间，经过许多矗立着高大的黑森林式房子的小农场，一直走到小道和小溪交叉的地方。我们就在那儿开始钓鱼。

另一条路是陡直地登上树林的边沿，然后翻过山巅，穿过松林，接着走出林子来到一片草场的边沿，下山跨过这片草场到那座桥边。小溪边有一溜桦树，小溪并不宽阔，而是很窄，清澈而湍急，在桦树根边冲出一个个小潭。在特里贝格的客店里，店主人这一季生意兴隆。这使人非常愉快，我们都成了好朋友。第二年通货膨胀，他前一年赚的钱不够买进经营客店必需的物品，于是他上吊死了。

你能口授这些，但是你无法口授巴黎的那个城堡护墙广场，那里卖花人在大街上给他们的鲜花染色，颜料淌得路面上到处都是，公共汽车从那儿出发，老头儿和女人们总是喝葡萄酒和劣质的果渣白兰地，弄得醉醺醺的，孩子们在寒风凛冽中淌着鼻涕，汗臭和贫穷的气味，"业余者咖啡馆"里的醉态，还有大众舞厅的妓女们，她们就住在舞厅楼上。那个看门女人在她的小间里款待那个共和国自卫队员，一张椅上放着他的插着马鬃的头盔。门厅对面还有家住户，她的丈夫是个自行车赛手，那天早晨她在牛奶房打开《机动车》报看到他在第一次参加盛大的巴黎环城比赛中名列第三时，是多么高兴啊。她涨红了脸，大声笑了出来，接着跑到楼上，手里拿着那张淡黄色的体育报哭起来。经营大众舞厅的那女人的丈夫是开出租汽车的，有一次他，哈里，得在凌晨乘飞机出门，那司机来敲门唤他起身，动身前在酒吧间的锌桌边每人喝了一杯白葡萄酒。那时，他熟悉那个地区的邻居，因为他们都很穷。

在城堡护墙广场那一带有两种人：酒徒和运动员。酒徒以酗酒打发贫困，而运动员则在锻炼中忘却贫困。他们是巴黎公社社员的后裔，因此，对他们来说，要懂得政治并不难。他们知道是谁枪杀他们的父老兄弟和亲戚朋友的，当凡尔赛的军队开进巴黎，继公社之后占领了这座城市，捉住的任何人，只要手上有茧的，或者戴便帽的，或者带有任何其他标志说明他是个劳动者的，一律格杀勿论。就是在这样的贫困之中，就是在这个地区里，街对面有一家马肉铺和一家酿酒合作社，他开始了他此后的写作生涯。巴黎再没有另一个他这样热爱的地区了，那蔓生的树木，那些白色灰泥墙、下半截涂成棕色的老房子，那在圆形广场上的长长的绿色公共汽车，那路面上淌着的染花的紫色颜料，那从山上向塞纳河急转直下的勒穆瓦纳红衣主教大街，还有那另一条狭窄然而热闹的莫菲塔德路。那条通向万神殿的大街和那另一条他经常骑自行车经过的大街，那是那个地区唯一的沥青路，车胎驶过，感到光溜平滑，街道两边尽是高耸而狭小的房子，还有那家高耸的下等客店，保尔·魏尔兰①就是在那里死去的。在他们住的公寓里，只有两间屋子，他在那家客店的顶楼上有一间房间，每月要付六十法郎的房租，他在这里写作，从这间房间，他可以看到鳞次栉比的屋顶和烟囱帽以及巴黎所有的山峦。

你从那幢公寓却只能看到那个经营木柴和煤炭的人的店铺。他也卖酒，卖劣质的葡萄酒。马肉铺子外面挂着金黄色的马头，在橱窗里挂着金黄色和红色的马肉，还有那涂着绿色油漆的合作社，他们在那儿买葡萄酒，又好又便宜的葡萄酒。其余就是灰泥的墙壁和邻居们家的窗子。夜里，有人喝醉了躺在街上，在那种典型的法国式酩酊大醉（人们向你宣传，要你相信根本不存在这样的大醉）中哼哼唧唧着，那些邻居会打开窗子，接着是一阵喃喃的低语。

"警察上哪儿去了？总是在你不需要他的时候，这家伙倒

---

① 保尔·魏尔兰（1844—1896），法国象征主义诗人。

就在眼前。他在跟哪个看门女人睡觉啦。找警察来。"等到不知是谁从窗口泼下一桶水，呻吟声才停止。"倒下来的是什么？水。啊，这可是个聪明办法。"于是窗子都关上了。玛丽，他的女仆，抗议一天八小时的工作制说，"要是一个丈夫干到六点钟，他在回家的路上就只能喝得稍微有点醉意，花钱也不会太多。可要是他只干到五点钟，那他每天晚上都会喝得烂醉，你也就一个子儿也没有了。受这份缩短工时的罪的正是工人的老婆。"

"要再喝点儿肉汤吗？"女人这时问他。

"不要了，多谢多谢。味道好极了。"

"再喝一点儿吧。"

"我想喝威士忌苏打。"

"酒对你没好处。"

"是啊。酒对我有害。柯尔·波特①写过这歌词，还作了曲。这种知识正使你在生我的气。"

"你知道我是喜欢你喝酒的。"

"是啊。可惜酒对我有害。"

等她走开了，他想，我就会得到我要的一切。不是我所要的一切，而只是我所有的一切。嗳，他累啦。太累啦。他要睡一会儿。他静静地躺着，死神不在眼前。它准是上另一条街溜达去了。它成双结对地骑着自行车，悄没声儿地在人行道上行驶。

不，他从来没有写过巴黎。没有写过他喜爱的那个巴黎。可是其余那些他从来没有写过的东西又是如何呢？

那牧场和那银灰色的山艾灌木丛，灌溉渠里湍急而清澈的

---

① 柯尔·波特（1893—1964），美国流行歌曲作曲家。所写歌词诙谐动人，并作有几部受大众欢迎的音乐剧。

流水以及那浓绿的苜蓿又是如何呢？那条羊肠小道蜿蜒而上向山里伸展，而牛群在夏天胆小得像麋鹿一样。那吆喝声和持续不断的喧闹声，那一群行动缓慢的庞然大物，当你在秋天把它们赶下山来时，扬起了一片尘土。群山后面，嶙峋的山峰在暮霭中清晰地显现，在月光下骑马沿着那条小道下山，山谷那边一片皎洁。他如今想起来了，当你穿过树林下山时，在黑暗中你看不见路，只能抓住马尾巴摸索前进，这些都是他想写的故事。

还有那个打杂的傻小子，那次把他一个人留在牧场，并且吩咐他别让任何人来偷干草，可那个从河岔口来的老坏蛋，经过牧场停下来想搞点饲料，傻小子过去给他干活时，竟被老家伙打了。那小子不让他拿，老头儿说他要再给他一顿揍。当他想闯进牲口棚去时，那小子从厨房里拿来了来复枪，把老头儿打死了，于是等他们回到牧场，老头儿已经死了一个星期，在牲口栏里冻得直僵僵的，狗已经把他吃掉了一部分。但是你把残留的尸体用毯子包起，捆在一架雪橇上，让那小子帮你拖着，你们两个穿着滑雪板，带着尸体赶路，然后滑行六十英里，把小子解到城里去。他还不知道会给逮捕呢。满以为自己尽了责任，你是他的朋友，他会得到奖赏呢。他是帮着把这个老家伙拖进城来的，这样谁都能知道这老家伙一向有多坏，他又是怎样想偷一些不属于他的饲料，等到行政司法官给这小子戴上手铐时，这小子简直不能相信。于是他放声哭了出来。这是他留着准备将来写的一个故事。从那一带地方，他至少知道二十个有趣的故事，可是他一个都没有写。为什么？

"你去告诉他们，那是为什么，"他说。
"什么为什么，亲爱的？"
"不为什么。"

她自从有了他，现在酒喝得不那么多了。可只要他活着，他决不会写她，这一点现在他知道了。也决不写她们中的任何一个。有钱人都是愚蠢的，他们酒喝得太多，或者整天玩巴加门①。他们是愚蠢的，而且唠叨个没完。他想起可怜的朱利安和他对有钱人怀着的那份罗曼蒂克的敬畏，记得他有一次怎样动手写一篇短篇小说，他开头这样写道，"豪门巨富是跟你我不同的。"有人曾经对朱利安说，是啊，他们比我们有钱。可是对朱利安来说，这并不是一句幽默话。他认为他们是一种特殊的富有魅力的族类，等到他发现他们并非如此，他就给毁了，正像任何其他事物把他毁了一样②。

他可一向鄙视那些毁了的人。你根本没必要去喜欢这一套，因为你了解这是怎么回事。什么事情都打不垮他，他想，因为什么都伤害不了他，如果他不在意的话。

好吧。现在要是死去，他也不在意了。他一向害怕的一点是痛。他跟任何人一样忍得住痛，除非痛的时间太长，搞得他精疲力竭，可是这儿却有一种什么东西使他痛得够呛，但就在他感到快受不住的时候，痛却停止了。

他记得在很久以前，投弹军官威廉逊那天晚上钻过铁丝网爬回阵地的时候，被一名德国巡逻兵扔过来的一枚手榴弹炸伤了，他尖声叫着，央求大家把他打死。他是个胖子，尽管喜欢炫耀自己，叫人难以相信，却很勇敢，是个好军官。可是那天晚上他在铁丝网里给打中，一道闪光突然把他照亮，他的肠子淌了出来，钩在铁丝网上，所以当他们把他抬进来的时候，当时他还活着，他们不得不把他的肠子割断。打死我，哈里。看

---

① 一种双方各有 15 枚棋子，掷骰子决定行棋格数的游戏。
② 这一段，作者所说的朱利安，系指美国小说家斯·菲茨杰拉德——据威廉·奥康纳编的《七个现代美国小说家》中，查尔斯·夏因写的"斯·菲茨杰拉德"一文。

在上帝的分上，打死我。有一回大家曾经对凡是我们的主给予你的你都能忍受这句话争论过，有人的理论是，经过一段时间，痛会自行消失。可是他始终忘不了威廉逊和那个晚上。在威廉逊身上痛苦并没有消失，直到他把自己一直留着准备自己用的吗啡片都给他吃下以后，也没有立刻止痛。

可是，现在他感觉到的痛苦却非常轻松，如果就这样下去而不变得更糟的话，那就一点也不必担心了。不过他宁愿有个更好的伴儿在一起。

他想了一下他想要的伴儿。

不，他想，如果你干的一切，总是干得太久，并且干得太晚了，你就不能指望人家还在那儿伴着你。人家全走啦。已经酒阑席散，现在只留下你和女主人啦。

我对死去越来越感到厌倦，就像对其他一切东西那样，他想。

"真使人厌倦，"他不禁说出声来。

"你说什么，亲爱的？"

"一个人干的事情都干得太久啦。"

他瞅着她处在自己和对面的篝火之间的那张脸。她正靠坐在椅子里，火光照在她那线条动人的脸上，他看得出她很困了。他听见那只鬣狗就在那圈火光外发出一声嗥叫。

"我一直在写东西，"他说。"可我累啦。"

"你看能睡着吗？"

"一定能。为什么你还不去睡？"

"我喜欢陪你一起坐在这里。"

"感觉到有什么不对头吗？"他问她。

"没有。只觉得有点困。"

"我感觉到了，"他说。

他刚刚感觉到死神又一次临近了。

"你知道，我唯一没有失去的东西，只有好奇心了，"他对她说。

"你从来没有失去过什么。你是我所知道的最完美的人。"

"天哪，"他说。"女人知道的东西多么少啊。你凭什么这样说？是直觉吗？"

因为就在这个时候死神来了，把它的头搁在帆布床的下首，他闻得出它吐出的气息。

"千万别相信什么死神的形象是镰刀加上骷髅，"他对她说。"它满可以是两个骑着自行车的警察或者是一只鸟儿。或者像鬣狗一样有只大鼻子。"

死神这时已经挨到他身上来了，可是它不再具有任何形体了。它仅仅占有空间而已。

"叫它走开。"

它没有走，反而挨得更近了。

"你呼出的气真臭死了，"他对它说。"你这臭杂种。"

它还是在向他一步步挨近，现在他没法对它说话了，等它发现他没法说话了，又向他挨近了一点，现在他想默默地把它赶走，但是它爬到他身上来了，这样，它的重量就全压在他的胸口上，它趴在那儿，他没法动弹，也说不出话来，听见那女人说，"先生睡着了。把床轻轻地抬起来，抬进帐篷里去。"

他没法开口叫她把它赶走，现在它更沉重地趴在他的身上，这样他气也透不过来了。但是当他们抬起帆布床的时候，忽然一切又正常了，重压从他胸前消失了。

现在已是早晨，已是早晨有一会儿了，他听见了飞机声。飞机显得很小，接着飞了一大圈，两个男仆跑出来用火油点燃了火，堆上野草，这样在平地两端就冒起了两大股浓烟，晨风把浓烟吹向帐篷，飞机又绕了两圈，这次是低飞，接着往下滑翔，拉平，平稳地着了陆，只见老康普顿穿着宽大的便裤、花呢茄克，戴着顶棕色毡帽，朝他走来。

"怎么回事啊，老伙计？"康普顿说。

"腿坏了，"他告诉他。"要吃点早饭吗？"

"谢谢。只要喝点茶就行啦。你知道这是一架'银色天社蛾'。我没法带夫人一起走。只坐得下一个人。你的卡车正在路上。"

海伦曾把康普顿拉到一旁，给他说着什么话。康普顿显得更兴高采烈地走回来。

"我们得马上把你抬上飞机，"他说。"我还要回来接你太太。现在我怕不得不在阿鲁沙①停一下加油了。我们最好马上就走。"

"那么茶怎么办？"

"你知道，我实在并不想喝。"

两个男仆抬起了帆布床，绕过那些绿色帐篷，沿着岩石往下走到那片平地上，一直走过那两股浓烟——现在正亮晃晃地燃烧着，风吹旺了火，野草都烧光了——来到那架小飞机前。好不容易把他抬进飞机，一进飞机他就躺倒在皮椅子里，那条腿直挺挺地伸到康普顿的座位一边。康普顿拉动螺旋桨，发动了马达，上了飞机。他向海伦和两个男仆挥手告别，马达的咔哒声变成惯常熟悉的吼声，飞机调过头来，康普顿留神提防着那些非洲疣猪打的洞，让飞机怒吼着在两个火堆之间那一截平地上一路颠簸，随着最后一次颠簸，飞机升空了，他看见他们都站在下面挥手，山边那个帐篷这时显得扁扁的，平原展开着，一簇簇树和那片灌木丛也显得扁扁的，那一条条野兽出没的小道，这时似乎都平坦坦地通向那些干涸的水洼，有一处新发现的水源，这是他从来不知道的。那些斑马，现在只是一个个小小的圆背脊了，那些牛羚像一根根长手指那样越过平原时，仿佛是一个个大头的黑点在地上爬行，现在当飞机的影子向它们逼近时，都四散奔跑，它们现在显得更小了，动作也看不出是在奔驰了，你极目望去，现在平原呈一片灰黄，前面是老康普顿的花呢茄克的背影和那顶棕色毡帽。接着他们飞到第一批群山上空，牛

---

① 阿鲁沙，位于乞力马扎罗山西南，有铁路线通向印度洋边。

羚正往山上跑去，接着飞越高峻的山岭，陡峭的深谷里长着高耸的浓绿的森林，还有那长着密密匝匝的竹子的山坡，接着又是一大片茂密的森林，被起伏的地面形成一座座尖峰和山谷，他们一路飞越，只见山地渐渐下斜，接着又是一片平原，现在天热起来了，大地显出一片紫棕色，飞机在热浪中颠簸着，康普顿回过头来看看他在飞行中情况如何。接着前面又是黑压压的崇山峻岭。

接着，他们不在一直往阿鲁沙的方向飞，而是转向左方，很显然，他揣想他们已加足了燃料，便往下看去，见到一片像筛子里筛落下来的粉红色的云，正在掠过大地，从空中看去，却像是突然出现的暴风雪的第一阵飞雪，他明白那是蝗虫从南方飞来了。接着飞机开始爬高，似乎他们正在往东方飞，接着天色暗下来，他们碰上了一场暴风雨，大雨如注，仿佛像穿过一道瀑布似的，接着穿出水帘，康普顿转过头来，咧嘴笑着，把手一指，于是在前方，极目所见，他看到，像整个世界那样宽广，在阳光中显得那么宏大、高耸，而且白得令人不可置信，正是那乞力马扎罗山的方形山巅。于是他明白这正是他现在要飞去的地方。

正是在这个当儿，鬣狗在夜色中停止了呜咽，开始发出一种奇怪的几乎像人那样的哭声。女人听到了这声音，在床上不安地反侧着。她没有醒过来。在梦里她正在长岛的家里，这是她女儿第一次参加社交活动的前夜。似乎她的父亲也在场，他显得很粗暴。接着鬣狗的大声哭叫把她吵醒了，她一时不知道自己身在何处，觉得很害怕。接着她拿起手电照着另一张帆布床，那是等哈里睡着了他们把它抬进来的。她透过蚊帐，看得见他的身躯，但是不知怎的他把那条腿伸了出来，在帆布床沿耷拉着。敷着药的纱布都掉落了下来，她不忍心看这幅景象。

"莫洛，"她喊道，"莫洛！莫洛！"

接着她说，"哈里，哈里！"接着她提高了嗓门，"哈里！请你醒醒。唉，哈里！"

没有回答，也听不见他的透气声。

帐篷外，那鬣狗还在发出那种使她惊醒的奇怪的叫声。但是她听不见这叫声，因为她的心在怦怦跳着。

汤永宽 译

（首次发表在《老爷》杂志 1936 年 8 月号）

桥边的老人

　　一个戴钢丝边眼镜的老人坐在路旁，衣服上尽是尘土。河上搭着一座浮桥，大车、卡车、男人、女人和孩子们在涌过桥去。骡车从桥边蹒跚地爬上陡坡，一些士兵扳着轮辐在帮着推车。卡车嘎嘎地驶上斜坡就开远了，把一切抛在后面，而农夫们还在齐到脚踝的尘土中踟蹰着。但那个老人却坐在那里，一动也不动。他太累，走不动了。

　　我的任务是过桥去侦察对岸的桥头堡，查明敌人究竟推进到了什么地点。完成任务后，我又从桥上回到原处。这时车辆已经不多了，行人也稀稀落落，可是那个老人还在原处。

　　"你从哪儿来？"我问他。

　　"从圣卡洛斯来，"他说着，露出笑容。

　　那是他的故乡，提到它，老人便高兴起来，微笑了。

　　"那时我在看管动物，"他对我解释。

　　"噢，"我说，并没有完全听懂。

　　"唔，"他又说，"你知道，我待在那儿照料动物。我是最后一个离开圣卡洛斯的。"

　　他看上去既不像牧羊的，也不像管牛的。我瞧着他满是灰尘的黑衣服、尽是尘土的灰色面孔，以及那副钢丝边眼镜，问道，"什么动物？"

　　"各种各样，"他摇着头说，"唉，只得把它们撇下了。"

　　我凝视着浮桥，眺望充满非洲色彩的埃布罗河①三角洲地区，寻思究竟要过多久才能看到敌人，同时一直倾听着，期待第一阵响声，它将是一个信号，表示那神秘莫测的遭遇战即将爆发，而老人始终坐在那里。

"什么动物？"我又问道。

"一共三种，"他说，"两只山羊，一只猫，还有四对鸽子。"

"你只得撇下它们了？"我问。

"是啊。怕那些大炮呀。那个上尉叫我走，他说炮火不饶人哪。"

"你没家？"我问，边注视着浮桥的另一头，那儿最后几辆大车正匆忙地驶下河边的斜坡。

"没家，"老人说，"只有刚才讲过的那些动物。猫，当然不要紧。猫会照顾自己的，可是，另外几只东西怎么办呢？我简直不敢想。"

"你的政治态度怎样？"我问。

"政治跟我不相干，"他说，"我七十六岁了。我已经走了十二公里，我想我现在再也走不动了。"

"这儿可不是久留之地，"我说，"如果你勉强还走得动，那边通向托尔托萨^②的岔路上有卡车。"

"我要待一会，然后再走，"他说，"卡车往哪儿开？"

"巴塞罗那，"我告诉他。

"那边我没有熟人，"他说，"不过我非常感谢你。再次非常感谢你。"

他疲惫不堪地茫然瞅着我，过了一会又开口，为了要别人分担他的忧虑，"猫是不要紧的，我拿得稳。不用为它担心。可是，另外几只呢，你说它们会怎么样？"

"噢，它们大概挨得过的。"

"你这样想吗？"

"当然，"我边说边注视着远处的河岸，那里已经看不见大车了。

---

① 西班牙境内最长的一条河。
② 西班牙塔拉戈纳省城市。

"可是在炮火下它们怎么办呢？人家叫我走，就是因为要开炮了。"

"鸽笼没锁上吧？"我问。

"没有。"

"那它们会飞出去的。"

"嗯，当然会飞。可是山羊呢？唉，不想也罢，"他说。

"要是你歇够了，我得走了，"我催他。"站起来，走走看。"

"谢谢你，"他说着撑起来，摇晃了几步，向后一仰，终于又在路旁的尘土中坐了下去。

"那时我在照看动物，"他木然地说，可不再是对着我讲了。"我只是在照看动物。"

对他毫无办法。那天是复活节的礼拜天，法西斯正在向埃布罗挺进。可是天色阴沉，乌云密布，法西斯飞机没能起飞。这一点，再加上猫会照顾自己，或许就是这位老人仅有的幸运吧。

宗　白译

在密歇根州北部

吉姆·吉尔摩从加拿大来到霍顿斯湾。他从霍顿老汉手中买下了那片铁匠铺。吉姆又矮又黑，留着两大撇胡子，长着一双大手。他是个打马蹄掌的好手，可即使系上了皮围裙，看上去也不大像个铁匠。他住在铁匠铺的楼上，在迪·吉·史密斯家搭伙。

莉芝·科茨给史密斯家干活。史密斯太太是个个头很大、长得挺干净相的女人，她说莉芝·科茨是她见过的最整洁的女仆。莉芝的腿长得挺美，她老是系着干干净净的方格花布围裙，吉姆还注意到她脑后的头发也总是整整齐齐的。他喜欢她的面孔，因为她脸上是那么喜气洋洋，可是他从没把她放在心上。

莉芝非常喜欢吉姆。她喜欢他从铺子走过来的样子，常常跑到厨房门口守着，看他从大路上走来。她喜欢他胡子的模样。她喜欢他微笑时露出那么洁白的牙齿。她非常喜欢他看上去并不像个铁匠。她喜欢迪·吉·史密斯和史密斯太太那么喜欢他。有一天，他在屋外的洗脸盆里擦身，她发现自己喜欢他手臂上的毛那么黑，而手臂上没被太阳晒到的部位又那么白。喜欢这些，使她自己也觉得好笑。

霍顿斯湾小镇，由博伊恩城和夏勒伏瓦之间的大路边的五户人家所组成。那儿有家百货店兼邮局，有一个高大的假门面，也许还有一辆马车系在门前，还有史密斯家、斯特劳德家、迪尔沃思家、霍顿家和范霍森家。这些人家都在一大片榆树丛中，而那条大路上沙土很厚。大路的西端都有耕地和树林。朝大路一端过去一点儿，有座卫理公会教堂，朝另一个方向去有那所镇办学校。那铁匠铺漆成红色，面对着学校。

陡直的沙土路穿过树林从山上向下通到港湾。从史密斯家的后门朝外望去，可以透过那片直伸到湖滨的树林，望到港湾的对面。春、夏两季，景色美极了，港湾蓝里透亮，从夏勒伏瓦和密歇根湖有微风吹来时，地岬另一边的湖面上常常泛起白浪。从史密斯家的后门，莉芝看得到运矿砂的驳船在远方湖面上驶向博伊恩城。她看着这些船的时候，它们像是根本不在动，可是等她进屋去再擦干几只盆子后回出来，它们就已经驶到地岬后面，看不见了。

莉芝现在一直在想着吉姆·吉尔摩。他似乎并不很注意她。他对迪·吉·史密斯谈到那片铺子，谈到共和党，也谈到詹姆斯·吉·布莱恩[①]。晚上，他就着起坐室里的灯光看看《托莱多[②]喉舌报》和大激流城[③]出的报纸，或者拿着篝灯和迪·吉·史密斯去海湾里叉鱼。秋天，他和史密斯还有查利·怀曼驾着大车，带着帐篷、吃食、斧头、各人的来复枪和两只狗，到梵德比尔特另一边的松树平原去猎鹿。他们出发前，莉芝和史密斯太太为他们做吃的，一直要做四天。莉芝想要做些特别的东西让吉姆带去，可后来还是没有，因为不敢向史密斯太太要鸡蛋和面粉，而要是她自己去买呢，又怕在做的时候被史密斯太太当场发觉。其实史密斯太太是不会计较什么的，可莉芝就是不敢。

吉姆去猎鹿旅行的整个时期中，莉芝一直都想着他。他不在的时候真不好过哇。她老是想着他，睡觉也不香，可是她发觉，惦念着他倒也挺有趣儿。要是她能忘乎所以，日子就好过了。他们要回来的前一天晚上，她根本睡不着，这是说她自以为没睡着，因为在梦里也分不清是没睡着还是真的睡不着。她看到大车在路上驶过来时，感到不得劲儿，心里有种难过的味道。她巴不得马上见到吉姆，似乎吉姆一来，一切都会好了。大车在外面的大榆树下停下，史密斯太太和莉芝跑出去。三个男人都长了胡须，大车后部放着三

---

① 詹姆斯·吉·布莱恩（1830—1893），美国共和党议员，1884年竞选总统未成，先后两度任国务卿，在外交方面影响较大。
② 托莱多（Toledo），俄亥俄州北部一港市，位于密歇根州东南部州界南。
③ 大激流城，就在密歇根州南部，位于南北交通干线上。

头鹿，它们的细腿从车厢边硬邦邦地撅出来。史密斯太太吻了迪·吉，他也紧紧拥抱了她。吉姆说了声"喂，莉芝"，咧嘴笑了笑。莉芝原不知道吉姆回来的时候会发生什么事情，可是深信该会有什么事儿的。然而什么事也没发生。男人们回到了家，就这么回事。吉姆把鹿身上的粗麻袋拉掉，莉芝朝它们看去。有一头是只大公鹿。从大车上拿下来可是又硬又僵。

"是你打的，吉姆？"莉芝问。

"是呀。不是挺棒吗？"吉姆把它放上肩，扛到熏肉房去。

当晚查利·怀曼留下来在史密斯家吃晚饭。时间太晚了，不能回夏勒伏瓦去了。男人们洗干净了，在起坐间里等吃晚饭。

"那只瓦罐里难道没剩下什么吗，吉米？"迪·吉·史密斯问，吉姆就出去到停在粮仓里的大车上把男人们带着去打猎的威士忌酒罐拿进来。那是只四加仑的罐子，罐底还有不少酒在晃荡着。吉姆在回屋子的路上喝了一大口。要把这样的罐子举起来喝里面的东西是很难的。有一些威士忌在他衬衫前襟上淌下来。吉姆拿着罐子进来时，那两个男人都笑了。迪·吉·史密斯叫人去拿玻璃杯，莉芝拿来了。迪·吉倒出了三大杯。

"嗨，为你干杯，迪·吉，"查利·怀曼说。

"为那该死的大公鹿干杯，吉米，"迪·吉说。

"为我们射失的所有猎物干杯，迪·吉，"吉姆说，一口干了他的酒。

"对男人来说味道很好。"

"在一年的这个季节，对付让你烦恼的事情，再没有比这东西更好的了。"

"再来一杯好吗，伙计们？"

"祝您身体健康，迪·吉。"

"一切顺利，伙计们。"

"祝明年如意。"

吉姆开始感到心满意足了。他喜欢威士忌的味道和感觉。他为回来有舒服的床、热腾腾的食物和那铺子而感到高兴。他又喝了一杯。男人们进来吃晚饭，兴高采烈，举止却毕恭毕敬。莉芝上好饭菜后也在桌边坐下，和这家人一起吃饭。这是一顿很好的晚餐。男人们认真地吃着。晚餐后，他们回到起坐间里，莉芝和史密斯太太一起收拾饭桌。然后史密斯太太上楼去了，不久，史密斯出来了，也上了楼。吉姆和查利还在起坐间里。莉芝正在厨房里挨着火炉坐着，假装在看书，心里却在想吉姆。她还不想上床去睡，因为知道吉姆就会出来的，她要等他出来时看看他，这样她就能带着他的神态上床了。

她正苦苦地想着他，这时他出来了。他目光炯炯，头发有点儿乱。莉芝低头看她的书。吉姆走到她的椅子背后，在那儿站下。她能感觉到他的呼吸，然后他伸出双臂抱住了她。他双手摸去，感到她的乳房胀实丰满，乳头坚挺。莉芝吓坏了，还没有人这样摸过她呢，可是心想，"他终于找上我了。他当真来了。"

她僵住了不动，因为心里吓坏了，不知道除此之外该怎么办，接着吉姆把她紧紧抱着靠在椅子上，吻了她。这是一种如此剧烈、揪心和痛苦的感觉，以致她竟自以为会受不了。她感到吉姆就在椅子后面，觉得受不了，随后她身子里有什么东西咔嗒一声响，这感觉就变得温暖些，柔和些了。吉姆把她紧紧地抱着靠在椅子上，而现在她也需要这样了，于是吉姆悄声说，"来，出去散步吧。"

莉芝从厨房墙上的钉子上拿下上装，他们走出门去。吉姆用一臂搂着她，走不了几步，两人就要停下来，紧紧拥抱一下，吉姆就要吻吻她。没有月亮，他们在齐踝深的沙土路上走着，穿过树林一直走向港湾边的码头和仓库。湾水轻轻拍打着码头的木桩，港湾对面的地岬一片漆黑。天虽冷，可是莉芝因为跟吉姆在一起，浑身热乎乎的。他们在仓库的遮雨棚里坐下来，吉姆把莉芝拉过来贴在身上。她觉得害怕。吉姆的一只手伸进她的衣服，抚摸她的胸脯，另一只手放在她膝上。她吓坏了，不知道他下一步会干出什么事来，可是却把身子紧紧偎依着他。接着那只她觉得怪大的手从她膝上挪开了，放上她的大腿，开始向上移动。

"别这样，吉姆，"莉芝说。吉姆的手更向上摸去。

"你不可以，吉姆。你不可以的呀。"无论是吉姆还是吉姆的大手都没理她。

地板很硬。吉姆把她的衣服掀起来，正要对她干什么事哩。她很害怕，可是有这需要。她必须干，但是这事让她害怕。

"你不可以干这个，吉姆。你不可以的呀。"

"我一定要。我就是要。你知道我们一定要。"

"不，我们还没有，吉姆。我们一定不能。噢，这是不对的呀。噢，那东西太大，让人太痛了。你不能。噢，吉姆。吉姆。噢。"

码头的铁杉木板又硬又冷，容易碎裂，吉姆的身子沉沉地压在她身上，他已伤害了她。莉芝推了推他，她被压得难受极了，身子发麻。吉姆竟睡着了。他不肯动。她从他身子下挣出身来，坐了起来，把裙子和上装拉拉直，并且想要把头发弄弄好。吉姆睡着，嘴巴微微张开。莉芝俯身在他脸颊上亲了一下。他还是睡得很熟。她把他的头抬起一点，摇了一下。他把脑袋转过去，咽了口口水。莉芝哭起来了。她走到码头边，朝下向水看去。港湾上正有薄雾升起。她又冷又悲哀，一切都像是完了。她走回到吉姆躺着的地方，再使劲摇摇他，看他到底醒不醒。她哭着。

"吉姆，"她说，"吉姆。求你了，吉姆。"

吉姆动了动，把身子蜷得更紧了。莉芝脱下上装，俯身过去给他盖上。她把上装小心谨慎、干净利落地在他四周披好。然后她穿过码头，走上陡直的沙土路回去睡觉。冷雾正从港湾上穿过树林升起。

王圣珊　译

在士麦那①码头上

奇怪的是她们每天晚上到了半夜就乱叫乱嚷，他说。我不知道她们干吗偏在那个时刻叫嚷。我们停在港口，她们都在码头上，到了半夜，她就叫嚷了起来。我们常打开探照灯照她们，止住她们。那一招总是很管用。我们用探照灯对她们上上下下扫射了两三遍，她们就不叫了。我一度是码头上值班的高级军官，有个土耳其军官怒气冲天，向我走来，因为我们有个水手大大地侮辱了他。于是我跟他说，一定要把那个家伙押上船去，狠狠加以惩罚。我请他把那个人指认出来。于是他指出一个副炮手，其实这老兄最不会惹是生非了。说是他一再受到大大的侮辱；话是通过一个翻译跟我说的。我真想象不出这个副炮手怎么会懂得那么多土耳其话可以侮辱人。我就把他叫过来说，"只是防你跟任何土耳其军官说话罢了。"

"我没跟他们任何人说过话，长官。"

"这我完全相信，"我说，"不过你最好还是上船去，今天就别再上岸来了。"

于是我跟那土耳其人说，这人给押上船去了，一定要严加惩处。啊，一定要严惩不贷。他听了感到满意极了。我们是好朋友呢。

最糟糕的是那些带着死孩子的女人，他说。你没法叫那些女人扔下死孩子不管。她们的孩子都死了六天啦，就是不肯扔下。你拿这一点办法也没有。临了只好把她们押走。最离奇的是有个老大娘。我把这事告诉一个医生，他说我在瞎说。我们正把她们赶出码头，总得把死尸清理掉啊。这个老婆子就躺在一副担架上。他们说，"请你看一看她好吗，长官？"于是我看了她一眼，就在这当口，她死了，身子完全僵硬了。她两腿伸直，下半身全挺直了，直僵僵的。正跟隔夜就死掉了似的。她彻底死了，完全僵硬了。我把这事告诉一个医学界的家伙，他跟我说这不可能。

　　大家全都在码头上，根本不像有地震啊这种事。因为大家根本不知道土耳其人的情况。大家根本不知道土耳其佬会干出什么事来。你还记得他们命令我们进港不准再开走吗？那天早晨进港时我很紧张。他们有好多门大炮，可以把我们轰得片甲不留。我们紧挨着码头开来，正打算进港，抛下前锚和后锚，然后炮轰城里的土耳其营地。他们本来可能把我们从海面上肃清，但我们本来也可以把这城干脆轰光。我们进港时他们只是对我们开了几下空炮。凯末尔②作出决定，把那个土耳其司令开革了。罪名是越权啊什么的。他有点狂妄自大。这就可能把事情弄得一团糟。

　　你总记得那海港吧。海港里四处都漂浮着不少好东西。我生平只此一回碰上这种事，所以就梦见东西了。你对带着孩子的女人并不在意，你对带着死孩子的女人也一样并不在意。她们带着孩子可没什么不好。奇怪的是少数孩子怎么死掉的。只用什么东西把孩子盖住就不去管它了。她们总是挑货舱里最阴暗的角落带孩子。她们一离开码头就百事不管了。

　　希腊人也真是够厉害的家伙。他们撤退时，驮载牲口都没法带走，所以他们干脆就打断牲口的前腿，把它们全抛进浅水里。所有断了前腿的骡子都给推进浅水里了。这简直是妙事一桩。哎呀，真是绝妙绝妙。

陈良廷　译

————————

① 士麦那，古城名，今称伊兹密尔，是小亚细亚西部港口，曾被希腊占领，第一次世界大战后为土耳其收复。
② 凯末尔（1881—1938），土耳其将军，于1923—1938年任土耳其第一任总统。

第 一 章*

　　人人都喝醉了。整个炮兵连带着醉意一路摸黑行进。我们正开到香巴尼①去。中尉老是把马骑到田野里，还对它说，"我醉了，说真个的，我的老朋友。噢，我烂醉了。"我们通宵一路摸黑行进，副官骑着马老是走在我的行军灶边，嘴里说，"你得把火灭了。危险啊。会给人看到的。"我们离前线有五十公里，可是副官却担心我行军灶里的火。在那条路上行军真有趣。那是我当炊事班长时发生的事。

陈良廷 译

　* 从下一页的《印第安人营地》到《没有被斗败的人》这 16 篇于 1925 年以
　　《在我们的时代里》为题出单行本，每篇前分别附有 1924 年出版的同名
　　速写集的 15 篇短文及一篇《跋》，该速写集的英文书名为"in our
　　time"，根据当时的时髦做法，三个英文词的首字母没有用大写。
　① 香巴尼，法国东北部一地区，旧译香槟，以产葡萄酒著名，是香槟酒的发
　　源地。

印第安人营地

又一条划船给拉上了湖岸。两个印第安人站在湖边等待着。

尼克和他的父亲跨进了船艄，两个印第安人把船推下水去，其中一个跳上船去划桨。乔治大叔坐在那条营船的尾部。那年轻的一个把营船推下了水，随即跳进去给乔治大叔划船。

两条船在黑暗中出发。在浓雾里，尼克听到远远地从前面传来另一条船的桨架的声响。两个印第安人一桨接一桨地划着，掀起了一阵阵水波。尼克躺倒下去，他父亲用一臂搂着他。湖面上很冷。给他们划船的那个印第安人使出了大劲，但是另一条船在雾里始终走在前面，越来越赶到前面去了。

"上哪儿去呀，爸爸？"尼克问。

"上那边印第安人营地去。有个印第安妇女病得很重。"

"噢，"尼克说。

划到海湾的对岸，他们发现那另一条船已上了岸。乔治大叔正在黑暗中抽雪茄。那年轻的印第安人把船拖上了沙滩好一段路。乔治大叔给两个印第安人每人一支雪茄。

他们从沙滩走上去，穿过一片露水浸湿的草地，跟着那个年轻的印第安人走，他手里拿着一盏提灯。接着他们走进了林子，沿着一条羊肠小道走去，小道的尽头是那条朝后穿进小山之间的运木大路。大路上明亮得多，因为两旁的树木都已砍掉了。年轻的印第安人立停了，吹灭了提灯，他们一起沿着大路往前走。

他们绕过一道弯，有一只狗汪汪地叫着，奔出屋来。前面剥树皮的印第安人住的棚屋里有灯光透出来。又有几只狗向他们冲过来。两个印第安人把它们都打发回棚屋去。最靠近路边的棚屋有灯光从窗口透出来。一个老婆子提着灯站在门口。

屋里，木板床上躺着一个年轻的印第安妇女。她正在生孩子，已经两天了，还是生不下来。营里的老年妇女都一直在照应她。男人们跑到了路上，直跑到听不见她叫喊的地方，在黑暗中坐下来抽烟。尼克和那两个印第安人，跟着他父亲和乔治大叔走进棚屋时，她正好又尖叫起来。她躺在双层床的下铺，盖着被子，肚子鼓得高高的。她的头扭向一边。上铺上躺着她的丈夫。三天前，他把自己的腿用斧头砍伤了，伤得很重。他在抽板烟。屋子里一股浓浓的烟味。

尼克的父亲叫人放些水在炉子上烧，在烧水时，他跟尼克说话。

"这位太太快生孩子了，尼克，"他说。

"我明白，"尼克说。

"你并不明白，"父亲说。"听我说吧。她现在正在忍受的叫阵痛。婴孩要生下来，她也要把婴孩生下来。她的全身肌肉都在用劲要把婴孩生下来。方才她大声直叫就是这么回事。"

"我明白了，"尼克说。

就在这时候，产妇又叫起来。

"噢，爸爸，你不能给她吃点什么，好让她不这么叫吗？"尼克问。

"不行。我没有带麻药，"他父亲说。"不过让她去叫吧，没关系。我听不见，因为她叫不叫没关系。"

那做丈夫的在上铺翻身面向墙壁。

厨房里那个妇女向大夫做了个手势，表示水热了。尼克的父亲走进厨房，把大壶里的水倒了一半光景在脸盆里。他解开手帕，拿出一点药来放在壶中剩下的水里。

"这半壶水要烧开，"他说，就用营里带来的肥皂在这盆热水里把手洗擦起来。尼克望着父亲沾满肥皂的双手互相擦了又擦。他父亲一面小心地把双手洗得干干净净，一面讲话。

"你知道，尼克，按理说，小孩出生时头先出来，但有时并不

098

这样。碰到不是头先出来，那就要给大家添不少麻烦了。说不定我得给这位女士动手术呢。等会儿就可以知道了。"

等他认为自己的双手已经洗干净了，就走进去准备接生了。

"把被子掀开好吗，乔治？"他说。"我最好不碰这被子。"

随后他开始动手术，乔治大叔和三个印第安男子按住了产妇，不让她动。她咬了一口乔治大叔的手臂，乔治大叔说，"该死的臭婆娘！"那个给乔治大叔划船来的年轻印第安人听了就笑他。尼克给他父亲端着脸盆。手术做了好长一段时间。

他父亲拎起孩子，拍拍他，让他透过气来，然后把他递给那个老婆子。

"瞧，是个男孩，尼克，"他说。"做个实习大夫，你觉得怎么样？"

尼克说，"行啊。"他正望着别处，这样可以不去看他父亲在干什么。

"得了。这就可以啦，"他父亲说着，把什么东西放进了盆里。

尼克看也不去看一下。

"现在，"他父亲说，"要缝上几针。看不看都可以，尼克，随你的便。我要把切开的口子缝起来。"

尼克没有看。他的好奇心早就飞走了。

他父亲做完手术，直起身来。乔治大叔和那三个印第安男子也直起身来。尼克把脸盆端到厨房去。

乔治大叔看看自己的手臂。那个年轻的印第安人想起了什么，微笑起来。

"我要在你伤口上涂些双氧水，乔治，"大夫说。他弯下腰去看那印第安产妇。这会儿她安静下来了，双眼紧闭着。她脸色煞白。娃娃怎么样，她不知道，她什么都不知道。

"明天早上我再来，"大夫挺起身来说。"到中午时分会有护士从圣依格内斯来，我们需要的东西她都会带来。"

这当儿他的劲头来了，话也多了，就像一场比赛后足球运动员在更衣室里那样。

"这个手术真可以上医学杂志了，乔治，"他说。"用一把大折刀做剖腹产手术，再用九英尺长尖细的羊肠线缝起来。"

乔治大叔靠墙站着，看着自己的手臂。

"噢，你是个了不起的人物，没错，"他说。

"该去看看那个洋洋得意的爸爸了。在这些小事情上，做爸爸的往往忍受的痛苦最大，"大夫说。"我得说，他倒是真能沉得住气。"

他把蒙着那印第安人的头的毯子揭开。他拉开手，感到湿漉漉的。他踏上下铺的边缘，一只手提着灯，往上铺一看。只见那印第安人脸朝墙躺着。他的脖子贴两个耳根割了一道大口子。鲜血直朝下淌，在他的身子把床铺压得下陷的地方汪成一个血泊。他的头枕在左臂上。那把打开的剃刀，刀锋朝上，搁在毯子上。

"快把尼克带出屋去，乔治，"大夫说。

根本不用多此一举了。尼克正好站在厨房门口，当他父亲一手提着灯、把那印第安人的脑袋朝后一推时，把上铺看得清清楚楚。

父子俩沿着伐木道走回湖边的时候，天刚刚有点亮。

"这次我真不该带你来，尼克，"父亲说，做了手术后的那份得意劲儿全消失了。"真是糟透了，拖你来从头看到底。"

"女人生孩子都得受这份大罪吗？"尼克问。

"不，这是很少见、很少见的例外。"

"他干吗要自杀呀，爸爸？"

"我说不好，尼克。他这人受不了刺激吧，我猜想。"

"自杀的男人有很多吗，爸爸？"

"不太多，尼克。"

"女人呢，多不多？"

"难得有。"

"有没有呢？"

"噢，有的。有时候也有。"

"爸爸?"

"嗯。"

"乔治大叔上哪儿去啦?"

"他会来的，没问题。"

"死，难吗，爸爸?"

"不，我想是很容易的吧，尼克。要看情况。"

他们在船上坐下了，尼克在船艄，他父亲划桨。太阳正从山背后升起来。一条鲈鱼跃出水面，激起一个水圈。尼克伸手在水里，朝前溜去。清早冷飕飕的，手倒觉得很温暖。

大清早在湖上，坐在船艄让他父亲划着船，他蛮有把握地相信自己永远不会死。

玉　澄译

第 二 章

　　泥滩对面阿德里安堡①上空，清真寺的尖塔矗立在雨中。沿着
上喀拉迦奇的公路，三十英里地都挤满了牛车。水牛和黄牛在泥地
里拖着车。看不见头，也看不见尾。只见运载他们所有家什的牛
车。老头儿和老大娘，浑身透湿，一路走一路不断赶着牛。发黄的
马里查河滚滚流过，几乎漫到桥底。牛车在桥上挤得水泄不通，还
有骆驼一颠一颠地在其间穿行。这支队伍一路上由希腊骑兵带领照
管着。妇女儿童蹲在牛车里，跟床垫、镜子、缝纫机和包袱挤在一
起。有个在生孩子的女人，旁边有个年轻姑娘一边张起一条毯子遮
住她，一边在哭。瞧着这一幕叫人吓得够呛。撤退时一路上都下
着雨。

陈良廷　译

---

① 阿德里安堡为一古城名，在今土耳其西北端和希腊交界处，现名埃迪尔内。1922 年秋，海明威以战地记者身份赴希—土战争战场采访，当时阿德里安堡属于希腊的东色雷斯省。希腊军队溃退，难民朝马里查河对岸的喀拉迦奇大撤退，被海明威以一系列简短的陈述句捕捉了下来。

医生夫妇

迪克·博尔顿从印第安人营地来替尼克的父亲锯原木。他随带儿子埃迪和另一个叫比利·泰布肖的印第安人。他们走出林子，从后院门进来，埃迪扛着长长的横锯。他走路时锯子在肩上啪嗒啪嗒地颠动，发出乐声来。比利·泰布肖带着两根大钩杆①。迪克挟着三把斧子。

他转身关上院门。其他三个径自走在他头里，直奔湖岸而去，原木就掩埋在岸边的沙子里。

这些原木是从"魔法"号轮船在湖上拖运到锯木厂来的大批浮木中漂失的。它们漂流到沙滩上来，要是不加以处理，"魔法"号上的水手迟早会乘一条划子顺着湖岸划来，看到了它们，便用带环的铁钉钉上每根原木的一端，然后拖到湖面上，做成一个新的木筏。不过伐木工兴许永远不会来找，因为区区几根原木犯不着出动水手来回收。要是没人来拿，这些木头就会泡足了水，在沙子里烂掉。

尼克的父亲一直以为总会这么着，才雇了印第安人从营地来替他用横锯锯断这些原木，再用楔子把它们劈开，做成小木料和敞口壁炉用的柴禾。迪克·博尔顿绕过小屋，向湖边走去。有四大根山毛榉原木几乎被沙子全埋没了。埃迪将锯子的一个把手挂在一棵树的树杈上。迪克在小码头上把三把斧子放下。迪克是个混血儿，湖边那一带不少庄稼人却认为他其实是个白人。他很懒，不过一干起活来，还是一把好手。他从口袋里掏出一块嚼烟来，咬下一小块，就用奥吉布瓦②语对埃迪和比利·泰布肖说话。

他们把两根钩杆扎进一根原木，使劲转动，想把它从沙子中松开。他们把浑身力量都压在钩杆上。木头在沙中松动了。迪克·博尔顿对尼克的父亲回过头来。

"我说，医生，"他说，"你偷到了好大一批木材啊。"

"别这么说，迪克，"医生说。"这是漂上岸来的木头。"

埃迪和比利·泰布肖把这原木从湿沙里硬拉出来，朝湖水滚去。

"就把它放在水里吧，"迪克·博尔顿大喝一声道。

"你干吗要这么做？"医生问。

"洗洗干净。把沙土洗掉才好锯呢。我倒要看看这木头是谁的，"迪克说。

原木就在湖面上漂荡着。迪克和比利·泰布肖身子靠在他们的钩杆上，在日头底下直淌汗。迪克在沙地里跪下，瞧着原木一端那过秤人的锤印。

"原来是怀特与麦克纳利木行的，"他说着站起身，掸掉裤子膝部的沙土。

医生显得不安极了。

"那你最好别锯了，迪克，"他没好气地说。

"别发火啊，医生，"迪克说。"别发火。我才不管你偷谁的。这不关我的事。"

"你要是认为木头是偷来的，就不锯算了，带着你的工具回营地去，"医生说。他脸都红了。

"别动不动就乱来啊，医生，"迪克说。他唾了一口烟油在木头上。烟油一滑，滑进水里给冲淡了。"你我都清楚这是偷来的。可反正这跟我不相干。"

"得了。你要是认为木头是偷来的，那就拿着家伙滚吧。"

"喂喂，医生——"

———————————

① 一端装有活动钩的木杆，用来钩住原木使其翻转。
② 奥吉布瓦为居住在北美苏必利尔湖那一带地方的一个印第安部族。

"拿着家伙滚吧。"

"听我说，医生。"

"你要是再叫我一声医生，我就敲断你的狗牙，叫你咽下去。"

"啊，不，谅你不敢，医生。"

迪克·博尔顿瞧着医生。迪克是个大个儿。他知道自己个儿多大。他乐意打架。他蛮高兴。埃迪和比利·泰布肖身子靠在钩杆上，瞧着医生。医生嚼着长在下唇边的胡子，瞧着迪克·博尔顿。然后他转身就朝山上的小屋走去。他们从他的背影可以看出他有多火。他们全都目送他一路上山，走进小屋。

迪克说了一句奥吉布瓦语。埃迪笑了，可比利·泰布肖神色非常严肃。他不懂英语，但吵架时他一直在冒汗。他身子肥胖，唇上只有几根胡子，像个中国佬。他拿起那两根钩杆。迪克捡起斧子，埃迪从树上摘下锯子。他们动身了，上坡走过小屋，走出后院门，进了树林。迪克让院门开着。比利·泰布肖走回来，把门闩上。他们穿过树林走了。

小屋里，医生坐在自己房间的床上，看见立柜旁地板上有一堆医学杂志。这些杂志还没拆封。他一看就火了。

"你不是要继续工作吗，亲爱的？"医生的妻子正躺在拉下了遮阳帘的屋子里，顺口问道。

"不！"

"出什么事了？"

"我跟迪克·博尔顿吵了一架。"

"哦，"他妻子说。"但愿你没动肝火，亨利。"

"没，"医生说。

"记住，克己的人胜过克城的人①，"他妻子说。她是个基督教

---

① 典出《圣经·旧约全书·箴言》第16章第32节，引文据新译本《圣经》，此句强调有自制能力之重要。

科学派。她的《圣经》、她那本《科学与健康》^①和《季刊》就放在暗洞洞的房里床边的桌上。

她丈夫不答腔。这会儿他正坐在床上，擦着猎枪。他把沉甸甸的黄纸壳子弹塞满了弹膛，再啪地退出。子弹撒在床上。

"亨利，"他妻子喊道。停顿了片刻。"亨利！"

"嗯，"医生说。

"你没说过什么惹博尔顿生气的话吧？"

"没有，"医生说。

"那有什么可烦心的，亲爱的？"

"没什么大不了的。"

"跟我说说，亨利。请你别瞒住我什么事。究竟有什么可烦心的？"

"说起来，我治好了迪克老婆的肺炎，他欠了我一大笔钱，我想他存心吵上一架，这样就不用干活来抵债了。"

他太太不作声。医生用一块破布仔细擦着枪。他又把子弹推进去，顶住弹膛的弹簧。他坐在那里，枪搁在膝上。他很喜欢这支枪。一会儿他听到从暗洞洞的房里传来他妻子的说话声。

"亲爱的，我倒认为，我真的认为谁也不会真的做出那种事来。"

"是吗？"医生说。

"是的。我真的不信哪个人会存心做出那种事来。"

医生站起身，把猎枪放在镜台后面的墙角里。

"你要出去吗，亲爱的？"他妻子说。

"我想去走走，"医生说。

"亲爱的，你要是看见尼克，请你跟他说妈妈要找他，行

---

① 基督教科学派是玛丽·贝克·埃迪于1866年首创的一种医疗学说，将基督教与科学相结合，以精神力量战胜疾病。《科学与健康》初版于1875年，是她认为得到上帝启示后所写的该教派的权威读物，经常修订，直到1910年，使教义更为明确。该书流传极广。

吗？"他妻子说。

医生出去，走到门廊上。纱门砰的一声在他身后关上了。门砰地关上时，他听见太太倒抽了一口气。

"对不起，"他在拉下遮阳帘的窗户外说。

"没事儿，亲爱的，"她说。

他在暑热中走出院门，沿着小径走进铁杉树林子。在这么个大热天里，林子里竟然还是很荫凉。他看见尼克背靠一棵树坐着，在看书。

"你母亲要你进去看看她，"医生说。

"我要跟你一起去，"尼克说。

他父亲低头看着他。

"行啊。那就快走吧，"他父亲说。"把书给我，我来把它放在口袋里。"

"我知道哪儿有黑松鼠，爹，"尼克说。

"好吧，"他父亲说。"我们就到那儿去吧。"

陈良廷　译

108

第 三 章

　　我们当初在蒙斯①的一个花园里。小布克利带着他的巡逻队从河对面过来。我看到头一个德国兵爬上花园的围墙。我们等他一条腿跨过墙，才对他打了一枪。他身上有好多装备，显得惊讶万分，栽倒在花园里。后来又有三个在墙上过去一点的地方翻过来。我们开枪杀了他们。他们全是这么翻墙过来的。

陈良廷　译

了却一段情

霍顿斯湾①早先是座伐木业城市。住在城里的人没一个听不见湖边锯木厂里拉大锯的声音。后来有一年再也没有原木可加工成木材了。运木材的双桅帆船一艘艘开进湖湾，把堆放在场地上那些厂里锯好的木材装上船。一堆堆木材全给运走了。那大厂房里凡是能搬动的机械都被搬出来，由原先在厂里干活的工人吊上其中一艘双桅帆船。帆船出了湖湾，驶向开阔的湖面，装载着那两把大锯、往旋转中的圆锯推送原木的滑车架，还把全部滚轴、轮子、皮带和铁器都堆在这满满一船木材上。露天货舱上盖着帆布，系得紧紧的，船帆鼓满了风，驶进开阔的湖面，船上装载着一切曾把工厂弄得像座工厂、把霍顿斯湾弄得像座城市的东西。

一座座平房工棚、食堂、公司栈房、工厂办公室和大厂房本身都空无一人，留在湖湾边潮湿的草地上大片大片的锯木屑中。

十年后，尼克和玛乔丽顺着湾边划着船来，这里除了那断裂的白色石灰岩厂基露出在沼泽地的二茬草木之外，工厂已荡然无存。他们正沿着航道边用拖曳线钓鱼②，那边的水底从浅沙滩陡地下降到十二英尺深的水域。他们正一路划到准备投放夜钓丝③钓虹鳟的地岬。

"那就是我们那老厂的废墟，尼克，"玛乔丽说。

尼克一边划着船，一边看着绿树丛里的白石。

"就在这儿，"他说。

"你还记得当初这是个工厂的情景吗？"玛乔丽问。

"我就快记不得了，"尼克说。

"看上去更像座城堡，"玛乔丽说。

尼克一言不发。他们沿着湾边继续划着，划得看不见工厂了。尼克这才抄近路穿过湖湾。

"鱼儿没咬钩，"他说。

"是啊，"玛乔丽说。他们钓鱼时，她始终盯着那钓鱼竿，即使嘴里说话时也这样。她就爱钓鱼。她爱跟尼克一起钓鱼。

有条大鳟鱼紧靠船边跃出水面。尼克使劲划着单桨，好让小船转身，那远在船尾后飞速移动的鱼饵就会掠过鳟鱼觅食的地方。鳟鱼背露出水面的时候，那些可作饵的小鱼跳得正欢。它们跳得水面浪花四溅，像一梭枪弹射进水里似的。另一条鳟鱼破水而出，在小船另一边觅食。

"它们在吃呢，"玛乔丽说。

"可就是不肯咬钩，"尼克说。

他把船转了一圈，让拖着的钓丝掠过这两条觅食的鳟鱼，然后把船径直朝那地岬划去。等到船靠岸，玛乔丽才收线。

他们把船拖上湖滩，尼克拎起一桶活鲈鱼。鲈鱼在水桶里游着。尼克双手抓了三条，去掉了头，剥掉了皮，玛乔丽双手还在桶里摸鱼，终于抓住一条，去了头和皮。尼克瞧着她手里的鱼。

"你不用把腹鳍去掉，"他说。"去掉鳍做鱼饵固然也行，不过最好把它留着。"

他把鱼钩穿进每条去掉皮的鲈鱼的尾巴。每根钓竿的接钩线上都挂着两个钩子。于是玛乔丽把船划到航道的岸对面，用牙齿咬住钓丝，两眼朝尼克望去，只见他正站在岸边，握着钓竿，让钓丝从卷轴里溜出来。

"差不多够了吧，"他喊道。

"要我放下钓丝吗？"玛乔丽手里拿着钓丝，回他一声道。

---

① 霍顿斯湾位于密歇根州下半岛的西北端。
② 指在缓行的船尾后拖着钓丝钓鱼。
③ 夜钓丝是连同安上钓饵的鱼钩留在水中过夜的钓丝。

"当然。放下吧。"玛乔丽把钓丝放到船舷外,眼望着鱼饵沉入水中。

她把船划过来,用同样的方法放下第二根钓丝。每一回尼克都把一大块冲来的木头放在钓竿柄上压压严实,再用一小块木片把钓竿撑起,成为斜形。他收起松弛的钓丝,把钓丝绷紧,让鱼饵落在航道水底的沙土上,然后把卷轴卡住。要是鳟鱼在水底觅食,咬了鱼饵,就会拖动它,猛一下子从卷轴里拉出钓丝,卡住了的卷轴就会发出鸣响。

玛乔丽把船朝地岬那边划过去一小段路,免得触动那钓丝。她使劲划着双桨,船登上了沙滩。船尾带上一片小浪花。玛乔丽跨出船来,尼克把船朝岸上拖进了一程。

"怎么啦,尼克?"玛乔丽问。

"我不知道,"尼克说,收集起木头准备生堆火。

他们用冲上岸来的木头生了火。玛乔丽上船取了条毯子来。夜晚的微风把烟吹向地岬,所以玛乔丽把毯子铺在火堆和湖之间。

玛乔丽背对着火,坐在毯子上,等着尼克。他过来了,在她身边毯子上坐下。他们背后是地岬上密密麻麻的二茬树木,前面是霍顿斯河的河口。天色还没全黑。火光一直照到水面上。他们都看得见那两根钢钓竿斜支在黑黝黝的水面上。火光在卷轴上闪闪发亮。

玛乔丽打开饭篮子。

"我不想吃,"尼克说。

"快来吃吧,尼克。"

"好吧。"

他们默默吃着,眼睁睁地看着两根钓竿和水面上的火光。

"今晚会有月亮,"尼克说。他眺望着湖湾对面的山丘,山丘在天色的衬托下渐渐轮廓鲜明了。他知道月亮在山丘的后边升起来了。

"我知道了,"玛乔丽兴高采烈地说。

"你什么都知道,"尼克说。

"哎呀，尼克，请别说啦！求求你，求求你别这样！"

"我没法不说，"尼克说。"你的确这样。你什么都知道。毛病就出在这儿。你知道自己的确这样。"

玛乔丽一言不发。

"我什么都教过你了。你知道自己的确这样。不管怎么说，你还有什么不知道的？"

"哎呀，住口，"玛乔丽说。"月亮出来了。"

他们坐在毯子上，谁也不挨谁，眼望着月亮在升起。

"你不用胡说一气，"玛乔丽说。"究竟怎么回事啊？"

"我不知道。"

"你当然知道。"

"不，我不知道。"

"得了，说出来吧。"

尼克看着月亮从山丘后面升起。

"再也没劲儿了。"

他不敢对玛乔丽看。过了会儿才对她看。她背朝着他，坐在那儿。他看着她的背影。"再也没劲儿了。一点劲儿也没了。"

她一言不发。他径自说下去。"我感到心里万念俱灰。我不知道，玛吉①。我不知道说什么才好。"

他继续看着她的背影。

"难道爱情也没劲儿？"玛乔丽说。

"对，"尼克说。玛乔丽站起身。尼克坐着，双手蒙头。

"我要去乘船了，"玛乔丽对他叫道。"你可以绕着地岬走回去。"

"行，"尼克说。"我来给你把船推下水去。"

"你不用忙了，"她说。她坐在浮在水上的船中，月光照耀在船上。尼克拐回来，在火边躺下，拿毯子蒙住了脸。他听得见玛乔

---

① 玛吉是玛乔丽的爱称。

丽在水上划着船。

他躺了老半天。他听到比尔在林子里四下走动，走到空地上，这时他还躺着。他感到比尔走到了火边。比尔也没碰他。

"她当真走了吗？"比尔说。

"对，"尼克躺着说，脸贴在毯子上。

"吵了一场？"

"没，没吵过架。"

"你觉得怎么样？"

"唉，走开吧，比尔！走开一会儿吧。"

比尔从饭篮子里挑了一份三明治，就走过去看钓竿了。

陈良廷　译

第 四 章

　　那天热得要命。我们在桥面上堵起一道十全十美的路障。简直是无价之宝。用的是屋子正门的一扇旧的大铁栅。铁栅重得抬也抬不动，但可以穿过它打枪，而人家不得不从上面翻过来。真是棒极了。他们企图从上面翻过来，我们就在四十码外向他们打枪。他们朝它硬冲，军官们单独出动，对付这路障。它真是十全十美。他们的军官非常出色。我们听到侧翼失守时，吓得没命，只好撤退。

陈良廷　译

三天大风

尼克拐上一路上坡穿过果园的那条路时，雨停了。果子都摘了，秋风吹过光秃秃的果树。路边枯黄的野草里有只瓦格纳苹果，给雨水淋得透亮，尼克停步把它捡起。他把苹果放进麦基诺厚呢短大衣的口袋。

那条路出了果园，直达山顶。山顶有小屋，门廊空荡荡的，烟囱里冒着烟。屋后有车库、鸡棚，还有些二茬树，像堵树篱，隔开后面的林子。他放眼望去，那些大树在远方的高处在风中摇摆着。这是秋天的头一场风暴。

尼克穿过果园上方的那块空地时，小屋的门开了，比尔走出来。他站在门廊上往外看。

"喂，威米奇①，"他说。

"嗨，比尔，"尼克说着走上台阶。

他们站在一起，眺望着原野，从下面的果园望到大路下边，目光掠过低处的田野和那地岬上的林子，一直望到那湖上。大风正直扫湖面。他们看得见那十里岬沿岸的浪花。

"在刮风呢，"尼克说。

"这样刮要连刮三天，"比尔说。

"你爹在家吗？"尼克说。

"不在。他拿着枪出去了。进屋吧。"

尼克走进小屋。壁炉里生着堆熊熊烈火。风刮得炉火呼啦啦响。比尔关上房门。

"来一杯吧？"他说。

他走出去到厨房里，拿着两只玻璃杯和一壶水回来。尼克伸手到壁炉架上去拿瓶威士忌。

117

"可以吗？"他说。

"行，"比尔说。

他们在炉火前坐下，喝着兑水的爱尔兰威士忌。

"酒里有股绝妙的烟味，"尼克说，两眼透过玻璃杯看着火。

"是泥炭，"比尔说。

"怎么能往酒里搁泥炭啊，"尼克说。

"那也没什么大不了的，"比尔说。

"你见过泥炭吗？"尼克问。

"没，"比尔说。

"我也没，"尼克说。

他伸出腿，搁在炉边，鞋子在炉火前冒起水汽来了。

"最好把你的鞋脱了，"比尔说。

"我没穿袜子。"

"把鞋脱了，烤烤干，我去给你找一双来，"比尔说。他上阁楼去了，尼克听见头顶上有他的走动声。楼上没有天花板，就在屋顶下，比尔和他父亲，有时候还有他，尼克，在上面睡觉。后面有一间更衣室。他们把帆布床往后挪到雨淋不到的地方，上面盖着橡胶布。

比尔拿了一双厚羊毛袜下来。

"天晚了，不穿袜子不能到处走动了，"他说。

"我真不愿再穿袜子，"尼克说。他套上袜子，又倒在椅子里，把双脚搁上炉火前的防护屏。

"你要把防护屏搁坏了，"比尔说。尼克把双脚呼地一下搁到壁炉的一边。

"有什么书可看的吗？"他问。

"只有报纸。"

---

① 威米奇（Wemedge）为尼克的好友们给他起的外号。

118

"卡斯队①打得怎么样？"

"一天连续两场比赛都输给了巨人队②。"

"这下子他们该稳赢了。"

"这是白送的，"比尔说。"只要麦克劳③在球队俱乐部联合会中能收买每一个好球员，就没什么问题。"

"他不能把大家全买通啊，"尼克说。

"凡是他用得着的人，他都买通了，"比尔说。"不行的话，他就弄得大家都不满，只好同他做交易。"

"比如海尼·齐姆，"尼克附和道。

"那个笨蛋对他可大有好处呢。"

比尔站起身。

"他能得分，"尼克提出道。炉火的热气把他的腿烤热了。

"他还是个出色的外野手，"比尔说。"不过他也输过球。"

"说不定麦克劳要他正是为了这个，"尼克提出道。

"也许吧，"比尔附和说。

"事情背后往往大有文章，"尼克说。

"那当然。不过我们虽然隔得那么远，精彩的内幕消息倒不少。"

"就像你虽然没有看见那些赛马，反而选马眼力更强。"

"说得正对。"

比尔伸手拿下威士忌酒瓶。他的一只大手把瓶子整个儿握住。他把威士忌倒进尼克伸过来的酒杯。

"兑多少水？"

"照旧。"

他在尼克椅子旁的地板上坐下。

---

① 卡斯队是美国圣路易市的卡迪纳尔棒球队的简称。
② 巨人队是美国纽约市的著名棒球队。
③ 指美国球星约翰·麦克劳（1875—1934），1902—1932年担任巨人队教练。

"秋天的风暴一起真不坏，是不？"尼克说。

"是不赖。"

"这是一年中最好的时节，"尼克说。

"待在城里会不会大大地不妙？"比尔说。

"我可想看看世界锦标赛①，"尼克说。

"得了，如今锦标赛总是在纽约或费城举行了，"比尔说。"对我们一点好处都没有。"

"不知卡斯队能不能终于夺标？"

"这辈子休想看到了，"比尔说。

"哎呀，他们可要气疯了，"尼克说。

"你还记得他们在火车出事前那回发奋的情况吗？"

"好家伙！"尼克想起了往事说。

比尔伸出手去拿那本扣在窗下桌上的书，刚才他去开门时顺手放在那儿了。他一手端着酒杯，一手拿着书，背靠着尼克的椅子。

"你在看什么书？"

"《理查德·菲弗里尔》②。"

"这书我读不下去。"

"这本书不错，"比尔说。"不是本坏书，威米奇。"

"你还有什么我没看过的书？"尼克问。

"你看过《森林情侣》③吗？"

"看过。就是那本书，写到他们每晚上床时，都在两人之间放一把出鞘的剑。"

"是本好书，威米奇。"

"是本不赖的书。我始终搞不懂的是这把剑有什么用处。它得

---

① 指美国两大职业棒球联赛中胜队之间的年度决赛，定于每年秋季举行，为轰动全国甚至全世界的体坛大事。

② 全名为《理查德·菲弗里尔的磨难》(1859)，是英国作家乔治·梅瑞狄斯(1828—1909)的早期代表作，写一贵族子弟因爱上一平民姑娘而与其父发生冲突，终于酿成悲剧。作者长于心理分析，因而有人觉得枯燥。

③ 这是英国作家莫里斯·休利特(1861—1923)所写的中世纪浪漫故事。

一直剑锋朝上，因为如果翻倒了，你就能径直滚过去，不会出什么乱子。"

"这是个象征嘛，"比尔说。

"当然，"尼克说，"可这没有实用价值。"

"你可曾看过《坚忍不拔》？"

"好书，"尼克说。"倒是本真实的书。那书里写他老爹一直钉住了他不放。你有沃尔波尔①的其他作品吗？"

"《阴暗的森林》，"比尔说。"写俄国的。"

"他对俄国懂得什么啊？"尼克问。

"我不知道。那帮家伙你可说不清。也许他小时候在那儿待过。他知道不少有关俄国的内幕消息②。"

"我倒想见见他，"尼克说。

"我可想见见切斯特顿③，"比尔说。

"但愿他眼下就在这儿，"尼克说。"我们明天就可以带他上伏瓦④去钓鱼了。"

"不知他想不想去钓鱼，"比尔说。

"当然想去的，"尼克说。"他该是这方面的一把好手。你还记得《飞行客栈》⑤吗？"

　　　　"'天使下凡尘，

　　　赐你一杯羹，

---

① 指休·沃尔波尔（1884—1941），英国作家，著有小说多部。《坚忍不拔》(1913)、《阴暗的森林》(1916) 都是他的主要作品。

② 沃尔波尔于第一次世界大战初期在中欧的加利西亚地区参加俄国红十字会服役，1916—1917 年在彼得格勒任英俄联合宣传局局长。

③ 指吉尔伯特·切斯特顿（1874—1936），英国作家，著有诗集《白马谣》，小说《一个名叫星期四的人》和以布朗神父为主角的侦探小说系列。

④ 这是夏勒伏瓦的简称，位于霍顿斯湾西。

⑤ 《飞行客栈》是切斯特顿 1914 年出版的小说，下文的 4 句引自小说中著名的祝酒歌。

　　　　　受宠先谢恩，

　　　　　倒进污水盆。'"

　　"一点不错，"尼克说。"我看他这人比沃尔波尔强。"

　　"哦，没错儿，他是强一些，"比尔说。

　　"不过沃尔波尔写文章比他强。"

　　"我说不好，"尼克说。"切斯特顿是个经典作家。"

　　"沃尔波尔也是个经典作家，"比尔坚持道。

　　"但愿他们俩都在这儿，"尼克说。"我们明天就可以带他们到伏瓦去钓鱼了。"

　　"我们来个一醉方休吧，"比尔说。

　　"行啊，"尼克附和道。

　　"我老子才不管呢，"比尔说。

　　"真的吗？"尼克说。

　　"我有数，"比尔说。

　　"我现在就有点醉了，"尼克说。

　　"你没醉，"比尔说。

　　他从地板上站起身，伸手去拿那瓶威士忌。尼克将酒杯伸过来。比尔斟酒时，他两眼直盯着酒杯。

　　比尔在杯里斟了半杯威士忌。

　　"自己兑水吧，"他说。"只有一小杯了。"

　　"还有吗？"尼克问。

　　"酒可多的是，可爹只肯让我喝已经启封的。"

　　"那当然，"尼克说。

　　"他说自己启封来喝会成为酒鬼，"比尔解释说。

　　"一点不错，"尼克说。他听了印象很深。他倒从没想到过这一点。他一向总是认为只有独自喝闷酒才会成为酒鬼。

　　"你爹怎么样？"他肃然起敬地问。

　　"他挺好，"比尔说。"有时候有点儿胡来。"

"他人倒是不坏，"尼克说。他从壶里往自己杯里倒水。水慢慢地同威士忌混在一起了。威士忌比水多。

"他人确实不坏，"比尔说。

"我老子也不错，"尼克说。

"你说得对极了，"比尔说。

"他坚持说自己一生滴酒不沾，"尼克说，仿佛在宣布一项科学的新发现。

"说起来，他是个大夫嘛。我老子是个画家。那可不一样。"

"他损失太大了，"尼克忧伤地说。

"这倒难说，"比尔说。"万事有失必有所得嘛。"

"他亲口说过自己损失不小，"尼克直说道。

"说起来，爹也有一段日子很艰难，"比尔说。

"全都彼此彼此，"尼克说。

他们坐着，一边紧盯着炉火，一边想着这条深刻的道理。

"我到后门廊去拿块柴火，"尼克说。他紧盯着炉火时注意到火快熄灭了。同时他也希望表示自己酒量大，头脑还管用。尽管他父亲一生滴酒不沾，但是比尔自己还没醉就休想灌醉他。

"拿块大的山毛榉木头来，"比尔说。他也存心摆出一副头脑还管用的样子。

尼克拿了一段原木进屋来，穿过厨房时把一只平底锅从厨房桌子上碰翻在地。他放下柴火，捡起锅子。锅里原来放有浸在水中的杏干。他仔细地把杏干一一从地板上捡起来，有几颗已经滚到了炉灶下面，他把杏干放回锅里。他从桌边桶里再舀了些水倒在杏干上。他感到十分得意。他的头脑完全管用呢。

他搬了这段原木进来，比尔起身离座，帮他把它放在炉火上。

"这一段真不赖，"尼克说。

"我留着它等天气大冷才用，"比尔说。"这样一段原木好烧整整一夜呢。"

"烧剩的木炭到早上还可以生火，"尼克说。

"对啊，"比尔附和道。他们的谈话水平可高呢。

"我们再来一杯吧，"尼克说。

"我记得那衣物柜里还有一瓶已经启封的，"比尔说。

他在墙角的立柜前跪下，取出一瓶方酒瓶的烈酒。

"这是苏格兰威士忌，"他说。

"我再去拿点水来，"尼克说。他又走出去，进了厨房。他用勺子从桶里舀出阴凉的泉水，灌满水壶。回起居室时，他走过饭厅里的一面镜子，照了照。他的脸看上去真怪。他对着镜中的脸笑笑，镜中的脸也咧嘴回他一笑。他对着那张脸眨眨眼睛，就往前走了。这不像是他的脸，不过也没什么关系。

比尔斟了酒。

"这一大杯真够呛的，"尼克说。

"对我们可无所谓，威米奇，"比尔说。

"我们为什么干杯？"尼克举杯问。

"我们为钓鱼干杯吧，"比尔说。

"好吧，"尼克说。"诸位先生，我提议为钓鱼干杯。"

"各种各样的钓鱼，"比尔说。"不管在哪儿。"

"钓鱼，"尼克说。"我们就为钓鱼干杯。"

"这比棒球强，"比尔说。

"可扯不上一块儿，"尼克说。"我们怎么扯上棒球来了？"

"搞错了，"比尔说。"棒球是大老粗玩的。"

他们把杯里的酒一饮而尽。

"现在来为切斯特顿干杯吧。"

"还有沃尔波尔呢，"尼克插嘴说。

尼克斟酒。比尔倒水。他们相对看着。大家感觉良好。

"诸位先生，"比尔说，"我提议为切斯特顿和沃尔波尔干杯。"

"就这么办，诸位先生，"尼克说。

他们干了杯。比尔把杯子斟满。他们在壁炉前两张大椅子里坐下。

"你非常聪明，威米奇，"比尔说。

"你什么意思？"尼克问。

"把跟玛吉的那段关系了断啦①，"比尔说。

"我想是吧，"尼克说。

"只有这么办了。要是你没断，这会儿就得赶回家去干活，想法攒足钱结婚啦。"

尼克一言不发。

"男人一旦结了婚就彻底完蛋啦，"比尔继续说。"他什么都没有了。一无所有。屁也没有。他玩儿完了。你见过结了婚的男人嘛。"

尼克一言不发。

"你一看他们就知道，"比尔说。"他们都带着这种结过婚的傻样儿。他们玩儿完了。"

"那当然，"尼克说。

"断了兴许很可惜，"比尔说。"不过你总是会爱上别的人，这一来就没事了。爱上她们可以，就是别让她们毁了你啊。"

"是，"尼克说。

"要是你娶了她啊，那就得娶她一家子。别忘了还有她母亲和她嫁的那家伙。"

尼克点点头。

"想想看，一天到晚只见他们围着屋子转，星期天得上他们家去吃饭，还得请他们来吃饭，听她母亲老是叫玛吉去做什么，怎么做。"

尼克默默坐着。

"你脱了身，真是太好了，"比尔说。"现在她可以嫁个像她同类的人，成了家，开开心心过日子了。油跟水不能掺和在一起，那

---

① 此事可参见《了却一段情》，这两篇小说可以说是姐妹篇。

种事也不能掺和在一起，正如我不能娶那个为斯特拉顿家干活的艾达一样。她倒兴许很想这样呢。"

尼克一言不发。酒意全消失了，只剩他一个人了。仿佛比尔不在眼前。他也并不坐在炉火前，明天也不会跟比尔和他爹去钓鱼啊什么的。他没有喝醉。这一切全过去了。他只知道自己从前跟玛乔丽好过，后来失去了她。她走了，是他打发她走的。这是一切的关键。他没准儿再也见不到她了。大概永远不会去找她了。一切全过去了，完了。

"我们再来一杯，"尼克说。

比尔斟了酒。尼克泼了一点水进去。

"要是你走了那条路，我们现在就不会在这儿了，"比尔说。

这话倒不假。他原来的计划是回家去找份活儿。后来计划整个冬天都留在夏勒伏瓦，这样可以亲近玛吉。现在他可不知道自己该做什么了。

"兴许这一来我们明天连鱼也钓不成了，"比尔说。"你这一着走得对，没错。"

"我没法子，"尼克说。

"我知道。这事只有这样的结果，"比尔说。

"忽然一下子，一切都结束了，"尼克说。"我不知道这是为什么。我没法子。正像眼下刮起三天大风，把树叶全都刮光一样。"

"得了，都结束了。这是关键，"比尔说。

"是我的错，"尼克说。

"是谁的错可没关系，"比尔说。

"不，我认为不是这样，"尼克说。

玛乔丽走了，大概他再也见不到她了，那才是大事。他跟她谈过如何一起到意大利去，两个人该有多开心。还谈过他们一起要去的地方。如今全过去了。

"只要这事了结了，这是最要紧的，"比尔说。"说真的，威米奇，这事当初拖下去我还真担心呢。你做得对。我听说她母亲气得要命。她告诉好多人说你们订了婚。"

"我们没订婚，"尼克说。

"都在传说你们订了婚。"

"那我没法说了，"尼克说。"我们没订婚。"

"你们原来不是打算结婚的吗？"比尔问。

"是啊。可我们没有订婚，"尼克说。

"那有什么区别？"比尔像法官似的问。

"我说不好。总有点区别吧。"

"我看不出来，"比尔说。

"那好，"尼克说。"我们喝个醉吧。"

"那好，"比尔说。"我们就喝它个真正大醉。"

"我们喝醉了去游泳吧，"尼克说。

他一口气喝干了。

"我对她深感内疚，可有什么法子呢？"他说。"你也知道她母亲那德行！"

"她真厉害，"比尔说。

"忽然一下子全了结啦，"尼克说。"我不该谈起这事。"

"不是你谈起的，"比尔说。"是我谈起的，现在我不谈了。我们再也不要谈这事了。你不必再想起这事。不然你又会陷进去的。"

尼克原来并没有想到过这事。这事似乎早成定局了。那只是个想法而已。想想倒让他感到好受些。

"当然，"他说。"总会有那种危险的。"

他现在感到高兴了。根本没有什么无可挽回的事儿。看来他星期六晚上可以进城了。今天是星期四。

"总会有机会的，"他说。

"你可得自己留神，"比尔说。

"我自己会留神的，"他说。

他感到高兴了。什么事都没有结束。什么都没有失去过。星期六他要进城去。他的心情轻松些了，跟比尔没开口提起这事的时候那样。总会有一条出路的。

"我们拿了枪上地岬去找你爹吧，"尼克说。

"好吧。"

比尔从墙上的架子上取下两支猎枪。他打开一匣子弹。尼克穿上麦基诺厚呢短大衣和鞋子。他的鞋子给烤得硬邦邦的。他还是醉醺醺的，但是头脑很清醒。

"你感觉怎么样？尼克问。

"不赖。我只是刚有点儿醉意罢了。"比尔正扣上毛衣的纽扣。

"喝醉了也没好处。"

"对。我们该上户外去。"

他们走出门。正在刮8级大风。

"这一刮风，鸟儿会躲在草丛里，"尼克说。

他们朝下面的果园走去。

"我今天早上看见一只山鹬，"比尔说。

"也许我们能惊动它，"尼克说。

"这么大的风没法开枪，"比尔说。

到了外边，玛吉那档子事再没那么惨了。那事甚至没什么了不得。大风把这一类事都刮跑了。

"风是直从大湖上刮来的，"尼克说。

他们顶着风听到一声枪响。

"是爹，"比尔说。"他在下面沼泽地里。"

"我们就抄近路下去吧，"尼克说。

"我们就穿过下面草地，看看会惊起什么，"比尔说。

"好吧，"尼克说。

现在没什么了不得的事了。大风把它从他头脑里刮走了。他总是可以照旧在星期六晚上进城去。幸亏有备无患啊。

刘文澜 译

128

第 五 章

　　早晨六点半，他们对着一所医院的围墙，枪毙了六位内阁大臣①。院子里有一汪汪的积水。院子的铺道上有湿漉漉的枯叶。雨下得很大。那医院所有的百叶窗都钉死了。一位大臣②患着伤寒。两名士兵押着他下楼，走进雨里。他们想法把他靠墙按住，他却在一个水塘里坐了下来。另外五个很安静，靠墙站着。临了军官对士兵们说，硬让他站起来也没用。他们开第一排枪时，他脑袋耷拉在膝盖上，在水塘里坐着。

陈良廷 译

拳 击 家

　　尼克站起身。他一点没事。他顺着路轨望去，目送那末节货车拐过弯，看不见灯光了。路轨两边都是水，再过去是泡着一片落叶松的沼泽地。

　　他摸摸膝盖。裤子划破了，皮肤也擦破了。两手都擦伤了，指甲里都嵌着沙子和煤渣。他走到路轨另一边，走下小坡来到水边洗手。他在凉水里仔细洗着，把指甲里的污垢洗净。他蹲了下来，清洗膝盖。

　　这个扳闸工真是个混账东西。早晚总有一天要跟他算账。叫那家伙再领教领教他的厉害。正该这么干啊。

　　"过来，小子，"那家伙说。"我给你看样东西。"

　　他上当了。这玩笑开得实在够呛。下回他们休想再这样骗他啰。

　　"过来，小子，我给你看样东西。"接着匋的一下，尼克就双手双膝趴在路轨边了。

　　尼克揉揉眼睛。肿起了一个大疙瘩。眼圈准保发青了。已经感到痛了。扳闸工这混账小子。

　　他用手指摸摸眼睛上边的肿块。哦，还好，只不过一只眼圈发青罢了。他总共只受了这么点伤。这代价还算便宜。他希望能看到自己的眼睛。可是水里照不出来。天又黑，又是前不巴村后不着店的。他在裤子上擦擦手，站起身来，爬上路堤，走到铁轨边。

　　他顺着路轨走去。道砟铺得匀整，走起来很方便，枕木间铺满了黄沙和小石子，结实好走。平滑的路基像条堤道，穿越沼泽地一直向前。尼克一路向前走着。他得找个落脚点才好。

　　刚才货车减速开往沃尔顿枢纽城外的调车场时，尼克吊到了车上。天刚擦黑，尼克搭的这列货车开过了卡尔卡斯卡。这会儿他一定快到曼塞罗那①了。要在沼泽地带走上三四英里。他就继续踩在枕木间的道砟上，顺着路轨一直走去，沼泽地在升起的薄雾里显得朦朦胧胧。他眼睛又痛，肚子又饿。他不停走着，一直走了好几英里。路轨两旁的沼泽地还是一个样。

前面有座桥。尼克跨过桥，靴子踩在铁桥上发出空洞的声音。桥下流水在枕木的缝隙间显得黑糊糊的。尼克踢起一枚松动的道钉，道钉掉到了水里。过了桥有些山丘。耸立在路轨两旁，黑咕隆咚的。在路轨那头，尼克看见有堆火。

他顺着路轨小心地向火堆走去。火堆在路轨的一侧，铁道路堤下面。他只看到了火光。路轨穿出一道山上开凿出来的缺口，火光亮处出现一片空地，向下进入林子。尼克小心地跳下路堤，抄近路进入树林，然后穿过树间向火堆走去。这是个山毛榉林子，他穿过林间时，鞋底踩着掉在地上的坚果。火堆就在林边，这会儿很明亮。有个男人坐在火堆旁。尼克在树后等着，眼睁睁瞧着。看上去只有这么一个人。他坐在那儿，双手捧着脑袋，望着火。尼克一步跨了出来，走进火光。

坐着的那人盯着火。尼克走近他身旁停了步，他还是一动不动。

"喂！"尼克说。

那人抬眼看看。

"你哪儿弄来个黑眼圈？"他问。

"一个扳闸工揍了我一拳。"

"从直达货车上下来的？"

"对。"

---

① 沃尔顿枢纽城位于密歇根州北部纵贯该州的铁路线上，尼克偷搭上货车后，一直朝北开过卡尔卡斯卡，被撵下车来，只得沿着铁道继续朝北走。

"我瞧见那孬种来着，"那人说。"大约一个半小时以前他乘车路过这儿。他正在车皮顶上走着，一边拍打着胳膊，一边唱歌。"

"这个孬种！"

"他揍你准保感到很舒服，"那人正色道。

"我早晚要揍他一顿。"

"多咱等他经过，对他扔石头得了，"那人劝道。

"我要找他算账。"

"你是条硬汉子，是吧？"

"不是，"尼克答道。

"你们这帮小伙子全都是硬汉。"

"不硬不行啊，"尼克说。

"我就这么说来着。"

那人瞧着尼克，笑了。在火光中，尼克看到他的脸变了相。鼻子是塌下去的，眼睛成了两条细缝，两片嘴唇奇形怪状。尼克没有一下子把这些全看清，只看出这人的脸庞长得怪，并且毁了形。颜色像油灰。在火光中显得像死人。

"你不喜欢我这副嘴脸吗？"那人问。

尼克不好意思了。

"哪儿的话，"他说。

"瞧！"那人脱下鸭舌帽。

他只有一只耳朵。它变得厚实了，牢牢贴在脑袋的半边。该长另一只耳朵的地方只有一截耳根。

"见过这样的脸相吗？"

"没有，"尼克说。他看了有点恶心。

"我忍了，"那人说。"难道你以为我忍不了，小伙子？"

"没的事！"

"他们的拳头落在我身上都开了花，"这小个子说。"可谁也伤不了我。"

他瞧着尼克。"坐下，"他说。"想吃吗？"

"别麻烦了，"尼克说。"我要上城里去。"

"听着！"那人说。"叫我阿德好了。"

"好！"

"听着，"这小个子说。"我觉得不大对劲。"

"怎么啦？"

"我疯了。"

他戴上鸭舌帽。尼克忍不住想笑出声来。

"你很正常，"他说。

"不，我不正常。我疯了。说，你发过疯吗？"

"没，"尼克说。"你怎会发疯的？"

"我不知道，"阿德说。"你一旦得了疯病，自己是不知道的。你认识我，是不？"

"不认识。"

"我就是阿德·弗朗西斯。"

"不骗人？"

"难道你不信？"

"信。"

尼克知道这管保错不了。

"你知道我怎么打败他们的吗？"

"不知道，"尼克说。

"我心脏跳得慢。一分钟只跳四十下。按按脉。"

尼克拿不定主意。

"来啊，"那人抓住了他的手。"抓住我的手腕子。手指按在脉上。"

这小个子的手腕很粗，骨头上的肌肉鼓鼓的。尼克感到指尖下他的脉搏跳得很慢。

"有表吗？"

"没。"

"我也没，"阿德说。"没个表真不方便。"

尼克放下他的手腕子。

"听着，"阿德·弗朗西斯说。"再按一下脉。你数脉搏，我数到六十。"

尼克感到指尖下缓慢有力的搏动就开始计数。他听到这小个子出声地慢慢数着，一，二，三，四，五……

"六十，"阿德数完了。"正好一分钟。你听出是几下？"

"四十下，"尼克说。

"一点不错，"阿德高高兴兴地说。"就是跳不快。"

有个人从铁道路堤上跳下来，穿过空地走到火堆边。

"喂，柏格斯！"阿德说。

"喂！"柏格斯应道。这是个黑人的声音。瞧他走路的样子尼克就知道他是个黑人。他背对他们站着，正弯着腰在烤火。他就直起身子来。

"这是我老朋友柏格斯，"阿德说。"他也疯①了。"

"很高兴认识你，"柏格斯说。"你是哪里的人？"

"芝加哥，"尼克说。

"那城市好哇，"那黑人说。"我还不知道你的名字呐。"

"亚当斯。尼克·亚当斯。"

"他说他从没发过疯，柏格斯，"阿德说。

"他来日方长哪，"黑人说。他在火堆旁解开一包东西。

"我们什么时候吃饭，柏格斯？"那个职业拳击家问。

"马上就吃。"

"你饿吗，尼克？"

"饿得够呛。"

"听到了吗，柏格斯？"

"你们说的话我大半都听到。"

"我问你的不是这一个。"

---

① 柏格斯（Bugs）在美国俚语中意为"精神失常"。这该是他的外号。

"嗳。我听到这位先生说的话了。"

他正往一个平底锅里搁火腿片。等到锅热了，油嗞嗞直响，柏格斯就弯下黑人天生的两条长腿，蹲在火边，把火腿翻了身，在锅里打了几个鸡蛋，把锅不时左倾右侧，让热油润着蛋，免得煎煳。

"亚当斯先生，请你把那袋子里的面包切几片下来好吧？"柏格斯从火边回过头来说。

"好咧。"

尼克把手伸进袋子，拿出一只面包。他切了六片。阿德眼巴巴看着他，探过身去。

"尼克，把你的刀子给我，"他说。

"别，别给，"那黑人说。"亚当斯先生，攥住刀子。"

那个职业拳击家坐着不动了。

"亚当斯先生，请你把面包给我好吧？"柏格斯要求道。尼克就把面包递给他。

"你喜欢把面包蘸上火腿油吗？"黑人问。

"那还用说！"

"我们还是等会儿再说吧。最好等到快吃完的时候。看着。"

黑人捡起一片火腿，搁在一片面包上，然后铲起一个煎蛋，放在上面。

"请你把三明治夹好，送给弗朗西斯先生。"

阿德接过三明治，张口就吃。

"留神别让鸡蛋淌下，"黑人警告了一声。"这个给你，亚当斯先生。剩下的归我。"

尼克咬了一口三明治。黑人挨着阿德坐在他对面。热乎乎的火腿煎蛋味道真美。

"亚当斯先生的确饿了，"黑人说。那小个子不吱声，尼克对他慕名已久，知道他过去是个拳击冠军。打从黑人说起刀子的事，他还没开过口。

"我给你来一片蘸热火腿油的面包好吧？"柏格斯说。

"多谢，多谢。"

这小个子白人瞧着尼克。

"阿道夫①·弗朗西斯先生，你也来点吧？"柏格斯从平底锅取出面包给他道。

阿德不答他的碴。他兀自瞧着尼克。

"弗朗西斯先生？"黑人柔声说。

阿德不答他的碴。他兀自瞧着尼克。

"我跟你说话来着，弗朗西斯先生，"黑人柔声说。

阿德一个劲地瞧着尼克。他拉下了帽檐，罩住了眼睛。尼克感到紧张不安。

"你怎么胆敢这样？"他从压低的帽檐下厉声喝问尼克。

"你把自己当成什么人来着？你这个神气活现的杂种。人家没请你，你自己找上门来了，还吃了人家的东西，人家问你借刀子，你倒神气啦。"

他狠狠瞪着尼克，脸色煞白，眼睛给帽檐罩得差点看不见。

"你真是个怪人。到底是谁请你上这儿来多管闲事的？"

"没人。"

"你说得对极了，没人请你来。也没人请你待下。你上这儿来，神气活现地取笑我的脸相，抽我的雪茄，喝我的酒，然后说话神气活现。你当我们能容忍你到什么地步？"

尼克一声不吭。阿德站起身来。

"老实跟你说，你这胆小的芝加哥杂种。小心你的脑袋就要开花啦。听明白了？"

尼克退后一步。小个子慢慢向他步步紧逼，拖着脚步向前走，左脚迈出一步，右脚就拖着跟上。

"揍我啊，"他晃着脑袋说。"试试看，揍我。"

"我不想揍你。"

---

① 阿德为阿道夫的爱称。

"你休想就这样脱身。回头就叫你挨顿打，明白吗？来啊，先对我打一拳。"

"别胡闹了，"尼克说。

"行啊，你这个杂种。"

小个子低头望着尼克的脚。刚才他离开火堆的时候，黑人就一直跟着他，这会儿趁他低头望着，黑人稳住身子，照着他后脑勺啪的一下。他朝前扑倒，柏格斯赶紧把裹着布的金属短棍扔在草地上。小个子躺着，脸埋在草堆里。黑人抱起他，把他抱到火边。他耷拉着脑袋，脸色怕人，眼睛睁着。柏格斯轻轻把他放下。

"亚当斯先生，请你给我拿桶水来，"他说。"恐怕我下手重了点儿。"

黑人用手往他脸上泼水，轻轻地拉拉他的耳朵。他眼睛才闭上。

柏格斯站起身来。

"他没事了，"他说。"用不着操心了。真对不起，亚当斯先生。"

"没关系。"尼克正低头望着这小个子。他看见草地上的短棍，顺手捡了起来。棍上有个柔韧的把儿，抓在手上使用起来很灵便。外面包着黑色皮革，已经用旧，重的一头裹着手绢。

"这是鲸骨把儿，"黑人笑道。"如今没人再做这玩意儿了。我原先不知道你自卫的能耐怎么样，不管怎么着，我不希望你把他打伤，或者让他脸上再多挂点彩。"

黑人又笑了。

"你自己倒把他打伤了。"

"我知道该怎么办。他一点都不会记得的。每当他这样发作，我只好给他来一下，叫他换换脑筋。"

尼克兀自低头望着这躺在地上的小个子，只见在火光中他闭着眼。柏格斯往火里添了些柴禾。

"亚当斯先生，你不必再为他操心啦。他这模样我以前见得多了。"

"他怎么会发疯的?"尼克问。

"噢,原因可多着呐,"黑人在火边答道。"亚当斯先生,来杯咖啡怎么样?"

他递给尼克一杯咖啡,把刚才给这个昏迷不醒的人铺在脑袋下的上衣捋捋平。

"一则,他挨打的次数太多啦,"黑人呷着咖啡说。"不过这只使他变得头脑有些简单罢了。再则,当时他妹妹做他的经纪人,人家在报纸上老是登载什么哥哥啊,妹妹啊这一套,还有她多爱她哥哥,他多爱他妹妹啊什么的,后来他们就在纽约结了婚,这下子可惹出不少不愉快的事儿来啦。"

"这事我倒记得。"

"可不。他们当然不是什么兄妹,根本没影的事,可就是有不少人横竖都看不顺眼,于是两人闹起意见来,有一天,她拔脚出走,一去不回了。"

他喝了咖啡,用淡红色的掌心抹抹嘴。

"他就这样发疯了。亚当斯先生,你要不要再来点咖啡?"

"不了,谢谢。"

"我见过她几回,"黑人接着说。"她是个特好看的女人。看上去着实跟他像双胞胎。要不是他的脸全给揍扁了,他也不难看。"

他不说了。看来故事讲完了。

"你在哪儿认识他的?"尼克问。

"我在牢里认识他的,"黑人说。"打她出走以后,他老是揍人,人家就把他关进牢里。我因为砍伤一个人也进了牢。"

他笑了笑,柔声说下去:

"我一见他就喜欢上了,等我出了牢,就去看望他。他偏要拿我当疯子,我可不在乎。我愿意陪着他,我喜欢出去见见世面,而要这样做,也用不着去犯盗窃罪了。我希望过个体面人的生活。"

"那你们都干些什么来着?"尼克问。

"噢，什么也不干。就是到处流浪。他可有钱呐。"

"他准保挣了不少钱吧。"

"可不。不过他把钱全花光了。要不就是给人家夺走了。她给他寄钱呢。"

他拨旺火堆。

"她这个女人真是好极了，"他说。"看上去着实跟他像双胞胎。"

黑人朝那个躺着直喘大气的小个子望望。他一头金发披散在脑门上。那张被打得变相的脸在入睡时像孩子的那样恬静。

"亚当斯先生，我随时都可以马上叫醒他。不在意的话，请你还是趁早走吧。倒不是我不想好好招待你，可是见到了你怕又会惊动他。我不愿意不得不敲他脑袋，可是碰到他犯病，也只好这么办。我只有尽量别让他见人。亚当斯先生，你不介意吧？得了，别谢我，亚当斯先生。我早该叫你对他留神了，不过他看上去非常喜欢你，我才以为这下可太平了呢。你沿着路轨朝北走两英里就看到城了。人家都管它叫曼塞罗那。再见吧。我真想留你过夜，可是实在办不到。你要不要带着点火腿和面包？不要？你还是带一份三明治吧，"黑人这一番话说得彬彬有礼，声音低沉柔和。

"好。那么再见吧，亚当斯先生。再见，一路顺风！"

尼克离开火堆走了，穿过空地走到路轨边。一走出火堆范围，他就竖起耳朵听着。只听得黑人在低沉柔和地说着话。尼克听不清说的是什么。后来听得那小个子说，"柏格斯，我头痛得好厉害啊。"

"弗朗西斯先生，回头就会好的，"黑人的声音在劝慰。"只消喝上这么一杯热咖啡就行。"

尼克爬上路堤，顺着路轨朝前走。没想到手里还拿着一份三明治，就放进口袋。一路上坡，路轨还没拐进山间，他从那里回头望去，还看得见空地上那片火光。

陈良廷　译

第 六 章

　　尼克背靠教堂的墙坐着，那是人家把他拖到这里来避开街上的机枪火力的。两腿别扭地伸出着。他脊椎中了弹。满脸是汗，脏兮兮的。太阳直照着他的脸。天气热得很。里纳尔迪，脸朝下仆倒在墙根，背部宽阔，身上的装备撒了一地。尼克直望着前方，眼睛也耀花了。对面屋子那堵粉红色的墙脱离屋顶，塌了下来，一张铁床给扭歪了，冲着街心倒挂着。两个奥地利人的尸体躺在屋荫下的瓦砾堆里。那边街头还有些死尸。城里的情况有所进展。进行得很顺利。担架手随时可到。尼克小心地掉过头来，瞧着里纳尔迪。"听着，里纳尔迪。听着。你我两个，我们单独讲和①了。"里纳尔迪躺在太阳下一动不动，呼吸困难。"爱国者②不讲和。"尼克小心地掉过头去，脸上带着汗笑笑。里纳尔迪是个叫人扫兴的说话对象。

陈良廷 译

———————————

① 作者后来把这个跟敌人"单独讲和"的想法写进了《永别了，武器》。可见尼克正是作者的化身。这一段也是从在意大利北部参加第一次世界大战的亲身体验中生发出来的。

② 尼克是美国志愿者，里纳尔迪是意大利军人，所以他这样说。

小 小 说

在帕多瓦①，一个炎热的傍晚，他们把他抬到屋顶上，让他可以凭眺全城的顶层。天上有在烟囱中筑巢的飞燕。过了片刻天黑了，探照灯亮起来。其他人都下去了，随身带走了酒瓶。他和卢芝听得见他们在下面阳台上。卢芝坐在床上。在这炎热的夜晚，她倒凉快清新。

卢芝坚持做了三个月夜班。人家乐得让她做。人家给他动手术，她替他准备了手术台；人家都在取笑：是朋友还是敌人②。他上了麻药，还是硬挺着，免得在失去知觉、多嘴多舌的时刻说漏了嘴。他用了拐杖以后，就自己去量体温，免得卢芝起床。医院里的病人寥寥无几，他们都知道这事。他们都喜欢卢芝。他顺着过道走回来，一路上想着卢芝就在他床上。

他回到前线去之前，两人上大教堂去祈祷。教堂里暗沉沉，静悄悄，还有些人在祈祷。他们想要结婚，可是来不及请教堂发布结婚公告了，而且两人都没有出生证。他们自以为已结婚，不过他们要大家都知道这事，要让事情办成，这样就不怕它吹了。

卢芝写过好多信给他，他到停战③以后才收到。一束十五封，都是寄到前线的，他根据日期排好，一一从头看到尾。信上写的都是医院的事，写到她多么爱他，没有他真没法过下去，还写到在夜里多么想念他。

停战后，他们俩商定他该回国找份工作，两人就可以结婚了。卢芝要等到他有了份好差使才回国，他就可以到纽约去接她。双方同意，他得戒酒，并且不用去看望在美国国内的朋友或任何人。只该找份工作，然后结婚。在帕多瓦开往米兰的列车上，两人为了

143

她不愿立刻回国吵了架。在米兰车站上，他们不得不告别的时候，虽然吻别了，但是还没吵完。他对这样告别感到难过。

他在热那亚乘船去美国。卢芝回到波尔多诺内④去开办一家医院。那里僻静多雨，有一营意大利敢死队驻扎在城里。冬天生活在这个泥泞多雨的小城里，营部少校向卢芝求爱，而她过去根本不了解意大利人，但终于写信到美国，说他们之间那档子事只是少男少女的初恋。她真抱歉，她知道他也许无法理解，不过总有一天会原谅她，并且感激她的，而完全没想到的是，她竟预定在明年春天里结婚。她一如既往地爱他，不过她现在明白那无非只是少男少女之间的初恋罢了。她希望他前程远大，对他完全有信心。她知道这样做最好。

到了春天，少校并没跟她结婚，后来始终都没跟她结婚。卢芝寄到芝加哥去提到这事的信也从没收到回信。不多久，他乘出租汽车穿过林肯公园时，从芝加哥闹市区一家百货店的一名售货女郎身上染到了淋病。

刘文澜 译

第 七 章

在福萨尔塔①，炮火把战壕轰得土崩瓦解时，他紧紧地卧倒在地，冒着汗祈求，耶稣基督啊，救我出去吧。亲爱的耶稣，请救我出去吧。基督求求你求求你求求你基督。只要你救我一命，你说什么我都干。我相信你，我要告诉世上每一个人，你是唯一至关重要的。求求你求求你亲爱的耶稣。炮火向前线深入轰击。我们去加固战壕，早上太阳出来了，天气又热又闷，令人舒畅，一片寂静。第二天晚上，回到梅斯特雷②，他在玫瑰别墅③，没跟那个同他上楼的姑娘说起耶稣的事。他也从没跟任何人说起过。

陈良廷 译

---

① 福萨尔塔，意大利中部小城，近博洛尼亚（一译波伦亚）。
② 梅斯特雷，意大利北部威尼斯市的西北郊区。
③ 那是个为军官服务的妓院。

146

军人之家*

　　克莱勃斯在堪萨斯州一所循道公会学院读书时上了前线。有一张照片照的就是他和团契的弟兄们，大家都戴着一模一样的高领。他在1917年入伍参加了海军陆战队，直到1919年夏天第二师从莱茵河撤回时才回到美国。

　　有一张照片是他和另一名下士同两个德国姑娘在莱茵河畔照的。克莱勃斯和那名下士穿的军服都绷在身上显得太紧。德国姑娘长得并不漂亮。莱茵河在照片上根本就没影儿。

　　等克莱勃斯回到俄克拉何马州家乡小镇时，向凯旋英雄致敬的狂热已经过去了。他回来得实在太晚了。镇上应征入伍的男人，归来时都受到过大张旗鼓的欢迎。那时着实狂热过一阵。而现在产生了反作用。人们似乎认为，战争过去几年了，克莱勃斯才回来，实在有点莫名其妙。

　　克莱勃斯参加过贝鲁森林、苏瓦松、香巴尼、圣米耶尔和阿尔贡战役①，起初根本不想谈起这场战争。后来他觉得需要谈谈了，可是没有人愿意听他的。他的家乡对于有关战争暴行的故事听到的太多了，真实的情况反而引不起他们的兴趣。克莱勃斯发现，要人家肯听，就得撒谎，这样做了两次以后，连他自己对战争也产生了反感，不愿意再去谈它了。因为撒了谎，战争中他亲身经历过的每一件事，现在都使他感到厌烦。过去那些时刻，那些每想起来都会使他心里感到冷静而清醒的日日夜夜，在那些遥远的日子里，他本来也可以像有些人那样不那么干，而他却做了一件事情，做了一件一个男子汉自然而然理应做的事情，但是现在连这些时刻也丧失了它们冷静可贵的性质，随后便在记忆中消失了。

　　他撒的那些谎话其实毫不足奇，只不过是把别人看到、听到或干过的事归到了自己身上，并且把士兵们都熟知的无稽之谈说成是事实罢了。他的谎话甚至在弹子房里也引不起什么轰动。他的熟人都详详细细地听说过在阿尔贡森林里发现有德国女人被铁链锁在机关枪上，而没有一个德国机枪手被铁链锁上，他们对这些传闻无法理解，或者出于他们的爱国心，对此不感兴趣，并不觉得有多刺激。

这种说假话或大话所引起的感受，使克莱勃斯常常觉得恶心，因此有一次在舞会上偶然碰到了一个真正当过兵的人，两人在更衣室里谈了几分钟，他后来摆出了一个老兵与别的士兵在一起时的那种随便而坦率的姿态，明白自己一直处于病态的十分恐惧的心情中。这样，他就丧失了一切。

这时正当夏末，他每天起得很晚，起床后步行到市区去图书馆借一本书，回家吃了中饭，在前廊上看书直到腻烦为止，然后步行穿过市区，到阴凉的弹子房去，消磨一天中最热的那几个小时。他喜欢打弹子。

晚上，吹吹黑管，去市区散散步，看看书，然后上床睡觉。他在他的两个妹妹心目中仍然是个英雄。他母亲甚至会把早饭端到床上给他吃，要是他想这样的话。他在床上时，她常到他房里来，要他把打仗的情况讲给她听，不过她的注意力总是不集中。他父亲则绝不表态。

克莱勃斯参军前，家里的汽车是从来不许他驾驶的。他父亲经营地产生意，有时需要用车把客户带到乡间，让他们看看待出售的

---

* "军人之家"原为20世纪初在美国某些小城镇上存在的优抚性机构，供参加过内战甚至美西战争而孤鳏无依的退伍及残废老兵居住。这些老兵平日默默无闻，遇到重大节日则穿上旧日军服，佩戴全副勋章，以示荣耀。实际上他们已成为象征爱国精神的活古董。像克莱勃斯这样参加过第一次世界大战归来的老兵，时代变了，思想也变了，当然是完全不同的一代人。海明威选取这个名字为题目，以此对比完全不同的两代老兵，这本身就含有讽刺意味。——译者附记

① 这五处都是法国地名，都是第一次世界大战中发生过激战的战场。

农场，所以总是要求汽车由他调度。汽车总是停在第一国民银行大楼外面，他父亲的办事处就在大楼二层。现在，战争结束了，用的还是这辆车。

镇上什么都没变，只是姑娘们都长大了。不过她们生活的天地挺复杂，既有已经确定的各种联姻，又存在着变化不定的家族间的不和，这使克莱勃斯觉得缺乏精力和勇气来打进去。不过他喜欢看看她们。漂亮的姑娘真不少。大多数都留短发。他离开家乡时，只有小姑娘或者放荡的姑娘才留那样的短发。她们都穿着毛衣和荷兰式圆领衬衫。这成为一种模式。他喜欢站在前廊上看她们在街对面走过。他喜欢看她们在树阴下走路的身影。他喜欢她们露在毛衣外的荷兰式圆领。他喜欢她们穿的长统丝袜和平跟鞋。他喜欢她们的短发和她们走路的样子。

在市区，她们对他的吸引力可并不特别强烈。他在希腊人开的冷饮室里碰到她们时并不太喜欢她们。他其实并不需要这些姑娘本身。她们太复杂了。他要的是另外一种什么东西。他模模糊糊地觉得需要个女朋友，不过不想为了交女朋友而多费精神。他想找上个女朋友，不过不愿意为了找女朋友而费很多时间。他不想为此搞什么私情，去耍手腕。他不想不得不花力气去追求。他不愿意再撒谎。这样干不值得。

他不想承担什么后果。他再也不想承担什么后果了。他只希望毫无后果地活下去。再说，他也并不真的需要女朋友。军队生活使他懂得了这一点。装出一副非找个女朋友不可的姿态也没什么要不得。差不多人人都这么干的。其实并不是这么回事。你并不需要什么女朋友。怪就怪在这儿。一个家伙起先胡吹一通他根本看不上姑娘们，说他从来不想她们，她们连碰碰他都休想。另一个家伙可胡吹他没有姑娘就过不下去，他每时每刻都离不开她们，没有了她们就睡不着觉。

这些都是撒谎。两种说法都是撒谎。你根本就不需要什么姑娘，除非你想要女人。这一点是他在军队里学到的。你迟早会弄到一个的。等你真正成熟了，就总会弄到一个的。用不着多去想它。迟早会来临的。他在军队里学到了这一套。

这会儿要是有个姑娘来找他而用不着多说话，他是会喜欢她的。可是回到了家乡，一切都太复杂了。他知道不可能把这一切再体验一遍了。也不值得这么干了。同法国姑娘和德国姑娘交朋友有一点好处。用不到说那么多话。你会不了几句法语和德语，也用不着多说。挺简单就交上了朋友。他想念法国，接着想念起德国来。总的说来，他更喜欢德国。他本来并不想离开德国。他并不想回家乡来。不过他还是回来了。他正坐在这前廊上。

他喜欢在街对面走过的姑娘们。她们的相貌比法国姑娘或德国姑娘更叫他喜欢。不过她们生活其中的天地和他的天地不一样。他很想找上她们中间的一个。不过这是不值得的。她们成为一种绝妙的模式。他喜欢这种模式。真叫人兴奋。不过他不想去受那份谈话谈个没了的罪。他还不到不找个女朋友就受不了的程度。不过他喜欢把她们全看个遍。不值得去追求啊。现在不行，正当事情在逐渐好转起来的时候。

他坐在前廊上读一本写这次战争的书。这是本历史书，他正在读他亲身参加过的所有的战役。这是他读过的所有书中最有趣的一本。他希望书里附有更多的地图。他感觉良好，期望把将来会出版的附有详细地图的确实好的战争史都读一遍。现在他才真正开始了解这场战争了。他曾是个好样的战士。这是大不一样的。

他回家约摸一个月之后，有天早晨，他母亲走进他的房间，在他床沿上坐下。她把围裙捋捋平。

"昨晚上我和你爸爸谈了，哈罗德，"她说，"他愿意让你晚上开汽车出去。"

"是吗？"克莱勃斯说，他还没有完全睡醒。"开汽车出去？是吗？"

"对。你爸爸考虑了一阵子，觉得该让你晚上什么时候需要的话可以开汽车出去，不过昨晚上我们才商量这件事。"

"我敢打赌是你要他这么办的，"克莱勃斯说。

"不。是你爸爸提出了我们才商量的。"

"是吗。我敢打赌是你要他这么办的，"克莱勃斯从床上坐起来。

"你下楼来吃早饭吗，哈罗德？"母亲问。

"我穿好衣服就下来，"克莱勃斯说。

妈妈走出房去，他在洗脸、刮脸、穿好衣服准备下楼到饭厅吃早饭时，可以听到她在楼下煎什么东西。

吃早饭时，他的妹妹走进来，手里拿着邮件。

"喂，哈尔①，"她说。"你这个瞌睡虫。你干吗还要起来？"

克莱勃斯看看她。他喜欢她。他最喜欢这个妹妹。

"报纸拿来了？"他问。

她把《堪萨斯城星报》递给他，他扯掉报纸的牛皮纸封皮，翻到体育版。他把打开的《星报》折了折，靠水壶竖起来，用麦片碟稳住，这样就可以边吃边看了。

"哈罗德，"他母亲站在厨房门口说，"哈罗德，请你别把报纸弄脏了。弄脏了你爸爸就没法看了。"

"我不会弄脏的，"克莱勃斯说。

他妹妹在桌子旁坐下来，看他在读报。

"今天下午我们学校又要赛室内垒球了，"她说。"我当投手。"

"好啊，"克莱勃斯说。"胳臂有劲儿吗？"

"我投得比好多男同学都好。我跟他们都说是你教我的。别的女同学都不怎么样。"

"是吗？"克莱勃斯说。

"我跟大家说你是我的男朋友。难道你不是我的男朋友，哈尔？"

"可不。"

"难道就因为是哥哥就不能是男朋友了？"

---

① 哈尔为哈罗德的爱称。

"我不知道。"

"你准知道。哈尔，要是我长大了，你也愿意的话，你能做我的男朋友吗？"

"行。你现在就是我的女朋友了。"

"我真的是你女朋友吗？"

"当然。"

"你爱我吗？"

"嗯哼。"

"你永远爱我吗？"

"当然。"

"你来看我打室内垒球好吗？"

"也许吧。"

"噢，哈尔，你并不爱我。要是爱我的话，你一定会愿意来看我打室内垒球的。"

克莱勃斯的母亲从厨房走进饭厅。她手里端着两个盘子，一个盛着两只煎蛋和几片脆炸熏咸肉，另一个盛着些荞麦面饼。

"你走，海伦，"她说。"我有话要跟哈罗德说。"

她把煎蛋和熏咸肉放在他面前，再拿了罐枫糖浆进来给他涂荞麦面饼吃。然后向着克莱勃斯在桌子对面坐下。

"我要你把报纸放下一会儿，哈罗德，"她说。

克莱勃斯把报纸拿下，折好。

"你决定好了打算干什么吗，哈罗德？"他母亲摘下眼镜说。

"还没有，"克莱勃斯说。

"你不觉得现在是时候了？"他母亲说这话时并没有挖苦的意思。她看起来很忧虑。

"我还没有想过这件事，"克莱勃斯说。

"上帝给每个人都安排了工作，"他母亲说。"他的王国里不会有闲人。"

"我不在他的王国里，"克莱勃斯说。

"我们大家都在他的王国里。"

克莱勃斯像平常那样，感到尴尬而生气。

"我多为你担心啊，哈罗德，"他母亲继续说下去。"我知道你一定受到过很多诱惑。我知道男人是多么意志薄弱。我听你亲爱的外公、我自己的父亲对我们讲过关于内战的许多事儿，我懂得那是怎么回事，因此我曾经为你祈祷。我整天地为你祈祷，哈罗德。"

克莱勃斯望着盘子里正在凝结起来的熏咸肉油。

"你父亲也在担心，"他母亲继续往下说。"他认为你已经丧失了雄心大志，缺乏明确的生活目标。查理·西蒙斯跟你同岁，有了一份好工作而且就要结婚了。小伙子们都安顿了下来；大家都决心干出点名堂来；你可以看得出，像查理·西蒙斯那样的小伙子正在一步步地为我们社区真正地增光。"

克莱勃斯一声不吭。

"别这副样子，哈罗德，"妈妈说。"你知道我们都很爱你，为了你好我得把你的处境告诉你。你父亲不想干涉你的自由。他觉得该让你使用那汽车。要是你想带哪个好姑娘开车出去兜兜风，我们只会高兴都来不及。我们要你过得快活。不过你得定下心来找个工作，哈罗德。你父亲并不在乎你开始干什么工作。正像他说的，所有的工作都是光荣的。但是你总得从哪里开始干啊。他让我今天早晨跟你谈谈，待会儿你可以顺便到他办事处去找他。"

"就这些？"克莱勃斯说。

"是的。你难道不爱你母亲吗，好孩子？"

"不，"克莱勃斯说。

他母亲隔着桌子看着他。她眼睛里闪着泪花。她哭起来了。

"我什么人也不爱，"克莱勃斯说。

这么说也没什么好处。他没法告诉她，也没法使她明白。真蠢啊，讲出了这样的话。徒然使她伤心。他走过去，握住她的胳臂。她正用双手掩着脸在哭。

"我不是那个意思，"他说。"我只是对有些事情生气。我的意思并不是说不爱你。"

他母亲还在哭。克莱勃斯用一臂搂住她的肩膀。

"难道你不能相信我吗，母亲？"

他母亲摇摇头。

"求求你，求求你母亲。请相信我。"

"好吧，"他母亲哽咽着说。她抬头望着他。"我相信你，哈罗德。"

克莱勃斯吻了吻她的头发。她把脸抬起来向着他。

"我是你母亲，"她说。"你是个小不点儿的时候，我把你贴着心抱在怀里。"

克莱勃斯感到不好受，隐隐约约有点恶心。

"我知道，妈妈，"他说。"为了你，我要做个好孩子。"

"你肯和我一起跪下来祈祷吗，哈罗德？"他母亲问。

他们在餐桌旁跪下，克莱勃斯的母亲作了祷告。

"现在你来祈祷吧，哈罗德，"她说。

"我不会，"克莱勃斯说。

"试试吧，哈罗德。"

"我不会。"

"你要我替你祈祷吗？"

"好。"

于是他母亲替他作了祷告，然后两人站起来，克莱勃斯吻了吻他母亲，走出屋去。他这样做是为了免得自己的生活复杂化。然而这一切并没有触动他的心。他曾为他母亲感到难过，而她曾使他撒谎。他要去堪萨斯城找个工作，这样她就会安心了。也许他走之前还得再经历一场哭笑。他不想上他父亲的办事处去。他不想去践约。他要使自己的生活过得顺顺利利。它刚刚在变得这样呢。得，反正现在全都过去了。他要到学校的操场去看海伦打室内垒球。

杨九声 译

154

第 八 章

　　凌晨两点，两个匈牙利人闯进第十五街和大马路交叉处一家雪茄店。德雷维兹和博伊尔从第十五街警察所开了一辆福特车赶来。这两个匈牙利人正把货车倒出一条小巷。博伊尔一枪把一个从货车座上撂倒，还把车厢里的一个打倒在地。德雷维兹看到两个都死了，不由吓坏了。真见鬼，吉米，他说，你不该这样干。会惹出不少麻烦来的。

　　——他们是坏蛋，可不是吗？博伊尔说。他们是意大利佬，可不是吗？到底谁会来找麻烦啊？

　　——说不定这一回没事儿，德雷维兹说，不过你崩他们的时候怎么知道他们是意大利佬呢？

　　意大利佬，博伊尔说，我一英里外就认得出是意大利佬。

陈良廷　译

革命党人

　　1919 年，他坐火车在意大利旅行，随身带着从党部拿来的一块油布，上面用擦不掉的铅笔写着字，说现有在布达佩斯受过白匪不少折磨的同志一名，请求同志们多方援助。他用这个来代替火车票。他非常腼腆，十分年轻，列车员把他从一班人员交给另一班。他没钱，人家让他躲在铁路食堂的柜台后面吃饭。

　　意大利使他欣喜。这是个美丽的国家，他说。人民都很亲切。他到过许多城市，走过不少路，看到过许多名画。他买了乔托①、马萨丘②和皮埃罗·德拉·弗朗切斯卡③的复制品，把它们包在一本《先锋》杂志里。曼特尼亚④，他可不喜欢。

　　他在波伦亚⑤报到，我把他一路带到罗马涅⑥去，因为我必须到那里去看一个人。我们两人一路顺风。这时正是九月初，乡间景色宜人。他是马扎尔人⑦，是个很好的小伙子，非常腼腆。霍尔蒂⑧的手下人对他干了些坏事。他关于这事讲得不多。尽管匈牙利如此，他还是对世界革命满怀信心。

　　"不过意大利的运动进展得怎么样？"他问。

　　"糟得很，"我说。

　　"不过会好转的，"他说。"你们这里样样具备。这是大家觉得有把握的唯一的国家。这里将成为一切的出发点。"

　　我什么话都没说。

　　他在波伦亚跟我们告别，乘上到米兰转奥斯塔⑧的列车，再徒步穿过山隘，进入瑞士。我跟他说起米兰的那些曼特尼亚名画。他非常腼腆，说声"不"，他不喜欢曼特尼亚。我给他写了在米兰找什么地方去吃饭，还写了一些同志的地址。他很感激我，但他的一颗心早已只想着徒步穿过山隘了。趁天气还好，他急着想穿过山隘呢。他爱秋天的山。据最近消息，他被瑞士人关进了西昂⑩附近的监狱。

刘文澜 译

① 乔托 (1267—1337)，意大利文艺复兴初期画家、雕塑家和建筑师，人物造型有立体感，注意空间效果，构图重点突出。
② 马萨丘 (1401—1428)，意大利文艺复兴时期佛罗伦萨画家乔凡尼的外号，创作宗教题材世俗化的人物画。
③ 弗朗切斯卡 (1420—1492)，意大利文艺复兴时期安布利亚画派画家，创作造型结实、色彩纯净、气势庄严的壁画。
④ 曼特尼亚 (1431—1506)，意大利文艺复兴时期巴杜亚画派画家，注重学习古罗马雕塑造型，开创仰视透视法天顶画装饰画风。
⑤ 波伦亚，意大利北部城市，艾米利亚-罗马涅区首府。
⑥ 罗马涅，意大利历史地区，在意大利北部，东临亚得里亚海，现包括在艾米利亚-罗马涅区内。
⑦ 马扎尔人是匈牙利的主要民族。
⑧ 霍尔蒂 (1868—1957)，匈牙利王国摄政 (1920—1944)，1919 年任匈牙利"国民军"总司令，镇压匈牙利苏维埃共和国。
⑨ 奥斯塔，意大利西北部城市，在阿尔卑斯山谷地中，是通往法国与瑞士的枢纽。
⑩ 西昂，瑞士西南部城市，瓦莱州首府，盛产名酒。

第 九 章

　　第一名剑杀手执剑的右手给牛角顶穿了，观众轰他下场。第二名剑杀手滑倒了，公牛挑破他的肚子，他一手紧紧揪住牛角，另一手紧紧按住那受伤的部位，公牛咣的一下把他撞到板壁上，牛角拔了出来，于是他躺在沙地上，随即像喝得烂醉似的站起身，想要狠狠捶打抬走他的人，大声叫着要他的剑，可是晕过去了。那小子出场了，他得杀死五头牛，因为至多只能有三名剑杀手出场，斗到最后一头牛，他累得没法把剑刺进去了。他简直连胳膊都抬不起来了。他试了五回，观众悄没声儿，因为这是头出色的公牛，看来不是他赢就是公牛赢，后来他终于把牛刺死了。他在沙地上坐了下来，呕吐起来，人家拿条披风遮住他，这时观众高声喊叫，往斗牛场里扔东西。

陈良廷　译

艾略特夫妇

艾略特夫妇力求生一个孩子。只要艾略特太太受得住，他俩便经常努力尝试。结婚后他们在波士顿试过，现在漂洋过海时在船上也不放松。他们在船上并不经常尝试，因为艾略特太太晕船晕得挺厉害。她晕船了，而当她晕船时，就像南方女人那样呕吐。这是说出生于美国南部的女人。跟所有的南方女人一样，艾略特太太一晕船便马上垮下，这是由于夜里开船、早晨起得太早之故。船上许多乘客以为她是艾略特的母亲。知道他俩是夫妻的人则认为她怀孕了。实际上她才四十岁。她一开始旅游，便一下子见老了。

她曾看上去年轻得多。事实上，艾略特娶她时，她年轻得好像根本看不出年岁似的，艾略特当初在她服务的茶室里和她结识，交往了好久，有一天晚上吻了她，于是经过几个星期的求爱，才跟她结婚的。

休伯特·艾略特结婚时，正在哈佛当法学研究生。他是诗人，每年收入将近一万元。他写诗，很长，一挥而就。那时他二十五岁，跟艾略特夫人结婚之前从未跟女人上过床。他要保持童身，这样能将纯洁的心灵和身体给予妻子，而他对她也有着同样的期望。他自称这是"过规矩的生活"。他在初次吻未来的太太以前，曾和各式各样的姑娘谈情说爱，总是或迟或早向她们透露自己过着洁身自好的生活。这些姑娘几乎都对他失去了兴趣。有些姑娘明明知道有些男人曾自甘堕落，生活乌七八糟，却愿意跟他们订婚以致结合，这使他愕然，甚至觉得不堪。有一回，他试图提醒一个相识的少女，他几乎有真凭实据，可以证明她的心上人在大学时是个下流坯，结果却讨了个没趣。

艾略特太太名叫科妮莉亚。她却要他叫她加鲁蒂娜，这是她在南方娘家的小名。婚后，他把科妮莉亚带到家中时，他的母亲哭了。不过，等她得悉他俩将到国外去定居，又破涕为笑，兴高采烈了。

他告诉妻子，自己为了她而保持洁身自好，科妮莉亚便称他"亲爱的小宝贝"，还把他搂得格外紧。科妮莉亚也是纯洁的。"再亲亲我，就像这样，"她说。

休伯特对她解释，他会这样接吻是从一个家伙讲的一则故事中学来的。他对这新鲜玩艺很醉心，所以两人尽力加以发展。有时他俩亲吻了好久之后，科妮莉亚要他再说一遍：他是为了她而守身如玉的。这一讲总是使她又来了劲。

起先，休伯特并不想同科妮莉亚结婚。他从未把她看作结婚的对象。她只是他的一个知心朋友而已，但后来有一天，在茶室里，当她的女伴在店堂内张罗时，他俩待在后面的小间里随着留声机播放的音乐跳舞，她曾抬眼凝视着他，于是他吻了她。他如今一点也想不起究竟是什么时刻决心要结婚的。反正他俩成了亲。

新婚之夜是在波士顿一家旅馆里度过的。两人都感到索然无味，科妮莉亚终于入睡了。休伯特却睡不着，几次踅出房门，在旅馆走廊里踱来踱去，身上披着崭新的耶格尔毛料浴袍，那是特地为了蜜月旅行而买的。他在来回踱蹀时，看到各个房间门外放着一双双鞋子，大小不一。这景象使他不禁怦怦心跳，赶紧跑回自己房中，可是科妮莉亚正熟睡着。他不想叫醒她，不一会儿便定下心来，安稳地入睡了。

翌日，夫妇俩探望了他的母亲，再下一天就搭船去欧洲。在船上试图怀上孩子是有可能的，但科妮莉亚不能经常尝试，尽管孩子正是他们求之不得的。他们在瑟堡①上了岸，然后去巴黎。他俩在巴黎也试图怀上孩子。接着决定到第戎②去，那儿的大学开暑期

① 位于法国西北部科唐坦半岛的顶端，濒英吉利海峡，为一军港。
② 位于法国东部，巴黎东南，为一铁道枢纽。

班，并且有不少同船的乘客都去了。可是，他们发现在第戎无事可做。幸而休伯特正在写诗，写了好多，科妮莉亚在帮他打字。那些诗全都很长。他又很严格，绝不允许打错，要是有一个差错，就要她把整整一页重打。她哭过好几次，在离开第戎前，他俩几次三番试着怀上孩子。

他们回到巴黎，同船的旅伴也大都回来了。他们对第戎感到厌倦了，但反正现在可以夸口说，离开哈佛或哥伦比亚或华柏希①之后，曾远在科多尔省的第戎大学进修过。许多同伴本来宁愿到朗格道克、蒙贝里埃或贝比尼翁②去，如果那里有大学的话。可是这些地方都太远了。第戎离巴黎只有四个半小时的路程，而且火车上还有餐车。

所以，他们都坐在圆顶咖啡馆里，不上街道对面的罗东德咖啡馆去，因为那儿总是坐满了外国人，几天后，艾略特夫妇通过纽约《先驱报》③上一幅广告的介绍，在都兰④租下一所古堡改建的别墅。这时艾略特已结交了一批朋友，他们都很欣赏他的诗，于是艾略特太太说服他，邀请她在茶室里的那个女伴从波士顿来作客。这女友来后，艾略特太太变得高兴多了，两人常常抱住了痛哭。这女友比科妮莉亚大几岁，管她叫"宝贝"。她也出身于一个古老的南方世家。

他们三人，再加上艾略特的几个朋友（他们叫他休皮⑤），一同到都兰的别墅去。他们发现都兰很像堪萨斯⑥，也是平原，天气炎热。这时艾略特已写了好多诗，差不多够收成集子了。他想把它在

---

① 以上为美国三所大学名；最后一所在印第安纳州西部克劳福斯维尔，实际上是一所私立的男子学院。
② 以上三处在法国南部地中海滨，朗格道克实为古地区名，蒙贝里埃在早年曾为该区的首府。
③ 这是美国纽约《先驱论坛报》的巴黎版。
④ 法国中部一古地区，位于巴黎西南。
⑤ 休伯特的昵称。
⑥ 州名，位于美国中部。

波士顿出版，已经把支票寄给了出版商，签订了合同。

过后不久，那些朋友络绎回巴黎去了。他们发觉都兰并不像新来乍到时那样美妙。这些朋友不久交上了一个有钱的未婚的青年诗人，陪他到特鲁维尔①附近的一个海滨胜地去。他们在那里都非常开心。

艾略特继续待在都兰的别墅里，因为租了整整一个夏季。在一间灼热的大卧室里，他和太太躺在一张硬邦邦的大床上，竭力想有个孩子。那时，艾略特太太正在学打字的指法，但她发现，这种方法虽然能加快速度，却更容易打错。实际上，这时所有的诗稿都由那女朋友在打了。她打得干净利落，效率极高，而且看来乐此不疲。

此时，艾略特喝上了白葡萄酒，独自住在另一间房中。他熬夜写了好多诗，早晨显得精疲力竭。艾略特太太和女友现在同睡在那只中世纪的大床上。她俩抱住了哭过好几回。晚上，三人坐在花园里一株法国梧桐下，一起吃饭，热乎乎的晚风吹来，艾略特呷着白葡萄酒，他太太和女朋友谈着天，各自得其所哉。

孙　梁　译

---

① 位于法国西北部塞纳河注入英吉利海峡的河口湾之南，和大港市勒阿弗尔隔水相望。

第 十 章

　　他们啪啪啪地抽打白马的腿儿，白马用膝盖撑起身子。长矛手把马镫扶正，勒住马，顺势跨上马鞍。马儿的内脏蓝蓝的一团挂了下来，起步慢跑时前后晃动，几名助手用鞭子从后面抽打马腿。白马痉挛地沿着围栏一路慢跑。它一下子僵住不走了，一名助手抓住了马笼头，牵着它往前走。那长矛手用靴刺扎进马肋，俯身向前，抖动长矛指向公牛。鲜血从白马两条前腿间汩汩喷出。它紧张不安地颤动着。那公牛拿不定主意要不要冲过来。

陈良廷 译

雨中的猫

　　旅馆里留宿的美国客人只有两个。他们打房间里出出进进、上下楼梯时，一路上碰到的人一个都不认识。他们的房间就在面海的二楼。房间还面对着那公园和战争纪念碑。公园里有些大棕榈树和绿色的长椅。天气好的时候，常常可以看到一个支起了画架的画家。画家们都喜欢棕榈树那种长势，喜欢面对着公园和海的那几家旅馆的鲜艳色彩。意大利人老远赶来瞻仰战争纪念碑。纪念碑是用青铜铸成的，在雨里闪闪发亮。天正在下雨。雨水打棕榈树上滴下。砾石小路上有一潭潭的积水。海水在雨中冲上一长条海岸，顺着海滩溜回去，然后又在雨中冲上一长条海岸。停在战争纪念碑边广场上的汽车都开走了。广场对面，有一名侍者站在咖啡馆门洞子里望着空荡荡的广场。

　　那个美国太太站在窗边眺望着外边。就在他们外边的窗子下，有只猫蜷缩在一张淌着雨水的绿色桌子下。猫儿拼命要把自己的身子缩紧，不让雨水滴着。

　　"我要下去捉那只小猫，"美国太太说。

　　"我来去捉吧，"她丈夫从床上说。

　　"不，我去捉。这可怜的小猫在外边竭力躲在桌子下，不让淋湿。"

　　做丈夫的继续看书，他肩后垫着两只枕头，躺在床脚那一头。

　　"别淋湿了，"他说。

　　太太下了楼，穿过办公室时，旅馆主人站起身，向她哈哈腰。他的写字台在办公室的另一端。他是个老头，个子很高。

　　"下雨啦①，"太太说。她喜欢这个旅馆老板。

　　"是，是，太太，坏天气。天气很不好。"

他站在昏暗的房间另一端的写字台后面。这个太太喜欢他。她喜欢他听到任何怨言时那种特认真的态度。她喜欢他那份庄重。她喜欢他愿意为她效劳的态度。她喜欢他那感觉到自己是个旅馆老板的态度。她喜欢他那张苍老而厚实的脸和那双大手。

她一面觉得喜欢他，一面打开门，向外张望。雨下得更大了。有个披着胶布披肩的男人正穿过空荡荡的广场，向咖啡馆走去。那只猫该就在这一带的右方。也许她可以沿着屋檐下走过去。她站定在门洞子内，有顶伞在她背后张开来了。原来是那个照料他们房间的侍女。

"不能让你淋湿啊，"她面带笑容，操着意大利语说。当然啦，是那旅馆老板差她来的。

她由侍女撑着伞遮住她，沿着砾石小路走到他们的窗下。桌子就在那儿，在雨里给淋成鲜绿色，可是那只猫不见了。她突然感到大失所望。侍女抬头望着她。

"您丢了什么东西啦，太太？"

"有一只猫，"年轻的美国太太说。

"一只猫？"

"是，猫。"

"一只猫？"侍女哈哈一笑。"雨中有一只猫？"

"是呀，"她说，"就在这桌子下。"接着，"啊，我多么想要它。我要一只小猫。"

她说英语的时候，侍女的脸顿时绷紧起来。

"来，太太，"她说。"我们该回到里面去。你会淋湿的。"

"我看是这样吧，"年轻的美国太太说。

她们沿着砾石小路走回去，进了门。侍女在门外逗留了一会儿，把伞收拢。美国太太经过办公室时，老板从写字台边向她哈哈腰。太太心里感到有点儿无聊和尴尬。这个老板使她觉得自己十分

---

① 用仿宋字体排印的对话，原文是意大利文，下同。

无聊，同时也觉得确实很了不起。她刹那间觉得自己极其了不起。她朝前走，登上楼梯。她打开房门。乔治躺在床上，在看书。

"猫捉到啦？"他放下书本问。

"跑啦。"

"不知跑到哪里去了，"他说，不看书了，好休息一下眼睛。

她在床沿上坐下。

"我太想要那只猫了，"她说。"我不知道干吗那么想要它。我要那只可怜的小猫。做一只待在雨中的可怜的小猫，可不是什么有趣的事儿。"

乔治又在看书了。

她走过去，在梳妆台镜子前坐下，拿起手镜瞧自己的影子。她端详着自己的侧影，先看看这一边，又看看另一边。接着她端详起自己的后脑勺和脖子来。

"要是我把头发留起来，你可以为是个好主意吗？"她问，又看着自己的侧影。

乔治抬眼望去，看见她的脖颈，像男孩子那样，头发剪得很短。

"我喜欢现在这个样子。"

"我可对它厌腻透了，"她说。"看上去像个男孩子，叫我厌腻透了。"

乔治在床上换了个姿势。她开口说话以来，他眼睛一直没有离开过她。

"你真漂亮极了，"他说。

她把手镜放在梳妆台上，走到窗前，向外张望。天逐渐见黑了。

"我要把头发往后梳得又紧又光滑，在后脑勺扎个大结，可以用手摸摸，"她说。"我要有只小猫来坐在我膝头上，我一抚摩它，它就呜呜叫。"

"是吗？"乔治在床上说。

"我还要用自己的银器来吃饭，我要点上蜡烛。我还要现在是春天，我要对着镜子把头发梳理，我要一只小猫，我要几件新衣服。"

"唉，住口，找点书报看看吧，"乔治说。他又在看书了。

他妻子正往窗外望着。这会儿天很黑了，雨仍在下在棕榈树间。

"反正我要一只猫，"她说，"我要一只猫。我现在就要一只猫。要是我不能留长头发，也没有乐子，我总可以有只猫吧。"

乔治不在听她说话。他在看他的书。他妻子望着窗外，广场上已经上灯了。

有人在敲门。

"请进，"乔治说。他从书上抬起眼来。

那侍女站在门洞子里。她抱着一只大玳瑁猫，它紧贴在她身上，正朝下扭动着想脱身。

"请原谅，"她说，"老板要我把这只猫送来给太太。"

曹　庸　译

第十一章

　　观众一直在高声叫喊，向斗牛场内扔面包块，后来又扔坐垫和皮酒囊，一边不断吹口哨，大叫大嚷。那头公牛终于被那么多的厉害的扎刺弄得筋疲力尽，不由屈膝躺下，有个斗牛队的成员伛身在牛颈上，用短剑把它刺死。观众翻过围栏，把斗牛士团团围住，两个人揪住了他不放，有个人剪下他的短辫，在手里挥舞着，有个小伙子夺过辫子，拿了就跑。后来，我在咖啡馆里看见他。他个子很矮小，脸色棕褐，喝得着实醉了，他说，这种事以前毕竟也有过。我的确不是个够格的斗牛士。

陈良廷　译

禁捕季节

佩多齐把替旅馆花园铲土挣到的四个里拉用来喝个烂醉。他看见那位年轻先生从小径走过来，神秘兮兮地跟他说话。这位年轻先生说自己还没吃过午饭，不过一吃好马上就可以走的。四十分钟，至多一个小时。

在桥边的小酒店里，人家又赊卖三瓶葡萄渣白兰地给他，因为他信心十足，对午后要干的差使十分诡秘。那天风大，太阳从云层后面露出来，一会儿在麻花小雨中隐没了。真是钓鳟鱼的好日子。

这位年轻先生走出旅馆，问他钓竿的事。要不要让他太太带着钓竿跟来？"好啊，"佩多齐说，"让她跟我们去吧。"年轻先生回到旅馆，跟他妻子说了。他和佩多齐沿着大路出发了。他肩上背着一只背包。佩多齐看见他妻子同他一样年轻，穿着登山靴，戴着蓝色贝雷帽，出了门跟在他们后边一路走来，还带着钓竿，已经拆开，一手拿一截。佩多齐不喜欢让她给拉在后面。"小姐①，"他叫道，一边对年轻先生眨眨眼，"上前来，跟我们一起走吧。太太，上前来呀。我们一块儿走吧。"佩多齐要他们三个一齐沿着科尔蒂纳②的这条街走。

那位太太拉在后面，绷着脸跟随着。"小姐，"佩多齐柔声叫道，"上前来跟我们一起走吧。"年轻先生回头看看，大声说了句什么。太太才不再拉在后面，走上前来。

他们沿着城里的大街走，佩多齐一路上碰到谁都煞有介事地打招呼。"你好，阿图罗③！"一边触触帽檐。这个银行职员在法西斯分子开的咖啡馆门口瞪着他。人们三五成群，站在那些店铺门前瞪着他们三个。他们走过新旅馆工地时，那些外套上沾满石粉、正忙着打地基的工人都抬眼看看。没人跟他们说话，也没人跟他们打招呼，只有城里的那个叫化子，又瘦又老，胡子上干结着唾沫，在他们路过时向他们脱帽行礼。

佩多齐在一家橱窗里摆满了瓶酒的铺子前止了步，从旧军服里面一个口袋里掏出一只空酒瓶。"来点喝的，给太太买点马沙拉④，来点，来点喝的。"他握着酒瓶打手势。好一个钓鱼天。"马沙拉，你喜欢马沙拉吗，小姐？来点儿马沙拉？"

太太绷着脸站着。"你只好凑他的兴了，"她说。"他说的话我一句都不懂。他喝醉了吧？"

年轻先生装作没听到佩多齐说的话。他在想，佩多齐到底怎么会说起马沙拉的？那种酒是马克斯·比尔博姆⑤喝的啊。

"钱⑥，"佩多齐一把揪住年轻先生的衣袖，临了说，"里拉。"他笑了，虽然不愿强调要钱，但是有必要让这位年轻先生采取行动。

年轻先生拿出钱包，给了他一张十里拉的钞票。佩多齐登上台阶，走到这家国内外名酒专卖店的门口。店门上着锁。

"这家店要到两点钟才开门呢，"有个过路人带着嘲笑的意味说。佩多齐走下台阶。他感到伤心。没关系，他说，我们可以到康科迪亚去买。

他们三个并肩一路走到康科迪亚去。康科迪亚的门廊上堆着生了锈的大雪橇，年轻先生在店门口说，"你要什么？⑦"佩多齐把那张折成几叠的十里拉钞票交给他。"没什么，"他说，"什么都

---

① 佩多齐一忽儿叫这年轻先生的妻子为太太，一忽儿为小姐，原文都是意大利语。下同。

② 全名为科尔蒂纳丹佩佐，为意大利北部阿尔卑斯山麓一旅游城市。

③ 原话为意大利语。

④ 马沙拉，意大利西西里岛产的红葡萄酒，以原产地马沙拉城得名。

⑤ 马克斯·比尔博姆（1872—1956）：英国散文家，剧评家，漫画家，曾侨居意大利二十年左右。

⑥ 原文是德语。

⑦ 原文是德语。

行。"他不好意思了。"马沙拉也好。我说不准。马沙拉吧?"

这对年轻夫妇进了康科迪亚的店门,门就关上了。"三杯马沙拉,"年轻先生对糕点柜后面的姑娘说。"你是说要两杯吧?"她问。"不,"他说,"一杯给个老头①。""哦,"她说,"一个老头,"说着大笑,顺手取下酒瓶。她把三份泥浆似的饮料倒进三个玻璃杯。那位太太正坐在一排报夹下的一张桌子边。年轻先生把一杯马沙拉放在她面前。"你还是把这喝了,"他说,"不定会使你好过些。"她坐着瞧着杯子。年轻先生走到门外,拿了一杯想给佩多齐,可是看不见他人影。

"不知他上哪儿去了,"他拿着那杯酒,回进糕点室里说。

"他要一夸脱呢,"太太说。

"一夸脱要多少钱?"年轻先生问那姑娘。

"白的吗? 一里拉。"

"不,是马沙拉。把这两杯也倒进去,"他说着,把自己这杯和倒给佩多齐的那杯都交给她。她用个漏斗灌满了一夸脱的量酒筒。"找个瓶子来可以带着走,"年轻先生说。

她去找瓶子了。她觉得好笑极了。

"真抱歉,让你心里这么不好受,小不点儿,"他说。"真抱歉,刚才吃饭时我那样说话。同样的事,我们俩看问题的角度就是不同。"

"没什么关系,"她说。"一点关系也没有。"

"你感到太冷吧?"他问。"但愿你肯再穿上件毛衣。"

"我已经穿上三件了。"

那姑娘拿了只细长的棕色酒瓶进来,把马沙拉倒了进去。年轻先生又付了五里拉。他们走出门去。那姑娘觉得好笑。佩多齐正在背风的那一边走来走去,手里拿着钓竿。

"走吧,"他说,"我来拿钓竿。让人家看见钓竿有什么关系?

---

① 原文为意大利语。

没人会找我们麻烦的。没人会在科尔蒂纳找我麻烦的。我认识市政府里的人。我当过兵。这城里的人个个都喜欢我。我卖青蛙。要是禁止钓鱼怎么办？没什么事儿。没事儿的。没麻烦的。大鳟鱼啊，不骗你。好多好多呢。"

他们正下山朝河边走去。城市落在他们后面了。太阳隐没了，又在下小雨了。"瞧，"他们路过一所房子，佩多齐指指门口一个姑娘说。"我的女儿。"

"他的医生①，"那位太太说，"他有必要指给我们看他的医生吗？"

"他是说他的女儿，"年轻先生说。

佩多齐手一指，那姑娘就进屋去了。

他们下了山，穿过田野，然后拐弯沿着河岸走。佩多齐拼命挤眉弄眼，自作聪明地咕咕呱呱说着话。他们三个并肩走路时，那位太太闻到了风中传来他嘴里的酒气。他有一回还用手拐儿捅捅她的肋骨。他有时候用丹佩佐方言②说话，有时候用蒂罗尔③人的德国方言说话。他拿不准这对年轻夫妇最听得懂哪种话，所以他两种话都说。不过听到那位先生连声说是，是④，佩多齐就决定完全说蒂罗尔话了。那位年轻先生和太太什么都听不懂。

"城里人个个都看见我们拿着钓竿走过。我们现在大概给禁捕警察盯上了。但愿我们没卷进这麻烦事儿。这个混账的老糊涂也喝得烂醉了。"

"你当然没胆量干脆就此回去的，"那位太太说。"你当然只好继续干下去啦。"

"那你干吗不回去啊？回去啊，小不点儿。"

---

① 在英语中女儿 daughter 和医生 doctor 发音相似。

② 就是科尔蒂纳所在的丹佩佐河谷地区的方言。

③ 蒂罗尔，中欧一地区名，在奥地利西部和意大利北部，大部分为阿尔卑斯山地。

④ 原文是德语。

"我要跟你在一起。要是你坐牢，那还是两个人一起坐的好。"

他们一个急转弯，朝下走到河岸边，佩多齐站住了，上衣迎风飘动，他对着河比划着。河水浑浊泛黄。右边有个垃圾堆。

"用意大利语跟我说，"年轻先生说。

"半小时。至少半小时①。"

"他说至少还要走半个小时。回去吧，小不点儿。不管怎么说，在这风口里，你会受凉的。今天天气坏，反正我们也不会找到什么乐趣的。"

"那好吧，"她说着就爬上草坡。

佩多齐在下边河畔，等她几乎翻过山脊，看不见人影了，才注意到她不在了。"太太！"他大声叫道。"太太！小姐②！你别走。"

她继续翻过山脊。

"她走了！"佩多齐说。他感到震惊。

他解下扣住那几截钓鱼竿的橡皮圈，动手把钓竿连接起来。

"可你说过还要走半小时。"

"哦，是啊。再往前走半小时固然好。可这儿也好。"

"真的？"

"当然。这儿好，那儿也好。"

年轻先生便在河岸上坐下，连接好一支钓竿，安上卷轴，把钓丝穿过系线环。他感到不自在，生怕鱼场看守或民防团随时会从城里跑到河滩来。他看得见城里的房屋和露出在山丘边缘的钟楼。他打开放接钩线的小匣。佩多齐弯下腰，把扁平粗硬的拇指和食指抠进去，把那些弄湿的接线弄乱了。

"你有铅子儿吗？"

"没有。"

"你一定要有一些铅子儿。"佩多齐激动了。"你一定要有

---

① 原文是意大利语。
② 原文是德语。

铅子儿①。铅子儿。一些铅子儿。就放在这儿。就放在钓钩的上方，不然你的鱼饵就会浮到水面上来。你一定要有这个。只要一点铅子儿就行。"

"那你带来了吗？"

"没。"他绝望地仔细翻看了一下口袋。把军装里面的口袋夹里的布屑也找了个遍。"我一点也没有。我们一定要有铅子儿。"

"那我们钓不成鱼了，"年轻先生说，一边拆开钓竿，把钓丝从线环中倒卷出来。"我们弄点铅子儿，明天再钓吧。"

"不过，听我说，亲爱的②，你一定得有铅子儿。不然钓丝会平浮在水面上。"佩多齐的好机会眼看要成为泡影了。"你一定得有铅子儿。一点儿就够了。你的钓鱼家什全是崭新的，就是没有铅子儿。我原想带点儿来的。可你说过你样样齐全。"

年轻先生瞧着给融雪染污的河水。"我知道，"他说，"我们明天搞点铅子儿再钓吧。"

"早上几点？告诉我吧。"

"七点。"

太阳出来了。天气暖和宜人。年轻先生感到松了口气。他不再干违法行为了。他坐在河岸上，从口袋里掏出那瓶马沙拉，递给佩多齐。佩多齐就递回来。年轻先生喝了一口，又递给佩多齐。佩多齐又递回来。"喝吧，"他说，"喝吧。是你的马沙拉嘛。"年轻先生喝了一小口，又把瓶递给他。佩多齐一直目不转睛地盯着这瓶子。他急匆匆拿过酒瓶就倒转瓶口，喝着喝着，他脖颈的褶皱上的灰发上下波动着，两眼直盯着这细长的棕色酒瓶的瓶底。他全喝光了。喝酒的时候，太阳亮光光。真是美妙。说到头来，这真是个好日子。美妙的日子。

---

① 原文是意大利语。
② 原文是意大利语。

"听着，亲爱的^①！早上七点。"他叫这位年轻先生亲爱的有好几回了，一点事儿都没有。马沙拉真是好酒。他两眼闪闪发亮。这样的好日子往后多着呢。从明儿早上七点就开始。

他们动身上山朝城里走。年轻先生径自走在头里。他走到半山腰了。佩多齐向他大声叫唤。

"听我说，亲爱的，你能帮个忙，给我五里拉吗？"

"今天要用吗？"年轻先生皱皱眉问。

"不，不是今天。今天给我明天用。我要备齐明天用的东西。面包、萨拉米香肠、干酪，供我们大家吃的好东西。你跟我还有太太。钓鱼用的鱼饵，用鲹鱼，不光是用蚯蚓。也许我还可以买些马沙拉。全部费用五里拉。帮个忙，给五里拉吧。"

年轻先生仔细翻看钱包，掏出一张两里拉和两张一里拉的钞票。

"谢谢你，亲爱的。谢谢你，"佩多齐说，那口气活像卡尔顿俱乐部^②一个会员从另一个会员手里接过一份《晨邮报》时所用的。这才是生活呐。他不想干旅馆花园的活儿了，再也不愿拿着粪耙耙冰冻的粪了。生活在展开着。

"那就七点钟再见吧，亲爱的，"他拍拍年轻先生的背说。"七点整。"

"我也许不去了，"年轻先生把钱包放回口袋里说。

"什么，"佩多齐说，"我会弄到鲹鱼的，先生。萨拉米香肠，样样都全。你跟我还有太太。我们三个。"

"我也许不去了，"年轻先生说，"十之八九不去了。我会在旅馆账房给老板留话的。"

刘文澜 译

---

① 原文是意大利语。
② 这是伦敦西区老俱乐部之一，休息室中有舒适的扶手椅，会员们静坐读报，处在高雅的气氛中。

第十二章

如果这一幕近在你座位前面的正下方发生，你就能看清比利亚尔塔对着公牛咆哮咒骂，等公牛朝他冲来，他像棵受到大风袭击的橡树，稳稳往后转了个身，两腿并紧，拖着红巾，红巾下的剑也随着弧线划过。随后他咒骂公牛，对着它挥动红巾，随着它冲过来，他两腿稳稳地往后转个身，红巾划了道弧线，每回转身，全场观众都大喊大叫。

他动手杀牛的时候也完全如此迅捷。公牛在他面前直盯着他，怀着仇恨。他从红巾褶层里抽出剑来，以同样的动作瞄准着对方，冲着公牛叫，公牛！公牛①！公牛冲上来，比利亚尔塔冲上去，一时搅成一团。比利亚尔塔跟公牛搅成了一团，但转眼就结束了。比利亚尔塔站得笔直，红色的剑柄黯然矗出在公牛的两肩之间。比利亚尔塔对着观众举起手来，公牛咆哮如雷，血流如注，直盯着比利亚尔塔，四腿软坍下来。

陈良廷　译

越野滑雪

缆车又颠了一下，停了。没法朝前开了，大雪给风刮得严严实实地积在车道上。冲刷高山裸露表层的狂风把向风一面的雪刮成一层冰壳。尼克正在行李车厢里给滑雪板上蜡，把靴尖塞进滑雪板上的铁夹，牢牢扣上夹子。他从车厢边缘跳下，落脚在硬邦邦的冰壳上，来一个弹跳旋转，蹲下身子，把滑雪杖拖在背后，一溜烟滑下山坡。

乔治在下面的雪坡上一落一起，再一落就不见了人影。尼克顺着陡起陡伏的山坡滑下去时，那股冲势加上猛然下滑的劲儿把他弄得浑然忘却一切，只觉得身子里有一股飞翔、下坠的奇妙感。他挺起身，稍稍来个上滑姿势，一下子又往下滑，往下滑，冲下最后一个陡峭的长坡，越滑越快，越滑越快，雪坡似乎在他脚下消失了。身子下蹲得几乎倒坐在滑雪板上，尽量把重心放低，只见飞雪犹如沙暴，他知道速度太快了。但他稳住了。他决不失手摔倒。随即一搭被风刮进坑里的软雪把他绊倒，滑雪板一阵磕磕绊绊，他接连翻了几个筋斗，觉得活像只挨了枪子的兔子，然后停住，两腿交叉，滑雪板朝天翘起，鼻子和耳朵里满是雪。

乔治站在坡下稍远的地方，正噼噼啪啪地拍掉风衣上的雪。

"你的姿势真美妙，迈克，"他对尼克大声叫道。"那搭烂糟糟的雪真该死。把我也这样绊了一跤。"

"在峡谷滑雪是什么味儿？"尼克仰天躺着，踢蹬着滑雪板，挣扎站起来。

"你得靠左边滑。因为谷底有堵栅栏，所以飞速冲下去后得来个大旋身[①]。"

"等一会儿我们一起去滑。"

"不，你赶快先去。我想看你滑下峡谷。"

尼克·亚当斯赶过背部宽阔、金发上还蒙着一点儿雪的乔治身边向上攀登，他的滑雪板开始有点打滑，随后一下子猛冲下去，把晶莹的雪糁儿擦得嘶嘶响，随着他在起伏不定的峡谷里时上时下，看起来像是在浮上来又沉下去。他坚持靠左边滑，末了，在冲向栅栏时，紧紧并拢双膝，像拧紧螺旋似的旋转身子，把滑雪板向右来个急转弯，扬起滚滚白雪，然后慢慢减速，跟山坡和铁丝栅栏平行地站住了。

他抬头看看山上。乔治正屈起双膝，用特勒马克姿势②滑下山来；一条腿在前面弯着，另一条腿在后面拖着，两支滑雪杖像虫子的细腿那样荡着，杖尖触到地面，掀起阵阵白雪，最后，这整个一腿下跪、一腿拖随的身子来个漂亮的右转弯，蹲着滑行，双腿一前一后，飞快移动，身子探出，防止旋转，两支滑雪杖像两个光点，把弧线衬托得更加突出，一切都笼罩在漫天飞舞的白雪中。

"我就怕大旋身，"乔治说，"雪太深了。你做的姿势真美妙。"

"我的一条腿做不来特勒马克，"尼克说。

尼克用滑雪板把铁丝栅栏的最高一股铁丝压下，乔治纵身越过去。尼克跟他来到大路上。他们沿路屈膝滑行，进入一片松林。路面结着光亮的冰层，被拖运原木的马儿拉的犁弄脏了，染得一搭橙红，一搭烟黄。两人一直沿着路边那片雪地滑行。大路陡然往下倾斜通往小河，然后笔直上坡。他们透过林子，看得见一座饱经风吹雨打、屋檐较低的长形的房子。从林子里看，这房子显得泛黄。走近了，看出窗框漆成绿色。油漆在剥落。尼克用一支滑雪杖把滑雪板上的夹靴夹敲松，双脚一踢，让滑雪板掉下。

---

① 滑雪时用大旋身来掉转下坡方向，在高速滑行时通常靠改变身体前倾重量，滑雪板保持平行，然后转弯刹住。

② 下滑时把一条滑雪板稍稍超前另一条的一种姿势，以其起源于挪威西南部特勒马克郡而得名。

"我们还是把滑雪板带上去的好，"他说。

他肩起滑雪板，把靴跟的铁钉扎进冰封的立脚点，一步步爬上陡峭的山路。他听见乔治紧跟在后，一边喘息，一边把靴跟扎进冰雪。他们把滑雪板竖靠在客栈的墙上，相互拍掉彼此裤子上的雪，把靴子蹬蹬干净才走进去。

客栈里黑咕隆咚的。有只大瓷火炉在屋角亮着火光。天花板很低。屋内两边那些酒渍斑斑的暗黑色桌子后面摆着光溜溜的长椅。两个瑞士人坐在炉边，一边抽着烟斗，一边喝着小杯浑浊的新酒。尼克和乔治脱去茄克衫，在炉子另一边靠墙坐下。有个人在隔壁房里停止了歌唱，一个围着蓝围裙的姑娘走出门来看看他们想要什么喝的。

"来瓶西昂①酒，"尼克说。"行不行，吉奇②？"

"行啊，"乔治说。"你对酒比我内行。我什么酒都爱喝。"

姑娘走出去了。

"没一项玩意儿真正比得上滑雪，对吧？"尼克说。"你滑了老长一段路，头一回歇下来时就会有这么个感觉。"

"嘿，"乔治说。"这是妙不可言的。"

姑娘拿酒进来，他们一时拔不出瓶塞。最后还是尼克打开了。姑娘出去了，他们听见她在隔壁房里唱德语歌。

"酒里有些瓶塞渣子没关系，"尼克说。

"不知她有没有糕点。"

"我们问问看。"

姑娘走进屋，尼克注意到她围裙鼓鼓地遮着大肚子。不知她最初进来时我怎么会没看见，他想。

"你唱的什么歌？"他问她。

"歌剧，德国歌剧。"她不愿谈论这个话题。"你们要吃的话，

---

① 西昂位于瑞士西南部，为瓦莱州首府，盛产名酒。
② 吉奇是乔治的爱称。

我们有苹果馅卷饼。"

"她不太客气，是不？"乔治说。

"啊，算了。她不认识我们，没准儿当我们要拿她唱歌开玩笑呢。她大概是从北边讲德语的地区来的，待在这里脾气躁，再说，没结婚肚子里就有了这孩子，所以脾气躁，碰不得。"

"你怎么知道她没结婚？"

"没戴戒指。真见鬼，这一带的姑娘都是弄大了肚子才结婚的。"

门开了，一帮子从大路那头来的伐木工人走进来，在屋里把靴子上的雪跺掉，身上直冒水汽。那女招待给这帮人送来了三公升新酒，他们分坐两桌，光抽烟，不作声，脱下了帽，有的背靠着墙，有的趴在桌上。屋外，拉运木雪橇的马儿偶尔一仰脖子，铃铛就清脆地丁当作响。

乔治和尼克都高高兴兴的。他们两人很合得来。他们知道回去还有一段路程可滑呢。

"你几时得回学校去？"尼克问。

"今晚，"乔治回答。"我得赶十点四十分从蒙特勒①开出的车。"

"我真希望你能留下过夜，我们明天上百合花峰去滑雪。"

"我得上学啊，"乔治说。"哎呀，尼克，难道你不希望我们能就这么在一起闲逛吗？带上滑雪板，乘上火车，到一个地方滑个痛快，滑好上路，找客栈投宿，再一直越过奥伯兰山脉②，直奔瓦莱州，穿过恩加丁谷地③，随身背包里只带上修理工具匣和替换毛衣和睡衣，甭管学校啊什么的。"

"对，就这样穿过黑森林区④。哎呀，都是好地方啊。"

---

① 蒙特勒，瑞士日内瓦湖东北岸的疗养胜地。
② 奥伯兰山脉，位于日内瓦湖东南。
③ 恩加丁谷地，在瑞士东端，从西南向东北延伸，分上恩加丁谷和下恩加丁谷两部分。
④ 黑森林区，在德国西南端。

"就是你今年夏天钓鱼的地方吧?"

"是啊。"

他们吃着苹果馅卷饼,喝干了剩酒。

乔治倒身靠着墙,闭上眼。

"喝了酒我总是这样感觉,"他说。

"感觉不好?"尼克问。

"不。感觉好,只是怪。"

"我明白,"尼克说。

"当然,"乔治说。

"我们再来一瓶好吗?"尼克问。

"我不想喝了,"乔治说。

他们坐在那儿,尼克双肘撑在桌上,乔治往墙上颓然一靠。

"海伦快生孩子了吧?"乔治说,身子离开墙凑到桌上。

"是啊。"

"几时?"

"明年夏末。"

"你高兴吗?"

"是啊。眼前。"

"你打算回美国去吗?"

"看来要回去吧。"

"你想要回去吗?"

"不。"

"海伦呢?"

"不。"

乔治默默坐着。他望着那空酒瓶和那些空酒杯。

"真要命不是?"他说。

"不。还说不上,"尼克说。

"为什么?"

"我不知道,"尼克说。

"你们今后在美国还会一块儿滑雪吗？"乔治说。

"我不知道，"尼克说。

"那些山不怎么样，"乔治说。

"对，"尼克说。"岩石太多。树木也太多，而且都太远。"

"是啊，"乔治说，"加利福尼亚就是这样。"

"是啊，"尼克说，"我到过的地方处处都这样。"

"是啊，"乔治说，"都是这样。"

瑞士人站起身，付了账，走出去了。

"我们是瑞士人就好了，"乔治说。

"他们都有大脖子的毛病，"尼克说。

"我不信，"乔治说。

"我也不信，"尼克说。

两人哈哈大笑。

"也许我们再也没机会滑雪了，尼克，"乔治说。

"我们一定得滑，"尼克说。"要是不能滑就没意思了。"

"我们要去滑，没错，"乔治说。

"我们一定得滑，"尼克附和说。

"希望我们能就此说定了，"乔治说。

尼克站起身。他把风衣扣紧。他朝乔治弯下身子，拿起靠墙放着的两支滑雪杖。他把一支滑雪杖戳在地板上。

"说定了可一点也靠不住，"他说。

他们开了门，走出去。天气很冷。雪结得硬邦邦的。大路一直爬上山坡通到松林里。

他们把刚才靠在客栈墙上的滑雪板拿起来。尼克戴上手套。乔治已经扛着滑雪板上路了。这下子他们可要一起跑回家了。

陈良廷　译

183

第十三章

我听到街那头传来鼓声，接着是横笛声和风笛声，不一会儿他们绕过街角走来，大家跳着舞。街上挤满了这些人。马埃拉看见了他，随后我也看见了他。大家停止了奏乐，蹲下身子，他也猫起腰，跟大伙儿一起蹲在街上，等到大家重新奏乐，他就一骨碌跳起身，跟大伙儿一起沿街跳舞。他准是喝醉了。

你下去找他，马埃拉说，他恨我。

我就下去了，追上了他们，趁他蹲下去等音乐声再起时一把揪住他，说，快来吧，路易斯。看在老天分上，你今儿下半天还得斗牛呢。他不在听我说话，他正一个劲儿地在等音乐声再起。

我说，别胡闹了，路易斯。快回旅馆去吧。

这时音乐声又响起来了，他一骨碌跳起身，从我手里扭脱，跳起舞来。我揪住他一条胳膊，他挣脱了，说，啊呀，别来缠我。你又不是我老子。

我回到旅馆，马埃拉在阳台上张望，看看我是不是把他带回来了。他看见我就回进房去，走下楼来，一副嫌恶相。

得了，我说，说到底，他不过是个墨西哥大老粗罢了。

是啊，马埃拉说，可他给牛角顶了摔倒了谁来杀牛啊？

我看，该我们来了，我说。

是啊，只有我们了，马埃拉说。我们来杀那些蛮子的牛，那些醉鬼的牛，那些 riau-riau① 舞迷的牛。是啊。我们来杀牛。我们来杀牛，没错。是啊。是啊。是啊。

陈良廷　译

① 西班牙的一种民间舞蹈。

我 老 爹

我想，现在看起来，我老爹生来就是个胖子的料，那号到处可以见到的平平常常、圆圆滚滚的小胖子，不过他确实从来没胖到那个程度，就是最近才有点儿嫌胖罢了，而且这也不能怪他不好，他只参加参加骑马障碍赛，能负担得起这么大的体重。我还记得他在两件运动衫外套上一件胶布衫，外面再套上一件大汗衫，拉了我在晌午前火热的太阳下一起跑步那模样。他兴许会在大清早四点钟从托里诺①一赶来，就搭上一辆出租汽车赶到拉佐的赛马训练场，找一匹赛马试骑一会儿，这时万物都披着露水，太阳还刚开始出来，我帮他脱掉靴子，他穿上一双橡皮底帆布鞋和那么许多运动衫，我们就出发了。

"快，孩子，"他会这么说，一边在骑师更衣室门前踮起脚尖来回地走，"我们赶快行动。"

于是我们兴许会在内场缓步跑上一圈，他跑在头里，跑得不错，然后拐出马场的院门，沿着圣西罗通往四面八方的许多两旁都种着树的路中的一条跑去。我们上路时，我就会跑在他前头，我能跑得相当好，于是回头看看，只见他就在我后面轻松地跑着，过了一小会儿，我再回头看看，他在开始冒汗了。但等他浑身大汗，他只顾眼睛盯着我后背，一路紧紧跟着，可是一瞧见我在看他，就咧开嘴笑着说，"出了不少汗吗？"只要我老爹咧开嘴一笑，谁见了都禁不住会咧开嘴笑的。我们继续一直朝山区跑去，随后我老爹大叫了一声，"嗨，乔！"我回头一看，他已坐在一棵树下，把原来围在腰际的一条毛巾围在脖子上了。

我就跑回来，在他身边坐下，他从口袋里掏出一根绳子，在阳光下跳起绳来，脸上汗水直淌，他在扬起的白色尘土里跳着绳，绳子啪嗒啦、啪嗒啦、啪嗒、啪嗒、啪嗒地响着，太阳越来越热，他在路上一小块地方来回跳着，越跳越费劲。哎呀，看我老爹跳绳也是一大乐趣呢。他可以呼喇喇地跳得飞快，也可以懒洋洋地跳得很慢，跳出花式来。哎呀，你真该看看那些过路的意大利佬有时瞧着我们的样子，他们正赶着白色大公牛拉的车一路走进城。他们那眼光的确像是把我老爹看做疯子似的。他把绳子挥得呼喇喇响，弄得他们突然一动不动地站住了观察他，然后对公牛咯咯一声，用赶牛棒捅一下，就又上路了。

我坐着看他在火热的太阳下锻炼，心里着实疼他呢。他的确挺逗，但他锻炼得如此卖力，跳完绳后总是照例刷的一下把脸上的汗水像水一样挥掉，然后把绳子挂在树上，走过来，在我身边坐下，往树上一靠，脖子上围着毛巾和一件运动衫。

"准保能减轻体重，乔，"他说着，往后一靠，闭上眼，深深长长地吸着气，"不比你小时候了。"随后他站起身，还没歇个凉快，我们又一路慢慢跑回训练场了。这正是减轻体重的法子。他老是在担心。大多数骑师差不多能靠骑马来减轻需要减轻的体重。一个骑师每骑一回就能轻掉一公斤左右，可是我老爹多少是戒了酒的，他不这么奔跑，体重就减不下来。

我记得有一回在圣西罗，一个为布佐尼工作的骑师，小个子意大利佬里戈利，从练马场这边出来，到酒柜前去喝点冷饮；他刚做完赛后体重过磅，用鞭子轻轻抽打着靴子，我老爹也刚过了磅，挟着马鞍出来，脸色通红，面容疲惫，个儿大得身上的绸子赛马服显得过小了。他站在那儿瞧着年轻的里戈利起身走到外边的酒柜前，神态冷静，一脸稚气，我就说，"怎么啦，爹？"因为我还以为兴许是里戈利冲撞了他什么的，可他只是瞧着里戈利，说了句，"唉，去他的，"就继续往更衣室走去了。

说起来，如果我们住在米兰，而在米兰和托里诺赛马的话，也

---

① 托里诺，即都灵，意大利西北部一大城市。

187

许就太平无事了，因为要说有容易赛马的跑马场的话，就数这两个地方了。在参加了一场意大利佬认为呱呱叫的障碍赛之后，我老爹在获胜赛马的马厩里下马时说，"乔，真是太容易了。"我有一回问过他。他说，"这个跑马场本身就适宜于跑马。要你费神的是马的步法，步法一乱跳越障碍就危险了，乔。我们在这里压根儿不用讲究什么步法，实在也没有什么难以跳越的障碍。不过出起乱子来往往是由于马的步法，而不是障碍。"

圣西罗是我所见到的最出色的跑马场，可是我老爹说这种生活过得连牛马也不如。竟然每隔一夜都要乘趟火车，来回奔走于米拉菲奥瑞和圣西罗之间，一周里几乎天天都在路上跑。

我对马也很着迷。每当赛马出场，顺着跑道走到起跑标，真是有点意思。骑师紧挽缰绳，或许松开一下，让它们遛一下蹄，那姿势像跳舞般美观。赛马一来到起跑栅，我更是紧张得不得了。尤其在圣西罗，有那么一大片绿油油的内场，远处还有群山，那胖乎乎的意大利起跑发号员拿着根大鞭子，骑师们抚弄着赛马，这时栅门啪的朝上打开，铃声响起来，马儿一齐出发，挤成一团，然后渐渐拉成一长串。你总知道一群赛马出发时的情景吧。如果你带了副望远镜在高高的看台上，只能看见这些马向前猛冲，接着铃声响起，好像要响个一千年似的，于是这些马儿在弯道处飞掠而来。对我来说什么也比不上这个更精彩的了。

谁知有一天，我老爹在更衣室里换上逛街穿的衣服时竟说，"这些事儿全都不是闹着玩的，乔。在巴黎人家会把那群老弱赛马宰掉，剥取马皮和马蹄。"那天他刚赢得了商业性大赛奖，兰托纳像拔瓶塞似的在最后一百公尺冲刺到底。

正是在商业性大赛之后我们立即不干，离开了意大利。我老爹和霍尔布鲁克，还有一个不断用手绢儿擦脸的头戴草帽的意大利肥佬，在风雨街廊①里一张桌子边争论。他们都说法语，两个人盯着

---

① 商店区装有顶篷和玻璃窗的街道。

我老爹在谈什么事。最后他什么话也不再说了，只顾坐在那儿瞧着霍尔布鲁克，那两个还是不断盯着他，先是这个人说，接着那个人说，那意大利肥佬还老是插霍尔布鲁克的嘴。

"乔，你出去给我买一份《运动员报》好吧？"我老爹说，给了我两个索尔多①，眼睛仍盯着霍尔布鲁克不放。

于是我从风雨街廊里出来，走到对过斯卡拉歌剧院②前面，买了一份报回来，在离他们有一小段距离的地方站住了，因为我不想插嘴，这时我老爹正倒身坐在椅子上，低头看着自己的咖啡，用匙在搅来搅去，霍尔布鲁克和意大利肥佬正站着，那意大利肥佬一边擦着脸，一边摇着头。我走上前去，我老爹只当那两个人没站在那儿似的，开口说，"要份冷饮吗，乔？"霍尔布鲁克低头看着我老爹，字斟句酌、慢条斯理地说，"你这个狗娘养的，"说罢就和意大利肥佬穿过餐桌之间出去了。

我老爹坐在那儿，对我略带几分笑意，可是他脸色煞白，看样子病得够呛，我吓死了，感到不舒服，因为我知道出了什么事，可是不明白怎么竟会有人骂了我老爹是狗娘养的而一走了之。我老爹打开了《运动员报》，研究了一会儿让步赛的名单，然后说，"在这世上你有不少事都得逆来顺受，乔。"三天后，我们在特纳的赛马训练场前把一只行李箱和一只手提箱装不下的东西统统都拍卖了，就乘上从都灵去巴黎的列车，离开米兰，就此一去不回。

大清早，我们开进巴黎一个又长又脏的车站，老爹告诉我说是里昂车站。和米兰相比，巴黎显得大而无当。看上去好像在米兰，人人都有地方去，所有的电车都有地方跑，一点儿也不混乱，可是巴黎却是一团糟，他们根本不加以整顿。不过话说回来，我倒喜欢上巴黎了，反正，喜欢它的有些方面，比方说，它有世界上最好的跑马场。看上去似乎正是靠赛马来推动一切运转的，至于唯一能指

---

① 索尔多，意大利铜币，二十索尔多合一里拉。
② 斯卡拉歌剧院，1778 年建于意大利米兰。

望的事倒是公共汽车每天都会出车，开上不管什么规定的路线，笔直穿过一切，开上那条路线。我实在没有始终好好地认识巴黎，因为仅仅每星期跟我老爹从梅松①来巴黎一两回而已，而他总是跟梅松帮的其他人坐在歌剧院那一边的和平咖啡馆里，我想那里大概是巴黎最繁忙的地区之一吧。不过，说起来，巴黎这么大的城市竟然没有一个风雨街廊，这不是很滑稽吗？

且说，我们住到了郊外的梅松-拉斐特，除了尚蒂伊②帮之外，几乎大家都住在那边一位梅耶太太经营的供膳寄宿舍里。梅松可说是我这辈子见过的最妙住处。这镇子并不怎么样，可是有个湖，还有一个绝妙的森林，我们两三个小伙子，常去那里玩上一整天，而我老爹给我做了一个弹弓，我们拿了它打到了不少野物，不过最好的是一只喜鹊。有一天，小迪克·阿特金森用弹弓打到了一只兔子，我们把它放在树下，大家围坐着，迪克抽了几支烟，忽然一下子兔子跳起身，飞快逃进树丛，我们追上去，可就是找不到。哎呀，我们在梅松玩得可开心呢。梅耶太太经常在早上就给我吃午饭，而我就可以出去一整天了。我很快就学会了讲法语。法语是很容易学的。

我们一搬到梅松，我老爹就写信到米兰去要执照，他一直提心吊胆，等到执照寄来才放下心来。他经常跟那帮人在梅松的巴黎咖啡馆里闲坐，大战前，他在巴黎当骑师时认识的家伙，有不少都住在梅松，他们都有不少时间可以闲坐，因为到了早上九点钟，就骑师来说，在赛马训练场的工作就都做完了。他们在清晨五点半就把第一批赛马牵出来遛遛，八点钟，再遛第二批。这是说要确实起得早，睡得也早。如果一名骑师也为别人赛马，他就不能贪杯，因为他要是个小伙子的话，教练就会对他一直留神，要不是个小伙子，

---

① 全名为梅松-拉斐特，为巴黎西北郊一小镇，位于圣日耳曼森林和塞纳河之间。

② 尚蒂伊，位于巴黎之北，有著名赛马场。

他就得对自己一直留神了。因此总的说来，骑师不在工作的话，就可以跟那帮人在巴黎咖啡馆里闲坐，他们可以一起坐上两三个小时，面前放着杯兑矿泉水的味美思之类的饮料，他们谈天说地，打打台球，弄得有点像个俱乐部，或者米兰的风雨街廊了。只是未必真像风雨街廊，因为在那儿总有人在不断地走过，而且总有人围桌而坐。

且说，我老爹顺利地拿到了执照。人家二话不说就把执照直接寄给他，于是他参加了两三回赛马。在亚眠①、北方那一带地方什么的，不过他似乎没被什么人聘用过。大家都喜欢他，每当我在午前走进咖啡馆，总是看见有人在陪他喝酒，因为我老爹并不像大多数在1904年圣路易②世界博览会参加赛马挣得了第一块美元的骑师那样吝啬。我老爹跟乔治·伯恩斯开玩笑时就常说这话。不过看来大家都对我老爹远而避之，不给他任何马儿来骑。

我们天天从梅松开着车到凡是举行赛马的地方，那是最有趣的事了。那年夏天，参赛的马从多维尔③回来，我很高兴。即使这意味着我再也不能到林子里去闲逛了，因为我们后来就开车到昂甘④、特伦布莱⑤或圣克卢⑥去，在教练和骑师的看台上观看这些马。我跟那帮人一起活动，确实学会了赛马经，其乐趣就在于是天天都去的。

我记得有一次到圣克卢去。那是场二十万法郎的大奖赛，有七匹马参赛，"沙皇"是一大热门。我陪我老爹一起顺便到练马场去看看参赛的马，那么棒的马你还从没见过呢。这沙皇是头高大的黄马，看上去只懂得跑。我从没见过这么棒的马。它低着头，正给带

---

① 亚眠，法国北部城市，位于索姆河畔，南距巴黎116公里。

② 圣路易，美国密苏里州东部城市。

③ 多维尔，巴黎西北一旅游胜地，面临英吉利海峡，在塞纳河入海处之南。

④ 昂甘，全名为昂甘莱班，在巴黎北郊。

⑤ 特伦布莱，法国北部旅游胜地。

⑥ 圣克卢，位于巴黎西郊，在塞纳河畔，以跑马场闻名。

着绕场转一圈，跑过我眼前时，我心里觉得怪空落落的，它真帅啊。从没有过这么一匹如此神气、生来善跑的瘦马。它在练马场上遛上一圈，四脚落地得恰到好处，沉着谨慎，行动从容，好像心中完全有数该怎么跑似的，既不急速颤动，也不竖起后腿来发威，眼睛里一股煞气，就像你见过的那些身上注射过兴奋剂准备出售的劣等赛马那样。人群挤得密密麻麻，我再也看不见这匹马，只看见它跑过时的腿儿和一些黄毛，于是我老爹开始挤过人群，我跟着他直走到后面树丛间的骑师更衣室前，那儿也有一大群人围着，不过门口那个戴圆顶礼帽的人冲我老爹点点头，我们就进了门，只见大家都闲坐着，有的在换衣服，把衬衫从头上套下身去，穿上靴子，闻上去一股热辣辣、汗津津加上搽剂的味儿，而门外人群正在往里张望。

我老爹走过去，在正穿上裤子的乔治·加德纳身边坐下说，"乔治，有什么内部消息？"用的声调稀松平常，因为瞎猜没什么用处，乔治要么能告诉他，要么不能。

"它跑不了头马，"乔治慢条斯理说，一边弯下腰去，扣上马裤裤脚的扣子。

"谁跑头马呀？"我老爹凑过身子，免得人家听见。

"柯克平，"乔治说，"它跑头马的话，请给我留几张票。"

我老爹用平常的声调跟乔治说了句什么话，乔治说，"千万别把赌注押在我跟你说的什么上面，"像开玩笑似的，我们就匆匆出去，挤过往里张望的人群，径自走到一百法郎的投注计算机那里。可我知道准有什么大事要发生，因为乔治正是沙皇的骑师。他顺便拿了一张印着赛前赌注赔率的黄色表格，沙皇的赔率只是五赔十，下一位是切非西杜特，赔率为三赔一，表上排行第五的这匹柯克平，八赔一[①]。我老爹在柯克平身上押了五千法郎赌它跑头马，再

---

① 按赛马场常规，一般彩金越高的马中奖的机会越少。据本文所述，如果在沙皇身上押十法郎，中奖的彩金只有五法郎；在柯克平身上押一法郎，中奖的彩金就有八法郎，因为柯克平跑头马、二马的机会远比沙皇小得多。

押一千法郎赌它跑二马^①，我们就绕到大看台后面，登上楼梯，找个座位观看马赛。

我们给挤得动弹不了，开头有个穿长大衣的人，头戴一顶灰色大礼帽，手执一根折拢的鞭子出场，接着一匹匹参赛马驮着骑师出场，每匹马的两边各有一名马童牵着笼头，一路走去，跟随着那个老家伙。那匹高大的黄马沙皇打头阵。乍看之下，它并不显得很高大，待等你看到它四腿的长度、体型的整个模样、步伐的姿势才知道。天哪，我从未见过这么棒的马。那个头戴灰色大礼帽的老家伙像马戏团演出指挥似的一路走来，乔治·加德纳正骑着那匹马，慢慢走在这老家伙后面。沙皇的后面，在阳光下平平稳稳一路过来的是一匹好看的黑马，马头英俊神气，汤米·阿奇博尔德骑着它；黑马后面一连串有五匹马，全都列队慢慢走过大看台和人马过磅处的围场。我老爹说那匹黑马就是柯克平，我仔仔细细看了一下，确实是匹好看的马，不过哪儿比得上沙皇啊。

沙皇走过时，大家都对它欢呼，它真是匹神气的骏马。马队绕到赛马场的另一边，经过场子中央的草坪，然后回到赛马场的这一头，那马戏团演出指挥吩咐马童把参赛马一一松手，让它们可以在看台边飞奔而过，一路跑到起跑标，让大家可以好好看看它们。这些马几乎刚刚到达起跑标，锣声便响起来，你可以看见它们远在内场的另一边，像许多小玩具马似的，成群迈出轻快而有节奏的步伐。我从望远镜里观看它们，沙皇远远掉在后面，由一匹栗色马领着头儿。它们一路疾驰而去，绕过来，蹄声得得地跑过我们面前时，沙皇掉在后面，而这匹柯克平倒一路领先，跑得四平八稳。哎呀，这些马跑过你面前时可真要命，你还得目送它们跑远，越来越小，越来越小，在弯道处挤成一团，然后绕过弯来，跑上直线跑道，你看了真想咒天骂地，越骂越凶。末了它们终于拐了最后一个

---

① 跑第一的马通称"头马"，买中头马者称"独赢"；跑第二的马通称"二马"，又称"位置"。买中者都可得奖，金额视总投注而定。

弯,这匹柯克平遥遥领先,跑上终点跑道。观众个个神色不对头,失望地低声说"沙皇",接着那些马达达达地在直线跑道上跑近来,然后马群中有什么进入我的望远镜视野,像是一道有个马头的黄色闪电,大家顿时疯狂似的大声喊着"沙皇"。沙皇跑得比我这辈子见过的任何东西还快,赶上了柯克平,而柯克平正以任何黑马在骑师用刺棒拼命痛打下的最高速度飞跑,刹那间,两匹马恰好肩并着肩,可是沙皇连续几次大跳跃,似乎跑得加倍地快,终于领先一头——不过它们经过决胜终点时正好肩并着肩,于是名次亮出来时第一名是二号马,那就是说柯克平得了头马。

我心里感到战栗,不对劲儿,随后我们随着大家一起挤下楼去,站在标着兑付柯克平彩金的牌子前。说真的,在看赛马时我竟忘我老爹在柯克平身上押了多少钱。我曾恨不得让沙皇跑第一呢。可是现在一切都过去了,知道我们买中了头马,倒不由得意了。

"爹,这场赛马真是盖了帽儿吧?"我对他说。

他后脑勺上扣着那顶高顶礼帽,有点儿怪模怪样地瞧着我。"乔治·加德纳是个盖了帽儿的骑师,没错,"他说。"该有一个了不起的骑师才勒得住沙皇那匹马,不让它跑头马。"

我当然一直知道这事有蹊跷。可我老爹这样直截了当地把事情说穿,倒真把我的兴奋劲儿都败尽了,从此我对这玩艺再也没有那股兴奋劲儿了,即使当他们在牌子上贴出了名次表,兑付彩金的铃声响起,我们看见柯克平的赔率是押十法郎可得六十七个半法郎彩金,甚至这时我还是提不起劲儿来。四下人们都在说,"可怜的沙皇!可怜的沙皇!"我就想,但愿我是个骑师,那就能替下那狗娘养的,骑上那匹马啦。把乔治·加德纳看成狗娘养的倒真有趣,因为我一向喜欢他,而且他还让我们买中了头马,可我看他正就是这么样,没错。

那场赛马之后,我老爹有了一大笔钱,就开始经常上巴黎去。如果特伦布莱有赛马,人家开车回梅松去时,他就要求顺便在城里让他下车，他就会跟我坐在和平咖啡馆前，看着人来人往。坐在那儿真有趣。路过的人川流不息，有各种各样的家伙上前来要向你兜售东西，而我就爱跟我老爹坐在那儿。那是我们感到其乐无穷的时候。有些过路人在兜售有趣的玩具兔子，你把一个球一捏，兔子就会一跳，他们会走到我们面前来，我老爹就会跟他们说笑。他会说法语，说得像英语一样好，所有那些九流三教的家伙都认识他，因为骑师总是一眼就能认出来的——再说，我们老是坐在同一张桌子边，他们看见我们在那儿也习惯了。有些家伙兜售征婚启事，有些姑娘兜售橡皮蛋，你一捏就会从蛋里钻出一只公鸡来，还有一个面目可憎的家伙路过，兜售巴黎明信片，见人就拿给人家看，当然，谁也不买，于是他又回来，把那叠明信片的反面给人看，原来都是色情淫秽的明信片，于是不少人就会乖乖地掏腰包买下。

哎呀，我还记得那些经常路过的有趣的人。吃晚饭时分，姑娘们会来找人带她们去吃饭，她们会跟我老爹说话，他用法语跟她们开开玩笑，她们会拍拍我的头就走了。有一回有个美国女人带着她小女儿坐在我们邻桌，母女俩都在吃冷饮，我不断看着那小姑娘，她长得好看极了，我对她笑笑，她对我笑笑，但是事情也仅此而已，因为我后来天天都盼着她们母女，我想出一些办法，打算跟她说话，并且纳闷，如果认识了她，不知她母亲让不让我带她去奥特伊或特伦布莱去看赛马，可就是再也没见到过她们中的哪一个了。我想，不管怎样，反正也不会有什么用的，因为回想起来，我记得当时想出跟她说话的最好办法至多只是说一声，"恕我冒昧，可是也许我可以指点你在昂甘今天买中头马。"然而，说到头来，她也许会当我是个出售赛马情报的，而不是真心想帮她买中头马。

我老爹跟我坐在和平咖啡馆，我们同那招待大有交情，因为我老爹喝威士忌，一杯要五法郎，清点小碟结账时意味着有一笔不小的小费。我从没见过我老爹喝得这么多，不过他如今根本不当骑师了，何况他说喝威士忌可以减轻体重。不过我注意到他的体重仍然有增无减，没错。他和梅松帮那些老伙伴断绝了关系，似乎就喜欢跟我在林荫道旁闲坐。不过他每天仍在赛马场下注。如果那天输了钱，在最后一场赛马以后，他总感到有点伤心，直到我们坐到常坐的桌边，他喝下第一杯威士忌才没事了。

他一直在看《巴黎体育报》，往往会朝我打量着说，"你女朋友呢，乔？"由于我把那天坐在我们邻桌的姑娘那事讲给他听了，他就这样来逗我。我就会脸红起来，可我喜欢他拿她来逗我。这话让我听了心里挺好受。"眼睛可得盯住她啊，乔，"他总说，"她会回来的。"

他问了我一些事，有些事我说了他就笑。于是他开始讲起往事来。讲到在埃及赛马，我母亲在世时在圣莫里兹冰上赛马，还讲到大战期间，法国南部经常举行的赛马，没有任何奖金，不下赌注，也没有观众啊什么的，仅仅为了保持纯种马的繁殖。这种经常性的赛马，骑师都拼命赶着马跑。哎呀，我可以听我老爹讲上个把钟头，尤其是在他喝了两三杯之后。他会跟我讲他小时候在肯塔基州打浣熊的事，以及在美国一切还没出毛病之前的好时光。他总是说，"乔，等我们赢到了一大笔奖金，你该回美国去上学啊。"

"既然美国的一切都出了毛病，我干吗还该回去上学？"我问他。

"那是两码事，"他会说，就叫招待过来，付清酒账，我们雇了辆出租汽车到拉扎尔车站，乘火车到梅松去。

有一天在奥特伊，参加了一次障碍赛马的胜马拍卖后，我老爹花了三万法郎买下那匹头马。他要这匹马就得出高一点的价，不过赛马训练场终于把马脱了手，我老爹一星期内就拿到了这匹马的执照和马主的色彩标帜。哎呀，我老爹成了马主，我心里甭提多得意了。他跟查尔斯·德雷克安顿好马厩的空位，计划到巴黎去，重新开始练习跑马并出汗减重，而他跟我就组成了整个赛马训练班子。我们这匹马名叫吉尔福德，是爱尔兰种，一匹能跳越障碍的可爱良马。我老爹想由他亲自来训练并出赛，该是笔好投资。我对一切都感到得意，认为吉尔福德是匹同沙皇不相上下的好马。它是匹颇具实力、能跳越障碍的好马，一匹栗色马，平地赛马时如果你要它跑快，它的速度可惊人呢，而且还是一匹好看的马。

哎呀，我真喜欢它。我老爹第一回骑上它，它就在两千五百米跳栏赛中跑了个第三，但等我老爹下了马，在前三名的单间马房里，浑身大汗，心花怒放，径自进去称体重时，我替他感到骄傲，仿佛这是他第一次得前三名似的。不瞒你说，碰到一个家伙好久不骑马了再出山，你很难真的相信他曾经骑过马。如今，整个事情都不同了，因为早在米兰时，即使是大赛，对我老爹来说也似乎都无所谓，他即使获了胜也不会感到兴奋啊什么的，可如今不同了，马赛的前夜我简直睡不着觉，而且知道我老爹也很兴奋，尽管他不露声色。亲自骑马参赛事情可大不相同呢。

我老爹第二回骑吉尔福德参赛是在一个下雨的星期天，地点在奥特伊，参加的是马拉奖四千五百米障碍赛。吉尔福德一出场，我就拿出我老爹买给我看他们的新望远镜在看台上直折腾。他们在跑马场远头那边出发，起跑屏障那儿出了点乱子。有匹戴着眼罩的马在大闹，竖起了上半身，有一回撞破了那起跑屏障，不过我看得见我老爹穿着有我们标帜的黑茄克，上面有个白十字，戴着顶黑色鸭舌帽，骑在吉尔福德背上，用手拍拍它。随后他们一耸身就起跑了，跑到树丛后不见了踪影，锣声拼命响个不停，那投注站的窗栅轧轧地拉下了。天哪，我太激动了，不敢去看，可还是把望远镜定在他们将从树丛后面跑出来的地方，后来他们都出来了，那个穿旧黑茄克的跑在第三位，他们全像一群鸟似的轻轻掠过障碍。接着他们又跑得不见影儿了，接着又蹄声达达地出来，下了山坡，全都跑得优雅、轻快而从容，成团地稳稳跳过栅栏，又齐齐整整地朝跟我们相反的方向跑去。他们挤成一团，跑得那么稳，看上去好像你能从他们背上走过去似的。随即马肚全都擦着高大的双排树篱一跃而过，这时有什么东西摔倒了。我看不清是哪匹马，可是一会儿这匹马就站起来，任意飞跑了，而所有的马匹，仍然挤成一团，从长长的左弯道拐上直线跑道。他们跳过石墙，争先恐后地顺着跑道直奔看台正前方的那道大水沟障碍。我看见他们来了，就对着正跑过去的我老爹大叫，只见他正大约领先一个马身，马儿撒腿飞奔，动作轻捷得像猴子一般，这些马儿正争着跳过那水沟障碍呢。它们成群跳过水沟前的大树篱，接着是哗啦一声出了事故，两匹马从马群中朝旁边逸出，继续朝前跑，另有三匹马挤在一起。我看来看去看不到我老爹在哪儿。有匹马自己用膝盖撑起身，骑师抓紧了笼头，上了马，继续猛冲争取二马的奖金。另一匹马也自己爬起来，径自跑开了，脑袋一耸一耸的，马缰挂在一边，朝前飞跑着，那骑师跌跌撞撞地走到跑道一边的栅栏前。接着吉尔福德滚到一边，甩下我老爹，径自站起身，夺拉着右前蹄，靠三条腿跑起来，只见我老爹平躺在草地上，脸面朝上，脑袋的一边全是血。我奔下看台，冲进人堆，跑到栏杆边，有个警察抓住了我不放，两名魁梧的担架手正进场去抬我老爹，我看见在跑马场另一边有三匹马一连串跑出树丛，跳过障碍。

他们把我老爹抬进来时，他已经死了，当有个医生用一样东西插在两耳上听他心跳时，我听见跑道那头一声枪响，意味着他们把吉尔福德打死了。他们把担架抬进了医院病房，我在我老爹身边躺下，紧紧抓住了担架，哭啊哭的，哭个不停，只见他脸色那么白，就此去了，死得那么惨，我不禁想到既然我老爹死了，也许他们就用不着打死吉尔福德了。它的蹄子兴许会好起来的。我说不好。我多么爱我老爹啊。

这时有两个家伙走进来，其中一个拍拍我的后背，然后走过去瞧瞧我老爹，然后从铺上拉来一条被单，盖在他身上；另一个在用法语打电话叫人家派辆救护车来把他送到梅松去。我禁不住大哭特哭，哭得有点缓不过气来，这时乔治·加德纳走进来，在我身边的地板上坐下，搂住我说，"好了，乔，老弟。站起来，我们出去等救护车来吧。"

乔治和我走出去到院门口，我竭力想止住嚎哭，乔治用他的手绢擦去我脸上的泪水，这时人群在走出院门，我们稍为往后站几步，等候人群走出去，有两个家伙在我们附近站住了，其中一个在点着一叠同注分彩①的马票，他说，"得了，巴特勒得到了应有的惩罚，没错。"

另一个家伙说，"我才不管他得没得到呢，这个坏蛋。他玩弄了手段，也是活该。"

"我说他也是活该，"另一个家伙说，把那叠马票一撕为二。

于是乔治·加德纳瞧着我，瞧瞧我是不是听见了，我当然听见了，于是他说，"别听那些赛马迷胡说，乔。你老爹是个大好人。"

可我说不上来。看来他们一说开了头就绝不会轻易把人放过。

刘文澜 译

---

① 把一场赛马的全部赌金扣除管理费和税之后，在押中前 3 名的人中按押金比例分配的办法。

第十四章

马埃拉躺着一动不动，脑袋枕在双臂上，脸埋在沙地里。他在流血，感到暖烘烘、黏糊糊的。每回牛角抵上来他都感觉到。有时公牛仅仅用头顶撞他。有一回牛角一直顶穿了他，他感觉到牛角顶进了沙地。有人拖住了牛尾巴。他们对着牛咒骂，还当着牛脸抖动披风。这时牛才走开。有几个人抬起马埃拉，抬着他一起奔向围栏，穿过场子的门，走出过道，绕到大看台底下，来到医务室。他们把马埃拉放到一张小床上，有一个人跑出去叫医生。另外几个人在四下站着。医生在畜栏里替长矛手的马缝合创口，一听说就一路奔来。他不得不停下先洗了手。上面大看台的观众在不断大叫大喊。马埃拉感到眼前什么东西都越来越大，越来越大，随即变得越来越小，越来越小。随即又越来越大，越来越大，越来越大，随即又越来越小，越来越小。再后来什么东西都开始越转越快，越转越快，就像人家加速放映影片似的。随即他死了。

陈良廷　译

大双心河 *

（第一部）

　　火车顺着轨道继续驶去，绕过树木被烧的小丘中的一座，失去了踪影。尼克在行李员从行李车门内扔出的那捆帐篷和铺盖上坐下来。这里已没有镇子，什么也没有，只有铁轨和被火烧过的土地。沿着塞内镇①唯一的街道曾有十三家酒馆，现在已经没有留下一丝痕迹。广厦旅馆的屋基撅出在地面上。基石被火烧得破碎进裂了。塞内镇就剩下这些了。连土地的表层也给烧毁了。

　　尼克望着被火烧毁的那截山坡，原指望能看到该镇的那些房屋散布在上面，他然后顺着铁路轨道走到河上的桥边。河还在那里。河水在桥墩的原木桩上激起旋涡。尼克俯视着由于河底有卵石而呈褐色的清澈的河水，观看鳟鱼抖动着鳍在激流中稳住身子。他看着看着，它们倏地拐弯，变换了位置，结果又在急水中稳定下来。尼克对它们看了好半晌。

　　他看它们把鼻子探进激流，稳定了身子，这许多在飞速流动的深水中的鳟鱼显得稍微有些变形，因为他是透过水潭那凸透镜般的水面一直望到深处的，而水潭表面的流水拍打在阻住去路的原木桩组成的桥墩上，滑溜地激起波浪。②水潭底部藏着大鳟鱼。尼克起初没有看到它们。后来他才看见它们在潭底，这些大鳟鱼指望在潭底的砾石层上稳住身子，正处在流水激起的一股股像游移不定的迷雾般的砾石和沙子中。

　　尼克从桥上俯视水潭。这是个大热天。一只翠鸟朝上游飞去。尼克好久没有观望过小溪，没有见过鳟鱼了。它们叫人非常满意。随着那翠鸟在水面上的影子朝上游掠去，一条大鳟鱼朝上游窜去，构成一道长长的弧线，不过仅仅是它在水中的影子勾勒出了这道弧

201

线而已，跟着它跃出水面，被阳光照上，这就失去了影子，跟着，它穿过水面回进溪水，它的影子仿佛随着水流一路漂去，毫无阻碍地直漂到它在桥底下常待的地方，在那里绷紧着身子，脸冲着流水。

随着鳟鱼的动作，尼克的心抽紧了。过去的感受全部兜上心头。

他转身朝下游望去。河流一路伸展开去，卵石打底，有些浅滩和大漂石，在它流到一处峭壁脚下拐弯的地方，有个深水潭。

尼克踩着一根根枕木回头走，走到铁轨边一堆灰烬前，那儿放着他的包裹。他很愉快。他把包裹上的挽带绕绕好，抽抽紧背带，把包裹挎上背去，两臂穿进背带圈，前额顶在宽阔的背物带上，减少一些把肩膀朝后拉的分量。然而包裹还是太沉。沉得厉害。他一手拿着皮制钓竿袋，身子朝前冲，使包裹的分量压在肩膀的上部，就撇下那处在热空气中的已焚毁的镇子，顺着和铁轨平行的大路走，然后在两旁各有一座被火烧焦的高山的小丘边拐弯，走上直通内地的大路。他顺着这条路走，感到沉重的包裹把肩膀勒得很痛。大路不断地上坡。登山真是艰苦的事儿。尼克肌肉发痛，天气又热，但他感到愉快。他感到已把一切都抛在脑后了，不需要思索，

---

* 这是海明威于1924年初重访巴黎后写的九个短篇小说中的末篇，也是最长的一篇，写尼克在参加大战后，身心交瘁，回到密歇根州北部少年时代常去的钓鱼之地。通篇详细描述宿营及垂钓的经过，没有提到战争创伤。作者是有意这样写的。后来在回忆录《不固定的圣节》中"饥饿是有益的磨练"一节中写道："该故事写的是战后还乡的事，但全篇中没有一字提到战争。"

① 塞内镇位于美国密歇根州北部东西向的大半岛的中部，就在注入北边的苏必利尔湖的大双心河以南。

② 海明威写本篇时沉浸在得心应手的创作热情中。在《不固定的圣节》那一节中同样的地方，他写道："我坐在（丁香园咖啡馆的）一角，午后的阳光越过我的肩头照进来；我在笔记本上写着。……等我停了笔，我还是不想离开那条河，在那里我能看到水潭里的鳟鱼，水潭表面的流水拍打在阻住去路的原木桩组成的桥墩上，滑溜地激起波浪。……到了明天早晨，这条河还会出现，我必须写它和那一带地方和一切行将发生的事。日子还长，每天都可以这样写作。别的事都无关紧要。"

不需要写作，不需要干其他的事了。全都抛在脑后了。

　　自从他下了火车，行李员把他的包裹从敞开的车门内扔出以来，情况就不同了。塞内镇被焚毁了，那一带土地被烧遍了，换了模样，可是这没有关系。不可能什么都被烧毁的。他明白这一点。他顺着大路步行，在阳光里冒着汗，一路爬坡，准备翻过那道把铁路和一片松树覆盖的平原分隔开的山脉。

　　大路一直往前，偶尔有段下坡路，但始终是在向高处攀登。尼克继续朝上走。大路和那被火烧过的山坡平行伸展了一程，终于到了山顶。尼克倒身靠在一截树桩上，从背带圈中溜出身子。他面前，极目所见，就是那片松树覆盖的平原。被焚烧的土地到左面的山脉前尽止了。前面，平原上撅起一个个小岛似的黝黑的松林。左面远方是那道河流。尼克用目光顺着它望去，看见河水在阳光中闪烁。

　　他前面只有这片松树覆盖的平原了，直到远方的那抹青山，它标志着苏必利尔湖①边的高地。他简直看不大清楚这抹青山，隔着平原上的一片热浪，它显得又模糊又遥远。如果他过分地定睛望着，它就不见了。可若是随便一望，这抹高地上的远山就明明在那儿。

　　尼克背靠着烧焦的树桩坐下，抽起香烟来。他的包裹平搁在这树桩上，随时可以套上背脊，它的正面有一个被他的背部压出的凹处。尼克坐着抽烟，眺望着山野。他用不着把地图掏出来。他根据河流的位置，知道自己正在什么地方。

　　他抽着烟，两腿伸展在前面，看到一只蚱蜢正沿着地面爬，爬上他的羊毛短袜。这只蚱蜢是黑色的。他刚才顺着大路走，一路登山，曾惊动了尘土里的不少蚱蜢。它们全是黑色的。它们不是那种

---

① 美国东北部的密歇根州处于美国和加拿大交界处的五大湖地带。该州北部的东西向大半岛，北面以苏必利尔湖与加拿大为界，南面为密歇根湖及休伦湖。

大蚱蜢，起飞时会从黑色的翅鞘中伸出黄黑两色或红黑两色的翅膀来呼呼地振动。这些仅仅是一般的蚱蜢，不过颜色都是烟灰般黑的。尼克一路走时，曾经对它们感到纳闷，但并没有好好地思考过。此刻，他打量着这只正在用它那分成四爿的嘴唇啃着他羊毛袜上的毛线的黑蚱蜢，认识到它们是因为生活在这片被烧遍的土地上才全都变成黑色的。他看出这场火灾该是在上一年发生的，但是这些蚱蜢如今已都变成黑色的了。他想，不知道它们能保持这样子多久。

他小心地伸下手去，抓住了这只蚱蜢的翅膀。他把它翻过身来，让它所有的腿儿在空中划动，看它的有环节的肚皮。看啊，这肚皮也是黑色的，而它的背脊和脑袋却是灰扑扑的，闪着虹彩。

"继续飞吧，蚱蜢，"尼克说，第一次出声说话了。"飞到别处去吧。"

他把蚱蜢抛向空中，看它直飞到大路对面一个已烧成炭的树桩上。

尼克站起身来。他倒身靠在竖放在树桩上的包裹上，把两臂穿进背带圈。他挎着包裹站在这小山顶上，目光越过山野，眺望远方的河流，然后撇开大路，走下山坡。脚下的坡地很好走。下坡两百码的地方，火烧的范围到此为止了。接着得穿过一片高齐脚踝的香蕨木，还有一簇簇短叶松；好长一片时常有起有伏的山野，脚下是沙地，四下又是一片生气了。

尼克凭太阳定他的方向。他知道要走到河边的什么地方，就继续穿过这松树覆盖的平原走，登上小山包，一看前面还有其他小山包，而有时候，从一个小山包顶上望得见右方或左方有一大片密密层层的松树。他折下几小枝石楠似的香蕨木，插在包裹的带子下。它们被磨碎了，他一路走一路闻着这香味。

他跨过这高低不平、没有树荫的松树平原，感到疲乏，很热。他知道随时都可以朝左手拐弯，走到河边。至多一英里地吧。可是他只顾朝北走，要在一天的步行中尽可能到达河的更上游。

尼克走着走着，有一段时间望得见一座耸立在他正在跨越的丘陵地上的大松林。他走下坡去，随后慢慢地上坡走到桥头，转身朝松林走去。

在这片松林中没有矮灌木丛。树身一直朝上长，或者彼此倾斜。树身笔直，呈棕褐色，没有枝丫。枝丫都在高高的树顶。有些交缠在一起，在褐色的林地上投射下浓密的阴影。树林四周有一道空地。它是褐色的，尼克踩在上面，觉得软绵绵的。这是松针累积而成的，一直伸展到树顶那些枝丫的宽度以外。树长高了，枝丫移到了高处，把这道它们曾用影子遮盖过的空地让给阳光来普照了。在这道林地延长地带的边缘，香蕨木地带线条分明地开始了。

尼克卸下包裹，在树荫中躺下。他朝天躺着，抬眼望着松树的高处。他伸展在地上，脖子、背脊和腰部都觉得舒坦。背部贴在地上，感到很惬意。他抬眼穿过枝丫，望望天空，然后闭上眼睛。他张开眼睛，又抬眼望着。在高处的枝丫间刮着风。他又闭上眼睛，就此入睡了。

尼克醒过来，觉得身子僵硬、麻痹。太阳差不多下山了。他的包裹很沉，背在背上，带子勒得很痛。他背着包裹弯下身子，拎起皮钓竿袋，从松林出发，跨过香蕨木洼地，朝河走去。他知道路程不会超过一英里。

他走下一道布满树桩的山坡，走上一片草场。草场边流着那条河。尼克很高兴走到了河边。他穿过草场朝上游走去。他走着走着，裤腿被露水弄得湿透了。炎热的白天一过，露水就很快凝成，很浓很浓。河流没有一丝声响。它流得太急太平稳了。尼克走到草场尽头，并不就登上一片他打算在上面宿营的高地，先朝下游望去，看鳟鱼从水中浮起。它们在浮起，要捕食日落后河道对面沼地上飞来的虫子。鳟鱼跳出水面捕捉它们。尼克穿过水边这一小段草场时，鳟鱼就在高高地跃出水面了。他此刻朝下游望去时，虫子大概都栖息在水面上了，因为一路朝下游去都有鳟鱼在一个劲地捕食。他一直望到这一长截河道的尽头，只见鳟鱼都在跳跃，在水面上弄出不少圆形水纹，好像在开始下雨了。

地势越来越高了，上有树木，下有沙地，直到高得可以俯瞰草场、那截河道和沼地。尼克放下包裹和钓竿袋，寻找一块平坦的地方。他饿得慌，但是要先搭了帐篷才做饭。在两棵短叶松之间，土地很平坦。他从包裹里拿出斧子，砍掉两个撅出的根条。这一来弄平了一块大得可供睡觉的地方。他伸手摩平沙地，把所有的香蕨木连根拔掉。他的双手被香蕨木弄得很好闻。他摩平拔掉了香蕨木的泥土。他不希望铺上毯子后底下有什么隆起的东西。等他摩平了泥土，他打开三条毯子。他把一条对折起来，铺在地上。另外两条摊在上面。

他用斧子从一个树桩上劈下一片闪亮的松木，把它劈成些用来固定帐篷的木钉。他要做得又长又坚实，可以牢牢地敲进地面。帐篷从包裹里取出并摊在地上，使这靠在一棵短叶松上的包裹看来小得多了。尼克把那根权作帐篷横梁的绳子的一端系在一棵松树的树身上，握着另一端把帐篷从地上拉起来，系在另一棵松树上。帐篷从这绳子上挂下来，像晒衣绳上晾着的大帆布片儿。尼克把他砍下的一根树干撑起这块帆布的后部，然后把四边用木钉固定在地上，搭成一座帐篷。他用木钉把四边绷得紧紧的，用斧子平坦的一面把它们深深地敲进地面，直到绳圈被埋进泥里，帆布帐篷绷得像铜鼓一般紧。

在帐篷的开口处，尼克安上一块薄纱来挡蚊子。他拿了包裹中的一些东西，从这挡蚊布下爬进帐篷，把东西放在帆布帐篷斜面下的床头。在帐篷里，天光通过棕色帆布渗透进来。有一股好闻的帆布气味。已经带有一些神秘而像家的气氛了。尼克爬进帐篷时，心里很快活。这一整天，他也并不是始终不快的。然而这下子情况不同了。现在事情办好了。这是要办的事。现在办好了。这次旅行很辛苦。他十分疲乏。这事情办好了。他搭好了野营。他安顿了下来。什么东西都没法侵犯他了。这是个扎营的好地方。他就在这儿，在这个好地方。他正在自己搭起的家里。眼下他饿了。

他从纱布下爬出来。外面相当黑了。帐篷里倒亮些。

尼克走到包裹前，用手指从包裹底部一纸包钉子中掏出一枚长钉。他紧紧捏住了，用斧子平坦的一面把它轻轻地敲进一棵松树。他把包裹挂在这钉子上。他带的用品全在这包裹里。它们现在离开了地面，受到保护了。

尼克觉得饿。他认为自己从来没有这样饿过。他开了一听黄豆猪肉和一听意大利实心面，倒在平底煎锅内。

"既然我愿意把这牢什子带来，我就有权利来吃它，"尼克说。他的声音在这越来越黑的林子里听上去很怪。他不再说话了。

他用斧子从一个树桩上砍下几大片松木，生起一堆火。在火上，他安上一个铁丝烤架，用皮靴跟把它的四条腿踩进地面。尼克把煎锅搁在烤架上，就在火焰的上面。他更饿了。豆子和面条热了。尼克把它们搅和在一起。它们开始沸腾了，使一些小气泡困难地冒到面上来。有一股好闻的味儿。尼克拿出一瓶番茄酱，切了四片面包。这会儿小气泡冒得快些了。尼克在火边坐下来，从火上端起煎锅。他把锅中大约一半的食物倒在白铁盘子里。食物在盘子里慢慢地扩散。尼克知道还太烫。他倒了些番茄酱在上面。他知道豆子和面条还是太烫。他望望火，然后望望帐篷，他可不想烫坏了舌头，把这番享受全破坏掉。多少年来，他从没好好享受过煎香蕉，因为始终等不及让它冷却了才吃。他的舌头非常敏感。他饿得慌。他看见河对面的沼地在几乎断黑的夜色中升起一片薄雾。他再望了一眼帐篷。一切都好。他从盘子里吃了满满一匙。

"基督啊，"尼克说。"耶稣基督啊，"他高兴地说。

他把一盘东西吃完了才想起面包。尼克把第二盘和面包一起吃了，把盘子抹得亮光光的。自从在圣伊格纳斯①一家车站食堂喝了杯咖啡、吃了客火腿三明治以来，他还没吃过东西。这是段非常美

---

① 位于密歇根州北部那大半岛的东南端，处于密歇根湖和休伦湖之间的狭窄水道的北面。

好的经历。他曾经这样饿过，但当时没法满足食欲。他原可以随他高兴，几小时前就扎营的。这条河边多的是宿营的好地点。不过这样才美啊。

尼克在烤架下面塞进两大片松木。火头蹿上来了。他刚才忘了舀煮咖啡用的水。他从包裹里取出一只折叠式帆布提桶，一路下山，跨过草场的边缘，来到河边。对岸给蒙在一片白雾中。他在岸边跪下，把帆布提桶浸在河里，觉得草又湿又冷。提桶鼓起来，被流水着力地拖动着。水冷得像冰。尼克把提桶漂洗了一下，装满了水拎到宿营地。离开了河流，水不那么冷了。

尼克又敲进一枚大钉，把装满水的提桶挂在上面。他把咖啡壶舀了半壶水，又加了一些木片在烤架下的火上，然后放上咖啡壶。他不记得自己是用什么方法煮咖啡的了。他只记得曾为此跟霍普金斯争辩过，但是不记得自己到底赞成用哪种方法了。他决定让咖啡煮沸。他想起来了，这正是霍普金斯的办法。他过去跟霍普金斯什么事情都要争论。他等咖啡煮沸的当儿，开了一小听糖水杏子。他喜欢开听子。他把听中的杏子全倒在一只白铁杯里。他注视着火上的咖啡，喝着杏子的甜汁，起先小心地喝，免得溢出杯来，然后若有所思地喝着，吮吸着杏子，然后咽下肚去。它们比新鲜杏子好吃。

他望着望着，咖啡煮开了。壶盖被顶起来，咖啡和渣子从壶边淌下来。尼克把壶从烤架上取下。这是霍普金斯的胜利。他把糖放在刚才吃杏子用的空杯子里，倒了一点咖啡在里面，让它冷却。咖啡壶太烫，不好倒，他就用他的帽子来包住咖啡壶的壶柄。他根本不想让帽子浸在壶里。反正倒第一杯时不能这样。应该一直到底采用霍普金斯的办法。霍普[1]应该得到尊重。他是个十分认真的咖啡爱好者。他是尼克认识的最最认真的人。不是庄重，是认真。这是好久以前的事。霍普金斯讲起话来嘴唇不动。他当年打马球来着。

---

[1] 霍普金斯的简称。

他在得克萨斯州赚到了几百万元。他当初借了车钱上芝加哥，那时电报来了，说他的第一口大油井出油了。他原可以拍电报去要求汇钱的。但这样就太慢了。他们管霍普的女朋友叫金发维纳斯。霍普不在意，因为她并不真正是他的女朋友。霍普金斯十分自负地说过，谁也不能拿他的真正的女朋友开玩笑。他是有理的。电报来到时，霍普金斯已经走了。他在黑河边。过了八天，电报才送到他手里。霍普金斯把他的.22口径的科尔特牌自动手枪送给了尼克。他把照相机送给比尔。这是作为对他的永久纪念的。他们打算下一个夏天再一起去钓鱼。这个吸毒鬼①发了财。他要买一条游艇，大家一起沿着苏必利尔湖的北岸航行。他容易冲动，但很认真。他们彼此说了再见，大家都感到不是滋味。这次旅行给打消了。他们没有再见过霍普金斯。这是好久以前在黑河边发生的事。

尼克喝了咖啡，这按照霍普金斯的方式煮的咖啡。这咖啡很苦。尼克笑了。这样来结束这篇小说倒很好。他的思想活动起来了。他知道可以把这思路掐断，因为他相当累了。他泼掉壶中的咖啡，把壶抖抖，让咖啡渣掉在火里。他点上一支香烟，走进帐篷。他脱下鞋子和长裤，坐在毯子上，把鞋子卷在长裤中当枕头，便钻进毯子下。

穿过帐篷的开口处，他注视着火堆的光，这时夜风正朝火堆在吹。夜很宁静。沼地寂静无声。尼克在毯子下舒适地伸展身子。一只蚊子在他耳边嗡嗡作响。尼克坐起身，划了一根火柴。蚊子躲在他头顶的帆布帐篷上。尼克把火柴刷地朝上伸到它身上。蚊子在火中发出嘶的一声，叫人听来满意。火柴熄了。尼克又盖上毯子躺下来。他翻身侧睡，闭上眼睛。他昏昏欲睡。他觉得睡意来了。他在毯子下蜷起身子，就入睡了。

吴　劳　译

---

① 原文为 Hop Head，按 hophead 为美国俚语，意为"吸毒鬼"，作者故意把它分开写成两个字，并把首字母大写，看上去像是霍普的姓名。

第十五章

清晨六点钟，他们在县监狱的走廊里把山姆·卡迪内拉吊死。走廊又高又狭，两边是一层层的小牢房。所有的小牢房都关满了人。这些人都是押进牢来听候上绞刑的。五个判处绞刑的人都关在顶层的五个小牢房里。三个听候上绞刑的是黑人。他们非常害怕。有一个白人双手蒙头，坐在小床上。另一个白人拿毯子裹住了头，直挺挺地躺在小床上。

他们穿过墙上一扇门走出去，登上绞刑架。一起有七个人，包括两个牧师。他们抬着山姆·卡迪内拉。从清晨四点左右以来，他就一直这样。

他们把他两腿捆在一起，由两名看守把他扶起来，两个牧师悄声跟他说话。"我的儿子啊，拿出男子汉气概来，"一个牧师说。等他们走向山姆·卡迪内拉，拿套子罩他的脑袋，他的括约肌失控了。那两名一直扶住他的看守都松手让他倒下。他们都感到恶心。"要不要拿把椅子来，威尔？"一个看守问道。"最好拿一把来，"一个戴常礼帽的男人说。

绞刑架的下落板很重，是橡木和钢制成的，靠滚珠轴承使之下落，当大家都退到下落板后面时，撇下给紧紧捆住的山姆·卡迪内拉坐在上面，那年纪较轻的牧师跪在椅子边。就在下落板掉下的一刹那前，牧师匆匆跳回到绞刑台上。

陈良廷　译

大双心河

早上，太阳出来了，帐篷里开始热起来。尼克从张在帐篷开口处的挡蚊纱下爬出来，观看晨光。他爬出来时，双手摸到小草湿漉漉的。他手里拿着长裤和鞋子。太阳刚从小山后爬上来。面前是草场、河流和沼地。河对面沼地边的绿草地上长着些白桦树。

河水在清晨显得清澈，滑溜地飞速流着。下游约莫两百码的地方，有三根原木横搁在流水上，从这岸一直到彼岸。它们使被拦住在后面的河水又平又深。尼克看着的当儿，有只水貂从原木上跨过河去，钻进沼地。尼克很兴奋。他被这清晨和河流弄得很兴奋。他心情实在太慌忙，不想吃早饭，但他知道必须吃。他生了一小堆火，放上咖啡壶。

水在壶中煮着，他拿了一只空瓶，一路下坡，跨过高地边缘，走到草场上。草场被露水弄湿了，尼克想趁太阳尚未把草晒干前捉些蚱蜢当鱼饵。他找到了许许多多好蚱蜢。它们躲在草茎下面。有时候它们依附在草茎上。它们很冷，被露水弄湿了，要等太阳晒热了身子才能蹦跳。尼克专门挑中等大小的褐色蚱蜢，把它们捡起，放在瓶子里。他把一根原木翻过来，就在它一边的底下有几百只蚱蜢。那是个蚱蜢的寓所。尼克把约莫五十只中等大小的褐色蚱蜢放进瓶子。他一只只捡起时，其他的蚱蜢给阳光晒热了，开始跳走。它们边跳边飞。它们先飞了一段路，就栖息下来，保持了僵直的姿势，仿佛死去了。

尼克知道，等他吃罢早饭，它们就会和平时一般活跃了。如果草上没有露水，他得花上一整天工夫才能抓到一满瓶好蚱蜢，而且用他的帽子猛扑上去，免不了会压死好多。他在河里洗了手。跑近河边使他兴奋。然后他走到帐篷前。蚱蜢已经在草丛间僵直地蹦跳了。瓶子给阳光晒热了，它们在里面一起蹦着。尼克塞上一截松枝，当作瓶塞。它正好塞住了瓶口，这样蚱蜢没法跳出来，却能有足够的空气流通。

他曾把那原木翻回原处，知道每天早晨可以在那儿抓到蚱蜢。

尼克把满满一瓶蹦跳着的蚱蜢靠在一棵松树的树身上。他迅速地用水和了一些荞麦面，搅得很均匀，用量是一杯面加一杯水。他放了一把咖啡在壶里，从罐子里舀出一块牛油，轻轻放在滚烫的平底煎锅里，弄得毕剥作响。他把荞麦糊滑溜溜地倒进这冒烟的煎锅。它像岩浆般扩散开来，牛油清脆地卜卜发响。荞麦饼的四周变得硬起来，然后发黄，然后发脆。表面上慢慢起泡，出现气孔。尼克拿一片刚砍下的松木插进这饼子被烤成棕色的底面。他把煎锅朝横里一甩，饼子就脱离了锅面。我不想甩动煎锅使它翻身，他想。他把这干净木片直插在整个饼子的下面，把它翻了一个身。它在锅面上毕剥作响。

烤好了饼，尼克在煎锅上重新涂上牛油。他把剩下的面糊全倒上去。又做成了一块大煎饼和一块小一点儿的。

尼克吃了一块大煎饼和那块小一点儿的，上面涂了苹果酱。他把第三块饼也涂上了苹果酱，对折了两次，用油纸包好，塞在衬衫口袋里。他把那瓶苹果酱放回在包裹内，切了做两块三明治的面包。

他从包裹里找出一只大球葱。他把它一切为二，剥去有光泽的外皮。然后他把半只切成一片片，做成了球葱三明治。他把它们用油纸包好，放进卡其衬衫的另一只口袋，扣上纽扣。他把煎锅翻转，搁在烤架上，把加了炼乳而变得甜和黄褐色的咖啡喝了，然后收拾起宿营的家什。这是个很好的宿营地。

尼克从皮钓竿袋中取出他的假蝇钓竿，把一节节连接起来，把钓竿袋塞进帐篷。他装上卷轴，把钓丝穿过系线环。在穿的时候，他不得不用两手轮流地握住钓丝，要不然它会靠自身的重量往回溜去。这是根很粗的双股钓丝。尼克好久前花八块钱买来的。它做得很粗,为了可以在空中朝后甩,再笔直而有分量地朝前甩,这样才能把简直没有分量的蝇饵甩进水里。尼克打开放接钩绳的铝匣。接钩绳卷起来嵌在湿漉漉的法兰绒衬垫之间。尼克是在朝圣伊格内斯开的火车上,用饮用水冷却器里的水把衬垫弄湿的。这些嵌在湿衬垫之间的羊肠接钩绳变得柔软了,尼克解开一根,用一圈细线把它扎在粗钓丝的末梢上。他在接钩绳的另一端安上一个钓钩。这是个小钓钩,很细,富有弹性。

尼克是把钓竿横在膝上坐着,从钓钩匣中取出这个钓钩的。他把钩丝拉紧,试试那个结打得牢不牢,试试钓竿的弹性。他感到很惬意。他小心从事,不让钓钩钩住他的手指。

他拔脚朝小河走去,握着钓竿,脖子上挂着那瓶蚱蜢,那是用一根皮带打了个活结系在瓶颈上的。他的抄网挂在腰带的一个钩子上。他肩上搭着只很长的面粉袋,每只角上挽了个结。用绳子挂在肩上。面粉袋拍击着他的大腿。

身上挂着这么些家什,尼克感到走路有些不便,但是像个行家,感到乐滋滋的。那瓶蚱蜢在他胸前晃荡着。他衬衫口袋里塞满了午餐的吃食和放假蝇的小匣,饱鼓鼓地顶在他身上。

他跨进小河。他打了一个冷战。他的裤腿紧贴在两腿上。他感到鞋底踩在砂砾上。冷水使他连连打冷战。

河水奔流,吮吸着他的两腿。他跨进去的地方,水没到膝盖以上。他顺着流水蹚水而行。砂砾在他鞋底擦过。他低头看看在每条腿下打旋的流水,倒转玻璃瓶,打算捉一只蚱蜢。

第一只蚱蜢从瓶口一跃,跳到水里。它被在尼克右腿边打旋的水吸了下去,在下游过去一点儿的地方冒出水面。它飞快地漂去,腿儿踢动着。它倏地转了一圈,弄破了平滑的水面,就不见了。一条鳟鱼把它吞下了。

另一只蚱蜢从瓶口探出头来。它的触须抖动着。它正把两只前脚伸出瓶来,准备跳跃。尼克一把抓住它的头,捏着它,把细钓钩穿过它的下巴,一直刺透咽喉直到它肚子最下部的那几个环节。蚱蜢用前脚攥住了钓钩,朝它吐烟油般的唾液。尼克把它抛进水里。

右手握着钓竿,他顺着蚱蜢在流水中的拉力放出钓丝。他用左手从卷轴上解开钓丝,让它没阻挡地溜出去。他还看得见那蚱蜢在流水的细小波浪中。后来就不见了。

钓丝抽动了一下。尼克把这绷紧的钓丝往回拉。这是第一次上钩的东西。他把这时正在弹跳的钓竿横在流水上,用左手回收钓丝。钓竿被急速地一次次拉弯,那条鳟鱼逆着水流冲击着。尼克知道这是条小东西。他把钓竿一直朝上拉到空中。鱼拉得钓竿朝前弯曲。

他看见这鳟鱼在水中用头和身子猛烈地抽动着,来对抗河水中那钓丝不断甩动的拉力。

尼克用左手握住钓丝,把正在疲乏地逆着流水撞击的鳟鱼拉到水面上。它的背部斑斑驳驳,颜色像透过清澈的水望见的水底砂砾,它的胁腹在阳光中闪亮。尼克用右臂挟住了钓竿,弯下身子,把右手伸进流水。他用湿漉漉的右手抓住了始终在扭动的鳟鱼,解下它嘴里的倒钩,然后把它抛回河里。

它摇晃不定地停在流水中,然后下沉到河底一块石头边。尼克伸下手去摸它,胳臂一直浸到齐手拐儿。鳟鱼一动不动地待在流动的河水中,躺在河底砂砾上的一块石头边。尼克的手指一碰到它,感到它在水下又滑又凉,它就溜走了,溜到了河底另一边的阴影里。

它没问题,尼克想。它不过是疲乏罢了。

他刚才先弄湿了手才去摸那鳟鱼,这样才不致抹掉那一薄层覆盖在鱼身上的黏液。如果用干手去摸鳟鱼,那摊被弄掉黏液的地方就会被一种白色真菌所感染。好多年前,尼克曾到挤满了人的小溪边钓鱼,前前后后都是用假蝇钓鱼的人,他曾一再看到身上长满毛茸茸的白色真菌的死鳟鱼,被水冲到石头边,或者肚子朝天,浮在水潭里。尼克不喜欢跟别人在河边一起钓鱼。除非同你自己是一伙中的，他们总使人扫兴。

他朝下游涉水前进，流水没过他的膝盖，他穿过河上那几根原木上游的五十码浅水。他没有在钓钩上重新安上鱼饵，只是一边蹚水，一边把钓钩握在手里。他明知道在浅水里可以钓到小鳟鱼，但他不想要。一天的这个时候，浅水里根本没有大鳟鱼。

这时冷冷的河水陡然深得没上了他的大腿。前面就是被原木拦住的平坦的水面。水又平坦又乌黑；左面是那片草场的下缘；右面是沼地。

尼克在流水中把身子向后仰，从瓶里取出一只蚱蜢。他把蚱蜢穿上钓钩，为了求得好运，朝它唾了一口。跟着他从卷轴上拉出几码钓丝，把蚱蜢抛在面前湍急、乌黑的水面上。蚱蜢朝原木漂去，接着钓丝的分量把这钓饵拉到了水面下。尼克右手握住钓竿，从手指间放出钓丝。

钓丝给拉出了一大截。尼克猛拉了一下钓丝，钓竿动荡起来，出现了险象，几乎弯成了九十度，钓丝绷紧了，从水里露出来，绷紧了，给沉重、危险而持续地扯紧了。如果拉力越来越大，接钩绳就会断裂，尼克感到这时刻快来到，就放松了钓丝。

钓丝飞速地朝外溜，卷轴上的棘轮吱吱地响。太快了。尼克没法控制这钓丝，它飞速地往外溜，随着钓丝朝外滑去，卷轴的声音越发尖利了。

卷轴的轴心露出来了，尼克紧张得心跳都快停止了，在没上大腿的冰冷的水里朝后仰起身子，用左手的拇指使劲卡住卷轴。把大拇指伸进这卷轴的外壳，真不对劲儿。

随着他用力一揿，钓丝陡然给拉得硬邦邦的，于是在原木的另一边，一条大鳟鱼高高地跳出水来。等它一跳起来，尼克就把钓竿的末梢朝下一沉。随着他放低末梢来减少紧张程度，他感到拉力过大的时刻来到了；绷得太紧啦。当然，那段接钩绳断了。当钓丝完全失去了弹性，离开了水面，变得硬邦邦的时候，这种感觉是错不了的。跟着它变得松弛了。

尼克嘴里发干，情绪消沉，把钓丝收绕在卷轴上。他从没见过这样大的鳟鱼。它分量很沉，力气大得拉不住，再说，它跳起来时露出的个头多大啊。它看上去像鲑鱼般宽阔。

尼克的手发着抖。他慢慢地收绕着钓丝。刺激性实在太大了。他依稀感到有点恶心，看来还是坐下来的好。

接钩绳在系钓钩的地方断了。尼克把它握在手里。他想到那条鳟鱼在河底某处地方，正在砂砾上稳住了身子，在天光达不到的深处，那些原木的下面，嘴里叼着钓钩。尼克知道这鳟鱼的牙齿会咬断钓钩上的那段系线。钓钩本身会嵌进它的颚部。他可以打赌，这鳟鱼一定气昏了。凡是这样大小的鱼都会气昏。这是条鳟鱼啊。它曾给牢牢地钓住。像石头般不可动摇。它在脱逃以前，拉上去就像在拉一块石头。上帝啊，它是条大鱼。上帝啊，它是我听说过的最大的鱼了。

尼克攀登到草场上，站住了，水从他裤腿上淌下，还从鞋子里溢出来，他的鞋子咯喳咯喳地响。他走到原木边坐下来。他绝对不想急于思考眼下的感受。

他把脚趾在鞋中的水里扭动着，从胸前口袋里掏出一支烟。他点上了烟，把火柴扔在原木下湍急的流水中。火柴在急流中旋转着，一条小鳟鱼冒出水面来啄它。尼克哈哈大笑。他要抽完这支烟再说。

他坐在原木上，抽着烟，在阳光里晒干裤腿，太阳晒得他背脊很暖和，前面的河边浅滩钻进树林，弯弯曲曲地进入树林，望着这些浅滩、闪闪发亮的阳光、被水冲得很光滑的大石块、河边的雪松和白桦树、被阳光晒暖的原木，光滑可坐，没有树皮，摸上去很古老；失望的感觉慢慢儿从他心头消失了。这种失望之感是在使他肩膀发痛的刺激袭来之后猛地出现的，现在慢慢儿消失了。眼下没问题了。他的钓竿平搁在原木上，尼克在接钩绳上重新系上一个钓钩，把那截羊肠抽紧，使它缩成一个硬结。

他穿上钓饵，然后捡起钓竿，走到原木的另一端，准备跨进水中，那儿水并不太深。原木的下面和另一面是一个深水潭。尼克绕过沼地附近的浅滩，一直走到浅水河床上。

左面，草场尽头、树林开始的地方，有棵给连根拔了起来的大榆树。它在一场暴风雨中倒下，顶部倒在树林中，树根上凝结着泥土，根株之间长着草，像是河边的一小段坚实的岸。河水直冲刷到这棵给拔起的树边。尼克从站着的地方，可以看见流水在浅水河床上冲出的一道道深槽，就像车辙一样。他站着的地方有卵石，再过去一点的地方也有卵石，还多的是漂石；河流在树根边拐弯的地方，河床是泥灰岩的，而在深水下那一道道槽之间，有绿色的水藻在流水中摇摆。

尼克把钓竿甩到肩后，再朝前甩，钓丝就朝前一弯，把蚱蜢投在一道深槽的水藻间。一条鳟鱼咬住了饵，尼克把它钓住了。

尼克把钓竿远远地伸向那棵被拔起的树，在流水里泼溅着朝后退，那鳟鱼上下颠簸着，钓竿灵活地一次次朝下弯，他一步步地把鳟鱼从水藻间安全地拉到开阔的湖面上。握住了逆着流水上下灵活晃动的钓竿，尼克把鳟鱼往回拉。他心急慌忙地拉着，不过总是有成效，这有弹性的钓竿顺从着这一次次的猛拉，有时候在水里弹跳着，但是始终在把鱼往回拉。尼克一面猛拉，一面轻巧地朝下游走。他把钓竿举到头顶上，让鳟鱼悬在抄网上面，然后抬起网来。

鳟鱼沉甸甸地竖在抄网中，网眼间露出斑驳的背部和银色的胁腹。尼克把它从钓钩上解下来；厚实的胁腹很容易握得住，大下颌突出着，他让这喘息着的鱼滑落到从他肩上直垂到水里的长布袋中。

尼克逆着水流张开布袋，它灌满了水，很沉。他把它提起来，让底部留在流水中，于是水从布袋的两边流出来。在它的底部，那条大鳟鱼在水里活动着。

尼克朝下游走去。挂在他面前的布袋沉甸甸地浸在水里，拉扯着他的肩膀。

天气越来越热了，太阳热辣辣地晒在他的脖颈上。

尼克钓到了一条好鳟鱼。他可不想钓到很多鳟鱼。这里的河道又浅又宽。两岸都长着树木。在午前的阳光中，左岸的树木在流水上投射下很短的阴影。尼克知道每摊阴影中都有鳟鱼。等到下午，太阳朝群山移去后，鳟鱼会待在河道另一边的荫凉的阴影中。

最最大的鱼会待在靠近河岸的地方。在黑河上你是总能钓到大鱼的。太阳下了山，它们全都会游到外面激流中去。太阳下山前使河水射出一片耀眼的反光，就在此时，你可能在激流中的任何地方使一条大鳟鱼上钩。但是那时简直没法钓鱼，水面耀眼得就像阳光下的一面镜子。当然啦，你可以到上游去钓，可是在黑河或这条河那样的河道上，你不得不逆水吃力地走，而在水深的地方，水会朝你身上直涌。这样大的激流，到上游去钓鱼可并不有趣。

尼克穿过这片浅滩一路朝前走，留意着沿岸可有深水潭。紧靠河边长着一棵山毛榉，所以它的枝桠直垂到河水里。河水回流到树叶下面。这种地方总是有鳟鱼的。

尼克不大想在那个水潭中垂钓。他肯定知道钓钩会让枝桠钩住。

水潭看来相当深。他投下蚱蜢，所以流水便把它送到水下，朝后直送到伸出在水面上的树枝下。钓丝绷紧了，尼克猛地一拉。鳟鱼着力地折腾着，在树叶和枝桠之间半露出在水面上。钓丝给钩住了。尼克使劲一拉，鳟鱼脱钩了。他把钓钩卷收回来，握在手里，朝河的下游走去。

前面，紧靠着左岸，有一根大原木。尼克看出它是空心的；它朝着上游，流水滑溜地灌进去，仅仅在它的两端有一小片涟漪。水越来越深了。空心原木的顶面是灰色和干燥的。它部分处在阴影里。

尼克拔出装蚱蜢的瓶子的瓶塞，有一只蚱蜢附着在上面。他把它捡起，穿在钓钩上，然后甩出去。他把钓竿远远地伸出去，这一来，这只在水面上的蚱蜢就漂到流进空心原木的那股水流中去了。尼克把钓竿放低，蚱蜢漂进去了。钓钩给重重地咬住了。尼克甩动钓竿来对抗这股拉力。他感到好像钩住了原木本身，不同的只是钓竿上有些在弹跳的感觉。

他竭力强迫这鱼进入外面的水流中。它顺从了，动作滞重。

钓丝松弛下来，尼克以为这鳟鱼逃掉了。随后他看见了它，很近，正在水流中，摇晃着脑袋，想甩掉钓钩。它的嘴给钳住了。它正在清澈的水流中使劲挣脱钓钩。

尼克用左手把钓丝绕成一圈圈往回收，挥起钓竿使钓丝绷紧，想法把鳟鱼朝抄网拉，可是它好像跑了，看不见了，钓丝却在抖动着。尼克逆着流水跟它搏斗，让它随着钓竿的弹跳在水中砰砰地撞击着。他把钓竿移到左手，朝上游缓缓地拉那鳟鱼，把它提起在空中，让它在钓竿下挣扎着，然后把它朝下放进抄网。他从水里提起抄网，鱼沉重地待在滴着水的网里，弯成个半圆形，他把它从钓钩上解下来，轻轻放进布袋。

他张开袋口，低头看这两条大鳟鱼鲜龙活跳地待在袋中的水里。

尼克穿过越来越深的河水，蹚水走到那根空心原木前。他从头上褪下布袋，把底部从水里提上来，鳟鱼拍打着，他接着把布袋挂在身上，让鳟鱼深深地待在水里。然后他爬上原木，坐下，水从他裤腿和皮靴上淌到河里。他搁下钓竿，把身子移到原木背阴的那一端，从口袋里拿出三明治。他把三明治浸在冷水内。流水把一些面包屑带走了。他吃了三明治，拿帽子舀满了水来喝，水从他喝的地方的前边溢出来。

坐在阴影里的原木上，很是凉快。他掏出一支香烟，划了一根火柴来点。火柴掉在灰色的原木上，烧出一小道凹痕。尼克探身到原木的一边，找到一块坚硬的地方，划着了火柴。他坐着抽烟，注视着河流。

前面的河道变得窄了，伸进一片沼地。河水变得又平又深，沼地里长着雪松，看上去很严实，它们的树干靠拢在一起，枝桠密密层层。要步行穿过这样一片沼地是不可能的。枝桠长得真低啊。你简直得平伏在地上才能挪动身子。你没法在树枝之间硬冲过去。这该是为什么住在沼地里的动物都生来就在地上爬行的原因吧，尼克想。

他想，但愿自己带了些书报来。他想阅读。他不想继续向前走进沼地。他朝河的下游望去。一棵大雪松斜跨着河面，从这岸一直到彼岸。再过去，河道流进了沼地。

尼克不想眼下就走进沼地。两面腋窝下的水越来越深了，他有种逆反心理，不愿涉这深水前进，走到钓到了大鳟鱼也没法拿上岸的地方。在沼地里，两岸光秃秃的，巨大的雪松在头顶上会聚在一起，阳光照不进来，只有一些斑驳的光点；在湍急的深水里，在半明不暗的光线中，钓鱼会是可悲的。在沼地里钓鱼，是桩可悲的冒险行动。尼克不想这样干。他今天不想再朝下游走了。

他掏出折刀，打开了插在原木上。跟着他提起布袋，伸手进去，拿出一条鳟鱼。它在他手里鲜龙活跳的，很难握住，但他捏住了近尾巴的地方，朝原木啪的打去。鳟鱼抖了一下，就不动了。尼克把它搁在原木上的阴影里，用同样方法甩断了另一条鱼的脖子。他把它们并排放在原木上。它们是好鳟鱼。

尼克把它们开膛，从肛门一直剖开到下颚。全部内脏、鱼鳃和舌头被整个儿取出了。两条都是雄的；灰白色的长条生殖腺，又光滑又洁净。全部内脏又洁净又完整地被一起挖出来了。尼克把这下脚抛在岸上，让水貂来觅食。

他把鳟鱼在河水中洗干净。他把它们背脊朝上放在水中，它们看上去很像是活鱼。它们的血色尚未消失。他洗净了双手，在原木上擦干。他然后把鳟鱼摊在铺在原木上的布袋上，把它们卷在里面，扎好，放进抄网。他的折刀还竖立着，刀刃插进了原木。他把它在木头上擦干净，放进口袋。

尼克在原木上站起身，攥着钓竿，把沉甸甸的抄网挂在肩上，然后跨进水里，泼溅着水朝岸边走。他登上河岸，穿进树林，朝高地走去。他在回宿营地去。他回头望望。河流在林子里隐约可见。往后到沼地去钓鱼的日子多着呢。

吴 芳 译

跋

国王①在花园里干活。他看见我显得很高兴。我们走遍了花园。这位是王后，他说。她正在修剪一个玫瑰花丛。哎，你好啊，她说。我们在一棵大树下的桌子边坐下，国王吩咐下人端上威士忌苏打水。不管怎样，我们有的是上好的威士忌，他说。他告诉我，革命委员会不准他走出王宫的庭院。我相信，普拉斯蒂拉斯②是个非常好的人，他说，不过这人实在很难相处。我觉得他做得对，尽管他枪毙了那些人③。如果克伦斯基④枪毙的人少一些，情况也许会完全不同。当然这种事的关键是本人决不能被枪杀！

真是太妙了。我们谈了老半天。他跟所有的希腊人一样，想要到美国去。⑤

陈良廷 译

① 希腊国王乔治二世在其父康斯坦丁一世于 1922 年被推翻后即位，第二年发生政变被软禁，8 月中，美国摄影师沃纳尔去雅典采访他，回来后告诉海明威一些细节，海明威写了这篇短文，文中的"我"指沃纳尔。
② 1922 年 9 月 27 日，希腊国王康斯坦丁一世被尼古拉斯·普拉斯蒂拉斯（1883—1953）将军在一次不流血的革命中推翻。
③ 详见《拳击家》前的"第五章"。
④ 克伦斯基（1881—1970），俄国社会革命党人，1917 年 2 月革命后曾任临时政府总理。十月革命后，逃往巴黎。
⑤ 乔治二世和王后于 1923 年 12 月流亡欧洲，1935 年，希腊恢复君主制，他回国复位，于 1947 年去世，由他的兄弟保罗一世继承。

没有被斗败的人

曼纽尔·加西亚上楼到堂米盖尔·雷塔纳的办公室去。他放下手提箱，敲了敲门。没有人回答。曼纽尔站在过道上，觉得房间里面有人。他是隔着门感觉到的。

"雷塔纳，"他一边说，一边倾听着。

没有人回答。

他在里面，没错，曼纽尔想。

"雷塔纳，"他说，他砰砰地敲着门。

"谁？"办公室里面有人问。

"我，曼诺洛，"曼纽尔说。

"你有什么事？"那声音说。

"我要找工作，"曼纽尔说。

门上有样什么东西咯咯响了几下，门给打开了。曼纽尔拿着手提箱走了进去。

一个小个子男人坐在房间那一头的一张办公桌后面。在他头的上方，有一个公牛的头，是由马德里动物标本剥制者剥制的；墙上有几幅装在镜框里的照片和斗牛的海报。

那个小个子男人坐在那儿看着曼纽尔。

"我还以为它们送了你的命呢，"他说。

曼纽尔用指关节敲着办公桌。小个子男人坐在那儿隔着办公桌看着他。

"今年你斗过几次牛？"雷塔纳问。

"一次，"他回答。

"就是那一次？"小个子男人问。

"就那么一次。"

"我在报上看到了，"雷塔纳说。他往后靠在椅背上，看着曼纽尔。

曼纽尔抬头望了望那公牛标本。他以前常常看到它。他对它有着一种他们家特有的兴趣。大约九年以前，这条牛挑死了他的哥哥，兄弟中很有前途的那一个。曼纽尔还记得那一天。公牛头的盾形橡木座上有一块铜牌。曼纽尔不认识上面的字，可是他想象那准是纪念他哥哥的。嘿，他真是一个好小子。

那牌子上写着："贝拉瓜公爵的公牛'蝴蝶'，曾九次受到七匹马上的矛刺，于1909年4月27日挑死见习斗牛士安东尼奥·加西亚。"

雷塔纳看见他在望着那公牛头的标本。

"公爵给我送来供星期天用的那批准会出丑，"他说。"腿全都不好。人们在咖啡馆里是怎么议论那些牛的?"

"我不知道，"曼纽尔说。"我刚到。"

"对，"雷塔纳说。"你还带着提箱呢。"

他一边望着曼纽尔，一边在那张大办公桌后面往后靠着。

"坐下，"他说。"把帽子脱下。"

曼纽尔坐了下来;脱下帽子，他的脸变了样。他显得苍白，他的短辫子①从后面往前别在头顶上，这样，戴上帽子别人就看不出来。这给了他一副古怪的样子。

"你脸色不好，"雷塔纳说。

"我刚从医院里出来，"曼纽尔说。

"我听说他们把你的腿锯了，"雷塔纳说。

"没有，"曼纽尔说。"腿好好的。"

雷塔纳在桌子那边俯身向前，把一只木制香烟盒朝曼纽尔推来。

"抽支烟，"他说。

"谢谢。"

_____

① 斗牛士都有一根短辫子。

曼纽尔点了一支。

"你抽吗?"他一边把火柴递给雷塔纳一边说。

"不,"雷塔纳摇摇手,"我从来不抽烟。"

雷塔纳看着他抽烟。

"你干吗不找个职业,干点活儿,"他说。

"我不想干活儿,"曼纽尔说。"我是个斗牛士。"

"再也没有哪个可以算得上斗牛士了,"雷塔纳说。

"我是个斗牛士嘛,"曼纽尔说。

"对,你在场上的时候才是个斗牛士,"雷塔纳说。

曼纽尔笑了。

雷塔纳坐着,什么也不说,只是望着曼纽尔。

"你要是愿意的话,我把你安排在晚场,"雷塔纳建议。

"什么时候?"曼纽尔问。

"明天晚上。"

"我可不想去给哪个斗牛士当替身,"曼纽尔说。他们都是那样给挑死的。萨尔瓦多就是那样死的。他用指关节叩着桌子。

"我只有这个了,"雷塔纳说。

"你干吗不把我安排在下个星期呢?"曼纽尔建议。

"你卖不了座,"雷塔纳说,"人们要看的是李特里、鲁比托和拉·托雷。这些小伙子都是好样的。"

"他们会来看我把牛干掉的。"曼纽尔满怀着希望说。

"不,人们不会来的。他们再也不知道你是谁了。"

"我体质还很强呢,"曼纽尔说。

"我给你安排在明天晚上,"雷塔纳说。"你可以和年轻的埃尔南德斯搭配,在查洛特①以后杀两条新牛。"

"谁的新牛?"曼纽尔问。

"我不知道。总是他们那牛栏里的牛吧。兽医在白天不会通过

---

① 指马戏团式的斗牛表演,模仿查理·卓别林的动作。

的那些。"

"我可不喜欢做人家的替身,"曼纽尔说。

"接受不接受,随你便,"雷塔纳说。他往前俯下身子看文件去了。他不再感兴趣。曼纽尔刚才的求情有些叫他动心,因为他一时回忆起了从前的日子,现在那种情绪消失了。他倒是想让曼纽尔替代拉里塔,因为他可以便宜地雇下他。他也可以便宜地雇下另外一些人。不过,他想帮他一下。他还是给了他这个机会。现在得由他决定了。

"给我多少?"曼纽尔问。他心里还是有些想拒绝接受。不过他知道没法拒绝。

"二百五十比塞塔,"雷塔纳说,他原来考虑给五百,可是一开口却说了二百五十。

"你给比里亚尔塔七千呢,"曼纽尔说。

"你又不是比里亚尔塔,"雷塔纳说。

"这我知道,"曼纽尔说。

"他卖座,曼诺洛,"雷塔纳解释说。

"那当然,"曼纽尔说。他站了起来。"给我三百吧,雷塔纳。"

"好吧,"雷塔纳同意了。他把手伸进抽屉去拿一张纸。

"我能现在先拿五十吗?"曼纽尔问。

"当然可以,"雷塔纳说。他从皮夹里掏出一张五十比塞塔的钞票来,把它平摊在桌子上。

曼纽尔拿起钞票,放进口袋里。

"斗牛助手怎么安排?"他问。

"有那些一直在晚上给我干活儿的小伙子们,"雷塔纳说。"他们都还不错。"

"长矛手①呢?"曼纽尔问。

---

① 斗二、三龄的新牛时,因新牛年青力强,需要长矛手(picador)出场。长矛手骑在马上,用带三角钢尖的长矛(pica)刺伤牛的颈背部,消耗其体力。

"长矛手人手不多，"雷塔纳承认。

"我可得要有一个好的长矛手才行啊，"曼纽尔说。

"那你去找吧，"雷塔纳说。"你去把他找来。"

"总不能从这里出钱啊，"曼纽尔说。"我可不从六十个杜洛①里拿出钱来付哪个斗牛助手。"

雷塔纳没有作声，只是隔着大办公桌望着曼纽尔。

"你知道，我一定得有一个好的长矛手，"曼纽尔说。

雷塔纳没有作声，只是远远地望着曼纽尔。

"这不成，"曼纽尔说。

雷塔纳还在目不转睛地望着他，他靠在椅背上，远远地凝望着他。

"正式的长矛手有的是，"他说。

"我知道，"曼纽尔说，"我知道你那些正式的长矛手。"

雷塔纳没有一点笑容。曼纽尔知道事情到此结束了。

"我只是想做到两边力量相当而已，"曼纽尔分辩说，"我既然出场，那我就要求能把牛扎中。只要一个好的长矛手就行了。"

他这是在跟一个不再听他说话的人讲话。

"你要是需要额外的东西，"雷塔纳说，"那你就自己去找。那儿外面就有一批正式的斗牛助手。你爱带多少自己的长矛手你就带多少。滑稽斗牛十点半结束。"

"好吧，"曼纽尔说。"要是你认为这样好的话。"

"就这样，"雷塔纳说。

"明天晚上再见，"曼纽尔说。

"我会到场的，"雷塔纳说。

曼纽尔拿起他的手提箱，走了出去。

"把门关上，"雷塔纳喊道。

曼纽尔回过头来看看。雷塔纳正俯身坐着在看一些文件。曼纽

---

① 西班牙的一种银币，一杜洛合五比塞塔。

228

尔咔嗒一声把门带上了。

他走下楼梯，出了门，来到炎热明亮的大街上。街上很热，照在白色建筑物上的阳光突然强烈地刺进他的眼睛。他沿着有阴影的一边走下陡峭的街坡向"太阳门"走去。阴影叫人感到像流水那样纯净和凉爽。他穿过横街的时候，热气突然袭来。在从他旁边经过的来来往往的行人中间，曼纽尔没有看到一个熟人。

就在"太阳门"前面，他转身走进了一家咖啡馆。

咖啡馆里静悄悄的。少数几个人坐在靠墙的桌子边。有一张桌子上，四个人正在玩牌。绝大多数人背靠墙坐在那儿吸烟，他们前面的桌子上，放着空空的咖啡杯和玻璃酒杯。曼纽尔穿过这间长长的房间，走进后面的一间小房间。有一个人坐在角落里的一张桌子跟前睡着了。曼纽尔在其中一张桌子边坐下。

一个侍者走了进来，站在曼纽尔的桌边。

"你看到过舒里托吗？"曼纽尔问他。

"吃午饭前他来过，"侍者回答。"他五点以前不会回来。"

"给我一点咖啡和牛奶，再来一杯普通的酒，"曼纽尔说。

侍者回到这间屋里，端来一个托盘，上面放着一只大的玻璃咖啡杯和一只玻璃酒杯。他左手拿着一瓶白兰地。他胳臂一转，就把这些东西都放到了桌上。跟在他后面的一个孩子从两个亮闪闪的长把壶里把咖啡和牛奶倒进玻璃杯。

曼纽尔脱下小帽，侍者注意到他那向前别在头上的小辫子。他一边把白兰地酒倒进曼纽尔的咖啡旁边的小玻璃杯里，一边向送咖啡的孩子眨了眨眼。送咖啡的孩子好奇地望着曼纽尔的苍白的脸。

"您在这儿斗牛？"侍者问，一面盖上瓶塞。

"是啊，"曼纽尔说，"在明天。"

侍者站在那儿，手握酒瓶靠在大腿上。

"您在查理·卓别林班里吗？"他问。

送咖啡的孩子感到很窘，往别处看着。

"不，在普通班里。"

"我还以为他们安排恰维斯和埃尔南德斯搭配呢，"侍者说。

"不。我是跟另外一个人。"

"谁？恰维斯还是埃尔南德斯？"

"我想是埃尔南德斯。"

"恰维斯怎么啦？"

"他受伤了。"

"你打哪儿听到的？"

"雷塔纳。"

"嗨，路易埃，"侍者向隔壁房间喊道，"恰维斯让牛挑了。"

曼纽尔撕了包装纸，把方糖投进咖啡里。他搅动了一下，把咖啡喝了，又甜又热，让他的空空的肚子里感到暖暖的。他喝完了白兰地。

"再给我来一杯，"他对侍者说。

侍者揭下瓶盖，斟了满满一玻璃杯，溢到茶托里的也有一杯那么多。另一个侍者来到桌子跟前。送咖啡的孩子已经走开了。

"恰维斯伤得厉害吗？"第二个侍者问曼纽尔。

"我不清楚，"曼纽尔说，"雷塔纳没说起。"

"他管那么多啊，"一个高个儿的侍者说。曼纽尔以前没有看见过他。他准是刚走过来。

"在这个城里你要是搭上了雷塔纳的关系，那你就走运了，"高个儿侍者说，"你要是搭不上他的关系，那你还不如走出去自杀吧。"

"你说对了，"又走进来的一个侍者说。"你可是说对了。"

"不错，我说对了，"高个儿侍者说。"说到那个家伙啊，我知道我并没在胡扯。"

"瞧他是怎么对待比里亚尔塔的，"第一个侍者说。

"事情还不止如此，"那高个儿侍者说。"瞧他怎么对待马西亚尔·拉朗达①的。瞧他怎么对待纳西翁那尔②的。"

"你说对了，孩子，"矮个儿侍者表示同意。

曼纽尔看着他们站在他桌子跟前议论。他喝完第二杯白兰地。他们把他忘了。他们对他并不感兴趣。

"瞧瞧那一帮子笨蛋，"高个儿侍者接着往下说。"你见到过这个纳西翁那尔第二吗？"

"我在上星期天不是见到过他吗？"第一个侍者说。

"他是头长颈鹿，"那矮个儿侍者说。

"我怎么跟你说来着？"高个儿侍者说。"那些人都是雷塔纳手下的。"

"喂，再给我来一杯，"曼纽尔说。在他们谈话的时候，他已经把侍者泼到茶托里的酒倒进玻璃杯里喝完了。

那第一个侍者机械地给他倒了满满一杯酒，于是三个人就边谈边走出屋子。

在远远的屋角里的那个人还在睡觉，吸气的时候发出轻轻的鼾声，他的头仰靠在墙上。

曼纽尔喝了白兰地，自己也觉得瞌睡了。这会儿走出去到城里，天太热了。再说，又没有什么事可干。他想去看望舒里托。他想就趁等着的时候睡一会儿吧。他踢了踢他的手提箱，肯定一下它确实还在桌肚里。也许把它放在靠墙的座位底下更好些吧。他俯下身子把手提箱推到座位底下。接着他伏在桌子上睡觉了。

一觉睡醒的时候，有一个人坐在他桌子对面。那是一个大个儿，深棕色的脸，活像一个印第安人。他已经在那儿坐了一些时候了。他挥手叫侍者走开，坐着在看报纸，时不时地低头望望正把头搁在桌子上睡觉的曼纽尔。他看报认真，一边看，嘴唇一边动着念

---

① 马西亚尔·拉朗达，西班牙著名斗牛士。

② 纳西翁那尔，西班牙著名斗牛士理卡多·安略的绰号。下文的纳西翁那尔第二，是理卡多之弟、西班牙著名斗牛士胡安·安略的绰号。

出字来。看累了，他就望望曼纽尔。他沉沉地坐在椅子里，他的科尔多瓦①帽子歪向前面。

曼纽尔坐了起来，看着他。

"你好，舒里托，"他说。

"你好，老弟，"那个大个儿说。

"我睡着了。"曼纽尔用拳头的背面擦了擦前额。

"我是想你可能睡着了。"

"你过得好吗？"

"好。你过得怎么样？"

"不太好。"

两人都沉默了。长矛手舒里托打量了一下曼纽尔那张苍白的脸。曼纽尔往下看那长矛手的那双大手把报纸对折起来，塞进他的口袋里。

"我有件事要请你帮忙，铁手，"曼纽尔说。

"铁手"是舒里托的外号。他没有一次听到这个外号不想起他那双大手。他不好意思地把双手伸到桌子上。

"咱们喝一杯吧，"他说。

"当然，"曼纽尔说。

侍者来了又去，去了再来。他走出屋子，回过头来看看这两个坐在桌子边的人。

"怎么回事，曼诺洛？"舒里托放下他的玻璃杯。

"明天晚上你能不能为我扎两条牛？"曼纽尔一边问，一边抬头望望桌子对面的舒里托。

"不行，"舒里托说。"我现在不扎牛啦。"

曼纽尔垂眼望着他自己的玻璃酒杯。他已经料到了那个回答，现在果然听到了。嗯，他听到了。

"我很抱歉，曼诺洛，可是我现在不扎牛啦。"舒里托望了望

---

① 西班牙的一个城市。

自己的双手。

"没关系，"曼纽尔说。

"我太老了，"舒里托说。

"我只是问问你罢了，"曼纽尔说。

"是明天夜场吧？"

"对。我想我只要有一个好的长矛手，我一定能获胜。"

"给你多少？"

"三百比塞塔。"

"我扎牛还拿得多一点呢。"

"我知道，"曼纽尔说。"我并没有任何权利请求你。"

"你干吗还干这一行？"舒里托问。"你干吗不把你的辫子剪掉，曼诺洛？"

"我不知道，"曼纽尔说。

"你也差不多跟我一样老了，"舒里托说。

"我不知道，"曼纽尔说，"我不得不干啊。要是我能安排好，做到力量相当那就好了，我要的只是这个。我不得不坚持干下去啊，铁手。"

"不，你不一定要这样干法。"

"不，我非得这样干下去不可。我也曾经试过，不干这一行。"

"我知道你怎么感受。可这样是不对的。你应当脱离这一行，别再干了。"

"我办不到。何况，我近来很好。"

舒里托端详着他的脸。

"你住过医院。"

"可是在我受伤以前我是干得挺出色的。"

舒里托没说什么。他把茶托侧过来，把里面的科涅克白兰地酒倒进他的玻璃酒杯。

"报上说他们从没看到比这更好的绝技，"曼纽尔说。

舒里托望着他。

“我知道我一旦干起来，会干得很好的，”曼纽尔说。

“你太老了，”长矛手说。

“不，”曼纽尔说。“你比我还大上十岁呢。”

“我情况不一样。”

“我还不太老，”曼纽尔说。

他们默默地坐在那儿，曼纽尔望着长矛手的脸。

“我受伤以前干得很出色，”曼纽尔开口说。

“你应该来看我斗牛的，铁手，”曼纽尔带有责备的口气说。

“我不想来看你，”舒里托说。“看你斗牛叫我神经紧张。”

“你近来没看我斗过牛。”

“我看你斗牛看得够多了。”

舒里托望着曼纽尔，避开他的眼光。

“你应该退出这一行了，曼诺洛。”

“我不能，”曼纽尔说。“我现在会干得挺好的，真的。”

舒里托俯身向前，把手放在桌子上。

“你听着。我就给你扎牛吧，要是你明天夜里干得不好，那你就离开。懂吗？你可以做到吗？”

“当然可以。”

舒里托背向后靠，放心了。

“你得退出这一行，”他说。“别胡闹了。你得剪掉这根辫子。”

“我并不是非退出不可啊，”曼纽尔说。“你看我吧。我体质还强着呢。”

舒里托站了起来。他感到争论得累了。

“你非得退出不可，”他说。“我要亲自给你剪掉辫子。”

“不，你剪不了，”曼纽尔说。“你不会有这个机会。”

舒里托叫侍者。

“走吧，”舒里托说。“上旅馆去。”

曼纽尔从座位底下拿出手提箱。他很高兴，他知道舒里托会给

234

他扎牛。他是还活着的最好的长矛手。现在一切都好办了。

"上旅馆去，咱们要吃点儿东西，"舒里托说。

曼纽尔站在马场上，正等待查理·卓别林班里的人下场。舒里托站在他旁边。他们站的地方很暗。那通向斗牛场的高高的门紧闭着。在上面，他听到一阵叫嚷，接着又听到一阵大笑。随后就寂静下来了。曼纽尔爱闻马场这儿马厩的气味。这种气味在黑暗中闻起来挺不错。斗牛场里响起了另外一阵吼叫，接着是一片喝彩声，好一阵的喝彩，持续不断。

"你见过这些家伙吗？"舒里托问道，在黑暗中他高大的身材隐约可见地站在曼纽尔的身边。

"没见过，"曼纽尔说。

"他们可真滑稽，"舒里托说。他在暗处独自微笑着。

通向斗牛场的高大严实的双扇门给打开了，曼纽尔看到斗牛场处在弧光灯强光的照射下，周围则是漆黑漆黑的高高升起的观众席。两个穿得像流浪汉似的男人边跑边鞠躬，跟在后面的那个穿着旅馆侍者制服的人俯身拾起扔在沙地里的帽子和手杖，把它们扔回黑暗中。

马场上的电灯亮起来了。

"我骑上马，你把大伙儿召集拢来，"舒里托说。

从他们身后传来了骡子的丁丁当当的铃声。几头骡子来到斗牛场上，是和死牛拴在一起，拖走死牛的。

斗牛助手们刚才在围栏和座位之间的通道上看了滑稽斗牛，这会儿走回来，在马场的灯光下簇拥在一起站着谈话。一个穿着银色和橘红色衣服的、俊俏的小伙子来到曼纽尔跟前，微笑着。

"我是埃尔南德斯，"他伸出手来说。

曼纽尔和他握了握手。

"今晚我们斗的是十足的大象，"小伙子高兴地说。

"它们都是有角的大家伙，"曼纽尔同意地说。

"你抽了最坏的签①，"小伙子说。

"没关系，"曼纽尔说。"牛越大，给穷人们吃的肉越多。"

"那一个你打哪儿找来的？"埃尔南德斯咧嘴笑着说。

"那是一个老伙伴，"曼纽尔说。"把你的斗牛助手排好，我看看我有哪些人。"

"你有的这些小伙子都不错，"埃尔南德斯说。他非常高兴。他已经在夜场斗过两次牛了，在马德里开始有了一批捧他的人。他很开心，几分钟以后斗牛就要开始了。

"长矛手都在哪儿？"曼纽尔问。

"他们都在后面畜栏里争着要骑好看的马呢，"埃尔南德斯咧开嘴笑着说。

几条骡子从门口冲进来，鞭子啪啪地抽打着，铃铛发出刺耳的响声，小公牛在沙地上犁出了一条凹痕。

公牛刚拖过去，他们就列队，准备入场。②

曼纽尔和埃尔南德斯站在前面。斗牛队的那些年轻小伙子都站在后面，他们的沉重的披风③叠起来搭在他们的胳臂上。在背后，四个长矛手骑在马上，在半明半暗的畜栏里手里笔直握着钢尖长矛。

"雷塔纳真怪，他不让我们有足够的亮光来看看马，"一个长矛手说。

"他知道，如果我们不把这些精瘦的老马看得太清楚，我们就会高兴些，"另一个长矛手回答。

---

① 场面大的正式斗牛，由三个剑手（matadores）斗六条牛。三个剑手按年资出场，1号人斗1、4号牛，2号人斗2、5号牛，3号人斗3、6号牛。

② 举行斗牛的入场式，一般由监督骑马带领斗牛士入场，由马场走到主席台下面。排列顺序是：监督（alguacillos），剑手（matadores），剑手的助手（subalternos），短枪手（banderilleros），长矛手（picadores），长矛手的助手（monosabios）和骡子（mulillas）。

③ 斗牛士入场时用的披风，十分讲究，绣着金丝，缀着珠宝，所以比较重。正式斗牛前，斗牛士换用较轻的红披风。

"我骑的这个东西只能勉勉强强让我离开地面，"那头一个长矛手说。

"嗜，它们总算都是马。"

"当然，它们总算都是马。"

他们在黑暗中骑在皮包骨头的马上议论着。

舒里托一句话也没有说。他骑着这些马中间唯一比较坚实的一匹。他已经试过它，在畜栏里把它转来转去，他拉马嚼子、踢马刺，它都有反应。他拉掉它右眼上的布带，割断齐耳根把耳朵捆紧的绳子。那是一匹强壮的好马，四条腿站得稳稳的。他所需要的正是这个。他打算在整场斗牛中都骑着它。他骑上马，在黑暗中坐在填得鼓鼓的大马鞍上等着入场，从那以后他已经一直在脑子里想着在整场斗牛中扎牛的情景。其余几个长矛手在他两边继续聊天。他没听到他们在谈什么。

两个剑手一起站在他们的三个杂役前面，他们的披风都一个式样地叠起来搭在他们的左臂上。曼纽尔在想着他背后的三个小伙子。他们三个都是马德里人，像埃尔南德斯一样，是约莫十九岁光景的小伙子。其中有一个吉卜赛人，神情严肃，沉着，脸黑黑的。他喜欢这人的模样。他转过身去。

"你叫什么名字，孩子？"他问吉卜赛人。

"富恩台斯，"吉卜赛人说。

"这个名字好，"曼纽尔说。

那吉卜赛人露出牙齿笑了笑。

"公牛一出场，你就迎上去，逗它跑一阵子，"曼纽尔说。

"行，"那吉卜赛人说。他脸很严肃。他开始考虑他该怎么干。

"开始了，"曼纽尔对埃尔南德斯说。

"好。咱们走吧。"

他们入场了，在弧光灯照耀下，穿过铺着沙的斗牛场。他们高高昂起的头随着音乐的节奏一摇一晃，右手自由地摆动着。斗牛队尾随着出来，长矛手骑马跟在后面，再后面是斗牛场的杂役和丁丁当当的骡子。他们穿过斗牛场的时候，人们为埃尔南德斯喝彩。他们威风凛凛、大摇大摆地迈步向前，眼睛笔直望着前面。

他们走到主席①面前，鞠了一躬，队伍就散开，各就各位。斗牛士走到围栏那儿，放下沉重的披风，换上轻的斗牛披风。骡子出去了。长矛手们绕着场子跃马奔驰，其中两个从他们进来的那扇门里出去了。杂役把地上的沙扫平。

雷塔纳的一个代理人给曼纽尔倒了一杯水，曼纽尔把水喝了。那人是做他的管事和给他拿剑的。埃尔南德斯刚跟自己的管事谈完话走过来。

"你很受欢迎，孩子，"曼纽尔向他祝贺。

"他们都喜欢我，"埃尔南德斯高兴地说。

"入场式怎么样？"曼纽尔问雷塔纳派来的人。

"像一场婚礼似的，"那个拿剑的人说。"很好。你出场就跟何塞里托②和贝尔蒙特③一模一样。"

舒里托骑着马打旁边走过，就像一座巨大的骑马人的雕像。他掉转马头，让它朝着斗牛场远远那一头的牛栏，牛将从那儿出场。待在弧光灯下，感觉很奇怪。为了多挣钱，他一般都是在午后灼热的骄阳下扎牛。他不喜欢像在弧光灯下扎牛这类的玩艺儿。他巴望快点开始。

曼纽尔走到他跟前。

"扎它，铁手，"他说。"给我煞一煞它的威风。"

"我会扎的，老弟，"舒里托往沙地上啐了一口唾沫。"我要叫它跳出斗牛场。"

"要用全身力量扎它，铁手，"曼纽尔说。

---

① 主席一般由省长担任，或由省长指定专人，指挥整个过程，有懂行的人在旁指点。

② 何塞里托系何塞的爱称。这里指著名斗牛士何塞·戈麦斯·奥尔泰加（1895—1920）。他又名加里托。

③ 即著名斗牛士胡安·贝尔蒙特（1892—1962）。

"我会用全身力量扎它的，"舒里托说。"它怎么还不出来？"

"现在它过来了，"曼纽尔说。

舒里托坐在马背上，脚套在盒式马镫里，他那两条穿着鹿皮护甲的粗壮的腿，紧紧把马夹住，左手挽着缰绳，右手握着长矛，他的阔边帽给拉到眼睛上面，挡开灯光，他注视着远处牛栏的门。马耳朵在抖动。舒里托用左手轻轻拍了拍马。

牛栏的那扇红门打开了，舒里托隔着斗牛场朝那空空的过道目不转睛地望了一会儿。接着，那条公牛一下子猛冲出来。它来到灯光底下的时候，四条腿滑了一下，随后就狂奔着冲过来，轻捷地飞跑着，除了在冲过来的时候它宽阔的鼻孔呼呼出气的声音以外没发出一点声响。从黑暗的畜栏里出来，自在了，它很高兴。

《先驱报》的那个后备斗牛评论员坐在第一排位子上，微微感到厌烦，向前俯着身子，在膝前的水泥墙上草草地写道："冈巴涅罗，黑种，42号，以每小时九十英里的速度气吁吁地出场……"

曼纽尔背靠着围栏，望着那条公牛，他一挥手，吉卜赛人就拖着披风跑了出来。那条公牛，低下头，翘起尾巴，转过身，狂奔着朝披风猛冲。吉卜赛人时左时右地跑着，当他从它身边经过的时候，公牛看到了他，就撇下披风，朝人冲过去。吉卜赛人飞跑着，就在公牛把牛角撞到围栏的红板壁上时，他从板壁上一跃而过。公牛用角抵了两次，都是盲目地抵进了木板。

《先驱报》的评论员点了一支香烟，把火柴扔到牛身上，然后在他的笔记本上写道："个儿很大，牛角粗壮，足以让用现钱买票的观众满意。冈巴涅罗似乎想切入斗牛士的地区。"

公牛猛撞板壁的时候，曼纽尔迈步走到硬沙地上。他从眼角里瞥见舒里托骑着一匹白马，在围栏附近，场地圆周左边大约四分之一的地方。曼纽尔把披风紧靠胸前举着，一手提着一个褶层，对公牛大喊："嘿！嘿！"公牛转过身，似乎把身子在板壁上猛抵一下，借这股势头急冲过来，直冲进披风。这时曼纽尔随着公牛这一下猛冲，往旁边跨了一步，脚跟一转，把披风在牛角前急转着挥了过去。这一次挥动停下的时候，他又面对着这头公牛，以同样的姿势把披风紧靠胸前举着，公牛再次冲来时，他又脚跟一转。他每一次挥动，人们就发出一阵呼喊。

他一连四次向牛挥动，把披风举得像滚滚的巨浪，每一次都把牛逗得转过身再向他冲来。第五次挥动结束以后，他把披风放在他臀部，转动脚跟，披风像芭蕾舞演员的裙子似的挥动着，逗得公牛像腰带一样绕着他打转。他闪开一步，让公牛面对着骑在白马上的舒里托。公牛走上前去，稳稳地站住。马朝着公牛，耳朵向前伸着，嘴唇在发抖，舒里托的帽子遮在眼睛上面，他俯身向前，夹在腋下的长矛前后伸出，一半向下，形成一个锐角，三角铁矛尖直指公牛。

《先驱报》后备评论员一边吸烟，一边看着牛，写道，"老将曼诺洛设计了一组观众喜爱的绝招，以酷似贝尔蒙特的风格结束，博得了老观众的喝彩。现在我们进入骑马扎牛的一场[①]。"

舒里托骑在马上，衡量着公牛和矛尖之间的距离。就在他看着的时候，公牛鼓起全身的劲儿冲过去，眼睛盯着马的前胸。它刚低下头去挑马，舒里托就把矛尖扎进公牛肩上隆起的那块肌肉里，用全身力量把长矛往下扎，同时用左手一拉，让白马腾空，马的前蹄踢蹬着。他一边把马往右一转，一边把牛往下面推，使牛角从马肚子下面平安地穿过去，马哆嗦着重又四脚着地。公牛朝埃尔南德斯用来逗它的披风冲过去的时候，尾巴擦过马的胸膛。

埃尔南德斯斜着朝另一个长矛手奔过去，用披风把公牛引出来带走。他把披风一挥，把牛镇住了，让它正好面对着马和骑在马上的人，他自己便退了回来。公牛一看见马就冲过去。长矛手用长矛

---

① 斗牛的全过程分三个阶段。第一阶段，由长矛手三次刺牛颈牛背。其间由剑手用红披风把牛从马前引开。第二阶段，由短枪手往牛颈牛背插短枪，从牛身侧插、从牛背插和迎面插。第三阶段，限十五分钟，十分、十三分、十五分各敲一次钟。由剑手左手持红旗、右手持剑引牛往返奔冲，在十五分钟内要刺死牛。主席根据其表现决定赏一只牛耳、两只牛耳或两只牛耳及牛尾（三级）。

扎牛，长矛顺着牛背滑过去。由于牛一冲，马吓得跳了起来，长矛手已经从马鞍上跌出了一半，再加上一枪没扎中，便抬起右腿，跌到了左边，马隔在他和牛中间。马给牛角挑了起来挑伤了，牛角抵进了它的身子，它砰的一声倒下，长矛手用靴子把马蹬开，脱出身来，躺在地上，等人家把他抱起来拖走后再站起来。

曼纽尔听任公牛去抵那匹倒下的马。他不必着急，长矛手的命保住了。再说，让那样一个长矛手担心，是有好处的。下一次他就可以持久一些。这些长矛手太糟了！他隔着沙地望着舒里托。舒里托在围栏附近，他的马直僵僵地站着，在等待。

"嘿！"他对牛叫喊，"来吧！"他两只手举起披风，要引起公牛注意。公牛撇下马朝披风冲来，曼纽尔斜着奔跑，让披风完全摊开，举在手里。他停止脚步，脚跟一转，引得公牛来个急转弯，正好对着舒里托。

"冈巴涅罗挑死了一匹劣马，却两次被长矛扎中，埃尔南德斯和曼诺洛把牛引开，"《先驱报》评论员写道。"它向马镫冲去，显然它对马并不爱惜。老将舒里托用长矛又显示了当年的勇猛，尤其值得注意的是他的绝技……"

"好啊！好啊！"坐在他旁边的那人大声叫道。叫声给淹没在一片吼声中，他拍拍评论员的背。评论员抬头一看，只见舒里托就站在他下面，骑在马上，整个身子向外扑出去，长矛夹在腋下，倾斜着，形成一个锐角。他几乎可以说是握住了矛尖，用全身力量往下扎，使公牛不能走近，公牛又推又抵，想用角去挑马，舒里托把身子向外扑出去，在牛上面，抵住牛，借着那股压力，慢慢地把马转了个身，所以最后马还是脱身了。舒里托觉得马脱身了，牛可以过去了，于是就放松了用来死死抵住公牛的钢矛。牛从矛下挣脱出来的时候，三角钢矛尖把它隆起的肩肉撕裂了。公牛一下子看见埃尔南德斯的披风就在嘴前，便莽撞地朝披风冲去，那小伙子把它引到了空旷的斗牛场上。

舒里托坐在那儿拍着他的马，看着公牛在明亮的灯光下朝埃尔南德斯正在挥动着逗它的披风冲去，这时候，人们大声喊叫起来。

"你看见那条牛吗？"他对曼纽尔说。

"那是个奇迹，"曼纽尔说。

"那一次我扎中了它，"舒里托说。"瞧它现在。"

在披风急转一下过去以后，公牛一滑，跪了下来。它马上又站了起来，可是在沙地那一头的曼纽尔和舒里托却远远地看见血涌出来闪出亮光，在公牛的黑色肩膀的衬托下显得很光滑。

"那一次我扎中了它，"舒里托说。

"它是条好牛，"曼纽尔说。

"要是让我再扎一下，我就把它干掉了，"舒里托说。

"要让我们干下一场了，"曼纽尔说。

"瞧它现在，"舒里托说。

"我得上那儿去了，"曼纽尔说，开始朝场子的那一头跑去。那儿几个长矛手的助手正拉着马缰绳把一匹马牵到公牛那儿去。他们列队用棍子什么的使劲抽打着马腿，想把它赶到公牛跟前。公牛站在那儿，低着头，蹄子抓扒着，还下不定决心冲出去。

舒里托坐在马上，骑马慢步走到那儿，绷着脸看着，没一个细节逃过他的眼睛。

最后公牛往前冲了，牵马的人朝围栏那儿逃去，长矛手一下扎得太后，公牛冲到了马的身子底下，把马挑了起来，摔在自己的背上。

舒里托在一旁看着。穿着红衬衫的助手们[①]，跑过去把长矛手拖出来。现在长矛手站在那儿，一边咒骂一边活动自己的两条胳膊。曼纽尔和埃尔南德斯拿着披风等着。那条庞大的黑牛背上顶了匹马，马蹄耷拉下来晃动着，马缰绳给缠在牛角上。黑牛背着一匹马，短短的腿跟跟跄跄地走着，接着就弓起脖子，又是顶、又是抵、又是冲，要把马甩掉，马滑了下来。于是公牛就朝曼纽尔拉开

---

① 长矛手的助手（mono）穿红衣是为了引牛冲向长矛手。

了逗它的披风猛冲过来。

曼纽尔感到公牛的动作慢了下来。它血淌得很多。半边身子上淌下的血闪闪发亮。

曼纽尔又拿披风逗它。它睁大眼睛，样子可怕地盯着披风冲了过来。曼纽尔往旁边跨了一步，举起双臂，在公牛前面绷紧披风，来了一下绝招。

现在他面对着公牛。对，它的头垂下去一点儿。它把头垂得再低一点。那是舒里托的功劳。

曼纽尔猎猎地抖动披风；公牛冲过来了；他又往旁边跨了一步，又来了个绝招，把披风转了过去。他想，它抵得可真准啊。它已经冲够了，所以这会儿只是看着。它这会儿正在搜索。它眼睛盯着我。可我还是要一直用披风逗它。

他朝公牛抖动披风；公牛冲了过来；他往旁边跨了一步。这一次近得可怕。我可不想那么靠近它。

公牛打他身边冲过去的时候，披风从牛背上掠过，边上让血沾湿了。

好吧，这是最后一次了。

曼纽尔脸朝着公牛，牛以前每次冲过来都跟着他一起转身，他用双手举着披风逗牛。牛朝他看着。眼睛注视着，角笔直伸向前面，公牛朝他看着，注视着。

"嘿！"曼纽尔喊了声"牛！"身子往后一仰，把披风向前一挥。牛过来了。他往旁边跨了一步，在背后挥动披风，脚跟一转，牛就跟着披风打转，接着牛就什么也不能干了，让这一招镇住了，由披风控制着。曼纽尔用一只手在它鼻子下挥动披风，表示牛已经镇住，便走开了。

没有人喝彩。

曼纽尔穿过沙地朝围栏走去，这时候舒里托骑马走出场地。在曼纽尔斗牛的时候，已经吹过喇叭表示要换到插短枪的一场了。他没有察觉。长矛手的助手们给两匹死马盖上帆布，在它们周围撒上木屑。

曼纽尔来到围栏跟前喝水。雷塔纳派来的那个人递给他一个沉甸甸的素烧瓷大口壶。

高个子吉卜赛人富恩台斯站在那儿，手里拿着一对短枪，把两支枪并在一起拿着，细细的红杆儿，像鱼钩似的枪头露在外面。他望了望曼纽尔。

"上场吧，"曼纽尔说。

吉卜赛人快步跑上场。曼纽尔放下水壶，望着。他用手帕擦了擦脸。

《先驱报》的评论员伸手去拿放在双脚中间的热呼呼的香槟酒，喝了一口，结束了他的这一段文章。

"——上了年纪的曼诺洛表演了一组庸俗的挥动披风以后，没有博得喝彩，我们进入了第三地区。"

公牛孤零零地站在场地中央，仍然给镇住了，一动不动。脊梁挺直，个子高高的富恩台斯傲慢地朝牛走去，两臂伸着，一手拿着一根细细的红杆儿，用手指握着，尖头笔直指向前面。富恩台斯往前走去。在他后面的一边，有一个杂役拿着件披风。公牛看看他，不再愣住。

它眼睛注视着富恩台斯。他现在一动不动地站在那儿。他身子往后一仰，呼唤着牛。富恩台斯转动两根短枪，钢枪尖上的闪光引起了公牛的注意。

它翘起尾巴向前猛冲。

它眼睛盯着那人，笔直冲过来。富恩台斯一动不动地站住，身子往后仰着，短枪尖指向前面。公牛低下头来挑他，富恩台斯便身子往后一仰，两臂并拢了举起来，两手也碰在一起，两把短枪成了两条下垂的红线，他俯身把枪尖扎进牛的肩膀，把整个身子俯在牛角上面，支着笔直的枪杆两腿并拢转了个身，身子弯向一边让公牛冲过去。

"好啊！"人们喊道。

公牛狂野地用角挑着，像条鳟鱼似的蹦跳，四个蹄子都离开了地。它蹦跳的时候，短枪的红杆儿晃动着。

曼纽尔站在围栏那儿，注意到牛总是往右边挑。

"叫他把下一对枪扎在右边，"他对跑去给富恩台斯送另一对短枪的那个小伙子说。

一只重重的手放在他肩上。那是舒里托。

"你觉得怎么样，老弟？"他问。

曼纽尔注视着牛。

舒里托俯身靠着围栏，全身力量压在胳臂上。曼纽尔朝他转过头去。

"你干得好，"舒里托说。

曼纽尔摇摇头。在下一场以前，他没事可干，吉卜赛人用短枪扎得很好。公牛在下一场朝他冲来时会处在很好的状态。它是一条好牛。到现在为止，斗得都还轻松，他所担心的是最后用剑把牛扎死。他倒也并不是真的担心。这件事他甚至想都没想过。可是站在那儿，他却深深感到焦虑。他望望那条牛，计划着他怎样搏斗，怎样用红巾斗倒公牛，把它制服。

吉卜赛人再次出场，朝公牛走去，像个在舞厅里跳舞的人，用竞走的步伐气势汹汹地走过去，短枪的红杆儿随着他的步伐一上一下地动着。公牛注视着他，现在不发呆了，在搜索他，但是却在等他走近，以便很有把握地冲到他那儿，用角抵他。

富恩台斯正在往前走，牛冲了过来。牛冲来的时候，富恩台斯跑过四分之一圆周，趁牛往回跑经过他身边，突然停下，向前一转，踮起脚，两臂笔直伸出去，正好在牛抵他没抵着的时候，把短枪笔直扎进了巨大结实的肩胛肉里。

观众看到这里都疯狂了。

"那小伙子在夜场不会斗多久了，"雷塔纳派来的那个人对舒里托说。

"他真不错，"舒里托说。

"瞧他现在。"

他们望着。

富恩台斯背靠围栏站着。斗牛队里有两个人在他后面，拿着披风准备在板壁上面抖动来分散牛的注意力。

公牛伸着舌头，身子一起一伏的，正注视着吉卜赛人。它想这下可逮住他了。就将他抵在红板上。只消冲很短一段路就行了。牛注视着他。

吉卜赛人身子往后仰，缩回双臂，短枪直指公牛。他唤了牛一声，一只脚跺了一下。公牛起了疑心。它要抵这个人。不要再在肩膀上挨扎。

富恩台斯又往公牛逼近一点。身子往后仰。又唤了一声。观众当中有人大声发出了一个警告。

"他真妈的走得太近了，"舒里托说。

"瞧他，"雷塔纳的那个人说。

富恩台斯身子往后仰着用短枪逗牛，接着就一跃而起，双脚离开了地面。正在他跳起来的时候，公牛翘起尾巴朝他冲来。富恩台斯脚尖着地，双臂平伸，整个身子扑向前面，一边转身躲开牛的右角，一边把两支短枪直插下去。

牛砰的一声撞上围栏，它抵人没抵着，却看到了抖动的披风。

吉卜赛人一边沿着围栏朝曼纽尔跑来，一边接受着观众的喝彩。他的背心有一处没有及时躲开牛角尖，给捅破了。他为此感到高兴，把它指给观众看。他绕场跑了一圈。舒里托看见他走过去，还微笑着指指背心。他也对他微笑。

另外有个人把最后一对短枪插上牛肩。没有人注意他。

雷塔纳的人把一根棍子塞进红巾的布里面，把布在棍子上折好，从围栏上递给曼纽尔。他从皮剑鞘里拔出一把剑，握着皮剑鞘，从板壁上递给曼纽尔。曼纽尔握住红剑柄把剑抽出来，软软的剑鞘掉到了地上。

他望了望舒里托。那大个儿看见他在冒汗。

"这下你可以把它干掉了，老弟，"舒里托说。

曼纽尔点点头。

"它现在的状况很好，"舒里托说。

"正像你希望的，"雷塔纳的那个人叫他放心。

曼纽尔点点头。

上面，喇叭手在屋顶底下吹最后一场的喇叭。曼纽尔横过场地走到一些黑魆魆的包厢下面，主席准是坐在其中一个包厢里。

《先驱报》后备斗牛评论员坐在前排位子上，喝了一大口热乎乎的香槟酒。他断定不值得写一篇特写，准备回办公室以后再把这场斗牛的报道写完。不管怎样，这场斗牛算得了什么呢？只不过是夜场罢了。即使他错过了什么，他也可以从晨报中摘一些出来。他又喝了一口香槟酒。十二点钟，他在马克西姆饭店还有个约会。不管怎样，这些斗牛士又都是些什么家伙呢？是些小孩子和叫化子。一群叫化子。他把拍纸簿放进口袋，向曼纽尔望望。曼纽尔孤零零一个人站在场地上，挥着帽子朝黑魆魆的观众席高处他看不见的一个包厢行礼。公牛在场地上默默地站着，什么也不看。

"主席先生，我向您，向世界上最聪明、最慷慨的马德里公众，献上这一条公牛，"这是曼纽尔说的话。那是俗套话。他从头到尾讲了。对夜场来说，讲得未免太长了一点儿。

他朝暗处鞠了躬，挺直身子，把帽子往肩后一抛，左手拿着红巾，右手握着剑，朝公牛走去。

曼纽尔朝公牛走去。公牛看着他；它的眼睛很敏锐。曼纽尔看到几把短枪在它左肩上挂下来，还看到舒里托的长矛扎的口子里不停地淌出来的鲜血。他看到牛蹄的姿势。他一边左手握巾右手握剑朝它走去，一边盯着牛蹄子。牛不收拢蹄子是不可能往前冲的。现在它正呆呆地四个蹄子分开站着。

曼纽尔一边注视着它的蹄子，一边朝它走去。这没什么。他干得了。他一定得设法叫牛低下头来，那样，他就可以从牛角中间伸过去，把牛杀死。他没考虑剑，也没考虑杀牛。他一次只考虑一件事。不过，即将来临的事却使他烦恼。他一边往前走一边注视着牛蹄，接连地看见牛的眼睛，牛的潮湿的嘴，分得很开、往前伸着的牛角。公牛的眼睛周围有淡淡的一圈。牛眼睛盯着曼纽尔。它感觉到，它就要把这个白脸的小东西干掉了。

曼纽尔现在一动不动地站着，用剑把红巾的布挑开，剑头刺进红布，握在左手的剑把红法兰绒像船帆似的挑开，曼纽尔看到牛角的尖儿。有一个角在围栏上撞得裂开了。另一个角却像豪猪的刺一样尖。曼纽尔在挑开红巾的时候还看到牛角的白色底部让血染红了。他看到这些东西的时候，眼睛一直没离开牛蹄。公牛目不转睛地望着曼纽尔。

它现在采取守势，曼纽尔想。它正在积聚力量。我得逗得它脱离这种状态，把头低下来。要一直叫它把头低下来。舒里托一度曾经斗得它低下了头，可是它又抬起头了。我一旦惹得它走动，它准会流血，这样它就会低下头来。

他拿着红巾，左手握着剑，把那条红巾在牛面前展开，他呼唤着牛。

牛看看他。

他凶狠地往后一仰，摇晃着展开的红法兰绒。

公牛看到了红巾。在弧光灯下，那条红巾鲜红鲜红的。公牛把蹄子并拢了。

它冲了过来。呼！牛冲来的时候，曼纽尔转了个身，举起红巾，让红巾从牛角上过去，从头掠过宽阔的牛背一直到尾巴。公牛这一次冲得四脚腾空。曼纽尔没有动。

这一下结束的时候，公牛像条转过墙角的猫似的转了个身，把脸朝着曼纽尔。

它又采取攻势了。它的那种迟钝的状态消失了。曼纽尔看到又有鲜血亮闪闪地从黑色的肩膀淌下来，顺着牛腿往下滴。他把剑从红巾上拔出来，握在右手。左手把红巾握得低低的，他偏向左边。唤了一声牛。牛腿并拢了，牛眼睛盯着红巾。牛冲了过来，曼纽尔想。哟!

他见牛冲过来,便顺势一转,把红巾在公牛前面挥过去,他双脚站稳,剑跟着那曲线,在弧光灯下闪出一点亮光。

这一下自然挥巾①刚结束,牛再一次冲了过来,曼纽尔提起红巾作了一次胸前挥巾②。公牛稳稳地在提起的红巾下从他胸前冲过去。曼纽尔把头往后一仰,躲开咔嗒咔嗒响着的短枪杆。公牛从他旁边经过,它那发烫的黑身体擦过了他的胸膛。

该死的,太近了,曼纽尔想。俯在围栏上的舒里托对吉卜赛人匆匆说了几句话,吉卜赛人拿着件披风朝曼纽尔快步跑来。舒里托把帽子拉得很低,从场地那头望着曼纽尔。

曼纽尔又面对着公牛,红巾低低地握在左边。公牛一看见红巾就低下了头。

"要是贝尔蒙特来这么一招,人们肯定会发狂,"雷塔纳的手下说。

舒里托没接口。他正注视着站在场地中央的曼纽尔。

"老板打哪儿找来这么个家伙?"雷塔纳的手下问道。

"从医院里,"舒里托说。

"他该死的马上又要去那儿了,"雷塔纳的手下说。

舒里托转过脸去看着他。

"敲敲这个③,"他指着围栏说。

"我只是开玩笑啊,老兄,"雷塔纳的手下说。

"敲敲木板。"

雷塔纳的手下向前俯下身子在围栏上敲了三次。

"瞧这场搏斗吧,"舒里托说。

---

① 自然挥巾(pase natural),剑手左手持巾,右手垂直持剑。剑头朝下,靠近右腿,身体略向左倾,让牛从左侧冲过。
② 胸前挥巾(pase de pecho),剑手高举披风,从外伸向身边,引牛冲来,让牛角从胸前擦过。
③ 一种迷信,说了不吉利的话,要敲敲木板,免得应验。

在场地中央，弧光灯下，曼纽尔面对着公牛跪着，当他双手举起红巾的时候，公牛又翘着尾巴冲过来了。

曼纽尔一转身躲开了，当牛再次冲过来的时候，把红巾绕着自己挥了半圈，把牛也逗得跪了下来。

"嗬，那家伙还是个了不起的斗牛士呢，"雷塔纳的手下说。

"不，他不是，"舒里托说。

曼纽尔站起身来，左手拿着红巾，右手握着剑，接受了从黑魆魆的观众席上发出的喝彩声。

公牛不再跪着，却弓起身子，站在那儿等待，头低低地耷拉着。

舒里托对斗牛队里另外两个小伙子说了些什么，他们跑到场上，拿了披风站在曼纽尔背后。现在他背后有了四个人了。自从他第一次拿着红巾出场，埃尔南德斯就跟着他。富恩台斯站在那儿注视着，把披风紧靠身子拿着。他身材高高的，很悠闲地站着，用懒洋洋的眼神观看着。现在这两个人走了过来。埃尔南德斯叫他们一人一边站着。曼纽尔独自一人面对着公牛。

曼纽尔挥手叫拿披风的人往后退。他们小心翼翼地退后几步，只见他脸色发白，直冒着汗。

难道他们连应该后退都不知道吗？在牛已经镇住，可以把它干掉的时候，还要用披风来引牛注意吗？没这类事就已经够他心烦的了。

牛站着，四脚分开，望着红巾。曼纽尔用左手挥巾。公牛眼睛盯着红巾看。沉重的身体由脚支撑着。它的头垂下了，但不算太低。

曼纽尔朝它提起红巾。公牛还是不动。只是用眼睛注视着。

它像铅铸似的，曼纽尔想。它宽阔而壮实。它骨架很好。它会经受得住的。

他用斗牛的术语想着。有时候他头脑在想事，心里却并不出现那特定的术语，他并没有意识到自己头脑在想事，这是他的本能和

250

他的知识在自动地起作用，他的脑子在慢慢地用言语的形式表达着、想着。关于公牛的那一套他全都懂。他用不着去想。他只消做那该做的事就行了。他的眼睛注意着一切，他的身体作出必要的反应，不用思考。他要是动脑筋想，那他就要完蛋了。

如今，他面对着公牛，同时意识到许多事情。牛角就在那儿，一个裂开，另一个又尖又光滑，他得侧着身子朝左边那个角又快又准地逼近，放下红巾，叫牛跟着红巾下去，然后在牛角上面扑过去，把剑扎进像一个五比塞塔硬币那么大的一小块地方。那地方就在脖子后面，两块隆起的肩胛之间。他必须做所有这一切，然后必须从两个牛角中间缩回身子。他意识到必须做所有这一切，但是他唯一的念头是以这几个字表现出来："又快又准。"

"又快又准，"他一边挥动红巾，一边想。又快又准。又快又准，他把剑从红巾上抽出来，侧身朝着裂开的那个牛角，放低红巾让它横在他身前，使自己握着剑的右手齐他的眼睛，这就形成了一个十字形，然后踮起脚，顺着下垂的剑锋瞄准牛肩中间那块隆起的地方。

他又快又准地扑到牛身上。

一下冲撞，他感到自己腾空了。他腾起来到了牛身上的时候，把剑往下扎，剑从他手里飞了出去。他摔到地上，牛俯身在他上面。曼纽尔躺在地上，用他穿着便鞋的双脚踢着牛的嘴和鼻子。踢着，踢着，牛在寻他，有时太兴奋看不见他了，有时用头撞他，有时用角抵着沙地。曼纽尔像一个使球不落地的人似的踢着，叫公牛没法很准地用角抵他。

曼纽尔感到背上有风，那是别人在挥动披风引牛，后来牛走开了，从他身上一跃而过。它的肚子闪过去的时候，只见一片黑暗。牛甚至没踩在他身上。

曼纽尔站了起来，捡起红巾。富恩台斯把剑递给他。剑碰到肩胛骨的地方弯了。曼纽尔把它放在膝头上扳扳直，朝公牛跑去。公牛现在站在一匹死马旁边。他一边跑，腋下外衣破裂的地方啪哒啪哒地飘动着。

"引它离开那儿,"曼纽尔对吉卜赛人大声嚷道。公牛闻到死马的血腥味儿,用角把盖在上面的帆布抵破了。它朝富恩台斯的披风冲去,帆布挂在裂开的牛角上,逗得观众大笑起来。它来到场子上,摇着头要把帆布甩掉。埃尔南德斯从他后面跑过来,抓住帆布的一角,轻巧地把它从牛角上拉掉。

公牛追着帆布,刚冲了一半,就停了下来。它又采取守势。曼纽尔拿着剑和红巾,朝它走去。曼纽尔在它面前挥动红巾。公牛就是不冲。

曼纽尔侧身朝着公牛,顺着下垂的剑锋瞄准地方。公牛一动不动,仿佛站在那儿死掉了,再也不能向前冲似的。

曼纽尔踮起脚尖,顺着钢剑瞄准,猛扎下去。

又是一下冲撞,他只觉得自己给猛的一下顶了回来,重重地摔倒在沙地上。这次可没机会踢了。牛在他上面。曼纽尔躺在那儿,像死了似的,头伏在胳臂上,牛在抵他。抵他的背,抵他那埋在沙土里的脸。他感觉到牛角戳进他交叉着的胳臂中间的沙土里。牛抵着他的腰。他把脸埋进沙土里。牛角抵穿他的一个袖子,牛把袖子扯了下来。曼纽尔给挑了起来甩掉了,牛便去追披风。

曼纽尔爬起身,找到剑和红巾,用拇指试了试剑头,跑到围栏那儿去换一把剑。

雷塔纳的那个手下从围栏边沿上面把剑递给他。

"把脸擦干净,"他说。

曼纽尔又朝牛跑过去,用手帕擦着被血染污的脸。他没看见舒里托。舒里托在哪儿呢?

斗牛队已经从牛那儿走开,拿着披风等着。牛站在那儿,在一场搏斗以后,又变得迟钝和发呆了。

曼纽尔拿着红巾朝它走去。他停住脚步,挥动红巾。牛没有反应。他在牛嘴跟前把红巾从右到左,从左到右地摆动。牛用眼睛盯着红巾,身子跟着红巾转动,可是它不冲。它在等曼纽尔。

曼纽尔着急了。除了走过去，没别的办法。又快又准。他侧着身子挨近公牛，把红巾横在身前，猛地一扑。他把剑扎下去的时候，身子往左一闪避开牛角。公牛打他身边冲过去，剑飞到了空中，在弧光灯下闪闪发光，带着红巾儿掉在了沙地上。

曼纽尔跑过去，捡起剑。剑折弯了，他把它放在膝头上扳扳直。

他朝牛奔过去。这会儿牛又给镇住了。他从手里拿着披风站在那儿的埃尔南德斯面前经过。

"它全身都是骨头，"那小伙子鼓励他说。

曼纽尔点点头，一边擦擦脸。他把血污的手帕放进口袋。

公牛就在那儿。它现在离围栏很近。该死的牛。也许它真的全身都是骨头。也许没什么地方可以让剑扎进去。真倒霉，没地方！他偏要扎进去让他们瞧瞧。

他挥动着红巾试了试，公牛不动。曼纽尔像剁肉似的把红巾在公牛面前一前一后地挥动着。还是一动不动。

他收起红巾，拔出剑，侧身往牛身上扎下去。他感到他把剑插进去的时候，剑弯了，他用全身力量压在上面，剑飞到了空中，翻了个身掉进观众当中。剑弹出去的时候，曼纽尔身子一闪，躲开了牛角。

黑地里扔来的第一批坐垫没打中他。接着，有一个打中他的脸，他那血污的脸朝观众看看。坐垫纷纷扔下来，散落在沙地上。有人从附近扔来一个空的香槟酒瓶。它打在曼纽尔的脚上。他站在那儿望着扔东西来的暗处。接着从空中呼的一声飞来一样东西，擦过他身边，曼纽尔俯身把它捡起来。那是他的剑。他把剑放在膝头上扳扳直，然后拿着它向观众挥了挥。

"谢谢你们，"他说，"谢谢你们。"

呸，这些讨厌的杂种！讨厌的杂种！呸，可恶的、讨厌的杂种！他跑的时候，脚底下给一个坐垫绊了一下。

公牛就在那儿。跟以前一样。好吧，你这讨厌的、可恶的杂种!

曼纽尔把红巾在公牛的黑嘴跟前挥动着。

牛一动不动。

你不动!好!他跨前一步把杆子的尖头塞进公牛的潮湿的嘴。

他往回跳的时候,公牛扑到他身上,他在一个坐垫上绊了一下,就在这时候,他感到牛角抵进了他的身子,抵进了他的腰部。他双手抓住牛角,像骑马似的往后退,紧紧抓住那个地方。牛把他甩开,他脱身了。他就一动不动地躺着。这没关系。牛走开了。

他站起身来,咳嗽着,感到好像粉身碎骨,死掉了似的。这些讨厌的杂种!

"把剑给我,"他大声叫道,"把那东西给我。"

富恩台斯拿着红巾和剑过来。

埃尔南德斯用胳臂搂着他。

"上医务所去吧,老兄,"他说。"别做他妈的傻瓜了。"

"走开,"曼纽尔说。"该死的,给我走开。"

他挣脱了身子。埃尔南德斯耸耸肩膀。曼纽尔朝公牛奔去。

公牛站在那儿,庞大而且站得很稳。

好吧,你这杂种!曼纽尔把剑从红巾中抽出来,用同样的动作瞄准,扑到牛身上去。他觉得剑一路扎下去。一直扎到齐护圈。四个手指和他的拇指都伸进了牛的身子,鲜血热呼呼地涌到他的指关节上,他扑在牛身上。

他伏在牛身上的时候,牛踉踉跄跄似乎要倒下;接着他站到了地上。他望着,公牛先是慢慢地向一边倒翻在地;接着突然就四脚朝天了。

然后他向观众挥手,他的手刚给牛血暖得热呼呼的。

好吧,你们这些杂种!他要说些什么,可是他咳嗽起来。又热又闷。他低头望望红巾。他得过去向主席行礼。该死的主席!他坐了下来,望着什么。那是公牛。它四脚朝天,粗大的舌头伸了出来。肚子上和腿底下有什么东西在爬。毛稀的地方有东西在爬。死牛。让牛见鬼去吧！让这一切都见鬼去吧！他挣扎着站起来，又开始咳嗽了。他再坐下来，咳嗽着。有人过来，扶他站直。

他们抬着他，穿过场子到医务所去，带着他跑过沙地，骡子进来的时候，他们在门口给堵住了，然后拐进黑黑的过道。把他抬上楼梯的时候，人们不满地咕哝着，最后他们把他放了下来。

医生和两个穿白衣服的人正等着他。他们把他放在手术台上，给他剪开衬衣。曼纽尔觉得很疲乏。他整个胸腔感到发烧。他咳嗽起来，他们把一样东西放在他嘴跟前。人人都十分忙碌。

一道电灯光照着他的眼睛。他把眼睛闭上了。

他听到有人踏着很重的脚步上楼来。然后他就听不见了。然后听见远远的声音。那是观众发出的声音。是啊，得有人杀死他的另一条牛。他们已经把他的衬衣完全剪开了。医生朝他笑笑。雷塔纳在那儿。

"你好，雷塔纳！"曼纽尔说。他听不见他的声音。

雷塔纳朝他笑笑，对他说了些什么。曼纽尔听不见。

舒里托站在手术台旁边，俯身看着医生在工作的地方。他还穿着长矛手的衣服，没戴帽子。

舒里托对他说了些什么。曼纽尔听不见。

舒里托正在跟雷塔纳说话。一个穿白衣服的人笑了笑，把一把剪刀递给雷塔纳。雷塔纳把它交给舒里托。舒里托对曼纽尔说了些什么。他听不见。

让这手术台见鬼去吧！他以前在许多手术台上躺过。他不会死。要死的话，会有一个神父在场。

舒里托对他说了些什么。举着剪刀。

对了，他们要剪掉他的辫子。他们要剪掉他的小辫子。

曼纽尔在手术台上坐了起来。医生气愤地往后退了一步。有人抓住他，扶着他。

"你不能干这样的事，铁手，"他说。

舒里托的声音他突然听见了，听清楚了。

255

"好吧，"舒里托说。"我不剪。我是开玩笑。"

"我干得好，"曼纽尔说。"我只是不走运罢了。"

曼纽尔又躺了下来。他们在他脸上放了一样什么东西。那东西很熟悉。他深深地吸着。他感到很疲乏。他非常、非常疲乏。他们把那东西从他脸上拿开。

"我干得好，"曼纽尔有气无力地说。"我干得出色。"

雷塔纳朝舒里托看看，朝门口走去。

"我留在这儿陪他，"舒里托说。

雷塔纳耸耸肩膀。

曼纽尔张开眼睛，望望舒里托。

"我不是干得好吗，铁手？"他问，要舒里托表示同意。

"当然，"舒里托说。"你干得出色。"

医生的助手把个圆锥形的东西罩在曼纽尔脸上，他深深地吸着。舒里托手足无措地站着，看着。

文　光　译

在 异 乡

秋天，大战还在进行着，但我们再也不去打仗了。米兰的秋天冷飕飕的，天黑得很早。转眼间华灯初上，沿街看看橱窗很惬意。店门外挂着许多野味，雪花洒在狐狸的皮毛上，寒风吹动它们的尾巴。掏空内脏的僵硬的鹿沉甸甸地给吊着，一串串小鸟在风中飘摇，风儿吹动它们的羽毛。这是个很冷的秋天，风从山冈上朝南吹来。

每天下午，我们都上医院去，在暮色中穿过市区，有三条不同的路通往医院。其中有两条沿着运河，可是路太长。然而人们总得跨过一条运河的一座桥，才能走进医院。有三座桥可供挑选。其中一座上有个卖炒栗子的女人。站在她的炭火前觉得很暖和，等炒栗子放进你的口袋，好一会都是热乎乎的。医院很古老，也很美，你进得院门，穿过一片院落，从另一端一扇院门出去就到。经常有葬礼仪式从院落里开始。这老医院对面有几幢新造的砖砌分科小病房，我们每天下午在那里相聚，坐在将使我们大为好转的理疗椅里，大家彬彬有礼，互相关心地问是什么病。

医生走到我坐的理疗椅旁说："你在战前最喜欢干什么？你搞过体育活动吗？"

我说："不错，踢足球。"

"好，"他说。"你将能重新踢足球，比以前踢得更好。"

我的膝关节弯不动，大腿从膝盖直削到踝节，没有腿肚子，要由这理疗器来使膝关节能弯曲。像蹬三轮自行车那样灵活。可是眼下还不能弯，而那理疗器触及膝关节时便会往一边倾斜。医生说："一切都会顺利的。小伙子，你是个幸运儿。你将能重新踢足球，像个锦标选手。"

旁边那台理疗椅上坐着一位少校。他的一只手小得像个娃娃的手。由两条上下翻动的牵引带夹着那只小手，拍打着那些僵硬的手指，轮到医生来检查时，少校对我眨眨眼，说："我也能重新踢足球吗，上尉大夫？"他曾是非常高超的击剑手，是意大利战前最优秀的一个。

医生回到后面的诊所里，拿来一张照片，拍的是一只曾经萎缩的手，几乎同少校的一样小，显示整形之前和经过治疗后大了一点的形象。少校用那只好手拿着照片，十分仔细地瞧着。"是枪伤吗？"他问。

"是工伤，"医生回答。

"很有意思，很有意思，"少校说，把照片递还给医生。

"你该有信心了吧？"

"不，"少校答道。

每天，还有三个同我年龄相仿的小伙子到医院来。他们都是米兰人，一个想当律师，一个要做画家，另一个立志当兵，等我们结束了治疗，有时一起步行回去，到斯卡拉歌剧院隔壁的柯伐咖啡馆去。因为四人结伴同行，就敢于抄近路，穿过共产党人聚居区。那里的人恨我们，因为我们是军官，我们走过时，一家酒店里有人喊叫："A basso gli ufficiali! "①另外有个年轻人，有时跟我们同路，凑成五个伙伴，他脸上蒙着一块黑丝绢，因为他当时没有鼻子，有待于整形。他从军校直接上了前线，第一次上火线，一小时内便负了伤。大夫们给他整了形，可是他出身于一个非常古老的世家，医生怎么也没法把他的鼻子弄端正。他到过南美洲，在一家银行里工作。这可是很久以前的事了，再说，我们谁都不知道战争结束后会怎么样。我们当时只知道仗一直在打，但我们再也不用上前线了。

我们都佩着同样的勋章，除了脸上包着黑丝绢的小伙子，他在前线还待得不够长，没法得到勋章。那个想当律师、脸色苍白的高

---

① 意大利语，"打倒军官！"

个子得了三枚勋章，而那种勋章我们各自只有一枚，因为他是意大利突击队上尉。他在前线待过好久，九死一生，故而有些超然物外。其实我们都有些超脱，除了每天下午在医院里相遇外，没什么更深的交情了。然而，每当我们穿过城里那个棘手的地区到柯伐咖啡馆去，在黑夜中走着，酒店里灯光闪烁、歌声不绝，或者有时人行道上男男女女熙来攘往，我们不得不推开众人，才能在大街上前行，感到被某种类似的遭遇团结在一起，这是那些讨厌我们的人无法理解的。

我们几个都很熟悉柯伐咖啡馆，那儿富丽，温暖，灯光不太炫目，每天总有一段时间人声鼎沸，烟雾弥漫，并且总是有些姑娘坐在桌边，壁架上摆着几份有插图的报纸。柯伐的姑娘们非常爱国，我发现，在意大利最最爱国的正是这些咖啡馆的姑娘——而且我相信她们现在还是爱国的。

起初，因为我佩着勋章，那些伙伴对我颇有礼貌，问我是怎样获得勋章的。我便拿出奖状给他们看，上面尽是些冠冕堂皇的词句，满是 fratellanza 和 abnegazione① 等字眼，但是，去掉了那些形容词儿，真正的含义是我的受奖仅仅由于我是个美国人。打那以后，他们对我的态度有点变了。尽管跟外人相比，我还好算是他们的朋友。我是他们的朋友，然而自从看过奖状上的评语后，他们不再把我当知心人了，因为经历不同，他们是历尽艰险才得到勋章的。诚然，我负了伤；可大伙儿都明白，战时负伤只是偶然不幸而已。不过，我从未感到受奖有愧，有时，下午喝鸡尾酒的时间一过，我会想像自己也经历过伙伴们为得到勋章而干的一切；可是，在晚上的寒风中，路边的店门都关上了，我在空荡荡的街上走回家去，尽量挨着街灯走，我明白自己决不可能冒那种险，我当时是多么怕死，于是我时常夜间独自躺在床上，想到死就害怕，担心重返前线后的光景如何。

---

① 意大利语，意为"友爱"和"克己"。

那三个佩勋章的人像三只勇猛的猎鹰；我却不是，尽管从未打过猎的人可能把我也看作兀鹰；这一点，他们仨很清楚，于是我们分手了。不过我跟那个在前线第一天就挂彩的小伙子仍是好朋友，因为他现在根本无法知道自己会变成一个怎么样的人了；所以他也决不会被他们看作知己，而我喜欢他，因为我想或许他也不会变成兀鹰了。

那位少校，杰出的击剑手，可不相信人的勇气，每当我们坐在理疗椅中，他总要不厌其烦地纠正我的意大利语法。他曾夸奖我的意大利口语很流畅，我们便轻松自如地聊起来。有一天，我对他说，意大利语在我看来太容易了，我不太有兴趣了；实在太容易讲了。"嗯，不错，"少校说。"那你为什么不研究一下语法呢？"于是我们研究起语法来，不久，我就感到意大利文实在太难了，以致我脑子里没弄清语法结构时，不敢同他交谈了。

少校总是按时上医院来。我记得他从不错过一天，尽管我可以肯定他并不相信这理疗椅。有一段时期，我们谁都不信这玩艺儿，有一天，少校甚至说，这东西全是胡闹。那时，那种理疗椅刚问世，我们正好去做试验品。这真是白痴想出的花样，他说，"纸上谈兵，跟任何理论一样。"我没学好意大利语法，他说我是个不可救药、丢人现眼的笨蛋，而他自己也是个傻瓜，竟然费心思来教我。他长得矮小，却笔挺地坐在理疗椅中，右手伸进机器，让牵引带夹着手指上下翻动，眼睛直盯着墙壁。

"等战争结束了，要是真有那么一天的话，你打算干什么？"他问我。"注意，语法要正确！"

"我要回美国。"

"你结婚了吗？"

"没有，但很想。"

"你真是太蠢了，"他说。他看上去很恼火。"男人决不能结婚。"

"为什么，少校先生？"

"别叫我少校先生。"

"为什么男人不该结婚?"

"不该,就是不该,"他怒气冲冲地说。"即便一个男人注定要失去一切,也不该使自己落到要失掉那一切的地步。他不该使自己陷入那种境地。他应当去找些无法丧失的东西。"

他讲得非常愤慨、尖刻,眼睛直瞪着前面。

"可为什么一定会失掉呢?"

"肯定会失掉,"少校说。他正望着墙壁。然后他低头看着这理疗机,使劲把小手从牵引带里拔出来,朝大腿上狠狠拍打。"肯定会失掉,"他几乎大吼了。"别跟我争辩!"接着他叫唤那操作理疗机的护理员。"来,把这该死的东西关掉!"

他回到另一间诊室去接受光疗和按摩。一会儿,我听见他向医生请求借用电话,便把门关上。等他重新回到这间房间,我正坐在另一只理疗椅中。他披着斗篷,戴着便帽,径直朝我坐的地方走来,把一条胳膊搁在我的肩上。

"真对不起,"他说,一面用那只好手拍拍我的肩膀。"我不会这样粗暴了。我妻子刚去世。你务必原谅我。"

"噢……"我说,为他感到惋惜。"非常遗憾。"

他站在那儿,咬着下嘴唇。"真是太难了,"他说。"我实在想不开。"

他的目光越过我,直望着窗外。接着他哭起来了。"我实在没法想开啊,"他说着哽咽起来。然后他失声痛哭,抬起头,视而不见地呆望着,泪水从两颊上淌下,嘴唇紧咬,挺起腰板,带着军人的姿态,迈过一排排理疗椅,走出门去。

医生告诉我,少校的妻子非常年轻,死于肺炎,而少校是直到受了伤残不能再打仗后,才同她结婚的。她只病了几天。谁也没料到她会死去。少校有三天没来医院。之后,他按时来了,军服的袖子上围上一道黑纱。他回来时,只见医院的四面墙上挂满了镶着镜框的大照片,显示各种伤病由理疗机治疗前后的对比。在少校坐的理疗椅的对面墙上，挂着三张类似他的伤手的照片，但已完全治疗好了。我不知道医生打哪儿弄来了这些照片。我一向以为，我们这些人是第一批试用这种理疗椅的。但这些照片对少校没有起多大作用，因为他只顾向窗外眺望着。

宗　白　译

（首次发表于《斯克里布纳氏杂志》1927 年 4 月号）

白象似的群山

　　埃布罗河①河谷对面的群山又长又白。这一边，没有阴影，没有树木，车站在阳光下介于两条铁路线之间。紧靠着车站的一边，是这幢房屋投下的热乎乎的阴影，有一道由一串串竹珠子编成的门帘挂在进入酒吧间的敞开着的门口，用来挡苍蝇。那个美国人和跟他一道的姑娘坐在屋外阴凉处的一张桌子边。天气非常热，巴塞罗那来的快车四十分钟内到站。列车在这中转站停靠两分钟，然后继续行驶，开往马德里。

　　"我们喝点什么？"姑娘问。她已经脱下帽子，把它放在桌子上。

　　"天热得很，"男人说。

　　"我们喝啤酒吧。"

　　"Dos cervezas，"②男人对着门帘里面说。

　　"大杯的？"一个女人在门洞子里问。

　　"对。两大杯。"

　　那女人端来两大杯啤酒和两块毡杯垫。她把杯垫和啤酒杯一一放在桌子上，看看那男的，又看看那姑娘。姑娘正在眺望远处的群山。群山在阳光下呈白色，而乡野则呈褐色，干巴巴的。

　　"它们看上去像一群白象，"她说。

　　"我从来没有见过象，"男人把啤酒一饮而尽。

　　"对，你是不会见过。"

　　"我也许会见过，"男人说。"光凭你说我不会见过，并不说明什么问题。"

　　姑娘看着珠帘子。"他们在上面画了些什么，"她说。"那上面

263

写的什么？"

"Anis del Toro③。是一种饮料。"

"我们能尝尝吗？"

男人朝着珠帘子喊了一声"喂"。那女人从酒吧间走出来。

"一共是四雷阿尔④。"

"我们要两杯公牛茴香酒。"

"掺水吗？"

"你要掺水吗？"

"我不知道，"姑娘说。"掺了水好喝吗？"

"没问题。"

"你们要掺水吗？"女人问。

"对，要掺水。"

"这酒味道像甘草，"姑娘说，一边放下酒杯。

"样样东西都是如此。"

"是啊，"姑娘说。"样样东西的味道都像甘草。特别是一个人盼望了好久的那些个东西，比如说苦艾酒。"

"喔，别说了。"

"是你先说起来的，"姑娘说。"我刚才倒觉得挺有趣。我刚才挺开心。"

"好，我们就想法开开心吧。"

"行啊。我刚才就在想法这样做。我说这些山看上去像一群白象。这比喻难道不妙？"

"是很妙。"

"我还提出尝尝这种没喝过的饮料。我们不就做了这么点儿事

---

① 埃布罗河（Ebro），发源于西班牙北部比利牛斯山麓，向东南流，注入地中海，全长约 756 公里。

② 西班牙语，意为"两杯啤酒"。

③ 西班牙语，公牛茴香酒。

④ 雷阿尔（real），等于西班牙货币单位比索的八分之一。

吗——看看风景，尝尝没喝过的饮料？"

"我想是吧。"

姑娘又眺望着远处的群山。

"这些山美极了，"她说。"看上去并不真像一群白象。我刚才只是说，透过树木看去，山表面的颜色是白的。"

"我们要不要再来一杯？"

"行啊。"

暖风把珠帘吹得拂到了桌子边。

"这啤酒又好又凉，"男人说。

"味道好极了，"姑娘说。

"那实在是一种非常简单的手术，吉格，"男人说。"甚至根本算不上什么手术。"

姑娘注视着桌腿下的地面。

"我知道你不会在乎的，吉格。真的没什么大不了的。只要注入空气一吸就行①。"

姑娘没有作声。

"我来陪你去，一直待在你身边。他们只要注入空气，然后就一切正常了。"

"那以后我们怎么办？"

"以后我们就好了。就像以前那样。"

"你怎么会这么想的？"

"因为使我们烦心的就这么一件事儿。使我们一直不开心的就这么一件事儿。"

姑娘看着珠帘，伸出一只手，抓起两串珠子。

"那你以为我们今后就能没什么事儿，开开心心。"

"我知道我们会这样的。你用不着害怕。我知道有许多人都做

---

① 这是指人工流产手术。两人说着这微妙的问题，作者有意一直到底没有点明。

过这种手术。"

"我也知道，"姑娘说。"事后他们全都过得很开心。"

"好吧，"男人说，"如果你不想做，你就不必做。如果你当初不想做，我就不会勉强你。不过我知道这是十分简单的。"

"你真的希望我做吗？"

"我以为这是最妥善的办法。但如果你不是真心想做，我也不会要你去做。"

"如果我去做了，你就会高兴，事情又会像以前那样，你会爱我，是吗？"

"我现在就爱着你。你也知道我爱。"

"我知道。但是如果我去做了，那么倘使我说什么东西像一群白象，一切就又会和和顺顺的，你又会喜欢了？"

"我会很喜欢的。我现在就喜欢，只是心思集中不到那上面去。我心烦的时候，会变成什么样子，你是知道的。"

"如果我去做了，你就再不会烦心了？"

"我不会为这事儿烦心的，因为手术十分简单。"

"那我就去做。因为我对自己毫不在乎。"

"你这是什么意思？"

"我对自己毫不在乎。"

"不过，我可在乎。"

"啊，是的。但我对自己却毫不在乎。但我要去做，过后就会万事如意了。"

"如果你是这么想的，我就不愿让你去做。"

姑娘站起身来，走到车站的尽头。铁路对面，在另一边，是埃布罗河两岸的粮田和树木。远处，在河的另一边，便是那些山峦。一片云影掠过粮田，透过树木，她看到了大河。

"我们原可以享受这一切，"她说。"我们原可以什么都有，但一天天过去，我们弄得越来越不可能了。"

"你说什么？"

"我说我们原可以什么都有的。"

"我们能够什么都有的。"

"不，我们不能。"

"我们能够拥有整个世界。"

"不，我们不能。"

"我们可以到处去逛逛。"

"不，我们不能。这世界已不再是我们的了。"

"是我们的。"

"不，不是。一旦人家把它拿走了，你便永远收不回了。"

"不过人家还没有把它拿走啊。"

"我们等着瞧吧。"

"回到阴凉处来吧，"他说。"你不应该有那种想法。"

"我什么想法也没有，"姑娘说。"我只知道事实。"

"我不希望你去做任何你不想做的事——"

"或者对我不利的事，"她说。"我知道。我们再来杯啤酒好吗？"

"好啊。但你必须明白——"

"我明白，"姑娘说。"我们别再谈了好不好？"

他们在桌边坐下，姑娘望着河谷对面干巴巴的土地上的群山，男人则看着姑娘和桌子。

"你必须明白，"他说，"如果你不想做，我就不硬要你去做。我甘心情愿承受到底，如果这对你很重要的话。"

"难道这对你不重要吗？我们可以对付过去的。"

"对我当然也重要。但我什么人都不要，只要你一个。随便什么别的人我都不要。再说，我知道这是十分简单的。"

"是啊，你当然知道这是十分简单的。"

"随你怎么说好了，但我的确知道正是如此。"

"你现在能为我做点事儿吗？"

"我可以为你做任何事情。"

"那就请你请你请你请你请你请你请你请你不要再讲了，好吗？"

他没吭声，只是望着车站墙边堆着的旅行包。包上贴着他们曾投宿过的所有旅馆的标签。

"但我不希望你去做，"他说，"做不做对我完全无所谓。"

"我要叫啦，"姑娘说。

那女人端着两杯啤酒撩开珠帘走了出来，把酒放在湿漉漉的杯垫上。"火车五分钟内到站，"她说。

"她说什么？"姑娘问。

"她说火车五分钟内到站。"

姑娘对那女人灿烂地一笑，表示感谢。

"我还是去把旅行包放到车站另一边去吧，"男人说。姑娘对他笑笑。

"行啊。放好了就回来，我们把啤酒喝了。"

他拎起那两只沉重的旅行包，绕过车站把它们送到另一条路轨边。他顺着铁轨望去，但是看不见火车。他走回来，穿过酒吧间，看见那些候车的人在喝酒。他在吧台前喝了一杯茴香酒，打量着那些人。他们都在通情达理地等候列车到来。他撩开珠帘走出来。她正坐在桌子边，对他投来一个微笑。

"你觉得好些了？"他问。

"我觉得好极了，"她说。"我又没有什么毛病。我觉得好极了。"

翟象俊 译

杀　手

亨利餐室的门开了，两个人走进来。他们挨着柜台坐下。

"你们吃什么？"乔治问他们。

"我不知道，"其中一个说。"你想吃什么，艾尔？"

"我不知道，"艾尔说。"我不知道想吃什么。"

外边，天黑了下来。窗外的路灯亮了。柜台前这两个人在看菜单。尼克·亚当斯在柜台另一头打量他们。他们进来的时候，他正跟乔治在说话。

"我要一客烤猪里脊，配苹果酱和土豆泥，"第一个人说。

"这菜还没做出来。"

"那你为什么写在这上面？"

"那是正餐，"乔治解释。"六点钟才供应。"

乔治看看柜台后面墙上的钟。

"现在五点。"

"钟上是五点二十分，"第二个人说。

"这钟快二十分。"

"嘿，该死的钟，"第一个说。"你们有什么吃的？"

"有各种三明治，"乔治说。"你可以要火腿蛋、熏肉蛋、牛肝熏肉，要不，来一块牛排。"

"我要一客炸鸡肉丸，加青豆、奶油沙司和土豆泥。"

"那是正餐。"

"我们要的都是正餐，嗯？你们就是这样干买卖。"

"有火腿蛋、熏肉蛋、牛肝——"

"我要火腿蛋，"名叫艾尔的那个人说。他头戴礼帽，身穿胸前横扣的黑大衣。他的脸又小又白，绷紧着嘴唇。他围着一条丝围巾，戴着手套。

"我要熏肉蛋，"另一个说。他的身材跟艾尔差不多。他们的脸相不一样，可是穿戴得像一对双胞胎。两人穿的大衣都显得太紧。他们坐在那儿，身子往前倾，胳膊肘搁在柜台上。

"有什么喝的？"艾尔问。

"啤酒、佐餐酒、姜汁水，"乔治说。

"我问你有什么喝的①？"

"就是我说的那一些。"

"这是个怪逗的镇子，"另一个说。"人们管它叫什么？"

"顶峰②。"

"听说过吗？"艾尔问他朋友。

"没有，"那朋友说。

"人们在这儿晚上干什么？"艾尔问。

"吃正餐，"他朋友说。"他们都上这儿来，吃正经八百的大菜。"

"对啦，"乔治说。

"原来你觉得对？"艾尔问乔治。

"当然。"

"你这小子挺聪明，是不？"

"当然，"乔治说。

"嘿，你不聪明，"另外那个小个子说。"他聪明吗，艾尔？"

"他笨，"艾尔说。他转向尼克。"你叫什么名字？"

"亚当斯。"

"又是个聪明小子，"艾尔说。"他不是个聪明小子吗，麦克斯？"

"这镇上多的是聪明小子，"麦克斯说。

----

① 指烈性酒。
② 原文为 Summit，为芝加哥西郊一小镇，就在海明威家乡橡树园镇以南。

乔治把两盆菜放在柜台上，一盆火腿蛋，一盆熏肉蛋。他放下两碟炸土豆做配菜，关上通厨房的那扇小窗。

"哪一盆是你的？"他问艾尔。

"你不记得了？"

"火腿蛋。"

"真是个聪明小子，"麦克斯说。他探身向前拿了火腿蛋。两人都戴着手套吃。乔治看着他们吃。

"你在看什么？"麦克斯望着乔治。

"没看什么。"

"你就是在看。你是在看我。"

"说不定这小子是存心闹着玩的，麦克斯，"艾尔说。

乔治笑了起来。

"你不用笑，"麦克斯对他说。"你根本不用笑，明白吗？"

"没关系，"乔治说。

"他以为没关系。"麦克斯对艾尔说。"他以为没关系。这话讲得多妙。"

"唔，他是个思想家，"艾尔说。他们继续吃。

"柜台那头那个聪明小子叫什么名字啊？"艾尔问麦克斯。

"嗨，聪明小子，"麦克斯对尼克说。"你绕到柜台后边去，陪陪你的男朋友。"

"什么意思？"尼克问。

"没什么意思。"

"你最好绕到后边去，聪明小子，"艾尔说。尼克绕到了柜台后边。

"什么意思？"乔治问。

"他妈的你甭管，"艾尔说。"谁在厨房里？"

"那个黑人。"

"什么意思，那个黑人？"

"做菜的黑人。"

"叫他进来。"

"什么意思？"

"叫他进来。"

"你们以为你们是在什么地方？"

"我们知道得很清楚是在什么地方，"那个叫麦克斯的人说。"我们的样子傻吗？"

"你说傻话，"艾尔对他说。"你他妈跟这小子吵什么？ 听着，"他对乔治说，"叫那黑人到这儿来。"

"你们要对他干什么？"

"没什么。动动脑子嘛，聪明小子。我们会对黑人干什么？"

乔治打开通厨房的小窗。"塞姆，"他叫道。"你进来一会儿。"

通厨房的门开了，黑人走进来。"什么事？"他问。柜台边的两人看了他一眼。

"行啦，黑鬼。你就站在那儿，"艾尔说。

黑人塞姆腰系围裙站着，看着这两个坐在柜台前的人。"是，先生，"他说。艾尔从凳子上下来。

"我陪黑鬼和这聪明小子回厨房去，"他说。"回厨房去，黑鬼。你跟他一起去，聪明小子。"这小个子跟在尼克和厨子塞姆的后面，走进厨房。他们一进门就把门关上了。叫麦克斯的那个人坐在柜台前，面对着乔治。他不看乔治，却看着柜台后边那面宽大的镜子。亨利餐馆原来是由一家小酒店翻造后卖饭菜的。

"唔，聪明小子，"麦克斯说，眼睛盯着镜子，"你干吗不说话？"

"你们这是干什么？"

"嗨，艾尔，"麦克斯叫道，"聪明小子想知道这是干什么。"

"你干吗不告诉他？"艾尔的声音从厨房里传来。

"你想这是干什么？"

"我不知道。"

"你怎么想？"

麦克斯一边说话，眼睛一直盯着镜子。

"我不愿意说。"

"嗨，艾尔，聪明小子说他不愿意说他以为这是干什么。"

"好啦，我听得见，"艾尔在厨房里说。他已经用番茄沙司瓶子撑开了那扇把菜盆送回厨房的小窗。"听着，聪明小子，"他从厨房里对乔治说。"你在柜台边站得过去一点。麦克斯，你往左边靠一靠。"他像是照相师在布置拍团体照。

"你说呀，聪明小子，"麦克斯说。"你看要发生什么事了？"

乔治一句话也不说。

"我来告诉你，"麦克斯说。"我们要杀一个瑞典佬。你认识一个名叫奥尔·安德瑞森的大个子瑞典佬吗？"

"认识。"

"他天天晚上到这儿来吃饭，对不对？"

"有时候来。"

"他六点钟到这儿来，对不对？"

"要来就六点。"

"这些我们都知道，聪明小子，"麦克斯说。"说说别的吧。看过电影吗？"

"偶尔看看。"

"你应该多看看电影。像你这样的聪明小子，看看电影有好处。"

"你们为什么要杀奥尔·安德瑞森？他干了什么对不起你们的事？"

"他压根儿没机会对我们干什么事。他见都没见过我们。"

"而且他只能见我们一次，"艾尔从厨房里说。

"那你们为什么要杀他？"乔治问。

"我们要为一个朋友杀死他。只为了帮帮一个朋友的忙，聪明小子。"

"闭嘴，"艾尔从厨房里说。"你说得他妈的太多了。"

"我得让这聪明小子开开心啊。你说呢，聪明小子？"

"你说得他妈的太多了，"艾尔说。"那黑鬼跟我这聪明小子自己在开心哪。我把他们捆得像修道院里的一对女朋友。"

"我看你在修道院待过的吧？"

"说不准啊。"

"你住过正经八百的犹太修道院。你就在那里待过。"

乔治抬眼看了看钟。

"如果有什么人进来，你跟他们说厨子下班了，要是他们不肯走，你就说你自己到厨房给他们做去。听明白了，聪明小子？"

"听明白了，"乔治说。"事后你们要把我们怎么办？"

"那要看情况啰，"麦克斯说。"这种事你一时间不好说。"

乔治抬眼看钟。六点一刻。临街的门开了。一名电车司机走进来。

"你好呀，乔治。"他说。"晚饭有了吗？"

"塞姆出去了，"乔治说。"大概过半小时回来。"

"那我上街那一头去吧，"司机说。乔治看钟。六点二十分。

"干得好，聪明小子，"麦克斯说。"你真是个地道的小绅士。"

"他怕我崩掉他的脑袋，"艾尔从厨房里说。

"不，"麦克斯说。"不是这么回事。聪明小子人不错。是个好小子。我喜欢他。"

六点五十五分时，乔治说，"他不会来了。"

还有两个人来过餐馆。其中有一次，乔治进厨房做了一客火腿蛋三明治"外卖"，给那个人带回去吃。在厨房里，他看见艾尔，礼帽搭在后脑勺，坐在小窗边的凳子上，一支枪管锯短的猎枪的枪口挨在架子上靠着。尼克和厨子背靠背蹲在角落里，两人嘴里各塞了一条毛巾。乔治做好了三明治，用油纸包上，装进纸袋，带进餐室，那人付了钱便走了。

"聪明小子样样都会干，"麦克斯说。"他会做菜，什么都会。你可以教出一个好老婆来，聪明小子。"

"真的吗？"乔治说。"你的朋友奥尔·安德瑞森不会来了。"

"我们再等他十分钟，"麦克斯说。

麦克斯看着镜子和钟。时针指着七点，接着七点零五分。

"来吧，艾尔，"麦克斯说。"我们还是走吧。他不会来了。"

"最好再等他五分钟，"艾尔从厨房里说。

这五分钟内进来了一个人，乔治说厨子病了。

"真见鬼，你们干吗不再雇一个厨子？"那人说。"你们不是在开小饭店吗？"他走出去了。

"走吧，艾尔，"麦克斯说。

"这两个聪明小子跟黑人怎么办？"

"他们没问题。"

"你以为没问题？"

"当然。我们完事了。"

"我不喜欢这样，"艾尔说。"干得拖泥带水。你话说得太多。"

"嘿，管它呢，"麦克斯说。"我们得寻寻开心，不是吗？"

"反正你说得太多，"艾尔说。他从厨房出来。他的大衣太紧，那锯短的猎枪在腰部下面微微鼓起。他戴着手套把大衣拽平。

"再见，聪明小子，"他对乔治说。"算你走运。"

"这倒说对了，"麦克斯说。"你该去赌赛马，聪明小子。"

两人走出门去。乔治从窗户望着他们从弧光灯下走过，穿过街去。他们大衣紧，帽子高，像一对演杂耍的搭档。乔治推开对开弹簧门，走进厨房，给尼克和厨子松了绑。

"我吃不消啦，"厨子塞姆说。"我吃不消啦。"

尼克站起身来。他从没让人在嘴里塞过毛巾。

"我说，"他说。"管他呢？"他想说句大话来消消气。

"他们要杀奥尔·安德瑞森，"乔治说。"他们想等他进来吃饭的时候枪杀他。”

“奥尔·安德瑞森？”

“错不了。”

厨子用两只拇指摸摸两只嘴角。

“他们都走了？”他问。

“是呀，”乔治说。“他们已经走了。”

“我不喜欢这种事，”厨子说。“我压根儿一点也不喜欢。”

“听着，”乔治对尼克说。“你最好去看看奥尔·安德瑞森。”

“好吧。”

“你们最好一点也别插手，”厨子塞姆说。“你们最好离这事远远的。”

“你不想去就别去，”乔治说。

“纠缠在里头对你们一点没好处，”厨子说。“你们别卷进去。”

“我要去看他，”尼克对乔治说。“他住在什么地方？”

厨子转身走了。

“毛孩子总是自以为是，”他说。

“他住在那边的赫希寄宿舍，”乔治对尼克说。

“我要上那边去。”

外边，弧光灯从光秃秃的树枝间照下来。尼克沿电车轨道向街的另一头走去，走到下一盏弧光灯下，拐上一条小街。街旁第三座房子就是赫希寄宿舍。尼克走上两级台阶，按了下门铃。一个女人来开门。

“奥尔·安德瑞森在这儿住吗？”

“你要见他？”

“是啊，他要是在家的话。”

尼克跟随那女人走上一段楼梯，朝后走到过道的一端。她敲敲门。

“谁啊？”

"有人来看你，安德瑞森先生，"女人说。

"我是尼克·亚当斯。"

"进来。"

尼克推开门，走进房里。奥尔·安德瑞森正和衣躺在床上。他曾是重量级拳击手，个子太高，床容不下。他枕着两个枕头躺着。他没有看尼克。

"什么事？"他问。

"我刚才在亨利餐室，"尼克说，"有两个家伙走进来，把我跟厨子绑起来，他们说要来杀你。"

他的话听来有点可笑。安德瑞森没说什么。

"他们把我们关在厨房里，"尼克继续说。"他们要等你进来吃饭时枪杀你。"

奥尔·安德瑞森望着墙，什么也不说。

"乔治认为我最好来告诉你一声。"

"我对这事什么办法也没有，"奥尔·安德瑞森说。

"我可以告诉你他们是什么样子。"

"我不想知道他们是什么样子，"奥尔·安德瑞森说。他望着墙。"谢谢你跑来告诉我。"

"那没什么。"

尼克望着躺在床上的这条大汉。

"要不要我去报告警察？"

"不，"奥尔·安德瑞森说。"那没有什么用。"

"有什么可以帮忙的吗？"

"没有。没有什么忙可以帮。"

"说不定就是吓唬吓唬。"

"不。这不是吓唬。"

奥尔·安德瑞森翻过身去，面朝墙壁。

"只是有一点，"他朝着墙说，"我还没有打定主意要不要出去。我在这儿待了一整天啦。"

"你不能离开这个镇吗？"

"不，"奥尔·安德瑞森说。"这么跑来跑去，我跑够了。"

他望着墙。

"现在没有什么办法了。"

"你不能想办法把这事解决吗？"

"不能。我得罪了人。"他仍然用这样平板的声音说话。"没有什么办法。过一会儿，我会打定主意到外边去的。"

"我还是回去找乔治吧，"尼克说。

"再见，"奥尔·安德瑞森说。他没有朝尼克的方向看。"谢谢你来一趟。"

尼克走出去。他关门的时候，看见奥尔·安德瑞森和衣躺在床上，正望着墙壁。

"他在房里待了一整天啦，"楼下的女房东说。"我看他是身子不舒服。我跟他说，'安德瑞森先生，像这么秋高气爽的日子，你该出去散散步，'可是他不愿意出去。"

"他不想出去。"

"他不舒服，真叫人难过，"女人说。"他是个大好人。你知道，他过去是吃拳击饭的。"

"我知道。"

"你不看他脸上那副样子①是不会知道的，"女人说。他们站在临街的门里说话。"他还挺和气。"

"好吧，赫希太太，再见了，"尼克说。

"我不是赫希太太，"女人说。"这房子是她的。我只是替她看管的。我是贝尔太太。"

"好吧，再见，贝尔太太，"尼克说。

"再见，"女人说。

尼克沿着黑暗的街道走回去，走到拐角上的弧光灯下，然后沿

---

① 职业拳击家往往被打断鼻梁骨、耳朵给打开花，脸容破相。

着电车轨道走到亨利餐室。乔治在里头，在柜台后面。

"你见奥尔了吗？"

"见了，"尼克说。"他在自己屋里，不肯出来。"

厨子听见尼克的声音，从厨房推开门。

"我听都不想听，"他说着关上门。

"你告诉他了吗？"乔治问。

"当然。我告诉了他，不过他全知道是怎么回事。"

"他打算怎么办？"

"没怎么办。"

"他们会杀死他的。"

"我看会杀死他的。"

"他一定是在芝加哥卷进了什么事。"

"我看也是，"尼克说。

"真是糟糕的事情。"

"可怕的事情，"尼克说。

他们没有说下去。乔治把手伸到下面拿过一条毛巾来擦柜台。

"不知道他干了什么事？"尼克说。

"出卖了什么人。他们就因为这个要杀他。"

"我要离开这个镇，"尼克说。

"行，"乔治说。"走了也好。"

"他明明知道自己就会送命，还在屋里等着，我想起来就受不了。这他妈的太可怕了。"

"那，"乔治说，"你最好别去想它啦。"

董衡巽　译

（首次发表于《斯克里布纳氏杂志》1927 年 3 月号）

祖国对你说什么？ *

山路路面坚硬平坦，清早时刻还没尘土飞扬。下面是长着橡树和栗树的丘陵，山下远方是大海。另一边是雪山。

我们从山路开过林区下山。路边堆着一袋袋木炭，我们在树丛间看见烧炭人的小屋。这天是星期天，路面蜿蜒起伏，山路地势高，路面不断往下倾斜，穿过一个个灌木林带，穿过一个个村庄。

一个个村子外面都有一片片葡萄地。遍地棕色，葡萄藤又粗又密。房屋都是白的，街上的男人穿着盛装，在玩滚木球。有些屋墙边种着梨树，枝桠分叉，挨着粉墙。梨树喷洒过杀虫药，屋墙给喷雾沾上一层金属粉的青绿色。村子周围都有一小块一小块的开垦地，种着葡萄，还有树木。

离斯培西亚①二十公里的山上一个村子里，广场上有一群人，一个年轻人提着一只手提箱，走到汽车前，要求我们带他到斯培西亚去。

"车上只有两个座位，都坐满了，"我说。我们这辆车是老式福特小轿车。

"我就搭在门外好了②。"

"你会不舒服的。"

"没关系。我必须到斯培西亚去。"

"咱们要带上他吗？"我问盖伊。

"看来他走定了，"盖伊说。那年轻人把一件行李递进车窗里。

"照应一下，"他说。两个人把他的手提箱捆在车后我们的手提箱上面。他跟大伙儿一一握手，说对一个法西斯党员、一个像他这样经常出门的人来说不会不舒服的，说着就爬上车子左侧的踏脚板，右臂伸进敞开的车窗，钩住车身。

"你可以开了，"他说。人群向他招手。他空着的手也向大家招招。

"他说什么？"盖伊问我。

"说咱们可以开了。"

"他倒真好啊！"盖伊说。

这条路顺河而去。河对面是高山。太阳把草上的霜都晒干了。天气晴朗而寒冷，凉风吹进敞开的挡风玻璃。

"你看他在车外味道怎么样？"盖伊抬眼看着路面。他那边的视线给我们这位乘客挡住了。这年轻人活像船头雕饰似的矗出车侧。他竖起了衣领，压低了帽檐，看上去鼻子在风中受冻了。

"也许他快受不了啦，"盖伊说。"那边正好是个不中用的轮胎。"

"啊，要是我们轮胎放炮他就会离开咱们的，"我说。"他不愿弄脏行装。"

"那好，我不管他，"盖伊说——"只是怕碰到车子拐弯他那样探出身子。"

树林过了；路同河分道，上坡了；引擎的水箱开锅了；年轻人看看蒸汽和锈水，神色恼怒疑虑；盖伊两脚踩着高速档的加速器踏板，弄得引擎嘎嘎响，上啊上啊，来来回回折腾，上去了，终于稳住了。嘎嘎声也停了，刚安静下来，水箱里又咕嘟咕嘟冒泡了。我们就在斯培西亚和大海上方最后一段路的高处。下坡路都是急转弯，几乎没有大转弯。每回拐弯，我们这位乘客身子就吊在车外，差点把头重脚轻的车子拽得翻车。

"你没法叫他别这样，"我跟盖伊说。"这是自卫本能意识。"

"十足的意大利意识。"

---

* 原文是意大利语。
① 意大利西北部港市，海军基地。
② 老式汽车车门外有踏脚板可以站立。

"十十足足的意大利意识。"

我们绕着弯下山，开过积得厚厚的尘土，橄榄树上也积着尘土。斯培西亚就在山下，沿海扩展开去。城外道路变得平坦了。我们这位乘客把头伸进车窗。

"我要停车。"

"停车，"我跟盖伊说。

我们在路边慢慢减速。年轻人下了车，走到车后，解开手提箱。

"我在这儿下车，你们就不会因载客惹上麻烦了。"他说，"我的包。"

我把包递给他。他伸手去掏兜儿。

"我该给你们多少？"

"一个子儿也不要。"

"干吗不要？"

"我不知道，"我说。

"那谢谢了，"年轻人说，从前在意大利，碰到人家递给你一份时刻表，或是向你指路，一般都说"谢谢你"，或"多谢你了"，或"万分感谢你"，他却不这样说。他只是泛泛道"谢"，盖伊发动车子时，他还多疑地盯着我们。我对他挥挥手。他架子太大，不屑答理。我们就继续开到斯培西亚去了。

"这个年轻人在意大利要走的路可长着呢，"我跟盖伊说。

"得了吧，"盖伊说，"他跟咱们走了二十公里啦。"

斯培西亚就餐记

我们开进斯培西亚找个地方吃饭。街道宽阔，房屋轩敞，都是黄的。我们顺着电车轨道开进市中心。屋墙上都刷着墨索里尼瞪着眼珠

282

的画像，还有手写的 Vivas① 这字，两个黑漆的 V 字墨迹沿墙一路往下滴。小路通往海港。天气晴朗，人们全出来过星期日。铺石路面洒过水，尘土地面上一片片湿迹。我们紧靠着街沿开车，避开电车。

"咱们到那儿简单吃一顿吧，"盖伊说。

我们在两家饭店的招牌对面停车。我们站在街对面，我正在买报。两家饭店并排挨着。有一家店门口站着个女人冲我们笑着，我们就过了马路进去。

里面黑沉沉，店堂后面一张桌旁坐着三个姑娘和一个老太婆。我们对面一张桌旁坐着一个水手。他坐在那儿不吃不喝。再往后一张桌子有个穿套蓝衣服的青年在写字。他的头发晶光油亮，衣冠楚楚，仪表堂堂。

亮光照进门口，照进橱窗，那儿有个玻璃柜，里面陈列着蔬菜、水果、牛排和猪排。一个姑娘上来请我们点菜，另一个姑娘就站在门口。我们注意到她的家常便服里什么也没穿。我们看菜单时请我们点菜的那姑娘就伸出胳臂搂住盖伊的脖子。店里一共有三个姑娘，大家轮流去站在门口。店堂后面桌旁那个老太婆跟她们说话，她们才重新坐下陪着她。

店堂里面只有通到厨房里的一道门。门口挂着门帘。请我们点菜的那姑娘端了通心面从厨房里进来。她把通心面放在桌上，还带来一瓶红酒，然后在桌边坐下。

"得，"我跟盖伊说，"你要找个地方简单吃一顿。"

"这事不简单了。复杂了。"

"你们说什么？"那姑娘问。"你们是德国人吗？"

"南德人，"我说，"南德人是和善可亲的人。"

"不明白，"她说。

"这地方究竟怎么搞的？"盖伊问。"我非得让她胳臂搂住我脖子不可吗？"

---

① 意大利语：万岁。

283

"那可不，"我说，"墨索里尼不是取缔妓院了吗？这是家饭店。"

那姑娘穿件连衣裙。她探过身去靠着桌子，双手抱胸，面带笑容。她半边脸的笑容好看，半边脸的笑容不好看，她就把半边好看的笑容冲着我们。不知怎的，正如温热的蜡会变得柔润一样，她半边鼻子也变得柔润了，那半边好看的笑容也就魅力倍增。话虽这么说，她的鼻子看上去并不像温热的蜡，而是非常冷峻、坚定，只是略见柔润而已。"你喜欢我吗？"她问盖伊。

"他很喜欢你，"我说。"可是他说不来意大利话。"

"我会说德国话①，"她说，一边捋捋盖伊的头发。

"用你的本国话跟这女人说说吧，盖伊。"

"你们从哪儿来？"女人问。

"波茨坦。"

"你们现在要在这里呆一会儿吗？"

"在斯培西亚这块宝地吗？"我问。

"跟她说咱们一定得走，"盖伊说。"跟她说咱们病重，身边又没钱。"

"我朋友生性厌恶女人，"我说，"是个厌恶女人的老派德国人。"

"跟他说我爱他。"

我跟他说了。

"闭上你的嘴，咱们离开这儿好不好？"盖伊说。这女人另一条胳臂也搂住他脖子了。"跟他说他是我的，"她说。我跟他说了。

"你让咱们离开这儿好不好？"

"你们吵架了，"女人说。"你们并不互爱。"

"我们是德国人，"我自傲地说，"老派的南德人。"

"跟他说他是个俊小子，"女人说。盖伊三十八岁了，对自己被当成一个法国的流动推销员倒也有几分得意。"你是个俊小子，"

---

① 原文是德语。

我说。

"谁说的?"盖伊问,"你还是她?"

"她说的。我只是你的翻译罢了。你要我陪你出门不是做你的翻译吗?"

"她说的就好了,"盖伊说,"我就没想要非得在这儿跟你也分手。"

"真没想到。斯培西亚是个好地方。"

"斯培西亚,"女人说。"你们在谈斯培西亚。"

"好地方啊,"我说。

"这是我家乡,"她说。"斯培西亚是我老家,意大利是我祖国。"

"她说意大利是她祖国。"

"跟她说看来意大利是她祖国,"盖伊说。

"你们有什么甜食?"我问。

"水果,"她说。"我们有香蕉。"

"香蕉倒不错,"盖伊说。"香蕉有皮。"

"哦,他吃香蕉,"女人说。她搂住盖伊。

"她说什么?"他把脸转开说。

"她很高兴,因为你吃香蕉。"

"跟她说我不吃香蕉。"

"先生说他不吃香蕉。"

"哦,"女人扫兴地说,"他不吃香蕉。"

"跟她说我每天早上洗个凉水澡,"盖伊说。

"先生每天早上洗个凉水澡。"

"不明白,"女人说。

我们对面那个活道具般的水手一动也不动。这地方的人谁也不去注意他。

"我们要结账了,"我说。

"啊呀,别。你们一定得留下。"

"听我说，"仪表堂堂的青年在他写字的餐桌边说，"让他们走吧。这两个人一文不值。"

　　女人拉住我手。"你不留下？你不叫他留下？"

　　"我们得走了，"我说。"我们得到比萨①去，办得到的话，今晚到翡冷翠②去。我们到夜里就可以在那里玩乐了。现在是白天。白天我们必须赶路。"

　　"呆一小会儿也好嘛。"

　　"白天必须赶路。"

　　"听我说，"仪表堂堂的青年说。"别跟这两个多费口舌了。老实说，他们一文不值，我有数。"

　　"来账单，"我说。她从老太婆那儿拿来了账单就回去，坐在桌边。另一个姑娘从厨房里出来。她径直走过店堂，站在门口。

　　"别跟这两个多费口舌了，"仪表堂堂的青年厌烦地说。"来吃吧。他们一文不值。"

　　我们付了账，站起身。那几个姑娘，老太婆和仪表堂堂的青年一起坐在桌边。活道具般的水手双手蒙住头坐着。我们吃饭时始终没人跟他说话。那姑娘把老太婆算给她的找头送给我们，又回到桌边自己的座位上去。我们在桌上留下小费就出去了。我们坐在汽车里，准备发动时，那姑娘出来，站在门口。我们开车了，我对她招招手。她没招手，只是站在那儿目送我们。

雨　后

我们开过热那亚郊区时雨下大了，尽管我们跟在电车和卡车后

---

①　意大利西北部古城，以斜塔闻名于世。
②　即意大利中部城市佛罗伦萨。

面开得很慢，泥浆还是溅到人行道上，所以行人看见我们开来都走进门口去。在热那亚市郊工业区竞技场码头，有一条双车道的宽阔大街，我们顺着街心开车，免得泥浆溅在下班回家的人们身上。我们左边就是地中海。大海奔腾，海浪飞溅，海风把浪花吹到车上。我们开进意大利时，路过一条原来宽阔多石而干涸的河床，现在滚滚浊水一直漫到两岸。褐色的河水搅混了海水，海浪碎成浪花时才变淡变清，黄褐色的水透着亮，被大风刮开的浪头冲过了马路。

一辆大汽车飞驶而过，溅起一片泥浆水，溅到我们的挡风玻璃和引擎的水箱上。自动挡风玻璃清洗器来回摆动，在玻璃上抹上薄薄一层。我们停了车，在塞斯特里饭店吃饭。饭店里没有暖气，我们没脱衣帽。我们透过橱窗看得见外面的汽车。车身溅满泥浆，就停在几条拖上岸不让海浪冲到的小船边。在这家饭店里，你还看得见自己呼出来的热气。

意大利通心面味道很好，酒倒有股明矾味，我们在酒里掺了水。后来跑堂的端来了牛排和炸土豆。饭店远头坐着一男一女。男的是中年人，女的还年轻，穿身黑衣服。吃饭时她一直在湿冷的空气中呼出热气。男人看着热气，摇摇头。他们光吃不说话，男人在餐桌下拉她一只手。她长得好看，两人似乎很伤心。他们随身带了一个旅行包。

我们带着报纸，我对盖伊大声念着上海战斗的报道。饭后，他留下跟跑堂的打听一个饭店里并不存在的地方，我用一块抹布擦净了挡风玻璃、车灯和执照牌。盖伊回到车上来，我们就把车倒出去，发动引擎。跑堂的带了他走过马路，走进一幢旧屋子。屋子里的人起了疑心，跑堂的跟盖伊留下让人家看看什么东西都没偷走。

"虽然我不知道怎么回事，因为我不是个修水管的，他们就以为我偷什么东西了，"盖伊说。

我们开到城外一个海岬，海风袭击了汽车，差点把车子刮翻。

"幸亏风是从海上刮来的，"盖伊说。

"说起来，"我说，"海风就是在这一带什么地方把雪莱刮到海里淹死的。”

“那是在靠近维亚瑞吉奥①的地方，”盖伊说。“你还记得咱们到这地方的目的吗？”

“记得，”我说，“可是咱们没达到啊。”

“咱们今晚可没戏唱了。”

“咱们能开过文蒂米格利亚②就好了。”

“咱们瞧着办吧。我不喜欢在这海岸上开夜车。”这时正是刚过午后不久，太阳出来了。下面，大海蓝湛湛的，挟着白帽浪滚滚流向萨沃纳③。后面，岬角外，褐色的河水和蓝色的海水汇合在一起。在我们前方，一艘远洋货轮正向海岸驶来。

“你还看得见热那亚吗？”盖伊问。

“啊，看得见。”

“开到下一个大海岬就遮掉看不见了。”

“咱们暂时还可以看见它好一阵子。我还看得见它外面的波托菲诺海岬④呢。”

我们终于看不见热那亚了。我们开出来时，我回头看看，只见大海；下面，海湾里，海滨停满了渔船；上面，山坡上，一个城镇，海岸线远处又有几个海岬。

“现在看不见了，”我对盖伊说。

“哦，现在早就看不见了。”

“可是咱们没找到出路前还不能肯定。”

有一块路标，上面有个 S 形弯道的图标和注意环岬弯道的字样。这条路绕着海岬，海风刮进挡风玻璃的裂缝。海岬下面，海边有一片平地，海风把泥浆吹干了，车轮开过扬起一阵尘土。在平坦的路上，车子经过一个骑自行车的法西斯分子，他背上枪套里有

---

① 意大利北部渔业中心，沿第勒尼安海，雪莱淹死后葬此。
② 意大利西北部城市。
③ 意大利西北部港市。
④ 地中海上一个渔港，意大利西北部利古里亚区的小城。

一把沉甸甸的左轮手枪。他霸住路中心骑车，我们开到外档来让他。我们开过时他抬头看看我们。前面有个铁路闸口，我们朝闸口开去，闸门刚下来。

我们等开闸时，那法西斯分子骑车赶上了。火车开过了，盖伊发动引擎。

"等一等，"骑自行车那人在我们汽车后面大喝一声说。"你们的牌照脏了。"

我掏出一块抹布。吃午饭时牌照已经擦过了。

"你看得清了，"我说。

"你这么认为吗？"

"看啊。"

"我看不清。脏了。"

我用抹布擦了擦。

"怎么样？"

"二十五里拉。"

"什么？"我说。"你看得清了。只是路上这么样才弄脏的。"

"你不喜欢意大利的道路？"

"路脏。"

"五十里拉。"他朝路上啐了一口。"你车子脏，你人也脏。"

"好吧。开张收条给我，签上你名字。"

他掏出一本收据簿，一式两份，中间还打眼，一份交给罚款人，另一份填好留作存根。不过罚款单上填什么，下面可没有复写副本留底。

"给我五十里拉。"

他用擦不掉笔迹的铅笔写了字就撕下条子，把条子交给我。我看了一下。

"这是一张二十五里拉的收据。"

"搞错了，"他说着就把二十五里拉的收据换成五十里拉的。

"还有另一份。在你留底那份填上五十。"

他赔了一副甜甜的意大利笑容，在存根上写了些字，捏在手里，我看不见。

"趁你牌照没弄脏，走吧，"他说。

天黑后我们开了两个小时，当晚在蒙托内①住宿。那里看上去舒适可爱，干净利落。我们从文蒂米格利亚，开到比萨和佛罗伦萨，过了罗马涅②，开到里米尼③，回来开过弗利④，伊莫拉⑤，博洛尼亚⑥，帕尔马⑦，皮亚琴察⑧和热那亚，又开到文蒂米格利亚。整个路程只走了十天。当然，在这么短促的旅途中，我们没有机会看看当地或老百姓的情况怎么样。

陈良廷　译

---

① 意大利北部城市，濒临蒙托内河。
② 意大利历史地区，在意大利北部，东临亚得里亚海，现包括在艾米利亚-罗马涅区内。
③ 意大利北部城市，位于圣马力诺东北的马雷基亚河。
④ 意大利北部城市，位于亚平宁山脉东北麓，临蒙托内河。
⑤ 意大利北部城市，罗马古城。
⑥ 一译波伦亚，意大利北部城市，艾米利亚-罗马涅区首府。
⑦ 意大利北部城市，位于波河平原南侧。
⑧ 意大利北部城市，位于波河南岸。

五 万 元

“你的情况怎么样，杰克？”我问他。

“你看到过那个沃尔科特吗？”他说。

“只是在健身房里。”

“唔，”杰克说，“跟那个小伙子较量，我需要好运气。”

“他不能打败你，杰克，”士兵说。

“我多希望他不能啊。”

“他不能用几下鸟枪子弹似的拳头打败你。”

“鸟枪子弹似的拳头倒问题不大，”杰克说，“我一点也不在乎鸟枪子弹。”

“他看上去不难被打败，”我说。

“当然啦，”杰克说，“他不会坚持得长久的。他不会像你跟我那样坚持下去的，杰里。不过，眼下他竞技状态挺好。”

“你会用左手拳把他揍死。”

“也许，”杰克说，“当然，我有机会。”

“像对付小孩刘易斯那样对付他。”

“小孩刘易斯，”杰克说，“那个臭犹太人！”

我们三人，杰克·布伦南，士兵巴特利特和我在汉利的店里。有两个妓女坐在我们旁边一张桌子旁。她们在喝酒。

“你这话是什么意思，臭犹太人？”其中一个妓女说，“你这话是什么意思，臭犹太人，你这个爱尔兰大草包？”

“当然啦，”杰克说，“说得对。”

“臭犹太人，”那个妓女继续说，“他们老是谈到臭犹太人，这些大个子的爱尔兰人，你这话是什么意思，臭犹太人？”

“得了。咱们离开这儿吧。”

"臭犹太人，"那个妓女继续说。"谁看到你买过一杯酒？你老婆每天早晨都把你的口袋缝起来。这帮爱尔兰人和他们的臭犹太人！特德·刘易斯也能狠狠地揍你。"

"当然啦，"杰克说，"你也白白赔送许多东西，对不？"

我们走出去。这就是杰克。他想要说什么，他就能说他想要说的。

杰克已经离开了家，开始待在泽西的戴尼·霍根的健身场训练。在那儿很好，但是杰克不怎么喜欢。他不喜欢同他的妻子和孩子们分开，他大多数时间动不动就恼火，发牢骚。他喜欢我，我们一起处得很好；他喜欢霍根，但是过不了多久，士兵巴特利特开始叫他腻烦了。如果在营地上一个爱开玩笑的人的笑话变得有点叫人讨厌，那他就会变成叫人受不了的人。士兵一直拿杰克开玩笑，几乎是时时刻刻拿他开玩笑。玩笑开得不怎么有趣，也不很好，开始把杰克惹恼了。反正总是这一类笑话。杰克会停止举重和打沙袋，戴上拳击手套。

"你要干活吗？"他对士兵说。

"当然啰。你要我怎么干活？"士兵会问。"要我像沃尔科特那样狠狠地对付你吗？要我把你揍倒几回吗？"

"说得对，"杰克会说。不过，他一点也不喜欢。

一天早晨，我们走在外面公路上。我们已经走得相当远，眼下在走回去。我们一起快跑三分钟，走一分钟，然后再快跑三分钟。杰克根本不是你会称作短跑冲刺能手的那号人。如果他在拳击场上非迅速转动不可，他会这样做的，但是他在公路上就绝不会跑得太快。我们一路走，士兵一直在拿他开玩笑。我们登上通往健身场住房的小山。

"唔，"杰克说，"你还是回城去好，士兵。"

"你这话是什么意思？"

"你还是回城待在那儿好。"

"怎么啦？"

"我听到你说话就感到讨厌。"

"是吗？"士兵说。

"是的，"杰克说。

"等沃尔科特打败了你，你看到什么滑稽的东西都会感到讨厌。"

"当然啦，"杰克说，"也许我会。可我知道我讨厌你。"

当天早晨，士兵就去乘进城的火车。我送他上车。他非常恼火。

"我只是跟他开开玩笑，"他说。我们等在月台上。"他不能这么对我说话，杰里。"

"他神经紧张又很暴躁，"我说，"他是个好人，士兵。"

"他妈的，他好个屁。他哪会儿是个他妈的好人。"

"唔，"我说，"再见，士兵。"

火车来了。他带着提包上车。

"再见，杰里，"他说。"比赛以前，你会在城里吗？"

"恐怕不去城里了。"

"到时候再见。"

他走进车厢，售票员大摇大摆地上车，火车开走了。我搭运货车回健身场。杰克在走廊上给他妻子写信。邮件已经来过了；我拿着报纸，到走廊的另一头去坐下来看报。霍根从门里出来，走到我跟前。

"他跟士兵闹翻了吗？"

"没有闹翻，"我说，"他只是叫他回城去。"

"我知道早晚免不了要有这种事情，"霍根说。"他从来没有喜欢士兵过。"

"是啊。他喜欢的人不多。"

"他是一个相当冷淡的人，"霍根说。

"唔，他对我倒一直挺好。"

"对我也好，"霍根说。"他没有对我发过脾气。不过，他是个冷淡的人。"

霍根穿过纱门,走进屋去;我坐在走廊上看报。秋天刚开始;泽西的这一片乡区处在小山间,地势较高,是个好地方;我把报纸从头至尾看过以后,坐在那里望着这个乡区和下面树林旁的公路,公路上车辆来往,扬起一阵阵尘土。这是一个气候很好、风景非常漂亮的乡区。霍根走到门前,我说:"喂,霍根,你这儿有什么可以打猎的吗?"

"没有,"霍根说,"只有燕子。"

"看报吗?"我对霍根说。

"有什么新闻?"

"桑德昨天骑赢了三场。"

"昨儿晚上我已经从电话上听得了。"

"你密切注意着他们吧,霍根?"我问。

"啊,我跟他们保持联系,"霍根说。

"杰克怎么样?"我说,"他仍然在赌赛马吗?"

"他?"霍根说,"你能看到他赌赛马吗?"

就在这当儿,杰克从角落里走过来,手里拿着一封信。他穿着厚运动衫,旧裤子和拳击鞋。

"有邮票吗,霍根?"他问。

"把信给我,"霍根说,"我给你寄出去。"

"喂,杰克,"我说,"你以前不是常赌赛马吗?"

"当然啦。"

"我知道你从前是玩的。我记得我从前常在'羊头赛马场'看到你。"

"你干吗不玩了呢?"霍根问。

"输钱。"

杰克坐在走廊上我的身旁。他靠在一根柱子上,他在阳光下闭上眼睛。

"要椅子吗?"霍根问。

"不要，"杰克说，"这样挺好。"

"天气真好，"我说，"在乡下真是好得很。"

"我可巴不得跟老婆一起待在城里。"

"唔，你只要再待一个礼拜就行了。"

"对，"杰克说，"是这样。"

我们坐在走廊上。霍根在里面办公室里。

"你认为我的情况怎么样？"杰克问我。

"唔，你还说不准，"我说。"你还有一个礼拜可以用来恢复竞技状态呢。"

"别敷衍我。"

"唔，"我说，"你情况不好。"

"我睡不着觉，"杰克说。

"你在一两天内会好起来的。"

"不行，"杰克说，"我得了失眠症。"

"你有什么心事？"

"我惦记老婆。"

"叫她来就是。"

"不行。我上了年纪了，这样做不行。"

"咱们要先走一段长路，然后你才拐回来，这样就能使你感到很累。"

"累！"杰克说，"我一直感到累。"

他一个礼拜来一直是这个样子。他会晚上睡不着觉，早晨起来就会有一种感觉，你知道，就是当你握不紧你的手的时候，就会有的那种感觉。

"他不行了，差劲得像救济院里的饼，"霍根说，"他压根儿不行了。"

"我从没有看过沃尔科特比赛，"我说。

"他会把他揍死，"霍根说，"他会把他一扯两半。"

"唔，"我说，"谁也免不了有一天会遇到这种情况的。"

295

"不过，不像这样，"霍根说。"他们会认为他压根儿没训练过。叫健身场丢丑。"

"你听到记者们怎么谈论他？"

"我哪会听不到啊！他们说他糟糕透了。他们说他们不应该让他比赛。"

"唔，"我说，"他们老是讲得不对，是不？"

"是啊，"霍根说，"可是这一回他们讲得对。"

"他们到底懂什么谁行还是不行？"

"唔，"霍根说，"他们可不是傻瓜。"

"他们干的好事就是在托莱多惹得威拉德①恼火。那个拉德纳②，他现在多聪明，问问他，他在托莱多批评威拉德不行的那回事吧。"

"啊，他当时没有在场，"霍根说，"他只写大比赛。"

"我才不管他们是些什么人，"我说，"他们到底懂什么？他们可以写文章，不过他们到底懂什么？"

"你不认为杰克的竞技状态很好吧，是不？"霍根问。

"对。他完了。他需要的就是让科贝特③批评他不行，使他横下心打赢一场，从此洗手不干。"

"唔，科贝特会批评他不行的，"霍根说。

"当然啦，他会批评他不行的。"

那天晚上，杰克又一点也没有睡着。第二天早晨是比赛前的最后一天。吃罢早饭，我们又来到走廊上。

"你睡不着的时候，杰克，你想些什么？"我说。

"啊，我担心，"杰克说，"我担心我在布朗克斯置的产业。我

---

① 威拉德（1883—1968），美国重量级拳击手，曾获得美国冠军。
② 拉德纳（1885—1933），美国短篇小说家。他曾经先后在芝加哥、圣路易斯和纽约当过记者，写过不少获得大量读者的关于体育的文章。
③ 科贝特，可能是指詹姆斯·科贝特（1866—1933），美国重量级拳击师，曾获世界重量级拳击冠军（1892）。

担心我在佛罗里达置的产业。我担心孩子们。我担心老婆。有时候，我想到比赛。我想到那个臭犹太人特德·刘易斯，我感到恼火。我有一点股票，我为股票担心。我他妈的还有什么没有想到呢？"

"唔，"我说，"明天夜晚就会过去了。"

"当然啦，"杰克说，"这始终解决问题，对不？只要事情一过，一切都解决了，我想。当然啦。"

他整天感到恼火。我们什么也不干。杰克只是转悠一下松弛松弛。他练习同假想的对手打了几圈。他连这种练习看上去也干不好。他跳了一会绳。他出不了汗。

"他还是什么也不干好，"霍根说。我们站着看他跳绳。"他再怎么也不出汗吗？"

"他出不了汗。"

"你想他有没有肺病？他在体重方面从来没有麻烦，对不？"

"没有，他没有肺病。他只是身子里什么也没有了。"

"他应该出汗，"霍根说。

杰克跳着绳过来。他在我们面前上下跳，前后跳，每跳三次交叉一下胳膊。

"唔，"他说，"你们两个唠叨的家伙在谈什么？"

"我认为你不应该再训练了，"霍根说，"你会累坏的。"

"那不是会糟糕透顶吗？"杰克一边说，一边在地板上跳过去，把绳子甩得啪啪响。

那天下午，约翰·科林斯在健身场露面。杰克在上面自己的房间里；约翰从一辆城里开来的汽车里走出来。他有两个朋友跟他在一起。汽车一停，他们全下车。

"杰克在哪儿？"约翰问我。

"在上面他的房间里，躺着。"

"躺着？"

"是啊，"我说。

"他怎么样？"

我望着同约翰一起来的那两个人。

"他们是他的朋友，"约翰说。

"他情况很不好，"我说。

"他怎么啦？"

"他睡不着。"

"见鬼，"约翰说，"那个爱尔兰人从来没有睡得着过。"

"他情况不行，"我说。

"见鬼，"约翰说，"他从来没有行过。我跟他打了十年交道，他仍然还不行呢。"

那两个跟他一起来的人哈哈大笑。

"我跟你介绍一下，摩根先生和斯坦菲尔特先生，"约翰说。"这是多伊尔先生。他在训练杰克。"

"看到你们很高兴，"我说。

"咱们上去看看那个小伙子，"那个叫摩根的说。

"咱们去看看他，"斯坦菲尔特说。

我们全都上楼去。

"霍根在哪儿？"约翰问。

"他在那所空洞洞的大房子里，跟他的两个顾客在一起，"我说。

"现在他这儿有许多人吗？"约翰问。

"只有两个。"

"很安静吧，是不？"摩根说。

"是的，"我说，"很安静。"

我们来到了杰克的房门前。约翰敲敲门。没有人回答。

"也许他睡着了，"我说。

"他大白天干吗睡大觉？"

约翰转动门把手，我们都走进房间去。杰克躺在床上，睡着了。他趴着，脸埋在枕头里。两条胳膊搂着枕头。

"嗨，杰克！"约翰对他说。

杰克的脑袋在枕头上移动了一下。"杰克！"约翰弯下身去，凑近他说。杰克只是把脸在枕头里埋得更深些。约翰碰碰他的肩膀。杰克坐起来，望着我们。他没有刮脸，穿着一件旧的运动衫。

"天啊！你干吗不让我睡觉？"他对约翰说。

"别恼火，"约翰说，"我不是有意要吵醒你。"

"啊，不是，"杰克说，"当然不是啦。"

"你认识摩根和斯坦菲尔特，"约翰说。

"看到你们很高兴，"杰克说。

"你觉得怎么样，杰克？"摩根问他。

"很好，"杰克说。"我会觉得怎么样呢？"

"你看上去很好，"斯坦菲尔特说。

"是啊，是挺好嘛，"杰克说。"喂，"他对约翰说，"你是我的经理人。你拿很大的一份。记者们在外面的时候，你干吗不出来！你要杰里和我跟他们谈吗？"

"我安排刘在费城比赛，"约翰说。

"那到底跟我有什么相干？"杰克说，"你是我的经理人。你拿很大的一份，对不？你不是为我在费城挣钱，对不？我应该要你去应付的时候，你干吗不来？"

"霍根在这儿。"

"霍根，"杰克说，"霍根跟我一样是个哑巴。"

"士兵巴特利特原来在这儿陪你训练了一阵，对不，"斯坦菲尔特说，为了改变话题。

"是的，他原来在这里，"杰克说，"他原来确实在这儿。"

"喂，杰里，"约翰对我说。"麻烦你去找一找霍根，告诉他约摸半个钟头以后我们在这儿跟他见面，好不？"

"当然啦，"我说。

"他干吗不能待在这儿？"杰克说，"待在这儿，杰里。"

摩根和斯坦菲尔特互相望着。

"安静点，杰克，"约翰对他说。

"我还是去找霍根好，"我说。

"好吧，要是你愿意去的话，"杰克说，"不过，这儿可没有人要打发你走开。"

"我去找霍根，"我说。

霍根在外面那所空洞洞的大房子里的健身房里。他跟两个住在健身场上的戴着拳击手套的顾客在一起。他们都不敢打对方，因为怕对方赶回来打他。

"行了，"霍根看到我走进去，就说，"你们可以别互相残杀了。两位先生去洗个淋浴，布鲁斯会给你们按摩的。"

他们从长方形的绳圈里爬出来，霍根走到我跟前。

"约翰·科林斯带着两个朋友来看杰克，"我说。

"我看到他们从汽车里出来的。"

"跟约翰一起来的那两个家伙是干什么的？"

"他们是你们所说的聪明人，"霍根说。"你认识他们两个吗？"

"不认识，"我说。

"那是幸运的斯坦菲尔特和刘·摩根。他们开着一个赌场①。"

"我离开好久了，"我说。

"当然啦，"霍根说，"那个幸运的斯坦菲尔特是个大骗子。"

"我听到过他的名字，"我说。

"他是个非常精明的家伙，"霍根说，"他们是两个弄虚作假的人。"

"唔，"我说，"他们要半个钟头以后跟咱们见面。"

———————————

① 赌场，原文是"poolroom"，指收赛马、拳击比赛等赌注的赌场。赌客将赌注押在比赛的某一个拳击师或某一匹马上，如该人或该马获胜，即可赢钱。如某人或某马在大多数赌客的心目中获胜机会最大，而另一些赌客认为可能出"冷门"，那么输赢就不是一比一，而是一比几。

"你的意思是说，他们要等半个钟头以后才愿意跟咱们见面？"

"说得对。"

"那就到办公室里去，"霍根说，"让那些弄虚作假的人见鬼去吧。"

过了约摸三十分钟光景，霍根和我上楼去。我们敲敲杰克的房门。他们在房间里谈话。

"等一下，"有人说。

"活见鬼，"霍根说，"哪会儿你们要见我，我在下面办公室里。"

我们听到开门锁的声音。斯坦菲尔特开了门。

"进来，霍根，"他说，"咱们来喝一杯。"

"唔，"霍根说，"这倒不错。"

我们走进去。杰克坐在床上。约翰和摩根坐在一对椅子上。斯坦菲尔特站着。

"你们是一伙非常神秘的家伙，"霍根说。

"你好，戴尼，"约翰说。

"你好，戴尼，"摩根一边说，一边同他握手。

杰克什么也不说。他只是坐在床上。他不同其他人在一起。他是完全孤独的。他穿着一套旧的蓝运动衫裤和拳击鞋。他需要刮个脸。斯坦菲尔特和摩根是讲究服装的人。约翰也是个相当讲究服装的人。杰克坐在那儿，看上去就像个结实的爱尔兰人。

斯坦菲尔特拿出一瓶酒来，霍根去拿了几个玻璃杯来。人人都喝酒。杰克和我喝了一杯；其他的人继续喝，每人喝了两三杯。

"还是留点你们回去的时候在汽车上喝好，"霍根说。

"你别担心。我们多的是，"摩根说。

杰克喝了一杯，就再也不喝了。他站起来，望着他们。摩根坐到杰克刚才坐的床上。

"来一杯，杰克，"约翰一边说，一边把酒瓶和杯子递给他。

"不喝了，"杰克说，"我从来不喜欢参加那些下葬前的守夜①。"

他们全都哈哈大笑起来。杰克没有笑。

他们离开的时候，心情都很好。他们走进汽车的时候，杰克站在走廊上。他们向他挥手。

"再见，"杰克说。

我们吃晚饭。在餐桌旁，除了"请你递给我这个，好不？"或者"请你递给我那个，好不？"以外，杰克从头至尾一句话也没有说。那两个住在健身场上的顾客跟我们同桌吃饭。他们是很好的人。吃罢晚饭，我们来到走廊上。天黑得很早。

"喜欢散散步吗，杰里？"杰克问。

"当然啦，"我说。

我们穿上外套出发。走到大路上这段路就相当长；沿着大路我们走了约摸一英里半。汽车不停地来往；我们不得不躲到一边去，让它们开过。杰克一句话也不说。后来，我们为了让一辆大卡车，走进灌木丛，杰克才说："见鬼的散步，回霍根那儿去吧。"

我们从一条翻越小山、穿过田野的小路，走回霍根那儿去。我们能够看到小山顶上那所房子的灯光。我们走到房子前，只见霍根站在门口。

"散步得挺痛快吧？"霍根说。

"啊，好极了，"杰克说，"嗨，霍根，你有什么酒吗？"

"当然啦，"霍根说，"有什么打算？"

"送一点到房间里来，"杰克说，"今天夜晚我要睡一觉。"

"你倒成了医生，"霍根说。

"到楼上房间里来，杰里，"杰克说。

楼上，杰克坐在床上，双手捧着脑袋。

---

① 爱尔兰人在死人下葬前有守夜喝酒的风俗。杰克明天要举行拳击比赛。这时那些人在他卧房里饮酒，使他想起那个风俗。

"这算得上生活吗？"杰克说。

霍根拿来一夸脱白酒和两个酒杯。

"要点姜汁啤酒吗？"

"你认为我要干什么，害病吗？"

"我只是问问你，"霍根说。

"来一杯？"杰克说。

"不，谢谢，"霍根说。他走出去。

"你怎么样，杰里？"

"我陪你喝一杯，"我说。

杰克倒了两杯。"嘿，"他说，"我要慢条斯理地喝。"

"兑点水，"我说。

"对，"杰克说，"我想这样好一点。"

我们喝掉了杯子里的酒，一句话也没有说。杰克开始给我倒第二杯。

"别倒了，"我说，"我够了。"

"好吧，"杰克说。他给自己又倒了许多，兑上水。他情绪好一点了。

"今天下午，这儿来了一伙人，"他说，"他们一点也不肯冒险，那两个家伙。"

过了一会儿，"唔，"他说，"他们是对的。冒险到底有什么好处呢？"

"你再来一杯吗，杰里？"他说，"来，跟我一起喝一杯。"

"我不想喝了，杰克，"我说，"我觉得很舒服。"

"再喝一杯，"杰克说。他喝得软绵绵了。

"好吧，"我说。

杰克给我倒了一杯，给他自己倒了一大杯。

"你知道，"他说，"我非常爱喝酒，要不是我干了拳击这一行的话，我会喝得很凶。"

"当然啦，"我说。

"你知道，"他说，"我为了拳击，损失不小。"

"你挣了许多钱。"

"当然啦，这正是我追求的。你知道，我损失不小，杰里。"

"你这话是什么意思？"

"唔，"他说，"譬如说，跟老婆分开。经常离开家。对我那几个女孩子并没什么好处。'你爸爸是谁？'社交界的小伙子中总有几个会问她们。'我爸爸是杰克·布伦南。'这对她们一点好处也没有。"

"废话，"我说，"最重要的差别是她们有没有钱。"

"唔，"杰克说，"我确实为她们挣了不少钱。"

他又倒了一杯。瓶里快要空了。

"兑点水，"我说。杰克兑了一点水。

"你知道，"他说，"你没法想象我多么惦记我的老婆。"

"当然啦。"

"你没法想象。你没法想象这是什么滋味。"

"在乡下应该比在城里好些。"

"现在对我来说，"杰克说，"我人在哪儿，这没有一点差别。你没法想象这是什么滋味。"

"再来一杯。"

"我喝醉了吧？我说话挺可笑吧？"

"你挺正常。"

"你没法想象这是什么滋味。没有人想象得出这是什么滋味。"

"除了老婆，"我说。

"她知道，"杰克说，"她确实知道。她知道。你可以肯定她知道。"

"兑点水，"我说。

"杰里，"杰克说，"你没法想象这变成什么滋味。"

他喝得大醉。他呆呆地望着我。他的眼光有点太呆滞了。

"你会睡得很好，"我说。

"嗨，杰里，"杰克说，"你想弄点钱吗？在沃尔科特身上弄点钱。"

"真的？"

"嗨，杰里，"杰克放下酒杯。"我现在没有醉意吧，你瞧？你知道我在他身上下了多少赌注？五万元。"

"钱可真不少。"

"五万元，"杰克说，"两比一。我会到手二万五千元。在他身上弄点钱，杰里。"

"这听起来可不坏，"我说。

"我怎么能打败他呢？"杰克说，"这可不是欺骗。我怎么能打败他呢？干吗不在这里面弄点钱呢？"

"兑点水，"我说。

"我打罢这一场就完了，"杰克说，"我从此不干了。我得挨一顿打。干吗我不应该在这里面弄点钱呢？"

"当然啦。"

"我有一个礼拜睡不着，"杰克说，"整个夜晚，我躺在那里醒着，担心自己给打得屁滚尿流。我睡不着，杰里。你想象不出，你睡不着的时候，那是什么滋味。"

"当然啦。"

"我睡不着。就是这么回事。我就是睡不着。这些年来，你既然一直睡不着，那你当心自己的身子又有什么用处呢？"

"真糟糕。"

"你想象不出，杰里，睡不着觉那是什么滋味。"

"兑点水，"我说。

唔，约摸十一点，杰克醉倒了，我把他扶到床上。他不能一直不睡觉，最后就落得这个模样。我帮他脱去衣服，盖上被子。

"你会睡得很好，杰克，"我说。

"当然啦，"杰克说，"现在我会睡着了。"

"晚安，杰克，"我说。

"明天见，杰里，"杰克说。"你是我唯一的朋友。"

"啊，废话，"我说。

"你是我唯一的朋友，"杰克说，"我唯一的朋友。"

"睡吧，"我说。

"我会睡着的，"杰克说。

霍根坐在楼下办公室里桌子旁看报。他抬起头来。"唔，你让你的男朋友睡着了吗？"他问。

"他醉倒了。"

"对他来说，这比睡不着好，"霍根说。

"当然啦。"

"不过，你得花费多少口舌跟那帮体育记者说明这个情况，"霍根说。

"唔，我要去睡了，"我说。

"明天见，"霍根说。

早晨八点钟光景我下楼去吃了点早饭。霍根同他的两个顾客在那所空洞洞的大房子里练习。我走过去看他们。

"一！二！三！四！"霍根在为他们计数。"你好，杰里，"他说，"杰克起身了吗？"

"还没有。他仍然睡着哪。"

我回到自己的房间里去收拾行李，准备进城。约摸九点半光景，我听到隔壁房间里杰克起身的声音。当我听到他下楼去的时候，我跟着他下楼。杰克坐在早餐桌旁。霍根已经进来，站在桌旁。

"你觉得怎么样，杰克？"我问他。

"不怎么坏。"

"睡得好吗？"霍根问。

"我睡得很熟，"杰克说，"我当时舌头不听使唤，头倒不觉得难受。"

“好啊，”霍根说，“这是好白酒。”

“开在账单上，”杰克说。

“你要什么时候进城？”霍根问。

“午饭前，”杰克说，“十一点的火车。”

“坐下，杰里，”杰克说。霍根走出去。

我坐在桌子旁。杰克在吃一个葡萄柚。他吃到一颗核就吐在匙子里，然后倒在盘子上。

“我想昨天夜晚我喝得大醉了，”他开始说。

“你喝了点白酒。”

“我想我说了不少蠢话。”

“你没有乱讲。”

“霍根在哪儿？”他问。他把葡萄柚吃完了。

“他在前面办公室里。”

“我关于比赛打赌的事讲了些什么？”杰克问。他拿着匙子，随手拨弄着葡萄柚的皮。

女仆端来一盆火腿蛋，把葡萄柚拿走了。

“给我再来杯牛奶，”杰克对她说。她走出去。

“你说你在沃尔科特身上下了五万块，”我说。

“这话不假，”杰克说。

“这是一大笔钱。”

“我对这件事感到不怎么好受，”杰克说。

“可能会出什么事情。”

“不会，”杰克说，“他一心想当冠军。他们会跟他谈妥的。”

“你不能拿得这么稳。”

“不会错的，他想要当冠军。这对他来说值许多钱。”

“五万块是一大笔钱，”我说。

“这是买卖，”杰克说，“我赢不了。你知道，我再怎么也赢不了。”

“你只要在场子里，你就有机会。”

"不行，"杰克说，"我完了。这只是买卖。"

"你觉得怎么样？"

"很好，"杰克说，"睡那么一觉正是我需要的。"

"你可能打得很好。"

"我会给他们看一场精彩表演，"杰克说。

吃罢早饭，杰克给他的妻子打长途电话。他在电话间里讲话。

"这是他上这儿来以后第一回给她打电话，"霍根说。

"他天天给她写信。"

"当然啦，"霍根说，"一封信只花两分钱。"

霍根同我们说了再见；布鲁斯，那个黑人按摩员，用货车送我们上车站。

"再见，布伦南先生，"布鲁斯在火车跟前说，"我当然希望你揍得他屁滚尿流。"

"再见，"杰克说。他给布鲁斯两块钱。布鲁斯为他干了许多活儿。他看上去有点失望。杰克看到我望着布鲁斯手里的两块钱。

"账全都付过了，"他说，"霍根已经向我收过按摩费。"

在进城的火车上，杰克不说话。他坐在座位角落里，望着窗外，车票插在他帽子上那圈丝带里。有一次，他转过脸来对我说话。

"我告诉了我的老婆，我今天夜晚会在谢尔比旅馆租一个房间，"他说，"就在公园附近的拐角上。我明天早晨可以回家去。"

"这是个好主意，"我说。"你的老婆看过你比赛吗，杰克？"

"没有，"杰克说，"她从来没有看过我比赛。"

我想，要是他在比赛结束以后不想回家，那他一定估计到自己会狠狠地挨一顿揍。在城里，我们坐出租汽车到谢尔比去。一个侍者走出来，接过我们的提包；我们走进去，走到登记房间的办公桌前。

"房租要多少？"杰克问。

"我们只有双人房间，"那个职员说，"你花十元钱就能租一个很好的双人房间。"

"那太不上算了。"

"那你就租一个七元钱的双人房间。"

"有浴室吗?"

"当然有。"

"你还是跟我一起住一宿好,杰里,"杰克说。

"啊,"我说,"我会去睡在我内弟家里。"

"我并不是为你花这笔钱的,"杰克说,"我只是要我的钱花得值得。"

"请登记一下,好不?"那个职员说。他望着登记簿。"二百三十八号房间,布伦南先生。"

我们乘电梯上楼。这是一个很好的大房间,有两张床,有一扇门通向一个浴室。

"这儿挺好,"杰克说。

领我们上来的那个侍者拉开窗帘,把我们的提包拿进来。杰克一动也不动,我就给了侍者一个两毛五分的硬币。我们洗了脸,杰克说我们还是出去好,去吃点东西。

我们在杰米·汉利的馆子里吃午饭。那儿有许多小伙子。当我们差不多吃到一半的时候,约翰走进来,同我们坐在一起。约翰话说得不多。

"你的体重怎么样,杰克?"约翰问他。杰克正在吃一份丰盛的午餐。

"我穿着衣服称也行,"杰克说。他从来用不着为减轻体重操心。他是一个天生的次中量级拳击手;他从来没有变胖过。他在霍根那里体重已经下降。

"只有这一件事你从来用不着担心,"约翰说。

"就是这一件事,"杰克说。

吃罢午饭,我们走到公园里去称体重。两个比赛的对手在三点钟不得超过一百四十七磅。杰克围着一条毛巾站在磅秤上。秤杆没有移动。沃尔科特刚称过，站在那里，身旁围了许多人。

"让我瞧瞧你有多重，杰克，"弗里曼，沃尔科特的经理人说。

"好啊，那么叫他称一下，"杰克把头向沃尔科特猛的一扭。

"把毛巾拿掉，"弗里曼说。

"你看看多重？"杰克问那个管磅秤的人。

"一百四十三磅，"那个称体重的胖子说。

"你的体重减轻不少，杰克，"弗里曼说。

"称他，"杰克说。

沃尔科特走过来。他长着一头金发，宽阔的肩膀和胳膊棒得像重量级拳击手。他的大腿倒不太粗壮。杰克站着比他高半个头。

"你好，杰克，"他说。他的脸上尽是瘢疤。

"你好，"杰克说，"你觉得怎么样？"

"很好，"沃尔科特说。他拿掉围在腰里的毛巾，站在磅秤上。他的肩膀和脊背是你看到过的最宽阔的。

"一百四十六磅十二盎斯。"

沃尔科特跨下磅秤，咧开了嘴对杰克笑。

"唔，"约翰对他说，"杰克让你约摸四磅。"

"我进来的时候，还不止这些呢，小伙子，"沃尔科特说，"我现在要去吃东西啦。"

我们回出去，杰克在穿衣服。"他是个长相挺结实的家伙，"杰克对我说。

"他看上去好像给人揍过许多回。"

"啊，是啊，"杰克说，"他是不难打败的。"

"你们上哪儿去？"杰克穿上衣服以后，约翰问。

"回旅馆，"杰克说。"你什么都要关心吗？"

"是啊，"约翰说，"一切都得关心。"

"我去躺一会儿，"杰克说。

"我在六点三刻光景来找你们，咱们一起去吃东西。"

"好吧。"

一回到旅馆里，杰克就脱掉皮鞋和上衣，躺了一会儿。我写了一封信。我看了两次，杰克没有睡着。他躺着一动也不动，但是每过一会儿，他的眼睛总是要睁一下。最后，他坐起来。

"玩一会儿克里贝奇①怎么样，杰里？"他说。

"当然啦，"我说。

他走到他的手提箱跟前，拿出纸牌和记分板。我们玩着克里贝奇；他赢了我三块钱。约翰敲敲门，走进来。

"玩一会儿克里贝奇怎么样，约翰？"杰克问他。

约翰把帽子放在桌子上。帽子全湿了。他的上衣也湿了。

"下雨了吗？"杰克问。

"简直像倒下来，"约翰说，"我坐的出租汽车给来往的车辆堵住了，动不了，我下了车走来的。"

"来吧，玩一会儿克里贝奇，"杰克说。

"你应该去吃东西了。"

"不，"杰克说，"我还不想吃东西。"

他们接着又玩了约摸半个钟头克里贝奇，杰克赢了他一块五毛钱。

"唔，我想咱们得去吃东西了，"杰克说。他走到窗前，向外望去。

"还在下雨吗？"

"在下。"

"咱们在旅馆里吃吧，"约翰说。

"也行，"杰克说，"我跟你再玩一次，看谁付饭账。"

过了不久，杰克站起来，说："你付饭钱，约翰。"接着我们都下楼去，在大厅里吃饭。

吃罢饭，我们上楼来；杰克又同约翰玩克里贝奇，赢了他两块

---

① 一种纸牌戏，二人、三人、四人都能玩，用木板记分。

五毛钱。杰克感到很高兴。约翰随身带来一个提包，包里都是他的东西。杰克脱下衬衫和硬领，穿上一件针织运动衫和一件厚运动衫，免得自己出来时着凉，接着他把拳击服和一件浴衣放在提包里。

"你都准备好了吗？"约翰问他，"我去打电话，通知他们叫一辆出租汽车来。"

很快电话铃响起来，他们说出租汽车已经来了。

我们乘电梯下楼，穿过门厅走出去，坐上出租汽车，汽车向公园开去。雨下得很大，但是外面街上有许多人。公园门票已经卖完了。我们一路向更衣室走去，我看到挤满了人。看上去走到拳击场的长方形绳圈旁足有半英里。一片黑暗。只有绳圈上面有灯光。

"下了这场雨，他们没有设法把这场比赛安排在棒球场，真是件好事情，"约翰说。

"来的人真不少，"杰克说。

"这场比赛吸引来的人公园里还容纳不了。"

"你说不准天气好不好，"杰克说。

约翰走到更衣室门口，探进头去。杰克穿着他那件浴衣坐在那儿，交叉着两条胳膊，望着地板。约翰带着两个照料杰克比赛的人。他们从他的肩膀上望进去。杰克抬起头来。

"他进场了吗？"他问。

"他刚下去，"约翰说。

我们开始走下去。沃尔科特刚走进绳圈。观众向他热烈鼓掌。他从两根绳索中间爬进去，接着把两个拳头合在一起，微笑着对观众摇摇拳头，先是向绳圈的一边，然后向另一边，接着坐下来。杰克穿过观众走下去的时候，受到热情的欢迎。杰克是爱尔兰人，而爱尔兰人总是受到非常热情的欢迎。一个爱尔兰人在纽约不像一个犹太人或者意大利人那样吸引人，但是总是受到热情欢迎。杰克爬上去，弯下身子从两根绳索中间钻进去。沃尔科特从他的角落里走过来，把下面的绳索压低，让杰克钻进去。观众想这真是奇迹。沃尔科特把一只手放在杰克的肩膀上。他们在那儿站了一秒钟。

"嘿，你就要成为一个出风头的冠军了，"杰克对他说。"把你那只讨厌的手从我肩膀上拿开。"

"打起精神来干，"沃尔科特说。

这对观众来说是件了不起的事情。两个小伙子在比赛以前是多么客气啊。他们都希望对方幸运。

杰克在包扎手的时候，索利·弗里曼走到我们这边角落里来，而约翰却走到沃尔科特的那边角落里去。杰克把他的大拇指从绷带的裂口里伸出来，随即把他的手包得又整齐又平滑。我在他的手腕和指关节上用胶布绕两圈。

"嗨，"弗里曼说，"你哪儿去弄来这些胶布？"

"摸摸看，"杰克说，"是软的，对不？别像个乡巴佬。"

杰克包扎另一只手的时候，弗里曼一直站在那儿；一个照料杰克比赛的小伙子把拳击手套递过来；我给杰克戴上，缚紧。

"喂，弗里曼，"杰克说，"那个沃尔科特是哪儿人？"

"我不知道，"索利说，"他有点像丹麦人。"

"他是波希米亚人，"那个递手套的年轻人说。

裁判员叫他们到绳圈中央来。杰克走过去。沃尔科特微笑着走出来。他们对面相遇了，裁判员把两条胳膊放在他们两人的肩膀上。

"喂，但愿你走红，"杰克对沃尔科特说。

"打起精神来干。"

"你干吗管自己叫'沃尔科特'？"杰克说。"你不知道他是个黑人吗？"

"听着——"裁判员说，他向他们宣布那些老规则。沃尔科特打断他一次。他抓住杰克的胳膊，说："他这样抓住我的时候，我能打他吗？"

"别把手放在我身上，"杰克说，"这不是拍电影。"

他们回到各自的角落里。我给杰克脱掉浴衣；他趴在绳索上弯了一两次膝关节，把他的拳击鞋在松香里摩擦。铃声响了，杰克很快地转过身子走出去。沃尔科特向他走来；他们的拳击手套碰了一下；沃尔科特双手刚放下，杰克倏地举起左手在他脸上揍了两下。谁也及不上杰克的拳法好。沃尔科特在追他，一直把下巴抵在胸口向前冲。他是个打钩拳①的，手摆得很低。他只知道贴近了打。但是每一次他贴近来，杰克的左手拳就揍在他脸上，就像那只左手是有自动装置似的。杰克只要一举起左手，它就揍在沃尔科特的脸上。有三四次，杰克右手发拳，但是沃尔科特总是让他打在肩膀上或者使他打得太高，打在头上。他同所有那些钩拳手一样。他只怕另一个同类型的拳击手。凡是你能伤害他的地方，他都保护好。他不在乎脸上挨到左手拳。

打了四个回合以后，杰克把他揍得鲜血直流；他的脸全给打破了，但是每一次沃尔科特贴近杰克，他打得很重，他刚好在杰克的肋骨底下两面打出了两个很大的红斑。每一次他贴近的时候，杰克把他逼住，接着腾出一只手，用上击拳揍他，但是沃尔科特一腾出双手，就揍在杰克的身子上，声音响得外面街上都听得到。他是个拳头很重的狠手。

这样又打了三个回合。他们一句话也不说。他们一直在较量。在回合中间，我们也尽力给杰克按摩。他看上去脸色很不好，但是他在绳圈里从来不拼命地干。他不拼命地移动，而他的左手拳简直像是有自动装置似的。它好像同沃尔科特的脸连在一起，而杰克每一次只是不得不这样做。杰克在贴近的时候，一直是冷静的，他不浪费一点精力。他也完全掌握贴近的时候使用的那一套本领，能使出许多招式。当他们在我们的角落里的时候，我看到他把沃尔科特逼住，腾出右手，弯起来，发出一下上击拳。拳击手套的后部打中了沃尔科特的鼻子。沃尔科特血淌得很厉害，他把鼻子贴在杰克的肩膀上，为了也要给杰克来一下。杰克突然把肩膀稍微一抬，撞了

---

① 拳击中的一种打法，臂肘弯着不动，用短促的挥动发的拳。

一下他的鼻子，接着垂下右手，又照样给了他一下。

沃尔科特恼火得要命。这时候他们已经较量过五个回合，他恨透了杰克，杰克可不恼火；换句话说，他不比过去哪一次更恼火。他从前一定时常使跟他比赛的人憎恨拳击，这就是他为什么很恨小伙子刘易斯的原因。他从来没有能使这小伙子发火。小伙子刘易斯总是约摸有三种杰克不会的新花招。杰克只要身子结实，在比赛场上始终像教堂一样安全。他当然一直在狠狠地揍沃尔科特。有趣的是，杰克看上去好像是一个大方的第一流的拳击手。这是因为他也掌握所有那些招式。

第七个回合以后，杰克说："我的左手感到重了。"

从这时起，他开始挨打了。起先，这种情况还看不出。但是，不再是他控制比赛，而是沃尔科特控制了；不再是始终安全了，现在他遭到了麻烦。他现在不能用左手避免挨打了。看上去好像同刚才仍然一样，只是现在沃尔科特的猛击不再落空，而是一下下打在他的身上。他的身子挨了一顿痛打。

"第几个回合了？"杰克问。

"第十一个。"

"我撑不住了，"杰克说，"我的两条腿不行了。"

沃尔科特揍了他好久。这就像一个垒球的接手击球，发出砰砰的响声。从这时起，沃尔科特开始狠狠地揍。他一定是个拳头很重的狠手。杰克现在只是处处招架。看不出他挨到了痛打。在回合中间，我给他按摩腿。腿上的肌肉一直在我按摩的手下抖动。他脸色难看得要命。

"打得怎么样？"他转过脸去问约翰，他的脸全部肿起来了。

"他控制着局面。"

"我想我撑得住，"杰克说，"我不想让这个波希米亚混蛋把我打垮。"

情况就像他自己所预料的那样。他知道他自己打不败沃尔科特。他的身子不结实了。不过，他不要紧。他的钱也不要紧。现在他高兴怎么结束这场比赛都成。他不愿意被打倒。

　　铃声响了，我们把他推出去。他慢腾腾地走过去。沃尔科特马上追过来。杰克用左手拳揍在他的脸上；沃尔科特挨了一下，在杰克的胳膊下逼进来，开始揍杰克的身子。杰克想要把他逼住，这就像想要抓住一个圆锯。杰克突然倒退，他的右手拳没有打中。沃尔科特猛地给了他一下左钩拳，杰克摔倒了。他摔倒的时候手和膝盖着地；他望着我们。裁判员开始报数。杰克看看我们，摇摇头。到了八，约翰向他做了个手势。由于观众的闹声，你什么也听不到。杰克站起来。裁判员在报数的时候，用一条胳膊拦住沃尔科特。

　　杰克一站起来，沃尔科特就向他走去。

　　"小心，吉米，"我听到索利·弗里曼对他大叫。

　　沃尔科特走到杰克跟前，望着他。杰克伸出左手去打他。沃尔科特只是摇摇头。他把杰克逼得背靠绳圈，打量着他，接着用左钩拳很轻地打杰克的半边脑袋，然后使出全身力气用右手猛击杰克的身子，而且尽可能打得低。他一定打在他腰带下面五英寸的地方①。我想杰克的眼睛会从他的头上掉下来了。他的眼睛凸得很出。他的嘴张开了。

　　裁判员抓住沃尔科特。杰克走上前去。如果他倒下去，五万块钱就没有了。他走着，好像他的五脏六腑都要掉出来似的。

　　"并没有击低②，"他说，"这是意外。"

　　观众大嚷大叫，所以你什么也听不到。

　　"我很好，"杰克说。他们就在我们面前。裁判员望望约翰，接着他摇摇头。

　　"来啊，你这个波兰杂种，"杰克对沃尔科特说。

　　约翰趴在绳圈上。他拿着一条毛巾准备插手干涉。杰克就站在

---

　　① 拳击比赛规定腰带以下的部位是不准打的。如果比赛的一方打了对方腰带以下的部位，即被判犯规和输去这场比赛。

　　② 原文 low，拳击用语，指击中腰带以下部位的一击。

离开绳圈只有一点远的地方。他向前走了一步。我看到汗水从他脸上冒出来，就像有人在挤他的脸似的，有一大滴汗珠从他鼻子上掉下来。

"来打啊，"杰克对沃尔科特说。

裁判员看看约翰，向沃尔科特挥挥手。

"去吧，你这愣小子，"他说。

沃尔科特走过去。他也不知道怎么办。他压根儿没有想到杰克受得了这一下。杰克用左手拳打他的脸。场子里不断地响起大叫大嚷，闹得翻了天。他们就在我们面前。沃尔科特打中他两次。杰克的脸是我看到过的最糟的脸——瞧那副模样！他浑身像要散开来似的，只是硬撑着不让自己倒下去，而他脸上的神情完全说明了这种情形。他一直想着并硬熬着他被打伤的疼痛。

接着他开始狠狠地揍了。他的脸色一直非常难看。他用低贴在身旁的双手，向沃尔科特挥舞过去，开始狠狠地揍了。沃尔科特遮拦。杰克拼命地向沃尔科特的脑袋打去。接着他猛地发出左手拳，打中了沃尔科特的腹股沟，紧跟着他的右手拳砰地打在沃尔科特打中他的地方。大大低于腰带。沃尔科特倒下去，抓住自己，扭曲着身子在地上滚来滚去。

裁判员抓住杰克，把他朝他那个角落推。约翰跳进绳圈。全场响着一片不停的嚷叫声。裁判员在同评判员们谈话；后来，报告员拿着传声筒走进绳圈，说："沃尔科特被犯规打中。"

裁判员在同约翰谈话，他说："我有什么办法？杰克不愿意接受被犯规打中。接着他昏头昏脑，犯规打了他。"

"反正他输了，"约翰说。

杰克坐在椅子上。我给他脱掉拳击手套；他两只手按着痛处熬着。他有了支撑以后，脸色倒不太难看了。

"去说一声对不起，"约翰凑在他耳朵旁说，"这样好看些。"

杰克站起来，他的脸上尽是汗水。我把浴衣披在他的身上；他一只手伸在浴衣下按着痛处，在绳圈里走去。他们已经把沃尔科特扶起来；他们在照料他。沃尔科特那个角落里有许多人。没有一个人同杰克说话。他弯下身子凑近沃尔科特。

"对不起，"杰克说，"我不是有意犯规打你的。"

沃尔科特什么也没有说。他看上去脸色太糟糕了。

"唔，你现在是冠军了，"杰克对他说，"我希望你感到非常高兴。"

"别跟这小伙子说话，"索利·弗里曼说。

"喂，索利，"杰克说，"对不起，我犯规打了你的小伙子。"

弗里曼只是对他望望。

杰克迈着他可笑的一瘸一点的步子走到他的角落里；我们帮他穿过绳索下来，穿过记者席，走到过道上。许多人想要打杰克的脊背。他穿着浴衣在这帮气势汹汹的观众中间穿过，来到更衣室。沃尔科特打赢是大多数人预料到的。公园里的人都把赌注押在这个结果上。

我们一走进更衣室，杰克就躺下去，闭上眼睛。

"咱们得回旅馆，去请一个医生，"约翰说。

"我身子里都给打伤了，"杰克说。

"我感到非常抱歉，杰克，"约翰说。

"没什么，"杰克说。

他躺在那里，闭着眼睛。

"他们一定设法安排了一个巧妙的双重骗局①，"约翰说。

"你的朋友摩根和斯坦菲尔特，"杰克说，"你交的好朋友。"

他躺在那里，现在眼睛睁开了。他的脸上仍然露出难看的扭曲的表情。

---

① 双重骗局是拳击界的黑话，指比赛前双方讲定了胜负，而在比赛时一方却违背约定。摩根和斯坦菲尔特预先同杰克约定，让杰克打输，所以杰克把巨额赌注押在沃尔科特打赢上。他们又通知沃尔科特犯规，这样杰克就会被判打赢，但是杰克将输去他那笔五万元的赌注。杰克忍住剧烈的痛苦，不接受沃尔科特的犯规，而他自己犯规打倒了沃尔科特，就这样他输掉了这场比赛，却赢得了两万五千元，破坏了一个双重骗局。

"真有趣，事情牵涉到那么多钱的时候，你的思路会变得那么敏捷，"杰克说。

"你是个好样的家伙，"约翰说。

"哪儿的话，"杰克说。"这没什么。"

鹿　金译

简单的调查

屋外，雪堆高于窗户。阳光透过窗户，照在小屋松木板墙上的地图上面。太阳高高的，亮光从雪堆顶上照进屋来。沿着小屋空旷的一边挖了一条战壕，每当晴天，太阳照在墙上，热气反射在雪堆上，战壕拓得更宽了。已是三月下旬。少校坐在靠墙一张桌旁。他的副官坐在另一张桌旁。

少校双眼周围有两个白圈，那是戴了雪地眼镜，使脸上这部位才没受到雪地阳光的损伤。脸上其他部位都晒伤了，晒黑了，然后由于晒黑而晒伤了。他的鼻子也肿了，长过水疱的地方露出脱落的表皮。他处理文件的时候，一边伸出左手指头在油盏里蘸着，然后把油抹遍脸部，用指尖非常轻柔地摩着。他非常仔细地在油盏边把手指沥干，所以手指上只有薄薄一层油，他摩了前额和两颊，又非常细致地以指缝摩鼻子。摩完了，他就站起身，拿了油盏，走进他睡觉的小房间里去。"我要睡一会儿，"他对副官说。在那支部队里，副官不是委任的军官。"你把这办完。"

"是，少校大人①，"副官答道。他往椅背一靠，打个呵欠。他从衣袋里掏出一本平装本书，打开来，放在桌上，点上烟斗。他趴在桌上看书，抽着烟。接着他合上书，把书放回衣袋里。他的案头工作太多了，办也办不完。他要办完才能看书。屋外，太阳落到山背后了，屋子墙上没有亮光了。一个士兵进来，把砍得长短不一的松枝放进炉里。"轻点儿，皮宁，"副官跟他说。"少校在睡觉。"

皮宁是少校的勤务兵，是个黑脸小子，他仔细地把松柴放进炉里，弄弄好，关上门，又走到后屋去了。副官继续忙他的文件。

"托纳尼，"少校叫道。

"少校大人？"

"叫皮宁来见我。"

"皮宁!"副官叫道。皮宁进屋。"少校要找你,"副官说。

皮宁走过小屋正房,朝少校的房门走去。他在半开半掩的门上敲敲。"少校大人?"

"进来,"副官听见少校说,"关上门。"

少校在房里躺在铺上。皮宁站在铺旁。少校的脑袋枕在帆布背包上,背包里塞满替换衣服权充枕头使用。那张晒伤了、涂着油的长脸看着皮宁。两手搁在毯子上。

"你十九岁了?"他问。

"是的,少校大人。"

"你有没有恋爱过?"

"你这话是什么意思,少校大人?"

"跟个姑娘——谈恋爱?"

"我有过几个姑娘。"

"我不是问这个。我问你有没有跟个姑娘——谈过恋爱?"

"谈过,少校大人。"

"你现在还爱她?你不给她写信。你的信我全看过了。"

"我爱她的,"皮宁说,"不过我没给她写信。"

"这点你肯定吗?"

"我肯定。"

"托纳尼,"少校用同样的声调说,"你听得见我说话吗?"

隔壁房里没有答腔。

"他听不见,"少校说。"你十分肯定自己爱着一个姑娘。"

"我肯定。"

"那,"少校赶快看了他一眼,"你没变坏?"

"我不懂你说变坏是什么意思。"

"好吧,"少校说。"你用不着自以为了不起。"

---

① 原文是意大利语。

皮宁看着地板。少校对着他那张晒黑的脸上上下下打量一番，又看看他双手。这才脸无笑容地接下去说，"你并非真要——"少校顿住话头。皮宁看着地板。"你最大的心愿并非真正——"皮宁看着地板。少校又把脑袋枕到背包上，笑了笑。他真正放心了：部队里的生活太复杂了。"你是个好小子，"他说。"你是个好小子，皮宁。可是别自以为了不起，小心别让人家来要你命。"

皮宁一动不动站在铺旁。

"别害怕，"少校说。他两手交叉，搁在毯子上。"我不会碰你。你愿意可以回部队里去。不过你最好留下来当我勤务兵。送命的机会小一些。"

"你还有什么吩咐，少校大人？"

"没了，"少校说。"走吧，有什么事要办就去办。出去时让门开着。"

皮宁让门开着就出去了，副官抬眼看着。他尴尬地走过正房出去。皮宁涨红着脸，跟刚才抱着柴禾进屋时动作不一样。副官目送着他，笑了。皮宁又抱了些柴禾进屋。少校躺在铺上，望着挂在墙壁钉子上自己那顶遮着布的钢盔和雪地眼镜，听见他在地板上走过的脚步声。这小鬼，不知他是不是对我说了谎，他心下想。

陈良廷 译

十个印第安人

有一年过了七月四日①，尼克同乔·加纳一家子坐着大篷车，很晚从镇上赶回家，一路上碰到九个喝醉的印第安人。他记得有九个，因为乔·加纳在暮色中赶车时勒住了马，跳到路上，把一个印第安人拖出车辙。那印第安人脸朝下，趴在沙地上睡着了。乔把他拖到矮树丛里就回到驾车座上。

"光从镇子边到这里，"乔说，"算起来一共碰到九个人了。"

"那些印第安人哪，"加纳太太说。

尼克跟加纳家的两个小子坐在后座上。他正从后座上往外看看乔拖到路边的那个印第安人。

"这人是比利·泰布肖吗？"卡尔问。

"不是。"

"看他的裤子，怪像比利的。"

"所有的印第安人都穿一模一样的裤子。"

"我根本没看见他，"弗兰克说。"我什么也没看见，爸已经跳到路上又回上车来了。我还以为他在打死一条蛇呢。"

"我看，今晚有不少印第安人都要打蛇呢，"乔·加纳说。

"那些印第安人哪，"加纳太太说。

他们一路赶着车。从公路干道上拐入上山的坡道。马儿拉车爬坡很费劲，小伙子们就下车步行。路面全是沙土。尼克从校舍旁的小山顶回头看看，只见佩托斯基②的灯火闪闪，隔着小特拉弗斯湾，对岸的港泉镇也是灯火闪闪。他们又爬上大篷车。

"他们应当在那段路面上铺些沙砾才是，"乔·加纳说。大篷车沿着林间那条路跑着。乔和他太太紧靠着坐在前座。尼克坐在两

323

个小伙子之间。那条路出了林子，进入一片空地。

"爸就是在这儿压死那只臭鼬的。"

"还要往前呢。"

"在哪儿都一样，"乔头也不回地说，"在这儿压死臭鼬跟在那儿压死臭鼬都是一码事。"

"昨晚我看见两只臭鼬，"尼克说。

"在哪儿？"

"在湖边。它们正沿着湖滨寻找死鱼呢。"

"没准儿是浣熊吧，"卡尔说。

"是臭鼬。我想我总认得出臭鼬吧。"

"你应当认得出，"卡尔说。"你有个印第安女朋友嘛。"

"别这样说话，卡尔，"加纳太太说。

"唉，闻上去都一个味呢。"

乔·加纳哈哈大笑了。

"你别笑了，乔，"加纳太太说。"我决不准卡尔这样说话。"

"你有个印第安女朋友吗，尼基③？"乔问。

"没有。"

"他也有的，爸，"弗兰克说。"普罗登斯·米切尔是他的女朋友。"

"她不是。"

"他天天都去看她。"

"我没有。"尼克坐在暗处，夹在两个小伙子之间，听人家拿普罗登斯·米切尔打趣，心里感到空落落的，但很高兴。"她不是我女朋友，"他说。

"别听他的，"卡尔说。"我天天都看见他们在一块儿。"

---

① 美国独立纪念日。
② 佩托斯基是霍顿斯湾镇东北的一个大城市。
③ 尼基是尼克的爱称。

324

"卡尔找不到女朋友，"他母亲说，"连个印第安妞儿都没有。"

卡尔一声不吭。

"卡尔碰到姑娘就不行了，"弗兰克说。

"你闭嘴。"

"你没问题，卡尔，"乔·加纳说。"姑娘们对男人可没一点好处。瞧瞧你爸。"

"是啊，你就会这么说，"大篷车一颠，加纳太太顺势挨紧乔。"得了，你当初有过不少女朋友嘛。"

"我敢打赌，爸决不会有印第安女朋友。"

"你可别这么想，"乔说。"你最好还是留神看着普罗迪①，尼克。"

他妻子同他说了句悄悄话，他哈哈大笑。

"你在笑什么啊？"弗兰克问。

"你可别说，加纳，"他妻子警告说。乔又笑了。

"尼基尽管跟普罗登斯做朋友好了，"乔·加纳说。"我可娶了个好姑娘。"

"这才像话，"加纳太太说。

马儿在沙地里费劲地拉着车。乔在黑暗中伸出手去挥鞭子。

"走啊，使劲拉车呀。你明天得更使劲地拉车呢。"

马儿一路小跑，跑下长坡，大篷车颠簸着。到了农舍，大家都下了车。加纳太太用钥匙开了门，走进屋里，手里拿着盏灯出来。卡尔和尼克从大篷车后部把货物卸下来。弗兰克坐在前座上，把车赶到牲口棚，安置好马儿。尼克走上台阶，打开厨房门，加纳太太正在生炉子。她正往木炭上倒煤油，不由回过头来。

"再见了，加纳太太，"尼克说。"谢谢你们让我搭车。"

"哎，什么话，尼基。"

"我玩得很痛快。"

——————————

① 普罗迪是普罗登斯的昵称。

"我们欢迎你来。你不留下吃饭吗？"

"我还是走吧。我想爹大概在等着我呢。"

"好吧，那就请便。你把卡尔叫来，好吗？"

"好吧。"

"明天见，尼基。"

"明天见，加纳太太。"

尼克走出场院，直奔牲口棚。乔和弗兰克正在挤奶。

"明天见，"尼克说。"我玩得痛快极了。"

"明天见，尼克，"乔·加纳大声说。"你不留下吃饭吗？"

"对，我不能留下。请你转告卡尔，他妈妈叫他去，好吗？"

"好吧。明天见，尼基。"

尼克光着脚，在牲口棚下面草地间那条小路上走着。小路溜滑，光脚沾到露水凉丝丝的。他在草地尽头处翻过一道栅栏，穿过一条冲沟，双脚被沼泽中的泥浆弄湿，然后穿过干燥的山毛榉树林攀登，终于看见自己小屋里的灯光。他翻过栅栏，绕到前门廊上。他从窗口看见他父亲正坐在桌边，在那盏大灯的灯光下看书。尼克开门走进屋。

"啊，尼基，"他父亲说，"今天玩得开心吗？"

"我玩得痛快极了，爹。今年的独立纪念日真带劲。"

"你饿了吧？"

"可不。"

"你的鞋子怎么啦？"

"我把鞋落在加纳家的大篷车上了。"

"快到厨房里来。"

尼克的父亲拿着灯走在头里。他站住了揭起冰箱的箱盖。尼克径自走进厨房。他父亲端来一个盘子，上面放着一片冷鸡肉，还有一壶牛奶，把这些都放在尼克面前的桌上。他放下灯。

"还有些馅饼，"他说。"这些够你吃了吗？"

"太棒了。"

他父亲在铺着油布的饭桌边一张椅子上坐下来。他在厨房墙壁上投下一个巨大的身影。

"球赛哪队赢了？"

"佩托斯基队。五比三。"

他父亲坐着看他吃，提着壶替他在玻璃杯里倒满牛奶。尼克喝了奶，在餐巾上擦擦嘴。他父亲伸手到搁板上去拿馅饼。他给尼克切了一大块。原来是越橘馅饼。

"你干了些什么来着，爹？"

"我早上去钓了鱼。"

"钓到了什么？"

"只有些鲈鱼。"

他父亲坐着看尼克吃馅饼。

"你今天下午干了些什么？"尼克问。

"我去印第安人营地那边走了走。"

"见到了什么人吗？"

"印第安人全去镇上喝个醉了。"

"那你一个人也没见到？"

"我见到了你的朋友普罗迪。"

"她在哪儿？"

"她跟弗兰克·沃希伯恩在林子里。我撞见了他们。他们玩得蛮开心呢。"

他父亲并不对他看。

"他们在干什么？"

"我没停下来弄个明白。"

"跟我说说他们在干什么？"

"我不知道，"他父亲说。"我只听见他们在追来追去。"

"你怎么知道是他们？"

"我看清正是他们。"

"我还以为你说过没看清他们呢。"

327

"哎，对了，我看清正是他们。"

"是谁跟她在一起？"尼克问。

"弗兰克·沃希伯恩。"

"他们可——他们可——"

"他们可什么啊？"

"他们可开心？"

"我想是吧。"

他父亲从桌边站起来，走出厨房纱门。他回来时看见尼克眼巴巴地看着盘子。原来他刚才哭过。

"再来一点？"他父亲拿起刀来切馅饼。

"不了，"尼克说。

"还是再吃一块吧。"

"不了，我一点也不想再吃了。"

他父亲收拾了饭桌。

"他们在树林里什么地方？"尼克问。

"在营地后边儿。"尼克看着盘子。他父亲说，"你还是上床去睡吧，尼克。"

"好吧。"

尼克进了自己的房，脱了衣服，上了床。他听见父亲在起居室里走来走去。尼克躺在床上把脸埋在枕头里。

"我的心碎了，"他想。"如果我这么难受，我的心一定碎了。"

过了一会儿，他听见父亲吹灭了灯，走进他自己的房里。他听见外面树林间刮起一阵风，感到风凉飕飕地透过纱窗吹进屋来。他把脸埋在枕头里躺了老半天，过了一会儿才不去想普罗登斯，终于睡着了。半夜醒来，听到屋外铁杉树林间的风声和湖上潮水的拍岸声，他又入睡了。早上，刮起了大风，湖水高涨，漫到湖滩上，他醒了老半天才想起自己的心碎了。

刘文澜　译

美国太太的金丝雀

火车飞驶过一长排红石头房子，房子有个花园，四棵茂密的棕榈树，树荫下有桌子。另一边是大海。接着有一条路堑穿过红石和泥土间，大海就只是偶尔跃入眼帘了，而且远在下面，紧靠岩礁。

"我在巴勒莫①买下它的，我们在岸上的时间只有一个小时，那天是星期天早上。这人要求付美元，我就给了他一块半美元。它唱得可好听呢。"美国太太说。

火车上好热，卧铺车厢里好热。窗子敞开也没有风吹进来。美国太太把百叶窗拉下，就此再也看不见大海了，连偶尔也看不见了。另一边是玻璃，外面是过道，对面是一扇开着的窗，窗外是灰不溜秋的树木，一条精光溜滑的路，一片片平展展的葡萄田，后面有玄武石丘陵。

许多高高的烟囱冒着烟——火车开进马赛，减低速度，沿着一条铁轨，穿越许多条其他铁轨，进了站。火车在马赛站停靠二十五分钟，美国太太买了一份《每日邮报》、半瓶埃维矿泉水。她沿着站台走了一小段路，不过她紧挨着火车踏级那一面，因为在戛纳②，火车停靠十二分钟，没发出开车信号就开了，她好容易才及时上了车。美国太太耳朵有点背，她生怕发出了开车信号自己听不见。

火车离开了马赛站，不但调车场和工厂的烟都落在后面，回头一看，连马赛城和背靠石头丘陵的海港，以及水面上的夕阳余辉都落在后面。天快黑时，火车开过田野一所着火的农舍。沿路停着一排汽车，农舍里搬出来的被褥衣物都摊在田野上。许多人在观看火烧房子。天黑后，火车到了阿维尼翁③。旅客上上下下。准备回巴黎的法国人在报摊上买当天的法国报纸。站台上有黑人士兵。他们

329

穿着棕色军装，个子高大，紧挨着电灯光下，脸庞照得亮堂堂。他们的脸很黑，个子高得没法逼视。火车离开阿维尼翁站，黑人还站在那儿。有个矮小的白人中士跟他们在一起。

卧铺车厢里，乘务员把壁间三张床铺拉下来，铺开准备让旅客睡觉。夜里，美国太太躺着，睡不着觉，因为火车是快车，开得很快，她就怕夜里的车速快。美国太太的床靠着窗。从巴勒莫买来的金丝雀，笼子上盖着块布，挂在去洗手间的过道上通风处。车厢外亮着盏蓝灯，火车通宵开得飞快，美国太太醒着，等待撞车。

早上，火车开近巴黎了，美国太太从洗手间里出来，尽管没睡，气色还是很好，一看就是个半老的美国妇女，她拿下鸟笼上的布，把笼子挂在阳光下，就回到餐车里去用早餐。她再回到卧铺车厢时，床铺已经推回壁间，弄成座位，在敞开的窗子照进来的阳光里，金丝雀在抖动羽毛，火车离巴黎更近了。

"它爱太阳，"美国太太说。"它一会儿就要唱了。"

金丝雀抖动羽毛，啄啄毛。"我一向爱鸟，"美国太太说。"我把它带给我的小女儿。瞧——它在唱了。"

金丝雀唧唧喳喳唱了，竖起喉间的羽毛，接着凑下嘴又啄羽毛了。火车开过一条河，开过一片精心护养的森林。火车开过许多巴黎郊外的城镇。镇上都有电车，迎面只见墙上有贝佳妮、杜博涅和潘诺等名酒的大幅广告画。看来火车开过这一切时似乎是在早餐前。我有好几分钟没听那个美国太太同我妻子说话。

"你丈夫也是美国人吧？"那位太太问。

"是的，"我妻子说。"我们俩都是美国人。"

"我还以为你们是英国人呢。"

"哦，不是。"

---

① 意大利西西里首府，位于西西里岛西北部。
② 法国东南部港市，旅游胜地。
③ 法国南部沃克吕兹省首府。

"也许因为我用背带的缘故,"我说。我原想开口说吊带,后来为了保持我的英国特色,才改了口说背带①。美国太太没听见。她耳朵真是背极了;她看人家嘴唇动来辨别说话的意义,我没朝她看。我望着窗外呢。她径自同我妻子说话。

"我很高兴你们是美国人。美国男人都是好丈夫,"美国太太说着。"不瞒你说,所以我们才离开大陆。我女儿在沃韦②爱上一个男人。"她停了一下。"他们疯狂地爱上了。"她又停了一下。"我当然把她带走了。"

"她断念了没有?"我妻子问。

"我看没有,"美国太太说,"她根本不吃也不睡。我想尽办法,可是她似乎对什么都不感兴趣。她对世事不闻不问。我不能把她嫁给外国人啊。"她顿了一下。"有个人,是个很好的朋友,有一回告诉我,'外国人做不了美国姑娘的好丈夫。'"

"对,"我妻子说,"我看做不了。"

美国太太称赞我妻子的旅装,原来这位美国太太二十年来也是一直在圣昂诺路这家裁缝店买衣服的。店里有她的身架尺寸,有个熟悉她,知道她口味的店员替她挑选衣服,寄到美国去。衣服寄到纽约她所在住宅区附近的邮局,关税一点也不算高,因为邮局当场打开来看,式样总是很朴素,没有金边,也没有装饰品,看不出衣服是贵重服装。现在的店员名叫泰雷兹,从前一个叫阿梅莉。二十年来一共就只用过这两个。裁缝也始终是一个。可是,价钱倒上涨了。不过,外汇兑换还是相等。现在店里也有她女儿的身架尺寸了。她成人了,现在尺寸不大有变化的可能了。

火车这会儿进入巴黎了。防御工事都夷为平地了,不过野草还没长出来。铁轨上停着许多节车厢——棕色木头的餐车、棕色木头的卧铺车,要是那列车还在当晚五点钟发车的话,这些车厢就都要

---

① 英国男子长裤上常系用背带 (braces),此字在美国称为吊带 (suspenders)。
② 瑞士西部城镇,在日内瓦湖东岸,洛桑和蒙特勒之间。

拉到意大利去；这些车厢上都标着巴黎—罗马，还有定时来往市区和郊区间的车皮，车顶上安着座位，座位上和车顶上都是人，过去如此，现在还是如此。火车经过粉墙和许多房屋的窗子。早餐什么都没得吃。

"美国人做丈夫最好，"美国太太跟我妻子说。我正往下拿行李包。"美国男人是世界上唯一值得嫁的人。"

"你离开沃韦有多久了？"我妻子问。

"到今年秋天就两年了。不瞒你说，我就是把金丝雀带去给她的。"

"你女儿爱上的人是瑞士人吗？"

"是的，"美国太太说。"他出身沃韦一个很好的门第。他就要当工程师了。他们在沃韦相遇。他们经常一起散步走远路。"

"我熟悉沃韦，"我妻子说。"我们在那儿度过蜜月。"

"真的吗？那一定很美。当然，她爱上他，我也没意见。"

"那是个很可爱的地方，"我妻子说。

"是啊，"美国太太说，"可不是吗？你们住在哪儿？"

"我们住在三冠饭店，"我妻子说。

"那是家高级的老饭店，"美国太太说。

"是啊，"我妻子说。"我们租了间很讲究的房间，秋天里这地方真可爱。"

"你们秋天在那儿？"

"是的，"我妻子说。

火车开过三节出事的车皮。车皮都四分五裂了，车顶也凹了进去。

"瞧，"我说，"出过事了。"

美国太太瞧了瞧，看见最后一节车。"我整夜就担心出这事，"她说。"我往往有可怕的预感。我今后夜里决不乘坐快车了。一定还有别班开得不这么快的舒服火车。"

这时火车开进里昂车站的暗处，停下了，乘务员走到窗口前。

我从窗口递下行李包，我们下车来到暗沉沉的站台上，美国太太就找了科克斯旅行社①三个人员中的一个，那人说，"等一下，太太，我要查一下你的姓名。"

乘务员提着一只箱子，堆在行李上，我妻子跟美国太太告了别，我也跟她告了别，科克斯旅行社的人在一叠打字纸中的一页上找到她的姓名，又把那叠纸放回口袋里了。

我们跟随提着箱子的乘务员走到火车旁的一长溜水泥站台上。站台尽头有扇门，一个人收了车票。

我们回到巴黎去办理分居手续。

陈良廷 译

---

① 科克斯旅行社是世界著名旅行社，全称为托马斯·科克斯旅行社。

阿尔卑斯山牧歌

　　哪怕是一清早就下山，走进山谷也很热。太阳把我们随身带着的滑雪板上的积雪融化了，把木头也晒干了。春天来到了河谷，但太阳还是十分热。我们沿着大路来到加耳都尔，随身带着滑雪板和帆布背包。我们经过教堂墓地时，一场葬礼刚刚结束。一个神父从教堂墓地出来，经过我们身旁，我对他说"感谢主"①。神父哈了哈腰。

　　"很奇怪，神父总是不跟人说话，"约翰说。

　　"你以为他会说'感谢主'吧。"

　　"他们从来不答腔，"约翰说。

　　我们在路上停下来，瞅着那教堂司事在把新土铲进墓穴。一个养有一部黑色络腮胡子、脚登高统皮靴的农民站在墓穴旁。教堂司事停止铲土，直起腰来。穿高统靴的农民把教堂司事手里的铲子拿过来，继续把土填进墓穴——就像在菜园里洒肥料那样，把土布得很均匀。在这个阳光灿烂的五月早晨，这填墓穴的事儿看来像是不真实的。我无法想象有什么人会死去。

　　"想想看，像今天这样的日子，竟会有人入土，"我对约翰说。

　　"我不喜欢这档子事。"

　　"唔，"我说，"我们才不必这么做呢。"

　　我们继续沿大路走去，经过镇上许多房屋，走到客店。我们在锡尔夫雷塔山②滑了一个月的雪，能下山来到山谷真是不错。在锡尔夫雷塔滑雪固然很好，但这是春季滑雪，积雪只在清晨和黄昏才顶事。其余的时间，雪都让太阳给糟蹋了。我们俩都对太阳感到厌烦了。你没法逃避阳光。唯一的阴影就是岩石和这木结构客店投下的，它就筑在一道冰川旁，靠一块岩石当庇护。但在这阴凉的地方，汗水在你的衬衣裤里冻结起来。你不戴上墨镜，就无法坐到客店外面去。面孔晒得黧黑本是件乐事，无奈太阳一直令人觉得十分厌烦。你无法在太阳下休息。我高兴能离开雪地下山来。春天上锡尔夫雷塔山，时间太迟了。我对滑雪也有点儿厌烦了。我们待得时间太长了。我嘴里还有我们一直在喝的雪水的味道，那是客店的白铁屋顶上融化的雪水。这股味道正是我对滑雪的感受的一个组成部分。我真高兴，除了滑雪，还有其他事可做，很高兴能够下山，离开高山上那种反常的春天天气，置身在这山谷里五月的晨光中。

客店老板坐在门廊上，他的坐椅向后翘起，抵着墙壁。厨师坐在他身旁。

"滑雪，嗨！"客店老板说。

"嗨！"我们说着，把滑雪板靠在墙上，卸下我们的帆布背包。

"山上怎样啦？"客店老板问。

"很好。阳光太充足了一点。"

"是呀。每年这时候总是阳光太充足。"

厨师仍然坐在椅子里。客店老板陪我们进去，打开他的办公室，取出我们的邮件。有一捆信和一些报纸。

"来点啤酒吧，"约翰说。

"行。我们到里头去喝。"

客店老板拿来两瓶酒，我们边喝酒边看信。

"最好再来些啤酒，"约翰说。这回送酒来的是个姑娘。她带着微笑，打开瓶盖。

"好多信啊，"她说。

"是呀。好多。"

---

① 原文为德语。译文用仿宋体，下同。
② 瑞士东北部和奥地利交界处的一条山脉，属高蒂亚阿尔卑斯山脉。

"祝你们健康，"她说着，就拿了空瓶走出去。

"我已经忘记啤酒是啥味道了。"

"我可没有，"约翰说。"在山上小客店里，我总是大想特想啤酒。"

"得，"我说，"这会儿我们可喝到啦。"

"任何事情都决不该干得时间太长。"

"是呀。我们在山上待得太长了。"

"真他妈的太长了，"约翰说。"把一桩事干得时间太长，没好处。"

阳光射进敞开的窗户，透过啤酒瓶，照在桌上。瓶子里都还有一半酒。瓶子里的啤酒上有一些泡沫，沫子不很多，因为酒十分冷。你把啤酒倒进大玻璃杯，泡沫就堆积起来。我打敞开的窗户望出去，看那白色的大路。路边的树上蒙着尘土。远处是一片碧绿的田野和一条小溪。溪边一溜树木，还有一座有个大水轮的磨坊。透过磨坊敞开的一边，我看到一根长长的原木，有把大锯在木头里上下起落。似乎没人在旁边照料。四只老鸦在绿野里走来走去。一只老鸦蹲在树上监视着。在屋外门廊上，那厨师离开他的坐椅，穿过通往后面厨房的门厅。屋内，阳光透过空玻璃杯，照在桌上。约翰身子往前冲，把头埋在臂弯里。

透过窗户，我看到有两个男人走上屋前的台阶。他们走进饮酒室。一个就是那脚登高统靴、长着络腮胡子的农民。另一个是教堂司事。他们在窗下的桌边坐下。那姑娘走进来，在他们的桌边站下。那农民似乎并不在朝她看。他双手放在桌上，坐在那儿。他穿着一套旧军服。两边肘上缀有补丁。

"怎么样啦？"教堂司事问。那农民却一理不理。

"你喝什么？"

"德国烧酒，"农民说。

"再来四分之一升红葡萄酒，"教堂司事对姑娘说。

姑娘把酒端来，农民喝起烧酒来。他望着窗外。教堂司事瞅着他。约翰把头朝前靠在桌上。他睡着了。

客店老板走进来，跑到那张桌子边。他用方言说话，教堂司事也用方言回答。那农民望着窗外。客店老板走出房去。农民站起身来。他打皮夹子里取出一张折叠的一万克朗①的钞票，把它打开。姑娘走上前来。

"一起算？"她问。

"一起算，"他说。

"葡萄酒我来会钞，"教堂司事说。

"一起算，"那农民对姑娘再说一遍。她把手伸进围裙口袋，拿出满满一把硬币，数出了找头。农民走出门去。等他一走，客店老板又进来同教堂司事谈话。他在桌旁坐下。他们用方言谈话。教堂司事给逗乐了。客店老板却显得厌恶。教堂司事打桌旁站起来。他是个留着一撮小胡子的小个儿。他探身伸出窗外，望着大路的另一端。

"他走进去啦，"他说。

"到狮子客店去了？"

"是。"

他们又谈起话来，客店老板随即走到我们桌子边。客店老板是个高个子的老头。他看着睡着的约翰。

"他累坏了。"

"是呀，我们起得早。"

"你们想马上吃东西吗？"

"不忙，"我说。"有什么可吃的？"

"你要什么有什么。那姑娘会拿菜单来的。"

姑娘拿来了菜单。约翰醒过来了。菜单用墨水写在卡片上，然后把卡片嵌在一块球拍式的板上。

"菜单来了，"我对约翰说。他看看菜单。他还是瞌睡懵懂的。

---

① 奥地利货币，一克朗当时约等于四个半马克。

"你同我们一起喝一杯好吗？"我问客店老板。他坐下了。"那些个农民真不是人，"客店老板说。

"我们进镇来的时候，看到那个农民在参加葬礼。"

"那是他妻子入土。"

"啊。"

"他不是人。所有这些农民都不是人。"

"你这是什么意思？"

"你哪里会相信啊。你哪里会相信那个人刚才干了什么来着。"

"跟我说说。"

"你哪里会相信啊。"客店老板对教堂司事讲话了。"弗朗茨，你过来。"教堂司事过来了，手里拿着他那一小瓶葡萄酒和一只酒杯。

"这两位先生刚从威斯巴登客店下山来，"客店老板说。我们握握手。

"你要喝什么？"我问。

"什么也不要，"弗朗茨晃晃手指头。

"再来四分之一升怎么样？"

"行呀。"

"你懂得方言吗？"客店老板问。

"不懂。"

"究竟是怎么回事？"约翰问。

"他要把我们进镇的时候看到的那个在填墓穴的农民的情况告诉我们。"

"反正我是听不懂的，"约翰说。"说得太快了。"

"那个农民，"客店老板说，"今天送他的妻子来入土。她是去年十一月里死的。"

"十二月，"教堂司事说。

"这一点没关系。就算她是去年十二月死的吧，他当时通知了村社。"

"十二月十八日，"教堂司事说。

"反正积雪不化，他就不能送她来入土。"

"他住在巴兹瑙河的另一边，"教堂司事说。"不过他属于这个教区。"

"他根本没法送她来？"我问。

"是呀。得等到雪融化了，他才能从他住的地方坐雪橇下山来。所以他今天送她来入土，可那神父看了看她的脸，不肯掩埋她。你接下去讲吧，"他对教堂司事说。"说德国话，别说方言。"

"神父觉得很奇怪，"教堂司事说。"给村社的报告中说她死于心脏病。我们也知道她有心脏病。她有时候会在教堂里昏过去。她已经好久没来教堂了。她没有力气爬山。神父揭开她脸上盖的毯子，问奥尔茨，'你老婆死得很痛苦吧？''不，'奥尔茨说。'我回到家里，她已经横在床上死了。'

"神父又看了她一眼。他不喜欢。

"'她脸上怎么弄成这个样子？'

"'我不知道，'奥尔茨说。

"'你还是去弄弄明白吧，'神父说着，把毯子盖上。奥尔茨不言声了。神父望望他。奥尔茨也望望神父。'你想知道吗？'

"'我一定要知道，'神父说。"

"精彩的地方就在这儿，"客店老板说。"你听着。弗朗茨，往下说吧。"

"'唔，'奥尔茨说，'她死了，我就去报告村社，我把她放在柴间里，搁在一块大木头上面。后来我要用那块大木头了，可她已经僵硬了，我就把她挨着墙竖起来。她嘴巴张着，每逢我晚上走进柴间去劈那块大木头时，我把提灯挂在她嘴上。'

"'你干吗要那样做？'神父问。

"'我不知道，'奥尔茨说。

"'你那样挂过许多回了？'

"'每次我晚上到柴间去干活时都挂过。'

"'这样干大错特错了,'神父说。'你爱你的妻子吗?'

"'对,我爱她,'奥尔茨说。'我真爱她。'"

"你全都明白了吧?"客店老板问。"你关于他妻子的情况都明白了吧?"

"我听到了。"

"吃东西吧?"约翰问。

"你来点菜,"我说。"你认为这是真的吗?"我问客店老板。

"当然是真的,"他说。"这些个农民真不是人。"

"他这会儿到哪里去了?"

"他到我的同行的狮子客店去喝酒了。"

"他不愿意跟我一起喝酒,"教堂司事说。

"打从他知道他妻子的情况以后,他就不愿意同我一起喝酒了,"客店老板说。

"喂,"约翰说。"吃东西吧?"

"好啊,"我说。

曹　庸译

追车比赛

威廉·坎贝尔从匹茨堡^①那时起，就一直跟着一个杂耍班子投入追车比赛了。在追车比赛中，赛车手之间隔开相等的距离相继出发，骑着自行车比赛。他们骑得很快，因为比赛往往只限于短程，如果骑得慢，另一个保持车速的赛车手就会把出发时彼此相等的差距拉平。一个赛车手只要被人赶上超过，就得退出比赛，下车离开跑道。如果比赛中没人被赶上，距离拉得最长的就是优胜者。在大多数追车比赛中，如果只有两个赛车手的话，其中一个跑不到六英里就被追上了。杂耍班子在堪萨斯城^②就赶上了威廉·坎贝尔。

威廉·坎贝尔原来希望在杂耍班子到达太平洋沿岸前略略领先于他们。只要他作为打头阵的人，领先到达，就付给他钱。但当杂耍班子赶上他时，他已经睡觉了。杂耍班子经理走进他房里时，他就睡在床上，经理走后，他打定主意索性赖在床上了。堪萨斯城很冷，他不忙着出去。他不喜欢堪萨斯城。他伸手到床下拿了瓶酒喝。喝了肚子好受些。杂耍班子经理特纳先生刚才不肯喝。

威廉·坎贝尔同特纳先生的会见本来就有点儿怪。特纳先生敲了门。坎贝尔说："进来！"特纳先生进屋，看见一张椅子上放着衣服，一只敞开的手提箱，床边一张椅子上搁着一瓶酒，有个人盖着被蒙头蒙脸躺在床上。

"坎贝尔先生，"特纳先生说。

"你不能解雇我，"威廉·坎贝尔在被窝里说。被窝里暖和，一片雪白，密不通风。"你不能因为我下了车就解雇我。"

"你醉了，"特纳先生说。

"嗯，对，"威廉·坎贝尔直接贴着被单说话，嘴唇挨到被单布料子。

"你是个糊涂虫，"特纳先生说。他关掉电灯。电灯通宵都亮着。眼下是上午十点了。"你是个酒糊涂。你几时进城的？"

"我昨晚进城的，"威廉·坎贝尔贴着被单说。他发现自己喜欢隔着被单说话。"你隔着被单说过话没有？"

"别逗了。你并不逗。"

"我不是在逗。我只是隔着被单说话。"

"你是隔着被单说话，没错。"

"你可以走了，特纳先生，"坎贝尔说。"我不再为你工作了。"

"这你反正知道了。"

"我知道的事多着呢，"威廉·坎贝尔说。他拉下被单，瞧着特纳先生。"我知道的事多得很，所以根本不屑看你。你想要听听我知道的事吗？"

"不要。"

"好，"威廉·坎贝尔说。"因为我其实什么事都不知道。我只是说说罢了。"他又拉上被单蒙住脸。"我喜欢在被单下说话，"他说。特纳先生站在他床边。他是个中年人，大肚子，秃脑瓜，他有好多事情要做呢。"你应当在这里歇一阵子，比利③，治疗一下，"他说。"如果你想要治疗，我会去安排的。"

"我不要治疗，"威廉·坎贝尔说。"我根本不要治疗。我完全过得快快活活。我一辈子都过得快快活活的。"

"你这样有多久了？"

"什么话啊！"威廉·坎贝尔隔着被单呼吸。

"你喝醉有多久了，比利？"

"难道我没做好我的工作吗？"

---

① 美国东北部重要工业城市，宾夕法尼亚州西部俄亥俄河的港口。
② 美国密苏里州西北部工商业城市，位于密苏里河岸，同河西堪萨斯州的萨堪斯城以及东边一些城市合并为大堪萨斯城。
③ 比利是威廉的爱称。

"哪儿呀。我只是问你喝醉有多久了，比利。"

"我不知道。可是我的狼回来了，"他用舌头舔舔被单。"我的狼回来一星期了。"

"见你的鬼。"

"哦，是的。我的宝贝狼。我每次喝酒它都走到屋外。它受不了酒精味儿。可怜的小家伙。"他在被单上用舌头画圈儿。"它是条可爱的狼。就像一贯那样。"威廉·坎贝尔闭上眼，深深吸口气。

"你得治疗一下，比利，"特纳先生说。"你不会反对基利[①]的。效果不坏。"

"基利，"威廉·坎贝尔说。"离开伦敦不远啊[②]。"他闭上眼，又睁开眼，眼睫贴着被单眨巴眨巴。"我就爱被单，"他说。他瞧着特纳先生。

"听着，你当我喝醉了。"

"你是喝醉了。"

"不，我没醉。"

"你喝醉了，你还得了震颤性谵妄症。"

"不，"威廉·坎贝尔把被单裹住脑袋。"宝贝被单，"他说。他轻轻贴着被单呼吸。"漂亮的被单，你爱我吧，被单？这都包括在房租里了。就跟在日本一样。不，"他说。"听着，比利，亲爱的滑头比利，我有一件意想不到的事跟你讲。我没喝醉。我乍看起来胡话连篇。"

"不，"特纳先生说。

"瞧一瞧，"威廉·坎贝尔在被单下拉起睡衣的右袖，然后伸出右前臂。"瞧这。"前臂上，从手腕到肘拐儿，在深蓝色的小孔周围都是蓝色的小圈。小圈几乎一个挨着一个。"那是新鲜玩意儿，"

---

① 基利在此处指基利疗法，是美国著名医生莱斯利·基利（1832—1900）在1879年起致力研究并推广的一种专治吸毒与酒精中毒患者的疗法。

② 威廉·坎贝尔把基利误作地名，所以说离开伦敦不远。

威廉·坎贝尔说。"我现在偶尔喝一点儿，把那狼赶出屋外。"

"他们有治疗这病的办法，""滑头比利"特纳说。

"不，"威廉·坎贝尔说，"他们什么病的治疗办法都没有。"

"你不能就此这样罢休，比利，"特纳说。他坐在床上。

"小心我的被单，"威廉·坎贝尔说。

"你这样的年龄可不能就此罢休，因为走投无路就此老往身子里注满那玩意儿。"

"有明文禁止。你就是这个意思吧。"

"不，我意思是说你得斗到底。"

比利·坎贝尔用嘴唇和舌头亲亲被单。"宝贝被单，"他说。"我可以吻这被单，同时还能透过被单看外面。"

"别再胡扯被单了。你不能光是迷上那玩意儿，比利。"

威廉·坎贝尔闭上眼。他开始感到有点儿恶心了。他知道在用某种办法把它压下去之前，要是没有什么可以缓解的，那么这股恶心就会不断加剧。就在这个节骨眼上，他建议特纳先生喝一杯。特纳先生谢绝了。威廉·坎贝尔就从酒瓶里倒一杯喝下去。这是个临时措施。特纳先生眼巴巴看着他。特纳先生在这间屋里待的时间比原定的长多了。他有好多事要做；虽然他日常同吸毒的人打交道，可是他对毒品深恶痛绝，他很喜欢威廉·坎贝尔；他不想扔下对方。他为威廉感到难受，觉得治疗一下有好处。他知道堪萨斯城治疗条件好。可是他不得不走了。他站起身。

"听着，比利，"威廉·坎贝尔说，"我要告诉你些事儿。你叫做'滑头比利'。因为你会滑。我只叫比利。因为我根本不会滑。我不会滑，比利。我不会滑。只是卡住了。我每试一回，总是卡住。"他闭上眼睛。"我不会滑，比利。如果你不会滑可真要命。"

"是啊，""滑头比利"特纳说。

"什么是啊？"威廉·坎贝尔瞧着他。

"你那么说啊。"

"不，"威廉·坎贝尔说。"我没说。这一定搞错了。"

"你刚才说滑。"

"不。不会谈到滑的。不过，听着，比利，我告诉你一个秘密。别离开被单，比利。避开女人，避开马，还有，还有——"他停一下"——鹰，比利。如果你爱马，就会得到马——如果你爱鹰，就会得到鹰——"他停下了，把脑袋蒙在被单下。

"我得走了，""滑头比利"特纳说。

"如果你爱女人，就会得到梅毒，"威廉·坎贝尔说，"如果你爱马——"

"是啊，这你说过了。"

"说过什么？"

"说马和鹰。"

"嗯，是的。如果你爱被单。"他隔着被单呼出气，鼻子在被单上摩着。"我不知道被单的事，"他说，"我只是刚开始爱上被单。"

"我得走了，"特纳先生说。"我的事多着呢。"

"那好吧，"威廉·坎贝尔说。"大家都得走。"

"我还是走的好。"

"好，你走吧。"

"你没事吧，比利？"

"我这辈子从没这么快活过。"

"你真没事吧？"

"我很好。你走吧。我要在这里躺一会儿。到中午光景我就起来。"

但等中午特纳先生来到威廉·坎贝尔屋里，威廉·坎贝尔还在睡，特纳先生这人知道人生什么事最宝贵，就没吵醒他。

陈良廷　译

今天是星期五 *

　　晚上十一点，三个罗马士兵在一家酒馆里，四壁放着酒桶。木酒柜后面是一个希伯来卖酒的。三个罗马士兵都有点醉意。

罗马士兵甲　你要尝尝红酒吗？

士兵乙　不，我不要尝。

士兵甲　你最好尝尝。

士兵乙　那好，乔治，咱们就来一巡红酒吧。

希伯来卖酒的　爷们，酒来了。你们准满意。〔他放下陶壶，酒是他从酒桶里打起来灌满的。〕好酒啊。

士兵甲　你自己喝一口吧。〔他朝靠着酒桶的罗马士兵丙转过身去。〕你怎么啦？

士兵丙　我肚子痛。

士兵乙　你一直在喝水。

士兵甲　尝点儿红酒吧。

士兵丙　我喝不来这劳什子。喝了肚子就泛酸。

士兵甲　你出来太久了。

士兵丙　见鬼，真想不到。

士兵甲　喂，乔治，你能不能给这位爷们来点什么治治他肚子？

希伯来卖酒的　我这里就有。

　　〔士兵丙尝尝卖酒的替他兑好的酒。〕

士兵丙　嗨，你这里面放些什么，骆驼粪吗？

卖酒的　你把这喝下去，老总。喝了准好。

士兵丙　唉，我难受极了。

士兵甲　碰碰运气吧。上回乔治就把我治好过。

卖酒的　你状况不妙，老总。我知道治肚子的办法。

〔士兵丙一口气把酒喝下。〕

士兵丙　耶稣基督啊。〔他做了个鬼脸。〕

士兵乙　白白担心一场。

士兵甲　啊呀，真想不到。他今天在那儿竟好好的。

士兵乙　他干吗不从十字架上走下来呢?

士兵甲　他不愿从十字架上走下来呗。他不是这种人。

士兵乙　我倒要看看有哪个家伙不愿从十字架上走下来的。

士兵甲　见你的鬼，你对这啥也不懂。问问乔治吧。他愿意从十字架上走下来吗，乔治?

卖酒的　说真的，爷们，当时我不在场。这种事我一点儿都没兴趣。

士兵乙　听我说。这种人我见得多了——这里有，其他不少地方都有。多会儿你让我看看有谁不愿意从十字架上走下来的，到时候——我是说，到时候——我就爬上去陪他。

士兵甲　我看他今天在那儿竟好好的。

士兵丙　他没事儿。

士兵乙　你们这些家伙不明白我说些什么。我不是说他是好是赖。我是说，到时候。他们动手钉他的那会儿，要是有人能阻止的话，也没一个会阻止的。

士兵甲　你听不明白吗，乔治?

卖酒的　对，我对此一点儿都没兴趣，老总。

士兵甲　我真想不到他竟这么着。

士兵丙　我看不入眼的是把人钉上去。要知道，那一定叫人相

---

*　据《圣经·新约全书·路加福音》第 2 章记载，耶稣被钉十字架那天是星期五。

当难受。

士兵乙　他们开头把人吊起的时候，倒不是怎么难受。〔他两掌做了个吊起来的手势。〕重量勒紧他那时候，也就是他送命的时候。

士兵丙　有些人可相当难受。

士兵甲　我没见过这种人吗？这种人我见得多了。说真的，他今天在那儿竟好好的。

〔士兵乙冲着卖酒的笑笑。〕

士兵乙　你是个地道的老古板，好家伙。

士兵甲　可不，继续跟他开玩笑吧。不过，我跟你说话时得听好。他今天在那儿竟好好的呢。

士兵乙　再来点酒怎么样？

〔卖酒的眼巴巴望着。士兵丙正耷拉着脑袋坐着。他气色不好。〕

士兵丙　我不要了。

士兵乙　就来两杯吧，乔治。

〔卖酒的端出一壶酒，比刚才那壶小些。他身子趴在木酒柜上。〕

士兵甲　你看见他的妞儿①吗？

士兵乙　我不是就站在她身边吗？

士兵甲　她真好看。

士兵乙　我在他认识她之前就认识她了。〔他对卖酒的眨眨眼。〕

士兵甲　我在城里常见到她。

士兵乙　她身上常有不少钱。他从来没给她带来过坏运气。

士兵甲　哎，他不走运。不过我看他今天在那儿竟好好的。

———————————

① 指麦大拉的马利亚，一个弃邪归正的妓女。（见《圣经·新约全书·路加福音》第 7 章第 36—50 节。）

348

士兵乙　他那帮人怎么样了?

士兵甲　啊呀,他们都没影了。只有跟随他的几个女人①。

士兵乙　他们真是一帮胆小鬼。他们看见他上了十字架就吓得不愿沾边儿了。

士兵甲　几个女人倒是紧跟他。

士兵乙　可不,她们紧跟他。

士兵甲　你看见我用旧矛悄悄刺进他身子吗?

士兵乙　你干了这种事总有一天要惹上麻烦的。

士兵甲　这是我为他所能做的最起码的事。说真的,他今天在那儿看上去竟好好的呢。

卖酒的　爷们,要知道我得关门了。

士兵甲　我们还要再喝一巡呢。

士兵乙　有什么用? 这劳什子对你一点好处也没有。快,走吧。

士兵甲　再喝一巡。

士兵丙　〔起身离开酒桶。〕不,快走。走吧。我今晚难受死了。

士兵甲　就再喝一巡。

士兵乙　不,快走。我们要走了。明天见,乔治。记在账上。

卖酒的　明天见,爷们。〔他看来有点担忧。〕你不能先付一点儿吗,老总?

士兵乙　去你的,乔治! 星期三才是发饷日。

卖酒的　行咧,老总。明天见,爷们。

〔三个罗马士兵走出门,上了街。〕

〔在外面街上。〕

----

① 耶稣被押解到刑场的途中,有不少妇女从加利利一路跟随耶稣去照顾他,其中有麦大拉的马利亚等人。(见《圣经·新约全书·马太福音》第27章到第28章,《马可福音》第15章等。)

士兵乙　乔治跟他们大伙儿一样都是犹太佬。

士兵甲　哦，乔治是个好人。

士兵乙　今晚在你眼里人人都是好人。

士兵丙　快走，咱们到营房里去吧。我今晚难受死了。

士兵乙　你出来太久了。

士兵丙　不，不是这么回事。我难受死了。

士兵乙　你出来太久了。就是这么回事。

〔幕下〕

陈良廷　译

陈腐的故事

他就这样慢悠悠儿吐出核来，吃了一个橘子。屋外，雪正转雨。屋内，电炉似乎没热气，他站起身，离开写字台，在炉边坐下。多舒服啊。毕竟，这才是生活呢。

他伸出手去再拿一个橘子。远在巴黎，马斯卡特在第二回合就把丹尼·弗罗许揍扁了。再远在美索不达米亚①，下了二十一英尺的雪。在地球的另一头，遥远的澳大利亚，英国的板球手力保优势。内容具有浪漫色彩。

他看到，文学艺术的资助人发掘了《论坛》。这是本指导读物，哲理性很深刻的读物，少数爱思索的人的朋友，得奖短篇小说——其作者会写出我们明天的畅销作品吗？

你将欣赏到这些温馨、朴实的美国故事，空旷的牧场、拥挤的住房或安乐的家庭里真实生活的点点滴滴，篇篇都隐含着健康的幽默情趣。

我一定要看看这些作品，他心想。

他继续看下去。我们的子孙后代——他们将会怎么样？他们将是什么样的人？一定要找出新方法来为我们寻求在这世界上的生存空间。这必须诉诸战争才办得到吗？用和平方式能不能办到呢？

难道我们都得移居到加拿大去吗？

我们最深刻的信念——将受到科学的扰乱吗？我们的文明——比旧制度的更低一等吗？

另一方面，在遥远的、湿淋淋的尤卡坦丛林②里，响着砍伐橡胶树的丁丁斧声。

我们需要大人物吗——还是需要他们有文化教养？请看乔伊

351

斯③。请看柯立芝总统④。我们的大学生立志成为什么明星啊？请看杰克·布里顿⑤。亨利·范戴克博士⑥。我们能把两者调和一下吗？再看看扬·斯特里布林⑦。

我们的女儿一辈如果必须自己进行探测将会怎么样呢？南茜·霍桑就不得不亲自探测人生海洋的深浅。她勇敢而理智地面对每个十八岁的姑娘碰到的难题。

这是本绝妙的小册子。

你是个十八岁的姑娘吗？请看圣女贞德的事例。萧伯纳的事例。贝茜·罗斯⑧的事例。

想想1925年这些事例吧——清教徒历史上有过有伤风化的一页吗？波卡洪塔斯⑨有两面性吗？她有第四围⑩吗？

现代绘画——以及诗歌——算不算艺术？又算又不算。请看毕加索。

流浪汉有没有行为准则？让你的头脑大胆想象吧。

本刊篇篇都有浪漫色彩。《论坛》的一批作者充满幽默和机智，句句都说在点子上。不过他们并不企图自作聪明，决不喋喋不休。

让你的精神受到新思想的鼓舞，不同凡响的浪漫色彩的陶醉，

---

① 小亚细亚底格里斯与幼发拉底两河的中下游地区，为人类最古的文化摇篮之一，现为伊拉克国土。

② 中美洲北部尤卡坦半岛，南部为热带森林。

③ 指詹姆斯·乔伊斯（1882—1941），爱尔兰小说家，名著《尤利西斯》脍炙人口。

④ 柯立芝（1872—1933），美国第33任总统（1923—1929）。

⑤ 即约翰·布里顿（1771—1857），英国古文物研究者。

⑥ 亨利·范戴克（1852—1933），美国牧师，教育家，作家，曾任普林斯顿大学英国文学系教授。

⑦ 扬·斯特里布林（1881—1965），美国小说家。

⑧ 贝茜·罗斯（1752—1836），美国传说中设计缝制第一面美国国旗的妇女。

⑨ 波卡洪塔斯（1595—1617），印第安人首领帕哈顿的女儿，传说中嫁给英国人约翰·罗尔夫，促进印第安人同英国统治者媾和。

⑩ 女性的胸、腰、臀的尺寸称为三围。

过一过这种充实的精神生活吧。他放下了这本小册子。

另一方面，曼努埃尔·加尔西亚·马埃拉①在特里安纳自己屋内一间黑沉沉的房里，直挺挺躺在床上，因得了肺炎，肺里积水，每只肺上都插着导管。安达卢西亚②的所有报纸都为他的去世出了特刊，几天来大家早就预料他要死了。男人和孩子买了他的彩色全身像来纪念他，看着这些平版印刷画，记忆中他的形象反而淡忘了。斗牛士对他去世都大大松了口气，因为他在斗牛场上总是表演了他们偶尔才表演得了的绝技。他们都冒雨送着他的灵柩出殡，有一百四十七名斗牛士送他到墓地去，他们把他安葬在何塞里托③的墓旁。葬礼后，人人都坐在咖啡馆里避雨，卖掉了不少马埃拉的彩色像，人们把画像卷好，插在兜里。

陈良廷　译

---

① 曼努埃尔·加尔西亚·马埃拉，西班牙著名斗牛士，参见《没有被斗败的人》。
② 西班牙南部地区，南临大西洋、地中海。
③ 西班牙著名斗牛士，参见《没有被斗败的人》。

我　躺　下 *

那天夜间，我们躺在房中的地板上，我听着蚕在吃桑叶。蚕吃着一层层搁板上的桑叶，整夜你都听得见它们在吃，还有蚕粪掉在桑叶间的声音。我本人并不想入睡，因为长期来我一直怀着这个想法：如果我在黑暗中闭上眼，忘乎所以，我的灵魂就会出窍。自从夜间挨了炸以来，我这样已经有好久了，只感到灵魂出了窍，飞走了再回来。我尽量不去想这事，可是从此每到夜间，就在我快要睡着那时刻，灵魂就开始出窍，我得花好大的心力才制止得了。尽管如今我相当有把握灵魂不会真的出窍，然而那年夏天，我是不愿做这试验的。

我躺着睡不着的时候自有种种消遣的方法。我会想到小时候一直去钓鳟鱼的一条小溪，会在心里想象仔仔细细地沿河一路钓鱼的情景；凡是那些原木的下面，凡是河畔的每个转弯处、深潭和清澈的浅滩，我都一一钓个明白，有时钓到鳟鱼，有时钓不到。晌午我停手不钓，吃午饭；有时在横搁在小溪上的一根原木上吃；有时在高坡上一棵树下吃，而我一向吃得很慢，边吃边看着身子下面的溪水。我的鱼饵往往用光，因为我出发时只在一只烟草罐里带上十条蚯蚓。每当我用光了，就得再找些蚯蚓，但在雪松遮住太阳的河坡上有时很难挖，因为坡上没有草，只有光秃秃的湿土，我常常找不到蚯蚓。虽然我总是能找到些什么来当鱼饵，可是有一回在沼泽地里就是找不到，只好把钓到的一条鳟鱼切碎了来当鱼饵。

有时我在沼泽草地里、草丛间、羊齿植物下找到些虫子，就用来当鱼饵。其中有甲虫、有腿如草茎的虫子、有躲在腐烂原木里的金龟子幼虫；白色金龟子幼虫长着棕色尖脑袋，钓钩上挂不住，一

354

到凉水里就不见影儿了，还有藏在原木下的扁虱，有时在那里能找到蚯蚓，可一掀起原木，蚯蚓就溜进地里去了。有一回我用过一根旧原木下的一条蝾螈当鱼饵。这条蝾螈很小，轻巧灵活，颜色可爱。那些纤小的脚竭力紧紧抓住钓钩，打这一回以后，我虽常找到蝾螈，但再也没用过。我也不用蟋蟀，就因为蟋蟀在钓钩上乱蹦跶。

有时小溪流经一片开阔的草地，我在干燥的草丛里逮蚱蜢来当鱼饵，有时逮到了蚱蜢，把它们扔进水里，看它们随波逐流，一会儿在水里游，一会儿在水面上打转，待到一条鳟鱼跃起才不见影踪。有时在夜间，我会在四五条小溪上钓鱼；先尽量从源头开始钓，然后一路顺流钓下去。碰到钓得太快，时间还没过完，我就会在那条小溪上再钓一遍，从它流入大湖处开始，再溯流而上，想法把顺流时漏钓的鳟鱼——钓上。有几个晚上，我还在脑子里编造一些小溪，有几条非常带劲儿，就像醒着在做梦一般。有几条小溪我至今还记得，自以为曾在那里钓过鱼，却是跟我真正熟悉的那些搅混了。我给它们一一起了名字，有时乘火车到那儿去，有时徒步走上好几英里路到那儿去呢。

不过有几天夜间我没法钓鱼，在那几天夜间我完全清醒，便反反复复地祈祷，竭力为我所有认识的人祈祷。这样的祈祷要花好多时间，因为，如果你尽量回想你所有认识的人，一直回溯到你记忆中最早的往事——对我来说，那是在我出世的那幢住房的顶楼，从一根椽子上吊下的一个铁皮匣里放着我父母的结婚蛋糕，在这顶楼里，还有我父亲小时候收集的一瓶瓶蛇和其他动物的标本，浸泡在酒精里，而酒精在瓶里蒸发了一部分，有些蛇和动物的背部露了出来，发了白——如果你回想得这么远，自然会想起一大批人来。如果你为他们每个人祈祷，为每个人念上一篇《圣母经》和一篇《天

---

　　* 引自《圣经·诗篇》第 3 篇第 5 节《晨祷》，全句为："我躺下酣睡，我睡醒起来，主都在扶持我。"

主经》，就得花上好长时间，到头来都天亮了，那时如果你是在一个白天能入睡的地方，就能睡上一觉了。

在那些夜晚，我总尽量回想自己经历过的事，从我去打仗的前不久开始，一件件事情回想起来。我发现最早只能回想到我祖父住房的那个顶楼。于是我再从那里开始照此思路想下去，想到我打仗为止。

我记得，我们在祖父死后搬出那幢住房，搬进我母亲设计建造的新住房。有许多搬不走的东西都在后院里烧掉了，我记得顶楼上的那些瓶子给扔进火堆里，如何受了热爆裂开来，酒精使火焰往上蹿。还记得那些蛇标本在后院火堆里焚烧。不过后院里没人，只有东西。我连烧东西的是什么人都不记得了，就这么一直想下去，想到了什么人才不想，并为他们祈祷。

关于那新住房，我记得母亲如何经常搞大扫除，把屋子收拾得干干净净。有一回父亲出门去打猎了，她把地下室来个彻底的大扫除，把凡是不该留在那里的东西统统烧掉。等父亲回到家，下了轻便马车，拴上马，那堆火还在屋外的路上烧着。我出去迎接他。他把猎枪递给我，瞧着火堆。"这是怎么回事？"他问。

"亲爱的，我在地下室里大扫除呢，"母亲在门廊上说。她站在那儿，对他笑脸相迎。父亲瞧着火堆，对着什么东西踢了一脚。接着弯下腰，从灰堆里捡出什么东西。"尼克，拿把耙子来，"他跟我说。我到地下室拿来了一把耙子，父亲就仔仔细细地在灰堆里扒。他扒出了一些石斧、剥兽皮的石刀和做箭头的工具，还有一些陶片和不少箭头。这些东西全给烧焦了，残缺了。父亲仔仔细细地把这些东西全扒出来，摊在路边草地上。他那把装在皮套里的猎枪和狩猎袋都在草地上，那是刚才下马车时扔在那儿的。

"把枪和袋子拿到屋里去，尼克，给我拿张纸来，"他说。这时母亲早已进了屋。我拿了猎枪，枪太沉，在我腿上碰碰撞撞，还拿起那两个狩猎袋，就朝屋里走。"一回拿一件，"父亲说。"别想一口气就拿得那么多。"我放下狩猎袋，把猎枪拿进屋，从父亲诊所里那堆报纸上拿了一份。父亲就把所有烧焦和烧残的石器摊在报纸上，然后包起来。"最好的箭头全都粉碎了，"他说。他拿了纸包走进屋去，我留在屋外草地上守着那两个狩猎袋。过了一会儿，我才把它们拿进屋去。想起这件事，只想起这两个人，所以我要为他们俩祈祷。

可是有几天夜间，我连祷文都记不起来了。我只能念到"在地上如同行在天上"[①]，于是只好再从头念起，但念到这里绝对没法再念下去了。我只得承认自己记不得了，那晚便放弃做祈祷，试想些别的事。所以有几天夜间我就尽量回想世上所有走兽的名称，然后回想飞禽的名称，然后是鱼类，然后是国家和城市，然后是各种各样食品以及我所记得的芝加哥的街名，等到我根本什么都想不起来了，我就光是听着。我不记得有哪一夜我会听不到什么声音。如果我能够有亮光就不怕入睡了，因为我知道只有在黑暗中我的灵魂才会出窍。所以，好多天夜间我当然都躺在有亮光的地方，这样才入睡，因为我几乎老是觉得累，经常很困。我相信也有好多回我是不知不觉地入睡的——但是我有知有觉时从没入睡过，而在这一夜，我听着蚕在吃桑叶。在夜间，蚕吃桑叶你能听得一清二楚，我就睁着眼睛躺着，听蚕吃桑叶。

屋里另外还有一个人，他也醒着。我听到他没睡着有好一会儿了。他不能像我这样安安静静地躺着，因为他也许没那么多睡不着的经验。我们正躺在铺在稻草上面的毯子上，他一动稻草就窸窸窣窣作响，不过蚕倒并不被我们弄出的声音所惊动，照样吃着。屋外，离前线七公里的后方有些夜间的声响，但是跟屋里暗处的细小声响不同。屋里另外那个人尽量安安静静地躺着。后来他又动了。我也

[①] 据《圣经·路加福音》旧译本第 11 章第 2 节，主训人的祷告全句为"我们在天上的父，愿人都尊你的名为圣。愿你的国降临。愿你的旨意行在地上如同行在天上"。而现行《圣经》英译本、中译本都无"愿你的旨意……"此句。

动了一下，这样让他知道我也醒着。他在芝加哥待了十年。一九一四年他回家探亲时，人家把他征去当了兵，把他拨给我做勤务兵，因为他会讲英语。我听见他在听，就在毯子上又动了一下。

"你睡不着吗，中尉先生？"他问。

"是啊。"

"我也睡不着。"

"怎么回事啊？"

"我不知道。我睡不着。"

"你身体舒服吗？"

"当然。我感觉蛮好。就是睡不着。"

"想要聊一会儿吗？"我问。

"好哇。可在这鬼地方有什么好谈的。"

"这地方挺不错嘛，"我说。

"当然，"他说。"真是没说的。"

"跟我谈谈芝加哥的事吧，"我说。

"啊呀，"他说，"我都跟你谈过一回了。"

"跟我谈谈你结婚的经过吧。"

"这事我跟你谈过了。"

"星期一你收到的信是——是她的吗？"

"当然。她一直给我写信。她那地方可赚大钱呢。"

"那你回去倒有个好去处了。"

"当然。她经营得不错。她在赚大钱呢。"

"你看我们谈话会把大家吵醒吗？"我问。

"不会。他们听不见。反正他们睡得像猪。我就不同，"他说。"我神经紧张。"

"悄声说吧，"我说。"要抽口烟吗？"

我们熟练地在黑暗中抽烟。

"你烟抽得不多，中尉先生。"

"不多。我快要戒掉了。"

"说起来，"他说，"烟对你可没一点好处，而且我看你戒了也不会想着抽了。你有没有听说过瞎子不抽烟是因为他看不见香烟在冒烟？"

"我不信。"

"我本人也觉得这全是扯淡，"他说。"我只是从别处听来的。你也知道，听说总是听说。"

我们俩都默不作声了，我听着蚕在吃桑叶。

"你听见那些该死的蚕吗？"他问。"你听得见它们在咀嚼。"

"真怪，"我说。

"我说，中尉先生，真有什么心事让你睡不着吗？我从没见你睡着过。自从我跟了你以来，你夜里就没睡过。"

"我不知道，约翰，"我说。"今年开春以来，我健康状况就一直不妙，一到夜里就让我心烦。"

"就跟我一样，"他说。"我本来就不该卷入这场战争。我神经太紧张了。"

"也许会好转的。"

"我说，中尉先生，你究竟干吗卷进这场战争啊？"

"我不知道，约翰。当时，我就想参加。"

"想参加，"他说。"这理由太不像话了。"

"我们不该大声说话，"我说。

"他们睡得像猪，"他说。"反正他们也听不懂英语。他们屁也不懂。等仗打完了，我们回到美国，你打算干什么？"

"我要在报馆里找份工作。"

"在芝加哥？"

"没准。"

"你可曾看过布里斯班①这家伙写的东西？我妻子把它剪下来

---

① 阿瑟·布里斯班（1864—1936），美国记者、报纸编辑，曾在赫斯特报系的报刊上发表专栏"今天"及"本周"，赢得几百万读者。

寄给我了。"

"当然看过。"

"你跟他相识吗?"

"不,可我看见过他。"

"我倒想结识这家伙。他是个好作家。我妻子看不懂英语报纸,可她还像我在家时那样照旧订报,并把社论和体育版剪下来寄给我。"

"你的孩子怎么样?"

"孩子们都很好。有个女孩儿现在念四年级了。不瞒你说,中尉先生,要是我没孩子现在也不会当你的勤务兵了。他们就会把我一直留在前线了。"

"很高兴你有孩子。"

"我也很高兴。都是好孩子,可我要个男孩。三个女儿,没有儿子。这可是最最要紧的啊。"

"你干吗不想法睡一觉?"

"不行,我现在睡不着。我现在毫无睡意,中尉先生。我说,我倒担心你不睡觉。"

"没事儿,约翰。"

"想想看,你这么个小伙子倒睡不着。"

"我会睡的。过一会儿就行。"

"你一定要睡。一个人不睡觉挺不住啊。你犯什么愁吧?你有什么心事吗?"

"没有,约翰,我想我没有。"

"你应当结婚,中尉先生。结了婚就不会犯愁了。"

"我不知道。"

"你应当结婚。干吗不挑个有很多钱的意大利好姑娘呢?你要挑谁都能弄到手嘛。你又年轻,又得过几枚勋章,人又长得帅。你还挂过两三次彩呢。"

"我的意大利话说得不够好。"

"你说得不错嘛。真见鬼，要说得来这种话干什么？你用不着跟她们说话。是跟她们结婚啊。"

"我会考虑的。"

"你认识些姑娘，是吧？"

"当然认识。"

"那好，你就娶最有钱的那一个。在这里，凭她们受的教养，都可以做你的好妻子的。"

"我会考虑的。"

"不要考虑了，中尉先生。干吧。"

"行啊。"

"男人应当结婚。你决不会后悔的。人人都应当结婚。"

"行啊，"我说。"我们想法睡一会儿吧。"

"行啊，中尉先生。我再试试看。可你别忘了我说的话。"

"我不会忘记的，"我说。"现在我们睡一会儿吧，约翰。"

"行啊，"他说。"希望你也睡，中尉先生。"

我听见他在稻草垫上的毯子上翻身，后来就声息全无了，我倾听他均匀地呼吸着。接着他打起呼噜来了。我听他打了好一阵子呼噜才不再听下去，便一心听蚕吃桑叶了。它们不停地吃着，蚕粪掉在桑叶间。我有一件新鲜事好想了，就躺在黑暗中睁大了眼睛，回想我平生认识的所有姑娘，她们会做什么类型的妻子。这件事想想很有味儿，一时间勾销了钓鳟鱼的事，干扰了祈祷。然而到头来我还是回到钓鳟鱼的事上，因为我发现我能记住所有的溪流，而且这些溪流总有些新鲜事好想想，可是姑娘呢，想了她们两三回以后就印象模糊了，脑子里记不起来了，终于都变得模糊，都变成差不多一个样了，我索性几乎统统不去想她们了。不过祈祷我还是不断在做，夜间我常常为约翰做祈祷，在十月攻势前，跟他同年入伍的士兵都调离了现役。很高兴他不在我身边了，因为他会成为我的一大心事。几个月后，他到米兰的医院来探望我，知道我依然没结婚，觉得大失所望，而我也知道他要是知道我至今还没结婚会很难受。他即将回美国去，对结婚深信不疑，相信一结了婚就万事大吉了。

陈良廷　译

暴 风 劫

其实并没为了什么事，没什么值得拔拳相见的事，后来我们一下子就打起来了，我滑了一跤，他把我按下，跪在我胸膛上，双手扼住我，像是想要扼死我，我一直想从兜里掏出刀子来，捅他一下好脱身。大家都喝得醉醺醺，不会从我身上拉开他。他一边扼住我，一边把我脑袋往地板上撞，我掏出刀子，将它打开；我在他胳臂上划了一刀，他放了我。如果他要抓住我也抓不成了。于是他就地一滚，紧紧握住那条胳臂，哭了起来，我说：

"你到底干吗要扼住我？"

我差点杀了他。我一星期不能下咽。他把我喉咙扼得痛极了。

得了，我离开那里，那里有不少人跟他是一伙的，有些人还出来追我，我拐了个弯，顺着码头走去，我遇到一个家伙，他说街上有个人给杀了。我说，"谁杀了他？"他说，"我不知道谁杀了他，不过他确实已经死了。"这时天黑了，街上都积水，没有灯火，窗子都碎了，小船都漂到了镇上，树木也刮断了，一切都给刮掉了，我找到一条小筏子，划去找回我停在曼戈礁里面的小船，小船居然太平无事，只是灌满了水。我就把水舀掉，再用水泵抽掉水，天上有月亮，不过云倒不少，风暴仍然不小，我一路顺着风划；天亮时我已出了东港。

老兄，那风暴真够厉害的。我是第一个把船开出去的，那么大的水真从没见过。大水像碱水那样白，从东港滚滚涌到西南礁，叫人连海岸都分不清。海滩中间给风刮出一大条沟。树木都给刮掉了，一条沟从斜里穿过，里面的水雪白，水上面样样都有；树枝啊、整棵树啊、死鸟啊，都漂浮着。岩礁里面，世界上所有的鹈鹕和各种各样飞禽都有。它们一定是知道暴风要来临了才躲到岩礁里面的。

我在西南礁歇了一天，没人来追我。我是第一个开出船的，我看见有根桅杆漂着，我知道一定有船翻了，就动身去找。我找到出事的船，是条三桅纵帆船，我刚好看见船上桅杆残柱露出水面。船沉在水里太深了，我什么也没从船里捞出来。所以我继续寻找别的东西。我有这一切的优先权，我知道不管有什么东西我都应当拿到手。我继续在那条三桅纵帆船下沉地方的沙洲开来开去，什么东西都没找到，我继续开了一大段路。我朝流沙滩那儿开去，可什么也没找到，我又继续开。后来我看见吕蓓卡灯塔，我看见各种各样飞禽聚集在什么东西上面，我朝前开去看看究竟是什么，原来确实有一大群鸟。

我看得见一根像桅杆的东西矗出水面，等我开过去，那些鸟都飞到空中，围着我不走。水面很清澈，露出一根桅杆般的东西，我走近一看，水里黑糊糊一团，像有个长长的黑影，我开过去，水里原来是一艘大客轮；就躺在水底下，大得不得了。我这条船就在它上面漂流而过。大客轮侧卧着，船尾深深朝下。舷窗全都紧闭，我看得见窗玻璃在水底闪闪发光，还有整个船身；我这辈子见到过最大的一艘船就躺在那儿，我先顺着长里开一回，开过了再抛下锚，我原先把小筏子搁在小船的前甲板上，这会儿就把它推下水中，就在飞鸟簇拥下划了过去。

我有一副水底观察镜，就是用来采海绵时戴的那一种，我的手发抖，所以拿不大住。你顺着船身开过去就看得见所有的舷窗全都紧闭。不过靠近水底的下面部位一定有什么地方打开了，因为一直有一片片东西漂出来。你说不上这是什么东西。只是碎片。鸟群争的就是这个。你从来没见过那么多鸟。它们全围着我狂叫。

我一切都看得清清楚楚。我可以细细看看船身，它在水底下看上去有一英里长。船就躺在一片洁白的沙滩上，照它侧身躺着的样子看来，斜里露出水面的桅杆是一种前桅，或是什么帆的滑车索具。船头在水下不深。我可以站在船头那船名字母的上面，而脑袋正好露出水面。可是最近一个舷窗也在十二英尺深的水下。我用鱼叉杆刚好够到，我想用鱼叉杆打破舷窗，就是打不破。玻璃太结实了。所以我划回小船，拿了一个扳钳，把扳钳捆在鱼叉杆头上，可我还是打不破。我就在那儿透过水底观察镜往下观看那艘装有一切的大客轮，我是头一个接近客轮的，可我进不去。这艘船里面一定有值五百万美元的东西呢。

我一想到这艘船值多少钱，不由颤抖了。在舷窗里是个壁橱，我看得见有什么东西，就是隔着水底观察镜辨不清是什么。我拿着鱼叉杆派不上什么用处，我就脱掉衣服，站着，深深吸了两口气，手里拿着扳钳，往下游去，潜到船尾那边，我在舷窗边上还能坚持一会儿，看得见里边，里边有个女人，头发披散开来在水中漂浮。我清清楚楚看见她在浮着，我用扳钳两次猛击玻璃，耳边听见当当声，就是砸不开，我只得上来。

我紧紧抓住小筏子，缓过气来，就爬进小筏子，又深深吸了两口气，再潜下水去。我往下游，手指紧紧抓住舷窗边，抓住了再用扳钳尽力猛击玻璃。透过玻璃，我看得见那女人在水中漂浮。她的头发原先是紧紧扎住的，现在全披散在水中了。我看得见她一只手上的戒指。她恰好就靠近舷窗这边，我两次砸玻璃，连砸都砸不裂。我上来时心里就想，我不到万不得已决不轻易冒上水面换气。

我又一次下水，我砸了玻璃，只是砸砸而已，等我上来时鼻子正在流血，我站在船头上面，一双光脚踩在船名字母上，正好露出脑袋，就地歇歇，然后游到小筏子那边，吃力地爬进筏子，坐在那儿等待头痛消除，一面往水底观察镜里面瞧，可是鼻血出得很厉害，我只好把水底观察镜冲洗一下。于是我仰天躺在小筏子里，手放在鼻子下止血，我仰头躺着，抬眼一看，只见上空四下有千千万万只鸟。

鼻血止住后我再透过水底观察镜看看，于是划回小船，想找样比扳钳更沉的东西，可是一件也找不到；连个捞海绵的铁钩都没有。我又回去，海水始终一清见底，凡是漂在那片白沙滩上的东西都能看见。我寻找鲨鱼，可是一条都找不到。海水那么清澈，沙滩那么白净，你老远都该看得到鲨鱼。小筏子上有个泊船用的多爪小铁锚，我割下锚来，跳下水，带着锚往下沉。这锚一直把我往下拖，拖过了舷窗，我伸手去抓，什么都没抓住，继续往下沉啊沉的，沿着曲线形的船身滑下去。我只得放开锚。我听见砰的一下，等我再冒上水面似乎已过了一年。小筏子没锚顺着潮水给冲掉了，我向小筏子划过去，一边游，一边鼻血流到水里，我心里很高兴，幸亏水里没鲨鱼；可是我累了。

我头痛得快裂开了，我躺在小筏子上歇歇，然后又划回去。快到下午了。我又带着扳钳下水，没什么用处。那把扳钳太轻了。除非你有一把大铁锤，或者沉得能派用处的东西，否则潜下水去也没什么意思。于是我又把扳钳捆在鱼叉杆上，我从水底观察镜里看着，在舷窗玻璃上砰砰捶着，捶得扳钳震脱了，我在观察镜里看得清清楚楚，扳钳沿着船身一路滑下去，接着一下子滑开，沉到流沙里陷进去了。这下子我一事无成了。扳钳没了，小铁锚也丢了，所以只好划回小船。我太累了，没法把小筏子拉上小船，太阳已经很低了，鸟群也全飞走，离开沉船了，我径自拖着小筏子往西南礁划去，鸟群在我前后飞着。我累极了。

那天晚上，刮起风暴来了，一连刮了一星期。你没法出海到沉船那儿。他们从城里来，告诉我说被我划一刀的那家伙除了胳臂之外没什么事儿，我就回到城里，他们同我订了五百美元的约。结果倒好，因为他们有几个人都是我朋友，发誓带把斧子跟我去找，谁知等我们回到沉船那儿，希腊人早已把船炸开，全都拿空了。他们用炸药炸开保险箱。没人知道他们到手多少钱。这艘船上载着黄金，都给他们拿走了。他们把船洗劫一空。我发现沉船，可我一个子儿都得不到。

暴风确实很厉害。他们说暴风袭击时，这船就在哈瓦那港口外，不能进港，要不船东们决不会让船长冒险开进港来；他们说船长想要试一试，所以这船就只好冒着风暴开了，天黑时这船正冒着风暴行驶，企图闯过吕蓓卡和托吐加斯之间的海峡，这时撞上了流沙。也许船舵早给冲走了。也许他们连舵都没掌。不过总之他们没法知道有流沙，他们撞上流沙后，船长一定命令他们打开压舱层，这样船就可以稳住了。可是这船撞上的是流沙，他们打开压舱层时，船尾先沉下去，然后船舷尾端都陷进去了。船上有四百五十名乘客和船员，我发现这船时，他们一定都在船上。船一撞上流沙，他们一定立刻打开了压舱层，船身一压住，流沙就把船身吸下去了。后来锅炉一定爆炸了，一定是这样才使那些碎片儿漂出来。可是说来也怪，居然没有什么鲨鱼。一条鱼也没有。那片白净的沙滩上有鱼的话，我看得见。

可是现在倒有不少鱼了，是最大的一种石斑鱼。这艘船现在大部分都沉下流沙里了，这些鱼，最大一种石斑鱼就生活在船里。有的重三四百磅。几时我们倒要出海去打几条。在沉船处可以看见吕蓓卡灯塔。现在上面设了个浮标。沉船就在海湾边流沙底。这艘船只差一百码就能闯过来了；在昏天黑地的风暴中这艘船没闯过来，雨势这么猛，他们看不见吕蓓卡灯塔。当时他们不常遇到这种事。大客轮的船长不习惯那样疾驶。他们有航道，他们告诉我说，他们安了一种罗盘可以自动导航。他们碰上那阵风暴时，大概不知道自己在什么地方，不过他们差点闯过去。话又说回来，他们也许丢失了舵。总之，一旦他们进了那海湾，那么一路开到墨西哥是不会再撞上什么东西的。可是，在那场暴风雨里，他们一定是撞上了什么东西，船长才命令他们打开压舱层的。在那种暴风雨中，没人会在甲板上。人人都必定留在舱里。他们在甲板上就没命了。舱里必定有几场大乱，因为你要知道这船一头牢牢栽了进去。我看见那把扳钳沉进流沙里的。船撞上去时，船长决不会知道是流沙，除非他熟悉这片海域。他只知道不是遇上岩礁。他在船桥上一定全看见了。船一栽进去他必定就知道是怎么回事了。我就是不知道这船沉得多快。不知道大副是不是跟他在一起。你看他们是呆在船桥里执行任务呢，还是在船桥外面？人们根本找不到任何尸体。一具也没有。

没浮尸。有救生圈的话他们可以漂浮一大段海面呢。他们必定是在里面执行任务。得了，希腊人全都弄到手了。统统拿走了。他们一定来得很快，没错儿。他们搜刮得一干二净。鸟群先去，接着我去，然后是希腊人去，连鸟群从船上得到的东西也比我得到的多。

陈良廷　译

一个干净明亮的地方

　　时间很晚了，大家都离开了这咖啡馆，只有一个老人还坐在树叶挡住灯光的阴影里。白天里，街上尽是尘埃，到得晚上，露水压住了尘埃，这老人就喜欢坐得很晚，因为他是个聋子，现在是夜里，十分寂静，他感觉得到跟白天有所不同。咖啡馆内的两个侍者知道老人有点儿醉了，虽然他是个好主顾，他们可知道如果他喝得太醉了，会不付账就走，所以他们一直在留神他。

　　"上星期他想自杀来着，"一个侍者说。

　　"为什么？"

　　"他绝望啦。"

　　"干吗绝望？"

　　"没来由。"

　　"你怎么知道没来由？"

　　"他有很多钱。"

　　他们一起坐在咖啡馆大门边墙根里的一张桌子旁，眼睛望着露台，那儿的桌子全都空无一人，只有那老人坐在随风轻轻飘拂的树叶的阴影里。有个少女和一个大兵走过大街。街灯照在他领章的铜号码上。那少女没戴帽子，在他身旁匆匆走着。

　　"警卫队会把他逮走的，"一个侍者说。

　　"如果他得到了他追求的东西，那又有什么关系？"

　　"他还是这就从街上溜走为好。警卫队会找上他。他们五分钟前才经过这里。"

　　老人坐在阴影里，用杯子敲敲茶托。那个年纪较轻的侍者走到他身边。

　　"你要什么？"

老人朝他看看。"再来杯白兰地，"他说。

"你会喝醉的，"侍者说。老人朝他看了一眼。侍者走开了。

"他会通宵待在这里，"他对他的同事说。"我现在很困。我从没在三点前上床过。他该在上星期就自杀算了。"

侍者从咖啡馆内的柜台上拿了一瓶白兰地和一个茶托，大步走出咖啡馆，来到老人桌边。他放下茶托，把杯子倒满了白兰地。

"你该在上星期就自杀算了，"他对这聋子说。老人抬起一指示意。"加一点儿，"他说。侍者又往杯子里倒白兰地，弄得溢出来，顺着酒杯的高脚淌进下面一叠茶托的第一只。"谢谢你，"老人说。侍者拿着酒瓶回进咖啡馆。他又同他的同事在桌旁坐下。

"他这会儿喝醉了，"他说。

"他每天晚上都喝醉。"

"他干吗要自杀呀？"

"我怎么知道。"

"他上次是怎么自杀的？"

"他用绳子上吊。"

"谁把他放下来的？"

"他侄女。"

"干吗要把他放下来？"

"为他的灵魂安宁担忧。"

"他有多少钱？"

"他有很多钱。"

"他该有八十岁了吧。"

"不管怎样，我算准他有八十岁了。"

"但愿他回家去。我从没在三点钟前上床过。那是个什么样的上床时间呀？"

"他迟迟不回去是因为他喜欢这样。"

"他孤孤单单。我可不孤单。我有个老婆在床上等着我呢。"

"他从前也有过老婆。"

"如今有个老婆可对他没好处喽。"

"你说不准的。有了老婆他也许会好些。"

"他侄女在照料他。"

"我知道。你刚才说是她把他放下来的。"

"我才不要活得这么老。老人可邋遢呢。"

"不一定都这样。这个老人干干净净。他喝起酒来不会往外洒。哪怕这会儿喝醉了。你瞧他。"

"我才不想瞧他呢。但愿他回家去。他对那些非干活不可的人一点不关心。"

老人从酒杯上抬起头来眺望广场,然后望望这两个侍者。

"再来杯白兰地,"他指指杯子说。那个在着急的侍者跑了过去。

"结了,"他不顾什么句法,简短地说,这是蠢汉在对醉汉或外国人说话时会用的说法。"今晚上没啦。打烊啦。"

"再来一杯,"老人说。

"不。结了。"侍者拿块毛巾擦擦桌沿,一边摇摇头。

老人站起来,慢慢地数着茶托,打口袋里摸出一只装硬币的小皮袋,付了酒账,还放下半个比塞塔作小费。

那侍者瞅着他顺着大街走去,只见这老迈年高的人脚步不稳地走着,却是神气十足。

"你干吗不让他待下来喝酒呢?"那个不着急的侍者问。他们这会儿正在上铺板。"还不到两点半呢。"

"我要回家上床了。"

"晚一个钟头算啥?"

"他无所谓,我可很在乎。"

"反正一个钟头嘛。"

"你的口气就像你自己也是个老头了。他可以买瓶酒回家去喝嘛。"

"这可不一样。"

"对，是不一样。"那个有老婆的侍者表示同意说。他不希望做得不公正。他只是心里着急。

"那么你呢？你不怕不到你通常的时间就回家吗？"

"你想侮辱我吗？"

"不，老兄，只是开开玩笑而已。"

"不，"那个着急的侍者说，拉下一块块金属门板，站起身来。"我有信心。我完全有信心。"

"你有青春、信心，还有一份工作，"那个年纪大些的侍者说，"你什么都有。"

"那，你缺少什么呢？"

"除了工作，什么都缺。"

"凡是我有的，你都有嘛。"

"不。我从来就没有信心，而且已不年轻了。"

"得啦。别讲废话了，把门锁上吧。"

"我是属于那种喜欢在咖啡馆待得很晚的人，"那个年纪大些的侍者说。"我同情所有不想上床睡觉的人。同情所有夜里要有亮光的人。"

"我要回家上床睡觉去了。"

"我们是不一样的，"那个年纪大些的侍者说。这会儿，他穿好衣服要回家了。"这不光是个青春和信心的问题，虽然这些都是十分美妙的。我每天晚上很不愿意打烊，因为可能有人需要咖啡馆。"

"老兄，通宵营业的酒店有的是。"

"你不懂。这是家干净愉快的咖啡馆。十分明亮。灯光很美妙，这会儿还有树叶的阴影。"

"再见啦，"那个年轻的侍者说。

"再见，"另一个侍者说。他关了电灯，继续自言自语。灯光固然重要，但这地方必须干净愉快。你不需要音乐。你当然不需要音乐。你也没法怀着尊严站在酒吧台前，尽管时间这么晚了，这里能提供的也只有这份尊严了。他害怕什么？那不是害怕，也不是着慌。那是他深深体会到的一场空①的感觉。全都是一场空，一个男人也只落得一场空。只是这一场空，而少不了的只是灯光，还得有一点干净和有序。有些人生活于其中，却从来感觉不到，但他知道一切都是 nada②，因而是 nada，nada，因而是 nada。我们在 nada 的 nada，愿人都尊你的名为 nada 愿你的国 nada 愿你的旨意 nada 在 nada 如同行在 nada。我们日用的 nada 今 nada 赐给我们 nada 我们的 nada 如同我们 nada 人的 nadas 不 nada 我们遇见 nada 拯救我们脱离 nada；因而是 nada。欢呼一场空，满是一场空，一场空与你同在。他含笑站在一个吧台前，台上有架亮光光的气压煮咖啡机。

"你要什么？"酒吧招待问。

"Nada。"

"又是个神经病，"酒吧招待说，便转过头去。

"来一小杯，"那个侍者说。

酒吧招待倒了一杯给他。

"灯光十分明亮，也很愉快，可惜这只吧台没有擦得很光洁，"侍者说。

酒吧招待看看他，但是没有答腔。夜深了，不谈。

"要再来一小杯吗？"酒吧招待问。

"不，谢谢你，"侍者说罢，便走出去。他不喜欢酒吧和酒店。一个干净明亮的咖啡馆可是个天差地远的去处。现在他不再去想什么了，他要回家，到自己屋里去。他要去躺在床上，等天亮

---

① "一场空"原文为 nothing（乌有）。

② Nada 是西班牙语中 nothing 的对应词，在这老侍者的内心独白中，海明威插入了一连串的 nada，从下一行"我们在 nada 的 nada"起，他把基督教的《主祷文》（天主教名为《天主经》）中的一些实词都用 nada 来代替。《主祷文》出自《圣经·路加福音》第 11 章第 2—4 节："我们在天上的父，愿人都尊你的名为圣。愿你的国降临，愿你的旨意行在地上如同行在天上。我们日用的饮食，今日赐给我们。赦免我们的债，如同我们赦免了人的债。不叫我们遇见施探，拯救我们脱离凶恶。……"

了，他终于会入睡的。到头来，他对自己说，也许只是失眠吧。好多人都免不了害这个毛病呢。

曹　庸译

（首次发表于《斯克里布纳氏杂志》1933 年 3 月号）

世上的光*

酒保看见我们进门，抬眼望望，便伸出手去把玻璃罩子盖在两碗免费菜①上。

"给我来杯啤酒，"我说。他在龙头上放了一杯，用刮铲刮掉杯子口上的那层泡沫，然后一手握着杯子不放。我在木吧台上放下五分镍币，他才把啤酒从台面上朝我推来。

"你要什么？"他对汤姆说。

"啤酒。"

他放了一杯，刮掉泡沫，看见了钱才把酒推过来给汤姆。

"怎么啦？"汤姆问。

酒保没答理他。他径自朝我们脑袋上面看过去，冲着进门的一个男人说，"你要什么？"

"黑麦酒，"那人说。酒保摆出酒瓶和酒杯，还有一杯水。

汤姆伸过手去，揭开免费菜上的玻璃罩。这是一碗腌猪脚，里面搁着一把能像剪子般开阖的木头家伙，末端有两把木叉，用来叉肉。

"不成，"酒保说，把玻璃罩重新盖在碗上。汤姆手里还拿着木叉。"放回去，"酒保说。

"见鬼去，"汤姆说。

酒保伸出一只手到吧台下，眼睁睁看着我们俩。我在木吧台上放了五毛钱，他才挺起身。

"你要什么？"他说。

"啤酒，"我说，于是他先揭开了两只碗上的罩子才去放酒。

"你们这混账猪脚是臭的，"汤姆说，把一口东西全吐在地上。酒保不言语。喝黑麦酒的那人付了账，头也不回就走了。

"你们自己才臭呐，"酒保说。"你们这帮阿飞都是臭货。"

"他说我们是阿飞，"汤米跟我说。

"听着，"我说。"我们还是走吧。"

"你们这帮阿飞快给我滚蛋，"酒保说。

"我说过我们要走的，"我说。"可不是你叫我们走才走的。"

"回头我们还来，"汤米说。

"不，你们甭来了，"酒保对他说。

"给他讲他犯了多大的错，"汤姆回过头来跟我说。

"走吧，"我说。

外面漆黑一团。

"这是什么鬼地方啊？"汤米说。

"我不知道，"我说。"我们还是上车站去吧。"

我们是从这一头进城的，现在要从另一头出城了。城里一片皮革和鞣树皮和一大堆一大堆的木屑发出的味儿。我们进城时天刚黑，这时天又黑又冷，道上水坑的边缘都在结冰了。

车站上有五个窑姐儿在等火车进站，还有六个白人和四个印第安人。屋内人头济济，火炉烧得很热，满是混浊的烟雾。我们进去时没人在讲话，票房的窗口关着。

"关上门，行不？"有人说。

我看看说这话的是谁。原来是这些白人中的一个。他穿着齐膝盖截短的长裤和伐木工人的胶皮靴，一件麦基诺格子厚呢衬衫，跟另外几个一个样，就是没戴帽，脸色发白，两手也发白，瘦瘦的。

"你到底关不关啊？"

"关，关，"我说着就把门关上。

"劳驾了，"他说。另外有个人嘿嘿笑了。

---

* 典出《圣经·约翰福音》第 9 章第 5 节，耶稣说，"我在世上的时候，是世上的光。"

① 西方的小饭店在三四十年代往往摆出所谓"免费菜"以招徕顾客。

"跟厨子开过玩笑吗？"他对我说。

"没。"

"你不妨跟这位开一下玩笑，"他瞧着那个叫厨子的，说。"他可喜欢呐。"

厨子眼光避开他，把嘴唇闭得紧紧的。

"他手上抹柠檬汁呢，"这人说。"他死也不肯泡在洗碗水里。瞧这双手多白。"

有个窑姐儿放声大笑。我生平还是头一回看到个头这么大的窑姐儿和娘儿们。她穿着一套会变色的绸子衣服。另外有两个窑姐儿个头跟她差不离，不过这大个儿的体重准有三百五十磅。你瞧着她的时候，还不信她是真的人呢。这三个身上都穿着会变色的绸子衣服。她们并肩坐在长椅上。个头都特大。另外两个的模样就跟一般窑姐儿差不多，都是用过氧化物漂白的金发。

"瞧他的手，"那人说着朝厨子点点头。那窑姐儿又笑了，笑得浑身颤动。

厨子回过头去，连忙冲着她说，"你这一身肥肉的臭婆娘。"

她兀自哈哈大笑，身子直打颤。

"噢，我的天哪，"她说。嗓音怪动听的。"噢，我的老天哪。"

另外两个窑姐儿，一对大个儿，装得安安分分，非常文静，仿佛没什么感觉似的，不过个头都很大，跟那个头最大的一个差不离。两个都足足超过两百五十磅。另外那两个却是一本正经。

男人中除了厨子和说话的那个，还有两个伐木工人，一个在听着，虽然感到有趣，却很腼腆，另一个似乎打算说些什么，还有两个是瑞典人。两个印第安人坐在长椅的另一端，还有一个靠墙站着。

打算说话的那个悄没声儿地跟我说，"包管像是躺在干草堆上。"

我听了不由大笑，把这话说给汤米听。

"凭良心说,像这种地方我还从没见识过呢,"他说。"瞧这三个娘儿们。"这时厨子开腔了。

"你们哥儿俩多大啦?"

"我九十六,他六十九,"汤米说。

"嗬!嗬!嗬!"那大个子窑姐儿笑得直打颤。她的嗓音的确动听。另外几个窑姐儿可没笑。

"噢,你嘴里没句正经话吗?"厨子说。"我问你算是对你友好啊。"

"我们一个十七,一个十九,"我说。

"你这是怎么啦?"汤姆冲我说。

"没事儿的。"

"你叫我艾丽斯好了,"大个子窑姐儿说着身子又打颤了。

"这是你的名字?"汤米问。

"可不,"她说。"艾丽斯。对不?"她回过头来看着坐在厨子身边的男人。

"艾丽斯。一点不错。"

"你正该起这种名字,"厨子说。

"这是我的真名,"艾丽斯说。

"另外几位姑娘叫什么啊?"汤姆问。

"黑兹儿和埃塞尔,"艾丽斯说。黑兹儿和埃塞尔微微一笑。她们不大机灵。

"你叫什么?"我问一个金发娘儿们。

"弗朗西丝,"她说。

"弗朗西丝什么?"

"弗朗西丝·威尔逊。你问这干吗?"

"你叫什么?"我问另一个。

"哼,别放肆,"她说。

"他无非想跟我们大伙交个朋友罢了,"头里说话的男人说。"难道你不想交个朋友吗?"

378

"不想，"头发用过氧化物漂白的娘儿们说。"不跟你交朋友。"

"她真是个泼辣货，"男人说。"一个地道的小泼妇。"

一个金发娘儿们瞧着另一个，摇摇头。

"天杀的乡巴佬，"她说。

艾丽斯又哈哈大笑起来，笑得浑身直打颤。

"有什么可笑的，"厨子说，"你们大伙都笑，可没什么可笑的。你们两个小伙子，要上哪儿去啊？"

"你自个儿要上哪儿？"汤姆问他。

"我要上凯迪拉克①，"厨子说。"你们去过那儿吗？我妹子住在那儿。"

"他本人也是个妹子嘛，"穿截短的长裤的那人说。

"你别说这种话行不行？"厨子说。"我们不能说说正经话吗？"

"凯迪拉克是史蒂夫·凯切尔的故乡，阿德·沃尔加斯特②也是那儿的人。"那腼腆的男人说。

"史蒂夫·凯切尔，"一个金发娘儿们尖声说，这名字仿佛在她心中扣动了扳机。"他的亲老子开枪杀了他。咳，天哪，亲老子啊。再也找不到史蒂夫·凯切尔这号人了。"

"他不是叫史坦利·凯切尔③吗？"厨子问。

"嘿，少废话！"金发娘儿们说。"你对史蒂夫了解个啥？史坦利。他才不叫史坦利呢。史蒂夫·凯切尔是空前未有的大好人、美男子。我从没见过像史蒂夫·凯切尔这么洁净、这么白皙、这么漂亮的男人。天下找不出第二个来。他行动活像老虎，是个空前未有的大好人，花钱最最豪爽。"

---

① 凯迪拉克，密歇根州中部一大城市，位于纵贯南北的铁道干线上。
② 阿德·沃尔加斯特，1910—1912 年美国轻量级拳击冠军。
③ 史坦利·凯切尔（1886—1910），实有其人。为 1907—1908 年次重量级拳击冠军。在一次与人争吵中被枪杀。

"你认识他吗？"男人中的一个问。

"我认识他吗？我认识他吗？我爱过他吗？你问我这个吗？我跟他可熟呢，就像你跟无名小鬼那样熟，我爱过他，就像你爱上帝那样深。史蒂夫·凯切尔哪，他是空前未有的大伟人、大好人、最最白皙的美男子，可他的亲老子竟把他当条狗似的一枪打死。"

"你陪他到东海岸去过吗？"

"没。在这以前我就认识他了。他是我唯一的心上人。"

头发用过氧化物漂白过的娘儿们把这些事说得像演戏似的，人人听了都对她肃然起敬，但艾丽斯又开始打颤了。我坐在她身边感觉得到。

"你原该嫁给他的，"厨子说。

"我不愿损害他的前程，"头发用过氧化物漂白过的娘儿们说。"我不愿拖他的后腿。他要的可不是老婆。唉，我的上帝呀，真是个了不起的男人呐。"

"这样看待这事儿倒也不错，"厨子说。"杰克·约翰逊①不是把他击倒过吗？"

"这是耍的诡计，"头发漂白过的娘儿们说。"这个大个子黑人偷打了一下冷拳。本来他已经把杰克·约翰逊这大个子黑杂种击倒了。那黑鬼靠侥幸才战胜他的。"

票房窗口开了，三个印第安人走到窗口去。

"史蒂夫把他击倒了，"头发漂白过的娘儿们说。"他还扭头冲着我笑呢。"

"我记得你刚才说过你当时不在东海岸，"有人说。

"我就是为了这场拳赛才出门的。史蒂夫扭头冲着我笑，那个该死的黑狗崽子跳起身来，给了他一下冷拳。史蒂夫原是能打垮一百个这号黑杂种的。"

"他是个拳击大王，"那伐木工人说。

---

① 杰克·约翰逊（1878—1946），美国第一个重量级黑人拳王。

"但愿他确实是这样，"头发漂白过的娘儿们说。"但愿现在不再有他这样好的拳手了。他就像位神明，真的。那么白皙、那么洁净、那么漂亮，就像头猛虎或闪电那样出手迅速，干净利落。"

"我在拳赛电影中看到过他，"汤姆说。我们全都听得很感动。艾丽斯浑身直打颤，我一瞧，只见她在哭。那几个印第安人已经走到月台上去了。

"他比天底下哪个做丈夫的都强，"头发漂白过的娘儿们说。"我们当着上帝的面结了婚，我眼下还是他的人儿，而且将一辈子都是他的，我整个儿都是他的。我不在乎自己的身子。人家可以糟蹋我的身子，可我的灵魂是属于史蒂夫·凯切尔的。天呐，他真是个男子汉。"

人人都感到不是味儿。叫人听了又伤心又尴尬。当下那个还在打颤的艾丽斯开口说话了。"你闭着眼睛说瞎话，"她嗓门低低地说。"你这辈子从没跟史蒂夫·凯切尔睡过，你自己有数。"

"亏你说得出这种话来！"头发漂白过的娘儿们神气活现地说。

"我说这话就因为这是真的，"艾丽斯说。"这里只有我一个人认识史蒂夫·凯切尔，我是从曼塞罗那来的，在当地认识了他，这是真的，你也明明知道这是真的，我要有半句假话就叫天打死我。"

"叫天打死我也行，"头发漂白过的娘儿们说。

"这是真的，真的，真的，这个你明明知道。不是瞎编的，而且我还完全记得他跟我说的话。"

"他说些什么来着？"头发漂白过的娘儿们得意洋洋地问。

艾丽斯正在哭，身子颤动得连话也说不出来。"他说过'你是个可爱的小宝贝，艾丽斯。'这确实是他亲口说的。"

"这是鬼话，"头发漂白过的娘儿们说。

"这是真话，"艾丽斯说。"他的确是这么说的。"

"这是鬼话，"头发漂白过的娘儿们神气活现地说。

"不，这是真的，真的，真的，我对天发誓，一点不假。"

"史蒂夫决不会说这种话。这不是他平素说的话，"头发漂白过的娘儿们高高兴兴地说。

"这是真的，"艾丽斯嗓音怪动听地说。"而且随便你信不信，我都觉得无所谓。"她不再哭了，总算平静了下来。

"史蒂夫不可能说这种话，"头发漂白过的娘儿们扬言说。

"他说了，"艾丽斯说着，露出了笑容。"记得当初他说这话时，我确实像他说的那样，是个可爱的小宝贝，而眼下我要比你强得多，你这个旧热水袋可干得没有一滴水啦。"

"你休想侮辱我，"头发漂白过的娘儿们说。"你这个大脓包。我记性可好呢。"

"不，"艾丽斯嗓音甜得可爱地说。"你记得的事有哪一点是真的？怕只记得你光着腔的日子和几时吸上可卡因跟吗啡吧。其他什么事你都是从报上刚看来的。我做人清白，这点你知道，即使我个头大，男人还是喜欢我，这点你也知道，而且我决不说假话，这点你也知道。"

"你管我记得哪些事？"头发漂白过的娘儿们说。"反正我记得的净是些真事，美事。"

艾丽斯看看她，再看看我们，脸上的受到伤害的神情消失了，她微微一笑，一张脸蛋漂亮得真是少见。她有一张漂亮的脸蛋，一身细嫩光洁的皮肤，一副动人的嗓子，她真是好得没说的，而且的确很友好。可是天呐，她个头大。她的个头真有三个娘儿们那样大。汤姆看见我正瞧着她，就说，"快来。我们走吧。"

"再见，"艾丽斯说。她确实有副好嗓子。

"再见，"我说。

"你们哥儿俩往哪条道走啊？"厨子问。

"跟你走的不是一条道，"汤姆对他说。

陈良廷　译

先生们，祝你们快乐

那时节差距跟如今可大不相同，泥土从如今已被削平的丘陵上吹下来，堪萨斯城跟君士坦丁堡一模一样。说来你也许不信。没人信。可这是真的。今天下午，天下着雪，黑得早，在一个汽车商行的橱窗里，亮着灯，陈列着一辆赛车，车身完全用白银抛光，引擎盖上印有 Dans Argent 的字样。我想这两个字的意思是银舞或跳银舞的人①，但心里对这两个字的意思稍为有些莫名其妙，不过看见车也很高兴，对自己懂得一门外文也很得意。我冒雪沿街走着。沃尔夫兄弟酒馆在圣诞节和感恩节供应免费火鸡大菜，我从那里出来，朝市立医院走去，医院坐落在俯临全城烟尘、建筑和街道的一座高山上。医院的接待室里有两个救护队的外科大夫，费希尔医生和威尔科克斯医生，一个坐在桌前，另一个坐在靠墙一张椅子里。

费希尔医生是个瘦个子，长着沙金色头发，薄薄的嘴唇，含着笑意的眼睛，赌徒的手。威尔科克斯医生是个矮个子，黑皮肤，拿着一本附有索引的书，书名《青年医生顾问指南》，这本书里列举的病例都可以查考，说明症状和疗法。书里还有对照索引，凭诊断也可以查到症状。费希尔医生曾建议今后再版应该再补进对照索引，那样如果凭疗法查考，就可以查到病名和症状。"以便帮助记忆，"他说。

威尔科克斯医生对这本书很敏感，可他离不开这本书。书是软皮面的，正好放入上衣口袋，他是听了他一位教授的忠告才买了这本书的，那位教授这么说过，"威尔科克斯，你没有做医生的资格，我在职权范围内尽了一切努力阻止你获得医生资格证书。既然你现在已经成为这项需要专门学问的行业中的一员，我以人道主义的名

383

义，奉劝你去买一本《青年医生顾问指南》用用吧，威尔科克斯医生。学着用吧。"

威尔科克斯医生一言不发，不过当天就买了这本皮面指南手册。

"喂，霍勒斯，"我一走进那间接待室里，费希尔医生就打了个招呼。室内一股怪味儿，有香烟味，有碘仿味，有石炭酸味，还有热量过高的暖气管味。

"先生们，"我说。

"市场上有什么新闻没有？"费希尔医生问。他说起话来装腔作势，过分夸张，我听起来倒是语气优雅。

"沃尔夫酒馆有免费火鸡，"我答。

"你吃过了？"

"吃得很丰盛。"

"许多同事都去了？"

"全体同仁。大家都去了。"

"圣诞佳节的欢乐气氛很浓？"

"不算太浓。"

"这位威尔科克斯医生也稍为吃过了，"费希尔医生说。威尔科克斯医生抬眼看看他，再看看我。

"要喝一杯吗？"他问。

"不，谢谢，"我说。

"那好吧，"威尔科克斯医生说。

"霍勒斯，"费希尔医生说，"我叫你霍勒斯，你不在乎吧？"

"不在乎。"

"霍勒斯老弟。我们碰到个有趣透顶的病例。"

"可不，"威尔科克斯医生说。

---

① 小说主人公把法文 Dans Argent（银制品）中的 Dans 与英文中发音相似的跳舞 dance 和跳舞的人 dancer 混淆了。

"你认识昨天上这儿来的小伙子吗？"

"哪一个？"

"找我们做阉割手术的。"

"认识。"他进来那时我在场。他是个十六岁的小伙子。他进来时没戴帽，虽然又激动又害怕，决心倒大。他一头鬈发，体格强壮，嘴唇凸出。

"你怎么啦，孩子？"威尔科克斯医生问他。

"我要做阉割手术，"那小伙子说。

"为什么？"费希尔医生问。

"我做了祷告，我尽了一切努力，可是一点也没用。"

"什么没用？"

"那股要命的肉欲。"

"什么要命的肉欲？"

"我心里的那股子劲儿。我没法抑制那股子劲儿。我对此做了一整夜祷告。"

"到底怎么回事？"费希尔医生问。

小伙子告诉了他。"听我说，孩子，"费希尔医生说。"你没什么毛病。你有那股子劲儿是理所当然的。你没什么毛病。"

"那是坏事，"小伙子说。"是玷污清白的罪过，是触犯上帝和救世主的罪过。"

"不，"费希尔医生说。"这是天生自然的事。你有那股子劲儿也是理所当然的，日后你还会认为自己非常幸运呢。"

"啊呀，你们不明白，"小伙子说。

"听我说，"费希尔医生说，他告诉小伙子某些知识。

"不。我不听。你不能叫我听你的。"

"请听我说，"费希尔医生说。

"你简直是个十足的大傻瓜，"威尔科克斯医生跟小伙子说。

"那你们不肯做手术？"小伙子问。

"做什么手术？"

"替我阉割。"

"听我说，"费希尔医生说。"没人会替你阉割。你身上没什么毛病。你身体很好，你千万别想这事了。如果你是信教的，那就别忘了你所抱怨的不是罪恶，只是完成圣礼的途径罢了。"

"我没法抑制，"小伙子说。"我做了一整夜祷告，我白天也祷告。这是罪过，常犯的玷污清白罪。"

"咳，去你的——"威尔科克斯医生说。

"你这样说话我可不听你的，"小伙子神气十足地跟威尔科克斯医生说。"请你做这手术行不行？"他问费希尔医生。

"不行，"费希尔医生说。"我已经跟你说过了，孩子。"

"把他撵出去，"威尔科克斯医生说。

"我会出去的，"小伙子说。"别碰我。我会出去的。"

那是上一天五点钟光景的事。

"后来怎么样？"我问。

"今天凌晨一点钟，"费希尔医生说，"我们接纳了用剃刀自伤的青年。"

"阉割？"

"不是，"费希尔医生说。"他不懂阉割是什么意思。"

"他会送命的，"威尔科克斯医生说。

"为什么？"

"失血呗。"

"这位好大夫，我的同事，威尔科克斯医生当班，他在他的手册里竟找不到这种急救法。"

"你竟那样说话，真该死，"威尔科克斯医生说。

"我只是用最客气的方式说话，大夫，"费希尔医生说，一边瞧瞧自己一双手，由于他愿意替人效劳，加上对联邦法令不够尊重，这双手给他找来过麻烦。"这个霍勒斯可以替我作证，我只是用最客气的方式说这事。这个年轻人做的是切除呢，霍勒斯。"

386

"得了，希望你别就此挖苦我，"威尔科克斯医生说。"用不着挖苦我。"

"挖苦你，大夫，在我们的救世主的诞辰①这一天挖苦你？"

"我们的救世主②？你不是个犹太教徒吗？"威尔科克斯医生说。

"我是犹太教徒。我是犹太教徒。我老是把这点忘了。我从来没给予应有的重视。承蒙你好心提醒我。你们的救世主。对。你们的救世主，毫无疑问是你们的救世主——我还挖苦圣枝主日③。"

"你太自作聪明了，"威尔科克斯医生说。

"诊断得确切极了，大夫。我一向太自作聪明。的确是太自作聪明了。霍勒斯，要防止这点。你这人虽然没多大倾向性，不过有时我看出一点儿苗头。可这个诊断多神啊——用不着查书。"

"见你的鬼去吧，"威尔科克斯医生说。

"到时候会去的，大夫，"费希尔医生说。"到时候会去的。如果真有那么个鬼地方的话，我一定会去看看的。我甚至已经看到过一眼了。不过是偷看了一眼而已，真的。我几乎马上就掉转头看别处了。霍勒斯，你知道这位好心的大夫把那年轻人带进来时，他是怎么说的吗？他说，'唉，我请求过你给我做这手术。我请求过你多少回给我做手术了。'"

"而且，在圣诞节，"威尔科克斯医生说。

"这个节日的意义并不重要，"费希尔医生说。

"对你也许并不重要，"威尔科克斯医生说。

"你听到他说了吗，霍勒斯？"费希尔医生说。"你听到他说了

---

① 救世主的诞辰指圣诞节，为基督教徒纪念耶稣基督诞生的节日，在12月25日。
② 基督教始于公元一世纪，奉耶稣为救世主。犹太教为犹太人中间流行的宗教，奉耶和华为唯一的神，所以威尔科克斯对作为犹太教徒的费希尔称耶稣为"我们的救世主"表示异议。
③ 圣枝主日是纪念耶稣在受难前进入耶路撒冷的节日，在复活节前的星期日。

吗？这位大夫发现了我的弱点，可以说是我的致命伤，他就趁机大大利用了。"

"你太自作聪明了，"威尔科克斯医生说。

陈良廷 译

大 转 变

"得了，"男人说。"怎么样？"

"不，"姑娘说，"我不能。"

"你意思是说你不肯。"

"我不能，"姑娘说。"我就是这个意思。"

"你意思是说你不肯。"

"好吧，"姑娘说。"你要怎样理解就怎样理解。"

"我并没有要怎样就怎样。要是这样倒好了。"

"你早就这样了，"姑娘说。

天还早，酒馆里除了酒保和这对坐在屋角桌边的男女之外，没有别人了。时当夏末，他们俩都晒得好黑，所以在巴黎他们看上去很不调谐。姑娘穿一套粗花呢服装，一身金棕色的皮肤光滑柔嫩，脑门上一头金发剪得短短的，长得很美。男人瞧着她。

"我要杀了她，"他说。

"请别，"姑娘说。她有一双好细嫩的手，男人瞧着她的手。这双手长得纤细，晒黑了，很美。

"我一定要。我对天发誓一定要。"

"杀了她，你也不会快乐。"

"你不会陷进别的事吧？不会陷进别的困境吧？"

"看来不会，"姑娘说。"你打算怎么办？"

"我跟你说过了。"

"不，我是说真的。"

"我不知道，"他说。她瞧着他，伸出手去。"可怜的菲尔，"她说。他瞧着她的手，可是他没用自己的手去碰它。

"不，谢谢，"他说。

"说声对不起也没什么用吗？"

"对。"

"跟你说明是怎么回事也没什么用？"

"我不愿听。"

"我非常爱你。"

"是啊，这点证实了。"

"你要是不明白，那我也没办法，"她说。

"我明白。麻烦就在这里。我明白。"

"你真的明白，"她说。"这下事情当然更糟。"

"可不，"他瞧着她说。"我会永远明白的。整天整夜。尤其是整夜。我会明白的。这你用不着担心。"

"对不起，"她说。

"如果是个男人——"

"别这么说。这决不是男人不男人的事。这你也清楚。你不信赖我吗？"

"真好笑。"他说。"信赖你。真的很好笑。"

"对不起，"她说。"看来我只有这句话好说。不过既然咱们相互了解，那也用不着假装不了解。"

"是啊，"他说。"我看是用不着。"

"如果你要我，我再回来。"

"不。我不要你。"

于是两人一时都一言不发。

"你不相信我爱你吧？"姑娘问。

"别胡说，"男人说。

"你真的不相信我爱你？"

"你干吗不拿出证明来？"

"你以前可不是这样的。你过去从不要求我证明什么事。那可不礼貌。"

"你真是个古怪的姑娘。"

"你不古怪。你是个好人，要我离开你，一走了之，真叫我伤心——"

"你当然得走。"

"是啊，"她说。"我得走，这你知道。"

他没说什么，她瞧着他，再伸出手去。酒保在酒柜那一头。他的脸色煞白，上衣也是白的。他认识这两口子，认为他们是一对年轻佳偶。他看到过好多对年轻佳偶分手，然后再另外结了新偶，从不白头到老。他不是在想这件事，而是在想一匹马。过半小时他就可以派人到对马路看看那匹马有没有跑赢。

"你不能对我厚道些，让我去吗？"姑娘问。

"你想我该怎么办？"

两个顾客进了门，走到酒柜前。

"好咧，先生，"酒保记下他们点的酒。

"你不能原谅我吗？你知道这件事的话？"姑娘问。

"不。"

"你不想想咱们有过那段情分对相互了解总该有点关系吧？"

"伤风败俗是面目非常可怕的妖魔，"青年辛酸地说，"下句不是得什么什么的，就是但必须擦亮眼睛看看。下句还有我们怎么怎么的，然后拥抱。"他记不得原句[1]了。"我没法引述了，"他说。

"别说伤风败俗了，"她说，"那样说很不礼貌。"

"堕落，"他说。

"詹姆斯，"一个顾客招呼酒保说，"你气色很好。"

"你自己气色也很好，"酒保说。

"詹姆斯老兄，"另一个顾客说，"你发胖了，詹姆斯。"

"我胖成这模样，难看死了，"酒保说。

"别忘了加进白兰地，詹姆斯，"第一个顾客说。

---

[1] 他引述的是英国诗人蒲伯（1688—1744）的诗句。原句应为"伤风败俗是面目极其狰狞的妖魔，必须深恶痛绝，但需擦亮眼睛看看。……"

"忘不了，先生，"酒保说。"相信我。"

酒柜边那两个顾客朝桌边那两个看过去，然后又回头看看酒保。朝酒保这方向看顺眼。

"我还是希望你最好别用这字眼，"姑娘说。"没必要用这样的字眼。"

"那你要我怎么叫呢？"

"你用不着叫。用不着什么叫法。"

"就是这个叫法。"

"不，"她说，"咱们遇到各种各样的事都和解了。这你也有体验。你都见惯了。"

"你不必再说了。"

"因为这点已说明一切了。"

"行了，"他说，"行了。"

"你意思完全不对。我知道。完全不对。可我会回来的。告诉你，我要回来的。我马上就会回来。"

"不，你别回来。"

"我会回来的。"

"不，你别回来。别回到我这里。"

"走着瞧吧。"

"是啊，"他说。"糟就糟在这里。你大概会吧。"

"我当然会。"

"那走吧。"

"真的？"她信不过他，可是她的嗓音是愉快的。

"走吧，"他的嗓音自己听上去好怪。他正瞧着她，瞧着她嘴巴翕动的样子，瞧着她颧骨的线条，瞧着她的眼睛，瞧着她脑门上头发长的样子，瞧着她耳朵的轮廓，瞧着她的脖子。

"未必当真吧。唉，你真太可爱了，"她说。"你对我太好了。"

"等你回来后再把事情告诉我吧。"他的声音听上去很怪。他自己都辨不出来了。她赶快瞧了他一眼。他渐渐定下心来。

"你要我走吗？"她一本正经地问。

"是的，"他一本正经地说。"马上走。"他的嗓音变样了，嘴巴很干。"现在就走，"他说。

她站起身，很快走出去。她没回头看他。他目送她走掉。他跟刚才吩咐她走的那个人完全不一样了。他从桌边站起身，拿起两张账单，走到酒柜边付账。

"我变了个人啦，詹姆斯，"他对酒保说。"你瞧我完全变了个人啦。"

"什么，先生？"詹姆斯说。

"伤风败俗，是很怪的事，詹姆斯，"黑皮肤的青年说。他瞧着门外，瞧见她朝街那头走去。他照照镜子，瞧见自己确实变了个样儿。酒柜前那两个顾客挪动一下让他。

"你说得对，先生，"詹姆斯说。

那两个顾客再挪动一下，让他看个畅。那青年瞧着酒柜后那面镜子里的自己。"我说我变了个人啦，詹姆斯，"他说。瞧着镜子，他看见的果然不假。

"你气色很好，先生，"詹姆斯说。"你夏天一定过得很愉快。"

陈良廷 译

你们决不会这样

进攻部队穿过了田野，曾遭到从低洼的大路和那一带农舍发出的机枪火力的阻击，进了镇子可没有再遇到抵抗，一直攻到了河边。尼古拉斯·亚当斯骑了辆自行车顺着大路一路过来，碰到路面实在坎坷难行的地方，只好下车推着走，他根据地上遗尸的位置，揣摩出战斗的经过情景①。

尸体有单个的，也有成堆的，茂密的野草里有，沿路也有，口袋都给兜底翻了出来，身上叮满了苍蝇，无论单个的还是成堆的，尸体的四周总是纸片狼藉。

路旁的野草和庄稼地里还丢着许多物资，有的地方连大路上都狼藉满地：有一台行军灶，那准是仗打得顺利的时候从后方运上来的；还有许多有小牛皮盖的挎包、手榴弹、钢盔、步枪，有时还看到有支步枪枪托朝天，刺刀插在泥土里，看来他们最后还在这里掘过好些壕沟；除了手榴弹、钢盔、步枪，还有挖壕沟用的家伙、弹药箱、信号枪、散落一地的信号弹、药品箱、防毒面具、装防毒面具用的空筒，一挺三脚架架得低低的机枪，机枪下一大堆空弹壳，子弹箱里还撅出些夹得满满的子弹带，装冷却水的空桶侧卧在地，枪闩不见了，机枪组的成员们东歪西倒地躺着，而前后左右的野草里，照例又是纸片狼藉。

乱纸堆里有弥撒祷文册；有印着合影照的明信片，上面正是这个机枪组的成员们，都红光满面，高高兴兴地站好了队，就像供大学年刊用的一张足球队合影那样，如今他们都歪歪扭扭地倒在野草里，浑身肿胀；还有印着宣传画的明信片，画的是一个穿奥地利军装的士兵正把一个女人按倒在床上，人物画得有印象派的味道，描绘得蛮动人，只是和强奸的实际情况完全不符，那时妇女的裙子会被掀起来蒙住她的头，使她喊不出声来，有时候还有个同伙骑在她的头上。这种教唆性的画片为数不少，显然都是在发动进攻前不久发下的。如今就跟那些印有淫秽照片的明信片一起散得到处都是；还有乡下照相馆里拍的乡下姑娘的小相片，偶尔还有些儿童照，还有就是家信，家信之外还是家信。总之，有尸体的地方就一定有大量乱纸，这次进攻留下的遗迹也不例外。

这些阵亡者才死未久，所以除了腰包以外，还无人过问。尼克一路注意到，我方的阵亡将士（至少在他心目中认为是我方的阵亡将士）倒是少得出乎意料。他们的外套也给解开了，口袋也给兜底翻过来了，根据他们的位置，还可以看出这次进攻采用什么方式和什么战术。炎热的天气弄得他们浑身肿胀，不管是什么国籍，全都一个样。

镇上的奥军最后显然就是沿着这条低洼的大路设防死守的，退下来的可说绝无仅有。街上总共只见三具尸体，看来都是在逃跑的时候给打死的。镇上的房屋都给炮火打坏了，街上尽是一堆堆灰泥砂浆的碎块，还有断梁、碎瓦以及许多弹坑，有的弹坑给芥子气熏得边上都发了黄。地上弹片累累，瓦砾堆里到处可见开花弹的弹丸。镇上根本没有半个人影。

尼克·亚当斯自从离开福尔纳契以来，还没看到过一个人，不过沿着公路一路驶来，穿过树木茂盛的地带，他曾看到大路左侧密密匝匝的桑叶后面隐藏着大炮，由于太阳把炮筒晒得发烫，桑叶顶上腾起一股股热浪，才使他注意到的。如今看见镇上竟空无一人，他感到意外，于是就穿镇而过，来到紧靠河边、低于堤岸的那一段大路上。镇口有一片光秃秃的空地，大路就从这里顺坡而下，他能看到平静的河面、对岸的弧形矮堤，还有奥军挖战壕时垒起的泥土，给日头晒得发白了。多时未见，这一带已是那么郁郁葱葱，绿得刺眼，尽管如今已成了个历史性的地点，而这一段下游的河流可

_____

① 这故事的背景是第一次世界大战后期（1918），地点在意奥前线。

没有什么变化。

部队部署在河的左岸。堤岸顶上有一排坑，坑里有些士兵。尼克看到有的地方架着机枪，信号火箭放在架子上。堤坡上的坑里的士兵都在睡大觉。谁也没来向他查问口令。他只管往前走，刚随着土堤拐了个弯，冷不防闪出一个胡子拉碴、眼皮红肿、满眼都是血丝的年轻少尉，拿手枪对住了他。

"你是什么人？"

尼克告诉了他。

"有什么证明？"

尼克出示了通行证，证件上有他的照片和姓名身份，还盖上了第三军的大印。少尉一把抓在手里。

"放在我这儿吧。"

"这可不行，"尼克说。"把证件还给我，收起手枪。好啦。放进枪套。"

"我怎么知道你是什么人呢？"

"证件上写明了。"

"万一证件是假的呢？这证件得交给我。"

"别胡闹啦，"尼克乐呵呵地说。"快带我去见你们连长吧。"

"我得送你到营部去。"

"行啊，"尼克说。"听着，你认识帕拉维契尼上尉吗？就是那个留小胡子的高个子，以前当过建筑师，会说英国话的。"

"你认识他？"

"有点认识。"

"他指挥几连？"

"二连。"

"现在他指挥一个营了。"

"这可好，"尼克说。听说帕拉①安然无恙，他心里觉得一宽。

---

① 意大利姓氏有的较长，熟人之间习惯用简称。

"我们到营部去吧。"

刚才尼克出镇口的时候，右边一所破房子的上空爆炸过三颗开花弹，此后就一直没有打过炮。可是这军官的脸色却老像在挨排炮一样。不但脸色那样紧张，连声音听起来都不大自然。他的手枪使尼克很不自在。

"快把枪收起来，"他说。"敌人跟你还隔着这么大一条河呢。"

"我要真当你奸细的话，会这就一枪毙了你，"少尉说。

"得啦，"尼克说。"我们到营部去吧。"这个军官弄得他非常不自在。

营部设在一个掩蔽部里，代营长帕拉维契尼上尉坐在桌子后边，比从前更消瘦了，那英国气派也更足了。尼克一个敬礼，他马上从桌子后边站了起来。

"好哇，"他说。"乍一看，简直认不出你了。你穿了这身军装在干什么？"

"是人家叫我穿的。"

"见到你太高兴了，尼科洛①。"

"是啊。你气色不错。仗打得怎么样啊？"

"我们这场进攻战打得漂亮极了。真的。漂亮极了。我给你讲讲。你来看。"

他就在地图上比划着，讲了进攻的过程。

"我是从福尔纳契来的，"尼克说。"一路上也看得出是怎么样的一回事。的确打得很不错。"

"了不起。实在了不起。你现在关系挂在团部？"

"不。我的任务就是到处走走，让大家看看我这一身军装。"

"有这样的怪事。"

"要是看到有这么一个身穿美军制服的人，大家就会相信美国军队快要大批开到了。"

_____

① 尼科洛为尼克的意大利文对应词。

"可怎么让他们知道这是美国军队的制服呢？"

"你来告诉他们嘛。"

"啊，是啊，我明白了。那我就派一名班长给你带路，陪你到火线上去转一转。"

"像个臭政客似的，"尼克说。

"你要是穿了便服，那就要引人注目多了。在这儿穿了便服才真叫万众瞩目呢。"

"还要戴一顶卷边洪堡呢帽，"尼克说。

"或者戴一顶毛茸茸的费陀拉①也行。"

"照规矩呢，我口袋里应该装满了香烟啦、明信片啦这一类的东西，"尼克说。"还应该背上一满袋巧克力。逢人分发，捎带着慰问几句，还要拍拍背脊。可现在一没有香烟、明信片，二没有巧克力。所以他们叫我随便走上一圈就行。"

"我相信你这样露露面对部队总是个很大的鼓励。"

"但愿你别这么想，"尼克说。"现在这样，我心里已经够难受了。按我的一贯宗旨，倒巴不得给你带一瓶白兰地来。"

"按你的一贯宗旨，"帕拉说着，这才第一次笑了笑，露出一口发黄的牙齿。"这话真说得妙极了。你要不要喝点酒渣白兰地？"

"不喝了，谢谢，"尼克说。

"酒里没有一点儿乙醚的。"

"我至今还觉得嘴里有这味儿呢。"尼克一下子全想起来了。

"你知道，要不是那次一起坐卡车回来，在路上听你胡说一气，我还根本不知道你喝醉了呢。"

"我每次进攻前都要灌个醉，"尼克说。

"我就受不了，"帕拉说。"我第一次打仗尝过这个滋味，那是我生平打的第一仗，结果只弄得我难过死了，到后来渴得要命。"

---

① 费陀拉，一种软呢浅顶帽，首次出现在法国戏剧家萨尔杜（1831—1908）的戏剧《费陀拉》（1882）中，故名。

"你用不到靠酒来帮忙。"

"可你打起仗来比我勇敢多了。"

"哪里，"尼克说。"我有自知之明，晓得还是喝醉为好。我可并不觉得难为情。"

"我从没看见你喝醉过。"

"没见过？"尼克说。"从没见过？你难道不记得了，那天晚上我们从梅斯特雷乘卡车到波托格朗台，路上我想要睡觉，把自行车当作了毯子，打算拉过来齐胸盖好？"

"那可不是在火线上。"

"我这个人是好是孬，我们也别谈了，"尼克说。"这个问题我自己心里太清楚了，我都不愿意再去想了。"

"那你还是先在这儿待会儿吧，"帕拉维契尼说。"要打盹只管请便。人家打炮时没把这个坑怎么样。现在出去天还太热。"

"我看反正也不忙。"

"你的身体究竟怎么样？"

"蛮好。完全正常。"

"不。要实事求是说。"

"是完全正常。不过没个灯睡不着觉。就是还有这么点小毛病。"

"我早说过你应该动个开颅手术。我不是医生，可我明白。"

"不过，医生认为还是让它自己吸收的好，我就这么着了。怎么啦？难道你看我的神经不正常？"

"你看起来身体一级棒。"

"只要一旦医生给你下了个精神失常的诊断，那就够你受的了，"尼克说。"从此就再也没有人信任你了。"

"我说还是打个盹好，尼科洛，"帕拉维契尼说。"这个地方跟我们以前见惯的营部可不一样了。我们就等着撤退呢。这会儿天气还热，你不要出去——别犯傻了。在那只铺上躺下吧。"

"那我就躺一会儿吧，"尼克说。

尼克躺在铺位上。他感到这么不对劲，很是伤心，可都叫帕拉维契尼上尉一眼看出来了，便越发感到伤心了。这个掩蔽部不及从前的那一个大，当初那一个排，都是 1899 年出生的士兵，刚上前线，碰上进攻前的炮轰，在掩蔽部里吓得发起歇斯底里来，帕拉便命令他带他们每两人一批，出洞去走走，好叫他们明白不会有什么危险，他呢，拿钢盔的皮带紧紧扣在自己的嘴下，不让嘴唇动一动。心里明知道他们一挨到炮轰就止不住要发作。明知道这种办法根本是胡闹——那人要是哭闹个没完，那就揍他个鼻子开花，看他还有心思哭闹。我倒想枪毙一个，可现在来不及了。怕他们会愈闹愈凶。还是揍他个鼻子开花吧。进攻的时间提前到五点二十分。我们只剩下四分钟了。把另一个窝囊废揍个鼻子开花，加上屁股上一脚，把他踢出去。你看这一来他们会出发了吗？要是再不肯出发，就枪毙两个，把余下的人好歹都一起轰出去。班长，你要在后面押队哪。你自己走在头里，后面没有一个人跟上来，那有屁用。你自己出发了，要把他们也带出去啊。真是胡闹一气。好吧。这就对了。于是他看了看表，才以平静的口气，那种极有分量的平静口气，说了声：“真是萨伏依人。”他没有酒喝也只好去了，来不及弄酒喝了，等地洞倒塌，洞子的一头整个儿坍了，他找不到自己的酒，这一点使大家都动起来了；他没喝酒就上了那山坡，就只这一回他没有喝醉就去了。大家回来后，看来那登山索道站就着了火，过了四天，有些伤员从山下给撤下来了，也有一些没有，可我们还是攻上去又退回来，退到了山下——总是退到了山下。嗬，盖蓓·台里斯来了，说来也怪，怎么满身都是羽毛啊；一年前你还叫我好宝贝呢嗒哒哒你还说认识我多美呢嗒哒哒有羽毛也好，没羽毛也好，那是我了不起的盖蓓，而我叫哈利·皮尔塞，我们俩上山一逢陡坡，总要从队伍的那一头走出来，而他每天晚上总会梦见这座山，梦见山上的圣心堂[①]，像个吹制成的白色肥皂泡。他的女朋友

[①] 圣心堂，位于巴黎市北部蒙马特区高地的顶点，为一白色建筑，为该区的标识。

有时跟他在一起，有时却跟别人做伴，他不明白是什么道理，反正逢到她不在的夜晚，河水一定涨得异样的辽阔，水面异样的平静，而福萨尔塔①城外有一所黄漆矮屋，四周柳树环绕，还有一间矮矮的马棚和一条运河，这个地方他到过千儿八百次了，可从没见过有那么一所屋子，但是现在每天一到夜里，这所矮屋就会像那座山一样清清楚楚出现在眼前，只是见了这屋子他就害怕。那所屋子好像比什么都重要，他每天晚上都会见到。他倒也巴不得每天能看一看，只是见了就害怕，特别是有时见到屋前柳下运河岸边还静静地停着一条船，那就怕得更厉害了，不过那运河的河岸跟这里的河岸不一样。运河的河岸更加低平，倒跟波托格朗台那一带差不多，记得当初他们就是在波托格朗台看到那一批人，高高地举着步枪，在被洪水淹没的地区艰难地蹚水而来，最后却连人带枪纷纷倒在水里。那个命令是谁下的？要不是脑子里乱得像一锅粥，他本来是可以想得起来的。正因为如此，他才凡事总要看个周详，弄个清楚，心里有了准谱，明白自己的处境，可是偏偏这脑子会无缘无故就糊涂起来，就像现在这样，他正躺在营部的一张铺上，帕拉指挥着一个营，他呢，却穿着一套倒霉的美军制服。他仰起身来四下望望，只见大家都瞅着他。帕拉出去了。他就又躺下来。

巴黎那一段经历论时间还要早些，对这一段事他倒并不害怕，除了她跟着别人走了的那段时期，还有就是担心他们还会碰上早先照过面的车夫。他所害怕的无非就是这些。对前线的事倒是一点也不怕。他眼下不再梦见前线了，使他心惊胆战而怎么也摆脱不开的倒是那所长长的黄漆矮屋，以及那变得辽阔的河面。他今天又回到了这河边，也去过了那个镇上，却看到并没有那么一所屋子。看到这里的河也并非如梦中那样。那么他每天晚上去的是什么地方，又有什么危险呢？为什么他醒过来时遍体冷汗，为了一所屋子、一间长长的马棚和一条运河，竟会比受到炮轰还

---

① 福萨尔塔，意大利中部一城市。

吓得厉害呢?

他坐起身来,小心地把双腿从铺上放下;这双腿伸直的时间一长,就要发僵;看到副官、信号兵和门口的两名传令兵都盯着他,他也回盯了他们一眼,然后把他那顶蒙着布罩的钢盔戴上。

"很抱歉,没有巧克力、明信片和香烟,"他说。"不过我还是穿着这身军装来了。"

"营长马上就回来,"那副官说。在他们部队里,副官不是委任军官。

"这身军装不完全符合规格,"尼克对他们说。"不过也可以让大家心里有个数。几百万美国大军不久就到。"

"你是说美国人会派到我们这儿来?"副官问。

"可不。美国人个儿都有我两个那么大,身体健壮,心地纯洁,晚上睡得着觉,从来没有受过伤、挨过炸,也从来没有碰上过地洞倒塌,从来不知道害怕,也不爱喝酒,对家乡的姑娘不会变心,多数从来没有长过虱子,都是些出色的小伙子。你们就会看到的。"

"你是意大利人?"副官问。

"不,美国人。瞧这身军装。是斯帕尼奥利尼服装公司裁制的,不过还不完全合乎规格。"

"北美,还是南美人[①]?"

"北美,"尼克说。他觉得那股气又上来了。他得沉住点气。

"可你会说意大利话。"

"那又有什么?难道我说意大利话你有意见?难道我没有说意大利话的权利吗?"

"你得了意大利勋章呢。"

"不过拿到了些勋表和证书罢了。勋章是后来补发的。不知是托人保管、人家走了呢,还是连同行李一起丢失了。你在米兰可以

---

① 上文中所说的美国人(American)也可理解为"美洲人",故有此问。

买到另外那两种。重要的是那证书。你们不该为了这个觉得不高兴。在前线待久了，你们也会得到几个勋章的。"

"我是厄立特里亚①战役的老兵，"副官口气生硬地说。"我在的黎波里②打过仗。"

"这真是幸会了，"尼克伸出手去。"那些日子一定挺难熬吧。我刚才就注意到你的勋表了。你也许还去过卡索③吧？"

"我是最近才应征入伍参加这次战争的。本来论年纪我已经超龄了。"

"我原先倒是适龄的，"尼克说。"可现在也退役了。"

"那你今天还来干吗？"

"我是来展览这一身美军制服的，"尼克说。"挺有意思的，可不是？领口是稍微紧了点，不过不消多久你们就可以看到有不计其数的穿这种军装的要来，像蝗虫那样一大片。你们要知道，蚱蜢，我们美国人平日所说的蚱蜢，其实也就是蝗虫一类。真正的蚱蜢身个小，皮色绿，劲头也没有那么大。不过你们千万不要把蝗虫和蝉或知了④弄混了。蝉会连续不断地发出一种独特的叫声，可惜那种声音我现在一时记不起来了。怎么想也想不起来了。刚刚要想起来，一下子又逃得无影无踪了。对不起，请让我歇一口气。"

"去把营长找来，"副官对一名传令兵说。"你受过伤了，我看得出来，"他回头对尼克说。

"受过好几处伤呢，"尼克说。"要是你们对伤疤有兴趣，我倒有几个非常有趣的伤疤可以给你们看看，不过我情愿谈谈蚱蜢。就

---

① 厄立特里亚位于非洲东北部，濒红海，1890 年沦为意大利殖民地，于 1993 年 4 月 7 日独立。

② 的黎波里，今利比亚西北部地中海沿岸城市，1911—1912 年的意土战争中，意大利从土耳其人手中侵占。

③ 卡索，即喀斯特，是意大利东北伊斯的利亚半岛东北部一高地。1917 年意奥在此发生过激战。

④ 在英文中，蝗虫（locust）也可指蝉（cicada）。

是我们所说的蚱蜢；其实也就是蝗虫一类。这种昆虫在我的生命史上曾经起过不小的作用。你们也许会感兴趣，你们不妨一边听我说，一边看我的军装。"

副官对另一名传令兵做了个手势，那传令兵也出去了。

"把眼睛盯着这套军装。要知道，这是斯帕尼奥利尼服装公司裁制的。你们也请来看一看吧，"这句话尼克是冲着那几个信号兵说的。"我确实没有军衔。我们是归美国领事管的。只管请看，不要有什么不好意思。睁大了眼睛看也不要紧。我来给你们讲讲美国的蝗虫吧。我们一向偏爱一种叫做'中褐色'的。它们浸在水里不容易泡烂，鱼也最喜欢吃。还有一种个儿大些的，飞起来会发出一种有点像响尾蛇甩响尾巴时的声音，单调得很，翅膀的色彩很鲜艳，有一色鲜红的，有黄底黑条的，但是它们的翅膀着水就糊，做鱼饵太糟糕，而'中褐色'的肉头肥，汁水足，又结实，假如我可以冒昧推荐一下各位也许永远也不会碰到的玩意儿的话，这倒是非常值得向各位推荐的。不过我该着重说一下，就是这种虫子你要是凭空手去捉，或者拿个网拍去扑，那是捉上一辈子也不够你做一天鱼饵。那种捉法简直是胡闹，是白白的浪费时间。我再说一遍，各位，那种捉法是绝对行不通的。正确的办法，是使用捕鱼用的围网，或者拿普通的蚊帐纱做一张网。假如我可以发表点意见的话，而且说不定有一天我真会提个建议呢，我认为军校里上轻武器课时，应该把这个办法也都教给每个青年军官。两个军官把这样长短的一张网子对角拉好，或者也可以一人拿一头，躬着身子，一手捏住网的下端，一手捏住网的上端，就这样逆着风快跑。蚱蜢顺风飞来，一头扎在这一截网上，就都给网络兜住了。这样根本不用什么花招就可以捕到好大一堆，所以依我说，每个军官都该随身带上一大块蚊帐纱，需要时就可以做上这么一张捕蚱蜢的围网。希望各位都听清楚了我的意思。有什么问题吗？如果对这一课还有什么不明了的地方，请提出来。大胆地讲出来吧。没有问题吗？那么我想附带讲个意见来作结束。我要借用那位伟大的军人兼绅士亨利·威尔逊爵士①的一句话：各位，你们不做统治者，那就得被统治。让我再说一遍。各位，有一句话我想请你们记住。希望你们走出本讲堂的时候都能牢牢地记在心上。各位，你们不做统治者——那就得被统治。我的话完了，各位。再见。"

他脱下那蒙着布罩的钢盔，随即重新戴上，一弯腰从掩蔽部的矮门里走了出去。帕拉由那两名传令兵陪伴着，正从低洼的大路上远远地走来。阳光下热极了，尼克把钢盔脱下了。

"这里真该有个把这劳什子用水冲冲的冷却设备，"他说。"我把这个到河里去浸浸吧。"他举步往堤岸上走去。

"尼科洛，"帕拉维契尼喊道。"尼科洛。你到哪儿去呀？"

"其实我也不必去。"尼克捧着钢盔，从坡上走下来。"干也罢，湿也罢，反正戴着总是个该死的累赘。你每时每刻都戴着钢盔吗？"

"从来不脱，"帕拉说。"戴得都快成秃顶啦。快进去吧。"

一到里边，帕拉就让他坐下。

"你也知道，这玩意儿根本没屁用，"尼克说。"我记得我们刚拿到手的时候，戴在头上倒叫人安心，可后来里头脑浆四溢的情况也见得多了。"

"尼科洛，"帕拉说。"我看你应该回去。依我看，你要是没有什么慰劳品的话，那就不要到前线来的好。在这里你也干不了什么事。就算你有些东西值得发发吧，你要是到前边去一走，弟兄们势必要拥到一块儿，那不招来炮弹才怪呢。这可不行。"

"我也知道这是胡闹，"尼克说。"这本来也不是我的主意。我听说旅部在这儿，就想趁此来看看你，看看我的一些老相识。不然的话，我就到增宗或者圣唐娜去了。我真想再到圣唐娜去看看那座

---

① 亨利·休士·威尔逊爵士 (1864—1922)，英国陆军将领，曾在海外殖民军队中任要职。后任陆军参谋学院院长。第一次世界大战时任西线的英国派遣军参谋长。1918年任英军总参谋长。

桥呢。"

"我不能让你毫无目的地在这里转悠，"帕拉维契尼上尉说。

"好吧，"尼克说。他觉得那股气又上来了。

"你理解吧？"

"当然，"尼克说。他极力想把气按下去。

"这一类的活动应当在晚间进行。"

"是啊，"尼克说。他觉得无法按捺下去了。

"你知道，我现在在指挥这个营，"帕拉说。

"这有什么不该的呢？"尼克说。这一下可全爆发了。"你不是能读书、会写字吗？"

"对，"帕拉的口气挺温和。

"可惜你手下的这个营人马少得也真可怜。等将来一旦兵员补足了，他们会叫你回去当你的连长的。他们为什么不把那些尸体埋一埋呢？我刚才算是领教过了。我实在不想再看了。他们要不忙埋那是他们的事，跟我没什么相干，不过早些埋掉对你们可有好处。再这样下去你们都会害病的。"

"你把自行车停在哪儿啦？"

"在末了一幢房子里。"

"你看停在那儿妥当吗？"

"别担心，"尼克说。"我一会儿就去。"

"还是躺一会儿吧，尼科洛。"

"好吧。"

他合上了眼，出现在他眼前的，并不是那个蓄着胡子的男人，正从步枪的瞄准器上望着他，沉住了气才扣动枪机，只见一道白光，恍惚一下闷棍打在身上，他双膝跪下，一股又热又甜的东西堵住在喉咙口，呛得他吐在石头上，这时部队在他身旁拥过——不，出现在他眼前的是一所黄墙长屋，旁边有一间矮马棚，屋前的河阔得异样，也平静得异样。"天哪，"他说，"我还是走吧。"

他站起来。

"我要走了，帕拉，"他说。"我要趁天还不晚骑车回去。要是有什么慰劳品到了，我今儿晚上就给你们送来。要是没有，等哪天有了什么，我天黑以后送来。"

"这会儿还太热，骑车不行吧，"帕拉维契尼上尉说。

"你不用担心，"尼克说。"我这一阵子已经好多了。刚才发作过，不过并不厉害。现在就是发作起来也比以前轻多了。我自己有数，只要说话一唠叨，那就要发作了。"

"我派个传令兵送你。"

"我宁愿你不用这样。我认识路。"

"那么你就回来，好吧？"

"一定。"

"我还是派——"

"别派了，"尼克说。"算是表示对我的信任吧。"

"好吧，那就再见了。"

"再见，"尼克说。他就回身顺着低洼的大路向他放自行车的地方走去。到了下午，只要一过运河，大路上就是一派浓荫。再过去，两边的树木一点也没有受到炮火的破坏。正是在那一段路上，他们有一次行军路过，正好遇上第三萨伏依骑兵团，举着长矛，踏雪奔驰而过。在凛冽的空气里战马喷出的鼻息宛如一缕缕白烟。不，不是在那儿遇到的吧。那么是在哪儿呢？

"还是赶快去找我那辆鬼车子吧，"尼克对自己说。"可别迷了路，到不了福尔纳契啊。"

蔡　慧　译

一个同性恋者的母亲

　　他父亲去世时他还只是个毛头小伙子，他经理替他父亲长期安葬了。就是说，这样他可以永久享用这块墓地的使用权。不过他母亲去世时，他经理就想，他们彼此不可能永远这么热乎。他们是一对儿；他一定是个搞同性恋的，你不也知道，他当然是个搞同性恋的。所以经理就替她暂且安葬五年。

　　咳，等他从西班牙回到墨西哥就收到第一份通知。上面说，五年到期了，要他办理续租他母亲墓地的事宜，这是第一份通知。永久租用费只有二十美元。当时我管钱柜，我就说让我来办理这件事吧，帕科。谁知他说不行，他要自己料理。他会马上料理的。葬的是他母亲，他要亲自去办。

　　后来过了一星期，他又收到第二份通知。我念给他听，我说我还以为他已经料理了呢。

　　没有，他说，他没有料理过。

　　"让我办吧，"我说，"钱就在钱柜里。"

　　不行，他说。谁也不能支使他。等他抽出时间就会亲自去办的。"反正总得花钱，早点花又有什么意思呢。"

　　"那好吧，"我说，"不过你一定要把这事料理了。"这时他除了参加义赛外，还订了一份合同，规定参加六场斗牛，每场报酬四千比索。他光是在首都就挣了一万五千多美元。一句话，他忙得不亦乐乎。

　　又过了一星期，第三份通知来了，我念给他听。通知说如果到下星期六他还不付钱，就要挖开他母亲的墓，把尸骨扔在万人冢上。他说下午到城里去自己会去办的。

　　"干吗不让我来办呢？"我问他。

"我的事你别管，"他说。"这是我的事，我要自己来办。"

"那好，既然你这样认为就自己去办吧，"我说。

虽然当时他身边总是带着一百多比索，他还是从钱柜里取了钱，他说他会亲自去料理的。他带了钱出去，所以我当然以为他已经把这事办好了。

过了一星期，又来了通知，说他们发出最后警告，没有收到回音，所以已经把他母亲的尸骨扔在万人冢上了。

"天啊，"我跟他说。"你说过你会去付钱，你从钱柜里取了钱去付的，如今你母亲落得个什么下场啊？我的天哪，想想看吧！万人冢上扔掉你亲生母亲。你干吗不让我去料理呢？本来我收到第一份通知时就可以去付的。"

"不关你的事。这是我的母亲。"

"不错，是不关我的事，可这是你的事。听任人家对他母亲如此作践，这种人身上还有什么人味啊？你真不配有母亲。"

"这是我母亲，"他说。"现在她跟我更亲了。现在我用不着考虑她葬在一个地方，并为此伤心了。现在她就像飞鸟和鲜花，在我周围的空气中。现在她可时刻跟我在一起了。"

"天啊，"我说，"你究竟还有什么人味没有？你跟我说话我都不希罕。"

"她就在我周围，"他说。"现在我再也不会伤心了。"

那时，他在女人身上花了各种各样钱，想方设法装出人模人样哄骗别人，不过稍为知道他一点底细的人都不会上当。他欠了我六百比索，不肯还我。"你现在要钱干什么？"他说。"你不信任我吗？咱们不是朋友吗？"

"这不是朋友不朋友，信任不信任的问题。你不在的时候，我拿自己的钱替你付账，现在我需要讨还这笔钱，你有钱就得还我。"

"我没钱。"

"你有钱，"我说。"就在钱柜里，你还我吧。"

"我需要这笔钱派用场，"他说。"你不知道我需要钱去派的种种用场。"

"你在西班牙时我一直呆在这里，你委托我凡是碰到有什么开支，屋里的全部开支都由我支付，你出门那阵子一个钱儿都不寄来，我拿自己的钱付掉六百比索，现在我要钱用，你还我吧。"

"我不久就还你，"他说。"眼下我可急需钱用。"

"派什么用场？"

"我自己的事。"

"你干吗不先还我一点？"

"不行，"他说。"我太急需钱用了。可我会还你的。"

他在西班牙只斗过两场，他们那儿受不了他，他们很快就看穿他了，他做了七套斗牛时穿的新服装，他就是这种东西：马马虎虎把这些服装打了包，结果回国途中有四套受海水损坏，连穿都不能穿。

"我的天哪，"我跟他说，"你到西班牙去。你整个斗牛季节都呆在那里，只斗了两场。你把带去的钱都花在做服装上，做好又让海水糟蹋掉，弄得不能穿。那就是你过的斗牛季节，如今你倒跟我说自己管自己的事。你干吗不把欠我的钱还清让我走啊？"

"我要你留在这儿，"他说。"我会还你的。可是现在我需要钱。"

"你急需钱来付墓地租金安葬你母亲吧？"我说。

"我母亲碰上这种事我倒很高兴，"他说。"你不能理解。"

"幸亏我不能理解，"我说。"你把欠我的钱还我吧，不然我就自己从钱柜里拿了。"

"我要亲自保管钱柜了，"他说。

"不成，你不能，"我说。

那天下午，他带了个小流氓来找我，这小流氓是他同乡，身无分文。他说："这位老乡回家缺钱花，因为他母亲病重。"要明白这家伙只不过是个小流氓而已，他以前从没见过的一个小人物，不过倒是他同乡，而他竟要在同乡面前充当慷慨大度的斗牛士。

"从钱柜里给他五十比索，"他跟我说。

"你刚跟我说没钱还我，"我说。"现在你倒要给这小流氓五十比索。"

"他是同乡，"他说，"他落难了。"

"你混蛋，"我说。我把钱柜的钥匙给他。"你自己拿吧。我要上城里去了。"

"别发火，"他说。"我会付给你的。"

我把车子开出来，上城里去了。这是他的车子，不过他知道我开车比他高明。凡是他做的事我都能做得比他好，这点他心中有数。他连写都不会写，念也不会念。我打算去找个人，看看有什么办法让他还我钱。他走出来说，"我跟你一起去，我打算还你钱。咱们是好朋友。用不着吵架。"

我们驱车进城，我开的车。刚要进城，他掏出二十比索。

"钱在这里，"他说。

"你这没娘管教的混蛋，"我跟他说，还告诉他拿着这钱会怎么着。"你给那小流氓五十比索，可你欠了我六百，倒还我二十。我决不拿你一个子儿。你也知道拿着这钱会怎么着。"

我兜里一个子儿都没有就下了车，不知当夜到哪儿去睡觉。后来我同一个朋友出去把我的东西从他那儿拿走。从此我再也不跟他说话，直到今年，有一天傍晚，我在马德里碰见他跟三个朋友正一起走到格朗维亚的卡略电影院去。他向我伸出手来。

"嗨，罗杰，老朋友，"他跟我说，"你怎么样啊？人家说你在讲我坏话。你讲了种种冤枉我的坏话。"

"我只说你根本没有母亲，"我跟他说。这句话在西班牙话里是最损人的。

"这话倒不错，"他说。"先母过世那时我还很年轻，看上去我似乎根本没有母亲。这真不幸。"

你瞧，搞同性恋的就是这副德性。你碰不了他。什么都碰不了他，什么都碰不了。他们在自己身上花钱，或者摆谱儿，可是他们根本不出钱。想方设法叫人家出钱。我在格朗维亚当着他三个朋友的面，当场跟他说了我对他的看法；可这会儿我碰到他跟我说话竟像两人是朋友似的。这种人还有什么人味啊？

陈良廷　译

读者来信

她坐在卧室里的桌前，面前摊开一张报纸，只是停下来看看窗外下雪，雪落到屋顶上就化了。她写了这封信，写得从从容容，用不着划掉或重写。

亲爱的医生：

请允许我写信有要事向你请教——我要作出一个决定，不知谁最信得过，我又不敢问父母——所以只好求助于你——无非因为我用不着看见你，甚至还可以向你吐露心事。情况是这样的——1929年我嫁给一个美国现役军人，同年他奉命派往中国上海——住了三年——回到国内——两三个月前他退了伍——就到阿肯色州海伦那①他母亲家。他写信叫我回家——我去了，发现他正在接受注射期间，我自然不免问他，才知他在治疗一种我不知怎么拼写的病，不过这字发音像是"Sifilus"②——你知道我说的是什么吧——请你告诉我，我跟他重新一起过日子是否安全——自他从中国回来以后，我任何时候都没同他亲近。他向我保证，等这医生治完这一疗程，他就没事儿了——你看对不对——我经常听我父亲说，一个人一旦得了那种病，只有但求一死了之——我相信我父亲的话，可是我应该相信我丈夫。请你千万告诉我怎么办才好——我有一个女儿，是她父亲在中国时出生的——

谢谢，万望指教。

1933年2月6日

弗吉尼亚州罗阿诺克③

413

写完签上名。

　　也许他能告诉我该怎么办，她自言自语说。也许他能告诉我。报上这张照片里他的模样像是知道该怎么办的。他看上去挺聪明，一点不错。他每天都告诉人家该怎么办。他应当知道的。凡是正确的我都要照办。可是这段时间多长啊。这段时间真长啊。这段时间过得真长啊。天哪，这段时间过得真长啊。我知道，人家派他上哪儿，他就得上哪儿，可我不知道他干吗非得生这病。唉，我真希望他没得过这病。我不在乎他干过什么勾当才得这病的。可我真希望他从没得过这病。看上去他并不是非得这病不可的。我不知道怎么办才好。我真希望他没得过任何病。我不知道他为什么非得病不可。

刘文澜　译

---

①　美国阿肯色州东部城市，滨临密西西比河。
②　原字应是 Syphilise（梅毒）。
③　美国弗吉尼亚州西部城市。

向瑞士致敬

第一部
惠勒先生在蒙特勒^①掠影

车站咖啡馆里又暖和又亮堂。一张张桌子的木头都擦得亮光光的，桌上摆着一篮篮有光纸包装的椒盐脆饼^②。椅子是雕花的，座位虽旧，倒还舒服。墙上有一只雕花的木钟，店堂尽头是一个酒柜。窗外正在下雪。

车站的两个服务员坐在钟下的桌边，正喝着新酿的酒。另一个服务员进来说辛普朗^③方向来的东方快车^④在圣莫里斯^⑤误点一小时了。他出去了。女招待来到惠勒先生桌边。

"快车晚点一小时，先生，"她说。"我给你来杯咖啡好吗？"

"如果你认为咖啡不会让我睡不着的话。"

"好不好？"女招待问。

"给我来杯吧，"惠勒先生说。

"谢谢。"

她从厨房端来咖啡，惠勒先生望着窗外，车站月台灯光下雪花纷飞。

"除了英语，你还会说其他语言吗？"他问女招待。

"哦，会的，先生。我会说德语、法语和一些方言。"

"你要喝点什么吗？"

"哦，不行，先生。咖啡馆里是不准陪顾客一起喝的。"

"你不来支雪茄吗？"

"哦，不行，我不抽烟，先生。"

"那好，"惠勒先生说。他又眺望着窗外，喝着咖啡，还点了支烟。

"小姐⑥，"他叫道。女招待过来了。

"你要什么，先生？"

"你，"他说。

"你不该跟我开这种玩笑。"

"我没开玩笑。"

"那你也不该说这话。"

"我没时间多争，"惠勒先生说。"火车还有四十分钟就到。如果你跟我上楼去，我就给你一百法郎。"

"你不该说这种话，先生。我要叫服务员来跟你说话。"

"我不要服务员，"惠勒先生说。"也不要警察，也不要卖香烟的那些小子。我要你。"

"要是你那么说话你就得出去。你不能待在这儿那么说话。"

"那你干吗不走开？你走了我也就不会跟你说话了。"

女招待走开了。惠勒先生注意看她是否去跟服务员说。她没去。

"小姐⑦！"他叫道。女招待过来了。"请给我拿一瓶西昂酒。"

"是，先生。"

惠勒先生看着她出去随即拿着酒进来，再送到他桌上。他看

---

① 瑞士西部城市，在日内瓦湖东岸。
② 一种纽结状椒盐脆饼，德国人常喜用以佐啤酒。
③ 中阿尔卑斯山的一个山口，在瑞士和意大利交界处。
④ 东方快车是从法国巴黎经过中欧、巴尔干到伊斯坦布尔的快车的名称，自1883年经营到1977年止，以设备豪华、供应舒适著称。
⑤ 瑞士西南部小城，在罗恩河畔。
⑥ 原文是德语。
⑦ 原文是法语。

看钟。

"我会给你两百法郎，"他说。

"请别说这种事。"

"两百法郎是好大一笔钱了。"

"你不要说这种事！"女招待说。她英语都忘光了。惠勒先生兴致勃勃地望着她。

"两百法郎。"

"你真可恶。"

"那你干吗不走开呢？要是你走开我就不会跟你说话了。"

女招待离开桌子走到酒柜那边。惠勒先生喝着酒，暗自笑了一阵子。

"小姐，"他叫道。女招待装作没听见。"小姐，"他又叫了一声。女招待过来了。

"你要点什么吗？"

"很想要。我会给你三百法郎。"

"你真可恶。"

"三百瑞士法郎。"

她走开了，惠勒先生望着她的背影。一个服务员开了门。他就是负责惠勒先生行李的那个服务员。

"火车来了，先生，"他用法语说。惠勒先生站起身来。

"小姐，"他叫道。女招待朝桌子走来。"酒钱多少？"

"七法郎。"

惠勒先生数了八法郎，留在桌上。他穿上外衣，跟着服务员走向月台，外面正在下雪。

"再见，小姐，"他说。女招待看着他出去。他真讨厌，她想，讨厌，可恶。出三百法郎做一件算不上什么的小事。那种事我白白做过多少回了。而且这儿也没地方去。要是他有头脑就会知道这儿没地方。没时间，也没地方可去。出三百法郎做那种事。那些美国人是些什么人啊。

惠勒先生站在水泥月台上自己的行李旁边，低头顺铁轨朝穿过风雪迎面开来的火车的车前灯那儿望去。他心想这是个惠而不费的消遣。实际上，除了晚餐，他只花七法郎买了瓶酒，还有一法郎小费。给七十五生丁小费更好。如果给七十五生丁小费，他这会儿心情会更好。一个瑞士法郎值五个法郎。惠勒先生要去巴黎。他在钱的方面很吝啬，而且不喜欢女人。以前他到这车站来过，他知道楼上没地方可去。惠勒先生从来不冒险。

第二部
约翰逊先生在沃韦谈离婚

车站咖啡馆里又暖和又亮堂；一张张桌子都擦得亮光光的，有些桌子上铺着红白条子的桌布；还有些桌子铺着蓝白条子的桌布，所有桌子上都摆着一篮篮有光纸包装的椒盐脆饼。椅子是雕花的，木头座位虽旧，倒还舒服。墙上有只钟，店堂尽头是个镀锌的酒柜，窗外正在下雪。车站的两个服务员坐在钟下的桌边，正喝着新酿的酒。

另一个服务员进来说辛普朗方向来的东方快车在圣莫里斯误点一小时了。女招待来到约翰逊先生桌边。

“快车晚点一小时，先生，”她说。“我给你来杯咖啡好吗？”

“如果不太麻烦的话。”

“好不好？”女招待问。

“给我来杯吧。”

“谢谢。”

她从厨房端来咖啡，约翰逊先生望着窗外，车站月台灯光下雪花纷飞。

“除了英语，你还会说其他语言吗？”他问女招待。

“哦，会的，我会说德语、法语和一些方言。”

418

"你要喝点什么吗？"

"哦，不行，先生。咖啡馆里是不准陪顾客一起喝的。"

"来支雪茄？"

"哦，不行，先生，"她笑了。"我不抽烟，先生。"

"我也不抽，"约翰逊说，"抽烟是个坏习惯。"

女招待走开了，约翰逊点了支烟，喝着咖啡。墙上的钟是九点三刻。他的表快了一点。火车应该十点半到——晚点一小时意味着要十一点半才到。约翰逊叫女招待。

"小姐①！"

"你要什么，先生？"

"你不想跟我玩玩吗？"约翰逊问。女招待脸红了。

"不，先生。"

"我不是指什么蛮干胡来的事。你不想凑几个人玩玩，看看沃韦的夜生活吗？要是你愿意就带个女朋友来。"

"我得干活，"女招待说。"我在这儿上班。"

"我知道，"约翰逊说。"可是你不能找个替班吗？内战时他们常那么做。"

"哦，不行，先生。我必须亲自在这儿上班。"

"你在哪儿学的英语？"

"在伯利兹学校里，先生。"

"跟我谈谈伯利兹学校，"约翰逊说。"伯利兹的大学生是帮胡来的家伙吗？这么没完没了的搂脖子亲嘴好不好？学校里有许多献殷勤的人吧？你碰到过斯各特·菲茨杰拉德②吗？"

"请问你说什么？"

"我是说你的大学时代是你一生中最快活的日子吧？去年秋天

---

① 原文是西班牙语。

② 斯各特·菲茨杰拉德（1896—1940），美国20年代著名作家，以描写"爵士时代"的作品著称，代表作为《了不起的盖茨比》。

伯利兹有什么球队啊？"

"你在开玩笑吧，先生？"

"只是小小的玩笑罢了，"约翰逊说。"你是个非常好的姑娘。你不想跟我玩玩吗？"

"哦，不，先生，"女招待说。"你要我给你拿什么吗？"

"对，"约翰逊说。"你给我拿酒单来好吗？"

"好的，先生。"

约翰逊拿着酒单走到三个服务员坐着的那张桌子边。他们抬眼望着他。他们都是老头儿。

"你们喝酒吗①？"他问。有一个人点点头笑笑。

"喝，先生②。"

"你会说法语？"

"会，先生③。"

"我们喝什么呢？你们懂得香槟吗④？"

"不，先生⑤。"

"她们应当懂的⑥，"约翰逊说。"小姐⑦，"他叫女招待。"我们要喝香槟。"

"你要哪一种香槟，先生？"

"最好的，"约翰逊说，"哪一种最好呢⑧？"他问那些服务员。

"最好的⑨？"刚才首先说话的服务员问。

"那当然。"

那服务员从上衣口袋里掏出一副金丝边眼镜，看了看酒单。手

───────────────

① 原文是德语。
② 原文是法语。
③ 原文是法语。
④ 原文是法语。
⑤ 原文是法语。
⑥ 原文是法语。
⑦ 原文是德语。
⑧ 原文是法语夹英语。
⑨ 原文是法语。

指在四种打印的酒名和价格上一一掠过。

"运动员牌，"他说，"运动员牌最好。"

"诸位，你们赞成吗？"约翰逊问那两个服务员。一个点点头。另一个用法语说，"我本人不知道这些酒好不好，不过我常听人说起运动员牌。这酒好。"

"一瓶运动员牌，"约翰逊对女招待说。他看看酒牌上的价钱：十一个瑞士法郎。"就来两瓶吧。"他又问那个提出喝运动员牌的服务员，"我跟你们坐在一起，你不介意吧？"

"坐下吧。请这边坐。"服务员对他笑笑。他折好眼镜，放回眼镜匣里。"今天是先生的生日吗？"

"不，"约翰逊说。"不是生日。我老婆决定跟我离婚了。"

"行了，"服务员说，"最好别离。"另一个服务员摇摇头。第三个服务员似乎有点聋。

"这无疑是件寻常小事，"约翰逊说。"就像头一回去看牙医生，或是女孩子头一回来月经，不过我一直很烦恼。"

"这是可以理解的，"最老的服务员说。"我理解。"

"诸位没一个离婚的吧？"约翰逊问。这会儿他不再逗着玩儿说话了，而是说着一口正宗法语，说了一会儿了。

"对，"那个点运动员牌香槟的服务员说。"这儿的人不大离婚。离婚的先生有，但不多。"

"在我们这儿，"约翰逊说，"可不一样。事实上大家都离婚。"

"那倒也是，"服务员证实说，"我在报上看到过。"

"我本人可有点儿落后了，"约翰逊说。"这是我第一次离婚。我今年三十五岁了。"

"但你还年轻①，"服务员说。他对那两个解释道。"先生只有三十五岁②。"那两个点点头。"他很年轻，"一个说。

---

① 原文是法语。
② 原文是法语。

"这真的是你第一次离婚？"服务员问。

"没错儿，"约翰逊说。"请把酒瓶开开，小姐①。"

"离婚很贵吧？"

"一万法郎。"

"瑞士法郎？"

"不，法国法郎。"

"哦，对。合两千瑞士法郎。反正不便宜。"

"是啊。"

"那么干吗要离婚呢？"

"对方要求离。"

"可干吗要求离呢？"

"要嫁给别人呗。"

"可真蠢。"

"我同意你的话，"约翰逊说。女招待倒了四杯酒。大家都举杯。

"为健康干杯，"约翰逊说。

"为健康干杯，先生②，"服务员说。另外两个说，"向你致意③。"香槟味儿就像粉红色的甜苹果汁。

"在瑞士是不是有一种制度，规定回答总要用另一种语言？"约翰逊问。

"不，"服务员说。"法语比较高雅。再说，法语是瑞士的拉丁系语言。"

"可你会说德语啊！"

"是啊。我那地方的人都说德语。"

"我懂了，"约翰逊说。"而且你说你从来没离过婚。"

---

① 原文是法语。
② 原文是法语。
③ 原文是法语。

"对。离婚太贵了。再说我从来没结过婚。"

"啊，"约翰逊说。"那两位先生呢？"

"他们都结过婚。"

"你喜欢结婚吗？"约翰逊问一个服务员。

"什么？"

"你喜欢婚姻现状吗？"

"是啊。很正常①。"

"不错，"约翰逊说。"那你呢，先生②？"

"很好③，"另一个服务员说。

"至于我呢④，"约翰逊说，"就不好了⑤。"

"先生要离婚了，"第一个服务员说。

"哦，"第二个服务员说。

"啊哈，"第三个服务员说。

"得了，"约翰逊说，"这题目似乎谈得没味儿了。你们对我的烦恼不感兴趣，"他对第一个服务员说。

"可也是，"服务员说。

"好吧，咱们谈谈别的。"

"随你便。"

"咱们可以谈什么呢？"

"你喜欢搞体育吗？"

"不，"约翰逊说。"可我老婆喜欢搞。"

"那你作什么消遣呢？"

"我是个作家。"

"那一行赚钱多吗？"

---

① 原文是法语。
② 原文是法语。
③ 原文是法语。
④ 原文是法语。
⑤ 原文是法语。

"不。不过往后你出了名就赚钱多了。"

"真有趣。"

"不,"约翰逊说,"并不有趣。对不起,诸位,我得离开你们了。请你们把另一瓶也喝了好吗?"

"可是火车还有三刻钟才到呢。"

"我知道,"约翰逊说。女招待来了,他付了酒钱和饭钱。

"你要出去,先生?"她问。

"是啊,"约翰逊说,"只是去散一会儿步。我把行李留在这儿。"

他围上围巾,穿上外套,戴上帽子。外面正下着大雪。他回头朝窗内桌边坐着的三个服务员看看。女招待正把开好那瓶里的剩酒倒进他们的杯子里。她把没开的那瓶拿回柜上。约翰逊想,那样他们每人就可赚上三法郎吧。他转身沿着月台走去。他本来以为在咖啡馆里谈谈这件事会冲淡些。可是这事并没有冲淡,反而使他感到不愉快。

第三部
一个会员的儿子在特里太特

特里太特车站咖啡馆未免太暖和了点儿;灯光明亮,一张张桌子都擦得亮光光的。桌上摆着一篮篮有光纸包装的椒盐脆饼,还有一块块硬纸板的啤酒杯垫,防止湿杯子在木头上印出一圈圈水迹。椅子是雕花的,木头座位虽旧,倒很舒服。墙上有只钟,店堂尽头有个酒柜。窗外正在下雪。钟下有张桌子,有个老头儿坐着,一边喝咖啡,一边看晚报。一个服务员进来说,辛普朗方向开来的东方快车在圣莫里斯误点一小时。女招待走到哈里斯先生桌边。哈里斯先生刚用完晚餐。

"快车晚点一小时,先生。我给你来杯咖啡好吗?"

"如果你愿意的话。"

"好不好？"女招待问。

"好吧，"哈里斯先生说。

"谢谢，先生，"女招待说。

她从厨房端来咖啡，哈里斯先生在咖啡里加了糖，用匙把糖块碾得嘎吱嘎吱响，他望着窗外，车站月台灯光下雪花纷飞。

"除了英语，你还会说其他语言吗？"他问女招待。

"哦，会的，先生。我会说德语、法语和一些方言。"

"你最喜欢哪一种呢？"

"差不多都一样，先生。我说不出我更喜欢哪一种。"

"你要喝点什么，或者来杯咖啡好吗？"

"哦，不行，先生。咖啡馆里是不准陪顾客一起喝的。"

"你不来支雪茄吗？"

"哦，不行，我不抽烟，先生。"她笑了。

"我也不抽，"哈里斯说。"我不同意大卫·贝拉斯科①。"

"请问谁啊？"

"贝拉斯科。大卫·贝拉斯科。你总归认得出他的，因为他把领子穿倒了。不过我不同意他。再说，他现在也死了。"

"先生，对不起，我可以走了吗？"女招待问。

"当然可以，"哈里斯说。他身子前倾坐着，望着窗外。店堂那边的老头儿折好报纸。他看看哈里斯先生，随后端起咖啡杯和碟子，走到哈里斯桌边。

"请原谅，打扰你了，"他用英语说。"但我刚想起你可能是全国地理协会会员吧。"

"请坐，"哈里斯说。这位先生坐下了。

"你愿意再来杯咖啡，或者来杯利口酒吗？"

"谢谢你，"这位先生说。

---

① 大卫·贝拉斯科（1853—1931），美国剧作家和演员，在演出和舞台设计上有重要革新。

"愿意陪我喝杯樱桃酒吗?"

"也好。不过你一定得陪我喝。"

"不,我硬要你喝。"哈里斯叫女招待。老先生从外套里面的口袋中取出一只皮夹。他取下一根宽橡皮筋,抽出几张纸,挑了一张,递给哈里斯。

"这是我的会员证,"他说。"你认识美国的弗雷德里克·杰·罗塞尔吗?"

"恐怕不认识。"

"我相信他是很有名的。"

"他是哪儿人? 你知道他是美国什么地方的人吗?"

"当然是华盛顿人。学会总部不是设在那儿吗?"

"我相信是吧?"

"你相信是吧。你拿不准!"

"我出国已经很久了,"哈里斯说。

"那么说,你不是会员?"

"不是。可我父亲是。他是多年老会员了。"

"那他准会认识弗雷德里克·杰·罗塞尔。他是协会的一位理事。你会注意到我就是由罗塞尔先生提名为会员的。"

"我很高兴。"

"可惜你不是会员。但你可以通过你父亲得到提名吗?"

"我想可以吧,"哈里斯说。"我回去后一定办。"

"我也劝你去办,"这位先生说。"你当然看那份杂志①啰?"

"那还用说。"

"你看过有北美动物群彩色插图的那一期吗?"

"看过。我是在巴黎看到的。"

"还有刊登阿拉斯加的火山全景那一期呢?"

"真是一大奇观。"

---

① 指美国全国地理协会出版的刊物《国家地理杂志》。

"我也非常欣赏乔治·希拉斯第三拍的野生动物照片。"

"拍得好极了。"

"请再说一遍好吗？"

"拍得真出色。希拉斯那家伙——"

"你叫他那家伙？"

"我们是老朋友，"哈里斯说。

"我明白了。原来你认识乔治·希拉斯第三。他一定很风趣。"

"是啊。他是我认识的人中最风趣的。"

"那你认识乔治·希拉斯第二吗？他也很风趣吧！"

"哦，他可没那么风趣。"

"我还以为他非常风趣呢。"

"不瞒你说，说来可笑。他就是不大风趣。我常闹不清是什么道理。"

"嗯，"这位先生说。"我还以为那一家子个个都风趣呢。"

"你还记得撒哈拉沙漠全景吗？"哈里斯问。

"撒哈拉沙漠？那差不多是十五年前的事了。"

"对了。那是我父亲最喜爱的一期了。"

"他不喜欢比较新的几期吗？"

"大概喜欢吧。但他非常爱看撒哈拉全景。"

"好极了。但对我来说，图片的艺术价值远远超过它的科学趣味。"

"真想不到，"哈里斯说。"大风刮起那一大片黄沙，还有那个阿拉伯人和他的骆驼面向麦加跪着。"

"就我记得，那阿拉伯人是牵着骆驼站着的。"

"你记得完全对，"哈里斯说。"我是想起劳伦斯上校[①]那本

---

① 指托马斯·爱德华·劳伦斯 (1888—1935)，英国军人、学者，以阿拉伯的劳伦斯闻名于世。第一次世界大战时加入阿拉伯军队，从事间谍活动，一生富有传奇色彩。著有《七根智慧柱》。

书了。"

"我相信，劳伦斯的书写阿拉伯吧。"

"对极了，"哈里斯说。"是说起阿拉伯人，才让我想起来的。"

"他一定是个非常风趣的年轻人。"

"我相信是这么回事。"

"你知道他现在干什么吗？"

"他在皇家空军里。"

"他干吗干那行？"

"他喜欢呗。"

"你知道他是不是全国地理协会会员？"

"我不知道他是不是。"

"他会成为一个很好的会员的。他正是他们要的那种人。如果你认为他们愿意吸收他，我非常乐于提名推荐他。"

"我认为他们愿意吸收的。"

"我曾提名沃韦的一位科学家，还有洛桑我的一个同事，他们俩都选上了。我相信如果我提名劳伦斯上校，他们会很满意的。"

"这主意妙极了，"哈里斯说。"你常到这咖啡馆来吗？"

"我饭后到这儿来喝喝咖啡。"

"你在大学里工作？"

"我已经不工作了。"

"我只是在等火车，"哈里斯说。"我要去巴黎，再从勒阿弗尔港①乘船去美国。"

"我从来没去过美国。不过我很想去。也许我几时会去参加协会的一次会议。我见到你父亲会很高兴的。"

"我深信他见到你也会很高兴，可惜他去年就死了。开枪自杀，够怪的。"

---

① 法国北部港市。

"我真的很遗憾。我敢说他的去世对学术界和他家属都是一个打击。"

"学术界对此倒完全接受得了。"

"这是我的名片，"哈里斯说。"他名字的缩写是 E. J.，不是 E. D.。我知道他准会乐于认识你。"

"那真是莫大的愉快。"这位先生从皮夹里掏出一张名片，递给哈里斯，上面印着：

> 美国华盛顿特区
> 全国地理协会会员
> 西格蒙德·怀尔哲学博士

"我会小心保存的，"哈里斯说。

刘文澜 译

等了一整天

我们还睡在床上的时候，他走进屋来关上窗户，我就看出他像是病了。他浑身哆嗦，脸色煞白，走起路来慢吞吞，似乎动一动都痛。

"怎么啦，沙茨？"

"我头痛。"

"你最好回到床上去。"

"不，没事儿。"

"你回床上去。等我穿好衣服就来看你。"

可是等我下楼来，他已经穿好衣服，坐在火炉边，一看就是个病得不轻、可怜巴巴的九岁男孩。我把手搁在他脑门上，就知道他在发烧。

"你上楼去睡觉吧，"我说。"你病了。"

"我没事儿，"他说。

医生来了，他给孩子量了量体温。

"几度？"我问他。

"一百零二度。"

在楼下，医生留下三种药，是三种不同颜色的胶囊，还吩咐了服用方法。一种是退热的，另一种是泻药，第三种是中和体内酸性的。他解释说，流感的病菌只能存在于酸性状态中。他似乎对流感无所不知，还说只要体温不高过一百零四度就不用担心。这是轻度流感，假如不并发肺炎就没有危险。

回屋后我把孩子的体温记下来，还记下吃各种药的时间。

"你要我念书给你听吗？"

"好吧，你要念就念吧，"孩子说。他脸色煞白，眼睛下面有

430

黑圈。他躺在床上一动也不动，似乎超然物外。

我大声念着霍华德·派尔的《海盗集》①；但我看得出他不在听我念书。

"你感觉怎么样，沙茨？"我问他。

"到目前为止，还是老样子，"他说。

我坐在他床脚边看书，等着到时候给他吃另一种药。本来他睡觉是自然的事情，但我抬眼一看，只见他正望着床脚，神情十分古怪。

"你干吗不想法睡一会儿？要吃药我会叫醒你的。"

"我情愿醒着。"

过了一会儿，他对我说，"要是你心烦就不用在这儿陪我，爸爸。"

"我没心烦。"

"不，我是说如果叫你心烦的话，就不用在这儿陪。"

我以为他也许有点头晕，到了十一点我给他吃了医生开的药丸后就到外面去了一会儿。

那天天气晴朗寒冷，地面上盖着一层雨夹雪都结成冰了，因此看上去所有光秃秃的树木、灌木、砍下来的柴枝、全部草地和空地上面都涂上了一层冰。我带了那条爱尔兰长毛小猎狗顺着那条路，沿着一条结冰的小溪散散步，但在光滑的路面上站也好，走也好，都不容易，那条红毛狗一路跌跌滑滑，我也重重摔了两跤，有一次我的枪都掉下来，在冰上滑了出去。

一群鹌鹑躲在悬垂着灌木的高高土堤下，被我们惊起了，它们从土堤顶上飞开时我打死了两只。有些鹌鹑栖息在树上，但大多数都分散在柴枝堆里，必须在那结冰的柴枝堆里蹦跶几下，它们才会

---

① 霍华德·派尔（1853—1911），美国作家、画家、插图家，为杂志工作多年，作品大多取材美国殖民地时期及内战时期史实及传说，除撰文外，还亲自作画。

惊起呢。你还在覆盖着冰的、富有弹性的灌木丛中东倒西歪，想保持身体重心时，它们就飞出来了，这时要打可真不容易，我打中了两只，五只没打中，动身回来时，发现靠近屋子的地方也有一群鹌鹑，心里很高兴，开心的是第二天还可以找到好多呢。

到家后，家里人说孩子不让任何人上他屋里去。

"你们不能进来，"他说，"你们千万不能传染上我的病。"

我上楼去看他，发现他还是我离开他时那个姿势，脸色煞白，不过由于发烧脸蛋绯红，像先前那样怔怔望着床脚。

我给他量体温。

"几度？"

"好像是一百度，"我说。其实是一百零二度四分。

"是一百零二度，"他说。

"谁说的？"

"医生说的。"

"你的体温还好，"我说，"没什么好担心的。"

"我不担心，"他说，"不过我没法不想。"

"别想了，"我说，"别急。"

"我不急，"他说着一直朝前看。显然他心里藏着什么事情。

"把这药和水一起吞下去。"

"你看吃了有什么用吗？"

"当然有啦。"

我坐下，打开那本《海盗集》，开始念了，但我看得出他没在听，所以我就不念了。

"你看我几时会死？"他问。

"什么？"

"我还能活多久才死？"

"你不会死的。你怎么啦？"

"哦，是的，我要死了。我听见他说一百零二度的。"

"发烧到一百零二度可死不了。你这么说可真傻。"

"我知道会死的。在法国学校时同学告诉过我，到了四十四度你就活不成了。可我已经一百零二度了。"

　　原来从早上九点钟起，他就一直在等死，都等了一整天了。

　　"可怜的沙茨，"我说，"可怜的沙茨宝贝儿，这好比英里和公里。你不会死的。那是两种体温表啊。那种表上三十七度算正常。这种表要九十八度才算正常。"

　　"这话当真？"

　　"绝对错不了，"我说，"好比英里和公里。你知道我们开车时车速七十英里合多少公里吗？"

　　"哦，"他说。

　　可他盯住床脚的眼光慢慢轻松了，他内心的紧张也终于轻松了，第二天一点也不紧张了，为了一点小事，动不动就哭了。

刘文澜　译

一篇有关死者的博物学论著

　　我总觉得战争一直未被当作博物学家观察的一个领域。我们有了已故的威·亨·哈得孙[①]对巴塔哥尼亚[②]的植物群和动物群的生动而翔实的叙述，吉尔伯特·怀特大师[③]引人入胜地写下了戴胜鸟对塞尔伯恩村[④]不定期而决非寻常的光顾，斯坦利主教[⑤]给我们写下了一部虽然通俗却很宝贵的《鸟类驯服史》。难道我们不能期望给读者提供一些有关死者的合情合理、生动有趣的事实吗？但愿能吧。

　　当年那个百折不挠的旅行家芒戈·派克[⑥]途中一度昏倒在广袤无垠的非洲沙漠里，精光赤条，单身一人，想想来日屈指可数，看来没什么事好做，只好躺下等死，一种有特异美的小青苔花映入他眼帘。他说，"虽然整棵花还没我一个手指那么大，我端详着花根、花叶和花荚就不得不惊叹其微妙之证明。难道上帝在这部分荒僻的世界里种植、灌溉、培育成熟一种似乎微不足道的东西，对根据他自己形象创造出来的生灵的处境和苦难竟会熟视无睹吗？当然不会。一想到这些，就不容自己灰心绝望了；我跳起身，不顾饥饿和疲劳，勇往直前，深信解脱在望；我没有失望。"

　　诚如斯坦利主教所说，有意同样以惊叹和崇敬的态度研究任何学科的博物学，必能增强那种信心、爱心和希望，这些信心、爱心和希望也正是我们每一个人在穿越人生的荒野途中所需要的呢。因此，让我们看看我们从死者上面可以得到什么灵感吧。

　　在战争中死者往往是人类中的男性，虽然这说法就畜类而论并不正确，我就经常在马尸堆中看见母马。战争令人感兴趣的一面就是只有在战争中博物学家才有观察死骡子的机会。在二十年平民生涯的观察中，我从没看见过一头死骡子，不免开始对这些牲口是否真正会死抱着怀疑态度了，我偶尔也看见过自己当做死骡的牲口，可是凑近一看，结果总看到原来是活骡，因为完全睡着了才看上去像死的。可是在战争中，这些牲口几乎同更普通而不耐劳的马一样送命。

我看到的那些骡子多半死在山路一带，或者躺在陡峭的斜坡脚下，那是人们为了不让道堵塞，把它们从坡上推下来的。在死骡屡见不鲜的山里这种景象似乎倒也相称，比后来在士麦那⑦看到它们的遭遇更协调些，在士麦那，希腊人把全部辎重牲口的腿都打断，再把它们从码头上推下浅水去淹死。大批淹死在浅水里的断腿骡马需要一个戈雅⑧来描绘它们。虽然，真正说起来，也说不上需要一个戈雅，因为只有一个戈雅，早已死了，而且即使这些牲口能开口的话，它们会不会要求人家用绘画来表现它们的苦难还大大值得怀疑呢。不过，如果它们会说话，十之八九会要求人家减轻它们的痛苦吧。

关于死者的性别问题，事实上是你见惯了死者都是男人，所以见到死了一个女人就万分震惊。我第一次看见死者性别颠倒是坐落在意大利米兰近郊的一家军火厂爆炸之后。我们乘坐卡车沿着白杨树荫遮盖的公路，赶到出事现场，公路两边的壕沟里有不少细小的动物生态，可我无法观察清楚，因为卡车扬起漫天尘土。一赶到原

---

① 威廉·亨利·哈得孙 (1841—1922)，英国博物学家、散文家及小说家。

② 南美洲地区，在阿根廷和智利南部。

③ 吉尔伯特·怀特 (1740—1793)，英国博物学家、牧师，所著《塞尔伯恩博物志及古迹》为英国第一部有关博物学的著作。

④ 英国罕布什尔一个村子，是吉尔伯特·怀特的故乡，该地不时有颜色鲜艳、长喙尖锐、冠呈扇形的戴胜鸟栖息。

⑤ 阿瑟·斯坦利 (1815—1881)，英国教士、作家，1864 年为西敏寺大教堂主教，著有多部博物学论著。

⑥ 芒戈·派克 (1771—1806)，苏格兰著名非洲探险家。下文一段话引自他的著作《非洲腹地旅行记》。

⑦ 参见《在士麦那码头上》一文。

⑧ 戈雅 (1746—1828)，西班牙画家，作品大多控诉侵略者的凶残，对欧洲 19 世纪绘画有很大影响，以版画集《战争的灾难》闻名于世。

来的军火厂，我们有几个人就奉命在那些不知什么原因并没爆炸的大堆军火四下巡逻，其他人就奉命去扑灭已经蔓延到邻近田野草地的大火；灭火任务完成后，我们就受命在附近和周围田野里搜寻尸体。我们找到了大批尸体，抬到临时停尸所，必须承认，老实说，看到这些死者男的少，女的多，我还真大为震惊呢。在当时，女人还没开始剪短发，如欧美近来几年时兴的那样，而最令人不安的事是看到死者留这种长发，也许因为这事最令人不习惯吧，然而更令人不安的是，死者中难得有不留长发的。我记得我们彻彻底底搜寻全尸之后又搜集残骸。这些残骸有许多都是从军火厂四周重重围着的铁丝篱上取下来的，还有一些是从军火厂的残存部分上取下来的，我们捡到许多这种断肢残体，无非充分证明烈性炸药无比强大的威力。不少残骸还是在老远的田野里找到的呢，都是被自身体重抛得这么老远。

记得我们重返米兰的途中，我们有一两个人在讨论这场事故，一致同意事故性质不现实，而且事实上竟没有人受伤，的确大大减少了这场灾难的恐怖性，要不这种恐怖可能会大得多呢。再说事实上事故来得如此直接，因此死者搬运和处理起来还丝毫不感到不舒服，使之与平时战场上的经历大相径庭。车子开过风景优美的伦巴第①郊区，虽然一路尘土飞扬，倒也赏心悦目，这也是对我们执行这项煞风景的任务的一个补偿吧。在归途中，我们交换看法时，一致认为这场突然发生的大火正好在我们赶到前迅速得到控制，没有波及看上去堆积如山的未爆炸的军火，确实是一大幸事。我们还一致认为四处收集残骸是件奇特的差使，按说人体理该顺着解剖学的原理炸得一块一块，谁知在一颗烈性炸药炮弹的爆炸下，反而随着弹片任意四分五裂。

为了达到观察的精确性，一个博物学家不妨把观察局限于一段有限的阶段，我将首先把 1918 年 6 月，奥地利进攻意大利以后作

---

① 意大利北部区名，近瑞士边境，首府米兰。

为一个阶段。在此阶段，死亡人数极大，意方被迫撤退，后来又大举进攻以收复失地，这一来战后局面仍如战前，只是死者变了样而已。死者没埋葬前，每天都多少有些变样。白种人肤色的变化是从白变成黄，再变成黄绿，最后变成黑色。如果在暑热下搁置过久，尸体就会变得类似煤焦油色，尤其是皮开肉绽的部分，而且真有明显的煤焦油似的虹彩。尸体一天比一天胀大，有时胀得太大了，军服也包不住，胀鼓鼓的像是要绷裂开似的。个别人的腰围会胀到难以置信的程度，脸部胀得皮肤绷紧，圆滚滚的像气球。除了尸体逐渐胀胖之外，令人吃惊的是死者周围散布的纸片之多。埋葬前，尸体最终的姿势全看军服上口袋的位置而定。在奥地利军队里，那些口袋是开在马裤后面的，过了短短一阵子，死者都必然脸朝下躺着，臀部两个口袋都给兜底翻了出来，口袋里装的那些纸片就全都散布在草地上了。暑热，苍蝇，草地上尸体所呈姿势，四散的纸片之多，这些都是留下的深刻印象。大热天战场上的气味是回想不起来的。你能记得有过这么一股气味，可是从此你没碰到什么事能叫你再想起这股气味来。不像一个团队的气味，你在乘坐有轨电车时会突然闻到，你会看看对面，看见把这股气味带给你的那人。不过另外那股气味就像当初你在恋爱中的味儿一样完全消失了；你只记得发生的事情，可是回想不起那股兴奋感。

不知道那个百折不挠的芒戈·派克在大热天的战场上会看到什么恢复信心的景象。六月底，七月里，麦子里总有罂粟花，还有叶茂的桑葚树，太阳透过重重树叶屏障，照在枪杆子上，就看得见上面冒着热气，芥子毒气弹炸出的弹坑边缘变成晶黄色，一般破房子都比挨过炮轰的房子要好看些，可是旅行的人很少会舒畅地呼吸一下那个初夏的空气，有过芒戈·派克从上帝根据自己的形象造人这方面产生的那种想法。

你在死者身上首先看到的是打得真够惨的，竟死得像畜生。有的受了点轻伤，这点伤连兔子受了都不会送命。他们受了点轻伤就像兔子有时中了三四粒似乎连皮肤都擦不破的霰弹微粒那样送了命。另外一些人像猫那样死去；脑袋开了花，脑子里有铁片，还活活躺了两天，像脑子里挨了颗枪子的猫一样，蜷缩在煤箱里，等到你割下它们的脑袋后才死。也许那时猫还死不了，据说猫有九条命呢，我也说不清，不过大多数人死得像畜生一般，不像人。我从来没看见过一件所谓自然死亡的事例，所以我就把这归罪于战争，正如那个百折不挠的旅行家芒戈·派克一样，知道一定还有其他什么事例，而且总是少了点其他什么，后来我总算看到了一件。

　　我见到过唯一一件自然死亡事例除了并不严重的失血之外，是死于大流感①的。得了这病就浑身黏液湿淋淋，憋住气，要知道这种病人是怎么死的：临终纵有一身力气，还是变成个小孩子，人去了，被单却像小孩尿布那样湿透，一大片黄浊的黏液瀑布似的流着，淌着。所以如今我倒要看看哪位自诩的人道主义者②的死亡情况，因为一个像芒戈·派克那样百折不挠的旅行家，或我，就是靠眼看这种文学流派的成员真正死亡，观察他们体面下场而活着，而且还要活下去看看。我作为一个博物学家，在沉思中不由想到虽然讲究体统是一件大好事，可是如果人类继续繁衍下去的话，必然有些事是不成体统的，因为传宗接代的姿势就是不成体统的，大大不成体统的，我不由又想到这些人也许是，或曾经是：不失体统同居生下的子女。可是不管他们如何出世，我倒希望看到一小撮人的结局，思索一下寄生虫如何解决那个长期保留的不育问题；因为他们奇特的小册子已荡然无存，他们的一切肉欲都成为次要问题。

　　虽然，在一篇有关死者的博物学论著中涉及这些自封的公民也许是正当的，尽管在本著作发表的时候这种封号可能一文不值，然而，这对你在大热天下所看见的原来的嘴巴上有半品脱蛆虫在忙着

———————————

① 指1917—1918年蔓延全世界的流行性感冒，是一种病毒性急性传染病，死者无数。

② 本文提到一个绝迹的现象万祈读者谅解，这条附注如同一切时尚附注一样，注明故事时代背景，不过因为其略具历史重要性，删去则破坏韵律，故保留之。——原注

的其他死者是不公正的，他们年纪轻轻就死去并非自愿，他们也不办杂志，其中许多人无疑连一篇评论文章也从来没看过。死者也并非老是碰到大热天，多半时间是碰到下雨，他们有时躺在雨水里，雨水就把他们冲洗干净了，雨水还在他们入土的时候把泥土化软，有时还接连不断下着，把泥土变成泥浆，把尸体冲洗出来，你只得把尸体再埋葬下去。冬天在山里，你就得把尸体放在雪地里，等到开春积雪化掉，再得由别人来掩埋。这些死者在山里的坟地是很美的，山地战争是所有战争中最美的，其中一回，在一个叫波科尔的地方，他们埋葬了一个头部给放冷枪的打穿的将军。那些撰写书名叫《将军死于病床上》的作家错了，因为这位将军就死在高居山上的雪地战壕里，戴着一顶登山帽，帽上插着一支鹰翎，正面的弹孔小得插不进小手指；后面的弹孔却大得塞得进拳头，如果拳头小，你想要塞的话准塞得进，雪地里有好多血。他是个极好的将军，在卡波雷托战役①中指挥巴伐利亚阿尔卑斯军团的冯贝尔将军就是这么一位好将军，他是乘坐在参谋的汽车里，身先士卒，开进乌迪内②市时，遭意大利后卫部队打死的，如果我们要对这类事情讲究什么精确性的话，那么所有这类书应改名为《将军通常死于病床上》。

有时在山里，设在靠山那边挨不到炮轰的包扎站外面的死者，身上也下了了雪。他们都给抬到在地面封冻前就在山坡上挖好的洞里。就是在这洞里，有个人的脑袋破得像摔得粉碎的花盆，虽然脑袋由薄膜裹在一起，外面还精心扎着现已浸湿发硬的绷带，但脑组织给里面一块碎钢片破坏了，他躺了一天一夜，又躺了一天。担架手请医生进去看看他。他们每回去都看见他，甚至没朝他看都听到

---

① 卡波雷托原为意大利边境城市，在伊松佐河畔，乌迪内东北。第一次世界大战时，1917年秋，冯贝尔将军率领新成立的德奥联军巴伐利亚阿尔卑斯军团，大举进攻，企图吞并意大利东北，意军被迫于11月7日撤至皮阿维河。

② 意大利东北部城市，位于阿尔卑斯山脉南麓。

他在呼吸。医生的眼睛通红，眼皮肿胀，给催泪瓦斯熏得几乎睁不开来。他看了那人两回，一回在大白天里，一回用手电筒照。我意思是说，用手电筒照一遍也会给戈雅留下一个深刻印象，医生第二回看他才相信担架手说他还活着这话。

"你们要我拿这怎么办？"他问。

他们提不出什么办法。可是过了一会儿他们就要求把他抬出去跟重伤员安顿在一起。

"不。不。不！"正忙着的医生说。"怎么啦？你们怕他？"

"我们不愿意听到他跟死者留在洞里。"

"那就别听他好了。如果你们把他搬出来，又得马上把他抬回去了。"

"我们不在乎，上尉大夫。"

"不行，"医生说。"不行。难道你们没听到我说不行吗？"

"你为什么不给他打一针大剂量吗啡？"一个在等候包扎臂部伤处的炮兵军官问。

"你以为我的吗啡就只派这一个用处吗？你愿意我不用吗啡就做手术吗？你有手枪，出去亲手把他打死啊。"

"他已经中了枪，"那军官说。"如果你们有些大夫中了枪，你就另眼相待了。"

"多谢多谢，"医生对空挥舞一把镊子说。"千谢万谢。这双眼睛怎么样了？"他用镊子指指眼睛。"你觉得怎么样？"

"催泪瓦斯。如果是催泪瓦斯就算走运了。"

"因为你离开前线，"医生说。"因为你跑到这儿来说要清除你眼睛里的催泪瓦斯。你就把葱头揉进你眼睛里了。"

"你失常了。我对你的侮辱并不在意。你疯了。"

担架手进来了。

"上尉大夫，"其中一个说。

"滚出去！"医生说。

他们出去了。

"我要开枪打死这个可怜的家伙，"炮兵军官说。"我是个讲人道的人。我决不让他受折磨。"

"那就打死他吧，"医生说。"打死他啊。承担责任。我要写份报告。伤员被炮兵中尉在急救站打死。打死他啊。尽管去打啊。"

"你不是人。"

"我的职责是治疗伤员，不是打死他们。打死人是炮兵军官老爷干的勾当。"

"那你干吗不护理他？"

"我已经护理过了。凡是可以尽力做的我都尽力做到了。"

"你干吗不用缆车道把他送下山去？"

"你算老几，配来责问我？你是我上级军官吗？你是这个包扎站的指挥官吗？请你回答。"

炮兵中尉哑口无言。屋里其他人都是士兵，没有其他军官在场。

"回答我啊，"医生用镊子钳起一个针头说。"给我个答复啊。"

"操你，"炮兵军官说。

"好，"医生说，"好，这话你说了。很好，很好。咱们走着瞧吧。"

炮兵中尉站起身，向他迎面走去。

"操你，"他说，"操你。操你妈。操你妹子……"

医生把盛满碘酒的碟子朝他脸上扔去。中尉眼睛看不出了，向他迎面走来，掏着手枪。医生赶快溜到他背后，把他绊倒，他一倒在地板上，医生就对他踢了几脚，戴着橡皮手套的手拉起那把枪。中尉坐在地板上，那只没受伤的好手捂住眼睛。

"我要杀了你！"他说。"我眼睛一看得见就杀了你。"

"我是头儿，"医生说。"既然你知道我是头儿，我就原谅一切。你不能杀我，因为你的枪在我手里。中士！副官！副官！"

"副官在缆车道那儿，"中士说。

"用酒精和水清洗这位军官的眼睛。他眼睛里沾到碘酒了。拿个盆子让我洗手。我下一个就看这位军官。"

"不要你碰我。"

"紧紧抓住他。他有点精神错乱了。"

一个担架手进来了。

"上尉大夫。"

"你要什么?"

"太平间里那人——"

"滚出去。"

"死了,上尉大夫。我还以为你听到了会高兴呢。"

"瞧,可怜的中尉? 咱们白白争了一场。在战争时期咱们白白争了一场。"

"操你,"炮兵中尉说。他眼睛仍然看不见。"你把我弄瞎了。"

"没事,"医生说。"你眼睛回头就没事了。没事。白白争论。"

"哎哟! 哎哟! 哎哟!"中尉突然尖声叫唤。"你把我眼睛弄瞎了! 你把我眼睛弄瞎了!"

"紧紧抓住他!"医生说。"他痛得厉害了。紧紧抓住他。"

陈良廷　译

怀俄明葡萄酒

　　怀俄明州的下午天气好热；群山在远处，你看得见山顶上的积雪，但山峦没有阴影，山谷里的庄稼地一片金黄，路上车来车往，尘土飞扬，镇子边的小木屋全都在太阳下暴晒着。方丹家后面的门廊外有一棵树遮荫，我就坐在树荫下的桌子边，方丹太太从地窖里拿来凉爽的啤酒。一辆汽车从大路拐到小路上，停在屋子边。两个男人下了车，穿过大门走了进来。我把酒瓶放在桌子底下。方丹太太站起身来。

　　"山姆在哪儿？"其中一人在纱门门口问道。

　　"他不在这儿。在矿上。"

　　"你有啤酒吗？"

　　"没有。一点也没有了。那是最后一瓶了。全喝光了。"

　　"他在喝什么呀？"

　　"那是最后一瓶。全喝光了。"

　　"得了吧，给我们来点啤酒。你认识我的。"

　　"一点也没有了。那是最后一瓶。全喝光了。"

　　"行了，咱们上弄得到真正啤酒的地方去吧，"其中一人说道，他们就出去上车了。其中一人走路跌跌撞撞的。汽车发动时晃动几下，在路上飞快地开走了。

　　"把啤酒放在桌上，"方丹太太说。"怎么回事，好了，没事了。怎么回事？别放在地板上喝啊。"

　　"我不知道他们是什么人，"我说。

　　"他们喝醉了，"她说。"那才惹麻烦呢。回头他们上别处去，说他们是在这儿喝的①。说不定他们连记也记不得了。"她说法语，不过只是偶尔说说，而且还夹了好多英语单词和一些英语句法结构。

"方丹上哪儿去了？"

"他在做葡萄酒②。哦，天哪。他真喜欢葡萄酒③。"

"可你喜欢啤酒。"

"是啊，我喜欢啤酒，但方丹，他真喜欢葡萄酒。"

她是个身材丰满的老妇，肤色红润可爱，满头银发。她浑身上下干干净净，屋子也收拾得干干净净，整整齐齐。她是伦斯④人。

"你在哪儿吃的？"

"在旅馆里。"

"在这儿吃。他可不喜欢在旅馆或饭店吃。在这儿吃！"

"我不想给你添麻烦。再说旅馆里吃得也不错。"

"我从来不在旅馆吃饭。也许旅馆里吃得不错。我这辈子在美国只上过一次饭店。你知道他们给我吃什么？他们给我吃生猪肉！"

"真的？"

"我不骗你。是没煮过的猪肉。我儿子娶了个美国女人，经常给他吃罐头豆子。"

"他结婚多久了？"

"哦，我的天，我不知道。他老婆体重两百二十五磅。她不干活。不煮饭。她给他吃罐头豆子。"

"那她干什么？"

"她老是看书。光是看书。她经常躺在床上看书。她已经不能再生孩子。她太胖了。肚子里容不下孩子了。"

"她怎么啦？"

"她老是看书。他是个好小子。干活卖力。以前在矿上干活，如今在牧场里干。他以前从没在牧场里干过。牧场主对方丹说他从

---

① 在美国如果醉汉开车肇事，警方要追究他刚才喝过酒的酒店责任。
② 原文是法语。以下排仿宋体处原文均为法文。
③ 原文是法语。以下排仿宋体处原文均为法文。
④ 法国北部地区。

没见过牧场里有谁干活比他更卖力的。他干完活回家，她竟没东西给他吃。"

"他干吗不离婚呢？"

"他没钱办离婚。再说，他很爱她。"

"她美吗？"

"他认为美。他把她带回家来的时候，我还当自己要死了呢。他真是个好小子，干活始终卖力，从不到处乱跑，惹什么祸。当时他出门到油田去干活，就带回来这个印第安女人，那会儿体重就有一百八十五磅。"

"她是印第安人？"

"她是印第安人倒没什么。哦，天哪。她嘴里老是挂着狗娘养的，该死的这种话。她不干活。"

"眼下她在哪儿？"

"看戏。"

"什么？"

"看戏。电影。她只会看书和看戏。"

"你还有啤酒吗？"

"天哪，当然有啦。你今晚来我们这儿吃饭吧。"

"好吧。我应该带什么来呢？"

"什么也别带。一点也别带。也许方丹会弄到点葡萄酒。"

那天晚上我到方丹家吃晚饭。我们在餐室里吃，桌上铺着干净的桌布。我们尝了一下新酿的葡萄酒。酒味清淡可口，还有葡萄的味儿。餐桌上有方丹和他太太，还有小儿子安德烈。

"你今天干了些什么。"方丹问。他是个老头儿，矮小的身躯给矿里的活儿拖累坏了，一部飘垂的灰白胡子，明亮的眼睛，是圣艾蒂安①附近的中部人。

①一译圣太田，法国东南部城市，卢瓦尔省首府。

"我埋头搞我的书呢。"

"你的书都没问题吧？"方丹太太问。

"他意思是说他像个作家那样写书。一本小说，"方丹解释说。

"爸，我能去看戏吗？"安德烈问。

"当然，"方丹说。安德烈回过头来问我。

"你看我有几岁？你看我这样子有十四岁吗？"他是个瘦小子，但他的脸看上去有十六岁了。

"是啊。你这样子有十四岁了。"

"我到戏院时就这样低头哈腰，拼命装得小一点。"他嗓音很尖，又在变声。"要是我给他们一个两毛五的硬币，他们就收下了，可我要是只给他们一毛五，他们照样也让我进去。"

"那我就只给你一毛五了，"方丹说。

"不，给我一个两毛五的硬币，我会在路上把钱兑开的。"

"他看完戏马上就会回来，"方丹太太说。

"我一会儿就回来。"安德烈走出门去。晚上外面很凉快。他让门开着，一阵凉风吹了进来。

"吃啊！"方丹太太说。"你还没吃过什么东西呢。"我已经吃了两份鸡和法式炸土豆条，三个甜玉米，一些黄瓜片和两份凉拌蔬菜。

"也许他要点儿蛋糕，"方丹说。

"我应该给他来点儿蛋糕，"方丹太太说。"吃点干酪。吃点奶酪。你还没吃过什么东西呢。我应该弄点蛋糕来。美国人就老爱吃蛋糕。"

"我吃了好多啦。"

"吃啊！你还没吃过什么东西呢。全吃下去。我们什么也不剩。全吃光。"

"再来点儿凉拌蔬菜，"方丹说。

"我再去拿点儿啤酒来，"方丹太太说。"如果你整天在书厂里干活，肚子会饿的。"

"他不了解你是个作家，"方丹说。他是个心细体贴的老头，说话用俚语，对上世纪九十年代他在军队服役时的一些流行歌曲也熟悉。"他自己写书，"他对太太解释说。

"你自己写书?"方丹太太问。

"有时写。"

"哦!"她说。"哦! 你自己写书啊。哦! 好极了。要是你自己写书的话肚子会饿的。吃啊! 我去找点啤酒。"

我们听见她走在通向地窖的梯级上。方丹对我笑笑。他对没有他那种经历和世故的人十分宽容。

安德烈看完戏回来时我们还坐在厨房里讨论打猎。

"劳动节那天我们都到清水河去了，"方丹太太说。"哦，天哪，你实在应该到那儿去去。我们大家坐卡车去的。大家都坐卡车，我们星期天动身。坐的是查理的卡车。"

"我们吃啊，喝葡萄酒，啤酒，还有一个法国人带来一瓶苦艾酒，"方丹说。"加利福尼亚一个法国人!"

"天哪，我们还唱歌。有个庄稼汉跑来看看怎么回事，我们请他喝些酒，他跟我们待了一会儿。还来了几个意大利人，他们也要跟我们一起玩。我们唱了一首关于意大利人的歌，他们听不懂。他们不知道我们并不欢迎他们，我们同他们没什么交道好打，过了一会儿他们就走了。"

"你们钓到几条鱼?"

"不多。我们去钓了一会儿鱼，可我们又回来唱歌。你知道，我们唱了歌。"

"晚上，"方丹太太说，"女人都睡在卡车上。男人就围在火边。晚上我听见方丹来再拿些酒，我就跟他说，天哪，方丹，留些明天喝吧。明天可什么也没得喝的了，那时大家就要后悔了。"

"但他们都喝了，"方丹说。"而且第二天他们一点也没有剩。"

"你们都干了些什么?"

"我们一本正经地钓鱼呗。"

"没错，都是好鳟鱼。哦，天哪。都一模一样。半磅一盎司。"

"多大个儿？"

"半磅一盎司。吃起来正合适。都一样大小，半磅一盎司。"

"你觉得美国怎么样？"方丹问我。

"你也知道，美国是我的祖国，所以我爱美国。但吃得并不很好。过去还行。但现在不行。"

"对，"方丹太太说。"吃得并不好。"她摇摇头。"而且，波兰人吃得太多。我小时候我妈跟我说，'你吃得像波兰人一样多。'我根本不明白波兰人是什么。但现在我明白美国人了。波兰人吃得太多。再说，天哪，波兰人还爱吃咸的。"

"这地方打猎钓鱼倒不错，"我说。

"对。打猎和钓鱼最好。"方丹说。"你喜欢什么枪？"

"十二口径的气枪。"

"气枪很好，"方丹点点头。

"我要自己一个人去打猎，"安德烈扯着小男孩的尖嗓门说。

"你不能去，"方丹说。他回过头来跟我说了。

"你要知道，男孩子都是蛮子。他们都是蛮子。他们要互相开枪打来打去的。"

"我要一个人去，"安德烈说，嗓门又尖利又激动。

"你去不得，"方丹太太说。"你还太小。"

"我要一个人去，"安德烈尖声说。"我要打水老鼠。"

"水老鼠是什么？"

"你不知道水老鼠？你一定知道的。人家叫做麝鼠的。"

安德烈从碗柜里拿出那支二十二口径的来复枪，双手在灯光下握住枪。

"他们都是蛮子，"方丹解释说。"他们要互相开枪打来打去的。"

"我要一个人去。"安德烈尖声说。他拼命朝枪筒一头看着。

"我要打水老鼠。我非常了解水老鼠。"

"把枪给我，"方丹说。他又对我解释。"他们都是蛮子，他们要互相开枪打来打去的。"

安德烈紧紧握住枪。

"看看倒可以。看看倒不妨，看看倒可以。"

"他就爱开枪，"方丹太太说。"但他还太小。"

安德烈把那支二十二口径的来复枪放回碗柜里。

"等我长大了，我要打麝鼠，还要打野兔子，"他用英语说。"有一回我跟爸爸出去，他开枪打一只野兔子，只打到一点皮毛，我开了枪才打中了。"

"不错，"方丹点点头。"他打中一只野兔子。"

"不过是他先打中的，"安德烈说。"我要自个儿去，自个儿打。明年我就能去打了。"他在一个角落里看了看，就坐下来看书了。吃过晚饭，我们走进厨房去坐坐，我拿起这本书，一看原来是本丛书——《弗兰克在炮舰上》。

"他喜欢书，"方丹太太说。"不过这总比夜里跟别的孩子乱跑，去偷东西强。"

"书倒不是坏事，"方丹说。"先生也写书的。"

"对，是这样，没错。但书太多就坏事了，"方丹太太说，"这就是书的一个毛病。这就同教堂一样。教堂太多了。法国只有天主教和新教，而且新教徒很少。但是这里到处是教堂。我到这里来一看哪，我的天啊，这么多教堂干什么啊？"

"一点不错，"方丹说。"教堂太多了。"

"前几天，"方丹太太说。"有个法国小姑娘跟她母亲，方丹的表妹来这里，她对我说，'美国不需要天主教徒。做个天主教徒没好处。美国人不喜欢你做个天主教徒。这就同禁酒法一样。'我跟她说，'你要做个什么？嗨，如果你是个天主教徒的话，还是做个天主教徒好。'可她说，'不，在美国做个天主教徒没好处。'可我认为如果你是个天主教徒的话，还是做个天主教徒的好。改信别的教没好处。天哪，没好处。"

"你在美国望弥撒？"

"不。我在美国不望弥撒，只是难得去一回。可我还是个天主教徒。改信别的教没好处。"

"据说那个史密特是天主教徒。"方丹说。

"据说，但根本不知是不是，"方丹太太说，"我可不信史密特是天主教徒。美国的天主教徒并不多。"

"我们可是天主教徒，"我说。

"可不是，但你住在法国啊，"方丹太太说。"我可不信那个史密特是天主教徒。他在法国住过吗？"

"波兰人都是天主教徒，"方丹说。

"一点不错，"方丹太太说。"他们上教堂去，回家时一路动刀子打架，礼拜天互相残杀一天。可是他们不是真正的天主教徒。他们是波兰天主教徒。"

"所有的天主教徒都一样，"方丹说。"天主教徒都没两样。"

"我不信史密特是天主教徒，"方丹太太说。"他要是天主教徒那才怪呐。我呀，我可不信。"

"他是天主教徒，"我说。

"史密特是天主教徒，"方丹太太沉吟说。"我决不会相信，天哪，他是天主教徒。"

"玛丽，去拿啤酒，"方丹说，"先生渴了，我也渴了。"

"好的，就去，"方丹太太在隔壁屋子里说。她下楼去了，我们听见楼梯吱吱嘎嘎响。安德烈在角落里看书。我跟方丹坐在桌边，他把最后一瓶啤酒倒进我们两个玻璃杯里，瓶底里只剩下一点儿。

"这是打猎的好地方，"方丹说，"我很喜欢打鸭子。"

"不过在法国打猎也非常好，"我说。

"是啊，"方丹说。"我们那边野味很多。"

方丹太太手里拿着几瓶啤酒从楼梯上来。"他是天主教徒，"她说，"天哪，史密特是天主教徒。"

"你看他当得上总统吗？"方丹问。

"不，"我说。

第二天下午我开车到方丹家去，穿过镇上的阴凉处，沿着尘土飞扬的路，拐到小路上，把车停在篱笆旁边。这一天又很热。方丹太太来到后门口。她看上去真像圣诞老婆婆，干干净净，脸色红润，头发雪白，走路摇摇摆摆。

"啊呀，你好，"她说。"天真热，天哪。"她进屋去拿啤酒。我坐在后面的门廊里，透过纱窗和暑气下的叶丛，看着远处的群山。从树丛间看得见道道沟痕的褐色群山，山上还有三座山峰和一条积雪的冰川。山上的雪看上去很白很纯，不像真的。方丹太太出来，把几瓶酒放在桌上。

"你看见外面什么了？"

"雪。"

"这雪很美。"

"你也来一杯。"

"行啊。"

她在我身边的一张椅子上坐下。"史密特，"她说，"要是他当上总统，你看我们总不愁没有葡萄酒和啤酒吧？"

"没问题，"我说。"相信史密特好了。"

"他们逮捕方丹的时候，我们已经付了七百五十五块罚金。警察抓了我们两回，政府抓了一回。我们挣到的钱，多年来方丹在矿上干活挣到的钱，加上我给人洗衣服挣到的钱，统统都付给他们了。他们把方丹关进监狱。他从来没有干过坏事。"

"他是个好人，"我说。"这么做真造孽。"

"我们可没多收人家钱。葡萄酒卖一块钱一升。啤酒一毛钱一瓶。我们从来不卖没酿好的啤酒。有好多地方刚酿好啤酒马上就卖，喝过的人个个都头痛。那又怎么样呢？他们把方丹关进监狱，还拿了七百五十五块钱。"

"真可恶，"我说。"方丹在哪儿？"

"他还在做酒呗。如今他得留神看着别出岔子。"她笑了。她再也不去想那笔钱了。"你知道，他就爱葡萄酒。昨晚他带了一点回来，刚才你喝的，还有一点点新酒。最新的。酒还没酿好，可他喝了一点，今儿早上还放了一点在咖啡里。你知道，放在咖啡里！他就爱葡萄酒！他就是这样的脾气。他那地方的人就是这样。我住在北方那儿，人家什么酒都不喝。大家只喝啤酒。我们住的地方附近有一家大酿酒厂。我小时候可不喜欢那些货车上的啤酒花味儿，也不喜欢地里的啤酒花味儿。我不喜欢啤酒花。不，天哪，一点也不喜欢。酿酒厂老板对我和妹妹说，到啤酒厂去喝啤酒，喝过以后我们就喜欢上啤酒花了。果然不错。后来我们就真的喜欢啤酒花了。他吩咐他们给我们喝啤酒。喝了我们就喜欢上啤酒了。不过方丹呀，他可喜欢葡萄酒呢。有一回他打死了一只野兔子，他要我用酒做调味汁来烧兔子，用酒、黄油、蘑菇和葱一股脑儿调制的黑调味汁来烧兔子。天哪，我真的做成了那种调味汁，他全吃光了，还说，'调味汁比野兔子更好吃。'他那地方的人就是这样。他吃了不少野物和葡萄酒。我呀，我倒喜欢土豆、大腊肠，还有啤酒。啤酒不错。对健康大有好处。"

"是不错，"我说，"葡萄酒也不错。"

"你像方丹。不过这里有一点我始终弄不明白。我看你也没弄明白过。美国人到这里来，在啤酒里搀威士忌。"

"不明白，"我说。

"是的。天哪，是真的啊。还有一个女人呕在餐桌上。"

"怎么？"

"真的。她呕在餐桌上。而且后来她还呕在鞋里。后来他们回来了，说他们还要再来，下星期六要再请一回客，我说，天哪，不行！他们回来时，我把门锁上了。"

"他们喝醉了可坏呢。"

"冬天里小伙子们去跳舞，他们坐了汽车开到这里，跟方丹说，'嗨，山姆，卖给我们一瓶葡萄酒吧。'或者买了啤酒，再从兜里掏出一瓶走私酒，搀在啤酒里喝下去。天哪，我平生头一回看到这种事。在啤酒里搀威士忌。天哪，我真弄不明白那种事！"

"他们要吐一场，这样才知道自己喝醉了。"

"有一回，一个家伙到这里来跟我说，要我替他们做一顿丰盛的晚饭，还喝了一两瓶葡萄酒。他们的女朋友也来了，后来他们就去跳舞了。我说，行啊。于是我做了一顿丰盛的晚饭，可等他们来的时候，已经喝了不少啦。他们当下在葡萄酒里搀上威士忌。哦，天哪。我跟方丹说，'这下要出毛病了！''是啊，'他说。后来这些姑娘都吐了，好端端的姑娘，身体挺好的姑娘。她们就在桌上吐。方丹想方设法搀着她们，指点她们上洗手间去好好吐一吐，可是那些家伙说不，她们在桌上吐就行了。"

方丹进了屋。"他们再来的时候，我就锁上门。'不成，'我说，'给我一百五十块也不成。'天哪，不成。"

"这些人胡来的时候，用得上一句法国话，"方丹说。他站在那儿，热得神色苍老疲惫。

"怎么说？"

"猪，"他拘泥地说，不大愿意使用这么厉害的字眼。"他们就像猪。这个字眼很厉害，"他赔不是道，"可吐在桌上——"他难受地摇摇头。

"猪，"我说。"他们就是——猪。混蛋。"

方丹不喜欢粗话。他很高兴说些别的。

"有些人很亲切，很通情达理，他们也来的，"他说，"要塞里的军官，人都很好。好人啊。凡是到过法国的都想来喝葡萄酒。他们确实喜欢酒。"

"有个男人，"方丹太太说，"老婆从不让他出来。所以他就对她说他累了，上床去睡觉，等到她去看戏，他就径自上这儿来，有时就穿着睡衣裤，外面套件上衣。'玛丽亚，看在上帝分上，来点啤酒吧，'他说。他穿着睡衣裤，喝着啤酒，喝完就回要塞去，趁老婆还没看完戏回家，先回到床上去。"

"这人古怪，"方丹说，"但真亲切。他是个好人。"

"天哪，不错，确实是个好人，"方丹太太说，"他老婆看戏回家时他总是睡在床上。"

"我明天得出门了，"我说。"到乌鸦自然保护区去。猎捕北美松鸡季节开始了，我们去凑凑热闹。"

"是吗？你临走前再到这儿来一趟。你再来一趟好不好？"

"一定来。"

"那时葡萄酒就做好了，"方丹说。"咱们一起来喝一瓶。"

"三瓶，"方丹太太说。

"我会来的，"我说。

"我们等你，"方丹说。

"明儿见，"我说。

下午前半晌儿我们就巡猎回来了。那天早晨我们五点钟起身。上一天我们刚痛痛快快打过猎，不过那天早晨我们一只松鸡也没看见。我们乘坐敞篷汽车，觉得很热，就在路边一棵树下停车，背着太阳吃午餐。太阳高挂，那块树荫很小。我们吃三明治，还把三明治馅抹在饼干上吃，我们又渴又累，等我们终于离开树荫，上了大路，回城里去时，心里都很高兴。我们跟着一条草原犬鼠驶近城，还下车用手枪打草原犬鼠。我们打中了两只，可是后来就不打了，因为没打中的子弹擦过石块和泥土，嘘哩哩地飞过田野，飞到田野那边了，那边沿河有几棵树，还有一所房子，我们生怕流弹飞向房子，惹出麻烦。所以就继续开车，终于开到下坡路，朝镇外的房子开去。开过草原我们就能看见群山了。那天山峦苍翠，高山上的积雪像玻璃般闪亮。夏天快到头了，不过高山上还积不起新雪，只有被太阳晒化的陈雪和冰，老远看去明晃晃地闪亮。

我们要来点儿凉的，要点儿阴凉的地方。我们给太阳晒焦了，嘴唇给太阳和碱土烫起泡来。我们拐到小路上，到方丹店里，把车停在屋外，走进屋去。餐室里边真凉快。只有方丹太太一个人。

"只有两瓶啤酒了，"她说。"全喝光了。新酒还没酿好呢。"

我给了她几只打到的鸟。"不坏，"她说。"行啊。谢谢。不坏。"她走出去把鸟放在阴凉处。我们喝完啤酒我就站起身。"我们得走了，"我说。

"你今晚再来行吗？方丹的酒就快酿好了。"

"我们临走前会再来的。"

"你要走？"

"是啊。我们早上就得走。"

"你要走，真太糟糕了。你今晚来啊。方丹的酒就要酿好了。我们趁你没走先送送你。"

"我们临走前会来的。"

谁知那天下午要发电报，要仔细检查汽车——一只轮胎给石子划破了，需要热补——没有汽车，我只好徒步进城，办理完必办的事才走得成。到了吃晚饭的时候，我已累得出不了门。我们不想说外国话。我们只想趁早上床。

我躺在床上，还没入睡，四下堆着准备打点的暑天用品，窗子都开着，山风吹进窗来凉飕飕的，我心里想，没上方丹那里去真不好意思——可是一会儿我就睡着了。第二天我们一早上都忙着打行李，结束暑期生活。我们吃了午饭，准备两点钟上路。

"咱们一定得去向方丹夫妇告别，"我说。

"是啊，咱们一定得去。"

"恐怕昨晚他们等咱们去呢。"

"我想我们本该去的。"

"咱们去就好了。"

我们跟旅馆接待员告了别，跟拉里和城里其他的朋友告了别，然后就开车到方丹店里。方丹夫妇都在。他们见到我们很高兴。方丹神色苍老疲惫。

"我们还以为你们昨晚会来呢，"方丹太太说。"方丹备了三瓶酒，你们不来，他就都喝光了。"

"我们只能呆一会儿，"我说。"我们只是来告别的。我们原想昨晚来的。我们打算来，可是赶了路后太累了。"

"喝点酒吧，"方丹说。

"没酒了。你都喝光了。"

方丹神色很不安。

"我去搞一点来，"他说。"我只去一会儿工夫。我昨晚把酒都喝光了。我们原来是准备给你们喝的。"

"我知道你们累了。我说，'天哪，他们准是太累了，来不了，'"方丹太太说。"去搞点酒来吧，方丹。"

"我开车送你去，"我说。

"行啊，"方丹说，"那样好快些。"

我们一路开着车，开到一英里外拐上一条小路。

"你会喜欢那种酒的，"方丹说。"酿得很好。你今晚晚饭可以喝这酒。"

我们在一幢木板屋前停下车。方丹敲敲门。没人应。我们绕到屋后去。后门也上着锁。后门四下都是空铁皮罐。我们朝窗子里张望。里面没人。厨房又肮脏又邋遢，可是门窗全都紧闭着。

"那狗娘养的。她到哪儿去了？"方丹说。他豁出去了。

"我知道哪儿搞得到一把钥匙，"他说。"你呆在这儿。"我眼看着他沿路走到邻屋去，敲了门，同出来应门的女人说话，最后总算回来了。他借到了钥匙。我们试试打开前门，又试试后门，可是都打不开。

"那狗娘养的，"方丹说。"不知她上哪儿去了。"

从窗子里看进去，看得见放酒的地方。靠窗还闻得见屋里的酒味。这味儿虽香，但有点难闻，像印第安人屋里的味儿。忽然间方丹拿起一块松动的木板，在后门边挖起土来。

"我能进去，"他说。"狗娘养的。我能进去。"

邻屋后院有个人正捣鼓着一辆旧福特车的一只前轮。

"你最好别进去，"我说。"那人会看见你的。他在看着呢。"

方丹挺直身子。"咱们再试试这把钥匙，"他说。我们试试转动钥匙，就是打不开。朝哪一边都只转动一半。

"咱们进不去，"我说。"咱们最好还是回去吧。"

"我要挖后门，"方丹提出道。

"不。我决不让你冒险。"

"我要挖。"

"不，"我说。"那人会看见的。这一来就会被当场抓住了。"

我们出了院子走到汽车边，开回方丹家，顺道停下车还了钥匙。方丹什么话也不说，只是用英语咒骂。他语无伦次，弄得没话好说了。我们进了屋。

"那狗娘养的！"他说。"我们拿不到酒。我亲自酿的酒。"

方丹太太的满脸喜色顿时一扫而光。方丹双手抱头在角落里坐下。

"我们一定得走了，"我说。"喝不喝酒无所谓。等我们走了。你为我们喝就是了。"

"那疯婆子上哪儿去了？"方丹太太问。

"我不知道，"方丹说。"我不知道她上哪儿去了。这下子你们一口酒也喝不到就走了。"

"那没关系，"我说。

"那不行，"方丹太太说。她摇摇头。

"我们得走了，"我说。"再见了，祝你们好运。我们过得很愉快，谢谢你们了。"

方丹摇摇头。他丢了面子。方丹太太满脸愁容。

"别为酒的事难受了，"我说。

"他要你喝他酿的酒，"方丹太太说。"你明年能再回来吗？"

"不。不定要到后年。"

"你瞧瞧？"方丹对她说。

"再见，"我说。"别把酒的事放在心上。等我们走了，你们为我们喝些就是了。"方丹摇摇头。他没笑。他倒霉的时候自己有数。

"那狗娘养的，"方丹自言自语道。

"昨晚他原来有三瓶酒，"方丹太太说，想安慰他。他摇摇头。

"再见，"他说。

方丹太太双眼泪水汪汪。

"再见，"她说。她替方丹难受。

"再见，"我们说。我们都感到很难受。他们站在门口，我们上了车，我发动马达。我们挥挥手。他们一起忧伤地站在门廊上。方丹神色很苍老，方丹太太愁容满面。她跟我们挥挥手，方丹进了屋。我们拐到大路上了。

"他们很难受。方丹难受死了。"

"咱们昨晚应当去的。"

"是啊，咱们应当去的。"

我们开过城区，开到城外平坦的大路上，两边庄稼地里一片残茬，右边远处是群山。看上去像西班牙，可这里是怀俄明。

"我希望他们都交好运。"

"他们不会交好运，"我说，"史密特也不会当上总统。"

混凝土路面到此为止。现在路面是铺石子的，我们离开平地，开上两座山麓之间；山路蜿蜒而上。山土都是红的，长着灰蒙蒙的一丛丛鼠尾草，随着路面升高，我们看得见小山对面和山谷平原对面的山峦。群山越来越远了，看上去格外像西班牙了。山路又蜿蜒向上了，前面路上有几只松鸡在尘土里打滚。我们向松鸡开去，它们就飞走了，急速拍打翅膀，然后轻快地成长长的斜线飞行，落在下面山坡上。

"这些松鸡真大，真可爱，比欧洲的松鸡大多了。"

"方丹说这是个打猎的好地方。"

"狩猎季节过去了呢？"

"那时他们都死掉了。"

"那小伙子不会死。"

"没什么证明他不会死。"

"咱们昨晚应当去的。"

"是啊，"我说。"咱们应当去的。"

刘文澜　译

赌徒、修女和收音机

　　他们在午夜前后被人送进来；整整一宿，顺着走廊人人都听到那个俄国人的叫声。

　　"他给打在哪儿啦？"弗雷泽先生问夜班护士。

　　"在大腿上，我想。"

　　"另一个人怎么样？"

　　"啊，我怕他快要死了。"

　　"他给打在哪儿啦？"

　　"肚子上中了两枪。他们只找到一颗子弹。"

　　他们都是种甜菜的工人，一个墨西哥人和一个俄国人；他们坐在一家通宵营业的餐馆里喝咖啡，有一个人走进门来，向那个墨西哥人开枪。墨西哥人倒在地板上，肚子上中了两枪，俄国人爬到桌子底下去的时候，挨了一颗流弹，那本是对墨西哥人射击的。报上是这么说的。

　　墨西哥人对警察说，他不知道谁开枪打他。他认为是一个偶然的事故。

　　"一个偶然的事故，他却向你开了八枪，打中你两枪，是这样吗？"

　　"是的，先生，"那个墨西哥人说，他叫卡耶塔诺·鲁伊斯。

　　"他向我开枪只是一起偶然的事故，那个混蛋，"他对那个译员说。①

　　"他说什么？"那个警官问，望着床对面的译员。

　　"他说那是一个偶然的事故。"

　　"告诉他讲实话，他快要死了，"警官说。

　　"死不了，"卡耶塔诺说，"不过告诉他，我感到很难受，不想

460

多说。"

"他说，他讲的是实话，"译员说。接着，自信地对警官说；"他不知道是谁开枪打伤他的。他们从他的背后开枪打他。"

"是啊，"警官说，"这我知道，可子弹为什么都是从前面打进去的呢？"

"也许他在胡扯，"译员说。

"听着，"警官说，他的手指头几乎在卡耶塔诺的鼻子前摇晃，那个蜡黄的鼻子突出在死人样的脸上，眼睛却跟鹰眼一样灵活。"我才不在乎谁开枪打你，不过我不得不把这件事情调查清楚。你不要打伤你的那个人受到惩罚吗？把这话告诉他，"他对译员说。

"他说把打伤你的人讲出来。"

"见鬼去吧，"卡耶塔诺说，他乏得很。

"他说他压根儿没有看到那个人，"译员说，"我毫不含糊地跟你说，他们从他背后开枪打他。"

"问他是谁打伤了那个俄国人。"

"可怜的俄国人，"卡耶塔诺说，"他趴在地板上，胳膊抱着头。他们开枪打中他的时候，他就叫起来，一直叫到现在。可怜的俄国人。"

"他说是个他不认识的人。也许就是那个开枪打中他的人。"

"听着，"警官说，"这儿不是芝加哥。你不是一个黑社会里的歹徒。你用不到像演电影似的。把打伤你的人讲出来，没有错。人人都会讲出打伤他们的人。这么做，没有错。说不准你不讲出那个人是谁，他还会去开枪打伤别人哪。说不准他去开枪打伤女人或是孩子。你不能让他干了这种事溜掉。你跟他说，"他对弗雷泽先生说。"我不信任那个该死的译员。"

"我非常靠得住，"译员说。卡耶塔诺望着弗雷泽先生。

_____

① 墨西哥人对译员是用西班牙语说的，所以下文警官问他说什么。

"听着，朋友，"弗雷泽先生说，"警察说，咱们不是在芝加哥，而是在蒙大拿州的海利①。你不是强盗，也跟演电影毫不相干。"

"我相信他的话，"卡耶塔诺轻轻地说，"我相信他的话。"

"揭发伤害自己的人并不丢脸。在这儿人人这么做，他说。他说，要是那个人开枪打伤了你，又去打伤女人和孩子，那怎么办？"

"我没有结过婚，"卡耶塔诺说。

"他是泛指任何女人、任何孩子。"

"那个人又不是疯子，"卡耶塔诺说。

"他说，你应该揭发他，"弗雷泽先生说完了。

"谢谢你，"卡耶塔诺说，"你是个高明的翻译。我能讲英语，不过讲得很糟。我听可都听得懂。你的腿是怎么弄断的？"

"从马上摔下来。"

"运气多不好。我很难受。痛得厉害吗？"

"现在不厉害了。起初，痛得可厉害。"

"听着，朋友，"卡耶塔诺开始说，"我很虚弱。你会原谅我的。再说，我很痛，痛得够受。很可能我会没命。请把这个警察打发走，因为我乏得很。"他做出像要翻身侧睡的样子，接着就不做声了。

"我把你的话一字不漏地告诉他；他说，告诉你他确实不知道是谁开枪打伤他的，还说他虚弱得很，希望你以后再问他，"弗雷泽先生说。

"他以后也许就死了。"

"这很可能。"

"所以我要现在问他。"

---

① 此处恐系作者笔误。海利不在蒙大拿州，而是毗邻蒙大拿州的爱达荷州的一个城市。

"我告诉过你，有人从他背后开枪打他，"那个译员说。

"啊，天知道，"警官说，把笔记本放进口袋。

警官同译员站在外面走廊里弗雷泽先生的轮椅旁。

"我想你也认为有人从他背后开枪打伤他的吧？"

"是啊，"弗雷泽说，"有人从他背后开枪打伤他。你认为怎么样？"

"别恼火，"警官说，"我希望自己能讲西班牙语。"

"你干吗不学？"

"你用不着恼火。我问了那个墨西哥人许多问题，得不到一点叫人高兴的东西。我要是能讲西班牙语，情况就会大不一样。"

"你不用讲西班牙语，"那个译员说，"我是一个非常可靠的译员。"

"啊，天知道，"警官说。"好吧，再见，我会来看你的。"

"谢谢。我总是在这儿。"

"我想你现在挺不错了。当时确实遇到了坏运气。运气坏得很。"

"他的骨头既然已经接了起来，运气就变好了。"

"可不是，不过时间很长。需要很长、很长的时间。"

"别让哪一个在背后朝你开枪。"

"说得对，"他说，"说得对。唔，你没有恼火，我真高兴。"

"再见，"弗雷泽先生说。

弗雷泽有好久没有再看到卡耶塔诺，但是天天早晨赛西莉亚修女带来他的消息。她说，他从来不叹一声苦，眼下情况很糟。他害上腹膜炎；他们认为他活不长了。可怜的卡耶塔诺，她说。他有一双这么美的手和一张这么漂亮的脸，而且他从来不叹苦。眼下，伤口的气味真叫人受不了。他会用一个手指头指着自己的鼻子，微笑着摇摇头，她说。他讨厌那股味儿。他感到很窘，赛西莉亚修女说。啊，他是个多好的病人啊。他老是微笑。他不愿去向神父忏悔，但是答应做祷告；他被送进来以后，没有一个墨西哥人来看过他。那个俄国人在本星期末要出院了。我一点也没法关心那个俄国人的事情，赛西莉亚修女说。可怜的人，他也吃了苦。那是一颗涂了油的、肮脏的子弹，伤口感染了，但是他叫得太凶了，再说我一直喜欢坏人。那个卡耶塔诺，他是个坏人。啊，他一定真的是个坏人，一个彻头彻尾的坏人，他长得这么匀称和文雅，从来没有用手干过活儿。他不是个种甜菜的工人。我知道他不是个种甜菜的工人。他的手很光滑，没有一点茧皮。我知道他一定算得上是个坏人。我现在下楼去为他祈祷。可怜的卡耶塔诺，他的伤势这么严重，他一声也不哼。他们干吗非打伤他不可？啊，这个可怜的卡耶塔诺！我马上下楼去为他祈祷。

　　她马上下楼去为他祈祷了。

　　在这所医院里，收音机的音响效果在黄昏以前一直不大好。他们说，那是因为地下有许多矿石的关系，要不，就跟那一座座高山有关，不过反正在外面开始天黑以前，它的效果一直不好；但是整个夜晚，它的效果却好极了，而且一个电台结束广播以后，你可以再向西捻，收听另一个电台。你可以收到的最后一个电台是华盛顿州的西雅图；由于时差关系，他们在早晨四点停止广播，这时候，医院里是早晨五点；而在六点钟你可以听到明尼阿波利斯[①]那些早晨的演奏狂烈的音乐。这也是由于时差关系；弗雷泽先生经常喜欢想那些演奏者到播音室去的情形，想象他们一大早，天还没亮，带着乐器从电车上下来，是一副什么模样。也许想得不对，他们是把乐器放在他们演奏音乐的地方的，但是他一直想象他们随身带着乐器。他从来没有到过明尼阿波利斯，而且认为他可能永远不会到那里去了，但是他知道那座城市一大清早是什么模样。

----

① 美国一城市，在明尼苏达州。

从医院的窗口，你可以看到一片长着野苋的雪地，还有一座光秃秃的土山。有一天早晨，医生要让弗雷泽先生看那里雪地上有两只野鸡，把他的床拉到窗口去，铁床架上那盏看书用的灯掉下来，正好打在弗雷泽先生的头上。现在这件事听起来不怎么滑稽了，但是当时是非常滑稽的。人人望着窗外；那个医生是个呱呱叫的医生，他一边指着野鸡，一边把床拉到窗口去，接着像是在滑稽连环画上那样，弗雷泽先生被那盏灯的铅底座打中头顶，昏过去了。这听起来正好同治病救人截然相反，或者说，这正同医院里的人所做的事情截然相反，所以人人认为很滑稽，是对弗雷泽先生和对那个医生开了一个玩笑。样样事情在医院里都比较简单，连开玩笑也是这样。

如果把床掉一个头，从另一个窗口，你可以看到那座城市，城市的上空有一片淡淡的烟雾，还有峰峦起伏的道森山①，在冬雪覆盖下看上去像是真正的高山。既然事实证明坐轮椅还太早，那就只能看这两个景致了。你要是住在医院里，说真的，最好是卧床；因为从一间温度由你控制的房间里，有充分的时间看两个景致，比从那些炎热的空房间里看几分钟景致要好得多——尽管从那些空房间里可以看到许多景致——何况你还得坐着轮椅在那些等着病人搬进来或者病人刚搬走的空房间里进进出出。要是你在一个房间里待久了，不管什么景致都有重大的价值，变得很重要，你不会去改变它，连改变一个角度也不成。就像听收音机那样，有些东西你已经喜欢了，你就高兴听，对那些新东西你就讨厌。那年冬天，他们听到的最好的曲子是《唱一件简单的事情》、《歌女》和《没有恶意的小小的谎话》。弗雷泽先生觉得，其他的曲子就没有那么叫人满意。《女同学贝蒂》也是一支好曲子，但是那些不可避免地传到弗雷泽先生脑子里去的、滑稽的模拟歌词，总是越来越叫人讨厌，以致没有一个人会欣赏它，他终于不听这支歌，重新收听橄榄球

① 在加拿大不列颠哥伦比亚省的东南部。

比赛。

约摸早晨九点钟，他们开始使用 X 光机，这时候收音机只能收听海利的广播，变得毫无用处。许多有收音机的海利人抗议医院里的 X 光机破坏了他们早晨的节目，但是从来没有采取任何行动，尽管许多人认为医院偏要在人们听收音机的时候使用 X 光机，真是太不像话。

到了必须关收音机的时候，赛西莉亚修女走进来。

"卡耶塔诺的情况怎么样，赛西莉亚嬷嬷？"弗雷泽先生问。

"啊，他的情况很糟糕。"

"他神志模糊了吗？"

"倒还没有，可是我怕他快要死了。"

"你觉得怎么样？"

"我很为他担心；你知道吗，压根儿没有一个人来看他？所有的墨西哥人都不管，让他像一条狗那样死去。他们真可怕。"

"你今天下午想上楼来听橄榄球比赛吗？"

"啊，不来了，"她说，"我会太激动的。我要待在教堂里祈祷。"

"咱们应该可以听得很清楚，"弗雷泽先生说，"他们在太平洋沿岸比赛；由于时差关系，比赛的时间在这儿已经相当晚了，所以咱们能够听得很清楚。"

"啊，不成。我不能来听。上回世界垒球锦标赛差一点要了我的命。运动员队[①]击球的时候，我马上大声祈祷：'啊，主啊，指引他们击球的眼光吧！啊，主啊，但愿他击中得分！啊，主啊，但愿他有把握击中！'后来，他们在第三局跑到第四垒，你记得吧，我简直受不了啦。'啊，主啊，但愿他把球打出场地！啊，主啊，但愿

---

① 运动员队是宾夕法尼亚州费城的垒球队。红雀队是密苏里州圣路易斯的垒球队。

他把球一下子打过围墙！'后来，你知道该红雀队击球了，这简直可怕。'啊，主啊，但愿他们看不见球！啊，主啊，让他们压根儿看不见球！啊，主啊，但愿他们打空！'而这次比赛更事关重大了。是 Norte Dame[①]。圣母队。不成，我得待在教堂里。为圣母队祈祷。他们将要为圣母比赛。我希望你哪一天为圣母写一点东西。你写得出的。你知道自己写得出的，弗雷泽先生。"

"我不知道自己能写什么关于她的东西。大多数已经写出来了，"弗雷泽先生说。"你不会喜欢我写作的那种方式的。她也不会在意的。"

"你早晚会写出关于她的东西来，"赛西莉亚修女说，"我知道你会的。你一定要写关于圣母的东西。"

"你还是上楼来听比赛好。"

"这我会受不了。不成，我得待在教堂里做我做得到的事情。"

那天下午，比赛约摸开始了五分钟光景，一个见习护士走进房间，说："赛西莉亚嬷嬷想要知道比赛进行得怎么样？"

"告诉她，他们已经有一次持球触底得分。"

一转眼，那个见习护士又走进房间。

"告诉她，他们把对方打得手忙脚乱了，"弗雷泽先生说。

过了一会，他按铃叫病房的值班护士。"麻烦你亲自下楼到教堂里去一下，告诉赛西莉亚嬷嬷，或是托人转告她，在第一个四分之一场比赛结束的时候，圣母队以十四比零领先，这太好了。她可以停止祈祷了。"

几分钟以后，赛西莉亚修女走进房间。她非常激动。"十四比零是什么意思？我不懂这种比赛。在垒球比赛中，这是稳赢的压倒优势。可我一点也不懂橄榄球。也许这算不了什么。我马上下楼回到教堂里去祈祷，直到比赛结束。"

---

① 法语，意即圣母。

"他们已经把对方打败了，"弗雷泽说，"我向你保证。待在这儿，跟我一起听吧。"

"不。不。不。不。不。不。不，"她说，"我马上下楼到教堂里去祈祷。"

圣母队每次得分，弗雷泽就把消息托人传到楼下去，最后，他托人转告比赛结果，这时天已经黑了好久。

"赛西莉亚嬷嬷怎么样？"

"她们都在教堂里，"她说。

第二天早晨，赛西莉亚修女进来。她非常高兴，信心十足。

"我知道他们不能够打败圣母队，"她说，"他们不能够。卡耶塔诺也好一点了。他好得多了。他快要有人来看望他了。他眼下还不能看到他们，可是他们快要来了，这会使他好受一些，让他知道他还没有被自己人忘掉。我刚才下楼去，遇到警察总局那个小伙子奥布赖恩，告诉他该找几个墨西哥人来看看可怜的卡耶塔诺。他今天下午会叫几个来。那么，这个可怜人会好受一些。老是这样没有一个人来看他，太恶劣了。"

当天下午约摸五点钟光景，三个墨西哥人走进房间来。

"能喝一杯吗？"个子最大的那一个问，他嘴唇很厚，人相当胖。

"这还用说？"弗雷泽先生回答，"坐吧，各位先生。你们都喝一点吗？"

"非常感谢，"大个子说。

"谢谢，"皮肤最黑、个子最小的那一个说。

"谢谢，我不喝，"那个瘦子说，"喝了头晕。"他拍拍脑袋。

护士拿来几个玻璃杯。"请把酒瓶递给他们，"弗雷泽说。"这是从'红人棚屋'买来的，"他说明。

"'红人棚屋'的酒最好，"大个子说，"比'大栅栏'的好得多。"

"这是明摆着的，"个子最小的那一个说，"价钱也比较贵。"

"'红人棚屋'里的酒是名贵的，"大个子说。

"这收音机是几管的？"不喝酒的那一个问。

"七管。"

"真美，"他说，"这要多少钱？"

"我不知道，"弗雷泽先生说，"是租来的。"

"你们各位是卡耶塔诺的朋友吗？"

"不是，"大个子说，"我们是打伤他的那个人的朋友。"

"是警察叫我们上这儿来的，"个子最小的那一个说。

"我们有点小地位，"大个子说，"他和我，"指指那个不喝酒的。"他也有点小地位，"指指黑皮肤的小个子。"警察告诉我们得上这儿来——所以我们就来了。"

"你们来，我很高兴。"

"我们也高兴，"大个子说。

"你们再来一小杯吗？"

"那敢情好，"大个子说。

"承蒙你招待，"个子最小的那一个说。

"我不成，"那个瘦子说，"喝了头晕。"

"酒很好，"个子最小的那一个说。

"干吗不试一点，"弗雷泽先生问那个瘦子。"不妨有点头晕。"

"接下来会头痛，"瘦子说。

"你没法叫几个卡耶塔诺的朋友来看他吗？"弗雷泽问。

"他没有朋友。"

"人人都有朋友。"

"这个人，没有。"

"他是干什么的？"

"他是个牌手。"

"他纸牌玩得精明吗？"

"我认为是精明的。"

"从我这儿，"个子最小的那一个说，"他赢了一百八十块。一百八十块就此无影无踪。"

"从我这儿，"瘦子说，"他赢了二百十一块。你想想这个数目。"

"我从来没有跟他玩过纸牌，"那个胖子说。

"他一定很有钱，"弗雷泽先生提出看法。

"他比我们穷，"那个身材矮小的墨西哥人说，"除了身上那件衬衫，他什么也没有。"

"那件衬衫现在也不值钱了，"弗雷泽先生说，"已经有了窟窿。"

"确实是这样。"

"开枪打伤他的那个人是个牌手吗？"

"不是，他是个甜菜工人。他已经不得不离开这个城市了。"

"你想想这件事吧，"个子最小的那一个说，"在这个城里，原来数他吉他弹得最好、弹得最出色。"

"真遗憾。"

"确实是这样，"个子最大的那一个说，"他吉他弹得多精彩啊。"

"城里吉他弹得好的人没有了吗？"

"勉强能弹弹吉他的人也一个没有。"

"有一个人手风琴还拉得不坏，"瘦子说。

"还有几个玩玩各种乐器的人，"大个子说，"你喜欢音乐吗？"

"我怎么会不喜欢呢？"

"我们哪一天晚上来演奏点音乐，好不？你想那个修女会允许吗？她看上去挺和气。"

"只要卡耶塔诺能听到，我包管她会同意的。"

"她有一点疯疯癫癫吗？"瘦子问。

"谁？"

"那个修女。"

"一点也不，"弗雷泽先生说，"她是一个既聪明又有同情心的好人。"

"我对一切教士、僧侣和修女都不信任，"瘦子说。

"他年轻的时候有过不幸的经历，"个子最小的那一个说。

"我当过神父的助手，"瘦子骄傲地说，"现在我什么都不信。我也不去望弥撒。"

"为什么？去了要头晕吗？"

"不是，"瘦子说，"喝了酒，我才头晕。宗教是穷人的鸦片。"

"我原以为大麻是穷人的鸦片，"弗雷泽说。

"你抽过鸦片吗？"大个子问。

"没有。"

"我也没有，"他说，"那玩意儿看起来就像是很坏的东西。一抽上就甩不掉。是一种害人的东西。"

"就像宗教，"瘦子说。

"这个人，"身材最矮小的那个墨西哥人说，"激烈地反对宗教。"

"有必要激烈地反对某一种东西，"弗雷泽先生有礼貌地说。

"我尊重那些有宗教信仰的人，尽管他们是无知的，"瘦子说。

"说得好，"弗雷泽先生说。

"我们能给你带些什么来吗？"大个子墨西哥人说，"你缺少什么？"

"我想买一点啤酒，要是有好啤酒的话。"

"我们会带啤酒来的。"

"临走前再来一小杯？"

"这敢情好。"

"让你破费了。"

"我不能喝。喝了头晕。接下来我会头痛，胃里也会不舒服。"

"再见，各位先生。"

"再见，谢谢。"

他们走了，他吃罢晚饭，就听收音机，把收音机的声音尽可能调低，然而低得仍然可以听到，而各地的电台终于按照这个次序停止广播：丹佛、盐湖城、洛杉矶和西雅图。弗雷泽先生从收音机里得不到丹佛的景象。他可以从《丹佛邮报》上看到丹佛，从《落基山新闻》上校正他看到的景象。凭着他听到的一些描述，他一点也想象不出盐湖城或者洛杉矶是什么模样。他对盐湖城的唯一感觉是清洁而沉闷；至于洛杉矶，他听说那里太多的大旅馆里有太多的舞厅，使他无从想象那里的景象。他没法凭舞厅去想象。但是西雅图他终于知道得挺清楚，出租汽车公司里停着白色大汽车（每辆汽车里都有收音机），他天天夜晚坐着出租汽车到加拿大境内的那家小客店去，他在那里根据他们打电话点的音乐追随一个个晚会的进程。他每天晚上，从两点钟起，生活在西雅图，听着各种各样的人点的曲子，西雅图同明尼阿波利斯一样真实，在明尼阿波利斯音乐演奏者天天一大早起床赶到广播室去。弗雷泽先生越来越喜欢华盛顿州的西雅图。

那三个墨西哥人来了，而且带来了啤酒，不过不是好啤酒。弗雷泽先生会见了他们，但是他不想多说话。他们后来走了，他知道他们不会再来。他的神经已经变得会突然支撑不住；在这种情况下，他不愿见人。经过了五个礼拜，他的神经变得不行了；尽管他为神经能撑这么久感到高兴，然而他已经知道试验的结果，就不愿被迫做一次同样的试验了。弗雷泽先生早就做过这种事情了。只有一件事情对他是新鲜的，就是听收音机。他整整一宿收听着，尽可能把声音调低，低得刚能听到，他在学不动脑筋地收听。

那天早晨约摸十点钟光景，赛西莉亚修女走进房间，带来了信件。她很漂亮，弗雷泽先生喜欢看到她，听她讲话，但是信件被认为是从另一个世界来的，显得更重要。然而，信上丝毫没有引起人兴趣的东西。

"你看上去好多了，"她说，"你不久就会出院的。"

"可不是，"弗雷泽先生说，"今天早晨，你看上去很快活。"

"啊，我是快活。今天早晨我感到自己好像可能会成为一个圣徒。"

弗雷泽一听这话，微微愣了一下。

"不错，"赛西莉亚修女接着说，"这就是我想要做到的。当个圣徒。从我还是个小女孩子起，我就想成为圣徒。我是个小女孩子的时候，我就想要是我出家进修道院的话，就会成为圣徒。这就是我想要做到的，这就是我认为非要做到不可的。我指望自己会成为圣徒。我当初就完全拿得稳我会做到的。一会儿以前，我认为自己已经成为圣徒了。我是多么幸福啊，而这看来多么简单和容易。过去我早晨一醒来，就指望自己会成为圣徒，可我不是。我从来没有变成圣徒。我是多么想望啊。我想要的就是成为圣徒。这就是我想要做到的。今天早晨，我感到自己好像可能会成为圣徒了。啊，我希望自己终于能做到。"

"你会成为圣徒的。人人都会得到他们想望的东西。这就是他们老是告诉我的话。"

"我现在拿不准了。我是个小女孩的时候，这件事情看起来很简单。我知道自己会成为圣徒。等我发现一下子办不到以后，我才认为需要有段时间。现在看来几乎是不可能了。"

"我认为，你是大有可能的。"

"你真的这么想吗？不行，我可不要别人给我打气。别给我打气。我要成为圣徒。我多么想要成为圣徒。"

"你当然会成为圣徒的，"弗雷泽先生说。

"不见得，我可能成不了。不过，啊，我要是能成为圣徒，那有多好！我会感到无比幸福。"

"三比一打赌，你会成为圣徒的！"

"不行，别给我打气。不过，啊，我要是能成为圣徒，那有多好！我要是能成为圣徒，那有多好！"

"你的朋友卡耶塔诺怎么样？"

"他在好起来，可是瘫痪了。有一颗子弹打中了通向大腿的大神经，他一条腿瘫痪了。他们等到他伤势好转，可以移动的时候，才发现这个情况的。"

"也许神经会再生。"

"我一直在祈祷，但愿会再生，"赛西莉亚修女说，"你应该见见他。"

"我不想见任何人。"

"你知道，你喜欢见他。他们会用轮椅把他送到这儿来的。"

"好吧。"

他们用轮椅把他送来，他身材瘦小，皮肤透明，黑头发长得该理了，眼睛里充满笑意，微笑起来就露出坏牙。

"喂，朋友！你觉得怎么样？"

"就像你看到的这样，"弗雷泽先生说。"你呢？"

"保全了性命，可一条腿瘫痪了。"

"真糟，"弗雷泽先生说，"不过神经是能够再生的，不但能再生，而且能一样好。"

"他们也跟我这么讲。"

"痛得厉害吗？"

"现在不厉害了。有一段时间，我肚子里痛得没命。当时我想，光是这么痛，就会把我痛死。"

赛西莉亚修女快活地打量着他们。

"她告诉我，你从来不哼一声，"弗雷泽先生说。

"病房里人很多，"那个墨西哥人不以为然地说。"你痛得厉

474

害吗？"

"相当厉害。当然没有你那么糟。护士不在的时候，我叫上一两个钟头。我叫一阵，感到舒服一些。我的神经现在不行了。"

"你有收音机。我要是一个人有间房间，还有一个收音机的话，就会整宿大叫大嚷。"

"我不信。"

"伙计，会叫的。叫叫人舒服得多。可是跟这么许多人待在一起，你不能这么做。"

"至少，"弗雷泽先生说，"你一双手还是好的。他们告诉我，你是靠手吃饭的。"

"还靠脑袋，"他一边说，一边拍拍脑门，"不过脑袋的价值及不上手。"

"你有三个同胞上这儿来过。"

"警察叫他们来看我的。"

"他们带来了一点啤酒。"

"可能很差。"

"是很差。"

"今天晚上，警察叫他们来演奏曲子给我听。"他哈哈大笑起来，接着拍拍肚子。"我还不能笑。他们当音乐师可是糟得要命。"

"那个开枪打伤你的人呢？"

"也是个蠢货。我赌纸牌赢了他三十八块。这根本不必杀人嘛。"

"那三个人告诉我，你赢了许多钱。"

"可还是比别人穷。"

"怎么回事？"

"我是一个可怜的理想主义者。我是幻觉的受害者。"他笑起来，接着咧开了嘴，拍拍肚子。"我是个职业赌徒，可是我喜欢赌钱。真正地赌。小规模的赌博都是凭欺骗手段的。可真正地赌博，你需要凭运气。我没有运气。"

"一直没有？"

"一直没有。我一点运气也没有。唉，就说不久前开枪打伤我的那个混蛋吧。他会开枪吗？不会。第一枪他打空了。第二枪打在一个可怜的俄国人身上。看起来我似乎运气还不坏。结果呢？他在我肚子上打了两枪。他是一个幸运的人。我没有运气。他要是踩着马镫，连马也踢不到。全凭运气。"

"我原以为他先打中你，后打中那个俄国人。"

"不对，先打中俄国人，后打中我。报上报道得不对。"

"你干吗不开枪打他？"

"我从来不带枪。我运气这么不好，要是带了枪，一年里会被绞死十回。我是一个糟糕的牌手，就是这样。"他停了一下，又接着说下去："我弄到一笔钱，就赌；我一赌就输。有一回我在骰子上输掉了三千块，还是扔不出六点。用的是好骰子。还不止这么一回。"

"干吗还要赌呢？"

"要是我活得够长，运气会变的。到现在为止，我已经交了十五年坏运了。要是我有一天交上好运，我就会发财。"他咧开嘴笑了。"我是个好赌徒，我真的会享受发财的乐趣的。"

"你不管赌什么运气都不好吗？"

"不管赌什么，还有跟女人打交道，运气都不好。"他又微笑了，露出坏牙。

"真的吗？"

"真的。"

"那有什么办法吗？"

"慢腾腾地继续干，等时来运转。"

"可是跟女人打交道呢？"

"没有一个赌徒跟女人打交道是幸运的。做赌徒的思想太集中了。还得在夜晚干。夜晚他是该跟女人待在一起的嘛。没有一个在夜晚干活的人能跟一个女人始终保持关系，要是那个女人有点身份的话。"

"你是一个哲学家。"

"不是的,伙计。是个小城市里的赌徒。到一个小城,接着到另一个,又换一个,然后到一个大城市,然后又出发。"

"然后肚子上挨了两枪。"

"这可是第一回,"他说,"这可只有一回。"

"我跟你说话,让你累了吧?"弗雷泽先生提醒他。

"没有,"他说,"准是我让你累了。"

"那条腿怎么样?"

"那条腿我没有多大用处。有没有那条腿,我都行。反正我会有办法流动的。"

"我真心地,而且全心全意地希望你交好运,"弗雷泽先生说。

"我也同样希望你,"他说,"还希望你不痛。"

"当然不会一直痛下去。会停止的。这没什么大不了。"

"希望你很快就不痛。"

"我也同样希望你。"

那天夜晚,墨西哥人在病房里演奏手风琴和其他乐器;一片欢乐的气氛;闹洋洋的手风琴开合声、铃声、打击乐器声和鼓声顺着走廊传来。在那个病房里,有一个飞车走壁的摩托车驾驶员,他在一个灰尘蒙蒙的炎热的下午,在"午夜游艺场"表演的时候,当着大量观众的面从斜坡道上摔下来,摔断了脊骨,等他的伤好得可以出院,今后只得改行,学做皮革制品和藤椅了。还有一个木工,他是同脚手架一起摔倒的,手腕和脚踝都摔断了。他像猫那样落到地上,但是没有猫的弹力。他们能够把他的骨头都接好,使他能重新工作,但是这需要很长的时间。还有一个从农场来的小伙子,约摸十六岁光景,他那条断腿接坏了,得重新弄断。还有卡耶塔诺·鲁伊斯,一个小城市里的赌徒,一条腿瘫痪了。顺着走廊,弗雷泽先生能够听到，警察叫来的那些墨西哥人演奏的音乐逗得他们兴高采烈哈哈大笑的声音。那伙墨西哥人玩得挺愉快。他们非常兴奋地进来看弗雷泽先生，想要知道他有没有什么曲子要他们演奏；后来，他们主动在晚上又来演奏了两回。

　　他们最后一回演奏的时候，弗雷泽躺在自己的房间里，房门开着，听着热闹而拙劣的音乐，忍不住思索起来。当他们来问他希望听什么曲子的时候，他点了"柯卡拉恰"①，这种舞曲包含着许多人喜欢得没命的轻快和活泼的曲调。他们奏得热闹而有感情。在弗雷泽先生心目中这支曲子比大多数这一类曲子好得多，但是效果是一样的。

　　尽管情绪受到感染，弗雷泽先生继续在思索。他通常尽一切可能避免思索，除非他在写作，但是现在他在思索那些演奏音乐的人和那个瘦子说过的话。

　　宗教是人民的鸦片。他相信这话，那个阴郁的小饭馆掌柜。是啊，音乐是人民的鸦片。这位喝了酒会头晕的老兄可没有想到。现在经济问题是人民的鸦片；在意大利和德国，这种人民的鸦片同爱国主义这种人民的鸦片②联系在一起。性生活呢，是不是人民的鸦片？对有些人来说是的。对有些最好的人来说是的。但是喝酒是人民最好的鸦片，啊，呱呱叫的鸦片。尽管有些人情愿听收音机，另一种人民的鸦片，他在采用的一种廉价的鸦片。赌博也得同这些算在一起，一种人民的鸦片，最古老的一种，要是真的有什么人民的鸦片的话。还有抱负，也是人民的鸦片，同这种抱负在一起的是对任何一种新形式的统治产生的信念。你想要的是最低限度的统治，始终是较少的统治。自由，这是我们所信仰的，眼下是麦克法登③

---

① 西班牙语，意为蟑螂，此处是指墨西哥的一种流行舞曲。
② 墨索里尼和希特勒就是利用意大利和德国的经济萧条，煽动人民的沙文主义而得以登台的。
③ 麦克法登（1868—1945），美国出版商，他出版的《自由》杂志销数很大，非常流行。

的一本出版物的名字。我们信仰这玩意儿，尽管他们还没有给它找到一个新名字。但是，什么是真正的自由呢？什么是真正的、货真价实的人民的鸦片呢？他知道得很清楚。它已经溜到他脑子里那个亮堂部分的角落附近，他在黄昏喝了两三杯以后，它就在那里；他知道，它在那里（当然它不是真的在那里）。那是什么？他知道得很清楚。那是什么？当然喽，面包是人民的鸦片。他会记住这个吗？在白天这会有什么意义呢？面包是人民的鸦片。

"劳驾，"护士进来的时候，弗雷泽先生对她说，"请你去把那个瘦小的墨西哥人找来，好不？"

"你喜欢这支曲子吗？"那个墨西哥人在门口说。

"很喜欢。"

"这是一支有历史意义的曲子，"那个墨西哥人说，"是支真正的革命曲子。"

"请问，"弗雷泽先生说，"干吗不用麻醉剂就给人民动手术？"

"我不懂。"

"干吗所有的人民的鸦片并不都是好的。你想要把人民怎么样？"

"他们应该从无知中被拯救出来。"

"别胡扯。教育是一种人民的鸦片。你应该知道这一点。你受过一点教育嘛。"

"你不相信教育？"

"不信，"弗雷泽先生说，"知识嘛，我信。"

"我不同意你的意见。"

"有许多回，我乐于不同意自己的意见。"

"你下回还要听'柯卡拉恰'吗？"那个墨西哥人担心地问。

"要听，"弗雷泽先生说，"下回再奏。柯卡拉恰'。它比收音机好。"

弗雷泽先生想，革命不是鸦片。革命是一种感情的净化，是一种只能被暴政延长的欣喜。鸦片是用在革命前和革命后的。他想得真好，有点太好了。

一会儿以后，他们就会走了，他想，他们就会把"柯卡拉恰"带走了。接着他就会喝一点烈酒，开收音机，你可以把收音机的声音开得很低，使得你自己刚能听到。

鹿　金译

两代父子

城里大街的中心地段，有一块命令车辆绕道行驶的牌子，可是车辆到此却都公然直穿而过，因而尼古拉斯·亚当斯心想那修路工程大概已经完工，也就只管顺着那空落落的砖铺大街往前驶去；星期天来往车辆稀少，红绿灯却变来换去，弄得他常常停车，明年要是公家无力支付这笔电费的话，这套红绿灯也就要亮不起来了；再往前去，行驶在这小城的两排浓荫大树下，假如你是当地人，常在树下散步，一定会从心底里喜爱这些大树的，只是在外乡人看来，会觉得枝叶过于繁密，挡住了阳光，使房屋潮气太重；过了最后一幢住宅，驶上那高低起伏、笔直向前的公路，红土的路堤修得平平整整，两旁都是第二代新长的幼树。这里不是他的家乡，但这时正当仲秋时节，驱车行驶在这一带，看看远近景色，也确实赏心悦目。棉花铃子早已摘完，垦地上已经翻种了一片片玉米，有的地方还间种着一道道红高粱，一路来车子倒也好开，儿子早已在身旁的车座上睡熟了，一天的路程已经赶完，今晚过夜的那个城市又是他熟悉的，所以尼克现在满有心思看看玉米地里哪儿还种有黄豆，哪儿还种有豌豆，隔开多少树林子有一片垦地，注意到那些小木屋和宅子以及田地和林子之间的相关布局；他一路过去，心里琢磨着在这一带打猎该如何下手；每过一片空地，都要估计一下猎物会在哪儿觅食，在哪儿找窝，暗暗捉摸在哪儿能找到一大窝，它们蹿起来会朝哪个方向飞。

要是打鹌鹑的话，一旦猎狗找到了鹌鹑，你千万不能去把它们逃回老窝的路给堵住，要不然它们哄的一蹿而起，会一股脑儿向你扑来，有的冲天直飞，有的从你耳边擦过，呼的一声掠过你眼前时，那身影之大可是你从没见过的，这时只有一个好办法，那就是

481

背过身子，等它们从你肩头上飞过，在停住翅膀快要斜掠入林之际，就瞄准开枪。这种打鹌鹑的窍门是他父亲教给他的，尼古拉斯·亚当斯不禁怀念起父亲来。一想起父亲，首先出现在眼前的总是那双眼睛。魁伟的身躯、敏捷的动作、宽阔的肩膀、弯弯的鹰钩鼻子、那老好人式的下巴底下的一把胡子，这些都还在其次——他最先想到的总是那双眼睛。两道眉毛摆好阵势，在上面构成了一道屏障；双眼深深地嵌在头颅里，仿佛是当作什么无比贵重的仪器，设计了这种特殊保护似的。父亲眼睛尖，看得远，比起常人来要胜过许多，这一点正是父亲的得天独厚之处。父亲的眼光之好，可以说不下于巨角野羊，不下于雄鹰。

当年他常常跟父亲一起站在湖边（那时他自己的眼力也还极好），父亲有时会对他说，"对岸升旗了。"尼克却怎么也瞧不见旗子，也瞧不见旗杆。父亲接着又会说，"瞧，那是你妹妹多萝西。她升起了旗子，这会儿正走上码头来了。"

尼克隔湖望去，看见了对面那林木蓊郁的一长溜儿湖岸、那些在背后耸起的大树、那突出在湖湾口的尖角地、那牧场一带的光洁的山冈以及那绿树掩映下他们家的白色小宅子，可就是瞧不见什么旗杆，也瞧不见什么码头，看到的只是一道白色的沙滩和一弯湖岸。

"你看得见靠近尖角地的山坡上有一群羊吗？"

"看见了。"

它们只是青灰色小山上一块淡淡的白斑。

"我还数得上来呢，"父亲说。

父亲非常神经质，人只要有某种功能超过了常人的需要，就会有这种毛病。再说，他很感情用事，而且就像多半感情用事的人那样，心肠虽狠，却常常受欺。此外，他的倒霉事儿也挺多，这可不都是他自己招来的。人家做了个圈套，他去稍稍帮了点忙，结果反而落在这个圈套里送了命，其实他在生前就被这帮子人以形形色色的方式出卖了。凡是感情用事的人都不免被人家一次次地陷害的。尼克现在还没法把父亲的事情写出来，那只能待之将来了，不过眼前这片打鹌鹑的好地方使他想起了小时候心目中的父亲，他十分感激父亲当时教会了他两件事：钓鱼和打猎。他父亲对这两件事的见解是颇为精到的，但是对比如说两性问题的看法就不行了，而尼克觉得幸亏正是这样；因为总得有人来给你第一把猎枪，或者给你个机会让你搞来使用，再说，要学打猎钓鱼也总得住在个有猎物有游鱼的地方，他今年三十八岁了，爱钓鱼、爱打猎的劲头还不下于当年第一次跟随父亲出猎的时候。他这股热情从不曾有过丝毫的衰减，他真感激父亲培养起了他这股热情。

　　至于另一个问题，即父亲不在行的那个问题，实在你所需要的一切条件都是生而有之，人人都是无师自通，住在哪里也都是一个样。他记得很清楚，在这个问题上父亲给过他的知识总共只有两条。有一次他们一起出去打猎，尼克打中了一棵铁杉树上的一只红松鼠。松鼠受了伤，摔了下来，尼克过去一把拣起来，那小东西竟把他的拇指球咬了个对穿。

　　"这下流的小狗日的！"尼克说，把松鼠的脑袋啪的一声往树上砸去。"咬得我真够呛。"

　　父亲看了一下说，"快用嘴把血都吸掉，回头到了家里涂点碘酊。"

　　"这小狗日的，"尼克说。

　　"你可知道狗日的是什么意思？"父亲问他。

　　"我们骂起来总是这样说的，"尼克说。

　　"狗日的是指人跟畜生乱交。"

　　"人干吗要这样干呢？"尼克说。

　　"我也不知道，"父亲说。"反正这种坏事伤天害理。"

　　这引起了尼克的胡思乱想，还弄得他汗毛直竖，他一种种畜生想过来，觉得全不逗人喜爱，好像都行不通。父亲传给他的直接明白的性知识除此以外还有一桩。有一天早上，他在报上看到恩立科·卡罗索①因犯诱奸罪②被逮捕。

"诱奸是怎么回事?"

"这是种最最伤天害理的坏事,"父亲回答说。尼克在想象中仿佛见到这位男高音名歌唱家手里拿了个捣土豆泥的家伙,正对那花容月貌大似雪茄烟盒子里的画上的安娜·海尔德③的一位女士做出什么稀奇古怪、伤天害理的事来。尼克尽管心里相当害怕,还是暗暗打定主意,等自己长成了,至少也要这么来一下试试。

父亲关于这一切总结时说,手淫要引起眼睛失明、精神错乱,甚至危及生命,而宿娼的人则要染上见不得人的花柳病,因此应该不要跟人家去接触。不过话说回来,父亲的眼睛之好,确实是尼克从来没有见到过的,尼克非常爱他,从小就非常爱他。可是现在,明白了一切经过,他就是想起了家运衰败前的那早年的岁月,心里也高兴不起来。要是能写出来的话,就能排遣开了。他曾写出许多事情,就都排遣开了。可是写这件事还为时过早。好多人都还在世。所以他决定还是换点别的事情想想。父亲的事情是无可挽回的了,他早已翻来覆去想过多少回了。那殡仪馆老板在父亲脸上怎么化的妆,他都还历历在目,而其他的种种光景也都记忆犹新,连遗下多少债务都还没有忘记。他恭维了殡仪馆老板几句。那老板相当得意,一副沾沾自喜的样子。其实父亲的最后遗容并不决定于殡仪馆老板的手艺。殡仪馆老板不过是妙笔一挥作了些修补工作而已,其艺术性是成问题的。父亲的相貌在内外两方面因素的影响下形成了也有好久了。特别是在最后三年中,就飞快地定型了。此事说起来很有意思,可是牵涉到在世的人太多,眼下还不便写。

---

① 恩立科·卡罗索(1873—1921),意大利著名男高音歌剧演员,长期在纽约大都会歌剧院演出。

② 原文 mashing,在土语中作"诱奸"解,在普通英语中则是"将(土豆)捣成泥"的意思,所以尼克有下面的联想。

③ 安娜·海尔德(1873—1918),出生在法国的女歌唱家、歌剧演员,长期在美国演出,以容貌美丽著称,为"齐格飞歌舞团"创办人弗洛伦茨·齐格飞(1867—1932)的第一个妻子。

至于那种年轻人的事儿，尼克还是在印第安人营地后面的铁杉林里自己开蒙的。他们的小宅子背后有一条小径，穿过树林可以直抵牧场，然后转上一条蜿蜒曲折的路，穿过林中空地，便到了印第安人的营地。他真巴不得如今还能光着两只脚到那林间小径上去走上一回。首先是那片穿过屋后铁杉林的遍地腐熟的松针，倒地的老树已崩解成了堆堆木屑，雷击劈开的长长的枝条儿像标枪一样挂在树梢。你从独木桥上跨过小溪，要是踩一个空，桥下等着你的便是黑糊糊的淤泥。翻过一道栅栏，就出了树林子，这里阳光下的田野小道就是硬硬的了，田野里只剩些草茬，有的地方长着些小酸模草和天蕊花，左边有片在蠕动着的泥水塘，那是溪水泛滥形成的，喧闹的街鸟在那里觅食。那水上冷藏所就盖在这小溪里。牲口棚下边有些新鲜的畜粪，另外还有一堆陈粪，顶上已经干结。再翻过一道栅栏，走完从牲口棚到牧场房子的又硬又烫的小道，就是一条烫脚的沙土大路，一直通到树林边，中途又要跨过小溪，这回溪上倒有一座桥，桥下一带长着些香蒲，你晚上用鱼叉去捕鱼，就是用这种香蒲浸透了火油，点着了做篝灯的。

大路到了树林边就向左一拐，绕过林子上山而去，这时就得另走一条宽阔的黏土碎石子路进入林子。上有树荫，路踩上去凉凉的，而且特别开阔，为了让人把印第安人剥下的铁杉树皮往外拖运。铁杉树皮叠得整整齐齐，一长排一长排堆在那儿，顶上再盖上些树皮，看去真像房子一样。那些剥去了皮的粗大的黄色树身都扔在原处，任其在树林子里枯烂，连树梢头的枝叶都不砍掉，也不烧掉。他们要的就是树皮，拿来供应博依恩城的鞣皮厂；一等冬天湖上封冻，就都拉到冰上，一直拖到对岸，所以树林就一年稀似一年，那种光秃秃、火辣辣、不见绿荫、但见满地杂草的林间空地，地盘却愈来愈大了。

不过在当时那里的树林还挺茂密，而且都还是原始林，树干都长到老高才分出枝丫来，你在林子里走，脚下尽是一片褐色的松软的松针，干干净净，没有一些乱丛杂树，外边天气再热，那里也是一片阴凉。那天他们三个就靠在一棵铁杉的树干上,那树干之粗,超过了两张床的长度。微风高高地在树顶上拂过,漏下来斑驳荫凉的天光。比利说了:

"你又想要特鲁迪了?"

"特鲁迪。你说呢?"

"嗯哈。"

"我们去吧。"

"不,这儿好。"

"可比利在……"

"那有什么。比利是我哥。"

后来他们三个又坐在那里,想听听枝头高处一只黑松鼠叫,却看不见。他们在等这小东西再叫一声,因为只要它一叫,一竖尾巴,尼克看见哪儿有动静,就可以朝哪儿开枪。他打一天猎,父亲只给他三发子弹,他那把猎枪是口径为二十的单筒枪,枪筒挺长。

"这狗崽子一动也不动,"比利说。

"你打一枪,尼基①。吓吓它。等它往外一逃,就再来一枪,"特鲁迪说。她难得能说上这样几句连贯的话。

"我只有两发子弹了,"尼克说。

"这狗崽子,"比利说。

他们背靠大树坐在那儿,不作声了。尼克觉得空落落的,心里却挺快活。

"埃迪说他总有一天晚上要跑来跟你妹妹多萝西睡上一觉。"

"什么?"

"他是这么说的。"

特鲁迪点了点头。

"他只想干这码事,"她说。埃迪是他们的异母哥哥。他十

---

① 和尼克一样,尼基也是尼古拉斯的爱称。

七岁。

　　"要是埃迪·吉尔比晚上敢来，胆敢来跟多萝西说一句话，你们知道我要拿他怎么着？我就这样宰了他。"尼克把枪机一扳，简直连瞄也不瞄，就是叭的一枪，仿佛把那个杂种小子埃迪·吉尔比不是脑袋上就是肚子上打了个巴掌大的窟窿。"就这样。就这样宰了他。"

　　"那就劝他别来，"特鲁迪说。她把手伸进尼克的口袋。

　　"得劝他多小心点，"比利说。

　　"他是个吹牛大王。"特鲁迪的手在尼克的口袋里摸了个遍。"可你也别杀他。杀了他要惹大祸的。"

　　"我就要这样宰了他，"尼克说。仿佛埃迪·吉尔比正躺在地上，胸口打了个大开膛。尼克还神气活现地踏上一只脚。

　　"我还要剥他的头皮，"他兴高采烈地说。

　　"那不行，"特鲁迪说。"那太恶心了。"

　　"我要剥下他的头皮给他妈送去。"

　　"他妈早就死了，"特鲁迪说。"你可别杀他，尼基。看在我的分上，别杀他了。"

　　"剥下了头皮以后，就把他扔给狗吃。"

　　比利可上了心事。"得劝他小心点，"他闷闷不乐地说。

　　"叫狗把他撕得粉碎，"尼克说，想起这个情景，得意极了。把那个无赖杂种剥掉了头皮以后，他会站在一旁，看那家伙被狗撕得粉碎，他连眉头都没皱一皱，忽然一个趔趄往后倒去，靠在树上，脖子被紧紧勾住了，原来是特鲁迪搂住了他，搂得他气都透不过来了，一边嚷道，"别杀他呀！别杀他呀！别杀他呀！别杀！别杀！别杀！尼基。尼基。尼基！"

　　"你怎么啦？"

　　"别杀他呀。"

　　"非杀了他不可。"

　　"他是个吹牛大王嘛。"

“好吧，”尼基说。“只要他不上门来，我就不杀他。快放开我。”

“这就对了，”特鲁迪说。“你现在有没有意思？我现在倒觉得很可以。”

“只要比利肯走开。”尼克自以为杀了埃迪·吉尔比，后来又饶他不死，是个男子汉大丈夫了。

“你走开，比利。你怎么老是死缠在这儿。走吧。”

“狗崽子，”比利说。“这码事叫我烦死了。我们算来干啥？打猎还是怎么着？”

“你可以把这枪拿去。还有一发子弹。”

“好吧。我管保打上一只又大又黑的。”

“一会儿我叫你，”尼克说。

过了好大半天，比利还没有回来。

“你看我们会生个孩子出来吗？”特鲁迪快活地盘起了她那双黝黑的腿，偎在尼克身上磨蹭着。尼克却不知有什么心事牵挂在老远以外。

“不会吧，”他说。

“就大生特生吧，管他呢。”

他们听见比利一声枪响。

“不知他打到了没有。”

“管他呢，”特鲁迪说。

比利从树林子里走过来了。他枪挎在肩上，手里提着只黑松鼠，抓住了两只前脚。

“瞧，”他说。“比只猫还大。你们完事啦？”

“你在哪儿打到的？”

“那边。看见它跳出来就打。”

“该回家啦，”尼克说。

“不，”特鲁迪说。

"我得赶回去吃晚饭。"

"好吧。"

"明天还想打猎吗?"

"好吧。"

"松鼠你们就拿去吧。"

"好吧。"

"吃过晚饭还出来吗?"

"不了。"

"觉得怎么样?"

"好。"

"那好吧。"

"在我脸上亲亲,"特鲁迪说。

这会儿开着汽车行驶在公路上,天色快要黑下来了,尼克不再想父亲的事了。一到白天的终了,他就不会再想父亲了。一到白天的终了,尼克就不许别人来打搅,要是不能独自过上一晚,就会觉得浑身不对劲儿。他每年一到秋天或者初春,就常常会怀念父亲,当时大草原上飞来了小鹬,或是看见地里架起了玉米禾束堆,或是看见了一泓湖水,有时哪怕只要看见了一辆马车,或是因为看见了雁阵,听见了雁声,或是因为隐蔽在水塘边上打野鸭;想起了有一次大雪纷飞,一头老鹰从空而降来抓布篷里的野鸭囮子,拍拍翅膀正要蹿上天去,却不防让布篷勾住了爪子。他只要走进荒芜的果园,踏上新耕的田地,到了树丛里,到了小山上,或是踩过满地枯草,只要一劈柴,一提水,一走过磨坊、榨房①、水坝,特别是只要一看见野外烧起了篝火,父亲的影子总会猛一下子出现在他眼前。不过他住过的一些城市,父亲却没有见识过。从十五岁起他就跟父亲完全分开了。

寒冬天气父亲胡须里结着霜花,一到热天却汗出如浆。他喜欢

---

① 榨苹果汁的作坊。

顶着太阳在地里干活，因为这本不是他的分内事，他就是爱干些力气活儿，而尼克却不爱。尼克热爱父亲，却讨厌父亲身上的那股气味，有一次他不得不穿一套小得父亲不能再穿的内衣，使他觉得直恶心，他就脱下来，塞在小溪边两块石头下，只说是弄丢了。父亲叫他穿上的时候，他对父亲说过那有股味儿，可父亲说衣服才洗过。衣服也确实是才洗过。尼克请他闻闻看，父亲生了气，拿起来一闻，说蛮干净，蛮清香。等到尼克钓鱼回来，身上的内衣已经没了，他说是给弄丢了，就为撒了这个谎，结果挨了一顿鞭子。

事后，他把猎枪上了子弹，扳起枪机，坐在小柴间里，让门开着，望见父亲坐在门廊的纱窗下看报，他心里想，"我可以一枪送他去见阎王。我打得死他。"到最后他的气终于消了，可想起这把猎枪是父亲给的，还是觉得有点恶心。于是他就摸黑走到印第安人的营地，去摆脱这股气味。家里只有一个人的气味他不讨厌，那是一个妹妹的。跟别人他就压根儿避不接触。等他抽上了香烟，他的嗅觉就迟钝了。这倒是件好事。捕鸟猎犬的鼻子愈尖愈好，可是人的鼻子太尖就未必有什么好。

"爸爸，你小时候常常跟印第安人一块儿去打猎，是怎么打的呀？"

"我说不好，"尼克吃了一惊。他竟没有注意到孩子已经醒了。他看了看坐在身边车座上的孩子。他自以为是独自一人，其实这孩子一直睁大了眼在他身边。也不知道孩子醒了有多久了。"我们常常去打黑松鼠，一打就是一天，"他说。"父亲一天只给我三发子弹，他说要这样才能学会如何打猎，小孩子拿了枪噼噼啪啪到处乱放可没好处。我跟一个叫比利·吉尔比的小伙子，还有他的妹妹特鲁迪，一块儿去打。有一年夏天，我们差不多天天都去。"

"真怪，印第安人也有叫这种名字的。"

"是啊，可不，"尼克说。

"跟我说说，他们是什么样儿的？"

"他们是奥吉布瓦族人，"尼克说。"人都是挺好的。"

"跟他们做伴，他们表现怎么样？"

"这怎么跟你说呢，"尼克·亚当斯说。难道能跟孩子说就是她第一个给了他从未有过的乐趣？难道能对孩子提起那丰满黝黑的大腿、那平坦的小肚子、那对结实的小奶子、那搂得紧紧的双臂、那灵活地探索的舌尖、那迷离的双眼、那嘴里的一股美妙的味儿？难道能讲随后的那种不适、那种紧密、那种甜蜜、那种润湿、那种温存、那种体贴、那种刺激？能讲那种无限圆满、无限完美的境界，那种没有穷尽的、永远没有穷尽的、永远永远也不会有穷尽的境界？可是这些突然一下子都结束了，眼看一只大鸟就像暮色苍茫中的猫头鹰一样飞走了，不过这是在白天的树林子里，有些铁杉树的针叶粘在肚子上。这一来，以后你每到一个地方，只要那儿住过印第安人，你就嗅得出他们留下的踪迹，空的酒瓶的气味再浓，嗡嗡的苍蝇再多，也压不倒那种香草的气息、那种烟火的气息以及那另外一种新剥貂皮似的气息。即便听到了挖苦印第安人的玩笑话，看到了苍老干枯的印第安老婆子，这种感觉也不会改变。也不怕他们身上渐渐带上了一股令人作呕的香味。也不管他们最后干上了什么营生。他们的归宿如何并不重要。反正他们的结局全都一个样。当年还不错。眼下可不行了。

再拿打猎来说吧。打下了一只飞鸟，就等于打遍天上的飞鸟。鸟儿虽然有形形色色，飞翔的姿态也个个不同，可是打鸟的感受是一样的，打头一只鸟好，打末一只鸟也同样美好。懂得这一点，他应该感激父亲。

"你也许不会喜欢他们，"尼克对儿子说。"不过我看你会喜欢他们的。"

"爷爷小时候也跟他们在一块儿住过，是吗？"

"是的。那时我也问过他印第安人是什么样儿的，他说印第安人中有好多是他的朋友。"

"我将来也可以去跟他们一块儿住吗？"

"这我就说不上了，"尼克说。"这是应该由你来决定的。"

"我到几岁上才可以拿到一把猎枪，独自个儿去打猎呀？"

"十二岁吧，如果到那时我看你做事小心的话。"

"但愿我现在就有十二岁。"

"反正那也快了。"

"我爷爷是什么样儿的？我对他已经没啥印象了，就还记得那一年我从法国回来，他送了一把气枪和一面美国国旗给我。他是什么样儿的？"

"他这个人可怎么说呢？他是个了不起的猎手和捕鱼人，还有一双好眼睛。"

"比你还了不起吗？"

"他的枪法要比我强得多，他的父亲也是一个打飞鸟的神枪手。"

"我敢说他不会比你强。"

"喔，他可强着哩。他出手快，打得准。看他打猎，比看谁打猎都过瘾。他对我的枪法总是很不满意。"

"我们为什么从来不到爷爷坟上去祷告？"

"我们的家乡不在这一带。离这儿远着哪。"

"在法国可就没有这样的事情。要是在法国我们就可以去。我想我总该到爷爷坟上去祷告吧。"

"改天去吧。"

"我希望以后我们别住得那么远，免得等你死了我到不了你坟上去祷告。"

"我们得以后瞧着办。"

"你说我们该大家都葬在一个方便的地方吗？我们可以都葬在法国嘛。葬在法国好。"

"我可不想葬在法国，"尼克说。

"那也总得在美国找个比较方便的地方。我们就都葬在牧场上，行不行？"

"这个主意倒不坏。"

"这样，我在去牧场的路上，可以在爷爷坟前顺便停一停，祷告一下。"

"你倒想得挺周到的。"

"唉，爷爷坟上连一次也没去过，我心上总觉得不大舒坦啊。"

"我们总是要去的，"尼克说。"放心吧，我们总是要去的。"

蔡　慧译

附录（一）

三下枪声 *

尼克正在帐篷里脱衣服。他看见篝火在帐篷上投下他父亲和乔治叔叔的影子。他感到好生不安和羞愧,便尽快地脱下衣服,整整齐齐叠好。他感到羞愧是因为脱衣服使他想起了上一晚的事。整天来他都把这事抛置脑后了。

他父亲和叔叔吃过晚饭就走了,带着盏篝灯过湖去钓鱼。他们把小船推下水之前,他父亲吩咐他,万一他们不在时出了什么紧急情况,他只要开三下枪,他们就马上赶回来。尼克从湖边穿过林子回到营地。他听得见黑暗中的船桨声。他父亲在划桨,他叔叔坐在船尾拉饵钓鱼。他父亲把小船推下水时,他叔叔已经早拿着钓竿坐好了。尼克留神听他们在湖面上的动静,到再也听不见桨声才罢。

尼克一路穿过林子走回去,倒害怕起来了。夜间他对林子总不免有点害怕。他掀开帐篷门帘,脱了衣服,摸黑悄悄钻进毯子里躺着。帐篷外的篝火烧剩一堆木炭了。尼克躺着一动不动,想法入睡。到处都没动静。尼克感到只要能听到一声狐狸叫,或者猫头鹰啼啊什么的,就放心了。到目前为止还没什么明确的东西让他害怕。可是眼下他却大大害怕起来。蓦地他怕起死来了。才两三个礼拜前,他们在家乡的教堂里,刚唱过一首赞美诗,"生命总有一天会断送"①。他们唱这首赞美诗时尼克明白了自己总有一天必定会死。这使他感到非常难受。这是他头一回明白自己迟早难逃一死。

那天晚上,他坐在过道夜明灯下看《鲁滨孙历险记》③,想借此忘却生命总有一天会断送这一事实。保姆看见他在过道上,吓唬他说要是他不去睡觉,就要去告诉他父亲了。他进房去睡了,但等保姆进了她自己的房间,他又出来,在过道夜明灯下看书直看到天明。

497

昨晚，他在帐篷里就有过同样的恐惧。他只是到了晚上才有这种恐惧。开头倒不好算是恐惧，而更像是一种体会。但总是处在恐惧的边缘，而且一旦开了头，一下子就害怕起来。他只要心里真的一吓坏，就马上拿起枪，把枪口从帐篷口伸出去，开上三枪。枪杆朝他反冲得够呛。他听见枪子在林间摧枯拉朽，一掠而过。他只要一开了枪就没事了。

他躺下来等他父亲回来，但他父亲和叔叔在湖对面还没吹灭篝灯，他就睡着了。

"这混小子，"他们往回划时，乔治叔叔说。"你干吗吩咐他叫我们回去啊？他没准儿被什么弄得大惊小怪了。"

乔治叔叔是他父亲的弟弟，一个钓鱼迷。

"啊，得了。他还小呢，"他父亲说。

"这可不是带他跟我们一起到林子里来的理由啊。"

"我知道他胆子特小，"他父亲说，"可我们在他那年龄胆子都小。"

"我真受不了他，"乔治说。"他鬼话特多。"

"啊，得了，别提了。反正今后你钓鱼的机会多的是。"

他们走进帐篷，乔治叔叔拿手电直照着尼克的眼睛。

"怎么啦，尼基？"他父亲说。尼克在床上坐起身。

"听上去像是狐狸和狼的杂种，就在帐篷四下转悠，"尼克说。"有点儿像狐狸，但更像狼。"当天他刚从叔叔那儿学会"杂种"这词儿。

＊ 下面这六篇有关尼克·亚当斯的短篇小说是《全集》本没有收进的，现根据 1972 年斯克里布纳父子公司出版的《尼克·亚当斯故事集》（菲利普·扬编选）加以补译。看文字的风格，它们和这"首辑四十九篇"显然是属于同一个时期。

① "生命总有一天会断送"是赞美诗《靠恩得救歌》中的第一句，原汉译本译为"每日银链将要折断"，典出《圣经·传道书》第 12 章，按"银链"指的就是"生命线"。这首赞美诗是基督教丧葬追思等活动中所用。

② 英国作家笛福（1660?—1731）的代表作。旧译为《鲁滨孙漂流记》。

"他没准儿听到了猫头鹰啼叫吧，"乔治叔叔说。

早上，他父亲发现有两棵大椴树长得彼此靠拢，在风中会摩擦发声。

"你看是这个声响吗，尼克？"他父亲问。

"兴许是吧，"尼克说。他不愿再想这事了。

"今后你在林子里可不要害怕了，尼克。没一样伤得了你。"

"连闪电也伤不了？"尼克问。

"对，连闪电也伤不了。碰上大雷雨就跑到空地上去。躲在山毛榉树下也行。它们从没挨过雷击。"

"从来没有？"尼克问。

"我从没听说过，"他父亲说。

"哎呀，听你说山毛榉树能行，我真高兴，"尼克说。

这会儿他又在帐篷里脱衣服了。虽然他没在看他们，可是他觉察到帐篷上有两个人影。随即他听到小船给拖上湖滩，两个人影便没了。他听见父亲跟什么人在说话。

接下来他父亲大喝一声道，"穿上衣服，尼克。"

他赶快穿好衣服。他父亲走进帐篷，在圆筒形行李袋里翻来找去。

"穿上外衣，尼克。"他父亲说。

陈良廷　译

499

印第安人搬走了

佩托斯基的大路从培根爷爷的农场直通山上。农场在大路的终端。可是，看上去这条路总像是从他的农场开头通往佩托斯基的，一路顺着树林边，直上陡峭多沙的长坡，进入林间不见踪影，这长坡就是到此碰上一片阔叶树林突然中止的。

这条路进了林子，空气变得阴凉，脚下的沙地湿得发硬了。路面在林间的山坡上上下下，两边都是浆果树丛和山毛榉幼树，不得不定期修剪，免得枝桠完全挡住路面。到了夏天，印第安人沿路采集野莓子，带到山下小屋出售，红艳艳的野山莓叠在提桶里，沉甸甸的，都压碎了，上面盖着椴木叶保持阴凉；后来卖黑莓，一桶桶的，都结实鲜亮。印第安人带着货，穿过林子到湖滨小屋来。根本听不见他们来的声息，他们就到了，拎着装满野莓子的铁皮桶，站在厨房门口。有时尼克正躺在吊床上看书，闻到了印第安人进了院门，走过木柴堆，绕过屋子。凡是印第安人都是一个味儿。印第安人都有这股甜腻腻的气味。当初培根爷爷把地岬边的窝棚租给印第安人，他们走后，他踏进窝棚，里面全是这股味儿，那时是他头一回闻到这味儿。从此培根爷爷再也没法把窝棚租给白人了，也没印第安人来租过，因为住过这窝棚的印第安人在七月四日独立节那天到佩托斯基去喝了个烂醉，回来时，躺在马奎特神父[1]铁路轨道上睡大觉，被半夜开过的火车压死了。那个印第安人非常高大，给尼克做过一把白蜡木桨。他单身在窝棚里住过，喝了烈酒夜间独自在林间转。不少印第安人都是这副德性。

印第安人没有一个发的。先前倒有过——那是置办农场的老一辈印第安人，到了儿孙成群，人也老了，长得胖了。就像住在霍顿斯溪边的西蒙·格林这号印第安人，有过一个大农场。可是西蒙·

格林死了，他的子女把农场卖了，分掉钱财，奔别处去了。

尼克记得西蒙·格林坐在霍顿斯湾镇铁匠铺前一张椅子上，顶着太阳直冒汗，铺子里正在给他的马钉蹄铁。尼克在棚屋檐下铲起阴湿的泥土，用手指在土里挖虫子，只听得不断传来锤铁的当当声。他把泥土筛进装虫子的罐头里，把刚才铲过的地面再填满，拿铲子拍拍平。西蒙·格林在外面太阳下，坐在椅子上。

"喂，尼克，"尼克一出来他就说。

"喂，格林先生。"

"去钓鱼？"

"对。"

"天好热，"西蒙笑道。"跟你爹说今年秋天我们会有不少鸟呢。"

尼克一直跨过铁匠铺后面那片田野，到屋里去拿钓鱼竿和鱼篓。到溪边去的路上，西蒙·格林坐着双轮马车沿路走过。尼克正走进灌木林，西蒙没看见他。那是他最后一回看到西蒙·格林。那年冬天西蒙就死了，第二年夏天他的农场也卖掉了。除了农场他什么也没留下。他把一切都重新投进农场里了。有一个儿子本想继续种田，可是另外两个儿子作了主，把农场卖了。不料到手的钱还不到大家预期的一半。

格林那个本想继续种田的儿子埃迪，在春溪后面买下一块地。另外两个儿子在佩尔斯顿买下一个弹子房。他们亏了本就把它卖了。印第安人就是这副德性。

陈良廷　译

———————

① 指雅各·马奎特神父（1637—1675），法国天主教耶稣会传教士，探险家，曾与法殖民地总督委派的若利埃沿密西西比河航行，到过阿肯色河口，返航到密歇根湖，在印第安人居住区筹建传教据点。为纪念他，后来修造了一条以他命名的铁路。

过密西西比河

　　开往堪萨斯城的列车停在一条岔道上，正好在密西西比河东岸，尼克往外瞧着那条积了半英尺厚尘土的大路。眼前除了这条大路和三两棵蒙着尘土变成灰色的树木之外，什么也没有。一辆大车晃晃悠悠，顺着车辙走过，赶车的给弹簧坐垫颠得垂头歪脑，听任缰绳松弛地搭落在马背上。

　　尼克瞧着大车，心想不知它要上哪儿，究竟这赶车的是不是就住在密西西比河边，是不是曾经钓过鱼。大车晃晃悠悠，在路上走得不见踪影了，尼克不由想起在纽约举行的职业棒球"世界大赛"①。他想起在白短袜队那公园②观看过的首场比赛中，"快乐"费尔施那回本垒打③，当时"瘦子"索利把杆一抡，身子冲出老远，膝盖差点挨到地面，那白如流星的球对准中外场的绿色护栏远远飞去，费尔施正低着头，朝一垒那白色的方软垫拼命跑去，随着球落在露天看台一小堆争来夺去的球迷当中，观众发出一阵欢呼。

　　列车启动时，蒙着尘土的树木和褐色的路面开始后退，叫卖书报的从车厢正中过道上摇摇摆摆走过来。

　　"有什么大赛的消息？"尼克问他。

　　"决赛中白短袜队获胜了，"卖书报的答道，在特等客车的过道上一路走去，腿儿习惯于摇晃，像水手一般。他的回答使尼克感到一阵欣慰。白短袜队打败他们了。真令人精神大振。尼克打开《星期六晚邮报》，开始阅读，偶尔往窗外瞧瞧，想瞧一眼密西西比河。过密西西比河可是件大事，他想，倒要分秒必争看个痛快。

　　窗外景色像流水一晃而过，只见一溜公路、电线杆，偶有几栋屋子，还有平展的褐色田野。尼克原以为看得见密西西比河畔的峭壁，谁知好容易等一条似乎望不到头的长沼流过窗下，只看得见窗

502

外那机车头蜿蜒而出，开上一座长桥，桥面俯临一大片褐色的泥浆水。这时尼克只看得见远处是一片荒山野岭，近处是一溜平展的泥泞河堤。大河似乎在浑然一体地往下游移动，不是流动，而是像一个浑然一体的湖泊在移动，碰到桥墩突出处才稍稍打旋。尼克眺望着这一片缓缓移动的平展的褐色水面，脑海里一下子涌现出马克·吐温、哈克·芬、汤姆·索耶④和拉萨尔⑤这些名字。他欣然暗想，反正我见识过密西西比河了。

陈良廷　译

---

① "世界大赛"为美国职业棒球两大联赛，美国联赛和全国联赛每年冠军的总决赛。
② 白短袜队是芝加哥的强队，以科米斯基公园为基地。
③ 本垒打，棒球手在打出一球后，安全地从一垒跑一圈，回到本垒。这样可得到一分。
④ 哈克·芬和汤姆·索耶是马克·吐温著名小说《哈克贝里·芬历险记》和《汤姆·索耶历险记》的主人公。
⑤ 罗贝尔·卡韦利埃·拉萨尔 (1643—1687)，法国探险家，曾沿密西西比河而下，直达出海口，并声称整个流域为法国领土。

登陆前夕

尼克在一片漆黑的甲板上散步，走过坐在一排甲板躺椅上的那些波兰军官。有人在弹曼陀林。里昂·霍奇亚诺维奇把脚在黑暗中伸出来。

"嗨，尼克，"他说，"哪儿去？"

"不去哪儿。只是走走。"

"这儿坐。有张椅子。"

尼克在空椅上坐下，趁着海上的夜色，望着人来人往。六月夜，天好热。尼克倒身靠着椅子背上。

"明天我们就进港了，"里昂说。"我听无线电报务员说的。"

"我是听理发师说的，"尼克说。

里昂哈哈笑了，用波兰语跟身边躺椅上的那人说话。他探身过去，对尼克一笑。

"他说不来英语，"里昂说。"他说是听盖比说的。"

"盖比在哪儿？"

"跟什么人在上面救生艇里吧。"

"加林斯基在哪儿？"

"不定跟盖比在一起。"

"不，"尼克说。"她跟我说过她受不了他。"

盖比是船上唯一的姑娘。她长着一头金发，总是披散着，笑声爽朗，身材健美，只是有股什么臭味。她有个姑妈正送她回巴黎投亲，开船以来，她姑妈就没离开过房舱。她父亲同法国航运公司有点儿关系，所以她同船长共餐。

"她干吗不喜欢加林斯基？"里昂问。

"她说他看上去像只海豚。"

里昂又笑了。"快，"他说，"我们去找他，跟他说说。"

他们站起身，走到栏杆边。那些救生艇在头顶上空晃荡着，准备给放下。船身倾斜，甲板歪向一边，救生艇也歪吊着，拼命晃荡。海水轻柔地悄悄溜过，大片大片磷光闪闪的海藻在翻滚、吮吸，从水下冒出泡来。

"船走得很快，"尼克俯视着水面说。

"我们在比斯开湾①里，"里昂说。"明天该见到陆地了。"

他们在甲板上转悠，走下舷梯，到船尾去看看磷光闪闪的船后尾波，放眼望去，正像一道弯弯的犁起的地。他们上面是那炮台，有两名水手在炮边走来走去，衬着海水蒙蒙的泛光，黑糊糊的。

"船正在曲折行进，"里昂望着尾波说。

"一整天了。"

"据说这些船运送德国邮件，所以从来没被打沉过。"

"也许吧，"尼克说。"我可不信。"

"我也不信。不过这想法不错。我们去找加林斯基吧。"

他们发现加林斯基在他的舱里，正拿着瓶干邑白兰地。他用漱口杯在喝着。

"嗨，安东。"

"嗨，尼克。嗨，里昂。来一口吧。"

"你跟他说，尼克。"

"听着，安东。我们替一位美人儿捎个信给你。"

"我知道你们这位美人儿是谁。你们带了这美人儿，上烟囱去跟她鬼混吧。"

他仰躺着，伸出双脚顶住上铺的弹簧床垫，往上使劲。

"牢骚鬼！"他大声喊道。"嗨，牢骚鬼！醒醒，起来喝酒吧。"

---

① 比斯开湾，西班牙北部海岸和法国西部布列塔尼亚半岛之间的一个宽广的大海湾。

上铺边上露出一张脸。那是张圆滚滚的脸，戴了副钢边眼镜。

"我醉了，可别叫我喝酒啦。"

"下来喝吧，"加林斯基吼道。

"不，"上铺的人说。"把酒递上来给我。"

他又转身面对着墙了。

"他醉了两星期啦，"加林斯基说。

"对不起，"上铺的人说。"我才认识你十天，你这么说并不正确。"

"难道你不是醉了两星期吗，牢骚鬼？"尼克说。

"那当然，"牢骚鬼面对墙壁说话。"可是加林斯基没权利这么说。"

加林斯基用双脚顶得他上下晃动起来。

"我把话收回，牢骚鬼，"他说。"我看你没有醉。"

"别说胡话啦，"牢骚鬼有气无力地说。

"你在干什么，安东？"里昂问。

"想我那个在尼亚加拉瀑布的女朋友呗。"

"得了，尼克，"里昂说。"我们别管这只海豚了。"

"她跟你们说过我是只海豚吗？"加林斯基问。"她对我说我是只海豚。你们知道我用法语怎么跟她说来着？'盖比小姐，你身上没一点儿叫我动心的。'喝一口吧，尼克。"

他递过酒瓶，尼克喝了几口白兰地。

"里昂？"

"不，走吧，尼克。我们别管他。"

"我半夜里跟大伙儿值班，"加林斯基说。

"别喝醉了，"尼克说。

"我从来没喝醉过。"

牢骚鬼在上铺嘀咕着什么。

"你说什么，牢骚鬼？"

"我在请求上帝用雷电击他呢。"

"我从来没喝醉过，"加林斯基又说了一遍，斟了半杯干邑白兰地。

"快，上帝啊，"牢骚鬼说。"用雷电击他。"

"我从来没喝醉过。我从来没跟女人睡过觉。"

"来吧。干你的工作吧，上帝。用雷电击他啊。"

"来吧，尼克。我们走。"

加林斯基把酒瓶递给尼克。他喝了一口就跟这高个子波兰佬出去了。

他们在门外听见加林斯基在叫，"我从来没喝醉过。我从来没跟女人睡过觉。我从来没说过谎。"

"用雷电击他啊，"传来牢骚鬼的细嗓门。"别信他这套鬼话，上帝。用雷电击他啊。"

"他们真是一对活宝，"尼克说。

"这个牢骚鬼怎么啦？他打哪儿调来的？"

"他在救护车队里干过两年。人家打发他回国去。他给大学开除了，现在又回来了。"

"他喝得太多了。"

"他不顺心啊。"

"我们去弄瓶葡萄酒，到救生艇里睡去。"

"走吧。"

他们在吸烟室的吧台前歇脚，尼克买了一瓶红葡萄酒。里昂站在吧台边，一身法国军装，更见身材高大。吸烟室里有两场大牌局在进行。要不是这是在船上的最后一夜，尼克会高兴参加的。大家都在打牌。舷窗全都紧闭，还拉上了百叶窗，弄得烟雾腾腾，热浪滚滚。尼克瞧瞧里昂。"想打牌吗？"

"不。我们还是边喝边聊吧。"

"那就要两瓶吧。"

他们拿着两瓶酒，从热烘烘的吸烟室里出来，踏上甲板。要爬上一条救生艇倒也不难，尽管爬到吊艇架上时，尼克吓得不敢往下看水面了。他们爬进了艇里，系上救生带，仰天躺在坐板上，倒也逍遥自在。有一种置身于海天之间的感觉。不像乘在大船里那么感到阵阵震动。

"这儿挺不错，"尼克说。

"我每夜都睡在其中一条救生艇里。"

"我就怕发梦游症，"尼克说。他正在拔出瓶塞。"我睡在甲板上。"

他把酒瓶递给里昂。"这瓶你留着，替我打开那一瓶，"波兰佬说。

"你拿着，"尼克说。他拔出第二瓶的瓶塞，摸黑跟里昂碰碰酒瓶。两人喝酒。

"在法国你能喝到比这更好的酒，"里昂说。

"我可不会留在法国。"

"我忘了。真希望我们能一起当兵。"

"我一点也不中用了，"尼克说。他打小艇舷边往下瞧着漆黑的水面。刚才他爬到船外吊艇架上时已经吓坏了。

"不知我会不会害怕，"他说。

"不会，"里昂说。"我想不会。"

"看看所有那些飞机这一类玩意儿一定很好玩。"

"是啊，"里昂说。"我只要能调动，马上就去开飞机。"

"我可不行。"

"为什么？"

"我不知道。"

"你千万别想心里在害怕。"

"我没。我真的没。这我倒决不担心。因为刚才爬上救生艇时觉得不对劲儿，我才这么想。"

里昂侧卧着，酒瓶竖直放在脑袋旁。

"我们不必老想着心里害怕，"他说。"我们不是那种人。"

"那牢骚鬼害怕了，"尼克说。

“是啊。加林斯基跟我说过。”

“所以他才被遣送回去。所以才一直喝得醉醺醺的。”

“他可不像我们，”里昂说。“听着，尼克。你我都是有点儿胆量的。”

“我知道。我也那样想。别人可能送命，可我不会。这一点我绝对相信。”

“对极了。我们就是有那么股劲儿。”

“我早想加入加拿大部队，可是人家不肯收我。”

“我知道。你跟我说过。”

他们都喝着酒。尼克仰天躺着，瞧着烟囱里冒出的烟被天空衬托得像朵云。天色亮起来了。不定月亮快出来了。

“你有过女朋友吗，里昂？”

“没。”

“一个也没有？”

“对。”

“我有一个，”尼克说。

“你跟她同居？”

“我们订了婚。”

“我从没跟女人睡过觉。”

“我在窑子里跟女人睡过。”

里昂喝了一口。衬着天色，只见黑糊糊的酒瓶在他嘴边斜着移动。

“我说的不是这个意思。我也嫖过。我不喜欢。我意思是说，要跟你心爱的人整夜睡在一起。”

“我女朋友本来就愿意跟我睡的。”

“可不。她爱你的话就会跟你睡。”

“我们就快结婚了。”

陈良廷　译

新婚之日

他刚才游过泳，走上山以后，正在盆里洗脚。屋里很热，德奇和卢曼两个都站在一边，神色紧张。尼克从衣柜抽屉里拿出一套干净内衣、干净的丝袜、新的吊袜带、白衬衫和硬领，一一穿上。他站在镜子前打领带。德奇和卢曼使他想起拳击赛和橄榄球赛前的更衣室。他喜欢他们那副紧张相。他真想知道要是自己在给绞死前，他们是不是也会这样。八成是吧。万事都要事到临头才能明白的。德奇走出去拿瓶塞起子，进屋打开酒瓶。

"好好来一口，德奇。"

"你先喝，斯坦。"

"不。有什么关系？尽管喝吧。"

德奇足足喝了一大口。尼克嫌这一口喝得太多了。毕竟只有这么一瓶威士忌哪。德奇把酒瓶递给他。他递给卢曼。卢曼喝了一口，可没德奇喝得那么多。

"行了，斯坦老弟。"他把酒瓶递给尼克。

尼克灌了两口。他爱喝威士忌。尼克穿上长裤。他根本不在想什么。"色鬼"比尔，阿特·梅耶和"吉"都在楼上穿衣服。他们都该喝上一口。天哪，为什么只有一瓶呢？

婚礼结束后，他们就上了约翰·科特斯基的那辆福特车，顺着大路翻过小山，到湖边去。尼克付给约翰·科特斯基五美元，科特斯基帮他把行李袋搬到小船上去。他们俩跟科特斯基握握手，于是福特车顺老路开回去了。久久还听得见车子声。尼克的父亲在冰窖后面的李树丛里替他藏着船桨，可他找来找去找不到，海伦只得在下面船里等他。最后他总算找到了，就把桨带到下面湖岸去。

摸黑划过湖面路程倒很长。夜里又热又闷。两个人话都不多。

510

有几个人刚才把婚礼闹得不像样了。快靠岸时，尼克使劲划桨，飕的把小船送上沙滩。他停下船，海伦一步跨了出来。尼克吻了她。她按他教过她的方式，使劲地回吻他，嘴唇微启，这样两个人的舌头就可以舔来舔去。他们紧紧抱住，然后走到小屋去。路又黑又长。尼克用钥匙开了门，然后回到小船上去取行李。他点上灯，两人一起把小屋内处处察看了一遍。

陈良廷 译

论 写 作 [*]

天气越来越热了，太阳热辣辣地晒在他的脖颈上。

尼克钓到了一条好鳟鱼。他可不想钓到很多鳟鱼。这里的河道又浅又宽。两岸都长着树木。在午前的阳光中，左岸的树木在流水上投射下很短的阴影。尼克知道每摊阴影中都有鳟鱼。他和比尔·史密斯^①有个炎热的日子在黑河边发现了这一点。等到下午，太阳朝群山移去后，鳟鱼会待在河道另一边的荫凉的阴影中。

最最大的鱼会待在靠近河岸的地方。在黑河上你是总能钓到大鱼的。比尔和他曾经发现这一点。太阳下了山，它们全都会游到外面激流中去。太阳下山前使河水射出一片耀眼的反光，就在此时，你可能在激流中的任何地方使一条大鳟鱼上钩。但是那时简直没法钓鱼，水面耀眼得就像阳光下的一面镜子。当然啦，你可以到上游去钓，可是在黑河或这条河那样的河道上，你不得不逆水吃力地走，而在水深的地方，水会朝你身上直涌。到上游去钓鱼可并不有趣，尽管所有的书本上都说这是唯一的办法。

所有的书本。他和比尔在过去的日子里看书看得可有劲儿哪。这些书都是以一个虚假的前提做出发点的。就像猎狐活动一样。比尔·伯德^②在巴黎的牙医说过，甩假蝇钓鱼时，你把自己的智力跟鱼的智力作较量。我一向是这样看的，埃兹拉^③说。这话能引人发笑。能引人发笑的事儿多着呢。在美国，人们以为斗牛是个笑柄。埃兹拉认为钓鱼是个笑柄。许多人认为诗是个笑柄。英国人是个笑柄。

还记得在潘普洛纳^④，人家当我们是法国人，把我们从板墙后推到场子里的公牛面前吗？比尔的牙医从另一方面来看待钓鱼，也同样的糟糕。这是说比尔·伯德。从前，比尔是指比尔·史密斯。

512

现在是指比尔·伯德。比尔·伯德眼下正在巴黎。

他结了婚⑤就此失去了比尔·史密斯、奥德加、吉⑥和过去的那一帮子。这是因为他们都是处男的关系吗？吉肯定不是处男。不，他所以失去他们，是因为他用结婚的行动来承认还有比钓鱼更重要的事儿。

这是他一手培养的。他和比尔认识以前，比尔从没钓过鱼。他们到处都打伙在一起。黑河、鲟鱼河、松树荒原⑦、明尼苏达河上

---

* 这是海明威原来附加在《大双心河》文末的，可说是另一个结尾，因为它的开头三段和《大双心河》（第二部）中的三段重复。1924年底把包括本篇在内的短篇小说集《在我们的时代里》送美国出版商时，于最后时刻决定删去这最后九页，因为这段自传性的内心独白把本文中所着意刻画的战争创伤的效果给破坏了。卡洛斯·贝克在《海明威生平故事》（1969）中写道："这主要是一段尼克·亚当斯的内心独白，充满了对他那些在密歇根州的老朋友和在欧洲的新朋友的回忆。文中还发表了一些对美学的见解。"

① 即前文中提到过的比尔，指海明威早年在密歇根度夏时的至交之一，小威廉·B·史密斯。海明威在这段结尾中完全把自己和尼克等同起来了。

② 指美国新闻工作者威廉·伯德（1888—1963）。他于1920年创办联合新闻社，赴巴黎任驻法分社负责人。1922年4月，去意大利热那亚采访国际经济会议时结识海明威。他爱好用十八世纪的手工操作的印刷机亲自印刷珍本书籍，在巴黎办了一个三山出版社，于1924年3月出版海明威的速写集《在我们的时代里》。

③ 指美国意象派诗人埃兹拉·庞德（1885—1973），海明威在巴黎开始写作生涯时的启蒙者之一。

④ 在西班牙东北部，为古巴斯克王国的首都，有十五世纪的哥特式大教堂。每年7月初圣福明节期间，居民通宵狂欢，并举行斗牛赛。海明威于1923年和友人同去参加，迷恋上了斗牛赛。后来在《太阳照常升起》中详细描绘了1925年那次盛大的狂欢节和斗牛赛。

⑤ 海明威和第一个妻子哈德莱·理查逊（在尼克·亚当斯的故事中名为海伦）于1921年9月结了婚，年底即赴巴黎定居，开始文学生涯，所以和早年那些钓鱼朋友就此疏远了。

⑥ 奥德加和吉分别为海明威称呼他早年游侣卡尔·埃德加和杰克·彭特科斯特的外号，后者是海明威中学时的同学。吉（Ghee）的原意为印度半流体黄油。

⑦ 黑河和鲟鱼河分别在密歇根州中部及北部。松树荒原在新泽西州东南部，面积达七千多平方公里，原为成片的松、柏、橡树林，直到十九世纪六十年代被砍伐殆尽，成为一片由砂质土地、沼地、溪流、灌木丛等组成的荒原，只有些零星的松林，故名。

游，还有那么许多小溪。关于钓鱼的事儿大都是他和比尔一道发现的。他们在农场里干活，从六月到十月钓鱼，并到林子里去远足。比尔每年春天总是辞去他的工作。他也这样。埃兹拉认为钓鱼是个笑柄。

比尔原谅了他在他们俩认识前的钓鱼活动。他原谅他曾到过那么许多河上。他确实为它们感到骄傲。这就像一个姑娘对其他姑娘的看法。如果她们是你过去搞的，那就无所谓。可是你后来再搞就不同了。

这就是为什么他失去他们的原因，他想。

他们全都和钓鱼结了婚。埃兹拉把钓鱼看作笑柄。其他人大都也这样想。他在和海伦结婚前就和钓鱼结了婚。确实和它结了婚。这绝对不是笑柄。

所以他失去了他们大伙儿。海伦认为是因为他们不喜欢她。

尼克在一块背阴的漂石上坐下来，把布袋垂在河里。河水在漂石的两边打旋。背阴的地方很凉快。河边树木下，河滩是沙质的。沙滩上有水貂的脚迹。

他还是避开日头的好。漂石又干燥又凉快。他坐着，让水从靴子里流出来，顺着漂石的一边往下淌。

海伦认为是因为他们不喜欢她。她当真这么想。乖乖，他想起了自己当初对人们结婚总怀着恐惧。真是可笑。或许是因为他一向跟上了年纪的不主张结婚的人来往才这样的。

奥德加老是想跟凯特①结婚。凯特说什么也不想跟人结婚。她和奥德加老是为了这个吵嘴，可是奥德加不要别人，而凯特却什么人都不要。她只要求彼此做好朋友，奥德加也愿意做好朋友，他们俩一直很苦恼，竭力做好朋友，并且争吵。

---

① 这是威廉（"比尔"）·B·史密斯妹妹凯瑟琳的爱称。她后来于1929年和美国小说家约翰·多斯·帕索斯结婚，于1947年去世。

这一套禁欲主义思想是夫人①灌输给人的。吉跟克利夫兰几家窑子的姑娘们来往，但他也有这种想法。尼克也有过这种想法。这一套全是虚假的玩意。你让这种虚假的理想在心里扎下根，你就要身体力行了。

一切爱好全都放在钓鱼和过夏上了。

他爱好钓鱼甚于一切。他爱好跟比尔在秋天里刨土豆，乘汽车长途旅行，在海湾中钓鱼，炎热的日子里躺在吊床上看书，在码头边游水，在夏勒伏瓦和佩托斯基②打棒球，在海湾边生活，吃夫人做的饭菜，看到她和蔼地对待仆人们，在餐厅中吃饭，眺望窗外长条田地和地岬对面的大湖，跟她交谈，和比尔的老爹一起喝酒，离开农场出去钓鱼，或者光是闲着无所事事。

他爱好漫长的夏季。从前，每当八月一日来临，他想到仅仅只有四个礼拜钓鳟鱼的季节就要过去时，总觉得不是味儿。如今，他有时在梦里会有这种感觉。他会梦到夏季就快过去，而他还没钓过鱼。这使他在梦里觉得不是味儿，仿佛在坐牢似的。

瓦隆湖南端的山丘，在湖上驾汽艇驶来时遇到的暴风雨，在引擎上张着一把伞不让冲上船来的波浪弄湿火花塞，用泵排出船内的积水，在大暴雨中驾着船沿湖滨送蔬菜，爬上浪峰，溜下波谷，浪涛紧跟在后方，带着用油布盖住的伙食、邮件和芝加哥的报纸从大湖③的南端北来，坐在这些东西上面不让弄湿，浪大得无法登陆，在火堆前烤干身子，光着脚去取牛奶时，风在铁杉的枝间刮着，脚下是湿漉漉的松针。天亮时起床划船过湖，雨后徒步翻过山丘上霍顿斯溪去钓鱼。

----

① 指圣路易市约瑟夫·威廉·查尔斯大夫的夫人，她是比尔和凯特的姑妈，在他们的母亲患肺结核于1899年去世后，把他们从小扶养成人。
② 海明威的父亲常带孩子们在密歇根州中部的瓦隆湖畔的别墅中度夏，使海明威从小爱上了钓鱼。夏勒伏瓦位于瓦隆湖西，滨密歇根湖，佩托斯基在瓦隆湖东，滨小特拉弗斯湾，是那一带的两大城市。
③ 指密歇根湖，芝加哥位于该湖的西南端。

霍顿斯溪一向需要雨水。歇尔兹溪碰到下雨就不行了，泥水奔流，泛滥起来，流到草地上。一条小溪这么样，打哪儿去找鳟鱼啊？

这就是有条公牛把他追得翻过板墙的地方，他弄丢了钱包，钓钩全在里头呢。①

要是他当初就像现在这样了解公牛就好了。马埃拉②和阿尔加凡诺如今在哪儿？八月，巴伦西亚和桑坦德③的周日斗牛赛，在圣塞瓦斯蒂安④的那几场糟糕的斗牛赛。桑切斯·梅希阿斯杀了六头公牛。斗牛报纸上的那些词句自始至终老是浮现在他脑中，弄得他到头来只得不再看报。用米乌拉公牛的斗牛赛。尽管他的"自然挥巾"⑤动作做得缺点昭然若揭。安达卢西亚⑥的精华。"骗子"奇克林。胡安·特雷莫托。贝尔蒙蒂·布埃尔凡怎么样？

马埃拉的小弟弟如今也是个斗牛士了。事情就是这样发展的。

整整一年，他的内心世界全给斗牛占去了。钦克⑦看到马被牛扎伤，脸色煞白，可怜巴巴。⑧唐⑨对这却无所谓，他说。"于是我

---

① 海明威常趁到潘普洛纳看斗牛之便，和友人赴该城东北比利牛斯山脉南麓的布尔戈特小镇去钓鱼。详见《太阳照常升起》。

② 海明威和许多著名的斗牛士交朋友，曼努埃尔·加西亚·马埃拉是他第一次去潘普洛纳时就结识的。他曾在速写"第十四章"中想象马埃拉在场上被公牛扎死的情景。马埃拉实际上是在 1924 年 12 月死于肺炎的。

③ 巴伦西亚在西班牙东北部，滨地中海，桑坦德在西班牙北部，滨比斯开湾。

④ 位于西班牙北部，滨比斯开湾，为巴斯克地区的中心。

⑤ 斗牛的一种动作，斗牛士左手握着有柄红巾，引诱公牛朝他的身子冲过来，紧挨他的左侧擦过。

⑥ 古地区名，包括今西班牙南部八个行省。

⑦ 海明威在米兰医院养伤时，于 1918 年 11 月结识爱尔兰军官埃里克·爱德华·多尔曼-史密斯，成为终身好友。钦克是他的外号。他给海明威讲了不少大战中的经历，海明威后来写在小说中。1922 年 5 月，海明威夫妇和钦克重访意大利，到了在大战中到过的那些地方。

⑧ 斗牛赛的第一阶段，由两名骑着马的长矛手把长矛扎进公牛颈部隆起的肌肉，公牛被激，朝马冲击，常常把马挑伤，情景可怖，初看斗牛赛者往往受不住。

⑨ 指美国讽刺作家唐纳德·奥格登·斯图尔特（1894—1980）。他与海明威于 1923 年在巴黎相识，第二年 7 月第一次去潘普洛纳看斗牛。他后来进戏剧界，登台演出并写剧本，在好莱坞任电影编剧多年，1940 年以《费城故事》获编剧金像奖。

恍然大悟，我会爱上斗牛的。"这准是看马埃拉时的事。马埃拉是他知道的最了不起的一个。[①]钦克也这样认为。他在把公牛从土街上赶往斗牛场的牛栏时目光跟着他转。

他，尼克，是马埃拉的朋友，所以马埃拉从他们在出入口上方第一排座位上面的 87 号包厢对他们挥手，等海伦看到了他，再挥挥手，而海伦很崇拜他，当时包厢里还有三名长矛手，而所有其他长矛手正在包厢前面的场子里干他们的活儿，他们抬眼望着，事前事后都挥挥手，于是他对海伦说，长矛手们只替彼此干，这一点当然是事实啰。这正是他看到过的最出色的长矛功夫，包厢里那三名头戴科尔多瓦帽的长矛手，每看到长矛出色地扎中一次就点点头，其他的长矛手对上面的那三位挥挥手，然后干他们的活儿。就像那些葡萄牙长矛手上场的那一回，那名老长矛手把帽子丢进场子，自己趴在板墙上观看那小伙子达·凡依加表演。这是他曾见过的最伤心的场面。这就是那名胖长矛手想当的角色，当一名斗牛场上的骑手。上帝啊，这小子达·凡依加骑马功夫多棒。这才叫骑马功夫。拍成电影可不怎么样。

电影把什么都给毁了。就像谈论什么好的事物一样。正是这一点使战争成为不真实。话讲得太多了。

不管谈论什么事儿都不好。不管写什么真实的事儿也都不好。这一来总不免把它给破坏了。

唯一多少有点优点的作品是你虚构出来的，你想象出来的。这倒使什么事物都变得逼真了。就像他写《我老爹》[②]时，他从没见过一名骑师摔死，但第二个礼拜，乔治·帕弗雷芒就在跳那一个栏时摔死了，而情况果然如此。他曾经写过的所有好作品都是他虚构的。没有一桩事曾真正发生过。其他事倒发生过。说不定是更好的

---

① 海明威在 1926 年写的短篇小说《陈腐的故事》中写马埃拉得了肺炎在特里安纳的家中死去，并且写到那次重大的葬礼，由一百四十七名斗牛士送他上坟场，把他葬在著名斗牛士何塞利托（1895—1920）的墓旁。
② 海明威在这里把自己和尼克完全等同起来了。

事吧。这正是家里人无法理解的地方。他们以为全是根据经验写的。

这就是乔伊斯的弱点。《尤利西斯》中的戴德勒斯就是乔伊斯本人，所以他糟透了。乔伊斯对待他真太富有浪漫色彩和理智了。他虚构了布卢姆这一人物，而布卢姆真了不起。他虚构了布卢姆太太。①她是全世界最伟大的角色。

这就是麦克②的写作方式。麦克写得太接近生活了。你必须领悟了生活，然后创作出你自己的人物。不过麦克还是有能耐的。

尼克在他写的故事中从来不写他本人。他都是虚构的。当然啦，他从没见过一个印第安妇女生孩子。这是使那个故事③出色的原因。谁也不知道这底细。他曾在上喀拉迦奇的路上看见过一个女人生孩子。④就是这么回事。

他希望能始终这样写作。他有时候这样写。他想当个伟大的作家。他肯定相信能当成。他从好多方面看出了这一点。他无论如何要当成。不过这是烦难的。

如果你爱好这个世界，爱好生活在这个世界上，爱好某些人物，要当一个伟大的作家是烦难的。如果你爱好许许多多地方，那么也是烦难的。那样的话，你就身体健康，心情舒畅，过着愉快的日子，别的就都不在乎了。

每当海伦不舒服的时候，他总是能工作得最出色。就靠那么多的不满和摩擦吧。再说，还有些你不得不写作的时候。不是出于良心。仅仅是肠子里需要有东西可以蠕动而已。再说，你有时候感到

---

① 爱尔兰小说家詹姆斯·乔伊斯（1882—1941）的长篇小说《尤利西斯》（1922）主要写这三个都柏林人在1904年6月16日那一天从早到晚的活动。

② 指美国诗人、作家罗伯特·孟席斯·麦克阿尔蒙（1896—1956）。他于1921年春到巴黎，于1923年创办出版公司，那年秋，出版海明威的第一部作品《三篇故事与十首诗》。

③ 指海明威的早期短篇小说《印第安人营地》。

④ 见海明威早年写的速写"第二章"。

不可能再写作了，可是隔了不久，你就知道早晚你能再写出一个好故事来。

这实在比什么都有趣儿。这才确实是你为什么写作的原因。他过去从没体会到这一点。这不是出于良心。仅仅是因为这是最大的乐趣。它比任何事都更有劲。然而要写得出色真难死了。

诀窍可真多啊。

如果你用诀窍来写，那就容易了。人人都用诀窍来着。乔伊斯想出了几百个新的诀窍。光凭它们是新的，可并不能使它们更出色。它们全都会变成陈词滥调。

他向往像塞尚绘画那样来写作。

塞尚开始时什么诀窍都用上了。后来他打破了这一切，创作出真崭实货的玩艺。这样做难得够呛。他是最伟大的一个。永远是最伟大的。但没有成为人们崇拜的偶像。他，尼克，希望写乡野，这样可以像塞尚在绘画方面那样永存于世[①]。你必须从自己的内心出发来干。根本没有任何诀窍可言。谁也没有这样写过乡野。他为此简直感到神圣。这是严肃得要命的事儿。如果你为了它奋斗到底，你就能成功。如果你充分用你的双眼来生活的话。

这是桩你没法谈论的事儿。他打算一直写作下去，直到成功为止。也许永远不会成功，但是等他接近了目标，他是会知道的。这是桩艰巨的工作。也许要他干上一辈子。

写人物是很容易的。所有这一套时髦的玩艺是容易的。在这个时代背景下，有那些顶天立地的原始派艺术家，如卡明斯[②]，当他思想机敏的时候，写作就像是自动化的，《巨大的房间》可不是这样，那是一部著作，伟大的作品之一。卡明斯花了很大的力气才写

---

① 法国后期印象派大师塞尚（1839—1906）画有不少法国东南部普罗旺斯地区的风景画。

② 爱·埃·卡明斯（1894—1962）于1917年参加美国志愿救护车队赴法，因友人家信中有亲德文字受牵连而被关进法国集中营，1922年发表自传体小说《巨大的房间》，用超现实主义手法描述这几个月狱中生活的感受。后来成为在诗歌语言及形式上创新的著名现代派诗人。

成的。

还有别的作家吗? 年轻的阿希①有点能耐,可是你还说不准。犹太人很快就退化。他们开始时都很好。麦克有点能耐。唐·斯图尔特仅次于卡明斯,是最有能耐的。比如说他笔下的哈多克夫妇②。也许林·拉德纳③也是如此。非常可能。舍伍德④这样的老家伙。德莱塞这样的更老一点的家伙。还有什么别的人吗? 也许有些年轻的家伙。伟大的无名作家。然而无名作家是从来没有的。

他们追求的目标跟他追求的不同。

他看得到塞尚的作品。葛特鲁德·斯坦因⑤家的那幅画像。如果他画得对头,她是看得出来的。卢森堡宫⑥的那两幅好作品,他每天在伯恩海姆博物馆那展出借来展品的画展上看到的那些。士兵们脱掉衣服准备游水,树木间的房屋,其中一棵树后面有座屋子,不是胭脂红的那座,而是另一座胭脂红的。男孩子的画像。塞尚也能画人物。然而这是比较容易的,他用从乡间取得的经验来画人物。尼克也能够这样做。人物是容易写的。谁也不知道他们的底细。如果读起来很好,人家就信得过你的话了。人家信得过乔伊斯。

---

① 指出生于波兰的著名犹太小说家肖伦·阿希 (1880—1957) 的长子内森 (1902—1964),当时在巴黎的《大西洋彼岸评论》上发表了一些短篇小说。
② 斯图尔特刚在 1924 年发表幽默小说《哈多克先生和夫人出国记》。
③ 美国讽刺作家林·拉德纳 (1885—1933) 善于用口语体写棒球运动员、理发师等社会上九流三教的小人物的故事,1916 年以书信体小说《你是知道我的,艾尔》而成名。
④ 指美国小说家舍伍德·安德森 (1876—1941),其代表作为描写俄亥俄州一假想小镇上形形色色人物的短篇集《小城畸人》(1919)。他开创了美国文学中的现代文体,海明威曾受其影响。
⑤ 葛特鲁德·斯坦因 (1874—1946) 于 1902 年起定居于巴黎,从事实验性写作,并提倡支持巴黎的先锋派艺术运动,收藏不少塞尚、毕加索等的作品。海明威第一次到巴黎后不久即参加她家的文艺沙龙,在写作上受到她的启发及影响。
⑥ 在巴黎塞纳河左岸,巴黎大学文理学院附近。当时常年展出大量当代美术家的作品。后来迁移至附近的一所建筑中,称为卢森堡博物馆。

他确切知道塞尚会怎样来画这一段河流。上帝啊，要是有他在这儿来画多好啊。他们死了，这真是糟透了。他们工作了一辈子，然后上了年纪，死了。

尼克看清了塞尚会怎样画这一段河流和沼地，便站起身来，朝下跨进河水。水很冷，是实际存在的。他蹚过流水，在这幅画面上移动着。他在河边沙砾地上跪下，把手伸进盛鳟鱼的布袋。它搁在流水里，就在他把它通过浅滩一路拖过来的地方。这老伙计还活着。尼克打开布袋口，把鳟鱼放在浅水里，看它越过浅滩游走，背脊露出在水面上，穿过石块之间游向那深深的水流。

"它太大了，不好吃，"尼克说。"我到宿营地前面去钓两条小的当晚饭。"

他爬上河岸，把钓丝绕在卷轴上，动身穿过灌木丛。他吃了一块三明治。他忙着赶路，钓竿很碍事。他不再思索。他把一些想法存放在头脑里。他要赶回宿营地，动手干起来。

他把钓竿紧挟在身边，穿过灌木丛。钓丝钩住了一根树枝。尼克站住了，割断钓钩上的接钩绳，把钓丝卷好。他把钓竿朝前伸着，现在穿过灌木丛可轻松了。

他看见前方有只兔子，平躺在小道上。他站住了，心里很不满。兔子差一点断气了。兔子脑袋上叮着两只扁虱，每只耳朵后面一只。它们是灰色的，吸饱了血，有一颗葡萄那么大。尼克把它们摘下，它们的头小而硬，几对脚动弹着。他把它们放在小道上，一脚踩下。

尼克拎起这纽扣般的眼睛呆滞无神的软绵绵的兔子，把它放在小道边一丛香蕨木下。他放下时，感到它的心在跳。兔子在树丛下静静地躺着。它也许会醒过来的，尼克想。也许是当它蹲伏在草丛中时，扁虱叮上了它。也许是它在开阔地上欢跳之后发生的。他说不准。

他继续上坡顺着小道走向宿营地。他头脑里存放着一些想法。

吴　劳译

附录（二）

《尼克·亚当斯故事集》前言

菲利普·扬

"关于他小时候待过的地区，他写得相当不错。是他当时能达到的最佳水平。"有一位垂死的作家在《乞力马扎罗的雪》的初稿中这样想。那位作家当然就是海明威。那个地区是他小时候度夏的密歇根州，而他在回忆中自称为尼克·亚当斯。"是他当时能达到的最佳水平"确乎是非常出色的。

然而涉及尼克的那些短篇一直显得数量过大，而且顺序是打乱的，所以至今没有被收成一集。结果呢，他这些冒险故事的连贯性被弄得模糊不清，给读者的印象也是支离破碎的了。在海明威的第二部短篇小说集《没有女人的男人们》中，尼克最初作为在意大利的士兵出场，接下来是伊利诺斯州顶峰镇的一个青少年，然后依次是密歇根州的一个小男孩、在奥地利的一个已婚男子、又是在意大利的一名士兵。还有，想想海明威最著名的短篇之一《大双心河》所引起的麻烦吧。它给放在第一部短篇集《在我们的时代里》的末尾，使许许多多读者感到不解。如果按照时间顺序，放在写第一次世界大战的那些短篇的后面，故事中隐藏着的紧张感——尼克给人的那种在驱除心中的某种莫名的焦虑的印象——便完全可以理解了。但是，在时间方面先于《大双心河》并且对它作出解释的《你们决不会这样》，却是在八年后出了几部书后才发表的。

如果按时间顺序排列，尼克生活中的诸重大事件便构成一篇富有意义的记叙文了，其中有个令人难忘的角色从孩子成长为青少年，再成为士兵、复员军人、作家和父亲——这个过程和海明威本人生活中发生的大事是亦步亦趋的。这样一排列，长久以来根本没有被广泛地认为是个前后贯穿的角色的尼克·亚当斯，便清晰地凸现为海明威作品中一长串他本人的化身中的第一个。随后的那些主人公，从杰克·巴恩斯和弗瑞德里克·亨利到里查德·坎特韦尔和托马斯·赫德森①，全都有尼克的历史以及与之相关的海明威的历史的一部分作为后盾。

　　跟许多虚构小说作家的真实情况一样，海明威的作品和他本人生活中的大事之间的关系是直接而错综复杂的。在有些短篇中，他显然把他实际经历中的种种细节如实地作出报道，仿佛在记日记一般。在另外一些短篇中，他运用想象力把自己的经历变幻成新的不同的情事。探索海明威作品中现实与虚构之间的种种联系，能成为一桩引人入胜的活动，而凡是意欲进一步钻研这问题的读者请参阅本前言后附的传记书目。但是海明威自然存心指望他这些短篇不必依靠这方面的考虑便能让人理解并欣赏——实在好久以来这些短篇正是如此的。

　　第一篇写尼克·亚当斯的虚构小说几乎在半个世纪前就问世了，最后一篇在1933年，而多年来还写下了好一些。在海明威身后留下的未出版的手稿中，竟发现了这总的长卷中的八篇新作。今天把它们安插在其事件发生的时间顺序中，在这里第一次推出，而它们在篇幅和明显的创作意图方面，是各各不同的。其中有三篇——写到印第安人如何撤离尼克小时候待的地区、写到他第一眼看到密西西比河的感受，以及他婚礼前后发生的事——都相当短。如果作者曾有过把其中的哪一篇加以铺陈的打算，那是无法得知了；只能干脆把它们当作一位艺术家笔记本中的几篇速写来看待了。在另外两篇中，他的意图是不言自明的，因为在这里我们看到的是永远没法完成的作品的开端部分。尼克搭上"芝加哥号"，在第一次世界大战期间去法国，原是一部早就放弃的名叫《和青春同行》的长篇小说的开端。《最后一方清净地》也是同样的情况，尽

────────────

① 这四人分别为《太阳照常升起》、《永别了，武器》、《过河入林》及《岛在湾流中》的男主人公。

管是多年以后才写的，它的情节戛然而止，还得写好多页才能把其中的矛盾冲突圆满解决。另外两篇分明是从业已发表的尼克故事中发展而成的。《三下枪声》讲述这少年如何在一次野营时感到惊慌失措。它一度是放在《印第安人营地》这个短篇前面的。而尼克关于他写作的"意识流"反思一度是（只是年代误植了）作为《大双心河》的尾声的。在这些新作中，只有极可能是海明威关于尼克·亚当斯所写的第一篇《度夏的人们》才可算是完整的。

为了把这些新作和已发表的那些短篇区别开来，本书中所有的新作都用一种特制的"斜体"铅字来印刷①。如果有人对我们决定发表这些短篇提出疑问的话，我们有现成的话可以作辩解。首先，把所有的尼克·亚当斯故事重新排列成为一个连贯的系列是根据填补这叙述长卷中实际上的各段空白的资料来进行的。再者，这些新的虚构故事全都在某些方面和作者生活中发生的事有关联，而读者们对此是一直感兴趣的。最后一点最最重要，这些短篇对我们这位最杰出作家之一的作品和性格作出了新的阐明，并能切实提高我们对他的理解。用斜体铅字排印不过是间接地唤起读者的注意，但我们期望能得到热烈的欢迎。

1972 年

吴　劳译

---

① 这在中文译本中当然是不必要的。

...een, ~~in the still dark~~ from under which beyond a tent, you step out to see too many stars. The moon gone down, the breeze had risen an urinate. Up looking at the uncross-like blu of Southern cross intel and thus each morning in the profundity of urination reflect upon ~~the~~ publicity of constellations, and not awake you listen to the night move highly past you. hen wade to where Pap sits before the fire, pipe comforted, his ventures perked, loving the ime before daylight and the windless burning of dead branches he says, "How are you, governor?"

"No worse than you."

The sky is very high there and branches come between, ~~in the still dark~~ from under which beyond a tent, you step out to see too many stars. The moon gone down, the breeze had risen an urinate. Up looking at the uncross-lik of Southern cross intel and thus profundity or intel and thu

...ud branches
eyond a tent, ~~the still dark~~ from under which
tars. The moon gone down, the breeze not risen
...u urinate. Uplooking at the ~~cross-like~~ blu
's Southern Cross! and thus each morning in the
...rofundity of urination reflect upon the
...bliquity of constellations, and not awake you
...sten to the night move lightly past you.
...en walk to where Pup sits before the fire,
...ipe comforted, his creatures perked, loving the
...me before daylight and the windless burning of
...ead branches he say?", "How are you, governor?"

"No worse than you."

The sky is very high there and branches
one between, ~~the still dark~~ from under which
eyond a tent, you step out to see too many
tars. The moon gone down, the breeze not risen
...u urinate. Uplooking at the cross-like
's Southern Cross! and thus ...
...rofundity of urination and thus ...

Ernest H. Hemingway.

海明威文集

海明威短篇小说全集 ⑦

Complete Short Stories

〔美〕海明威 著 陈良廷 蔡慧 等译

上海译文出版社

第二部

"首辑四十九篇"后发表于书刊上的短篇小说

蔡慧　译

过 海 记

送冰车还没有来给酒吧间送冰，流浪汉都还靠在大楼外的墙上睡大觉，这哈瓦那一大清早的景象你见过没有？告诉你，那一回我们从码头上出来，穿过广场到三藩珠咖啡馆去喝杯咖啡，就见到广场上只有一个乞儿没在睡觉，正在供喝水的喷嘴跟前接水喝。不过我们到咖啡馆里一坐下，发现那三个人却早已在那里等我们了。

一等我们坐定，其中一位就走了过来。

"怎么样？"他说。

"这事我办不到，"我对他说。"不是不肯帮你们的忙。我昨儿晚上就对你们说过了，我办不到。"

"你自己开个价吧。"

"不是价不价的问题。我就是办不到。就是这么回事儿。"

那另外两位也早已走了过来，三个人站在那里，都显得很不高兴。他们人倒都是一表人物，帮不上他们这个忙，我觉得真是遗憾。

"一千块一个怎么样？"其中一位英语讲得很流利的说。

"别惹我恼火啦，"我对他说。"我不跟你们说瞎话，我真的办不到。"

"等以后时局变了，好日子就有你过的。"

"这我知道。你的话我完全相信。可我就是办不到。"

"为什么？"

"我得靠这条船谋生哪。没了船，我也就断了生计。"

"有了钱再买一条好了。"

"坐了班房还买它干吗？"

他们一定以为只要多费些口舌就准能把我说动，因为那一位还是一个劲儿说下去。

"你可以到手三千块，这以后的好日子就有你过的啦。你要知道，眼下这局面是长不了的。"

"听着，"我说。"这儿由谁当总统跟我不相干。反正我抱定了宗旨：只要是会开口的，就别想搭我的船到美国去。"

"你的意思是说我们会说出去？"一直没有开过口的一位说。他发了火了。

"我说的是，只要是会开口的就不许上。"

"你以为我们是 lenguas largas①？"

"没那个意思。"

"你可明白什么叫 lengua larga？"

"明白。意思就是舌头很长的人。"

"你可知道碰上这种人我们是怎么对付的？"

"不要对我这样凶嘛，"我说。"是你们来找我相商的。不是我凑上来找你们的。"

"别多嘴，潘乔，"原先出面说话的那位对发怒的那位说。

"他说我们会说出去，"潘乔说。

"听着，"我说。"我对你们说了：只要是会开口的，就不许上我的船。酒装在麻袋里不会开口。柳条筐里的酒坛子也不会开口。不会开口的东西多得很。可人就是会开口。"

"唐山佬也会开口？"潘乔气鼓鼓地说。

"会开口，可他们说的话我听不懂，"我对他们说。

"这么说你不干？"

"还是昨儿晚上那句话：我办不到。"

"可你该不会说出去吧？"潘乔说。

他是对一句话产生了误解，才这么气鼓鼓的。还有，心里的想头落了空，我看也是他生气的原因之一。因此我干脆就没有答

---

① 原文是西班牙语。

理他。

"你该不是个 lengua larga 吧？"他又问，还是气鼓鼓的。

"听着，"我对他说。"大清老早的，不要这样凶嘛。我相信你杀过许多人就是。可我今天连咖啡都还没有喝上呢。"

"这么说你是看准我杀过人了？"

"得了，"我说。"我才不管你呢。可你办事就不能别生那么大的气吗？"

"我现在就是生气，"他说。"我还要杀了你呢。"

"唉，真是活见鬼，"我对他说。"你就少说两句好不好。"

"好了好了，潘乔，"那头一位说。然后又回过头来对我说道："我非常抱歉。我还是希望你能送我们去。"

"我也很抱歉。不过这事办不到。"

那三个人于是就准备走了，我看着他们走去。他们都是些漂亮后生，衣着讲究，谁也没戴帽子，看上去都是些很有钱的人。至少都是些开口就是钱的人吧。他们说的那种英语也是只有一些有钱的古巴人才说的。

这里边有两个看起来像是兄弟俩，另外还有一个就是潘乔了，此人个子略微高些，不过模样儿也是一个样。也是细挑身材，衣着讲究，头发梳得亮光光的。我看他的为人未必会像他说话那么粗鄙。大概就是脾气相当急躁。

就在他们出门向右一拐时，我看见有一辆关上了窗子的汽车穿过广场迎着他们驶来。紧接着只听得一声响，一方玻璃碎了，射进来一颗子弹，打在右边壁框里那个样酒柜内的一排酒瓶上。我听见那枪还是一个劲儿地打，啪！啪！啪！靠墙的一排酒瓶纷纷给击得粉碎。

我赶快去躲在左边的卖酒柜台后面，从柜台边上探出头来看得很清楚。汽车早已停下，汽车旁边有两个家伙趴下了身子。其中一个拿着支汤姆生式冲锋枪，另外一个拿的是一把锯短了的自动猎枪。那个拿汤姆生式冲锋枪的是个黑人。另一个穿一件汽车司机的白工作服。

三个后生里有一个摊开了手脚，面孔朝下，扑在人行道上，就在打碎的大玻璃橱窗外边不远处。另外两个隐蔽在隔壁丘纳德酒吧门前的一辆送冰车后面。丘纳德酒吧的门前停着两辆这样的"热带啤酒"送冰车，拉车的马一匹已是连着马具倒在地下，脚还在那里踢腾，另一匹则扬起了后蹄，在拼命挣扎。

一个后生在送冰车后尾的角上开枪还击，子弹都打在人行道上飞了出去。那个开冲锋枪的黑人脸儿几乎都抠进了路面，贴地向上给了送冰车尾部一梭子，果然撂倒了一个，那人冲着人行道摔了下去，脑袋伸出在人行道的边儿上。他手抱着头扑在那儿，汽车司机就拿猎枪对着他打，让黑人趁此机会换上一盘子弹，但是枪法不准一枪未中。只见人行道上一点一点尽是大号铅弹的印子，宛如银水四溅。

那另一个后生拉着这中弹后生的腿，把他往送冰车后面拖去，我看见那黑人把脸儿又压到了路面上，给了他们一梭子。过了会儿我看见那潘乔老兄从送冰车后面转了出来，闪在那还没有倒下的马后。他一迈腿离开了马的掩护，脸色白得像条脏被单，手里拿着把大号鲁格尔手枪，另一只手也帮着把枪稳稳把住，一下就把汽车司机打中了。他又一步步逼过去，对那黑人连打了三枪，两枪从黑人头上飞了过去，一枪又打低了。

他却把个汽车轮胎打中了，因为我看见轮胎里的气喷出来，在街上扬起了一股尘土。那黑人等他来到十英尺处，抬起手里的冲锋枪一枪打中了他的肚子。那肯定是他枪膛里的最后一颗子弹了，因为我看见他打了这一枪就把枪扔了。那潘乔老兄费劲地一屁股坐下来，随即就朝前一头栽了下去。他死死地抓着那把鲁格尔不放，还想撑起身来，可是他的头已经抬不起来了，那黑人就乘机拿起司机身旁那支撑在车轮上的猎枪，一枪把他的脑袋掀掉了半个。这黑炭可真够厉害的。

我看见近旁有开了瓶的酒，管它是谁的拿过来就往喉咙里灌，到今天我还说不上当时喝的是什么玩意儿。眼前的一切，叫我看得心里不好受极了。我在柜台背后跑得飞快，穿过后面的厨房往外一溜。我老远的从广场的外沿绕过，对咖啡馆门前迅速聚拢的人群连一眼都不去看，就进了码头大门，来到码头上，上了船。

那个包船的客人已经在船上等着了。我就把碰到的事情对他说了。

"埃迪在哪儿？"这个叫约翰逊的包船人问我。

"枪一打起来我就没有再见过他。"

"你看他会不会挨了枪子儿？"

"绝对不会。打进咖啡馆来的子弹都打在样酒柜上，那我包你没错儿。那时候汽车正从他们背后开来。那第一个家伙就是在这个当口给打死在玻璃橱窗跟前的。他们来的方向是这样一个角度……"

"你看来好像挺肯定似的，"他说。

"我当时看着哪，"我对他说。

这时候我一抬眼，看见埃迪从码头上来了，看上去似乎比原先更高大、也更邋遢了。走起路来好像全身的关节都散了架似的。

"他来了。"

埃迪的脸色非常难看。他今天一大清早脸色就不大好看，可现在简直难看透了。

"你在哪儿啦？"我问他。

"趴在地上。"

"你都看见了吗？"约翰逊问他。

"别提了，约翰逊先生，"埃迪对他说。"这事儿我一想起来就直想吐。"

"你还是来喝一杯吧，"约翰逊跟他说完，便回过头来问我："好啦，是不是该开船啦？"

"你决定吧。"

"今天的天气怎么样？"

"跟昨天差不多。也许还要好些。"

"那就出发吧。"

"好吧,鱼饵一到马上起锚。"

我们这条漂亮游艇去湾流里钓鱼已经有三个星期了,除了他事先预付过我一百块钱,让我付清领事费用、办好结关手续、买上一些吃的、把汽油加足以外,我还没有见过他一个子儿。船上应用的一切都由我提供,他则付三十五块钱一天的包租费。他晚上睡在一家旅馆里,每天早上到船上来。这桩包船生意是埃迪介绍给我的,所以我还得带上他,给他四块钱一天。

"船得加油了,"我对约翰逊说。

"加吧。"

"那我就得支点儿钱了。"

"要多少?"

"两毛八一加仑。四十加仑总是少不了的。那就得花十一块两毛。"

他掏出十五块钱。

"多余的钱要不要给你买点啤酒和冰?"我问他。

"也好,"他说。"反正在我的欠账里扣除就是了。"

我心里想:让他赊三个星期的账,时间是长了一点,不过他既然付得起账,晚一些付又有什么关系?按说是一个星期一付最妥当。可现在我却让他包一个月再问他拿钱。我虽说有些失算,可是先让他包满一个月也好嘛。只是剩下了这最后几天,看着他我有些不放心了,不过我也不便说什么,免得惹他生我的气。只要他付得起账,包的日子愈长就愈好。

"要不要来一瓶啤酒?"他打开了冰箱,问我。

"不用了,多谢。"

就在这时,我们手下那个专弄鱼饵的黑人从码头上跑来了,我就叫埃迪准备解缆起航。

黑人带着鱼饵上了船,我们就解缆出发,出了港口。那黑人一直埋着头在拿两条鲭鱼做饵：他先拿鱼钩插进鱼嘴，穿腮而出，又从这边鱼腹刺进去，那边鱼腹扎出来，然后把鱼嘴并拢系住在接钩绳上，把鱼钩也给系得牢牢的，一不能让鱼钩脱落，二要使鱼饵能在水里平稳浮游，不致打转。

他真是个名副其实的黑炭，人很机灵，却老阴着个脸，衬衫里的脖子上挂着一串蓝色的伏都教念珠，头戴一顶旧草帽。在船上他就爱做两件事：睡觉加看报。不过他装得一手好鱼饵，而且手脚麻利。

"这样装鱼饵你就不会吗，船长？"约翰逊问我。

"会。"

"那你为什么还要带个黑炭来干这活儿呢？"

"等大鱼成群来了，你就明白了，"我对他说。

"这话怎么说？"

"这黑人装起饵来比我快。"

"埃迪就干不了？"

"不行。"

"我总觉得这笔开销花得没有必要。"他给这个黑人一块钱一天，那黑人就夜夜去跳伦巴。我看得出他这会儿就已经觉得有点困了。

"这人可是少不了的，"我说。

这时我们的船早已过了泊在茅屋村前的那批带有鱼舱的渔船，也已过了靠在莫洛堡附近专捕水底羊味鱼①的那批小艇，于是我就把船向海湾中的分水处驶去，看得见有一条深色线的所在那就是了。埃迪把两只大诱饵②放了出去，那黑人的鱼饵也已装了三钓竿了。

---

① 产于西印度群岛及美国佛罗里达一带的一种食用鱼，因味如羊肉而得名。
② 所谓诱饵是拖在船尾的若干鱼饵，上无鱼钩，仅起引诱鱼类来追逐的作用。

湾流已经快要漫到近岸水域了，船向分水处驶去时，看得见湾流的水色是近乎紫红的，还不断卷起一个个旋涡。海上吹起了微微的东风，我们惊起了不少飞鱼，个儿大的飞出去时，看着真仿佛看林白①飞越大西洋的影片一样。

那些大飞鱼的出现，是最好不过的迹象了。这时极目望去，就可以看到有一小摊一小摊萎黄的果囊马尾藻，那说明湾流主流已到，在前方还可以看到有飞鸟在那里乱啄成群的小金枪鱼。金枪鱼跃出水面都看得见，不过那都是些小鱼，才两三磅一条。

"现在就可以放竿了，"我对约翰逊说。

他束好腰带，系上保险绳，把那根装着哈代式绕线轮子的大钓竿放下水去，绕线轮子上绕有三十六号线六百码。我回头一望，见他的饵料好端端的拖在船后，随波上下，那两个诱饵也时而入水，时而出水。看这速度大致正好，我就把船向湾流里驶去。

"把钓竿把儿插在椅子上的插座里好了，"我对他说。"那样把着钓竿就不觉得重了。线轮上的制动螺丝可别拧紧，这样鱼上了钩你就可以由着它去使劲。要是拧上了的话，上钩的鱼一使劲，就非把你甩到大海里去不可。"

这番话我每天都得跟他说一遍，不过我倒也并不怕唠叨。这帮包船钓鱼的客人，五十个里头只有一个才是懂得钓鱼门道的。就是懂得些门道的吧，头脑也简单得很，总不肯用结实些的线，线不牢碰到了大鱼哪能吃得住呢。

"这天色你看怎么样？"他问我。

"好得不能再好了，"我对他说。今天准是个响晴天，错不了。

我让那黑人代我掌会儿舵，叫他就沿着这湾流的边缘向正东行驶，自己便回到约翰逊那儿，见约翰逊正坐在那儿看钓饵一路随波

---

① 查尔斯·林白(1902—1974)，美国飞行员。1927年5月20日他从纽约出发，经33小时30分飞抵巴黎，是世界上单身飞越大西洋的第一人。

上下，向前漂游。

"要不要我再放一根钓竿出去？"我问他。

"不了，"他说。"我就喜欢这鱼儿得由我亲手钓住，亲自经过搏斗，亲自捉到手。"

"好，"我说。"那你看要不要叫埃迪把钓竿放出去，要是有鱼上钩，就叫他把钓竿给你，由你来亲自拉钩？"

"不要，"他说。"我看还是只放一根钓竿的好。"

"好吧。"

那黑人还是把船在朝外开，我一看，原来他发现在上流的那个方向，前边不远处突然出现了一大片飞鱼。回头望去，只见哈瓦那在阳光里好不壮观，此刻刚好有一艘船过了莫洛堡出港而来。

"我看你今天鱼儿上钩有望，该可以搏斗一下了，约翰逊先生，"我对他说。

"是时候了，"他说。"我们出海有几天了？"

"到今天正好三个星期。"

"三个星期才钓到鱼，也够长久的了。"

"这里的鱼很怪，"我告诉他说。"平时不见，来了才有。但是不来则已，一来便是一大片。从来也没有断过线。这会儿要是还不来的话，怕是从此就不会再来了。可月亮很好呀。湾流的势头也不错，况且又吹起了好风。"

"我们刚来的时候倒还有些小鱼。"

"是啊，"我说。"我不告诉你了吗。小鱼少了，不来了，就该大鱼登场了。"

"你们在游船上当船长的老是这一套。不是来早了，就是来晚了，要不就是风向不对，或者月亮不好。可钱你们还是照拿不误。"

"不过，"我对他说，"事情麻烦就麻烦在你们这些主儿往往不是来早，就是来晚，再加风向也常常不对劲。好容易有了个十全十美的好天，偏又兜揽不到一个主儿，出不了海。"

"可你看今天准是好天？"

"这个嘛，"我对他说，"今天我这就已经够忙乎的了，可我敢担保你今天也闲不了。"

我们就定下心来守着钓竿。埃迪到船头去躺下了。我可是始终站在那儿，看船后有没有尾随的鱼儿出现。那黑人有时会打起盹来，对他我也得看着点儿。没说的，他晚上一定闹得够厉害的。

"请你给我拿一瓶啤酒好不好，船长？"约翰逊对我说。

"行，"我说。于是就从冰块底下替他挖出一瓶冰透了的。

"你不来一瓶？"他问。

"不了，"我说。"等晚上再喝。"

我开了瓶子，正给他递过去，忽然看见有那么个褐色的大家伙，身子比人的胳膊还长，头上像是挺着把长矛，高高的蹿出了水面，猛地向那做了饵料的鲭鱼扑来。看这大家伙的身围，简直像一根没有锯开的大圆木。

"不要硬拉！"我高声叫道。

"鱼还没有上钩呢，"约翰逊说。

"那就等一等。"

那大家伙是从深水里蹿起来的，所以没有一下子咬住。我知道它一定会回头再来。

"作好准备，它一咬住，你就把线儿松开。"

这时我看见那大家伙伏在水下从背后追上来了。只见那鱼鳍张得开开的，仿佛紫红的翅膀，褐色的身体上尽是一道道紫红的条纹。那样子就像来了一条潜水艇，背顶上的鳍突起在水外，一路划开水面，浪迹清楚可见。不一会儿它就来到了饵料的背后，那长矛也出了水面，像是还甩了甩水。

"快送过去让它咬住，"我说。约翰逊按在绕线轮子上的手一松，轮子呼呼直转，那该死的马林鱼就一扭身沉了下去，我看到它闪烁着一身灿灿的银光，侧向一个转身，就飞快地朝海岸的方向游去。

"把螺丝拧紧点儿，"我说。"不用拧得很紧。"

他就把制动螺丝拧了拧紧。

"别拧得太紧了，"我说。眼看钓鱼线愈来愈斜了，我才又说："快使劲拧紧，给它点厉害瞧瞧。得给它点厉害瞧瞧。这家伙会不乱蹦才怪。"

约翰逊把螺丝拧紧了，眼光又回到了钓竿上。

"快给它点厉害瞧瞧，"我对他说。"得给它点苦头吃。把线多提几下好把它钩住。"

他狠命使劲，把线又连提了两三下，这时钓竿弯下来了，绕线轮子吱吱直叫，嘭的一下，那大家伙蹿出水面来了，朝天一蹦蹦得好高，映着阳光银鳞闪闪，随即泼剌一声落到水里，好似一匹马给推落悬崖一般。

"把螺丝松开，"我对他说。

"给它跑啦，"约翰逊说。

"会跑了才怪，"我对他说。"快快把螺丝松开。"

我看到钓线荡了下来。那大家伙接着又是一蹦，这一蹦可蹦到了船后，往出海的方向游去了。过了会儿工夫它又露出了水面，把海水劈得白浪纷飞，我终于看清了，它的口腔壁叫鱼钩钩住了。那一身条纹也越发显得鲜明了。真是条好鱼，此刻看去是一派灿烂的银光，遍体紫红的条纹，身围简直就有一根圆木那么粗。

"给它跑啦，"约翰逊说。看钓线并没有张紧。

"绕线，把它拉过来，"我说。"钩子分明钩得很牢嘛。开足马力赶上去！"这是对那黑人嚷嚷的。

于是一次、两次，那大家伙直撅撅像根桩子一样冒出了水面，整个身子向我们直扑而来，每次一落到水里，就高高的溅起一大片浪花。钓线渐渐紧了，我发现它又是在向海岸的方向游去了，而且我看得出它正打算要转身改向。

"它想要逃跑了，"我说。"只要钩子没脱，我就跟着追上去。螺丝不要拧紧。线只管放好了。"

那要命的马林鱼改朝西北方向去了，凡是大家伙一般总是往那个方向去的，可是朋友，别忘了它的身上还挂着个鱼钩呢。它连蹦带游，一蹦就是老远，每次溅起的浪花真不亚于海上飞驶的高速快艇。我们一路紧追，我一转过弯来以后，便不让它超出船尾。这时已是我在亲自掌舵了，我嘴里还不住向约翰逊嚷嚷，要他螺丝别拧紧，线要绕得快。冷不丁我看见他的钓竿猛一弹，钓线顿时都松了劲。钓线在水里总是弯弯的有股拉力，没有经验的话，钓线松了劲你是看不出来的。可我就看得出来。

"给它逃跑啦，"我对他说。 那大鱼还在往前蹦，一直蹦到看不见。真是一条好鱼，没说的。

"我还觉得它在拉我的线呢，"约翰逊说。

"那是线本身的分量。"

"可我简直绕也绕不动。会不会它死了呢？"

"你看它，"我说。"还在那里蹦呢。"远远望去它已到了半英里以外，依然蹦得水花冲天。

我摸了摸他的制动螺丝。原来让他给拧得紧紧的。钓线一点也拉不出来。难怪要扯断了。

"我不是叫你别把螺丝拧紧吗？"

"可它一个劲儿把线往外拉。"

"往外拉又怎么啦？"

"所以我就只好拧紧了。"

"听我说，"我对他说道。"鱼儿一旦这样上了钩，你不放线的话线准得给扯断。再牢的线也拉不住它们。它们要拉着线跑，你就得放线。你就只能把螺丝松开。那些靠捕鱼吃饭的渔民，用的是鱼叉绳呢，都还不见得一定拉得住。我们就只能用船去追它们，等它们逃到筋疲力尽，拖垮为止。它们逃到逃不动了便只好潜入海底，那时你把制动螺丝紧一紧，就可以收线了。"

"这么说我这次要是不断线的话，就准能把鱼逮住咯？"

"很有可能。"

"那样的话它这会儿大概也支不住了吧？"

"它到底会怎么样这很难说。反正要等到它逃跑了，搏斗才算开始。"

"好吧，我们就逮它一条，"他说。

"你得先把这钓线绕好，"我对他说。

我们得鱼失鱼，却始终没有把埃迪闹醒。直到这时这位埃迪老弟才回到了船尾。

"怎么回事？"他问。

埃迪以前并不是个酒鬼，他原先倒是干船上活儿的一把好手，可如今已是啥也不中用了。我对他瞧瞧：高高个子，双颊凹陷，站在那儿，嘴唇松松下垂，眼角里还挂着白兮兮的眼屎，一头头发早已晒得光泽全无。我知道他一醒过来就犯了酒瘾憋得难受。

"你还是喝瓶啤酒吧，"我对他说。他就从冰箱里取出一瓶啤酒来喝了。

"哎呀，约翰逊先生，"他说，"我看还是让我把这个盹打完了吧。多谢你的啤酒啊。"这埃迪可真有他的。钓得到鱼钓不到鱼，在他看来根本无所谓。

后来，到中午时分我们又钓上了一条，结果偏又给它挣脱了。这家伙挣脱钩子的时候，看得见钩子反弹到空中，足有三十英尺高。

"我这回又是哪儿干得不对啦？"约翰逊问。

"没有什么不对，"我说。"就是不巧给它挣脱了。"

"约翰逊先生，"又醒过来喝了瓶啤酒的埃迪说道，"约翰逊先生，你的运气就是不好。不过说不定你在女人身上就有好运气。约翰逊先生，今儿晚上咱们出去玩玩怎么样？"说完就又回去躺下了。

四点左右，我们正在逆流返航途中，船已快靠近海岸了，湾流正急得像磨坊里水车的出水，太阳正直晒在我们的背上，就在这时一条大得真让我开了眼界的黑黑的马林鱼撞到了约翰逊的钩子上。

早些时我们拿一只毛乌贼做饵，钓到了四条那种小金枪鱼，那黑人就拿了一条做饵给他装在钩子上。拖在水里虽说重了些，却能在船后溅起一大片水花。

约翰逊把系在绕线轮子上的保险绳给解下了，以便能把钓竿就搁在膝头上，因为老是用手把着，他胳膊都发酸了。由于鱼饵重，拉力大，他的手老是要按住绕线的轮轴，按得都累了，因此他趁我没看着，就把制动螺丝偷偷拧紧了。我却始终不知道他已经上紧了螺丝。我虽然觉得他那个样子把竿不对头，却又想老是数落他也不好。再说，反正螺丝没拧紧，钓线放得出去，也不至于有什么危险。不过这样钓鱼总有些吊儿郎当吧。

当时是我在掌舵，船正沿着湾流的边缘，行驶到那老水泥厂的对面。这儿一带已是十分近岸，而海水还是很深，往往要卷起些旋涡之类，所以小鱼总是很多。就在这时我看见海面上冲起了一股水花，好像投下了一颗深水炸弹，随即便出现了一条黑马林鱼的长矛，眼睛，张大的下颌，终于整个脑袋都探了出来，黑里夹着紫红。背顶上的鳍完全突起在水面外，看去真有一艘大帆船那么高；镰刀尾巴整个儿出水一甩，大家伙就猛地向那金枪鱼饵扑了上来。只见那长长的嘴有棒球棒那么粗，朝上翘起；一口把鱼饵咬住时，简直就把海水给劈成了两半。它浑身都是黑里夹着紫红，眼睛有一只汤碗那么大。真是奇大无比。我看称起来一千磅是准有的。

我大声叫约翰逊放线，可是话都还没有出口，就看见约翰逊像被塔吊吊了起来一样，屁股离了椅子，一下子腾起在空中，那钓竿在他手里只攥了一秒钟，样子弯得像把弓，紧接着就是钓竿柄一家伙打在他肚皮上，那上面的机件一股脑儿掉进了大海。

只怪他把制动螺丝拧紧了，鱼一冲上来，那股势头就把他干脆从椅子里掀了起来，他哪里顶得住？结果钓竿柄压在他的一条腿下，钓竿落在他的膝头上。如果保险绳还系在上面的话，连他也得一起掉进大海。

我关掉了引擎，又回到船尾。他肚皮上挨了钓竿柄一家伙，这时还捧住了肚皮坐在那里。

"我看今天就到此为止了吧，"我说。

"那是个什么家伙？"他问我。

"黑马林鱼，"我说。

"怎么会弄成这样？"

"你先把账算一算，"我说。"绕线轮子是我花了两百五十块钱买来的。现在还不止这个价呢。钓鱼竿买来是四十五块。还有三十六号线六百码不到些。"

就在这时候埃迪过来拍拍他的背。"约翰逊先生，"他说，"你实在是运气不济。说真的，我活了一辈子，这种事以前倒还从来没有见过。"

"你这个酒鬼，给我少说两句吧，"我对他说。

"约翰逊先生，"埃迪还是往下说，"我敢说那是我这辈子见过的最最希罕的一件事了。"

"碰到这种情况，不是我钓住了鱼而是鱼钓住了我，我该怎么办呢？"约翰逊说。

"你不是说喜欢亲自搏斗吗，这就得全靠你自己搏斗了，"我对他说。我感到恼火透了。

"这种鱼太大了，"约翰逊说。"哎呀，搏斗起来我只有吃苦头的份儿。"

"告诉你，"我说。"这么大的鱼，还会要了你的命呢。"

"不是也有人能捕到吗？"

"要会钓鱼的人才捕得到。可也别想得太美，他们照样要吃苦头。"

"我见过一张照片，有个姑娘就捕到了一条。"

"是有，"我说。"那叫静钓。鱼儿吞下了鱼饵，肚子都给拉了出来，于是就浮到水面上，死了。我说的可是鱼儿给钩住了嘴，一路拖在船后。"

"可这种鱼实在太大了，"约翰逊说。"要是钓起来没劲，又何必要来呢？"

"就是这句话，约翰逊先生，"埃迪说。"要是钓起来没劲，又何必要来呢？我跟你说，约翰逊先生，你这句话可是说到点子上了。要是钓起来没劲——又何必要来呢？"

我见了那条鱼，到此刻还心有余悸，再加丢了钓具，心里很不痛快，所以对他们的话可实在听不下去。我叫那黑人把船朝莫洛堡驶去。我跟他们不言不语，他们也就在那儿干坐着，埃迪拿了瓶啤酒坐在一张椅子里，约翰逊手里也是一瓶啤酒。

"船长，"过了会儿他对我说，"你给我来一杯威士忌，掺上点水好吗？"

我给了他一杯，没说什么，然后自己也来了杯不掺水的。我心里在想：这个约翰逊钓了半个月的鱼①，终于钓上了这么一条打鱼人一年也难得碰上一回的大鱼，他却把这么条大鱼丢了，还丢了我那么多钓鱼用具，还出尽了洋相，如今倒还坐在那儿自得其乐，跟个酒鬼一块儿喝酒。

船靠上了码头，那黑人却站在那儿等着，我就说："明天怎么样？"

"我看就算了吧，"约翰逊说。"这样钓鱼，我钓得胃口都快倒了。"

"这黑人你打算付清工钱打发他走了？"

"我该给他多少？"

"一块钱。乐意的话再给点小费。"

约翰逊就给了那黑人一块钱，外加两个古巴硬币，两毛钱一个的。

"这算什么？"那黑人把硬币冲我一亮，问我。

"赏你的小费，"我用西班牙语说。"你活儿干完了。这点钱他赏给你。"

---

① 日期有差异，原文如此。

546

"明天就不要来了？"

"不要来了。"

那黑人收拾好他用来系鱼饵的麻线球，拿起他的黑眼镜，戴上草帽，连声再见也没说，就管自走了。他是个黑人，可从来也不把我们几个放在眼里。

"你打算什么时候跟我结账呢，约翰逊先生？"我问他。

"明儿早上我去银行，"约翰逊说。"就下午把账结清了吧。"

"你算过总共是几天吗？"

"十五天。"

"不对。连今天是十六天，两头再各加一天，总共是十八天。还得赔偿今天钓竿、钓线和绕线轮子的损失。"

"钓鱼用具是你的事。"

"不能这么说。给你这样弄丢，就不是我的事了。"

"我每天付给你租金的。所以这是你的事。"

"可不能这么说，"我说。"如果东西是给鱼儿弄坏的，责任不在你，那是另一回事。现在是由于你的疏忽，才把全套钓具都弄丢了。"

"是鱼儿从我手里把东西拖走的。"

"因为你把制动螺丝拧上了，而且又没把钓竿插在插座里。"

"你没有权利要我赔偿。"

"如果你租了一辆汽车，把车子摔下了悬崖，请问你该不该赔？"

"我要是人在车里就用不到赔，"约翰逊说。

"你这话说得可妙了，约翰逊先生，"埃迪说。"你明白那个意思了吧，船长？他要是人在车里，他也就摔死了。所以就用不到赔了。这话真妙极了。"

我没有睬这个酒鬼。"钓竿、钓线、绕线轮子，总共得赔两百九十五块钱，"我对约翰逊说。

"这个嘛，其实是没有道理的，"他说。"不过既然你是这样的意见，那就大家相让点儿吧。"

"本来我至少也要你三百六十块。现在我钓线的钱就不问你要了。这样的大鱼，再结实的线也未必是它的对手，所以那不怪你。可惜眼下只有个酒鬼在这儿，不然谁都会来告诉你，我这样对待你真说得上一声天公地道了。我知道这看起来似乎是一大笔钱，不过我买那副钓鱼用具也费了这么一大笔钱哪。再好的钓鱼用具你就没处买了，要不你能钓得这样自在啊？"

"约翰逊先生，他说我是个酒鬼。也许他说对了。不过我可以告诉你，他这话没错。没错，而且在理，"埃迪对他说。

"我不来跟你争，"约翰逊最后说道。"我照付就是，尽管你的说法我并不同意。这样我就付给你三十五块钱一天的租金，总计十八天，外加两百九十五块。"

"你预付过我一百，"我对他说。"我把支付的费用也开一张清单给你，没有吃完的东西我会作价扣除的。不过来回路上的吃喝得由你支付。"

"这也不算过分，"约翰逊说。

"你听我说，约翰逊先生，"埃迪说。"你要是知道他们平日向陌生客人要起价来有多狠，你就明白了，这岂止是不算过分啊。你知道那叫什么？那叫破格优待。船长待你就像待他的亲娘一样呢。"

"我明天去银行，下午来付钱。后天我就坐船走了。"

"你跟我们一块儿回去，省掉一张船票吧。"

"不了，"他说。"坐船去节省时间。"

"那也好，"我说。"来一杯怎么样？"

"好，"约翰逊说。"现在心里还对我有气吗？"

"哪儿的话呢，"我对他说。这样我们三个人就坐在船尾，一起喝了一杯加水的威士忌。

第二天我在汽艇上忙乎了一上午，给主机上了油，还有这样那样的事反正够我忙的。中午我就在郊区一家华人餐馆里吃了饭，在这种馆子里只要花上四毛钱就能饱饱地吃上一顿了。然后我又去买了些东西，好带回国内，送给我的妻子和三个女儿。不外是一些香水，几把扇子，还有两把高高的发梳。买好以后，顺路拐进多诺万酒吧，喝了一瓶啤酒，跟老板聊了几句，然后就步行回三藩码头，一路上又拐进三四家小酒店坐了坐，来瓶啤酒喝。在丘纳德酒吧我请弗兰基喝了两瓶，于是就开开心心回到了船上。回到船上，口袋里也只剩下四毛钱了。弗兰基跟我一块儿上了船，我们于是就在船上坐等约翰逊，我从冰箱里取出冰啤酒来，跟弗兰基又喝了两瓶。

埃迪一夜没有露面，白天也一天不见踪影，不过我知道他早晚会来的，只要钱用完了马上就来。多诺万告诉我，说昨天晚上埃迪跟约翰逊一起到他的酒吧里来坐过一阵，埃迪还挂了账买酒请他们喝呢。我们等着等着，我倒犯了疑了：约翰逊别是不来了吧。我给码头上早就留过话：他要是来了，请他们让他到船上来等我，可是他们说他没有来。不过我还是假定他昨天晚上回旅馆晚了，说不定一觉睡到了中午才起来呢。银行到三点半打烊。我们看到航班机都飞走了。到五点半左右，我早已开心不起来了，心里倒是愈来愈焦急了。

到了六点钟，我打发弗兰基上旅馆里去看看约翰逊在不在。我到这时还以为他大概不是出去玩乐，就是还在旅馆里，身体不舒服，起不了床了。我等着等着，等到很晚。可是心里却愈来愈焦急了，因为他还欠我八百二十五块钱哩。

弗兰基去了半个小时多一点才回来。我见他来时脚步匆匆，一边还直摇头。

"他搭班机走了，"他说。

好啊，原来如此。领事馆已经关门。我身边就剩了四毛钱，此刻飞机却早已到了迈阿密。我连个电报都打不出去。好个辣手的约翰逊先生，我算是认识你了。都怪我自己。上了当了。

"算了，"我对弗兰基说，"我们还是去喝一瓶冰啤酒吧。那还是约翰逊先生买的呢。"还剩下三瓶"热带啤酒"。

弗兰基也跟我一样不痛快。我不知道他是怎么会的，不过看他的样子是真的很不痛快。就知一个劲儿地来拍我的背，把头直摇。

局面就是这样摆在面前。我成了个穷光蛋了。五百三十块钱的包船费泡了汤，价值三百五十多块的钓鱼用具丢了没钱再买。我心想：经常在码头附近一带闲荡的那帮子家伙，里边有几位听到了这个消息该有多高兴啊。那肯定会使一些"海螺"①兴高采烈的。就在前一天，我本来只要答应把三个外国人送到诸基列岛②，就有三千块钱可得，可是我却硬是拒绝了。其实也不一定要送到诸基列岛，只要弄出这个国家，到哪儿都行。

好，这一下我怎么办呢？我也不好贩一船酒回去，因为贩酒得有本钱，再说现在贩酒也根本无利可图。自己家乡镇上已是酒满为患，没有人要买了。可我要是两手空空的回国，就得在那个镇上挨上一夏天的饿，那可怎么得了啊！何况我还有个家得养活呢。出港手续费倒已经在入港时付清了。一般都是预付给代理报关行的，入港出港手续都由他们代办。哎呀，可我连加油的钱都还没呢。没说的，我这个霉算是倒定了。好个辣手的约翰逊先生！

"我总得运点货回去呀，弗兰基，"我说。"我总得想法赚俩钱呀。"

"我来想想看，"弗兰基说。弗兰基平时常在码头附近闲荡，找点零活干干，他耳朵相当背，每晚喝酒总是过量。不过要论朋友的义气、心地的善良，比他还好的人就没处找了。我第一次把船开到这儿来就跟他认识了。那阵子他常常帮我装货。后来我虽然添了设备，改成游艇，做起这招揽顾客来古巴钓箭鱼的生意来，但是在码头附近、在咖啡馆酒吧间里，我还是常常跟他见面的。他样子似

---

① 西印度巴哈马群岛上土生土长的白人及其在佛罗里达南端一系列礁石小岛上的后裔往往被叫做"海螺"。一说是因为当地盛产海螺，另一说是因为他们爱吃海螺肉。

② "基"是礁石小岛的音译，所谓诸基列岛是佛罗里达诸基列岛的简称，即佛罗里达南端的一系列礁石小岛，其中以基韦斯特最为著名。

乎有点傻，对人往往并不答话，却报以一笑，不过那其实是因为他耳背的缘故。

"你什么都肯运？"弗兰基问。

"对，"我说。"我现在还有什么办法呢。"

"什么都肯？"

"对。"

"我来想想法子看，"弗兰基说。"我上哪儿去找你呢？"

"我在佩拉①，"我说。"我总得吃饭哪。"

在佩拉，只要花上两毛五就可以饱饱地吃上一顿。菜单上的菜都是每道一毛，汤只消五分。我跟弗兰基一同走到咖啡馆才分手，我拐了进去，他还是继续往前走。临走前还跟我握了握手，又一次拍了拍我的背。

"别急，"他说。"我弗兰基计谋多，会办事，爱喝酒，没有钱，可是够朋友。你别急。"

"再见，弗兰基，"我说。"老兄，你也别急。"

我走进佩拉，找了一张桌子坐下。被子弹打碎的橱窗已换上了一方新的玻璃，样酒柜也已全修好了。卖酒柜台上有好些西班牙佬在喝酒，也有几个在吃饭。一张桌子上早已玩起了多米诺骨牌。我要了一客黑豆汤、一客土豆炖牛肉，那只花了一毛五。加上一瓶"喝脱伊"啤酒，总共两毛五。我向招待问起那天枪击的事，他一句也不肯说。他们全都吓破胆了。

我吃完饭，往后一靠，抽上一支烟，心里烦躁得要命。就在这时我看见弗兰基进门来了，背后还跟着个人。运"黄货"！——我心里暗暗想道。原来是运"黄货"！

"这位是辛先生，"弗兰基说完，面露一笑。他果然办事奇快，自己也很得意。

―――――――――――

① "佩拉"一词在西班牙语中是"珍珠"的意思。这里也就是指三藩珠咖啡馆。

"你好，"辛先生说。

辛先生可以说是我生平见过的最最圆滑的一个"八面光"了。他是个唐山佬那是没有问题的，可是他说起话来完全像个英国人，身上穿一套白西装，配着绸衬衫、黑领带，头上戴一顶值到一百二十五块大洋的巴拿马草帽。

"喝杯咖啡好吗？"他问我。

"可以陪你来一杯。"

"多谢，"辛先生说。"这儿没有外人吧？"

"要是这咖啡馆里的人都不算外人那就没有外人了，"我对他说。

"那好，"辛先生说。"你有一条船吧？"

"三十八英尺长，"我说。"一百匹马力，克尔麦思型。"

"啊，"辛先生说。"我还以为是条小帆船哩。"

"装两百六十五只货箱绰绰有余。"

"你愿意租给我吗？"

"你肯出什么价？"

"你自己用不到去。船长水手我自备。"

"不行，"我说。"船到哪儿我得跟着到哪儿。"

"哦，是这样，"辛先生说。他转过脸去对弗兰基说："请你回避一会儿好吗？"弗兰基却是一副听得津津有味的样子，冲他一笑。

"他耳背，"我说。"英语也懂得不多。"

"哦，是这样，"辛先生说。"你会说西班牙话。叫他过一会儿再来。"

我用大拇指对弗兰基做了个手势。他就站起来到卖酒柜台那边去了。

"你不会说西班牙话吗？"我说。

"啊，会，"辛先生说。"请问你究竟碰到什么情况了，怎么也会——怎么倒肯考虑……"

552

"我没钱了。"

"哦，是这样，"辛先生说。"船有什么欠账吗？会不会有人要求扣押抵债？"

"没有的事。"

"这就好，"辛先生说。"你的船上可以接纳多少我那可怜的同胞呢？"

"你是说可以装多少人？"

"正是。"

"多远的路程？"

"一天的路程。"

"这倒很难说，"我说。"没有行李的话装上十二三个人总还可以。"

"他们不带行李。"

"你打算把他们运到哪儿呢？"

"这个由你决定好了，"辛先生说。

"你是说，把他们卸在哪儿由我决定？"

"你就装上他们，把船往托图加斯①开，自有一条帆船会来把他们接去的。"

"你听我说，"我说，"托图加斯的洛格海基岛上有座灯塔，里面有个电台，那可是跟两头都有联系的。"

"是啊，"辛先生说。"自然谁也不会那么傻，把他们去卸在那儿。"

"那又怎么样呢？"

"我刚才说了，你装上他们，把船往那儿开。你的事就是运送他们这一程路。"

"这以后呢？"我说。

"你完全可以见机行事，把他们卸在哪儿合适就卸在哪儿。"

---

① 全称应为德赖托图加斯，是佛罗里达最南端基韦斯特西北的十个小岛。

"帆船会到托图加斯去接他们吗？"

"这哪儿会呢，"辛先生说。"那也太傻了。"

"出多少钱一口？"

"五十块，"辛先生说。

"那不行。"

"七十五块成了吧？"

"你得多少钱一口？"

"哎，那跟这个不相干。你要知道，我所以能发出这些通行证，牵涉的方面多得很，或者是不是可以说，关系复杂得很。可不是到我为止的。"

"是啊，"我说。"何况我去干那档子事儿又是不需要付出什么代价的。是不是？"

"你的意思我完全理解，"辛先生说。"那就一百块钱一个好不好？"

"你听我说，"我说。"我干这个事要是给逮住了，你可知道我得坐多少年的牢？"

"十年，"辛先生说。"至少十年。可这又怎么会弄到坐牢呢，我亲爱的船长。你唯一的风险，就是把旅客弄上船。其他一切，都可以由你看情况处理。"

"要是给你原船送回呢？"

"那也很简单。我可以对他们说是你不好，坏了我的事。我可以退还一部分钱，把他们再运出去。他们还有不明白的吗，走这条路出去可是不容易的。"

"我怎么样呢？"

"给领事馆捎个信儿我想我还是应该的。"

"哦，是这样。"

"船长，一千两百块在眼下可不算个小数目啦。"

"我什么时候可以拿到钱？"

"你同意的话先付两百，人上了船再付一千。"

"我要是拿了这两百块一走了之呢？"

"那我自然也没办法，"他笑笑说。"不过我知道你是不会做这种事的，船长。"

"两百块你带着没有？"

"当然带着。"

"放在盘子底下。"他照办了。"好，"我说。"我明儿早上办好出港手续，天黑以后开船。那么我们在哪儿装货呢？"

"巴库拉瑙怎么样？"

"好吧。你那边都安排好了？"

"好了。"

"装货的事我们也得事先说好了，"我说。"你在岬角上亮出信号：两个灯光，一上一下。我看见以后就把船开进港。你们也坐一条船出来，货就从你的船上卸下直接装到我的船上。你亲自来，把钱也带来。我不拿到钱一个也不让上船。"

"行，"他说。"你动手装货，先交一半，货全部装完，余数一起付清。"

"好，"我说。"那也在理上。"

"这样就都说定啦？"

"该都说定了吧，"我说。"不带行李，不带武器。枪支，刀子，包括剃刀，一概不许带。这一点也得讲清楚。"

"船长，"辛先生说。"你还信不过我吗？你难道还看不出你我的利益是一致的？"

"你敢担保？"

"请别这样难为我啦，"他说。"难道你还看不出你我的利益是完全一致的？"

"好吧，"我对他说。"你们什么时候到那儿？"

"午夜以前。"

"好吧，"我说。"我想就这些了。"

"你要大票还是小票？"

"百元票好。"

他站起身来，我看着他出去。临出门的时候，弗兰基还冲他一笑。没说的，这是个八面玲珑的唐山佬。好一个出色的唐山佬。

弗兰基来到了我的桌子上。"怎么样？"他说。

"你是在哪儿认识辛先生的？"

"他是运华工的，"弗兰基说。"做大生意的。"

"你认识他有多久了？"

"他来这儿有约莫两年了，"弗兰基说。"本来在他以前运华工是另有个人的。这人叫人给打死了。"

"辛先生早晚也会让人打死的。"

"是啊，"弗兰基说。"怎么不会呢？他做的生意大着哪。"

"生意不小，"我说。

"大着哪，"弗兰基说。"华工运出去都是一去不来的。他们只听别处的华工写信来说那边好得很。"

"那好嘛，"我说。

"这种华工都不识字哪。识字的都赚上大钱了。他们却连吃的都没有。他们是吃大米的。这儿总共有几十万华工。却只有三个中国女人。"

"怎么？"

"政府不让来。"

"真是糟糕，"我说。

"你跟他生意做成了？"

"可能。"

"做生意好，"弗兰基说。"比搞邪门儿强。赚的钱多。这生意做起来大着哪。"

"喝瓶啤酒吧，"我对他说。

"你这该不着急了吧？"

"哪还会着急呢，"我说。"这生意大着啦。多谢你啊。"

"那好，"弗兰基说着拍了拍我的背。"我听了比什么都高兴。

我只要你快活就行。华工的生意不错吧，呃？"

"太好了。"

"我听了也高兴，"弗兰基说。他见问题已经顺利解决，开心极了，我看他简直连眼泪都快要流出来了，因此我就拍了拍他的背。弗兰基是挺不错的。

第二天早上我第一件事就是抓住了报关行里的代办，要他替我办好船的出港手续。他问我要船员名单，我对他说一个也没有。

"你一个人过海吗，船长？"

"对。"

"你那个伙伴怎么啦？"

"他喝醉了，"我对他说。

"一个人过海挺危险的哪。"

"反正只有九十英里的路，"我说。"你以为船上带个醉汉就不危险了吗？"

我把船开到港口对岸的美孚石油公司码头，把两个油舱都加满了油。我这条船要是把油加足的话，足足可以装下将近两百加仑。我本不愿意出两毛八一加仑的价钱在这儿加足，可是我这条船此去哪里，心里都还没有底呢。

我自从见到那个唐山佬，收下了那笔定金以后，心里就一直为这桩买卖感到不安。晚上觉也睡不香了。我把船驶回到三藩码头，见埃迪正在码头上等着我呢。

"喂，哈利，"他向我挥手招呼。我把船尾的缆绳扔给他，他拴好以后，就跳上船来：看去个头更高了，那双睡眼更蒙眬了，醉得也更厉害了。我一句话也不对他说。

"约翰逊那家伙就这样溜走了，你打算怎么办呢，哈利？"他问我。"你听到了什么消息没有？"

"你给我滚开点儿，"我对他说。"你让我看着就觉得恶心。"

"老兄，为了这事我不也跟你一样觉得心里老大不痛快吗？"

"你给我下船去，"我对他说。

他却舒舒服服往椅子里一靠，两腿一伸。"听说我们今天要过海了，"他说。"是啊，我看留在这儿也不顶什么事了。"

"你不去。"

"怎么回事，哈利？生我的气有什么意思呢？"

"没意思吗？你给我下船去。"

"喔，别发火嘛。"

我一拳搡在他脸上，他站了起来，后来终于离船上了码头。

"换了我就决不会这样对待你，哈利，"他说。

"我船上不要你，"我对他说。"就是这么回事。"

"那也何必打我呢？"

"打了你你才相信。"

"可你让我怎么办呢？留在这儿挨饿？"

"挨饿？放屁！"我说。"你可以到渡船上去打工嘛。在船上打工不就可以回国了吗？"

"你这样待我也太不讲公道了，"他说。

"你又对谁讲公道啦，你这个酒鬼？"我对他说。"连自己的老娘你都会出卖呢。"

我这话可没有说错。不过打了他我还是感到很后悔。打了个酒鬼心里是什么滋味，不说你也清楚。不过眼前既已摆着这样的局面，我这船上可就不能再带上他了，想带也不能再带了。

他顺着码头走了，那样子看去就像至少已饿了三顿饭似的。可是没走几步他又转了回来。

"让我带上几块钱怎么样，哈利？"

我从唐山佬给的钞票里抽了一张五块的给他。

"我本来就知道你是挺够朋友的。哈利，你为什么不带上我呢？"

"你是个晦气精。"

"你这是气话，"他说。"没关系，老伙计。往后你还会愿意跟我见面的。"

手里有了钱，他脚下步子也快多了，不过即便如此，看他走路还是真觉得恶心。瞧他那模样儿，就像全身的关节都装反了似的。

我就上了岸，到佩拉去跟报关行的代办碰头，他把证件给了我，我还请他喝了一杯。我随即就在那里吃午饭，这时弗兰基进来了。

"有个人让我把这个交给你，"他说着交给我一卷东西，像是一根什么管子，外面用纸包着，还结上了一根红绳子。一打开，看看像是一张照片，我想大概是码头上有谁给我的船照了个相，于是就展开来看。

好哇。真是张照片，拍的是近景，可上面赫然是个死黑人的脑袋带胸膛，脖子打横里整个儿割断了，而后又精心缝好，胸前还有张纸片，上面用西班牙文写着："我们就是这样对付 lenguas largas 的。"

"是谁给你的？"我问弗兰基。

他指了指一个常在码头上打杂的西班牙小伙子。小伙子站在便餐柜台前，啤酒喝得都快有点醉了。

"请他过来。"

小伙子过来了。他说那是在十一点钟左右由两个年轻人交给他的。他们问他可认识我，他说认识。后来他就叫弗兰基把东西交给我。他们还给了他一块钱，叫他一定要把东西送到我手里。据他说，他们都是衣着很讲究的。

"这事不善，"弗兰基说。

"就是，"我说。

"他们以为你告诉警察了：出事的那天早上你正好跟那几个小子在这儿碰头。"

"就是。"

"这事可不善，"弗兰基说。"你还是走了的好。"

"他们留下什么口信没有？"我问那西班牙小伙子。

"没有，"他说。"就叫把这交给你。"

"我现在是不得不走了，"我对弗兰基说。

"这事可不善，"弗兰基说。"真是不善。"

我把报关行代办给我的一应证件卷成一卷，付了账，出了那咖啡馆，然后穿过广场，进了码头大门，直到过了仓库，来到码头上，这才舒出了一大口气。那帮小子肯定盯上我了。他们也太蠢了，我怎么会把他们对手的秘密泄露给人家呢。那帮小子也跟潘乔一样。他们一受惊吓就直冒火，一冒火就要杀人。

我上得船去，把引擎先热起来。弗兰基站在码头上看着。脸上始终挂着聋耳人的那种古怪的微笑。我就又回到他的跟前。

"听着，"我说。"这件事你可千万别卷进去，免得招来麻烦。"

他听不见我的话。我只好对他大声嚷嚷。

"我从来不做坏事，"弗兰基说。他解开了船的缆绳。

弗兰基把船头的缆绳往船上一扔，我就向他挥挥手，把船开出了泊位，顺着航道驶去。一艘英国货船正要出港，我就从它的旁边超了过去。出了港，过了莫洛堡，我就把船头转向正北，朝基韦斯特的方向驶去。我丢下了舵轮，去到船头，把缆绳绕好，再回来把舵，哈瓦那先还展现在船尾，转眼就给远远地抛在背后，迎来的是一脉青山。

过了会儿莫洛堡看不到了，又过了会儿国家大旅馆也看不到了，最后只剩了国会大厦的圆顶还依稀可见。跟我们出海钓鱼的最后一天比起来，今天的水流不算急，风也只是些微风。我看见有两只小帆船正向着哈瓦那的港口驶来，船是从西边来的，所以我知道水流还是比较平缓的。

我闭上开关，关了引擎。白白地浪费汽油没有意思。我由着船儿漂流。等天黑以后，我反正望得见莫洛堡的灯光，就是漂得远了些，考希马尔的灯光总该望得见吧，那时我再把船驶向岸边，一直开到巴库拉瑙。要是按照这样的水流速度，我估计到天黑船足可漂出十二英里远，正好到巴库拉瑙一带，那时我该可以望见巴拉考阿的灯光了。

关了引擎以后，我就爬上船头，向四下观望。茫茫中只见到西边有两条小帆船在向港口驶来，老远的背后那白白的是国会大厦的圆顶，矗立在大海的边缘。湾流里漂着一些果囊马尾藻，有一些鸟儿在那里啄鱼，不过不多。我在舱顶上坐了一阵，用心观望，可是除了有一些褐色的小鱼逐着马尾藻浮游以外，就再也看不到别的鱼了。朋友，别听人家胡诌，以为哈瓦那和基韦斯特之间的海不大。我这还只是在那片大海的边缘呢。

好一会儿我才又回到下面的舵手舱里，没想到埃迪竟在那儿！

"怎么回事？这引擎怎么啦？"

"坏了。"

"你怎么没有把舱门关上呀？"

"哎，真见鬼！"我说。

你知道他玩了什么花样？原来他又溜了回来，悄悄钻进了前舱门，在船舱里睡大觉呢。他还带来了两瓶酒。当时他是一看到酒店，就快快买了酒到船上来了。我船开动的时候，他醒过一下，可是随即又睡着了。我开到海湾里关了车，船有点随浪摇晃，这才把他惊醒了过来。

"我知道你会带上我的，哈利，"他说。

"带你个屁，"我说。"船员名单上根本没有你的名字。我倒真想叫你赶快往海里跳呢。"

"你真会说笑话，哈利，"他说。"我们这些'海螺'有了难处应该拧成一股绳才对啊。"

"你呀，"我说，"就你这张嘴最坏。你头脑一发热，你这张嘴还有谁敢相信？"

"我可是个好人，哈利。不信考验我好了，看看我这个人有多好。"

"把两瓶酒拿来给我，"我对他说。不过这时我的心里却另有

561

所思。

他把酒拿了出来，我拿起已经打开的一瓶喝了一口，把两瓶酒一起拿去摆在舵轮旁。他还站在那里，我对他看看。我心里很可怜他，也为自己免不了要这样对待他而感到难过。唉，我刚认识他那会儿，他可真是个好人哪。

"这机器怎么啦，哈利？"

"没什么。"

"那这又是怎么回事？你干吗老是这样瞅着我呀？"

"老弟，"我对他说，心里真觉得可怜他，"你大祸临头啦。"

"你这是什么意思，哈利？"

"我现在还说不上来，"我说。"到底是长是短，还理不清楚。"

我们在那儿坐了一阵，我真不想再跟他多说。一旦起了这个念头，跟他说句话都觉得很难出口。后来我就下去把一直藏在船舱里的一支气枪和一支三零三零①温切斯特取了出来，连着枪套挂在舱顶底下平时挂钓竿的那个所在，也就是在舵轮的上方，我一伸手就拿得到。我一直把枪上足了油保藏在短羊毛长枪套里。在船上，要防枪生锈只有用这种方法。

我打开气枪上的气筒，拉了几下，然后重又关上，把一颗子弹推上了膛。我把那支温切斯特枪也在枪膛里上好子弹，并且把弹盒装满。我又从垫子底下抽出一把史密斯韦森点三八特制手枪，那还是当年我在迈阿密当警察时用的，我拿来擦过一遍，上好了油，然后上了子弹，佩在腰带上。

"怎么回事？"埃迪说。"到底是怎么回事？"

"没什么，"我对他说。

"要那么些该死的枪干什么？"

"这几把枪我是一向带在船上的，"我说。"有鸟儿来啄鱼饵的

---

① 三零三零是一种口径为0.30英寸、弹药重30格令的来复枪。

话可以用来打鸟，诸基列岛一带常有鲨鱼出没，遇上了也可以自卫。"

"真要命，到底是怎么回事？"埃迪说。"是怎么回事？"

"没什么，"我对他说。我坐在那儿，船一晃，我那支点三八就往腿上啪的一撞。我对他看看。心里又琢磨开了：现在干这一手又有什么意思呢。我现在倒是很需要他呢。

"我们要去办一件小事，"我就说。"约好要到巴库拉瑙。到时候我会告诉你该怎么办的。"

我不想过早告诉他，告诉了他他会愈想愈着急、愈想愈害怕的，那时他就屁用也没有了。

"你再也找不到比我更好的帮手了，哈利，"他说。"你用我准没错儿。不管去干什么我都帮着你。"

我对他看看：高高个子，睡眼蒙眬，哆哆嗦嗦的。我什么也没有说。

"你听我说，哈利，你就让我喝一口好不好？"他求我。"我不会喝得发酒疯的。"

我给他喝了一口，我们就坐在那儿等天黑。夕阳很美，还有快意的微风，等落日完全下了山，我就发动引擎，把船缓缓向陆地驶去。

到离岸约一英里处，船就在黑暗里停了下来。太阳一落山，水流早已又加急了，我看那流向正是涨潮。我看得见远在西边的莫洛堡灯塔的灯光，以及哈瓦那的一抹红晕，我们对面的灯光则是林康和巴拉考阿两个灯塔。我就把船顶着水流驶去，驶过了巴库拉瑙，几乎快到了考希马尔。然后我就由着船顺流而漂。天已经相当黑了，可是船到哪儿我都认得出来，决错不了。我的船上没有一点灯光。

"这到底是要干啥呀，哈利？"埃迪问我。他又渐渐害怕起来了。

"你看呢？"

"我不知道呀，"他说。"你真急死我了。"我看他简直快要发酒疯了，他身子挨近我时，我只闻到一股口臭，臭得简直跟秃鹰一样厉害。

"几点钟了？"

"我下去看看，"他说。回来说是九点半。

"肚子饿吗？"我问他。

"不饿，"他说。"你知道我就是没有吃的能耐，哈利。"

"那好，"我说。"你就喝一口吧。"

等他喝过一口我再问他感觉如何，他说他这就觉得心里痛快了。

"稍过一会儿我再给你喝两口，"我对他说。"我知道你不喝酒就没有胆量，可船上酒又不多。所以你还是省着点喝。"

"告诉我到底怎么啦，"埃迪说。

"听着，"我就在黑地里对他说。"我们要去巴库拉瑙接十二个唐山佬。一会儿我叫你来掌舵，你就来掌舵，我让你干什么，你就干什么。我们把十二个唐山佬接上了船，就把他们关在前面船舱里。现在你先上船头去把舱门从外面闩上。"

他去了，衬着夜空我看见了他黑黑的身影。他一回来便说："哈利，现在可以让我喝一口了吗？"

"不行，"我说。"回头我得靠酒来壮你的胆量。不能让你成个窝囊废。"

"我可是个好样的，哈利。你瞧着好了。"

"你是个酒鬼，"我说。"听着。回头有个唐山佬会把那十二个人带来。他开头会先给我一笔钱。等他们都上了船，他还会给我一笔钱。你见他第二次出手给钱了，你就开足马力，掉过船头往海上开去。你压根儿别理会这边发生了什么事。不管这边发生什么事，你就管你把船一直开出去。明白了吗？"

"明白了。"

"一旦船开到了海上，要是有哪个唐山佬砸破船舱冲出来了，或者从舱门里逃出来了，你就摘下那支气枪来打，他们一出来你就把他们打回去。气枪你会使吗？"

"不会。你教给我好了。"

"教给你你也记不住。那把温切斯特你会使吗？"

"只要一扳枪机开枪就是。"

"对，"我说。"可别在船身上打出窟窿来啊。"

"你还是让我把酒喝了吧，"埃迪说。

"好吧。我给你喝一小口。"

我事实上给他喝了一大口。我知道他现在喝下去不会喝醉了，心里这样害怕，喝下去哪能醉得了呢。不过，每次喝上一口，起的作用也只能维持短短的一刻儿工夫。这回埃迪酒下了肚，说话的口气似乎挺快活的："这么说我们要去运唐山佬了。嗨，真个的，我不是常说的吗，我要是有一天落得两手空空，我就去运华工。"

"可你以前难道就从来没有两手空空过？"我对他说。这人还是挺有趣的。

我又给他喝了三口，算是把他的胆量撑到了十点半。看他是件有趣的事，看了他也就忘了想自己的心事了。我事先倒没有考虑到还要等这么大的工夫。我就算计好天黑以后出发，把船先开到海上好避人耳目，然后可以沿着海岸一路漂流到考希马尔。

十一点不到一些，我看到岬角上出现了两点灯光。我稍等了一下，然后就把船缓缓驶去。巴库拉瑙是个小港湾，以前那里有过一个装沙的大码头。还有一条小河，雨季里河水上涨，冲开了河口的沙洲。到了冬天，北来的大风一吹，沙都堆积起来，把河口堵死了。

以前还有人驾了帆船溯河而上，把沿河出产的番石榴运出来，当地一度还形成了一个小镇。可是飓风把小镇扫荡一空，如今那里就只剩了一座房子，那是原来的棚屋被飓风刮倒后一些西班牙佬在废墟上盖起来的，他们把这儿作为一个俱乐部的会所，逢星期天就从哈瓦那来这儿游泳野餐。另外还有一座房子是代管员的住宅，不过那离海滩就远了。

在那一带的沿海，像这样的小地方都有一个政府委派的代管员，不过我想那唐山佬肯定用的是自己的船，而且肯定买通了关节。船进港湾时，我闻到了海葡萄①的气息，还有从陆地上飘来的那种灌木丛的芳香。

"到船头去，"我对埃迪说。

"尽量靠这边走就不会撞上什么了，"他说。"船往里开，暗礁都在那边。"你瞧，他本来可是个挺不错的人。

"注意啦，"我说完，就把船开到港湾的里边，来到一个估计他们能看得见的地方。要是没有浪花拍岸的话，这引擎声他们也该听得见。我吃不准他们到底看见了我们没有，可我又不想多等，因此我就把航行灯亮了一次，只亮了红绿两色的，开了一下便关掉了。然后我又掉过船头，往港湾外开去，让船就停在港湾的口外，引擎并不熄火。很有些小小的浪头在一阵阵打来。

我叫埃迪："快到我这儿来一下。"我让他喝了一大口。

"这玩意儿是不是先要用大拇指扳上扳机？"他悄悄问我。他现在坐在驾驶座上了，我已经把挂在舱顶下的两只枪套都打开了，枪柄拉出了半尺来长。

"对。"

"嘿，好家伙，"他说。

真了不得，他酒一下肚就不一样，而且变得这样快。

船就停在那儿，远处可见树丛里透出一丝灯光，这就是那个政府代管员的住宅。我看到岬角上的那两点亮光低了下去，其中一点在岬角上移动起来。另外一点准是被他们吹灭了。

不大一会儿工夫，我就看见小港湾里出来了一条船，迎着我们而来，船上有个人在摇橹。我从他前一俯后一仰的身影看得出那是在摇橹。我敢断定这把橹还很不小。我心里好不高兴。既是摇橹，

—————————————

① 这是长在当地沙滩上的一种植物，结出的浆果带蓝色，可食。

566

那就说明一个人就行。

他们到了船边。

"晚安，船长，"辛先生说。

"到船艄来，并排靠拢，"我对他说。

他对摇橹的人说了两句什么，可是摇橹不能倒退，因此我就抓住船舷的上沿，把他那条船朝我船艄上拉过来。船上有八个人。六个唐山佬，辛先生，加上那摇橹后生。我把那条船朝我船艄上拉过来时，我是等着天灵盖上挨一家伙的，可是天灵盖上倒太平无事。我就直起腰来，让辛先生抓住了船舷。

"让我看看钞票可是真货，"我说。

他把钞票交给了我，我接过来拿到埃迪掌舵的地方，开亮了罗经柜里的灯。我把钞票仔细看过，看不出有什么毛病，就把灯关了。埃迪在那里直打哆嗦呢。

"你就自己拿来喝一口吧，"我说。我看见他拿过瓶子来就往喉咙里灌。

我又回到了船艄。

"行，"我说。"让这六个人上船。"

浪尽管不大，那辛先生和摇橹的古巴人还是费了好大的劲，才把自己的小船勉强稳住，免得碰撞。我听见辛先生说了句唐山话，小船里的唐山佬就一齐向船艄上攀来。

"一个一个来，"我说。

他又说了句什么，于是六名唐山佬才一个个依次爬上船艄。他们高高矮矮大大小小都有。

"领他们去，"我对埃迪说。

"请跟我到这边来，各位，"埃迪说。嘿，我知道他这一口喝得可是够瞧的。

"把船舱锁上，"一等他们都进了舱，我就说。

"明白，"埃迪说。

"我再去把下一批送来，"辛先生说道。

"去吧，"我对他说。

我把他们的船往外一推，跟他一起的那个后生就摇着橹，把船摇走了。

"听着，"我对埃迪说。"这酒你就不要再喝了。你现在的胆量已经够大的啦。"

"行啊，老大，"埃迪说。

"你这是怎么啦？"

"我觉得这个挺好玩的，"埃迪说。"你说只要用大拇指这么往后一推就行？"

"你这个讨厌的酒鬼，"我对他说。"把瓶子拿过来让我喝一口。"

"瓶子空啦，"埃迪说。"对不起啊，老大。"

"听着。你现在的任务，就是一看见他给我钱，就把好舵轮，加大马力开。"

"行啊，老大，"埃迪说。

我探手上去，把另一瓶酒拿来，又取来开塞钻，拔出了瓶塞。我喝了一大口，重又回到了船尾。那瓶酒又给拧紧了塞子，藏在两只满盛着水的柳条筐水壶背后。

"辛先生来了，"我对埃迪说。

"明白，"埃迪说。

小船向我们摇来了。

他让小船靠上了我们的船艄，这回我让他们自己用手拢住。辛先生抓住了我们装在船后的滚轮，我们捕到大鱼都是拉到这滚轮上再拖上船的。

"让他们上船，"我说。"一个一个来。"

又是六个各色各样的唐山佬，从船艄上了船。

"打开船舱，领他们去，"我对埃迪说。

"明白，"埃迪说。

"把船舱锁上。"

568

"明白。"

我看见他把着舵轮了。

"好啦，辛先生，"我说。"把余下的钞票拿来看看吧。"

他把手伸进口袋，拿了钱向我递过来。我伸过手去接，却没有接他手里的钱，而是一把攥住了他的手腕子，他身子往前一冲，冲上了我们的船艄，我就又拿另一只手卡住他的脖子。我感觉到船开动了，打起了螺旋桨出发了。虽说对付辛先生还忙不过来，我还是看见了那古巴人一直手抓着船橹站在小船船艄上，眼睁睁看着辛先生这样蹦跳扑腾。辛先生的那个蹦跳扑腾，真比钩住在拉钩上的海豚还厉害。

我把他的胳膊扭到背后，用足了力气往后扳，可是我扳过头了，因为我感觉到他的胳膊折断了。他胳膊折断的时候嘴里还发出了一个古怪却不大的声响，尽管脖子等等都叫我给抓着，他还是向前冲来，在我肩上咬了一口。我呢，一感觉到他胳膊断了，就把他的胳膊放开。这条胳膊对他已经起不了作用了，我就用双手揪住他的脖子，朋友，那个辛先生扑腾起来可简直像条鱼一样，真的，连那条断臂都在那儿直晃荡，但我还是把他向前按倒，压得他扑通跪下了，我两个大拇指深深地掐进了他的嘴窝后，他脖子里那些管管儿什么的全让我给拗弯了，最后吧嗒一声扭断了。真的，是有吧嗒一声的，听得可清楚了。

他的身子瘫在我手里不动了，过了会儿我才把他放下。他面孔朝天，一动不动的就横在船艄，身上依然穿得漂漂亮亮，两脚直伸到舵手舱里，我于是就撇下他走了。

我从舵手舱的地板上把散落的钞票一一捡起，拿来放在罗经柜上，点了数。然后我就接过舵轮，叫埃迪到船艄去找找可有什么铁块没有，以前我们在斑礁区或岩底深水区捕水底鱼时，不敢冒险直接把锚抛下，往往就拿这种铁块当锚使用。

"我啥也找不到呀，"他说。他是怕到辛先生那边去呢。

"你来掌舵，"我说。"继续向外海开。"

569

下面船舱里有一些动静，不过我一点也不担心。

我找到了两块合用的——那是我们在托图加斯的老煤码头上弄来的铁块——我又找了些大号的钓鱼绳，把两个重重的大家伙拴在辛先生的脚踝上。等我们的船开到了离岸约两英里处，我就把他推下了海。拖到滚轮上一推，他就顺顺当当地滑到海里去了。我连他的口袋都没去翻看。我真不想再去摆弄他了。

他横在船艄时鼻子里嘴里流过些血，我就打了一桶水，从船尾底下拿出板刷来把血迹擦得干干净净。为了打这桶水我差点儿给摔到海里——船开得太快了。

"开慢点，"我对埃迪说。

"他要是浮起来怎么办？"埃迪说。

"我把他扔到七百来英寻①深的水下去了，"我说。"他要一路往下沉，沉到那么深。七百英寻可深着哪，老弟。不到产生气体抬他上浮他是不会往上浮的，何况在这段时间里还有水流推他走，还有鱼儿来把他当点心。算了吧，"我说，"辛先生是用不着你为他操心的了。"

"你到底有什么事跟他过不去？"埃迪问我。

"没什么，"我说。"这样好打交道的人，我这辈子还是第一次遇到呢。不过我总觉得这里边有些不对头。"

"你干吗杀了他呢？"

"可以免得去害死另外十二个唐山佬，"我对他说。

"哈利，"他说，"你得让我喝一口了，我觉得肚子里的东西全涌上来了。我见了他那颗散了架的脑袋就直恶心。"

我就给他喝了一口。

"那帮唐山佬怎么办？"埃迪说。

"我要尽快放他们跑，"我对他说。"免得那么大的气味污了我的船舱。"

---

① 合一千二百八十多米。

"你打算把他们弄到哪儿去呢？"

"马上把他们送到个能靠岸的地方，"我对他说。

"船这就向陆地开？"

"对，"我说。"慢慢儿开过去。"

船慢慢通过礁区向陆地驶去，驶到一处，看得见有隐隐发亮的海滩。礁区的水还是相当深的，再往里水底就都是沙砾地了，坡度也一路向上，直至岸边。

"到船头去向我报告水深。"

他拿了一根鱼叉杆，不断探测水深情况，杆子一指就是要我继续前进。后来他回来示意让我停下。我就把船倒退了一下。

"现在大约是五英尺深。"

"我们得下锚了，"我说。"到时候万一来不及起锚的话，砍断锚缆、把锚拉脱都可以。"

埃迪把锚缆一点一点往外放，一直放到觉得绳子不再拉紧了，这才把那一头给拴牢。这么一来，船尾的方向就正对着陆地。

"你也知道，这里的水底可是沙砾地，"他说。

"船尾的水深有多少？"

"不超过五英尺。"

"你把来复枪拿好，"我说。"可要多加小心哪。"

"让我喝一口吧，"他说。他紧张极了。

我给他喝了一口，自己就摘下了气枪。我开了锁，打开舱门，说了声："出来吧。"

没有一点动静。

后来有一个唐山佬探出头来，一见埃迪手拿长枪站在那里，马上又缩了回去。

"出来吧。没有人会伤害你们的，"我说。

还是没有动静。只听见一片嘁嘁喳喳声，说的都是唐山话。

"嗨，出来出来！"埃迪说。我的天哪，我知道他准又去喝过酒了。

"不许再喝酒了，"我对他说，"要不我就一枪送你下大海。"

"快出来，"我这又对他们说，"不然我可要向你们船舱里开枪啦。"

我看见他们中间有个人朝门角里瞅了下，显然他看见了陆地，因为他咭咭呱呱说开了。

"来吧，"我说，"不然我可要开枪啦。"

他们到底出来了。

其实我告诉你说，真要把这样一帮唐山佬杀掉的话，不是个全无心肝的人那是下不了手的，就是干起来肯定也是够棘手的，更别提那个麻烦了。

他们出来了，他们虽然个个都很害怕，而且一把枪都没有，可究竟有十二个人哪。我端着气枪，步步倒退，一直退到船尾。"下水里去吧，"我说。"不会没了你们的脑袋的。"

没有人动一动。

"下去。"

还是没有人动一动。

"你们这些吃了耗子肉的胆小的外洋佬，"埃迪说，"快下水里去。"

"闭上你的嘴，醉鬼，"我对他喝一声。

"不会游水，"一个唐山佬说。

"用不到游水，"我说。"水不深。"

"快，下水里去，"埃迪说。

"你到船艄来，"我说。"你一只手拿枪，一只手拿鱼叉杆，量给他们看看水就这么深。"

他量给他们看了。

"用不到游水？"还是那个人问我。

"用不到。"

"真的？"

"真的。"

"这是在哪儿?"

"古巴。"

"你们这些该杀的骗子手呀,"他说着就走到船边上,先还赖着不跳,一会儿才松手跳了下去。他脑袋沉到了水下,但是随即又探了起来,下巴露出在水外。"该杀的骗子手呀,"他还在嚷嚷。"该杀的骗子手呀。"

这气疯疯的家伙,倒也够勇敢的。他用唐山话说了句什么,其余的人也都到船艄纷纷跳下水去。

"好啦,"我对埃迪说。"起锚吧。"

我们的船出海时,月亮升起来了,因此看得见那班唐山佬都露出了个脑袋,在蹚水上岸。还看得见那隐隐发亮的海滩,以及背后一带的小树丛。

船过了礁区,来到海上,我回头看了一眼,见海滩和山峦都显出轮廓来了。我于是就把船朝基韦斯特的方向驶去。

"你现在可以去睡个觉了,"我对埃迪说。"不,等等,先到船舱里去把舷窗都打开,让气味散掉,再把碘酒给我拿来。"

"怎么回事?"他拿来了碘酒,问我。

"手指割破了。"

"要不要我来把舵?"

"去睡个觉吧,"我说。"回头我来叫你。"

他就在舵手舱内、油箱上方的那张嵌壁床上躺了下来,才一眨眼的工夫就睡着了。

我用膝头顶住舵轮,脱开衬衫,看见了给辛先生咬一口留下的痕迹。这一口咬得可真够狠的,我就在上面涂了些碘酒,后来我坐在那儿掌舵时,心里就老是想着:给个唐山佬咬一口不知会不会感染上些什么毒素?听机器运转得这样平稳,海水哗哗地刷着船身,我悟过来了:哼,不会的,给他咬一口不会感染上什么毒素的。像辛先生这样的人,一天大概要刷上两三遍牙哩。好一个辛先生。作为一个生意人他实在算不得精明。不过也可能他本来倒是个精明人。只是轻信了我罢了。说真的，我实在猜不透他。

好了，现在其他问题都很简单了，就还剩下一个埃迪了。埃迪是个酒鬼，一来劲就都会说出去。我坐在那儿掌舵，对他看看，心想：嗜，他这样活着，倒还不如死了强哩，他死了我也可以不用担心了。我刚发现他在船上那阵子，本来是拿定了主意非把他干掉不可的，可是后来一切进行得那么顺利，我也就不忍心了。不过现在看他躺在那里，我心里又不免一动。但是再一想：干这种事以后要后悔的，一干反倒把好端端的事弄坏了，何苦呢？我这时又想起：船员名单中根本没有他的名字，把他带到国内我还得付一笔罚款呢，我真不知道留着他到底算是好呢还是算坏。

好吧，这事反正还有充分的时间可以考虑，我就只管开我的船，时而还端起酒瓶来喝上一口。这酒还是他带上船来的，瓶里已经所剩不多，我喝完以后，就打开自己还剩下的仅有的一瓶。说真的，我觉得把舵挺带劲的，而且今晚又是过海挺理想的夜晚。几次觉得这一趟出海真是倒够了霉，但是结果终于证明了，这一趟出海出得才好着哩。

天亮了，埃迪也醒了。他说他觉得难受极了。

"你代我把会儿舵吧，"我对他说。"我想去走走看看。"

我重又来到船艄，浇些水把船艄冲冲。可是船艄早已没一点脏迹了。我又用刷子把船边上擦了擦。我把枪退了子弹，在舱里藏好。不过腰带上的枪我没有卸下。船舱里的空气一派清新，十分可意，闻不到一点气味。只是右舷窗里进了一点水，把一个床位打湿了，因此我就关上了舷窗。现在，世上再也没有一个海关官员能嗅出我这船上搭过唐山佬了。

我看见在装行船执照的镜框下，那结关证就连网兜在那儿挂着呢，那是我上船的时候匆匆搁在那儿的，我就去取出来看了一遍。看完便赶紧来到舵手舱里。

"我问你，"我说。"你的名字怎么会上了船员名单的？"

"我遇见了报关行的代办，正好他要去领事馆，我就对他说我也要同船去。"

"上帝真会照应酒鬼，"我对他说完，便取下了腰里的那支点三八，拿到船舱里藏好。

我在船舱里煮了一些咖啡，又上来掌舵。

"下面有咖啡，"我对他说。

"老兄，咖啡可帮不了我的忙啊。"见了他谁也不能不感到可怜。他那个脸色可实在是难看。

九点钟左右，我们就在正前方一带看到了桑德基的灯塔。海湾里北上的油船我们早些时就已见到了。

"快要到了，"我对他说。"我也跟约翰逊一样，付给你四块钱一天吧。"

"你昨儿晚上这一手得了多少？"他问我。

"才六百块，"我对他说。

我不知道他信不信我的话。

"这里就没有我的一份？"

"我刚才说的那个数，就是你的一份了，"我对他说。"昨儿晚上的事你要是说出去，别打量我会不知道，到那时可就别怪我要把你干掉了。"

"你知道我不是个爱在背后说闲话的人，哈利。"

"你是个酒鬼。可不管你喝酒喝得有多糊涂，只要你有一句话说出去，看我说的话算不算数。"

"我诚实可靠，"他说。"你这样对我说话可不该啊。"

"谁的嘴巴能有那么紧，能保证永远诚实可靠？"我对他说。不过我对他已经不再担心了，因为他的话有谁会相信呢？辛先生已经不会来告我了。那班唐山佬是不会来告我的。那个摇船送他们出来的后生自然也不会。埃迪倒说不定迟早会说出去，可是酒鬼的话有谁会相信呢？

对了，这一切又有谁能拿得出半点证据？不然的话，人家一看到船员名单里有他，风言风语肯定要多得多。我这确实还是幸运的。我当然也可以说他掉在大海里了，可是那样的话闲言闲语绝少不了。埃迪也算他福星高照。真是福星高照。

后来我们的船就来到了湾流的边上，海水不再是蓝色的了，而是淡淡的，带点儿绿了，朝陆地的方向望去，我就能看见长礁和西干岩两处的标桩了，就能看见基韦斯特的无线电天线杆了，还有那高高耸起在一大片低矮建筑之上的贝壳大旅馆，那野外焚烧垃圾的滚滚浓烟。桑德基的灯塔如今已近在眼前了，灯塔边上的船库和小码头也看得见了，我知道如今还只剩下四十分钟的路程了，我感受到了归家的快乐，我如今得了一大笔外快，可以好好地过一个夏天了。

"来喝口酒怎么样，埃迪？"我对他说。

"啊呀，哈利，"他说。"我就知道你是挺够朋友的。"

买卖人的归来

　　他们是在夜间过海而来的，海上吹的是强劲的西北风。　太阳升起以后，他见到了一艘从海湾里南下的油船，寒气凛冽，阳光当头一照，那油轮看去白晃晃的当空直立，真像大海上耸起了一座高楼。他对那黑人说："我们到底到了哪儿啦？"

　　那黑人撑起身来一看。

　　"迈阿密的西边没有这种景象啊。"

　　"我们的船不是朝迈阿密的方向开的，这你又不是不知道，"他对那黑人说。

　　"我的意思不过就是说，在佛罗里达诸基列岛是没有这样的高楼的。"

　　"我们的行船方向是桑德基。"

　　"那这会儿也该看见了呀。就是看不见桑德基，美国沿海的暗礁群也应该看见了。"

　　过了一会儿他才看清那是一艘油船，不是高楼，又过了不到一个钟点，他看见了桑德基的灯塔，直挺挺的，细细的，一身褐色，矗立在海中，一点不差还是在那个老地方。

　　"在船上掌舵总得有信心，"他对那黑人说。

　　"我本来倒是信心很足，"那黑人说。"可是走过了这一趟我已经信心缺缺了。"

　　"你的腿怎么样？"

　　"老是痛啊。"

　　"不要紧，"那人说。"只要当心别沾上脏，别让绷带掉了，自会好的。"

　　现在他就把船朝西开去，打算向沃曼基靠近，到岸边的红树丛中去躲过一个白天，什么人也别见，就在这儿等着，到时候该会有船来接他们的。

"你会好的，"他对那黑人说。

"谁知道哇，"那黑人说。"痛得可厉害了。"

"到了家我会好好替你治的，"他对他说。"你的枪伤不算重。别担心。"

"我挨了枪了，"那黑人说。"以前我可从来没有挨过枪。反正挨了枪就是倒了霉了。"

"你是吃了点惊吓罢了。"

"什么话呢。我挨了枪了。痛得可厉害了。一阵阵抽痛，整整痛了一夜。"

那黑人一直不断这样唧咕，他总忍不住想要解开绷带来看看伤口。

"别去动，"掌舵的那人对他说。黑人躺在舵手舱里的地板上，四下到处堆着一麻袋一麻袋的瓶酒，就像一只只火腿。他是在麻袋堆里腾出个地方来躺下的。他只要一动，麻袋里就会响起破瓶碎玻璃的声音，流出的酒酒气四溢。这酒也泼得满处都是。船现在是直向沃曼基驶去了。沃曼基如今已经可以看得清清楚楚了。

"我痛啊，"黑人说。"痛得愈来愈厉害了。"

"我也很为你难过，韦斯利，"那人说。"可是我得掌舵。"

"你待个人还不如待条狗好呢，"黑人说。他渐渐没有好声气了，不过那人还是很为他难过。

"我会想法照应你的，韦斯利，"他说。"你现在还是安静点儿躺着。"

"你根本不管人家是死是活，"黑人说。"你简直没有一点人性。"

"我会好好替你治的，"那人说。"你还是安静点儿躺着吧。"

"你是治不好我的了，"黑人说。那个叫哈利的人这时不言语了，因为他喜欢这个黑人，可眼下除了给他补一枪以外，实在没有一点办法可想，他下不了这个手啊。那黑人只顾说他的。

"他们一开枪，我们就赶快停下，不是挺好的吗？"

那人没答腔。

"难道一个人的性命，还不如一船酒值钱？"

那人只顾专心掌他的舵。

"我们只要赶紧停下，让他们把酒拿去，不就行了吗。"

"不行，"那人说。"酒和船没收了不算，人还得要坐班房。"

"坐班房我不怕，"那黑人说。"我就是不愿意挨枪子儿。"

他渐渐吵得那人有点心烦了，那人不想再听他说下去了。

"到底谁的枪伤厉害？"他问他。"是你伤得厉害，还是我伤得厉害？"

"伤是你的厉害，"那黑人说。"可我以前从来没有挨过枪啊。我真没想到会挨枪子儿。我不是给雇来挨枪子儿的。我也不愿意去挨枪子儿。"

"不要激动嘛，韦斯利，"那人对他说。"这种话说得再多也帮不了你的忙。"

这时他们已经快到沃曼基了。船已经进了岛外的暗礁群，他把船开进航道时，水面上一派阳光，照耀得东西都很难看清。那黑人八成儿是精神错乱了，要不就是因为受了伤，所以就虔诚地祈求起上帝来了；总之他的嘴里一直叨叨个不停。

"他们为什么现在还要贩私酒呢？"他说。"禁酒法已经废止了嘛。他们为什么还是非要干这样的买卖不可呢？他们为什么不就用渡船把酒运进来呢？"

掌舵的那人却目不转睛地瞅着航道。

"大家为什么不老老实实地做个正派人，正正派派地干个老实营生呢？"

尽管太阳耀眼，看不清岸上，那人还是看得出哪儿有来自岸边的平静的涟漪，他就把船转了个向。他是单臂转动舵轮，把这个弯拐过来的，这一下航道就开阔了，于是他就把船缓缓靠到红树丛的边上。他打起了倒车，把两个离合器都脱开了。

"下锚我抛下一只还可以，"他说。"可是要起锚我就没法起了。"

"我是根本就动弹不得了，"黑人说。

"看你这光景确实是够呛的，"那人对他说。

他在十分艰苦的情况下，把小锚搬出来，再提起投下，不过锚好歹算是抛下了。他放出了好长一段锚缆，船马上打了个转，撞到了红树丛上，树枝都直戳到舵手舱里。他于是就又下了甲板，回到舵手舱。心想：没错儿，舵手舱里果然弄得一塌糊涂。

昨天晚上他替黑人包扎了伤口，黑人也给他的胳膊上了绷带，弄好以后他就一直在那里看着罗盘把舵，整整一夜没有停过，到天亮时，只见黑人就躺在舵手舱当中的麻袋堆里，可是那时他又要看海上，又要看罗盘，还要寻找桑德基的灯塔，所以对面前的这一摊子始终没有细细看过一眼。如今一看，这个烂摊子！

那黑人抬起了腿，躺在满装瓶酒的麻袋堆当中。舵手舱给打了八个弹孔，都裂开了好大的口子。挡风玻璃也打碎了。他不知道有多少货色给打烂了，凡是那黑人的血没有淌到的地方，就准有他自己的血迹。可是根据他此刻的感觉，最叫人受不了的还数那酒气。酒气简直淹没了一切。如今船虽然静静地停泊在红树丛下，他却依然感觉到脚下似乎有波涛在汹涌，海湾里风大浪高，他们的船昨晚颠簸了整整一夜。

"我去煮一点咖啡，"他对那黑人说。"煮好咖啡我再来照应你。"

"我不想喝咖啡。"

"我可想哩，"那人对他说。可是一到船舱里他就感到头发晕，因此又来到了甲板上。

"算了，就不喝咖啡了，"他说。

"我要喝点水。"

"好。"

他从一个水壶里倒了一杯水给黑人。

"他们都开了枪了，你为什么还要一个劲儿逃呢？"

"他们干吗要开枪呢？"那人答道。

"我得找个医生看看，"那黑人对他说。

"医生能够做的我还有什么没有替你做到呢？"

"医生能治好我的伤。"

"等今儿晚上接应的船来了，你就有医生了。"

"我可不想就这样一直等到船来。"

"好吧，"那人说。"那我们先来把这些酒处理掉吧。"

他就把酒往水里扔，可是凭他单手独臂那是够艰巨的。袋瓶酒虽说只有四十来磅重，可是他扔了才不多几袋，就又感到头晕了。他在舵手舱里坐下，后来干脆躺下了。

"你这是自己不要命了，"那黑人说。

那人头枕着麻袋，不作一声地躺在舵手舱里。

舵手舱里有红树的枝桠伸进来，把影子撒在他身上。他听得见树梢顶上的风声，抬眼朝高高的寒天望去，看得见那北风推来的淡淡的褐云。

"风这么大，不会有人来了，"他心想。"他们料不到我们会冒着这么大的风出来。"

"你看他们会来吗？"那黑人问。

"会来啊，"那人说。"为什么不来？"

"风太大了。"

"他们就等着我们来呢。"

"这么大的风，哪儿能呢。你何必还要拿假话来哄我呢？"黑人这话几乎是嘴巴直对着麻袋说的。

"不要激动嘛，韦斯利，"那人说。

"老大说得轻巧，不要激动，"黑人又接下去说。"不要激动。什么事不要激动？死得这么惨还不要激动？我还有条命在这儿，你来呀。来把我往船外扔呀。"

"不要激动嘛，"那人还是和和气气地说。

"他们不会来了，"黑人说。"我知道他们不会来了。我冷你难道不知道？你难道不知道，这又痛又冷的，我实在受不了啦。"

那人坐起身来，只感觉到心窝儿里像掏空了，坐也坐不稳。黑人目不转睛地看他晃荡着右臂，拿一个膝头抵着地往上挺了挺，左手抓住右臂下吊着的手，把它给按在两个膝头的中间，然后扶住船舷边上钉着的木板，使劲地站起身来。他站在那儿，望着黑人，右手依然夹在两条大腿中间，心里在想：什么叫做痛，他这才算真正尝到滋味了。

"我只要硬是挺住，不去想它，倒也不是痛得那么厉害了，"他说。

"我给你用吊带绑起来吧，"黑人说。

"我这胳膊肘儿弯不过来了，"那人说。"就那样直僵僵的动不得了。"

"我们怎么办呢？"

"扔酒啊，"那人对他说。"手够得到的，就提起来往船外扔，你不能来一下吗，韦斯利？"

那黑人刚挪了挪身子，想去抓住一个麻袋，却又哼了一声，重新躺了下去。

"你痛得那么厉害，韦斯利？"

"哎呀，天哪，"那黑人说。

"一动反倒不是痛得那么厉害了，你就没有这种感觉？"

"我挨了枪了，"那黑人说。"我不能动了。我挨了枪老大还要我去扔酒。"

"不要激动嘛。"

"你再说一句不要激动我可要发疯啦。"

"不要激动嘛，"那人还是口气平静地说。

黑人吼叫一声，手在甲板上一阵乱摸，在舱口围板下摸到了那块磨刀石，便抓了起来。

"我要杀了你，"他说。"我要挖出你的心肝。"

"就凭这么块磨刀石你能挖？"那人说。"不要激动嘛，韦斯利。"

黑人脸贴着麻袋哇哇直哭。那人依旧慢慢地提起一麻袋一麻袋的瓶酒，往船外扔去。

正在这样把酒往船外扔时，他听见了一阵引擎声，一看，见有一条船绕过了小岛的端头，正沿着航道在向他们驶来。那条船船身是白色的，舱面室漆成了浅黄色，有挡风玻璃。

"有船来了，"他说。"快来干吧，韦斯利。"

"我动不了。"

"从现在起我可要记你的账啦，"那人说。"先前的事就不跟你计较了。"

"你去记吧，"那黑人对他说。"我也不是什么都不记在心上的。"

那人还是用他那只好手提起一袋袋瓶酒来往船外扔，如今他干得可快了，干得脸上汗水直流，也根本顾不上去看看顺着航道缓缓而来的那条船。

"翻过身去。"他一伸手抓住黑人头下的那个麻袋，手一甩扔到了船外。黑人撑起身来看了看。

"他们来了，"他说。来船的方向几乎就直对着他们船的船舷。

"是威利船长，"黑人说。"船上还有游客。"

那条白船的船艄有两个穿法兰绒、戴白布帽的人坐在钓鱼椅里，在那里钓鱼，另外有个身穿防风茄克衫、头戴毡帽的老头在那里掌舵，船就在酒船所在的这片红树丛跟前开了过去。

"你好啊，哈利？"船过的时候那老头招呼了一声。那个叫哈利的人举起没坏的胳膊挥了挥作为回答。船开了过去，那两个钓鱼人把目光向酒船投来，还对那老头说了些话。哈利听不见他们讲的是什么。

"他开到口子上要掉过船头开回来的，"哈利对那黑人说。他到船舱里拿来了一条毯子。"我来替你遮起来。"

"是快到你替我裹起来的时候了①。可这酒他们不会看不到呀。我们怎么办呢？"

"威利可是个好人，"那人说。"他会去告诉镇上的人我们在这儿。那两个钓鱼的家伙碍不了我们的事。他们何必要来管我们的闲事呢？"

他现在真有些惴惴不安了，他就在驾驶座上坐了下来，把右臂紧紧地夹在两条大腿之间。他的膝头在发抖，这一抖，便感觉到上臂的骨头断处擦得嘎嘎有声。他就把两个膝头分开，拉出那条手臂，由它挂在一旁。就在他这样挂下了手臂坐在那儿时，刚才那条船又顺着原航道回来，从他们跟前经过了。坐在钓鱼椅里的两个人在那里说话。他们已经收起了钓竿，其中一个在用望远镜对他们瞧。隔着这样的距离，他听不出他们在说些什么。就是听得见，他又能怎么样呢？

那条叫"南佛罗里达号"的包租游船，是因为礁区外风浪太大，才到沃曼基的航道里来作钓鱼游的。船上的威利·亚当斯船长当时心里在想：原来哈利昨儿晚上过海来了。这小伙子倒真有cojones②。那阵狂风他肯定碰上了。论船，他那一条倒是经得起海上风浪的。可你说他的挡风玻璃怎么会打碎了呢？换了我才不会在昨儿那样的晚上过海呢。我才不会到古巴去贩运私酒呢。酒现在都从马里埃尔运来了！进进出出，自在得很。大概那里是根本不查不禁的吧。"你说什么，老板？"

"那条船是条什么船？"坐在钓鱼椅里的两个人中有一个问。

"那条船？"

"是啊，那条船。"

---

① 表示自己快到死时了。
② 西班牙语：胆量。

"喔，那是一条基韦斯特的船。"

"我问你的是，船是谁的？"

"这我也不知道啊，老板。"

"船主是个打鱼人吗？"

"这个嘛，有人说他是。"

"什么意思？"

"他什么行业都干一点。"

"你不知道他姓什么吗？"

"不知道。"

"你不是叫他哈利吗？"

"我没呀。"

"我明明听见你叫他哈利。"

威利·亚当斯船长对跟他说话的这个人仔细看了一眼。此人高高颧骨，薄薄嘴唇，脸儿有点胖鼓鼓的，灰眼睛眍得好深，嘴角带着轻蔑的表情，帆布帽下射出两道目光正瞅着他。威利·亚当斯船长哪里会知道，正是此人，在华盛顿许许多多女人的眼里可是个招人心爱的美男子咧。

"那一定是我乱叫的，"威利船长说。

"你看看吧，那个人身上有伤，博士①，"那另一个人说着，把望远镜递给了同伴。

"我不用望远镜就看得出来，"被称为博士的那个人说。"这个人是谁？"

"我也不知道，"威利船长说。

"哼，会让你知道的，"嘴角带着轻蔑表情的那个人说。"把船头的号码抄下来。"

"我抄下了，博士。"

---

① 英文中"博士"跟"医生"是同一个词，所以下文威利船长以为他是医生。

"我们过去看看，"博士说。

"你这位博士是做医生的？"威利船长问。

"不是做医生的，"那个灰眼睛的人对他说。

"如果你不是个医生，那我就不开过去。"

"为什么？"

"他要是需要我们帮忙，他早就招呼我们了。他要是不需要我们帮忙，我们也用不到管他的闲事。我们这里的人都抱定了一个宗旨，就是莫管他人的闲事。"

"好吧。你不管你就甭管好了。那就把我们送到那条船上去吧。"

威利船长还是把船继续顺着航道驶去，那台双缸帕尔默老是不停地噗噗乱响。

"你没听见我的话吗？"

"听见了。"

"那你为什么不服从我的命令？"

"你到底算是什么人，这样神气活现？"威利船长问。

"是什么人这没关系。我让你怎么干你就怎么干。"

"你到底算是什么人？"威利船长又问。

"好吧。可以告诉你，我是当今美国三个最重要的人物之一。"

"那你又到基韦斯特干什么来了？"

那另一个家伙探出了身子。"他就是×××，"他煞有介事地说。

"我可从没听说过这么个人，"威利船长说。

"哼，我会让你听说的，"那个叫博士的人说。"我会让你们镇上人人都听说的——旮旯里小小的破镇一个，就是得连根铲掉我也绝不会手软！"

"你真不简单，"威利船长说。"你怎么会这样重要的？"

"他是×××最亲密的朋友、最亲信的顾问，"那另一个家伙说。

"胡扯，"威利船长说。"他要真是这么个人，又到基韦斯特干什么来了？"

"他是来这儿休养的，"那个秘书说。"他就要出任××××了。"

"别说了，哈里斯，"那个叫博士的人说。"那就请你送我们到那条船上去好不好？"他做出了笑脸说。他的笑脸就是专为这样的场合用的。

"不行。"

"听着，你这个吃打鱼饭的白痴。小心我叫你吃不了兜着走……"

"好啊，"威利船长说。

"你还不知道我是谁呢。"

"这对我来说都一样，"威利船长说。"你还不知道你这是在哪儿呢。"

"那个人是个私酒贩子吧？"

"你看呢？"

"拿住了他说不定还有笔赏金可得呢。"

"我看不一定。"

"他犯了法。"

"他有一家大小，他得养家餬口。我们这儿基韦斯特的人替政府干活，一个星期才挣六块半钱，请问你们吃掉的又是谁的血汗？"

"他身上有伤。这说明有人在追捕他。"

"就不能是他闹着玩儿，自己打了自己一枪？"

"这种挖苦话你给我少说。快到那条船上去是正经，让我们把他连人带船一起扣下。"

"扣下来带到哪儿去？"

"基韦斯特。"

"你是当官的？"

"我不是告诉过你他是谁了吗，"那秘书说。

"好吧，"威利船长说。他使劲推动舵轮把手打了个转，把船一拐弯，驶到航道的极边上，螺旋桨连沉泥都打了上来，飞溅起一大片。

他的船这就带着一片嘎嘎声，紧靠航道边向停泊在红树丛下的那另一条船开去。

"你船上有枪没有？"那个叫博士的人问威利船长。

"没有。"

那两个穿法兰绒的人这时已经站了起来，正盯住了酒船在那里看。

"这比钓鱼要有趣吧，博士？"那秘书说。

"钓鱼没意思，"博士说。"捕到了一条旗鱼又能怎么样呢？吃又不能吃。不比这事，那才真叫有意思。能有机会亲身碰到也算我有幸。那人已经受了伤，逃不掉了。海上风浪大得很。他这号船肯定经不起。"

"你这真叫只身擒贼了，"秘书以艳羡的口气说。

"还是赤手空拳呢，"博士说。

"不像联邦调查局的密探就老是胡来，"秘书说。

"埃德加·胡佛①搞的宣传都是言过其实，"博士说。"我觉得我们对他恐怕也已经放任得够了。"说到这里他命令威利船长："并排靠上去。"

威利船长却脱开了离合器，船就随水漂流了。

"嗨，"威利船长向那条船上喊道。"千万不要抬头啊。"

"怎么回事？"博士生气地说。

"你给我闭嘴，"威利船长说。"嗨，"他又向那条船上喊起来。"听着！只管到镇上去，用不到担心。船就不用管了。让他们

---

① 当时的联邦调查局局长。

弄去好了。把货扔掉了，到镇上去。我这船上有个家伙，是华盛顿来的，八成儿是个眼线。不是密探，只是个眼线。是官府什么机构的一个头头。他自己说是比总统还要重要。他要跟你过不去。他说你是个贩私酒的。他抄下了你船的号码。我从来没有见过你，所以不知道你是谁。要我认我也认不出你……"

船漂了开去。威利船长却只管他接着喊："我不知道遇见你的这个地方是哪儿。要我再来一趟我也认不得路。"

"明白，"酒船上也喊过来一声。

"我还要带这个官府的大人物去钓鱼，不到天黑不回，"威利船长喊道。

"明白。"

"他爱钓鱼，"威利船长只顾嚷嚷，把嗓子都快喊破了。"可这个王八蛋倒说钓到了鱼不能吃。"

"多谢大哥，"传来了哈利的声音。

"那个家伙是你的兄弟？"博士问道。他虽然脸涨得通红，爱打听的脾气却依然不改。

"不是，"威利船长说。"船上人隔船相喊通常都叫大哥的。"

"我们到基韦斯特去吧，"博士说，不过听他的口气已经信心不足了。

"不行啊，"威利船长说。"两位包我的船说好是包一天的。我拿你们多少钱就得干多少事。你尽管骂我白痴，可我这船还是要给你包足一天。"

"这家伙是个老头了，"博士对他的秘书说。"我们要不要跟他来硬的？"

"我劝你别来这一套，"威利船长说。"小心我拿这个给你劈头一家伙。"

他冲他们亮了亮打鲨鱼用的一节铁管。

"两位干吗不把钓线放出去，乐得玩它个痛快呢？你先生可不是来寻烦恼的。你是来休养的。你说旗鱼不能吃，可你在这种水面不宽的地方哪里钓得到旗鱼呢。能钓到一条石斑鱼已经算是走运了。"

"你看怎么办？"博士问。

"还是由他去吧。"秘书的眼睛对着铁管直瞅。

"你的话还有一点说得不对，"威利船长又继续往下说。"其实旗鱼的味道就跟马鲛鱼一样好吃。往年我们都卖给里奥斯公司销到哈瓦那去，卖价跟马鲛鱼一样，一磅可以卖到一毛。"

"哎，你就少啰嗦吧，"博士说。

"我还以为你既是官府的人，对这些事情总该会感到关心吧。这些个吃的东西，涨价跌价可不是跟你们还有些牵连什么的？不是吗？你们就专搞抬高价格什么的。把粮价抬高，把肉价压低。鱼价嘛，倒向来是一个劲儿往下跌的。"

"你少啰嗦，"博士说。

酒船上，哈利把最后一袋酒扔下了水。

"把鱼刀拿来，"他对那黑人说。

"鱼刀没有啦。"

哈利一按自动起动器，把引擎发动了起来。他找到了轻便斧，用左手拿着，一斧头砍下去，把锚缆斩断了。他心想：沉水里去就沉水里去吧，回头来捞酒的时候，抓钩会抓得到的。我把船开到加里森湾去，他们要弄走就让他们弄走吧。我得去找个医生。我可不愿意连胳膊带船一起丢。 这一船酒的所值也抵得上船本身了。酒其实并没有打碎很多。碎了几瓶，就酒气冲天了。

他推上了左侧的离合器，船离开了红树丛，随着潮水转过头来。引擎运转得很平稳。威利船长的船如今正朝着格兰德河口的方向驶去，已经驶出两英里远了。哈利心想：现在潮涨了，估计过礁湖没问题了。他推上了右边的离合器，加大了油门，引擎立刻轰鸣起来。只觉得船头往上一翘，那还青的红树就飞快地从旁边一掠而过，树根下的海水仿佛一下子都给船吸了去。他心里在想：但愿这船别让他们弄走。但愿我的胳膊还能治好。在马里埃尔来来去去畅行无阻已经六个月了，怎么想得到现在会忽然对我们开枪呢？古巴人就是这样。某某人给某某人的钱不给了，结果害得我们就挨了枪。对，古巴人就是这样的。

"嗨，韦斯利，"他说着回头对舵手舱里边望了一眼，那黑人还蒙着毯子躺在那儿呢。"你这会儿觉得怎么样了，小黑子？"

"乖乖，"韦斯利说。"再难受也没有了。"

"回头老医生给你检查的时候，你还有得更难受呢，"哈利对他说。

"你简直不是人，"那黑人说。"没有一点人的感情。"

哈利心里却在想：那老威利可真是个好人。要论起好人来，那老威利真算得上一个。当时我们实在应该一气赶到，不应该等在那儿。等在那儿是失算了。我当时浑身无力，头晕得厉害，脑袋瓜儿都不听使唤了。

如今前方望得见那白色的贝壳大旅馆了，望得见无线电天线杆和城里的建筑了。他还望见了特朗博码头的汽车轮渡，他要绕过这个码头，向北去加里森湾。他想：那老威利真有意思。骂得他们够呛。那两个狗东西不知道是什么人？哎呀，我这会儿真觉得难受死了。头晕得厉害。我们当时要是一气赶到这儿就对了。要是不等在那儿就对了。

"哈利先生，"那黑人说，"真对不起，我没有能帮着你把货往水里扔。"

"见你的鬼，"哈利说。"老黑挨了枪子儿就没有一个是有屁用的。你这个老黑还算是不错的呢，韦斯利。"

引擎在轰鸣，船在破浪急驶，哗哗之声响成一片，但是他更听见自己心中似乎有一个陌生而空洞的嗡嗡声。他出外跑了一趟回得家来，总会感到心中有这样一种声音。他想：但愿我这条胳膊能够治好。我还很需要这条胳膊使使哩。

检　举

　　马德里当年的奇科特酒吧，是个跟白鹳夜总会①差不多的去处，只是那里并没有乐队伴奏和初入社交界的小姐，又有点像华尔道夫饭店②的男士酒吧，只是男士酒吧不接待女客。奇科特酒吧可是接待女客的，不过那可毕竟是个男人聚会的地方，女客在那儿是没有地位可言的。酒吧老板叫佩德罗·奇科特，酒吧要办得有特色老板总得有个性，他就具备了这一条。他是个很出色的酒吧掌柜，总是和和气气，总是乐呵呵的，而且为人颇有风趣。风趣这东西在时下早已是希罕之物了，很少有人能长久保持这东西。风趣这东西可不能跟演戏的本事混为一谈。奇科特有风趣，他的风趣不是假的、不是装的。可是他又很朴实单纯，待人也极友好。他真比得上巴黎里兹酒吧的那个侍者乔治，真是一样那么和蔼可亲，更是一样那么绝顶能干——在眼前要找个合适的人来比比，大概也就数乔治最过得硬了。所以他开的酒吧是相当不错的。

　　当时马德里有钱的年轻人里那些讲究派头的都爱去一个叫新潮夜总会的酒吧，而正派人则都去奇科特。奇科特的客人里固然也有不少是我所看不惯的，正如白鹳夜总会里这样的人也不在少数，但是在奇科特我却没有一次不是玩得高高兴兴的。一个重要的原因，就是那里可以不谈政治。有一些酒吧咖啡馆，是专诚为谈政治而去的，但是奇科特酒吧里却可以不谈政治。其他形形色色的话题当然还是谈得很多的，到了晚上，城里最漂亮的女郎也会在那里露面，那里的确是开始一天夜生活的好地方，我们常常都是先在那里坐坐，由此而得以过上一个美妙的夜晚。

　　再有，到那里去走走还可以了解了解谁在城里，要是不在城里又是到哪里去了。如果是在夏天，城里一个熟人也没有，你也尽可以坐在那里喝喝酒，因为那里的侍者都是很友好的。

这等于是一个俱乐部，可又用不到你付会费，在那里你有时说不定还可以结识个姑娘。奇科特酒吧是西班牙最好的酒吧，可以肯定无疑；是全世界最好的酒吧之一，我想也没问题。我们这些常去坐坐的人，对这个酒吧都怀有很深的感情。

还有一点，就是那里的酒绝佳。如果你要的是马蒂尼③，那里所用的金酒便是极品的金酒，再好的货色有钱也没处买了。奇科特还有一种原桶威士忌，是地道的苏格兰产，比起那种广告做得很大的所谓名牌酒来真不知要好多少倍，跟普通的苏格兰威士忌就更不用比了。那会儿叛乱刚开始，奇科特正在北方的圣塞瓦斯提安照看他开设在那儿的夏令酒吧。那个酒吧他至今还开着，据说还是佛朗哥的地盘里最好的一家酒吧呢。马德里的酒吧则由本店侍者代为经管，直至今天还由他们管着，不过好酒早已都卖光了。

奇科特的老顾客多半站在佛朗哥一边，不过也有一部分是站在政府一边的。由于那个酒吧是一个非常愉快的地方，而真正愉快的人又往往是最勇敢的，最勇敢的人照例又最早战死沙场，所以奇科特酒吧的老顾客有很大一部分现下已经死了。那原桶的威士忌卖完已有好几个月了，那纯黄金酒则是在 1938 年 5 月喝得点滴不剩的。现在那里已经没有什么好酒可喝了，所以我想卢伊斯·德尔加多要是稍晚一些来到马德里的话，他或许就不会上奇科特酒吧去，也就不至于会招来那场祸事了。但是他在 1937 年 11 月里来到马德里的时候，奇科特酒吧还有纯黄金酒卖，还有印度奎宁水卖。豁出性命去买好酒喝，似乎还犯不上，所以他恐怕只是旧地重来，想进去喝上一杯，如此而已。如果了解了他的为人，了解了这家酒吧当

---

① 三四十年代纽约的一家著名夜总会。
② 纽约的一家大饭店。
③ 马蒂尼是一种鸡尾酒，以金酒（杜松子酒）为主料，加苦艾酒等混合而成。

年的情况，那么对这件事也就完全可以理解了。

那天大使馆里宰了一头牛，大使馆里的管门人打电话到佛罗里达旅馆来，通知我们说他们留了十磅鲜牛肉给我们。就在那样一个马德里的冬日的薄暮时分，我徒步走到大使馆去领肉。大使馆的门外有两个带长枪的突击队员坐在椅子里，牛肉就放在门房内候领。

管门人说，这方牛肉倒是斩的好肉，可惜那头牛太瘦了。我从厚呢上衣的口袋里掏出一些炒葵花子和一些橡栗来请他尝尝，两个人就在门房的外边，那大使馆的碎石子内车道上，站着说了两句笑话。

我把沉甸甸的肉在腋下一夹，穿过半个城走回家去。大马路①那头在落炮弹，我就拐进奇科特酒吧去避一避。店里又挤又闹，我就在一个角落里找了一张小桌子坐，背后是用沙袋堵住的窗口，我把牛肉在旁边的板凳上一放，就坐在那儿喝起金酒补汁②来。我们到这个星期才发现原来店里还有奎宁水卖。开仗以来店里还不曾有客人要过奎宁水，所以奎宁水还是卖的叛乱爆发前的老价钱。此时晚报还没有出版，我就向一个老婆子买了三份政党传单。每份是十分，我给了她一个比塞塔，叫她不用找了。她说上帝一定会保佑我的。我却不大相信，就只管看我的传单，喝我的金酒补汁。

有个当初我早就认识的侍者走到我的桌子旁，对我说了两句话。

"不会吧，"我说。"我不信。"

"是真的，"他说得斩钉截铁，手里盘子一摆，头一晃，指的都是同一个方向。"现在且别看。喏，就在那边。"

"这不干我的事，"我对他说。

"也不干我的事。"

---

① 马德里的霍塞·安东尼奥林荫大道是商业区内的一条主干大道，人称大马路，呈西北—东南走向。

② 金酒掺奎宁水喝，通称金酒开胃汁，或金酒补汁。

他走了，这时另外一个老婆子那里刚刚有晚报卖，我就买了一份看起来。那个侍者没有认错人，果然是他。我们两个对此人都非常熟悉。我当时心里只有一个想法，就是：这个傻瓜！这个傻到了家的大傻瓜！

就在这时候正好有个希腊同志过来在我的桌子边坐下。他是第十五纵队的一个连长，一次飞机扔了颗炸弹，把他埋在了土里，另外四个弟兄死了，他被送到后方医院里来观察了一阵子，后来又给转送到一家疗养院什么的。

"你好吗，约翰？"我问他。"来尝尝这玩意儿。"

"这叫什么名堂，埃蒙兹先生？"

"叫金酒补汁。"

"这补汁是什么东西？"

"就是奎宁水。来尝尝看吧。"

"不瞒你说，我是不大喝酒的，不过既是奎宁呢，喝了倒能治热病。我来喝一点试试看吧。"

"医生说你情况怎么样，约翰？"

"我用不到去看医生啦。我的身体全好了。就是觉得头脑子里好像老是在嗡嗡叫。"

"你还是得去找医生看看，约翰。"

"我去看过啦。可跟他说不明白。他说我没有证明，不给看。"

"我打个电话去说说，"我说。"医院里的人我认识。医生是个德国人不是？"

"对，"约翰说。"是个德国人。英语说得不怎么好。"

正在这时候那侍者过来了。他已是个上了年纪的人，顶都秃了，招待客人还完全是老派的规矩，并没有因为打了仗而有所改变。他像有一肚子的烦恼。

"我有个儿子在前线，"他说。"另外一个儿子已经阵亡。现在又碰上了这档子事。"

"这是你老兄的问题。"

"那你呢？我不是也已经告诉你了吗？"

"我是到这儿来喝上一杯餐前酒的。"

"我也不过是这儿的一名职工。你就指点指点我吧。"

"这是你老兄的问题，"我说。"我是不过问政治的。"

"你懂西班牙话吗，约翰？"我问那希腊同志。

"不懂，识不了几个字，不过希腊话、英国话、阿拉伯话我全会说。以前阿拉伯话说得还挺不错哩。我问你，你可知道我是怎么会给埋在土里的？"

"不知道呀。我只晓得你给活埋了。其他一概不知。"

他脸儿黑黝黝的，挺中看，一双手可是乌黑的，说起话来总是连挥带舞。他是岛民出身，一开口就会情绪激动。

"好吧，那我就告诉你。你是知道的，我对打仗挺有经验。以前我在希腊军队里也是当上尉的。我可是个优秀的军人。所以，那会儿我们守在丰特斯-德-埃布罗的壕沟里，看见飞来一架飞机，我就看得很仔细。我看这飞机飞到了头上，又这样机身一侧打了个弯"（说着双手做了个飞机侧身打弯的样子）"在空中老盯着我们看，我就说：'啊哈，是参谋总部派来的。是来侦察的。马上就有很多飞机要来了。'

"我料得一点没错，果然又来了很多。于是我就索性站在那儿观察。我观察得可仔细了。我仰起了头，把空中的情况一一指给连里的弟兄们看。来的是三架一批，共有两批。一架在前，两架在后。一队三架飞过去了，我对弟兄们说：'看见吗？这是一个编队飞过去了。'

"等后面的三架也飞了过去，我对弟兄们说：'这就好了，没有事了，再用不着担心了。'那以后我就什么也不记得了，这样一过就是两个星期。"

"那是什么时候的事？"

"个把月以前的事。事情是这样的：炸弹把我埋在土里的时

596

候，我的钢盔给推了下来，正好盖在脸上，所以我还有钢盔里的这点空气可以呼吸，勉强支持到被人家挖出来，可那时我一点也不知道。不过我呼吸到的那点空气都是爆炸后产生的硝烟，那倒弄得我病了好久。现在我好了，只是脑袋里老是在响。这种酒叫什么名堂来着？"

"叫金酒补汁。所谓补汁就是施韦珀印度奎宁水。这家酒吧在战前本来档次极高，当时一美元只换七个比塞塔，在这里这种奎宁水就要卖到五个比塞塔。我们也是前不久才发现他们还有奎宁水卖，而且还是老价钱不变。眼下也只剩一桶了。"

"味道的确不错。告诉我，这个城市在战前是什么样子的？"

"挺不错。跟现在也大致差不多，但是吃的东西丰富极了。"

那个侍者又过来了，他隔着桌子探出了身子。

"我要是不管能行吗？"他说。"我到底有这个责任啊。"

"假如你想管，你可以去打电话，拨这个号码。你记一记吧。"

他记了下来。"找匹佩听电话，"我说。

"我跟他并没有什么过不去的，"那侍者说。"但是这事关Causa①。像这样一个人，对我们的事业肯定是有危险性的。"

"店里其他的服务员难道都不认识他吗？"

"我想是认识的。可是谁也没有吭声。他是个老主顾了。"

"我也是个老主顾呢。"

"那会不会他现在也站在我们一边了呢。"

"没那事，"我说。"据我所知没那事。"

"我以前可从来没有检举过一个人。"

"那就要由你考虑了。也说不定会有别的服务员检举他的。"

"不会，只有那些老服务员才了解他的底细，老服务员是不会检举人家的。"

"再给我来一杯纯黄金酒，来些苦草汁，"我说。"奎宁水瓶子

① 西班牙语：（正义）事业。

里还有。"

"他在说些什么呀？"约翰问。"我只听懂了一丁点儿。"

"这店里来了个人，当年我们俩都跟这人认识。这人是个打鸽子的好手，我时常在射猎场上见到他。他是一个法西斯分子，不管他今天来这儿是什么原因，反正他现在来这儿是非常愚蠢的。他这个人以前一向非常勇敢，也非常愚蠢。"

"指给我看看是哪一个。"

"那张桌子上跟飞行员在一起的就是。"

"哪一个？"

"就是脸儿晒得黑黑的，用帽子遮没了一只眼，这会儿正在笑的那个。"

"他是个法西斯分子？"

"对。"

"我从丰特斯—德—埃布罗前线下来以后，今天算是离个法西斯分子最近了。这儿法西斯分子多吗？"

"有时还相当多。"

"他喝的也是跟你一样的酒，"约翰说。"我们喝这个酒，会不会被人家当成是法西斯分子？我问你，你到过南美西海岸的麦哲伦①没有？"

"没有。"

"那个地方不错。只是掌（章）鱼太多了。"

"什么太多了？"

"掌鱼。"他的音没有念准。"你知道，就是有八条手臂的那个东西。"

"噢，"我说。"是章鱼。"

"对，掌鱼，"约翰说。"你瞧，我还是个潜水员呢。在那个地方干活还真不错，挣的钱也不算少，可就是掌鱼太多了。"

———————————

① 即智利的彭塔阿雷纳斯港。

598

"跟你捣乱了？"

"捣乱不捣乱我也说不准。在麦哲伦港我第一次下水就看见了掌鱼。那家伙就这样一下子站了起来。"约翰手指撑着台面，猛地把手往上一提，肩膀同时往上一耸，眉毛也同时往上一抬。"站起来比我个儿还高呢，还直瞪瞪盯着我的眼睛。我赶紧拉绳让他们把我给吊上去。"

"那东西有多大，约翰？"

"要说得很肯定我也说不上，因为头盔上那个眼罩的镜片看东西有点儿走样。不过看那头围总该有四英尺开外。而且那东西站起身来就像踮着脚似的，对我是这个样子盯着看的。"（做出一副盯着我看的样子。）"因此我一出水面，他们给我一摘下头盔，我就说我再也不下去了。后来那雇我的老板说了：'你这是怎么啦，约翰？你怕掌鱼，掌鱼对你更怕呢。'我就顶了他一句：'笑话奇谈！'这个法西斯酒我们再来它一杯怎么样？"

"行啊，"我说。

我的眼睛却一直望着那边桌子上的那个人。他名叫卢伊斯·德尔加多，以前我最后一次见到他，是1933年在圣塞瓦斯提安打鸽子的时候。记得我还跟他一起高高地站在看台顶上看射猎大赛的决赛来着。我们都下了赌注，我是下不起这样大的赌注却愣下，他呢，我相信他一年也输不起这么多钱，却还硬是加码押上，后来他付清了赌账下看台时，我记得他一副表情是多么高兴，装得好像付这笔赌账是他莫大的荣幸似的。后来我记得又跟他一起站在卖酒柜台前喝马蒂尼，我当时觉得赌输了钱也就是送走了晦气，欣欣然有如释重负之感，心里只是在想：他这一下输惨了，还不知他心疼得怎么样呢。我近一个星期来一直枪法失灵，他倒是枪法奇准，几乎是不可能打到的鸽子都会撞在他的枪口上，所以他经常自己打枪跟人家打赌。

"掷银元赌输赢来不来？"他问。

"你真要跟我来？"

"对，如果你愿意的话。"

"赌多少？"

他掏出一只钱夹，看了看里边，哈哈一笑。

"不管你说多少我都乐意奉陪，"他说。"不过我看这样吧：我们就赌八千比塞塔好了。我这皮夹子里大概也总共就是这个数目。"

当时这个数目要值到近一千美元。

"好吧，"我说，刚才那份释然而安的心情一下子全消失了，打赌势必引起的那种心虚之感又涌了上来。"谁做庄？"

"我来做庄。"

我们把双手拢成杯状，里面各放上一枚五比塞塔的大银元，颠了几下，然后各把银元压倒在左手的手背上，上面用右手捂住。

"就看你的吧，是哪一面？"他说。

我移开手掌，露出了大银元，朝天的赫然是阿方索十三世①的侧面头像，还是个娃娃的样子。

"是人头，"我说。

"把这些劳什子统统拿去吧，来，漂亮点儿，请我喝杯酒。"他把钱夹都掏空了。"你大概不想买一支上等的珀迪枪吧？"

"我才不想买呢，"我说。"不过我说，卢伊斯，如果你眼下手头不太方便的话……"

我说着就把手里这一小叠叠得齐齐整整、纸张又亮又厚的绿色一千比塞塔大钞推到他面前。

"别傻了，恩里克②，"他说。"我们这是打的赌，不是吗？"

"话是不错，不过我们是老相识了。"

"可还没有老到这一步。"

"好吧，"我说。"这事总该你说了算。那么你喝什么酒呢？"

"金酒补汁怎么样？你知道这种酒味道好极了。"

---

① 阿方索十三世（1886—1941），西班牙国王（1886—1931），1902 年亲政，1931 年王朝被推翻后流亡国外。
② 恩里克是亨利的西班牙语形式。

于是我们就喝了杯金酒补汁，我弄得他光了屁股，心中老大不安，不过赢了这笔钱，却又觉得开心非凡，这杯金酒补汁的味道之好，在我这辈子里还不曾有过第二回。这种事何必要说假话呢，又何必要装作赢了钱还不乐意呢。不过，卢伊斯·德尔加多这家伙倒的确是个挺有风度的赌徒。

"依我看，输得起多少钱赌多少钱，那是不会有多大味道的。你说呢，恩里克？"

"我说不上来。我是向来输不起的。"

"别傻了。你的钱多着哪。"

"没有的事，"我说。"不骗你。"

"得了，谁没有钱呢，"他说。"问题只是肯不肯卖，卖掉点儿什么不就有钱了？"

"我没有多少钱。真的。"

"得了，别傻了。我认识的美国人没有一个不是有钱人。"

我看他这话也确实说得没错。当年在里兹酒吧也好，在奇科特酒吧也好，他是碰不到没钱的美国人的。而今天他重返奇科特，在这里碰到的美国人就都是他当年决不会碰到的那种美国人了。唯有我是例外，我按说是不该来的。可是我也真恨不得没来这儿，免得在这儿看见了他。

不过话要说回来，他既然执意要干这样一件愚不可及的事情，那可是他自己的事了。但是我望着前面的桌子，回想起了当年，我却被他弄得心中不安起来，我还特别感到不安的是：我把保安总部反间谍局的电话号码告诉那个侍者了。当然，他本来只要在电话上问一声，也能把电话挂到保安总部。但是我却给他指点了一条逮捕德尔加多的最便捷的捷径，而眼前的情况又是样样过火，分外复杂，这里边牵涉到公道啦，正义啦，本丢·彼拉多①式的处治手段

---

① 本丢·彼拉多，罗马帝国驻犹太的总督（《新约》上译作巡抚）。据《新约》记载，是他下令把耶稣钉在十字架上。

啦，还有想看看人家在矛盾的感情冲突下如何举动的那种往往很见不得人的心理啦。作家所以会成为这样富有魅力的朋友，靠的就正是这种复杂的局面。

那个侍者又过来了。

"你看怎么样？"他问道。

"要我去检举他我是绝对不干的，"我说。一个电话号码闯了祸，现在我想为自己打退堂鼓了。"不过我毕竟是个外国人，战争是你们的战争，问题也是你们的问题。"

"可你是站在我们一边的。"

"那没错儿，也决不会变。不过检举老朋友，可不包括在里边。"

"那我呢？"

"你的情况不一样。"

我相信我这说的是实话，话说到这里也已经无话可说了，不过我总觉得，这事我要是压根儿就没有听说，那该有多好呢。

我爱探究人们在这种情况下如何举动，那可是很久以前的事了，说来惭愧，我这种好奇的心理早已得到满足了。我就转过脸来望着面前的约翰，不去看卢伊斯·德尔加多所在的那张桌子。我知道他替法西斯当飞行员已有一年多了，可眼前的他，却穿起了政府军的制服，在跟三个最近去法国受训回来的年轻的政府军飞行员说着话儿。

这些新来的小伙子谁也不会认识他，我真有点怀疑，不知他会不会是想来偷一架飞机呀什么的。不管他这次来是什么目的，反正他眼下到奇科特酒吧来是发了傻。

"你喝了感觉如何，约翰？"我问。

"感觉不坏，"约翰说。"真是好酒。喝了好像觉得有点儿飘飘然。头里的嗡嗡声也叫得好些了。"

那个侍者又过来了。他显得十分激动。

"我把他检举了，"他说。

"那好啊，"我说，"现在你的问题都解决了。"

"解决啦，"他自豪地说。"我把他检举了。他们这就要来抓他了。"

"我们走吧，"我对约翰说。"这里就要有点麻烦事儿了。"

"那还是走吧，"约翰说。"麻烦事儿总是不断地来，拼命想躲也躲不开。我们该付多少酒账？"

"你不留下了？"那个侍者问。

"不了。"

"可电话号码是你告诉我的啊。"

"这号码我正好记得。在这城里住着，记得的电话号码就太多啦。"

"可这是我的责任所在啊。"

"是啊。谁说不是呢？责任这东西是含糊不得的。"

"那我下一步呢？"

"哎，你刚才不是觉得心里就挺安生了吗？以后回想起来你大概还会觉得心里挺安生的。说不定还会引以为荣呢。"

"你的包忘了带了，"那个侍者说。他把牛肉交给了我，牛肉是包在两个大信封里的，《踢马刺》杂志就套着这种大信封按期寄来，去堆在大使馆一间办公室内的那一大堆一大堆刊物里。

"我很理解，"我对那个侍者说。"真的很理解。"

"他是个老主顾了，而且又是个好主顾。再说我以前也从来没有检举过人家。我检举他可不是为了好玩。"

"我还有句话，可不是要挖苦你，也不是要伤你的心。你可以对他说是我检举他的。因为政见不同，他现在反正已经把我看成对头冤家了。他要是知道是你检举的话，他会恨你的。"

"那不好。自己做事自己当。可你理解我吧？"

"理解，"我说。接着却又撒了个谎："不但理解，而且赞成。"在战争时期，无奈说个谎是很常有的事，既然不得不说个谎，这个谎就应该趁早说，而且应该尽量说得技巧些。

我们握过了手，我就跟约翰出了店门。临出门时我回头对卢伊斯·德尔加多所在的那张桌子上看了一眼。他的面前又摆上了一杯金酒补汁，他刚刚说了句什么，逗得满桌子的人都在哈哈大笑。他那张黑黝黝的脸上洋溢着极大的欢乐，一双眼睛显出了猎手的精明，我心想：不知他这会儿又在冒充什么角色了？

他上奇科特酒吧是很傻，可他就是特意要干这样的事，为的是日后回到了他的同伙那儿，就可以搬出来炫耀炫耀了。

我们出了店门，刚要顺着大街走去，一辆保安总部的大卡车开到奇科特酒吧的门前停了下来，从车上跳下来八个人。六个端冲锋枪的在门外站起了岗。两个穿便衣的就向店里走去。一个人要看我们的证件，我说了声"外国人"，他就让我们走了，说是没有我们的事。

黑暗里顺着大马路走去，人行道上又多了大批碎玻璃，脚下尽是炮轰过后遗下的瓦砾。空气里硝烟还未散去，街上到处是高爆炸药的气息，石毁墙倒的气息。

"你哪儿去吃饭？"约翰问我。

"我给大伙儿领了些牛肉来，我们就在旅馆里煮吧。"

"我来煮，"约翰说。"我做菜还有两下。记得有一次我在船上做菜……"

"这牛肉老得很呢，"我说。"牛倒还是刚宰的。"

"啊，没关系，"约翰说。"在战争时期吃老牛肉是最妙不过的了。"

黑暗里匆匆走过的都是刚从电影院出来的回家的人们，炮轰不停止他们出不了电影院。

"那个法西斯分子怎么回事，怎么明知人家认识他，还要到那个酒吧去？"

"他这是发了疯了。"

"那就是战争造成的不幸了，"约翰说。"弄得许许多多人发了疯。"

"约翰呀，"我说，"我看你这句话说得还真有些道理。"

回到旅馆，走过了为保护服务台而垒起的沙袋，进了门，我就问服务员要钥匙，可是服务员说已经有两个同志上去了，在房间里洗澡呢。他把钥匙给了他们了。

"你先上去吧，约翰，"我说。"我去打个电话。"

我到电话间里，拨了我刚才给酒吧侍者的那个号码。

"喂，匹佩吗？"

电话里传来了一个薄嘴唇的声音。"¿Qué tal Enrique？"①

"我说，匹佩，你是不是在奇科特酒吧逮到了一个叫卢伊斯·德尔多加的？"

"Sí, hombre, sí. Sin novedad.②没有碰到什么麻烦。"

"他没有知道那个侍者的事吧？"

"没有，hombre③，没有。"

"那就别跟他说。就告诉他说是我检举他的，好不好？那个侍者的事千万别提一个字。"

"这是干什么呀？说不说都没有关系啦。他是个间谍。总得给枪毙。犯了这号事情还会有活路吗？"

"我知道，"我说。"不过关系还是有一点的。"

"那就随你吧，hombre，那就随你吧。咱们什么时候碰头？"

"明天你来吃午饭。我们这里有一点肉。"

"饭前还有威士忌。行啊，hombre，行啊。"

"Salud④，匹佩，谢谢你啦。"

"Salud，恩里克。这算不了什么，Salud。"

他的嗓音听起来挺陌生，像有一种杀气腾腾的味道，我总觉得很听不惯，不过这会儿我上楼去的时候，心里却感到舒服了许多。

我们这些奇科特酒吧的老主顾对这个喝酒的去处似乎都怀有一

---

① 西班牙语：你好吗，恩里克？
② 西班牙语：是啊，老兄，是啊。顺当得很。
③ 西班牙语：老兄。
④ 西班牙语：敬礼。

种感情。　我知道卢伊斯·德尔加多也正是由于这个缘故，才蠢到竟敢旧地重来。他本来也可以到别处去干他的勾当。但是既然到了马德里，奇科特是不能不去的。那个侍者说得没错，他确实是个好主顾；我跟他，也算是老朋友了。人生中有些小小的好事，只要能够办到无疑还是值得一做的。所以，我很高兴我给保安总部的朋友匹佩打了这个电话，因为卢伊斯·德尔加多是奇科特的老主顾了，我不希望他在临死之前，会对那里的侍者改变了美好的印象，甚至充满了怨恨。

蝴蝶和坦克

　　这天傍晚，我出了新闻检查处，步行回我所住的佛罗里达旅馆去，当时天正下着雨。走了近一半路，觉得这雨实在受不了，就拐进奇科特酒吧，打算速战速决喝一杯再走。自从马德里成了围城以来，这是落炮弹的第二个冬天了，一切都很短缺，包括烟草，连人的好脾气也不大有了，肚子里老是觉得饿分分的，碰到一些无可奈何的事，比方说坏天气吧，常常会毫没来由地突然发起火来。我按说实在没有必要停下，再过五条街我就到家了，可是一看见奇科特酒吧的门面，我心里就想，还是进去喝一杯吧，喝了就走，再来这大马路上，踩着这炮轰过后狼藉不堪的满街泥泞瓦砾，走完这六个街段的路。

　　酒店里只看见人。连卖酒柜台跟前也挤不过去，桌子边更是没有一个空座。店堂里烟雾腾腾，满耳歌声，尽见穿军装的人，只闻到一股着了雨的皮上装气味，柜台前面的人足足围了三层，酒只能从人群的头上递出来。

　　一个我认识的侍者替我从别处桌子旁找来了一把椅子，我就坐了下来，同桌有一个白白脸儿、喉结隆起的瘦个子德国人，这人我认识，他是在新闻检查处工作的，还有两个人我就不认识了。这张桌子在店堂中央，进得门来看时，位置稍靠右边。

　　因为歌声实在太大，所以说话是连自己也听不见的。我要了金酒加安古斯图拉①，喝下去好解解雨的寒气。店堂里真是塞足了人，人人都是兴高采烈，他们多半喝的是新酿的加泰罗尼亚酒，喝得恐怕都有点乐过了头了。有两个不认识的人来拍了拍我的背，同桌的那个姑娘对我说了些什么，我听不见，只好说："好！好！"

　　我四下打量完，再来看面前的桌子上时，这才发现那个姑娘长

607

得可难看极了，真是难看极了。不过我一直要到侍者过来，才弄清楚了原来她刚才对我说的那句话是要请我喝一杯。跟她一起的那个男人论相貌本来不会给人很深刻的印象，可是因为她给人的印象太深刻了，所以连同伴也一起叫人忘不了。她的面孔属于那种刚强的脸型，并带有几分古风，她的身材更像个驯狮师；跟她一起的那个小伙子看上去似乎应该系一条校友领带②才对。不过他却不是那样的打扮。他也跟我们大家一样穿了件皮上装。只是他的皮上装并不湿，因为他们早在下雨以前就来了。那女的也穿一件皮上装，这跟她那副长相倒是很相称的。

这时候我心里已经在暗暗后悔了：我实在不应该拐进奇科特酒吧来，我要是径直回家该有多好呢，到了家就可以换一身衣服，干干爽爽的，躺到床上，把脚一搁，舒舒坦坦喝上一杯，哪里会像这样，眼睛老是得看着这一对年轻人，叫我看得都腻透了。人生苦短，看丑女却度日如年，我坐在这桌子边，心中打定了主意：我尽管是个作家，按说对形形色色的人都应该深入探究、不厌其烦，但是对这一对我实在不想再去打听了，也别管他们是不是夫妻，彼此到底看中了对方的什么，他们的政见如何，男的是否略有家财，或者女的是否略有家财，总之对他们的事一概不要去打听。我认定他们准是在广播电台工作的。在马德里你见到有非军警人员而相貌怪得出奇的，那必然是在广播电台工作的无疑。话总得说两句吧，我就把嗓门提高到盖过了四周的噪声，问道："两位在广播电台工作？"

"是的，"那姑娘说。果然没错。是在广播电台工作的。

"同志，你好吗？"我又对那个德国人说。

"很好。你呢？"

"淋了一身雨呗，"我说，他脑袋一歪，笑了。

---

① 安古斯图拉是安古斯图拉树皮制剂，味苦，有滋补和解热作用。
② 指英国公学毕业生系的领带。被看作是守旧的标志。

"你带着香烟没有？"他问。我把我的最后第二包香烟掏出来递给他，他取了两支。那个相貌惹眼的姑娘也取了两支，那个神气好像脖子里系着条校友领带的年轻人只取了一支。

"再来一支吧，"我大声说。

"不了，多谢，"他说，那个德国人却来接了过去。

"可以吗？"他笑笑问。

"没关系，"我说。其实却是很有关系的，那德国人也明明知道。可是他见了香烟眼都红了，也就顾不得了。歌声有时也会平息片刻，有时还会像暴风雨那样出现一个间歇，所以我们说的话大家都听得见。

"你来这儿很久了吧？"那个相貌惹眼的姑娘问我。她把"来"字说成了"篮子"的"篮"。

"去去来来，"我说。

"我们有些正经事需要商量，"那个德国人说。"我想找你谈谈。什么时候能找个时间？"

"我打电话来找你吧，"我说。这个德国人真是个十分古怪的德国人，那些正派的德国人是没有一个喜欢他的。他平日总有个错觉，以为自己钢琴弹得可以，不过你只要别让他去碰钢琴，那他还不算讨厌，只是要注意两条，一是不能让他喝酒，二是不能让他聊上，但是要不让他犯这两条，可就谁也没有办法了。

聊些小道消息是他最出色的拿手好戏了，不管是马德里、巴伦西亚、巴塞罗那，还是其他的什么政治中心，你只要说得出那儿有个某某人，他就总有有关此人的新闻，而且一定是臭不可闻的新闻。

就在这时候歌声又大响而特响了，小道消息总不见得拉直了嗓门说吧，所以今天下午在奇科特酒吧看来就只能在沉闷中过了，我暗暗打定主意，等我按礼回请过一杯以后，我就快快出门。

就在这时候却发生了一件事。有个穿咖啡色套装、白衬衫黑领带、前额奇高、头发向后直梳的老百姓，原先就一直在装小丑挨桌逗笑，这时又拿出一只喷雾器来向一个侍者喷去。这一下可引起了哄堂大笑，唯有那个侍者气坏了。他当时手里正托着个盘子，盘子里摆满了酒。

"No hay derecho，"那侍者说道。意思是："你没有权利这样做。"在西班牙，这是最直率也最强烈的抗议。

那个手拿喷雾器的家伙见逗笑成功，大为得意。他似乎一点也不知顾忌，忘了眼下早已进入了战争的第二个年头，忘了这里是个围城，人人处于神经紧张状态，忘了店里连他在内总共只有四个男人是老百姓的打扮。他反倒又向另一个侍者喷了起来。

我想找个地方去躲躲。这个侍者也气坏了，那个手拿喷雾器的家伙却满不在乎地又对着他连喷了两次。也有些人照样觉得很好笑，那相貌惹眼的姑娘也是内中的一个。可是这个侍者却站住在那里，连连摇头。他的嘴唇都发抖了。此人已经上了年纪，据我所知他在奇科特酒吧已经干了十年了。

"No hay derecho，"他神情严肃地说。

可是笑的人照样在笑，那个手拿喷雾器的家伙没有注意到歌声早已轻了下去，这时又拿喷雾器对着一个侍者的脖颈子喷起来。那个侍者捧住了盘子，转过身来。

"No hay derecho，"他说。这回可不是抗议了，这回是谴责了。我看见一张桌子上猛地站起三个穿军装的人来，向那手拿喷雾器的家伙扑去，随即四个人就一阵风似的，一起冲出了旋转门，只听见啪的一声，有人把那个玩喷雾器的家伙打了一嘴巴。又有人捡起了那只喷雾器，随后往门外一扔。

三个人回到了店里，神情显得严肃而凶悍，一副大义凛然的样子。继而门又打了个转，进来了那个玩喷雾器的家伙。他的头发披在眼上，脸上带着血迹，领带给拉在一边，衬衫也给扯开了。他手里还是拿着那只喷雾器，圆睁双目，脸色煞白，闯进店来，对着这一店的人，存心挑衅似的，瞄也不瞄，就喷了个满堂开花。

我看见三个人里有一个猛地向他冲去，这人的脸我看清了。随

610

后又来了几个人上去帮着他，一起把那个手拿喷雾器的家伙揪回来，拉到两张桌子的中间，进门来看的话那是在店堂的左边。那个手拿喷雾器的家伙一路死命挣扎，只听见一声枪响，我一把抓住那个相貌惹眼的姑娘，拉着她的胳膊赶紧向厨房门冲去。

厨房门是关上了的，我用肩头使劲顶，还是顶不开。

"就在这柜台角落里趴下吧，"我说。她却跪倒在那里。

"趴下，"我说着把她硬是按下去。她简直气疯了。

店堂里是男人都掏出了枪来，只有两个人例外，一个是那德国人，他卧倒在一张桌子的后面，还有一个就是那英国公学毕业生模样的小伙子，他贴着墙站在一个角落里。靠墙的一条长凳上站着三个女郎，金发的色调都深得过了头，近发根处却露出了黑色，她们踮起了脚尖想看个清楚，还不断尖着嗓子嚷嚷。

"我不怕，"那个相貌惹眼的姑娘说。"这简直荒唐嘛。"

"在酒吧间的斗殴中吃流弹可犯不上，"我说。"要是那个'喷雾大王'有个把哥们儿在这儿的话，事情可能会闹得很大呢。"

不过他显然没有哥们儿在这儿，因为人们渐渐都把枪收起来了，有人把三个尖声嚷嚷的金发女郎抱了下来，枪声响起时奔过去的人也都一个个退了回来，留下那个喷雾的家伙，仰面朝天躺在地上，一无声息。

"警察没来谁也不许离开，"门口有人喊道。

原来从街头巡逻队里来了两名拿长枪的警察，这时已经站在门口了。这一条一宣布，我就看见有六个人好像橄榄球队的队员悄悄商量完毕上来"列阵"一样，竟站起队来径自向门外走去。其中三个就是最初把"喷雾大王"搡出去的那三个人。有一个就是开枪把他打死的那家伙。他们从两个带长枪的警察中间直穿而过，就像橄榄球赛里打了个漂亮的掩护，挡住对方的两个防守队员迅速插过去一样。他们这里出了门，那里一个警察就上来拿枪当门一拦，喊道："谁也不准离开。没有一个例外。"

"那几个人为什么就能走？有人走了，还扣住我们干什么？"

"他们是机械士，得赶回机场去，"有人说。

"可既然有人走了，扣住别人还有什么意思呢！"

"大家得等保安部门来人。事情总得依据法律、按照手续来办。"

"可既然有人走了，扣住别人还有什么意思呢，难道你们连这一点也不明白？"

"谁也不准离开。大家都得等着。"

"真滑稽，"我对那个相貌惹眼的姑娘说。

"不，不是滑稽的事，简直令人发指。"

我们这时已经站了起来，她正瞪大了眼，气愤地瞅着躺在地下的"喷雾大王"。只见"喷雾大王"双臂张得开开的，一条腿拱起在那儿。

"这可怜的人受伤了，我去救救他。怎么没有人去救救他，去照应照应他呢？"

"要是我的话我就不会去碰他，"我说。"这事可不能管啊。"

"可这简直是残忍。我受过护理训练，我去对他施行急救。"

"要是我的话我就不会去，"我说。"你也别靠近他。"

"为什么？"看她的样子懊恼透了，简直有点歇斯底里了。

"因为他人都死啦，"我说。

公安部门来了人，结果把大家扣了三个小时。他们先把各人的手枪拿来用鼻子嗅嗅。凭这个办法，可以把新近开过的枪查出来。嗅过了四十来把以后，他们似乎嗅腻了，嗅来嗅去反正尽是打湿了的皮上装的味儿。然后他们就在"喷雾大王"的遗体后边摆上一张桌子，坐在那里查看人们的证件。"喷雾大王"横在地上，看去宛如一个是他而又不太像他的灰色蜡像，脸是灰色的蜡脸，手也是灰色的蜡手。

"喷雾大王"的衬衫已经给撕开了，所以看得出他没有穿贴身内衣，他的鞋子后跟也都快磨光了。他横在地上，看上去小得很，可怜巴巴的。要走到那张桌子跟前就得从他的身上跨过去，桌子后边坐着两个便衣警察，在那儿查验各人的身份证件。小两口里那个男的由于过分紧张，证件几次三番找了又丢，丢了又找。原来他随身带着张安全通行证，却放错了一个口袋，弄得他好找，找到头上冒了汗方才找到。于是他就换了个口袋放，这一下可又得浑身上下找了。他找得满头大汗，头发都纷纷打鬏了，面孔涨得通红。看他现在的那副样子，似乎不只应该系一条校友领带，而且还应该戴上一顶低年级学生戴的那种学童帽。以前只听说磨难催人老。可是你看，这个开枪伤人事件倒使他看去像年轻了十来岁。

就在我们这么干等着的时候，我对那个相貌惹眼的姑娘说，我看这件事情倒是篇很好的小说材料，我改天要把它写出来。那六个人排成一列单行冲出门去的情景，实在令人难忘。她一听吃了一惊，说这我不能写，因为写出来是给西班牙共和国的伟大事业抹黑。我说，我在西班牙待的时间长了，当初在君主统治时期巴伦西亚一带开枪伤人的事件多得惊人，在共和国成立前安达卢西亚人用一种名叫拿伐哈的大刀互相砍杀就有几百年长的历史，在这战争时期如果我在奇科特酒吧目睹了一件滑稽的枪杀事件，我当然可以拿来作为写作的题材，就好比事情出在纽约、出在芝加哥、出在基韦斯特、出在马赛一样。这跟政治没有什么关系。她还是说我不应该写。说我不应该写的人恐怕也真不在少数。不过那德国人倒觉得这个小说题材相当不错，我就把最后几支"骆驼牌"都给了他。可不管怎么说吧，过了三个小时以后，公安人员终于说我们可以走了。

佛罗里达旅馆里那几位见我迟迟未归，早已有点着急了，因为当时城里常落炮弹，步行回家的话到七点半酒吧打烊以后还没到家，人家就要着急了。到了家我心里也一高兴，趁大家一起在电炉上做晚饭的当儿，我说了这个故事，效果倒挺不错的。

后来，夜里雨停了，第二天早上一看，天朗气清，是个寒冷的初冬日子，到十二点四十五分，我推开了奇科特酒吧的旋转门，想在午饭之前先喝一点金酒补汁。这种时候店堂里顾客稀少，两个侍者同经理来到我的桌子跟前。脸上都是笑眯眯的。

"凶手逮住了没有啊？"我问。

"别这么一大早就开玩笑啦，"经理说。"你看见他开枪了吗？"

"看见了，"我对他说。

"我也看见了，"他说。"出事的时候我就在这儿。"他指了指靠墙角的一张桌子。"他是把手枪直顶着那家伙的胸膛开的。"

"这儿的人一直给扣到什么时候？"

"喔，扣到后半夜两点以后呢。"

"一直到今天早上十一点才来把 f iambre 弄走。"这里用的 f iambre 是个西班牙俚语，意思是尸体，跟菜单上的那个"冻肉"就是一个词儿。

"可其中的内情你还不知道呢，"经理说。

"对。他还不知道呢，"一个侍者说。

"这事实在稀奇，"另一个侍者说。"Muy raro①"

"而且令人遗憾哪，"经理说着，把头直摇。

"是啊。不但离奇，而且令人遗憾，"侍者说。"实在令人遗憾。"

"跟我说说吧。"

"这事实在稀奇，"经理说。

"跟我说说吧。快，说说。"

经理隔着桌子探出了身子，十分机密的样子。

"你知道吗，"他说，"他那只喷雾器里装的可是科隆香水。可怜的家伙。"

"所以他这也不算什么下流的恶作剧，明白啦？"侍者说。

"实际上他也只是为了逗个乐。按说谁也不应该生他的气，"经理说。"可怜的家伙。"

"原来是这样，"我说。"原来他只是想给大家助个兴。"

"对呀，"经理说。"这实际上只是个不幸的误会。"

----

① 西班牙语：稀奇极了。

"那喷雾器后来怎么样了？"

"公安部门拿了去。送还给他的家属了。"

"我看他们是巴不得自己留着的，"我说。

"对，"经理说。"就是嘛。喷雾器平日也可以派派用场。"

"他是个什么人？"

"一个做家具的木匠。"

"结婚了？"

"结婚了，老婆今儿早上也跟公安人员一起来了。"

"她怎么说呢？"

"她在男人身旁扑通跪下，说道：'佩德罗，佩德罗，他们这是把你怎么啦？是谁对你下的毒手啊？哎呀，佩德罗啊。'"

"后来公安人员见她控制不住自己，只好硬是把她拉开了，"侍者说。

"看来那男人的肺不大好，"经理说。"保卫战刚开始的时候他参加过战斗。据说他在山地里作战过，可是后来因为肺不好，就没有留下。"

"这么说昨儿下午他是到热闹的场所来鼓鼓大家的劲咯，"我作出了这样的分析。

"不是的，"经理说。"告诉你，事情真稀奇极了！一切的一切都 muy raro！那我都是从公安人员那里听说的，其实只要时间充裕些，他们办事还是非常能干的。他们详细讯问了他干活那个工场的同志。他口袋里有工会证，所以工作单位一查就知道了。昨天他买了喷雾器和 agua de colonia①，准备去参加一个婚礼，用这来开个玩笑。这个打算他事先也告诉过别人。东西就是在我们街对面买的。香水瓶上有商标，上面就有地址。香水瓶在我们盥洗室里找到了。他就是在那里灌喷雾器的。买来以后，想必是因为天正好下雨了，所以他就进我们的店里来了。"

---

① 西班牙语：科隆香水。

"他几点进店我都记得，"一个侍者说。

"店里一片歌声，在欢乐的气氛中他也乐起来了。"

"岂止是乐起来了，"我说。"简直轻飘飘了。"

经理继续发挥他一环紧扣一环的西班牙逻辑。

"也只有害肺病的人喝了酒，才会乐成这样，"他说。

"作为一个故事来听我可不大喜欢这样的情节，"我说。

"你听我说，"经理说，"这样稀奇的事情你哪儿找去？他是敞开儿乐了，偏偏碰上战争却是严肃的，好比一只蝴蝶……"

"哎，是非常像蝴蝶，"我说。"太像蝴蝶了。"

"我这可不是说笑话，"经理说。"你懂这意思啦？就好比一只蝴蝶碰上了一辆坦克。"

他说得得意万分。他这完全是在发挥地道的西班牙玄学了。

"本店请客，请你喝一杯，"他说。"请你一定要用这个故事写篇小说出来。"

我想起了那个玩喷雾器的家伙的一双灰色的蜡手、一张灰色的蜡脸、那张得开的双臂、那拱起的腿，说他像蝴蝶的确稍有点像；可也不是太像。不过他看去却也不是很像个人样。他倒是更使我联想起一只死麻雀。

"给我来一杯金酒加施韦珀奎宁水吧，"我说。

"你一定要写篇小说出来的哟，"经理说。"请吧。来，祝你幸运。"

"也祝你幸运，"我说。"可你瞧，昨儿晚上有个英国姑娘却对我说这事儿我不该写。说是写出来对伟大事业影响非常恶劣。"

"胡扯些什么呀，"经理说。"这个题目是非常有意思、也非常有价值的：得不到理解的欢乐之情，跟长期笼罩在这里的严肃死板的空气发生了碰撞。依我看，这是我好长时间以来见到过的最最稀奇、也最最有意思的一件事了。你一定得写写。"

"好吧，"我说。"一定写。他有子女没有？"

"没有，"他说。"我问过公安人员了。可你一定得写啊，而且题目一定要用《蝴蝶和坦克》。"

"好吧，"我说。"一定写。不过这题目我不太喜欢。"

"这题目非常优美，"经理说。"大有纯文学的味道。"

"好吧，"我说。"一定这么办。就叫这个题目：《蝴蝶和坦克》。"

早晨是那么晴好明快，店堂里空气清新，散发着一股打扫洁净了的气息，我跟这位一向是老朋友的经理一起坐在那儿，两人共同合作脱胎了这个作品，看他此刻真是得意万分，我呷了一口金酒补汁，眼光转到了垒着沙袋的窗口外边，不禁想起了那人的妻子曾跪在这里说过的话："佩德罗，佩德罗……是谁对你下的毒手啊？哎呀，佩德罗啊。"我于是就想：公安人员即使查出了开枪的是谁，也永远不能告诉她了。

决战前夜

马德里有一座被炮弹打坏了的公寓，从公寓高处可以望到那个所谓"村舍"①，我们当时就是以这座公寓作为工作基地的。战斗就在我们的眼皮底下进行。居高临下看得见战斗的场面一直伸展到小山上，鼻子闻得到硝烟的气味，舌头上沾着战场上飞来的尘沙，步枪声和自动步枪声更是如滚石下坡一般在耳边响成一大片，时起时伏，中间还夹着劈劈啪啪的各式枪声，以及我们背后排炮向外发射的接二连三的隆隆巨响，巨响过后总少不了轰然一声，炮弹落地开花，冲天黄尘滚滚而起。不过要拍好电影，这个距离总还嫌稍远了点。我们也往前挪过，可是他们老是对着摄影机打冷枪，弄得你根本没法拍下去。

我们最贵重的东西就数那大的一架电影摄影机了，如果摄影机打坏，我们也就玩儿完了。我们简直是在无处可拍的情况下把影片拍出来的，所以这些拍好的影片加上摄影机，便成了我们的宝贝。我们浪费不起胶卷，电影摄影机更得百般小心保护。

就在前一天，迎面打来的冷枪逼得我们退出了一个拍片的好地方，我只好把小摄影机捧在肚子上，拼命压低了脑袋，用胳膊肘支着地，一步一挪地爬回来，子弹呼呼地从我背上掠过，打进了砖墙，四散飞溅的泥粉砖屑两次撒满了我的全身。

也不知道什么缘故，我们方面最猛烈的进攻总是在下午发动的，那时太阳正好位于那帮法西斯的背后，摄影机镜头上照到了阳光，便像日光反射信号器一样闪闪发亮，那帮摩尔人②就瞄准了闪光开火。他们在里夫人③那儿见到过日光反射信号器和军官的望远镜，满在行的，所以你如果愿意饱尝一下冷枪滋味的话，只要无遮无蔽地拿起望远镜来望望就行。而且他们的枪法可精着哩，所以弄得我整天紧张得唇干舌燥的。

一到下午我们就开进公寓。在这个地方拍影片还是不错的；我们在阳台上用破旧的花格帘子草草做了个遮阳，摄影机就可以安在下面。不过，还是我说的那句话：距离总还嫌远了些。

真要说太远那也不见得，有一些场面还是可以拍到的，比如那松树遍布的山坡，那湖，那中了高爆榴弹后石屑四迸、粉尘弥漫、看不清面目、依稀只见个轮廓的一幢幢石头农家房子。轰炸机打头上嗡嗡飞过，这就又可以拍到小山顶上轰然冲天而起的滚滚浓烟和尘雾。不过，隔着这八百码到一千码的距离，坦克看去到底只像些泥土色的小甲虫，口吐细细的火光，在树林子里快快地爬，坦克后面的士兵都成了些小玩具人，一会儿卧倒，一会儿猫着腰往前跑，一会儿又趴了下去，有的还能起来往前跑，有的就没再挪动过一步，星星点点的人影就这样布满了山坡，而坦克还是一个劲儿往前冲。尽管如此，我们还是希望能拍出个战斗的轮廓来。我们已经拍到了许多近景，运气好些的话今后还能拍到一些，如果我们还能拍到一些可以体现战斗轮廓的场面，诸如突然的尘土冲天，榴霰弹的空中开花，滚滚的硝烟尘雾中手榴弹爆炸的黄光一闪、白花怒放等等，那么我们的任务就基本上可以完成了。

这样，到天色暗下来的时候，我们就把大摄影机搬下楼去，拆下三脚架，把东西分作三堆，然后一次一个，带上东西飞快穿过玫瑰树林荫路的那个烧得光光的转角，对面是旧日蒙大拿兵营马厩的石墙，到石墙下就安全了。我们看到有了这么个拍影片的好地方，个个兴致很高。但是要说距离还不算太远，那就颇有点自己骗自己了。

---

① 所谓"村舍"，在海明威的其他小说中有过一个说明，说原先是郊外的"皇家猎舍"。
② 摩尔人是八世纪初进入西班牙的柏柏尔人的后裔。佛朗哥曾招募了大批摩尔人充当叛军。
③ 里夫人是柏柏尔人的一支。

到了通往佛罗里达旅馆的坡道上，我就说："来，一块儿到奇科特酒吧去喝一杯。"

可是他们有一架摄影机得修，还得换胶片，已经拍好的胶片也得赶快密封，因此我就一个人去了。在西班牙是决不会找不到伴儿的，换换空气也好嘛。

在这四月的黄昏我顺着大马路朝奇科特酒吧举步走去时，心情是满意的，只觉得又快活，又兴奋。我们干得很卖力，我看干得成绩也不错。可是独自一人在街上走着走着，得意的心情却全消失了。孤零零一个人，头脑冷静了下来，我这才意识到我们离前线毕竟太远了，而且再傻的傻瓜也看得出来：进攻是失败了。其实我也早就清楚得很，只是心里总还抱着希望，情绪一乐观，往往就给蒙住了眼。但是此刻想起了前线的那个光景，我明白了这简直就是索姆河之役①的重演，伤亡惨重啊。人民的军队终于发动进攻了，可是这样的进攻法只会招来一个后果：毁灭了自己。此刻我把今天一天看到的、听到的合在一起想想，觉得心里真不是滋味。

在奇科特酒吧的一片烟雾喧嚣之中，我意识到进攻是失败了；在人头挤挤的柜台跟前喝第一杯酒时，我这体会就更强烈了。如果形势大好，只是个人的情绪欠佳，那喝上一杯心情是会好起来的。可是如果形势实在糟糕，而个人倒一切正常，那喝上一杯反而会把糟糕的局面看得愈加清楚。店堂里这时早已挤得满满的，要端起酒杯来喝，还真得用胳膊肘往外挤挤才行哩。我刚足足实实喝了一大口，就给谁撞了一下，杯子里的威士忌苏打水都泼了出来。我火了，扭过头来一看，那撞我的人倒笑了。

"哈罗，鱼儿脸，"他说。

"哈罗，你这头老山羊。"

"我们去找张桌子坐吧，"他说。"刚才撞了你一下，看你的样

---

① 第一次世界大战的一个重大战役。索姆河在法国，1916 年法国的福煦将军为减轻凡尔登方面所受的压力，发动索姆河之战，遭受惨重损失。

子可是真火了。"

"你从哪儿来呀？"我问。他的皮上装又脏又油腻，两只眼睛眍了进去，一脸胡子也真该刮刮了。他腰里佩着一把大号的科尔特自动手枪，这枪据我所知以前有过三个枪主，跟枪相配的子弹我们还一直在到处找呢。他个子很高，脸上黑乎乎沾满了硝烟和油污。头上戴一顶皮防护帽，帽顶上由前往后加垫了一条厚厚的皮做成个护顶，帽边上也都镶了厚厚的皮。

"你从哪儿来呀？"

"从'村舍'来呗，"他故意拉着个念经般的调子说，这是学的新奥尔良一家旅馆里的一个小听差，从前我们在一起听到过这小听差就拉着那样的调子在大厅里传唤，至今我们两个私下还常常学着这腔调逗笑。

我看见一张桌子上有两个士兵和两个姑娘站起来走了，我就说："那边有桌子空了，我们上那边去坐吧。"

我们就在店堂中央的这张桌子旁坐了，他举起酒杯来，我倒看得呆了：他两手油污，两个大拇指的叉弯里黑得简直像石墨，那是让机枪后部倒喷的烟气给熏黑的。拿着酒杯的手在抖。

"你瞧我的两只手。"他把另一只手也伸了出来。那只手也在抖。"左右手彼此彼此，"他还是拉着那个滑稽的调子说。随即口气就严肃了起来："你上去过啦？"

"我们去拍了影片。"

"拍得好吗？"

"不太好。"

"看见我们啦？"

"你们在哪儿？"

"在进攻农庄。今天下午三点二十五分。"

"啊，看见了。"

"满意吗？"

"哪儿能呢。"

"我也不满意，"他说。"告诉你，这事压根儿就是荒唐透顶。对那样的阵地，为什么要发动正面进攻呢？这到底是谁的主意？"

"一个叫拉尔戈·卡瓦列罗①的混蛋，"说这话的是一个矮个子，戴着玻璃片厚厚的眼镜，我们过来的时候他就已经在这张桌子旁坐着了。"人家给他副望远镜叫他看，他第一次看望远镜就俨然成了个将军。这就是他的杰作。"

我们都把眼睛盯住了这个说话的人。跟我一起的那个坦克手阿尔·瓦格纳对我瞧瞧，还皱了皱眉——不过他的眉毛已经烧掉了。那小个子对我们笑笑。

"同志，要是附近有人懂英语的话，你要给枪毙的，"阿尔对他说。

"哪儿的话呢，"那小矮子说。"拉尔戈·卡瓦列罗才要给枪毙呢。他应该枪毙。"

"喂，同志，"阿尔说。"你就小声点好不好？人家听见了你的话，还当我们是跟你一起的呢。"

"我的话可不是胡说的，"那个眼镜片子好厚的矮个子说。我把他仔细打量了一眼。他给人一种感觉：他的话的确不是胡说的。

"话虽如此，可不是胡说的话说出来也不一定就合适，"我说。"来一杯如何？"

"好啊，"他说。"不过跟你说说没关系。我了解你。你是靠得住的。"

"我也不见得就那么靠得住，"我说。"再说这酒吧间到底是个公共场所。"

"只有在酒吧间这样的公共场所才可以私下谈谈没关系。我们在这儿说话谁也听不见。你是哪个部队的，同志？"

"我手里管着几辆坦克，从这儿走着去约有八分钟的路程，"

---

① 拉尔戈·卡瓦列罗（1869—1946），西班牙劳工领袖，1936—1937年任总理。

阿尔对他说。"我们今天的任务已经执行完毕，上半夜我可以休息。"

"你怎么也不去洗个澡？"我说。

"正想去洗呢，"阿尔说。"就到你的房间里去洗吧。一会儿出了酒吧就去。你有去油污的肥皂吗？"

"没有。"

"没有也不要紧，"他说。"我还省下了一点，在这口袋里带着。"

那眼镜片子厚厚的小个子目不转睛地瞅着阿尔。

"你是党员吗，同志？"他问道。

"是啊，"阿尔说。

"我知道这位亨利同志就不是，"小个子说。

"那我就不敢信任他了，"阿尔说。"我对他本来就不信任。"

"你这个混蛋，"我说。"打算走了吗？"

"还不打算，"阿尔说。"我很想再喝一杯呢。"

"我对亨利同志是非常了解的，"那小个子说。"我再说些拉尔戈·卡瓦列罗的事情给你们听听。"

"一定得让我们听？"阿尔说。"别忘了我是人民军队的战士。你不觉得那会瓦解我的斗志吗？"

"你不知道，他的脑袋瓜子膨胀得可厉害啦，如今都快成为个狂人啦。他当了总理又兼陆军部长，谁也再别想跟他说一句话。你知不知道？他本来倒是个正正直直的工会领袖，可说介于已故的萨姆·龚帕斯①和约翰·卢·刘易斯②之间，要不是阿拉基斯泰因这家伙找到了他，也就不会有那样的事了。"

"说得慢点儿，"阿尔说，"我听都听不清楚。"

---

① 即塞缪尔·龚帕斯(1850—1924)，美国工会运动的保守领导人。曾任美国劳工联合会主席。
② 约翰·卢埃林·刘易斯(1880—1969)，美国劳工领袖。 产联主要创建人、首任主席。

"啊呀，是阿拉基斯泰因找到了他！就是眼下在巴黎当大使的那个阿拉基斯泰因！你知道就是这家伙把他捧起来的。他称他西班牙的列宁，这一来那可怜的人就硬是要做西班牙的列宁了，有人给他一副望远镜让他看看，他就自以为是克劳塞维茨①了。"

"这话你刚才说过了，"阿尔冷冷地说道。"你有什么根据呢？"

"嗬，三天前他还在内阁会议上大谈其军事呢。那次会议上讨论的就是我们今天采取的这个行动，赫苏·埃尔南德斯其实也只是跟他开个玩笑，他问他战术和战略有什么区别。你知道那老兄怎么说？"

"不知道，"阿尔说。我看得出这个新认识的同志惹得他有点心烦了。

"他说，'所谓战术就是对敌人发动正面进攻。所谓战略就是对敌人实行侧面包抄。'你看这多有意思？"

"你还是快走吧，同志，"阿尔说。"你呀，真是泄气透了。"

"可我们一定得把拉尔戈·卡瓦列罗赶下台，"那矮个子同志说。"等他这场进攻一结束，我们得马上赶他下台。他干下了这件蠢到了家的事，也只有完蛋的份儿了。"

"好吧，同志，"阿尔对他说。"可我明儿早上还得去参加进攻战呢。"

"啊，你们还要去进攻？"

"你听我说，同志。你要胡扯些啥你只管跟我扯好了，因为听你胡扯蛮有意思，反正我也不是个小孩子了，是好是歹我分得清楚。可你别跟我打听什么，因为那样你会招来麻烦的。"

"我只是问你个人的事。又不是打听什么消息。"

"我们彼此都还不熟，还谈不上问什么个人的事，同志，"阿尔说。"你何不请到旁的桌子上去坐坐，让亨利同志跟我说会儿话呢？我有些事情要问他。"

---

① 卡尔·克劳塞维茨(1780—1831)，德国著名军事理论家。

"Salud，同志，"那小个子说着便站起身来。"那就改天见吧。"

"好，"阿尔说。"改天见。"

我们看着他走到另一张桌子前。他表示了一下歉意，就有几个士兵给他让出个位置，我们的眼光还没有收回来，看见他就已经把话匣子打开了。那些士兵好像都很感兴趣。

"你看这小个子怎么样？"阿尔问。

"我弄不懂。"

"我也弄不懂，"阿尔说。"对这次进攻他无疑是有看法的。"他喝了一口，伸出手来。"看见吗？现在不抖了。我也不是个酒鬼了。我在进攻之前向来是不喝酒的。"

"今天怎么啦？"

"你不是看见了吗？你说这情况怎么样？"

"太可怕了。"

"就是这话。说得再确切也没有了。太可怕了。我看他现在是战略、战术全用上了，因为我们的进攻是正面、两翼一起上的。其他各路战线上情况怎么样？"

"杜兰攻下了新赛马场。就是那个hipódromo①啦。眼下部队就收缩在通入大学城的那个走廊地带上。北边我们越过了科鲁尼阿路。从昨天早上起部队就被阻挡在阿吉拉尔山下。今天早上的形势就是这样。听说杜兰的旅损失了一半以上。你们那儿怎么样？"

"明天我们又要去攻打那些农家房子跟那个教堂了。目标是人称'山中隐士'的山上那个教堂。山坡上挖了那么多的沟沟，无论攻到哪儿都至少要三面受到机枪据点的扫射。那儿的机枪据点全都是挖得深深的，而且还有很牢固的工事。我们的炮太少，组织不起像样的炮火掩护把这些机枪火力压下去，又没有重型野炮好把这些机枪阵地摧毁。那三座农家房子里都有反坦克炮，教堂旁边还有个

_____

① 西班牙语：赛马场。

625

反坦克炮兵群。打起来那才叫要命呢。"

"预定什么时候开始?"

"不要问我。那我不能告诉你。"

"我没有别的意思,我们得拍电影,"我说。"拍了电影所得的款子全部捐献去买救护车。我们在阿尔加达桥的反击战中拍到了第十二旅。上星期在品格隆附近的进攻战中又把十二旅拍了进去。在那一仗里拍到的几个坦克镜头是蛮不错的。"

"那一仗坦克没打好,"阿尔说。

"我知道,"我说。"不过拍在电影里还是挺不错的。明天怎么样?"

"早早出来等着就是了,"他说。"可也不要太早噢。"

"你现在感觉如何?"

"觉得累透了,"他说。"头也痛得厉害。不过比刚才要好多了。我们再喝一杯,喝完了就上你那里去洗个澡。"

"恐怕还是应该先吃饭。"

"我身上这么脏,怎么好去吃饭呢。你先去占个座儿,我去洗个澡,回头再到大马路来找你。"

"我跟你一块儿去。"

"不,还是先去占个座儿,回头我再来找你。"他把头伏在桌子上。"老兄,我的头真痛呵。都是让那老爷坦克的响声给闹的。现在虽然声音是听不见了,可耳朵里还是一个劲儿的响。"

"你为什么不去睡觉呢?"

"我不去。我宁可不睡,跟你在一起待会儿,等回去再睡觉。我可不想平白多醒一次。"

"你该不会得了酒精中毒症吧?"

"不会,"他说。"我没病。我跟你说,汉克[1],我这个人是不喜欢胡说一气的,可我看我明天要给打死了。"

---

[1] 亨利的昵称。

我拿手指尖在桌子上敲了三下①。

"这种感觉是谁都会有的。我就有过好多次了。"

"不一样，"他说。"我这个感觉可是平常没有的。要知道，我们明天奉命去攻打那个目标，打得实在没有道理。我能不能叫他们上去，心里一点谱儿都没有。他们不肯去，又没办法逼他们走。固然事后你可以枪毙他们，但是在那个当口儿上他们不肯去就是不肯去。枪毙他们他们也不肯去。"

"大概不会有什么事的。"

"怎么不会呢。我们明天上去的步兵是精锐。他们是好歹都会上的。跟头一天派去的那帮子胆小鬼可不一样。"

"大概不会有什么事的。"

"怎么不会呢，"他说。"才不会有好事呢。反正我尽我的力量，能办到多好就要办到多好。叫他们出发这没问题，带他们上去也行，只是难免要一个一个半途停下。可也说不定他们到得了。我手下有三个靠得住的人。只要这几个可靠的人里有一个没有一开始就给撂倒，那就好。"

"你这几个可靠的人都是些什么人呢？"

"一个是芝加哥来的希腊大汉，这人刀山敢上，来时的勇气丝毫不减。一个是马赛来的法国人，这人左肩还上着石膏，有两个伤口还没收口，就要求从皇家旅馆的伤兵医院里出来参加这次战斗了，身上都还绑着绷带呢，真不知道他是怎么干得了的。我是说，这仗真不知道他是怎么打的。看着他，再硬的心肠也要心碎的。他原先是个开出租汽车的。"他顿了一下。"我的话太多了。如果我话说得太多，你就赶快叫我住嘴。"

"还有第三个是什么人？"我说。

"第三个？我说过有第三个？"

---

① 这是西方人的一个古老的迷信，认为说了不吉利的话，只要摸摸木头或敲敲木头，就可避凶趋吉。

"对。"

"啊，对了，"他说。"那就是我了。"

"那其他的人呢？"

"他们都是技工，可不是当兵的料。他们判断不了战场上的形势。而且个个都很怕死。我也做过工作，想使他们克服这种担心，"他说。"可是每次只要一出战，他们的老毛病就又发了。他们戴上坦克帽，在坦克旁边一站，看着倒也很像个坦克手的样子。爬进坦克也还是很像个样子。可是只要顶盖一放下，坦克里边实际上就等于没人。他们根本不好算坦克兵。我们还没有时间训练新的坦克兵。"

"你还打算去洗澡吗？"

"我们再在这儿坐一会儿吧，"他说。"这儿挺好的。"

"想想也真滑稽，大街的尽头就是战场，要打仗就去，不打仗就到这儿来。"

"可来了还得去，"阿尔说。

"要不要找个姑娘？佛罗里达旅馆里有两个美国姑娘，都是新闻记者。或许有个把谈得来的也说不定哩。"

"我不想陪着她们说话了。我累透了。"

"角落里那张桌子上是两个休达①来的摩尔姑娘。"

他朝她们那头看看。两个都是黑皮肤、浓头发。一个个子大，一个个子小，看去却都很壮实、活泼，没什么说的。

"算了吧，"阿尔说。"我明天看到的摩尔人还会少吗，今儿晚上何苦还要找她们鬼混呢。"

"姑娘有的是啊，"我说。"马诺丽塔就在佛罗里达旅馆。跟她同居的保安部门那个家伙到巴伦西亚去了，她对他可'忠实'哩，谁找她都行。"

"我说，汉克，你到底要哄我干什么呀？"

---

① 摩洛哥北部港口，与直布罗陀相对。

"想让你打起点精神来呗。"

"小孩子见识!"他说。"多一个人又顶得什么事?"

"多一个人总是多一个人。"

"死我倒一点也不怕,"他说。"死其实也算不了什么。只是这样去死死得犯不上。发动这次进攻是错误的,所以死得实在犯不上。我现在开坦克很懂行了。如果有时间的话,我还可以培养些优秀的坦克手出来。如果我们的坦克速度能稍微快些,反坦克炮也拿它们没办法,哪里像现在,坦克的机动性差,就尽吃反坦克炮的亏。不过我跟你说,汉克,坦克可也并不像我们原先想象的那样厉害。你还记得吗,当初大家不是都有个想法,认为只要有了坦克就万事大吉了吗?"

"坦克在瓜达拉哈拉还是发挥了威力的。"

"话是不错。可那时的坦克手都是老资格。都是军人。对手又是意大利人。"

"可现在又怎么啦?"

"情况大不一样啦。那帮雇佣军签的合约期限是六个月。他们多半是法国人。前五个月他们干得倒还很像个军人样,可现在他们就只想保住性命,过了这最后一个月就回国去。他们现在屁事也不顶了。俄国人是这里政府买进那批坦克时作为示范人员派来的,那当然是没说的。可现在他们都在陆续调回去了,说是要改派到中国去。新补充进来的西班牙人是有好有坏的。要培养一个好的坦克手得花六个月工夫,那也只能教他稍微懂些门道而已。要能判断形势、灵活发挥,还得有才能才行。我们现在却只有六个星期的训练时间,而且有才能的人又不是很多。"

"他们当飞行员还是不错的。"

"他们当坦克手也应该是不错的。但是你一定得找干得了这一行的人。这很有点像当牧师一样。一定要有这方面的才能。特别是如今,对方已经有大批反坦克炮了。"

奇科特酒吧的百叶窗已经拉下,此刻连门也锁上了。顾客已经不能进店了。不过打烊还早，还有半个小时可以勾留。

"我喜欢这个酒吧，"阿尔说。"这会儿店里就不是那么闹哄哄了。还记得吗，那一年我在船上工作，在新奥尔良碰到了你，我们一起走进蒙特利昂旅馆的酒吧去喝一杯，那个长相活脱儿像圣塞巴斯蒂安①的小伙子拉着念经一样的怪腔怪调在喊名字找客人，我给了他一个两毛五的银角子，让他代我找 B.F. 斯洛布先生②？"

"就是你说'从"村舍"来呗'的那个调子。"

"是啊，"他说。"这事我一想起来就要笑。"他又把话头接着说下去："你瞧，现在他们对坦克已经再也不怕了。谁都不怕了。我们也不怕。不过坦克到底还是有用的。还真有用呢。只是现在一碰上反坦克炮就压根儿经不起打。恐怕我还是应该换个行当了。不，也不见得。坦克还是有用的。只是照眼下的形势来看，当坦克手的一定要干得了这一行。眼下要当个出色的坦克手，没有相当的政治素养是不行的。"

"你就是个出色的坦克手。"

"我很想明天就换个行当，"他说。"我尽说些泄气透顶的话，可是泄气话也应该可以说吧，只要别影响了人家就行。你知道，我还是喜欢坦克的，问题是我们对坦克使用不当，因为步兵还不大懂这档子事。他们就巴不得前进的时候有坦克大爷在前边替他们掩护。那可不行。那样的话他们对坦克就会产生依赖性，没有了坦克就一步也不能动弹。有时候连队伍都不肯展开了。"

"我明白。"

"可是你瞧，如果你有真正懂行的坦克手，他们就会先冲在前面，发挥机枪的火力，然后退到步兵的背后，向敌人的炮兵阵地轰

---

① 圣塞巴斯蒂安，古罗马的卫队长，早期的基督教徒，因在军队中传播基督教，被皇帝下令绑在树上，乱箭射之而未死，后终被乱棍打死。被认为是射手的保护神、士兵的保护神。
② 阿尔很可能是存心开玩笑，因为"B.F."有个意思是大傻瓜，"斯洛布"有个意思是饭桶。

击，把敌人的大炮打哑，等到步兵发动进攻的时候，再给步兵以火力掩护。另外有一部分坦克还可以发挥骑兵的作用，把敌人的机枪据点迅速拔掉。坦克还可以跨越壕沟，向纵深和壕沟两翼三面射击。坦克只有在合适的时候才可以带领步兵冲锋，只有时机成熟了才可以掩护他们推进。”

“可眼下呢？”

“眼下呀，反正看明天你就知道了。因为我们的大炮少得实在可怜，所以我们完全是被当作半机动装甲炮队来使用的。一旦停止了运动，实际就成了轻型炮队，机动性没有了，还有什么安全可言呢，敌人的反坦克炮正好拿你当靶子打。要是不想待着挨打，也只能充当铁甲开道车那样的角色，在步兵的前头推进。到了最近，连这开道车还会不会往前开，这车里的人还想不想往前开，都没有一点把握了。就是开到了目的地，谁知道车子背后还有人没有呢。”

“现在你们一个旅有几辆坦克？”

“一个营是六辆。一个旅就是三十辆。大体上是这个数目。”

“你这就跟我一块儿去洗个澡，洗完澡再一块儿去吃饭，不好吗？”

“也好。可你千万不要为我操心，也别当我心里感到忧虑什么的，因为我没什么可忧虑的。我不过是累了，很想找个人说说。你也用不到拿话给我打气，因为我们那里有个政治委员，我很明白自己在为什么而战斗，我没什么可忧虑的。我就是希望凡事都要办得效率高一些，使用东西总要尽量多动动脑子。”

“你凭什么认为我要拿话给你打气了？”

“看你的面色就知道了。”

“其实我也只是想看看你是不是要找个姑娘，好让你别尽说那些打死呀什么的泄气话。”

“得了，我今儿晚上是不想找什么姑娘了，泄气话嘛，我也爱怎么说就怎么说了，只要别伤了人家就行。我的话伤了你没有？”

“走吧，洗澡去吧，”我说。“你爱怎么说就怎么说吧，气泄光了也不干我事。"

"你看那小个子是个什么人，听他的口气好像挺了解情况似的？"

"不知道，"我说。"我去打听打听。"

"他的话说得我心都沉了，"阿尔说。"好，我们走吧。"

秃了顶的老侍者打开了奇科特酒吧的外大门，让我们出了店堂来到街上。

"反攻打得顺利吗，同志？"他在门口说。

"没问题，同志，"阿尔说。"打得很顺利。"

"我很高兴，"那侍者说。"我的孩子在一四五旅。你们见到他们吗？"

"我是坦克部队的，"阿尔说。"这位同志是拍电影的。你见到了一四五旅吗？"

"没有，"我说。

"他们在埃斯特雷马杜拉路那头，"老侍者说。"我的孩子是营里机枪连的政委。他是我的小儿子。今年二十岁。"

"同志，你是哪个党的？"阿尔问他。

"我是无党派的，"那侍者说。"不过我的孩子是个共产党员。"

"我也是，"阿尔说。"同志，反攻的成败还没有最后决定。当前的困难是很大的。法西斯分子据守的阵地非常牢固。你们在后方，也应该跟我们在前方一样坚定。我们即使在目前还一时攻不下这些阵地，可也已经证明我们如今有了一支能够发动进攻的军队，我们的军队将来会取得胜利的，你等着看吧。"

"那埃斯特雷马杜拉路那边呢？"老侍者还是没有关门，又继续问。"那边是不是非常危险？"

"没什么，"阿尔说。"那边很好。他在那儿，你只管放心好了。"

"愿上帝保佑你，"那侍者说。"愿上帝卫护你、照应你。"

来到了黑沉沉的街上，阿尔说道："哎，他政治上有点糊涂，是不？"

632

"他可是个好人，"我说。"我认识他已经有很长时间了。"

"他看来是个好人，"阿尔说。"不过他的政治觉悟还有待提高。"

佛罗里达旅馆的房间里满是人。屋里放起了留声机，只见四下一片烟雾腾腾，地上还有人在那里掷骰子。来洗澡的同志接连不断，满屋子尽是一股烟气、肥皂气，还有脏军装的味儿和浴间里散出来的水汽味儿。

那个叫马诺丽塔的西班牙姑娘正坐在床上跟一个英国记者说着话儿。她打扮得十分齐整、端庄，却又有点仿法国流行式样的味道，神气显得非常快活，也非常稳重，两只冷静的眼睛靠得很近。屋里也不算太闹，就是留声机聒耳。

"这是你的房间吧？"那英国记者说。

"服务台那儿是用我的名字登记的，"我说。"我有时候也就在这儿睡觉。"

"可这威士忌是谁的呢？"他问。

"是我的，"马诺丽塔说。"那一瓶已经给大家喝完了，所以我又买了一瓶。"

"你真会办事，姑娘，"我说。"这么说我总共欠你三瓶了。"

"两瓶，"她说。"还有一瓶算我送的。"

桌子上，我的打字机旁边，一只打开一半的罐头里有好大一方熟火腿，边上红白纹理分明。时不时就会有个同志探起身来，拿小刀切上一片，然后又蹲下去掷他的骰子。我也切了一片吃。

"下一个就轮到你洗了，"我对阿尔说。他一直在满屋子打量。

"你这房间不赖，"他说。"这火腿是哪儿来的？"

"是我们向一支部队的 intendencia① 买的，"她说。"太棒了，是不是？"

"这我们是说谁？"

_____

① 西班牙语：军需部。

“他和我，”说着她转过头去望了望那个英国记者。“你看他不是挺有办法的吗？”

“马诺丽塔待人最厚道了，”那英国人说。“我们该没有打搅你吧？”

“没事儿，”我说。“这床我回头恐怕要用，不过要用也还得过好久呢。”

“那我们可以到我的房间里开晚会去，”马诺丽塔说。“你该不会生气吧，亨利？”

“没有的事，”我说。“那几个掷骰子的同志都是什么人？”

“我不知道，”马诺丽塔说。“他们是来洗澡的，后来就留下掷起骰子来了。人倒都是挺不错的。我的坏消息你听说了没有？”

“没有呀。”

“消息坏透了。我的未婚夫你该认识吧——他是公安部门的，前些时到巴塞罗那去了？”

“认识，当然认识。”

阿尔到浴间里去了。

“唉，他在一次意外事故中给打死了。我在公安部门里又没有个靠山，他答应给我弄的证件始终没有给我弄到，今天我听说我就要被逮捕了。”

“为什么？”

“因为我没有证件，他们说，我老是跟你们这班人混在一起，还老是跟部队里的人混在一起，所以很可能是个间谍。要是我的未婚夫没有给打死的话，根本什么事也不会有。你肯不肯帮帮我的忙？”

“当然，”我说。“你要是没有问题的话，也不会拿你怎么样的。”

“我想我还是待在你这儿稳当些。”

“可你万一要是有什么问题，那不是要我好看吗？”

“我待在你这儿不行？”

634

"不行。你要是遇上什么麻烦，打电话给我好了。我从来没有听见你向谁打听过什么涉及军事的问题。我相信你是个好人。"

"我可真是个好人呀，"她这时背对着那英国人，探过身来说。"你看我待在他那儿行吗？他不是个坏人吧？"

"我怎么知道？"我说。"我以前从来也没有见过他。"

"你生气了，"她说。"这事就暂时先搁一搁吧，让我们大家都快快活活的，一起去吃饭吧。"

我走到那几个掷骰子的人跟前。

"你们打算去吃饭吗？"

"不去，同志，"那个手拿骰子的人头也没抬就说。"你要来一块儿玩玩吗？"

"我要去吃饭了。"

"那我们留在这儿等你回来，"另一个一起掷骰子的人说。"快掷下去呀。我已经照你的数押了呀。"

"你要是捞到了什么外快，可带了来玩玩呀。"

这房间里除了马诺丽塔以外，还有一个人我认识。他是十二旅的，正在那里放留声机。他是个匈牙利人，是个忧伤的匈牙利人，不是那种快快活活的匈牙利人。

"Salud camarade[①]，"他说。"谢谢你的友好款待。"

"你不掷骰子吗？"我问他。

"我可没有那份闲钱，"他说。"他们是签了合约的飞行员。是雇佣兵……他们要挣到一千块钱一个月。他们本来是在特鲁埃尔前线的，如今都到这儿来了。"

"他们怎么会上我这儿来的？"

"他们中间有个人认识你。可是他后来有事到机场上去了。是有辆汽车来接他去的，当时他们早已赌开了场了。"

"欢迎你到我这儿来，"我说。"以后请随时来好了，用不到

---

① 西班牙语：敬礼，同志。

客气。"

"我来听听这几张新唱片，"他说。"不会打搅你吧？"

"哪儿的话呢。没有关系。来喝一杯吧。"

"还是来点儿火腿吧，"他说。

一个掷骰子的却探起身来管自切了一片火腿。

"你有没有见到这个房间的主人叫亨利的？"他问我。

"那就是我。"

"啊，"他说。"对不起。想来一块儿玩玩吗？"

"回头再奉陪，"我说。

"好吧，"他说。随即又含着一嘴的火腿嚷嚷："嗨，你这个焦油脚的混蛋①！你骰子掷出去一定要撞在墙上弹回来才好算数哇。"

"那也帮不了你什么忙啊，同志哎，"手拿骰子的那个人说道。

阿尔从浴间里出来了。看他周身都很干净了，只是眼圈四周还留着些污迹。

"拿块毛巾擦一擦，"我说。

"擦什么呀？"

"你再到镜子前面去照一照嘛。"

"镜子上尽是水汽，"他说。"管它呢，我觉得蛮干净了。"

"我们吃饭去吧，"我说。"来吧，马诺丽塔。你们两个认识吗？"

我看她拿眼睛把阿尔上下一打量。

"你好，"马诺丽塔说。

"我说这主意不坏，"那英国人说。"我们就吃饭去吧。可上哪儿去吃呢？"

"他们在掷骰子？"阿尔说。

---

① "焦油脚"是美国人给他们北卡罗来纳州人起的绰号。

636

"你进来的时候没看见？"

"没看见，"他说。"我只看见了火腿。"

"是在掷骰子。"

"你们去吃吧，"阿尔说。"我留在这儿。"

我们跨出房门的时候，蹲在地上一共是六个人，阿尔·瓦格纳正探起了身子在切一片火腿。

"你是干什么的，同志？"我听见一个飞行员在问阿尔。

"坦克部队的。"

"坦克八成儿已经不顶用了吧，"那飞行员说。

"不好的消息多啦，"阿尔说。"你们手里那是什么？是骰子吗？"

"要看看吗？"

"我不要看，"阿尔说。"我想来玩玩。"

马诺丽塔，我，还有那高个儿英国人——我们三个人顺着过道一路走去，发现人家都已上大马路的饭店去了。那匈牙利人还留在我的房间里听新唱片。我已经饿透了，不过大马路的饭店里饭菜是极整脚的。跟我一起拍电影的那两位早已吃好，回去修那架损坏的摄影机去了。

这家饭店开在地下室里，要进去得经过一个门警，穿过厨房，再走下一道楼梯。里面一派喧闹。

店里供应的是小米清汤、马肉炒黄米饭，餐后水果是橘子。本来还有一种鹰嘴豆炒香肠供应，大家都说那味道难吃透了，可是现在连这个菜也已卖完。报纸记者都集中在一张桌子上，其他的桌子上都满满地坐着军官和奇科特酒吧来的姑娘，还有新闻检查人员，因为当时新闻检查机构就设在大街对面的电话公司大楼里，此外便尽是些形形色色的陌生市民了。

这家饭店是一个无政府主义工团办的，店里卖的酒瓶子上都贴有皇家酒窖的标签，标有入窖的日期。这些酒多半已经年代极其久远，所以不是带有瓶塞味，就是已经完全走了气，没有一点酒味了。喝酒总不能喝酒瓶上的标签吧，我连退了三瓶一样不堪入口的坏酒，才算换到了一瓶勉强可喝的。为此还吵了一架。

这里的侍者根本不懂酒的名目，给你拿来什么就是什么，你只能自己碰运气。他们跟奇科特酒吧的侍者真有天壤之别。这里的侍者都不讲礼数，都拿惯了超额的小费，他们经常备有一些特色菜，如龙虾、子鸡之类，那是要另外卖高价的。可是今天就连这些也早已在我们踏进店门之前都给人买光了，所以我们只好要了清汤、米饭和橘子。我见了这家饭店就有气，因为这里的侍者简直是一伙不择手段的奸商，在这里吃饭，如果要上一客特色菜的话，所花的钱简直不下于在纽约上一趟"二十一点"或"可乐您"①。

这一瓶虽然马马虎虎还可以不算是坏酒，不过你喝得出来那酒也快走味了，只是再去吵一架未免太不值得。正坐在那儿喝着时，阿尔·瓦格纳来了。他朝店堂里四下一打量，看见了我们，就走了过来。

"怎么啦？"我说。

"他们搞得我光了屁股。"

"才没有多少工夫呀。"

"跟这班家伙赌钱要得了多少工夫呢，"他说。"他们下的注大啦。这儿有什么可吃的？"

我叫来了一个侍者。

"时间太晚了，"那侍者说。"我们已经没有东西可供应了。"

"这位同志是坦克部队的，"我说。"他打了一天的仗，明天还要去打，可还没有吃过饭。"

"这我不能负责，"那侍者说。"时间太晚了。已经什么东西也没有了。这位同志为什么不到部队里去吃呢？部队里吃的东西才多啦。"

"是我请他吃饭的。"

———————————

① 都是纽约的著名餐馆。

"那你也应该先关照一声呀。现在已经太晚了。我们已经没有东西供应了。"

"叫领班来。"

侍者领班说大师傅已经回家，厨房已经熄火。他说完就走。为了我们退换坏酒的事，他们心里可恼火了。

"算了吧，"阿尔说。"我们就上别处去吃吧。"

"都这个时候了，别处也没有地方可吃了。他们有东西的。我只要去给领班说上几句好话，多给他几个钱就成。"

我就去照此办理，那虎着脸儿的侍者端来了一盆冻肉片，接着又是半只蛋黄酱龙虾，还有一客生菜小扁豆色拉。那是侍者领班的私货，他留着或是带回家去，或是卖给迟来的顾客。

"花了不少钱吧？"阿尔问。

"没有，"我撒了个谎。

"一定花了不少钱，"他说。"等我领到了饷，就还给你。"

"你现在挣多少？"

"还不知道。本来是十个比塞塔一天，可我当了军官，就提了薪。不过我们都还没有领到，我也没有去问过。"

"同志，"我叫那侍者。他过来了，为了刚才领班越过他卖菜给阿尔，他还在那里生气。"请再来一瓶酒。"

"要哪一种？"

"随便哪一种，只要不是陈得变了颜色的就行。"

"反正都是一个样。"

我用西班牙语骂了一句相当于"活见鬼"一类的话，一会儿那侍者就拿来了一瓶 1906 年的穆通-罗特希尔德国酿。我们刚才那一瓶红葡萄酒极糟，这一瓶却绝妙。

"哎呀，好酒好酒，"阿尔说。"你刚才跟他说了什么来着，他就给你拿来了这样的好酒？"

"没说什么呀。他完全是碰巧，从酒库里抽出了这么一瓶好酒。"

"皇宫里出来的酒多半是不行的。"

"藏得太久了。这里的气候条件太糟，酒容易坏。"

"那个消息灵通的同志在那儿呢，"阿尔朝对面一张桌子上一摆头。

跟我们大谈其拉尔戈·卡瓦列罗的那个眼镜片子厚厚的小个子，正在那里跟几个人说话，据我所知那几个人可都是地位极高的大人物。

"我看他准是个大人物，"我说。

"人的地位一高，说话就没有一点顾忌了。不过他那些话要是放到明天以后再说就好了。听他这么一说，我明天去作战还有什么意思呢？"

我替他把酒满上。

"他的话听起来也相当有道理，"阿尔又接着说。"我一直在翻来覆去想他的话。但是执行命令是我的天职。"

"别多想了，还是去睡会儿吧。"

"你要是能借我一千比塞塔，我倒想再去跟他们赌一场，"阿尔说。"我应得的进款远不止这个数，我可以写个借条把饷金押给你。"

"我不要你写借条。你领到了饷还给我就行。"

"我看我自己是领不了的了，"阿尔说。"我这话说得真有些泄气，是不是？我也很明白赌博是醉生梦死的行为。可是我只有这样把心思放在了骰子上，才能不去想明天。"

"你喜欢那个叫马诺丽塔的姑娘吗？她可喜欢你呢。"

"她一双眼睛活像条蛇。"

"她倒不是个邪路的女人。人很和气，心眼儿也不错。"

"我什么女人也不要。我只想再去跟他们掷骰子。"

桌子的那一头，那个新认识的英国人用西班牙语说了些什么，马诺丽塔听得哈哈大笑。这餐桌上的人多半已经走了。

"我们把酒喝完了就走吧，"阿尔说。"你不想一块儿掷骰子玩玩？”

“你玩，我看看，”我说着就招呼侍者拿账单来。

“你们上哪儿去呀？”桌子那头的马诺丽塔喊道。

“回旅馆去。”

“我们一会儿过来，”她说。“这个人可有趣呢。”

“她拿我捉弄得真够我受的，”那英国人说。“她尽挑我西班牙话里的错儿。请问，leche 这个词的意思不就是牛奶吗？”

“那只是这个词的一种解释。”

“难道还有什么下流的意思吗？”

“恐怕是有的，”我说。

“那西班牙话可真是太下流了，”他说。“好了，马诺丽塔，别再拿我开心了。听见啦，别再拿我开心了。”

“我可没拿你开心啊，”马诺丽塔笑个不停。“你的心我可连碰也没有碰啊。我是笑 leche 这个词有意思。”

“可这个词的意思是牛奶呀。 你刚才不听见埃德温·亨利都这么说了吗？”

马诺丽塔一听又笑了起来，我们就站起来走了。

“这人真是个傻瓜蛋，”阿尔说。“看他这副傻劲儿，我真差点儿忍不住想把那姑娘带走算了。”

“英国人谁猜得透呵，”我说。这样刻薄的话都说出来了，我意识到我们的酒已经喝得太多了。外边街上，天冷起来了，月光下大片大片的白云在高楼林立的宽广的大马路上空推过。我们顺着人行道一路走，水泥路面上有些白天新打出来的弹坑， 边痕清楚，石子碎片都还没有扫掉。一路上坡，向着卡里奥广场走去，佛罗里达旅馆就矗立在广场上，相形之下广场另一头的那一段缓坡就显得毫无气势了。宽阔的大马路顺着那一段缓坡一直向前伸去，尽头处便是前沿阵地。

旅馆门外的黑暗里有两个岗哨，我们过了岗哨，到了门口，听得大马路那头的枪声密集了起来，就站住听了听，交火声乒乒乓乓闹了好一阵，才渐渐平息。

"要是再这么闹下去的话，我恐怕得去看看了，"阿尔一边说一边还是用心听。

"没事儿，"我说。"反正是在老远的左方，估计在卡拉万切尔一带。"

"听起来好像就在'村舍'里。"

"一到晚上总是这样，声音都直传到这儿。常常要上当的。"

"他们今儿晚上是不会向我们发动反击的，"阿尔说。"他们占着那样有利的阵地，我们却是在那么条'河'里①，他们才不会离开自己的阵地，把我们从那么条'河'里给赶出来呢。"

"什么河？"

"该叫什么河，你还会不知道？"

"哦。是那么条'河'。"

"对了。'在河里又没桨'。"

"进里边来吧。这样的交火声用不着去听。天天晚上都是这个样。"

我们就进了旅馆，穿过大厅，走过服务台前，服务台上那个值夜班的站起身来陪我们来到电梯间。他把个电钮按了一下，电梯就下来了。电梯里有个男人，身上反穿着一件白色的卷羊毛茄克衫，光秃秃的头皮微微发红，怒气冲冲的脸也一样涨红了。他腋下夹的夹，手里拿的拿，总共带了六瓶香槟。"混蛋，把电梯开到下面来干什么？"

"你在电梯里已经待了个把钟头了，"那值夜班的人说。

"我有什么办法，"穿羊毛茄克衫的那人说。然后冲着我问："弗兰克在哪儿？"

---

① "在河里"（亦作"在河里又没桨"，见下文）是一句俗语，有"处境困难"、"毫无办法"或"动弹不得"之意。亨利一时没有领会，错误地从字面上去理解这句话了。

"哪个弗兰克？"

"你还会不认识弗兰克吗，"他说。"来，帮我把这电梯开一开。"

"你喝醉了，"我对他说。"好了，别提了，让我们上楼去吧。"

"你也会喝醉的，"那个穿白色羊毛茄克衫的人说。"你也会喝醉的，同志哎，同志哥哎。告诉我，弗兰克在哪儿？"

"你看他在哪儿呢？"

"在亨利那小子的房间里，那儿在掷骰子耍钱。"

"跟我们一块儿走吧，"我说。"别胡弄那些按钮了。你就是因为胡弄，所以电梯才老是动不了。"

"我再大的飞机都开得来，"穿羊毛茄克衫的那人说。"这架小乖乖的电梯我还会开不来？要不要我来作个特技表演？"

"得了得了，"阿尔对他说。"你喝醉了。我们要跟他们掷骰子去。"

"你是什么人？看我拿原瓶的香槟酒来砸你。"

"你敢！"阿尔说。"我倒要叫你清醒清醒，你这个酒鬼也来冒充圣诞老人。"

"酒鬼冒充圣诞老人！"那个秃顶的人说。"说我是酒鬼冒充圣诞老人！看共和国就是这样来报答我的。"

电梯在我住的那一层楼上停下，我们顺着过道一路走去。"分两瓶拿拿，"那个秃顶的人说。接着话头一转："你知道我是怎么会喝醉的吗？"

"不知道。"

"那好，我也不告诉你。不过告诉你你会吃一惊的。酒鬼冒充圣诞老人！好，好，蛮好！你是干什么的，同志？"

"开坦克的。"

"你呢，同志？"

"拍电影的。"

"可我却是个酒鬼冒充圣诞老人。好，好，蛮好！我再说一遍。好，好，蛮好！"

"你快去泡在酒里吧，"阿尔说。"你这个酒鬼也来冒充圣诞老人！"

到了我的房间门外了。那个穿白色羊毛茄克衫的人拿拇指和食指捏住了阿尔的胳膊。

"你倒是有趣，同志，"他说。"你倒真是有趣。"

我开了门。屋里烟雾腾腾，赌局依旧，真跟我们走时一个样，只是桌上火腿已经一点不剩，瓶里的威士忌也已倒了个精光。

"是阿秃来了，"一个掷骰子的人说。

"你们好吗，同志们？"阿秃连鞠躬带说。"你好？你好？你好？"

赌局一哄而散，大家都连珠炮一般纷纷向他提问。

"我已经报告上去啦，同志们，"阿秃说。"这里有点香槟酒请大家喝。这件事呀，我现在觉得别的都无所谓，就是那个场面精彩，才真叫有意思。"

"那时你的僚机都溜到哪儿去啦？"

"那可不能怪他们，"阿秃说。"当时我眼前的景象可吓人了，我专心一意看得眼也不眨，压根儿就忘了我还有僚机哪，直到那群'菲亚特'[①]一齐向我冲来，有从头顶上擦过去的，有从旁边掠过去的，有从肚子底下钻过去的，这时我才想起了他们，我才发现我那架忠实的宝贝飞机已经没了尾巴。"

"哎呀，你当时可别喝醉了才好啊，"一个飞行员说。

"我当时没醉，现在倒是醉了，"阿秃说。"希望各位先生、各位同志也陪着我喝个醉，因为我今儿晚上心里高兴，尽管我刚才被一个无知的坦克手骂了，他骂我是酒鬼冒充圣诞老人。"

"你当时没有糊涂就好，"另一个飞行员说。"你是怎么回到机

---

① 意大利制造的飞机。

场的呢？”

“不要插嘴，听我说嘛，”阿秃神气十足地说。“我是坐十二旅的指挥车①回到机场的。我靠了我那顶忠实的降落伞落到了地面，只怪我牙班西话②说不好，人家差点儿把我当成了法西斯坏蛋。　不过麻烦事儿后来总算都解决了，因为经我好歹那么一说，他们终于相信了我的身份，我居然还受到了少有的优待。哎呀呀，那架‘容克’机起火的情景可惜你们没有看见呢。那群‘菲亚特’向我冲来的时候我就是在看这档子事。哎呀呀，可惜我没法给你们描绘出来。”

“今天他在哈拉马上空击落了一架三引擎的‘容克’机，他队里的飞行员却扔下他跑了，他飞机给打了下来，人跳伞逃了，”一个飞行员说。“你认识他的。他叫阿秃杰克逊。”

“你是掉了多少高度才把伞打开的，阿秃？”另一个飞行员问道。

“掉了足足六千英尺哪，我胸口下的横膈膜至今还像裂开了似的，因为那会儿绷得可紧啦。我当时真担心我的身子会断成两截呢。那群‘菲亚特’少说总有十五架，我都得一架架躲开。我只好尽量操纵降落伞，好歹得降落到河的右岸来。飘啊飘的，飘了好半天，着地的时候摔得还真不轻。幸而风向还顺。”

“弗兰克有事到阿尔卡拉去了，”另一个飞行员说。“我们都在这儿掷骰子玩儿。天亮以前我们都得赶回阿尔卡拉去。”

“我可不想玩骰子，”阿秃说。“我只想喝香槟酒——就用扔香烟屁股的那几只杯子喝。”

“我来洗吧，”阿尔说。

“为冒牌圣诞老人同志效劳啦，”阿秃说。“不，是为亲爱的圣诞老人同志效劳啦。”

---

① 指专供指挥官及参谋人员乘坐的车。
② 舌头不听使唤，把“西班牙话”说成了“牙班西话”。

"得了得了，"阿尔说。他拿起杯子就到浴间里去了。

"他是坦克部队的？"有个飞行员问。

"是啊。一开仗就在坦克部队里了。"

"听人家说我们的坦克已经不顶用了，"一个飞行员说。

"你已经跟他说过一回了，"我说。"干吗不少说两句呢？他打了一天仗啦。"

"我们谁不是打了一天呢。我其实只是想问问，难道我们的坦克真的已经不顶用了？"

"已经不太顶用了。不过他还是不错的。"

"我看他也错不了。看上去就是个好样儿的。他们那边挣多少钱？"

"十个比塞塔一天，"我说。"现在他领中尉的饷了。"

"给西班牙人去当中尉？"

"对。"

"我看他肯定疯了。要不就是有政治色彩？"

"他有政治色彩。"

"哦，是这么回事，"他说。"那就怪不得了。嗨，阿秃，你飞机没了尾巴，风压又是那么大，跳伞不容易，一定够你受的吧？"

"可不是，同志，"阿秃说。

"你当时是怎么个感觉呢？"

"我当时脑子动得一刻儿也没有停过，同志。"

"阿秃，那架'容克'机里有几个人跳了伞？"

"四个，"阿秃说，"机组人员总共是六个。驾驶员肯定给我打死了。我当时就注意到他马上停止了射击。还有个副驾驶兼机枪手，我看十之八九也让我给撂倒了。证据是他也停止了射击。不过这也可能是机枪太烫的缘故。反正只有四个人跳了伞。要不要我把那个情景讲给你们听听？我讲起来包你们还蛮好听呢。"

他这时已经在床上坐下了，手里端着一大杯香槟酒，红红的脑袋红红的脸，都是汗津津的。

"怎么谁也不来跟我干杯呀？"阿秃问道。"还望同志们都为我干一杯，干了杯我再把这绝顶吓人，也绝顶美妙的场面讲给你们听。"

我们都干了杯。

"我都说到哪儿啦？"阿秃问道。

"还说呢，我看你喝得都糊涂啦，"一个飞行员说。"还绝顶吓人、绝顶美妙呢——别开玩笑啦，阿秃。也真怪了，我们怎么都会来听你的。"

"我一定详详细细讲给你们听，"阿秃说。"不过我先得再来一杯香槟。"我们为他干杯的时候他那一杯也早已一饮而尽。

"他这样喝下去要醉倒的，"另一个飞行员说。"给他倒个半杯吧。"

阿秃一口就喝干了。

"我一定详详细细讲给你们听，"他说。"让我再喝点儿。"

"我说，阿秃，你别这样拼命喝好不好？有句话可得跟你说清楚。你这几天是没有飞机可飞了，可我们明天还得上天，这好玩是好玩，可也不是闹着玩儿的。"

"我的报告已经上去啦，"阿秃说。"到了机场你们就能看到我的报告了。机场上一定有一份的。"

"好了，阿秃，快别噜苏了。"

"我总会详详细细讲给你们听的，"阿秃说。他眼睛几次闭上了又睁开，然后又冲着阿尔叫了声："嗨，圣诞老人同志。"这才又继续说："我总会详详细细讲给你们听的。同志们，你们只要听着就是了。"

于是他就讲了。

"这真是新鲜极了，精彩极了，"阿秃说着，把杯子里的香槟一口喝干。

"别再胡闹啦，阿秃，"一个飞行员说。

"我的感受真是深刻，"阿秃说。"真是绝顶深刻。深刻得不能再深刻了。"

"我们回阿尔卡拉去吧，"一个飞行员说。"这个红皮脑袋一时还清醒不过来呢。骰子还要不要掷下去？"

"他会清醒过来的，"另一个飞行员说。"他这不过是情绪过于激动罢了。"

"你们在数落我是吗？"阿秃问道。"共和国就是这样报答我的吗？"

"我说，圣诞老人，"阿尔说。"那到底是怎么个情景？"

"你也要来问我？阿秃对他瞪大了眼睛。"连你也要来问我？你难道从来没有上过火线吗，同志？"

"没有呢，"阿尔说。"我这眉毛可是刮脸的时候不小心给灯火儿烧掉的。"

"耐心点儿嘛，同志，"阿秃说。"这个新鲜、精彩的场面我会详详细细讲出来的。要知道，我不但是个飞行员，还是个作家呢。"

他说着还直点头，表示自己所说确实一点不假。

"他专给密西西比州默里迪安城的《百眼神报》写文章，"一个飞行员说。"一直没有停过。人家又不能叫他别写。"

"我有当作家的天才，"阿秃说。"我有新颖独到的描写才能。我有一份剪报，可惜已经丢了，那报上就说我有这种才能。现在我可要开始详详细细讲啦。"

"好吧。你说到底是怎样的情景？"

"同志们，"阿秃说。"那情景可真是没法形容。"说着又把酒杯伸了出来。

"我跟你们说什么来着啦？"一个飞行员说。"他这糊涂病一个月里好不了。永远也好不了了。"

"你呀，"阿秃说，"你这个小晦气精！好吧，我讲。当时我的飞机侧身一转弯飞开了，我向下一望，可不，那家伙在直冒烟了，不过还一直保持着自己的航向，想往山的那边飞去。那家伙高

648

度跌落很快，我就拉起来爬到高空，再次向它发动俯冲。那时我还有僚机掩护，只见那架敌机身子一歪，烟冒得加倍厉害了，随后座舱门就打开了，里面望去真像座鼓风炉的炉膛一样，跟着他们就开始跳伞了。我那时早已来了个半滚，从下面迅速拉起飞开了，我回头向下望去，见他们一个个从机舱里钻出来，穿过这鼓风炉的炉门，跳出去逃命，降落伞一打开来，看去就像一朵朵奇大奇美的大喇叭花开了花，那架敌机这时已成了一大团烈火，一个劲儿打转，真叫人大开了眼界，四顶降落伞在天空中缓缓划过，那个壮观也是天底下没有第二份的，后来一顶降落伞边上着了火，伞一着火那人就很快掉下去了，我正看着他时，只觉得边上掠过一连串子弹，紧跟着就来了'菲亚特'，又是子弹又是'菲亚特'，一阵接着一阵。"

"你真不愧是个作家，"一个飞行员说。"你应该去给《空战英雄》写文章。你可不可以爽爽快快告诉我到底怎么啦？"

"行啊，"阿秃说。"我就告诉你。不过我不跟你说瞎话，那可真是个奇观哪。我以前还从来没有打下过这么大的三引擎'容克'机呢，我心里真高兴。"

"谁都高兴的，阿秃。可你告诉我们到底怎么啦。"

"好啊，"阿秃说。"我再稍微喝点儿酒，就告诉你们。"

"你发现他们的时候，你们自己是怎么个情况？"

"我们原来是 V 形左梯队编队。一发现他们，我们就改为梯状左梯队编队，开足了马力向他们冲去，一直冲到差点儿撞上了他们，这才来一个横滚飞开了。我们另外还打伤了他们三架。那帮'菲亚特'却一直躲在阳光里。等到我独自个儿在那里溜野眼的时候，他们就扑过来了。"

"你的僚机都溜了吗？"

"不。那得怪我。我要紧看好看，他们都飞走了。看好看哪里还顾得上什么队形呢。我想他们大概是重整了队形又往前飞了。我不知道。你别问我。再说我也累了。我当时可得意呢。可现在我累了。"

"你是说困了吧。你醉糊涂了，困了。"

"我就是累了，"阿秃说。"处在我这样的境地，累，总还是应该的吧。就算我是困了，也总不能说我不应该困吧。你说呢，圣诞老人？"他对着阿尔说。

"对，"阿尔说。"困有什么不应该的呢。我自己就很困了。骰子还掷下去吗？"

"我们得把他送到阿尔卡拉去，我们自己也得上那儿去报到了，"一个飞行员说。"怎么啦？你输钱了？"

"输了一点。"

"你还想来一次翻翻本看是吗？"那飞行员问他。

"我赌一千，"阿尔说。

"我来奉陪，"那飞行员说。"你们那里钱挣得不多吧？"

"不多，"阿尔说。"我们钱挣得不多。"

他把那张一千比塞塔的钞票往地上一放，拿起骰子合在两个手心之间，咔嚓咔嚓摇了又摇，然后啪的一声扔在地上。两个都是一点。

"要来的话可以再来，"那飞行员收起钞票，望着阿尔说。

"不来了，"阿尔说。他站了起来。

"缺钱花吗？"那飞行员问他。眼光里满含着好奇。

"用不着了，"阿尔说。

"我们得快些赶到阿尔卡拉去了，"那飞行员说。"改天晚上我们还要来玩它一场。我们要把弗兰克跟另外一些弟兄都一起拉来。我们可以好好玩它个痛快。要不要搭我们的便车回去？"

"对。要搭车吗？"

"不用了，"阿尔说。"我走回去。反正大街尽头就是。"

"好吧，那我们要到阿尔卡拉去了。有人知道今儿晚上的口令吗？"

"啊，汽车司机肯定知道。他天黑以前去过，肯定听说了。"

"来吧，阿秃。你这个醉得只想睡觉的酒鬼。"

"我才不是呢，"阿秃说。"我说不定还能当个人民军队的王牌飞行员呢。"

"要当王牌飞行员得打下十架飞机——就算意大利飞机也算。你才打下了一架呢，阿秃。"

"我打下的不是意大利飞机，"阿秃说。"是德国飞机。你没有看见呢，当时机舱里烧得那个厉害啊。真是熊熊的一片火海。"

"把他扶出去，"一个飞行员说。"他又在为密西西比州默里迪安城的那家报纸写文章了。好啦，再见啦。多谢你让我们用你的房间。"

他们一一握过手，就走了。我送他们到楼梯口。电梯已经停驶，我就看着他们走下楼去。阿秃让人一边一个扶着，脑袋慢悠悠一点一颠的，已经在打盹了。他此刻可真是只想睡觉了。

跟我一起拍电影的那两位还在他们的房间里修理那架坏了的摄影机。那可是个细活，挺费眼力的。我问了声："你们看能修好吗？"那个高个子说："行，准能修好。不修好也不行啊。我现在发现有个部件裂开了。"

"来了什么客人？"另一个问。"我们一直在修理这架要命的摄影机。"

"是些美国飞行员，"我说。"另外还有一个坦克手，以前跟我认识的。"

"有趣吗？我来不了，真遗憾。"

"不错，"我说。"相当有趣。"

"你该去睡了。我们明天都得起早。早上起来没有精神可不行啊。"

"这架摄影机还有多少要修？"

"瞧，又坏了。这种弹簧可真要命。"

"让他去修吧。我们好歹得修好了再睡。你明天几点钟来叫我们？"

"五点钟怎么样？"

"好吧。天一亮就来叫好了。"

"明天见。"

"Salud！好好睡一觉吧。"

"Salud，"我说。"我们明天还得再往前靠近点儿。"

"对，"他说。"我也是这么想的。得尽量靠近些。很好，都想到一块儿了。"

回到房间里，见阿尔脸对着灯光，已经在大椅子里睡着了。我拿条毯子替他盖上，他却醒了。

"我要去了。"

"就睡在这儿吧。我替你把闹钟拨好，到时候会叫醒你的。"

"万一闹钟出了毛病呢，"他说。"我还是去的好。我可不能迟到哇。"

"真遗憾，你输钱了。"

"他们反正迟早总会弄得我光了屁股的，"他说。"这班家伙掷骰子赌起钱来手段才叫毒呢。"

"那最后一盘骰子是你掷的嘛。"

"他们也有毒招呀，就是一直盯着你下注，叫你输光才完。这班家伙也真叫人弄不懂。我看他们钱也不会挣得太多。一个人要是为了钱而赌钱的话，我看他的钱就总是不够他赌的。"

"要我陪你走回去吗？"

"不了，"他说着就站起身来，把他那把系着绶带的大号科尔特枪扣好，那是他吃过了饭又来掷骰子的时候摘下的。"不必了，我现在觉得很好了。我又能看到前途了。人只要能看到前途就好。"

"我倒很想去走走。"

"别去了。好好睡一觉吧。我走了，战斗打响以前还可以让我足足睡上五个钟头。"

"这么早就干？"

"是啊。天还不亮，你们电影也拍不成。你还是多睡会儿吧。"他从皮上装里取出一只信封，放在桌子上。"请你把这些东西收好，给我在纽约的兄弟寄去。他的地址在信封的反面写着。"

"好。不过我看不会有寄去的必要。"

"是啊，"他说。"暂时大概没有这个必要。不过里边有些照片什么的，他们也许要留个纪念。他有一个很漂亮的妻子。要不要看看她的照片？"

他从口袋里取了出来。照片夹在他的身份证本子里。

照片上是一个浅黑肤色的漂亮姑娘，站在湖边的一只划船旁。

"那是在卡茨基尔山区①照的，"阿尔说。"可不是，他的妻子长得挺漂亮的。她是个犹太姑娘，一点不假，"他说。"不说了吧，免得我再漏出些什么泄气话来。再见了，老弟。放心吧。我不跟你说瞎话，我现在觉得很好了。今天下午出来的时候我心里的确不大好过。"

"让我陪你去走走。"

"不用了。你回来还要经过西班牙广场，弄不好要碰上麻烦的。那里的岗哨有的一到晚上就疑神疑鬼的。再见了。明儿晚上我们再碰头。"

"这样说才像句话。"

头顶上的房间里，马诺丽塔跟那个英国人的声响很大。由此可见她并没有被逮捕。

"对。这样说才像句话，"阿尔说。"不过，有时候不过上三四个钟头还真说不出这样的话来。"

他这时已经把那顶加垫皮护顶的皮防护帽戴上了，所以看去脸色黑沉沉的，我注意到他的眼下还有两个乌黑的眼圈。

"明儿晚上我们在奇科特酒吧碰头。"

"好的，"他说，却避开了我的眼光。"明儿晚上在奇科特酒吧

---

① 在纽约州。

碰头。”

　　“几点呢？”

　　“得，话说到这儿就可以了，”他说。“明儿晚上在奇科特酒吧碰头。几点就不一定要说定了。”说完便出去了。

　　你要是不很了解他的为人，也没有见过他明天要去进攻的那一带地方是怎么个地形，你一定会当他为什么事生了很大的气。我看他内心有个角落也确是在生气，生了很大的气。让人生气的事情多得很，自己要去白白牺牲便是其中的一条。不过话得说回来，既然要去进攻，恐怕还是心中憋着那么股气最好！

山 梁 下

尘土飞扬，正是一天中最热的时候，我们唇干舌燥，鼻子里黏满了灰沙，背着沉重的器材，从火线上撤了下来，退到了那道长长的山梁上。山梁下是河，作为预备队的西班牙军队就集结在那儿。

我在堑壕里靠壁坐了下来，把肩膀和后脑往泥土上一靠，如今到了这儿就连流弹也不用怕了，向下望去，河谷里的阵势尽收眼底。这里有坦克预备队，坦克上都覆盖着油橄榄树上砍下的树枝。左边是些指挥车，车身上都抹着泥巴、遮着树枝。中间是一长行抬担架的人，过了山口蜿蜒下行，一直来到山梁脚下的平地上，把伤员装上停在那儿的救护车。运送给养的毛骡驮着一袋袋面包和一桶桶酒，军火队的毛骡一溜儿由骡夫牵着，正不断往这山梁的口子里上来，提着空担架的人也顺着小路随骡群缓缓往上走。

右边，山梁弯曲处的下面，我看得见有个山洞口，旅参谋部就设在这山洞内，通信电线从洞顶上通出来，翻过我们头上的那道山梁蜿蜒而去。

穿皮衣、戴头盔的摩托兵骑着车从小道上一路颠簸而来，碰到路实在太陡时，便推着车走，随后就把车往路边一放，徒步走到山洞口，一头钻了进去。正当我看着时，从山洞里出来了一个我认识的大个子匈牙利摩托手，只见他把一些文件往公文皮包里一塞，便走到他的摩托车旁，把车子推到毛骡和担架手的队伍里，紧行几步，腿一跨，便上了车，在一阵摩托轰鸣声中翻越山梁而去，车子扬起了一阵猛烈的尘雾。

山下的平地上救护车来来去去不绝，平地的那一头一行青枝绿叶，表明是河的所在。那一带有一座红瓦大宅，还有一个灰墙磨坊，大宅位于河的对岸，近旁的树丛里有我们炮队开炮的闪光透出来。炮是正好朝我们这个方向打来的，三英寸口径的家伙，总是两道闪光紧紧相连，随即是低沉而短促的"嘣嘣"两响，接着便是炮弹挟着愈来愈响的呼啸朝我们这个方向飞来，又越过我们的头顶继续向前飞去。我们还是那个老问题：大炮奇缺。眼下要有四十门大炮方才够用，可那儿总共只有四门，所以只好两门一放。这次进攻，早在我们撤下来以前就已经失败了。

"你们是俄国人吗？"一个西班牙士兵问我。

"不，是美国人，"我说。"你有水吗？"

"有的，同志。"他递过一只猪皮囊来。这些预备队的士兵，其实都只是顶着个兵的空名，是穿着军服才算个兵罢了。这次进攻根本就没有打算使用他们，所以他们就乱糟糟地集结在山梁下的这一线上，三五成群，吃吃喝喝，说说话儿，有的干脆就呆呆地坐着枯等。这次的进攻任务，是由国际纵队中的一个旅承担的。

水，我们两个都喝了。水里有股沥青味儿，还有股猪鬃味儿。

"还是喝酒好些，"那个士兵说。"我可以给你们弄酒去。"

"好。不过解渴还是水好。"

"打仗时的那个口渴最难受了。我们在这儿虽说是预备队，可我照样也口渴得厉害。"

"那是害怕的缘故，"另一个士兵说。"口渴都是害怕引起的。"

"不，"又一个士兵说。"害怕引起口渴，那错不了。可是一到打仗的时候，心里即使不怕，也照样口渴得厉害。"

"打仗嘛，心里总是害怕的，"第一个士兵说。

"你才这样，"第二个士兵说。

"这是正常现象嘛，"第一个士兵说。

"你才这样。"

"闭上你的臭嘴，"第一个士兵说。"我这个人不过是实话实说罢了。"

那是一个晴朗的四月天，风刮得很猛，上山口里来的毛骡踩起了滚滚的尘雾，一头就是一大团，担架两头的两个人也各自扬起一大股，被风一吹搅成一片，山下的平地上救护车卷起的尘土更是一长串一长串的，随风飘散。

我现在很有点信心了，我相信今天是不会给打死的了，因为我们上午活儿干得不错，而且在进攻开始的阶段，我们曾两次大难不死；这就使我壮了胆。第一次是在我们跟着坦克前进的时候，我选了个地形，准备从这里拍摄进攻的场面。后来我突然感到这里靠不住，我们就把摄影机往左挪了大约两百码。临走时还用可说是最最原始的办法在那里做了个记号，不到十分钟，我原先所在的地方就落了一颗六英寸口径的炮弹，炸得那儿好像从来就没有来过人一样。倒是地上清清楚楚出现了好大一个弹坑。

后来过了两个小时，一个新近从营里调到参谋部的波兰军官自告奋勇要领我们去看波兰人刚攻克的阵地，不料一出山坳，没了掩蔽，我们发现自己竟暴露在机枪的火力之下，我们只得下巴紧贴着地，吸了两鼻孔的沙土，硬是从机枪火力的底下爬了出来，而且悲哀的是我们发现当天波兰人非但没有攻克半个阵地，反而又从出击点后退了一些。因此此刻我躲在战壕里，就落得汗流浃背，又饥又渴，进攻时经受的种种危险虽已过去，却在内心留下了一片空虚。

"你们真的不是俄国人？"一个士兵问。"今天这儿有俄国人来。"

"是啊。不过我们不是俄国人。"

"你的脸相就像个俄国人。"

"没有的事，"我说。"你弄错了，同志。我的脸相虽然古怪，却并不像个俄国人。"

"那他的脸相像个俄国人，"说着一指我那个正在摆弄摄影机的同伴。

"也许有点像。可他也不是个俄国人。你是哪儿的人呢？"

"埃斯特雷马杜拉人，"他自豪地说。

"埃斯特雷马杜拉有俄国人吗？"我问。

"没有，"他回答的口气越发自豪了。"埃斯特雷马杜拉没有俄国人，埃斯特雷马杜拉人也不到俄国去。"

"请问你的政治观点？"

"我恨一切外国人，"他说。

"这个政治纲领未免太笼统了。"

"我所恨的有摩尔人、英国人、法国人、意大利人、德国人、北美人、俄国人。"

"按你恨的程度排列？"

"对。不过我对俄国人恐怕应该说最恨了。"

"老弟，你的想法倒真是有趣，"我说。"你是信仰法西斯的吗？"

"不信。我是个埃斯特雷马杜拉人，我就恨外国人。"

"他的想法怪得很，"另一个士兵说。"你不要太把他当真了。比方说我吧，我就喜欢外国人。我是巴伦西亚人。请再喝杯酒吧。"

我伸手接过杯子，嘴里那头一杯酒还余味未尽呢。我瞅了瞅这个埃斯特雷马杜拉人。他又高又瘦，面容憔悴，胡子拉碴，两颊深陷，肩上披着条毛毯披肩，把身子一挺，气鼓鼓站起身来。

"别把头抬起来，"我连忙对他说。"飞来的流弹还真不少呢。"

"我才不怕流弹呢，我就是见外国人都恨，"他狠狠地说。

"流弹是用不到害怕，"我说，"不过既然是预备队，吃流弹的事就应该尽量避免。可以避免而不去避免，这伤就受得太没意思了。"

"我什么都不怕，"那个埃斯特雷马杜拉人说。

"算你的运气好，同志。"

"这话倒不假，"手拿酒杯的那一位说。"他是不知道害怕的。连 aviones① 都不怕。"

"他发疯了，"另一个士兵说。"飞机是大家都怕的。飞机虽然

---

① 西班牙语：飞机。

658

杀不死多少人，可叫人好怕哟。"

"我是不怕的。我不怕飞机，我什么都不怕，"那埃斯特雷马杜拉人说。"可凡是外国人我都恨。"

从山口里走下来一个穿国际纵队制服的高个子，一边肩头上斜披着一条毛毯，下面在腰里打了个结，他走在两个抬担架的人旁边，似乎根本就没有理会自己都到了哪里。他把头昂得高高的，那神气就像个梦游人。他中等年纪，没有带枪，从我这儿看去，也不像是受了伤的样子。

我看他独自一人离开了战场，往山下走去。还没走到指挥车那儿，他就向左一转弯，还是那么异样地高高昂起了头，越过了山梁的后沿，走得看不见了。

跟我搭档的那一位正忙着给手提摄影机换胶片，并没有注意到他。

一颗炮弹从山梁那边打来，只见在快到坦克预备队的地方，一股尘土和着黑烟冲天而起。

旅部所在的山洞口，有人往外探了探脑袋，随即又缩了进去。我觉得这个地方倒似乎可以一去，不过进攻失败了，我知道那里的人肯定都火冒三丈，我可不想去看他们的脸色。打了胜仗的话，拍个电影他们也乐意。可打了败仗，谁都有气没处出，弄得不好真会把你抓起来押送到后方去。

"他们大概就要向我们炮轰了，"我说。

"炮轰不炮轰对我都一样，"那个埃斯特雷马杜拉人说。我对这个埃斯特雷马杜拉人渐渐感到有点腻烦了。

"你们还有酒剩吗？"我问。我还是觉得嘴干。

"有啊，老兄。有的是呢，"那个态度友好的士兵说。这人个小手大，身上脏得很，一脸的胡子茬儿跟他那板刷头的头发都快差不多长了。"你看他们就要向我们炮轰了？"

"按说大有可能，"我说。"不过，这场战争可是什么都难说的。"

"这场战争又怎么啦?"埃斯特雷马杜拉人气冲冲地问道。"这场战争叫你看不顺眼了?"

"你给我住口!"那个态度友好的士兵说。"这里是我带班,这些同志是我们的客人。"

"那就请他别说我们这场战争的坏话,"埃斯特雷马杜拉人说。"外国人,可不能跑来说我们这场战争的坏话。"

"你是哪个镇上的人,同志?"我问埃斯特雷马杜拉人。

"巴达霍兹,"他说。"我是巴达霍兹人。我们巴达霍兹人受尽了奸淫掳掠,先是来了英国人,后来又换了法国人,如今是摩尔人。今天摩尔人干下的坏事,也不见得就比当年威灵顿①手下的英国兵厉害多少。大家去翻翻历史嘛。我的太奶奶就是叫英国人给杀死的。我家的房子就是叫英国人给烧掉的。"

"我很遗憾,"我说。"可你为什么要恨北美人呢?"

"我的父亲当初被征去当兵,就是在古巴被北美人打死的。"

"这我也很遗憾。相信我,是真的感到很遗憾。那你又为什么要恨俄国人呢?"

"因为他们是暴政的代表,再说我也讨厌他们的脸相。你的脸相就像个俄国人。"

"我们恐怕还是离开这儿的好,"我对我那个搭档说,他是不懂西班牙话的。"看来我的脸相很像个俄国人,这快要招来麻烦了。"

"我快要睡着了,"他说。"这儿睡觉挺不错的。你只要别多嘴,就不会有什么麻烦的。"

"这儿有位同志对我很看不顺眼。我看他大概是个无政府主义分子。"

"那好,你只要提防着点,别叫他给打死就好。我可要

---

① 威灵顿(1769—1852),英国统帅,并曾历任首相、外交大臣等职。1808年至1815年间,曾带兵在西班牙和葡萄牙同拿破仑的部队作战。

睡了。"

就在这时，从山口里来了两个穿皮外套的人，一个又矮又壮，一个中等身材，两个人都戴便帽，都是扁脸盘、高颧骨，腰里都佩着驳壳毛瑟枪。他们朝着我们走来。

那个儿较高的一个用法语跟我说话。他问："你有没有见到一个法国同志打这里经过？肩头上斜扎着一条毯子，像束着武装带似的，年纪在四十五岁到五十岁模样。你有没有见到这么个同志，从前线下来朝后方去了？"

"没有，"我说。"我没有见到过这么个同志。"

他对我瞅了会儿，我注意到他的眼珠是黄里带灰的，瞅着我一眨也不眨。

"谢谢你啦，同志，"他说，那个法国话腔调很怪。随后他就对同来的那个人讲些什么，舌头转得飞快，所用的语言我也听不懂。说完他们就走了，一直往山梁的最高处爬去。下面几条山沟里的动静在那儿可以看得一清二楚。

"那才真是俄国人的脸相呢，"埃斯特雷马杜拉人说。

"别响！"我说。我正在密切观察这两个穿皮外套的人。他们冒着相当密集的火力，站在那儿仔细查看山梁下河这边的那一片高高低低的地。

突然两人中间有一个发现了要找的目标，用手一指。于是两个人就像一对猎狗一样撒腿跑了起来，一个径直翻下山梁，另一个向侧面包抄过去，像是要去截断什么人的去路似的。那第二个人还没有下山梁顶，我就看见他拔出了手枪，枪口对着前面一路奔去。

"你看着心里好受吗？"埃斯特雷马杜拉人问我。

"跟你一样不好受，"我说。

我听见从里山梁顶的背后传来了毛瑟枪断断续续的枪声。一连开了十多枪。一定是距离太远了，枪没打到。一阵枪声过后，隔了片刻，又是一声枪响。

那埃斯特雷马杜拉人气鼓鼓看了我一眼，一声不吭。我想，要是炮轰开始了的话也就不会有这些事了。可是炮轰偏偏一直迟迟没有开始。

那两个穿皮外套、戴便帽的人翻过山梁一起回来了，随后他们又一起下坡来到山口，走下坡路膝屈腿弯，两腿动物下陡坡总是少不了这副怪样的。他们刚要转入山口，正好一辆坦克呼噜噜、轰隆隆从山口里下来，他们就闪在一旁，让坦克过去。

那天坦克又吃了个败仗，如今从前线上撤了下来，过了山梁，有了屏障，坦克都打开了炮塔，头戴皮防护帽的坦克手都两眼向前直瞪，就像橄榄球员因为表现窝囊，给换下了场一样。

那两个穿皮外套的扁脸汉子为了给坦克让路，便闪在山梁上，正好站在我们的旁边。

"你们要找的那个同志找到了没有？"我用法语问个儿较高的一个。

"找到了，同志。谢谢你啦，"他说，目光把我从头到脚一打量。

"他说什么？"那埃斯特雷马杜拉人问。

"他说他们要找的那个同志已经找到了，"我告诉他。那埃斯特雷马杜拉人不响了。

当天一上午我们就一直留在那法国中年汉子掉头而去的这个地方。我们一直在这里蒙尘土，熏硝烟，听那一片喧闹，伤的伤，死的死，怕死的暗暗怕死，有人有英勇的表现，也有人有怯懦的流露，发动一场不可能成功的进攻是荒唐的，当然免不了要失败。我们一直留在这片越过了就别想活命的沟壑纵横的土地上。在这里你就得扑面卧倒，得拢起个土堆来护住你的脑袋，得把下巴颏儿拼命往泥土里钻，一等命令下来，就得上那个即使上得去也别想再活的要命山坡。

我们一直跟这些趴在地下的人在一起，他们在等坦克而坦克始终未到，却只听见头上炮弹大批呼啸而来，轰然炸响，弹片夹着土块四处横飞，有如掘开了个泥泉，泥流往外直喷，枪声嘟嘟、弹飞嗖嗖，在当空交织成一片。我们知道他们等在那里是怎么个感受。他们已经进到无可再进了。一旦命令下来要继续前进，那就前进与活命不可得兼了。

一上午我们就一直留在这里，留在那法国中年汉子掉头不顾而去的这个地方。我很理解，一个人一旦看清了为一场不可能成功的进攻而牺牲是蠢事——比如人在临死前就往往眼清目明，所见正确，突然会看清问题，看清了这场进攻成功无望，看清了这场进攻愚不可及，看清了这场进攻实质是怎么回事——一旦看清了这些，他完全有可能干脆退下来，一走了之，就像那个法国人一样。他之所以掉头而去，完全可能不是出于怕死，而只是因为他看透了，是因为他突然明白了他不能不走，明白了除了一走再也没有别的办法。

那个法国人虽然退出了这场进攻，却依然保持着高度的自尊。这他作为一个常人，我是理解他的。但是作为一个军人，却自有一些监督作战的人不肯放过他了，于是，在这边他刚刚摆脱了死亡的威胁，一翻过山梁，到了那边枪弹不到、炮弹不来的地方，正向着河边走去呢，死亡的命运却马上落到了他的头上。

"哼，这些家伙，"那埃斯特雷马杜拉人冲那两个战地宪兵一晃脑袋，对我嘀咕。

"这就是战争，"我说。"在战争中不能没有纪律。"

"为了服从这种纪律难道我们就死也应该？"

"可没有纪律大家谁也活不了。"

"纪律，有这样的纪律，也有不是这样的纪律，"埃斯特雷马杜拉人说。"你听我告诉你。二月里的时候，我们也正好是在这个地方，那时法西斯发动了进攻。他们把我们赶出了你们国际纵队今天想要夺取而夺不下来的那些山头。我们退到了这儿，也就是在这道山梁上。国际纵队开上来，接管了我们前面一带的防线。"

"这我知道，"我说。

"可有件事你是不知道的，"他气冲冲地只顾往下说。"当时有

663

个跟我同省的毛孩子，一打排炮他吓坏了，他就在自己手上打了一枪，满想这样可以下火线，因为他害怕了。"

在场的其他士兵这时也都听着了。有几个还点了点头。

"对这样的人，照例总是给他们包扎好了伤口，把他们马上送回前线，"埃斯特雷马杜拉人又继续说道。"这是很对的。"

"是啊，"我说。"是应该这样。"

"是应该这样，"埃斯特雷马杜拉人说。"可这毛孩子那一枪打得太狠了，竟把骨头打了个粉碎，结果发生了感染，只好把手截掉。"

有几个士兵点了点头。

"说下去，把后面的经过全告诉他，"有一个说。

"这事其实还是少提为好，"剪板刷头、一脸胡子茬儿、自称是带队官的那一位说。

"我可有责任告诉人家，"埃斯特雷马杜拉人说。

那个带队官耸耸肩膀。"我对这事也不是没有意见的，"他说。"那你就说下去吧。不过我是不想再听人提起了。"

"这毛孩子从二月里起，就一直留在山谷内的医院里，"埃斯特雷马杜拉人说。"我们这儿有几位在医院里见到过他。大家都说医院里的人很喜欢他，他也尽量做些独臂人能做的事情。他始终没有给抓起来过。也从来没有人说过要把他怎么样。"

那个带队官一句话也没说，又给我递过来一杯酒。他们全都在那儿听，就像一字不识的人听讲故事一般。

"昨天，直到黄昏时候我们还不知道这就要发动一场进攻了。昨天，直到太阳下山以前我们还只当这一天就这样平平常常过去了。没想到就在那时候，他们却把他从河边的平地上顺着小道带到这山口来了。当时我们正在做晚饭，他们把他带来了。总共只有四个人。一个是他毛孩子帕科，两个就是你刚才见过的穿皮外套、戴便帽的那两个家伙，还有一个是旅部的军官。我们看见他们四个人一起上山口来了，我们看见帕科的手并没有给铐上，也并没有给绳捆索绑什么的。

"我们一见到他，全都拥了上去，大家说：'嗨，帕科。你好吗，帕科？一切都好吗，帕科老弟，帕科你这个老小子？'

"他说了：'一切都好。一切都还不错，只除了这个'——说着给我们看了看那条断臂。

"帕科说，'那是胆小鬼干的蠢事。我干得真后悔。不过我只有一只手，也要做个有用的人。我要为我们的正义事业尽我一只手的力量。'"

"对，"一个士兵插进来说。"他就是这么说的。我也听见他说的。"

"我们都跟他说话，"埃斯特雷马杜拉人说。"他也跟我们说话。在打仗的时候，这种穿皮外套佩手枪的人一来，总不是什么好兆头，就像来了背图囊、挂望远镜的人一样。不过我们总还只当他们是带他来看看的，我们没有到医院去过的人能见到他也都很高兴，我说了，当时正是吃晚饭的时候，昨天傍晚天气可是又晴朗又暖和的。"

"这风是夜里才刮起来的，"一个士兵说。

"后来，"埃斯特雷马杜拉人阴沉着脸色又继续往下说，"他们中间的一个用西班牙话对那军官说：'是在什么地方？'

"那军官就问了：'这个帕科是在什么地方受伤的？'"

"当时是我回答他的，"那个带队的人说。"是我指给他看的。就在你那个地方再往下一点。"

"就在这儿，"一个士兵说着，朝那个地方一指。我也看得出是那个地方。一眼就看得出是那个地方。

"于是他们中间的一个就拉着帕科的胳膊把他带到了那个地方，抓着他的胳膊把他按住在那儿，那另一个就说起西班牙话来。他的西班牙话说得错误百出。起初我们真忍不住要笑出来，连帕科也觉得好笑了。那话我也不能全部听懂，不过我懂那意思是说，对帕科必须严加惩处作为儆戒，以便能使今后不再有自伤的事件发

665

生，今后如果有人违犯都将照此严惩不贷。

"于是，他们就一个人抓着帕科的胳膊——帕科早已觉得又惭愧又难过，一听把他说成这样，更是臊得什么似的——另一个拔出手枪，没有对帕科说一句话，对准帕科的后脑就是一枪。这以后就没有再说过一句话。"

那些士兵都点了点头。

"就是这样，"一个士兵说。"那个地方你看得出来的。他倒下的时候嘴巴就直对着那儿。你看得出来的。"

我虽然靠在这儿，也早就清清楚楚看出了那个地方。

"对他搞得那么突然，也不让他有一点思想准备，"那个带班的说，"真是残忍哪。"

"我就是因为这个缘故，所以现在不但恨别国的外国人，也恨俄国人，"埃斯特雷马杜拉人说。"对外国人我们不能存什么幻想。你是外国人的话，我只能对你抱歉。可是现在对我来说，没有一个外国人能够例外。你跟我们一块儿吃过面包喝过酒了。我想你现在也该走了。"

"说话可不能这样，"那个带班的对埃斯特雷马杜拉人说。"讲点礼节还是必要的。"

"我看我们还是走吧，"我说。

"你不生气吧？"那个带班的说。"你只管留在这个掩蔽部里好了，随你待多久都没关系。你还觉得渴吗？要不要再来点儿酒？"

"多谢你了，"我说。"我看我们还是走吧。"

"我那样恨外国人你能理解吧？"埃斯特雷马杜拉人问我。

"你那样恨外国人我很理解，"我说。

"那好，"他说着就伸出手来。"握手我还是愿意的。对你本人，我还是愿意祝你幸运。"

"我也祝你幸运，"我说。"祝你本人幸运，也祝你作为一个西班牙人能够幸运。"

我叫醒了拍电影的那一位，两个人就一起从山梁上下来，向旅部走去。这时候坦克都已在陆续回来了，那响声之大，弄得连自己说话都快听不见声音了。

"刚才你一直在跟他们说话？"

"在听他们说呢。"

"听到了什么有趣的事儿没有？"

"有的是。"

"你下一步打算怎么办？"

"回马德里去。"

"我们应该见见将军去。"

"对，"我说。"一定得见一见。"

将军是憋着一腔的怒火。这次进攻上面只给了他一个旅的兵力，要他发动突然袭击，一切都要在一夜之间部署完毕。这样的任务，本来至少要一个师才执行得了。他实际只有三个营可用，一个营得留着作预备队。那个法国坦克司令为了壮壮胆子投入进攻，喝得醉醺醺的，结果醉过了头，行使不了指挥的职能。等他醒了过来，也只有挨枪毙的分儿了。

坦克部队没有及时开到，到最后根本就不肯向前移动了，因此三个营里有两个没有能到达出击目标。还有一个倒是攻下了目标，但是那样一来就形成了一个无法防守的突出部。一定要说有什么切实的战果，那也只是抓住了几个俘虏，俘虏都交给坦克部队往后方送，坦克兵却把他们杀了。将军战绩拿不出来，倒是俘虏都给杀了。

"我有些什么可以写写的？"我问。

"可以写的都写在正式公报里了。你那只长颈瓶里还有威士忌吗？"

"有。"

他喝了一口，很舍不得似的舔了舔嘴唇。他当年在匈牙利轻骑兵里当过上尉，后来在红军的骑兵游击队当队长的时候，曾经在西伯利亚截获过一列车黄金，冒着零下四十度的严寒，在那里守了整整一个冬天。我们是好朋友了，他是爱喝威士忌的，眼下已经死了。

"你快走吧，"他说。"你有车吗？"

"有。"

"拍到影片了吗？"

"拍了些。都是坦克的。"

"坦克！"他恨恨地说。"那帮猪猡！怕死鬼！你得小心着点，别把命给送了，"他说。"你是块作家的料。"

"我现在写不出来。"

"以后再写出来。以后你可以把一切都写出来。可别把命送了。要紧的是，别把命送了。好了，你快走吧。"

他的劝告他自己却没有能听从，因为两个月以后他就给打死了。可是，那天最奇怪的一件事倒是我们给坦克拍的影片冲洗出来竟是出奇的精彩。在银幕上看去，这些坦克一路上山，勇不可当，好似一艘艘巨轮一样登上了山顶，在一片隆隆声中，向着我们镜头里的那个胜利的假象直驶而去。

那天要说有谁离胜利最近的话，那恐怕就应该数那个高高地昂起了头退出战斗的法国人了。不过他的胜利也真是短命得很，他下山梁才到半山坡上，就玩儿完了。我们顺着山路下山去乘指挥车回马德里时，看见他摊开了手脚，倒在那里的山梁坡上，身上还围着那方毯子。

他们都是不朽的

那所房子刷的是玫瑰色的墙粉，因为潮湿，墙粉都剥落了、褪色了。从阳台上望得见街道的尽头处是大海，很蓝很蓝的大海。人行道上种的是月桂树，长得好高，把楼上的阳台罩在一片浓荫之中，浓荫里一派清凉。阳台一角的一只柳条笼里养着一只百舌鸟，鸟儿此刻没有在唱歌，连唧唧啁啁的叫声都没有，因为有个二十八九岁年纪、长得又瘦又黑、下眼圈发青、一脸胡子茬儿的年轻人，刚刚脱下了身上的套衫，把鸟笼给罩住了。年轻人现在就微微掀起了嘴唇，站在那里用心细听。有人想要开那上了锁、下了闩的前门呢。

他听着，听到的是紧靠阳台的月桂树枝叶丛中吹过的风，是街上开过的一辆出租车的喇叭声，是孩子们在一块空地上玩儿的喧嚷。接着他听见前门的锁里又有了个钥匙转动的声音，分明是锁打开了，闩上的门推不开，又把锁重新锁上了。同时听见的还有个球棒击棒球声，伴着西班牙语的尖声叫喊，那都是从空地上传来的。他站在那里，舔了舔干燥的嘴唇，再听下去，这一回听见又有人想要开后门进来。

这个叫恩里克的年轻人就脱下了鞋子，小心放下，轻轻踩着阳台的花砖走过去，到了看得见后门的地方，向下一望。后门口没有人。他又悄悄回到前面，尽量缩着身子，向街上望去。

月桂树下，有个头戴狭边平顶草帽、上穿灰色羊驼呢上装、下穿黑裤子的黑人正在人行道上走。恩里克观察了一下，眼前并没有第二个人。他眼看耳听，在那儿站了好一会，然后就把罩在鸟笼上的套衫取下来，穿在身上。

他这一听，早已是满身大汗，如今在荫头里，叫凉快的东北风一吹，身上倒觉得冷了。套衫里腋下挎着个皮枪套，皮套上被汗水泡出了一圈圈白白的盐霜，套子里插着一支四五口径的科尔特手枪，因为经常摩擦的缘故，腋窝下面点儿的皮肤上给磨出了一个肿块。他当时就在靠墙的一张帆布床上躺下了。耳朵还在那里用心听。

鸟儿在笼子里又叫又跳，那年轻人抬头看了看。随即就起来解开了搭钩，把笼子的门打开。鸟儿侧着脑袋朝开着的笼门探了一下又缩回来，稍等又斜挺着尖嘴巴，把脑袋往前一冲。

"来吧，"年轻人轻轻地说。"不骗你的。"

他把手伸到笼子里，鸟儿往后直逃，贴在柳条上扑棱着翅膀。

"你这个小傻瓜，"那年轻人说。 他把手从笼子里抽了出来。"我就把门开着。"

他脸儿朝下扑在床上，双臂合拢枕在下巴底下，耳朵还在那里用心听。他听见鸟儿飞出了笼子，后来又听见一棵月桂树上有了鸟儿的歌声。

"装成是空关的房子，却养上这么只鸟儿，可不是太蠢了吗，"他心想。"蠢成了这样，会不招来这许多麻烦才怪了。自己都这么糊涂，怎么好去怪别人呢？"

空地上孩子们还在打棒球，这时候天气已经相当凉爽了。年轻人解下了腋下的皮枪套，把那把大手枪取出来搁在腿边，一会儿就睡着了。

等他醒来，天已经黑了，月桂树的枝叶丛中透出了转角上街灯的亮光。他爬起来走到前边，借着墙的掩护，躲在阴影里把街上左右一打量。转角上的一棵树下站着一个头戴狭边平顶草帽的人。恩里克看不出他的上装和裤子是什么颜色的，但是可以肯定那是个黑人。

恩里克飞快赶到阳台的后面，但是那里除了隔壁两户人家的后窗里有些灯光映在野草地上以外，四下便是一片黑暗了。后面有多少人都可能。真的有这个可能，因为这可不比下午了，他现在什么都听不真切了，隔壁第二户人家正开着收音机呢。

突然，传来了一声警报器的呼啸，照例是愈来愈响，年轻人顿时觉得头皮上一阵有如针刺。这种针刺感来得突然，就如难为情时哄的一阵感到脸红一样，感觉跟身上发痒子差不多，去得可也一样突然。原来这警报器的呼啸声是收音机里放出来的，是一则广告里的，紧接着便是播音员的声音："盖维世牙膏。品质最优，当世无敌，永保第一。"

恩里克在黑暗里微微一笑。这会儿该有人来了。

录音的商品广告里，警报器的呼啸声之后是个娃娃的哭声，播音员说玛尔塔—玛尔塔巧克力一到，娃娃马上破涕为笑。然后是一声汽车喇叭，顾客要加油站给加绿色汽油。"用不着跟我多说。我就要绿色汽油。绿色汽油经济实惠，同样一加仑汽油可以多跑好几里路。最好的汽油！"

这些广告，恩里克早就熟得都背得出来了。他去打了十五个月的仗回来，这些广告还是一无变化；广播电台里想必还是在使用当初的录音，那警报器的呼啸声还是照样叫他上了当，害得他头皮上顿时这样有如针刺一般，好不难受，这种针刺感无疑是意识到危险才有的反应，好比捕鸟的猎狗嗅到新鲜的鹌鹑臭迹就会浑身绷紧一样。

他这种针刺感也不是一开始就有的。起初，遇上危险，心中害怕，他只觉得肚子里发空。只觉得身子软弱得像发了烧一样，只觉得浑身难以动弹，要往前挪动一下身子的话只觉得两腿像麻木了一样僵硬。如今这种感觉都没有了，他该干什么就可以干什么，爽爽利利的。有些勇敢的人就是这样，一开始往往很容易害怕，但是后来就只剩下了这针刺一般的感觉。他现在临到危险，就还剩下这么一个反应（不算出汗这一条，他知道这一条是永远免不了的），而且现在这种反应也不过是起了个报警的作用，如此而已。

他向那边的树下望去，那个戴草帽的人现已坐在人行道边上了。恩里克正站在那儿窥望，忽然阳台的砖地上落下了一颗石子。

他在墙脚边找了一阵，没有找到。伸手到床下去探了探，还是没有。正跪在那儿，又是一颗小石子落在砖地上，弹起来滚到了阳台边上的角落里，蹦到了街上。恩里克终于把前一颗石子捡到了。那是一颗普通的小卵石，摸上去很光滑，他就放进了口袋，走进屋里，下楼到后门去。

他闪在门的一边，从枪套子里拔出那把科尔特枪来，沉甸甸攥在右手里。

"胜利，"他很轻很轻地用西班牙话说，好像嘴巴很不屑于说这两个字似的，随即光着脚板悄悄溜到了门的另一边。

"属于应该得到胜利的人，"门外有个人说。这回答暗号的是个女声，话说得很快，嗓音带些颤抖。

恩里克拔去了两道门闩，用左手开了门，右手依然紧握着科尔特枪。

门外乌黑一片里有个姑娘，提着只篮子。头上还裹着一方头巾。

"你好，"他招呼过一声，就关了门，上了闩。黑暗里他听得见她在喘气。他接过她的篮子，拍了拍她的肩膀。

"恩里克，"她也唤了一声，他看不见她两眼都发出了光芒，也看不见她脸上是怎么个表情。

"来，上楼去，"他说。"前面有人监视。你被他看见了没有？"

"没有，"她说。"我是穿过空地过来的。"

"我领你去看。跟我到阳台上去。"

恩里克提着篮子，他们一起上了楼。他把篮子在床边一放，走到阳台口上一望。那个头戴狭边平顶草帽的黑人已经不在了。

"原来是这样，"恩里克轻声说。

"原来怎么样？"那姑娘问，过来抓住他的胳膊，也朝街上望去。

"原来他已经不在了。有些什么可吃的？"

"真对不起，让你孤零零一个人在这儿待了一天，"她说。"真是莫名其妙，非得让我等天黑了再来。我是巴不得就来，整整捱了一天。"

"让我待在这儿本身就是莫名其妙。天还没亮他们就把我从船上带来，丢在这所有人监视的房子里，只告诉我一个联络的暗号，一点吃的东西也没给。我总不能拿暗号当饭吃吧。反正这所房子有其他原因受到监视了，把我丢在这里实在是不应该。还要叫我尝这种十足的古巴风味！　可当年我们至少饭还有得吃吧。你好吗，玛丽亚？"

她在黑暗里亲了亲他的嘴，亲得那么热烈。他感觉到她丰满的嘴唇紧紧贴着自己的嘴唇，感觉到她的身子偎在自己身上哆嗦，这时他背上的后腰处却起了一阵剧烈的刺痛。

"哎哟！小心点儿。"

"怎么啦？"

"小心我的背上。"

"背上怎么啦？受了伤啦？"

"真应该让你看看，"他说。

"现在就看好吗？"

"回头再看吧。我们得先吃点东西，离开这儿。这儿是存放什么东西的？"

"东西多啦。四月失败以后留下的东西都存放在这儿。以备将来再用。"

"遥远的将来，"他说。"他们知道这儿受到监视了吗？"

"肯定不知道。"

"都有些什么呢？"

"有一些原箱的步枪。还有成箱成箱的弹药。"

"应该在今天晚上就把东西全部转移出去。"他嘴里塞得满满的。"我们得要做好几年的工作，才会再需要这些东西。"

"你喜欢这醋渍油炸鱼吗？"

"真好吃，来坐近点儿。"

她挺起腰来偎在他怀里，一只手搁在他的腿上，一只手抚着他的脖颈儿，边唤："恩里克呀，我的恩里克呀。"

"碰我得小心哪，"他连吃带说。"我的背可碰不起。"

"你不打仗回来了，心里高兴吗？"

"这我还没有想过，"他说。

"恩里克，楚丘怎么样了？"

"牺牲在勒黎达①了。"

"菲利佩呢？"

"牺牲了。也是在勒黎达。"

"那阿尔图罗呢？"

"牺牲在特鲁埃尔。"

"那维森特呢？"她的声音变得含混不清了，双手这时也已经握在一起搁在他腿上了。

"牺牲了。是在塞拉达斯一仗中攻过公路的时候牺牲的。"

"维森特是我的兄弟啊。"她如今已是直僵僵独自坐着了，手也从他身上抽回来了。

"我知道，"恩里克说。他还是吃他的。

"我就这么一个兄弟啊。"

"我还以为你早知道了，"恩里克说。

"我一直不知道，他可是我的兄弟啊。"

"我真抱歉，玛丽亚。我不应该这样直嘴快口的。"

"他牺牲了？你肯定他牺牲了？不会是传闻吧？"

"我可以告诉你：活着的只有罗赫略，巴西利奥，埃斯特万，费洛，加上我五个人。其余的都牺牲了。"

"都牺牲了？"

"都牺牲了，"恩里克说。

---

① 勒黎达和下文的特鲁埃尔都是西班牙的地名。

"叫我怎么受得了呢，"玛丽亚说。"你想想，这叫我怎么受得了呢？"

"这事多说也没有用。人都已经死了。"

"倒不单单因为维森特是我的兄弟。自己的兄弟牺牲我倒还舍得。可他是党的优秀分子啊。"

"是的。他是党的优秀分子。"

"真不值得。把精华都毁于一旦。"

"不。值得的。"

"你怎么能说这样的话呢？这简直不像话嘛。"

"不。是值得的。"

这时候她哭了，恩里克还是吃他的。"别哭，"他说。"当前重要的是得考虑一下，我们该怎样工作，好顶他们的缺。"

"可他是我的兄弟啊。你还不理解吗？是我的兄弟啊。"

"我们大家都是兄弟。有的牺牲了，有的还活着。他们现在派我们回国，好保存下一些力量。要不那真要弄得一丁点儿都不剩了。不过工作我们还是得继续做。"

"可他们怎么会都牺牲了呢？"

"我们编在一个突击师里。所有的人非死即伤。我们这几个没死的人也都挂了彩。"

"维森特是怎么牺牲的？"

"他是在越过公路的时候，被右边一座农庄房子里的机枪火力撂倒的。那座房子里的火力点把公路全封死了。"

"你当时也在那里？"

"在。我带领一连。我们在他的右侧。我们虽然还是把那座房子拿了下来，可花了相当时间。那里的敌人有三挺机枪。两挺在宅子里，一挺在马棚里。很难逼近。我们只好调一辆坦克上去，朝窗子里开火，这才把最后一挺机枪打了下来。我损失了八个弟兄。代价太大了。"

"那是在哪儿的事？"

"塞拉达斯。"

"这个地方我怎么没听说过呀。"

"你不会听说的,"恩里克说。"这一仗没打胜。将来谁也不会知道的。维森特和伊格纳晓就都是在那里牺牲的。"

"你说这种事值得吗? 那样的人才,特地到外国去打败仗,牺牲性命,这值得吗? "

"玛丽亚,说西班牙话的地方怎么好算是外国呢。只要是为自由而死,死在哪里都一样。当然,我们应该尽量避免牺牲,争取活下去。"

"可你想想,都牺牲了什么样的人才呵——到老远的地方——又都打的是败仗。"

"他们不是特地去牺牲的。他们是去斗争的。牺牲,不过是个偶然的现象。"

"可都是打的败仗。我的兄弟是打败仗牺牲的。楚丘是打败仗牺牲的。伊格纳晓也是打败仗牺牲的。"

"这些都只是个局部。我们的任务,有些其实是办不到的。也有不少虽然看似办不到,结果却完成了任务。可是,有时候侧翼部队没有及时配合出击。有时候又缺少火炮。有时候接受了任务却没有足够的兵力——比如在塞拉达斯就是这样。由于这种种原因,就打了败仗。但是归根结底这可不是什么失败。"

她没有答茬儿,他也吃好了。

这时树梢头的风已经很大,阳台上觉得冷了。他把碗碟在篮子里放好,拿餐巾揩了揩嘴。他擦干净了手,伸过去搂住了姑娘。姑娘在哭呢。

"别哭,玛丽亚,"他说。"事情既然已经到了这一步,还是正视现实吧。我们应该考虑一下有些什么事情要做。要做的事情很多呢。"

她没有吭声。借着街灯的光,他看得见她的脸色:两眼直瞪瞪瞅着前方。

"我们的那一套空想主义必须收起。这个地方，就是那种空想主义的一个典型例子。我们的恐怖主义行动必须停止。我们的行动必须保证今后再也不重犯革命冒险主义的错误。"

姑娘还是没有吭声，他望着她的脸，这多少个月来他一直想着这张脸，除了工作以外要是还能想点儿什么的话，就总是想着这张脸。

"你的话就像本本上说的，"她终于说了。"不像人话。"

"对不起，"他说。"我得到的教训就是这么几条。我就知道这几条是当今的要务。对我来说那是最迫切的现实。"

"对我来说只有牺牲了许多同志才是最现实的事，"她说。

"我们向牺牲了的同志致敬。但是他们并不重要。"

"你这话又像是本本上说的了，"她生气地说。"你的心都成了本本啦。"

"真对不起，玛丽亚。我还以为你会理解的。"

"我只理解那些牺牲了的同志，"她说。

他知道她这话并不符合实际，因为她没有看见他们牺牲，他才是亲眼看见的：在哈拉马橄榄树林中的那一回遇上下雨，在基霍尔纳给打得房塌屋倒的那一回是大热天，在特鲁埃尔的那一回正飞着雪。不过他也知道她话里有责怪他的意思：维森特死了，他却还活着。这使他忽然感到无限痛心——他一直不知道自己的内心原来还剩有这么个顺乎本能、通乎人情的小小角落会感到这样悲痛呢。

"这里原先有只鸟儿，"他说。"有只百舌鸟养在笼子里。"

"是吗。"

"我把鸟儿放了。"

"你的心倒真好！"她挖苦地说。"战士都这么讲感情吗？"

"我是个好战士。"

"这我相信。你说起话来就像个好战士。我的兄弟是个什么样的战士呢？"

"极好的战士。比我富有生气。我缺乏生气。这是个缺陷。"

"可你会做自我批评，你会像本本上那样说话。"

"我要是能生气勃勃的就好了，"他说。"我就是怎么也学不会。"

"富有生气的人都牺牲啦。"

"不，"他说。"巴西利奥就是很富有生气的。"

"那他也得牺牲，"她说。

"玛丽亚！别这样说话好不好。你说话有失败主义情绪。"

"你说话像本本，"她冲着他说。"请你别碰我。你的心是冷的，我恨你。"

他当下又感到一阵痛心，尽管他一向以为自己的心是冷的，以为除了疼痛什么也刺伤不了他的心了。他坐在床口上，向前探出了身子。

"把我的套衫拉起来，"他说。

"我不拉。"

他拉起套衫的后襟，弯下了身子。"玛丽亚，你看看吧，"他说。"这可不是本本上的玩意儿。"

"我看不见，"她说。"我也不想看。"

"你摸摸我背上靠腰的地方。"

他感觉到姑娘的指头摸到了他背上那个巨大的凹处，凹进去好深啊，连个棒球都塞得进去呢，这是伤口留下的一个奇形怪状的疤，当初伤口从这边腰窝直通到那边腰窝，手术医生为了清创，把戴着橡皮手套的手整个儿都伸了进去呢。他感觉到姑娘摸到了疤上，他心里立刻一揪紧。可是接着却只觉得被她搂得紧紧的，两片嘴唇亲了上来。先是陡的一痛，身子有如落在白浪翻滚的大海中，一个既猛且高、亮得叫人眼花的狂涛劈头打来，打得他完全没了顶，但是一亲到她的嘴唇，却又无异在茫茫大海中遇上了一个小岛。那两片嘴唇在！还在！可是后来还是给淹没了，不过这时他的疼痛也消失了，他发觉自己变成了独自坐着，身上汗水已经湿透，玛丽亚却在一旁且哭且说："啊呀，恩里克，原谅我吧。请原谅我吧。"

"那没什么，"恩里克说。"谈不上有什么要原谅的。不过这都是本本上没有的。"

"经常痛吗？"

"不碰不撞就不痛。

"那脊椎呢？"

"受了些小小的损伤。肾脏也伤着了点，不过问题不大。弹片打这一头进去，从那一头出来。下边还有几处伤，腿上也有。"

"恩里克，请原谅我。"

"谈不上有什么要原谅的。不过不能跟你好好亲热亲热，真是扫兴，所以我也高兴不起来了，真是抱歉。"

"等你好了再好好亲热亲热吧。"

"对。"

"你会好的。"

"对。"

"我来照料你。"

"不，我来照料你。这么点伤我根本不放在心上。只是给碰了撞了那个痛不好受。不过我也不怕。我们得赶快展开工作。得赶快离开这个地方。存放在这儿的东西今天夜里就得转移。得另找个新的地方，一要不受怀疑，二要东西放在那儿不会坏。短时期内我们还不会需要这些东西。我们还得要做很多很多工作，才能重新达到这一步。有很多同志还得受些训练。到那时这些子弹恐怕早就不能用了。这里的天气是很会坏雷管的。可我们得赶快走了。我真是个傻瓜，在这儿待了那么大工夫。是哪个傻瓜安排我到这儿来的，我倒要请他向党委说说清楚。"

"我今天夜里就带你到党委去。他们还以为你今天躲在这座房子里很安全呢。"

"叫我躲在这座房子里简直是胡闹。"

"我们这就走吧。"

“我们早就该走了。”

“跟我亲亲，恩里克。”

“可一定要十二万分小心才行，”他说。

于是，他们就那样摸黑坐在床上，他是尽量小心翼翼，闭上了眼睛，两人的嘴唇紧紧贴在了一起。他终于感受到了一派幸福而又不觉得疼痛，他终于突然有了到家之感而又不觉得疼痛，他终于有了生还之感而又不觉得疼痛，他终于得到了被爱的愉快而还是不觉得疼痛。如今相爱已经不再感到空虚，足见原先还是有其不踏实之处的，四片嘴唇在黑暗中贴得紧紧的，那份自在真是幸福而体贴，虽然黑咕隆咚的，却是那么温暖。他正处于这种黑沉沉一无疼痛的境界里，突然一阵警报器的呼啸直刺耳膜，那种切肤之感真比得上人世间最剧烈的疼痛。那是真正的警报器，不是收音机里放出来的。还不止一只呢，是两只。是从街道两端分头而来的。

他一扭头，马上站了起来。他觉得自己这归家之感总共也没有享受多久。

“快出门穿空地过去，”他说。“快去。我在楼上射击，牵制他们。”

“不，你走，”她说。“听我的，我留在这儿射击，他们会只当你在屋里。”

“来，”他说，“我们一块儿走吧。这儿没有什么值得保护的。这批东西反正都没用了。还是走吧。”

“我要留下，”她说。“我要保护你。”

她伸手到他腋下，就要抽他枪套子里的手枪，他撩手给了她一个耳光。“来吧。别做蠢丫头啦。快来！”

他们这就赶紧下楼，他感觉到姑娘紧紧挨在他身边。他打开了门，两个人一起跨出门口，来到屋外。他转身把门锁上。“快跑，玛丽亚，”他说。“朝那个方向往空地上跑。跑呀！”

“我要跟你一块儿走。”

他马上又给了她一巴掌。“快跑。一到那边就钻野草爬过去。

你原谅我，玛丽亚。可你千万得走。我往那一头去。快跑呀，"他说。"你真混蛋！还不快跑！"

他们同时钻进了野草里。他又跑了二十步，听得警报器渐渐停止了呼啸，警车在屋前停了下来，他就赶快卧倒，往前爬去。他沾了一脸野草的花粉，不断挣扎着往前爬，蒺藜草时时扎得他两手两膝一阵阵刺痛，耳朵里听见有人直奔屋后而去。他们把那座房子包围了。

他不断往前爬，脑子里在拼命思索，疼痛都给丢在了脑后。

"可为什么要拉警报器呢？"他心想。"为什么不再派一辆车子来个兜屁股包抄呢？为什么不弄个聚光灯或探照灯来把这片空地照亮呢？古巴人嘛，"他又想。"他们会这么蠢，这么张扬？他们一定只当房子里没有人。他们一定是专为查抄那批东西而来的。可又为什么要拉警报器呢？"

他听见背后的那帮人破门而入了。他们已经把那座房子团团围住了。他听见就在房子近处有只哨子连吹了两个长声，他还是不断挣扎着往前爬。

"这些笨蛋，"他心想。"不过那篮子碗碟现在一定已经被他们发现了。这帮子家伙！也有这种查抄法！"

他这时已经快到空地的尽头了，他知道这一下他就非得起来冲过马路朝对面的房子奔去不可了。他倒已经摸索出了一种不致引起疼痛的爬行方法。现在不管做什么动作，他差不多都已有了适应的能力。就是突然的动作变化还免不了要引起疼痛，所以他真不想站起来。

在野草丛中他一膝顶地仰起身来，承受了疼痛的冲击，终于挺住了，接着又招来了再一阵的疼痛：把另一只脚也一并往上一提，好站起身来。

他刚一迈腿向对街另一块空地后边的房子跑去，忽然咔哒一声亮起了探照灯，把他罩住了。他正好完全暴露在那一道光柱下，面对着灯光。两头都是黑暗，界线分明。

原来另外还有一辆警车没有拉警报器，悄悄开来，守候在空地后面的一个转角上，探照灯就是从这辆警车上打出来的。

光柱下恩里克那消瘦憔悴、轮廓分明的身影直起腰来，就去从腋下的枪套里掏他那把大手枪，也正是在这一瞬间，隐在黑暗里的那辆警车上几把冲锋枪一齐向他开了火。

他只觉得像当胸挨了棍子，不过他能有感觉的也只有那第一棍。随后的几棍就都空有其声了。

他扑面栽倒在野草丛中，就在他倒下时，或者可以说就在探照灯亮起到第一颗子弹打中他的那一刻儿工夫里，他心中只有一个念头，那就是："他们可毕竟不是那么蠢的。恐怕倒还真得好好对付他们哩。"

要是他还来得及有第二个想法的话，那就是但愿另一头的转角上没有警车。可是那另一头的转角上偏偏也有，车上的探照灯此刻正在空地上搜索。巨大的光柱在玛丽亚姑娘藏身的草丛上面扫过来扫过去。黑魆魆的警车上，几个机枪手手把机枪，紧跟探照灯光来回转动着汤姆生枪那膛线密密的丑恶却厉害的枪口。

隐在黑暗里打探照灯的那辆警车背后，树影中站着一个黑人。他戴一顶狭边平顶草帽，穿一件羊驼呢上装。衬衫里面挂着一串蓝色的伏都教念珠。他悄悄站在那儿，看探照灯来回搜索。

探照灯在野草地上照个不停，草丛里姑娘直挺挺贴在地上，下巴都抠进了泥里。她自听到那一阵枪声以后就没有再动弹过一下。她感觉到自己的心脏顶着地面直跳。

"你看见她啦？"警车上有个人问。

"叫他们在草地那边搜，"前排座上的警官说。他就唤树下的那个黑人："*Hola*！①你到那座房子里去，叫他们成疏开队形到野草地里去搜，朝我们这边搜过来。是总共只有两个人吗？"

"是只有两个人，"那黑人轻声说道。"另外一个已经落在我们

①　西班牙语：喂！

682

手里了。"

"那就去说。"

"遵命,警官,"黑人说。

他两手拿着草帽,就沿着草地的边缘向那座房子奔去。如今那座房子上上下下的窗口里都已灯火通明了。

姑娘趴在野草地里,双手抱住了头顶盖。"快帮我一把,好歹让我挺过去,"她冲着草丛里说,可不是对谁说的,因为那儿什么人也没有。一会儿她忽然暗暗哭了起来:"来救救我吧,维森特。来救救我吧,菲利佩。来救救我吧,楚丘。来救救我吧,阿尔图罗。快来救救我吧,恩里克。来救救我呀。"

要是在过去的话她早就祈祷了,可是这一套她如今已经不干了,现在她只觉得自己似乎缺少了些什么。

"要是我让他们逮住了,可要帮我一把,不能让我开口啊,"她嘴贴着野草说。"可不能让我开口啊,恩里克。可千万不能让我开口啊,维森特。"

她听得见他们从背后的草丛里搜来了,就像打猎的哄赶野兔子一样。他们散得很开,仿照散兵的阵式推进,手电光在野草中乱晃。

"啊呀,恩里克,"她说,"来救救我吧。"

她把抱住脑袋的手放了下来,攥紧了拳头摆在两边。"还是这么办好,"她心想。"我要是一跑,他们准会开枪。倒还是这样干脆。"

她就慢慢站起身来,向警车直奔而去。探照灯劈头盖脸落在她身上,她虽然在奔,眼睛却只见到了探照灯,眼前就只有那一圈令人目眩的白光。她心想还是这个法子最好。

她背后人声呐喊。但是没有人开枪。有个人猛力一把把她抱住,她随即倒了下去。那人按住了她,她听得见那人在直喘粗气。

另外有个人两手往她腋下一夹,把她拉了起来。他们抓住了她的双臂,把她向警车押去。他们并没有怎么难为她,只是押着她一个劲儿朝警车走。

"住手！"她说。"住手！住手！"

"那是维森特·伊尔图维的姐姐，"那警官说。"这倒是个有用的人。"

"已经审问过她了，"另一个人说。

"就是没有严加审问。"

"住手！"她说。"住手！住手！"她大声喊叫："救救我呀，维森特！救救我呀，救救我呀，恩里克！"

"他们都已经死啦，"有人说。"都救不了你啦。你别死心眼儿了。"

"不，"她说。"他们会救我的。死了就是能救我。能，能，就是能！我们牺牲了的同志就是能救我！"

"那你去看看恩里克吧，"那警官说。"看看他还能不能救你。他就在那辆警车的后座里哪。"

"他这就已经向我伸出手来了，"玛丽亚姑娘说。"你们没看见吗，他这就已经向我伸出手来了。谢谢你啊，恩里克。谢谢你啊！"

"咱们走吧，"警官说。"这丫头疯了。留四个人看着屋里的货，回头派一辆货车来运走。我们先把这个疯丫头带到局里去。到了局里她会招的。"

"你休想，"玛丽亚抓住了他的衣袖说。"你们没看见吗，大家都已经向我伸出手来了。"

"胡说，"警官说。"你疯了。"

"他们谁也不是白白牺牲的，"玛丽亚说。"大家都已经向我伸出手来了。"

"过个把钟头再让他们来救你吧，"警官说。

"他们会来救我的，"玛丽亚说。"不劳你费心。现在就已经有很多很多人向我伸出手来了。"

她靠在车座的椅背上，坐在那儿简直一动也不动。她此时的信

684

心看去真是坚定得出奇。五百多年前在鲁昂镇的市场上，有个跟她一般年纪的姑娘也是怀着这样一股信心的①。

这一点玛丽亚可并没有想到。车上的人谁也没有想到。两个姑娘一个叫贞，一个叫玛丽亚，她们也没有其他的共同之处，只是在需要的时候胸中都突然涌起了这么一份坚定得出奇的信心。可是此刻直挺挺端坐在车中、给弧光灯照得脸上一片光亮的玛丽亚，却引得车上的那帮警察个个感到心中很不自在。

车子开动了，打头的那辆车上，坐在后座的警察都纷纷把机枪重又装进了厚厚的帆布套，他们卸下枪托插进了斜兜，把枪管连同把手柄装进了大盖袋，弹盒则装在小网袋里。

那个戴平顶草帽的黑人从屋影里走出来，向第一辆车打了个招呼。他一头钻进了前座，这样前排座上开车的旁边就坐了两个人。四辆警车一转弯驶上了大路，顺着这条大路去就是滨海大道，可以直通哈瓦那。

挤在前排座上的那个黑人，把手伸进衬衫里，摸到了那串蓝色的伏都教念珠。他手拉着念珠，坐着不作一声。他在投靠哈瓦那警方当上眼线之前，本是个码头工。今天晚上干了这趟差使，可以领到五十块钱。眼下在哈瓦那五十块钱可不是个小数目，可是那黑人的心思已经不在钱上了。车子驶上大堤上灯光明亮的车道时，他慢慢儿把头略略一偏，趁此回眸一望，看见姑娘高高地昂起了头，脸上焕发出自豪的光彩。

黑人吃了一惊，把那串蓝色的伏都教念珠从头到尾拨了一遍，死死抓住不放。可是念珠也平伏不了他心中的恐惧，因为如今叫他不得安宁的，是一种更古老的魔法了。

---

① 指法国民族女英雄贞德（冉·达克，约 1412—1431）。贞德于百年战争末期抗击英军，并予以重创，成为法国人民爱国斗争的旗帜。后为封建主出卖，在法国北部被俘。教会法庭秉承英人意旨，诬之为"女巫"，判以火刑。1431 年 5 月 30 日牺牲。鲁昂在法国北部。

好 狮 子

从前有一头狮子，跟别的许多狮子一起在非洲过日子。别的狮子都是坏狮子，每天吃斑马，吃角马，吃各种各样的羚羊。有时这些坏狮子还吃人。吃斯瓦希里人，吃恩布卢人，吃万多罗博人，特别还喜欢吃印度商人。印度商人个个身体肥壮，很对狮子的口味。

可是，这头因为生性善良所以招得我们喜爱的狮子，背上还长着翅膀。就因为它背上长着翅膀，所以别的狮子都要拿它开心。

"看它背上还长着翅膀哩，"它们老爱这样说，说完大家就都哈哈大笑。

"看它吃的是什么呀，"它们还往往这样说，因为好狮子生性善良，只吃意大利面条和蒜味明虾。

那些坏狮子说得哈哈大笑，又特意吃上一个印度商人。那些母狮子则喝印度商人的血，舌头舔得哗哗直响，好像大猫一般。只偶尔停下来对好狮子狞笑一阵，或者狂笑一阵，对它的翅膀也要捎带咆哮上一通。它们都是很坏的狮子，心眼儿可歹毒了。

可是那好狮子却收拢了翅膀，蹲在那儿，客客气气地问，它可不可以来一客内格罗尼或亚美利加诺①，它是一向不喝印度商人的血，只喝这些东西的。一天，它们捕到了马萨伊人的八头牲畜，它却坚决不吃，只吃了些意大利干制面条，喝了杯波莫多罗②。

这一来就惹得那些坏心眼儿的狮子大冒其火了，其中有头母狮心眼儿最坏，它胡须上沾着印度商人的血，把脸就着草地怎么擦也擦不掉，当下它就说："你算是老几，自以为比我们都要强上十倍？你是哪儿来的，你这头吃面条的狮子？你到这儿到底干什么来了？"它对好狮子一阵咆哮，那些坏狮子也都一齐怒吼，一点笑声都没了。

"我爸爸住在一个城里，站在钟楼底下，脚下有成千只鸽子，都是它的臣民。这些鸽子一飞起来，哗啦啦响成一片，就像一条奔腾的河流。我爸爸所在的那个城里，皇宫宝殿比整个非洲还多。我爸爸的对面就有四尊大铜马，尊尊都是一足腾空的姿势，因为它们都见我爸爸害怕。

"我爸爸的那个城里，人们都不是步行就是坐船，真马是决不敢进城的，因为都怕我爸爸。"

"你爸爸是只鹰头飞狮③，"那头坏母狮舔了舔胡须说。

"你吹牛，"一头坏狮子说。"这样的城市是没有的。"

"拿一块印度商人肉给我，"另外有头很坏的狮子说。"这马萨伊人的牲口刚宰，还不好吃。"

"你吹牛，不要脸，你这鹰头飞狮的崽子，"那头心眼儿最坏的母狮说。"我倒不如咬死了你，把你连翅膀一块儿都给吃了。"

这可把好狮子吓坏了，因为它看见那头母狮瞪出了黄眼睛，尾巴上下甩动，胡须上的血都凝成了块，它还闻到母狮嘴里喷出一股好难闻的气味，因为母狮是从来不刷牙的。那母狮的脚爪下还按着几块不新鲜的印度商人肉。

"别咬死我，"好狮子说。"我的爸爸是一头尊贵的狮子，一向受大家敬重，我说的全都是事实。"

就在这时那头坏母狮向它扑了过来。可是它一扑翅膀，飞上了天，在那群坏狮子的头顶上打了个盘旋，那群坏狮子都眼睁睁望着它狂吼。它朝下一看，心里想："这帮狮子多野蛮哪。"

它又在它们头上打了个盘旋，这一来那群坏狮子就吼得更凶了。它然后又突然来了个低飞，好看清那头坏母狮眼睛里的表情。

① 这两个字看似"内格罗人"和"亚美利加人"的意思，实际上是两种混合酒的名称。
② 意为"金苹果"，大概是一种酒的商标名。
③ 即格里芬，出自希腊神话。格里芬头、翼、前足似鹰，身、尾、后足似狮。

那头坏母狮用后腿一蹲站了起来，想要把它抓住，可是爪子够不到它。它就说了声："Adios①，"因为它是一头有文化修养的狮子，说得一口漂亮的西班牙话"Au revoir②，"他又用典范的法语向大家大声呼喊。

那群坏狮子都用非洲的狮子语大吼大叫。

好狮子于是就打着盘旋，愈飞愈高，向威尼斯飞去。它降落在威尼斯的广场上，大家见了它都挺高兴的。它飞起来亲了亲爸爸的两颊，见那些铜马依然扬起了蹄子，见大教堂真比肥皂泡还美。钟楼还在老地方，鸽子都回巢去准备夜宿了。

"非洲怎么样？"它的爸爸问。

"野蛮得很呢，爸爸，"好狮子回答说。

"我们这儿现在有夜明灯了，"它的爸爸说。

"我看见了，"好狮子的答话完全是一副孝顺儿子的口吻。

"我的眼睛可有点受不了，"它的爸爸悄悄对它说。"你现在上哪儿去，孩子？"

"上哈利的酒吧去，"好狮子说。

"代我向西普里阿尼问候，对他说我的账我稍过几天就去付清，"它的爸爸说。

"是，爸爸，"好狮子说完，就轻轻飞到地上，改用四足走到哈利的酒吧。

西普里阿尼酒吧里一切都还如旧。它的老朋友都在。可是它去了非洲回来，自己倒有点不一样了。

"来杯内格罗尼吗，爵爷？"西普里阿尼先生问。

可是好狮子是老远从非洲飞来的，在非洲待过它就不一样了。

"你们有印度商人三明治吗？"他问西普里阿尼。

"没有，不过我可以代办。"

---

① 西班牙语：再见。
② 法语：再见。

"你派人去办吧，可先给我来一杯马蒂尼，要绝干的①。"它又补上一句："要用戈登金酒做。"

"行，"西普里阿尼说。"一定照办。"

狮子这才回过头来，看了看这满店高尚的人们，意识到自己又到了家乡，可也到底出外开过眼界了。它心里高兴极了。

---

① 马蒂尼是以金酒为主料的混合酒，所谓"干"意即不含果味或甜味。

忠贞的公牛

从前有一头公牛，名字不叫费迪南德①，它一点也不爱鲜花。它就爱斗，跟同龄的牛斗，跟什么年龄的牛都斗，这是一头拔尖儿的好牛。

它的一对角像硬木头那么坚实，像豪猪刺那么尖利。一斗起来，角根顶得生疼，它也毫不理会。它的颈背上隆起一大团肉，在西班牙语中这叫"莫里略"；一旦准备要斗，它这团"莫里略"就凸得像一座小山一样。它总是动不动就要斗，它一身皮毛又黑又亮，一对眼睛十分明净。

它一旦为了什么事要斗起来，那是绝对顶真的，就像有些人吃饭、读书、做礼拜一样。它一斗就非要叫对方完蛋不可，别的牛却也不怕它，因为它们都是良种牛，是不怕的。不过它们也不想去惹它。更不想跟它斗。

它并不横行霸道，也没有坏心眼儿，可它就是爱斗，就像人爱唱歌，巴不得做国王、当总统一样。它根本不去想。斗是它的天职，是它的本分，是它的快乐。

在高高的山石地上它斗。在栓皮槠树下、在河边丰茂的草地上它也斗。它每天离了河边走十五英里地来到高高的山石地上，有哪头牛胆敢对它看一眼，它就要找哪头牛斗。不过它是从来不发火的。

说它不发火其实也没说对，因为它心里还是冒起了一股火的。只是它自己也不知道为什么要冒火，因为它不会想。它是一头极优良的牛，它就爱斗。

你猜它后来怎么样？它的主子（假如这样的牛也有个主子的话）

690

知道这是一头了不起的好牛，不过又觉得很伤脑筋，因为这牛老是跟别的牛斗，斗掉了他那么多的钱。一头牛本来值到一千多块，跟这头好牛斗过以后，就只值两百块不到了，有时还值不到这个数呢。

它的主子是个好心人，他后来就决定不把这头牛送到斗牛场上去挨杀，他要留下这头牛来在自己的牛群里普遍配种。他挑中了这头牛做种牛。

可是这头牛也真是头怪牛。第一次把它放到牧场上，跟待配种的母牛相处在一起，它就看中了其中一头年轻俏丽的。比起同群的母牛来，这头母牛体形更苗条，肌肉更发达，更有光泽，也更可爱。既然不能斗，它于是就爱上了这头母牛，对其他的母牛连看都不去看。它只想跟这头母牛在一起，对其他的母牛根本不屑一顾。

那养牛的牧场主本还希望这头牛会有所转变，会开点窍儿，反正是不要再这样吧。可是这头牛就是死心眼儿，它就是只爱自己所爱的那头母牛，不爱别的母牛。它只想跟这头母牛在一起，对其他的母牛根本不屑一顾。

因此牧场主就打发它跟另外五头公牛一起到斗牛场上去挨杀。这头牛尽管对母牛忠贞不贰，斗起来可还是有两下的。在场上它斗得果然出色，观众个个称羡，不过对它最佩服的还数杀了它的那一位。杀了它的那一位行当上叫做剑手，到斗完他的斗牛士紧身衣已是里外湿透了，嘴巴也干得厉害。

"*Que toro más bravo*[2]，"剑手把剑交给他的助手时，还这么说来着。剑只能剑柄朝上拿着了，剑锋上还在滴血呢，一滴滴都是这勇敢的公牛心脏里流出来的血。那牛如今已经什么问题都一笔勾销了，这会儿正由四匹马给拖出斗牛场去呢。

---

① 美国动画片大师瓦尔特·迪斯尼(旧译华德·狄斯耐)有一部脍炙人口的动画短片，名叫《公牛费迪南德》。
② 西班牙语：这头牛真是勇敢透了。

"是啊。这就是比利亚马约侯爵的那头怪牛，就因为它对母牛忠贞不贰，爵爷只能把它打发掉了，"那个无所不晓的助手说。

　　"我们做人恐怕也都应该忠贞些才好，"那剑手说。

得了条明眼狗

"我们后来又怎么样了呢？"他问她。她就都告诉了他。

"这段事我毫无印象。一点也记不得了。"

"游猎队临走时的情况你还记得吗？"

"应该记得。不过这会儿却想不起。我只记得有好些女人头顶水罐顺着小径到河滩上去打水，还记得有个伢子把一群鹅赶到水里，赶了一次又一次。我记得鹅全是走得那么慢吞吞的，老是刚一下去就又回了上来。当时的潮水涨得也真高，河边的低地上是黄黄的一片，航道是从远处的岛前过的。风吹个不停，没有苍蝇也没有蚊子。上面是屋顶，下面是水泥地，屋顶是用支杆撑着的，所以整天透风。白天一直都很风凉，晚上更是凉快。"

"你还记得吗，有一回正遇上低潮，有条大独桅船是侧着船身驶进来的？"

"记得，我记得有这么条船，船上的人都上了岸，从河滩上顺着小路走来，那群鹅见了他们害怕，女人也都见了他们害怕。"

"就在那一天我们打到了许许多多鱼，可是因为风浪太大，所以只好回来了。"

"这我记得。"

"你今天已经回想起不少了，"她说。"不要过于用心思了。"

"遗憾的是当时你没有能弄架飞机到桑给巴尔去，"他说。"我们当时住在那片河滩上，其实顺着河滩再往里去，里边倒是很适合飞机降落的。在那儿飞机降落、起飞，都没问题。"

"桑给巴尔我们随时都可以去。你今天就不要太用心思去回想了。要不要我找篇文章念给你听听？过期的《纽约客》杂志里倒常常有些好文章是我们当时没有注意的。"

693

"不，请别给我念，"他说。"就这么说话吧。谈谈当年的好时光。"

"要不要给你讲讲外边的情况？"

"外边在下雨，"他说。"这我知道。"

"雨下得很大呢，"她对他说。"这样的天气，游客是不会出门的了。风也刮得挺猛的，我们还是下楼去烤烤火吧。"

"也好。我对他们早已不感兴趣了。我只是想听听他们说话。"

"游客里有些人是够讨厌的，"她说。"不过也有些人比较高雅。依我看，到托尔契罗①来观光的游客其实应该说还是最高雅的。"

"这话也有些道理，"他说。"我倒没有想到过这一层。真的，要不是高雅到十二分的游客，到这儿来实在也没有什么可看的。"

"要不要给你来一杯酒？"她说。"你知道这护理的工作我是干不好的。我没有学过护士，也没有这份才能。不过调酒我倒是会。"

"我们就喝一杯吧。"

"你喝什么酒？"

"什么酒都行，"他说。

"我先不告诉你。我到楼下去调。"

他听见房门开了又关，听见她下楼的脚步声，心想：我一定要让她出门去作一次旅游。我一定要想个巧法儿把这事办到。找由头也得找个切合实际的。我是只能一辈子这样了，我一定得想些办法，可千万不能因此而毁了她的一生，毁了她的一切。这些时候来她倒是一直好好的，其实论她的体质也不见得怎么样。说好也好得那么勉强。只是每天能保持没有什么病痛，劲头是一点不粗的。

他听见她上楼来了，他听得出她手里端着两杯酒跟刚才空手下

---

① 意大利威尼斯湖中的一个小岛。

楼的脚步声是不一样的。她听见了窗玻璃上的雨声，闻到了壁炉里烧山毛榉木柴的气息。她进房里来了，他就伸手去接，手碰到酒杯握了拢来，还感觉到她来碰了杯。

"是我们来这儿以后最爱喝的那话儿，"她说。"堪培利①配戈登金酒加冰块。"

"好极了，你不学那些姑娘，好好的一句话'加冰块'她们不说，偏要说'埋几颗暗礁'。"

"我不会这么说，"她说。"我才不会这么说呢。我们都是'触过礁'的人啦。"

"既然命运已经决定，再难挽回，那我们就要自己努力挺住，"事情他都回想起来了。"你记不记得我们是打什么时候起忌讳那种话的？"

"那是我弄到了那头狮子的时候。这头狮子雄壮不雄壮？我真想再见见它。"

"我也很想。"

"啊，对不起。"

"你记不记得我们是打什么时候起忌讳那句话的？"

"我刚才差点儿又说漏了嘴呢。"

"你知道，"他对她说，"我们能够来到这儿也真是万幸。当时的情景我还记得清清楚楚，一切都还历历在目。这句成语我倒还是第一次用，今后也要忌讳了。可当时的情景真是太美了。我现在一听到雨声，眼前就能看见雨点纷纷打在石子路上，纷纷打在运河里和湖面上，我知道刮怎样的风那树便怎样弯，在怎样的天色下那教堂和塔楼便是怎样的光景。哪儿还有对我更合适的地方呢。这儿真是再完美也没有了。我们有很好的收音机，有很好的磁带录音机，我一定要写出以前从来也写不出的好文章来。有了这录音机只要舍得花工夫，字字句句都可以改到称心为止。我可以慢慢儿干，一字

_____

① 堪培利是一种意大利酒。

一句只要嘴里这么一说，眼前也就都看见了。有什么不妥的话，倒过来一听就可以听出来，我可以再重新来过，一直修改到称心为止。亲爱的，这优点太多了，真是再理想不过了。"

"喔，菲利普……"

"瞎，"他说。"两眼一抹黑也不过就是这么两眼一抹黑。这跟落在真正的黑暗里感觉不一样。我的心眼儿里看得可挺清楚的，我的脑子也在一天天好起来了，我能回想起过去的事了，我还能充分发挥想象。你等着看吧。我今天的记忆力不是有进步了吗？"

"你的记忆力一直在不断进步。你的身体也一天天强壮起来了。"

"我身体很强壮，"他说。"我看你是不是可以……"

"可以怎么样？"

"可以出一趟门，换个环境，去休息一阵子。"

"你不需要我了吗？"

"我当然需要你啦，亲爱的。"

"那何必还要提让我出门的事呢？我知道我对你照应不好，不过有些事别人干不了，我却干得了，而且我们彼此早就相爱了。你是爱我的，这你自己也知道，还有谁能像我们这样知心呢？"

"在黑咕隆咚中我们过得挺幸福的，"他说。

"在大白天我们过得也挺幸福的。"

"你知道，我倒很喜欢这么两眼一抹黑的。从某些方面来说这倒要比本来好。"

"别把高调唱过了头，"她说。"何苦呢，装得这样胸怀有多宽广似的。"

"你听这雨声，"他说。"这会儿潮情怎么样了？"

"退得很低了，再加给风一吹，水位就更低了。连布拉诺①都差不多可以走着去了。"

---

① 威尼斯附近的一个市镇，位于岛上。

"这么说除了一个地方都不能走着去了，"他说。"鸟儿多吗？"

"多半是海鸥和燕鸥。都栖息在沙洲浅滩上，风大，飞起来吃不住。"

"没有水鸟吗？"

"有一些，遇上这样的大风、这样的潮位，平时不露头的沙洲浅滩都露出水面来了，水鸟都在那儿踏着沙走呢。"

"你看会不会春天就要到了？"

"我也说不上，"她说。"不过看这样子无疑还不会。"

"你的酒喝完了吗？"

"快喝完了。你为什么自己不喝？"

"我要留着慢慢儿喝。"

"喝了吧，"她说。"那会儿你一点一滴都不能喝，不是难受得要死吗？"

"不，我跟你说，"他说。"刚才你下楼去的时候，我心里在琢磨这么回事儿：我觉得你可以到巴黎去，去过巴黎再去伦敦，去看看各色人物，去痛快点儿玩玩，到你回来肯定已是春天了，那时你就可以详详细细把一切都讲给我听。"

"不行，"她说。

"我看这样做还是比较明智的，"他说。"你知道，我们这种伤脑筋的处境可并不是一天两天的事，我们得学会调整自己的生活节奏。再说我也不想把你给累垮了。你知道……"

"你说话别老是这么'你知道''你知道'的好不好？"

"你听明白了吗？这可是我们眼前的一件要紧事儿。至于说话嘛，我注意学着点儿就是，一定不叫你听着生气。等你回来一听，说不定还会让你喜欢得发狂呢。"

"你晚上怎么办？"

"晚上好办。"

"我就知道你会说好办！你大概连睡觉也学会了吧。"

"我会学会的，"他对她说，这才喝下了半杯酒。"这也是我计划的一部分。你知道我这计划有这样的妙处：你去好好玩儿了，我的心也就安了。这样，我生平第一次心上无愧，自然而然就睡得着了。我拿个枕头，代表我那颗无愧的心，我抱着它，就会渐渐睡着的。万一要是醒来的话，我可以去想一些上不得台面的甜丝丝、美滋滋的想头。要不就想想自己有些什么不好的地方，好好的下个决心改正。再不就想想过去的事。你知道，我就希望你去痛痛快快玩儿……"

"请你不要再说'你知道'了。"

"我一定尽量注意不说。我已经把这三个字当成了禁忌，只是一不留神，说漏嘴了。总之我不希望你就光是起一只明眼狗①的作用。"

"我才不是这么个人呢，你难道会不知道？再说，那也不能叫明眼狗，该叫'明眼'导盲狗。"

"这我知道，"他对她说。"来坐在我身边，好吗？"

她就过来挨着他坐在床上，两人都只听见紧密的雨点打在玻璃窗上，他很想别用盲人那样的动作去抚摸她的头和她可爱的脸庞，可是不这样去抚的话，他又能怎样摸到她的脸呢？他紧紧抱住了她，亲着她的头顶。他心想：我只能改天再劝劝她了。我可千万不能胡来一气。她抚上去是那么可爱，我太爱她了，我给她造成的损失太大了，我一定要学会好好照应她，尽可能多多照应她。我只要想着她，只一心想着她，事情总都会满意解决的。

"我再也不把'你知道''你知道'老是放在嘴上了，"他对她说。"我们就以此作为个开头吧。"

---

① 美国新泽西州莫里斯敦有一所导盲犬训练所，招牌叫"明眼"，意思是盲人有了导盲犬可以像明眼人一样。所以正确的说法应该把这种狗叫做"明眼"导盲犬(seeing-eye dog)，叫明眼狗 (seeing-eyed dog)便生出了歧义，因此下文要加以纠正。又：本文的题目故意用错误的说法：明眼狗。

她摇了摇头，他感觉到她在哆嗦。

"你爱怎么说就只管怎么说吧，"说着她把他亲了亲。

"请不要哭，我的好姑娘，"他说。

"我可不能让你抱着个臭枕头睡觉，"她说。

"那好。就不抱臭枕头睡觉。"

他心里暗暗命令自己：煞住！赶快煞住！

"哎，我跟你讲，"他说。"我们快下楼去，到炉边舒服的老位子上一坐，一边吃午饭，一边让我细细说给你听，我要说说你这猫儿有多好，我们这对猫儿有多幸福。"

"我们真是挺幸福的。"

"我们一切都会安排妥帖的。"

"我就是不想叫人给打发走。"

"怎么会有人把你打发走呢。"

可是，扶着扶手小心翼翼一磴一探走下楼梯的时候，他心里却在想：我得让她去，得尽快想个法儿让她去，可绝不能伤了她的感情。因为，这事我办得是不大地道。的确不大地道。可不这么办叫我还能怎么办呢？无法可想啊——他心里想。实在是无法可想。不过，且自走着瞧吧，也许慢慢儿的你会摸出门道来的。

人情世故

　　那盲人把酒馆里各台"吃角子老虎"机的声音都摸得熟透了。我不知道他花了多少时日才把这些机器的声音听熟，不过这时日是肯定短不了的，因为他总是只跑一家酒馆。但是他常跑的镇子却有两个。来杰塞普镇的时候，他总要等天黑透了，才离了下等公寓，一路走来。听见大路上有汽车来了，便在路边一站，车灯照到了他，人家要么停下，让他搭个便车，要么停也不停，在结冰的大路上管自扬长而去。那得看车上人多人少，有无女客而定，因为那盲人身上的一股味儿相当难闻，特别是在冬天。不过也总有人会停下来让他搭车，因为他到底是个盲人啊。

　　大家都认识他，叫他"盲公"，在那一带对一个盲人用这样的称呼完全是友好的意思。他赖以谋生的那家酒馆店名叫"向导"。贴邻也是一家酒馆，也一样附设有赌博设备和餐厅，这家酒馆的字号叫"食指"。两家酒馆招牌都是借用的山名，办得都还不错，卖酒的柜台都还大有古风，连赌博的设备也两家大致相仿，只是在"向导"馆或许可以吃得称心些，不过"食指"馆有一道牛排却能盖过对方，送上桌来还会哧哧作响呢。而且"食指"馆通宵营业，带做早市，从天亮起直到上午十点喝酒一概不要钱。杰塞普总共只有这么两家酒馆，按说本也不必要来这一套。不过他们却向来就是这样的规矩。

　　"盲公"所以会选中"向导"馆，可能是因为那儿一进店门，"吃角子老虎"就在左手里靠墙一字儿排开，正对着卖酒的柜台。因而对这儿的"吃角子老虎"他容易"掌握"情况，不像"食指"馆，店堂大，空处多，"吃角子老虎"都分散在各处。这天晚上外边冷得可以，他跨进店门的时候八字须上挂着冰丝，两眼流出的黄水也冻成了小冰条，看他的脸色实在有点不妙。连他身上的气味都给冻住了，不过那也只是一会儿工夫的事，等店门一关上，他的气味也几乎马上就散发开来了。我是一向不大忍心对他看的，不过这天还是对他仔细看了一眼，因为我知道他总是搭便车来的，我真不明白他怎么会给冻得这样狼狈。最后我就问了他：

"你是从哪儿走过来的，'盲公'？"

"威利·索耶车子开到铁路桥下就把我扔下了。后面再也没有车子来，我就走着来了。"

"他为什么要叫你走呢？"有人问。

"说是我气味难闻。"

有人在拉"吃角子老虎"的扳手了，"盲公"马上用心听着那飞轮呼呼的转动声。结果没有得彩。"可有什么阔佬在玩？"他问我说。

"你听不见吗？"

"还听不出来。"

"一个阔佬也没有，'盲公'，今儿是星期三。"

"我知道今儿是星期几。今儿是星期几还用得着你来告诉我？"

"盲公"顺着那一排"吃角子老虎"走过去，挨个儿在漏斗下的底盘里掏了一下，看看可有人家拿漏的硬币。那自然是不会有的，不过这是他照例的第一步行动。他回到卖酒的柜台前，又来到了我们这儿，阿尔·钱尼想请他喝一杯。

"不喝了，""盲公"说。"七条路八条道的，我得小心点儿哪。"

"怎么会有七条路八条道呢？"有人问他。"你还不是直通通的路一条：出了酒馆就可以一路回到公寓。"

"我走过的路才多啦，""盲公"说。"不定什么时候我恐怕还得动身，还要走这么七条路八条道的。"

有人在"吃角子老虎"上得了彩，不过彩头不大。"盲公"却还是走了过去。那台"吃角子老虎"吞吐的是两毛半的硬币，在那里玩儿的是个年轻人，当下不大情愿地给了他一枚。"盲公"摸了摸，才放进口袋。

"多谢，"他说。"管保你有去就有来。"

那年轻人说："但愿如此啦，"然后又在"老虎"口里按下了一枚硬币，把扳手往下一拉。

他又得了个彩，这一回得了还真不少，他抄起一大把硬币，给了"盲公"一枚。

"谢谢，""盲公"说。"你运气不错啊。"

"今儿晚上我交好运了，"那个扳"吃角子老虎"的年轻人说。

"你交好运也就是我交好运，""盲公"说。那年轻人就又继续扳下去，可是这以后他就没有再得过彩，"盲公"站在旁边气味实在难闻，样子又极难看，最后那年轻人就歇手不干了，来到了卖酒的柜台前。他实际上是让"盲公"给赶跑的，可是"盲公"是没法知道的，因为年轻人并没有说什么，所以"盲公"只是用手在"吃角子老虎"里又掏摸了一下，就站在那儿，等有新来的酒客来赌了。

轮盘桌上没有开张，骰子台上也没有开张，扑克牌桌上只有几个管赌台的坐在那里互相打闹。虽说不是周末，这样生意清淡的夜晚在镇上倒也是少见的，真是太不够刺激了。除了卖酒的柜台，整个酒馆根本没有一点生意。独有这卖酒的柜台还是个惬意的所在，其实在"盲公"进店以前这整个酒馆本来也并不讨厌。可现在大家心里却都在暗暗盘算：还是到隔壁"食指"馆去吧，要不就干脆拍拍屁股回家去。

"你想喝什么，汤姆？"掌柜的法兰克问我。"本店奉送你一杯。"

"我打算要走了。"

"那喝了一杯再走吧。"

"那就老样子掺点水吧，"我说。弗兰克又问那年轻人喝什么，那年轻人穿一身厚厚的俄勒冈都市装，戴一顶黑帽子，胡子刮得光光的，脸上都生了冻疮了，他要的酒也一样。那威士忌是老福雷斯特牌的。

我向他点了点头，举一举杯，两个人就都慢慢儿喝。"盲公"是在一排"吃角子老虎"的那一头。我想他心里大概也有点儿数：要是人家看见他当门站着的话，恐怕就不会有人进来了。不过他倒也不觉得有什么难为情的。

"这人的眼睛怎么会瞎的？"年轻人问我。

"我倒也不晓得，"我对他说。

"他大概是打架打瞎的吧？"那陌生后生说完，还摇了摇头。

"就是，"弗兰克说。"就是那回打了一架，从此连他说话的嗓音都变得尖声尖气了。告诉他吧，汤姆。"

"这事我可没有听说过。"

"啊，对。你是不会听说的，"弗兰克说。"怎么会听说过呢。那时你大概还没来这镇上哩。先生，那是一天晚上，也跟今晚一样冷。或许还要更冷一些。那一架打得也挺干脆。怎么开的头我没看见。反正后来他们就从'食指'馆的店门里一路打了出来。一个是黑仔，也就是现在的'盲公'，那另一个小伙子叫威利·索耶，他们又是拳头揍，又是膝盖磕，抠眼睛啦，牙齿咬啦，什么都干，我看见黑仔的一只眼睛挂下来吊在面颊上。他们就是这样在结了冰的路上打，当时路上高高地堆着积雪，我们和'食指'馆两家店门里的灯光照得路上亮堂堂的。威利·索耶只顾抠那眼睛，背后有个叫霍利斯·桑兹的还替他不断助威：'快咬下来！当颗葡萄一样咬下来！'黑仔这时也咬住了威利·索耶的脸，好大一口，猛一使劲，就咬下了一块，接着又是好大一口咬下去，两块肉都掉在了冰上，威利·索耶为了要逼他松开嘴，只顾死死往他眼窝里抠，后来只听见黑仔哇的一声惨叫，那个惨劲儿真是从来也没有听到过。比杀猪还要吓人哪。"

"盲公"这时早已悄悄出现在我们的背后，我们闻到了他的气味，都转过脸来。

"'当颗葡萄一样咬下来，'"他尖着嗓门说，两眼直对着我们，头在来回转动。"那是干掉我的左眼。他一声也不响，又干掉了我的右眼。等我什么也看不见了，就把我狠狠地踩。这他就干得不漂亮了。"说着在自己身上拍了拍。

"我那时还是蛮能打的，"他说。"可还没等我明白过来是怎么回事，一只眼睛就已经让他干掉了。要不是他抠得碰巧，有那么容易让他干掉？就这样，""盲公"的口气里并没有一点怨恨的意思，"我打架的日子从此结束了。"

"给黑仔来一杯，"我对弗兰克说。

"我叫'盲公'呢，汤姆。这名字是我自己挣来的。你们亲眼看见我怎么挣来的。咬瞎我眼睛的那人，也正就是今儿晚上把我半路赶下汽车的那个家伙。我们始终没有和好过。"

"你把他打得怎么样？"那个陌生后生问。

"啊，你在这一带总会看见他的，""盲公"说。"你一见他管保就认出来了。我先不说，让你见了吃一惊吧。"

"你还是别看见他的好，"我对那陌生后生说。

"你不知道，我所以时不时想见见他，这也就是一个原因，""盲公"说。"我倒真希望能好好看他一眼。"

"他变成了什么模样你是知道的，"弗兰克对他说。"你有一回走到他跟前把他的脸摸过的。"

"今儿晚上又摸了，""盲公"开心地说。"他赶我下车也就是因为这个缘故。这人一点也没有幽默感。我对他说，今儿晚上天这么冷，他怎么也不穿暖和些，小心冻着了脸上的肉。他根本听不懂我说的是句笑话。你们知道，威利·索耶这个家伙永远也懂不了人情世故。"

"黑仔，本店请你喝一杯，"弗兰克说。"我不能便车送你回家了，因为我就住在近段。那你今儿晚上就睡在我这店堂后面好了。"

"那就多谢你了，弗兰克。只是请你别叫我黑仔。我已经不是黑仔了。我的名字叫'盲公'。"

"喝一杯吧，'盲公'。"

"好的，""盲公"说着，把手伸了出来，接过杯子，很准确地冲着我们把酒杯一举。

"那个威利·索耶大概已经独自个儿回家了，"他说。"那个威利·索耶也真是，连说句笑话逗个乐都不会。"

度夏的人们

　　从霍顿斯湾镇去湖边的砾石路上，中途有一口清泉。水是从埋在路边的一个瓦沟里冒起来的，漫过瓦沟边上的裂口不断往外淌，一路穿过密密丛丛的薄荷，直流到沼泽地里。黑咕隆咚中，尼克把胳膊朝下伸进泉水，可是水冷得胳膊简直搁不住。水底的泉眼里有沙子喷出来，打在指头上好像羽毛轻轻拂过。尼克心想，我要是能全身都浸在里边该有多好。那肯定是挺过瘾的。他缩回胳膊，就在路边坐下。今天晚上是够热的。

　　顺着大路望去，透过林子，看得见比恩家那一色全白的住宅，屋下有脚桩支着，临水而立。他真不想到码头上去。大伙儿都在那儿游泳呢。有奥德加钉在凯特①身边，他觉得没意思。他看得见那汽车就在仓库旁边的路上停着。这说明奥德加和凯特在那儿。这个奥德加，只要朝凯特一瞟，那眼神就活像是条煎熟了的鱼。奥德加难道真这么不晓事？凯特是绝不会嫁给他的。她绝不会嫁给一个跟她"好"不起来的人。这种人要是想来跟她"好"的话，她心里先就恶心，一无热情，只想脱身。奥德加原是能打动她的，成其好事该没问题。她不会恶心，一无热情，只想溜走，她反而会和谐地敞开心怀，舒展自在，乐意放松，容易掌握。奥德加以为那是爱情的力量起了作用。他眼睛睁得好大，眼角胀得血红。可是她受不了，不让他来碰她。事情就全坏在他的眼睛上。于是奥德加只求他们俩能跟以前一样做朋友。在沙滩上玩儿。做做泥人。坐条小船一起作竟日之游。凯特总是穿着游泳衣。奥德加就老是拿眼去瞅。

　　奥德加三十二岁，由于精索静脉曲张，动过两次手术。他模样儿难看，大家都爱当希罕看。奥德加始终没能尝到那味儿，在他看来这可比什么都要紧。每到夏天，他的心境一年坏似一年。真是怪可怜的。奥德加为人还是挺不错的。他对待尼克一向比任何别的人都好。如今呢，尼克想要尝尝那味儿的话就尽可以尝尝了。这要是让奥德加知道了，尼克想，准会气得自杀的。我不知道他会怎么个自杀法。他没法想象奥德加会死。他也许是根本不想干那事儿。不过人家都是那么干的。这可不光是爱情的事。奥德加以为只要有了爱情就行。其实上天有眼，奥德加的确爱她爱得够。这事就是要动心，对肉体动心，然后引进自己的肉体，多说好话，冒着风险，绝对不能吓了人家，要向对方多多索取，当取即取不必先问，总之动心之外还得有一份温存，要让对方也动了心，感到幸福，不妨用调笑来消除对方的害怕。还得事后把它弄得若无其事。那可不是光凭爱情的。光凭爱情会叫人害怕。他，尼古拉斯·亚当斯，就能如愿以偿，因为他身上自有一种什么力量。这种力量也许不会持久。也许不定哪天就会失去。但愿能把这力量给予奥德加，要不，能说给奥德加听听也好。可是你不能对人无话不谈啊。对奥德加尤其如此。不，还不光是对奥德加。对谁都是这样，跑遍天下都是这样。话说得太多，这向来是他最大的毛病。他就是因为话说得太多，才坏了那么多事的。当然，对普林斯顿、耶鲁和哈佛这些大学里的童男子，还是应该尽力相助的。为什么一些州立大学里就没有一个童男子呢？也许男女同学是个原因吧。他们遇上了一心想要嫁人的姑娘，这些姑娘帮他们长成，嫁给了他们。至于奥德加、哈维、迈克以及其他许多这样的哥们，将来会怎么样呢？这他就不知道了。他到底还年纪轻、见得少。他们正是世上最好的人。他们结果怎么样？他怎么能知道。他懂事才不过十年，哪能像哈代和汉姆生[2]那样写作呢。他没这本事。等他到了五十岁再看吧。

---

① 奥德加为海明威早年好友卡尔·埃德加的外号。凯特为海明威另一至交小威廉·B·史密斯的妹妹，她没有接受奥德加，于1929年嫁给小说家约翰·多斯·帕索斯。详见《论写作》。

② 克努特·汉姆生(1859—1952)，挪威作家，因《饥饿》、《大地的成长》等长篇小说获得1920年诺贝尔文学奖。

他在黑咕隆咚中跪下，就着泉水喝了一口。他觉得精神一振。他相信自己会成为一个伟大的作家。他懂事，这一点人家都比不上他。谁也比不上他。只是他懂的事还不够多。将来可自会多起来的。这他有信心。泉水好冷，激得他眼睛都痛了。这一口水喝得太多了。真像吃了冰淇淋一样。喝水时鼻子没在水里，就会有这种感觉。还是游泳去吧。胡思乱想没意思。一想就没有个完。他就顺着路走去，走过左边的汽车和大仓库（一到秋天，这里有大批苹果和土豆装船运走），还走过比恩家那漆成白色的住宅（大伙儿有时点起了提灯在里面的硬木地板上跳舞），一直走上码头，来到大伙儿在游泳的地方。

他们都在码头尽头处的水里游泳。尼克沿着那高架在水面上的粗木条码头走去时，听见长长的跳板不服气似的迸出了噔噔两响，接着是水里扑通一声。码头底下的木桩间顿时一片水声激荡。那一定是老"吉"①了，他想。不料却是凯特，正像只海豹似的冒出了水面，攀着梯子上岸来了。

"是威米奇②来了，"她朝大伙儿喊道。"一块儿来吧，威米奇。可好玩儿着哪。"

"嗨，威米奇，"奥德加说。"天哪，真有劲极了。"

"威米奇在哪儿？"那是老吉的声音，他已经游得很远了。

"威米奇这家伙是不会游泳的吧？"水面上飘过来比尔③好不深沉的男低音。

尼克感到舒畅。人家冲你这么嚷嚷，真是有劲。他蹭掉帆布鞋，撩起衬衫从头上脱下，褪下长裤跨出来。光着脚板，感觉到码头的木板条上沾着沙子。他飞快地跑上软弯弯的跳板，脚指头在跳板梢一蹬，肌肉一绷紧，就顺顺溜溜进入深水，一点不觉得已完成

---

① "吉"（Ghee）是海明威中学同学杰克·彭特科斯特的外号，原意为印度半流体黄油。

② 尼克的外号。

③ 即凯特的哥哥小威廉·B·史密斯。

了一个跳水动作。临跳前他深深地吸过一大口气，现在到了水里一个劲儿往前游，弓起了背，拖着直挺挺的双脚。一会儿冒出了水面，面孔朝下漂浮了一阵。他一个翻身，睁开眼来。他对游泳一点不感兴趣，只想跳水，只要扎到水里就行。

"怎么样，威米奇？"原来老吉就在他的背后。

"感到热火朝天，"尼克说。

他吸了一大口气，两手抱住脚脖子，膝头弯起抵在下巴下，缓缓下沉到水里。水的上层是暖和的，可是一路往下，很快就变凉，再下去便有点冷了。接近水底时简直就相当冷了。尼克漂呀漂的慢慢漂到了水底。湖底是泥灰土的，他一伸腿，使劲在湖底上一蹬，以便冒出水来换换气，脚指头触上那泥灰土时，觉得很不是味儿。乍一出水来到黑沉沉的夜色中，有一种异样的感觉。尼克就浮在水面上歇口气，有一脚没一脚地踩踩水，觉得好不自在。奥德加和凯特两人正在码头上说话呢。

"有的海里会发磷光，那种水里你去游过没有，卡尔？"

"没有。"奥德加只要一跟凯特说话，声气就不自然。

要是那样的话，我们身上到处都可以擦火柴了，尼克想。他吸了一大口气，屈起膝头，两手扯紧，就沉下水去，这一回没有闭上眼睛。他慢慢下沉，先朝一边偏去，然后一头笔直扎下。可是不行。天黑了水里什么也看不见。刚才他第一次下水时闭着眼是干对了。真稀奇，人的反应就有这么灵。不过也不总都是这么灵的。这一回他并没有一直沉到底，而是在中途扯开身子往前游，游到上面的凉水层里，紧靠着湖面的暖水层。真正稀奇，在水下潜泳就是这么有趣，而通常那样在水面上游竟是那么乏味。不过在大海的海面上游却是有趣的。那是因为海水浮力大的缘故。只是海水里有股盐卤味，而且会使你觉得口渴。还是在淡水里游好些。就像这样，在这炎热的夜晚。他从码头突出的边缘底下冒出水面换气，然后攀着梯子爬上来。

"哎，威米奇，来个跳水表演好不好？"凯特说。"跳一个漂亮的。"他们正背靠着一个大木桩，一起坐在码头上。

"跳一个不溅水花的，威米奇，"奥德加说。

"好吧。"

尼克就水淋淋地走到跳板上，想了想这个跳水动作该怎么做。奥德加和凯特看他站在跳板的末端，夜色中一个黑黑的身影，摆好了姿势一跃而下，那是他看海獭跳水看会了的。在水里，尼克一转身往上浮去，心想，哎，要是凯特能跟我一起在这儿该有多好。他一下蹿出了水面，觉得眼睛里、耳朵里都是水。他一定是还没出水就透过气了。

"真是完美。太完美了，"凯特在码头上喊道。

尼克攀着梯子上来了。

"那两个家伙哪儿去了？"

"都老远地游到湾里去了，"奥德加说。

尼克就挨着凯特和奥德加在码头上躺下。他听得见老吉和比尔在远处的黑暗里划水。

"你真是个顶呱呱的跳水运动员，威米奇，"凯特说着，拿脚触了触他的背。被她这么一触，尼克觉得浑身一抽。

"不，"他说。

"你跳得真叫绝了，威米奇，"奥德加说。

"哪儿呀，"尼克说。他在想他的心思，在想是不是能带上个人一起潜在水下，他踩着这湖底的沙子，能屏上三分钟的气，两个人还可以一起浮上去换口气再回下来，只要懂得窍门要下去是很容易的。有一回，为了露一手，他曾经在水下喝了一瓶牛奶，还现剥现吃过一只香蕉，不过想要克服浮力留在水下还得借重点儿外力，比如湖底要是有个圆环，能让他用胳膊勾住，那就没问题了。哎哟，这怎么行，那样的姑娘先就没处找，一个姑娘家怎么干得了这个呢，她会不灌一肚子的水才怪，是凯特的话准得给淹死，凯特根本没有一点水下功夫，他真希望世上能有那样的姑娘，那样的姑娘他也许能找到，不过更可能永远也找不到，像他这样的水下功夫除了他还有谁有？哼，会游泳有什么，会游泳算什么本事，这样的好水性除了他还有谁有？在伊万斯顿①倒有个家伙，屏气可以屏到六分钟，可是这人神经有毛病。尼克真恨不得能做条鱼，不，那有什么好。他笑出声来。

"什么事这样好笑，威米奇？"奥德加沙哑着嗓子说，那是跟凯特亲近时的声气。

"我真恨不得能做条鱼，"尼克说。

"亏你想得出来，"奥德加说。

"可不是，"尼克说。

"别说蠢话了，威米奇，"凯特说。

"你不想做条鱼吗，布特斯坦？"他头枕着木板地、脸背着他们说。

"不想，"凯特说。"今儿晚上不想。"

尼克把背紧紧顶住了她的脚。

"奥德加，你愿意变成什么动物？"尼克说。

"变成约·皮·摩根②，"奥德加说。

"真有你的，奥德加，"凯特说。尼克感觉到奥德加一脸得意了。

"我倒想变成威米奇，"凯特说。

"你要做威米奇太太总还是可以的，"奥德加说。

"根本不会有什么威米奇太太，"尼克说。他绷紧了背部的肌肉。原来凯特伸出了两条腿，抵在他背上，就像搁在火堆前一根原木上烤火似的。

"别把话说得太绝了，"奥德加说。

"我是铁了心的，"尼克说。"我要娶一条美人鱼。"

---

① 芝加哥以北的一个城市。
② 约翰·皮尔庞特·摩根(1837—1913)，美国大金融家、铁路巨头。其子同名(1867—1943)，也是金融家。

"那不就成了威米奇太太啦，"凯特说。

"不，成不了，"尼克说。"我不会让她做我太太的。"

"你怎么能不让她做呢？"

"我就是不让她做。我谅她也不敢。"

"美人鱼是不嫁人的，"凯特说。

"那我再称心也没有了，"尼克说。

"小心触犯了曼恩法①，"奥德加说。

"反正我们不踏进四英里的领海范围就是，"尼克说。"吃的东西可以从私酒贩卖船上弄来。你只要搞一套潜水服就可以来看我们，奥德加。布特斯坦要是想来，就带她一块儿来。我们星期四下午总在家的。"

"我们明天干什么？"奥德加说，沙哑着嗓子，又表示跟凯特亲近了。

"真该死，不谈明天的事，"尼克说。"还是谈谈我的美人鱼吧。"

"你的美人鱼已经谈够了。"

"那好，"尼克说。"你跟奥德加就谈你们的吧。我可要想想她哩。"

"你好没正经，威米奇。没正没经的，惹人讨厌。"

"你瞎说，我才老实呢。"他于是闭上了眼睛躺着，说，"别打搅我。我在想她呢。"

他就躺在那儿想他的美人鱼，凯特的足背还顶在他背上，她和奥德加在说他们的话。

奥德加和凯特在说他们的话，他可听而不闻了。他就躺着，什么都不想了，好不快活。

比尔和老吉已经在前边上了岸，顺着湖滩走到停汽车的地方，

① 由美国国会议员曼恩(1856—1922)提出，并于 1910 年 6 月在美国国会获得通过的一项法案。法案规定各州之间禁止贩运妇女。

随后把车子倒到了码头上。尼克就爬起来穿好衣服。比尔和老吉坐在前座，因为游了这么长久，都很累了。尼克跟凯特和奥德加一起上了后座。大家都把身子往后一靠。比尔把车子呼地驶上了坡，拐到大路上。到了这公路干线上，尼克能看见前面车子的灯光了，每当自己的车一上坡，灯光便消失了，于是成了两眼一抹黑，一会儿赶了上去，灯光便又直眨眼了，到比尔超车而过的一刹那，眼前便只觉得模糊一片。公路是跟湖岸并行的，地势很高。来自夏勒伏瓦的大轿车，司机背后坐着俗不可耐的大阔佬，一辆辆迎面而来，擦肩而过，霸占着路面，车头灯也不减光。轰地一大串开过，像一列火车。比尔朝停在路边树下的一些汽车打起反光灯，弄得车上的人躲闪不迭。比尔没有碰上一辆超车的，只是一次有辆车子亮起了反光灯，在他们的脑后直晃，比尔便加快速度，把那辆车甩下了。后来比尔减慢了车速，猛地拐上一条穿过果园通往乡下住宅的黄沙路。汽车以低速在果园里一路上坡。凯特把嘴凑在尼克的耳边。

"记住，过个把钟头，威米奇，"她说。尼克拿大腿朝她腿上使劲顶了顶。汽车在果园高处的小山顶上绕了一圈，到那住宅前停下。

"姑妈睡了。我们得轻点儿，"凯特说。

"明天见，各位老兄，"比尔悄声说。"我们明儿早上再过去。"

"明天见，史密斯，"老吉也悄声说。"明天见，布特斯坦。"

"明天见，老吉，"凯特说。

奥德加眼下也住在这住宅里。

"明天见，各位老兄，"尼克说。"再见啦，明天见①。"

"明天见，威米奇，"奥德加在门廊上说。

尼克和老吉顺着道路走到果园里。尼克探起手来，从一棵"公

---

① 原文为德语 Morgen。

爵夫人"①的枝头摘下一只苹果。苹果还青，不过他还是一口咬下，吮吸了酸酸的汁水，把渣吐掉。

"你跟'飞鸟'今天游得够长久的，老吉，"他说。

"不好算太长久，威米奇，"老吉答道。

他们出了果园，走过院门口的信箱，踩上路面结实的州公路。在公路跨过小溪处，溪谷里弥漫着一片冷雾。尼克到桥上站住了。

"走呀，威米奇，"老吉说。

"好吧，"尼克应了一声。

他们继续顺着公路上了山坡，公路拐进教堂周围的一片小林子。一路所过的人家没有一家有灯光的。霍顿斯湾镇进入了睡乡。连一辆过路的汽车都没有。

"我还不想睡呢，"尼克说。

"要我陪你再走走吗？"

"不用了，老吉。别费事了。"

"好吧。"

"我就跟你走到我家的小宅子为止，"尼克说。他们拨开搭钩，推开纱门，进了厨房。尼克打开冷藏柜，在里边东找西找。

"要不要来些这个，老吉？"他说。

"我要来块馅饼，"老吉说。

"我也要，"尼克说。他从冰箱顶上取了张油纸，包了几块油炸鸡和两块樱桃酱馅饼。

"我可要带着走的，"他说。老吉吃馅饼，从水桶里满满地舀了一勺水喝了。

"老吉呀，你要看书的话，只管到我房里去拿好了，"尼克说。老吉盯着尼克的那包点心直瞅。

"可别干蠢事啊，威米奇，"他说。

"没事儿，老吉。"

_____

① 苹果的一个品种，红纹，椭圆形。

"那好。只是千万别干蠢事，"老吉说。他开了纱门走出去，穿过草地到小宅子去。尼克关了灯走出来，随手关好纱门，搭上钩子。他在点心外边包了张报纸，这就穿过湿漉漉的草地，翻过栅栏，顺着大榆树下的路穿过小镇，过了十字路口的最后一批"农村免费投递"信箱，来到通往夏勒伏瓦的公路上，一跨过小溪，他就抄近路穿过一片旷野，紧靠地边，绕着果园的围栏走，翻过栅栏，一头钻进林地。林地中央有四棵铁杉挨得紧紧地长在一起。地上软乎乎的尽是松针，一点露水也没有。这里的林木从不大肆砍伐，树下是一层覆被，踩上去又干燥又暖和，没有一点矮树乱丛。尼克把那包点心在一棵铁杉的树根旁放好，就躺下来等。黑咕隆咚中他看见凯特从林子里走来了，但是他一动没动。她没有看见他，抱着两条毯子，半晌没走一步。黑暗中看去，就像个孕妇挺着个奇大的肚子。尼克不觉一愣。转而一想，倒也滑稽。

"喂，布特斯坦，"他一声招呼。她连毯子都掉了。

"哎哟，威米奇。你不该这么吓唬我。我还当你没来呢。"

"布特斯坦亲爱的，"尼克说。他把她紧紧搂在怀里，只觉得她的身子都贴在自己身上，那娇柔可爱的身子整个儿都贴在自己身上了。她只顾紧紧偎在他胸前。

"我太爱你了，威米奇。"

"布特斯坦我亲爱的，我亲爱的，"尼克说。

他们铺开毯子，凯特把毯子抚抚平。

"拿毯子来冒了好大的风险啊，"凯特说。

"我知道，"尼克说。"我们脱衣服吧。"

"喔，威米奇。"

"那样更有趣。"他们就坐在毯子上脱衣服。光着身子坐在毯子上，尼克觉得有点不好意思。

"你喜欢我不穿衣服吗，威米奇？"

"哎，我们钻到毯子里去吧，"尼克说。他们于是就躺在毛糙的毯子里。贴上她冰凉的肌肤，他觉得浑身火热，他要的就是这个，过了会儿就觉得挺惬意了。

"惬意吗？"

凯特一个劲儿硬是逼着要他回答。

"这不是挺有趣吗？"

"喔，威米奇。我一直喜欢的就是这样。我一直想要的就是这样。"

他们就一起躺在毯子里。威米奇鼻子贴着她的脖子，把头一路顺着往下移，移到她双乳之间。就像抚摸钢琴琴键似的。

"你身上好一股清凉味儿，"他说。

他把嘴唇轻柔地贴在她的一只小乳房上。乳房在他双唇之间变得鲜活起来，他把舌头紧紧贴上去。他感到所有的感觉又兜上心头，便双手朝下溜去，把凯特拉过来。他身子朝下溜，她亲密无间地和他合而为一。她紧紧贴在他弧形的腹部上。她觉得那儿妙不可言。他摸索着，有点笨拙地，终于摸到了。他双手按在她乳房上，把她朝身上搂。尼克使劲地吻她的背脊。凯特的头朝前垂下。

"这样有劲吗？"他问。

"我喜欢。我喜欢。我喜欢。喔，来吧，威米奇。求求你，来吧。来吧，来吧。求求你，威米奇。求求你，求求你，威米奇。"

"这不来了吗，"尼克说。

他忽然感觉到赤条条的身子碰上毯子很不好受。

"你嫌我不好吗，威米奇？"凯特说。

"不，你挺好的，"尼克说。他此刻脑子转得飞快，清醒极了。看事情也看得清清楚楚，明明白白。"我饿了，"他说。

"但愿我们能在这儿睡到天亮。"凯特紧紧依偎着他。

"那敢情好，"尼克说。"可是不行啊。你得回屋里去。"

"我不想去，"凯特说。

尼克站起身来，一阵微风吹在他身上。他赶快穿起衬衫，穿上了就觉得好过了。他把长裤和鞋子也穿上了。

"你得穿衣服了，斯塔特①，"他说。她却把毯子蒙住了头，只管躺在那儿。

"等会儿嘛，"她说。尼克从铁杉树下拿来了点心。他把它打开。

"快，把衣服穿好，斯塔特，"他说。

"我不高兴穿，"凯特说。"我要在这儿睡到天亮。"她裹着毯子坐起身来。"把那堆衣服给我，威米奇。"

尼克把衣服给了她。

"对，我想起来了，"凯特说。"如果我在这儿露天睡觉，他们也只会当我是犯了傻，带上毯子睡到外边来了，那也没什么了不得的。"

"在外边你睡不舒服的，"尼克说。

"不舒服我会进去的。"

"我们吃点东西吧，吃完我得走了，"尼克说。

"我得穿件衣服，"凯特说。

他们就一起坐着吃油炸鸡，还各吃了一块樱桃酱馅饼。

尼克站起身，随即跪下吻了一下凯特。

他穿过湿漉漉的草地，回到小宅子，上楼进自己的房，走得小心翼翼的，免得踩出声来。睡在床上才惬意呢，被褥齐全，尽可以把手脚一摊，把头往枕头里一埋。睡在床上才惬意呢，又舒服，又快活，明天还要去钓鱼，还像往常那样，只要不忘记，要作一次祈祷，为家人，为自己（但愿能成为一个大作家），为凯特，为哥们儿，为奥德加，还祝愿明天钓鱼能大丰收，可奥德加这可怜的老兄，睡在那边小宅子里的这位可怜的老兄，他明天恐怕钓不了鱼，今儿恐怕整夜睡不着了。可是你又有什么办法，一点办法都没有。

---

① 凯特的外号布特斯坦的变体。

最后一方清净地

"尼基，"妹妹对他说，"听我说，尼基。"

"我不想听。"

他只顾看着那口清泉的底部，只见泉眼里噗噗地喷出水来，有小股小股的沙子跟着往上冒。泉边砾石地里插着一根带杈的树枝，上面挂着一只铁皮水杯，尼克·亚当斯瞧了瞧水杯，又看那泉水涌出后汇成一道清澈的水流，在路旁的砾石泉床上流淌。

路的两头他都一眼看得见，他抬眼望望山冈，然后向下看看码头和湖上，湖湾对面是林木葱茏的地岬，碎浪翻白的湾水外是开阔的湖面。他背靠着一棵大杉树，后面是一片密密层层的杉林沼泽地。妹妹坐在旁边的青苔上，拿胳膊搂着他的肩头。

"他们在等你回家吃晚饭呢，"妹妹说。"一共来了两个人。是坐一辆马车来的，他们问你上哪儿去了。"

"有谁告诉他们了吗？"

"谁也不知道你在哪儿呀，就我一个人晓得。你钓到的鱼多吗，尼基？"

"钓到了二十六条。"

"都是大鱼吗？"

"给人家做大菜正合适。"

"喔，尼基，你可别卖了呀。"

"那老板娘肯出我一块钱一磅，"尼克·亚当斯说。

妹妹晒成了一身褐色，她的眼睛是深褐色的，头发也是深褐色的，夹着晒得发了黄的一绺绺。兄妹俩相亲相爱，别人都不在话下。家里的其他成员在他们眼里都是"别人"。

"他们什么都知道了，尼基，"妹妹完全是一副绝望的口气。

"他们说要拿你做个样子叫人家看看，要把你送教养院。"

"他们只有一件事抓到了证据，"尼克说。"不过我看还是得暂时去避避风头。"

"我一块儿去好吗？"

"不行。我很抱歉，小妹。我们还有多少钱？"

"十四块六毛五。我都带来了。"

"他们还说了什么别的没有？"

"没有。就说不见你回家他们就不走。"

"妈妈得给他们弄吃的，会觉得不耐烦的。"

"已经请他们吃过一顿午饭了。"

"他们都干了些什么？"

"就在纱窗门廊上坐着没事干。他们向妈妈要你的猎枪，可我一见他们出现在栅栏前，就把枪藏在柴间里了。"

"你料到他们要来？"

"是啊。难道你没料到？"

"就是。这些混蛋！"

"我也觉得他们挺混蛋的，"妹妹说。"我都这么大了，还不能一块儿去？我把枪藏好了。钱也带来了。"

"带上你我不放心，"尼克·亚当斯对她说。"我连自己要去哪儿还不知道呢。"

"你怎么会不知道。"

"我们要是两个人一块儿走，人家会找得更起劲。一个小伙子和一个小姑娘，多显眼哪。"

"我扮个男孩子好了，"她说。"反正我一直想做男孩啊。我只要把头发剪短了，谁还看得出我是个姑娘家呢。"

"对，"尼克·亚当斯说。"这倒是真的。"

"我们得想出个什么好办法，"她说。"求求你，尼克，求求你了。我可以帮你好多忙，再说没有了我你会感到冷清的。你说是不？"

"我现在一想起要离开你，就已经感到冷清了。"

"你看这不是？再说这一走说不定就得几年。谁说得准呢？带上我吧，尼基。求求你带上我吧。"她把他亲了亲，两条胳膊紧紧搂住了他。尼克·亚当斯望着她，拼命想把自己的思路理理清楚。事情难办哪。可他没有别的办法。

"论理我是不该带你去的。不过话要说回来，论理我就根本不该闯这个祸，"他说。"我就带你去吧。不过，恐怕至多只能带你两三天。"

"这没关系，"妹妹对他说。"什么时候你不要我了，我就马上回家。要是你觉得我麻烦，觉得我讨厌，觉得我费钱，反正我一定回家就是。"

"我们得好好合计一下，"尼克·亚当斯对她说。他瞧了瞧路的两头，抬眼望了望天，天空中飘浮着大团大团下午的高层云，再看看地岬外湖上的一片片白色碎浪。

"我要穿过林子上地岬外的小旅馆去，把鳟鱼卖给老板娘，"他对妹妹说。"这鱼是她定来做今天的晚饭菜的。眼下客人吃晚饭要鳟鱼的比要鸡的多。我不知道是什么道理。这些鳟鱼保存得不错。我把它们去了内脏，用干酪包布包好，所以能保持新鲜，不会变味。我打算告诉她，我跟猎监员有点儿麻烦，他们正在找我，我得到外地去躲上一阵。我打算问她讨一只平底小锅，要一些盐和胡椒粉，另外要些熏肉、起酥油和玉米粉。我还要问她讨一只布袋，把这些东西全装上，我还打算去弄些杏干、李干，弄些茶叶，多带些火柴，再带把小斧头。不过毯子我只能弄上一条。她会帮我忙的，因为卖鳟鱼犯法，买鳟鱼也一样犯法。"

"我可以去弄条毯子，"妹妹说。"我就把枪裹在毯子里，把你我的鹿皮鞋都带上，再去换一条其他样式的工装裤，换一件衬衫，把身上的换下来藏好，让他们以为我还是穿着这身衣裤。还要带肥皂、梳子、剪刀和针线包，一本《洛纳·杜恩》①和一本《瑞士家

---

① 英国小说家布莱克默(1825—1900)所著的一部历史爱情小说。

庭鲁滨孙》^①。"

"有.22口径的子弹找到多少带多少，"尼克·亚当斯正说着，话音忽然匆匆一转，"快过来。躲起来。"他看见路上来了一辆马车。

他们就在杉树后面贴着软绵绵的青苔扑面趴下，听见沙土路上轻轻的蹄声得得，夹着细微的轮声咿哑。车上的两人都没说话，但是车过时尼克·亚当斯闻到了他们身上的气味，还闻到了马的汗臭。他以为他们会停下车来，到泉水前饮饮马、喝点水什么的，所以急得一身是汗，直到车子往码头的方向去远了才放心。

"就是他们吧，小妹？"他问。

"没错，"她说。

"爬到后面去，"尼克·亚当斯说。他拖着那袋鱼爬到后面的沼泽地里。这一带的沼泽地长满了青苔，却并不泥泞。他这才站起身来，把口袋藏在一棵杉树的树干背后，做个手势让妹妹再往里走。他们脚步轻得像鹿一样，钻进了这片尽是杉树的沼泽地里。

"内中有一个我认识，"尼克·亚当斯说。"这王八蛋可是个坏种。"

"他说他已经盯上你有四年了。"

"我知道。"

"那另外一个，穿一身青、脸皮颜色像烟草渣儿的大个子，是从本州的南边来的。"

"好，"尼克说。"人都看到了，我还是快些走吧。你回家不会出岔子吧？"

"不会。我抄近路翻山走，不走大路。晚上我在哪儿跟你碰头，尼基？"

"我看你实在不该去，小妹。"

---

① 瑞士人魏斯(1781—1830)用德文写的一部小说，写一个家庭遭遇海难流落在荒岛上的故事。曾译成多种文字出版。

"我一定得去。你不知道，这其实没什么大不了的。我可以留一张条子给妈妈，说我跟着你去了，说你会好好照应我的。"

"好吧，"尼克·亚当斯说。"我就在遭过雷击的那棵大铁杉边等你。那棵倒在地上的。从树林口一直往里走就到。你知道那棵树吗？就在去大路的那条近路上。"

"那离我们家近得很呢。"

"我不想让你带着那么些东西跑太多的路。"

"我听你的就是。可千万别去冒险啊，尼基。"

"我真恨不得手里有把枪，这就赶到树林边，趁那两个坏蛋还在码头上，就把他们两个全崩了，再到老磨坊去弄块铁芯来，用铁丝系在他们身上，把他们沉到深水里去。"

"那以后你怎么办？"妹妹问。"他们可是有人派来的。"

"那第一个王八蛋谁也没派他来。"

"可你打死了那只驼鹿，你还卖鳟鱼，他们在你小船上查到的那许多东西都是你打死的。"

"打这种东西不算犯法。"

他不想提起这都是些什么东西，因为那正是他们所掌握的证据。

"我明白。可你总不能去杀人吧，所以我才要陪你一起走啊。"

"我们不谈这个。不过我真恨不得宰了这两个王八蛋。"

"我明白，"她说。"我也但愿这样干。可我们总不能去杀人呀，尼基。你就答应我不干，成吧？"

"不成。这一来，给老板娘送鳟鱼去恐怕也不大保险啦。"

"我给你送去。"

"不。这些东西太重。我来，带着它穿过沼泽地，绕到旅馆后面的树林子里。你径直去旅馆，看老板娘在不在，有没有情况。没有的话，你就到那棵大椴树下来找我。"

"穿沼泽地绕过去，路可远呢，尼基。"

"这样离教养院也就好远哪。"

"我跟你一块儿穿沼泽地过去不行吗？到了那儿你先别进去，让我去找她，回头等我出来，再一块儿把货色送进去。"

"好是好，"尼克说。"不过我倒希望你还是照我的办法做。"

"为什么，尼基？"

"因为那样你也许可以在路上看见他们，那你就可以告诉我他们去哪儿了。我在旅馆后边二茬林子里的大椴树下面等你就是。"

尼克在二茬林子里等了一个多钟头，妹妹还是没来。后来总算来了，尼克见她那副亢奋的样子，知道她一定很累了。

"他们在我们家呢，"她说。"就坐在纱窗阳台上喝威士忌加姜汁汽水，马也卸了下来，牵进棚里去了。他们说好歹一定得等你回家。是妈妈告诉他们，说你到小溪钓鱼去了。我看她倒不是有意说的。反正我希望不是有意的。"

"帕卡德太太那边怎么样？"

"我在旅馆的厨房里见到她了，她问我有没有看见你，我说没有。她说她在等你给她送些鱼去，晚市等着用呢。她急死了。你还是就送去吧。"

"好，"他说。"鱼还挺好，很新鲜。我换上了凤尾草给包着。"

"我跟你一块儿去好吗？"

"当然可以，"尼克说。

那旅馆是一座长长的木头房子，有个门廊面向湖上。宽阔的木头台阶向下直通远远的直伸到湖中的码头，台阶两边有白坯的杉木栏杆，门廊周围也有白坯的杉木栏杆。门廊上摆着白坯的杉木椅子，椅子里坐的是些穿白衣服的中年人。草坪上装有三根水管，水管里噗噗地冒着泉水，几条小径直通到水管前。水味儿好像臭蛋，因为那是矿泉，尼克兄妹过去常来这里喝水，只当是一种强身的锻炼。此刻他们却是向旅馆背面的厨房而来，跨过旅馆边流入湖中的一条小溪上的木板桥，悄悄溜进厨房的后门。

"把鱼洗一洗，放在冰箱里，尼基，"帕卡德太太说。"我回头再来过秤。"

"帕卡德太太，"尼克说。"我可以跟你说句话吗？"

"只管说吧，"她说。"你不看见我正忙着吗？"

"不知你可不可以这就把钱给我。"

帕卡德太太围一条方格围裙，是个长得很俊的女人。她皮肤保养得好，此刻正忙得很，再说她厨房里的帮手也都在。

"你总不见得是想把鳟鱼卖给我吧。你不知道这是违法的？"

"我知道，"尼克说。"这鱼是我送给你的。我问你要的是劈柴堆柴的工钱。"

"我去取来，"她说。"我得上外屋里去取。"

尼克兄妹就跟着她来到外边。到了由厨房去冷藏室的木板通道上，她忽然站住了，把手伸进围裙口袋，掏出个皮夹子来。

"你离开这儿吧，"她慈祥地急忙忙说。"你赶快离开这儿。你需要多少钱？"

"我该得十六块，"尼克说。

"拿二十块去，"她对他说。"别让这小妹妹卷进去啊。让她回家去看着他们点儿，等你去远了就没事了。"

"你什么时候听说他们来了？"

她对他摇摇头。

"卖鱼犯法，买鱼也一样犯法，也许罪名更大，"她说。"你出去躲一躲，等风头过了再说。尼基，不管人家怎么说，你终究是个好孩子。情况真要是不好，你可以去找帕卡德。需要什么的话，夜里到我这儿来好了。我是很容易惊醒的。只要敲敲窗就行。"

"你今晚该不会给客人上鳟鱼了吧，帕卡德太太？你该不会给客人上这道大菜了吧？"

"不上了，"她说。"不过我也不会让它们浪费的。帕卡德一个人就能吃上六七条，我的朋友里这样能吃的也有的是。你可要小心哪，尼基，等风头过了就好。去躲一躲吧。"

"小妹想跟我一块儿走。"

"你怎么竟敢带她去呢，"帕卡德太太说。"你今晚再来一趟，我准备些东西给你带走。"

"能给我一只平底小锅吗？"

"你用得着的东西我都会给你准备下的。帕卡德知道你用得着什么东西的。我另外就不给你钱了，免得给你招来麻烦。"

"我很想见见帕卡德先生，问他要一些东西。"

"只要你需要，他什么都会给你的。可你千万别到他店里去，尼克。"

"我写个条子让小妹送去好了。"

"你需要什么就随时写条子去吧，"帕卡德太太说。"你不用担心。帕卡德会替你出主意的。"

"再见了，哈利大妈。"

"再见了，"她说着亲了亲他。他觉得她来亲他的时候身上有股味道挺好闻的。厨房里烤面包的时候就是这么股味道。帕卡德太太身上的那股味道跟她的厨房一个样，她的厨房里总是挺好闻的。

"不用担心，也千万别做坏事。"

"我不会做坏事的。"

"那当然，"她说。"帕卡德会给你想办法的。"

兄妹俩后来会合在自己家背后小山上那片大铁杉林子里。当时已是黄昏，太阳已经落到了湖对岸的小山后。

"东西都找齐了，"妹妹说。"打起包来还挺大的咧，尼基。"

"我知道。那两个人在干什么？"

"饱饱地吃了一顿晚饭，这会儿正坐在前廊上喝酒呢。两个人在相互吹牛，尽夸自己有多精明。"

"就眼前来看他们还算不得怎么精明。"

"他们打算叫你挨饿，饿到你受不了，"妹妹说。"说是只消在树林子里待上两三夜，你就会乖乖地回来。你饿着肚子，只消听到

725

有只潜鸟叫上两三声，就会乖乖地回来。"

"晚饭妈妈给他们吃了什么？"

"整脚透了，"妹妹说。

"好。"

"单子上的东西我都找齐了。妈妈偏头痛犯了，已经去睡了。她还给爸爸写了封信。"

"你看了信没有？"

"没有。信在她房间里，跟明天要买的东西的清单放在一起。等明天一早发现家里东西都不见了，这清单她又得重新开过。"

"他们喝了多少酒？"

"大概喝了瓶把吧。"

"要是能在酒里放上点蒙汗药才痛快呢。"

"你告诉我怎么个放法，我去放好了。直接加在酒瓶里吗？"

"不。加在酒杯里。可我们没有蒙汗药啊。"

"药箱里会不会有一些？"

"不会。"

"我在酒瓶里加点拔力高①好了。他们还有一瓶呢。要不加上点甘汞②。这我知道我们家有。"

"不要，"尼克说。"等他们睡着了，你想法把那另一瓶酒倒半瓶给我。找只旧药瓶，倒在里面。"

"我还是去看着他们点儿，"妹妹说。"哎呀，我们要是有蒙汗药就好了。这种玩意儿我可连听都没听说过。"

"其实那也不是什么滴剂，"尼克对她说。"那是一种叫水合氯醛的药。有些窑姐儿要打伐木工人口袋里钞票的主意，常在酒里下这种药给他们喝。"

"这么说这种药有点邪门，"妹妹说。"不过我们恐怕还是应该

---

① 含鸦片的复方樟脑酊，作用为止痛、镇咳、止泻。
② 一种泻药。

备一点，以防万一。"

"让我亲亲你，"做哥哥的说。"这也是以防万一。我们下去看他们喝酒去吧。我倒想听听他们坐在我们家里怎样说三道四。"

"你答应我决不发火，也决不干坏事，好吗？"

"好。"

"也不要去伤害马儿。这事跟马儿不相干。"

"不去伤害马儿。"

"我们要是有蒙汗药就好了，"妹妹显示出一片忠诚。

"可我们就是没有，"尼克对她说。"我看在博伊恩城这一边是哪儿也不会有的。"

兄妹俩坐在柴间里，从那儿观察纱窗阳台上据桌而坐的那两个家伙的动静。月亮还没有出来，天色很黑，但是这两个家伙背后是一派湖光，所以人的轮廓看得很清楚。这会儿他们没在说话，却都探出了身子，俯在桌子上。随后尼克听见冰桶里的冰块声。

"姜汁汽水没有了，"其中一个说。

"我说过这点儿不够我们喝的，"那另一个说。"可你却偏说够了够了。"

"去弄点水来吧。厨房里提桶、勺子都有。"

"我可喝够了。我要睡觉去了。"

"你不等那个娃娃了吗？"

"不等了。我要去睡会儿。你守着吧。"

"你看他今儿晚上会回来吗？"

"难说。我要去睡会儿。你觉得困了就来叫醒我。"

"我一夜不睡也没关系，"那个本地的猎监员说。"为了要抓晚上打猎捕鱼的，我守上一个通宵是家常便饭，连眼皮都从来不合一下。"

"我也一样，"那个南边来的人说。"可我现在得去稍稍合会儿眼了。"

尼克兄妹俩看他走进屋门。妈妈对那两个家伙说过，他们要睡的话可以睡在起坐间隔壁的卧室里。尼克他们看见他擦了根火柴。接着窗子里便又是一片漆黑了。再看那另一个猎监员，先还在桌子前坐着，后来也盘起了胳膊，把头扑倒了。一会儿连呼噜声都听见了。

"我们再等他会儿，看他当真睡熟了，再进去取东西，"尼克说。

"你还是在栅栏外等着，"妹妹说。"我在屋里走动没关系。万一他醒来，看见了你就不好了。"

"好吧，"尼克同意。"我来把这里的东西都拿出去。好在东西多半在这里了。"

"黑灯瞎火的，你能都找到吗？"

"没问题。猎枪在哪儿？"

"平搁在后棚顶高处的人字木上。小心别掉下来，也别碰倒了木柴，尼克。"

"放心好了。"

她从屋里出来，来到另一头的栅栏角上，尼克正在那边一棵倒伏的大铁杉后面打他的包。这棵大铁杉上年夏天中了雷击，同年秋天在暴风雨中倒下了。此刻月亮刚刚从远山背后露出脸来，月光透过树隙筛落下一大片，尼克打包尽可看得清清楚楚。妹妹放下手里的口袋，说，"他们睡得就像死猪一样，尼基。"

"那就好。"

"南边来的那个也跟阳台上的这个一样打起呼噜来了。我想我把要的东西都找齐了。"

"真有你的，小妹。"

"我给妈妈写了个条子，告诉她我跟你一块儿去了，也好看着你点，免得你去闯祸，我要她谁也别告诉，还说你会好好照应我的。我把条子塞在她的房门下面。她把房门锁上了。"

"唉，真见鬼，"尼克话一出口，就赶紧说，"对不起，小妹。"

"这也不能怪你，反正我总不能来帮你的倒忙吧。"

"你真厉害。"

"我们这该可以痛快一下了吧？"

"当然。"

"我把威士忌带来了，"她兴冲冲地说。"我在原来的酒瓶里留了点儿。让他们吃不准是不是给对方喝掉的吧。反正他们那儿还有一瓶呢。"

"你自己的毯子带了吗？"

"那还用说。"

"那我们还是走吧。"

"如果我们要朝我心目中的那个地方走，就没问题。别的倒没啥，就是加上了我的毯子，这包更大了。枪我来背吧。"

"好吧。你穿了什么鞋子？"

"穿了鹿皮工作鞋。"

"带上什么书了？"

"《洛纳·杜恩》、《诱拐》①，还有《呼啸山庄》。"

"除了《诱拐》，另外两本都是大人看的。"

"《洛纳·杜恩》才不是呢。"

"我们就朗读好了，"尼克说。"朗读的话一本书可以多读几天。不过，小妹呀，你这一来，事情就有点不好办了，所以我们还是快走。那两个混蛋，别看他们一副蠢样，其实才不会那么蠢呢。蠢事，也许是因为喝了酒才干出来的。"

尼克这时已经打好了包，收紧了背带，于是就往后一靠，把鹿皮鞋穿上。他拿胳膊搂着妹妹。"你真的要去？"

"我非去不可，尼基。都到了这个时候了，别再婆婆妈妈地拿不定主意了。我连条子都留下了。"

---

① 英国作家史蒂文生的一部冒险小说。

"好吧，"尼克说。"我们走吧。枪你先背着，背不动了就交给我。"

"我都好了，只等出发了，"妹妹说。"我来帮你把包背起来。"

"你连眼皮都没合过一下，可我们就得马上赶路，这你想过吗？"

"我知道，那个趴在桌上打呼噜的家伙吹牛说可以一夜不睡，其实我才真可以做到呢。"

"说不定他原先倒也真有那个本事呢，"尼克说。"不过有一点你一定得注意，那就是脚可千万不能出毛病。你的鹿皮鞋挤脚吗？"

"不挤。我一个夏天一直光着脚板走路，脚板都练硬啦。"

"我也有一副铁脚板，"尼克说。"快。我们走吧。"

他们就踩着满地软软的铁杉针叶出发了，这里的树木都长得很高，大树之间没有什么小树丛。他们顺着山坡往上走去，月亮在树梢间露出脸来，照出尼克背着好大一个包，妹妹背着.22口径的长枪。到了小山顶上，他们回过头去，看到了月光下的湖。天色相当晴朗，连那黑糊糊的地岬都看得见，而地岬后边就是对岸高高的山峦了。

"我们还是在这儿向湖告别吧，"尼克·亚当斯说。

"再见了，湖呵，"小妹说。"我也爱着你啊。"

他们下了山冈，越过那片连绵的旷野，穿过果园，翻过一道栅栏，来到一片麦茬累累的地里。穿过麦茬地时，向右边望去，看见了谷地里的屠宰场和大谷仓，还看见了临湖另一块高地上的那座农家老木屋。月光下只见一条钻天杨夹道的长长的路，直通到湖边。

"在这个地上走你的脚痛吗，小妹？"尼克问。

"不痛，"妹妹说。

"我是因为要避开狗才走这条路的，"尼克说。"那些狗只要一看清是我们，马上就会不叫的。可是说不定还会让人听见。"

730

"我明白，"她说。"人家听见狗叫了几声又马上不叫，就会知道来的是我们。"

向前望去，看得见大路另一边那道黑糊糊的山峦隆起的轮廓。走完了仅有的一片除过了茬的麦田，他们跨过通往水上冷藏所的低洼小溪。然后顺着渐渐高起的地势穿过又一片麦茬累累的田地，面前便又是一道栅栏，栅栏外横着沙土大路，过了大路就都是密密层层的二茬林子了。

"等我爬了过去，再来搀你一把，"尼克说。"我要把这条路好好看一下。"

一到栅栏顶上，那绵延起伏的辽阔土地、那老家旁边黑压压的树林、那月光下亮晶晶的湖面，就尽收眼底了。随后，他才回头察看起大路来。

"他们顺我们的来路追来是不可能的，这大路上沙土厚，我看留下脚印也不大会引起注意，"他对妹妹说。"如果沙子不太硌脚的话，我们就各靠路的一边走吧。"

"尼基，说实在的，我看他们没多少脑子，不会想到要追。你只要看他们就知道死等你回家，晚饭还没吃就已经有几分醉了，后来就更别提了。"

"他们还是到码头去找过我的，"尼克说。"我不是正好在那儿吗。要不是你先告诉了我，他们早就逮住我了。"

"他们听妈妈说你大概钓鱼去了，就不用有多少脑子也会想到你准是在那条大点的小溪上。我走了以后，他们肯定去查过船了，看船一条不缺，当然就会想到你准是在溪上钓鱼。谁不知道你钓鱼的地方一般总是在磨房和榨房①的下游一带。他们就是考虑起问题来反应较迟钝而已。"

"好，算你说得对，"尼克说。"可他们判断得还是差不离的。"

妹妹把枪托朝前从栅栏缝里递给了哥哥，然后自己也从横档中

---

① 榨苹果汁的作坊。

间爬了过去。她挨着哥哥一起站在路上，尼克手按着她的头，轻轻抚摸。

"你累坏了吧，小妹？"

"不。我很好。我太开心了，一点也不觉得累。"

"你要是还不觉得太累，就沿着这边沙厚的路走，沙上有他们马蹄踩出的窟窿。这沙子又松又干，留下脚印看不出来。那边的路面硬，我走那边。"

"我在那边走也行。"

"不。我不能让你把脚擦破了。"

顺着路向两湖之间的高地走去，一路都是上坡，时而也有短短的几段下坡。路的两边都是密密层层的二茬林子，从路边到林子之间长满了灌木，尽是黑莓紫莓之类。朝前望去，透过树林子，看得见一个个山头，像一排锯齿。这时月亮已快要下山了。

"觉得怎么样，小妹？"尼克问妹妹。

"有劲极了。尼基，你每次离家出走，都这么带劲吗？"

"哪儿呀。总觉得很寂寞。"

"寂寞到什么程度呀？"

"只觉得苦恼，憋闷。真不是滋味。"

"有我在一起，你看你还会觉得寂寞吗？"

"那不会。"

"你这回没有去找特鲁迪①，却跟我在一起，是不是不高兴了？"

"你干吗老是要提起她？"

"我没有呀。你大概在想她吧，所以总以为我在说她。"

"你太调皮了，"尼克说。"因为你告诉了我她在哪儿，我才想起她的。而且既然知道了她在哪儿，我就想不知她这会儿在干些什么，还有诸如此类的事儿。"

---

① 一个印第安姑娘，尼克的恋人。参见海明威的另一篇小说《两代父子》。

"我看我真不该来。"

"我早就跟你说过你不该来。"

"唉，算了吧，"妹妹说。"难道我们要去学人家的坏样吵架吗？我这就回去。你也不是少了我就不行。"

"住口，"尼克说。

"请你别这样训人，尼基。我回去，还是留下，反正由你决定。你什么时候叫我回去我就回去。可我不想吵架。自家亲人吵架的人家，我们见得还少吗？"

"就是，"尼克说。

"我知道是我逼你带我来的。可我是想方设法不让你闯祸。而且我做到了不让人家逮住你。"

他们已经到了高地上，在这里又望得见湖了，不过从这里看去，湖面似乎变狭了，简直像条大河了。

"到了这儿，我们得抄近路穿田野走了，"尼克说。"然后走上那条伐木古道。如果你要回去，该在这儿转身往回走了。"

他卸下背包，拿到树林子深处一放，妹妹把枪也靠在背包上。

"坐下歇歇吧，小妹，"他说。"大家都累了。"

尼克头枕背包躺了下来，妹妹也在他身边躺下，把脑袋靠在他肩头上。

"我才不回去呢，尼基，除非你叫我走，"她说。"我不过不愿吵架罢了。答应我，我们决不吵架，好吗？"

"好，答应你。"

"我再也不提特鲁迪了。"

"去她的特鲁迪。"

"我要尽量帮着你，做个好伙伴。"

"你是个好伙伴嘛。我有时心里烦躁，加上感到寂寞，因此火气很大，你不会见怪吧？"

"不会。我们要好好相互照应，找些乐子。我们可以过得快快活活的。"

"好吧。从现在起，就快快活活地过。"

"我可一直过得快快活活的。"

"前面有一段路相当难走，接着还有一段路更是难走，过后我们就到了。我们不如等天亮了再走。你睡吧，小妹。身上不觉得冷吗？"

"不冷，尼基。我穿着线衫呢。"

她挨着他蜷起身子，转眼就睡熟了。不一会儿，尼克也睡着了。他睡了两个钟头，曙光一露，就把他弄醒了。

尼克在二茬林子里兜了个圈子，这才带着妹妹踏上伐木古道。

"我们可不能留下离开大路改走古道的足迹，"他对妹妹说。

古道上杂树丛生，他只好一再低头哈腰，免得撞上枝桠。

"真像条隧道，"妹妹说。

"走上一阵就开阔了。"

"这个地方我以前来过吗？"

"没来过。我以前带你打猎，可从来没有到过这么远的地方。"

"从这儿出去，是不是就到那个秘密点了？"

"不，小妹。我们得穿过几段砍伐后留下的乱木地，又长又难走。我们去的地方是没人去过的。"

他们顺着古道一路走去，然后拐上另一条道，那儿草木更芜杂。走出这条道才见一片空地。空地上有些烧荒后长出来的野草灌丛，还有几座伐木营地的旧木屋。这些木屋都非常破旧了，有一些连屋顶都塌陷了。可是道边却有一泓清泉，兄妹俩就去喝了点水。太阳还没有升起，走了一夜，这一大清早就觉得肚子空空、饿得直叫了。

"这儿四外一带原先都是铁杉林子，"尼克说。"当年砍伐这种树，只是为了要剥取树皮，可从来不用树材。"①

_____

① 当年印第安人剥下了树皮，卖给博伊恩城的制革厂。

"可这条道又怎么啦？"

"他们该是先从远处砍起，把树皮拖来堆在道旁，好拉到林子外头去。这样一路砍过来，最后砍到了这道边上，把树皮堆在这儿，然后拉出去。"

"要过了这一大片乱木地才能到那个秘密点？"

"是的。过了这片乱木地，再走上一程，又是一片乱木地，然后才到原始林。"

"既然这么一大片林子全砍了，怎么又留下那么一片呢？"

"我也不知道。大概那边的林子是有主的，不肯卖吧。人家靠边上偷伐了不少，少不了向林主赔些采伐费。不过林子的绝大部分还没有动过，要进去连条勉强可走的路都没有。"

"可人家为什么不打小溪边走呢？那条小溪总该有个来处吧？"

趁这会儿歇着，还没有动身去闯面前那片难闯的乱木地，尼克倒也很想给妹妹讲讲其中的道理。

"是这么回事，小妹。那条小溪穿过了我们刚才走的那条大路以后，要流过一个庄稼人的地。那个庄稼人把地围上了栅栏，作了牧场，把想在小溪里钓鱼的都撵走。所以到了他地界里的那座桥下，人家就再也过不去了。就是有人想在他的屋后穿过牧场，也总得在小溪上过，他就在那边放上一头公牛。这头牛可凶了，确实把来的人都赶跑了。我从没见过这样凶的牛，它就一直守在那儿，总是那么杀气腾腾的，只等有人来好撒野。那庄稼人的地盘到此为止了，可往前又是一片杉林沼泽地，到处都有深水窟窿，地形不熟的根本就过不去。即使是熟悉地形的，走起来也够呛。从那儿再往前就是那个秘密点。我们要翻山过去，可说是抄偏僻的路走。过了那个秘密点，前面的沼泽地那才真叫沼泽地呢。这沼泽地真糟，谁也别想过得去。好了，我们这就来走面前这段难走的路吧。"

难走的路和更难走的路都已经甩在背后了。尼克一路不知爬过了多少原木堆，高的比他的头还高，低的也要齐他的腰。他总是先接过枪，放在原木堆顶上，然后把妹妹一把拉上来，让她从另一边滑下去，要不就自己先下，接过了枪，再搭把手让妹妹下来。碰到一堆堆树枝乱丛，他们不是从上面踩过，就是打旁边绕过，那乱木地里热烘烘的，各色杂草花粉扬扬，小姑娘头发上沾满了不算，还给呛得直打喷嚏。

"这乱木地真要命，"她对尼克说。他们当时正坐在一根剥去了一圈树皮的大原木上面休息，坐处是在剥皮人落斧砍树的那头。去了皮的地方是灰溜溜的，其实那日益朽烂的原木整个儿都是灰溜溜的，四外满地的高大树干没有不是灰溜溜的，枝枝丛丛也没有不是灰溜溜的，只有野花野草长得一片茂盛。

"这是最后一片乱木地了，"尼克说。

"真讨厌透了，"妹妹说。"还有那要命的野草，看去就像种满了树的墓地没人看管，地上长了花一样。"

"你这该明白我为什么不想摸黑赶路了吧？"

"我们摸黑过不了。"

"就是。不过从这一带过也不用怕会有人追来。到了这儿，前面的路就好走了。"

他们出了烈日炎炎的乱木地，进入绿荫如盖的大树老林。乱木地一直延伸到一道山梁的顶上，过了山梁顶不多远，往前便尽是森林了。他们这时走在森林里的褐色覆被上，脚踩上去有弹性，挺阴凉的。林下没有矮树灌丛，大树长到六十英尺才分出枝桠来。林荫里真是凉快，尼克听得见高高的树梢间渐渐起了微风的声音。一路走去，见不到一丝阳光，尼克知道，不到近中午阳光是绝对透不进那枝桠交错的高高的树梢的。妹妹让他拉住一只手，紧靠着他走。

"我怕倒是不怕，尼基。不过这儿使我觉得很不自在。"

"我也是，"尼克说。"每次都是这样。"

"我从没到过这样的森林。"

"这一带也就只剩下这么一片原始森林了。"

"我们要在这林子里走很久吗？"

"路相当长啊。"

"我要是一个人走非害怕不可。"

"我只觉得不大自在。怕倒一点也不怕。"

"这话我刚才说过了。"

"我知道。恐怕正因为心里害怕，我们嘴上才这么说。"

"不。我因为跟你在一起才一点也不怕。可我知道我要是独自一人就准得害怕。你以前有没有跟别人一起来过这儿？"

"没有。都是一个人来的。"

"那你不怕吗？"

"不怕。不过我总觉得不大自在。就像在教堂里，我该有这样的感觉吧。"

"尼基，我们要去落脚的地方，是不是也这样一派森严？"

"不。你不用担心。那儿是个愉快的地方。你且好好玩味玩味眼下的这种气氛，小妹。这对你可有好处哩。从前的森林就都是这样的。这片森林怕是眼前还留下的最后一方清净地了。这儿是从来没有人来过的。"

"我喜欢从前的日子。可是这样森严的气氛我不大欣赏。"

"也不都是这样一派森严的。不过铁杉林就是这样。"

"在这儿走真有劲。我本来总以为我们家后面的林子里够有劲的了。可哪里比得上这儿哟。尼基，你信上帝吗？你要是不愿意回答，就不一定要回答我。"

"我可说不上。"

"好吧。你不一定要告诉我。可我每天晚上做祷告，你不会反对吧？"

"不会。你要是忘记了，我倒要提醒你呢。"

"谢谢你。因为这样的森林使我觉得心里虔诚得不得了。"

"所以大教堂都造得有这样的气氛。"

"你从没见过大教堂吧？"

"没见过。不过在书里看到过描写，想象得出来。这座森林就是我们这儿最好的一座大教堂。"

"你看我们能有一天去欧洲看看大教堂吗？"

"当然行啦。不过我得先摆脱了眼前的麻烦，学会挣俩钱儿才行。"

"你看你写文章能挣得了钱吗？"

"只要我写得出色。"

"你要是写些轻松愉快的作品，不就有可能成功吗？这不是我的意见。妈妈说你写的东西总是太忧伤。"

"是《圣诞老人》杂志嫌我写的东西太忧伤，"尼克说。"他们话是没这么说。就是不喜欢我的作品。"

"可《圣诞老人》是我们最喜爱的杂志啊。"

"我知道，"尼克说。"可他们就已经嫌我太忧伤了。其实我还根本不好算大人呢。"

"怎么才算大人呢？结了婚就算大人了？"

"不这么算。反正你还不是大人的话，要送便只能送教养院。成了大人，送监狱就够格了。"

"这么说幸亏你还不算大人。"

"他们哪儿也别想送我去，"尼克说。"尽管我的作品写得忧伤，我们可别说忧伤的话了。"

"我可没说你的作品写得忧伤啊。"

"我知道。可人家都这么说呀。"

"我们得快活起来，尼基，"妹妹说。"这片森林使我们变得没有一点笑脸了。"

"我们就快走出森林了，"尼克对她说。"那时你就可以看到我们要去落脚的地方了。你饿了吗，小妹？"

"有点儿。"

"我猜也是，"尼克说。"我们吃两个苹果吧。"

走下一座坡面长长的小山，他们看到前面树干间出现了阳光。如今到了森林的边缘，只见四下都长起了冬青树和一些蔓虎刺，地上变得一派草木茂盛了。从树干之间望去，看到有一片开阔的草地，顺着坡势一直伸展到水边那一行白桦树下。过了草地和那一行白桦树，再往下是绿得发黑的一片杉林沼泽地，沼泽地外的远方是一带深蓝色的山峦。沼泽地和山峦之间伸进来一弯湖水。不过他们在这儿是看不见的。只是觉得中间间隔很大，那儿该有这么一弯湖水。

"这是泉水，"尼克对妹妹说。"这些垒起的石头就是我以前露宿的地方。"

"尼基呀，这儿真是太美了，太美了，"妹妹说。"还能望到湖，是吗？"

"有一个地方能望到。不过作住处还是这儿好。我去捡些柴枝，一起来做早饭。"

"这些耐火石可是好久以前的东西了。"

"这儿住人本来就是好久以前的事了，"尼克说。"这些耐火石还是印第安人的呢。"

"森林里一没有小径，二不见树上有白槠指路①，你怎么能把路认得那么准呢？"

"你不看见那三道山梁上都竖有指路杆吗？"

"没看见呀。"

"以后我指给你看。"

"是你竖起的吗？"

"不。是早就有的。"

"那你为什么早不指给我看？"

"这我倒说不上了，"尼克说。"大概我是只想露一手给你看

----

① 森林中行路，常相隔一定距离在树上削去一块树皮，露出白槠，作为指路标志。

看吧。"

"尼基，在这儿他们永远也别想找到我们。"

"但愿如此，"尼基说。

大约也就在尼克兄妹踏进第一片乱木地的时候，那个睡在他们家纱窗门廊上的猎监员被阳光刺醒了。住宅坐落在临湖高处的绿树掩映中，太阳从屋后开阔的山坡上探出头来，正好直射在他的脸上。

这个猎监员夜里曾起来喝过水，从厨房回来后就干脆往地上一躺，拿个椅垫来当了枕头。此刻醒来才知道自己竟是睡在地上，于是连忙爬起身来。他原本是向右侧睡的，因为左边腋下挎了只手枪皮袋，里面插着一支.38口径的史密斯-韦森左轮枪。如今清醒了过来，他赶紧摸了摸枪，才觉得阳光刺眼，便避过脸去，然后走进厨房，从切菜桌边的水桶里舀了一勺水喝。女用人正在炉膛里生火，那猎监员就对她说，"弄些早饭来吃，好不好？"

"早饭没有，"女用人说。她是睡在宅后的小屋里的，半个钟头前才到厨房里。一进来看见猎监员躺在纱窗门廊的地上，桌上的一瓶威士忌已差不多只剩了空瓶，她吓了一跳，心里只觉得反感。随后禁不住忿忿然起来。

"早饭没有，你这是什么意思？"猎监员说，手里的勺子还没有放下。

"就是这句话。"

"为什么？"

"没有东西吃呗。"

"那咖啡呢？"

"没有咖啡。"

"茶呢？"

"没有茶。没有熏肉。没有麦片粥。没有盐。没有胡椒粉。没有咖啡。没有博登牌罐装奶油。没有杰迈玛大婶牌荞麦粉。什么也没有。"

"你在胡扯些什么呀？昨天晚上吃的东西还很多嘛。"

"现在都没啦。准是让'五道眉儿'①给叼走啦。"

南边的那个猎监员听见他们说话就起来了，这时已经来到了厨房里。

"你早上好？"女用人跟他打了个招呼。

那个猎监员却没有答理，只顾对另一个猎监员说，"怎么回事，埃文斯？"

"那小王八蛋昨天夜里来过了，拿走了好多吃的，足足有一驮。"

"在我的厨房里不准骂人，"女用人说。

"我们到外边去，"那个南边来的猎监员说。两个人一起走到纱窗门廊上，随手关上了厨房门。

"这是怎么回事，埃文斯？"南边来的人指指那瓶一夸脱装的"老格林河"，瓶内剩下不到四分之一了。"看你醉成了什么样子！"

"我可没比你多喝呀。我一直打起了精神在桌子跟前坐着……"

"坐在那里干什么？"

"在等亚当斯家的王八崽子露面呀。"

"少不了还喝了点酒。"

"我可没喝。后来到四点半左右，我起来到厨房里去喝了点水，回来就在这门前躺下歇会儿。"

"要歇会儿为什么不躺在厨房的门前呢？"

"他要来的话，从这里看去更容易发现。"

"后来呢？"

"他八成儿是扒窗进来的，反正是溜进了厨房，把那么多的东

---

① 一种松鼠，即金花鼠。

西装走了。"

"胡说！"

"那你倒是在干什么？"这本地的猎监员问。

"跟你一样在睡觉。"

"这不结了。我们何必还要争吵呢。争吵一点没好处。"

"你去叫那女用人到门廊上来。"

女用人来到门廊上，那个南边来的人对她说，"你去对亚当斯太太说，我们有话要跟她讲。"

女用人没有应声，不过还是到里宅去了，随手关上了门。

"你还是把没开的和喝空的酒瓶子都收拾起来吧，"那个南边来的人说。"这个瓶里还剩下一点儿酒，也派不了什么用场了。你要不要喝一口？"

"谢谢，我不喝了。我今天有事情得办。"

"那我来喝一口，"那个南边来的人说。"你已经喝得比我多了。"

"你走了以后我可一口都没喝过，"本地的猎监员还是不肯罢休。

"你怎么老是这么胡说个没完？"

"我这可不是胡说。"

那个南边来的人放下了酒瓶。见女用人开门进来，又随手关上了门，他就冲着她说，"太太怎么说？"

"太太偏头痛又犯了，不能见你们。她说你们有搜查证。她说要搜就请搜，搜完了就请走。"

"她儿子的事她怎么说？"

"她没看到过哥儿，哥儿的事她什么也不知道。"

"别的孩子在哪儿？"

"到夏勒伏瓦做客人去了。"

"去谁家做客人？"

"不知道。太太也不知道。他们是跳舞去的，住在朋友家要过了星期天才回来。"

"昨天在这儿转悠的那个孩子是谁？"

"昨天我没看见有孩子在这儿转悠呀。"

"明明有的。"

"也许是哪个小朋友来找这里的孩子玩儿的。也说不定是哪个外地游客的孩子。是男的还是女的？"

"是个十一二岁的小姑娘。褐色头发，褐色眼睛。一脸雀斑。皮肤晒得黑黑的。穿工装裤、男孩的衬衫。光着脚板。"

"听上去像个一般的孩子，"女用人说。"你说有十一二岁了？"

"呸，算了吧，"那个南边来的人说。"从这种乡巴佬嘴里问得出什么名堂！"

"你说我是乡巴佬，那他算什么？"女用人说着对本地的猎监员瞟了一眼。"埃文斯先生算什么？他的孩子们跟我还是一所学校里念的书呢。"

"那个小姑娘是什么人？"埃文斯问她。"快说，苏珊。反正你不说我也查得出来。"

"我怎么会知道，"这个叫苏珊的女用人说。"眼下上这儿来串门的简直什么样的人都有。我真觉得像是住在个大城市里一样。"

"你该不是要自找麻烦吧，苏珊？"埃文斯说。

"不是，先生。"

"我不跟你说笑话。"

"你呢，该也不是要自找麻烦吧？"苏珊问他。

他们出外到马棚套好了车，那个南边来的人说，"我们的事办得不大顺当，是不是？"

"他这下子可逍遥法外了，"埃文斯说。"吃的都有了，枪一定也拿到手了。不过他还在这一带。我能逮住他。你辨认足迹在行吗？"

“不行。说实在的我不行。你呢？”

“雪地里还行，”那另一个猎监员说得笑了起来。

“不过我们也不必去找他的足迹。我们得研究一下他会去哪儿。”

“他带上了那么多的东西，不会到南边去的。他只要稍微带上些吃的，朝铁路走就有火车可搭了。”

“我说不准那柴间里给拿走了些什么东西。不过他从厨房里拿走了一大包。他出逃有个目的地。我得去调查一下他平日都有哪些习惯，都有哪些朋友，常去什么地方。夏勒伏瓦、佩托斯基、圣伊格纳斯、希博伊根，要堵住他就得到这些地方去堵。你要是他会去哪儿？”

“我会去北半岛。”

“我也一样。而且他以前去过那一带地方。到渡口去抓他最方便了。不过从这儿到希博伊根地域辽阔，在他可是熟门熟路。”

“我们还是去看看帕卡德吧。今天不妨就去查看这一路。”

“有什么能阻止他在东约旦搭去大特拉弗斯湾的车吗？”

“什么也没有，不过那不是他熟悉的地区。他多半会去熟悉的地方。”

他们正打开栅栏门要出去，苏珊从屋里出来了。

“可以搭你们的车子上铺子去吗？我得去买些食品杂货。”

“你怎么看得出我们要上铺子去？”

“你们昨天商量要去找帕卡德先生来着。”

“那你买了东西怎么拿回来呢？”

“我想能在路上找人搭个便车，或者碰上从湖边来的什么人。今天是星期六啊。”

“好吧。上车吧，”本地的猎监员说。

“谢谢你了，埃文斯先生，”苏珊说。

到了杂货铺兼邮局，埃文斯把牲口拴在马槽前，他跟南边来的那个人没有就进店，先站在那里商量了几句。

"我真不想跟这该死的苏珊说一句话。"

"就是。"

"帕卡德倒是个好人。在这一带像他这样人缘好的再找不到第二个了。你千万不要拿这买鳟鱼的事来定他的罪。谁也不该去吓唬他，我们可不能招得他跟我们对立。"

"你看他会跟我们合作吗？"

"你要是态度不好就会坏事。"

"我们去找他吧。"

苏珊早已进了铺子，径直穿过店堂，走过玻璃陈列柜、开了盖的货桶、成排的纸盒、满架的罐头，却什么东西也没看在眼里，什么人也没看在眼里。她一直走到里边的邮局，邮局里有许多专用信箱，有邮件存局候领处和卖邮票的窗口。见窗口关着，她就直往后屋走去。帕卡德先生正用一把铁锹在那里开一箱货。他对她瞧了一眼，微微一笑。

"约翰先生，"女用人的话说得快极了。"有两个猎监员到店里来了，他们要抓尼基。尼基昨儿晚上出走了，他的小妹妹也跟他一起走了。这事你可千万别讲出去。他妈妈也知道了，可是没什么大不了的。她至少该不会说出去吧。"

"他把家里吃的东西都带走了是不是？"

"大半都带走了。"

"你需要些什么只管去挑，开张清单，回头我跟你一样样核对。"

"他们就快要进来啦。"

"你从后门出去，再打正门进来。我去招呼他们。"

苏珊就绕过这长长的木板房，重又登上正门的台阶。这一回她一踏进店门，就什么都看在眼里了。送篮子来的那几个印第安人她认识，站在左边第一排玻璃陈列柜前看柜内钓具的那两个印第安小伙子她也认识。旁边一只玻璃柜里摆的是些什么成药她全有数，还知道常来买药的都是谁。有一年夏天她在这铺子里当过售货员，因此知道那些纸盒上铅笔写的字母代号和数字指的是什么，就是盒子里装的鞋子、冬天用的罩靴、羊毛袜子、手套、便帽、线衫等等。她知道这几个印第安人送来的篮子能卖多少钱，但眼下时令已过，已经卖不出好价钱了。

"你怎么到这个时候才把篮子送来呀，塔贝肖太太？"她问。

"七月四日玩得一开心，就没顾上送来，"那印第安女人笑着说。

"比利好吗？"苏珊问。

"我也不知道呢，苏珊。没见他有四个星期了。"

"你干吗不把篮子拿到旅馆去，想法兜卖给那里的游客呢？"苏珊说。

"那当然也可以，"塔贝肖太太说。"我去过一次了。"

"你应该天天拿去卖。"

"可路远着哪，"塔贝肖太太说。

就在苏珊一边跟熟人说话儿，一边开单子替东家采购货物时，那两个猎监员在店堂后边见到了约翰·帕卡德先生。

约翰先生长着一对青灰色眼睛，黑头发，黑色八字须，看样子总像是这位先生走错了地方，才撞进了一家杂货店似的。他年轻时离开密歇根州北部出外，一去就是十八年，他的模样儿根本不像个店老板，倒像个治安官，或者老实巴交的赌徒。他早年开过几家酒馆，经营得蛮不错。可是等到这一带的林木采伐完了，他就买下农田，依然留在当地。再后来本县行使地方自决权决定禁酒，他买下了这家铺子。当时他已经开了一家旅馆。可是他说，一家旅馆而没有酒吧不成格局，所以他简直从来不去。就由他太太来经管这旅馆。太太的劲头比先生还大，先生说他可不愿在这些顾客身上浪费时间，这些顾客有的是钱，想去哪儿度假就尽可以去，可他们却偏要来住一家没有酒吧的旅馆，在门廊上的摇椅里一坐，一晃一摇地打发光阴。他把这些游客叫做"换茬的"①，跟太太一谈起来，就

---

① 原文为 change-of-lifers，一语双关，既有"来换换生活情趣的人"之意，又有"处于更年期（绝经期）的人"之意。

要拿他们挖苦上一顿，好在太太是爱自己先生的，先生再逗她她也从不计较。

"你要叫他们'换茬的'你就叫吧，"太太一天晚上在枕头边对他说。"我虽说有那么两下子，可世上却就唯独我这个女人你还管教得了，不是吗？"

太太欢迎这些游客，因为游客里有些人带来了文化修养的气息，而先生说，太太爱文化修养就像伐木工爱嚼名牌烟草"无敌牌"一样。其实他对太太的这种爱好是很尊敬的，因为太太自己就说过，她之爱文化修养正好比先生之爱上等陈年威士忌，她还说来着，"帕卡德，你不必多操心什么文化修养。我是不会要求你这样那样的。可我觉得有文化修养就是高。"

先生说，她要欣赏文化修养就尽量去欣赏好了，天塌下来他也不管，只要别叫他去参加肖托夸①或什么成人进修班就行。他以前参加过几次野营布道会和一次"奋兴"布道会，可是从没参加过肖托夸。他说，野营布道会或"奋兴"布道会虽然都无聊得很，可至少还有人当真给鼓动得来了劲，会后会有些男女相悦之事，但不管是野营布道会还是"奋兴"布道会，他可从来没有见过会后有谁肯付参会费的。他曾告诉尼克·亚当斯，他太太每次参加著名传道士"吉卜赛人"史密斯②那样的大人物主持的"奋兴"布道大会以后，总要担心上一阵，就怕先生的灵魂不能获救，将来难得永生，不过好在他，帕卡德，长得极像史密斯，所以结果总是一切平安无事。可是肖托夸这玩意儿有点儿怪。文化修养大概总要比宗教信仰强吧，约翰先生想。不过这是个应该冷静对待的议题。人们却对此迷得如痴如狂。他看得出来，这可不仅仅是个赶时髦的问题。

---

① 流行于美国的一种类似暑期学校的文娱教育活动，常在野外举行，因始创于纽约州的肖托夸而得名。

② "吉卜赛人"罗德尼·史密斯（1860—1947），英国的"奋兴派"传道士，吉卜赛人血统，曾多次周游世界到处布道。

"这玩意儿对人们确实有吸引力，"他对尼克·亚当斯这么说过。"它的性质想必有点近乎'摇喊'教派①，只是表现于思想方面而已。这个问题你以后研究一下，把看法说给我听听。你要当个作家，就该早些去熟悉一下。晚了就跟不上形势了。"

约翰先生喜欢尼克·亚当斯，说是因为他身上带有"原罪"。尼克并不理解这话的意思，不过听了却感到挺自豪的。

"你会干了一些事，将来为此而忏悔，小伙子，"约翰先生对尼克这么说来着。"这真是人世间的一大美事。忏悔不忏悔，反正将来再去思想斗争吧。重要的是，这种事你得先干出来。"

"我可不想干坏事，"尼克当下说。

"我也不希望你去干坏事啊，"约翰先生说。"可是人活着总会干出这样那样的事来。做人不可说假话，不可偷盗。可说假话又是人人难免的。不过你得凭眼光认定，对什么人决不说假话。"

"我就认定对你决不说假话。"

"这就对了。你不管碰到什么事，决不要对我说一句假话，我也决不拿假话骗你。"

"我试试看吧，"尼克当时说。

"这话说得不对，"约翰先生说。"必须绝对做到。"

"好吧，"尼克说。"我决不对你说假话。"

"你的女朋友怎么样了？"

"有人说她在北边的苏城②工作。"

"这姑娘长得挺美，我一直很喜欢她，"约翰先生还说来着。

"我也一样，"尼克说。

"想开些，不要太难受了。"

"我也由不得自己，"尼克说。"其实这事一点也不能怪她。她

---

① 耶稣教中的一个派别，特点是在做礼拜时以叫喊和乱动来表示虔诚。

② 苏城，全名为苏圣马里，位于密歇根州北半岛的东北端，隔着连接苏必利尔湖和休伦湖的圣马里河，和加拿大的同名姐妹城市遥遥相对。

生来就是那样的性子。我要是再碰到她，我想还是会跟她搅和在一起的。"

"也许不会了吧。"

"恐怕还是会的。我尽量克制自己就是了。"

约翰先生心里惦记着尼克，来到店堂后部的柜台里，见那两个人正在那儿等着他。他站在那里把两个人上下一打量，只觉得一个也看不顺眼。他向来对那个本地人埃文斯没有好感，压根儿就看不起，可是他意识到这南边来的家伙是个危险人物。这一点他还来不及研究分析，而是单看这人的脸相：眼神莫测高深，嘴巴抿得好紧，一般嚼烟草的人也不用把嘴抿得这么紧啊。他表链上串着一枚真品的驼鹿牙。这枚鹿牙确属精品，估计取自一头五岁左右的雄鹿。好漂亮的鹿牙，约翰先生禁不住又看了一眼，然后看到此人上装里鼓出来好大一块，那是他腋下的手枪皮袋。

"这头雄鹿就是用你随身带着的那把大枪打死的吗？"约翰先生问那个南边来的人。

那个南边来的人大不以为然地瞅了瞅约翰先生。

"不，"他说。"那是我用一把温切斯特 45—70 型长枪在怀俄明州的开放区打的。"

"你是专门使长枪的，呃？"约翰先生说。他探头朝柜台下望了望。"一双脚也不小。你出来追捕娃娃们，也用得着这么大的枪？"

"你说娃娃'们'是什么意思？"那个南边来的人说。他来了个先下手为强。

"我指的就是你要找的那个娃娃。"

"你刚才说娃娃'们'，"那个南边来的人说。

约翰先生发动反击。不反击是不行的。"埃文斯带上了什么枪去追捕那娃娃呢？他自己的孩子可是叫那娃娃揍过两顿的。你一定带着大家伙吧，埃文斯。小心那娃娃也能揍你一顿呢。"

"你为什么不把他交出来，让我们来试试看呢？"埃文斯说。

"你刚才说娃娃'们'，杰克逊先生，"那个南边来的人说。"你为什么要这样说？"

"看你这副德性，你这混蛋，"约翰先生说。"你这个八字脚走路的狗杂种。"

"你真要是有种用这种腔调说话，干吗还缩在柜台后边不走出来？"那个南边来的人说。

"你这是在跟合众国的邮政局长说话啊，"约翰先生说。"你说什么话，除了粪团脸埃文斯以外再没有第二个人给你作证啊。你大概也知道人家为什么要叫他粪团脸吧。你去好好想想。你是个吃侦探饭的嘛。"

他现在高兴了。他击退了对方的进攻，打了个平手，心情又像早先那些日子里那样高兴了，哪里像后来，为了谋生得侍候游客吃饭睡觉，让他们坐着粗木摇椅前一摇后一晃的，在旅馆前门廊上望湖景。

"听着，八字脚，我想起你是谁了，全想起来了。你不记得我了，摆八字脚的？"

那个南边来的人直瞅着他，就是记不起来。

"我记得汤姆·霍恩被绞死①的那天，你就在夏延②，"约翰先生对他直说。"当时大老板答应给好处，就有一帮子人出来诬陷他，那里边就有你。现在想起来了？就在你帮着人家谋害汤姆的那时候，你可还记得在魔弓河③的那家酒馆是谁开的？你人都老了还在干这样的事，是不是根子就在那里呢？你的记性难道真是这么不行？"

---

① 按汤姆·霍恩实有其人。他本来在骑兵部队当侦察兵，离开军队后给牧场干活，遭人陷害，终至被绞死。1979年华纳电影公司曾根据据说是他的自传拍成电影《汤姆·霍恩》放映。

② 怀俄明州的首府。

③ 怀俄明州南部一小镇，位于魔弓河畔，在夏延西北。

"你是什么时候离开西部来这儿的？"

"汤姆的案子结案两年以后。"

"真是活见鬼。"

"你还记得我们带上行李离开灰色公牛镇①时，我把那枚鹿牙送给了你吗？"

"记得。听我说，吉姆，这个娃娃我非逮住不可。"

"我的名字叫约翰，"约翰先生说。"叫约翰·帕卡德。来，一起到后面喝一杯去。那一位先生你也得熟悉一下。他叫'疙瘩脸'埃文斯。原来我们大家叫他'粪团脸'埃文斯。为了照顾他的脸面我现在给他改了个名。"

"约翰先生，"埃文斯先生说。"你友好一点，跟我们合作，好不好？"

"我把你不好听的名字都改了，不是吗？"约翰先生说。"请问两位老弟要怎么样的合作啊？"

到了后屋，约翰先生从屋角的货架下格取出一瓶酒，交给南边来的那个人。

"放开喉咙喝吧，八字脚，"他说。"看你的样子你用得着。"

等他们每人一杯下了肚，约翰先生又问，"你们为什么要抓这个娃娃？"

"因为他违反了渔猎法，"南边来的那个人说。

"违反了什么具体的法令？"

"上月十二号他打死了一头雄鹿。"

"两个堂堂男子汉带着枪追捕一个小孩子，就因为他上月十二号打死了一头鹿，"约翰先生说。

"还有别的违法行为呢。"

"不过这一件你们掌握了证据。"

"差不离吧。"

---

① 怀俄明州北部一小镇，位于灰色公牛河畔。

"是什么别的违法行为呢?"

"多着哪。"

"可你们都没有掌握证据。"

"我可没这么说,"埃文斯说。"但是这一件铁证如山。"

"日期是十二号?"

"对,"埃文斯说。

"你怎么也不向他提些问题,倒老是回答他的问题?"南边来的那人提醒他的搭档说。约翰先生笑了起来。"别跟他打搅,摆八字脚的,"他说。"我想让他那颗出色的脑袋好好发挥作用。"

"你跟这孩子熟不熟?"南边来的那人问。

"相当熟。"

"跟他有过买卖上的往来吗?"

"他有时到我店里来买点东西。总是现款付清的。"

"你知不知道他可能会去哪儿?"

"他在俄克拉何马有亲戚。"

"你最后一次见到他是什么时候?"埃文斯问。

"得了,埃文斯,"南边来的那人说。"你这是在白白浪费我们的时间。谢谢你的酒,吉姆。"

"是约翰,"约翰先生说。"你的名字呢,摆八字脚的?"

"波特。亨利·杰·波特。"

"摆八字脚的,你可千万不能向那孩子开枪啊。"

"我的任务是去把他逮回来。"

"你可一向是个杀人不眨眼的混蛋。"

"走吧,埃文斯,"南边来的那人说。"在这儿简直是白白浪费时间。"

"记住我的话,千万不能开枪,"约翰先生把声音压得低低地说。

"听见啦,"南边来的那人说。

两个人穿过店堂,出了店门,解下他们的轻便马车,驱车走

752

了。约翰先生目送他们直向大路的那头驰去。埃文斯在赶车，南边来的那人在跟他说什么话。

"亨利·杰·波特，"约翰先生心想。"我只记得他的名字叫'摆八字脚的'。他的脚大，靴子都得定做。大家都叫他八字脚。后来叫'摆八字脚的'。内斯特家的那个小伙子被枪杀了，是他在现场附近的泉水边找到了足迹，这才害得汤姆挨了绞。'摆八字脚的'。'摆八字脚的'什么呢？也许我压根儿就不知道他姓什么。'摆八字脚的'八字脚。会不会叫'摆八字脚的'波特呢？不，肯定不叫波特。"

"对不起，我不能收你这些篮子，塔贝肖太太，"他说。"你送来得太晚，时令已经过了，这又不能留到明年再卖。不过你要是能拿到旅馆去耐着性子兜卖给游客，脱手是没有问题的。"

"你就买下来再拿到旅馆去卖吧，"塔贝肖太太出了个点子。

"不。你直接兜卖给他们好销些，"约翰先生对她说。"你长得讨人喜欢。"

"那可是好久前的事啰，"塔贝肖太太说。

"苏珊，我有话要跟你说，"约翰先生说。

一到后屋，他就说，"告诉我是怎么回事。"

"我不是早告诉你了吗？他们来抓尼基，想等他一回家就把他逮住。他的小妹妹去报信，说他们在等他。尼基趁他们醉得呼呼大睡的时候，拿了些吃的东西悄悄溜走了。他带去的东西吃两个星期是不成问题的，还带上了他的枪，小妹也跟他一起去了。"

"她为什么要去？"

"我也不知道，约翰先生。我看她大概是想照应照应哥哥，不让他干出什么坏事来。尼基的脾气你是知道的。"

"你的老家就在埃文斯家附近。依你看尼克常去哪儿他心里有没有底？"

"能打听的他都打听到了。至于他心里有没有底，我就不知道了。"

"你看他们兄妹俩到哪儿去了？"

"这我就没法儿知道了，约翰先生。尼基去过的地方可多呢。"

"跟埃文斯一起的那个家伙可不是个东西。他是个十足的坏蛋。"

"他不怎么精明。"

"他干的事不怎么样，人可蛮精明。是老酒把他搞垮的。可他实在精明，而且心坏。我早就了解他的。"

"你有什么事要我办的？"

"没什么，苏珊。有什么情况快来告诉我。"

"约翰先生，等我把货款结好了，你来复核一下。"

"你怎么回家呢？"

"我可以搭船到亨利家的码头，再从东家屋里划一条小船出来，到码头上把东西接回去。约翰先生，他们打算拿尼基怎么样？"

"我正为这事担心呢。"

"听他们说，要把他送教养院。"

"他要是没打死那头鹿就好了。"

"他也这么想。他告诉我他刚刚在书里看到，说是打野兽可以让子弹只擦伤点皮，而伤不了命。可以只打昏过去，尼基就很想试试。他说他明知道这是干傻事。可是很想试试。于是他就打了那头鹿，结果把鹿的脖子打断了。他觉得难过极了。他觉得难过，根本就不应该去试试只擦伤点皮。"

"我明白了。"

"他把鹿肉挂在原先的水上冷藏所里，后来一定是让埃文斯给发现了。反正是让人给拿走了。"

"又有谁会去报告埃文斯呢？"

"我想问题就出在埃文斯的那个儿子身上。这小子老是盯尼克的梢。你就是看不见他。很可能连尼克打死那头鹿他都看见了。这小子可不是个东西，约翰先生。不过他盯起什么人的梢来，可真有一手。说不定这会儿他就在这屋里躲着呢。"

"那不可能，"约翰先生说。"不过躲在屋子外边偷听倒是有可能的。"

"我看他准是追赶尼克去了，"那女用人说。

"你听见他们在你东家屋里谈起过他吗？"

"一句话都没有提起过他，"苏珊说。

"埃文斯肯定把他留在家里干活儿了。我看对这小子我们倒暂且不必放在心上，得等那两个家伙回到埃文斯家里才会有动静。"

"我可以今天下午划船过湖回家一趟，派我的一个小孩子去探听一下埃文斯家里有没有雇人来干活。有人的话，就说明他让那小子出去追踪了。"

"那两个家伙年纪大了，干追踪的事是不行了。"

"可那小子厉害得很呢，约翰先生，而且他对尼基的情况了解得太清楚了，知道尼基会去哪儿。他会找到了兄妹俩，再带大人去抓他们。"

"来，到邮局里面去谈，"约翰先生说。

来到了那许多插信格子、专用信箱、挂号登记簿、摆得井井有条的原封大张邮票，以及盖销邮戳、印台等等的后面，领存局候领邮件的窗口一关，苏珊又感受到了当初在铺子里帮工时有职有权的那份自豪。约翰先生开口了，"依你看他们到哪儿去了，苏珊？"

"这我就没法儿知道了，真的。我看不会走得太远，要不他就不会带小妹去。而且他一定有个极好的去处，要不他也不会带小妹去。钓了鳟鱼给旅馆做菜的事他们也知道了，约翰先生。"

"也是那小子报告的？"

"就是。"

"恐怕我们得想个办法对付这埃文斯家的小子。"

"我真恨不得杀了他。小妹要跟着她哥哥去，我相信也是为了这个缘故。免得尼基把他杀了。"

"你想想办法，我们可不能断了他们的消息啊。"

"好的。可你也得想想办法呀，约翰先生。亚当斯太太已经完全垮了。她偏头痛的老毛病又犯了。给。你最好把这封信拿去。"

"你投在邮筒里，"约翰先生说。"这是向邮局交寄的。"

"昨儿晚上看他们俩睡着了，我真想杀了他们。"

"不能，"约翰先生对她说。"这话可千万说不得，这种念头也千万起不得。"

"你难道就从来不曾有过想杀什么人的念头，约翰先生？"

"也有过。不过这种想法是要不得的，也是行不通的。"

"我爸爸就杀过一个人。"

"这对他不会有什么好处。"

"他实在忍不住了。"

"你得学会沉住气，"约翰先生说。"你该走了，苏珊。"

"我今儿晚上或者明天早上再来看你，"苏珊说。"但愿我还在这儿工作，约翰先生。"

"我也这么想，苏珊。可是帕卡德太太不这样想。"

"我明白，"苏珊说。"天下的事都是这样的。"

尼克兄妹躺在嫩草铺成的地铺上，上面有个斜斜的棚顶，是兄妹俩一同搭起来的，地点就在这铁杉林的边上，俯瞰着山坡下边的杉林沼泽地和再过去的一抹青山。

"要是你觉得不大舒服的话，小妹，我们可以再剥些那铁杉树上的软树脂来垫在下面。今儿晚上很累了，这样就可以了。明天再拾掇一下，搞得好好的。"

"我感到美美的，"妹妹说。"手一摊脚一伸，好好感觉一下，尼基。"

"这地方过夜相当不错，"尼基说。"而且一点也不显眼。我们的火堆只能烧得小些。"

"这里烧个火堆对面山上看得见吗？"

"可能看得见，"尼克说。"夜里火光惹眼，老远都看得见。不过我可以张条毯子把火光挡住。这样就不会让人看见了。"

"尼基，要是我们背后没有追兵，到这儿来只是为了取乐，那该有多好。"

"别过早抱这样的幻想，"尼克说。"我们这还不过是开了个头呢。反正只是为了取乐的话，我们也不会到这儿来。"

"真对不起，尼基。"

"你不用说对不起，"尼克对她说。"我说，小妹，我要到下面去钓几条鳟鱼来做晚饭吃。"

"我一块儿去好吗？"

"别。你还是留在这儿歇息。你这一天也够累了。你就看会儿书，要不就安安静静歇会儿。"

"走那乱木地才累人呢，是不是？我看那才叫不好对付。我干得还可以吧？"

"你干得很了不起，搭棚建营地你也确实有一手。不过现在还是好好休息休息。"

"我们这个营地起了名字没有？"

"就叫一号营地吧，"尼克说。

他顺坡而下，向小溪走去，快到溪边时，停下来砍了一根四英尺来长的柳枝，把枝条修得光光的，皮却并不削去。这里望得见那清澈而湍急的溪流。小溪不宽，却很深，岸边长满了青苔，由此往前，一直流到沼泽地里。清湛湛的深色溪水淌得飞快，急处可见一朵朵水花涌起在水面。尼克并没有走到岸边，因为他知道溪岸的底下也流着溪水，他可不想踩上去惊了鱼。

眼下溪流中央的鱼肯定不会少，他想。时令已经进入残夏了。

他衬衫的左胸袋里带着个烟荷包，他从这荷包里掏出一卷丝质鱼线，大致比照柳枝的长短剪了一段，系在柳枝尖端事先开好的一个浅浅的槽口里。然后从荷包里取出一只钓钩系在鱼线上，然后捏住钓钩，试了试钓线的拉力和柳枝的弯度。他这才搁下钓竿，回到跟溪边杉木林子毗连的那个小白桦林里，那里有一棵已经枯死多年的小白桦树，树身横倒在地上。他翻开枯树，在下面找到几条蚯蚓。蚯蚓不大，却遍体鲜红，扭个不停，他把它们放在一只原先装哥本哈根鼻烟的扁圆听子里，听子盖上特意钻了一些小孔。他撒了些泥土在蚯蚓身上，然后把枯树再翻过来。在这个地方他总能找到鱼饵，这是第三年了，他总是把枯树再翻过来，保持原来找到时的样子。

谁也不知道这条溪流有多大，他想。上游那头还另有一片沼泽地，那才叫厉害呢，沼泽地里大量的水都是通过这条溪流外泄的。他这时朝小溪的两头看了看，抬头望了望山上铁杉林下他们准备宿夜的所在。然后回去拿起钓线和钓钩都已装好的钓竿，在钩子上用心地穿上鱼饵，朝它啐了口唾沫求个吉利。他右手握住装好饵料的钓线和钓竿，放轻脚步，小心翼翼地朝那水面虽窄而流量奇大的小溪岸边走去。

这一段的水面特别窄，他的柳条竿一挥就能把钓线甩到对岸。他快到岸边时，听到湍急的溪流水声汹涌。为了不让自己的身影落在溪水中，他在不到岸边的地方站住了，从烟荷包里取出两颗一边开缝的铅丸，嵌在钓线上距钩子约一英尺处，用牙齿咬紧在钓线上。

鱼钩上穿着两条蜷曲的蚯蚓，他一挥手把鱼钩甩到水面上，轻轻放下，鱼钩在湍急的水流中打了个旋，沉了下去，他把柳条竿的尖头往下，由着水流把钓线和鱼钩连饵料一起拖到了溪岸下的暗水道里。他感到钓线被扯直了，突然被使劲拉紧了。他就把钓竿往上一提，钓竿却在手里弯得直不起腰来。他只觉得扯紧的钓线在那里又抽又拉，他用力往上提，那钓线却就是不松劲。后来终于松动了，那家伙随着钓线一起从水里上来了。只见那窄窄的深深的溪流里一阵狂蹦乱跳，那鳟鱼被拉出了水面，悬空打着扑腾，一荡荡到了尼克的背后，落在后面的溪岸上。尼克见这鱼在阳光中一闪，随后就见它正在凤尾草丛里翻跳打滚。尼克拿在手里，觉得好壮实，沉甸甸的，还有一股诱人的鱼香，只见鱼背的皮色好深，身上的斑点的色彩是那么灿烂，鱼鳍的边缘是那么鲜明。这几道边缘白晃晃的，靠里边镶着一道黑线，到鱼腹部分是一片可爱的金色，宛如晚霞一般。尼克把鱼拿在右手里，勉勉强强一把攥住。

这鱼大了点，平底锅里容不下，他想。可是既然让我伤着了，也只好把它宰了。

他把这鳟鱼的脑袋朝猎刀的刀把上猛砸，然后把鱼靠在一棵白桦树的树干上。

"唉，真可惜，"他说。"这么大小的鱼，给帕卡德太太的旅馆做菜是再合适也没有了。可让我和小妹吃就太大了。"

我还是到上游去，找一个水浅的地方钓两条小些的吧，他想。可也真是的，这鱼让我从钩子上硬拉下来，难道会不觉得有一点痛？人们会尽扯什么逗鱼上钩好玩得很，可是没有把上钩的鱼取下过的人，不会知道鱼的痛苦会给你什么感觉。就算只是那么一刹那的感觉吧。本来风平浪静，逍遥自在，却忽然来了叫你上钩的人，就这么让人从水里提起来，吊起在空中，这时候才叫人难受啊。

这条小溪也真是稀奇，他想。真怪，你反倒要去找小些的鱼来钓。

他捡起刚才撂下的钓竿。鱼钩给扭弯了，他用手扳扳直。然后提起那条大鱼，向上游走去。

小溪出了上游的那片沼泽地不多远，有一处卵石滩，溪水很浅，他想。我可以到那儿去钓上两条小的。这条大鱼小妹兴许不喜欢。她要是想家的话，我就得送她回去。也不知那两个家伙此刻在干些什么？我这个地方，埃文斯家那个混蛋小子估计也不见得会知道。这个狗崽子。我看这里除了印第安人，谁也不会来钓鱼的。做个印第安人该有多好，他想。做个印第安人可以免去许多麻烦。

他就向小溪的上游走去，尽量不靠水边走，可有一回还是踩上了一处下有暗流的空心地。只见呼地一下猛地蹿出一条大鳟鱼，在溪水里划出一道水花。这样大的鳟鱼，在这溪流里要转身怕都转不过来呢。

那鱼逃到上游，又钻进了溪岸下的暗流，尼克冲着鱼儿的后影说，"你是什么时候上这儿来的？好家伙，这么大的鳟鱼！"

在满是卵石的那段浅水滩上，他钓到了两条小鳟鱼。鱼虽小，倒也挺好看，挺结实，他把三条鱼都掏去了内脏，把内脏扔进小溪，然后在冷水中把鱼仔细洗净，从口袋里取出一只褪色的放食糖的小袋包起。

幸亏小姑娘爱吃鱼，他想。要是能采到些浆果就好了。不过我知道哪儿有，好歹总能采到一些。他转身上了山坡，向他们的宿营地走去。太阳已经下山，天气极好。他举目远望，一直望到沼泽地外，看到那边天空中有一只鱼鹰在翱翔，按方位推算，下面该是那一弯湖水。

他悄悄来到棚前，妹妹一点都没听见。她侧身躺着，在看书。为了免得吓她一跳，见了她他把话说得很轻。

"小捣蛋，你干什么了？"

妹妹一回头，对他瞧了瞧，微微一笑，把头摇摇。

"我把头发剪了，"她说。

"怎么剪的？"

"用把剪子呀。你说还能怎么剪？"

"你又没镜子，怎么剪呢？"

"我就一只手拉住头发，一只手剪。这还不容易。看我的样子像不像个小子？"

"像个婆罗洲的蛮小子。"

"我没法剪得像主日学校的学童那样整整齐齐。看上去是不是太野了？"

"不。"

"真有劲啊，"她说。"我现在既是你的妹妹，又是个小子了。你说我能不能就此变成个小子？"

"不能。"

"要能就好了。"

"你疯了，小妹。"

"恐怕是吧。你看我像不像个傻小子？"

"有点像。"

"你来帮我修修齐吧。你可以拿把梳子边看边剪。"

"我总得帮你修得稍微像样些，可也不会修得怎么好。你饿了吗，傻弟弟？"

"我就不能做个不傻的弟弟吗？"

"我就不愿拿你去换个弟弟。"

"你现在不换不行了，尼基，你难道还看不出来？我们不这么办是不行的。按说我该先问一问你，可一想到我们不这么办不行，我就干了，给你一个惊喜。"

"我很喜欢，"尼克说。"怕什么！我太喜欢了。"

"谢谢你，尼基，太谢谢你了。我刚才就照你的嘱咐，躺着好好歇息歇息。可脑子里尽是胡思乱想，总想该为你做些什么。我在想，我要到希博伊根那样的大地方去找一家大酒馆，给你装上一嚼烟听子的蒙汗药。"

"你去问谁要呀？"

尼克这时已经坐了下来，妹妹就坐在他膝头上，拿两条胳臂搂住了他的脖子，一头短发在他脸颊上磨蹭。

"问窑姐儿里的那个女王娘娘要呗，"她说。"你知道那家酒馆叫什么名儿吗？"

"不知道。"

"叫'皇家十元金币旅馆商场'。"

"你在那儿干什么呢？"

"当窑姐儿的随从。"

"窑姐儿的随从又是干什么的？"

"喏，窑姐儿来来去去，给她在后面提长裙，她要上马车，替她开车门，她该去哪个房间，给她带个路免得走错。大概跟女王身边的侍从女官差不多吧。”

“当随从对窑姐儿怎么说话呢？”

“只要不是失礼的话，想到什么就说什么。”

“怎么样的话呢，弟弟？”

“比如说吧，‘哎呀，小姐，像今儿这样的大热天，哪怕就是做只鸟儿待在描金笼子里，也肯定是累得够受的。’就是这一类的话。”

“那窑姐儿怎么说呢？”

“她会说，‘话是不错。不过那也自有一种乐趣。’因为我给她当随从的这个窑姐儿，她的出身是很卑微的。”

“那你是什么出身呢？”

“我是一位忧伤的作家的妹妹，不，是弟弟，我有良好的教养。所以我很受那女王娘娘的欢迎，那帮窑姐儿也都很欢迎我。”

“蒙汗药你弄到了没有呢？”

“当然弄到啦。她说，‘小甜甜，这灵丹妙药你就拿去吧。’我还说了‘谢谢’呢！她还说，‘请代我向你那位忧伤的哥哥问好，他什么时候到希博伊根来，请他上我们的商场里来看看哟。’”

“你给我下来吧，”尼克说。

“那商场里的人说起话来就是这个腔调的，”小妹说。

“我得做晚饭了。难道你不饿？”

“晚饭我来做。”

“不，”尼克说。“你管你说下去。”

“你看我们会过得愉快吗，尼基？”

“我们这不就过得挺愉快吗？”

“我为你做的事还有一件呢，要不要说给你听听？”

“你是说在你决心干点实际的事情、剪掉头发以前干的？”

“这件事也是挺实际的。你听我一说就明白了。你做晚饭的时候我亲亲你不碍事吧？”

“我待会儿再告诉你。你当初还想为我干什么事？”

"唉，我昨儿晚上偷了威士忌，因此担心我这是道德堕落了。你看能不能光干了这么一件事就变得道德堕落？"

"不能。反正那瓶酒是已经开了的。"

"这话也是。可我把空了的小酒瓶连同有酒的大酒瓶一起拿到厨房里，把小酒瓶灌满了，手上不小心溅到了一点儿，我用舌头把酒舔了，当时我就想这一舔八成儿使我道德堕落了。"

"你觉得酒的味道怎么样？"

"凶透啦，而且怪得很，还有点叫人恶心。"

"这样不会使你道德堕落。"

"哎，那可好，因为我要是道德堕落了，怎么能对你起得了有益的作用呢？"

"这我也说不来，"尼克说。"你到底还要为我做什么呢？"

他已经把火生好，平底锅也已搁在火堆上，熏肉片正一片片往锅子里放。妹妹双手合拢抱住了膝头，在一边看着，尼克看她松开了双手，一条胳膊往下伸去，撑在地上，两条腿直伸出去。她正在学着做个小子呢。

"我还得学这两只手该怎么放。"

"只要别去拢头发什么的就行。"

"这我知道。要是有个跟我同样年纪的男孩子能让我照式模仿，那就好办多了。"

"模仿我好了。"

"这当然再合适不过，是不是？可你不会笑话我吧？"

"那可说不定。"

"哎呀，但愿我别在路上一不留神露出姑娘家的样子来。"

"别担心。"

"我们的肩膀长得一个样，腿也长得差不多。"

"你当初另外还想为我干什么事呀？"

尼克这时在煎鳟鱼了。他们是从倒地的枯树上现砍了一块木头当柴烧的，熏肉片已经熬得焦黄卷起，熬出的肉油煎着鳟鱼，他们都闻到了一股香味。尼克拿油往鱼身上淋，然后把鱼翻了个身，再继续拿油去淋。天色渐渐黑下来，小小的火堆背后早已张起了一方帆布，免得让人看见火光。

"你当初还想为我干什么？"他又问。小妹身子往前一探，冲着火堆啐了口唾沫。

"我啐得像不像样？"

"反正没啐中锅子嘛。"

"哎呀，我那一手可厉害着哪。那是我从《圣经》里学来的[①]。我要拿上三颗大铁钉，叫那两个老家伙加上那个坏小子每人挨一颗，我要趁他们睡熟的时候，把大铁钉敲进他们的太阳穴。"

"这钉子你打算用什么来敲呢？"

"无声锤子。"

"这锤子你怎么使它不出声呢？"

"我自有办法管包它不出声。"

"这敲钉子的事可不大好办哪。"

"得，《圣经》里的那个女人就是这么干的。既然我曾看到带枪的大男人喝得醉倒了，并且趁着黑夜在他们中间转了一圈，偷走了他们的威士忌，为什么就不能索性干个彻底呢？何况我这是从《圣经》里学来的。"

"《圣经》里可没有无声锤子。"

"我大概把它跟无声船桨搅混了。"

"也许吧。不过我们可不想杀人啊。所以你才陪我一块儿来的呀。"

"我知道。不过你和我的脾性儿是很容易犯罪的，尼基。我们跟人家不一样。所以我当时想既然道德堕落了，那就索性一不做二

---

① 此处所说系指《圣经·士师记》第4章第21节："西西拉疲乏沉睡。希百的妻雅亿取了帐篷的橛子，手里拿着锤子，轻悄悄地到他旁边，将橛子从他鬓边钉进去，钉入地里，西西拉就死了。"

不休了。"

"你疯了，小妹，"他说。"我问你，你喝了茶会不会睡不
着觉？"

"我不知道。我晚上从来不喝茶。至多只喝薄荷茶。"

"我把茶煮得淡些，加上罐头炼乳。"

"要是我们带得不多，尼基，我就别喝了吧。"

"这样不过让牛奶更好喝点罢了。"

他们这时在吃晚饭了。尼克给自己和妹妹各切了两片黑面包，
先一人一片在锅内的肉油里浸一下。吃油浸面包的时候就一边吃煎
得恰到好处、外脆而内里极嫩的鳟鱼。吃完后把鱼骨投在火里，再
拿另一片面包夹熏肉片吃，然后小妹喝了加炼乳的淡茶，尼克呢，
找了两块小木片，把炼乳罐头上打下的洞眼塞住。

"你吃够了吗？"

"尽够了。这鳟鱼真好吃，熏肉也不赖。家里居然还有黑面
包，你说我们走运不走运？"

"再吃个苹果吧，"他说。"明天我们也许就有好吃的了。也许
我该把这顿晚饭弄得丰盛些，小妹。"

"不用了。我吃得尽够了。"

"你真的不饿了？"

"不饿。肚子吃得饱着呢。我还带着些巧克力，你要不要来
一点。"

"你哪儿弄来的？"

"我的藏宝袋里有。"

"你说哪儿？"

"我的藏宝袋。我积攒的东西都藏在那儿。"

"噢。"

"这块是新鲜的。这些是从厨房里拿的硬巧克力①。我们先吃

---

① 指用作糖果点心原料的不加牛奶和糖的纯巧克力。

这个，把另一种留着等特殊的日子再吃。你瞧，我这藏宝袋袋口上有根绳子可以收紧，跟烟荷包那样。我们可以用来装天然的金块什么的。尼基，你说我们这次往外跑，能不能索性跑到西部去？"

"我还没有想好呢。"

"我真希望我这藏宝袋能装满了天然的金块，那可要值到十六块钱一盎司哩。"

尼克把平底锅洗干净，把背包拿进棚里，放在靠头的一边。一条毯子铺在嫩草上，做地铺用，另一条毯子他拿来盖在上面，在小妹那一边折了一道边在底下塞好。他把刚才煮茶用的小铁皮桶淘洗干净，去泉水边打了满满一桶冷水。打了水回来，看见妹妹已经在地铺上睡熟了，把蓝色牛仔裤裹着鹿皮鞋当了枕头。他亲了她一下，她却没有醒，他就把那件穿旧的麦基诺厚呢上装往身上一披，在背包里掏摸了一阵，终于把那一小瓶威士忌找到了。

他打开瓶盖闻了闻，酒味好香。他从小铁皮桶里把刚打来的泉水舀了半杯，倒上一点威士忌。然后坐在那儿慢慢地喝，每一口都要在舌头底下含上好一会儿，才慢慢倒腾到舌头上来咽下。

他注视着那一小堆木炭火儿被轻轻的晚风吹得亮堂起来，嘴里品着掺冷水的威士忌，眼睛望着炭火，思量起来。后来他喝完了杯里的酒，再舀了点冷水，喝完了才睡。枪放在左腿下，鹿皮鞋裹上裤子作了枕头，脑袋搁上去硬邦邦的倒也不错，他把这一头的毯子边紧紧裹住了自己的身子，做完祷告就睡着了。

半夜里他觉得冷，就把厚呢上装盖在妹妹身上，自己转过身来把背朝她那边挪过些，好把这一头的毯子多匀些出来压在身下。他伸手去摸枪，拿来又在左腿下放好。夜晚的空气冷得刺鼻，他闻到新砍的铁杉味儿和松枝上的树脂味儿。他直到给冻醒了过来，才体会到自己竟是这样筋疲力尽。他这时又舒服地躺着，背上暖烘烘的是妹妹的身子，不禁心想：我一定要把她照顾好，让她过得快快活活，并且平平安安送她回家。听着她透气的声音，听着这夜的静谧，一会儿就又睡着了。

他醒来的时候，天才蒙蒙亮，沼泽地外的远山还只勉强看得清。他躺在那儿不出一声，把僵硬的身子舒展舒展。过了会儿才坐起身来，套上卡其长裤，穿上鹿皮鞋。他看妹妹睡得很熟，暖和的厚呢上装领子的一角给垫在下巴底下，高高的颧骨和雀斑点点的脸皮在黝黑中透出淡淡的玫瑰红，剪得短短的头发显露出那头颅的美好轮廓，衬托出她挺直的鼻梁和紧贴在脑瓜上的耳朵。他心想，要是能把她这时的脸容画下来该有多好，那长长的睫毛垂在腮帮上是那样好看，引得他直瞅。

看她这样子真像一头小野兽，他想，而且她的睡相也正像一头小野兽。那么你说她这一头短发又像什么，他想。依我看，最贴近的比喻该说是好像有人把她的头发在砧板上用斧子乱砍了一通。看上去似乎有一种雕像般的感觉。他是挺爱妹妹的，妹妹爱他却似乎过了头。不过，他想，这种事情我看总会向好的方面发展的。至少我希望是这样。

把人叫醒可不好，他想。连我都这样筋疲力尽，她肯定是也累坏了。我们在这儿能平安无事，那就说明我们这样做是做对了：躲得远远的，等待事态平息，等待南边来的那个猎监员自己滚蛋。不过我还是该让小妹吃得好些。遗憾的是，真正像样的东西我可拿不出来。

不过我们还是有好多东西的。那背包就装得够重。不过今天我们实在应该去采些浆果。打得到的话最好能打上一两只松鸡。还可以去采些鲜美的蘑菇。熏肉当然得节省点儿用，不过也不至于就不够用，因为我们还有起酥油。昨儿晚上我恐怕给她吃得太少了。而且她惯常要喝很多牛奶，还爱吃甜食。不过也不用发愁。我们自有好东西吃。好在她挺喜欢吃鳟鱼。昨天那几条实在好吃。所以用不到为她发愁。她会吃得满意的。可尼克老弟啊，你昨儿晚上肯定没有让她吃饱喝够。现在还是别去叫醒她，就由她去睡吧。眼前的活儿就有得你干的。

他小心在意地从背包里取出些东西来，这时妹妹却在睡梦中微微一笑。这一笑，颧骨上黑黝黝的脸皮就绷紧了，显出了原来的底色。她并没有醒，他就管自去准备做早饭，把火生起来。砍好的柴还有不少，他却只生了一堆小小的火，先煮茶，等会儿再做早饭。他喝的是清茶，还吃了三颗杏子干，拿起《洛纳·杜恩》，想看上一段。可是这本书他早已看过，已经没有一点吸引力，他想，此次外出，这倒是个损失。

昨天傍晚建好营地后，他把几个李子干放在一只白铁皮桶里浸泡，这会儿就把泡透了的李子干放在火上炖。他看到背包里有精荞麦粉，就把麦粉连同一只搪瓷锅和一只白铁杯子一起拿出来，把麦粉和上水，调成糊状。那听植物油做的起酥油已经取出，他从一只空面粉袋口上剪下一块，裹在一根砍下的枝条上，用一段鱼线紧紧扎住。小妹带来了四只旧面粉袋，能有这样一个妹妹他真感到自豪。

调好了面糊，把平底锅放到火上，就用这蒙着块布的枝条在锅内抹上一层起酥油。平底锅里先是泛起一层乌光，继而嗤嗤有声，还毕剥作响，他又抹了一次油，然后把面糊倒下去摊平，看着面饼起泡，不一会儿周边渐渐生出硬皮。他看着面饼膨发起来，生出纹理，成了灰白色。他用一块新削的干净木片把饼从锅底上铲松，把锅一抖，翻了个个儿，接住，让煎得金黄脆亮的一面在上，另一面还在嗤嗤作响。明明看到这面饼在锅内一个劲儿往上膨胀，但分量还是挺沉。

"早上好，"妹妹说。"我睡了个大懒觉，是不是？"

"没有的事，小鬼。"

她站起身来，衬衫下摆挂下来罩住了黑黝黝的大腿。

"你把活儿全都干好了。"

"没有。我刚开始在煎饼。"

"这块饼味儿真香极了，是不是？我到泉水边去洗个脸再回来帮你干。"

"别在泉水里洗脸。"

"我可不是白种人①，"她说完，就在棚子后边消失了。

"你把肥皂放在哪儿啦？"她说。

"就在泉水边。那儿还有只空的猪油桶。把里边的黄油给我拿来可好。放在泉水里凉着的就是。"

"我一会儿就回来。"

黄油足有半磅，她连空桶一起拿了回来，里面的黄油用油纸包着。

他们拿黄油和"木屋"牌糖浆涂在荞麦饼上吃。"木屋"牌糖浆是白铁罐头原装的，罐头顶上有个烟囱状的口子，旋开盖子就可以从烟囱里倒出糖浆来。兄妹俩都饿极了，黄油一涂到饼上就化，跟糖浆一起淌到切开的地方，味道好极了。他们吃了盛在白铁杯子里的李子，喝下了汁。吃完了用原杯盛茶喝。

"这样好吃的李子只有在过节的时候才吃得到，"小妹说。"你想想看。你晚上睡得好吗，尼基？"

"好。"

"谢谢你给我盖了件上装。不过这一夜还是过得挺愉快的，是不是？"

"是啊。你睡得一夜没醒吧？"

"我现在还没醒透呢。尼基，我们就一辈子待在这儿，行吗？"

"我看不行。你得长大，还得嫁人呢。"

"我反正就嫁给你得了。我就跟你同居算你的妻子好了。我在报上看到过有这种事。"

"是在一篇讲不成文法的文章里看到的吧。"

"对。我就根据不成文法跟你同居算你的妻子。行吧，尼基？"

"不行。"

---

① 她皮肤黝黑，自以为是个小蛮子。

"我就是要这么办。我就是要瞒着你去办。只要过上一段时间的夫妻生活就行。我要叫他们就从现在算起。这和根据宅地法建立家园是一样的。"

"我不让你去提出申请。"

"那可由不得你做主了。这就叫不成文法。我琢磨来琢磨去，也不知琢磨过多少回了。我要去印些名片，上面这样写：尼克·亚当斯太太，住密歇根州十字村——目前尚在同居阶段。我要把这样的名片每年公开向人散发一批，直到规定期满。"

"我看你这办法行不通。"

"我还另外有一套方案呢。我要趁我还未成年，先给你生几个娃娃。这样你就不能不根据不成文法跟我结婚了。"

"那就不是不成文法了。"

"我也都搞糊涂了。"

"这种事行得通行不通，反正现在谁也说不准。"

"肯定行得通，"她说。"索先生①就指望着这一招哪。"

"索先生也许弄错了呢。"

"怎么会呢，尼基，这不成文法的玩意儿实际上就是索先生想出来的。"

"我还以为是他的律师呢。"

"哎，反正这场官司总是索先生打的。"

"我可不喜欢索先生，"尼克·亚当斯说。

"好呀。索先生有些地方我也不喜欢。不过他这么一来，报纸

----

① 这里和下文提到的索先生和斯坦福·怀特先生，牵涉到二十世纪初美国一件轰动一时的凶杀案。斯坦福·怀特（1853—1906）是美国著名建筑设计师，是个有钱、有地位的人物。他追求一个美丽风骚的歌舞女演员内斯比特（1885—1969），而内斯比特后来却嫁给了铁路巨头哈里·索（1871—1947）。婚后过了一年多，索得知内斯比特婚前与怀特有恋情，于1906 年 6 月 25 日枪杀了怀特。索声称他此举是为了保卫他妻子的名誉。这个案子闹得举国哗然。第一次审理时因陪审团意见不一致而未作出裁定，第二次审理时以被告精神不正常为由，将索开释。

770

就有看头多了，是吧？"

"他这么一来，人家对他就更反感了。"

"人家对斯坦福·怀特先生也很反感。"

"我看人家是妒忌他们俩。"

"我相信事情就是这样，尼基。就像人家妒忌我们一样。"

"你看现在还有没有谁妒忌我们？"

"这会儿大概不会有了。妈妈会以为我们是逃避法律制裁的亡命之徒，浑身都是罪孽。幸亏她不知道我还给你拿了那瓶威士忌。"

"我昨儿晚上尝过了。这酒好极了。"

"啊，那就好。我这辈子还是第一次偷威士忌。偷到的居然是好酒，你说妙不妙？我还以为跟那两个家伙沾了边的就不会有好东西呢。"

"我老是想到那两个家伙，想得太多了。我们不要再提他们了，"尼克说。

"好吧。我们今天干什么呢？"

"你喜欢干什么？"

"我想上约翰先生的铺子去，把我们还缺少的东西统统买来。"

"这我们做不到。"

"我知道。那你到底有些什么打算？"

"我们该去采些浆果，我再去打一只松鸡，能多打几只更好。鳟鱼倒是不愁钓不到的。可我不想叫你老吃鳟鱼，吃得都腻了。"

"你吃鳟鱼吃腻过？"

"没有。不过听说有人多吃就腻了。"

"鳟鱼我是吃不腻的，"小妹说。"不比狗鱼，一吃就腻。鳟鱼，还有鲈鱼，那是再吃也吃不腻的。这我有数，尼基。不骗你的。"

"还有大眼狮鲈也是吃不腻的，"尼克说。"只有铲鲟不行。乖乖，这种鱼管保你吃多了就腻。"

"我不爱吃'草耙骨'，"妹妹说。"这种鱼一吃就倒胃口。"

"我们来把这儿打扫一下，我再去找个地方把弹药藏好，然后我们一起去采浆果，设法打上几只野禽。"

"我带上两只猪油桶，再带上两个面粉袋，"妹妹说。

"小妹，"尼克说。"请别忘了'上厕所'，好吧？"

"当然不会忘。"

"这可是马虎不得的。"

"我知道。你自己也别忘了。"

"我忘不了。"

尼克回到森林里，把一盒.22口径的步枪长弹和几盒散装的.22口径步枪短弹埋在一棵大铁杉树根边褐色的松针下。他把刚才用小刀掘开的结了块的松针照旧盖上，然后高高地伸起手来，在这铁杉厚厚的树皮上削下一小块。他把树的方位记清楚了，这才出了树林来到山坡上，顺坡而下走到棚前。

如今已是一派灿烂的晨光了。天空是高高的，一片清澈的蓝，云还没有一点踪影。尼克跟妹妹在一起，觉得愉快，于是他想，不管这事将来是怎样的结果，眼前我们还是该愉愉快快地过。他已经明白了一个道理：做人只能过一天算一天，只有当天才能作数。只要天还没黑，就还是今天，到了明天，就是又一个今天了。这辈子来他懂得的道理，就数这一条最重要了。

今天是个好日子，他背着枪来到营地，心里一片高兴，尽管这罩在他们头上的烦恼事儿就像口袋里藏着只鱼钩，一路上不时还会把他扎痛。他们把背包留在棚里。大白天估计不大可能有狗熊来掏包里的东西，因为就是有狗熊的话，也只会在山下沼泽地一带找浆果吃。不过尼克还是把那瓶威士忌在泉水后边埋了起来。小妹还没有回来，尼克便在那棵倒伏的枯树上一坐，把枪检查一下，他们烧火用的木柴就都是从这棵枯树上砍的。他们准备去打松鸡，因此他抽出枪里的弹盒，把里面的长弹倒在手里，放进一只麂皮袋，然后在弹盒里装上.22口径的短弹。短弹打起来没有那么响，即使不能命中松鸡的头部，也不至于会把肉打烂。

他一切都已准备停当，打算出发了。这丫头到底上哪儿去啦，他想。可是再一想，别冒火嘛。你叫她悠着点儿的嘛。你急什么呢。可是他心里在发急，为此生起自己的气来。

"来了来了，"妹妹说。"对不起，我去了那么久。我大概走得太远了。"

"没什么，"尼克说。"我们走吧。猪油桶你带上了？"

"嗯，连盖子都带上了。"

他们顺着山坡向下走去，来到小溪边。尼克朝溪流上游仔细看了一下，然后把山坡上下一打量。妹妹只顾瞧着他。她把桶子都放在一个面粉袋里，拿另一只面粉袋一系，搭在肩上。

"你不带一根钓竿吗，尼基？"她问他。

"不带。要钓鱼的话我就现砍一根。"

他手里提着枪，走在妹妹的前头，跟小溪始终保持着一段小小的距离。他摆出了在打猎的架势。

"这条小溪真怪，"妹妹说。

"我见到过的小溪就数这一条最大，"尼克对她说。

"说是小溪，却这样深得吓人。"

"这条小溪不断有新的水源，"尼克说。"而且还通着岸下，通得可深哩。水也怪冷的，小妹。你碰一碰试试。"

"咦，可不，"她说。冷得指头直发麻。

"太阳一照才暖一点，"尼克说。"可也暖不了多少。我们就慢慢儿一路走着找东西打吧。再往下走有一片浆果地。"

他们沿着小溪走去。尼克一路端详着溪岸。他看到了一只水貂的足迹，指给妹妹看了，他们还看见几只小小的红冠戴菊莺在杉树林里捕食昆虫，一纵一跳，敏捷轻巧，见兄妹俩走过去也不躲开。他们看到雪松太平鸟是那么文静娴雅、气度高贵，行走的姿势是那么优美动人，翅膀上和尾巴上覆羽处那火漆般的星星点点更是迷人，于是小妹见了说，"这种鸟儿真是美到极点了，尼基。这世界上不可能有更美的鸟儿了。"

"长得就跟你的相貌一个样，"他说。

"得了吧，尼基。别开玩笑了。我看到雪松太平鸟，心里只觉得又激动、又高兴，连眼泪都流出来了。"

"这种鸟儿打个盘旋，轻轻落下，走上几步，那个姿态真是又气派，又文雅，又友好，"尼克说。

他们继续往前走，突然尼克把枪一举，妹妹还来不及看清哥哥的目标是什么，枪声已经响了。她随即听见一只大飞禽掉在地上拍着翅膀乱扑腾的声音。她看见尼克接连按动枪机，又打出两发子弹，每次枪响之后总能听见柳林里又是一阵翅膀乱扑的响动。紧接着只听见哄的一下子，柳林里突然蹿起一群褐色的大飞禽，其中有一只飞出了才不多远，就在柳树上落下，歪起那有羽冠的脑袋，弯下脖子上的那一圈羽毛，瞧着这边地上那两个还在折腾的同伴。在红柳树上居高下望的那只飞禽长得美丽、丰满而笨重，正朝下探出了脑袋，一副呆头呆脑的样子，见尼克慢慢举起枪来，妹妹悄声说，"得了，尼基。请别打了。我们已经够多了。"

"好吧，"尼克说。"这一只你想打吗？"

"不，尼基。我不想打。"

尼克朝前走进柳林，捡起那三只松鸡，把它们的脑袋朝枪托上一一砸过，分摊在青苔上。妹妹用手摸了摸，还挺暖和的，只只都是胸脯丰满、羽毛美丽。

"等着吃松鸡肉吧，"尼克说。他心里快活极了。

"我现在倒为它们觉得难过呢，"妹妹说。"它们本来也跟我们一样，早上过得快快活活的。"

她仰头看看还歇在柳树上的那只松鸡。

"它还在往下直瞪眼，看上去的确有点傻乎乎的，"她说。

"印第安人管每年这个季节的松鸡叫笨鸡。它们要尝过了挨打的滋味，才会学得乖一点。这种松鸡其实还不算真的笨鸡。有的松

774

鸡就怎么也学不乖。那叫柳树松鸡①。眼前的这种松鸡叫披肩松鸡。"

"但愿我们也能学得乖,"妹妹说。"你去把它赶走吧,尼基。"

"你来赶。"

"走吧,松鸡。"

那松鸡一动也不动。

尼基举起枪来,那松鸡对着他瞧。尼克知道要是把这松鸡打死了,妹妹免不了要难过,因此就舌头一弹,尖起了嘴唇一呼啸,发出个松鸡从暗处一蹿而出的声音,弄得这鸟儿竟着了迷似的对着他直瞧。

"我们还是别去招惹它了,"尼克说。

"真对不起,尼基,"妹妹说。"它果然笨透了。"

"等着吃松鸡肉吧,"尼克对她说。"你就会明白我们为什么要打松鸡了。"

"眼下松鸡也是不准打的吗?"

"当然。不过它们长得正壮,这样的松鸡除了我们是没人打的。被我打死的大角鸮可多了,而大角鸮只要捉得到松鸡,每天都要吃一只。它们老是捕鸟吃,好鸟都给它们吃光了。"

"大角鸮要吃这只笨松鸡还不容易,"妹妹说。"我不再觉得难受了。你要不要拿个面粉袋装起来?"

"让我掏去了内脏,包上些凤尾草再装进袋里。从这儿到浆果地没多少路了。"

他们背靠一棵杉树坐下,尼克把松鸡开了膛,掏出尚未冷却的内脏,托在右手里觉得热乎乎的,他找出可吃的肫肝之类,摘下了拿到溪流里去洗干净。把松鸡拾掇干净以后,他理了理鸡毛,拿凤尾草一包,放进面粉袋。他把面粉袋的袋口和两角用一段钓丝扎

---

① 学名叫雷鸟。

好，往肩上一搭，回到小溪边，把不能吃的下脚扔在水里，特意扔下几个鲜红的松鸡肺，看鳟鱼在又急又猛的水流中浮上水面来。

"这些东西作鱼饵挺好，可惜我们现在用不着了，"他说。"我们要的鳟鱼都在这小溪里，需要的话再随时来钓吧。"

"这条小溪要是就在我们家附近的话，我们可以靠它发财了，"妹妹说。

"那样的话鱼早就会给捕完了。像这样真正的原始小溪，也只剩下这么一条了，除非过了湖湾，那儿还有，只是那个地方太难去了。我从没带人到这儿来钓过鱼。"

"有谁到这小溪来钓过鱼啊？"

"我知道一个也没有。"

"那么这是条原封未动的小溪啰？"

"不。印第安人来打过鱼。不过自从他们不再剥铁杉皮以来，那些营地都给抛弃了。"

"埃文斯家那小子知道吗？"

"他不会知道，"尼克说。可是他再一想，心里不安起来。埃文斯家那小子恍惚就在眼前。

"你在想什么，尼基？"

"我没想什么。"

"你明明在想什么。告诉我嘛。我们可是伙伴呀。"

"他说不定会知道，"尼克说。"真要命。他说不定会知道。"

"可你也吃不准他一定知道？"

"吃不准！问题就在这儿。要是吃准了我就到别处去了。"

"说不定他这会儿已经摸到我们的营地上去了，"妹妹说。

"别说这样的晦气话。你真想把他招来吗？"

"哪儿的话，"她说。"真对不起，尼基，我不该提起这个话头。"

"我倒不这么想，"尼克说。"我很感激你。反正这事我是早就知道的。只是一时忘了，就没有去想。今后我得多用脑子想想，一辈子也别忘记。"

"你的脑子老是在想事。"

"就是没有想到这样的事。"

"得了，我们下山去采浆果吧，"小妹说。"现在就是要补救也已经没办法了，不是吗？"

"是啊，"尼克说。"我们采了浆果就回营地。"

不过尼克现在总觉得这事不能不防，他一路都在想这个问题该怎么解决。他千万不能因而惊慌失措。情况一点也没变。现在这个局面还是跟他决定来这儿避风头的时候完全一样。埃文斯家那小子可能以前跟踪他到这儿来过。但是可能性不大。有一次他穿过霍奇斯家院落从那条路到这儿来，倒有可能被这小子盯过梢，但是想来却也未必。这条小溪里根本没有人来钓过鱼。这一点他完全可以肯定。不过埃文斯家那小子可是不喜欢钓鱼的。

"这杂种就爱盯我的梢，"他说。

"这我知道，尼基。"

"他找我的麻烦这是第三次了。"

"这我知道，尼基。可你千万别杀死他呀。"

她就是为了这个才跟我一块儿来的，尼克想。她就是为了这个才到这地方来的。有她在身边，这种事我不能干。

"我知道我不能杀死他，"他说。"现在反正也没法可想了。我们就别谈这事了吧。"

"只要你不杀死他，"妹妹说。"我们就没有解不开的难题，没有避不过的风头。"

"我们回营地去吧，"尼克说。

"不采浆果了？"

"改天再去采吧。"

"你不放心了，尼基？"

"是的。真对不起。"

"可回营地去又能怎么样？"

"有没有情况可以早些知道。"

"还照原来的打算走下去不行吗？"

"今天就算了吧。我不是害怕，小妹。你也不用害怕。可有些事使我不放心。"

尼克早已急忙忙离了小溪，走到树林边缘，两人在荫头里走。这样他们可以从山上往营地走去。

他们从树林子里小心翼翼向营地走去。尼克提着枪走在前头。营地上显然没有人来过。

"你留在这儿，"尼克对妹妹说。"我走远些去看看。"他把装松鸡的面粉袋和打算装浆果的桶子都交给了小妹，自己向小溪上游走了好长一段路。一出妹妹的视线，他就把枪里的 .22 口径短弹换上了长弹。我不想打死他，尼克想，可这子弹好歹还是该换的。他在田野里仔细搜索了一遍。看不到有什么人迹，就下山到小溪边，然后朝下游走了一程，才上坡回到营地。

"对不起，小妹，我神经过敏了，"他说。"我们还是午饭饱饱地吃一顿吧，免得晚上做饭提心吊胆，生怕露出了火光。"

"我现在倒也在担心了，"她说。

"你千万别担心。情况完全跟过去一个样嘛。"

"可这小子连人都没来，就已经吓得我们不敢去采浆果了。"

"我知道。可这小子没有来过啊。他也许从来就没到过这小溪一带。说不定我们这辈子也不会再见到他了。"

"尼基，他不在比在还叫我害怕。"

"我知道。可害怕也不是个办法呀。"

"我们怎么办呢？"

"唔，我们还是等天黑了再做饭吧。"

"你怎么改变主意啦？"

"他晚上不会到这一带地方来。他没法摸黑穿过沼泽地上这儿来。我们在大清早、黄昏，还有深夜是不用担心他来的。我们得学着鹿的样子，只有在这些时间里出来活动。白天呢，睡大觉。"

"很可能他根本就不会来。"

"是啊。很可能。"

"那我可以留下了，不是吗？"

"我该送你回家。"

"别。求求你，尼基。我不在的话，你要杀他还有谁能来拦着你呀？"

"听着，小妹，别再提这个杀字了，并且记住，我从没说过要杀谁。没有什么杀人的事儿，也永远不会有。"

"当真？"

"当真。"

"我真是太高兴了。"

"连高兴都不必。根本谁也没说过要杀人。"

"好吧。我就算从没想过杀人，也从没说过。"

"我也一样。"

"那当然。"

"我根本连想都没有想过。"

不，他想。你根本连想都没有想过。其实你从早到晚无时不在想。只是在她面前你千万不能想，因为你一想她就能觉察，她可毕竟是你的妹妹，并且相亲相爱。

"你饿了吗，小妹？"

"还好。"

"啃一点硬巧克力吧，我去打些清凉的泉水来。"

"我不吃什么也不要紧。"

他们眺望对面沼泽地外的青山上空，十一点钟照例起了风。空中渐渐涌起大朵大朵的白云。天空是一片高远澄澈的蓝，涌起的云都是朵朵纯白，随着风力渐渐强劲，云都从山后腾空而起，升入高高的中天，云影掠过沼泽地，也掠过了山坡。这时树林子里也来了风，他们躺在树荫里，觉得凉风习习。白铁桶里打来的泉水清凉爽口，巧克力并不很苦，却是够硬，嚼起来嘎吱嘎吱直响。

"这水跟我们昨天第一次尝到的那一处泉水一样好，"妹妹说。"吃了巧克力再喝，越发觉得这水可口了。"

"你饿了的话，我们就做饭吧。"

"你不饿我也不饿。"

"我就老是要闹肚子饿。我真傻，没有继续朝前走去采浆果。"

"不。你是要回来查看查看。"

"听着，小妹。我知道我们走过的乱木地附近有个好地方，那儿有浆果可采。等我把东西都藏好了，我们就一路穿树林子上那儿去，采上满满的两桶，这样连明天吃的都有了。这一趟的路不难走。"

"好吧。我没事儿。"

"你不是饿着吗？"

"不饿。吃了巧克力，一点也不饿了。我倒很想就留在这儿看书。我们打松鸡那会儿，走得蛮够劲啊。"

"也好，"尼克说。"你昨儿走了那么多路，现在还累吗？"

"恐怕还有点儿。"

"我们就歇会儿吧。我来念《呼啸山庄》。"

"我都这么大了，还你念我听？"

"说得不对。"

"那你就念，好吧？"

"好。"

一个非洲故事

　　他在等月亮升起，手一直轻轻抚着基博，不让它出声，手里感觉到那一身狗毛都竖起来了。人和狗，都留心看着，留心听着，终于月亮探出头来了，给他们拖上了两道影子。他搂住了狗脖子，感觉到那狗在浑身打颤。夜籁都已悄然而止。他们听不到大象的声音，戴维起先也没有看见大象，直到那狗转过头来，身子简直都贴上他的皮肉了，他这才发觉。随即大象的影子就把他们整个儿罩住了，大象没有一点声息就走了过去，山那边有微风吹来，风里带来了一股象味。那气味很浓，是股陈年的酸臭，等大象走了过去，戴维才看清左边的那根象牙长得似乎都碰到地了。

　　他们等了会儿，却再没别的象过来，于是戴维就带着狗拔起脚来在月光下奔去。那狗紧跟在他的脚后，戴维只要脚下一停，那狗鼻子马上就一头撞在他的膝弯里。

　　戴维非得再去把这头大公象看个清楚不可，跑到森林边上他们终于赶上了它。那大象是朝山那儿去的，迎着始终不断的轻微晚风一路缓缓而行。戴维离它也算得近了，大象的黑影又一次罩在他的身上了，陈年的酸臭也闻到了，可是右边的那一根象牙他就是看不到。他不敢带着狗再朝前靠近，就顺着风向把狗送回去，到一棵大树脚下按它蹲下，想使它领会这意思。他想这狗总该会留下吧，结果留下倒是留下了，可是等到戴维重又向那庞然大物赶去时，他感觉到潮乎乎的狗鼻子又在膝弯里撞了。

　　他们一人一狗跟随大象，来到了一片林中空地上。大象到了那儿就站住了，把大耳朵直甩。它庞大的身躯是罩在树影里，可是头部该照得到月光吧。戴维就把手伸到背后，轻轻用手把狗的嘴巴给合上，然后屏住了气，侧身擦着迎面的晚风，悄悄转到右边，只有一边的面颊上才感到有风拂过。他就这样侧着身子，几乎是不留一丝空隙地紧贴着庞大的象身绕到前面，终于看到了大象的脑袋，还有那慢慢甩动的巨大耳朵。右边的那根象牙竟有他戴维的大腿那么粗，呈弧形下弯，都快触到地了。

他带着基博退了回来，这时候风就都吹在脖颈子上了。他们由原路退出森林，来到了狩猎区空旷的野地里。那狗现在跑在他前头了，跑到两支猎矛的跟前便站住了，刚才跟踪大象的时候戴维把两支猎矛就扔在这儿的象迹旁。他提起长矛上的皮圈皮套，两支一齐往肩上一背，手里还拿着从不离身的那支最称他心的长矛，这就带上了狗循着象迹反奔庄地而去。月亮已经爬得很高了，他感到纳闷：怎么庄地上会没有鼓声？如果父亲在那儿而没有鼓声，那就未免有些蹊跷了。

戴维感到浑身累乏，是在他们再次找到象迹的时候开始的。

他本来一向比那两个大人身体好、精力足，见他们跟着象迹走得这样慢吞吞的，感到很不耐烦，父亲规定每个钟点必须在整点歇息一次，在他看来也是多余。他觉得自己本来满可以走在前头，速度可以比朱玛和父亲快得多，可是等到自己觉得累了的时候，反观他们却依然面不改色，到中午他们也只是照例休息了五分钟，他发现朱玛的步子反倒加快了一些。也说不定其实并没有加快，只是看起来好像快了些，不过如今见到的象粪已经新鲜多了，尽管摸上去还是没有一点热气。过了最后一堆象粪以后，朱玛就把枪交给他背，可是又走了一个钟头，朱玛对他看了看，把枪又要了回去。他们本来一直在上一道山坡，可是这时象迹却通往下边去了，透过森林里的隙缝他看见前边都是起伏不平的地了。父亲对他说："戴维，从这里开始路可就难走了。"

这时候他才理会到：其实刚才他把他们一领到象迹上，他们就应该打发他回庄地上去。这一点朱玛早就看出来了。父亲现在也明白过来了，可是事到如今已经无可挽回了。他又犯了错误了，如今

782

已经无法可想，只能冒一下风险了。

戴维望着地下那又大又圆、踩得平平实实的大象脚印，看到凤尾蕨都给踹倒了，有一棵踏断的杂草都快要干枯了。朱玛捡起断草，望了望太阳。他把断草递给了戴维的父亲，父亲两指一捏，把草转了一圈。戴维注意到那草茎上的白花都蔫了，眼看快死了，可还没给晒枯，花瓣也并没有脱落。

"太好了，"他父亲说。"我们快走吧。"

直到傍晚时分他们还在那崎岖的土地上跟踪前进。他已经昏昏欲睡好久了。看着那两个大人，他知道困倦才是自己真正的大敌，他就紧紧跟上他们的步子，尽管人已经倦得都昏昏沉沉了，他还是勉强挪动两脚往前走，想借此把睡意驱散。两个大人轮替换班在前头寻找象迹，一个钟头一换；在后边的那一位每隔一定时间总要回过头来看看他有没有跟上。天一黑，他们就在这无水的森林里就地宿营，他一坐下来便睡着了，醒过来看见朱玛把鹿皮鞋提在手里，光着脚在那里抚摸，看脚上有没有水泡。他身上是父亲给盖的上装，父亲就坐在他身边，手里是一块冷的熟肉和两片饼干。父亲还递给他一只水瓶，里边装的是冷茶。

"大象也得找食吃哪，戴维，"父亲说。"你的脚没事。就跟朱玛的脚一样壮实。这些你慢慢儿吃，再喝点茶，吃好喝好再睡你的。我们绝对没有问题。"

"真抱歉，我实在太困了。"

"昨儿晚上你为了找象迹带着基博跑了整整一晚，那怎么会不困呢？想吃的话你再多吃点儿肉吧。"

"我不饿。"

"好。我们坚持三天该没问题。明天又可以找到水源了。大山上的山泉可多啦。"

"大象上哪儿去了呢？"

"朱玛心里有谱。"

"该不会砸吧？"

“砸不了，戴维。”

“我又想睡了，”戴维说。“你的上装用不着给我盖。”

“我和朱玛能对付，”父亲说。“我睡觉从来不怕冷，你是知道的。”

父亲都还没有来得及跟他道晚安，戴维就已经睡着了。后来他又醒了一次，醒来发现脸上照到了月光，他想起了那大象站在森林里的情景：大耳朵甩个不停，象牙重得它都垂下了脑袋。他一想起大象，就觉得心口有一种空虚之感，在这沉沉的黑夜里他只当自己是因为醒来腹中饥饿，所以才起了这种感觉的。其实却不是那么回事，这他是在以后的三天里才明白过来的。

第二天情况就非常不妙，因为时间还远没到中午，他就已经看出来了：孩子跟大人的差异可不只是需要多睡会儿的事。头三个钟点他的精神要比两个大人充足，他就问朱玛要那把.303 口径的长枪来背，可是朱玛却摇了摇头，脸上一点笑容也没有。他可一向是戴维最要好的朋友啊，戴维会打猎还是他教的哩。戴维在心中寻思：昨天他还把枪主动交给我背呢，我今天的精神要比昨天好多了。精神倒确实是好多了，可是才到十点钟他也就明白了：今天肯定还跟昨天一样够他受的，说不定比昨天还要够呛呢。

要想跟上父亲的步子，就像要想跟父亲干上一架一样，不过是痴心妄想。他也明白原因不只在于他们是大人。他们可是职业猎人，他现在明白了朱玛所以连微笑都很吝啬，道理也就在这儿。他们对大象的一举一动都很有数，见有大象留下的痕迹彼此只要用手一指，便能心领神会，根本用不到开口。遇到踪迹不易辨认的时候，父亲总是听朱玛的。一次他们来到一道泉水边，便停下来灌水，父亲说：“只要够今天喝就可以了，戴维。”后来崎岖的地带总算走完了，他们正顺坡而上向森林走去，象迹忽然向右一折，通到了一条旧有的象径上。他看见父亲和朱玛在那里商量，他站起来走过去，朱玛却回头瞧了瞧他们的来路，又瞧了瞧宛如远方的巉岩孤岛般耸起在那无水地带的几座小山，似乎正以远在天边的三座青山尖为依据，在测定这一带地方的方位。

"朱玛现在对大象的去向已经完全有数了，"父亲解释说。"他本来就觉得自己心里很有底，可是这大象向下一拐，却在这么个地方兜了一大通。"他回头望了望他们费了整整一天工夫才走过来的这一大段路。"这前面的路就比较好走了，不过得爬坡。"

他们就爬坡，一直爬到天黑，才又就地宿营。就在日落前不久，有一小群鹧鸪大摇大摆在象径上直闯而过，戴维拿出弹弓来打，连中两只。那群鹧鸪都是一副胖墩墩挺潇洒的样子，踏上了积年的老象径，一边走一边扒土。一颗石子打去，打断了其中一只的背，那鹧鸪扑棱着翅膀，连蹦带摔，另一只鹧鸪伸出了嘴急忙来救，戴维又装上一颗石子，一拉弹弓，正中那另一只鹧鸪的肋骨。他赶紧奔过去想捡起来，那鹧鸪却呼的一下逃开了。朱玛回过头来一看，这回可露出了微笑。戴维把两只鹧鸪一起捡了起来，都是胖墩墩、暖乎乎的，羽毛都很平整，他用猎刀柄把鹧鸪脑袋砸了个够。

到了宿营的地方，准备过夜了，父亲说："这样壮的鹧鸪，我倒还从来没有见过。你能连发两弹，弹弹命中，很不简单哪。"

朱玛拿一根枝条串起了两只鹧鸪，放在一个小火堆的炭火上烤。戴维跟父亲俩就躺在那儿看朱玛烤鹧鸪，父亲还在长颈瓶的两用瓶盖里倒了点威士忌，加了点水，在那儿喝。后来朱玛把胸脯肉连鹧鸪心一人一份给了他们，自己吃两份头颈背脊再加鹧鸪腿。

"你这一下可帮了大忙了，戴维，"父亲说。"这一来我们的口粮就大为宽裕了。"

"我们离大象还有多少路？"戴维问。

"很近了，"父亲说。"这还要看月亮出来以后它还走不走。今儿晚上月亮上山要比昨儿晚一个钟点，比你找到它的那天要晚两个钟点。"

"朱玛怎么会这样有把握，大象去哪儿他都知道？"

"他就在离这儿不远的地方打伤过这头大象，还打死了它的'部下'。"

"那是什么时候的事？"

"他说是在五年前。那恐怕也不见得很准确。他说那时你还是个'托托'①哩。"

"从此以后他就没有再跟它打过交道？"

"他说是这样。他没有再见过这头大象。只听人家说起过它。"

"他说这头大象到底有多大？"

"有近两百吧②。反正比我见过的什么动物都大。他说比这还大的大象总共只有过一头，也是出在这附近一带的。"

"我还是早些睡吧，"戴维说。"希望我明天劲儿还能更足些。"

"你今天就干得够出色的，"父亲说。"我真为你而骄傲。朱玛也一样。"

夜里月亮升起以后，他醒了过来，这时他心里很清楚：他们可是为他骄傲不起来的，只有他眼明手快打到了两只鹧鸪这一桩应该说是个例外。还有，他夜里发现了大象，一路追踪，看清了它两根象牙俱在，回来找到了两个大人，领他们跟上了象迹，戴维知道那也使他们感到满意。可是艰苦的跟踪一旦开始，他对他们就一无用处了，他反倒可能会坏了他们的事，就像他前天晚上挨近大象的身边时基博就很有可能坏了他的事一样。他知道他们心里一定都很后悔：在可以打发他回去的时候怎么没有打发他回去呢？那头大象的长牙一根就有两百磅重。自从两根象牙长到超乎标准以后，那头大象所以一直不断遭到追猎，为的就是要这两根象牙。如今他们三个要捕杀那头大象，也就是为了要这两根象牙。

---

① 意即"娃娃"。由斯瓦希里语而来。
② 从下文看，系指象牙每根重两百磅。

戴维相信这一回他们一定能杀了它，因为他戴维终于把这一天撑过来了。当天才到中午他就已经赶垮了，可结果还是坚持了下来。大概就是因为他坚持了下来，所以他们才为他感到骄傲吧。可是在这追猎的过程中他根本没有作出一点贡献，要没有他的话他们的日子肯定要好过得多。白天里他曾多次暗暗懊悔：要是他不把见到大象的事说出来该有多好呢。记得到下午他又暗暗怨艾：只怪自己不幸撞见了那头大象。此刻在月光下他一觉醒来，心里却很清楚：这些，其实都不是他真正的想法。

第二天早上，他们又跟着象迹行进了，如今这大象是顺着一条旧有的象径走的，长年的践踏，已经在森林中踩成一条很结实的路了。看那样子，似乎自从山上的熔岩一冷却，森林里的大树一长到这么高、这么密，象群就在这条路上走了。

朱玛信心十足，所以他们走得很快。父亲和朱玛似乎都充满了自信，这条象径又十分好走，因此朱玛把那支.303也交给他背了，他们就在明昧不定的森林中一路往前走。可是后来他们碰上了好几堆还在冒热气的新鲜象粪，见到有又平又圆的象群的脚印从左侧的密林深处一直通到象径上，这一下就弄得他们失去了跟踪的方向。朱玛怒气冲冲地把那支.303从戴维手里拿了去。一直到下午，他们才终于找到了象群，挨到了近处，透过林木的间隙看见了那一个个灰色的庞大身躯，甩动的大耳朵，卷了又放东探西寻的长鼻子，听到了轰隆隆、咔嚓嚓的树倒枝折声，象肚子里雷鸣般的咕噜咕噜声，还有象粪掉地的那一阵砰砰啪啪声。

后来他们终于找到了那头老公象的足迹，见足迹折入了一条较小的象径，朱玛对戴维的父亲看了一眼，露出一口黄牙咧嘴一笑，父亲也冲他点了点头。看他们的表情，仿佛两人之间有个不可告人的秘密似的，那天晚上他在庄地上找到他们，他们当时的表情也是这样的。

过不多久，秘密就揭开了。秘密藏在右边的林中深处，那老公象的足迹就是通到那儿去的。那是好大一个头骨骷髅，有戴维的胸口那么高，日晒雨淋已久，都发了白了。前额上有一个很深的凹陷，两个光秃秃的白眼眶之间有一道隆起，向两边展开而为两个空空的破窟窿，那本来是两根长牙，长牙给凿掉后留下了两个窟窿。

朱玛指给他们看：他们所跟踪的那头大象一向是站在那儿对着这骷髅瞧的，这骷髅本来倒在那儿的地上，是被它用鼻子稍加移动才搬在这儿的，旁边的地上那儿还有它的长牙尖留下的印子。他还指给戴维看：那具白骨前额上的大凹里有一个洞，耳孔旁边的骨头上还有四个洞紧连在一起。他咧开了嘴对戴维笑笑，又对戴维的父亲笑笑，从口袋里掏出一颗.303口径的枪弹，把弹头塞进骷髅前额上的洞里，不大不小正好。

"朱玛就是在这儿把那头大公象打伤的，"父亲说。"这是那头大公象的'部下'。应该说是伙伴了，因为这也是一头大公象。它冲了上来，朱玛就一枪把它撂倒了，又在耳朵上一连几枪，结果了它的性命。"

朱玛这时又指了指遍地的碎骨，并且表示，那头大公象是常在这碎骨堆里走来走去的。朱玛和戴维的父亲对他们的这个大发现都高兴非凡。

"它跟它的伙伴在一起作伴的时间，大概有多长久呢？"戴维问父亲。

"那我就一点都没数儿了，"父亲说。"你去问朱玛吧。"

"还是请你去问他。"

父亲跟朱玛交谈了几句，朱玛对戴维瞅瞅，笑了。

"他说，总该要四五倍于你的年纪吧，"父亲告诉他说。"他也不知道，说实在的他也根本不想知道。"

戴维心想：我可想知道哩。我在月光下看到过它，孑然一身，可我就有基博作伴。基博也有我作伴。那大公象并没有危害到谁，可我们对它却穷追不舍，它来这儿看望它死去的伙伴，我们也追到这儿，而且眼看就要去杀死它了。这都怪我。是我把它给害了。

朱玛这时已经把象迹找到了，他对戴维的父亲做个手势，他们就出发了。

戴维暗自寻思：父亲可并不是靠打象谋生的。这头大象要不是叫我给看到了，朱玛也不会找到它。他以前跟它有幸相遇，可他好事不干，却去把它打伤了，还把它的伙伴打死了。我和基博发现了它，我实在不应该去告诉他们，我应该替它保密，把它永远藏在心里，他们在酒馆里喝得醺醺大醉，就由他们去醉好了。朱玛当时的那个醉啊，我们简直连叫都叫不醒他。今后我就永远什么也不告诉人了。我就什么也不再告诉他们了。如果他们这回打死了它，朱玛分到的象牙卖了钱也无非是喝个精光，要不就再去买一个臭婆娘。你能帮那大象的忙，为什么不给它帮个忙呢？你只要明天不走就行了嘛。不，那样也拉不住他们的后腿。朱玛还是要去的。你根本就不应该告诉他们。一千个不该，一万个不该！记着这个教训。今后不管有什么事，对谁也不要说。不管有什么事，对谁也不要再说。

父亲等他跟了上来，才轻声柔气说："那大象在这儿歇息过了。本来是在赶路，现在已经不赶了。我们随时都有可能追上它。"

"打象打象，打个屁象，"戴维的话说得很轻很轻。

"你说什么？"父亲问。

"打个屁象，"戴维还是说得很轻。

"你可小心着点，别把好端端的事给搅了，"父亲是这么对他说的，还不客气地瞪了他一眼。

戴维心想：都是一路货。他可不是笨蛋。这一下他该全明白了，他再也不会信任我了。好嘛。我也不要他信任我，因为今后不管有什么事，我就再也不会告诉他了，我就对谁也不会再说了，什么都不会再说了。一辈子这样，八辈子这样！

一早，他又到了山的背面坡上。那头大象已经不再赶路了，现在是在到处乱走了，偶尔还找点东西吃，戴维心里也早已有数：离

789

它不远了。

他用心回想了一下自己这一路来到底是怎么个感受。说他对这头大象有感情，那还没有到这个地步。这一点他得记住。他只是由于自身的困乏而产生了一种伤感，因此而理解了老年。他由自己年纪太小，而推想到了年纪太大该是怎么个滋味。

他怀念基博，他一想起朱玛杀死了那大象的伙伴，心里就对朱玛恨恨的，觉得那大象倒似乎成了自己的同胞手足。他这才意识到那天晚上在月光下见到了大象，一路跟踪，到林间空地上又挨近身去看清了两根长牙，这对他的影响有多么大。不过他并不知道，对他这样影响深远的事今后是不会再有的了。他现在只知道他们要杀死那大象，而自己却拿不出一点解救的办法。他那天回到庄地上去报告他们，是把大象给害了。他甚至还想：要是我和基博也长象牙的话，他们连我和基博都会杀了的——尽管他明知道这都是胡思乱想了。

那大象很可能是要去找它的生身之地，他们很可能就会在那儿把它给杀了。这在他们可是求之不得，最理想不过了。他们本来想就在杀它伙伴的原地杀了它。那样的话就太逗了。那样的话就太称他们的心了。这些拆散人家伙伴的混蛋！

他们如今已经快要来到枝叶层层的密林深处了，那大象就在不远的前头。戴维连它的那股味儿都闻到了，他们都听见它在拉倒树枝，劈劈啪啪响成一片。父亲一把抓住戴维的肩头，把他拉了回来，让他等在密林外，然后打口袋里掏出个袋子，从里边抓起一把灰，往上一扬。灰散落下来，微微飘向他们这边。父亲向朱玛点了点头，一弯腰跟着他进了密林深处。戴维看着他们的后背和屁股往枝叶丛中一钻就都不见了。听不到他们有一点走动的声息。

戴维一动不动站在那儿，听大象吃东西。他闻到的那股象味，就跟那天晚上在月光下挨上前去看那两根非凡长牙时一样浓。他又在那儿站了一阵，声音听不见了，象味也闻不到了。接着就只听见吱的一声尖叫，一声轰隆，那支.303枪一声响，接着又是父亲那支.450震天动地的劈啪两声，此后轰隆声、砰砰声就一直响个不停，不过声音却在渐渐远去。他一头钻进了茂密的枝叶丛中，只见朱玛一脸惊慌，前额上挂下血来，淌得满面都是，父亲也是面色煞白，气呼呼的。

"它向朱玛一头冲过来，把朱玛撞翻了，"父亲说。"朱玛头上着了它一下。"

"你打中它哪儿啦？"

"哪儿好打我就打它哪儿呗，"父亲说。"快跟着血迹追。"

血流了可真不少。一股鲜红的血喷得有戴维的头那么高，一大片溅在树干上、叶子上和藤蔓上，还有一股血就溅得低多了，黑黑的，臭得很，混着胃里没有消化完的东西。

"我这一枪连肺带肚子打中了，"父亲说。"我量它不是倒下了就是不走了——但愿不出我的所料，千万千万！"他又补上了这么一句。

他们发现大象果然不走了，痛苦加上绝望，折磨得它再也走不动了。它好容易从寻食的密林深处闯了出来，刚穿过狭狭的一带林木稀处，背后戴维和他父亲就跟着大摊大摊的血迹一路奔来了。那大象当时就又钻入了前边的密林，戴维却看见了它，那庞大的灰色身躯就靠着一棵树的树干站在前头。戴维只看得见它的臀部，这时只见父亲走上前去，他也就跟了去，他们挨到了大象的身边，仿佛靠上一艘大船一样。戴维看见它腹部还在涌出血来，顺着身子往下直淌，接着他父亲就举起枪来开了一枪，那大象慢慢地、吃力地转过两根长牙来，回头盯住他们，父亲第二枪打响时，那大象似乎晃了一下，有如一棵大树被砍断了，轰的一声直向他们头上倒来。不过它并没有死。它本来只想在这儿停下，如今肩胛骨打碎了，它才终于倒下了。它不动了，可是眼睛还是充满了活力，一直望着戴维。它的睫毛极长，戴维觉得它的眼睛是自己有生以来见过的最有活力的东西了。

"拿.303 朝它耳孔里打，"父亲说。"快打呀。"

"要打你自己打，"戴维说。

朱玛流着血、瘸着腿来了，前额上挂下的破皮遮在左眼上，鼻子露出了骨头，一只耳朵给撕裂了。他一言不发，从戴维手里夺过枪来，拿枪口几乎是塞进了大象的耳孔，怒气冲冲地把枪机猛地一拉一推，连开了两枪。第一声枪响时那大象的眼睛还睁得大大的，可是随即就失去了神采，耳朵里冒出了血来，两道鲜红的血顺着布满皱纹的灰色象皮直往下淌。这个血的颜色不一样，戴维见了暗暗想道：这我可得记住。他后来确是记住了，可是记住了对他也始终没有一点用。当时就只见大象原有的那种尊贵威严的气概、那种堂堂的风度，都顷刻化为乌有，只剩下了皱瘪瘪的一大堆皮肉。

"好啦，总算到手啦，戴维，多谢你啊，"父亲说。"我们得马上生起一堆火来，让我替朱玛把伤治一治。快过来，你这个要命的汉普蒂-邓普蒂①。那对大象牙且不忙去弄。"

朱玛笑嘻嘻地来到了他的跟前，把象尾巴也带来了，象尾巴上一点毛也没有。他们说了一个很不堪的笑话，接着父亲就用斯瓦希里语说了起来，话讲得飞快：这里到泉水有多远？要走多少路才能找到人，来把这对大象牙运出去？你这头不中用的混蛋老猪，情况到底怎么样啦？伤着哪儿啦？

对方一一作了回答，父亲听完以后就对戴维说："你跟我回去把扔下的背包找回来。朱玛去捡些柴枝先把火生好。医疗用品都在我的包里。我们得趁天还没黑，去把包找到了。他的伤不会感染的。这不是抓伤的，不要紧。我们走吧。"

那天晚上戴维坐在火堆旁，望着脸上缝了许多针、肋骨断了好几根的朱玛，心里一直在寻思：那大象想要撞死朱玛，是不是因为认出了他呢？但愿大象是认出了他。大象如今成了戴维心目中的英雄了，正如长久以来父亲一直是他心目中的英雄一样。他心想：那

---

① 童谣中的一个蛋形矮胖子，从墙上摔下，跌得粉碎。

大象已是那么老、那么累了，真不敢相信它还能来这一手。把朱玛撞死本来也不是不可能的。不过，从它瞅我的那个眼神来看，似乎它对我倒并没有要伤害的意思。它只是流露出很难过的样子，我也何尝不难过呢。就在自己的死日，它还看望了它的老伙伴。

戴维不会忘记，那大象眼睛里的活力一旦消失，它本来的那副尊贵的气概也就没影儿了。他也不会忘记，等到他跟父亲找到了背包回来，那大象已经全身都肿起来了，尽管晚上的天气并不热。这哪里还看得出大象的模样呵，见到的只是一具皮皱肉肿的灰色的遗尸，加上两根害它送了命的黄褐斑斑的长牙。象牙上沾着些血，已经凝固，他像刮结硬的火漆一样，用拇指甲刮了一些下来，放在衬衫口袋里。除了这一点干血块，他什么也没要那大象的，倒是大象给了他一种孤寂之感。

那天晚上，操刀取牙已毕，父亲在火堆旁想开导他。

"戴维，你要知道这头大象可爱杀人哩，"他说。"朱玛说，谁也记不清到底有多少人叫这畜生送了命。"

"不是他们都想要杀死它吗？"

"那还用说，"父亲说，"这么一对长牙谁不想要呀。"

"那怎么能说它爱杀人呢？"

"你爱怎么想就怎么想吧，"父亲说。"不过我总觉得很遗憾，你对这头大象的看法是十足的糊涂。"

"我只恨它没有把朱玛撞死，"戴维说。

"我说你这话就讲得有些过分了，"父亲说。"要知道朱玛可到底是你的朋友啊。"

"我现在不认他是朋友了。"

"这种话你可甭跟他说啊。"

"他自己心里明白得很，"戴维说。

"我看你是冤枉他了，"父亲说。话谈到这儿，也就不再说下去了。

后来，经过了种种周折，他们终于安然无事地把大象牙弄了回去，两根大象牙就在那座枝编泥糊的屋子外靠墙搁着，尖头碰尖头靠在一起。这么高这么粗的象牙，人家用手摸着都还不敢相信呢。碰在一起的尖头，上方都有个向里的弯儿，象牙靠在墙上谁也够不着那弯儿的顶，连他父亲都别想够着。当时朱玛和他们爷儿俩一下子都成了英雄，基博也成了英雄的狗，连那几位扛象牙的都变成英雄了，那几位英雄当时本来就已经有点醉了，后来就醉得更厉害了。也就在这时候父亲说："和解了好吗，戴维？"

"好吧，"他说，因为他知道，自己打定主意再不把心里话告诉人，这就是开始了。

"那就太好了，"父亲说。"那样事情就简单多了，也妥帖多了。"

于是，他们就在无花果树树荫下的长者座上一坐，喝起啤酒来，大象牙还在茅屋的墙上靠着，喝酒用的葫芦杯自有一个姑娘和她的弟弟送来。那可是英雄的仆人，也跟英雄的那头神犬一起坐在地上。英雄有一只喜欢的小公鸡，也刚刚升格而为英雄心爱的大雄鸡。他们就坐在那儿喝啤酒，大鼓擂起来了，恩戈麦鼓也敲得更响了。

第三部

早先未发表过的小说

蔡慧　译

搭火车记 *

爸爸把我轻轻一推，我醒了过来。乌黑一片中，只见他在床铺跟前站着。我感觉到他的手还按在我身上，那时我的脑子已经完全清醒，眼睛看得见，感觉也清楚，可是身子的其余部分却都还在熟睡之中。

"吉米，"他说，"你醒了吗？"

"醒了。"

"那就快把衣服穿好。"

"是了。"

他并没有走，我心里想要起来，可是我的人实际上却还在熟睡之中。

"快把衣服穿好了，吉米。"

"是了。"我嘴上应着，人却还躺着不动。后来睡意消散了，我才从床上爬了起来。

"这才是好孩子，"爸爸说。我踩在地毯上，手探到床后头去找衣服。

"衣服在椅子上，"爸爸说。"把鞋子袜子也一起穿上啊。"说完便走了出去。天气冷了，穿衣服成了件麻烦事；我一夏天没穿鞋袜了，如今穿上去觉得真不是味儿。爸爸随即又回到了屋里，在床铺上一坐。

"鞋穿着疼吗？"

"紧得很。"

"'鞋紧也得穿'啊。"

"我这不是在穿了吗。"

"改天给你换一双吧，"他说。"刚才这话算不上是什么为人之道，吉米。不过是有这么句老话罢了。"

"我明白。"

"就好比'两打一，没出息'，也是一句老话。"

"我倒觉得这句老话比'鞋紧'那一句有些意思，"我说。

"这一句却不一定有道理，"他说。"所以你才听得入耳。听得入耳的老话就不一定有道理。"天很冷，我系好了第二只鞋的带子，就穿戴齐全了。

"你想不想穿扣子鞋？"爸爸问。

"我是随便的。"

"你要是喜欢的话，以后就给你换一双，"他说。"喜欢穿扣子鞋的，就应该穿扣子鞋。"

"我都准备好了。"

"知道我们这是去哪儿吗？"

"要出远门。"

"去哪儿呢？"

"加拿大。"

"加拿大倒也是要去的，"他说。我们走到了厨房里。厨房里窗都上了窗板，桌子上点着一盏灯。地当中是一只手提箱、一只行李袋和两只帆布背包。"来吃早饭吧，"爸爸说着，从炉子上端来了长柄平底锅和咖啡壶，到我的旁边坐下，于是我们就一起吃火腿蛋，喝加了炼乳的咖啡。

"尽量放开肚子吃。"

"我吃饱了。"

"还有一个蛋也吃了吧。"平底锅里还剩下一个蛋，他拿翻饼夹子夹起来放在我的盘子里。这蛋叫肉油煎得都起了脆皮了。我一

---

* 海明威写过一部拉德纳式的小说〔按：拉德纳指美国小说家林·拉德纳
  （1885—1933）。——译者〕，没有题名，也没有写完，此篇即取自该小
  说稿的前四章。虽属片断，倒能自成一个出色的短篇，与《拳击家》及
  《五万元》两篇堪称一脉相承。——原编者注

边吃，一边四下打量。我这一去要是不再回来的话，对这厨房还真该多看几眼，道别一番呢。角落里的炉子是生了锈的，热水槽上的盖子已经掉了半个。炉子顶上的屋面下，橡木缝里嵌着一把木柄的洗碗刷。那是一天傍晚爸爸看到有只蝙蝠，扔过去正好卡住在那儿的。他始终没有去取下来，先是想以此提醒自己刷子该更新了，后来大概又觉得见了这把刷子倒可以想起那蝙蝠。那蝙蝠是让我用袋网给逮住的，逮住后先关在个笼子里，蒙上了布幔。这小东西小眼睛、小牙齿，在笼子里拢起了翅膀缩成一团。待到天黑，我们就把它带到湖边去放了。只见它一出笼子就飞到湖上，拍拍翅膀，显得轻盈极了。先扑下来紧贴着水面掠过，随即又冲天而起，打了个回旋，越过我们的头顶，飞回那茫茫夜色中的树丛里去了。厨房里共有两张桌子：一张是吃饭的，一张是洗碗的，两张桌子上都铺着漆布。一只白铁桶是提湖水用的，那水槽里贮的就是湖水；还有一只仿花岗石纹理的搪瓷桶，里面盛的是井水。食品柜门上有一条擦手毛巾套在滚筒上，炉子上方的毛巾架上挂的是擦碗毛巾。扫帚靠在壁角里。柴箱内还有半箱木柴，锅子一律靠墙挂起。

我把厨房上下左右都打量到了，好记住在心里。我是非常喜欢这厨房的。

"怎么，"爸爸说，"你将来真不会忘记？"

"我想该不会忘记。"

"不忘记些什么呢？"

"我们都有过些什么样的乐儿。"

"不光是搬柴提水的苦差？"

"这些也不好算什么苦差。"

"对，"他说。"是不能算苦差。你要走了，心里不难过吗？"

"要是去加拿大，就没有什么可难过的。"

"我们又不是搬到加拿大去住。"

"也不在那儿待一阵？"

"不会待很久的。"

"那我们上哪儿去呢？"

"到时候看吧。"

"对我来说去哪儿都好，"我说。

"好，应该保持这样的态度，"爸爸说。他掏出一包香烟来自己点了一支，然后连包递过来："你不抽烟？"

"不抽。"

"好极了，"他说。"那你就先到外边，爬梯子上去把烟囱口拿桶给堵住，我来锁门。"

我就走了出去。天色还黑，不过沿着山峦的轮廓线已透出了一点微光。梯子已经靠在屋顶边上了，我在柴棚旁边找到了采浆果用的那只老提桶，便提着上了梯子。皮底鞋踩在梯子的横档上觉得滑溜溜的，有点悬乎。我把桶在烟囱管顶上扣好，这样一可以挡住雨水，二可以不让松鼠和金花鼠钻进去。站在屋顶上居高下望，过了树丛就是湖。回头再看另一边，见到下面是柴棚顶，栅栏，再往外就是山峦了。此刻的天色已经比刚登上梯子时亮了些，拂晓时分，寒飕飕的。我又看看树丛，看看湖，好把这些都记在心里，我把四外的景物都一一看到了：背后一带的山峦，屋后远处的树林子，眼光收回来，又落到了下面的柴棚顶上，这些都是我挺喜爱的，柴棚、栅栏、山峦、树林，我哪一样不爱啊，我真巴不得这一回不是远走他乡，而只是出门去钓一次鱼。我听见门关上了，爸爸已经把箱包行李都搬出来放在地上了。他随即锁上了门。我扶着梯子准备下来。

"吉米，"爸爸唤了。

"嗳。"

"在屋顶上觉得怎么样啊？"

"我这就下来。"

"不忙下。我也上来待会儿，"说着他就爬上来了，一副慢吞吞挺小心的样子。跟我一样，他也把四面八方都看到了。"我也真不想走啊，"他说。

"那我们为什么还是得走呢？"

"我也说不清楚，"他说。"反正我们就是非走不可。"

我们下了梯子，爸爸就把梯子收起来放进柴棚里。我们把行李一直搬到码头上。汽艇就系在码头边。漆布罩上是一层露水，引擎、座椅也都被露水沾湿了。我揭去了罩布，拿一团废纱头擦干了座椅。爸爸把行李从码头上一一搬到汽艇里，放在船艄。我这就解开了船头船尾的缆绳，又重新回到汽艇里，手却还攀住了码头。爸爸靠了一只小开关给引擎进油起动：他先把手转盘转了两下，将油吸入汽缸，然后抓住手摇柄摇上一圈，带动了飞轮，引擎就起动了。我拿缆绳在一个木桩上一套，用手拉着，不让汽艇跟码头脱开。螺旋桨搅动了湖水，汽艇使劲要挣脱码头而去，激起了片片水花，打着漩涡向木桩之间流去。

"开船吧，吉米，"爸爸一声吩咐，我放开了缆绳，于是我们就离开码头出发了。透过树木的缝隙我看见了我们那所上了窗板的小屋。汽艇是背对码头笔直驶出去的，所以码头看去一下子就短了许多，展现在眼前的已是一长溜儿的湖岸了。

"你来开吧，"爸爸对我说，我就上去掌舵，把船头往外偏过点儿，朝尖角地的方向驶去。我回头一看，那湖滩、码头、船库、香枞树丛都还看得见，可是过不了一会儿，这一大片开垦地就都过去了，前面是小河湾，那是小河入湖的河口所在，沿岸高高的尽是青松树，再往前就是尖角地一带的林木茂密的湖岸，那我就得小心了：尖角地外的水下有沙洲，伸得可远了。沙洲外边可都是深水区域，我沿着深水区的边上驶去，不多时就过了尽头处，湖面下只见边上的沙滩都消失了，水里一大片长的尽是蓝花水草，被螺旋桨这么一吸，都纷纷向我们倒来。再后来尖角地也过了，我再回头去看时，码头和船库都已杳不可寻，我只看到尖角地上有三只乌鸦在踩着沙走，沙地里还有一大根陈年老木头半陷半露，除此以外，便只有前面这片辽阔的湖面了。

我先听到火车声，而后才看见来了火车。火车起初是打个大弯驶来的，看去小得很，急匆匆的，一小节一小节接连不断。火车似乎带动了山冈，山冈似乎又带动了火车背后的树。我看见火车头喷出一股白气，随即听到一声汽笛，接着又是一股白气，又是一声汽笛。天色还早着哩，可火车早已到了一片落叶松沼泽地的对面。路轨两旁都是流动的水，那清澈的泉水底下褐色的才是沼泽地，沼泽地中央的上空笼罩着一派雾气。给林火烧死了的树在雾气中看去都灰不溜秋的，细细的没有一点生气，不过雾却也不算浓。天是寒飕飕、白蒙蒙的，还早得很哩。火车顺着路轨如今笔直开来了，渐渐的愈来愈近、也愈来愈大了。我从路轨上退下来，回过头去看看：湖边有两家杂货店、几个船库，长长的码头伸出在湖中，紧靠车站的自流井旁是一方铺小石子的地。井水从一根涂褐色防水膜的管子里迎着阳光往外直喷，喷出的水四散飞溅落在个水池里。背后就是湖，湖面上起了一阵微风。沿岸有些树林子。我们开来的游艇还系在码头上。

　　火车停下了，列车员和扳闸员跳下车来，爸爸跟弗雷德·卡思伯特道了别。我们的游艇就寄在他的船库里，托他照看了。

　　"几时回来呀？"

　　"我也说不上，弗雷德，"爸爸说。"来春就拜托你给游艇上一次漆。"

　　"再见了，吉米，"弗雷德说。"可要多多保重啊。"

　　"再见了，弗雷德。"

　　我们跟弗雷德握过手，就上了车。列车员上了头里的车厢，扳闸员收起我们当踏级用的小木箱，飞身攀登上已经开动的列车。弗雷德还留在站台上，我眼望着车站，看弗雷德在那里站了一阵就走了，看水管里喷出的水在阳光里飞溅，到后来眼前就都变成枕木和沼泽地了，车站已缩得极小，湖也像变换了方位，看起来不一样了，再后来这些都看不清了，车过了熊河，穿越一个隧道，眼前就只有向后飞快退去的枕木铁轨，以及路轨两旁乱长的野草了，再也没有什么可以一看，好留下个记忆的了。如今从车厢头上向外望去，只觉得一切都是那么眼生。树林子看去都是一副陌生面孔，好像这样的树林子自己就从没见过似的。经过湖泊的时候也一样，觉得那就是一个湖，一个陌生的湖，跟自己住过的湖滨就是不一样。

"你在这儿要给洒一身煤灰了，"爸爸说。

"我们还是进去吧，"我说。落在这么个处处陌生的地方，我心里觉得很不是滋味。依我看，那一带的景色跟我们的住地其实应该是一般无二的，可就是给人的感觉不一样。树叶正在变色的阔叶树林，那样子大概也到处都差不多吧，但是坐在火车上看见一片山毛榉林子，心里就怎么也高兴不起来，倒只会对家乡的树林感到怀念。不过当时我还不明白这个道理。我就只当这一带都不过是我们住地的照式延伸，以为这里应该跟家里一模一样，给人的感觉也应该是相同的，但是其实不然。我们跟这里就是没有一点相通之处。那山比树林子更讨厌。千山一个样恐怕可以算是密歇根州的特点吧，但是我在火车上凭窗望去，看到树林、沼泽，有时还过河，觉得倒也十分有趣，后来又经过一座座山，山上都有农家，山后都有树林，按说都是一样的山，可那里的山就是让我感到异样，处处都让我有一点异样之感。当然一条铁路要经过许多座山，那么多山我看也不可能都毫无差异吧。可是那种异样却总让我看着觉得刺眼。好在那天是个早秋的晴朗天。开了车窗，空气清新，过了一会儿我就感到饿了。我们是天没亮就起来的，这时候已快八点半了。爸爸从车厢那头走来，回到座位上坐下。

"觉得怎么样啊，吉米?"

"肚子饿了。"

他从口袋里掏出一块巧克力和一只苹果来给了我。

"来，跟我到吸烟车厢去吧，"他说。我就随着他穿过车厢，去到前一节车厢里。我们在一个双人椅上坐下，爸爸靠窗坐在里边。吸烟车厢里很脏，座椅上包的黑皮都给烟灰火星末子烫坏了。

"看对面座位上，"爸爸跟我说了一声，可眼睛却没望着那儿。对面有两个汉子并排坐着。里座一个眼望着窗外，右手腕上上了手铐，手铐的另一半却铐在旁边那人的左手腕上。他们的前排座位上也坐着两个汉子。我只看得见他们的后背，不过两个人的坐法也跟那两个一样。靠过道的两个一前一后在那里说话。

"唉，赶早车①！"其中面对着我们的一个说。坐在他前面的那个说话连头也不回：

"那我们干吗不搭夜车呢？"

"你愿意跟这号人睡在一起？"

"睡就睡呗。有什么不可以的？"

"倒还是这样舒服些。"

"舒服个屁。"

一直眼望着窗外的那个汉子这时对我们看看，还眨了眨眼。那是个小个子，戴一顶帽子。帽子里用绷带裹着脑袋。跟他同铐一副手铐的那个也戴一顶帽子，但是脖子很粗，穿一身蓝，看他戴帽子的那副样子，好像是因为出门才戴的。

前排座位上的两个人高矮大小都差不多，只是靠过道的那个脖子粗些。

"老兄，给支烟抽抽怎么样？"向我们眨眼的汉子隔着同铐一副手铐的那人冲爸爸说。旁边那个粗脖子扭过头来对我们爷儿俩瞧瞧。眨眼的汉子笑了笑。爸爸掏出一包香烟来。

"你打算给他烟抽？"那押人犯的问。爸爸就把香烟从过道上连包递过去。

"我来交给他吧，"那押人犯的说。他用那只没铐着的手连包接过香烟来捏了捏，又换到铐上的手里拿着，用没铐着的手抽出一支，递给旁边的汉子。靠窗的汉子朝我们笑笑，那押人犯的替他把烟点上了。

"你待我倒蛮不错哩，"他对那押人犯的说。

---

① 意思是早车只有坐席，不像夜车有卧铺。

那押人犯的隔着过道把香烟连包递回来。

"你也抽一支嘛，"爸爸说。

"不了，多谢。我嘴里嚼着哪。"

"要赶长路？"

"去芝加哥。"

"跟我们一样。"

"那可是个好地方，"靠窗的小个子说。"我去过。"

"我相信你去过，"那押人犯的说。"我相信你去过。"

我们就过去坐在他们正对面的座位上。前排那个押人犯的回过头来看看。他看押的那个人眼望着地下。

"出什么事啦？"爸爸问。

"这两位先生是通缉的杀人犯。"

靠窗的汉子冲我眨眨眼睛。

"说话可要干净点，"他说。"我们这儿谁不是有头有脸的。"

"什么人叫杀啦？"爸爸问。

"一个意大利人，"那押人犯的说。

"你说什么人？"小个子笑容满面地问。

"一个意大利人，"那押人犯的还是向着爸爸说。

"是谁把他杀了？"小个子瞅着警官问，两眼睁得大大的。

"你这人真会捣乱，"那押人犯的说。

"哪儿的话呢，"小个子说。"我只是问你一声，警官，是谁把这意大利人杀了？"

"就是他杀了这意大利人，"前排座位上的犯人望着这个刑警说。"就是他张弓搭箭杀了这意大利人。"

"给我住嘴，"刑警说。

"警官，"小个子说。"我可没杀这意大利人。我也不会去杀一个意大利人。我根本就不认识什么意大利人。"

"把这话记下来，算他一条罪状，"前排座位上的犯人说。"他要抵赖，就是罪上加罪。还说他没杀这意大利人呢。"

"警官，"小个子问，"到底是谁杀了这意大利人？"

"是你呗，"那刑警说。

"警官，"小个子说。"那是诬赖。我可没杀这意大利人。我也不想再多说了。我可没杀这意大利人。"

"他要抵赖，得给他罪上加罪，"那另一个犯人说。"警官，你怎么把这意大利人杀了呀？"

"你这事可犯了错误啦，警官，"小个子犯人说。"错误犯得可大啦。你说什么也不该杀了这意大利人。"

"杀哪个意大利人也不对呀，"另一个犯人说。

"你们两个，都给我把鸟嘴闭上！"那警官说。"他们都是吸毒的，"他告诉爸爸说。"疯疯癫癫，就像乱爬的臭虫。"

"臭虫？"小个子这一下连嗓门都响起来了。"我身上可是没有臭虫的呀，警官。"

"他祖上世世代代都是英国的伯爵老爷呢，"那另一个犯人说。"不信问那位元老大人好了，"说着把头朝爸爸一摆。

"还是问那位小哥儿去，"那头一个犯人说。"他正好也是乔治·华盛顿那样的年纪。决不会说假话的。①"

"说呀，老弟，"那大个子犯人冲我瞪出了眼睛。

"住嘴，"押人犯的警官说。

"对，警官，"小个子犯人说。"叫他住嘴。他怎么可以把这个小娃儿扯进来呢。"

"想当年我也是个孩子，"大个子犯人说。

"闭上你的瘟嘴，"那押人犯的说。

"说得对，警官，"小个子犯人先来了这么一句。

"闭上你的瘟嘴！"讲这第二句时那小个子犯人却冲我直眨眼。

---

① 传说华盛顿年幼时曾砍坏了父亲心爱的樱桃树，但是他没有说谎，向父亲坦白承认了自己的错误。

"我看我们还是回原来的车厢里去吧，"爸爸对我说。"回头见啊，"他对两个刑警说。

"好。吃午饭见，"前排那个刑警点点头说。小个子犯人对我们眨了眨眼。他看我们顺着过道走去。那另一个犯人则眼望着窗外。我们穿过吸烟车厢，回到原先那节车厢里的座位上。

"哎，吉米，这你见了有什么想法？"

"我弄不清楚。"

"跟我一样，"爸爸说。

午饭在卡迪拉克吃。我们已经在柜台跟前坐着了，才看见他们进来，他们去找了一张桌子坐。这顿饭吃得够劲儿。我们吃的是鸡肉馅饼，我还喝了一杯牛奶，吃了一客青浆果饼配冰淇淋。这家小饭馆顾客拥挤。从开着的门里望出去，看得见火车。我坐在便餐柜台前的圆凳上，看他们四个人一起吃饭。两个犯人用左手吃，两个刑警用右手吃。那两个刑警要用刀子切肉时，得靠左手来使叉子，这一来就把犯人的右手也拉过来了。铐在一起的手都双双搁在桌面上。我注意看那小个子犯人吃饭，他看来不像是故意的，可总是弄得那警官十分不自在。他常常会不知不觉似的突然一动，那只手也搁得别扭，叫那警官的左手老是给拉住了。那另外一对却吃得要多自在有多自在。反正不像这一对那么好看就是了。

"这吃饭的工夫，干吗不把家伙去了呢？"那小个子对警官说。警官一声也不吭。他这时正要去拿咖啡，刚把咖啡端起来，小个子突然一动，他的咖啡泼了。警官一眼也没朝那小个子看，却猛地一伸胳臂，钢铐把小个子的手腕也吊了起来，警官的手腕子到处，小个子的脸上早已着了一下。

"王八蛋！"小个子骂了一声。嘴唇破了，他就咂了咂嘴唇。

"骂谁？"警官问。

"不是骂你，"小个子说。"我都拴在你手上了，哪儿能骂你呢。才不会骂你呢。"

警官把手腕子放到桌子底下，瞅着小个子的脸儿。

"你看怎么样？"

"也没怎么样，"小个子说。警官对着他的脸儿瞅了一阵，用他戴铐的手又去拿咖啡了。警官把手伸到，小个子的右手也就给从桌子的那头直拉到桌子的这头。警官端起咖啡杯，刚举到嘴边要喝，杯子却突然脱出了手，咖啡泼得到处都是。警官对小个子一眼也没瞅，抬起手铐冲着小个子的脸上就是两家伙。小个子一脸是血，他咂咂嘴唇，眼睛直望着桌子。

"你这该挨够了吧？"

"对，"小个子说。"是挨了很不少。"

"这一下心里该舒坦点儿了吧？"

"舒坦极了，"小个子说。"你心里呢？"

"把脸擦擦干净，"警官说。"你的嘴巴在淌血。"

我们看见他们两个两个上了火车，我们自己也上了车，到座位上坐好。那另一个刑警——不是大家叫警官的那个，是跟大个子犯人铐在一起的那个——对刚才餐桌上的那一幕压根儿没有理会。看是都看着，却似乎并不在意。大个子犯人一声也没吭，却什么都看在眼里。

我们的丝绒车座上有些煤灰末子，爸爸就用报纸把座椅掸了掸。车开动了，我从开着的窗子里向外望去，想把卡迪拉克的面貌看个清楚，但是根本看不到多少东西，只看到了那湖，还有一些工厂，以及铁轨近旁一条平行的漂亮平坦的路。沿湖边一带都是一堆堆的锯屑，可多了。

"别把头探出去，吉米，"爸爸说。我就坐了下来。反正也没有什么可看的。

"阿尔·莫加斯特就是这个镇上的人，"爸爸说。

"哦，"我说。

"刚才餐桌上发生的事你看见啦？"爸爸问。

"看见了。"

"看得一点都不漏？"

"这倒不敢说。"

"你看那小个子这样捣乱是为了什么呢？"

"我看他是故意要弄得别别扭扭的，好达到去掉手铐的目的。"

"另外你还看见了什么吗？"

"我看见他脸上先后挨了三下。"

"他挨揍的当儿你的眼睛看着哪儿呢？"

"看着他脸上。我就看那警官揍他。"

"跟你说了吧，"爸爸说，"就在那警官用铐着他右手的手铐往他脸上揍去的时候，他却用左手从桌上抓起一把钢口的餐刀塞在口袋里。"

"我倒没有看见。"

"那可不行啊，"爸爸说。"人都是有两只手的，吉米。至少出娘胎都是有两只手的吧。你真要把情况了解得一清二楚的话，对两只手就都应该看着。"

"那另外两个人都干了些什么呢？"我问。这一来爸爸倒笑了。

"对他们我倒没有注意，"他说。

午饭以后我们一直坐在那节车厢里，我就靠在窗前看外边的野景。现在看野景也没有多大味道了，因为眼下有件事就够好看的，再说野景我也看得多了。不过我也不想贸然提出到吸烟车厢去，这事总得由爸爸先提吧。他是在那里看书，我想大概是我那副坐不定的样子，叫他书也看不安生了。

"你从来也不看书，吉米？"他问我。

"不看，"我说。"没工夫看。"

"你这会儿在干些什么呢？"

"等着呀。"

"你想不想到前边去？"

"想。"

"你看我们该告诉那个警官吗？"

"别，"我说。

"这可是个道德问题，"他说完就合上了书。

"你想告诉他吗？"我问。

"不想，"爸爸说。"再说，还没有被法庭判定有罪的人，对他按理就应当作无罪的人看待。说不定他倒没有杀那个意大利人呢。"

"他们是吸毒鬼不是？"

"我也不知道他们吸不吸毒，"爸爸说。"吸毒的人也多的是。不过，不管是吸上了可卡因还是吗啡还是海洛因，说起话来也不会像他们那样呀。"

"那么是吸上了什么呢？"

"我也说不上来，"爸爸说。"到底是什么呢，弄得人说起话来变成了那个样子？"

"我们还是上前边去吧，"我说。爸爸取下了手提箱，打开来把书放好，还从口袋里掏出些什么东西一并放了进去。他锁好箱子，我们就一起去吸烟车厢。顺着吸烟车厢的过道走去，我看见了那两个刑警和两个犯人都安安静静坐着。我们就在他们的对面坐下。

小个子帽子拉得很低，把头上的绷带都遮没了，两片嘴唇都肿了。他没打瞌睡，在看窗外。那警官却昏昏欲睡，眼睛一会儿闭一会儿开，张开了一会儿又闭上了。他的脸色看去十分困倦，只想睡觉。前面一排的那两个都在打瞌睡了。犯人歪向窗口那头，刑警歪向过道这头。这样歪着双方都不好受，后来人愈来愈困，彼此索性歪到一块儿来了。

那小个子对警官看看，随后又向我们这边看看。他似乎认不得我们了，眼光就又一直朝车厢的那头望去。他似乎把吸烟车厢里所

810

有的人都看到了。乘客不是很多。这时候他又瞅了瞅警官。爸爸早已从口袋里又拿出一本书来，在那里看书了。

"警官，"小个子唤道。警官撑开了眼皮，对犯人看看。

"我得上厕所，"小个子说。

"这会儿不行，"警官闭上了眼。

"我说，警官，"小个子说道。"难道你就从来没有憋不住要上厕所的时候？"

"这会儿不行，"警官说。他此刻正处在半睡半醒的状态下，舍不得放弃。他的呼噜已经在慢慢地来了，要是睁开眼来的话，这呼噜就打不下去了。小个子向我们这边看看，可似乎还是认不得我们。

"警官，"他又唤了。警官没有答理。小个子的舌头舔了一下嘴唇。"我说警官，我得上厕所。"

"好吧，"警官说着，就站了起来，小个子也站了起来，两人一起从过道里走过去。我对爸爸看看。爸爸说："你要去就去吧。"我也就跟在他们后面从过道里走过去。

他们却在厕所门口站着。

"我得一个人进去，"犯人说。

"那可不行。"

"得了吧。让我一个人进去。"

"不行。"

"为什么？你锁着门好啦。"

"去掉家伙就是不行。"

"得了吧，警官。让我一个人进去。"

"我得看着点儿，"警官说。他们走了进去，警官随即把门关上了。我坐在厕所门对面的座位上。我望了望过道那头的爸爸。我听得见厕所里面在说话，却听不出他们在说些什么。有人转了一下门内的把手想要开门，紧接着我就听见有个东西倒在门上，在门上撞了两下。那东西随即就倒在地上了。然后又发出了一个声响，就像杀兔子时提起了兔子的后腿，把兔子头使劲往个树桩上撞。我忙不迭地对爸爸使眼色，打手势。那种声响连响了三下，紧接着我就看见有什么东西从门下流了出来。一看是血呢，很慢很慢的，往外直流。我穿过过道快快跑到爸爸身边。"门的底下流出血来啦。"

"在这儿坐好，"爸爸说完就站起身来，到过道那边碰碰刑警的肩膀。那刑警抬眼一看。

"你的伙伴上厕所里去了，"爸爸说。

"好嘛，"那刑警说。"这有什么？"

"我的孩子刚去那儿，看见门底下流出血来了。"

刑警一听跳了起来，那另一个犯人给猛地一牵，倒在座位上。那犯人对爸爸看看。

"跟我来，"那刑警对犯人说。犯人却还坐在那儿。"跟我来，"那刑警又说了一声，犯人还是不动。"不来我就揍得你屁股开花。"

"这到底是怎么回事，大人？"犯人问。

"跟我来，你这个狗杂种，"刑警说。

"哎，别骂人嘛，"犯人说。

两个人就顺着过道走去，刑警右手拿着把手枪走在前头，跟他铐在一起的犯人磨磨蹭蹭跟在后边。乘客们纷纷站起来看。爸爸说："大家都留在座位上不要动。"他牢牢抓住了我的胳膊。

那刑警见到了门底下的血。他回过头来盯住了犯人。犯人见他盯着自己，站住不动了。他说了声："别！"那刑警右手拿着枪，左手使劲向下一甩，犯人往前一个趔趄，跪倒了下来。他又说了声："别！"那刑警眼睛盯住了门和犯人，手里把枪倒了个个儿，抓住枪口，突然对着犯人的半边脑袋猛砸下去。犯人脚一软倒下了，脑袋和两手都着了地。他倒地以后还在那里摇头，连声说道："别别！别别！"

那刑警接二连三砸下去，把他砸到出不了声。犯人脸儿朝下趴在地上，脑袋耷拉在胸前。刑警眼睛盯着门，把手枪往地上一放，弯下腰去打开了犯人手上的手铐。接着又捡起手枪，站起身来，右手握枪，左手去拉绳通知停车。然后才伸手去转门把手。

火车开始减速了。

"谁在门外，不许进来，"我们听见门内有个人说。

"快开门，"那刑警说着，后退一步。

"阿尔，"那声音说，"阿尔，你没事吧？"

那刑警闪在门的一边。火车渐渐慢了下来。

"阿尔，"那声音又说了。"你要是没事的话就答应我一声。"

没人应声。火车停了。扳闸员开门进来，问："怎么回事？"他看了看地上的人和血，又看了看那个拿枪的刑警。列车员也从车厢的那头过来了。

"里边有个家伙杀了人，"那刑警说。

"还有呢！早就翻窗逃走啦，"扳闸员说。

"看住那个人，"那刑警说着，就推开了去车厢头上的门。我赶到过道的那边往窗外望去。沿路轨有一道栅栏。栅栏外是树林。我望了望路轨的两头。只见刑警匆匆跑了过去，一会儿又跑了回来。一个人影子也没见到。刑警回到了车上，厕所的门也开了。门是好不容易才打开的，因为警官倒在地上，身子压在门上了。窗子开了约莫一半。那警官嘴里还有气息。大家就把他抱起来抬到车厢里，大家也抱起了那个犯人，把他安置在一个座位上。那刑警把手铐在一只大提箱的提手上一套。看来谁也不知道该怎么办，不知道该去照看这个警官呢还是该去追捕那小个子，还是怎么样。大家都下了火车，望望路轨远处，望望树林边上。那扳闸员看见小个子是穿过路轨跑进树林去的。刑警到树林里去了两次，又都退了出来。那个犯人把警官的手枪抢走了，所以看来谁也不愿意闯进树林深处去抓他。最后火车又开了，他们准备到前站去报告州警，把小个子的相貌特征发往各地通缉。爸爸帮助他们照料警官。他给警官清洗了伤处，伤在锁骨和头颈之间，他叫我到厕所里去取来卫生纸和毛巾，折起来堵在伤口上，又从警官的衬衫上撕下一只袖管，把伤口裹紧。他们尽量设法把他安顿好，爸爸还替他擦净了脸。他的脑袋在厕所的地上撞得够呛，所以到现在还昏迷不醒，不过爸爸说他的伤倒不重。车一到站他们就把他送下了车，还有一个刑警也把另一个犯人带走了。这犯人脸色煞白，脑袋一侧隆起了一个紫血块。他给押走的时候，一副样子显得傻乎乎的，叫他干什么就干什么，只巴不得快些办好似的。爸爸帮着他们安排完警官的事，又回到火车上。车站上正好有一辆运货汽车，警官给抬上了汽车，送到医院里去了。那另一个刑警在打电报。我们还站在车厢的进口处，火车就开动了，我看见那犯人还站在那里，后脑靠在车站墙上。在哭呢。

我只觉得样样无趣，满肚子不痛快，于是我们进了吸烟车厢。扳闸员拿了一只水桶和一团废纱头正在那里擦洗，去掉地上的血迹。

"他的情况怎么样啊，大夫？"他对爸爸说。

"我可不是大夫，"爸爸说。"不过我看他的伤碍不了事。"

"这么两个大个子警察！"扳闸员说。"居然会对付不了那么一个小矮子。"

"你看见他翻窗出去的？"

"可不，"扳闸员说。"应该说，是他跳下去刚落在路轨上，就被我看到了。"

"你当时认出他了吗？"

"没有。乍一见我没认出他。依你看他是怎么用刀扎他的，大夫？"

"一定是从背后扑上去的吧，"爸爸说。

"不知道他这刀子是哪儿来的？"

"这就不知道了，"爸爸说。

"还有一个可怜的蠢蛋也真是，"扳闸员说。"他根本就没有打算要逃跑。"

"是啊。"

"可那警察还是结结实实给了他一顿。你看见了吗，大夫？"

"看见了。"

"那个可怜的蠢蛋，"扳闸员说。他洗过的地方留下了些水印，血迹都没了。我们又回到自己那节车厢的座位上。爸爸坐在那里一言不发，也不知道他在想些什么。

"我说，吉米，"过了一阵他才说。

"嗯。"

"对这件事你现在总的怎么看？"

"说不出个看法。"

"我也是，"爸爸说。"心里很不痛快是不是？"

"对。"

"我也是。害怕吗？"

"看到血的时候很害怕，"我说。"见他打犯人也很害怕。"

"那是正常现象。"

"你害怕吗？"

"不怕，"爸爸说。"你看到血是什么样子的？"我想了一下。

"又浓又滑。"

"血浓于水啊，"爸爸说。"一个人走上了生活的道路，首先体验到的就是这一句老话的意思。"

"那不是这个意思吧，"我说。"那是说的亲属关系。"

"不，"爸爸说。"就是这个意思，不过等你体验到的时候，你总少不了还要吃一惊的。我忘不了我第一次体验时的感受。"

"那是什么时候的事？"

"我只觉得鞋子里面尽是血。暖烘烘、腻稠稠的。就像打野鸭的时候长筒靴里灌了水，只是暖烘烘的，比较稠，也比较滑。"

"那是什么时候的事？"

"啊，是好久以前的事啦，"爸爸说。

卧车列车员 *

到睡觉的时候，爸爸说下铺还是让我睡吧，因为明天一清早我
要看窗外野景的。他说他睡上铺也没关系，不过他想过一会儿再
睡。我脱下衣服，放在上面的网兜里，穿上睡衣，躺到铺上。我关
了灯，拉开窗帘，可是坐起来看窗外觉得冷，躺在铺上又什么都看
不见。爸爸从我的铺下拿出一只手提箱，提到床上打开，取出他的
睡衣，往上铺一扔，然后又取出一本书，还拿出酒来在小瓶子里灌
上一瓶。

"开灯好了，"我说。

"不要开了，"他说。"我用不着。你困吗，吉米？"

"好像有点儿。"

"好好睡一觉吧，"他说完，就关上了手提箱，又放回到
铺下。

"你没把鞋子放在外边吗？"

"没有，"我说。鞋子在网兜里，我爬起来想去取，他却已经
找到了，替我拿出去放在过道里。他拉上了床帘。

"你还不准备安歇吗，先生？"卧车列车员问他。

"是的，"爸爸说。"我要到厕所里去看会儿书。"

"好嘞，先生，"列车员说。躺在被窝里，把厚厚的毯子一
盖，周围一片黑暗，车外的四野里也是一片黑暗，那真是别有情
味。车窗的下部是开着的，有一道纱窗遮着，透进来的风有股寒
意。绿色的床帘扣得严严实实，车虽然摇晃，却感到非常安稳，而
且开得很快，偶尔还能听见一声汽笛。我睡着了，醒来时往窗外一
看，发现列车开得慢极了，原来正在过一条大河。水面上和迎着车
窗掠过的大桥铁架上都亮光闪闪。就在这时，爸爸准备上上铺去

睡了。

"你醒了,吉米?"

"是啊。我们到哪儿啦?"

"这会儿正在过界进加拿大呢,"他说。"不过到天亮车子该又要出境了①。"

我向窗外望去,想看看加拿大,可见到的只是铁路编组场和一节节货车。列车停下了,两个人拿着手电筒从旁边走过,时而站下用锤头敲敲轮子。除了在车轮前猫着腰的人影和对面的货车以外我什么也看不见,于是我又爬回铺上。

"我们这是在加拿大的哪儿呀?"我问。

"温泽,"爸爸说。"明天见了,吉米。"

天亮醒来向窗外一看,早已到了个景色优美的地区,看去倒很像密歇根,只是山更高了,林木的叶子全都在变色了。我穿好了衣服,只等穿鞋,就探手到床帘下去取。鞋已经擦过了。我就穿上鞋子,收起床帘,来到外面的过道里。过道里一排排铺位都还张着床帘,看来大家都还没有醒。我到厕所探头张望了一下。那黑人列车员正在皮垫座椅的一个角落里睡大觉呢。他把帽子拉下来遮住了眼睛,脚高高地搁起在一张椅子上。嘴张开了,头向后仰,双手握拢合在身前。我又一直走到车厢头上去看野景,可是那里风大灰多,又没个坐处。我就又回到厕所,蹑手蹑脚走了进去,免得惊醒那列车员。我来到窗前坐下。一清早这厕所里有股铜痰盂的气味。我饿着肚子,望望窗外的秋景,看看列车员睡觉。这一带看样子倒像是个打猎的好去处。山上多的是矮树丛,还有成片的林子,农家房子看去都很漂亮,道路也都修得不错。这里跟密歇根看去有一样不同。在这里火车一直往前开去,景色似乎都是连成一片的,而在密

---

* 此篇同《搭火车记》一样,也是那部没有写完、没有题名的长篇小说稿的一个片断。——原编者注
① 从密歇根州乘火车去纽约州,最便捷的路线就是走伊利湖北岸,从加拿大的境内穿越而过。

歇根，一处处就都各不相干了。这里没有一片沼泽地，也没有森林大火留下的痕迹。看去处处都像是有了主儿的，可又都是那么优美的野景，山毛榉和枫树都已变了叶子的颜色，随处可见的矮栎树也都有色彩艳丽的树叶，哪儿有矮树丛哪儿就准有许多苏模树，鲜红一片。看来这一带还是野兔子繁衍的好地方，我想找找猎物看，可是景物闪过去太快，目光根本集中不到一点上，能够看到的鸟儿也只有天上的飞鸟。我看见有一只鹰在一片田野上空猎食，还看见了跟这雄鹰成对的一只雌鹰。我看见有金翼啄木鸟在树林边上飞，我估摸这是在向南迁徙。我还两次见到了青樫鸟，可是在火车上要看到鸟儿可不容易。从火车上看野外，要是笔直看着面前景物的话，东西都会往旁边溜去，所以要看就只能把目光稍稍前移，由着景物从眼前闪过。我们经过一个农家，屋外有好长一片草地，我看见有一群双胸斑沙鸻在那里觅食。火车驶过时，其中有三只飞了起来，打个回旋飞到树林上面去了，其余的却还在那里继续觅食。列车拐了个大弯，我看见了一长串车厢在前边弯成了一道弧，火车头老远跑在头上，驱动轮转得飞快，下方则是一个深深的河谷。这时我一回头，看见列车员已经醒了，正瞧着我呢。

"你看见什么了？"他说。

"没什么。"

"你看得可专心了。"

我没说什么，不过心里正巴不得他醒过来。他的脚还搁在椅子上，只是伸起手来，把帽子戴戴正。

"昨儿老晚还在这里看书的是你的爸爸？"

"是啊。"

"他可真会喝酒。"

"他酒量好。"

"酒量是好。没说的，酒量是好。"

我没说什么。

"我跟他一起喝了两杯，"列车员说。"我倒是酒性都上来了，

818

可他却一坐就是半夜，一点事儿也没有。"

"他从来也不会醉，"我说。

"就是。可他要是一直这样喝下去，会把五脏六腑都烧坏的。"

我没说什么。

"你饿了吧，老弟？"

"是啊，"我说。"正饿得慌呢。"

"餐车这会儿该开张了。来，到后边去，我们去弄点儿什么吃吃。"

我们就往列车的后尾走去，又穿过了两节车厢，都是一排排铺位全还挂着床帘的，再过去才是餐车。我们又穿过一排排餐桌，来到后面的厨房里。

"嗨，伙计，你好，"列车员招呼大师傅说。

"是乔治大叔啊，"大师傅说。另外还有四个黑人在一张桌子上打牌。

"给这位小哥和我弄点东西吃好不好？"

"不行啊，"大师傅说。"这会儿都还没有准备好呢。"

"来喝两口怎么样？"乔治说。

"不不，"大师傅说。

"这儿有呢，"乔治说。他从侧袋里取出一只小瓶。"多蒙这位小哥的爸爸一番好意送给我的。"

"好大方，"大师傅说。他抹了抹嘴唇。

"这位小哥的爸爸是世界冠军。"

"什么冠军？"

"喝酒冠军。"

"他真够大方的，"大师傅说。"昨儿晚饭你怎么吃的？"

"跟那帮子黄娃娃①一块儿吃的。"

---

① 指肤色较淡的黑白混血儿。

"他们还在一块儿？"

"从芝加哥一直闹到底特律才散。我们现在给他们起了个名儿，叫做白色爱斯基摩人。"

"好啦，"大师傅说。"全都准备妥当啦。"他在一只油炸锅的锅边上敲了两个蛋。"给冠军的儿子来一客火腿蛋怎么样？"

"谢谢，"我说。

"那一番好意让我也叨点光怎么样？"

"行啊。"

"祝你的爸爸永远当冠军，"大师傅对我说。他舔了舔嘴唇。"这位小哥也喝酒吗？"

"他不喝，"乔治说。"对他我得照看着点。"

大师傅把火腿蛋装在两只盘子里。

"请坐，二位。"

乔治和我坐了下来，他又给我们端来了两杯咖啡，然后就在我们对面坐下。

"不知你舍不舍得让我再领受一下那番好意？"

"乐意极了，"乔治说。"我们得回车厢里去了。铁路上的行情怎么样？"

"铁路股票行情坚挺，"大师傅说。"华尔街的行情怎么样？"

"狗熊①都又改做多头了，"乔治说。"眼下做熊妈妈是很冒风险的。"

"还是小熊②最靠得住，"大师傅说。"巨人队太骄，所以总得不了联赛冠军。"

---

① 在股票市场的行话中，把做"空头"的叫做"狗熊"（大概是出自"熊未捉到先卖皮"这句俗语），把做"多头"的叫做"公牛"。所谓"熊市"、"牛市"即源出于此。下面谈话中的"熊妈妈"、"小熊"，都是由此生发出来的。

② "小熊"是芝加哥的职业棒球队，下面说的"巨人"则是纽约的职业棒球队（后改属旧金山）。这两队都属"全国联赛"（"全国联赛"是美国棒球最高水平的两大联赛之一）。

乔治笑了，大师傅也笑了。

"你真是个够交情的哥们儿，"乔治说。"我就是喜欢上这儿来跟你见见面。"

"快走吧，"大师傅说。"拉卡万纽丝要来叫你了。"

"我爱那个姑娘，"乔治说。"谁敢动她一根毫毛……"

"快走吧，"大师傅说。"要不那帮黄娃娃可是不会放过你的。"

"这真是一种愉快，老哥，"乔治说。"真是太愉快了。"

"快走吧。"

"请再赏个脸吧。"

大师傅抹了抹嘴唇。"客人要走啦，一路顺风啊！"他说。

"我待会儿还来吃早饭，"乔治说。

"免费招待就是，"大师傅说。乔治把酒瓶放进了口袋。

"再见了，慷慨的人，"他说。

"快滚吧，"打牌的一个黑人说。

"再见了，列位，"乔治说。

"吃早饭再见，"大师傅说。我们就走了出来。

我们又回到了自己的那节车厢里，乔治看了看号码牌。上面显示出一个十二号、一个五号。乔治把一个小东西往下一拉，数字就消失了。

"你还是在这儿坐，不用客气，"他说。

我就在厕所里坐下来等，他管自到过道那头去了。只一会儿工夫他就回来了。

"好啦，全都侍候周到啦，"他说。"这铁路上的事你喜欢吗，吉米？"

"你怎么知道我名字的？"

"你爸爸不就是这样叫你的吗？"

"是啊。"

"这不结了，"他说。

"我太喜欢了，"我说。"你和大师傅说起话来总是那个样儿的吗？"

"不，詹姆斯①，"他说。"我们只有心里一热乎才那个样儿说话。"

"也就是你们一喝了酒，"我说。

"不光是喝了酒。只要为了个什么缘故两人心里一热乎。大师傅和我是同调。"

"什么叫同调？"

"对人生抱有同样看法的人。"

我没说什么，这时电铃响了。乔治到外边把那箱子里的小东西一拉，又回到里间来。

"你看见过用剃刀扎人吗？"

"没有。"

"要不要听我说说？"

"好啊。"

铃声又响了。"我还是去看一看，"乔治说着就出去了。

一回来他就挨着我坐下。"使剃刀可是一门技术，"他说，"不是只有干理发这一行的才会使这种家伙。"他对我看看。"别把眼睛瞪得这样大，"他说。"我不过是嘴里讲讲。"

"我不怕。"

"我看你也不会怕，"乔治说。"你最要好的朋友就在你身边哩。"

"对，"我说。我看他是有点醉了。

"这玩意儿你爸爸有很多吧？"他掏出了酒瓶。

"我不知道啊。"

"你爸爸真称得上是一位标准的高尚慷慨的绅士。"他喝了一口。

———————————

① 吉米的正名。

我没说什么。

"我们回头再说剃刀，"乔治说。他伸手到上衣的里袋里掏出一把剃刀来，并不打开，就放在左手的掌心里。

那手掌是淡红色的。

"你看看这剃刀，"乔治说。"使起来不用费什么劲，也没什么玄乎的。"

他把剃刀托在掌心里拿给我看。那剃刀有个黑柄，是用骨头做的。他拉开刀来，直挺挺的亮出了刀锋，交到右手里。

"你有根头发没有？"

"什么意思？"

"拔根头发下来。我自己的头发太韧了。"

我拔下一根头发，乔治伸手接了过去。他用左手捏着，看个真切，剃刀一扬，就把头发截为两半。"一是刀口要锋利，"他说。眼睛依然望着残留的小半截头发，手里把剃刀翻了个个儿，刀锋朝反方向又是一扬，头发就在紧靠两个指头处又给削去了一半。"二是动作要洗练，"乔治说。"有这两条就很了不起了。"

吱吱的电铃声响了，他折好剃刀，交给了我。

"代我保管一下，"他说完就出去了。我把剃刀拉开看看，折拢看看。还不是一把普通的剃刀？乔治又回来在我身旁坐下。他喝了一口。瓶里没酒了。他把瓶子看了看，收起来放回到口袋里。

"请把剃刀给我，"他说。我就交给了他。他接过去放在左手的掌心里。

"你刚才看到了，"他说，"一条是刀口要锋利，一条是动作要洗练。还有一条比这两条更重要。就是刀法要把稳。"

他右手拿起剃刀，轻轻一挥，刀身就出来了，刀背贴住在指关节上，锋口亮在外边。他把手让我看清楚：刀柄藏在拳头里，翘出的刀身贴着指关节，由食指和拇指扣住。刀子就这样牢牢地架妥在拳头里，亮出了锋口。

"你看清楚啦？"乔治说。"你再看看，使用起来还少不了要掌握这样熟练的技巧。"

他站起身来，啪的一声一伸右手，拳头早已握起，刀子早已贴着指关节亮了出来。剃刀的刀身在射进窗口的阳光里发亮。乔治头一低，抡刀连砍了三下。又后退一步，把刀在空中挥了两挥。然后压低了头，用左臂护住了脖子，拳头带着刀子飞快地一捅一收，来回不停，一边又是躲又是闪。他砍了一下、两下、三下、四下、五下，直砍了六下，才直起腰来。他一脸汗水，把剃刀折好放在口袋里。

"要掌握使用的技巧，"他说。"另外左手最好还要拿一个枕头。"

他坐下来擦了擦脸。还脱下帽子揩了揩里面的皮垫圈。又走过去喝了杯水。

"剃刀其实只是一种幻想，"他说。"剃刀是防不了身的。谁都能拿剃刀来捅你。你既然捅得到人家，人家自然也捅得到你。要是左手能拿上个枕头，那就好了。可是用得着剃刀的时候又上哪儿去弄枕头呢？总不见得会在床上去捅谁吧？剃刀只是一种幻想，吉米。那是黑人的武器。地地道道是黑人的武器。可你现在也知道黑人是怎么个用法了。黑人其实总共只作了一个改进，就是可以在手里把剃刀翻个个儿。黑人中只有一位杰克·约翰逊[1]才真具备了自卫的功夫，可他却给关进莱文沃思[2]去了。我这点剃刀功夫比起杰克·约翰逊来那真是差远了！可这也没有什么关系，吉米。人生在世，别的都是空的，自己有个看法才最受用。像我和大师傅这样的人，都是有自己看法的。即使看法不正确吧，日子总也比较好过

---

① 杰克·约翰逊（1878—1946），美国黑人重量级拳击手。美国黑人拳击手中第一个冠军获得者。他多次击败白人对手，以致引起了种族骚乱。他还先后同两个白人妇女结婚，遭到了一些人的攻击。1913年初他以"诱拐妇女罪"被判一年徒刑。
② 在堪萨斯州东北部，联邦监狱所在地。

824

些。像杰克老哥或马库斯·加维①这样的黑人，满脑袋幻想就得给抓去坐班房。我要是对剃刀还死抱着幻想的话，也不知道会弄得怎么样呢。什么都是空的啊，吉米。喝了酒，过上个把钟头，你就会像我这样，知道那个滋味了。你和我，其实还根本不好算朋友。"

"哪儿的话，我们是朋友。"

"吉米好老弟，"他说。"你看那可怜的'虎斑草'老哥，他受到的是什么样的待遇啊。他要是个白人的话，百万家财早都挣下啦。"

"他原先是干什么的？"

"原先是个拳击手。拳击功夫好得真没说的。"

"他们把他怎么啦？"

"总是叫他在铁路上跑，不是干这个就是干那个。"

"真太可惜了，"我说。

"吉米，这还不算什么，事情可还大着哪。你还会从女人那儿染上梅毒，要是你有老婆的话，老婆都会逃跑。吃这碗铁路饭晚上往往是回不了家的。你去找的那种女人，她也是没办法才来跟你好的。你去找她，是因为她没办法，你拉不住她，也是因为她没办法。男子汉一辈子能有多少欢情可得呢，喝了酒心里多添几分不痛快又算得了啥。"

"你心里觉得不痛快？"

"是啊。心里觉得不痛快。要不是觉得不痛快，我也不会说这样的话了。"

"我爸爸早上起来也常常觉得不痛快。"

"是吗？"

---

① 马库斯·加维（1887—1940），生于牙买加的黑人，1916年到纽约。他相信黑人在白人占多数的国家不可能得到公平待遇，因此主张黑人应该"回到非洲去"。二十年代他的支持者达两百万之多。他得到了大量捐款，用这些钱创办了黑人企业，以赢利作为"回到非洲去"运动的经费。1925年加维被控"利用邮件设置骗局"，判决有罪，给关了一年牢。

"可不。"

"那他怎么办呢？"

"就锻炼身体。"

"哎，我有二十四个铺位得收拾。也许这倒是个解决问题的办法。"

天一下起雨来，在火车上就觉得日子长得难捱了。雨打得车窗玻璃都湿了，再也看不清楚窗外的景色，而且在雨里看去反正车外什么都是一个样。我们路过好多个大小城镇，可是没一处不在下雨，火车在奥尔巴尼过哈得孙河时，雨下大了。我走出车厢，站在连廊里，乔治把门打开了，好让我看野景，可是眼前见到的却只有湿漉漉的铁桥架，落在河里的雨点，还有就是那水淋淋的列车了。不过外边却有股子好闻的气味。这是一场秋雨，从开着的门里透进来的空气闻起来很清新，好似潮湿的木柴、沾水的铁器，给人的感觉就像是湖滨的秋天。车厢里乘客虽有不少，可看上去都引不起我多大的兴趣。有个漂亮的妇女要我在她身旁坐下，我就去了，后来才明白，原来她自己也有个跟我同样年纪的孩子，眼下她是到纽约某地去当教育局长的。我心想：我这会儿要是能跟乔治到餐车厨房去，听他跟大师傅谈谈，那该有多好呢。可是白天一般的时候乔治说话也跟常人无异，只有说得更少，而且态度非常规矩，不过我也注意到他喝了不少冰水。

车外雨停了，但是大山顶上还有大片的云团。火车沿着河边驶去，四野里真美丽极了，这样的美景我以前还从来没有见过，只有肯伍德太太家里一本书的插图上才看得到如此风光。我们住在湖滨的时候，逢星期天总要上肯伍德太太家去吃饭，她家有这么一本大书，一直放在客厅里的桌子上，我在等吃饭的时候总要去翻翻看看。那本书上的版画也就像此刻这雨后的四野，也有这样的河，河畔也耸立着这样的山，山上也是这样灰色的山岩。有时在河的对岸可以见到有列车迎面而过。树头的叶子入秋都已变色，有时看见河面只在树木的枝桠之间露出一角，那时这河看去就一点也不显得古老，跟书上的插图也不像了，倒是让人觉得这种去处大可住得，住在这儿可以钓钓鱼，一边吃午饭一边看火车开过。不过总的说来这河是阴暗、凄凉而又陌生的，似乎并非现实，倒是像书上的版画，古味十足。这也可能是因为一场大雨刚过、太阳还没有出来的缘故。风吹叶落的时候，落叶欢舞，踩上去也带劲，树呢，也还是老样子，只是树上没有了叶子而已。可是雨打叶落的时候，落叶就生气全无，都湿漉漉贴在地上了，树也变了，变得水淋淋没有好脸面了。沿哈得孙河的这一路上景色固然十分美丽，这种景色在我可毕竟是感到很隔膜的，我倒宁愿还是回到湖滨去。这个地方给我的感觉，也正就是书上的版画给我的感觉，这里边掺杂着很多别的东西：看这本书我总是在那个客厅里，那是别人的家，时间又总是在吃饭前，何况雨后的树一片水淋淋，更何况北方的季节此时已是秋尽，天气又潮又冷，鸟儿早已飞空，在树林子里散步已不再是什么乐事，天一下雨就只想待在屋里，生上一堆火。我看我也不是一下子想到了那么多的，因为我这个人向来是不多想也不细想的，只是哈得孙河沿河的景色给了我那么复杂的感受而已。一下雨，什么地方都会变得陌生的，连自己的家乡也不能例外。

岔路口感伤记 *

我们是在中午前到达岔路口的，还开枪误杀了一个法国老百姓。这人当时正快步穿过我们右方的田野，他已经过了农家房子，才看见第一辆吉普车开来。克劳德命令他站住，他却只管往田野里跑去，雷德就一枪把他打死了。这是雷德当天打死的第一个人，所以他心里好不喜欢。

我们都以为那是个德国人，身上老百姓的衣服是偷来的，不料一看他竟是个法国人。至少他的身份证是法国的，那上面说他是苏瓦松人①。

"Sans doute c'était un Collabo（他肯定是个通敌分子），"②克劳德说。

"他不是想逃跑吗？"雷德还反问道。"克劳德叫他站住，那个法国话说得可标准了。"

"'猎获簿'上就把他作通敌分子登记吧，"我说。"他的身份证照旧去放在他身上。"

"他真要是苏瓦松人，跑到这儿干什么来了？"雷德又反问道。"苏瓦松离这儿可远着哪。"

"他在我们的部队开到之前逃走，就说明他是个通敌分子，"克劳德还解释说。

"他这张脸也真难看，"雷德瞅着地上的人说。

"也被你弄坏了点，"我说。"听好了，克劳德：把身份证照旧放好，身上的钱一个子儿不许动。"

"不拿别人会拿的。"

"你就不要去拿嘛，"我说。"德国鬼子送上门来的钱是决不会少的。"

828

然后我就指示他们：两辆车在哪儿停放，"买卖"在哪儿开张。我还派奥内西姆穿过田野，过了这两条路，到那上了窗板的小餐馆里去打听打听清楚，有多少人马已经从这条出逃的必经之路逃了过去。

逃过去的人马倒还真不少，都是往右边的那条路上去的。我知道短不了还有很多人马要逃过去，就用脚步测量了一下从这条路到我们那两个埋伏点的距离。我们使用的都是德国人的武器，这样即使岔路上有什么巨大的声响传到德国人耳里，也就不致会惊动他们了。我们把埋伏圈特意设在过岔路口有相当距离的地方，免得到时候弄得岔路口满地狼藉，一派杀人场的景象。我们要德国人快快投到这岔路上来，而且要源源不断地来。

"这个 guet-apens（伏击）真太妙了，"克劳德说。雷德问这个法国字怎么讲，我告诉他那也不过是一般的埋伏的意思。雷德说这个字他倒得好好记住。他现在十句话里倒有五句要说些自以为是的法语，要是给他个命令的话，他也十回里有五回会用他的所谓法国话来应上一声。他说得滑稽，我挺爱听的。

那是夏末一个绝美的好天，那年夏天后来就不大再有这样的好天气了。我们埋伏好以后便就地躺着，两辆车子在肥料堆后面掩护我们。这个肥料堆体积大，气味重，而且非常坚实，我们躺在沟后的草地里，草还像常年夏天那样有股草香，两棵树给两个埋伏点各撒下一片遮荫。我这两个埋伏点也许设得太靠前了点，不过只要你火力够，上门的货色来得快，你是决不会嫌靠得太前的。一百码就满不错了。五十码更理想。我们连五十码都还不到呢。当然，在这种事情上我们总是觉近不觉远的。

有人也许会说埋伏得这么靠前不妥当。可是我们到时候还得赶

---

* 《岔路口感伤记》是一篇完整的短篇小说，写于第二次世界大战结束至1961 年之间。——原编者注
① 苏瓦松是巴黎东北约八十公里处的一个城市。
② 原文为法语，下同。

出去再赶回来，得尽可能把路上的伏击痕迹清除掉。车辆之类是没什么办法可收拾的了，不过按照常情来推想，估计后来的车辆会当那是被飞机打坏的。只是那天并没有飞机。不过来人也不会知道今天还没有飞机来过这里。何况匆匆忙忙往逃生路上逃跑的人，看问题的角度也不一样。

"Mon Capitaine（我的队长），"雷德对我说。"要是我们的先头部队来了，听见这里响的都是德国人的枪炮，可不要把我们打得命都没了？"

"我们两辆车上的人会对先头部队的来路注意观察的。自有他们来打信号避免误会。不要急嘛。"

"我一点也不急，"雷德说。"我已经打死了一个货真价实的通敌分子。我们今天也总共只有这么一点战果，这个伏击可一定要多多杀上几个德国鬼子。Pas vrai（不是吗），奥尼①？"

奥内西姆说："Merde（放屁）。"就在这时我们听见飞快开来了一辆汽车。我看见车是从两边种山毛榉的那条路上来的。那是一辆绿灰色伪装了的大众车，压得沉甸甸的，车上尽是戴钢盔的，看样子真像去赶火车一般。路旁有两块石头可以作瞄准点用，那是我从农家的一堵石墙上拆下来安在那儿的，一等大众车过了岔路口，顺着我们面前这条又平又直的上山的逃生路向我们这里驶来时，我马上命令雷德："车到第一块石头，把开车的干掉。"又命令奥内西姆："机枪摆射，高度：一人的身高。"

雷德的枪一响，那大众车的驾驶员对车子就失去了控制。由于他戴着钢盔，我看不见他脸上的表情如何。只见他的手松开了。可不是紧紧蜷缩成一团，也不是死死抓住方向盘。机枪在驾驶员的手松开之前也早已开了火，于是车子就冲到了沟里，把车上的人都抛了出来，看去就像慢镜头一样。有的摔在路上，二分队的弟兄爱惜弹药，给他们来了一个短点射。有一个人打了个滚，还有一个人在

---

① 奥内西姆的爱称。

爬，我正看着，克劳德把两个都打死了。

"我那一枪好像打中了驾驶员的脑袋，"雷德说。

"别太自鸣得意了。"

"这样的距离打枪，枪口总免不了有些上抬，"雷德说。"我是瞄准了他最低的部位打的。"

"伯特兰，"我对二分队那边喊道。"请你带领手下到路上去把他们搬开。把 Feldbuch① 全部拿来给我，钱你给保存一下回头再分。得快些把他们搬开。你也去帮个忙，雷德。把他们都往沟里扔。"

他们打扫战场的时候，我就向着小餐馆那边西来的公路眺望。我除非得亲自动手一起参加，否则是决不看打扫战场的。看打扫战场可不好受。我不好受，人家自然也不见得好受。不过我是带队的。

"你报销了几个，奥尼？"

"八个该一个没漏吧。我只能说我都打中了。"

"这么近的距离……"

"是打中了也显不出多少能耐。可我用的毕竟是他们的机枪啊。"

"我们得快些再作好战斗准备。"

"我看这辆车子坏得倒还不算厉害。"

"等回头再去查看吧。"

"听哪，"雷德说。我听了听，随即就把哨子吹了两下，于是大家都赶紧退了回来，雷德还拖着末了一个德国人的一条腿，颠得死人脑袋乱颤。这样我们便又埋伏了起来。可是什么也没来，这一下我心里倒急了。

我们设置埋伏的任务很简单，就是要在敌人的逃亡路线上横跨

---

① 德语，原意是"野外作业记录本"，这里疑是指德国兵的身份证件之类，同下文提到的"饷簿"很可能是一回事。

两侧进行狙击。严格说来，"横跨两侧"这一点我们没有做到，因为我们的人力不足，不能在道路两旁同时设伏，此外我们的技术条件也不够，碰上装甲车辆就办法不多了。不过我们两个埋伏点都各备有两枚德制的 Panzerfaust[①]。那比正规部队里用的美式火箭筒威力要大得多，使用也轻便，弹头大，发射管又可以扔掉；但是近来我们在德国人撤退时缴获的这种火箭筒有不少是给暗里安上了饵雷的，还有不少给故意破坏了。所以我们只用那些新鲜得不能再新鲜的"时鲜货"，而且总还要从中随意抽些货样，叫个德国俘虏打打看。

被非正规部队抓获的德国俘虏往往非常愿意提供合作，态度决不会比饭店领班或三四流外交官差。总的说来，在我们眼里德国人就好比是走上了邪路的童子军。这也就是赞他们是优秀军人的又一种说法。我们可不是优秀军人。我们是专干一门肮脏职业的。用法国话说，就是"un métier très sale（一门肮脏透顶的职业）"。

经过反复审问，我们知道了从这条逃亡路上逃走的德国人都是往亚琛去的，我知道我们现在打死他们一个，以后在亚琛或齐格菲防线后面就可以少一个敌人抵抗。这道理是简单明了的。我就欢喜问题这样简单明了。

我们看见这一回来的德国人是骑自行车的。总共四个，也是急急忙忙的，但是都已经累透了。他们不是自行车部队的。他们就是一般的德国兵，骑的是偷来的自行车。领头的那个看到路上有新鲜血迹，又一扭头瞧见了那辆汽车，便用足全身力气把右脚的长筒靴往右脚镫上狠命踩下去，这时我们却向他开了火，也向另外三个开了火。人挨了枪子儿从自行车上摔下来，那个情景看起来总是挺惨的，尽管还比不上驮着人的一匹马中了枪那么惨，更别说一头奶牛误入枪林弹雨给打穿肚子了。可是在近距离内看一个人中了枪弹摔下自行车，那自有一种亲如切身的感觉，叫人受不了。眼前可是四

---

① 德语：钢甲拳。即德制反坦克火箭筒。

个人、四辆自行车。那个切身之感才叫强烈呢，何况，自行车翻倒在路上声音尖细而刺心，人摔下来又响得那么闷，装备碰得劈啪一片，这一声声都传到了你的耳里。

"快把他们搬到路外边去，"我说。"把四辆 Vélos（自行车）都藏起来。"

正当我扭过头去监视路上时，那小餐馆有一扇门打开了，出来了两个戴便帽、穿工作服的老百姓，各拿了两只瓶子。他们慢悠悠穿过了岔路口，一转弯向埋伏点后面的田野里走来。他们上身都穿运动衫加旧上装，下面是灯芯绒裤子，脚登农村靴。

"对他们注意监视，雷德，"我说。他们还是一个劲儿往前走，后来竟把瓶子高举过头，两只手各拿一瓶，走到我们跟前来了。

"快卧倒，"我喊了一声。他们就赶快趴下，把瓶子在腋下一挟，顺着草地爬过来。

"Nous sommes des copains（我们是朋友），"其中一个喊道。这人一副深沉的嗓音，一开口酒气直冲。

"过来，你们这两个酒糊涂的 copains（朋友），让我们来认一下，"克劳德应道。

"我们是在过来呀。"

"外面下这么大的铁弹雨，你们到这儿干什么来啦？"奥内西姆喊道。

"我们送一点小礼物来了。"

"刚才我到过你们那里，你们的小礼物当时为什么不送？"克劳德问道。

"哎呀，情况变化了嘛，camarade（同志）。"

"变得有利啦？"

"Rudement（大大的有利），"那头一个酒鬼 camarade 说。另一个趴在地上，把一只瓶子向我们递过来，带着很不痛快的口气问："On dit pas bonjour aux nouveaux camarades（对新同志也不问一声好）？"

"Bonjour（你好），"我说。"Tu veux battre（你们想来打
仗）？"

"假如有必要的话。不过我们来是想问一下： 这些 vélos 可不
可以给我们？"

"得等战斗结束，"我说。"你们服过兵役吗？"

"这个自然。"

"那好。你们每人带一支德国步枪、两夹子弹，顺着这条路到
我们右边两百码的地方，见有过路的德国人就来一个毙一个。"

"我们不能跟你们在一块儿吗？"

"我们是专业人员，"克劳德说。"队长怎么说你们就怎
么办。"

"上那边去选一个有利的地形，枪可不能朝这边打。"

"把这个臂章佩上了，"克劳德说。他一个口袋里满是臂章。
"你们是 Franc-tireurs（游击队员）了。"他没有说出完整的名称。

"过后能把 vélos 给我们？"

"你们打不上的话，给一人一辆。打上了，给一人两辆。"

"得的钱怎么办？"克劳德说。"他们用的可是咱们的枪。"

"钱就归他们拿吧。"

"不该归他们。"

"缴获的钱都要送上来，回头会分给你们一份的。Allez vite
（快去）！Débine-toi（走呀）！"

"Ceux sont des poivrots pourris（这两个是烂酒鬼），"克劳
德说。

"拿破仑时代都还有酒鬼呢。"

"很可能。"

"肯定的，"我说。"这一点我完全可以向你担保。"

我们躺在草地里，草的气息还十足是夏天的气息，沟里的尸体
渐渐引来了苍蝇，有普通苍蝇也有青头大苍蝇，黑色路面的公路上

鲜血四周还有些蝴蝶。不但鲜血四周有黄的白的蝴蝶,连尸体拖过的地方留下的一条条血迹旁边都有。

"我倒不知道蝴蝶原来是吃血的,"雷德说。

"我本来也不知道。"

"也难怪,我们打猎的季节那是冷天,已经没有蝴蝶了。"

"我们在怀俄明打猎的时候,'小木桩'地鼠[①]和土拨鼠早都躲在洞里了。可那还只是九月十五呢。"

"我倒要仔细看看蝴蝶是不是真的吃血,"雷德说。

"要不要拿我的望远镜去看?"

他仔细看了好一会儿,说:"真他妈的难说。不过老钉在那儿是肯定的。"然后他又转过头去对奥内西姆说:"奥尼呀,pauvre(可怜的)德国鬼子真差劲。Pas de(没有)手枪,pas de binoculaire(没有望远镜)。妈的什么都 rien(没有)。"

"Assez de sous(可就是有钱),"奥内西姆说。"我们这一回钱的收获倒是不小。"

"有钱也没个鬼地方可花。"

"以后再花吧。"

"Je veux(我倒想),maintenant(现在)就花,"雷德说。

克劳德用他童子军万能刀上的拔塞钻把两瓶酒开了一瓶。他闻了闻,递给我。

"C'est du gnôle(是烧酒)。"

那边的二分队也在享受他们的那一份。他们原是我们最亲近的伙伴,可是一分开以后,就觉得他们像是外人了,那两辆车更像是后方梯队了。我心想:人真是一分开就疏远。这一点倒应该注意。倒还有这么件事需要注意。

我举起瓶来喝了一口。那是高纯度的烈酒,凶极了,一上口就

---

① 北美大草原地区有一种地鼠,因其挺起身子静止不动时看去像个小木桩,故有"小木桩"地鼠之称。

是一团火。我把瓶子还给了克劳德，克劳德又给了雷德。雷德一口喝下去，眼泪都流了出来。

"这里的酒是用什么东西酿的，奥尼？"

"大概是土豆吧，还得上铁匠铺去弄点马蹄上修下的边皮加在里面。"

我翻译给雷德听了。"我什么酒都喝过，就是土豆酒倒还没尝过味道，"他说。

"这酒是装在生锈的钉桶里催陈的，里面还要放几枚旧钉子提提酒味。"

"我得再喝一口，消消嘴里那股味道，"雷德说。"Mon Capitaine，咱们要死一块儿死好吗？"

"Bonjour, tout le monde（向全世界的人问好），"我说。这是我们常说的一个老笑话，说是有个阿尔及利亚人即将在桑丹监狱①外的街道上被送上断头台，问他可有什么遗言要说，他就说了这样一句话。

"为蝴蝶干杯，"奥内西姆喝了一口。

"为钉桶干杯，"克劳德也把瓶子一举。

"听哪，"雷德说着把酒瓶递给了我。我们都听见了一辆履带车的声音。

"好家伙，中头彩了！"雷德说。"Along ongfang de la patree, le fucking jackpot ou le more ..."②他轻轻地唱了起来，钉桶酒这时已经对他不起作用了。我又喝了一大口酒，大家趴在那儿，把一应布置检查了一遍，眼睛就都朝着左边的路上望去。不久就看见了。那是一辆德国人的半履带式兵车，车上的人挤得都只有勉强站着的份儿。

---

① 巴黎的一座监狱。
② 这里哼的是《马赛曲》，但是随口夹进了几个英文字，法语的音也念得不准。意思变成了："前进祖国的孩子们，但愿头彩多多的来⋯⋯"

在敌人的逃亡路线上设置埋伏，总少不了要在路的对面一侧埋上四颗饼状地雷，有宽余的话还可以再多埋一颗，都打开了保险，一颗颗就像比特大号汤盘还大的圆形大跳棋①，又像死呆呆伏着不动的蛤蟆。四五颗地雷排成一个半圆形，拔些野草盖在上面，用一根在船用杂货行里都能买到的黑油粗绳串起来。绳子的一头系牢在里程标上，这种一公里一个的标石叫做 borne，也可以系在十分之一公里的小标石上，反正只要找个牢不可拔的东西系住就行。绳子松松地横过路面，一头挽上个圈，由前队伏兵或后队伏兵掌握都可以。

开来的这辆压得沉甸甸的兵车，是驾驶员面前有瞭望口的那一种，重机枪此刻都高高地昂起了头，警戒着空中。我们个个都紧盯着兵车，看它步步逼近，车上挤得也真够瞧的。满满一车尽是党卫军，现在连领章都看见了，面孔也都看清楚了，看得愈来愈清楚了。

"拉绳，"我向二分队大喊一声。不料绳子一收紧，原来排成半圆形的地雷就给拉移了位，乱了阵形，我想这一下露馅了：一看就知道那是用青草遮着的饼状地雷！

这时候驾驶员要么见了地雷马上刹车，要么还是往前直开，撞上地雷。行驶中的装甲车辆是不能打的，但是只要车子一刹住，我就可以用那大弹头的德制火箭筒给它一家伙。

那半履带式兵车来得极快，此刻我们已经把他们的面孔看得清清楚楚。他们都忙着在看公路那头可有我方的先头部队追来。克劳德和奥尼脸色发白，雷德面颊上肌肉一抽。我却总是这个老毛病：肚子里又觉得像掏空了似的。紧接着那兵车里就有人看见了血迹，还看见了沟里的那辆大众车和尸体。他们用德国话大喊大叫，那驾驶员跟他身边的军官想必也看到了路上的地雷，车子往旁边一偏，

---

① 古时下西洋跳棋有在地上划了棋盘下的，棋子奇大。有些地方如苏格兰至 20 世纪犹有此风。

猛地停了下来，可是刚要打倒车后退，就被火箭筒击中了。在火箭筒击中的同时，两个埋伏点上的人马也都一齐开了火。兵车上的那帮家伙自己也有地雷，就急急忙忙构筑起他们的路障来，好给幸存的那点力量作个掩护，因为在德国火箭筒击中、兵车被炸毁的那个当儿，我们个个都低倒了头，头上什么乱七八糟的东西都在往下洒，好似打开了一个喷泉。洒下来的都是钢铁之类的硬家伙。我查点了一下：克劳德，奥尼，雷德，都还在射击。我也拿了一支"施迈瑟"①对着瞭望口在射击，我背上湿漉漉的，脖颈上也尽是血，不过这喷泉的来历我也看清楚了。我真不明白这兵车怎么会没有炸个大开膛或大翻身，却这样一下子就完蛋了。我们车子上的"五零"机枪②也都在射击，所以当时声响挺大，耳朵里什么也听不见。兵车里再没有人露脸了，我以为事情已经了结，正要挥手命令"五零"机枪停止射击，兵车里却有人扔出一颗木柄手榴弹来，在路外才一点点的地方就爆炸了。

"他们连自己的死人都杀起来了，"克劳德说。"我去喂它两颗尝尝怎么样？"

"我来再给它一家伙。"

"得了，一次就够受的了。我的背上早已刺满一背的花了。"

"好，那你去吧。"

他借着"五零"机枪的掩护，在草地里迂回爬去，拿颗手榴弹拔去了保险销，让把手先啪地弹开，手榴弹在他手里冒了会儿青烟，他才一撩手高高地抛了出去，落到了兵车的那一侧③。手榴弹轰然一声爆炸，把人震得都跳了起来，弹片打在装甲板上，哐哐直响。

---

① 一种德国冲锋枪。
② 口径为 0.50 英寸的机枪。
③ 这种手榴弹不同于木柄手榴弹，不用拉弦。拔去保险销后，就靠手指的力量把手榴弹上的把手压住。掷出时手指一松，把手脱开，带动导火索起燃，数秒钟后爆炸。距离敌人较近时，可以先让把手脱开，等导火索稍燃后再投出。

"快出来，"克劳德用德国话说。一把德国冲锋枪从右边的瞭望口里开了火。雷德对着瞭望口打了两枪。冲锋枪又开火了。显然雷德的枪打不到他。

　　"快出来，"克劳德直喊。冲锋枪又响了，那声音就像小孩子拿了根棒一路走一路在栅栏上磕碰。我还击的枪声听来也是那样怪气。

　　"快回来，克劳德，"我说。"雷德，你对着这边的口子打。奥尼，你打那边的。"

　　克劳德很快回来了，我就说："这个不得好死的德国鬼子。我们就把还有一个家伙用掉了吧。以后总还弄得到的。反正先头部队也就要到了。"

　　"这辆兵车是他们的后卫部队，"奥尼说。

　　"你上去打，"我对克劳德说。他打了，兵车的前舱给打得没了踪影，于是他们就进去搜遗下的钱财和饷簿。我喝了口酒，对我们的车子挥挥手。"五零"机枪上的弟兄学着拳击手的样子，把手高举在头顶上挥舞。我随后就背靠大树一坐，一是需要考虑一下，二也可以监视公路那头的动静。

　　他们把搜到的饷簿全拿了来，我都给装在一只专放饷簿的帆布包里。没有一本不是沾了血的。钱倒是缴获了不少，也都沾着血，奥尼和克劳德还同二分队里的人一起撕下了好多党卫队的肩章，能用的冲锋枪都收了来，不能用的也拿了几把，统统装在一只外有红条条的帆布袋里。

　　钱，我是从来不碰的。那是他们的事，反正我认为碰了钱是要倒运的。不过这一下倒有好大一笔钱可分了。伯特兰给了我一枚一等铁十字章，我放在衬衫口袋里。这种东西我们难得也在身边放上一时半时，过后就都送掉了。我是什么都不愿意留着的。留着到头来总难免要倒运。拿虽然暂时拿着，可心里却觉得：要是以后能够退回去，或者送给他们的家属，那该有多好呢。

　　大家看上去就像在屠宰场里遇上了一场爆炸，浑身都是叫炸飞的大小肉块打过的痕迹，那几个钻进兵车肚子里去的人出来时身上也不见得干净。我起初还糊里糊涂，后来发现有这么多的苍蝇老是叮着我的肩背和脖颈，才知道自己的模样儿该有多惨了。

那半履带式兵车横在路中，这一来车辆过此就非得减速行驶不可了。大家都已经收获不小，我们又没有一个伤亡，再说这个地方也已经破坏得没法再打了。我们就是要打也只能改天再打了，何况我可以肯定这已是后卫部队，现在就是再打，也只能打上几个散兵可怜虫了。

"排除地雷，把东西都收拾好，我们回农家房子里去梳洗梳洗。在那儿我们照样可以把公路封锁得严严实实。"

大家都提着沉甸甸的东西来了，个个兴高采烈。我们把两辆车子就留在那儿，大家都到农家场院里的抽水机跟前去好好洗了洗。有被铁片划破擦伤的，雷德都给搽了碘酊，他还给奥尼、克劳德和我洒上了一些消炎粉。等雷德给大家弄完了，克劳德也给雷德弄。

"那农家房子里就没有一点可喝的吗？"我问勒内。

"我不知道。我们哪有工夫看？"

"你进去看看。"

他找到了几瓶红葡萄酒，倒还可以喝得，我就随便找个地方一坐，清点清点武器，说说笑话。我们纪律是严格的，却不拘形迹，只有在自己师里，或者需要做给人看看的时候，才会讲究这些。

"Encore un coup manqué（又是一场空欢喜），"我说。那是一个很老的老笑话了，我们队伍里当初有过一个无赖，每当我主张放小鱼过去，等大鱼上钩的时候，他总要来这么一句。

"今儿才厉害呢，"克劳德说。

"简直叫人受不了，"米歇尔说。

"我，我真干不下去了，"奥内西姆说。

"Moi, je suis la France（我，我就是法兰西噢），"雷德说。

"你还打吗？"克劳德问他。

"Pas moi（我是不打了），"雷德答道。"我来指挥。"

"你还打吗？"克劳德问我。

"Jamais（坚决不打了）。"

"为什么你的衬衫上尽是血？"

"有一头母牛产崽，我在照料呢。"

"你是个助产士还是个兽医？"

"除了姓名、军衔和军号，我什么也不能交代。"

我们又喝了些酒，同时注意着路上，只等我们的先头部队到来。

"Où est la 该死的先头部队（那该死的先头部队在哪儿啦）？"雷德问。

"他们的机密我哪儿知道。"

"幸亏在我们作小 accrochage（接触）的时候他们没来，"奥尼说。"告诉我，mon Capitaine，你在发射那家伙的时候是怎么个感觉？"

"肚子里像掏空了似的。"

"心里是怎么想的呢？"

"心里是求天拜地，可千万别'漂'了。"

"也真是我们走运：他们的油水好足。"

"还有，他们倒居然没有后退散开。"

"可别败了我今天下午的兴啊，"马塞尔说。

"有两个骑自行车的德国鬼子，"雷德说。"从西边过来了。"

"好家伙，倒有胆量，"我说。

"Encore un coup manqué，"奥尼说。

"这两个有谁要打？"

谁也不要。那两个人一头扑在车把上，蹬得不紧不慢，他们的靴子太大了，踩在脚镫上显得很别扭。

"我来用 M‑1① 打一个试试，"我说。奥古斯特把枪递给了

_____

① 美制半自动步枪。

我，我等到那前一个骑车的德国人过了半履带式兵车，眼前没有树木遮住他的身影时，就把枪瞄准了他，枪口随着他往前移了移，一枪却没有打中。

"Pas bon（不行），"雷德说。我就把枪口再提前些，又是一枪打去。那德国人也是那样一副惨不忍睹之状，跌下车来，倒在路上，那 vélo 倒翻了过来，一个轮子还在直打转。另一个骑车的死命往前蹬，一会儿工夫那两个 copains 也开起火来了。我们只听见他们"嗒砰""嗒砰"刺耳的枪声，那骑车的却丝毫无损，只管往前蹬，不一会儿就蹬得看不见了。

"Copains 真他妈的不 bon（中用），"雷德说。

过会儿我们就看见那两个 copains 撤了下来，来到了我们大部队里。我们队伍里那几个法国人都又羞又恼。

"On peut les fusiller（能不能把他们毙了）？"克劳德问。

"不。我们不枪毙酒鬼。"

"Encore un coup manqué，"奥尼这么一说，大家的气才平了些，不过总还不大愉快。

那前头一个 copain 衬衫口袋里藏着一瓶酒，就在他站住举枪致敬时，酒瓶露了出来。他说："Mon Capitaine, on a fait un véritable massacre（我的队长，这一下杀得可真痛快）。"

"住嘴，"奥尼说。"把你们的家伙给我。"

"可我们给你们充当了右翼呢，"那 copain 一副洪亮的嗓音说道。

"你们顶个屁，"克劳德说。"两位可尊敬的酒鬼先生，给我闭上嘴巴滚蛋吧。"

"Mais on a battu（可我们打了啊）。"

"还打呢，放你的屁，"马塞尔说。"Fout moi le camp（给我滚）。"

"On peut fusiller les copains（能不能把这两个朋友毙了）？"雷德问。他就会像鹦鹉学舌。

842

“你也给我住嘴，”我说。“克劳德，我说好了要给他们两辆 vélos 的。”

“不错，”克劳德说。

“你跟我去，拿两辆最坏的给他们，把那个德国鬼子连同 vélo 也一起给收拾了。你们其余的人继续封锁道路。”

“当年的老章程可不是这样办的，”一个 copain 说。

“当年的老章程今后就不能照搬了。反正当年的你恐怕也是个醉糊涂。”

我们先到公路上去处理那个德国人。他没有死，可是两肺都给打穿了。我们对他尽量和悦相待，扶他躺下时尽量让他躺舒服，我替他脱去了上衣衬衫，我们替他在伤口上洒了消炎粉，克劳德还用急救包替他作了包扎。他的面孔长得很讨人喜欢，看上去他至多不过十七岁。他想要说话，可是说不出来。他一向听惯了临到这种局面应该如何对待，如今就极力想照着去做。

克劳德从死人身上剥下了两件上衣，替他做了个枕头。然后抚了下他的脑袋，拉起手来替他按按脉搏。那小伙子两眼一直望着他，却说不出话。小伙子的目光始终也没有离开过他，克劳德俯下身去在他前额上亲了亲。

“把路上那辆自行车搬走，”我对两个 copains 说。

“Cette putain guerre（这该死的战争），”克劳德说。“这混蛋透顶的战争。”

小伙子不知道是我给了他那一枪，所以也不特别怕我。我也去按了按他的脉搏，这才明白克劳德何以会有那样的举动了。我这个人要是懂事些的话，就应该也去把他亲亲。可是这种事情往往当时不会想到，结果就成了终生的遗憾。

“我想留下陪他会儿，”克劳德说。

“真太感谢你了，”我说。我便去树木背后，到那四辆自行车的藏处，见那两个 copains 早已像两只乌鸦一样在那儿站着了。

“这一辆，还有这一辆，你们拿去，foute moi le camp（给我滚）。"我剥下了他们的臂章，塞进自己的口袋。

"可我们打了呀。这就该得两辆。"

"给我滚，"我说。"听见没有？给我滚。"

他们失望地走了。

从小餐馆里出来了一个十三四岁的孩子，问我要那辆新的自行车。

"我的那辆今儿早上给他们抢走了。"

"好吧。拿去吧。"

"还有两辆怎么办？"

"快走吧，这会儿别到公路上来，大军随后就到。"

"可你们不就是大军吗？"

"不，"我说。"很遗憾，我们可并不是大军。"

那孩子骑上了一点都没有损伤的自行车，踏到小餐馆里去了。我就顶着炎夏的天空，回到农家场院里，等我们的先头部队开来。我当时的心情真是坏得不能再坏了。不过更坏的心情其实还是会有的。真的，我敢肯定会有。

"我们今儿晚上到不到城里去？"雷德问我。

"去呀。部队是从西边来的，这会儿也该把城拿下来了。你听不见声音吗？"

"当然听见。中午以后就听见了。这个城好吗？"

"等大军一到，我们联系上以后，顺着小餐馆前面的那条路一直往前走，你就可以看到了。"我在地图上指给他看。"只要走上约莫一英里路就可以看到了。看见吗，一转过那个弯，地势就低下去了？"

"我们还打吗？"

"今儿不打了。"

"你还有衬衫吗？"

"比这一件还脏呢。"

"再脏也不会比这一件更脏了。你脱下来我去洗一洗。天这么热，要是到你该穿的时候还没干透，穿上去也没关系。你心里不痛快？"

"是啊。很不痛快。"

"克劳德怎么还不来？"

"他要陪着中了我枪的那个孩子，看他合眼。"

"是个孩子？"

"是啊。"

"唉，真要命，"雷德说。

过了一会儿克劳德推着两辆 vélos 回来了。他把小伙子的 Feldbuch 交给了我。

"你的衬衫也脱下来交给我去洗洗干净吧，克劳德。我和奥尼的已经洗过了，这会儿都快干了。"

"多谢你了，雷德，"克劳德说。"酒还有剩吗？"

"我们又找到了几瓶，还有些香肠。"

"好极了，"克劳德说。他心里也正郁郁不乐，排解不开呢。

"等大军过来了以后，我们打算到城里去一次。从这儿过去，只要走一英里多一点的路就到了，"雷德告诉他说。

"我以前去过，"克劳德说。"这个城不赖。"

"我们今天不打了。"

"那明天再打。"

"可能明天就用不着打了。"

"可能。"

"打起点兴致来吧。"

"别胡说。我这不是挺高兴的吗。"

"那好，"雷德说。"这瓶酒和这点香肠你拿着，我马上去洗衬衫。"

"多谢你了，"克劳德说。我们把酒对半分着喝了，可是谁也喝不痛快。

有人影的远景 *

　　那座公寓里情况奇怪极了。电梯自然已经停开。连电梯顺着上下的那根钢柱都已经弯了，那六层大理石楼梯也有好几级已经碎裂，上上下下只能小心踩着边上走，免得扑通掉下去。有些通向房间的门其实背后早已空无所有，别看有的门外表似乎完好无损，你要是推开了门一步跨进去，很可能会一脚踩空：这座公寓曾经被几颗高爆炮弹直接击中，正面的四楼楼面连同底下三层都给炸掉了。但是顶上两层的正面倒有四个房间还是好好的，各层的后面一排房间也都还有自来水供应。我们都管这座公寓叫"老宅子"。

　　情况最吃紧的时候，前沿阵地就在这公寓的正下方，那大街环绕的小高地顶上靠边沿一带便是。战壕和淋坏晒烂的沙袋至今都还在原处。真近极了，站在这残破公寓的阳台上，捡一块碎砖瓦或灰泥片一扔就能扔到那儿。但是如今前线已从小高地的边沿推进到了河的对岸，那里有座山冈耸立在名为"村舍"的旧日皇家猎舍的背后，前线就在松树密布的山坡上。眼下战斗正在那一带进行，我们不但把"老宅子"当作了瞭望哨，还利用这个有利的地形来拍新闻片。

　　当时的处境是危险的，天又总是那么冷，肚子也总是吃不饱，不过我们却还常常开玩笑。

　　每次只要有炮弹击中房屋炸了开来，砖屑泥粉就会冲天而起，一会儿沉落下来，镜子面上就是厚厚的一层灰，好像新造房子窗上涂的白粉一样。在这座上楼都怕楼梯会塌下去的公寓里，有个房间内却有一面落地长镜居然没有震碎，我用指头在粉尘厚积的镜面上抠出了印刷体大写的"约翰尼死期到"字样，然后找了个由头打发摄影师约翰尼上那个房间里去。那时正是炮击的当口，他推门进去，一见迎面这鬼神的晓示，就脸色煞白，把魂都吓掉了，他满心气愤而又无可奈何，为此我们直要到好长久以后才重又言归于好。

第二天我们在旅馆门前往一辆汽车里装器材，我上了车，觉得怪冷的，就把旁边的窗玻璃摇起来。只见摇起来的窗玻璃上赫然几个印刷体的红色大字，想必是借了支唇膏当笔涂在那儿的：埃德小人①。这辆带标语的汽车我们接连用了好几天，那班西班牙人见了一定感到莫名其妙。他们一定只当这几个字是荷兰或者美国的什么革命组织的名称缩写或标语口号，以为那大概也是类似 F. A. I. 或 C. N. T. ②那样的组织呢。

后来有一天，驻在当地的那位英国大员却使我们把彼此间的一点疙瘩全忘了。这位大员有一顶德国式的大钢盔，他每次出行只要是往前线的那个方向去，就总要把这顶钢盔戴上。大伙儿对这种打扮谁也没有好感，总觉得既然钢盔不多，就应该留着给突击部队用。所以我们看见他头戴钢盔，心里马上就对这位大员起了反感。

我们是在一位美国女记者的住处碰上的，女记者那里有一只上好的电炉。大员见这个房间十分舒服，立刻就喜欢上了，给起名叫"俱乐部"。他提议大家各自把酒带来，说这里暖和，气氛也愉快，正好饮酒取乐。那美国女记者却是位工作极勤奋的，一直很注意不想让自己的住处给染上点"俱乐部"的色彩，尽管也许总是不太成功。所以当下听见自己的住处给这样明确地题了名、归了类，真不啻挨了一拳。

第二天我们正在"老宅子"里工作，拿条破席子当帘子一遮，

---

* 《有人影的远景》是以西班牙内战为题材的一个短篇，写于 1938 年左右。1939 年 2 月 7 日海明威致函出版社编辑马克斯韦尔·珀金斯建议编一个新的集子，提出的篇目中即包括本篇。——原编者注

① 原文为 ED IS A LICE，内 lice 一字应该用单数 louse，所以在后文中两人要为这个字争执起来，各不相让。

② F. A. I. 是西班牙无政府主义联盟，C. N. T. 是（西班牙）全国劳工联合会。

煞费苦心地使摄影机镜头避开了下午强烈的阳光，没想到大员这时却由那位美国女记者陪着来了。他在"俱乐部"里听我们谈起过这么个所在，特意要跑来看看。当时我正拿了副双筒望远镜在破阳台一角的阴影里观察。那是一副小型的八倍蔡司镜，只要两手在上面一盖，就不会发生反光。这时进攻快要开始了，我们正等着飞机来轰炸，因为政府军当时缺乏重炮，只能由轰炸来代替进攻前必不可少的炮击。

我们的工作一向是躲在屋里做的，大家都像耗子一样不敢露出一点形迹，因为我们决不能给这座表面看似空无一人的楼房引来炮火，不然我们的工作就无法完成，今后也不可能再把这里当作观察站了。可是此刻那大员进得房来，就拉上一把空椅子，到这一无遮蔽的阳台正中一坐，钢盔、特大号双筒望远镜，凡此种种一应俱全。阳台长窗的一侧斜架着一台摄影机，像机关枪那样作了精心的伪装。我则隐蔽在另一侧的黑角落里，不叫山坡上的人看见，一直小心在意可千万不能闯进了阳光亮堂堂的开阔处。独有这大员却堂而皇之坐在向阳地的中央，头戴钢盔，俨然是一副全球总参谋长的架势，望远镜亮晃晃的，比得上一架日光反射信号器。

"你瞧，"我说。"我们这儿得工作。你在那儿坐着，望远镜会发出反光，对面山上的人全看得见。"

"依我看在房子里是根本没有危险的，"大员俨然以上司下顾的口吻，若无其事地说。

"你要是打过野羊，"我说，"你就知道了：你老远看得见野羊，野羊也老远看得见你。你用望远镜不是可以清清楚楚看见对方的人吗？他们也有望远镜的。"

"依我看在房子里是根本没有危险的，"大员却还是那句话。"坦克都在哪儿啦？"

"在那儿，"我说。"树底下。"

两个摄影师气得直做怪脸，都攥紧了拳头，在头顶上乱挥。

"我把大摄影机拿到后边去，"约翰尼说。

"小妞儿，躲远点，别过来，"我冲着那美国女记者说。然后又告诉大员："你知道吧，他们把你当成谁的参谋长啦。见了你这钢盔，这望远镜，他们以为你是指挥作战的。知道吗，你这是自找麻烦。"

他说的还是那句老话。

就在这个当儿我们挨了第一颗炮弹。只听见一声巨响，好似爆裂了一根蒸汽管，外加撕裂了一块帆布。爆炸的声音没落，灰泥墙粉还在轰隆劈啪往下掉，我就冒着漫天的尘雾，推着那女记者往门外跑，躲到后面一排房间里去。正当我冲出房门的时候，只见有个头戴钢盔的家伙从我身旁一闪而过，向楼梯口窜去。一头野兔子一蹿而起，左一蹦右一跳地一溜烟逃走，那个速度应该说够快了吧，可是这位大员窜过尘雾弥漫的过道，冲下楼梯，夺门而出，往街上一钻，速度之快却连野兔子都别想赶得上。我们的一位摄影师说，他的莱卡摄影机最快的快门都别想拍得下这位大员的动作。这话固然有些过甚其词，倒真是说得一针见血。

总之对方对这幢房子快速轰击了足有分把钟。炮弹简直就是平射的，在呼啸而来和击中爆炸的轰然一响、陡地一震之间，几乎都没有个间隙能容你屏一下气。后来总算打完了，我们又等上了几分钟，看是真的不打了，才到厨房里去扭开水池上的龙头喝了点水，然后重新找了个地方，把摄影机再架起来。这时候进攻正好刚刚开始。

那美国女记者把大员恨透了。"是他带我上这儿来的，"她说。"他还说这儿挺安全呢。结果他自己倒溜了。连声再会都不说。"

"这个人哪有一点绅士风度，"我说。"瞧，小妞儿。注意看。喏，开始啦。"

只见地面上有些士兵站了起来，半弯着腰，向一片小林子里的一座石头房子跑步前进。炮弹都对准了石头房子打去，所以石头房子会不时消失在突然腾起的一阵阵尘雾中。每次一炮打过，风又总会把尘雾吹散，石头房子又总会清清楚楚露出脸来，好似一艘船破雾而出一般。在士兵的前面有一辆坦克晃晃摇摇开得飞快，活像一只圆顶炮鼻虫，开进树林子就看不见了。正看着时，忽然跑步前进的士兵都扑倒在地上了。接着左边又有一辆坦克冲上前去，进了树林子，坦克开火的闪光都看得见，石头房子冒了烟，飘散的烟雾里看得见有个伏在地上的士兵爬起来就拼命往回跑，逃回自己原先所在的战壕里去了。接着又是一个爬起来跑了，一只手抓着枪，一只手还抱着头。再后来简直就是全线后退了。有的跑着跑着就倒下了。有的趴在地上就再没有起来。满山坡星星点点都是。

"怎么回事？"女记者问。

"进攻失败了，"我说。

"怎么？"

"没有能坚持到底。"

"为什么呢？他们后退不也跟前进一样危险吗？"

"不见得。"

女记者举起望远镜来看。可是随即又放了下来。

"我什么也看不见了，"她说。她泪水顺着两颊直流，脸上还在抽搐。我以前从来也没有见她流过泪，要哭的话，大可一哭的事我们也见得多了。打起仗来，各等各样的人，包括将军在内，谁都免不了有流泪的时候。不管人家跟你是怎么说的，反正这句话才真是实情，不过眼泪还是应该尽量少流，人们也都能忍则忍，所以我以前就从来没有见过这个女记者流泪。

"这就是一场进攻战了？"

"这就是一场进攻战，"我说。"现在你算是见识过了。"

"这以后又会怎么样呢？"

"要是带队指挥还有人的话，说不定还会打发他们再上去。不过我看只怕是不会了。这损失有多大，你不妨数一数就明白了。"

"那些人全都死了？"

"不一定。有的是受了重伤，动不了了。等天黑以后，会有人来把他们抬下去的。"

"那坦克现在怎么办呢？"

"能撤回去算是走运。"

可是其中有一辆已经倒运了。松林里腾起一股黑污的烟柱，在空中随风飘散，很快就扩大成乌黑的滚滚一团，浓浓的油烟里看得见还有红通通的火舌。只听见一声爆炸，同时看见一阵白烟翻滚，于是黑烟蹿得就更高了，下面着火的范围也更大了。

"那是一辆坦克，"我说。"起火了。"

我们继续看下去。从望远镜里可以望见打壕沟的一个角落里爬出两个人来，抬起一副担架，顺着上山的一道斜坡往上爬去。看上去爬得很慢，似乎爬得很吃力。正看着时，前面那人忽然腿一屈跪下了，随后便一屁股坐下来。后面那个早已扑倒在地上。他爬到前面，把胳膊钩在前面那人的肩下，拖着他向壕沟里爬去。一会儿他就不动了，只见他面孔朝下趴得直挺挺的。这样两个人就都横在那儿不动了。

对石头房子的炮击已经停止了，此刻四下一片悄然。衬着青青的山坡，那农家大宅子连同围墙里的院子黄得好显眼，不过山坡上筑了工事，挖了交通沟，泥土翻起处还添上了些白色的瘢痕。山坡上这会儿有些小火堆升起的细烟，那是行军炉灶在做饭。往上，通向农家大宅子的一路上则尽是这场进攻战遗下的死伤士兵，好像把许多包裹撒在青草坡上。那辆坦克还在树林子里燃烧，烟是又黑又油的。

"吓人哪，"女记者说。"这种场面我还是生平第一次见到。真吓人哪。"

"打仗的场面总是这么吓人的。"

"你见了倒不觉得讨厌？"

"我讨厌，我一向就见了讨厌。可干一行就得懂一行。这是打的一场正面进攻战。打正面进攻战就是这样惨。"

"没有别的办法可以进攻了？"

"有啊。办法多啦。不过你总得先有军事知识，有军纪，有经过训练的班排长。尤其应该有出奇制胜的计谋。"

"这会儿天色都给弄得黑乎乎的，要拍也没法再拍了，"约翰尼说着就把他的远距离摄影镜头用罩子罩了起来。"喂，我的'小人'哥。我们快回旅馆去吧。今天的活儿干得相当不错。"

"是啊，"那另一个摄影师说。"今天我们拍到的一些镜头是非常珍贵的。可惜进攻没有成功，真是太遗憾了。算了，这事还是别去想了。但愿有一天我们能拍到进攻得胜的镜头。只是进攻得胜的日子往往不是下雨就是下雪。"

"我可永远也不想再看了，"那女记者说。"我今天算是见识过了。我是说什么也不愿意再看了，好奇心打不动我，写文章挣大钱引诱不了我。他们都是男儿汉血肉之躯啊，跟你我有什么两样？可你看看他们，就这样都倒在那儿山坡上了。"

"你可不是男儿汉，"约翰尼说。"你是个女儿家。可不能混淆了。"

"那个戴钢盔的家伙又来了，"那另一个摄影师望着窗外说。"又大模大样地来了。我恨不得手里有颗炸弹，扔下去冷不丁吓他个半死。"

我们正在收拾摄影器材，那戴钢盔的大员进来了。

"哈罗，"他说。"你们拍到好影片了吗？伊丽莎白，我有一辆汽车停在后面一条小街上，我来送你回去。"

"我要跟埃德温·亨利一块儿回去，"那女记者说。

"风小点儿了吗？"我问他，这无非是句应酬话。

他没有答理，管自问女记者："你不去？"

"不去，"女记者说。"我们准备大家一块儿走。"

"晚上跟你在俱乐部见，"他照样乐呵呵地对我说。

"你已经不再是俱乐部里的人了，"我极力学着英国人的腔调，告诉他说。

大家一起下楼，大理石楼梯上有窟窿，走起来得十分小心，眼下又添了新的损伤，得一一跨过、绕过。这真像是一座走不完的楼梯。我拾到了一个炮弹引信头上的"铜帽子"，已经撞扁了，底部还有灰泥的痕迹。我就递给了那个叫伊丽莎白的女记者。

"我不要，"她说。到了门口，大家一齐站住，让那个戴钢盔的家伙一个人走在前头。他架子十足地穿过了有时会有冷枪打来的大街这半边；到了对面墙头的掩护下，便只管端着架子继续走他的。于是我们也一次一个，向街对面的墙下作冲刺。在这里待过了一阵子总会知道：过开阔地的时候，第三个人或第四个人往往会招来敌人的火力。所以我们过了这个关口，心里总是挺高兴的。

这样我们就在墙头的掩护下顺着大街走去，四个人并排走，手里拿着摄影机，脚下踩着新飞来的铁片、刚碎的砖块，以及成块的石头，一路看看前面那个戴钢盔家伙架子十足的步态：他，已经不再是俱乐部里的人了。

"真讨厌，我还要写电讯稿呢，"我说。"今天的电讯稿可不好写。进攻失败啦。"

"你这是怎么啦，老兄？"约翰尼问。

"你应该找些可以说得的事情来写，"那另一个摄影师和婉地说。"今天的事情那么多，总该有些什么可以说说吧。"

"他们什么时候去把伤员弄回来？"那女记者却问。她没戴帽子，步子跨得又大又随便，头发披在皮领短茄克衫的领子上，在愈来愈暗的光线下看去都成了土黄色的了。她转过头来时，头发也跟着一晃荡。她面孔发白，脸色难看。

"我不是告诉你了吗，等天一黑。"

"上帝保佑，快些天黑，"她说。"原来战争就是这样。我要来采访报道的就是这么回事。那两个抬担架出去的人是不是给打死了？"

"死了，"我说。"肯定死了。"

"他们的行动太迟缓了，"那女记者不胜怜悯地说。

"人有时候想走却就是迈不开腿，"我说。"走起路来像陷在深沙里，有时又像身在梦中。"

853

前边，那个戴钢盔的人还是一直顺着大街走去。他左边是一排残破的房屋，右边是营房的砖墙。他的汽车停在大街的尽头，我们的车子也就停在那儿一所房子的背面。

　　"我们就带他回'俱乐部'去吧，"那女记者说。"今儿晚上我可不想让谁受到伤害。感情不能受到伤害，什么都不能受到伤害。嗨！"她就喊起来。"等等我们哪。我们来啦。"

　　那人站住回头一看，笨重的大钢盔随着脑袋转过来，显得滑稽极了，像是什么驯顺的牲口头上长的两只大角。他等在那儿，我们就迎上前去。

　　"是不是要搭我的车？"他问。

　　"不用了。我们的汽车就在前面。"

　　"我们都到'俱乐部'去，"那女记者说。然后向他微微一笑："你也来，顺便再带上一瓶酒，好吗？"

　　"那就太好了，"他说。"我带什么酒好呢？"

　　"带什么酒都行，"女记者说。"随你的便好了。我还有些工作得先去做好。七点半左右碰头吧。"

　　"你要不要搭我的车回去？"他问她说。"那辆车上还得装这么些玩意儿，怕是太挤了。"

　　"好啊，"她说。"我挺高兴的。谢谢你啦。"

　　他们俩上一辆车，我们把摄影器材统统装上另一辆车。

　　"怎么啦，老兄？"约翰尼说。"你的女朋友倒让别人送回家去？"

　　"这场进攻战叫她看得心都乱了。她心里难受着呢。"

　　"看进攻战而心不乱的女人不好算个女人，"约翰尼说。

　　"这次进攻败得真惨透了，"那另一位摄影师说。"幸而她观察的距离还不算太近。今后不管有没有危险，我们可千万不能让她近距离看进攻。这种场面刺激性太大。今天她在那儿看，还不过像看电影一样。看去就像电影里的老式战斗场面。"

　　"她心地善良，"约翰尼说。"跟你不一样，我的 lice 哥。"

“我的心地可善良了，”我说。“不过你应该说 louse，用 lice 不对，lice 是复数。”

“我就喜欢用 lice，”约翰尼说。“这个字听起来口气更强硬。”

可是他却抬起手来，把车窗上用唇膏写的那几个字擦掉了。

“要开玩笑我们明天再另换个花样吧，”他说。“镜子上写字的事儿算是跟你一笔勾销了。”

“行，”我说。“那太好了。”

“你呀，我的 lice 哥！”约翰尼说着，拍了拍我的背。

“应该用 louse！”

“不。就是要用 lice！这个字我喜欢多了。口气上要强硬百倍。”

“去你的。”

“好吧，”约翰尼说着，愉快地笑了。“这一下我们又都是老朋友了。在打仗的时候我们大家都得注意着点，彼此可别伤了感情才好。”

你总是的，碰到件事 就要想起点什么*

"这篇小说写得真不错，"孩子的父亲说。"你知道你这篇东西写得有多好吗？"

"那可不是我要她送给你看的，爸爸。"

"你另外还写过些什么呢？"

"小说就这一篇。真的，那不是我要她送给你看的。可小说一得了奖……"

"她要我辅导辅导你。不过你既然写得出这样的好文章，也就用不着别人来辅导了。你只要写下去就可以了。你写这篇小说花了多少时间？"

"也没花很多时间。"

"你从哪儿听说有这么一种海鸥的？"

"大概是在巴哈马吧。"

"你从来没有去过狗礁，也没有去过埃尔鲍基。在凯特基也好，比美尼也好，都没有海鸥来做窝住，连燕鸥都没有。在基韦斯特也只能见到些最小的燕鸥来做窝。"

"对，就是那种叫'该杀的彼得'的。窝都做在珊瑚礁上。"

"就做在浅滩上，"他父亲说。"可小说里说的那种海鸥，你哪儿见得到呢？"

"可能是你告诉我的吧，爸爸。"

"这篇小说的确写得非常好。倒使我想起了好久以前看过的一篇小说。"

"你总是的，碰到件事就要想起点什么，"孩子说。

那年夏天，父亲在藏书室里找了些书给孩子看，孩子就看这些书。孩子要是不去打棒球、不去俱乐部练射击的话，总会来大房子吃午饭，来的时候往往说他一直在写作。

"你要是想给我看看，只管拿来，有什么问题要问，只管来问，"父亲说。"你要写你熟悉的东西。"

"我是这样，"孩子说。

"我不想来监督你，也不想来盯牢你，"父亲说。"不过，假如你想要的话，我倒可以找些我们彼此都熟悉的题材，给你出几个简单的题目做。这样练习练习很有好处。"

"我觉得我干得倒还算顺利。"

"那你不一定要拿给我看，什么时候觉得有必要，再给我看好了。《当年在远方》这篇文章，你看了喜欢吗？"

"喜欢极了。"

"我刚才说到出题目，无非是这样的意思：我们可以一起去逛一次市场，或者去看一次斗鸡，把我们的所见各自记下来。只要把自己看到后觉得印象深刻的东西如实记下就可以了。比如，在斗鸡的两个回合之间，公正人让鸡主人把鸡抱回去调理一下，这时候鸡主人就扒开鸡嘴往嗓子眼里灌点酒。就记诸如此类的小事。看看我们各自看到了些什么。"

孩子点点头，可是随即就垂下眼来，望着面前的盘子。

"要不我们也可以去一次咖啡馆，玩上几盘扑克骰子①，你就写你听到人家都谈了些什么。也不要全写出来。只要把有点意思的写出来就行了。"

"按这个办法写我现在怕还不行呢，爸爸。我想我还是照那篇小说的写法写下去吧。"

---

* 《你总是的，碰到件事就要想起点什么》是一篇以古巴为背景的完整的短篇小说。海明威于1939年至1959年间定居于古巴的"观景庄"。——原编者注

① 有的骰子上面刻有扑克图案，称为扑克骰子。另外，亦有以骰子掷出花色，引用扑克牌打法的，也称为掷扑克骰子。

"那就照你的老办法写吧。我不想干预你，也不想影响你。我说的这些都不过是练习罢了。本来我倒很愿陪你练习练习。就好比弹琴练指法。其实这些办法也不一定就真好得不得了。我们还可以另找些更好的办法。"

"我恐怕还是照那篇小说的写法写下去的好呢。"

"也好，"父亲说。

父亲心里想：我像他这样年纪的时候，还写不出这样的好文章呢。我认识的人里也从来没有一个能有这样的本事。我认识的人里也从来没有一个能像他似的，才十岁的娃娃就有那么一手好枪法。小小年纪不只参加射击表演，还跟大人、跟职业选手一块儿比试枪法。他十二岁上就以平等的资格上场参加比赛了。他打起枪来就像身上天生有雷达似的。目标没到射程以内，他绝不轻易发枪；野禽被一哄赶冷不防飞出来，他也决不会给弄得措手不及。他常常打长尾野鸡，打飞过的野鸭子，射击的姿势优美，出枪恰到好处，准确非凡。

逢到比赛打活鸽的时候，只要一等他来到屋外的水泥场上，通过旋转门走进射击栏，旁边挂起了黑条纹金属板表示由他上场，那班职业选手就都不作一声，紧盯着看了。射手中只有轮到他上场，满场观众才会鸦雀无声。他举起枪来架在肩上，还回头看了看枪托底部抵在肩膀的什么部位，一些职业选手见了微微一笑，好像发现了一个秘密似的。然后他的腮帮子就靠下去贴在贴腮上，左手老远伸出在前头，身体的重心前移到了左脚上。枪口抬起来又低下去，往左移了移又往右移了移，最后回到了正中。右脚的后跟轻轻一提，浑身的力气都集中到了弹膛里的那两发弹药上。

"预备！"他吐出这两个字的时候嗓音是那么低沉沙哑，真不像是小孩子的说话。

"预备！"管鸽笼的人应了一声。

"放！"那沙哑的嗓子话音一落，五个笼子里不知哪一个笼中就飞快冲出一只灰鸽来，也不知是怎么一窜，就贴着青草地箭一般一掠而过，向着白色的矮栅栏飞去。第一个枪筒里的子弹一下就打中了它，第二个枪筒里的子弹也随之而入。那飞鸽脑袋朝前一冲，栽了下来，只有那些射击的行家才看出第二颗子弹也打中了鸽子，尽管这时鸽子早已中弹死在空中了。

孩子这时就会打开枪筒，离了水泥场，回到休息室去，脸上不带一点表情，眼睛直望着地下，对喝彩声只当没有听见一样，要是碰到哪个职业选手赞他一声："好样的，斯蒂维，"他就会以那个陌生的沙哑嗓门说声"谢谢"。

他就会把枪在枪架上放好，等着看父亲上场打。父亲打罢，爷儿俩就会一起走到露天的冷饮柜台跟前。

"我可以喝瓶可口可乐吗，爸爸？"

"只许半瓶为限。"

"好吧。真遗憾，我刚才的动作太慢了。倒让那只鸽子逞了强，真是不应该啊。"

"那鸽子冲劲足，飞得又低，斯蒂维。"

"要不是我动作慢，那就谁也不会知道了。"

"你打得还不错。"

"我还会打得跟本来一样快的。不用为我操心，爸爸。就喝上这么点儿可乐，我包你出手慢不了。"

他打第二只鸽子时，地笼的弹簧门一开，鸽子从暗沟口里蹿出来，刚一飞起就给打死在空中。大家都看清了鸽子是在空中中了第二枪以后才落地的。出了笼子还飞不到一码远。

孩子来到休息室时，有个本地的射手说道："好，你这一下打得轻松，斯蒂维。"

孩子点了点头，把枪搁好。他看了看记分牌。还要等四个选手上过场，才会又轮到父亲。他就去找父亲。

"你这一回出手又很快了，"父亲说。

"我是听见了开笼声的，"孩子说。"我不是糊弄你，爸爸。我知道几个笼子开笼的声音都是听得见的。可我发现眼下二号笼开起来要比别的笼子响一倍。这个笼子也真该上点油了。看来这号事谁也没有注意。"

"我总是一听见开笼声就把枪口转过去。"

"是啊。可要是声音特别响的话，那准是在左边。左边的声音响。"

父亲此后连打三轮，鸽子没有一次是从二号笼里出来的。后来真碰上了一次，他却并没有听到开笼声，结果这一次他是用了第二发枪弹在老远以外才把鸽子打死的，死鸽子正好撞在栅栏上，落在界内。

"呀，爸爸，我真抱歉，"孩子说。"他们上过油了呢。都怪我多嘴了。"

爷儿俩一起参加过了最后一次国际射击大赛，晚上在一块儿闲聊，孩子说道："我真不明白，怎么有人会连只鸽子也打不中。"

"这话可千万不能对人家说啊，"父亲说。

"我不说。可我这倒真是心里话。打不中是说什么也不应该的。我总共只失败过一次，可也是两枪都中，只是死鸽子栽下来掉在界外了。"

"可这样你还是失败了。"

"我明白。这样我还是失败了。不过我弄不懂，真要是个够格的射手怎么会连只鸽子也打不中。"

"也许过了二十年你就懂了，"父亲说。

"别生气，爸爸，我不是存心要顶撞你。"

"没什么，"父亲说。"可对别人你这话千万不能说啊。"

他是在对那篇小说、对孩子的写作感到捉摸不透的时候想到了这些的。孩子虽然天赋惊人，能成为这样一个打飞禽的能手却也并非全靠自己，他不是不经点拨、不经培养就自己成了材的。可如今他早已把这个锻炼的过程统统忘了。他忘了自己起初打不中飞禽，父亲就要扒开他的衬衫，叫他看看他枪托抵的不是地方，所以臂膀上都起了青肿。教给他纠正毛病的办法就是每次举枪一定要回头看

860

一看肩膀：看枪确实架妥了，才能招呼放鸽子。

他忘了父亲还教给他一套动作要领：把身体的重心落在你跨前的脚上，莫抬头，只管转枪口。怎么能保证身体的重心落在跨前的脚上呢？只要把右脚的后跟抬起就行。莫抬头，转枪口，快出手。记住，得分多少是无关紧要的。可我要求你一定要做到鸽子刚一出笼就得打着。看鸽子不要看其他部位，只要看它的嘴。枪口要瞄准鸽子嘴。要是鸽子嘴看不见，看嘴巴该在哪儿就瞄哪儿。我现在对你的要求是出手一定要快。

孩子天生是棵打枪的好苗子，但是父亲一直帮着捶打，要把他磨练成一个百发百中的神枪手。每年都要带着他苦练提高出手速度，初练时十枪里不过中个六七枪、七八枪。后来提高到十有九中，在这个水平徘徊了好一阵，又提高到二十枪内枪枪命中，可惜不走运，到底成不了一个百发百中的神枪手。

那第二篇小说他可始终没有拿出来给父亲看。直到暑假结束他还没有把稿子改到能使自己觉得满意。他说他要磨到完美无缺才能拿出来。等他一完稿，他一定马上送来给父亲看。他说这个暑假过得非常愉快，真是少有的愉快，而且还有这么些好书看，他感谢爸爸在写作问题上对他没有逼得太紧，因为暑假毕竟是暑假，今年的暑假过得好，大概算得上是过得最好最好的暑假之一了，跟爸爸在一起那可真是带劲极了，真是带劲极了。

过了七年，父亲又看到了那篇得奖的小说。那是他在孩子当年住过的房间里查阅几本书的时候偶然发现了一本书，在书中看到的。他一看见这本书就立刻意识到那篇小说是怎么来的了。他记起了当年的那种似曾相识之感。把书一翻，果然有这一篇，一字未动，连题目都一样。那是一位爱尔兰作家的一部短篇小说集，所收都是极优秀的作品。孩子竟是一字不改地抄袭，连题目都照抄了。

父亲心想：从小说得奖的那年夏天到他无意发现这本书相隔已有七年；这七年中的后五年，孩子简直把一切坏事、蠢事都干绝了。可父亲本来还一直以为那是因为孩子病了。以为他是得了病才变坏的。以为他原先一直还是不错的。是那最后一个暑假后一两年才开始变的。

如今他明白了，这孩子从来就不是个好孩子。回想往事，他总每每有这样的感觉。悲哀啊，原来射击是并不能促使人进步的！

大陆来的大喜讯*

接连吹了三天南风，王棕树灰色的树干在狂风里弓着腰，长长的棕叶更是给吹得倒弯着身子，好像已经脱离了树干，在前边另成了一行似的。风愈吹愈猛，暗绿的叶柄拼命嘶叫了一阵，终于纷纷被风扼杀了。芒果树的枝桠也都在大风中一阵战栗，啪嗒断了。风里带来的热气烤得芒果花枯焦粉碎，连花梗也干瘪了。草都枯萎了，泥土里已经没有一点水分，风里尽是一派粉尘。

大风日夜不停整整刮了五天，等到风息，王棕树的叶子已有半数死僵僵吊在树干上了，还青的芒果不是掉在地上，就是死在树上，花蔫了，花梗也枯了。今年芒果的收成算是完蛋了，其他的作物也都一样。

那人挂出去的电话跟大陆接通了，他先叫了一声："喂，辛普森医生，"接着就听见对方那条破哑嗓子说道："惠勒先生吗？哎呀，先生，你那位哥儿今天可真叫我们大家都吓了一大跳。一点不假。我们照例在电休克治疗前给他用喷妥撒钠，我早就注意到这孩子对喷妥撒钠有异乎寻常的耐药力。他以前从来没有弄过麻醉剂的玩意儿？"

"据我知道没有弄过。"

"真没有弄过？可也是，天下的事难说。反正他今天的表演我算是领教了。弄得我们五个人倒像小娃娃一样傻了眼。真的，五个大人都变成娃娃了。治疗只好延期。是啊，他对电休克这样害怕是不正常的，完全没有理由可以解释，所以我才给他用了喷妥撒钠，不过今天是不能做这个治疗了。别急，依我看今天倒有个可喜的迹象。他今天一点都没有顶牛，惠勒先生。这样的好现象以前还真不曾有过。这孩子果然进步了，惠勒先生。我还夸他呢。对，我当时

863

对他说来着：'斯蒂芬，我倒不知道你还这样懂事呢。'他眼前的情况包你会满意、会夸奖的。今天他事后就写了封信给我，写得可逗了，可有意思了。我这就把信给你寄去。我以前寄给你的信你没有收到？对了，对了，一定是发信有了点耽搁。我的秘书老是手头的事情一大堆，这种情况甭说你是理解的，惠勒先生，我是个忙人啦。是啊，他不肯接受治疗的时候骂起人来确实难听到极点，不过事后向我赔礼道歉，倒大有绅士的风度。你真该来看看这孩子现在的模样呢，惠勒先生。他现在注意自己的仪容了。简直就是一位标准的时髦青年大学生。"

"那治疗的事怎么办？"

"喔，会给他治疗的。首先喷妥撒纳的用量得加大一倍。他的耐药力着实惊人哪。我不说你也清楚，目前这一系列的治疗是他自己要求增加的。这看起来好像有点'自虐狂'的味道。连他自己的信里也隐隐然有这么种意思。不过我倒有点不以为然。依我看这孩子是对现实渐渐开始明白了。我这就把信给你寄去。这孩子的情况包管会使你感到欢欣鼓舞的，惠勒先生。"

"你们那边天气怎么样？"

"什么？喔，是说天气呀。这个嘛，我看可以说是每年这个季节的一大特点吧，只是今年未免过分了点。是啊，是同常年不完全一样。说实在的今年的天气是有点儿邪门。你有事只管来电话好了，惠勒先生。这孩子有进步了，我还有什么可着急、可担心的呢。他的信我这就给你寄去。信写得挺漂亮的，我看也未尝不可以这么说吧。是啊，惠勒先生。不不，惠勒先生。惠勒先生，依我看一切都进行得很顺利。根本没有什么可担心的。你想跟他通话？我替你把电话转到医院里去。不过恐怕还是明天通话比较好些。做完了治疗他难免会有些累。还是明天比较好些。你说他今天没有做治

---

* 《大陆来的大喜讯》是又一篇以古巴为背景的完整的短篇小说。——原编者注

疗？对对，一点不错，惠勒先生。我是觉得这孩子现在体力比较差，怕干不了这样费力气的事。对对。治疗要到明天才做。我得加大喷妥撒纳的用量才行。这一系列治疗可是他自己要求增加的。你就后天给他打电话好了。后天他不做治疗，而且也休息过了。对，惠勒先生，是这样。你用不到焦急。依我看他能有这样的进步，已是好得不能再好了。今天是星期二。你星期四跟他通电话吧。星期四什么时候都行。"

星期四南风又大了起来。反正现在风对树木再也造不成多大伤害了。棕榈树焦黄枯死的叶柄大不了给吹折了，芒果树未死花梗上的一两朵残花大不了给烤蔫了。只是杨树叶子都给吹得发了黄，扬起的尘土和刮落的树叶撒得游泳池里满池都是。尘土透过纱窗给吹进屋里来了，有钻进书里的，有落在画上的。奶牛都背着风伏在栏里，连嘴里倒嚼的草料都含着砂粒。惠勒先生记得，大风总是在四旬斋期间①来的。当地人索性就给起名叫四旬斋风潮。凡是恶风当地人都给起了名字，一些蹩脚作家就专爱拿这种恶风做文章。这号事他就坚决不干，比方说他就坚决不写棕榈树的叶梗给刮得在树干前边倒挂成一行，好似少妇背向狂风而立，吹散的头发都扬向前方。他就坚决不写起风前一天晚上他们一起散步时闻到的芒果花香，不写他窗外芒果花丛中的蜜蜂嗡嗡。蜜蜂如今早就没了影踪。他也决不用外文来叫这股风。以种种风的外文名字作题材敷衍成篇的蹩脚文章已经见得太多了，这种名目他就说得出几大筐。惠勒先生此刻写文章就一个字一个字用笔写，在这四旬斋风潮中他可不想把打字机拿出来用。

在他家里打杂的小伙子是他儿子的同龄人，两人在一起长大的时候还是朋友。这时小伙子走进来说："给斯蒂维打去的电话接通了。"

---

① 复活节前的四十天，守斋悔罪，以纪念耶稣在荒野禁食，称为四旬斋。天主教、东正教，以及耶稣教中的某些教会都有这样的规矩。

"嗨，爸爸，"传来了斯蒂芬沙哑的嗓音。"我很好，爸爸，真的很好。从来没有这么痛快的。真的，那劳什子现在都给赶跑了。痛快得你没法想象。我现在对眼前的一切真的又都清清楚楚了。辛普森医生吗？喔，他挺不错的。说真的我信得过他。他是个好人哪，爸爸。说真的我对他很有信心。他比一般医生平易近人。他现在要给我额外增加几次治疗。大家都好吗？那好。你问天气吗？好，还可以。治疗没有遇到什么困难。没有。一点都没有。一切都很好。很高兴你也一切都好。这一回我算是真的明白过来了。好吧，我们犯不上浪费电话费了。向大家问好。再见了，爸爸。咱们回头见。"

"斯蒂维问你好呢，"我①对打杂的小伙子说。

他想起了当年，愉快地笑了。

"多谢他。他好吗？"

"好，"我说。"他说一切都好。"

---

① 原文如此。下同。

那片陌生的天地 *

迈阿密又热又闷，从大沼泽吹来的陆地风还带来了蚊子，连早上都有。

"我们还是尽快走吧，"罗杰说。"我得先去弄点儿钱。汽车的事你懂行吗？"

"不大懂。"

"你不妨在报纸的分类广告里看看，了解一下都有些什么样的汽车出让，我去弄点儿钱让汇到这里的西联①来。"

"你就这样能拿到钱？"

"只要我电话早些打通，能让我的律师马上把钱汇来。"

他们是在比斯坎湾大街一家旅馆的十三层楼上，茶房刚刚下楼买报纸和别的东西去了。他们借了两个房间，房间下临海湾，望得见公园和大街上的来往车辆。他们登记时都用了自己的本名。

"你就住转角上的这一间，"罗杰当时还说来着。"这个房间也许能吹到些风。我住那一间，打电话方便些。"

"我能帮得上什么忙吗？"

"你拿一份报纸，把分类广告里出让汽车的栏目看一下，另一份报纸我来看。"

"找什么样的车呢？"

"跑车，轮胎要好。尽可能挑最好的。"

"你看我们能弄到多少钱？"

"我打算开口要五千。"

"那太棒了。你看会给你这么多？"

"我也不知道。我这就给他打电话去，"罗杰说完就到隔壁房间里去了。可门刚一关上，又打开了。"你还爱我吗？"

867

"我想那该是用不到再说的了，"她说。"趁这会儿茶房还没有回来，请亲亲我吧。"

"行。"

他把她紧紧地拥在怀里，使劲地亲。

"这就对了，"她说。"我们何必还要把房间分开呢？"

"我是考虑到领汇款的时候可能要来查对一下我的姓名。"

"是吗。"

"我们要是运气好些的话，就用不到在这儿过夜了。"

"真的这么快就能走？"

"要是运气好些的话。"

"那我们就可以用吉尔奇夫妇的名义了？"

"斯蒂芬·吉尔奇夫妇。"

"还是叫斯蒂芬·布拉特-吉尔奇夫妇好。"

"我得赶快去打电话了。"

"可别去了好大半天才来噢。"

他们是在一家希腊人开的海鲜餐馆里吃的午饭。餐馆有空调，在酷热的城市里真无异沙漠中的一片绿洲。菜倒也一点不假都是用海味做的，只是同样的菜跟埃迪海鲜馆一比，就好比一是煎了又煎的锅底陈油，一是刚见黄的鲜白脱了。不过那一瓶希腊白葡萄酒倒还不错，味道的确清凉纯正，带有一股树脂香。甜点心他们要的是樱桃酱馅饼。

------

* 《那片陌生的天地》原为海明威一部未完成小说的前四章。海明威创作这部小说的时间是在1946年至1947年间及1950年至1951年间，时写时歇。1970年出版的海明威遗著《岛在湾流中》一书，有个初稿就是以这个片断作为原始素材发展起来的。后来海明威在写《岛在湾流中》一书的过程中，显然改变了小说的创作思路，把这几章文字删去了。读者一定会注意到，作者在《岛在湾流中》的最后一稿又重新使用了其中的一些人名，只是用在另外一些人物的身上。尽管作者作了这样的重新铺排，《那片陌生的天地》一文仍不失其本身的统一与完整。——原编者注
① 西部联合电话电报公司。

"我们到希腊去吧，那儿有不少海岛，"她说。

"你没有去过？"

"有一年夏天去过。我挺喜欢那儿的。"

"我们一定去。"

到两点钟，款子就已经汇到了西联。是三千五，不是五千。到三点半，他们就已经买下了一辆别克牌的跑车，虽是旧车，看里程计上却才跑过六千英里。车上还备有两只很好的备用轮胎，挡泥板都还是好好的，还配有收音机、大反光灯，车后的行李厢容量也大，车身是沙色的。

到五点半，他们就已经买好了一应用品，结清账目出了旅馆，旅馆的看门人也已经在替他们把旅行袋往车后装了。天依然热得要命。

罗杰穿的是厚厚的军装，热得一身大汗，在夏天的亚热带地方穿这号衣服，那个不受用也不下于在冬天的拉布拉多①光穿一条短裤。他给过了看门人小费，上了汽车，车子就顺着比斯坎湾大街驶去，然后又向西一拐，驶上了去科拉尔盖布尔斯②和"泰迈阿密小道"③的路。

"你觉得快活不？"他问那姑娘。

"快活极了。你说这不会是做梦吧？"

"肯定不是做梦，因为这天热得简直要人的命，我们要五千又没拿到五千。"

"你说我们买这辆车是不是花钱太多了点？"

"不多。一点也不多。"

"保过险了吗？"

---

① 拉布拉多是加拿大东部的一个半岛。地处高纬度，东岸又有拉布拉多寒流经过，故气候冷湿。

② 迈阿密西南一城镇。

③ "泰迈阿密小道"是个历史上留下的路名，现为 41 号国家公路中的一段。

“保了。还加入了三Ａ会①呢。”

“我们的行动倒挺快的不是？”

“称得上神速。”

“余下的钱你带上啦？”

“那个自然。在衬衫口袋里，用别针扣着呢。”

“那是我们的金库。”

“是我们的全部家产了。”

“你看这笔钱够用上多久？”

“我们也不会就靠这笔钱的。我还会去挣一些。”

“至少得靠这笔钱维持一个时期。”

“那是。”

“罗杰。”

“嗳，小妞儿。”

“你爱我吗？”

“我说不清。”

“说声爱我吧。”

“我真说不清。不过我会理清楚的，错不了。”

“我可是爱你的。爱煞了你，爱煞了你，爱煞了你。”

“望你一直爱下去。这对我是个很大的支持。”

“你干吗不肯说声爱我？”

“等等再说吧。”

这一路上她本来一直把手按在他大腿上，这一下却缩了回去。

“好吧，”她说。“就等等吧。”

当时汽车正沿着去科拉尔盖布尔斯的宽广大路向西行驶，穿过单调乏味而又苦热不堪的迈阿密的郊外。路边有些店铺、加油站和市场，背后不断有超车的，此刻人们都离开市区驱车回家了。不一会儿科拉尔盖布尔斯就在他们的左边闪了过去：只看见一座座开着

---

① 美国汽车协会。

威尼斯式矮窗的楼房，耸立在这佛罗里达的草原上。面前，还是直溜溜备受烤逼的大路，在当年的大沼泽地上直穿而过。罗杰这时便加快了车速，汽车飞快地划破沉闷的空气，仪表盘上的通气孔里和斜开的通风窗里一阵阵气流朝车内直钻，顿时让人感到一阵清凉。

"这辆汽车挺漂亮的，"姑娘说。"买到这么辆车子不是挺幸运的吗？"

"够幸运的。"

"我们的运气很不错呢，可不是吗？"

"到目前为止还不错。"

"你对我也太不放心了。"

"没那事，真的。"

"可我们难道也不能好好快活一下吗？"

"我这不是挺快活的嘛。"

"听你的口气可不像是太快活。"

"好吧，那就算我不快活。"

"可你就不能快活一下吗？你看，我才真叫快活呢。"

"我一定快活起来，"罗杰说，"向你保证。"

罗杰望着面前的路，他驾车在这条路上跑，这辈子也不知跑过多少回了。只要一看到那不绝向前伸展的路面，就知道是这条路，两边有沟渠，有森林，有沼泽。路还是这条路，只是今天车子换了，坐在身边的人不同了。一想到这里，罗杰觉得先前的那种空虚之感又涌上心来了，他意识到这必须压下去。

"我是爱你的，小妞儿，"他就说。他觉得这并不是他的真心话。不过话听起来倒也很像是那么回事。"我是非常爱你的，我一定要好好待你。"

"还要快活起来。"

"一定还要快活起来。"

"这就太好了，"她说。"我们这就算已经开始啦？"

"不是早就在路上了吗。"

"什么时候才能看见飞禽呢?"

"在这种季节里飞禽还远着哪。"

"罗杰。"

"嗳,布拉特钦。"

"你真要快活不起来,也不一定非要硬装快活不可。反正今后就有我们快活的。你此刻是怎么个心情我也不想过问,那我就代表我们俩来好好快活一下吧。我今天可真叫情不自禁了。"

他看见,再往前去路就向右一拐,不是往西,而是折向西北,通入森林沼泽地带去了。这就好了。这一下真让他大大松了口气。一会儿就可以看到死柏树上的那个大鱼鹰窝了。车子刚才驶过的地方,正是他当年打死响尾蛇的所在。那是一年冬天的事,他是跟戴维他妈一同驱车经过这里的,当时安德鲁还没有出世。也就在那一年,他们俩在大沼泽地的贸易站买了塞米诺尔人①的衬衫,就在汽车里穿了起来。他把打死的那条大响尾蛇给了赶来做买卖的一帮印第安人,那些印第安人很喜欢这条蛇,因为这蛇皮质极好,还有十二颗响环,罗杰还记得那蛇耷拉着砸扁了的大脑袋,提在手里真是又粗又沉,接过去的那个印第安人还笑了呢。也正是在那一年,他们打到了一只穿路而过的野火鸡,当时正是清早,初日方升,迷雾渐散,柏树在银白色的雾气里显出了黑魆魆的身影,从雾气里闯出来一只赤铜色漂亮的野火鸡,走到了大路上,先还昂起了头大踏步走,继而把头一缩就想逃跑,最后扑通一声倒在路上。

"我心情很好嘛,"他对那姑娘说。"前面这一带地方可有趣了。"

"你看我们今儿晚上能到哪儿?"

"总有地方落脚的。只要一到海湾这一边②,这吹来的风就不是陆地风,而是海风了。海风就凉快了。"

---

① 当地的一个印第安部落。
② 指濒临墨西哥湾的佛罗里达西岸。

"那就太好了，"姑娘说。"要是第一个晚上就在那家旅馆里过，那叫我怎么受得了啊。"

"我们的运气不错，居然逃过了。我真没有想到这么快就能走成。"

"不知道汤姆怎么样了？"

"一定很冷清，"罗杰说。

"他这人真了不起，是不？"

"他是我最要好的朋友，也是我心目中的道德典范，我把他看作我的父兄，也得到他经济上的支援。他简直就像个圣人一样。可又总是乐呵呵的。"

"我从来也没有见到过这样的好人，"她说。"看他这样爱你、爱孩子们，谁都会感动得心儿里酸酸的。"

"希望孩子们能好好陪他过上一个夏天。"

"你不要想死他们了？"

"我一直挺想念他们的。"

那回打到了野火鸡，就放在车厢的后座上，那火鸡重得很，还暖乎乎的，一身耀眼的铜色羽毛漂亮极了，不像家养的火鸡全是蓝黑两色，戴维他妈兴奋得一时连话也说不上来。过了会儿才说："别放在那儿，还是让我抱着吧。我想再好好看看。待会儿再放到后边去。"他就拿一张报纸给她垫在膝头上，她把火鸡血污的脑袋塞在翅膀底下，用翅膀掩得严严实实，于是就坐在那儿，把火鸡胸脯上的羽毛抚啊抹啊，他罗杰则只管开他的车。到末了她说："这会儿再没有热气了，"于是就用报纸把火鸡包起来，重又在后座放好，还说来着："谢谢你呀，让我玩儿了好一阵，刚才我真舍不得呢。"罗杰手不离方向盘，吻了她一下，她说："罗杰呀，我们真是太幸福了，我们会永远这样幸福的，你说是吗？"她说这句话的时候，记得车子正好驶到前边的这第二个道路拐弯处。此刻西沉的太阳已经压到了树梢上。可还是没有见到飞禽的踪影。

"你该不会一心想念他们，就顾不上爱我了吧？"

"没有的事。我不骗你。"

"我也明白，他们不在你身边你感到伤心。可你总不能老留在他们身边呀，你说是不是？"

"是啊。请你不要多虑，小妞儿。"

"你叫我小妞儿，我听了就高兴。再叫叫我。"

"在句子末了叫一声才自然，"他说，"小妞儿。"

"那也许是因为我年纪小了一截的缘故吧，"她说。"我是喜欢这些孩子的。三个都喜欢，喜欢极了，他们三个我觉得都是极好的。我真不知道原来还有这样可爱的孩子。可是安迪才那么点年纪，我总不见得会嫁给他吧，我爱的是你呢。所以我把他们都忘了，我就跟你在一起，尽情享受这无比的幸福。"

"你挺好的。"

"其实我才不好呢。我这个人是怪难弄的。不过我一旦爱上了谁，心里是雪亮的，我也记不得从什么时候起我就爱上了你。所以我会注意的，我一定要把不好的地方改掉。"

"你这就挺了不起。"

"喔，我还能改得好多呢。"

"这样就很好了。"

"那就先做到这样。罗杰啊，我真是太幸福了。我们今后还会这样幸福吧？"

"会的，小妞儿。"

"我们会永远这样幸福吧？我知道我不该问出这样的傻话来，因为我有那样一个妈，你呢，见过的人也多了。不过我有信心，我相信有这种可能。我完全相信有这种可能。我这辈子就只知道爱你，既然爱你是可能的，享受幸福总也该可能吧？求求你，对我说声可能吧。"

"我想该可能吧。"

他以前也总是说"可能"、"可能"。虽然不是在这辆车子里。是在别的车子里，又是在别的国家。但是在这个国家里他"可能"

874

两字也说得够多的了，嘴上说内心也信。其实本来也确实是有可能的。当初什么都是有可能的。比如就在这条路上，就是眼前的这一段路，右边的运河里流淌着清澈的河水，当初这里就可能有那么个印第安人撑那么条独木小舟。如今运河里就没有印第安人了。那都是以前的事了。以前才有可能。那都是飞禽销声匿迹前的事了。是打到野火鸡前几年的事了。就在打死大响尾蛇的前一年，他们看到这个印第安人撑着条独木小舟，船头横着一只白颈白胸的雄鹿，细长的鹿腿高高搁起，纤巧的蹄子形如一颗破碎的心，鹿头向着那印第安人，一对漂亮的鹿角还只方具雏形。他们停了车，跟那印第安人打招呼，可是那印第安人不懂英语，只是咧嘴一笑，船头的那只小雄鹿虽是死的，眼睛却睁得大大的，方向正好直对着那印第安人。这样的事在当时是可能有的，在其后的五年里也还可能有。可如今还能有些什么呢？如今已是什么都不可能有了，只有他自己算是还在，只要事情还有那么一丁点儿实现的希望，他就还得提出来。即使提出来不好，他也不能不提。不提就永远没有实现的希望了。他不能不提，提了也许才会有所憧憬，也许才会产生信心，也许将来才会实现。他心想："也许"可是个丑恶的词儿，特别是在你"雪茄烟抽到了尽头"①的时候，用这个词儿更要不得。

"你身边带着烟吗？"他问姑娘。"我还不知道那只打火机灵不灵呢。"

"我没试过。我还没抽过烟呢。我心里早已一点都不紧张了。"

"你总不见得心里不紧张就不抽烟了吧？"

"是不抽。一般是不抽的。"

"那么把打火机打打看。"

"好。"

"你原先是跟谁结的婚？"

---

① 有"山穷水尽"之意。

"喔，我们不谈他的事。"

"是不谈。我只是问问他姓什么叫什么？"

"反正你不认识的。"

"你真不想告诉我？"

"不想，罗杰。真的不想。"

"那好吧。"

"我很抱歉，"她说。"其实原先的他是个英国人。"

"原先？"

"他是个英国人。不过我倒喜欢在这里添上'原先'两字。况且你不也用了'原先'两字吗。"

"'原先'两字挺不错的，"他说。"比起'也许'两字来可要强得多了。"

"好吧。这话反正我也不懂，不过我相信你说的不会错。我说，罗杰。"

"嗳，小妞儿。"

"你心里觉得好些了吗？"

"好多了。现在感觉良好。"

"那好。我就把他的事告诉你。我后来才发现敢情他是个极放荡的人。就是这样一个家伙。他以前可从来没有露出过一点口风，也从来没有露出过一点形迹。一丝一毫都没有。真的。你大概要笑我糊涂了吧。可他就是丝毫不露。看他还真是一表人才呢。你知道这种人表里完全不一样。后来这个底细就被我发现了。自然马上就发现了。不瞒你说，是当夜就发现的。好了，这事就不说了，好不好？"

"可怜的海伦娜。"

"别叫我海伦娜。叫我小妞儿吧。"

"我可怜的小妞儿。我的心肝。"

"叫心肝倒也挺好听的。不过小妞儿和心肝可千万不能混叫啊。混叫一气就不好了。其实呢，说到这个人妈妈是认识的。我当时心想，妈妈怎么事先也不给我通通风呢。她只是事后才说了句她倒从来没有留心。我就说：'你怎么也不多留个心眼儿呢。'她说：'这事我想你自有主见，也用不到我来管闲事。'我说：'你就不能给我通通风吗？难道就没有一个人能来给我通通风？'她却说：'宝贝儿，这事人家都以为你自有主见。没有一个人不是这样想的。谁都只当你自己在这方面是压根儿无所谓的，咱们这岛上正道不张，没有不透风的墙，这种男女关系方面的事我当然以为你都是知道的啦。'"

她此刻简直是直挺挺坐在他身旁一动也不动，说话也完全是一副平板的调子。她并没有学着当时的口吻。她只是照搬当时的原话，至少都是她记忆中的原话吧。罗杰觉得那听来也的确很像是原话。

"妈妈的一张嘴可就是甜，"她说。"她那天对我说了好多好多的话。"

"听我说，"罗杰说道。"我们把这些统统都丢开了吧。丢它一个精光。我们说丢就丢，就都丢在这路边吧。你心里有些什么需要排遣，随时只管对我说。可事情，我们现在已经统统都丢开了，彻彻底底丢开了。"

"我就巴不得这样，"她说。"我本来就是这样的态度嘛。我不是一开始就说了不谈这事嘛。"

"是说了。我真抱歉。不过说真的，我心里倒是挺高兴，因为现在事情已经都丢开了。"

"你真好。不过你也用不到这样像念咒语、驱邪魔似的。你不用给我救生圈，我会游泳。他呀，原先可真是一表人才，没说的。"

"痛痛快快说吧。你要是还想说就痛痛快快说吧。"

"别这样。看你这份优越感好厉害，不用摆上架子就是架子十足的了。我说，罗杰。"

"嗳，布拉特钦。"

"我可是深深爱你的，以后我们就不用再来这一套，好吗？"

"好，对。"

"我真高兴。让我们来快活一下好不好？"

"好极了。你看，"他说。"有飞禽了。算是见到了第一批飞禽。"

左边的沼泽里隆起了一片柏树地，俨然像个树岛，阳光照在黑沉沉枝叶丛中的飞禽身上，显出了白色的身影。夕阳沉得更低了，禽鸟也都从天空里飞来了，一个个白色的身影缓缓掠过，背后伸出了长长的腿。

"那是到树林子里来过夜了。白天都在沼泽地里觅食。你注意看，两只翅膀一收，长长的腿往前面一伸，那就是鸟儿准备着陆了。"

"我们也会看到鹭吗？"

"瞧那不是？"

这时汽车已经停下，隔着渐渐黑下来的沼泽，可以看见林鹭一下下鼓着翅膀在空中飞过，打个回旋，都降落在另一个树岛上。

"过去这种鹭栖息的地方可要近多了。"

"说不定我们明儿早上还能碰上，"她说。"既然车子停着，要不要我给你调杯酒喝？"

"还是一路走一路调吧。留在这儿要挨蚊子叮了。"

他发动车子的时候，车子里早已有了几只蚊子，都是又大又黑的"大沼泽地种"。他打开车门，用一只手猛轰猛赶，就靠这一阵风，倒也把蚊子都撵了出去。姑娘在随带的包里找出了两只搪瓷杯，又拿出一瓶有纸盒包装的白马牌苏格兰威士忌。她用纸餐巾把杯子擦干净了，就连着纸盒从瓶里倒了威士忌，再打保温壶里取出冰块加上，然后冲上苏打水。

"为我们的幸福干杯，"她说着就把冰凉的搪瓷杯递给他，他接过杯子慢慢地喝，左手把着方向盘照旧开他的车，向着如今已是一片昏暗的大路上驶去。稍过一会他把车灯打开了，马上两道亮光就老远插进了前面的黑暗里。两个人就一路喝他们的威士忌，这酒喝得正得其时，所以酒一落肚他们心里也舒畅多了。罗杰心想：喝酒不是没有喝酒的好处，只要喝得正是时机，酒还是有其好处的。这一杯酒，就喝得把好处完全发挥出来了。

"在杯子里喝酒总觉得有点黏糊糊、滑溜溜的。"

"是搪瓷杯的缘故，"罗杰说。

"搪瓷杯便当，"她说。"这酒味道挺好的不是？"

"今天一天我们这还是第一次喝上酒。午饭的那瓶树脂香葡萄酒不去算它。这'醉死大老虎'的玩意儿，才是我们的好朋友，"他说。

"给酒起这么个名儿倒真有意思。你们一向把威士忌叫做'醉死大老虎'？"

"是打仗后的事。就在打仗的时候我们第一次用了这么个名儿。"

"这里的树林子里也藏不下老虎之类的大家伙。"

"我看大家伙恐怕也早给打光了，"他说。"人家很可能是坐了那种轮胎奇大的沼泽地专用大车来到处搜索的。"

"那一定很费手脚吧。倒还不如用只搪瓷杯来'醉死大老虎'省力些。"

"铁皮杯子盛酒喝起来味道还要好呢，"他说。"不说死不死老虎。就说那个味道之好。不过那一定要有冰凉的泉水才行，杯子还要先在泉水里冷却一下。你要是往泉水里瞧，看得见底下直冒气泡，还有一小股一小股沙子往上冒。"

"我们也可以尝一下吗？"

"行啊。一定样样都让你尝到。加上点野草莓，那个味道真是呱呱叫呢。要是有柠檬的话，切半个把汁水挤在杯子里，把皮也一起放入。然后把野草莓捣烂了加进去，再从冰窖里取一小块冰，冲去上面的锯屑，放进杯子里，倒上威士忌，不停地搅拌，搅到匀，搅到整杯酒都冰凉。"

"不加水了？"

"不加了。冰化出来的水就尽够了，还有草莓汁和柠檬汁呢，够多的了。"

"你看这时候还会有野草莓吗？"

"肯定有。"

"我要是想做个松饼的话，你看能采得到那么多？"

"包你能。"

"我们还是别谈这个了吧。招得我肚子都怪饿的。"

"前边还有约莫一杯酒的路程，"他说。"再一杯酒喝完，我们也该到了。"

汽车此时已是在夜色中驶去，黑糊糊的沼泽高高地屏立在路的两边，明晃晃的车头灯直照到老远的前方。酒把往事都驱散了，正像这车头灯冲破了黑暗一样，罗杰说道：

"小妞儿，我倒想再来一杯，要是你愿意给我调一杯的话。"

她把酒调好以后，说："你何不让我替你把酒拿着，你想喝我再给你喝？"

"我拿着碍不了我开车。"

"我拿着也碍不了我什么事。你喝了觉得很痛快，是不？"

"再也痛快不过了。"

"这也不至于。觉得痛快得很就是了。"

这时候前面出现了灯光，那是一个开林拓地建起的村子，罗杰随即就拐上了通往左边的一条路，车子开过一家杂货店、一家百货店、一家餐馆，顺着通往海边的一条空落落的平整街道驶去。他又向右一转，驶上另一条平整的街道，经过了一些空地和稀稀落落的房屋，最后看到了一个加油站的灯光标志，还有一个独立小屋式汽车旅馆的霓虹灯广告牌。广告牌上说是小屋一律朝海，海边有路可通附近的公路干线。他们的车子就开到加油站停下，加油站里走出来一个中年男人，在广告牌的灯光下看去皮色都发了青，罗杰请他把车子的油、水系统检查一下，要他加足汽油。

"这里的小屋好不好？"罗杰问他。

"好啊，老总，"那人说。"又漂亮，又干净。"

"被单干净吗？"罗杰问。

"要多干净有多干净。你们准备过夜？"

"不走的话就过一夜。"

"过一夜三块钱。"

"让这位太太去看看样子行吗？"

"当然行啦。再舒服的床垫没处找了。床单管保没一丝灰尘。还有淋浴设备。房间两头通风，凉爽极了。卫生设备都是现代化的。"

"我去看看，"姑娘说。

"在这儿拿把钥匙去。你们是从迈阿密来的？"

"对。"

"我也觉得还是西岸好，"那人说。"你车子的油、水系统都没问题。"

姑娘回到了车上。

"我看到的那间小屋很不错。还挺荫凉的。"

"现下风正好从墨西哥湾吹来，"那人说。"今儿晚上都是这个风向。明儿一天也是。星期四或许还可以吹上个半天。屋里的床垫你试过啦？"

"看上去都蛮好的。"

"我的老太婆总是拾掇得连半点灰尘影子都不许有，我都觉得她太傻了。她为了这几间屋子把人都快累死了。今儿晚上我让她看戏去了。洗东西最最费事了。可她都顶了下来。喏，请看。正好给你加了九加仑。"说完他就去把油泵的软管挂好。

"这人有点莫名其妙，"海伦娜悄悄说。"不过屋子倒是挺好、挺干净的。"

"怎么样，住下吧？"那人问。

"好的，"罗杰说。"就住下吧。"

"那就请在登记簿上登记一下。"

罗杰填上了"迈阿密海滨道 9072 号罗伯特·哈钦斯夫妇"，把簿子还给他。

"跟那位教育家^①沾点亲？"那人在登记簿上记下了汽车牌照号码，一边问。

"抱歉，半点亲都不沾。"

"没什么可抱歉的，"那人说。"我也不是觉得他有什么了不起。刚才在报上看到有他的消息。要不要我帮你什么忙？"

"不用了。我自己开车进去得了，东西我们就自己搬吧。"

"三块钱，加九加仑汽油，连州税共计五块半。"

"附近哪儿有东西吃？"罗杰问。

"镇上有两家餐馆。都差不多。"

"你觉得哪一家好？"

"人家都说绿灯相当不错。"

"我好像也听说过，"姑娘说。"记不得在哪儿听说的。"

"很可能。那儿的老板娘是个寡妇。"

"对了，就是那家，"姑娘说。

"真的不用我帮忙了？"

"不用了。我们能对付，"罗杰说。

"我倒有句话很想说，"那人说。"哈钦斯太太长得真是好人品哪。"

"谢谢，"海伦娜说。"你过奖了。不过我看这都是灯光花花绿绿的关系。"

"不，"他说。"我不是用话恭维你。我这可是心里话。"

"我看我们还是快进去吧，"海伦娜对罗杰说。"不要出门还没多久就把我给丢了。"

小屋里有一张双人床、一张铺漆布的桌子、两张椅子，天花板上挂下一只电灯泡。有个厕所，有个淋浴设备，洗脸盆上头还有面镜子。洗脸盆旁边的毛巾架上挂有干净毛巾，屋子一头有根横杆，

---

① 指美国著名教育家罗伯特·梅纳斯·哈钦斯 (1899—1977)。

上面挂着几个衣架。

罗杰把提包搬进屋里，海伦娜把冰壶、两只杯子和带纸盒的苏格兰威士忌在桌子上放下，另外还有个纸袋，满满一袋都是白石牌苏打水。

"不要皱眉头，"她说。"床可是干净的。至少被单是干净的。"

罗杰拿胳膊搂住了她，把她亲了亲。

"请把灯关掉。"

罗杰伸手上去把灯头上的开关关了。他就在黑暗里吻她，把嘴唇轻轻贴上她的嘴唇。他感觉到她两片嘴唇拱得高高的，却没有张开，抱在他怀里的身子还在那里抖动。他把向后仰着头的姑娘紧紧搂在胸前，耳畔只听见海边的浪声，身上吹拂到窗口里进来的凉风。他感觉到姑娘那丝也似的头发都披在他手臂上，两人的身子都绷得直挺挺的。他的手落到了她的胸前，感觉到她的奶子在他的手指下苏醒了过来，就像花蕾骤然怒放一样。

"喔，罗杰，"她说。"来吧。来吧。"

"不要说话。"

"这就是那个他了么？喔，他真好。"

"不要说话。"

"他会爱惜我的。是吧？我也一定爱惜他。可他该不会是个五大三粗的人吧？"

"不是的。"

"喔，我是那样的爱你，所以也是那样的爱他。你说我们现在是不是该来好好领略一下了？我可是再也耐不住了。一直可望而不可即的，已经苦苦熬耐了整整一个下午了。"

"就领略一下吧。"

"喔，来吧。来吧。快来吧。"

"再亲亲我。"

黑咕隆咚中他踏进了一片陌生的天地，那真是陌生得很，连进去都很困难，猛一下子让人别扭得都感到悬乎了，可随即便变了个令人目眩神迷的幸福安全的洞天。什么疑虑，什么危险，什么恐惧，这里一概都没有，在这里只让人感到若即若离，要说即，可是愈来愈贴近了，要说离，却也离不到哪里去。以往的事都忘得精光了，今后的事什么也不想了。黑暗中见到的是灿烂的幸福的曙光，近了，近了，近了，愈来愈近了，他一个劲儿迎着奔去，说也不信会奔得那么久，那么远，那么欢。他奔得愈来愈欢，一直奔向这来得突然的火热的幸福。

"啊，我的心肝，"他说。"啊，我的心肝。"

"嗳。"

"谢谢你呀，我亲爱的幸福天使。"

"我已经死了，"她说。"别谢我。我已经死了。"

"你要不要……"

"不要。我已经死了。"

"那我们就……"

"不要。请相信我的话。我也不知道还能用什么话来表达我这种心情。"

后来过了一阵她说了："罗杰。"

"嗳，小妞儿。"

"你心里踏实吗？"

"踏实，小妞儿。"

"你不觉得有什么事让你失望么？"

"没有的事，小妞儿。"

"你说你会爱我吗？"

"我爱你，"他没说实话。"我爱你我刚才的乐儿"才是他的心里话。

"重新说一遍。"

"我爱你，"他还是没说实话。

"再说一遍。"

"我爱你，"他就是不说实话。

"你说了三遍了，"她在黑地里说。"那我可要强制你兑现了。"

风吹在身上觉得凉凉的，棕榈叶发出的响声宛如下雨，过了一会姑娘说："今晚的夜色是可爱的，可你知道我这会儿怎么啦？"

"肚子饿了。"

"你可不是料事如神吗？"

"我自己也肚子饿了。"

他们在绿灯饭店吃饭，那个寡妇老板娘在餐桌底下喷了驱蚊水，给他们端来了焦脆鲜鱼子炸咸肉。他们喝冰镇王牌啤酒，还各吃了一客牛排土豆泥。那牛看来是光喂草的，牛排很瘦，味道不怎么样，不过他们都很饿了，那姑娘在桌子底下踢掉了鞋子，光着一双脚来贴在罗杰脚上。她长得美，他挺爱对她看，连她的脚贴在脚背上都觉得美滋滋的。

"觉得够味儿吗？"

"当然。"

"能让我尝尝味道吗？"

"只要寡妇老板娘没看着。"

"我也觉得挺够味儿的，"她说。"可见我们彼此的肌肤是很亲合得来的，不是吗？"

最后一道甜点吃的是菠萝馅饼，两人又各喝了一瓶王牌啤酒，啤酒是从冰箱内的冰水底下现取的，因而喝上去冰凉。

"我脚上沾着驱蚊水呢，"她说。"没有驱蚊水感觉还要美呢。"

"就是沾着驱蚊水也够美妙的了。使狠劲来踹两下。"

"我可不想踹得你人仰椅翻，跌出这把寡妇老板娘的椅子。"

"好吧。就这样也不错了。"

"你从来没有这样痛快过吧？"

"没有，"罗杰说的是老实话。

"电影就不一定要去看了吧？"

"你要是不太想看，就不一定要去看了。"

"那我们就回旅馆去，明儿早上绝早动身。"

"也好。"

他们付了寡妇老板娘的账，带了几瓶冰镇王牌啤酒，用个纸袋装了，驾车回到旅馆，把汽车就停在小屋和小屋之间的空地上。

"这车子已经很懂得我们的心意了，"一来到小屋里，她就说。

"那好嘛。"

"我起初见了它总有点儿不自在，可现在觉得它真是我们的好伙伴。"

"这辆车子不赖。"

"你看那人是不是神经有毛病？"

"不是的。是眼红了。"

"都那么大年纪了，还眼红？"

"说不定的。也说不定是他一时高兴才那么说的。"

"得了，别再想他了。"

"我根本就没有想过他。"

"我们有汽车当保镖呢。这车子已经是我们的好朋友了。你不感觉到刚才从寡妇老板娘那里回来的时候这车子有多听使唤吗？"

"我觉得是有点不一样。"

"我们连灯都别开了吧。"

"好，"罗杰说。"我想去洗个澡，还是你先洗呀？"

"不，你先洗吧。"

洗完澡他就躺在床上等着，听见她在淋浴间里冲得水声哗哗，后来是在擦干身子了，不一会儿她就飞一般地冲到了床上，好像觉得都走开了这么久了，这一下身上可凉爽、松快了。

"我的美人，"他说。"我心上的美人。"

"你有了我，真觉得高兴？"

"真的，我的心肝。"

"真感到满意？"

"太满意了。"

"我们可以欢欢爱爱走遍全国、走遍全世界。"

"我们现在可是在这儿。"

"对。我们是在这儿。是在这儿。眼前我们是在这儿。是在这儿。啊，这儿黑沉沉的，有多好，多美，多可爱。好一个美妙可爱的‘这儿’。黑暗里是这样的可爱。多么可爱的黑暗啊。在这儿你可要听我的话。在这儿你可要多疼疼我，求求你，一定要多疼疼我，一定要怜惜我。求求你，求求你，多多怜惜我吧。请多多怜惜我吧，喔，多么可爱的黑暗啊。"

他又进入了一个陌生的天地，不过这一回他临了就没有孤独之感了，后来人虽醒在那儿，这境界却似乎仍很陌生，两个人谁也没有说一句话，不过现在这是他们俩共同的天地了，不是他的也不是她的，而真正是他们俩共同的，对此双方都是清楚的。

黑暗里凉风一阵阵穿屋而过，她说："现在你很愉快了，而且心里可疼我呢。"

"现在我是很愉快，心里也是很疼你。"

"这话用不着你再说了。现在是明摆在那儿的。"

"那我知道。我兴头来得奇慢，是不？"

"是慢了点。"

"能够这样疼你，我真高兴。"

"这下明白了吧？"她说。"没有什么可犯难的。"

"我是真的疼你。"

"我早就想你大概会疼我的。说实在的，我是真希望你会疼我。"

"我疼你。"他把她搂得很紧很紧。"我是真的疼你。听见我说了吗？"

回答又是"明摆在那儿的"，这倒是大大出乎他的意料，特别是到了第二天早上，他听到的还是这一句"明摆在那儿的"，那就更加没有料到了。

第二天早上他们并没有就走。罗杰一觉醒来的时候海伦娜还没有醒，于是他就看她睡觉，见她的头发都拢在脑后，甩在一边，披得满枕都是，那晒黑了的可爱的脸庞上闭拢的眼睛和嘴唇比醒着时还俏丽。他注意到她黑黝黝的脸配着灰白的眼睑，长长的睫毛一动不动，两片娇美的嘴唇此刻就像孩子睡熟了一样安静。夜来她在身上盖了条被单，被单下可见乳房隐隐隆起。叫醒她不好，吻她又怕把她惊醒，他就穿好衣服，往村子里走去。肚里饿得慌，心里却愉快，闻到了清晨的气息，听到了鸟语见到了鸟迹，拂着那还是从墨西哥湾吹来的微风，鼻子由不得嗅了又嗅。过了绿灯餐馆再走过一条街，便来到了另一家饭店里。那里其实总共也只有一个便餐柜台，他在柜台前的凳子上坐了，要了牛奶咖啡，再来一客黑面包做的火腿煎蛋三明治。柜台上有一份午夜版的《迈阿密先驱报》，准是哪个过路的卡车司机扔下的，他就一边吃三明治、喝咖啡，一边看报上西班牙军事叛乱的消息。牙齿在三明治上一口咬下去，他就感到溏心蛋迸开来都散在黑面包上，从气味里他闻到了这里面有面包，有一片莳萝泡菜，有蛋，还有火腿，端起杯子，又闻到了早咖啡的清香。

"那边的乱子闹得还真不小呢，是不是？"那个掌柜的说。这人已经上了年纪，那张脸儿沿帽子衬圈线以下全给晒得黑黑的，往上则是一片煞白，雀斑点点。罗杰见他长着一张薄薄的、难看的巧嘴，戴一副钢边眼镜。

"是不小，"罗杰应了一声。

"那些欧洲国家都是这样，"那人说。"乱子一个接着一个。"

"再给我一杯咖啡，"罗杰说。他想利用看报的工夫让这杯咖啡凉一凉。

"他们要是把原因查究一下的话，就会发现根本原因在教皇。"那人倒好了咖啡，在旁边放上牛奶壶。

罗杰很感兴趣，抬头看了看，一边就把牛奶倒进杯子里。

"一切的一切，根子都在三个人，"那人对他说。"一个是教皇，一个是赫伯特·胡佛，还有一个是富兰克林·德拉诺·罗斯福。"

罗杰舒展了一下身子。那人接下去就把这三个人你中有我、我中有你的利害关系说开了，罗杰也欣然听着。他心想：美国这地方也真妙。吃早饭还有这一套奉送，也用不到去买《布法尔与白居谢》①了。他想：报纸上是看不到这一套的。倒要先听听他的高论。

"那犹太人呢？"听到最后他问了一句。"犹太人又该怎么办？"

"犹太人已是过去的事了，"掌柜的对他说。"亨利·福特的《犹太长老会谈纪要》一出版②，犹太人的买卖就砸了。"

"依你看他们算是完了？"

"那还用说吗，老兄，"那人说。"犹太人再也别想出头了。"

"这我倒是没有想到，"罗杰说。

"我还有句话可以告诉你，"那人探过身来说。"总有一天老亨利会把教皇也抓在手里的。就像抓住华尔街一样把教皇也抓在手里。"

"华尔街已经叫他抓在手里啦？"

"啊呀伙计哎，"那人说。"华尔街算是完啦。"

"亨利一定很有办法。"

"你说亨利？这话才真叫你说对了。亨利是时代的巨人。"

"希特勒呢？"

---

① 这是法国作家福楼拜的一部未完成长篇小说，小说讽刺了不得其法的所谓研究。

② 亨利·福特（1863—1947），美国福特汽车公司老板。所谓《犹太长老会谈纪要》其实是一部伪造的文件，曾以多种文字在世界各地刊行。反犹势力包括希特勒即以这部伪造的文件作为犹太人图谋统治全世界的证据，兴起反犹浪潮。

"希特勒是说话算数的。"

"俄国人呢？"

"这个问题你问我，算是找对人了。俄国熊嘛，应该让它留在自己的后院里。"

"好哇，这样问题也差不多全解决了，"罗杰站起身来了。

"形势看来还是不坏的，"掌柜的说。"我是个乐观派。等老亨利一旦抓住了教皇，你瞧着吧，他们三个全得垮台。"

"你看什么报纸？"

"什么报纸都看，"那人说。"不过我的政治见解并不是照搬报纸的。我都经过了自己的思考。"

"我该付多少账？"

"四毛五。"

"这顿早饭挺好的。"

"欢迎再来，"那人说着就从柜台上拿起罗杰放下的报纸。他又要去独自个儿琢磨什么问题了，罗杰心想。

罗杰回汽车旅馆去，经过杂货店的时候买了一份新出的《迈阿密先驱报》。他还买了几把剃胡子刀片、一管薄荷剃须膏、几包洁齿口香糖、一瓶消毒药水和一台闹钟。

来到小屋，轻轻开门，把买来的东西在桌子上连包放下，保温壶、搪瓷杯、牛皮纸袋里一瓶瓶白石牌苏打水，以及昨晚忘了喝的两瓶王牌啤酒，都还在那儿，看海伦娜也依然熟睡未醒。他就坐在椅子里看报，也看她睡觉。太阳已经高高升起，阳光照不到她的脸上，微风从另一边的窗子里吹进来，一阵阵在她身上拂过，她睡在那儿一动也不动。

罗杰想根据报上的多份新闻公报，来揣度一下局面到底是如何演变的，当前又是怎么个形势。心里想：她要睡还是由她去睡吧。事情，如今终于爆发了，现在我们也只好有一天算一天了，只好每天尽量过得充实些、尽量过得有意思些。事情来得比我预料的快呢。眼下我还不一定要马上就去。我们暂时还可以等一

890

等。说不定政府①会把叛乱镇压下去，问题很快就会解决呢，要不，那可就来日方长了。我要不是跟孩子们在一起待了这两个月，此刻早已身在那边，什么都碰上了。不过他想：跟孩子们在一起，这两个月我待得不后悔。只是现在再去已经晚了。也许人还没有到，事情早已都了结了呢。反正这号事情今后就有的是了。我们在有生之年就有得可以看看了。有的是呢。多得不叫你头疼才怪呢。今年夏天有汤姆和孩子们做伴我过得好不快活，现在我又得了这个姑娘，我且看看我的良心还能安生多久，到了不能不去的时候我一定就去，要操心也到那时候再操心吧。这肯定还只是个开头。一旦开了头就不会有完。不把他们里里外外一齐斩草除根，我看就不会有完。他想：我看这号事情永远也不会有完。至少在我们这一代不会有完。不过他又想：这头一次较量可能会被他们很快得手，因此这一次我恐怕就不一定要去了。

他早就料到会有这样的事，他准知道会发生这样的事，为此他还曾在马德里等了整整一个秋天，如今事情当真来了，他却忙不迭地寻找借口想要甩手不管了。前些时他到孩子们那儿过了一阵，那倒还情有可原，他相信当时的西班牙还没有什么谋反的活动。可是现在事情终于发生了，他又在这儿干什么呢？他却在寻找种种理由，想叫自己相信他不用去。他心里想的是，八成儿我人还没到那儿，问题就全解决了。反正来日方长嘛。

另外还有一些因素也拉了他的后腿，只是当时他还并不理解。那就是，在长处得到发展的同时，他也滋生出了一些缺点，好比冰川的积雪之下还隐藏着裂缝，如果嫌这个比喻失之于夸大，那也可以比作肌肉之间还夹着一层层脂肪。这些缺点如果不是发展到盖过了长处，一般还是从属于长处的；不过这些缺点往往隐而不露，他自己并不理解，也不知道可以化解利用。他就知道出了这件事他不能不理，他必须千方百计助上一臂之力，可是他又觉得有种种理由

---

① 指1936年2月成立的西班牙共和国联合政府。

表明他也不是一定非去不可。

这些理由都还多少有些道理，可也都不是很有说服力，只有一点可是硬的，那就是他还得去挣些钱给自己的孩子和他们的妈妈①做生活费，他得好好写些文章，把他们的生活费筹足，不筹足这笔钱他就觉得自己算不得个男子汉。他心里想：我有六个很好的短篇已经有了腹稿，我就把这六个短篇写出来。写出来也算完成了一件工作，我得拿这几篇小说为我在西海岸干下的那件违心事将功补过。六篇小说真要有四篇写成了，我也就比较可以心安理得了，那件违心勾当也就算有所补偿了。违心？呸！什么违心，那简直就像是给你个试管，让你提供一份精液，去给人作人工授精之用。为了要你搞出来，还专门给了你一间办公室，给你配备了一名秘书。奇耻大辱啊。不过这只是打个比方，其实那跟性事是毫不相干的。他的意思只是说，他收受了钱，让他写的却是不能代表他最高水平的作品。呸！扯得上什么最高水平！那简直是垃圾。制造无聊透顶的垃圾。现在他就得写出自己的最高水平，而且还要超过自己的最高水平，好将功赎罪，恢复名声。他想，这事似乎不难。改天就动手做起来吧。

反正，只要我发挥水平写好了四篇，只要我写得正正经经，决不稍逊于上帝耳聪目明时的杰作（嗨，天庭里的上帝！老兄哎，祝我走运吧！听说你老兄眼下也干得不错，我真是高兴！）那我心上的负疚就可以一笔勾销了，只要那神通广大的家伙尼科尔森能替我把四篇小说推销出两篇，那我们走后孩子们的生活费也就有了着落了。我们？是啊。是我们。你难道忘了还有我们？可不就像儿歌里唱的那只小猪吗，我们、我们、我们路遥遥回家乡。只是现在不是回家乡，而是离开家乡了。家乡？笑话了。我还有什么家乡啊？不对，我有家乡。这就是家乡。这儿的一切就是。这小屋。这汽车。那原先是干净挺括的床单。那绿灯餐馆，那寡妇老板娘，那王牌啤

_____

① 原文的"妈妈"是复数。

892

酒。那杂货店，那海湾吹来的微风。那便餐柜台的怪掌柜，黑面包做的火腿煎蛋三明治。吃一份再带一份回去。这回要夹一片生洋葱。请替我的车子加足汽油，把油、水系统检查一下。请替我把轮胎也检查一下好吗？一阵嘶嘶响，压缩空气打了进去，服务周到，分文不取，这就是家乡，到处都是斑斑油渍水泥地的家乡，路上尽见破轮胎的家乡，生活设施这样舒适、有红色自动售货机卖可口可乐的家乡。公路当中的分道线就是家乡的边界线。

他暗自想道：瞧你，头脑里的想法也跟那帮鼓吹"美国前途无限广阔"的作家一个样了。这可得警惕啊。千万要注意了。眼睛看着你的姑娘睡觉，心里可得记住：家乡，该是个连饭都吃不饱的地方。家乡，该是个人们到处遭受压迫的地方。家乡，该是个到处都有极强大的恶势力得与之斗争的地方。家乡，该是个今后不应再留恋的地方。

不过他心里又想：我现在还不必就走。他有慢些再走的充分理由。他的良心对他说：对，你还不必就走。他说：我还可以把小说写出来。对，你得把小说写出来。一定要写出你的最佳水平，还要超过你的最佳水平。他暗暗说道：好吧，我的良心，咱们就这样谈妥了。既然情况是这样，我看那我还是让她睡她的吧。他的良心说：你就让她睡吧。你可要尽心竭力好好照顾她，不但要尽心竭力，而且一定要把她照顾好。他对他的良心说：我一定尽我所能把她照顾好，我还至少要写出四篇好小说。他的良心说：可要写好了啊。他说：一定写好。一定写出第一流的。

这样，愿也许了，决心也下了，那他该拿起铅笔和旧抄本，把铅笔削好，趁这会儿姑娘还在睡觉，就在桌子上动手把小说写起来了吧？他却又没那么办。他在一只搪瓷杯里倒了约有一英寸半高的白马威士忌，旋开冰壶盖子，伸手到凉飕飕的壶底里掏出一大块冰，放进杯子。又打开一瓶白石牌苏打水，加到冰块浸没，然后用指头把冰块转了几转，就喝了起来。

他心里想：西属摩洛哥、塞维利亚、潘普洛纳、布尔戈斯、萨拉戈萨，都叫他们占了。巴塞罗那、马德里、巴伦西亚，还有巴斯克地区①，还在我们手里。两面的边界都还畅通无阻。形势看来还不算太坏。应该说还是不错的。我可得去买一张好些的地图。在新奥尔良大概买得到。说不定在莫比尔②就有。

　　此刻他就不用地图，凭着脑子里大致的印象琢磨起形势来。他想：萨拉戈萨被占倒是有点不妙。这一来，去巴塞罗那的铁路就给切断了。萨拉戈萨市的无政府主义势力很大。虽说比不上巴塞罗那或莱里达，可也够大的了。看来那边不见得会做过什么像样的抵抗。也许根本就没有作过什么抵抗。他们要是力量够得到的话，就得赶快去把萨拉戈萨夺过来。得赶快从加泰罗尼亚③方面发动进攻，把萨拉戈萨夺过来。

　　假如他们马德里—巴伦西亚—巴塞罗那一线的铁路能够保持不失，再把马德里—萨拉戈萨—巴塞罗那一线的铁路打通，同时坚决守住伊隆④，那就问题不大了。只要物资能源源不断从法国运来，在北线他们就应该可以在巴斯克地区积聚力量，强攻莫拉高地。这一仗可是最难打的了。打起来才够呛呢。至于南线的形势，他脑子里就没有多少印象了，只知道叛军要进攻马德里的话，就势必得取道特茹河谷⑤，而且他们很可能会从北面同时打来。要是那样的话，那他们势必就得马上下手，先要设法强行通过瓜达拉马山⑥的山口，就跟当年的拿破仑一样。

　　他心里想：我要是没来跟孩子们团聚就好了。我要是能在那儿该有多好呢。不，你别说没来跟孩子们团聚就好。要样样都照顾到

————————————

① 西班牙西北部巴斯克人居住的地区。
② 莫比尔在亚拉巴马州，城市规模小于路易斯安那州的新奥尔良。从佛罗里达沿墨西哥湾西行，先过莫比尔，后到新奥尔良。
③ 加泰罗尼亚是西班牙的东北部地区，北接法国，东濒地中海。巴塞罗那即在该地区。
④ 靠近法国边境的一个市镇。
⑤ 特茹河在马德里以南，由东往西流入大西洋。
⑥ 瓜达拉马山脉横亘于马德里以北。

是不可能的。你既然到了这儿,也不能那边一动手就立时赶去呀。你又不是救火队,你对孩子们应尽的义务,分量绝不比你的其他义务轻。他就把话作了修正: 那就等以后再看,什么时候这世界不能让孩子们太太平平过下去了,不战斗不行了,到那时再去吧。可是这话听来漂亮而并不实在,因此他又改为: 到战斗的需要超过团聚的需要时再去。这话就说得痛快了。时间,也不会很远了。

他告诉自己: 把这个问题考虑成熟了,明确了自己应该做些什么,就要坚决按照这个方针办。问题一定要考虑成熟,应该做的一定要确确实实做到。自己答应了: 好吧。于是就又琢磨了起来。

海伦娜到十一点半才醒,这时他第二杯酒也已经喝完了。

"你怎么也不叫醒我呀,亲爱的? "姑娘睁开眼睛,翻过身来,冲着他微微一笑说。

"你睡觉的模样太可爱了。"

"可我们原打算一早动身,趁清晨赶路的呀,这一来全吹了。"

"明儿一早再走吧。"

"吻吻我。"

"好,吻你。"

"搂搂我。"

"好,紧紧搂住你。"

"这才够味,"她说。"哎,这才够味。"

冲了个凉,橡皮帽裹住了头发从淋浴间里出来,她说:"亲爱的,你该不是因为寂寞难捱才喝酒的吧? "

"不,我是正想喝两杯。"

"是不是心里觉得不痛快? "

"没有的事。我心情好得很。"

"那太好了。真对你不起。我一睡就睡了那么久。"

"我们去海里游游再吃午饭吧。"

"这好吗? "她说。"我可是饿慌了。你看我们是不是可以先吃午饭，然后打上个盹，或者看会儿报什么的，过后再去海里游游？"

"Wunderbar。"①

"我们今天下午就决定不走了？"

"由你决定吧，小妞儿。"

"过来，"她说。

他走过去。姑娘把他一把搂住，他觉得这个洗了淋浴还没有擦干、遍体透着一股清新凉意的姑娘等在那儿不动了，他就欣然给了她一个款款的吻，只觉得被她紧紧贴住的地方压得都发了疼，不过疼得愉快。

"怎么了？"

"没什么。"

"那好，"她说。"我们就明天再走吧。"

海滩上的沙是白的，细得简直像面粉，好几里长一大片。傍晚他们顺着沙滩走得很远，然后才下到海里，仰卧在清澈的海水中浮游嬉戏，后来又回到岸上，顺着海滩再继续往前走。

"这儿的海滩比比美尼②还可爱，"姑娘说。

"可海水就不如那边纯净。墨西哥湾流的海水按说有一种特色，这儿却没有。"

"是没有。不过比起欧洲的海滩来，这儿已是好得叫人都不敢相信了。"

那洁净松软的沙子，走在上面真是一种感官的享受，而且感觉随处而异，有的地方是干而又软，有如粉末，有的地方略带潮润，踩上去稍有点软绵绵，也有地方却很结实，带些凉意，退潮线一带的沙子便属于这一种。

"要是孩子们在这儿该有多好呢，他们可以当向导，给我指点

---

① 德语：好极了。

② 在巴哈马群岛，靠近佛罗里达。

指点，讲些给我听听。"

"我来当向导好了。"

"也用不到你来当向导。你只要走在前面点儿，让我看着你的后背和屁股就行。"

"你走前头。"

"不，你走前头。"

后来她却追上来说："来，咱们就并排跑吧。"

他们就在碎浪打不到的一段结实惬意的沙地上自由自在慢步跑去。她很会跑路，一个姑娘家这么会跑倒似乎不大多见，罗杰脚下的步子稍一加快，她也不费什么事就跟上来了。罗杰还是照原来的速度跑，过会儿又稍稍放大了步子。她跟上了，不过却说："嗨，可别跑死我啊。"他就停下来，把她亲了亲。她跑得身上热烘烘的，说道："别，别这么着。"

"这有什么不好的呢？"

"得先下水里去，"她说。海上的浪头打来，水花碎处飞溅起一片沙子，他们冲进浪花，往海里游去，到了澄清一碧的海水里。她在水中仰起了身子，只露出脑袋和双肩。

"现在可以吻我了。"

她的嘴唇带着盐味，脸上湿漉漉尽是海水，他正吻着时，她的头却转了过来，那一头海水透湿的秀发都披到了他的肩头上。

"咸是咸极了，可这滋味也美极了，"她说。"快使劲搂紧。"

他遵命搂紧。

"有个大浪头打来了，"她说。"这个浪头才叫大呢。快绷住劲，浪头来了我们俩要去就一块儿去。"

浪头打得他们连打了好几个滚，他们俩始终紧紧搂在一起，他一直用自己的腿护住了她的腿。

"这总比淹死强，"她说。"强多了。我们再来一趟。"

这回他们选了一个特大的海浪，卷起的浪头跃上半空，正要往下打，罗杰抱着姑娘一纵身冲到飞浪底下，浪花砸下来，打得他们连打了好几个滚，好似海上冲来一段浮木滚上沙滩。

"我们把身上洗干净了，就在沙上躺着吧，"她说。于是他们就下到海里，到清澈的海水中转了转，然后就在一段结实阴凉的海滩上找个地方并排躺下。刚才还有一个浪头打来，只舔到了他们的脚趾和脚踝。

"罗杰，你还爱我吗？"

"爱，小妞儿，爱煞了你。"

"我也爱你。跟你做伴真有趣。"

"我会寻欢作乐呗。"

"我们不是都玩得很快乐吗？"

"今天快活了一整天。"

"只能说半天，因为只怪我这个没出息的丫头，睡到那么晚才起来。"

"睡个大觉恢复一下也好得很嘛。"

"我睡大觉可不是为了恢复体力。我是已经成了习惯，自己作不得主了。"

他跟她紧紧相偎，右脚挨着她的左脚，腿儿挨着腿儿，手还抚抚她的脑袋和脖子。

"你这头漂亮头发都湿透了。吹了风会不会受凉？"

"不会的。要是我们就一直在大洋边住，我这一头长发该剪掉了。"

"可我们不会一直在大洋边住的。"

"剪短了头发很好看。你见了会吃一惊的。"

"你现在这样子我就很喜欢。"

"剪短了游泳起来才妙呢。"

"睡起觉来可就不妙了。"

"那也未必，"她说。"我剪短了头发你就还能把我当个小姑娘嘛。"

"是吗？"

"错不了。你要想不起来反正我可以提醒你。"

"小妞儿？"

"什么事，亲爱的？"

"做爱你讲究时间吗？"

"嗯。"

"这会儿怎么样？"

"你说呢？"

"我说，我去朝海滩两头仔细看上一看，要是半个人影也看不见，那也未尝不可。"

"这一带海滩真够冷清的，"她说。

他们沿着海边走回去，风还在劲吹，浪头却只在远远以外拍击：潮退下去了。

"事情看起来好像挺简单，好像半点问题也没有，"姑娘说。"似乎我遇上了你，我们就可以啥事都不干，就知道吃饭、睡觉、做爱。其实才不是这么回事呢。"

"让我们暂时就只当是这么回事吧。"

"暂时，我想还是可以的。也许不好说可以。只好说还办得到吧。可老跟我在一起你会不会腻味得受不了呢？"

"这哪儿会呢。"不管跟谁，也不管是在哪儿，他欢娱过后通常只会感到心情寂寞，可是刚才这一回，他事后却并没有这种感觉。自从昨天晚上开了个头以后，他再不曾有过过去的那种要命的寂寞之感。"你对我的好处大着呢。"

"真要是这样，那就太好了。假如双方的脾气老是你惹得我心烦、我惹得你苦恼，不打不爱，那不是太可怕了么？"

"我们不是那号人。"

"我也决不做那号人。可就跟我一个人相处你会不会感到腻味呢？"

"不会的。"

"可这会儿你心上在想别的事。"

"是的。我在想，不知道是不是买得到《迈阿密每日新闻报》？"

"那是下午出版的吧？"

"我很想看看西班牙方面的消息。"

"武装叛乱的事？"

"对。"

"你把这事给我说说好吗？"

"行。"

他就根据自己的那点所知所闻，一五一十统统讲给她听。

"你心里一直放不开这事，是不是？"

"是的。不过今天却一下午都没有想到过。"

"待会儿就看报上有什么消息吧，"她说。"明天还可以听汽车上的收音机。明天我们可无论如何要起个早动身了。"

"我买了个闹钟。"

"看不出你还挺机灵哩！弄上这么个机灵鬼做丈夫倒真是有幸。罗杰？"

"哎，小妞儿。"

"不知道今天绿灯饭店又有些什么难吃的菜？"

第二天他们不等天亮就早早动了身，到吃早饭时便已赶了上百英里的路，把大海、把海湾、把那些木排码头和鱼品加工厂早撂得老远，一头钻进了这内陆的畜牧地带，举目尽是千篇一律的松树和矮棕榈。他们在佛罗里达中部一个镇上找了家便餐馆吃早饭。餐馆位于广场背阴的一面，对面是法院：红砖的房子，青翠的草坪。

"我也不知道这后面的五十英里路我是怎么支撑过来的，"姑娘看着菜单说。

"我们实在应该在蓬塔戈达就停下吃早饭，"罗杰说。"那样比较妥当。"

"不过我们说过走不到一百英里就决不停下，"姑娘说。"我们

900

可是说到做到了。亲爱的，你吃些什么？"

"我来一客火腿煎蛋，一杯咖啡，加一大片生洋葱，"罗杰对女招待说。

"请问蛋煎单面还是双面？"

"单面就行。"

"这位小姐呢？"

"我来一客腌牛肉末烤土豆泥，烤得要老，再来两个水潽蛋，"海伦娜说。

"要茶，咖啡，还是牛奶？"

"来牛奶吧。"

"果汁要什么？"

"葡萄柚吧。"

"两客葡萄柚汁。我来点洋葱你讨厌吗？"罗杰问。

"洋葱我倒也是挺爱吃的，"她说。"不过这爱可远不如爱你那么深。再说我早饭是从来不吃洋葱的。"

"吃点洋葱好，"罗杰说。"吃洋葱喝咖啡最相配了，吃了以后开汽车一点都不会感到寂寞。"

"你该不会感到寂寞吧？"

"没有的事，小妞儿。"

"我们的车子开得还算快吧？"

"其实也不好算很快。一会儿过桥，一会儿穿镇，总不让你痛痛快快一口气直开下去。"

"看牛仔，"她说。只见两个穿西部工作服、骑牧牛矮种马的人，翻身下了牛仔鞍①，把马在餐馆前的栏杆上一拴，登着跟子高高的靴子，向人行道上走去。

"这一带放养了不少牛呢，"罗杰说。"在路上开车都得留神，

---

① 又称西部鞍。这种鞍子鞍座特深，前鞒特高，西部牛仔骑马都喜欢用这种鞍子。

说不定就会有牛群过路。"

"我倒不知道佛罗里达也放养了很多牛。"

"才多呢。而且现在都是良种牛。"

"你要不要去弄份报纸看看?"

"倒真想看看,"他说。"我去看看账台上有没有。"

"杂货店里有卖,"账台上的人说。"圣彼得斯堡和坦帕①的报纸,杂货店里都有卖。"

"杂货店在哪儿?"

"转角上便是。一找就找到了。"

"我到杂货店去,你还要不要带什么东西?"罗杰问姑娘。

"带一包骆驼牌香烟,"她说。"别忘了,我们的冰壶里得添点冰了。"

"我到店里去问一下。"

罗杰买来了早报,还带了包香烟。

"不大妙呢。"他把报纸递了一份给她。

"有没有刚才广播里没有提到的消息?"

"这倒不大有。可是看起来形势不大妙。"

"杂货店里有冰添吗?"

"我忘了问了。"

女招待把两客早饭一起送了上来,两口子喝下了冰凉的葡萄柚汁,就吃起早饭来。罗杰一边吃一边只管看他的报,海伦娜索性把她的报纸在玻璃杯上一靠,也看了起来。

"有番茄辣酱吗?"罗杰问女招待。这女招待是个瘦瘦的金发女郎,一股乡间小酒店的村味。

"当然有啦,"她说。"你们是好莱坞来的吗?"

"我在那儿待过。"

"小姐不是好莱坞来的?"

---

① 佛罗里达西部两个相邻的城市。

902

"她正打算去。"

"哎呀，这真是，"那女招待说。"请在我的本子上签个名好不好？"

"好倒是好，"海伦娜说。"可我不是大明星呀。"

"你会成为大明星的，亲爱的，"那女招待说。"等一等，"她又说。"我去拿支钢笔。"

她把本子递到海伦娜手里。本子还新得很，灰色的充皮面子。

"我还刚买来不久，"她说。"我干上这份工作总共还不过一个礼拜。"

海伦娜在本子的第一页上签下了海伦娜·汉考克的字样。这一手字一反她平素的笔迹，写得可相当花哨，她历来学到的各派书法，这一下都混在一起冒出来了。

"哎呀呀，多美的名字啊，"那女招待说。"再题上几个字好吗？"

"你叫什么名字？"海伦娜问。

"玛丽。"

海伦娜就在那花哨的签名前边添上"向玛丽致意　你的朋友"几个字，那字体却总有点不伦不类。

"哎呀，太感谢了，"玛丽说。然后又对罗杰说："你也题几个字好吗？"

"行，"罗杰说。"非常乐意。你姓什么，玛丽？"

"啊，姓不写也罢。"

他就写上"祝玛丽永远幸福"，下面具名罗杰·汉考克。

"你是她的爸爸吧？"女招待问。

"对，"罗杰说。

"哎呀，有自己的爸爸领进好莱坞，那可太好了，"女招待说。"没什么说的，我祝你们鸿运高照啦。"

"但愿如此，"罗杰说。

"不，"女招待说。"你们鸿运高照那是不用说得的。不过我还是要表示一下我的心意。唔，那么说你一定很早就结婚了吧。"

"是的，"罗杰说。心里想：这话倒给她说着了。

"她妈妈肯定长得挺美。"

"说得上天下少有。"

"她现在在哪儿？"

"在伦敦，"海伦娜说。

"哎呀呀，你们一家都是在外头见大场面的，"女招待说。"要不要再来杯牛奶？"

"谢谢，不用了，"海伦娜说。"你是哪儿的人呀，玛丽？"

"米德堡人，"女招待说。"顺着这条路去，前面不远就是。"

"这儿呢，你喜欢这儿吗？"

"这儿地方大些。也算是升高了一个档次吧。"

"你是不是也找些玩乐呢？"

"我总是一有空就去玩儿。请问还要不要用些什么？"她问罗杰。

"不用了。我们得走了。"

他们付了账，还握了手。

"多谢你赏了我两毛半，"女招待说。"还在我的本子上签了名。相信我会在报上看到你们的消息的。祝你走运。汉考克小姐。"

"也祝你走运，"海伦娜说。"愿你夏天过得顺顺当当。"

"那没问题，"女招待说。"你自己请多保重。"

"你也多保重，"海伦娜说。

"好的，"玛丽说。"可惜我实在没工夫奉陪了。"

她咬了咬嘴唇，一转身，进厨房里去了。

"这姑娘不错，"上车的时候海伦娜对罗杰说。"其实我应该告诉她我也有事不能再耽搁了。可我要是这么一说，怕反而会引得她心上不安。"

"我们的冰壶里得添冰了，"罗杰说。

"我去装，"海伦娜自告奋勇道。"我今天还没有出过一点力呢。"

"还是我去装吧。"

"不。你看报，我去装。威士忌还剩多不多？"

"盒子里还有一瓶原封未动的。"

"那好。"

罗杰就看起报来。他心想：我还是看报吧。今天要开上整整一天的车呢。

"只花了两毛半，"姑娘装好了冰回来说。"不过这儿的冰块粒头可小了。粒头太小了也不好。"

"晚上再到别处添点儿好了。"

一出镇子，汽车就驶上了长长黑黑的北去的公路，穿过草原和松林，来到了湖泊地带的群山之中，这时的公路就宛如一道黑色的条纹嵌在这杂色斑驳的长长的半岛上。这里已经吹不到海风，四下暑气熏蒸，愈来愈热，不过汽车保持着七十英里的时速，一直不停地笔直开去，迎面自会生出风来，两边的田野都给纷纷甩在脑后。姑娘有感于此，说道："开快车挺有意思的，是不？好像又回到自己的青年时代了。"

"这话怎么讲？"

"我也讲不清楚，"她说。"只觉得这世界似乎一下子缩小了许多，这种感觉只有年轻的时候才有。"

"我从来不想年轻的时候。"

"这我知道，"她说。"可我就想。你没有失去青春，所以就不想。不想，也就不会失去了。"

"看你扯的，"他说。"根本逻辑不通。"

"是有点不大讲得通，"她说。"不过这中间的关系我会理清楚的，到那时就包你都讲得通了。现在虽然还不怎么讲得通，可不可以让我说说呢？"

"好，你说吧，小妞儿。"

"其实，我要真是百分之百明理的话，我也不会在这儿了。"她顿了一下。"不，我还是会来的。我明理明的是一种'超理'。不是平常的道理。"

"就跟超现实主义似的？"

"跟超现实主义完全不相干。我讨厌超现实主义。"

"我可不讨厌，"他说。"这玩意儿一出世我就喜欢上了。问题是，超现实主义已经没落，却还那样迟迟不肯退出历史舞台。"

"可事物往往总要到没落以后才真正走红。"

"你这话有道理。"

"我的意思是说，在美国，事物不到没落以后是决不会走红的。等到在伦敦走红的话，那就更不知早已没落了有多少年了。"

"你这些都是从哪儿看来的，小妞儿？"

"是我自己琢磨出来的，"她说。"我在等你的时候有的是思考的工夫。"

"我几时让你挨过等啦？"

"怎么没有哇？你自己是不会知道的。"

车开到这里他得赶快作出抉择了：前面有两条主干公路可通，论里程倒是相差无几，一条他知道路面平、景致好，不过这条路他跟安迪和戴维的妈妈走的次数多了，今天到底是走这条老路呢，还是走景致也许要差一些的新完工的那一条？

他心想：没有什么可选择的。当然走新路啦。就是像有天晚上过"泰迈阿密小道"那样再惊起点什么来，我也不怕。

他们听收音机里的新闻广播，午前尽播些"肥皂剧"，他们关掉不听，只听每小时的整点新闻。

"这可不是像罗马起火光看热闹么，"罗杰说。"东边起了火，把你的希望所寄都快烧光了，你却开了辆车，以七十英里的时速反朝西北的方向而去。车子在反方向行驶，人却又一直在听那边的消息。"

"车子只要一直往前开，不也能开到那里嘛。"

"还没开到就先一头栽进大海了。"

"罗杰，你真有必要去？真要是有必要，那你就应该去。"

"嗨，没有的事。我不一定要去。至少眼前还不一定要去。昨儿早上你还在睡大觉的时候，我细细考虑过了。"

"我这一大觉睡得够瞧的吧？怪难为情的。"

"这么睡上一大觉好得很嘛。你昨儿晚上睡够了没有？我叫醒你的时候天还早得很呢。"

"昨儿晚上我睡得挺畅的。罗杰？"

"什么事，小妞儿？"

"我们对那个女招待说假话，不大好吧。"

"她爱打听，"罗杰说。"还是那样对她说好办些。"

"你做我的爸爸，像吗？"

"除非我十四岁就生下了你。"

"幸亏你不是我的爸爸，"她说。"不然的话，哎呀那事情就麻烦了。我们的事恐怕本来就是够麻烦的，还不是我给来了个快刀斩乱麻？可你看我会不会惹你生厌呢，因为我才二十二岁，晚上又贪睡，还老是要嚷肚子饿？"

"而且还是我生平见过的最美丽的姑娘，一副睡态堪称妙绝、奇绝，跟她说话儿也总是那么有趣。"

"得了，别再说了。我的睡态怎么叫奇啊？"

"是奇嘛。"

"我是问你怎么叫奇？"

"我对人体结构没什么研究，"他说。"我心里爱你，就是这么回事。"

"你不想谈谈？"

"不想。你呢？"

"也不想。这种事羞人答答的，可叫人害怕了。一想起来就害怕。"

"布拉特钦我的好妞儿。我们很幸运是不是？"

"是挺幸运的，可我们不谈这些吧。你倒说说，安迪、戴夫^①和汤姆会不会不高兴？"

"不会的。"

"我们应当给汤姆写封信。"

"写吧。"

"你猜他这会儿在干些什么？"

罗杰的目光穿过方向盘，瞅了下仪表盘上的时钟。

"估计他已经搁下了画笔，在喝一杯了。"

"我们何不也喝一杯呢？"

"好啊。"

她就取出杯子来调酒，抓了两把小粒子的冰块放在杯子里，冲上威士忌和苏打水。面前的这段新公路路面宽广，坦坦荡荡一直伸展到老远老远，两边都是松林，松树上都开了槽在采松脂。

"这不像是兰德斯公司采的，"罗杰说着，就举起杯子，酒到嘴里觉得冰凉。真够味儿，可惜冰块太小，很快就化完了。

"的确不像。在兰德斯公司的地方上松树之间都种有黄荆豆。"

"他们也不会用囚犯队来干采松脂的活儿，"罗杰说。"可这儿一带尽是犯人在干活。"

"给我说说那是怎么回事。"

"说起来真太不像话了，"他说。"州里把犯人都包给了采松脂和伐木的工地。在经济恐慌最严重的时期，从火车上下来的人往往是来一个给逮一个。火车上尽是找工作的人。往东跑的，往西跑的、往南跑的，都有。火车一出塔拉哈西^②，人家就截住火车，把车上的人都赶下去，押去关起来，随即就判他们统统打入囚犯队，包给采松脂和伐木的工地去干活。这一带是个黑暗世界。腐朽，黑

---

① 戴维的爱称。
② 佛罗里达北部一个城市。

暗，法律条文倒是一大堆，可就是有天没日。"

"松林地带有时倒也挺可爱的。"

"可爱什么呀。应该说可恶至极。这里有多少横行不法之徒，可一切活儿却都叫囚犯去干。简直就是个奴隶社会。法律条文都是给外头人看的。"

"好在我们很快就可以过了。"

"是啊。不过说真的，这个情况我们还是应该了解的。要了解这一切是怎么搞的。是怎么搞起来的。要了解谁是恶棍，谁是豪霸，该怎样把他们铲除。"

"我就愿意去把他们铲除。"

"你还不知道呢，佛罗里达的政治势力你要是胆敢去碰一碰，那可是够你瞧的。"

"真有那么厉害？"

"厉害得简直叫你不敢相信。"

"你挺了解的？"

"有些了解，"他说。"我跟几个好心人一起去碰过一碰，可是动不了一根毫毛。倒是我们都给打得头破血流。当然这都是嘴上打架罢了。"

"你不想搞政治活动？"

"不想。我想当个作家。"

"我也希望你当个作家。"

此刻公路正穿过一片稀稀落落的阔叶树林，不一会儿又过了几处尽是柏树的沼泽地和一个圆丘地带，再往前有一座铁桥，桥下河水清澈而水色奇浓，流得那么曼妙而欢畅，岸边栎树成行，桥头立有一块牌子，上标河名：森旺尼河（原文如此）①。

---

① 牌子上的森旺尼（Senwannee）显系瑟旺尼（Suwannee）的拼写错误。瑟旺尼河发源于佐治亚，流经佛罗里达，汇入墨西哥湾。被作曲家斯蒂芬·福斯特写入《家乡的老人家》一歌后，闻名遐迩。

车子上了桥，过了河，到了对面岸上，公路的走向如今已是正北。

"这样的河只应在梦中才有，"海伦娜说。"河水这样清澈却又这样深浓，可不是一绝么？我们可不可以改天弄上一只小划子，到这河里来划划？"

"上游的桥我也过过，这河哪儿都是景色绝美的。"

"我们可不可以改天来划划船呢？"

"行啊。在上游头我见过个地方，水流清澈得会没有鲑鱼才怪。"

"不会有蛇吧？"

"我看蛇是少不了的。"

"我是怕蛇的。真打心里害怕。不过我们只要多留点神，该不会有事吧？"

"包你没事。我们到冬天去玩好了。"

"天下竟还有这样的美妙去处可以让我们去，"她说。"这条河我今天一见，一辈子也忘不了。可惜我们只是像照相机的快门喀哒一下，不能多看一眼。要是车子能停一下该有多好呢。"

"你要不要再退回去？"

"以后回来路过的时候再看吧。我现在只想往前开，一直不停往前开。"

"我们总得停下来找个地方吃点什么吧，要不就买些三明治，一边赶路一边吃。"

"我们先再来杯酒，"她说。"然后去买些三明治。你估计店里有些什么样的三明治卖？"

"汉堡包总该有吧，说不定还有夹烤肉的。"

第二杯酒还跟前一杯一样，冰凉的，可是给风一吹，冰化得很快。海伦娜替他拿着酒杯，避开了迎面扑来的风，他要喝时才递给他喝。

"小妞儿，你这酒是不是喝得过了平日的量了？"

"那有什么。我每天中午吃饭以前总要独自喝上两杯兑水的威士忌，这你没有想到吧？"

910

"我是希望你不要喝得过了头。"

"不会的。不过我喜欢喝酒。不想喝了,我会不喝的。野外行车,一路喝酒,我真连做梦也没有想到过。"

"我们要是停下车来逛逛,到海边去看看古迹,也是挺有意思的。不过我想我们还是快些到西部去。"

"我也很想快些去。我从来没有到过西部。这里反正随时都可以来玩。"

"去西部路远着哪。不过这样开着车去要比乘飞机去有趣得多了。"

"这车开得跟飞也差不多了。罗杰,西部挺带劲儿的吧?"

"我总觉得是挺带劲儿的。"

"我从来没有去过西部,这回让咱俩一块儿去,可不是挺幸运的么?"

"我们要过好些地方才到得了西部呢。"

"那也蛮有趣嘛。你看前边很快就会有卖三明治的镇子吗?"

"到下一个镇子我们就去买买看。"

下一个镇子是个伐木业的集镇,公路两边长长的两排砖木房屋,这就是镇上唯一的一条街了。木材厂设在铁路附近,木材就高高地堆起在路轨旁,热烘烘的空气里有股子松木柏木的锯屑味儿。罗杰去加汽油,顺便让加油工把车上的油、水、气系统检查一下,海伦娜在一家快餐店里要了汉堡包和烤猪肉三明治,浇上点热的调味汁,用个牛皮纸袋装了,拿到汽车上来。还有一只硬纸袋里装的是啤酒。

车子又驶上了公路,一出镇子那股子热气就没有了,姑娘开了瓶啤酒,两个人就吃三明治、喝冰啤酒。

"我买不到我们婚宴上喝的那种啤酒,"她说。"这里就只有这么一种。"

"这也很好,冰凉的。吃一口烤肉三明治喝一口啤酒,味道顶呱呱。"

"店里的人说这种啤酒跟'王牌'简直一般无二。还说,包我喝了还当是喝'王牌'。"

　　"味道比'王牌'还好。"

　　"那牌子的名字挺怪的。可又不是个德国名字。可惜招牌纸着了水,已经掉了。"

　　"盖子上有牌子的。"

　　"盖子都让我给扔了。"

　　"等我们到了西部再买好的吧。愈往西去,出的啤酒愈好。"

　　"这里做三明治的面包和烤肉才好呢,西部怕是不会有更好的了。你说呢,好不好?"

　　"味道好极了。其实说起来这里一带倒并不是很讲究吃喝的地方。"

　　"罗杰,吃过午饭你就让我打会儿盹,成不成?你要是困,我就不睡。"

　　"很好嘛,你就睡吧。说真的,我一点也不困。困了我会对你说的。"

　　"再开一瓶啤酒给你。糟糕,我忘了看瓶盖了。"

　　"不要紧。我就喜欢喝不晓得牌子的啤酒。"

　　"可晓得了牌子可以记着下次再买呀。"

　　"下次买到的该又是另外一个陌生牌子了。"

　　"罗杰,我睡会儿你真不会怪我?"

　　"不怪,美人儿。"

　　"你要我别睡的话我可以不睡。"

　　"请睡吧,醒过来觉得寂寞,我们再说话。"

　　"那就祝你晚安,我亲爱的罗杰。真感谢你啊,带我来做这次旅行,让我享受了那两杯酒,那三明治,那不晓得牌子的啤酒,见识了那'遥远的瑟旺尼河之滨'①,还要到西部去。"

---

　　① 这里借用了《家乡的老人家》的一句歌词。

“你睡吧，宝贝儿。”

“我睡。要我的话只管叫醒我。”

她就蜷在那深深的坐椅里睡着了，罗杰还是照旧开他的车，他怕路上有牲口，所以一直密切注意着前边的大路。车子在这松林地带开得飞快，他总是尽量把时速保持在七十英里上下，每个钟头都要看一看里程计上的读数：在预定的六十英里之外又多跑了几英里路？这一段公路他从来没有跑过，不过佛罗里达的这一带他熟悉。此刻他在这条路上飞驶，一心只想快快把路赶完。开车能不埋着头开就不应该只顾埋着头开，可是要赶远路，不这样埋着头开不行啊。

他心想：这无聊劲儿，真惹人厌烦。一是开车无聊，二是前方竟一无景色可观。要是在比较凉爽的季节，这一带倒也是个信步闲游的好去处，可是现在在这里开着汽车赶路，实在是无聊啊。

我开车远行还只是刚开了个头呢，时间一长自会习惯的。可我还应该多多培养自己的耐力。我人倒不困。大概是我的眼睛不但看累了，而且也看厌了。我自己可一点也不觉得厌烦，他心想。都是我的眼睛在作怪，再说，我已经有好久没有这样长时间静坐不动了。这也得要功夫，我还真得重新磨练磨练。大约到了后天，就可以见点苗头了，就可以大开快车而不觉得累了。我已经有好久没有这样长时间静坐不动了。

他伸手到前面，打开收音机，调到一个电台。海伦娜并没有醒，所以他就让收音机开着，由着收音机含含糊糊在他耳边响，一边只管想他的心思、开他的车。

他想：有她在汽车里睡觉倒是蛮有意思的。她尽管睡着了，给你做个伴儿还是挺有劲的。你这个家伙真是怪幸运的，他心想。这样幸运，未免太便宜你了。你刚刚觉得自己体会到了几分孤独的滋味，为此你还认真下了番苦功，还当真有了些心得，至少已经摸到点边儿了吧，可是一下子你又老毛病复发，跟那帮无聊的人厮混在一起了。那帮子人虽还没有前一帮人那么无聊，可也无聊得够瞧的。不，说不定比前一帮还要无聊些呢。你跟他们混在一起，当然也就成为无聊人了。后来你算是脱身了出来，跟汤姆和孩子们一起相处得倒也挺不错，你觉得已是幸福得无以复加，如其有变，那也只有重新去捱受寂寞的份儿，却没想到后来会来了这个姑娘，你像是一步跨进了一片幸福的天地，成了其中最大的一个领主。如果把这片幸福的天地比作战前的匈牙利，那你就是卡罗伊伯爵①了。即便算不上最大的领主吧，至少那野鸡之类多半都生息在你的领地上。不知道她喜欢不喜欢打野鸡呢？她也许会喜欢的。我现在打起来还行。野鸡什么的，还难不倒我。我倒从来没有问过她会不会打猎。她的母亲一旦过足了大烟瘾，情绪兴奋起来，那枪法是相当不错的。她最初也不是一个坏女人。她是一个非常可爱的女人，活泼和蔼，在男女关系上一向无往而不利，而且依我看她对人家说的话倒从来不是有口无心的。真的，我看她说的倒全是心里话。恐怕也正因为这样，所以事情才会有那么大的危险性吧。反正她的话听起来总像都是心里话。不过，事情不到做丈夫的自杀了事，就谁也不会相信两口子的结合实际并不美满，这大概已经成为一个社会的通病。欢天喜地开头的事，到头来却没有不是以惨祸巨变告终的。可我看这大概也是吸毒的必然结果吧。不过话说回来，蜘蛛吃配偶，想来那吃配偶的蜘蛛一定有好些是相当漂亮的。她当时的那个俏，乖乖！就俏得从来少有，真是从来少有。亨利老兄不过是充当了一顿可口的点心罢了。亨利本人也长得挺俊的。当时我们大家对他的那个喜欢也甭提了。

不过蜘蛛可是不会吸毒的，他想。跟这妞儿相处，这个问题倒真得记着点儿，好比驾驶一架飞机得记着低于多少速度就会失速一样。得记住：她的母亲是那样一个母亲。

---

① 米哈依·卡罗伊（1875—1955）在匈牙利拥有大片土地。第一次世界大战后他担任过匈牙利首相（1918—1919）、匈牙利民主共和国总统（1919）。后即流亡国外，受缺席判决，土地被没收。

这事倒也不难，他想。不过你要知道，你自己的母亲就是一个下流女人。可是你也知道你这人的为人作风跟你母亲不同。那为什么她的"失速速度"就该跟她的母亲一样呢？你就跟你母亲不一样嘛。

谁也没说一样啊。谁也没说她跟她母亲一样啊。刚才也只是说，得记住她的母亲就是那样一个人，无非是这样的意思罢了。

可这也要不得呢，他想。你在你最需要的时候平白得到了这个姑娘，这里边并没有什么缘故，也没有叫你付出什么代价，那完全是出于她的主动，她的自愿。姑娘是那样可爱，那样爱你，对你充满了幻想。可此刻她在你旁边的座位上睡着了，你却就诋毁她了，就不认她了，尽管你连一声应有的鸡叫都听不到，更别说两遍、三遍了①，连收音机里都听不到。

你这个坏东西！他暗自骂了一声，低头瞅了瞅在旁边座位上熟睡的姑娘。

据我看，对这么个送上门来的姑娘你所以要不惜加以诋毁，无非是因为你唯恐会把她失去，或者唯恐自己会受到她太多的制约，要不就是怕此事万一不能实现，不过诋毁她总是不大应该的。你除了自己的孩子以外，总还应该有个值得你爱惜的人吧。这姑娘的母亲是个下流女人，至今不改，你的母亲当年也是个下流女人。正因为如此，所以你对这姑娘就应该格外贴心，对她就应该有所理解。那可不是说她一定就会成为个下流女人，正好比你，你也不一定就会成为个卑鄙小人。她心目中的你要比实际的你高大得多，这或许也会使你知所上进。你做规矩人已经做了好久了，看来你是能够做个规矩人的。据我所知，你自从那天夜里在码头上对那个携妻带狗

---

① "不认"、"鸡叫"、"两遍"云云，典出《新约》。《马太福音》26 章 34 节："耶稣说：我实在告诉你（指彼得），今夜鸡叫以前，你要三次不认我。"又《马可福音》14 章 30 节："耶稣对他说：我实在告诉你，就在今天夜里，鸡叫两遍以前，你要三次不认我。"后来彼得果然三次不认耶稣，"立时鸡就叫了"（见《马太福音》27 章 74 节）。《马可福音》则作："立时鸡叫了第二遍"（见 14 章 72 节）。

的老百姓干了一家伙以后，就从来没有再干过一件没心没肝的事。你也没有喝醉过酒。你也没有起过坏心。可惜你已经不在教了，要不，让你忏悔的话你这张嘴倒是完全硬得起来的。

她以为你就是现在这样的你，以为你就是近几个星期来让她看到的这么一个好人，她大概以为你一贯就是这样的为人，以为人家都是故意给你抹黑。

真的，那你何不就趁这个机会从头干起呢？真的，你完全可以从头干起嘛。得了，别傻啦——他内心的角落里又有个声音说道。不过他还是对自己说：真的，你完全可以从头干起嘛。她心目中的你是那么个好人，此刻你也确实就是那么个好人，那样的好人你完全可以做到。从头干起名正言顺，这机会又好，你能做到，你也一定会做到。你还打算许下那么多的心愿么？许啊。必要的话我就要许下那么多的心愿，而且决心说到做到。还是别许得那么多吧？有的事你不是许下了心愿却没有做到么？他无言以对了。你可不能还没干起来先就耍滑头啊。不会。那我绝对不会。还是一天一天来，看哪些事确有把握做到，有一件说一件，说了就做。每天就说当天的。一天一天来，无论对她还是对你自己，每天许下了愿就要兑现。他心想：这样也好，我可以再从头干起，依然正正经经做人。

可是他心里又想：这样下去你不要变成个讨厌的道学先生了吗？不注意点儿的话你会惹她厌烦的。你难道还不算个十足的道学先生么？至少平素不是吧。得了，别再骗自己了。那至少在一般场合下绝对不是吧。得了，别再骗自己了。

他说：好吧，良心兄。可你别这样老爱一本正经教训人啊。你好好听我说，良心老兄，我知道你作用大、有权威，我遇上的种种麻烦，其实只要你出头说句话本来早就都没事了，可先生你，能不能把态度稍微放宽和些呢？我知道你良心所说的话都得用斜体字来表示①，可你有时候说的话，似乎个个字都是线条极粗的黑体字。

---

① 在中文里改用仿体字排。

良心兄，你即使不来吓唬我，我对你的话也会一样句句听从，就好比"十诫"，"十诫"即使不是刻在石板上，我对之也会一样心怀虔敬。你也知道，良心兄，人闻打雷而惊恐，这是由来已久的事了。可你要是观察一下闪电的话，你会觉得那才真叫厉害呢。相比之下打雷倒就显得不是那么吓人了。哎呀，你这个家伙，我倒是想来帮你的忙呢——他的良心说。

姑娘还没有醒，汽车上坡，进了塔拉哈西城。他想：只要一碰上红灯，车子一停，她多半就得醒过来。可是姑娘倒偏偏没醒，他就穿过老城，向左一拐，顺着319号国家公路笔直南去，驶入了景色优美的林木地带，从这里直到海湾沿岸，都是这样的林木地带。

他心里在想：姑娘，你有一点实在了不起。你睡觉的本领过人，以你这样的身材而言你的胃口也堪称第一，可是这些都还不算，了不起的是你还有一种完全是天赋的能耐：不洗澡也觉得无所谓。

他们的房间在十四楼，房间里可不怎么凉快。打开了窗子，把风扇一开，才觉得好了些。一等茶房出去以后，海伦娜就说："别泄气，亲爱的。请别泄气。这儿还蛮不错。"

"我本来以为总可以给你弄上个有空调的房间。"

"其实房间有空调睡在里面也难受。就跟睡在个地窖里似的。这个房间不错了。"

"本来还可以到另外两家旅馆去看看。可那里的人都是认识我的。"

"如今这旅馆里的人该也认识我们俩了。我们叫什么名字来着？"

"罗伯特·哈里斯先生太太。"

"这名字响亮极了。名字响亮我们的日子过得也不能马虎。你要不要先去洗澡？"

"不。你先洗。"

"好吧。不过我可要好好洗上一番喽。"

"去洗吧。想睡的话在浴缸里睡上一觉也行。"

"我没准儿会的。我不是睡了整整一天吗?"

"真有你的。不过这一路上有几段路也确是够乏味的。"

"还不错。有好几段路还挺美呢。可新奥尔良会是这样,倒真出乎我的意料。你以前常来:难道新奥尔良向来就是这样平淡乏味?我没来过,只能瞎捉摸。我想这个城市总该跟马赛差不多吧。总还该有河景可以看看吧。"

"只有吃的喝的还可以。这儿附近一带的夜景也还不坏。确实相当美。"

"那我们到天黑以后再出去吧。这一带还真不错。有几处倒是挺美的。"

"我们就晚上去逛,明儿天一亮就上路。"

"那就总共也只能吃上一顿饭。"

"没关系。等天冷了,胃口开了,我们再来好了。"

"亲爱的,"她说,"我们这还是第一次碰到了一点泄气事。可别让这么点小事扫了我们的兴。我们且舒舒服服洗个澡,喝上两杯,平日至多只花十块的今晚且花上二十块享受一顿,吃罢就回来睡觉,好好亲热上一番。"

"电影里的那个新奥尔良再好也别去玩了,"罗杰说。"我们就在新奥尔良作床上游吧。"

"先还得吃饭。你有没有叫茶房带几瓶白石牌苏打水,再买些冰块?"

"说了。你想要喝一杯?"

"不。我想到的是你。"

"就要来了,"罗杰说。有人敲门了。"瞧这不是来了?你快去浴缸里放水洗澡吧。"

"浴缸里洗澡真是一乐,"她说。"全身没在水里,只露出一个鼻子,还可以露出一对奶头,十个脚趾,尽情地泡呀泡呀,泡到水

918

都凉了也不想出来。"

茶房送上了冰壶、瓶装苏打水和报纸，接过赏钱，就又出去了。

罗杰调了一杯酒，躺下来看报。他累了，脑后枕上两个枕头，在床上这样一靠，晚报早报连着看，觉得倒也舒服。西班牙的局势不太妙，不过迄至目前还没有真正明朗化。他把三份报纸里有关西班牙的消息都细细看了，看完了再看其他的电讯，还有本地的新闻。

"你没有什么吧，亲爱的？"海伦娜在浴间里喊道。

"我蛮好。"

"你脱了衣服没有？"

"脱了。"

"身上还穿着什么吗？"

"没有。"

"你皮肤是不是还挺红的？"

"还挺红。"

"你知道吗，我们今儿早上①去游泳的那一带海滩，是我这辈子见过的最可爱的海滩了。"

"也不知道那里的沙子怎么会这样白，这么细得像面粉似的？"

"亲爱的，你的皮肤还是挺红、挺红的吗？"

"怎么？"

"我在想你呢。"

"在冷水里一泡红该会褪的。"

"我泡在水里还是红红的呢。你见了准会喜欢的。"

"是很喜欢。"

"你管你看报吧，"她说。"你是在看报吧？"

---

① 原文如此。

"对。"

"西班牙的情况还好吗？"

"不好。"

"那可太糟了。情况非常严重？"

"不，那还不至于。真的还不至于。"

"罗杰？"

"嗳。"

"你爱我吗？"

"爱，小妞儿。"

"那你就快看你的报吧。我还想泡在水里把这事儿琢磨琢磨。"

罗杰又躺了下去，听了听下面大街上传来的喧嚣，照旧看他的报、喝他的酒。此时已快到一天中的黄金时间了。他以前住在巴黎的时候，每到这个时分总要独自一人上咖啡馆去，在那儿看晚报，喝一杯开胃酒。这个城市哪儿比得上巴黎哟，连奥尔良①都比不上。其实奥尔良也不算什么了不得的城市。只是让人看着觉得挺喜欢的。住着恐怕也要比这儿惬意些。不过这个城市的郊区如何他并不清楚，他自知这方面的感觉比较迟钝。

他尽管对新奥尔良所知不多，却一向喜欢这个城市，不过谁要是期望过高的话，这儿可是要叫人失望的。再说，在这种季节到这儿来，也实在来得不是时候。

他有两次来得最是时候，一次是带着安迪在冬天过此，一次是带着戴维遍游了全城。跟安迪一块儿来的那一回，北上时并没有在新奥尔良城里过。为了节省时间，他们就在城北绕了过去，取道庞彻特兰湖北岸，经哈蒙德直驶巴吞鲁日，走的是当时还在修建中的一条新公路，所以一路颇多迂回，然后再从巴吞鲁日穿越密西西比州北上，当时北方有一股暴风雪正在南下，密西西比州正处在暴风

---

① 法国中部的一个城市，在巴黎以南约一百公里处。

雪的南缘之内。他们是在南返的途中到达新奥尔良的。可那时天仍然很冷，他们吃了个痛快也喝了个痛快，这个城市给他的印象是既不潮也不湿，冷得厉害却令人愉快，安迪还逛遍了全城的古玩铺子，用圣诞节攒下的钱买了一把剑。坐车的时候他把剑藏在坐椅背后的行李厢内，到晚上就带到床上，贴身而睡。

他带戴维来那是冬天的事，他们把根据地设在一家饭店里，到底是哪家饭店这就有待查访了，反正不是做游客生意的。他记得饭店是在一个地下室里，桌椅都是柚木的，又好像没有椅子，只有长凳。也可能不是这样，反正印象模模糊糊，记不得饭店叫什么牌号，也记不得这店开在哪里，只似乎觉得那跟安托万酒家①正好方向相反，不是坐落在南北向的街上，而是在一条东西向的街上，他跟戴维在那里整整待了两天。可也说不定是他把这家饭店跟别的饭店搞混了。比如里昂有家饭店，蒙梭公园②附近也有一家饭店，在他的梦中这两家饭店就老是会混而为一。年轻的时候喝醉了酒，就往往有这样的事。总记得像是到过个什么地方，事后却怎么找也找不到，找不到就越发觉得其好，别想再有第二个地方比得上。不过他可以肯定的是，这个地方他绝没有带安迪去过。

"我洗好啦，"她说。

"你摸摸，身上凉丝丝的，"她躺到床上来说。"你摸摸，从头到脚都是凉丝丝的。哎，别走呀。我喜欢你呢。"

"不，我去洗个淋浴。"

"你要洗就去洗吧。可我倒希望你别洗。你在鸡尾酒里加一片醋洋葱，总不见得把醋洋葱也洗一洗吧？喝味美思酒总不见得把酒也洗一洗吧？"

"酒杯和冰块总是要洗一洗的咯。"

"那可是两码事。你不是酒杯也不是冰块。罗杰，请再那样跟

---

① 新奥尔良的一家豪华酒店。以"洛克菲勒牡蛎"著名。

② 在巴黎。

我亲热亲热吧。这'再'字你不觉得挺好听的吗?"

"那就永远'再'下去吧,"他说。

他轻轻摩挲,从腰下顺着那柔美的曲线一直抚到肋下,抚到那诱人的隆起的奶子上。

"曲线美不美?"

他吻了吻她的奶子,她说:"这会儿正凉丝丝的呢,你嘴下可要多留情哪。请多多留情,疼疼我嘛。你知道吗,奶子是很容易碰痛的。"

"知道,"他说。"我知道很容易碰痛。"

过了会儿她说:"那一只妒忌了呢。"

又过了会儿她又说:"老天爷安排得不好,我有两只奶子,你却只能吻一面。老天爷造人,何必什么都要一分为二,隔得那么开呢。"

他就伸过手去揽住她的另一只奶子,轻轻的不敢使劲,只是勉强搭着点儿罢了,然后他的嘴唇就顺着那丝丝的可爱的肌肤往上游移而去,一直移到了她的嘴唇上。四片嘴唇碰在一起,左一撇右一撇的,轻轻相擦,故意做出的一副媚人模样依然是那么媚人,于是他就亲起她的嘴来。

"喔,亲爱的,"她还直叨叨。"喔,亲爱的,来吧。我最亲爱的疼我的可爱的宝贝。喔,来吧,来吧,来吧,我亲爱的宝贝。"

一直过了好久,她才又说:"你没有去洗澡如果是由于我自私,那我真是太抱歉了。我洗好了澡出来,心里就只想着自己。"

"你这算不上自私。"

"罗杰,你还爱我吗?"

"爱,小妞儿。"

"你是不是觉得后来不大有劲了?"

"没有啊。"他撒了个谎。

"我倒没有。我倒觉得后来更带劲了。那可千万不能告诉你。"

“你这不是告诉我了吗。”

“没有。我才不会一股脑儿端给你呢。可我们好歹还是乐了个痛快，是吧？”

“是的，”他这话倒完全是出于真心。

“我们洗好澡就出去吧。”

“我这就去洗。”

“我说我们明天恐怕还是多待一天的好。我的指甲该修了，头发也该洗了。我自己修修洗洗当然也可以，不过请人弄就像样点，你大概也会喜欢些吧。那样的话我们就可以起得晚些，抽半天工夫在城里逛逛，到第二天早上再走。”

“那也好。”

“我现在倒喜欢起新奥尔良来了。你呢？”

“新奥尔良挺不错。这些时没来，变化很大。”

“我进去一下。一会儿就好。回头就让你洗。”

“我只要洗个淋浴就行。”

后来他们就乘电梯下楼。这里的电梯都由黑人姑娘开，黑人姑娘长得好漂亮。电梯里满满的都是从上一层楼下去的客人，所以一路开得飞快。电梯载着他下去时，他只觉得心窝里一阵空虚，从来也没有这样厉害过。电梯里挤得很，他感觉到海伦娜紧挨在他的身上。

“你要是一旦有这样的情况，比如看到飞鱼跃出水面，或者乘电梯急速下降，而自己居然什么感觉也没有，那你最好还是回房间里睡觉去，”他对她说。

“我都还心有余悸呢，”她说。“你有时只想回房间里睡觉，难道就只是为了这个缘故？”

电梯门早已打开，客人都陆续走进那老式的大理石面底层大厅，大厅里此刻人头挤挤，有等人的，有等入座吃饭的，也有等在那儿无所事事的。罗杰说：“你往前走，让我看看你的风度。”

“叫我走到哪儿呀？”

"就朝这空调酒吧的门口笔直走过去。"

在门口他一把把她拉住了。

"你真美。真是风度不凡，我今天要是在这儿第一次看见你，我管保会对你一见倾心的。"

"我只要踏进这大厅远远看见了你，我也管保会对你一见倾心的。"

"我要是今天第一次看见你，我的五脏六腑就会像翻江倒海，心窝儿都会给捣得前后生疼。"

"这种感觉我是一直有的。"

"这种感觉不可能一直有。"

"也许不可能一直有。不过我是经常而又经常有这种感觉的。"

"小妞儿，新奥尔良这个地方可不是挺好的吗？"

"我们幸亏来了，是不是？"

酒吧间宽大舒适，高高的天花板，深色的板壁，里边冷气逼人。在一张餐桌上，海伦娜紧紧挨着罗杰坐。"你瞧，"她说着叫他看：那晒红了的胳膊上都起了小小的鸡皮疙瘩。"你也挺会让我起这玩意儿的，"她说。"不过这一回可是空调在作怪。"

"是真够冷的。但是其味绝佳。"

"我们喝什么好呢？"

"喝个醉怎么样？"

"就小醉一番吧。"

"那我喝苦艾酒。"

"你看我也喝得？"

"干吗不试试呢。你从来没有喝过吗？"

"没有。我特意不破这个戒，好今天第一次跟你同喝。"

"别胡说一气啦。"

"不是胡说一气。是真的。"

"小妞儿，别尽自胡说一气啦。"

"不是胡说一气。我的身子我没有保住，因为我怕你厌烦，再说有一阵子跟你也实在没什么好说的。不过我可始终没有破苦艾酒这个戒。真的。"

"你们有地道的苦艾酒吗？"罗杰问酒吧招待。

"那按说是不准卖的，"招待说。"不过我倒还存有一点。"

"是真正的六十八度'库维-蓬塔利耶'①吗？该不是'塔拉戈瓦'②吧？"

"没错，先生，"那招待说。"不过我不能原瓶送上来给你。只能装在一只普通'佩诺'酒③的瓶子里。"

"我辨得出来的，"罗杰说。

"那当然，先生，"招待说。"你要冰镇的呢，还是要滴着喝？"

"滴着喝，不用冰镇。你有滴盘吧？"

"有啊，先生。"

"不用加糖。"

"这位小姐要不要加糖，先生？"

"不要。就让她不加糖试试吧。"

"好的，先生。"

招待一走，罗杰就在桌子底下拉住了海伦娜的手。"喂，我的美人儿？"

"真妙极了。在这儿我们有呱呱叫的老窖喝，回头再找一家上等饭店吃一顿。"

"吃完了就去睡觉。"

"你就这么爱睡觉？"

"以前不爱。可现在爱。"

---

① 库维是瑞士一小城，与法国东部蓬塔利耶城隔山相对，两地皆出苦艾酒。

② 疑应作塔拉戈纳。那是西班牙的一个地方，产塔拉戈纳红葡萄酒。

③ 佩诺茴香酒，是一种普通的开胃酒。佩诺是商标名。

"以前为什么不爱？"

"我们不谈这个。"

"不谈就不谈。"

"你以前曾经爱过的人，我也不是一个个都要问到的。比方说我们就不一定要谈伦敦吧？"

"对。"

"我们不妨就谈谈你，谈谈你有多美。你知道吗？你的一举一动至今还像个顽皮小伙子似的。"

"罗杰，你老实告诉我，我走路的模样真叫你看着喜欢？"

"你走路的模样让我看得心都要崩开了。"

"我也没什么呀，我就是总要昂起了头挺起了胸，才迈开步子。我知道走路一定也有什么诀窍，可惜我不懂。"

"小妞儿，有你这样的风度，还要什么诀窍呢。你是这样的美，我看你一眼都觉得幸福。"

"也不会永远如此吧。"

"白天总是如此，"他说。"听我说，小妞儿。喝苦艾酒有一点要注意，就是一定要喝得很慢很慢。掺了水，这酒的味道也不算很凶，不过你一定要当它是很凶的酒来喝。"

"我听命就是。罗杰的信条嘛。"

"希望你不会像卡罗琳夫人那样变了主意。"

"不为原则问题我才不会变呢。可你也根本就不像'他'。"

"我可不愿意像'他'。"

"你根本就不像'他'。在大学里的时候有人还对我说你像'他'呢。人家说这话大概原本是恭维的意思，可我一听气坏了，跟那个英语教授大吵了一场。你知道，课上布置下来要我们看你的作品。其实也只有班上别的同学用得着布置。你的作品我早就全看过了。你的作品不是很多，罗杰。你不觉得应该再多写一些吗？"

"等我们到了西部，我马上就动手写。"

"那我们明天恐怕就不应该再多耽搁一天了。等你一写文章，那我真是太快活了。"

"比现在还快活？"

"对，"她说。"比现在还快活。"

"我一定发奋写。你瞧着吧。"

"罗杰，你看我是不是妨碍了你呢？我是不是让你酒喝多了点？恩爱过分了点？"

"没有的事，小妞儿。"

"你这如果是实话，那我就太高兴了，因为我总希望自己能对你有些好处。我知道我这是个毛病，挺傻气的：我老是会大白天一个人胡思乱想，比如我就常常会幻想自己救了你的命。你有时似乎是差点被淹死，有时似乎是差点被火车撞了，有时似乎是在飞机里，有时似乎是在高山崇岭中。你要笑话就笑话吧。我有时甚至还会生出那么个幻想，似乎你对所有的女人都感到讨厌了、失望了，而这时我却闯进了你的生活，你是那样的爱我，我对你也照料得无微不至，于是你就写出了划时代的好作品。这样的幻想最美妙不过了。我今天在汽车里就又幻想过一回。"

"这种故事，我肯定不是在电影里见过就是在书上看到过。"

"喔，那是。我也在电影里见过。在书上肯定也看到过。可你说这样的事难道就不会真有？我难道就不会对你有好处？不是那种空空洞洞的好处，或者给你生一个小宝贝之类，而是要真正有益于你，让你既能写出超水平的佳作，又能过得幸福。"

"这样的事电影里有。为什么我们就不可以有呢？"

苦艾酒端上来了。两小盘碎冰，搁在两只酒杯的口上，罗杰拿起一只小水罐，在盘子里加了点水，水一滴滴滴进黄兮兮纯净的酒里，酒即刻变成了乳白色。

罗杰看那混浊的颜色到火候了，便说："喝喝看吧。"

"好怪，"姑娘说。"喝下去肚子里暖乎乎的。味道可真像药。"

"是药。还是很猛的药哩。"

"吃药我可还不大有这个必要，"姑娘说。"不过这倒也蛮好喝的。喝几杯会醉？"

"简直可以说醉就醉。我准备喝三杯。你喝多少随你的便。可一定要喝得慢。"

"我自己会当心的。我还没有感觉到什么，只是觉得味道像吃药。罗杰？"

"嗳，小妞儿。"

他感觉到心窝里烫起来了，烫得简直就像炼金术士的炼金炉似的。

"罗杰，你说我是不是真能像我幻想中的那样，会对你有所帮助？"

"我想我们一定可以相亲相爱，彼此都有所帮助。不过我觉得这不应该建立在幻想的基础上。幻想的玩意儿我看是要不得的。"

"可你瞧，我就是这样的性格。我是个专爱幻想的人，我知道自己充满了罗曼蒂克的想头。可我就是这么个人。如果我爱讲求实际的话，我也真不会到比美尼来呢。"

罗杰心想：这话倒也难说。如果这想头跟你的心愿完全一致，那不也是挺实际的么。那就不能说完全是幻想了。可是他内心的另一个角落里又在想：你这小子，苦艾酒一下肚，你卑劣的本性一下子就全露头了，可见你是愈来愈不成器了。不过他嘴里说的却是："我也说不清，小妞儿。我看幻想的玩意儿是危险的。你最初可能只是作些无害的幻想，比如说想到了我，可是以后你就可能五花八门什么都要胡思乱想了。那就说不定会起些要不得的想头。"

"你也不见得真就是那么无害。"

"不，我是无害的。至少在我身上作些幻想还是无害的。救我，又何害之有？不过你第一步先是救我，下一步就可能想拯救全世界了。再下一步你也许就想拯救自己了①。"

"我倒很想拯救全世界。我总希望自己能拯救全世界。这个幻

────────────────

① 在英语中，"救自己"还有个习惯的别解，就是"偷懒"。

928

想的题目可就大啦。不过我第一步还是先要救你。"

"那我可要吓坏了,"罗杰说。

他又喝了点苦艾酒,精神是好了些,可是却添了件心事。

"你一向有幻想的习惯?"

"从我能记事的时候起就有了。对你东想西想也有十二个年头了。种种想头我也不能一个个全告诉你。前后总有几百个呢。"

"你与其这样东想西想,何不搞搞创作呢?"

"我怎么不写呀。可写作不如幻想那么有趣,而且也难得多。再说写出来的东西又远不如幻想那么够味。我的幻想那才叫精彩呢。"

"可你要是写出来的话,你就可以永远做小说中的女主角了。"

"不见得。事情没有那么简单。"

"好,算了,这事就不要再放在心上了。"他又抿了一口苦艾酒,含在舌头底下。

"我本来就一点都没有放在心上,"姑娘说。"我是始终如一,要的是你,现在我终于跟你在一起了。现在我就要你去做一个大作家。"

"看你性急的,好像连吃顿饭的工夫都不该花似的,"他说。他的心依然揪得很紧,苦艾酒的一股热力此刻已经上冲到他的头里,有这股热力在头里他不放心。他在心里自问: 你倒想想,这会子要是干出点什么事来,还会有后果不严重的么? 你倒想想,这世上有什么样的女人才会结实得像一辆完好的二手"别克"车似的? 你这辈子总共只见识过两个壮实的女人,两个你都没有拉住。如今她喝了这个,会要你怎么样呢? 他的另外半边脑子说了: 好啊,卑劣的小人! 今儿晚上苦艾酒下了肚,果然就叫你很快现出了原形。

因此他就说道:"小妞儿,眼前我们就甭管别的,还是让我们尽情地相亲相爱吧,"(尽管苦艾酒已经使他很难把字眼咬清楚,他终于还是把这几个字说出了口)"一等我们到了目的地,我一定发奋工作，写出我最好的作品来。"

"那可太好了，"她说。"我跟你说了我胡思乱想的事，你没有不高兴吧？"

"这没什么，"他撒了个谎。"你的幻想都是挺有趣的。"这倒是句实话。

"我可以再来一杯吗？"她问。

"行啊。"他现在倒后悔了：尽管这苦艾酒大概也可以算得是他最心爱的酒了，可是他今天实在不应该喝。他以前碰上的倒霉事，几乎件件都是在喝苦艾酒的时候碰上的，而且这些倒霉事都是他咎由自取。他看得出姑娘也意识到了眼前的光景有些不大对头，所以他就极力克制自己：可千万不能惹出些什么事来。

"我没有说什么不该说的话吧？"

"哪儿的话呢，小妞儿。来，祝你幸福。"

"祝咱俩幸福。"

第二杯酒的味道总要比第一杯好，因为苦艾的苦味把某些味蕾刺激得都麻木了，因此第二杯酒上口时，虽不觉得甜或格外的甜，至少也没那么苦了，舌头上有些部位更感到津津有味了。

"这酒味儿倒是既奇且妙。可是喝下去好处还没见到一点，我们却已经走到了误会的边缘，"她说。

"我知道，"他说。"只要我们把心紧紧贴在一起，事情就会过去的。"

"是不是你觉得我心太大了？"

"喜欢幻想，那有什么？"

"不。你不会觉得没什么的。你要是心里不自在而瞒着我，我可就不能再这样爱你了。"

"我没有不自在，"他撒谎说。"我也不会不自在，"一副坚决的口气。"我们还是谈谈别的吧。"

"一等我们到了西部，你开始了写作，那真是太妙了。"

他想：她的反应有点迟钝呢。也说不定是因为喝了这玩意儿才如此的吧？不过他还是说："是啊。不过到时候你不会感到厌烦吧？"

"哪儿会呢。"

"我一旦投入了工作，一定拼命发奋地写。"

"我也写。"

"这就有趣了，"他说。"就跟白朗宁夫妇①似的。可惜我没有看过那个戏。"

"罗杰，正经事你也开玩笑。"

"是吗？"心里他却在告诫自己：千万要冷静。这个当口千万要冷静。可不能惹出事来。"我就喜欢开开玩笑，"他说。"我想那也好。我写作的时候你也有点事情做做，要好得多了。"

"你也抽空看看我写的东西好吗？"

"行啊。我太愿意了。"

"真的？"

"当然真的。我真的非常乐意替你看。真的。"

"喝了这个酒，觉得自己真像是无所不能了似的，"姑娘说。"谢天谢地，幸亏我以前没喝过这个酒呢。我们再谈谈写作好吗，罗杰？"

"哪能不好呢？"

"你怎么这么说话呀？"

"我也不知道，"他说。"我们就来谈写作吧。真的，不是开玩笑，来谈谈。你说写作怎么啦？"

"你真弄得我不知道该怎么好了。我可不是要你把我当成同等水平的人看待，或者收我做个搭档。我的意思不过是说，对这个题目如果你愿意谈谈，我倒也很想谈谈。"

"我们就谈吧。你说写作怎么啦？"

---

① 白朗宁夫妇都是英国诗人。丈夫名罗伯特（1812—1889），妻子名伊丽莎白·巴雷特（1806—1861）。

姑娘哭起来了，身子挺得笔直，两眼对他直瞅。她并不是呜呜地哭，也并没有扭过头去。她只是两眼瞅着他，泪水顺着面颊直往下淌，嘴巴都变大了，却没有耷拉下来，也没有高高嘟起。

"别这样，小妞儿，"他说。"请别这样。我们就谈写作，或者谈什么都行，我一定尽量好好地谈。"

她咬了咬嘴唇，才说："我虽然嘴上说不想做你的搭档，心里恐怕还是想做的。"

我看她的幻想里就准有这一条，真是的，这又有何不可？——罗杰心想。你这个家伙，伤她的心又是何苦呢？还是赶快好好儿的，不要去伤她的心了。

"你要知道，我希望你喜欢我，不只是喜欢我这同床共枕人，我还希望你能喜欢我这脑袋瓜子，喜欢跟我谈谈我们彼此都感兴趣的一些问题。"

"这行，"他说。"马上就谈。布拉特钦妞妞，你觉得写作上有什么问题，我亲爱的美人？"

"我刚才想要告诉你的是这么回事，就是我一喝了这酒，就又产生了我准备写作时的那种感觉。觉得我没有办不到的事，觉得我能够写出绝妙的作品。后来我就写了，写出来的东西却索然无味。我愈是想写得真实，写出来的却愈是乏味。写得不真实吧，写出来又觉得可笑。"

"让我亲一下。"

"在这种地方？"

"对。"

他隔着桌子探出身去，把她亲了亲。"你哭的时候真美极了。"

"真对不起，刚才我哭了，"她说。"你真的愿意跟我谈这些？"

"当然真的。"

"告诉你，我日盼夜望的梦想里就有这一条。"

果然，我猜得没错——他想。好吧，这又有何不可？要谈就谈谈吧。也许谈谈我就喜欢了。

932

"你觉得写作上有什么问题呢？"他说。"除了动笔前觉得写得出佳作、写出来却索然无味以外，还有什么呢？"

"你开始搞创作的时候是不是也有这样的感受？"

"没有。我开始搞创作的时候，总觉得自己似乎没有办不到的事，一写起来，就觉得自己像在创造整个世界，写好了一看，只觉得那是一篇绝妙奇文，自己怎么也写得出这样的作品？只当那是在什么报刊上看到的。大概只有《星期六晚邮报》上才能看到这样的文章吧。"

"你有没有写得泄气的时候呢？"

"初写的时候始终没有泄过气。我总觉得自己写的是自古以来最伟大的短篇小说，世人根本没有那么高的理解力，哪里识得我的好文章。"

"你真是那么自高自大？"

"恐怕岂止是自高自大。不过我倒一向不认为我是自高自大。我只是充满了自信罢了。"

"如果你指的是你最早的一批短篇小说，也就是我读过的那一批，那你充满自信倒也不是没有道理的。"

"不是那批，"他说。"我最早的这批信心十足的短篇小说已经都丢失了。你看到的那批是我毫无信心的时期的作品。"

"怎么会丢失的呢，罗杰？"

"说来痛心。改天告诉你吧。"

"你这就给我讲讲好吗？"

"我真不想讲，因为这样的事人家也碰到过，胜我多多的作家也有碰到过的，我讲出来反倒像是捏造的了。这种事，实在很不应该有，然而却是常有的，至今还叫我伤心透顶。不，其实已经并不伤心了。如今伤处早已结了疤了。一层疤可厚了。"

"请给我说说吧。既然已经结了疤，而不是结的痂，说说也不会触痛吧。"

"是不会触痛了，小妞儿。是这样的，当年我做事很有条理，

933

我的稿子，向来一只硬纸夹放底稿，一只硬纸夹放打印稿，另外再用一只硬纸夹放复写件。这样归放，说是办法好到极点当然算不上，可我也想不出还能怎么个放法。唉，说起来就觉得心里窝囊！"

"不要难过，跟我说吧。"

"是这样的：我当时在报道洛桑会议，眼看假日快要到了，于是安德鲁的妈——她真是个可爱的姑娘，美丽极了，厚道极了……"

"我对她倒从来不妒忌，"姑娘说。"我妒忌的是戴维和汤姆的妈。"

"对她俩你谁也不该妒忌。她俩都是挺好的。"

"我说妒忌戴维和汤姆的妈也是从前的事了，"海伦娜说。"现在我不妒忌了。"

"这就足见你人品非常高尚，"罗杰说。"我们是不是还应该给她打个电报呢？"

"得了，快说下去吧，别招人讨厌了。"

"好吧。就是这安迪的妈，自以为得了个好主意，她打算把我写好的东西都给我带到洛桑来，趁我们一块儿休假的工夫，也好让我得空做些工作。她打算给我来一个出其不意，事先在信上一字不提，所以我在洛桑去接她的时候，还一点都不知道。她晚到了一天，这倒是来电报通知了。跟她一见面，只见她在哭，就知道一个劲儿地哭，问她是怎么回事，她就说糟糕，糟糕，说不得，说不得，说完又哭了。哭得那个伤心啊，就像心都碎了似的。要不要说下去？"

"快说下去。"

"她一个上午就是死也不说，我尽朝坏里想，一切最坏的可能我都想到了，问她是不是，她就是摇头。我想，坏到了顶，也大不了就是她 tromper① 了我，爱上别人了，我就问她是不是这么回

———————————

① 法语：欺骗。

934

事，她说：'哎呀，你怎么说得出这样的话来？'说完又哭了好一阵。我这才松了口气，她也这才终于告诉了我。

"原来她把那几只放稿子的文件夹统统装在一只箱子里，到了去里昂方向的车站上，她把箱子连同其他行李往巴黎—洛桑—米兰快车的头等卧车包房里一放，便又下车到站台上去买一份伦敦报纸、一瓶依云矿泉水。你记得去里昂方向的那个车站吗，那里的站台上有一种手推活动货摊，报纸、杂志、矿泉水、小瓶干邑白兰地、面包片又长又尖的纸包的火腿三明治，什么都有卖，还有手推车，推着枕头、毯子之类，供你租用。可后来等她买了报纸矿泉水回到自己的包房里，却发现箱子不见了。

"该办的手续她都办了。法国警察的办事作风你是知道的。她首先得出示 carte d'identité①，得证明自己不是个国际骗子，也不是个妄想狂患者，还得证明她千真万确是有这样一只箱子，里面的文件不是涉及政治的重要文件吧？再说，夫人，你总该还有复本吧？这些事情就足足闹腾了一夜，第二天还来了一名侦探，搜索了我们的住处，箱子没找到，倒搜出了我的一把猎枪，于是便追问，我可有 permis de chasse②，事情到了这个地步，是不是还可以放她去洛桑，在这些警察的脑子里看来已经打了个不小的问号了，她说那个侦探竟一直跟踪到了列车上，就在列车即将开出的当儿，来到包房里问道：'夫人，你检点清楚啦，这一回你的行李该都在吧？该没有再丢失什么东西吧？该没有再丢失什么重要的文件吧？'

"因此我就说：'可其实这也没什么大不了的。你总不见得会把底稿、打印稿、复写件全带上吧？'

"'可我全带上了呀，'她说。'罗杰，我明明白白全带上了呀。'可不。我赶到巴黎去一看：果然如此。我连当时走上楼梯、到房间门口开门入内的情景都还记得：把门锁一打开，按住黄铜的

---

① 法语：身份证。
② 法语：狩猎执照。

活闩把手一转，再往后一拉，立刻闻到了厨房里雅韦耳水①的气味，看到了吃饭间桌子上蒙着一层从窗缝里钻进来的尘土，吃饭间里的那顶碗橱是我放稿子的地方，过去一看，橱里哪还有一点踪影。不会不在那儿的呀！那儿应该有几只纸夹，连纸夹摆的样子我都还历历如在眼前呢。可是那儿却什么也没有了，连纸盒里的回形针，还有铅笔橡皮擦，还有鱼形卷笔刀，还有我左上角留有回信地址的信封，还有我藏在一只波斯小漆盒里（盒子里侧还画着"春画"呢）以备随稿附去供万一退稿时用的国际通用邮券，都没有了。全都不在了。全都装在那只箱子里了。连我一向用来封信、封邮包的那支红火漆都拿走了。我站在那儿，呆呆地望着那波斯盒里的画，这才注意到画上画的那话儿大得极不成比例，那是'春画'的特点也不足为奇，我对色情的东西，无论是照片、图画，还是文字，向来深恶痛绝，这只盒子是一个朋友从波斯带回来送给我的，自他给了我，记得我就是为了不扫他的兴，才当着他的面对里边的画看过一回，从此就一直把这只盒子只用来放放邮券邮票，对里边的画从来视而不见。总之当时一见底稿夹子、打印稿夹子、复写件夹子果真都已统统不在，我简直觉得连气都透不过来了，过了好一阵，我才锁上了碗橱的门，走到隔壁卧房里，在床上躺了下来，拿一个枕头在胯下一夹，怀里再搂上一个枕头，躺在那儿不出一声。我以前可从来没有在胯下夹过个枕头，也从来没有搂个枕头躺着的事，可现在我不这样就顶不住。我心里清楚：自己所写下的一切、自信写得十分出色的一切，全都没有了。这些作品我不知已修改过多少遍，已经改得再称心、再满意也没有了，我知道要我再照式重新写出来是不可能的了，因为我一旦把稿子改定，心上就再也没有这回事了，每次拿出来看看，连自己也会感到诧异，真不懂这文章我是怎么写出来的。

"所以我就一动不动地躺在那儿，只有枕头为伴，心里是一片

---

① 一种次氯酸盐消毒液。

绝望。这种绝望的滋味，这种真正的绝望滋味，我以前从来也没有尝到过，此后也再不曾有过第二回。我的前额紧紧贴着床上罩的波斯巾，这床其实也不过是地板上安一只弹簧垫子，床罩上也积起了灰尘，我只闻到一股尘土味，就这样我躺在那儿，满心绝望，只有那两个枕头是我唯一的安慰。"

"总共丢失了多少东西呢？"姑娘问。

"十一个短篇，一个长篇，另外还有一些诗。"

"好可怜的罗杰。"

"没什么。我没有什么可怜的，因为我肚子里还有货色。不只是这些。我另外还写得出来。可我已是心乱如麻。你瞧，我就是不信我的稿子会丢失。会丢得一个字都不剩。"

"你后来怎么样呢？"

"也想不出什么可行的办法。我就在那儿躺了好一阵。"

"你哭了吗？"

"没有。我内心已是滴泪全无，像那满屋的灰尘一样挤不出半点水了。你感到绝望的时候哭吗？"

"当然啦。在伦敦的时候就哭过。不过我哭得出来。"

"对不起，小妞儿。我一心想着这个事，就全忘了。真是对不起。"

"你后来怎么样呢？"

"噢，后来我就爬了起来，下楼去跟看大楼的女人打个招呼。她问起太太怎么样。她心里急得很，因为警察到公寓里来过，还问过她一些事，不过她的态度还是很真诚的。她问我给偷走的提箱找回来了没有，我说没有，她说这也太不走运了，真是太不幸了，还问我写好的文章是不是真的都在里面。我说是啊，她说可怎么会没留副本呢？我说副本也一块儿在箱子里啊。这时她就说了：Mais ça alors. ①副本跟底稿一块儿丢，这副本还要留来干吗呀？我说太

---

① 法语（下同）：可这是怎么回事。

太错把副本也装在箱子里了。她说：这一错可严重了，真是要了命了。可先生写的文章总该都记得吧。我说：记不得了。她说：可先生记不起来不行啊。Il faut le souvienne rappeler. ①我说：Oui, mais ce n'est pas possible. Je ne m'en souviens plus. ②她说：Mais il faut faire un effort. ③我说：Je le ferais. ④可是没有用。她又问：Mais qu'es-ce que monsieur va faire? ⑤先生在这儿工作三年了。我见过先生在转角上的咖啡馆里写文章。有时送东西上来，我也见过先生在吃饭间的桌子上写。Je sais que monsieur travaille comme un sourd. Qu'es-ce que il faut faire maintenant? ⑥我说：Il faut recommencer. ⑦那看门的女人一听哭了起来。我就用手搂着她，她身上有股子腋臭，有股子尘土气，还有股子不干不净的旧衣服的气味，那头发也难闻得可以，她却把头靠在我的胸前，哭了。她问：连诗也一起丢了么？我说：是的。她说：真是太不幸了。可那些诗你总还该记得起来吧。我说：Je tâcherai de la faire. ⑧她说：快干吧。今儿晚上就动手。

"我对她说：我一定干。她说：先生啊，太太可是又美丽又和气，tous le qui'il y a de gentil⑨，可这个错误她犯得太大了。你跟我一起喝一杯麦克酒⑩吧？我对她说：好的。她抽了抽鼻子，就离开了我的胸口，去找来了酒瓶和两只小酒杯。她说：为你的新作干杯。我说：为我的新作干杯。先生将来准能当上法兰西学院的院士。我说：哪能呢。她说：对了，应该是美利坚学院。你要不要

---

① 一定记得起来。
② 是啊，可是说来也不信。我已经都记不得了。
③ 再尽力想想吧。
④ 我想了。
⑤ 可先生现在怎么办呢？
⑥ 我知道，先生工作起来简直像拼命。现在怎么办呢？
⑦ 再从头开始吧。
⑧ 原文如此，意思应是：我再尽力去想。
⑨ 原文如此。这里是用法语把上一句重复说一遍。
⑩ 葡萄榨去汁水后，用其渣酿制的白兰地叫麦克酒。

换朗姆酒喝？我还有些朗姆酒。我说：别费心了，麦克酒就蛮好。
她说：那好，再来一杯。她又说：现在你到酒店里去痛痛快快喝
个醉，今天马塞尔是不来收拾房间的，我一等我的男人来了，这烂
摊子有人守着了，我就上楼去替你把房间打扫打扫，今儿晚上你好
安歇。我问她：要不要我给你买些什么回来？早饭是不是要我自己
解决？她说：好吧，你给我十个法郎，有多余我找给你。饭我给你
做，不过今儿晚上这一顿你得到外边去吃了。虽说外边吃饭要贵得
多，也只能这样了。Allez voir des amis et manger quelque part.[①]
要不是我的男人要回来，我倒很愿意陪你去。

　　"我说：你这会儿跟我一块儿到爱好者咖啡馆去喝一杯吧。我
们去喝一杯热的格洛格[②]。她说：不行啊，我男人没来，我不能出
这笼子一步。Débine-toi maintenant.[③]把钥匙交给我。到你回来，
管保一切都已经停停当当了。

　　"这个看门女人倒真是个好人，我那时的心情也已经好多了，
因为我明白自己只有一个办法，就是再从头干起。不过我不知道自
己是不是还干得了。那些短篇小说有的写拳击，有的写棒球，有的
写赛马。这些题材我最了解、最熟悉了，有几篇则是写第一次世界
大战的。写这些小说，一接触到这些题材，我的激情就总会禁不住
一股脑儿涌上心来，我把全部激情都倾注在作品里，我把自己在这
方面的认识凡能表达的都表达在作品中，我一遍又一遍地写，一遍
又一遍地改，直改到激情都已融会在作品内，自己身上一点一滴都
不剩。因为我年纪不大就开始替报纸工作了，所以东西只要一经写
下，脑子里就再也没有印象了；每天只要报道写过，留下的记忆就
给擦得一干二净，就像用海绵擦或湿布头一擦，黑板就给擦得干干
净净一样。我还一直保留着这个坏习惯，如今这个习惯就叫我吃

---

　　① 去看看朋友，找个地方吃饭。
　　② 格洛格是掺水的烈酒（如朗姆），有时还加柠檬汁和糖，一般都喝热的。
　　③ 现在你就去吧。

苦了。

"可是那个看门女人，还有那股子看门女人的气味，以及她那种实际而果断的作风，对我这绝望的心理却是一击正中要害，好比一枚钉子，搋得恰到好处，敲得又利落又着实。当下我就觉得自己应该有所行动，应该有些实际的行动，那即使对小说已无补于事，对我的为人却大有好处。其实这时我心里也早已有点松动了：那长篇小说丢了也好嘛，因为我内心已经意识到自己可以写出一部更好的长篇来，这就好比风推雨移，出海而去，乌云渐散，海面上已渐渐可以看清楚了一样。不过我对那些短篇小说还是挺怀念的，仿佛我的家，以及我的工作，我仅有的一把枪、我那点微薄的积蓄，还有我的妻子，全都已融合在我那些短篇小说里了，当然我也很怀念我那些诗。总之绝望的心情渐渐消退了，如今剩下的只是失去了宝物后的怀念。怀念也是非常不好受的。"

"我知道怀念的滋味，"姑娘说。

"可怜的姑娘，"他说。"怀念不好受，却不会要了你的命。可绝望是很快就会要人的命的。"

"真会要人的命？"

"我看真会，"他说。

"我们再来一杯好吗？"她问。"后来怎么样，给我说说好不好？碰到这种事情我总是忍不住想知道。"

"我们就再来一杯，"罗杰说。"只要你听着不觉得厌烦，我就给你说说后来怎么样。"

"罗杰，什么厌烦不厌烦的，再也不许你这么说。"

"我有时候惹得自己都厌烦死了，"他说。"所以我惹你厌烦似乎也是理所当然的。"

"快调酒，调好了就告诉我后来怎么样。"

附 录

朱世达 译

雇 佣 兵[*]

——故事一则

　　要是你对在马克萨斯群岛[①]采珍珠的条件，对筹划中横穿戈壁滩的铁路上谋份差事的可能性，或者对那些以热的辣味肉馅玉米饼闻名的共和国[②]的潜力真的感兴趣，就请到芝加哥瓦巴希大道坎勃里纳斯咖啡馆去。在那里，新一代的放荡不羁人士每晚大嚼意大利实心面条和小方饺的餐厅后面，有一间窄小的、烟雾弥漫的房间，那是个追随部队想发财的哥儿们的交流中心。你一走进房间——除非你得到坎勃里纳斯点头允诺，进这房间并不比参加那闻名遐迩的骆驼钻针眼的表演容易多少——房间里会刹那间寂静下来。然后，数目不固定的眼睛，会带着只有时不时想到死亡才有的那种超然的紧张神情，把你周身细细打量一番。这种审视并不全然是粗鲁的。瞧你顺眼，就没事儿；要是人们并不认识你，那也没事儿；坎勃里纳斯已经点了头嘛。过了一会儿，人们又继续聊起天来。不过有一次，门猛一下子被推开，人们抬起头，眼光射向门口，认出来了是谁，有个男人就从一张牌桌边半欠起身，一只手藏在背后，还有两个男人猛地趴在地板上，只听得门口一声轰鸣，于是在马来群岛结下的冤仇就在坎勃里纳斯咖啡馆后屋里了结了。但是这次不是这么回事。

　　一月，我从被风刮得光溜溜的瓦巴希大道走进坎勃里纳斯惬意的酒吧，得到了坎勃里纳斯本人的笑容的支持，穿过侍者们正在清除套餐的残羹剩饭的餐厅，一阵风似的走进这窄小的后屋。有两个我以前在咖啡馆见过的男人正坐在三张桌子中的一张旁，面前摆着几瓶半空的没有商标的酒，内行人士都知道这叫做"肯塔基佳酿"。他们点了点头，我就坐到他们桌边。

943

"抽烟吗？"两人中个儿高一点的问道，这人很瘦，脸色像鞣了一半的皮革，他将一包廉价香烟从桌边往我这儿推过来。

"兴许这位先生宁愿抽一支这种东西，"另一个笑道，精心修得两头尖尖翘起的小胡子下面白牙一闪，用一只指甲修得整整齐齐的小手把一只上有姓名首字母图案的香烟盒推过桌来。

"这不奇怪，"大个子嘟囔道，喉结在法兰绒衬衣领子上一上一下地动着。"我自己也受不了这味儿。"他抽出一支自己的烟卷，用大拇指和食指夹住了一端捻搓，直到他面前桌上堆起了一小堆烟草，然后小心翼翼地拈起这一团烟丝，塞在舌头下面，点燃剩下的那半支烟。

"真逗，用这办法吸烟，是不是？"那黧黑、矮小的人把一根火柴递给我时，笑着说道。我把烟盒还给他时，注意到盒上交叉的大炮图案。

"法国炮兵？"③我问道。

"是，先生；七十五支队的！"④他又笑了笑，整个脸庞亮了起来。

"喂，"那瘦削的人插嘴道，用一种沉思的目光瞅着我，"你不是干炮兵营生的，对吗？"

"是的，那玩意儿太费脑筋，"我说。

"这样想其他妈的不好。并不是这样的，"皮革般面容的人对我的看法作答。

"为什么？"我说。

"眼下这可是个好差使啊。"他把那团烟丝卷到舌尖下面，深

＊　下面这五篇是《全集》本没有收进的，现根据彼得·格利芬于 1985 年发表的海明威传记《和青春同行》中的文本加以补译。
①　在大洋洲东部波利尼西亚群岛中。
②　指墨西哥及中美洲诸共和国。
③　原文为蹩脚法文。
④　原文为法文。

深吸了一口烟屁股。"对炮手来说。秘鲁跟智利干起仗来。两百美元一个月——"

"付黄金，"法国佬笑着说，捻了一下小胡子。

"付的是黄金，"皮革脸继续说道。"我们从坎勃里纳斯这儿听到了内幕消息。他们要炮兵军官。我们见了领事。一个胖子，蛮神气的，挺油滑。'跟智利干仗？无稽之谈！'他说。我用拉美人式的英语跟他说了好一阵，才算打通。这个拿破仑——"

法国佬弯了弯腰，"达尼·里考中尉。"

"这个拿破仑——，"皮革脸无动于衷地接着说，"跟我是秘鲁皇家共和部队的官儿，拿着车票在往纽约奔。"他拍了一下大衣口袋。"到那儿去见秘鲁领事，送上证件，"他又拍了拍大衣兜，"然后坐船通过巴拿马地峡到秘鲁去。咱们来喝一杯吧。"

他按了一下桌子下面的键钮，矮胖的撒丁侍者安东尼诺从门外探进脑袋来。

"要是你还没喝过，来上一杯干邑—本尼迪克特酒①怎么样？"皮革脸问。我点点头，琢磨了一下。"三杯马爹利—本尼迪克特酒，尼诺②。坎勃里纳斯不在乎的。"

安东尼诺点点头，走了。里考对我笑了一下。"等着听人怎么把这苦艾酒贬称为邪酒吧！"

我正在纳闷皮革脸干吗要这种酒，因为世界上只有一个地方的人才喝这种上口挺醇和、到头来却不知不觉让脑袋瓜天昏地转的混合酒。安东尼诺端酒来的时候，我还在一个劲儿寻思，酒不是斟在利久酒酒杯里，而是盛在偌大的满满当当的鸡尾酒酒杯里。

"这一切全算我的，"皮革脸说，随手抽出一卷钞票。"我和拿破仑现在每月的报酬是二百美元呐——"

"拿的是黄金！"里考笑着说。

---

① 法国产的一种甜酒。
② 原文为意大利文，尼诺为安东尼诺的简称。

945

"是黄金！"皮革脸平静地说完这句话。"听着，我姓格拉夫斯，佩里·格拉夫斯。"他从桌子那一头看着我。

"我叫里纳蒂。里纳蒂·勒纳多，"我说。

"意大利佬？"格拉夫斯问道，眉毛和喉结同时往上抬。

"爷爷是意大利人，"我回答道。

"意大利佬，呃，"格拉夫斯几乎听不见地说道，然后拿起酒杯。"为拿破仑，还有你，勒沙瓦①先生，我要敬上一杯。拿破仑，你说'打倒智利！'，②。里沙托，你说'智利必须毁灭！'③。我的祝酒词是'智利见鬼去吧！'。"我们全从酒杯里呷了一口酒。

"打倒智利，"格拉夫斯沉思般地说，然后用一种辩论的口气说道，"这帮智利佬，难道不坏透了吗！"

"可曾去过那儿？"我问。

"没有，"格拉夫斯说，"这帮混账智利佬，坏透了。"

"格拉夫斯上尉心底里是个宣传家，"里考笑着说，点燃一支烟。

"咱们全集合在炸面包圈周围。秘鲁炸面包圈，"格拉夫斯若有所思地说，一边将又一支烟卷拆开。"紧跟炸面包圈，孩子们，我的勇敢的孩子们。炸面包圈万岁。拥护秘鲁炸面包圈，打倒智利辣味牛肉丁。这些智利佬，全是一帮混蛋！"

"炸面包圈是什么意思，我亲爱的④格拉夫斯？"里考迷惑不解地问。

"让世界成为炸面包圈安全生存的地方，这伟大的古老的秘鲁炸面包圈。别丢弃炸面包圈。记住炸面包圈。秘鲁希望每个炸面包圈尽它的义务，"格拉夫斯用一种单音调吟唱道。"用炸面包圈把我裹起来，我勇敢的孩子们。不，这听起来不对头。它没有一句口号

---

① 格拉夫斯在整篇小说中把里纳蒂·勒纳多的名字都叫错了。
② 原文为法文。
③ 原文为拉丁文。
④ 原文为法文。

应有的意味。可这帮智利人全是混蛋！"

"上尉是非常爱国的，是不是？ ^①我寻思炸面包圈是秘鲁的国家徽记，是吧？"里考问。

"从没上那儿去过。但我们将让这帮智利混蛋瞧瞧他们绝对不能践踏这伟大的古老的秘鲁炸面包圈，拿破仑！"格拉夫斯说，一面用拳头猛捶桌子。

"说真格的，既然咱们的剑听命于这个国家，咱们应该多了解一点这个国家的情况，"里考抱歉地喃喃说。"不知道秘鲁的国旗是怎么样的？"

"我本人不会用剑，"格拉夫斯阴郁地说，举起他的酒杯。"这让我想起了一件事儿。喂，你去过意大利吗？"

"呆过三年，"我回答道。

"大战期间？"格拉夫斯瞥了我一眼。

"大战期间，"^②我说。

"好小子！听说过'豺狼'吗？"

在意大利谁没听说过"豺狼"？那是意大利王牌驾驶员中的王牌，只比死去的巴拉卡^③差一点。哪个男学生都能道出他击落敌机的数目和他跟大名鼎鼎的奥地利驾驶员冯·胡塞男爵交战的经过。机枪枪管卡住了，机上的观察员死在机舱里，但他硬是把冯·胡塞活着弄回意大利防线。

"他是个勇敢的人吗？"格拉夫斯问，脸庞绷紧起来。

"当然啦！"我说。

"当然！"^④里考说，他跟我一样熟悉这段经过。

"他并不勇敢，"格拉夫斯说，他那皮革般的脸皮悄悄皱出一

---

① 原文为法文。
② 原文为意大利文。
③ 巴拉卡（1888—1918），第一次世界大战期间意大利空军著名的战斗机驾驶员。
④ 原文为法文。

副笑容。"他是不是个有种的好汉，我让你，拿破仑，也让你，里鲍索先生，自己去判断。战争结束了——"

"我好像在别的地方也听说过这些事，"里考嘟囔道。

"战争结束了，"格拉夫斯平静地继续说。"大战前，我是野战炮队的军士长。大战结束时我当上了野战炮队的上尉，临时管管事。过了一阵，他们把我们全撸回到战前的级别，我就退了役。从上尉一下子跌到军士，这一跟头可跌得不轻啊。你知道，我是个军官，可不是个上等人士。我能指挥一个炮兵连，可是抽烟的趣味太怪。但我也并不比那帮老军士更倒霉。他们中有些人当时成了少校，有的甚至当上了中校。可这一下子，又全降为军士，或者退伍完事。拿破仑是个上等人士。你一瞧他那样子就知道。但我不是。问题不在这里，要是他们存心那么办军队的话，我也并不抱怨。"他举起酒杯。

"打倒智利佬！"

"停战以后，我有了假期，得到了一份调令，可以去意大利，就取道热那亚和比萨，直奔罗马，可有个小子说西西里岛气候特棒。我就是在那儿学会喝这种酒的。"他发现酒杯空了，就按了一下桌子下面的键钮。"这玩意儿喝多了，对人没有好处。"

我点点头。

"从一个名叫圣吉尔瓦尼城的地方摆渡去墨西拿①，在那儿你可以乘上火车。一条线去巴勒莫。另一条奔卡塔尼亚②。只是选择哪条线，跟我跑哪条线的问题。两列火车停在那儿，我们一大帮人站着，这时，有个女人走上前来，对我微笑着说，'您是要去道米那的那位美国上尉福勒斯吧？'

"我不是，明摆着的，如果是个像这里的拿破仑那样的上等人

---

① 在西西里岛东北角，与意大利半岛上的卡拉布里亚区隔墨西拿海峡相望。

② 在西西里岛东部海岸。

士，当时就会说，多遗憾哪，他不是福勃斯上尉，可我不会那一套。我敬了个礼，一瞧她那模样儿，就赶紧说我正是那位上尉，正在去道米那的途中，管它在哪儿呢。她高兴极了，可是说她原以为我要过三四天才能来呢，还问亲爱的狄奥尼西娅怎么样了？

　　"我在罗马曾经去过柯索·卡瓦利①，在一条名叫狄奥尼西娅的马身上赢了钱，它在最后一段直道上从后面赶上来，赢得甭提有多漂亮了，所以我没撒谎，照直说狄奥尼西娅一生中的状态从没这么好过。还有比央卡，她怎么样了，这好姑娘？比央卡嘛，就我所知，身体再好没有了。我们就这样边说边走，走进一节头等车的包房，而这位太太，她的名字我没听清，正一个劲儿惊叹我们俩会面是件多有趣、多幸运的事儿。听了狄奥尼西娅的描述，她立刻就认出我了。敢情不好吗，战争打完了，大家又可以享受一点乐趣了，再说，我们美国人在这场战争中也干得挺出色嘛。那会儿有些欧洲人老是坚说美国参了战。

　　"铁路右边一路上尽是柠檬园和橘子树丛，景色漂亮得让你瞧上去眼睛都发疼。修了梯田的山坡，金黄色的果实掩映在碧绿的树叶间和山峦上绿色更深的橄榄树丛中，一道道溪流露出宽阔的干涸的卵石河床，一直伸向大海，还有古老的石砌屋宇，一切都显得那么富有色彩。而在铁路左边，只见一片大海，海水比拿不勒斯湾水要蓝得多，对面的卡拉布里亚区海岸一片紫色，没有任何其他地方像那样的。嗯，那位太太跟那风光一样，瞧上去甭提有多叫人顺心啦。只是她有点不同凡响的地方。一头蓝黑色的头发，脸色像古老的象牙，眼睛犹如两潭墨水，加上饱满的红润润的嘴唇，还带着那种微笑，你明白那是怎么回事儿吧，里斯考沙先生。"

　　"但这万分愉快的艳遇跟'豺狼'一身是胆有什么关系，上尉？"里考问，他对于女人的优点有他自己的看法。

　　"大有关系，拿破仑，"格拉夫斯继续说道。"她有那种红润润

---

　　① 意大利语，意为跑马场。

的嘴唇，可不——"

"快谈'豺狼'！去他妈的红润润的嘴唇！"里考不耐烦地嚷道。

"上帝保佑她的红嘴唇，拿破仑。过了一会儿，那列小火车在一个叫贾迪尼的小站上停了下来，她说咱们要在这里下车，道米那就是山上的那个镇子。有一辆马车等在那儿，我们坐了进去，马车就沿着像管道弯头一般的路直往山上的小镇奔去。我一路上显得十分殷勤而又庄重。拿破仑，要是你见到当时我的模样就好啦。

"当晚我们一块儿吃饭，我告诉你吧，那可不是快餐之类的便饭。先送上马爹利—本尼迪克特酒，然后是各式各样的饭前小吃，希奇古怪，弄也弄不明白，可味道甭提有多美了。然后是一道汤，清汤，接着是一道那些身子扁平的小鱼，像小鲽鱼之类的，煮法跟你在新奥尔良卢骚酒家吃的软壳蟹一样。烤小火鸡，浇汁挺怪的，还有勃朗特葡萄酒，跟融化了的红宝石差不离。他们在埃特纳火山①上种葡萄，你知道，他们不让把葡萄运出意大利，运出西西里岛。至于甜食，我们吃了意大利人称作面点的那种挺特别的皱皮玩意儿和土耳其黑咖啡，还有一种利久酒，叫克瓦恩特洛②。

"吃完饭，我们坐在外面花园的柑橘树荫下，墙上攀着素馨花，月光下一切阴影都变成了蓝黑色，她的秀发一团黯黑，嘴唇却是红红的。在远处，你可以看见明月挂在海面上，而白雪覆盖在埃特纳火山的山脊上。天地间的万物在月光下都像石膏一样洁白，或像卡拉布里亚海岸那样紫，而山下，远处的贾迪尼车站的灯光闪烁着黄色。看上去她似乎跟她丈夫不太和睦。他是个飞行员，在意大利占领军中，驻在伊斯特利或者哈斯特利，或者别的什么地方，我也不怎么在乎。而我来陪她几天，让她高兴高兴，她挺乐意。我当然也乐意啦。

---

① 在西西里岛东北部。
② 原产法国的一种带橘味的白酒。

"得，第二天早晨，我们正在吃早餐，或者他们所谓的早餐，那是面包圈、咖啡和柑橘，当时阳光透过偌大的弹簧门上的窗玻璃照射进来，门一下子被推开了，冲进来——意大利佬总少不得是冲进房间的，请原谅我，迪沙瓦先生——一个挺帅的家伙，腮帮子上横着一道疤，披件漂亮的像演戏用的蓝披肩，黑靴子擦得锃亮，佩着一把剑，喊道：'卡里西玛！'

"然后他瞅见我坐在早餐桌旁，于是他这一声'卡里西玛'以一种咯咯声告终。他脸一下子变得煞白，只有那道疤像条鲜红的鞭痕，特别显眼。

"'这是怎么回事？'他用意大利语问，猛一下子抽出剑来。我认出了他。这张英俊的、带伤疤的脸，我在许多画报的封面上见过。这正是那'豺狼'。那位夫人正对着早餐盘子哭泣，她吓坏了。但'豺狼'真是了不起。他把这场面搞得挺有戏剧性，而且搞得十分出色。他具有我从未见过的威慑一切的气势。

"'你是什么人，你这狗杂种？'他对我说。真逗，这个词儿竟然具有国际性，在所有国家都通用，是不是？

"'佩里·格拉夫斯上尉愿为您效劳，'我说。那真是个叫人发笑的情景，这神气活现的、面容英俊的、所向披靡的'豺狼'，怀着满腔义愤，可面对他的却是老佩里·格拉夫斯，就像你们现在见到的那样其貌不扬。我瞧上去并不像是三角恋爱里的一角，但我身上有些东西叫她喜欢，我琢磨。

"'你敢接受一位绅士的挑战吗？'他突然吐出了一句。

"'当然，'我说，鞠了一个躬。

"'就在此时此地？'他问。

"'当然，'我说，又躬了一次身。

"'你有剑吗？'他用甜腻腻的语调问道。

"'请等一等，'我说，就走出去，拿上我的包、皮带和枪。

"'你有剑吗？'等我回来时，他问。

"'没有，'我说。

951

"'我给你找一把来,'他说,显出他最佳的'豺狼'派头。

"'我不想用剑,'我说。

"'不想跟我决斗?你这狗杂种,我要宰了你!'"

格拉夫斯的脸冷酷极了,声音也温柔极了。

"'我就在此时此地跟你决斗,'我对他说。'你有手枪,我也有。我们面对面分站在桌子两头,左手撑在桌上。'桌子不到四英尺宽。'由这位夫人喊一、二、三。喊到三,我们就开枪。隔着桌子开火。'

"这一下,控制局面的由漂亮的'豺狼'变成佩里·格拉夫斯啦。因为和他可以用一把剑结果我的性命同样肯定无疑的一件事是: 如果现在他在三英尺外用枪打死我,我也会让他跟我一起归天。他也明白这个,就开始冒冷汗。这是唯一的迹象。他前额上绽出大颗大颗的汗珠子。他解开披肩,拔出手枪。那是把 7.65 毫米口径的小手枪,样子特丑的短脖小左轮枪。

"我们隔着桌子面对面站着,将手撑在桌面上,我记得我的手指抠进了一只咖啡杯,我们拿手枪的右手放在桌沿下面。我的.45口径的大手枪拿在手里,满满一握。那位夫人仍然在哭。'豺狼'冲着她说,'喊数,你这婊子!'她在歇斯底里地抽泣。

"'埃梅利奥!''豺狼'喊道。一个仆人来到门口,脸色苍白,显得十分恐惧。'站到桌子那头去,''豺狼'命令道,'慢慢数一、二、三①,喊清楚。'

"这仆人站到桌子的另一头。我没像'豺狼'那样,死盯着对方的眼睛。我瞥了一眼他的手腕,他的手已经放在桌子底下了。

"'一!'②侍者说。我盯着'豺狼'的手。

"'二!'③他的手刷地举起来。他紧张之下失去了自制,想不

---

① 原文均为意大利文。
② 原文均为意大利文。
③ 原文均为意大利文。

等喊到三就对我开枪，把我打死。我的老左轮枪响了，飞出偌大一颗.45口径的子弹将他那正在打响的手枪一下从手上打飞了。你知道，他还从没听说过把枪放在屁股边就发射的事儿呢。

"那位夫人一下子蹦跳起来，尖声大叫，双手搂着他。他的脸因羞愧而涨得通红，那只手因为枪崩飞时引起的剧痛而在发抖。我把枪插进枪套，拿上野战背包，往门口走去，但是在桌边停下步来，站着喝我的那杯咖啡。咖啡是凉的，但是我喜欢早晨喝咖啡。没有再说什么。她紧紧搂着他脖子在啜泣，他站在那儿，脸色通红，无地自容。我走到门口，打开门，回头瞧了一眼，她从他肩膀上跟我挤眼儿。也许是眨眨眼睛，也许不是。我关上门，走出院子，上了奔贾迪尼镇的大路。'豺狼'，他妈的，不，他是只荒原狼。拿破仑，一只荒原狼是狼又算不上是狼。现在你还认为他是个浑身是胆的人物吗，迪斯波托先生？"

我缄默不语。我正在想象这个皮革脸的老牌冒险家是怎样跟欧洲公认的最无畏的人比试勇气的。

"这只是个标准问题，"酒送上来时，里考说，"'豺狼'是个勇士，当然如此。生擒冯·胡塞的冒险经历就是证明。而且，我的上尉，他是拉丁人。那是你无法懂得的，因为你只有勇气而没有想象力。那是上帝的赐予，老兄。"里考微微一笑，悲哀地摇摇头。"我真希望能有想象力就好啦。我已经九死一生，我不是胆小鬼。我入土之前还要碰到不少死亡，但那是，你怎么说来着，格拉夫斯，我的营生。咱们现在要去打一场小小的战争。也许是一场开玩笑的战争，呃？但是人们牺牲在智利和在蒙福孔①是一回事儿。我羡慕你，格拉夫斯，你是个美国佬。

"勒纳迪先生，我希望你跟我一起敬佩里·格拉夫斯上尉一杯，他是如此勇敢，竟把你们国家最勇敢的飞行员都搞得像个怕死

---

① 法国东北部一小镇，位于凡尔登附近，第一次世界大战中全毁于炮火，原址现有阵亡将士纪念碑。

鬼啦！"他哈哈大笑起来，举起了酒杯。

"啊，喂，拿破仑！"格拉夫斯窘迫地插进嘴来，"咱们把祝酒词改成'炸面包圈万岁！'吧。"

十字路口

波琳·斯诺

波琳·斯诺是我们湖湾区①曾有过的唯一的漂亮姑娘。她犹如一朵百合花从粪堆上直直地生长绽放开来，身体轻巧而又美丽。她父母双亡之后，去跟勃洛杰特家住在一起。打那之后，阿特·西蒙斯就开始每晚上勃洛杰特家去。

阿特去不了湖湾区大多数人家，但老勃洛杰特却乐意他来串门。勃洛杰特说他使蓬荜增辉。勃洛杰特干农庄杂事时，阿特就跟着他一块儿下马房，先向四周溜上一眼，瞧瞧有没有人偷听，然后就跟勃洛杰特讲好多故事。老勃洛杰特每每走进来，脸蛋涨得像火鸡的垂肉般红，咯咯大笑，使劲儿拍阿特的背脊。笑啊，笑啊，脸蛋变得越来越红。

阿特开始晚餐后带波琳去散步。她起先见阿特就害怕，他那手指头，又厚实又粗陋，开起腔来还老摸她，所以不想去。老勃洛杰特就跟她开玩笑。

"阿特是湖湾唯一规矩的小伙子啦！"他说，拍拍阿特的肩膀。"去玩吧，波琳！"

波琳的一对大眼睛会显出惊惧的神色——但她还是跟着他一块儿走上路，隐没在暮色中。向查勒沃瓦②迤逦延伸的山脉上有一抹血红的晚霞，波琳就对阿特说，"你不以为这有多美吗，阿特？"

"咱们出来不是聊落日的，妞儿！"阿特说，伸手搂住了她。

过了些时日，有些邻居开始抱怨，他们就把波琳送到南边科德沃特的教养学校去。阿特也避了一阵风头，回来跟詹金斯家一个妞儿结了婚。

埃德·佩奇

斯坦利·凯契尔有次来到博因城③，随一个杂耍班子作巡回演出。他贴出一张海报，说他能在六个回合之内击倒任何对手，要是输了，愿被罚钱。那会儿，人人都在干伐木的行当，埃德·佩奇跟老板怀特的二号营地的一帮伙计来瞧杂耍。大戏一开场，凯契尔的经理人问有谁敢上，埃德就走上了戏台。

那是场妙极了的厮杀格斗，有好多小子坚称埃德比凯契尔略胜一筹。不管怎么说，埃德因为挺住了这六个回合，得了一百美元赏金，从那之后，他再也没有干出什么引人注目的事。他只是沉溺于回忆他跟斯坦利·凯契尔的那场搏斗。有一阵子，人们还都赞赏地指指埃德。但如今大部分人已把那场搏杀忘得一干二净，有不少人还说不相信埃德居然能干出那事儿。

鲍勃·怀特

鲍勃·怀特应征入伍，跟一个基地医院单位出了国。大约在停

---

① 指密歇根湖东北部的大特拉弗斯湾，在密歇根州北部。
② 密歇根州北部一县，境内有查勒沃瓦湖。
③ 位于查勒沃瓦湖畔。

战前三天，他到了法国。鲍勃回国后在秘密共济会支部第一次晚会上对会员们聊了好多关于战争的故事。

鲍勃有一枚铁十字奖章，他说是从一个被打死的德国军官身上搜来的。而前线后方四十英里地方的喧嚣竟比战壕里还要糟糕。鲍勃不喜欢法国佬。有些法国佬还用牛犁地，而所有的法国丫头牙齿全是黑的。她们跟咱们的妞儿们可不一样。鲍勃跟法国一些最高贵的家庭打过交道，他应该什么都知道。据鲍勃说，法国士兵在战争中什么仗也没打。他们全是些老头儿，总是在修修路什么的。鲍勃说，海军陆战队也没真打过仗。他瞧见过许多海军陆战队，他们全都在码头和巴黎当宪兵而已。

说起来，鲍勃如今带回来了关于法国的直接见闻，湖湾区的人们也认为法国或者海军陆战队不怎么样了。

赫德老头——以及赫德太太

赫德老头有一张瞧上去不怎么正经的脸。他没络腮胡子，下巴嘛，似乎有点儿偷偷地朝里缩，水汪汪的眼睛兜圈儿红，鼻孔的边缘老是血红血红的，像擦破了表皮。赫德的小酒馆就在我家后面一片低地的四十号街上，你能听见他曳马时咒骂马的吆喝声。他是个矮小的人，常来我家后院提取我们留在那儿的盛在大电石桶里的泔水喂猪。当他发现泔水中有他认为猪不喜欢吃的玩意儿时，你可以听见他压低了声音咒骂我们和泔水。

他是个福音派信徒，按时去教堂做祷告。从来没人瞧见过他微笑，但我们有时能听见他在哼这样的小调：

    宗教让我快乐，
    宗教让我快乐，

宗教让我快乐，

我—正—在—途中！

赫德太太是个魁梧的女人，有张硕大的、清秀的、朴实的脸庞，她大约比老头儿年轻二十岁光景。她现在约莫四十岁，当她十八岁时，她父亲撒手死去，给她留下老阿马克酒馆。她使最大劲儿经营这小酒馆，但怎么也不行。她没足够资金搬到大瀑布城^①去，而且那时日，不像如今有度夏季假日的人可做买卖。她有一次告诉我妈——"那会儿，我可也是个漂亮妞儿呢。"

赫德每晚总是到老阿马克酒馆来，一句话也不说，只是瞧她怎样好歹做买卖，把一切都弄得乱七八糟。他不愿开口帮她劈柴什么的。他只顾傻站在那儿袖手旁观，瞅她绝望地胡混日子。在那儿站了一些日子后，他开腔道，"萨拉，你还是最好嫁给俺吧。"

这样，她不久就跟他结了婚，她跟我妈说，"可怕的是他那会儿跟他现在瞧上去一模一样。"

比利·吉尔贝特

比利·吉尔贝特是个奥吉韦族印第安人，住在北边苏姗湖附近。比利太太是密歇根州北部地区最漂亮的印第安娘儿，他们生了两个胖墩墩的棕色皮肤的小子，一个叫比拉，一个叫普鲁登斯。比利和太太俩都曾上愉悦山城^②去上学，而比利可是个能干的农夫

---

① 密歇根州中部一大城市。

② 在密歇根州中部，那里有一家师范学院。

958

啊。在1915年，湖湾区的人谁也不明白比利干吗要去苏圣马利[①]，报名参加黑衣军[②]。

今年夏天，比利回到家乡。他上衣胸口绣有两条丝带，左袖袖口上缝着三条金色的细条饰。湖湾区的老百姓没一个知道丝带代表着军功章和特等军功章，而所有参过军的人回家来都佩有这种丝带，有的有三四条呢，退役的时候你可以在营房里买到；人们拿他的褶裥短裙[③]开了不少玩笑。

"瞧这印第安佬，还穿裙子呢！"那些二流子会这样大声说。当他放下背包，点燃支烟时，一定又有人说，"哈，瞧这娘儿，她还抽烟！"这总能引起一阵哄然大笑。这绝不是比利心目中的凯旋回家的情景。

他沿大路走到苏姗湖，发现小屋空荡荡的。门上了大锁，庭园荒芜，刚建不久的果园里爬满了匍匐草，把还没被兔子啃光树皮的幼树挤得奄奄一息。比利回到路上，走到一家邻人家里。

"吉尔贝特太太吗？"那人在门道问，忍住笑瞧着比利的褶裥短裙。"她跟西蒙·格林的儿子跑啦。把农庄卖给了查勒沃瓦的G——。今年还没犁地呢。你就是比利，呃？哎，他们住在本州的南边什么地方。"邻居站在门道里，手里拿着盏灯。

比利转过身，好歹背上背包，迈着苏格兰高地人的大步走向暮色苍茫的大路，无边苏格兰圆帽歪在脑袋一边，光溜溜的膝盖在褶裥短裙下摆动着，就像它们曾经在巴鲍墨到康布雷[④]的大路上摆动一样。他的脸庞像往常一样麻木而毫无表情，但他的眼睛透过夜色却瞧着远方，他然后开始吹起口哨来。他吹的调

---

① 位于该州北端，在苏必利尔湖和休伦湖之间。
② 英国政府于1725年开始组建的苏格兰高地警卫团，因其深色方格呢军装而得名。
③ 苏格兰高地男子穿的格子花呢做的短裙。
④ 巴鲍墨在法国北部加来海峡省。康布雷在法国北部诺尔省。1917年英国军队在此西线打了一次大仗。

儿是：

  "离蒂珀雷里，非常遥远，

   非常遥远。"①

---

① 蒂珀雷里在爱尔兰中部。这支爱尔兰歌曲流行于第一次世界大战期间。
歌词大意为："离蒂珀雷里，非常遥远，离我认识的最甜蜜的姑娘，非常
遥远。再见，匹卡迪莱，再见莱斯特广场。"

一个在爱河中的
理想主义者的造像

——故事一则

高架列车铁轨正好从办公室开着的窗户下经过。铁轨对面有另一幢办公楼。火车沿铁轨而行,在车站上一停下便把另一幢办公楼挡住了。有时候鸽子停栖在办公室窗户的窗台上,并往下飞翔,停歇在铁轨上。行驶中的列车并不使对面的大楼完全看不见,而是透过开着的车窗和飞速掠过的车厢与车厢之间的站台显现出来。正是午餐时分,办公室里除了拉尔夫·威廉斯之外,没有人影;他正在给未婚妻的妹妹写一封信,即将写完。他从打字机上拿下最后一页信笺,便读起来。

我亲爱的伊莎贝尔,

我以这种方式与你恳谈,因为你和我在许多问题上的看法是如此的歧异,通过当面交谈是难以得出任何结果来的。

我意识到我们之间的分歧在不断扩大,这是我不愿看到的。倘若我错了,我愿意改正我的过失。你简直难以想象这种感觉是如何在折磨我。这比我初次去见欧玛时,你告诉我你感到我对你有怠慢之举更使我黯然神伤。那些时日对我来说是十分美妙的,因为我从沉睡中苏醒过来了,我原以为这种沉睡会一直持续下去,这也许正是我表面上似乎并不太在意你的存在的原因——因为我寻觅到了我一直在探寻的爱,而一旦寻找到了这份爱,便不想失去它。好几个月前,当你端坐在北岸旅社里对我直言相告之后,我竭力想作些补救。我为我的怠慢感到遗憾,为我的粗疏真诚地表示抱歉。然而我在这方面的努力似乎徒劳无益，显然是一败涂地。当我想到我所渐渐热爱的家庭——这种爱通过欧玛表现出来——中的一员，居然在她内心深处对一个希冀有朝一日成为她姐夫的人怀有反感与恶意，我便感到受到了伤害。这并不是因为我对你的感情有任何的减弱。你只是放任自己如是想而已。

我的生活、经验、感情和理想的本质使我比跟我同龄的一般人想得更深邃一些。我还明白你为什么让这些感情潜入你的心田。

在我二十三年的岁月中，由于某种未知的理由，我崇尚一种对人类来说非常奇特的理想，这种理想发展到如此崇高的思想境界，以致哪怕稍一提到它就会从我的内心深处引发起一股怨恨，而且我无法不让它表现出来。所以我要继续这样感受下去，但是决意将这种感受羁留在我的内心，不管它是否会伤害我。

一个有崇高理想的人和一个缺乏理想的人之间的差异就在于前者以他用实际的观点来思考和观察所得来指导他的人生，而后者则怀有充分的幻想，以尚未实现或者也许永远不会实现的梦想来引导自己。我坚持自己的理想。那就是要多给予一些，比我所希求的或获取的要多一些。我总是在思索，思索，也许思索得过多了，但我总是设身处地替别人着想，总是设想要是在别人的处境中我会做什么，然后沿着自认为正确无误的道路执著地走下去，当一个人总是做正当的事，他就不可能犯太大的错误。你曾经读到过关于富人的故事，他们竭尽全力获取了地位、权力和福祉，但所用的方法却激起了别人的反感，使人们对他们由于怀有理想而高居于同类之上的名望表示冷漠。

怜悯、关怀、体谅和善意使给予者和接受者都得到恩泽。它们是不仅仅在圣诞节，而是从正月到十二月都值得修炼与实践的美德。这就是我现在和一直信奉的信条。在这个问题上，你也许不会和我谋合。你也许会说，我并不躬行这些美德。倘若你还是这样想，我感到遗憾，我不可能逾越我曾经做过的一切，因为当人们对别人表示善意，当人们更少地想到使自己快乐，而较多地想到使别人幸福，他们便会毫无私念，善解人意，更接近于遵守这条戒律，"当爱人如己。"①

无私、体谅和善意是主要构筑在我们自己的诚挚、毫不吝惜和无私的善意之上的。这是配合了人们的偏见和自然形成的好恶而有意识地培育的善意。这正是我好多次竭力做到的事。这就是为什么欧玛和我彼此相爱的原因；这就是为什么我爱你们家所有的人。对于你来说，我的这些情感也许带有偏见，但这只是你心中的想象而已——对于我们，这些情感是合情合理的好恶。你不理解为什么我会有这种情感。对于我，那个理想就是你，一个女人。那么你觉得我希望获得我所爱的女人的这一理想的性质是什么呢？你并不喜欢这种理想，因为我并没有以你所期望的热情投入你所酷爱的事情之中去，而且我知道你并不是唯一这样想的人。你并不喜欢它，因为那晚我没有对你的取笑对象发出会心的微笑或者揶揄一番。由于我赋有我理想中的女人——包括你和克拉拉——所拥有的羞怯感，我无法像你那样领悟到一个女人的四肢的形状，在与其他人的作一比较之后，竟能给人以幽默感与娱乐。

我的理想是一个自然之女，一个比我们更伟大的神的杰作，不管她可能拥有什么形体，并且当这个理想由于不适宜地过多关注外表而受到损害时，我所以反感的原因便十分清晰了。

我明白我没有投入诸多的令人欢娱的玩笑和好笑的娱乐中去，我也看出在此次不悦之前已经好几次被你审察到了。我常常为此感到遗憾。许多年以前，当我比现在小得多的时候，在

---

① 引自《圣经·马太福音》第19章第19节耶稣的教导。

野餐或聚会上，当我没有以应有的热情投入娱乐或叫人发笑的恶作剧时，总有人会注意到，并且告诉我。我常常竭力想克服这种感情，不让它们显露出来，但我知道我没有做成功，它们仍然被人觉察到了。

由于我生活的性质和我的理想的形成，我不喜欢看到那些无助于增添女性魅力和优雅风度的事情，这还因为我比一般人思考得更深，对这些事情有更高的标准。理想是人类迄今为止所知的最强大的力量，但是，我想，这些理想过早而不恰当地进入我的心中，于是我把它们全部集中在那唯一的对象上。我们大家都应该有理想，为什么我却选择了这一理想，我自己一直迷惑不解，但是我很高兴我这样做了。我真切地知道，拥有理想的人，那种不惜一切代价地不愿让他的理想被玷污、被贬低或者被出卖的人是永远不会感到贫乏的，是永远不会在心中、在精神上和在心灵中觉得孤独的。

正是这些好恶使你觉得它们对你来说是不妥的，使你觉得我对有些行为、词儿或说法存有偏见。然而，这些好恶也许正是非常合理的，既然人们都怀有这些好恶，既然你渴望体谅、善意和爱，那你就应该忽略有些好恶，否则就不可能获得这种体谅和善意。有时候，别人会喜欢非常糟糕的事物，而我们的方式也许正是一种较好的做法。因此对于我们来说，自然的办法就是一直为此奋斗到最后一息，以使人们有时能领悟到我们的方式的合理性，并与我们的想法一致。

现在，我愿意花较大的力气去完成并克制我的感情，尽我的能力去取悦每一个人，倘若你愿意往我这儿靠近一点，我们就可以忘却已经发生的一切。

当我想交友时，我总是奉行一种方针，即伺机为他们做点有益的事；这是我发现的唯一可行的方法。帮这个人或那个人的忙，并持之以恒，那就难得会失败。因为挚友赞赏这些事情；不管他们表露与否，你知道他们是你的朋友。倘若我发现我有可能失去这些朋友，我便找出我的什么令人厌恶的习惯，然后设法纠正这种习惯，或者断然抛弃它。伊莎贝尔，我是否在某种程度上完全做到了这一点呢？伊莎贝尔，我是否用对你写这封信的方式在某种程度上对你做到了这一点呢？

对于你将如何看待或如何接受这封信，我茫然无知，但是我希望我已在一定程度上对你解释了我为什么有那样的感觉。

倘若我因此而使你对我冷漠，倘若是我的过错使你对我的与日俱增的不悦潜入你的心田，我所能说的就是：我感到歉然。我只是表露了我的本色，我自然的本色，并抱歉我使你这么想。

> 非常忠诚于你的谦卑的未来的姐夫
> 拉尔夫·斯宾塞·威廉斯

他一边读这封信，一边吃午餐。他修改了倒数第五段一句非常佶屈聱牙的句子，用打字机在信封上打了地址，将信笺折好放进信封，封了口子，将信放在待寄的邮筐里。然后，他将包午餐的包装纸扔进废纸篓，将桌上的面包屑吹掉，踱到窗户前。他眺望着街道对面高架列车底下的那家杂货店。他现在所需的是来一大杯上好的、冰镇的、双料的放柠檬水的可口可乐。那是一种高品位的、冰凉的、富有刺激性的饮料。不喝刺激性的东西，对人的身体要好些，但有时候刺激性的东西却是一样好东西。它们像所有的事物一样有其自己的位置，重要的是不要滥用。他戴上了他的帽子。

桉树树根的腱

——故事一则

从前还不太开化的时代流行过一句谚语："In vino veritas."①它大致的意思是说，在损人的杯中物的影响下，人能涤去拘谨和习俗的尘垢，暴露出他真正的本性来。这真正的本性也许是快活的，也许是富有诗意的，也许是病态的，或者也许是极端好斗的。在我们祖先原始的术语中，这些流露出来的状况按下列顺序被称为大笑、伤感的痛哭和勃发的斗殴。

一种在酒精的腐蚀作用下蜕去外壳的人，也许会像寄居蟹的皱不拉几、变了形的剥壳肉，样子十分难看。另一种人，外表如顽石般坚硬，在酒精的影响下可能竟是个和蔼、慷慨和可亲的人。但是那时还有一种人，酒精对于他们内在的个性却毫无效果，就像用醋去冲刷金字塔，而塔里的棺椁却毫不受影响一样。

据说这种人有十分奇妙的头脑；一般人把这种头脑误认为是肉体与酒精的搏击中能进行最有力的抵御的一个据点。从生理学的观点来说，他们拥有一种非吸收性的胃。但是你不能指望以这种非吸收性的胃为题材来写一部酒吧冒险的英雄传奇。这就跟对一个受枪伤十分严重的美国步兵说他曾经跟德国政府作战，但在任何意义上都不曾与德国人民为敌一样的困难。

这篇奇谈述及非吸收性的胃、枪击、"上帝神手"以及情感的真正所在。然而故事并不是按上面讲的这个顺序来展开的，因为先讲的是"上帝神手"。

从前，在用茶杯喝鸡尾酒之前，神手伊万斯是个枪手。如今，枪手跟带枪的歹徒是十分不同的两类人物。一个带枪的歹徒，而现在歹徒带双枪似乎更为时兴，每每是个有尖颚、戴顶宽边帽、操一口南方土音、惯于耸起下巴使腮帮子上的肌肉鼓起好拍特写镜头（不断地嚼口香糖可以获得同样的效果）的人，有两把大手枪插在打开的皮套里，低低地挂在毛茸茸的裤子上。他瞧上去也许很冷酷，但实际上是非常心地善良的，在电影的末尾结果每每安然无恙。一般来说，反正他总是别的什么人伪装而成的。

而枪手却没有一丁点儿带枪歹徒的这些显著的特点。他是个安安静静的、不引人注目的、相当枯燥乏味的职业杀手。作为杀手，他们的外形也许会各不相同，但是作为一个阶层，他们都乐意两个人一块儿干，而且在近处见红。枪手之所以喜欢近击也许因为他往往是个很糟糕的射手。在城里很少有练习自动手枪的机会，而在十英尺内射击却无需多大的技能。何况每个枪手都有其弱点，那就是杰克·法雷尔（他当警察时亲眼目睹了从"杀人魔王"到"堪萨斯城黑佬"等杀人团伙的兴起，并参与制服他们中的大部分）所说的桉树树根的腱[2]。醇酒、妇人和歌，这三样东西的前两样要了许多人的命。每个人都有其致命弱点嘛。

神手伊万斯却是个例外。神手是"上帝神手"的简称。黑社会行话中的这个亵渎神明的称呼一直伴随着他从西雅图来到东部。打从他在中西部干了第一桩人命案子，在九号街和大马路四岔路口开家小酒馆的洛基·哈菲兹对靠在酒柜上的两个新入门的哥儿们就滔滔不绝地神聊起这事了，一边用短而粗的食指敲打柜面来给这高谈阔论打拍子。

"要是那小子就是'上帝神手'，我敢说主的左撇子枪法真不赖。那小子确实是这么回事——上帝的左撇子枪手[3]。而且我想跟

---

① 拉丁文，意为："酒后吐真言。"
② 原文为 ash heel's tendon，与 Achilles' heel（阿喀琉斯的脚跟）及 Achilles tendon（脚跟的腱）谐声。据希腊神话，阿喀琉斯出生后其母被浸在冥河中，只有脚跟未浸及水，故成为他全身的唯一可以致命的部位。
③ 此处借用拳击术语，原意为左直拳。

你们说，那左手的功夫跟彼得·杰克逊①的差不离。那号人啊，不等你看清楚就打枪，而且一定要达到目的。你们这帮花架子在这儿东游西逛，千方百计想当上杀人专家，最好留神别碰上这神手。"

洛基一边这么说，一边用木刮刀刮掉杯口溢出的啤酒泡沫。

神手第一次出手就有那么点儿不凡的气派在里边。有帮小子要求干掉一个名叫斯各蒂·邓肯的人，他了解内部的秘密太多，被怀疑跟称作"包打听"的警方代表们有接触。神手开口要"先付现钞两百美元，作为逃亡费用，再寄两百美元到芝加哥邮局邮件待领处"。当然啦，这对于干掉一条人命要价实在太高了，但他解释道，"干不干，由你们。我可不是个普通杀手。要是你们不想干得干净麻利，去找个要价便宜点的小子好了。"这帮人接受了这条件。由于斯各蒂·邓肯有警方保护，要他的命是务必不能留下表明是当地人干的任何标记的。

这样，午后不久，斯各蒂·邓肯正从他一向吃午饭的豺狼酒家走出来，神手伊万斯，一个冷静、矮小、黑不溜秋的小个子，正站在哈菲兹酒馆的过道上，外面的弹簧门半开着。像个台球冠军不慌不忙而准确地击一只无需多大技巧的球那样，他拔出兜里那支丑陋的短脖自动手枪，趁邓肯在街对面豺狼酒家门前露脸时，就开了一枪，眼瞧着邓肯应声往人行道上迎面扑倒，然后把枪放回兜里，走到酒柜前。

洛基在他面前放上一瓶威士忌，神手往一只小平底玻璃杯里斟上满满的一杯酒。

"打脑袋瓜子，"他像闲谈一般对洛基说，酒吧经过预先安排，这时没有酒客，"比较干净利落；用软头弹打，你知道活儿干成啦。"

---

① 彼得·杰克逊系英国通俗文学作家吉尔贝特·弗兰科（1884—1952）所作小说《彼得·杰克逊，雪茄商人》中的主人公。

他一仰脖喝干了威士忌，拒绝再喝点什么垫后酒，就从墙钩上拿下顶软帽和一件有腰带的粗呢宽大衣，提起一只旅行包，往后门走去。"喂，神手！"洛基从酒柜后面走出来，声如洪钟地叫道。"我想跟您握握手。"他在围兜上擦擦一双大手，带着钦佩的目光冲着这黝黑的矮个儿微笑。

"别叫我神手，"伊万斯非常镇静地说，打开通向小胡同的门。"我不跟任何人握手。"

打那之后，全城有好一阵子没见到神手伊万斯。

偶尔有一些关于他的新闻传回城里。他在纽约。他在那儿结果了一条人命。他离开了纽约。谁也不知道他目前在哪儿。人们相信他又到西部来了。后来，他在新奥尔良宰了个人，有一两个月没听到他的音讯，然后他又在芝加哥出现，又发生了一件谋杀案。这种事的顺序总是这样的。神手伊万斯在城里露脸了。然后便是一件没有证人或者只有对杀人者有利的证人的血案。神手伊万斯随之销声匿迹了。他为肯付最高价钱的人干，而且单个儿干。他不对任何人效忠，因此也不会跟任何人分赃。

从事那最古老职业的人们对他毫无办法，而他唯一可能有的弱点是酗酒。他每每喝得太多。但酒对他却没有任何看得出来的效果。当他的伙伴们在酒吧醉得哭啊闹的或者变得动不动就跟人吵架时，他还是那个神手伊万斯，和响尾蛇一样能置人于死地，却并不发出这种毒蛇的警告信号。

所以，当他销声匿迹两年后又重新在洛基·哈菲兹的酒馆出现时，他的到来在本城那些会意识到他的来到的公民中引起了猜测和惊愕，并且使两个人害怕得心里透凉，魂飞魄散。全区知道底细的人们在推测：神手伊万斯的露面比爱尔兰最准的报丧女妖的哭泣还要更肯定地预示死亡。全区的人在琢磨这次该轮到谁丧命。在平基·米勒和艾克·兰兹的内心深处隐存着一种令人丧气、苦恼、虚脱的恐惧。而杰克·法雷尔的心中却充溢了喜悦之情。

把斯各蒂·邓肯顺顺当当地干掉并没有阻止保护黑帮利益安全

的堤坝上的漏洞渐渐扩大，而突发的迅猛的溃决将使他们大家随着洪水奔向案发者聚集的更可怕的沼泽口——监狱。平基·米勒和艾克·兰兹有足够的理由懂得为什么为了保护黑帮的利益该挑上他们去死。他们担心神手伊万斯成为那保护系统的代理人呆在城里，担忧他们说漏过嘴已对黑帮造成威胁，使黑帮感到嫌恶，因此他们想起躺在豺狼酒家门前人行道上的斯各蒂·邓肯的情景来，前额上一个干脆利落的圆洞，后脑勺上一只大洞足够放一只鸡蛋。所以他们前去找杰克·法雷尔。

"神手伊万斯在城里呐，"平基说，越过桌子瞧着那头的杰克·法雷尔——十五街警察局的魔王，下巴方方的，血色很好，一副自鸣得意的样子。

"我知道，"杰克非常准确地往墙旮旯的痰盂吐了口痰，重又将雪茄塞进嘴里。

"你们准备怎么办？"艾克问道。

"什么也不干，"法雷尔回答道，浓密的毛茸茸的白眉毛下面的眼睛含着笑意瞧着他们。

"什么也不干，"平基恐惧至极，差不多在嚷叫了。"什么也不干。而他却要把我们宰了。他就是要这么干的。可你却说'什么也不干'。"

他咚的一下往桌子上捶去，脸蛋因为激动而涨得通红。"你难道不知道他这次来是冲着我和艾克的吗？"

"当然知道，"杰克·法雷尔说，又往痰盂里准确无误地吐了一口痰。

"别跟我们逗啦，杰克，"艾克说，他更能控制自个儿一些。"我们知道我们是线人。但我见过斯各蒂·邓肯的下场。别跟我们逗了，杰克。"

法雷尔拔出嘴里的雪茄，把椅子朝后一仰，盯着这两名线人的眼睛看。

"我没在跟你们逗，老兄。我们没有抓到神手伊万斯的任何把柄。我们明知道他干掉了斯各蒂,但是没有一点证据。"

"哈菲兹怎么样,"平基哀叫着插进嘴来。

"哈菲兹。哈菲兹,他发誓从没见过神手。对他也没掌握任何材料。我们能做的只是把他当流浪汉扣起来或者扣住他审查一番,但都不能超过二十四小时。他不是流浪汉,该掌握的情况我们都已作过调查了。总有人该走这条单向的路到那片土地去,而到了那边的旅客都一去不复返。你可不怕死,是吗,平基?"

"别逗了,杰克,"艾克说,他那个种族的毅力使他在哀叫的平基旁边显得很有尊严。"我们真的什么也干不了啦?"

"你们自己去干掉他,然后出溜,或者找到一点他的茬儿,我就来把他关起来。"法雷尔自得其乐地抽着雪茄。

"你知道我们宰不了他。我们不是枪手啊,"艾克哀求道。

"他酗酒,是不是?他愿意跟任何人来上一杯。也许他压根儿就不是来找你们两位老兄算账的。把他灌个饱,也许他会吐露出点儿什么。今晚在哈菲兹酒馆里让他喝个饱。我会尽力保护你们的,老兄。"

"最要命的是,"平基发牢骚道,"敢情他不只是个普普通通的枪手。也许我们会有些机会来抓住他,要不,叫别的什么人来要他的命吧。但是这小子就是死神。没有谁能逮得住他,而他也没什么弱点可以利用。他甚至会把一个只不过想掮他一下的人杀了。"

"每个人都有弱点啊,"法雷尔说,"现在你们两个小子走吧。"

这两名线人打开门,溜出去了。

法雷尔伸手拿起桌上的电话,拨了个号码。

"哈啰,洛基吗?我是杰克。你那儿有人吗?好吧。是啊。我知道他要来找我的麻烦。两名线人刚到我这儿来过。吓死啦。但是我们没有他的任何把柄。是的。我理解你为什么不能作证。线人们今晚要试一下,让他喝个酩酊大醉。他打算明天干掉我?我要是他的话,也会要这么干的。既然能有办法搞他们的上司,那干吗不放过线人啊。好吧。是的。听清楚了，洛基。为了蒙骗他，我将送张唱片来。今晚约十一点半左右，我将在街对面的豺狼酒家给你打电话。动手放那张唱片。我送来的那一张。他会跟两名线人安插在那儿的几个娘们一起喝酒。你一开留声机，就随时准备趴下。是的。好吧。再见，洛基。"

他挂上话筒，啪地戴上圆顶高帽，在办公桌最上面的抽屉里找到一支没抽过的雪茄，吹起口哨，走出门去。

当天夜里，神手伊万斯站在洛基·哈菲兹酒吧里，矮矮的个儿，橄榄色脸庞，目光冷酷，右脚抬起，搁在酒吧边的铜横档上，左手握住一瓶威士忌，经常给放在面前的小酒杯斟酒。倒满了酒，他用左手拿起酒杯来喝。他的右手总是垂在身边鼓鼓囊囊的大衣口袋旁，或者撑在酒柜上，这样可以抽取放在腋下皮套里的另一支枪。他眼睛紧盯着洛基脑后与酒柜平行的大镜子，镜子里映出酒吧的全景和两扇弹簧门。

那晚，有好几个人走近神手，献殷勤说要请他喝酒。对所有的人，他的回答是一样的。"我自己买酒喝。"这一来再聊下去就难了。看来神手是不会泄漏任何秘密了。要是"酒后吐真言"真有其道理的话，那么把神手的外壳剥去后，就只会露出下面的另一层更加坚实的壳。

午夜前半小时，酒吧后面的电话的铃铃地响了。洛基拿起电话筒。"哈啰？打错了。"嘭的一声撩上电话筒。

"喂，也许有张唱片您还没听过吧，"他说，伸手去拿一叠留声机唱片最上面的一张。

"别放他妈的爵士乐，"这黝黑的矮小男子在酒柜前说。

"这不是爵士乐，"洛基答道，装好一只新唱针。"这是真正的高雅玩艺儿。穿礼服听的音乐。它叫《穿起戏装吧》①。"

---

① 这是意大利作曲家利翁卡瓦洛（1858—1919）所作二幕歌剧《丑角们》中卡尼奥的一段咏叹调。

他开了留声机，利翁卡瓦洛的撩人心绪的歌剧中那伟大的男高音的嗓音就从留声机里飘将出来。"笑吧，丑角，虽然你心儿已碎，"卡鲁索①唱道。神手的脸庞顿时亮了起来，然后又蒙上一层阴霾，眼睛垂下来瞅着地板。丑角的歌声在撕心裂肺地抗议着命运强迫他在彻底崩溃的生活之中还得插科打诨开玩笑，在整个的歌声中，神手始终凝视着地板。外壳被击破了。

神手没瞅见弹簧门被推开，杰克·法雷尔站在门道上。他只听见卡鲁索的雄浑的歌声在卡尼奥痛苦忧伤的悲叹之中回响。最后一个音一唱完，他不由自主地举起双手鼓掌。

"举着手，不许动！"杰克·法雷尔的嗓音像子弹一般爆发出来，神手转过身，眼睛正对着这爱尔兰人肥大的长着雀斑的手中那支.45口径的左轮枪的枪口。"举着手，不许动，意大利佬！"

他将训练有素的手指往神手大衣上一摸，从兜里和挎在肩上的皮套里拔出两支枪来，然后冲着那张黑不溜秋的脸哈哈大笑。

"你没有弱点，呃？谁也甭想碰你？谁碰你，就宰了谁，呃？"他一下子将神手的手用钢铐铐上。"现在可以放下手来了。我们关于这双手已抓住了足够的把柄，这下洛基可以不用冒风险直说他所知道的关于斯各蒂·邓肯的案子了。"

神手伊万斯站在那儿纹丝不动，像一条脊背被打断的响尾蛇，以其所有的狠毒和仇恨紧盯着法雷尔。

"你没有弱点，"法雷尔幸灾乐祸地接着说，"喝酒你没事儿。你对娘儿们不比对一部吃角子老虎更上心。你打算明儿个干掉我。但是不管怎么说，你的确有一个弱点。你的真实姓氏是瓜达拉贝内，是吧？"被逮住后，神手没说一句话，所有的仇恨都集聚在他眼睛里。他的脸像以前一样不动声色。

"瓜达拉贝内是他的姓氏，洛基，"法雷尔转身对酒吧老板

---

① 卡鲁索（1873—1921），意大利歌唱家。

说。"把他的手从口袋边移开的是意大利佬的歌声①。你的梣树树根的腱，瓜达拉贝内先生，是音乐。给警察局打个电话，好吗，洛基？"

---

① 因为瓜达拉贝内这姓氏说明神手原是意大利人，所以是卡鲁索迷。

潜　流

——故事一则

斯托伊弗桑特·宾对开门的女佣咧嘴一笑，正如每次斯托伊弗桑特·宾咧嘴一笑时一样，对方也以粲然一笑回报他。

"多萝西小姐很快就下楼来，斯托伊弗桑特先生。我能帮您脱去外衣吗？"她目送着他，眼睛里带着远比赞许更为丰富的光芒。娘儿们总是这么瞅斯托伊弗桑特的。那晚在前往多萝西·哈德莱寓所的路上，他曾走进一座电话亭，有两个妞儿正从隔壁一座电话亭里走出来，一见他便互相推推搡搡。

"这汉子看上去顺眼极了，"一个妞儿说，目光紧紧尾随着他，一边从她放梳妆用品的小坤包里拿出唇膏来。

"是呀，他太英俊了，简直不敢相信。这些美男子太帅了，我可是腻味了。我一生中没结交过漂亮男人。给我找个量入为出的翻砂小工就可以了。"她对自己的笑话毫无激情地干笑起来。

"得了，伊芙琳，他已经走了，别整晚干望着那道门了。那美男子已经不见影儿了。"

"我琢磨，"第一个妞儿涂好了唇膏，对着小包里的镜子自我陶醉地说，"我琢磨他是太漂亮了。我真想今晚跟他在一起做个朋友。"

"我还盼望成为阿斯特夫人①呢——但我们不是。我们必须赶紧到佩卡拉洛饭店去，也许还能美餐上一顿晚饭。走吧，我的女强人。让我们跳起西米舞②来一路走吧。"

当然，斯托伊弗桑特·宾并不知道这发生的一切。他并不知道娘儿们总是目送着他，对他评头论足，而今天晚上，他对周围的一切更加漠然，因为他为了一个非常明确的目标正往多萝西·哈德莱家赶去。他要向多萝西求婚，而心中毫无把握。

斯托伊③以前曾经向妞儿们求过婚。一次是在湖中独木舟荡漾时，有明月当空助阵，一次是在他的汽车里，那时正以每小时五十多英里的速度行驶着，他一只手搭在驾驶盘上。但他每次求婚都颇为成功，而最后一次还是他的哥哥将他搭救出来的。让我们来瞧瞧这到底是怎么回事儿。那最近的一次求婚的情景还历历在目。他是在哈利的游艇上求婚的。那次也是明月高照；对于结果，根本就没有什么疑虑。而今晚则不同。他要向多萝西·哈德莱求婚，而他有一种预感她会拒绝他。他点燃了一支烟，想用抽烟来暂时排除思虑。斯托伊弗桑特·宾从来没有真正思虑过，但是在抽烟时，他比平时更少用脑子。

这时，多萝西走进房间，伸出一只手来。"嗨，斯托伊，"她对他嫣然一笑。

"你好，多④，"他也报之以一笑，将烟卷啪地弹进壁炉的炉火中。

人们一见多萝西，首先注意到的必定是她的秀发。她的头发像旧日乡间擦得锃亮的铜水壶那样金光闪闪，吸收了所有的炉火火光，偶尔还熠熠返照一下。多么美妙的秀发！她身子的其他部位也十分可爱，斯托伊怀着一种欣赏不已的心情瞅着她。

"你总是瞧上去这么美，多，"当她一屁股坐进壁炉前一张深深的皮椅子里时，他说。他倚坐在她椅子的扶手上，低头细细瞅着她那光辉灿烂的金发！

"自从你回来后，一直在干什么呢，斯托伊？好久没见你了吧？"她抬起头瞧着他，问。斯托伊思索了一会儿。

---

① 指英国的阿斯特子爵夫人南茜·韦契尔（1879—1964），曾是英国第一位下议院议员。
② 美国二十年代流行的整个身子颤动的舞蹈。
③ 斯托伊弗桑特的简称。
④ 多萝西的昵称。

"啊，我们一伙在八月去了一趟尼匹贡湖①。有山姆·霍恩、马丁·邓特利和我。然后，我和山姆·霍恩一块儿在魁北克省一直往北走，逮到了一头驼鹿。说实话，是山姆逮到的。我最近还去了南边的潘恩赫斯特②，瞎逛。那儿游客少极了。"

斯托伊拿出他的烟盒，伸向多萝西。她摇摇头。多萝西是斯托伊认识的妞儿中唯一不抽烟的，她每次婉拒总是给他一种愉悦的心情。她却以为他只是粗心大意才又敬她烟的。

"斯托伊，你这野小子，眼下到城里来干什么？"多萝西粲然一笑，摩挲他的手臂。这是多萝西一个非常古怪的动作。当她抚摸你的手臂时，仅仅是抚摸而已。其他妞儿嘛，这也许包含什么含义——而多萝西却不。对于她，这没任何含义。

"来瞧歌剧，"斯托伊咧嘴一笑。

多萝西朗朗地大笑起来，犹如中国风铃的叮当声。"要不是硬拖你去，你是从来不会去歌剧院的。这到底是怎么回事，斯托伊？"

"好吧，多。眼下就讲也一样。"他声调有些变了，将手搭在她的肩膀上。她没有退让开来，只是紧盯着他的眼睛。"我爱你，多。我希望你能嫁给我。"

他的手仍然搭在她肩上，她又哈哈大笑起来，但这一次不太欢乐，而她的眼睛仍然盯着他的眼睛。"哦，斯托伊！你太可笑了。我不能嫁给你。而且你心中明白，你并不真正爱我。"当她说"可笑"时，斯托伊的手从她肩头垂了下来。

"可笑得怪了，我不光是说可笑，哈！哈！"她缓缓地说，将手搁在他的手上。"我非常看重你，斯托伊。我们一直是好朋友。可是在我们做朋友这段时期里，你爱上了二十个妞儿。你不可能真正爱上一个女人。况且，你长得太英俊了。我却长着个塌鼻子，斯

---

① 位于加拿大安大略省西南部，苏必利尔湖北约35英里。
② 冬季旅游胜地，在美国北卡罗来纳州中部。

托伊。哦，是的，长着个塌鼻子。我绝对不能嫁给一个像你这么俊美的男子汉。我才不愿与你一块出去，让人们嘀咕，'这个和这么英俊漂亮的汉子在一起的红头发妞儿是谁呀？"

"你是世界上最美丽的妞儿！"斯托伊充满激情地说。

多萝西娴静地对他微笑，紧紧地捏了一下他的手。"我正在纳闷你这话说了多少回了，斯托伊？你变化无常，小伙子。你很不专一。"她的嗓音非常温和。"哦，我知道我伤害了你。我想我是存心伤害你的。你从来没耐心做完一件事。你马球打得很棒。但你绝对不愿坚持下去。有一年，你获得了全国公开赛亚军。而第二年，你却没参赛。你的马球至少比我知道的两名国际比赛选手棒得多，而且你知道你能玩好高尔夫这运动。但你不能坚持到底，斯托伊。而且你在其他事儿中也会是这样。你是个用情不专的人，斯托伊。我知道那是个十分老派的字眼——不过你正是这么回事，我亲爱的老友。"她又摩挲起他的手臂来。

"让我说几句吧，多。"斯托伊的脸庞一片绯红，显得如此俊美，以致多萝西巴不得能倒进他的——唉，斯托伊太英俊了。"自从我们孩提时代起，我一直爱着你，多。从你是个红头发的小丫儿一直到现在，我一直在爱着你。这是我生活中的一件大事。那是一股巨大的强劲的潜流。就像一条河。潜流不断地往前涌去，而清风只在河面上激起白色的浪花，使得看上去河流仿佛在流向另一个方向。但白色的浪花仅仅是在水面上。而在水下，潜流奔涌向前，总是这样。我对你的爱就是这股潜流，而其他的妞儿不过是水面上的小小浪花而已。难道你还不明白吗，亲爱的？"

"我明白，亲爱的斯托伊。但眼见并不为实，"多萝西满腔柔情地说，如果斯托伊此时就一把把她拥入自己的怀中，这故事对读者来说就没什么看头了。"但我要给你一个机会，老朋友。你从没坚持做过一件事。你总是爱情不专一。选上一件事儿，痛下决心来无条件地做成它。表明你是个冠军，而不是亚军。别总是做个未获名次者，斯托伊。然后你可以再来向我求婚。"

978

"你是指商务吗？"斯托伊悲戚地说。

"并不一定。商务并不比其他事儿艰难，而不管怎么说，你已经有不少钱了。再敛财就不太应该了。挑选一件艰苦的事儿，斯托伊。做成它。当上冠军吧，好哥儿。"

"天啊，多，我会成功的。"斯托伊站了起来，将多萝西的手捏在他那宽大的手掌之中。"我会成功的，多。然后，我会——"

"再到我这儿来吧，"多萝西替他说完了这句话，他就走出房间，心中燃烧着她的粲然的微笑。

回到寓所，他给最好的朋友山姆·霍恩打电话。山姆外出了。"请他一回来就来找我。有急事。"斯托伊挂上了电话，开始在房间里踅来踅去。过了一会儿，他走向酒柜，给自己斟了一杯酒。正在那时，山姆·霍恩冲了进来。

"你这疯小宾子，这么晚还叫我来干吗？独酌，呃？得，我们来改变这情况。酒杯在哪儿？发生什么事了？给山姆大叔说说吧。有妞儿想嫁给你吗？"他圈起手握住酒杯，将双脚高翘在桌上。

"我必须当上冠军，山姆，"斯托伊认真地说。

"那容易！"山姆说。"你在尼匹贡湖上用假绳钓鱼，没人能比得上你。"

"她不承认那个，"斯托伊回答道。

"她，呃？"山姆说。"哦，当然，她！得，她是谁呀？为什么你突然为了她非得当冠军不可？"

斯托伊给他解释了好一阵子。山姆的腿依旧搁在桌上，大礼帽往后推在后脑勺上，他给自己又斟了一杯酒，当斯托伊伸手去拿酒瓶时，他一把紧抓住酒瓶。"不，哥儿，你不能喝了。这玩意儿不可能把你培养成冠军，只会让你贪杯上瘾。让我想想看。你不可能在网球上出类拔萃。不可能打赢约翰斯顿、约翰逊那帮人。你曾经可能在高尔夫球上当过赢家，但现在不行了。在一年之内，不会有马球比赛。你运气很不好，小宾子。"

"你遗忘了什么，你这老百晓，"斯托伊说。

"没，我没遗忘什么。我只是没把握是否该提到它。你知道上次在俱乐部拳击时道森是怎么评价你的吗？'要是宾先生愿意参加拳击赛，眼下在154磅级不可能有任何拳击选手能击败他。'我明白这一点。而且我也知道你是多么热爱拳击。"

"她说过——这必须是一件艰苦的事，"斯托伊沉思道。

"那确是一件艰苦的事，没错儿。那是世界上最艰苦、最肮脏、最糟糕的运动，斯托伊，我的小宾子，"山姆应道。

斯托伊站起来，摆出一个拳击的架势。"山密弗尔①，斯兰·宾②听上去像个拳击家的化名吗？瞧，小子，站在你面前的是斯兰·宾（斯托伊弗桑特·宾已经死亡），未来的世界中量级拳王，"斯托伊令人印象深刻地说。

"先生们，这位是斯兰·宾，霍伯肯③恐怖之神，"山姆点点头，将酒杯斟得满满的。

最初的八个月是可怕的。斯托伊一想到拳击就厌恶，他厌恶被痛击一通，在爬过围绳时，总是出一身冷汗。但他也不会挨到痛击，因为他的左拳的速度比以往中量级比赛中的拳击手都快上一点儿，而他的右拳犹如手套里装满了混凝土一样的凌厉无比。他在初赛中彻底击败了那几名跟他对抗的拳击手，不久便名闻遐迩。但是他憎恶这一切。他厌恶那散发臭气的更衣室、观众、烟气弥漫的狭窄的比赛大厅，厌恶一切气味以及坐在赛台周遭座位上的一张张显得又红又白的脸。

山姆·霍恩与曾经是菲茨西蒙斯④的练习对手的老道森一直陪他在一起。道森为他安排赛程，训练他，并给他以指导。山姆在各

---

① 山姆的昵称。
② 斯兰，原文为 slam，意为猛击。
③ 霍伯肯城位于新泽西州东北部，与纽约市的曼哈顿岛隔哈得孙河相望。
④ 罗伯特·菲茨西蒙斯（1862—1917），美国拳击家，1891年获世界中量级拳击冠军，1897年获世界重量级拳击冠军。

回合的间隙用毛巾往他的肺里扇空气，而道森则用海绵吸干他脸上和胸部的汗，按摩他的腿，揉捏他的手臂和大腿，并往他耳朵里灌输忠告。斯托伊很快就赢了所有的初赛。在遇到几个本领不高的拳击手之后，他的对手渐渐不太好对付了。他渐渐体会到了被痛击、往往被狠揍一通的滋味。他的眼睛开始被打得发青，但他也尝到了击倒对手的激动。当拳头不差分秒地猛一下子击中要害、一直在猛击你的那人失去知觉坍倒在涂松脂的拳击台帆布地上时，这份感觉真是什么也比不上的。

有一天晚上，在打了八个快速出击的艰苦回合之后，斯托伊的右拳击中了对手——一个犹太人，却有一个爱尔兰名字——下巴略偏一边的地方，他蹲下去，将戴着手套的双手插进这位失去知觉的凯尔特犹太人的臂下，将他拖到拳击台他的那一角，这时人头济济的场子里一片欢叫声，呼喊斯兰·宾的名字，他意识到他离这一行的至高无上的地位已不远了。

"你击败了他，小宾子！你确实赢了这场比赛，老弟！啊，你竟然制服了这老手，小子！"他们在人群中挤出一条路朝斯托伊的更衣室走去，山姆兴奋地说。道森尾随在后，手里提着铅桶、海绵、毛巾和其他什物。斯托伊在更衣室里仰面躺在长沙发上，气喘吁吁，一边听山姆嚷嚷。

"哦，小子，你们在第六回合旗鼓相当地互相拖拉时，我想可怜的山姆会干脆昏过去了。可当你在第八回合击倒了他，我狠狠地一拳打在老道森身上，差一点让他栽进围绳里去。我那一拳跟你的一样的凌厉难当，斯托伊。"

"可真是一场激烈的比赛，"斯托伊带着疲惫不堪的调子说。"他比我想象的要厉害。有两三次他揍得我够呛。"

"是你揍得他够呛，我的老爸。是吗，道森？"他对正走进门的教练说。

"确实揍得他够呛！即使你手套里装满了铅，也不可能揍得他更凶。除了这水桶，你把什么都用来揍他了。你的上半身是重量级的料，宾先生。这就是为什么你击败了所有的中量级选手。嗯，现在只有一名选手比你今晚揍得半死的哥儿强。"他打开了一瓶搽剂。"我们下一场将与他对阵，宾先生。你感觉如何？"

"我感觉挺好，道森。但我盼望这一场赶快过去。所有的这一切。今晚，我有两次寻思要是能不打这场比赛，我愿拿出所有的一切来。到头来，我干吗要跟人斗拳？我并不是必须打的，对不？"他烦躁地说。

"哦，你必须打，斯托伊，"山姆平静地说。

"是的，我必须打，"斯托伊听天由命地说。"但我多么盼望这一切都过去啊。道森，我们什么时候跟麦吉本斯打？"

"大约过一个月吧，宾先生。在新奥尔良。打二十回合。"

"你知道，道森，我从不打二十回合的比赛。"斯托伊的嗓音带着怨气。

"你也不用打到二十回合，宾先生，"道森咧嘴笑道。

斯托伊将与之交手的麦吉本斯是他所在的量级中的冠军，最伟大的拳击手之一，尽管也是进入这四方赛台的拳手中最怪僻的一位。他实际上是爱尔兰人，如今在拳击手中爱尔兰人是很稀有的了。他是个矮胖子，长着一张猴子般的脸庞，猩猩一般顾长的手臂。没有任何人击倒过他，更不用说击昏他了，他的左右拳都具有置人于死地的力量。他一直是拳击台上各种技艺的大师，有充分的理由相信自己将在未来的岁月中保持冠军的头衔。当他的经纪人对他说起跟斯托伊比赛的事时，他丑陋的猴脸一抽搐，露出一口狼牙地狞笑来。

"贵格派威利[①]，伙计，不是个美男子吗？好吧，如果可能的话，打满二十回合，他就不会那么漂亮了。和他八二分成吧。"

猿人麦吉本斯的经纪人赛德曼在和道森进行了一场漫长的谈判之后，回到他那决斗者身边。"你是说八二分成吗？"暴躁的猿

---

① 这是麦吉本斯的外号及名字。

人问。

"麦克，我达成的协议比你预想的还要好。胜者独享。你会击败这姓宾的小子的。他对于你只是小菜一碟。你会杀得他一败涂地的。那个过去总和康瓦尔郡人①练拳的老阿历克·道森正在指导他，我看他也不过是那种货色。这一来你能多拿二成。难道这不是一着妙棋吗，麦克？"

"我说过八二分成，你这犹太猪仔。要是发生意外怎么办？你为什么不照我说的做？"

"不会有意外的，麦克。请相信我吧。不可能发生意外。一定不能发生意外！你只需击倒他就行了。你现在愿意了吗，麦克？"

"我只能这样做了，你这混蛋。不过对于我来说，八二分成要好听得多。在过去的日子里，当你没法回避时，胜者独享是不错的。但八二分成意味着不管怎么样你总能分得八成。而且总是有可能发生意外的。"

"但是，麦克，听着！绝对不能发生意外。你必须保证不发生意外。你只需将他打翻在地就行了。"赛德曼的语调中糅合着歉意、赞美、信心和鼓励。

"好吧，我会做到的。你给我闭嘴，行吗？"猿人的火气又冒上来了。

在初赛期间，道森、山姆和斯托伊一起在斯托伊的更衣室里。山姆还是那么兴高采烈。"不出两小时，你就能成为这项古老的世界性运动的冠军了，小宾子。我把属于和将属于霍恩家的一切都押在你身上，来赌你猛的一拳将对手击昏而胜。"

"他将为你省下你的钱，霍恩先生。等他成功了，可别把我晾在一边呀。你觉得怎么样，宾先生？"

"我感觉挺好，阿历克。我只是想放弃这场拳赛算了，因为我怕得要死，两腿发颤。除这之外，我倒没事儿。我永远不会再参加

---

① 这是菲茨西蒙斯的外号，因为他生于英格兰西南部的康瓦尔郡。

拳赛了，阿历克。"斯托伊正穿着他的拳赛短裤和鞋子，全身裹在一条旧的橄榄球毯和一件浴衣里。

"你没事儿，宾先生。但要时刻提防着他。他的左右拳都不行。用你的左拳挡开他，裁判没数完十，就别以为你击倒他了。别让他糊弄你，让你以为他情况不行。别靠近他！别跟他打近战。把他打得屁滚尿流。我们将坐收二万美元，宾先生。"道森讲这番教诲的每一个字时，都打手势来示范。他是三个人中神经最紧张的。

"你是说坐收二万美元，阿历克？然而我并不认为拳击手能得到这么高的份额。"

"依我看，你真是太好了，宾先生。但是请记住。别靠近他。别让他愚弄你，一有机会就狠狠揍他！"

已经走出去的山姆从门口探进头来。"来吧。该轮到咱们了。我们的名字挂在名牌上了。幸运之轮要转动了。来吧，你这拳师。我有一个惊喜给你，斯托伊。进场时，往娘儿们坐的地方瞧瞧，你这耍拳儿的。瞧瞧你能否注意那鲜亮的一点。"

"你这傻呵呵的疯子。她不会在这儿吧，是吗？"斯托伊突然愤怒地喝道。

"她正在这儿啊，小宾子，"山姆高兴地说。

"谁让你带她到这儿来的，你这傻瓜？"

"谁也没有，是我自己想出来的。我有时会心血来潮。说到底，你在为谁打拳啊？"

"唉，你这该死的傻疯子，"斯托伊无可奈何地嘟哝道。"我本来想比赛结束后才让她知道的。要是我给打破了脑袋怎么办？"他是如此的愤怒，不可救药地愤怒，以致不知道正在往哪儿走，竟一下子闯进了这大场子边沿上的观众群里。

"这没关系。她什么都知道了。她是和她父亲一起来的。我给她讲了关于这场比赛的一切，讲了你，讲了那'对手'和所有有关的一切。斯托伊，你不会因为她在场而给弄得大为尴尬什么的吧？"

他们沿着一条长长的坡道走向拳击台，整个场子内掌声雷动，其中夹杂着一声声高叫："嗨，你这拳击大师！""你会击败他的吧，宾！""把猿人宰了！"山姆把凳子从绳索间递上去，斯托伊向观众鞠躬之后在凳子上坐下，身子后倾，目光在人群中搜索着。

　　"就在那边，"山姆指着说。"难道你眼瞎了吗？向她挥手啊！"斯托伊挥起手来，但他只见多萝西亮光闪烁的秀发和一摊白色——那准是她的脸庞。

　　接着便像通常一样令人厌倦地等待冠军露面，等到他在通道上拖曳着脚步来到时，响起了又一阵欢呼。接着介绍选手后，裁判将两名拳击手叫到拳击台中央，吩咐了几句，接着便响起了自动的锣声，拳击赛正式开始。一排排弧光灯照在拳击台的帆布地上，一片晃眼的白光。

　　猿人的下巴缩在胸口上，两肩耸起，两条毛茸茸的长手臂展开着，左臂外伸，右臂弯成弧形。他以一种奇怪的、拖曳着脚板的步法移动身子，一双小蓝眼睛一直回避着斯托伊的视线。

　　正如道森所说的，斯托伊腰部以上是重量级水平。他的双肩令人望而生畏，手臂奇长，手腕厚实无比。双腿长得很俊美，但与上身并不相称，而宽阔的胸膛呼吸起来像匹赛马。他的头发仔细地梳理过，而脸庞正如多萝西所说的"太英俊了"。

　　他们握手之后一往后挪步，斯托伊的左拳便像脱弦之箭一般飞向猿人的脸蛋。但猿人把脑袋往一边一扭，自己的右拳便啪的一声击在斯托伊心脏上方的肋骨上。"美男子！"猿人说。"转眼就不会这么美啦。"他左右开弓，直逼过来，斯托伊用一下左直拳来迎击，像用一根两英寸长、四英寸宽的木材往他脸上捅了一下，使他猛怔了一下。猿人重新扑打过来，斯托伊侧身躲闪，上前一步，从大腿边撩起右拳猛揍猿人的下巴。这是老菲茨西蒙斯的谋略。猿人昏昏沉沉地摇晃着，仿佛就要倒地的样子。他双手下垂。斯托伊趁势用左拳倏地击向他的脑袋，往前一冲，准备用右钩拳将他击倒在地，这时，他自己感到挨到剧烈的一击，耳中隐隐约约听见敲锣的声音。

山姆和道森把他拖到拳击台一角的凳子上，他鼻子闻到氨水的芳香味儿，重新振作了起来，山姆往他身上泼水，一个他从未见过的助手用一条大毛巾把大股空气扇进他吃力地喘着气的肺部。"在你肯定能击倒他之前，别靠近他！别靠近他！用缓兵之计来掩护自己！只要坚持下去。在上一回合，当你用右钩拳对付他时，他用左拳给了你一下。"

这时锣声又响起来。有人把他屁股底下的凳子猛地抽走。他又独个儿伫立在拳击台上了。但他并不是独个儿，因为猿人正在向他走来，一副跌跌撞撞的样子。他必须拖延时间，掩护自己，等头脑清醒些，摆脱掉这迷迷糊糊的感觉。猿人向他猛扑过来，像阵雨般一拳拳痛击他，而他则竭尽全力保护自己的下巴。他隐约感到一生还从未见过如许多的拳击手套。他感到鼻子发胀，知道鼻子正在大出血，淌向他的胸部。这时要退出比赛该多么容易啊！一个回合到底要打多久？只三分钟吗？它已经延续快三小时啦。这时两人正抱作一团，猿人正往他后腰猛击肾部钩拳①。每一下都仿佛心口被人痛击了一般。裁判将两人分开。他的丝绸衬衣上沾着血迹。斯托伊再一次掩护自己，躲进守势的躯壳之中。猿人连连猛击。要退出比赛是多么轻而易举！那样的话，他就可以得到安宁，向这一切告别。不，在什么地方有一股潜流。他必须随这股潜流而行。这正是症结之所在，这股不断流着的潜流。正是这潜流使一切都动起来了。多萝西也在这儿。他纳闷为了什么？这时，他头脑清醒起来，想出了一个办法。锣声响起，他跟跟跄跄迈着醉汉的歪歪斜斜的步子走向拳击台角落。

道森俯在他身上，让他闻氨水。道森在揉搓他那被打裂的鼻子、用海绵将他眼睛中的血吸干时，斯托伊从发肿的嘴唇间嘟嘟哝哝地说着话。"我没事儿，阿历克。两人都能玩这骗人的把戏。在

---

① 拳击肾部是犯规动作。

下一回合，我要战胜他！"

锣声响起，他仍然像上一回合那样跌跌撞撞地走上前去，在猿人凌厉的攻势下向后退却。他这时只能用一只眼睛看了，但他不想反击。只要尽量藏匿在守势的躯壳之中，保护好下巴就可以了。观众狂呼要求拳手击倒对方。在猿人一阵可怕的进击之后，他坍倒下去，双膝着地，听见裁判在数数。当数到七时，他站了起来，两手在身侧晃动着。猿人冲将过来，脸色狰狞，希冀一拳定局。他这一拳刚出手，斯托伊的右拳像一道电光般从腰下飞将出来，以打桩般的伟力猛击在猿人的下巴上。猿人的脸抽搐起来，身子摇摇晃晃，正当他要倒下去时，斯托伊又抡起能将骨头击碎的一拳，打个正着。裁判数到了十，反正他要数到一百也可以；接着他将斯托伊戴拳击手套的右手举过了头。长时间以来，斯托伊第一次咧嘴笑了。

全场一片狂叫。山姆用一臂抱住了他，凑着他耳朵高声嚷嚷。道森正疯狂地敲打他的脊背。穿过乱哄哄地走动的观众，有一位红头发的妞儿和一位穿晚礼服的绅士奋力向拳击台走来。

斯托伊从围绳间钻出来，到了场子的地板上，多萝西一下子扑在他的怀里。"哦，斯托伊！"她嘤嘤地哭泣起来。"你被揍得血迹斑斑的脸是如此的朴实而俊美。我是多么的爱你。哦，你为什么要参加拳击赛呢？哦，我是多么的爱你！你不是用情不专者。你比这奄奄一息的格斗者好多了。哦，我在说什么废话哟！但是我爱你，斯托伊。哦，斯托伊，你不会再参加拳击赛了，是吗？"他紧紧地抱住她，血淋淋的脸上绽出一丝笑容。"别担心，最亲爱的。别担心。"

...and branches
... the steel dark from under which
...d a tent, you step out to see too many
tars. The moon gone down, the breeze that risen
...an unmistak.. Up looking at the uncross-like blu
6 Southern cross initial and thus each morning in the
profundity of ...rmation reflect upon the...
publicity of constellations, and not awake you
...isten to the night move lightly past you.
...hen walk to where Pup sits before the fire,
...pipe comforted, his ventures perked, loving the
...ime before daylight and the windless burning of
...dead branches he says," How are you, governor?"

" No worse than you."

The sky is very high there and branches
...one between, the steel dark from under which
...beyond a tent, you step out to see too many
tars. The moon gone down, the breeze that risen
...an unmistak.. Up looking at the uncross-like
6 Southern cross initial and thus ..
profundity of initial and thus ..